KB177829

모비딕

MOBY DICK

모비딕

허먼 멜빌 지음 ｜ 김석희 옮김

Herman Melville

작가
정신

{ 허먼 멜빌, 1819~1891 }

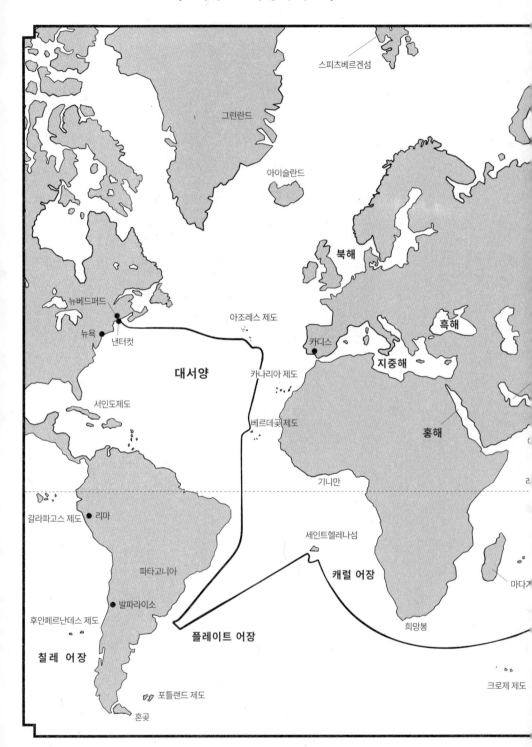

스피츠베르겐섬

그린란드

아이슬란드

북해

흑해

뉴베드퍼드

아조레스 제도

카디스

지중해

뉴욕

낸터컷

대서양

카나리아 제도

홍해

서인도제도

베르데곶제도

기니만

갈라파고스 제도   리마

세인트헬레나섬

캐럴 어장

파타고니아

마다

발파라이소

후안페르난데스 제도

플레이트 어장

희망봉

칠레 어장

포틀랜드 제도

크로제 제도

혼곶

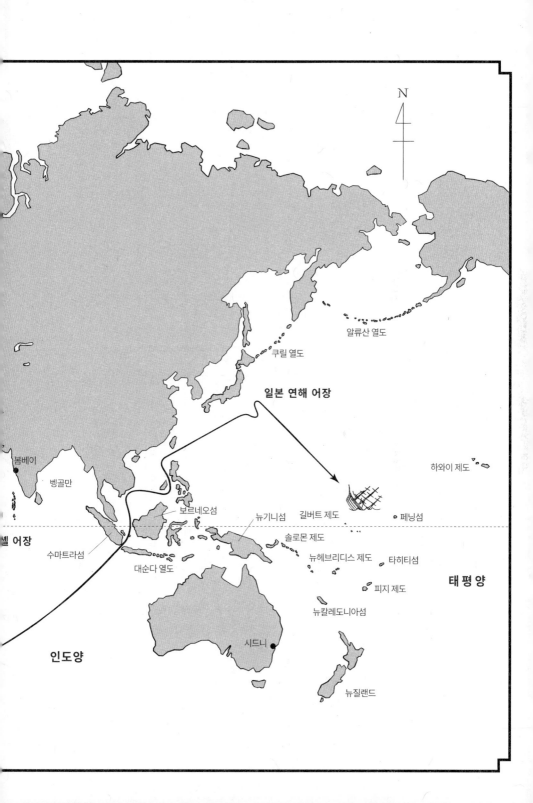

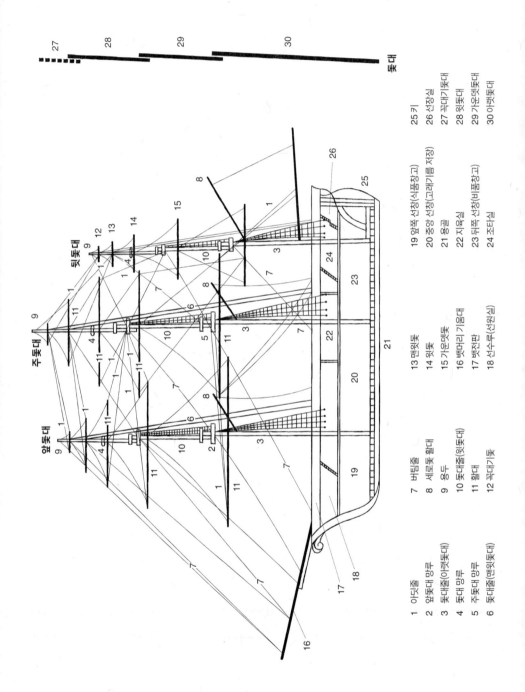

1 야딧줄
2 앞돛대 밑부
3 돛대줄(아랫돛대)
4 돛대 밑부
5 주돛대 밑부
6 돛대줄(맨윗돛대)
7 버팀줄
8 세로돛 활대
9 용두
10 돛대줄(윗돛대)
11 활대
12 꼭대기둥
13 맨윗돛
14 윗돛
15 가운뎃돛
16 뱃머리 기움대
17 뱃전판
18 선수루(선원실)
19 앞쪽 선창(식품창고)
20 중앙 선창(고래기름 저장)
21 용골
22 지육실
23 뒤쪽 선창(비품창고)
24 조타실
25 키
26 선장실
27 꼭대기둥돛대
28 윗돛대
29 가운뎃돛대
30 아랫돛대

{ 포경선 갑판 }

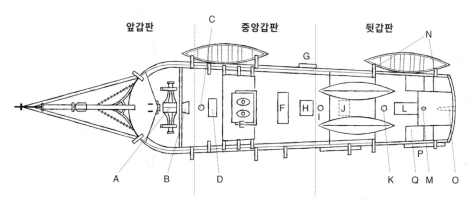

A 권양기

B 선수루(선원실) 출입구

C 앞돛대

D 앞쪽 해치

E 정유 화덕

F 목수 작업대

G 해체 작업대

H 중앙 해치

I 주돛대

J 뒤쪽 해치

K 뒷돛대

L 채광 천창

M 나침함

N 보트 거치대

O 키 손잡이

P 돛대줄 물림쇠

Q 선창 및 선장실 출입구

{ 포경 보트 }

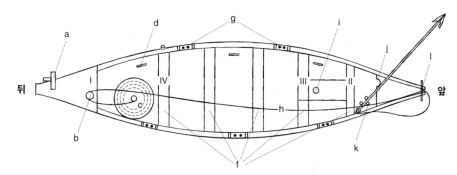

*좌석 I. 보트장(항해사) II. 작살잡이 III. 노잡이 IV. 노잡이

a 키잡이노 받침대

b 밧줄 기둥

c 밧줄통

d 밧줄걸이

e 뱃전

f 좌석

g 노받이

h 작살줄

i 돛대 받침

j 무릎 받침

k 작살 받침대

l 밧줄받이

모비 딕

이 소설의 타이틀 캐릭터이자 안타고니스트. 거대한 덩치의 향유고래로, '눈처럼 새하얀 이마와 피라미드처럼 높이 솟은 하얀 혹'을 가지고 있어서 '흰 고래'라는 별명을 얻게 되었다.

이슈메일

이 소설의 화자. 상선에서 일한 경험밖에 없지만 포경선에 채용된다. 선원으로서의 역할을 최소한으로 수행하면서 배에서 일어나는 사건이나 바다에서 벌어지는 모험을 '전지적' 시점에서 서술하며, 마지막에는 혼자 살아남아 자초지종을 이야기한다.

에이해브

포경선 '피쿼드'호의 선장. 과거에 흰 고래 모비 딕과 대결하다 한쪽 다리를 잃었다. 그 후 모비 딕에 대한 원한과 복수심으로 추적에 나선 끝에 최후를 맞지만, 그 집념에는 세상의 부조리에 대한 앙심도 내포되어 있어서 그렇게 단순하지만은 않다.

스타벅

'피쿼드'호의 일등항해사. 경건한 퀘이커교도이면서 냉정하고 유능한 포경꾼으로, 실리를 중시하는 현실주의자이고, 때로는 에이해브 선장의 무모한 고집에 맞서기도 한다.

스터브

이등항해사. 유능하고 유머 넘치는 낙천가이며, 어떤 위험에도 대수롭지 않게 맞선다. 늘 파이프를 물고 있고, 광대처럼 굴 때도 있지만 때로는 상당한 학식을 드러내기도 한다.

플래스크

삼등항해사. 몸집은 작지만 다부지고 전투적인 젊은이. 어떤 것에도 의미를 두려 하지 않으며, 모비 딕도 '큰 생쥐' 정도로밖에 보지 않는다.

퀴퀘그

'피쿼드'호에서 으뜸가는, 스타벅 휘하의 작살잡이. 남태평양의 작은 섬에서 추장의 아들로 태어났으나 문명 세계를 동경하여 뭍으로 나왔다가 뱃사람이 되었다. '고귀한 야만인'의 전형으로, 이슈메일의 '마음의 벗'이자 최후의 '구원자'가 된다.

태시테고

스터브 휘하의 작살잡이. 아메리카 인디언의 피를 자랑스럽게 여기는, 민첩하고 과감한 젊은이.

대구

플래스크 휘하의 작살잡이. 아프리카 흑인의 피를 자랑스럽게 여기는, 용맹하고 대담한 거구의 사나이.

페달라

에이해브가 은밀하게 배에 태운 네 명의 배화교도의 우두머리.

핍

에이해브가 특별히 아끼는 '심부름꾼' 흑인 소년.

✤ 차례 ✤

어원 21

발췌록 23

제 1 장　어렴풋이 보이는 것들 43

제 2 장　여행 가방 51

제 3 장　물보라 여관 57

제 4 장　이불 76

제 5 장　아침식사 81

제 6 장　거리 83

제 7 장　예배당 87

제 8 장　설교단 91

제 9 장　설교 94

제 10 장　진정한 친구 107

제 11 장　잠옷 112

제 12 장　간추린 생애 114

제 13 장　외바퀴 손수레 117

제 14 장　낸터컷 123

제 15 장　차우더 126

제 16 장　배 130

제 17 장　라마단 148

제 18 장　퀴퀘그의 표시 155

제 19 장　예언자 160

제 20 장　출항 준비 165

제 21 장　승선 168

제 22 장　메리 크리스마스 172

제 23 장　바람이 불어가는 쪽
　　　　　해안 178

제 24 장　변호 179

제 25 장　덧붙임 185

제 26 장　기사들과 종자들 186

제 27 장　기사들과 종자들(계속) 191

제 28 장　에이해브 선장 197

제 29 장　에이해브 등장, 이어서
　　　　　스터브 등장 202

제 30 장　파이프 205

제 31 장　매브 여왕 207

제 32 장　고래학 209

제 33 장　작살잡이장 226

제 34 장　선장실의 식탁 229

제 35 장　돛대 망루 237

제 36 장　뒷갑판 245

제 37 장　저물녘 256

제 38 장　황혼 258

제 39 장　첫 번째 밤번 260

제 40 장　한밤중, 앞갑판 261

제 41 장　모비 딕 271

제 42 장　고래의 흰색 283

제 43 장　잘 들어봐! 295

제 44 장　해도 296

제 45 장　진술서 303

제46장 추측 314

제47장 거적 짜기 317

제48장 최초의 추적 320

제49장 하이에나 333

제50장 에이해브의 보트와 부하들 그리고 페달라 336

제51장 유령의 물보라 339

제52장 '앨버트로스'호 344

제53장 사교 방문 347

제54장 '타운호'호의 이야기 352

제55장 괴상한 고래 그림들 378

제56장 덜 잘못된 고래 그림들과 제대로 된 포경 장면 그림들 384

제57장 그림·이빨·나무·철판·돌·산·별 등에 나타난 고래들 389

제58장 크릴 392

제59장 오징어 395

제60장 작살줄 399

제61장 스터브, 고래를 죽이다 403

제62장 작살 던지기 410

제63장 작살 받침대 412

제64장 스터브의 저녁식사 413

제65장 고래고기 요리 423

제66장 상어 학살 426

제67장 고래 해체 428

제68장 담요 430

제69장 장례 434

제70장 스핑크스 436

제71장 '제러보엄'호의 이야기 439

제72장 원숭이 밧줄 447

제73장 스터브와 플래스크, 참고래를 잡은 뒤 이야기를 나누다 452

제74장 향유고래의 머리—비교 연구 459

제75장 참고래의 머리—비교 연구 464

제76장 파성퇴 468

제77장 거대한 하이델베르크 술통 471

제78장 기름통과 들통 473

제79장 대초원 478

제80장 머리 482

제81장 '피쿼드'호, '융프라우'호를 만나다 484

제82장 포경업의 명예와 영광 498

제83장 역사적으로 고찰한 요나 502

제84장 창던지기 504

제85장 물보라 507

제86장　꼬리 513

제87장　무적함대 520

제88장　학교와 교사들 535

제89장　잡힌 고래와 놓친
　　　　　고래 539

제90장　머리냐 꼬리냐 544

제91장　'피쿼드'호, '로즈버드'호를
　　　　　만나다 548

제92장　용연향 556

제93장　조난자 559

제94장　손으로 쥐어짜기 565

제95장　사제복 569

제96장　정유 화덕 571

제97장　램프 577

제98장　쌓기와 치우기 578

제99장　도블론 금화 581

제100장　다리와 팔—낸터컷의
　　　　　'피쿼드'호와 런던의
　　　　　'새뮤얼 엔더비'호가
　　　　　만나다 590

제101장　술병 599

제102장　아브사시드 군도의 나무
　　　　　그늘 605

제103장　고래 뼈대의 치수 610

제104장　화석 고래 613

제105장　고래의 크기는
　　　　　줄어드는가? 절멸할
　　　　　것인가? 618

제106장　에이해브의 다리 623

제107장　목수 626

제108장　에이해브와 목수 630

제109장　선장실의 에이해브와
　　　　　스타벅 635

제110장　관 속의 퀴퀘그 639

제111장　태평양 646

제112장　대장장이 648

제113장　대장간 651

제114장　도금장이 655

제115장　'피쿼드'호, '배철러'호를
　　　　　만나다 658

제116장　죽어가는 고래 661

제117장　고래 파수꾼 663

제118장　사분의 665

제119장　세 개의 촛불 668

제120장　첫 번째 밤번이 끝날
　　　　　무렵의 갑판 678

제121장　한밤중—앞갑판
　　　　　뱃전 679

제122장　한밤중의 돛대
　　　　　망루—천둥과 번개 681

제123장　머스킷총 682

제124장　나침반 바늘 686

제 125 장 측정의와 줄 690

제 126 장 구명부표 695

제 127 장 갑판 699

제 128 장 '피쿼드'호, '레이첼'호를
         만나다 702

제 129 장 선장실 707

제 130 장 모자 709

제 131 장 '피쿼드'호, '딜라이트'호를
         만나다 715

제 132 장 교향곡 717

제 133 장 추적—첫째 날 723

제 134 장 추적—둘째 날 735

제 135 장 추적—셋째 날 746

에필로그 762

옮긴이의 덧붙임 765

작가 연보 783

부록 793

일러두기

* 이 책은 미국의 작가 허먼 멜빌의 『모비 딕』을 완역한 것이다.

* 번역은 『Moby-Dick; or, The Whale』(캘리포니아대학교 출판부 발행, 1981년)을 대본으로 삼고, 비평판(Hershel Parker와 Harrison Hayford 편집, Norton 출판사 발행, 1999년)을 대조했으며, 프랑스어판 『Moby Dick』(Henriette Guex-Rolle 번역, Hachette 출판사 발행, 2001년)과 일본어판 『白鯨』(八木敏雄 번역, 岩波文庫 발행, 2004년)을 참고했다. 역주를 작성하는 데에는 『Power Moby-Dick: The Online Annotation』(Margaret Guroff 주석, 2008년)의 도움도 받았다.

* 주는 모두 각주로 처리했으며, 원주에는 기호(*)를, 역주에는 일련번호를 붙였다.

* 도량형 표기의 경우, 길이 단위는 원서의 마일과 인치를 ─ 이해를 돕기 위해 ─ 미터로 환산했고, 넓이와 무게 단위는 그대로 두었다.

{ 어원 }

(얼마 전 폐병으로 숨진 어느 그래머스쿨[1]의 보조교사한테 얻음)

[얼굴이 창백한 보조교사였다. 코트도 마음도 몸도 두뇌까지도 너덜너덜해진 그의 모습이 지금도 눈앞에 선하다. 그는 언제나 낡은 사전과 문법책을 내놓고, 세상에 알려져 있는 모든 나라의 화려한 국기가 요란하게 그려진 이상한 모양의 손수건으로 먼지를 떨어내고 있었다. 그는 낡은 문법책의 먼지를 떠는 일을 좋아했는데, 그 일을 하면서 죽음을 피할 수 없는 자신의 운명을 조용히 생각하고 있는 듯했다.]

여러분이 남을 가르치는 일에 종사하면서 고래WHALE라는 물고기를 우리말로 뭐라고 부르는지를 가르칠 때, 여러분의 무지 때문에, 글자 하나가 낱말의 의미를 이루고 있는 'H'라는 글자를 빠뜨린다면, 여러분은 진실이 아닌 것을 전달하게 되는 것이다.

　　—리처드 해클루트

WHALE: 스웨덴어와 덴마크어로는 hval. 이 동물의 몸체가 둥그렇고 뒹굴기를 잘한다는 데에서 유래한 이름이다. 덴마크어로 hvalt는 '아치 모양'이나 '둥근 천장 모양'을 뜻하기 때문이다.

　　—웹스터 사전

I　　문법학교. 영국에서 16세기에 창설된 사립 중등학교. 라틴어와 그리스어 문법과 문학을 가르쳐 장차 학자가 되기 위한 준비 또는 정치가 양성에 주력했다.

WHALE: 좀 더 직접적으로는 네덜란드어와 독일어의 Wallen에서 유래함. 앵글로색슨어의 Walw-ian은 '굴리다, 뒹굴다'라는 뜻이다.

　　—리처드슨 사전

חָן	히브리어
χητος	그리스어
Cetus	라틴어
Whæl	앵글로색슨어
Hval	덴마크어
Wal	네덜란드어
Hwal	스웨덴어
Hvalur	아이슬란드어
Whale	영어
Baleine	프랑스어
Ballena	스페인어
Pekee-Nuee-Nuee	피지어
Pehee-Nuee-Nuee	에로망고어

(어느 사서 보조의 조수한테 얻음)

[독자들도 보면 알겠지만, 부지런한 두더지나 굼벵이처럼 가련한 이 사서 보조의 조수는 바티칸 도서관 같은 큰 도서관들과 이 세상의 길거리 책방들을 찾아다니면서, 거룩한 책이거나 속된 책이거나 간에 어떤 책에서든 그가 찾을 수 있는 고래에 관한 것이면 무엇이든 닥치는 대로 수집했음을 알 수 있다. 따라서 이 발췌록은 고래에 관한 언급이라면 무엇이든 모아놓은 것에 불과하므로, 그 언급들 가운데 권위가 있어 보이는 것이 있다 하더라도 이 발췌록을 진정한 고래학으로 받아들여서는 안 된다. 그건 어림도 없는 일이다. 인용된 고대의 저자들이나 시인들에 대해 살펴보건대, 이 발췌록은 우리 자신을 포함한 수많은 민족과 수많은 세대의 사람들이 그 레비아탄³에 대해 어떻게 말하고, 어떻게 생각하고, 어떻게 상상하고, 어떻게 노래했는지를 조감할 수 있게 해준다는 점에서 어떤 가치나 흥미가 있을 뿐이다.

그러니 그대, 가련한 보조의 조수여, 안녕히 가시라. 앞으로는 내가 그대의 주석자가 되겠다. 그대는 이 세상의 어떤 술을 마셔도 활기를 얻지

---

2   이 '발췌록'의 주요 목적은 고래 및 포경의 서사시적 장대함과 숭고함의 이미지를 작품에 부여하는 데 있었다고 여겨진다. 인용은 때로는 의도적으로, 때로는 부주의 때문에 정확하지 않은 경우도 있다.

3   구약성서 「욥기」(40장 25~41절, 26절)에 나오는 거대한 바다 괴물. 신을 제외하고는 세상에서 가장 강력한 바다 생물이며, 신의 힘을 상징하는 존재이기도 하다. 이 책 『모비 딕』에서는 종종 고래의 동의어로 사용되고 있는데, 그런 경우에는 '거대한 고래'로 번역하기도 했다.

못하는 희망도 없고 핏기도 없는 족속에 속해 있으니, 그런 그대에게는 순한 셰리주조차 너무 독할지 모른다. 그러나 사람들은 종종 그대와 한자리에 어울려, 그대처럼 참담한 기분을 느끼고, 눈물을 벗 삼아 이야기를 나누다가, 눈에는 눈물이 넘치고 술잔이 비게 되면, 그다지 불쾌하지 않은 슬픔에 잠긴 채, "보조의 조수여, 단념하라!"고 퉁명스럽게 말하는 걸 좋아한다. 세상을 즐겁게 해주려고 애를 쓰면 쓸수록, 그대는 감사의 말을 듣기는커녕 더욱 참담해질 뿐이기 때문이다. 그대를 위해 햄프턴궁이나 튀일리궁⁴을 비워줄 수 있다면 좋으련만! 하지만 눈물을 삼키고 기운을 내어 돛대 위로 높이 올라가보라. 그대보다 먼저 올라간 친구들이 일곱 천국⁵을 청소하면서, 오랫동안 제멋대로 굴었던 가브리엘, 미카엘, 라파엘⁶ 따위를 몰아내고 그대가 오기를 기다리고 있을 테니까. 이곳 지상에서 그대는 갈기갈기 찢어진 심장들만 부딪치고 있지만, 그곳 천국에서라면 결코 깨어지지 않는 술잔을 부딪치며 축배를 들 수 있을 것이다.]

그리고 하느님이 커다란 고래를 창조하셨다.
―「창세기」

레비아탄이 한 번 지나가면 그 자취가 번쩍번쩍 빛을 내니, 깊은 바다가 백발을 휘날리는 것처럼 보인다.
―「욥기」

---

4   햄프턴궁: 영국 런던 서쪽 교외의 템스 강변에 있는 궁전. 1515년에 추기경 저택으로 세워졌으나, 뒤에 헨리 8세에게 바쳐졌다. 튀일리궁: 프랑스 파리에 있었던 왕궁. 1871년 파리코뮌 때 불에 타서 소실된 뒤 여러 번 증·개축했다.
5   아브라함계 종교(유대교·기독교·이슬람교)에서 천국에 있다는 일곱 층위.
6   성서에 대천사로 언급된 세 이름.

여호와께서는 큰 물고기 한 마리를 마련해두셨다가 요나를 삼키게 하셨다.
  —「요나서」

물 위로는 배들이 오가고, 주님이 지으신 레비아탄도 그 속에서 놉니다.
  —「시편」

그날이 오면, 주께서 예리하고 크고 강한 칼로 매끄러운 뱀, 꼬불꼬불한 뱀 레비아탄을 벌하실 것이다. 곧 바다에 사는 용을 죽이실 것이다.
  —「이사야서」

짐승이든 배든 바위든, 이 괴물의 혼돈스러운 입속으로 들어오는 것은 당장에 그 더럽고 거대한 식도를 지나 그의 배 속, 바닥도 없는 심연으로 사라지고 만다.
  —플루타르코스의 『윤리론집』

인도양에는 세상에서 가장 큰 물고기가 산다. 그중에서도 '발레네'라고 불리는 소용돌이 고래는 길이가 4에이커의 땅만큼이나 된다.
  —플리니우스의 『박물지』

바다를 달린 지 이틀이 되던 날 아침 해가 뜰 무렵, 고래를 비롯한 바다 괴물들이 떼를 지어 나타났다. 고래들 가운데 한 마리는 몸집이 정말 거대했다. (…) 이 고래가 그 커다란 아가리를 벌린 채, 앞쪽에는 물거품을 일으키고 사방에 파도를 일으키며 우리 쪽으로 곧장 돌진해왔다.
  —루키아노스의 『실화집』

그가 이 나라에 온 것은 말고래를 잡기 위해서였다. 이 고래의 뼈는 의치 재료로 엄청난 가치가 있는데, 그는 그 뼈를 몇 개나 왕에게 바쳤다. (…) 그의 나라에서는 최상급의 고래가 잡혔는데, 개중에는 몸길이가 45미터 내지 50미터나 되는 것도 있었다. 이틀 동안 고래를 60마리나 잡은 사람이 여섯 명 있는데, 자기도 그중 한 사람이라고 그는 말했다.
　　―890년에 앨프레드 대왕이 전한 이야기를 오테르인지 옥테르인지 하는 사람이 구술

　짐승이든 배든, 다른 것들은 모두 이 괴물(즉 고래)의 아가리, 그 무시무시한 심연으로 들어가기만 하면 당장 삼켜져 모습을 감추지만, 오직 바다송사리만은 그곳으로 안전하게 물러가 잠자리로 삼는다.
　　―몽테뉴의 『에세』에 수록된 '레몽 스봉의 변호'

　달아나자, 달아나! 목숨을 걸고 장담하건대, 저 악마는 위대한 예언자 모세가 인내심 강한 욥의 생애를 이야기할 때 말씀하신 그 레비아탄이 분명하다.
　　―프랑수아 라블레의 『가르강튀아와 팡타그뤼엘』

　이 고래의 간은 수레 두 대 분량이었다.
　　―존 스토의 『연대기』

　그 거대한 레비아탄은 바다에 소용돌이를 일으켜, 마치 끓는 냄비처럼 만들었다.
　　―프랜시스 베이컨의 『시편 주해』

　괴물 같은 고래의 크기에 대해서는, 그 덩치를 만져보아도 확실한 것을 알 수 없다. 놀랄 만큼 기름지기 때문에, 고래 한 마리에서 믿기 어려울 만

큼 많은 기름을 뽑아낼 수 있다.

    —프랜시스 베이컨의 『삶과 죽음의 내력』

몸 안의 상처에는 경뇌유가 지상 최고의 특효약이다.

    —윌리엄 셰익스피어의 『헨리 4세』

정녕 고래와 같도다.

    —윌리엄 셰익스피어의 『햄릿』

그를 치료하는 데에는 어떤 의술도 소용이 없고,

그의 상처를 만든 자,

야비한 창으로 그의 가슴을 찔러 끊임없는 고통을 안겨준 자에게

다시 돌아가 보복하는 길밖에 없다.

파도를 가르며 해안으로 서둘러 가는 상처 입은 고래처럼.

    —에드먼드 스펜서의 『요정 여왕』

그 거대한 몸뚱이를 움직이기만 해도 잔잔한 바다를 어지럽혀 끓어오르게 할 수 있는 고래들만큼 거대한⋯⋯.

    —윌리엄 대버넌트의 『곤디버트』 서문

경뇌유가 뭐냐고 의심하는 것도 당연하다. 저 박식한 호프만도 30년 동안 쓴 저술에서 '나는 그것이 무엇인지 모른다'고 분명히 말했기 때문이다.

    —토머스 브라운의 『경뇌유와 향유고래에 관하여』

최신식 도리깨로 무장한 스펜서의 텔러스[7]처럼
그는 그 육중한 꼬리로 파멸시키겠다고 위협한다.
옆구리에는 창들이 바늘처럼 꽂혀 있고
등에는 창날들이 숲을 이루고 있다.
—에드먼드 월러의 『서머 제도의 전투』

정치 공동체, 즉 국가라고 불리는 그 거대한 리바이어던[8]은 인위적으로
만들어졌는데, 그것은 인공적인 인간에 지나지 않는다.
—토머스 홉스의 『리바이어던』 첫 문장

어리석은 맨소울[9]은 그것이 고래 입속에 들어간 청어라도 되는 것처럼
씹지도 않고 꿀꺽 삼켜버렸다.
—존 버니언의 『거룩한 전쟁』

······그 바다짐승,
신의 창조물 가운데 가장 큰 레비아탄,
대양의 해류를 헤엄쳐나간다.
—존 밀턴의 『실락원』

저기 레비아탄,
살아 있는 것들 가운데 가장 거대한 것,
심연에 곶처럼 누워서 잠자고, 헤엄치고,

---

7   스펜서의 『요정 여왕』에 나오는 철인Iron Man.
8   레비아탄의 영어식 표기. 인간은 이기심 때문에 '만인의 만인에 대한 투쟁 상태'에 놓여 무한한 혼돈과
     무질서를 겪을 수밖에 없다. 이런 세상을 다스려 안전을 보장할 수 있으려면 막강한 권력의 소유자, 즉
     '국가'를 인위적으로 만들 수밖에 없는데, 그 정치적 공동체를 홉스는 '레비아탄'에 비유하고 있다.
9   Mansoul. 작품 속에 나오는 성채. 악마에게 침탈되어 악의 소굴로 변하지만 나중에 구원을 받는다.

흡사 움직이는 육지처럼 보인다.

아가미로 바다를 삼키고, 숨을 내쉴 때는 바다를 내뿜는다.

　―위의 책

바닷물 속에서 헤엄치는 거대한 고래의 몸 안에서는 기름의 바다가 헤
엄치고 있다.

　―토머스 풀러의 『세속 국가와 신성 국가』

어느 곳 뒤에 바싹 다가가 길게 누워서

거대한 레비아탄은 먹이가 나타나기를 기다린다.

먹이를 뒤쫓지도 않고, 입을 크게 벌린 채.

그러면 물고기들은 그 입이 길인 줄 알고

목구멍 속으로 들어간다.

　―존 드라이든의 『기적의 연대』

고래가 배꼬리에 묶인 채 바닷물에 떠 있는 동안, 그들은 고래의 머리
를 자른 다음 배와 함께 되도록 해안 가까이 끌고 간다. 하지만 수심이
3~4미터만 되어도 고래는 땅바닥에 닿아 걸린다.

　―토머스 에지의 「스피츠베르겐까지 열 번의 항해」(새뮤얼 퍼처스가 편찬한 『바다 항
　　해와 육지 여행으로 본 세계 역사』에 수록)

항해 중에 그들은 수많은 고래가 바다에서 뛰노는 것을 보았다. 고래들
은 자연이 그들의 어깨에 달아준 파이프와 분수공으로 신나게 물을 뿜어
내면서 제멋대로 법석을 떨고 있었다.

　―토머스 허버트의 「아시아·아프리카 기행(존 해리스가 편찬한 『항해기 모음집』에 수록)

여기서 그들은 엄청나게 많은 고래 떼를 만났다. 그래서 배가 고래 등에 올라앉지 않도록 매우 조심스럽게 나아가야 했다.

—빌렘 스하우텐의 『제6차 세계 일주 항해』

우리는 엘베강에서 돛을 올렸다. 바람은 북동풍, 배의 이름은 '고래 배 속의 요나'호. (…)

고래는 입을 벌릴 수 없다고 말하는 사람도 있지만, 그것은 지어낸 이야기일 뿐이다. (…)

선원들은 고래가 보이는지 보려고 자주 돛대 위로 올라가는데, 고래를 맨 처음 발견한 사람은 수고비로 금화 한 닢을 받기 때문이다. (…)

나는 셰틀랜드 제도 근처에서 잡힌 고래의 배 속에 한 통이 넘는 청어가 들어 있었다는 이야기를 들었다. (…)

어느 작살잡이가 나에게 말하기를, 언젠가 스피츠베르겐에서 온몸이 하얀 고래를 잡은 적이 있다고 했다.

—「그린란드 항해기, 1671」(존 해리스가 편찬한 『항해기 모음집』에 수록)

이 (파이프) 해안에도 고래가 몇 번 들어온 적이 있었다. 1652년에는 몸길이가 25미터나 되는 수염고래가 들어왔는데, (전해지는 말에 따르면) 엄청난 양의 기름 외에도 250킬로그램의 고래수염을 얻었다고 한다. 그 고래의 턱뼈는 현재 피트페렌 정원의 정문으로 쓰이고 있다.

—로버트 시벌드의 『파이프와 킨로스의 역사』

내 힘으로 이 향유고래를 잡아서 죽일 수 있는지 시험해보기로 동의했다. 그런 고래는 워낙 사납고 재빨라서 지금까지 그것을 죽인 사람이 있다는 이야기를 한 번도 듣지 못했기 때문이다.

—리처드 스트랫퍼드의 「버뮤다에서 보낸 편지」(『왕립협회 회보』(1668)에 수록)

바다의 고래들도
하느님의 말씀에 따른다.
　　─뉴잉글랜드의 『초등 독본』

우리는 거대한 고래들도 수없이 보았다. 남양에는 북양보다 백 배나 많은 고래가 있다고 말할 수 있다.
　　─카울리 선장의 『세계 일주 항해』

고래가 내뿜는 숨은 머리가 어지러울 정도로 견디기 힘든 악취를 풍기는 경우가 많다.
　　─프란시스코 데 우요아의 『남아메리카 항해기』

선발된 쉰 명의 이름 높은 요정들에게
우리는 중요한 임무를 맡긴다, 페티코트를.
단단한 테를 두르고 고래 갈비뼈로 무장하고 있어도
그 일곱 겹 울타리로도 막을 수 없다는 것을 우리는 알고 있었다.
　　─알렉산더 포프의 『머리카락 훔치기』

크기라는 관점에서 육상 동물을 해양 동물과 비교하면, 육상 동물은 비교할 거리도 안 되는 듯이 보일 것이다. 고래야말로 피조물 가운데 가장 큰 동물이라는 것은 의심할 여지가 없다.
　　─올리버 골드스미스의 『지구의 역사』

작은 물고기들을 위한 우화를 쓴다면, 그것들이 커다란 고래처럼 말하게 하면 됩니다.
　　─골드스미스가 새뮤얼 존슨에게 보낸 편지

오후에 우리는 암초로 생각되는 것을 보았는데, 알고 보니 그것은 죽은 고래였다. 몇몇 아시아인들이 고래를 잡아서 바닷가로 끌고 가는 중이었다. 그들은 우리 눈에 띄지 않으려고 고래 뒤에 숨으려 애쓰는 것 같았다.
　　—제임스 쿡의 『항해기』

대형 고래는 공격할 엄두도 내지 못한다. 대형 고래를 너무 두려워하는 나머지, 선원들은 바다에 나가면 고래의 이름을 입에 올리는 것조차 꺼릴 정도다. 그뿐만 아니라 대형 고래가 겁을 먹고 너무 가까이 다가오지 못하도록, 분뇨나 석회석, 노간주나무나 그와 같은 성질을 가진 물건을 배에 싣고 다닌다.
　　—뱅크스와 솔란데르의 1772년 아이슬란드 항해에 관한 우노 폰 트로일의 편지

낸터컷섬 주민들이 발견한 향유고래는 활발하고 사나운 짐승이므로, 뱃사람들의 능란한 솜씨와 대담한 용기가 각별히 요구됩니다.
　　—토머스 제퍼슨이 1778년에 프랑스 공사에게 보낸, 프랑스의 고래기름 수입 금지 조치에 관한 각서

도대체 이 세상의 그 무엇이 그것에 견줄 수 있겠습니까?
　　—에드먼드 버크가 낸터컷 포경업에 관해 의회에서 한 연설

스페인, 그것은 유럽 해안에 좌초한 거대한 고래.
　　—에드먼드 버크(출처 불명)

국왕의 경상 세입의 열 번째 항목은 왕실 물고기, 즉 고래와 철갑상어에 대한 권리다. 이 권리는 해적의 노략질로부터 바다를 지키는 것은 국왕이라는 생각에 근거를 두고 있다고 한다. 해안으로 밀려 올라오거나 해

안 근처에서 잡힌 고래와 철갑상어는 모두 국왕의 재산이 된다.
— 윌리엄 블랙스톤의 『영국법 주해』

선원들은 곧 죽음의 놀이를 시작한다.
로드먼드는 가시 돋친 강철 도구를 정확하게
머리 위로 들어 올리고, 사방을 주의 깊게 살핀다.
— 윌리엄 팰코너의 『난파선』

지붕도, 돔도, 첨탑들도 찬란하게 빛나고,
수많은 불꽃이 날아올라
하늘의 궁륭 한복판에
잠시 불을 매단다.
이 불을 물에 비한다면,
바다는 하늘에서 넘실거리고,
허공에서 고래 한 마리가 물을 내뿜어
벅찬 기쁨을 표현한다.
— 윌리엄 쿠퍼의 「여왕의 런던 방문에 부쳐」

심장을 한 번 찌르면 10 내지 15갤런의 피가 엄청난 속도로 세차게 뿜어져 나온다.
— 존 헌터의 고래(소형) 해체에 대한 언급

고래의 대동맥은 런던 브리지의 수도관보다 안지름이 크고, 그 수도관을 통해 흐르는 물의 세기와 속력도 고래 심장에서 세차게 쏟아져 나오는 피와는 비교가 되지 않는다.
— 윌리엄 페일리의 『자연 신학』

고래는 뒷발이 없는 포유동물이다.
─조르주 퀴비에

남위 40도 선상에서 우리는 향유고래를 보았지만, 5월 1일까지는 한 마리도 잡지 못했다. 바다가 온통 향유고래로 뒤덮여 있었기 때문이다.
─제임스 콜넷의 「향유고래 포획 확장을 위한 항해」(『남태평양 항해기』에 수록)

내 발아래의 자유로운 바다에서는
색깔과 형태가 가지각색인 온갖 물고기들이
놀고 뒤쫓고 싸우면서 헤엄치고 뒹굴고 자맥질한다.
말로는 도저히 묘사할 수 없고, 뱃사람들도
이제껏 본 적이 없는 형형색색의 물고기들.
무서운 고래에서부터
파도 속에 우글거리는 수백만 마리의 곤충에 이르기까지
물 위에 떠 있는 섬처럼 떼를 짓고,
신비로운 본능에 이끌려 길도 없는 황야를 나아간다.
굶주린 적들, 고래와 상어와 괴물들이
칼이나 톱, 나사뿔이나 갈고리 엄니로 무장을 하고
사방에서 공격해온다.
─제임스 몽고메리의 「대홍수 이전의 세계」(시집 『펠리컨섬』에 수록)

자, 찬양하라! 자, 노래하라!
지느러미 족속의 왕을.
드넓은 대서양에도
이보다 더 강대한 고래는 없다.
북극의 바다에도

이보다 기름진 물고기는 없다.

　—찰스 램의 「고래의 개가」

1690년의 어느 날, 몇 사람이 높은 언덕에 올라가 고래들이 바닷물을
내뿜으며 서로 장난치는 것을 바라보고 있을 때, 한 사람이 바다를 가리
키면서 외쳤다— 우리 자식들의 손자들은 빵을 얻기 위해 저 푸른 초원으
로 나가야 할 것이다.

　—오비드 메이시의 『낸터컷의 역사』

나는 수잔과 내가 살 오두막을 짓고 고래 턱뼈를 세워 고딕식 아치형의
출입문을 만들었다.

　—너새니얼 호손의 『두 번 들려준 이야기들』

그녀는 40년 전에 태평양에서 고래에게 목숨을 잃은 첫사랑을 위해 기
념비를 주문하러 왔다.

　—위의 책

"아닙니다. 그건 참고래예요." 톰이 대답했다. "나는 녀석이 물을 내뿜
는 것을 보았는데, 기독교도라면 누구나 한 번쯤 보고 싶어질 만큼 아름
다운 무지개 한 쌍을 뿜어 올렸답니다. 그 녀석은 진짜 기름통이에요."

　—제임스 페니모어 쿠퍼의 『수로 안내인』

여러 종류의 신문이 배달되었고, 우리는 《베를린 가제트》에서 그곳 연
극 무대에 고래가 등장했다는 기사를 보았다.

　—요한 페터 에커만의 『괴테와의 대화』

"맙소사! 체이스 씨, 무슨 일이오?"

"고래가 우리 배에 구멍을 냈어요." 나는 대답했다.

—『낸터컷 선적의 포경선 '에식스' 호가 태평양에서 거대한 향유고래의 공격을 받고 결
국 파괴된 이야기』(그 배의 일등항해사 오언 체이스가 1821년에 뉴욕에서 간행)

어느 날 밤, 한 선원이 마룻줄에 몸을 기대고 앉았다.

바람은 피리처럼 윙윙 불며 지나갔다.

창백한 달빛은 때로는 환하고 때로는 흐릿했다.

고래가 바다를 가르며 지나간 자국에서

인광이 번득였다.

—엘리자베스 오크스 스미스의 「물에 빠진 선원」

그 한 마리의 고래를 잡으려고 여러 보트에서 풀어낸 작살줄의 길이를
모두 합치면 10킬로미터나 된다. (…)

이따금 고래는 그 거대한 꼬리를 공중으로 치켜올리곤 했는데, 그러면
채찍을 획획 휘두르는 듯한 소리가 5~6킬로미터 떨어진 곳까지 들렸다.

—윌리엄 스코스비의 『북양 포경의 역사』

또다시 공격을 받고 격렬한 고통에 미친 듯이 화가 난 향유고래는 사납
게 날뛰면서 몸부림쳤다. 거대한 머리를 곧추세우고, 딱 벌린 아가리로는
주위에 있는 것을 닥치는 대로 물어뜯었다. 머리통으로는 보트들을 향해
돌진해왔다. 들이받힌 보트들은 엄청나게 빠른 속도로 밀려나기도 하고,
어떤 것은 완전히 박살나기도 했다. (…) 그렇게 흥미롭고, 또 상업적인
관점에서 보아도 그렇게 중요한 (향유고래 같은) 동물의 습성에 대한 고찰
이 그렇게 완전히 무시된 것은 참으로 놀라운 일이다. 근래에 그들의 습
성을 관찰할 수 있는 가장 편리한 기회를 가장 많이 가졌을 게 분명한 유

능한 관찰자들까지 거기에 거의 호기심을 느끼지 못한 것도 정말 놀라운 일이다.

—토머스 빌의 『향유고래의 박물지』(1839)

향유고래는 몸 앞뒤에 강력한 무기를 갖추고 있다는 점에서 참고래 (그린란드고래 또는 큰고래)보다 훨씬 잘 무장되어 있을 뿐만 아니라, 이 무기들을 공격적으로 휘두르는 것을 좋아하고, 게다가 그것을 교묘하고 대담하게, 사람에게 치명적인 방식으로 사용하기 때문에, 지금까지 알려진 모든 고래 종족 가운데 공격하기가 가장 위험한 고래로 여겨지게 되었다.

—프레더릭 데벨 베넷의 『세계 일주 포경 항해기』

10월 13일.

"저기 고래가 물을 내뿜고 있다"라고 외치는 소리가 돛대 망루에서 들려왔다.

"어느 쪽이야?" 선장이 물었다.

"뱃머리에서 바람 불어가는 쪽으로 3포인트 밖입니다."

"키를 올려라. 좋아, 그대로!"

"그대로! 알았습니다, 선장님."

"망꾼! 지금도 보이나?"

"예, 선장님! 향유고래 떼입니다! 저기 물을 내뿜고 있습니다!"

"큰 소리로 외쳐! 시시각각으로 소리를 질러!"

"예, 선장님! 물을 내뿜고 있습니다! 저기, 저기, 저기 또 내뿜고 있습니다. 내뿜고 있어요. 푸우우!"

"거리는?"

"3킬로미터 반입니다."

"맙소사! 그렇게 가깝단 말인가! 전원 집합!"
 ─존 로스 브라운의 『포경 항해 스케치』(1846)

우리는 이제 포경선 '글로브'호 선상에서 일어난 참극을 이야기하려 한
다. 그 배의 선적은 낸터컷섬이었다.
 ─포경선 '글로브'호의 선상 반란에 대한 생존자 레이와 허시의 증언(1828)

그는 자기가 상처를 입힌 고래에게 추격을 당하여, 한동안은 작살로 그
공격을 받아넘겼다. 그러나 격분한 괴물이 마침내 보트를 향해 돌진해오
자, 그와 동료들은 고래의 공격을 피할 수 없다는 것을 깨닫고 물속으로
뛰어들어 간신히 목숨을 건졌다.
 ─타이어먼과 베넷의 『전도 일지』

"낸터컷 자체가 우리나라 국익의 일부, 그것도 매우 중요하고 특이한
국익의 일부를 이루고 있습니다. 8천 내지 9천 명의 인구가 이곳 바다에
서 생계를 꾸려나가면서 대담하고 끈질긴 노력으로 해마다 국가에 많은
부를 보태고 있는 것입니다."
 ─1828년, 대니얼 웹스터가 낸터컷 방파제 건설을 청원하기 위해 미국 상원에서 한
　연설

고래가 바로 위에서 그를 덮쳤다. 아마 그는 즉사했을 것이다.
 ─헨리 T. 치버 목사의 『고래와 포경꾼들─프레블 제독이 귀향 항해에서 수집한 포경
　의 모험과 고래의 내력』

"조금이라도 떠들면 지옥으로 보내버리겠다." 새뮤얼이 대답했다.
 ─새뮤얼의 동생 윌리엄 컴스톡의 『반란자 새뮤얼 컴스톡의 생애』

네덜란드인과 영국인의 북양 항해는 가능하면 그 바다를 통해 인도로 가는 항로를 찾기 위해서였다. 이 주된 목적은 이루지 못했지만, 이 항해는 고래 서식지를 세상에 드러내는 결과를 낳았다.

　—존 렘지 맥컬록의 『상업 및 무역항해 사전』

이런 일들은 상호반복적이어서, 공이 튀어 돌아오면 다시 앞으로 튀어 나갈 수밖에 없는 것과 마찬가지다. 이제 고래 서식지가 드러났기 때문에, 포경꾼들은 간접적으로나마 그 신비로운 북서항로에 대한 새로운 단서를 얻은 것 같다.

　—발표되지 않은 '어떤 글'에서

바다에서 포경선을 만나면 그 외관만으로도 깊은 인상을 받지 않을 수 없다. 포경선은 돛을 짧게 줄인 상태로 서행하고, 망루에는 망꾼이 올라가서 주위의 넓은 바다를 열심히 살핀다. 정규 항해를 하는 배와는 분위기가 전혀 다르다.

　—찰스 윌크스의 「해류와 고래잡이」(『미국의 탐험 이야기』에 수록)

런던 근교나 어딘가 다른 곳을 거닐어본 사람은 구부러진 커다란 뼈가 땅에 박혀서 출입구의 아치문이나 정자의 입구를 이루고 있는 것을 본 기억이 날지도 모른다. 그리고 어쩌면 그것이 고래의 갈비뼈라는 말을 들었을지도 모른다.

　—로버트 P. 길리스의 『북극해로 포경 항해를 떠난 한 선원의 이야기』

백인 선원들은 보트를 타고 고래를 추적하다가 본선으로 돌아온 뒤에야 그들의 배가 선원으로 고용된 야만인들의 손아귀에 들어갔음을 알았다.

　—포경선 '호보맥' 호의 탈취와 탈환에 관한 신문 기사

널리 알려져 있듯이, (미국의) 포경선 선원들 가운데 항구를 떠날 때 탔던 배를 타고 돌아오는 사람은 드물다.
　　—제임스 A. 로스의 「포경 보트 항해기」

갑자기 물속에서 거대한 덩치가 나타났나 싶더니, 공중을 향해 곧장 수직으로 뛰어올랐다. 그것은 고래였다.
　　—조지프 C. 하트의 『포경꾼 미리엄 코핀』

물론 고래한테 작살을 꽂을 수는 있다. 하지만 생각해보라. 제멋대로 날뛰는 망아지를 꼬리 밑뿌리에 묶은 밧줄 한 가닥만으로 제어할 수 있겠는가.
　　—『늑재와 원재』에 수록된 '고래잡이에 관한 장章'

어느 날 나는 이 괴물(고래) 두 마리가 잇따라 천천히 헤엄치는 것을 보았다. 아마 수놈과 암놈이었을 것이다. 해안에서 돌을 던지면 닿을 만한 거리였다. 너도밤나무가 해안으로 가지를 길게 뻗고 있었다.
　　—찰스 다윈의 『'비글' 호 항해기』

"전속으로 후진!" 하고 항해사가 외쳤다. 돌아보니 거대한 향유고래가 뱃머리까지 바싹 다가와 아가리를 벌리고는 금방이라도 배를 박살 낼 태세였다. "전속으로 후진! 죽을힘을 다해서 후진!"
　　—해리 핼야드의 『고래 사냥꾼 워튼』

대담한 작살잡이가 고래를 찌르고 있는 동안은
기운을 내라, 젊은이들이여. 낙담하지 마라!
　　—낸터컷의 민요

　　　　　　　　　　　모비 딕

오, 세상에서 보기 드문 늙은 고래여,

그대의 집은 거센 비바람이 몰아치는 바다 한가운데.

힘이 곧 정의인 곳에 사는 힘센 거물이여,

그대는 끝없는 바다의 왕이로다.

　—고래의 노래

{ 　제1장　 }

어렴풋이 보이는 것들

　내 이름을 이슈메일[10]이라고 해두자. 몇 년 전—정확히 언제인지는 아무래도 좋다—지갑은 거의 바닥이 났고 또 뭍에는 딱히 흥미를 끄는 게 없었으므로, 당분간 배를 타고 나가서 세계의 바다를 두루 돌아보면 좋겠다는 생각을 했다. 그것은 내가 우울한 기분을 떨쳐버리고 혈액순환을 조절하기 위해 늘 쓰는 방법이다. 입이 근질거려 입꼬리가 일그러질 때, 보슬비 내리는 11월처럼 내 영혼이 을씨년스러워질 때, 관을 파는 가게 앞에서 나도 모르게 걸음이 멈추거나 장례 행렬을 만나 그 행렬 끝에 붙어서 따라갈 때, 특히 우울증이 엄습하는 바람에 거리로 뛰쳐나가 사람들의 모자를 보는 족족 날려 보내지 않으려면 대단한 자제심이 필요할 때—이럴 때면 나는 되도록 빨리 바다로 나가야 할 때가 되었구나 하고 생각한다. 이것이 나에게는 권총과 총알의 대용물인 셈이다. 카토[11]는 철학적인

10　Ishmael. 구약성서 「창세기」 16장에 나오는 이스마엘에서 따온 인물. 이스마엘은 이스라엘 민족의 조상인 아브라함과 그의 아내 사라의 몸종인 하갈 사이에서 태어났으나, 나중에 사라가 아들(이삭)을 낳자 집에서 쫓겨나 황야를 떠돌게 된다. '방랑자', '세상에서 추방당한 자'라는 뜻을 내포하고 있다.

11　마르쿠스 포르키우스 카토(기원전 95~46): 고대 로마의 정치가·철학자. 공화정을 옹호하여 카이사르에게 대항했다가 실패하자 자결했다. 소小 카토라고 불린다.

미사여구를 주절거리면서 칼 위에 몸을 던졌지만, 나는 조용히 배를 타러 간다. 이것은 전혀 놀라운 일이 아니다. 바다를 이해하는 사람이라면 누구나, 정도의 차이는 있겠지만, 언젠가는 바다에 대해 나와 비슷한 감정을 품게 될 것이다.

만하토족이 살았던 섬,[12] 이제 당신들의 도시는 인도의 섬들이 산호초에 둘러싸여 있듯이 부두로 잇따라 둘러싸이고, 밀려오는 교역의 물결에 에워싸여 있다. 길들은 오른쪽으로 가도 왼쪽으로 가도 모두 바다 쪽으로 이어져 있다. 시가지가 끝나는 곳에는 배터리 공원[13]이 있는데, 그곳의 웅장한 방파제는 파도에 씻기며, 몇 시간 전만 해도 뭍에서는 보이지 않는 곳에 있던 산들바람에 열기를 식힌다. 보라, 그곳에는 사람들이 바다를 바라보며 서 있다.

꿈꾸는 듯한 휴일 오후의 도시를 거닐어보라. 콜리어스훅[14]에서 코언티스슬립까지 걸어간 다음, 그곳에서 화이트홀을 지나 북쪽으로 걸어가보라. 무엇이 보이는가? 시내 곳곳에서 수천 명의 사람들이 보초병처럼 말 없이 서서 바다에 대한 몽상에 잠겨 있는 것을 볼 수 있을 것이다. 말뚝에 기대서 있는 사람, 잔교 끝에 앉아 있는 사람, 중국에서 온 배들을 그 뱃전 너머로 바라보는 사람, 바다를 좀 더 잘 보기 위해 삭구[15] 위에 올라가 있는 사람도 있다. 하지만 이들은 모두 뭍의 인간이다. 평일에는 욋가지 지붕과 회벽 안에 갇힌 채 계산대에 묶여 있거나 의자에 매여 있거나 책상에 붙잡혀 있는 사람들이다. 그렇다면 이건 어찌 된 일인가? 푸른 들판이 사라져버렸나? 그들은 도대체 여기서 무엇을 하고 있는 것일까?

---

12 뉴욕의 맨해튼섬을 말한다. 만하토족: 섬 남쪽에 살았던 원주민 부족. 인도의 섬들: 카리브해의 서인도제도를 말한다.

13 맨해튼 남쪽 끝에 있는 공원. 이곳에 뉴욕항 수비를 맡았던 영국군 포대Battery가 있었기 때문에 '배터리'라고 불렸다.

14 콜리어스훅, 코언티스슬립, 화이트홀은 맨해튼 남쪽 해안에 있는 지역 이름.

15 索具. 선박에서 사용하는 밧줄이나 쇠사슬 따위를 통틀어 이르는 말.

그러나 보라! 더 많은 무리가 이쪽으로 오고 있다! 바다를 향해 곧장 걸어오고 있다. 바닷속으로 뛰어들 것처럼 보인다. 이상한 일이다! 육지가 끝나는 곳이 아니면 그들은 만족하지 못하는 듯하다. 저기 창고 그늘에서 빈둥거리는 것만으로는 충분치 않다. 그렇다. 물에 빠져 죽지 않는 한, 될 수 있으면 물에 가까이 다가서고 싶은 것이다. 그런 자들이 저곳에 몇 킬로미터의 행렬을 짓고 있다. 모두 뭍사람인 그들은 오솔길과 골목길에서, 큰길과 샛길에서, 동서남북 사방에서 오고 있다. 하지만 결국은 모두 이곳에 모여들어 한 무리가 된다. 왜일까? 이곳에 정박 중인 배들의 나침반 바늘이 그 자력으로 그들을 끌어당기기라도 한 것일까?

한 번 더 말해보겠다. 가령 당신이 시골에, 호수가 많은 어느 고지대에 있다고 하자. 어느 길이든 마음에 드는 오솔길을 골라서 걸어간다고 하자. 당신이 택한 길은 십중팔구 골짜기로 내려가 개울 속의 웅덩이에 이르게 될 것이다. 거기엔 마력이 있는 것이다. 가장 얼빠진 녀석을 가장 깊은 몽상 상태에 빠뜨린 다음, 그를 일으켜 세워서 발길 닿는 대로 걸어가게 해보라. 그 지역에 물이 있다면, 그는 틀림없이 물이 있는 쪽으로 당신을 데려갈 것이다. 미국의 거대한 사막을 여행하다가 목이 마를 경우, 일행 중에 우연히 철학 교수라도 끼어 있거든 이 실험을 해보기 바란다. 누구나 알다시피, 명상과 물은 영원히 결부되어 있는 것이다.

하지만 여기 화가가 한 사람 있다고 하자. 그는 세이코 계곡[16]에서도 가장 몽상적이고 가장 어둡고 가장 조용하고 가장 매혹적인 경치를 낭만파적 풍경화로 그리고 싶어 한다. 그때 그가 중요한 요소로 택하는 것은 무엇일까? 저쪽에는 나무들이 마치 줄기 속에 은둔자와 십자가상이 들어 있기라도 한 듯한 품새로 서 있다. 이쪽에는 목초지가 잠자듯 누워 있고, 저쪽에는 가축들이 잠들어 있다. 그 너머 오두막에서는 연기가 졸린 듯이 피어오른다. 미로 같은 오솔길이 구불거리며 먼 숲속으로 깊이 들어가 겹

16   미국 뉴햄프셔주 남쪽의 세이코강에 형성된 계곡.

겹이 포개진 산마루에 이른다. 산비탈은 아련한 푸른빛에 싸여 있다. 하지만 그림이 그렇게 무아지경에 빠져 있어도, 소나무가 목동의 머리 위에 한숨 소리를 나뭇잎처럼 떨어뜨려도, 목동의 눈길이 눈앞의 매력적인 시냇물에 사로잡혀 있지 않다면 모든 게 허사일 것이다. 6월에 대초원을 찾아가보라. 무릎까지 올라오는 참나리를 헤치며 수십 킬로미터나 걸어갈 때, 뭔가 한 가지 매력이 빠진 것 같지 않은가? 그렇다, 물이다. 그곳에는 물이 한 방울도 없는 것이다. 나이아가라 폭포에서 물이 아니라 모래가 쏟아져 내린다면 어느 누가 그것을 보려고 수천 킬로미터나 먼 길을 떠나겠는가? 테네시주의 어느 가난한 시인[17]이 어쩌다 양손 가득 은화를 손에 넣었을 때, 그토록 절실히 필요했던 외투를 살 것인가 아니면 로커웨이 해변으로 도보 여행을 하는 데 쓸 것인가를 놓고 한참 고민한 것은 무엇 때문일까? 건전한 정신에 건강한 신체를 가진 젊은이라면 누구나 한 번쯤 바다에 가고 싶은 욕망에 사로잡히는 것은 무엇 때문일까? 당신이 난생처음 배를 타고 여행할 때, 당신이 탄 배가 이제 뭍이 보이지 않는 망망대해로 나왔다는 말을 처음 들었을 때, 신비로운 전율을 느끼는 것은 무엇 때문일까? 고대 페르시아 사람들이 바다를 신성하게 여긴 것은 무엇 때문일까? 그리스 사람들이 바다의 신[18]을 따로 두고, 그 신을 최고신 제우스의 형제 자리에 앉힌 것은 무엇 때문일까? 이런 것들은 하나도 무의미하지 않다. 샘물에 비친 아름다운 영상을 붙잡지 못해 괴로워하다가 물에 뛰어들어 빠져 죽은 나르키소스[19]의 이야기에는 훨씬 더 깊은 뜻이 담겨 있다. 하지만 바로 그 영상을 우리는 모든 강과 바다에서 본다. 그 영상은 결코 잡을 수 없는 삶의 환영이고, 이것이야말로 모든 것의 열쇠인 것이다.

---

17 많은 연구에도 불구하고 그가 누구인지 밝혀내지 못했다. 멜빌의 지어낸 이야기가 아닐까 싶다. 로커웨이 해변: 미국 뉴욕주 롱아일랜드에 있는 휴양지.

18 그리스 신화에 나오는 포세이돈을 말한다.

19 그리스 신화에 나오는 미소년. 에코의 사랑을 받아들이지 않았다고 하여 네메시스(율법의 여신)에게 벌을 받아, 호수에 비친 제 모습을 사랑하여 그리워하다가 빠져 죽어 수선화가 되었다고 한다.

모비 딕

눈언저리가 침침해지고 허파가 벌렁거리는 게 느껴지기 시작할 때면 나는 언제나 바다로 나가는 버릇이 있다고 말했는데, 그렇다고 승객으로서 배를 타고 바다로 나간다는 뜻은 아니다. 승객이 되려면 지갑이 필요한데, 지갑 속에 무언가가 들어 있지 않다면 그것은 넝마에 불과할 따름이다. 게다가 승객은 뱃멀미를 하거나 걸핏하면 말썽을 피우거나 밤잠을 설치거나 해서 항해의 기쁨을 즐기지 못한다. 그렇다, 나는 결코 승객으로서 바다에 나가지 않는다. 나는 꽤 노련한 선원이지만, 제독이나 선장이나 요리사로서 바다에 나가지도 않는다. 그런 직책에 따르는 영예와 특별대우는 그런 걸 좋아하는 자들에게 맡기겠다. 나는 아무리 명예와 존경이 따른다 해도 수고나 시련이나 고생 따위는 딱 질색이다. 바크나 브리그나 스쿠너[20]나 그 밖의 여러 가지 배를 돌보지 않아도, 나 자신을 돌보는 것만으로도 벅차다. 요리사는 배에서는 상급선원이니까 상당히 영예로운 자리인 것은 사실이지만, 왠지 나는 닭을 굽는 일을 좋아해본 적이 없다. 하지만 일단 구워진 닭고기에 조심스레 버터를 바르고 소금과 후추를 치면, 닭구이에 대해 경건하다고까지는 할 수 없어도 어느 누구보다 정중하게 말할 것이다. 피라미드의 거대한 조리실에서 따오기와 하마의 미라가 발견되는 것은 고대 이집트 사람들이 따오기구이와 하마구이를 우상 숭배하듯 좋아했기 때문이 아니겠는가.

아니, 바다에 나갈 때면 나는 앞돛대 앞[21]에 머무르거나 앞갑판 아래로 내려가거나 윗돛대 망루에 올라가는 일개 뱃사람으로 간다. 사실 나는 명령에 따라, 오뉴월 들판의 메뚜기처럼 이 활대에서 저 활대로 뛰어다녀야 한다. 처음에는 꽤 힘든 일이다. 특히 육지의 유서 깊은 명문 집안, 예컨대

---

20 범선의 종류. 바크는 3개 이상의 돛대를, 브리그는 2개의 돛대에 가로돛을, 스쿠너는 2개 이상의 돛대를 달고 있다.

21 평선원들이 주로 지내는 구역으로, 낮에는 앞돛대 앞쪽에서 일하고 밤에는 앞갑판 아래 선원실에서 잠잔다.

밴 렌슬러나 랜돌프나 하르디카누트 같은 집안[22] 출신이라면 자존심을 상하게 될 것이다. 타르 단지에 손을 집어넣어야 하는 뱃사람이 되기 직전까지 시골에서 학교 선생으로 위세를 부리며 덩치 큰 학생들까지 벌벌 떨게 했다면 어떤 경우보다도 힘들 것이다. 미리 경고해두거니와, 교사에서 뱃사람으로 전업하는 것은 결코 쉬운 일이 아니며, 그것을 씩 웃으면서 참아낼 수 있으려면 세네카와 스토아학파[23]의 가르침을 달인 탕약이라도 먹어야 할 것이다. 하지만 이런 괴로움도 시간이 지나면 서서히 사라진다.

어느 심술 사나운 늙은 선장이 나에게 빗자루를 들고 갑판을 쓸라고 명령한다 해서, 그게 어쨌다는 말인가?『신약성서』라는 저울에 달아보았을 때 그런 굴욕쯤 무슨 대수겠는가? 그 늙은 선장의 명령에 고분고분 따른다고 해서 대천사 가브리엘이 나를 조금이라도 업신여길까? 이 세상에 노예 아닌 사람이 있느냐고 묻고 싶다. 늙은 선장이 아무리 나를 부려 먹고 괴롭혀도 괜찮다. 다른 사람들도 모두 어떤 식으로든—다시 말해서 육체적인 면에서든 정신적인 면에서든—비슷한 대우를 받고 있으며, 따라서 모든 사람이 돌아가면서 때리고 맞는다는 것, 그리고 서로 어깨뼈를 부딪치면서 만족해야 한다는 것을 나는 알고 있다.

거듭 말하지만, 나는 언제나 뱃사람으로 바다에 나간다. 뱃사람은 수고한 만큼 대가를 받기 때문이다. 하지만 승객으로 배를 탄 사람에게 한 푼이라도 내준다는 이야기는 들어본 적이 없다. 승객은 돈을 받기는커녕 오

---

22 밴 렌슬러: 뉴욕이 네덜란드 식민지였던 무렵부터 명문이고, 멜빌의 어머니도 이 집안과 연결되어 있다. 랜돌프: 인디언 추장의 딸로 유명한 포카혼타스의 피를 이어받은 버지니아 귀족 가문이며, 미국의 제3대 대통령 토머스 제퍼슨(1743~1826) 등의 명사를 배출했다. 하르디카누트: 11세기에 잉글랜드를 지배한 덴마크 왕가.

23 루키우스 안나이우스 세네카(기원전 4?~기원후 65): 고대 로마의 철학자·극작가. 스토아 철학자로, 네로의 스승이 되었지만 훗날 반역의 혐의를 받고 자결했다. 스토아학파: 기원전 3세기 초에 키티온의 제논(기원전 335?~263?)이 창시한 그리스 철학의 한 유파. 윤리학을 중요하게 다루었고, 금욕과 극기를 통해 자연에 순응하는 현자의 생활을 이상으로 내세웠다.

히려 돈을 내야 한다. 돈을 내는 것과 받는 것은 천지 차이다. 돈을 내는 행위는, 저 두 명의 사과 도둑[24]이 우리에게 물려준 괴로움 중에서도 아마 가장 큰 괴로움일 것이다. 하지만 '대가를 받는 것'—이것을 무엇과 비교할 수 있을까? 돈이야말로 지상의 모든 악의 근원이고, 부자는 절대로 천국에 들어갈 수 없다고 우리가 철석같이 믿고 있음을 생각하면, 사나이가 멋진 활동으로 돈을 받는 것은 참으로 경탄할 만한 일이다. 아아, 우리는 얼마나 기꺼이 우리 자신을 파멸에 내던지고 있는 것인가!

마지막으로 말하거니와, 나는 언제나 일개 뱃사람으로 바다에 나간다. 앞갑판에는 건강에 좋은 노동과 맑은 공기가 있기 때문이다. 세간에서와 마찬가지로 (피타고라스[25]의 격언에 따른다면) 앞에서 불어오는 바람은 뒤에서 불어오는 바람보다 훨씬 우세하고, 따라서 뒷갑판에 있는 선장은 대부분 앞갑판 선원들이 마시고 뱉은 공기를 다시 들이마시게 된다. 선장은 자기가 신선한 공기를 마신다고 생각하겠지만, 천만의 말씀이다. 이와 마찬가지로 세상사에서도 지도자가 모르는 사이에 오히려 민중이 지도자를 이끄는 경우가 많다. 그런데 상선 선원으로 여러 번 바다 냄새를 맡아본 내가 이제 와서 포경선을 타기로 마음먹은 것은 무엇 때문일까? 이 의문에 누구보다도 정확하게 대답할 수 있는 것은 운명의 여신들[26]이 보낸 경찰, 끊임없이 나를 감시하고 나를 미행하고 설명할 수 없는 방식으로 나에게 영향력을 행사하는 그 눈에 보이지 않는 경찰이다. 내가 이 고래잡이 항해에 나선 것은 신의 섭리에 따라 오래전에 마련된 웅대한 프로그램의 일부를 이루고 있을 게 분명하다. 그것은 좀 더 긴 연극 사이에 끼여

---

24   아담과 이브를 가리킨다.

25   피타고라스(기원전 500?~580?): 고대 그리스의 철학자·수학자. 수數를 만물의 근원으로 생각했으며, '피타고라스의 정리'를 발견하여 과학적 사고를 구축하는 데 큰 역할을 했다. 그의 격언이란, 콩을 먹으면 방귀가 나오니까 콩을 먹지 말라는 가르침을 말한다.

26   그리스 신화에 나오는 '운명의 세 여신'을 말한다. 클로토는 인간의 생명을 관장하는 실을 잣고, 라케시스는 그 실의 길이를 결정하고, 아트로포스는 그 실을 끊는다.

있는 일종의 짧은 막간극이자 일인극이었다. 그 프로그램에서 이 부분은 다음과 같이 표현되지 않았을까 생각한다.

미합중국 대통령 선거전
이슈메일 아무개의 고래잡이 항해
아프가니스탄에서 벌어진 피비린내 나는 전쟁[27]

다른 사람들은 고상한 비극에서 당당한 역할을 맡거나 우아한 희극에서 짧고 쉬운 역할을 맡거나 익살극에서 유쾌한 광대 역할을 맡는데, '운명'이라는 무대감독이 왜 나에게는 고래잡이 항해의 이 초라한 역할을 맡겼는지, 그 정확한 이유는 나도 알 수 없다. 정확히 무엇 때문이었는지는 나도 알 수 없지만, 이제 와서 모든 상황을 돌이켜보면 교활하게도 다양하게 변장하고 내 앞에 나타나 그 역할을 맡게 한 여러 가지 동기와 원인을 조금은 알 수 있을 것도 같다. 게다가 그것들은 나를 속여서, 내가 확고부동한 자유의지와 뛰어난 판단력으로 그 역할을 선택했다는 망상에 빠뜨렸다.

그 동기들 중에서도 가장 주된 것은 그 거대한 고래의 압도적인 존재 자체였다. 그 무시무시하고 신비로운 괴물이 내 호기심을 불러일으킨 것이다. 고래가 섬처럼 거대한 덩치로 파도를 헤치며 나아가는 그 거칠고 먼 바다와, 고래가 일으키는 형언할 수 없는 위험들과, 파타고니아[28]에서 고래를 보고 그 소리를 들은 사람들의 수많은 목격담에 따르는 경이로

27 　1840년에는 미국 역사상 최초의 시끄러운 대통령 선거전이 벌어졌다. 인디언 섬멸전에서 이름을 날린 윌리엄 헨리 해리슨(1773~1841)이 현직 대통령 마틴 밴 뷰런(1782~1862)을 물리치고 제9대 대통령이 되었지만, 선거전의 피로가 원인이 되어 취임한 지 한 달 만에 급사했다. 그보다 석 달 전인 1841년 1월 3일, 22세인 멜빌은 매사추세츠주 페어헤이븐에서 포경선 '애커시넷'호를 타고 대서양과 태평양으로 항해를 떠났다. 1842년 1월 6일, 아프가니스탄에 대한 패권을 둘러싸고 러시아와 영국 사이에 벌어진 제1차 아프간 전쟁에서 카불에 있던 영국군은 아프간인들에게 뼈아픈 반격을 당하고 섬멸되었다. 이때 전사한 영국-인도 병사가 무려 1만 명이었다고 한다.

움—이런 것들이 바다에 대한 열망으로 나를 치닫게 한 것이다. 아마 다른 사람들은 이런 것에 아무 자극도 받지 않았겠지만, 나는 멀리 떨어져 있는 것에 대한 끊임없는 갈망에 시달리고 있다. 나는 금단의 바다를 항해하고 미개인들의 해안에 상륙하는 것을 좋아한다. 나는 좋은 것도 외면하지 않지만, 두려움에 대해서도 민감하다. 그리고 상대가 허락해준다면 그것과 친하게 사귈 수도 있다. 자기가 살고 있는 곳의 모든 주민과 사이 좋게 지내는 것은 어쨌든 좋은 일이니까.

이런 것들이 내가 고래잡이 항해를 좋아하는 이유였다. 이제 경이의 세계로 들어가는 거대한 수문이 열렸다. 그 목적지를 향해 나를 몰아대는 분방한 공상 속에서 두 마리씩 짝을 지어 내 영혼의 깊은 곳으로 헤엄쳐 들어오는 고래의 끝없는 행렬이 보였다. 그리고 그 행렬의 한복판에는, 하늘로 우뚝 솟은 눈 덮인 산처럼 거대한 두건을 쓴 거대한 유령이 하나 떠다니고 있었다.

{   제 2 장   }

여행 가방

나는 셔츠 한두 장을 쑤셔 넣은 낡은 카펫 가방[29]을 겨드랑이에 끼고 혼곶과 태평양을 향해 출발했다. 정든 맨해튼을 떠나 제시간에 뉴베드퍼

---

28 남아메리카 남단부 지역. 아르헨티나와 칠레 양국에 걸쳐 있으며, 칠레 쪽 최남단에 있는 혼섬의 남쪽 끝이 혼곶으로, 1616년 네덜란드인 W. C. 쇼우텐이 이곳을 처음 통과하면서 자신의 고향(호른)을 따서 명명했다. 1914년 파나마 운하가 개통하기 전에는 마젤란해협과 함께 태평양과 대서양을 잇는 중요 항로였다. 그러나 높이 420m의 절벽이 서 있는 데다 바람이 심하고 파도가 거칠어 항해하기 힘든 곳으로 유명하다.

29 양탄자 천으로 만들어진 여행용 가방. 19세기 미국과 유럽에서 널리 이용되었으며, 축소한 형태가 오늘날 핸드백으로 쓰이고 있다.

드[30]에 도착한 것은 12월의 어느 토요일 밤이었다. 그러나 낸터컷[31]으로 가는 소형 정기선은 벌써 떠난 뒤여서, 다음 월요일까지는 그곳에 갈 방도가 전혀 없다는 것을 알고 나는 적잖이 낙심했다.

고래잡이의 고난과 형극의 길을 지망하는 젊은이들은 대개 이 뉴베드퍼드에 머물다가 항해를 떠나기 때문에, 나는 그럴 생각이 전혀 없었다는 것을 말해두는 게 나을 듯싶다. 나는 낸터컷에서 떠나는 배가 아니면 타지 않기로 결심한 터였다. 그 유서 깊고 이름 높은 섬과 관련된 것들은 모두 다 거칠고 사나운 느낌을 주었는데, 놀랍게도 그런 점이 마음에 들었기 때문이다. 게다가 최근 들어 뉴베드퍼드가 새로운 포경 기지로 부상하고 있는 반면에 낸터컷은 안타깝게도 나날이 쇠락하고 있지만—말하자면 카르타고에 대한 튀로스[32] 같은 처지였다—오랜 역사를 지닌 낸터컷은 포경업의 발상지이고, 미국에서 최초로 고래의 사체가 해안에 떠밀려온 곳이다. 아메리카 원주민인 인디언들이 통나무배를 타고 고래를 잡으러 처음 출격한 곳이 낸터컷 말고 또 어디겠는가? 전해오는 이야기에 따르면, 뱃머리 기움대[33]에서 작살을 쏘기에 가장 적당한 때가 언제인지를 알아보기 위해 수입한 조약돌을 고래한테 던졌다는데, 그런 위험에도 불

---

30 미국 매사추세츠주 남부의 항구도시. 포경업의 중심지.

31 매사추세츠주 코드곶에서 남쪽으로 50km 떨어진 섬. 면적은 약 150km², 길이는 221km에 이른다. 원래 인디언밖에 살지 않았던 평평한 모래땅 불모지여서 농업은 성하지 않았지만, 1659년부터 백인이 들어와 살기 시작했고, 1690년대에는 퀘이커교도가 대규모로 들어와 포경 기지를 건설했다. 이 섬의 포경업은 독립전쟁(1775~1783) 직전에 전성기를 맞았는데, 당시 낸터컷에 등록된 포경선이 150척에 달했다고 한다. 18세기 말, 맞은편 해안의 애커시넷강 어귀에 뉴베드퍼드를 건설하여 경뇌유와 고래기름을 본토로 수입하는 항구로 삼고 이 도시를 포경 기지로 발전시킨 것도 낸터컷의 퀘이커교도였다. 멜빌 자신이 페어헤이븐에서 '애커시넷'호를 타고 항해를 떠난 1841년에는 뉴베드퍼드에만 170척의 포경선이 있었고, 4천 명이 포경업에 종사하면서 당시 미국의 경뇌유와 고래기름 생산량의 3분의 1을 조달했다고 한다.

32 지중해의 고대 항구도시인데, 기원전 9세기에 카르타고를 건설한 것은 튀로스의 페니키아인이었다. 그 후 기원전 6세기 중반에 카르타고가 지중해의 무역을 장악하여 번영했으나 포에니 전쟁에서 패하여 로마의 속주가 되었다.

33 앞돛대의 버팀줄을 묶도록 뱃머리 앞으로 비스듬히 튀어나온 둥근 목재.

구하고 조약돌을 실은 작은 돛단배를 최초로 띄워 보낸 곳이 낸터컷 말고 또 어디겠는가?

이제 나는 뉴베드퍼드에서 하룻밤과 하룻낮, 그리고 다시 하룻밤을 더 보내야만 목적지인 항구로 떠날 수 있었기 때문에, 그동안 어디서 먹고 자느냐가 당장 걱정거리가 되었다. 몹시 수상쩍어 보이는, 아니 무척 캄 캄하고 음산한 밤, 살을 에는 듯 춥고 쓸쓸한 밤이었다. 그곳에는 아는 사람이라곤 아무도 없었다. 불안한 마음으로 주머니를 뒤져보니 갈고리 같은 손가락에 걸려 올라온 것은 은화 몇 닢뿐이었다. 나는 가방을 어깨에 둘러메고 황량한 거리 한복판에 서서 북쪽의 어둠과 남쪽의 암흑을 비교하며 혼잣말로 중얼거렸다. 그러니까 이슈메일, 어딜 가든, 어떤 꾀를 써서 어디서 하룻밤 묵든지 간에, 반드시 숙박비를 먼저 물어봐. 그리고 너무 까다롭게 굴지 마라.

나는 머뭇거리는 걸음으로 길을 걸어갔다. '작살 십자'라는 간판 앞을 지나갔지만, 그곳은 너무 비싸고 소란스러워 보였다. 조금 더 걸어가자 '황새치' 여관의 새빨간 창문에서 타는 듯한 빛줄기가 새어 나와 집 앞에 쌓인 눈과 얼음을 녹여버린 것처럼 보였다. 다른 곳에는 모두 단단한 포장도로 위에 서리가 한 뼘 두께로 얼어붙어 있었기 때문이다. 내 신발 바닥은 너무나 혹사를 당해서 처참한 상태였기 때문에, 부싯돌처럼 단단하고 울퉁불퉁한 얼음을 밟고 걷기가 좀 피곤했다. 나는 이번에도 너무 비싸고 소란스러운 곳이라고 생각했지만, 잠시 멈춰 서서 길바닥을 넓게 비추고 있는 불빛을 바라보고 안에서 들려오는 술잔 부딪치는 소리에 귀를 기울이다가 마침내 혼잣말로 중얼거렸다. 계속 가, 이슈메일. 안 들려? 문 앞을 떠나. 누덕누덕 기운 네 장화가 길을 막고 있어. 그래서 나는 계속 걸어갔다. 이제는 본능적으로 바다 쪽으로 이어진 길을 따라갔다. 그쪽에는 가장 쾌적하지는 않더라도 가장 값싼 여관이 있을 것 같았기 때문이다.

정말 황량한 거리였다! 길 양쪽에 있는 것은 집이 아니라 시커먼 덩어리들이었다. 여기저기 드문드문 보이는 촛불은 무덤 속을 돌아다니는 촛불 같았다. 일주일의 마지막 날 이 밤늦은 시간에 이 도시의 그 구역은 거의 텅 비어 있었다. 하지만 나는 곧 폭이 넓고 납작한 집에서 연기처럼 새어 나오는 한 줄기 불빛을 보았다. 그 집의 현관문은 어서 들어오라고 유혹하듯 열려 있었다. 일반 서민이 사용하도록 마련된 것처럼 꾸밈없고 편안해 보였다. 그래서 나는 안으로 들어갔는데, 들어가자마자 현관 앞에 놓인 석탄재 통에 발이 걸려 넘어지고 말았다. 피어오른 석탄재 때문에 숨이 막힐 지경이었다. 하! 이 재는 그 폐허의 도시 고모라[34]에서 온 것일까? 그런데 아까는 '작살 십자'와 '황새치'였으니까, 이곳 간판은 틀림없이 '함정'이겠군. 하지만 나는 일어나서 매무새를 바로잡고는, 안에서 흘러나오는 목소리를 들으며 성큼성큼 안으로 들어가 두 번째 문을 열었다.

도벳[35]에서 열린 악마들의 연회 같았다. 줄지어 앉은 백 개의 시커먼 얼굴이 나를 돌아보았다. 그리고 그 너머에서는 검은 '죽음의 천사'가 설교단에서 책을 탕탕 두드리고 있었다. 흑인 교회였던 것이다. 그리고 목사가 읽고 있는 성경 구절은 어둠의 사악함과 그곳에서 눈물을 흘리고 울부짖고 이를 가는 것에 대한 것이었다. 나는 뒷걸음쳐 나오면서 중얼거렸다. 이봐 이슈메일, '함정'이란 간판에 끌려 들어왔다가 혼쭐이 났군!

나는 계속 걷다가 마침내 부두에서 그리 멀지 않은 곳에서 밖에 내걸린 희미한 불빛을 보고, 공중에서 구슬프게 삐걱거리는 소리를 들었다. 고개를 들어보니 문 위에서 간판 하나가 그네처럼 흔들리고 있었다. 간판에는 안개 같은 물보라를 뿜어 올리는 고래 그림이 하얀 페인트로 희미하게 그려져 있고, 그 밑에 '물보라 여관―피터 코핀'이라고 쓰여 있었다.

코핀(관棺)과 물보라―이 별난 결합이 어쩐지 불길한 느낌이 들었다.

---

34 구약성서 「창세기」에 나오는 지명. 주민들의 도덕적 문란에 대한 신의 징벌을 받아 소돔과 함께 멸망했다. 소돔이라는 도시 이름에서 유래한 영어 낱말 'sodomy'에는 '남색'이라는 뜻이 있다.

35 구약성서 「열왕기하」(23장)에 나오는 지명. 어린아이를 불태워 제물로 바치던 곳으로, '지옥'이라는 뜻도 있다.

하지만 코핀은 낸터킷에서 흔한 성이라고 하니까, 이 피터라는 사람도 아마 낸터킷에서 건너온 사람일 것이다. 불빛은 너무 희미해 보였고, 집은 제법 조용해 보였다. 그 낡아빠진 목조 건물은 화재가 일어난 지역의 폐허에서 타다 남은 목재를 가져와 지은 것처럼 보였기 때문에, 그리고 흔들거리는 간판은 가난에 시달린 것처럼 삐걱거리고 있었기 때문에, 여기야말로 값싼 잠자리와 맛있는 콩 커피를 구할 수 있는 곳이구나, 하고 생각했다.

정말 묘하게 생긴 집이었다. 박공지붕을 이은 그 낡은 집은 한쪽이 마비된 것처럼 애처롭게 기울어져 있었다. 그 집은 길이 갑자기 꺾이는 황량한 모퉁이에 서 있었는데, 그곳은 바람받이여서 사나운 폭풍 유로클리돈[36]이 가엾은 사도 바울의 배를 뒤흔들었을 때보다 더 맹렬하게 날뛰고 있었다. 그래도 유로클리돈은 실내에서 잠자리에 들기 위해 벽난로 시렁에 발을 올려놓고 조용히 불을 쬐고 있는 사람에게는 상쾌한 산들바람이다. 어느 옛 작가—나는 이 작가의 한 권밖에 남아 있지 않은 책을 가지고 있다—는 이렇게 말하고 있다. "유로클리돈이라고 불리는 폭풍에 대해 생각할 때, 바깥쪽에만 성에로 덮인 유리창으로 밖을 내다보고 있느냐, 아니면 안팎에 서리가 내려 있고, 민첩한 저승사자만이 유리를 끼울 수 있는, 창틀도 없는 창문으로 밖을 관찰하고 있느냐에 따라 놀라운 차이가 있다." 이 구절이 문득 떠올랐을 때 나는 생각했다. 정말 그렇다, 옛 검은 활자[37]여. 너는 말도 잘하는구나. 그렇다, 나의 이 눈은 창문이고 이 몸은 집이다. 이런 틈새는 모두 메워버려야 하는 건데, 거기에 솜이라도 틀어막지 않은 것은 참 유감스러운 일이다. 하지만 이제 와서 손을 보기에는 너무 늦었다. 우주 창조는 이미 끝났다. 마지막 갓돌도 이미 놓였고,

---

36 바울의 경고를 무시하고 출항한 배를 공격한 폭풍. "때마침 남풍이 순하게 불어왔으므로… 닻을 올리고 크레타 해안을 따라 나아갔다. 그런데 얼마 안 가서 '유로클리돈'이라는 폭풍이 섬에서 몰아쳤다."(신약성서 「사도행전」 27장 13~14절)

37 중세에 서유럽에서 책을 인쇄할 때 사용된 고딕 문자.

부스러기들은 백만 년 전에 이미 치워졌다. 가난한 나사로[38]가 부잣집 대문 앞에 누워서 이를 딱딱 마주치고 누더기가 벗겨질 만큼 몸을 덜덜 떨며 넝마로 두 귀를 틀어막고 옥수수 속대로 입을 메워도 그 사나운 유로클리돈을 막지는 못할 것이다. 자줏빛 비단옷으로 몸을 감싼 부자 노인은 말하겠지. 유로클리돈? 그게 어쨌다는 것이냐. 서리가 내려서 정말 멋진 밤이로다. 오리온자리의 별들은 얼마나 밝게 빛나는가. 북극의 오로라는 또 얼마나 아름다운가! 늘 따뜻한 동양의 여름 같은 기후에 대해 말하고 싶은 자들은 마음대로 말하게 내버려둬라. 나는 내 석탄으로 내 여름을 만들 특권만 있으면 된다.

하지만 나사로는 무슨 생각을 할까? 푸르뎅뎅하게 언 손을 오로라 쪽으로 들어 올린다고 해서 손을 녹일 수 있을까? 나사로는 여기보다 수마트라섬[39]에 있고 싶지 않을까? 적도를 따라 길게 몸을 눕히고 싶지 않을까? 그렇다, 신들이여! 이 서리를 피하기 위해서라면 불타는 지옥에라도 내려가고 싶지 않겠는가?

이제 그 나사로가 부잣집 대문 앞 연석에 꼼짝도 못 하고 누워 있다면, 이것은 빙산이 몰루카 제도[40]에 정박한 것보다 훨씬 놀라운 일이다. 하지만 노인도 러시아 황제처럼 얼어붙은 한숨으로 만들어진 얼음 궁전에서 살고, 금주협회[41] 회장으로서 고아들의 미지근한 눈물만 마시고 있는 것이다.

하지만 주절대는 짓은 이제 그만두자. 우리는 고래를 잡으러 떠난다.

---

38   그리스도가 말한 '거지와 부자의 비유'에 나오는 거지. "어떤 부자가 있었는데… 그 집 대문 앞에는 나사로라고 하는 거지 하나가 상처투성이 몸으로 누워서, 부자의 밥상에서 떨어지는 부스러기로 배를 채우려고 하였다… 그 거지는 죽어서 천사들에 이끌려 가서 아브라함의 품에 안겼고, 그 부자도 죽어서 땅에 묻히게 되었는데, 지옥에서 고통을 당하다가…"(신약성서 「누가복음」 16장 19~23절)

39   인도네시아 서부에 있는 섬. 적도대에 위치하며 화산 활동이 활발하다.

40   인도네시아 동부 술라웨시섬과 뉴기니섬 사이에 있는 섬 무리. 향신료 산지로 유명하다.

41   미국에서 금주협회가 처음 결성된 것은 1808년, 뉴욕주 새러토가에서였지만, 금주 권유가 전국 규모의 운동으로 번지기 시작한 것은 1840년대에 이르러서였고, 그 종착점이 1919년의 금주법 성립이었다.

앞으로는 여러 가지 일이 일어날 것이다. 신발에 얼어붙은 얼음을 털어내고, 이 '물보라 여관'이 어떤 곳인지 알아보기로 하자.

{　　제3장　　}

물보라 여관

박공지붕을 이은 '물보라 여관'에 들어서면, 천장이 낮고 어질러지긴 했지만 꽤 널찍한 현관이 나온다. 벽에는 구식 징두리널을 대었는데, 오랫동안 쓰다 버린 낡은 배의 뱃전을 연상시켰다. 한쪽 벽에는 커다란 유화 한 점이 걸려 있었는데, 온통 그을리고 더러워질 대로 더러워져 있어서, 밝기가 다른 불빛들이 교차하는 그곳에서는 눈여겨 살펴보고 여러 번 찾아가 체계적으로 조사하고 이웃들에게 자세히 물어보고 해야만 비로소 그 그림의 의도를 조금이나마 이해할 수 있을 정도였다. 그림은 불가사의한 그늘과 그림자들의 집합체여서, 처음 볼 때는 뉴잉글랜드[42]의 마녀 시대에 어느 야심만만한 젊은 화가가 저주받은 혼돈의 세계를 표현하려고 애쓴 것처럼 생각된다. 하지만 오랫동안 진지하게 감상하고 몇 번이나 고쳐 생각하면, 그리고 특히 현관 뒤쪽의 작은 창문을 열어놓고 보면, 그런 생각이 엉뚱한 것이긴 해도 전적으로 부당한 것은 아닐 수도 있다는 결론에 이르게 된다.

하지만 사람을 가장 당황하게 하고 어리둥절하게 만드는 것은 그림 한복판에 그려진 물체일 것이다. 길고 유연하고 불길하고 검은 덩어리인데, 그것은 무어라 형언할 수 없는 거품 속에 떠 있는 세 가닥의 푸르고 희미

---

42 미국 북동부 대서양 연안에 있는 지역을 통틀어 부르는 말. 메인·뉴햄프셔·버몬트·매사추세츠·로드아일랜드·코네티컷의 6개 주가 포함되며, 1620년에 '메이플라워'호가 도착한 이후 영국계 이주민이 많이 살아왔다. 1692년 매사추세츠주 세일럼 마을에서 마녀재판 사건이 일어나 25명이 목숨을 잃었다.

한 수직선 위에 떠돌고 있었다. 신경이 예민한 사람이라면 심란해지고도 남을 만큼 축축하고 물컹하고 질퍽한 그림이었다. 하지만 그 그림에는 명확하지는 않지만 절반쯤 달성된, 상상할 수 없는 숭고함이 있어서, 그것이 사람의 마음을 사로잡아, 결국에는 그 불가사의한 그림이 무엇을 의미하는지 알아내고야 말겠다고 자신도 모르게 다짐하도록 만들었다. 이따금 멋진 생각이 화살처럼 머리를 스치기도 하지만, 그것은 유감스럽게도 도저히 믿을 수 없는 황당한 생각들이다. 이를테면, 이건 한밤중에 폭풍우가 몰아치는 흑해를 묘사한 게 아닐까—자연의 네 원소[43] 사이에 벌어진 부자연스러운 전투가 아닐까—초목이 온통 말라죽은 황야가 아닐까—북극의 겨울 풍경이 아닐까—꽁꽁 얼어붙었던 시간의 흐름이 녹아서 다시 흐르기 시작한 모습이 아닐까. 하지만 이 모든 상상은 결국 그림 한복판에 그려져 있는 불길한 그 무언가에 굴복하고 만다. '그것'이 무엇인지만 알아내면 나머지는 모두 분명해질 터였다. 하지만 잠깐만. 저건 무슨 거대한 물고기와 비슷하지 않나? 거대한 레비아탄을 닮지 않았나?

사실 내가 그 그림에 대해 여러 노인과 대화를 나누어 얻어들은 이야기를 바탕으로 도달한 결론에 따르면 화가가 의도한 바는 다음과 같은 것이었다—이 그림은 혼곶을 돌던 배가 강력한 폭풍을 만난 장면을 그린 것으로, 배는 반쯤 물속에 가라앉았고, 돛은 갈기갈기 찢겨 돛대 세 개만 물 위에 드러난 채 거친 파도에 흔들리고 있는데, 성난 고래 한 마리가 선체를 뛰어넘으려다가 세 개의 돛대 끝에 꽂힌 무시무시한 광경[44]을 담고 있다.

이 현관의 맞은편 벽에는 야만인들이 사용하는 괴상한 곤봉과 창들이 줄지어 걸려 있었다. 어떤 것은 상아를 자르는 톱을 연상시키는 톱니가

43　만물을 구성하는 기본 요소인 물·불·흙·공기를 아울러 이르는 말. 고대 그리스의 철학자인 엠페도클레스, 아리스토텔레스 등이 주장했다.

44　이 그림은 영국 화가 J. M. W. 터너(1775~1851)의 <포경선>(1845)을 상기시킨다. 멜빌은 터너를 경애했고, 터너 그림의 동판화를 수집하기도 했다. 이 그림의 주제를 멜빌이 "혼곶을 돌던 배가 강력한 폭풍을 만난 장면"이라고 설명한 것은 멜빌 자신이 탔던 포경선도 이 위험한 혼곶을 돌아 태평양으로 나간 일과 무관하지 않다.

잔뜩 달려 있고, 어떤 것은 사람 머리카락 매듭이 장식 술처럼 달려 있고, 자루가 긴 낫으로 풀밭을 베고 난 자국 같은 활 모양의 거대한 손잡이가 달린 것도 하나 있었다. 보기만 해도 몸서리가 쳐지고, 얼마나 잔인한 식인종과 야만인이기에 그렇게 무시무시한 도구로 농작물을 수확하듯 동물을 사냥할 수 있었을까 하고 생각하게 된다. 이것들과 함께, 녹슬어 부서지고 망가진, 낡은 고래잡이용 창과 작살이 나란히 걸려 있었다. 개중에는 유명한 내력을 지닌 무기들도 있었다. 50년 전에 네이선 스웨인[45]은, 한때는 긴 창이었지만 지금은 팔꿈치 모양으로 심하게 구부러진 이 창을 가지고 해가 뜰 때부터 해가 질 때까지 고래를 열다섯 마리나 잡았다. 그리고 지금은 코르크 마개를 뽑는 타래송곳과 비슷해 보이는 저 작살은 자바해[46]에서 고래 몸뚱이에 박혔는데, 고래는 작살이 꽂힌 채 달아났다가 몇 년 뒤 블랑코곶 앞바다에서 잡혔다. 첫 번째 작살 촉은 꼬리 근처에 박혔는데, 사람 몸에 들어간 바늘이 끊임없이 움직이듯 고래 몸속을 12미터나 휘돌아다닌 끝에 결국 등의 혹 속에 묻힌 상태로 발견되었다.

그 어두컴컴한 현관을 지나 낮은 아치형 천장을 한 통로—예전에는 이 자리에 벽난로에 빙 둘러싸인 거대한 중앙 굴뚝이 있었을 것이다—를 빠져나가자 공용 휴게실이 나왔다. 이곳은 훨씬 더 어두컴컴했다. 머리 위에는 육중한 들보가 너무 낮게 내려와 있고, 바닥의 널빤지는 너무 낡아서 쭈글쭈글 주름이 잡혀 있었다. 그래서 길모퉁이에 닻을 내린 이 낡은 배가 맹렬히 뒤흔들리는 바람 부는 밤에는 마치 낡은 배의 뒷갑판을 걷고 있는 듯한 기분이 들 것이다. 방 한쪽에는 길고 낮은 선반 같은 탁자가 놓여 있고, 그 위에는 금이 간 유리 장식장이 놓여 있는데, 그 안에는 이 넓은 세계의 구석구석에서 수집한 먼지투성이의 골동품이 가득 들어 있었

---

45 네이선 스웨인(1727~1781): 낸터컷의 이름난 포경업자 집안의 자손.

46 인도네시아의 해역으로, 수마트라섬·자바섬·보르네오섬으로 둘러싸여 있다. 블랑코곶: 남아메리카 페루 해안에 있는 곳을 말하는 것일 테지만, 그 '하얀 곶'의 이름은 모비 딕의 '흰색'과 관련짓기 위해 선택되었을 것이다.

다. 방의 저편 구석에서 어두침침한 동굴이 튀어나와 있었는데, 그것은 참고래의 머리 모양을 조잡하게 본떠 만든 바였다. 어쨌든 거기에 세워진 거대한 아치 모양의 고래 턱뼈는 너무 넓어서 마차도 그 아래로 지나갈 수 있을 정도였다. 그 안에는 초라한 선반들이 있고, 낡은 식탁용 유리병과 술병, 휴대용 술병들이 줄지어 놓여 있었다. 무엇이든 순식간에 삼켜 버릴 것 같은 그 턱뼈 안에서는 그 옛날의 저주받은 요나[47]처럼 깡마르고 작달막한 노인(실제로 사람들은 그를 요나라고 부르고 있었다)이 바삐 돌아다니며, 돈을 벌기 위해 선원들에게 광란과 죽음을 기꺼이 팔고 있었다.

늙은이가 독을 따라주는 술잔은 고약하다. 바깥쪽은 진짜 원통 모양이지만 안쪽은 바닥으로 내려갈수록 좁아져서 치사하게 용량을 속이는 날강도 같은 초록색 유리잔이다. 술잔 표면에는 평행한 선들이 위도선처럼 새겨져 있는데, 이 선까지 술을 채우면 1페니, 다음 선까지 술을 채우면 2페니 하는 식이어서, 한 잔 가득 마시려면 '혼곶'이라고 불리는 선까지 따라야 하는데, 그렇게 되면 1실링을 단숨에 들이켜는 셈이 된다.

내가 휴게실에 들어가자 젊은 뱃사람들이 탁자 주위에 둘러앉아 다양한 '스크림섄더'[48] 표본을 희미한 불빛으로 살펴보고 있었다. 나는 주인을 찾아서 방을 하나 쓰고 싶다고 말했다. 주인은 방이 다 차서 빈 침대가 하나도 없다고 대답하고는, 손가락으로 이마를 톡톡 두드리면서 덧붙였다.

"아니, 잠깐만…… 작살잡이하고 담요를 같이 써도 괜찮겠나? 보아하니 자네도 고래를 잡으러 갈 행색인데, 그런 일에 익숙해지는 게 좋을 거야."

그래서 나는 이렇게 말했다─한 침대에서 둘이 자는 것을 좋아하지 않는다. 그러나 어쩔 수 없이 그래야 한다면, 그 작살잡이가 어떤 사람이냐

---

47 구약성서 「요나서」에 나오는 예언자. 하느님의 명령을 어기고 달아나는 도중에 바다에서 폭풍을 만나 큰 물고기의 배 속에서 사흘 밤낮을 지내다가 기도에 의해 구원을 받았다고 한다.

48 skrimshander. 포경 선원들이 한가한 시간에 심심풀이로 고래 이빨이나 뼈에 주머니칼 같은 도구를 사용하여 바다 경치, 포경 장면, 온갖 무늬나 좌우명 따위를 새겨넣고, 그 자국에 검댕이나 잉크를 문지른 뒤 닦아내어 완성한 장식품. 오늘날에는 그 희소성 때문에 예술품이나 골동품으로 평가되고 있다.

에 달려 있다. 당신이 정말로 나한테 다른 잠자리를 내줄 수 없다면, 그리고 그 작살잡이가 도저히 참을 수 없을 만큼 불쾌한 작자가 아니라면, 이렇게 추운 밤에 낯선 도시를 헤매 다니기보다는 점잖은 남자와 담요 한 장을 반씩 나누어 덮는 불편을 감수하기로 하겠다.

"그럴 줄 알았어. 좋아. 그럼 앉게. 저녁은? 먹고 싶다고? 조금만 기다리게."

나는 배터리 공원에 있는 벤치처럼 온통 칼자국으로 뒤덮인 낡은 나무 의자에 앉았다. 의자의 한쪽 끝에서는 깊은 생각에 잠긴 선원 하나가 몸을 웅크리고 앉아서, 벌린 두 다리 사이의 공간을 주머니칼로 부지런히 새기고 있었다. 돛을 다 올려 바다로 나가는 배를 새기려는 모양인데 좀처럼 진척되지 않는 듯했다.

마침내 나를 포함한 네댓 사람이 저녁을 먹으러 옆방으로 불려 갔다. 그 방은 아이슬란드처럼 추웠다. 불기라곤 전혀 없었다. 주인은 난로를 땔 여유가 없다고 말했다. 두 자루의 꼴사나운 양초만이 수의에 싸인 것처럼 타고 있을 뿐이었다. 우리는 선원용 재킷의 단추를 다 채우고, 반쯤 곱은 손가락으로 델 것처럼 뜨거운 차를 입술로 가져가는 수밖에 없었다. 하지만 음식은 실속이 있었다. 고기와 감자에 만두까지 나왔다. 세상에! 저녁식사에 만두라니! 초록색 외투를 걸친 한 젊은이가 무서운 기세로 만두를 먹어대기 시작했다.

"젊은이, 오늘 밤 꿈자리가 사나울 거야." 주인이 말했다.

"주인장, 설마 저 친구가 그 작살잡이는 아니겠죠?" 내가 귀엣말로 물었다.

"천만에." 주인은 불쾌하게 익살맞은 표정을 지으면서 말했다. "작살잡이는 얼굴이 까무잡잡한 사내야. 만두 같은 건 입에도 대지 않고…… 스테이크만 먹지. 그것도 설익힌 걸로."

"굉장한 친구군요. 그 작살잡이는 어디 있습니까? 지금 여기 있나요?"

"이제 곧 올 거야."

어쩔 수 없이 나는 '얼굴이 까무잡잡한' 작살잡이가 자꾸만 마음에 걸렸다. 어쨌든 함께 자야 한다면 그가 나보다 먼저 옷을 벗고 침대에 들어가도록 해야겠다고 마음먹었다.

저녁식사가 끝나자 우리는 휴게실로 돌아갔다. 나는 달리 시간을 보낼 방법을 몰랐기 때문에 구경꾼 노릇이나 하면서 남은 저녁 시간을 보내기로 했다.

곧 바깥에서 떠들썩한 소리가 들렸다. 주인이 벌떡 일어나면서 소리쳤다.

"'돌고래' 선원들이군. 오늘 아침 앞바다에 나타난 걸 보았지. 4년 동안 항해하고 만선으로 돌아왔다더군. 자, 여러분, 이제 피지[49]에서 가져온 최신 소식을 듣게 될 거요."

선원용 장화 소리가 현관에 들리더니, 문이 홱 열리면서 거친 뱃사람들이 우르르 들어왔다. 털로 덮인 당직용 외투로 몸을 감싸고 누덕누덕한 털목도리로 머리를 꽁꽁 싸맸는데도 턱수염이 고드름으로 뻣뻣해진 그들은 래브라도[50]에서 갑자기 튀어나온 곰들처럼 보였다. 그들은 배에서 방금 상륙했고, 여기가 상륙한 뒤 맨 처음 들어온 집이었다. 그렇다면 그들이 고래의 입, 즉 술집으로 직행한 것도 놀랄 일은 아니었다. 그러자 카운터에서 임무를 수행하고 있던 쪼글쪼글하고 작달막한 요나 영감은 즉시 잔이 넘치도록 술을 따라서 그들에게 한 잔씩 돌렸다. 한 사람이 독한 감기에 걸려 머리가 지끈거린다고 투덜거리자, 요나는 진과 꿀을 섞은 송진 같은 물약을 만들어주면서, 감기라면 아무리 오래된 것이라도, 래브라도 앞바다에서 걸린 것이건 어느 빙산의 바람받이에서 걸린 것이건, 어떤 감기에도 잘 듣는 특효약이라고 허풍을 떨었다.

술은 곧 선원들의 머리로 올라갔다. 바다에서 막 상륙했기 때문에, 아무

---

49 남태평양에 있는 섬 무리. 1874년에 영국의 식민지가 되었다가 1970년에 독립했다.

50 캐나다 동북부에 있는 반도.

모비 딕

리 소문난 술고래라도 금세 취하게 마련이다. 그들은 시끄럽게 떠들면서 날뛰기 시작했다.

하지만 나는 그들 중 한 사람이 약간 겉돌고 있는 것을 알아차렸다. 그는 혼자 맨송맨송한 얼굴로 있는 것이 동료들의 유쾌한 기분을 망치지나 않을까 염려하는 눈치였지만, 어쨌든 다른 뱃사람들처럼 시끄럽게 떠드는 것을 대체로 자제하고 있었다. 나는 당장 그에게 흥미를 느꼈다. 바다의 신들이 정한 운명에 따라 그는 곧 내 동료가 되었으므로(이 이야기 속서는 한 배에서 같이 잤다는 것뿐이지만), 여기서 그를 간단히 묘사해두겠다. 키는 180센티미터가 넘었고, 어깨는 딱 바라졌고, 가슴은 댐 같았다. 온몸이 그렇게 억센 근육으로 이루어져 있는 남자를 나는 이제껏 본 적이 없었다. 얼굴은 햇볕에 그을려 짙은 갈색을 띠었고, 그래서 하얀 치아가 대비되어 더욱 눈부시게 빛나 보였다. 눈의 깊은 어둠 속에는 그에게 별로 기쁨을 주지 못하는 듯한 추억이 감돌고 있었다. 목소리는 그가 남부 출신이라는 것을 당장 알려주었고, 그 크고 당당한 체격으로 보아 버지니아주의 앨러게니산맥[51]에 사는 덩치 큰 산골 사람이 분명하다고 생각했다. 이 사내는 동료들의 소란이 절정에 이르자 눈에 띄지 않게 슬며시 빠져나갔고, 그 후 바다에서 동료로 다시 만날 때까지 나는 그를 한 번도 보지 못했다. 하지만 몇 분도 지나기 전에 동료들은 그가 없어진 것을 알아차리고, "벌킹턴! 벌킹턴! 벌킹턴이 어디 갔지?" 하고 외치면서 그를 찾아 밖으로 뛰쳐나갔다. 무엇 때문인지 그는 동료들에게 인기가 대단한 것 같았다.

이제 9시가 다 되었다. 법석을 떨던 사람들이 사라진 휴게실은 어색하게 느껴질 만큼 조용했기 때문에, 나는 뱃사람들이 들어오기 직전에 좋은 계획이 떠오른 것을 기뻐하기 시작했다.

누구라도 한 침대에 둘이 자는 것을 좋아할 사람은 없을 것이다. 사실

---

51   미국과 캐나다의 동부로 이어지는 장대한 애팔래치아산맥의 한 줄기.

형제와도 같이 자고 싶어 하지 않는다. 왜 그런지는 모르지만, 잠을 잘 때는 누구나 남의 눈을 피하고 싶어 한다. 더욱이 낯선 도시의 낯선 여관에서 알지도 못하는 낯선 사내와 함께 잠을 자야 하고, 게다가 그 낯선 사내가 작살잡이라면, 그 거북한 기분은 한없이 늘어날 것이다. 뱃사람이라고 해서 침대 하나를 둘이 같이 써야 할 이유가 다른 사람들보다 더 많이 있는 것도 아니었다. 육지의 총각 임금과 마찬가지로 뱃사람들도 바다에서 침대 하나를 둘이 같이 쓰지는 않는다. 물론 뱃사람들이 한방에서 모두 함께 자는 것은 사실이지만, 각자 자신의 그물침대에서 자신의 담요를 덮고 알몸으로 잠을 잔다.

그 작살잡이를 생각할수록 그와 함께 잔다는 것은 생각하기도 싫어졌다. 작살잡이라면 속옷이 무명이든 모직이든 깨끗할 리가 없고, 고급품도 아닐 게 분명하다. 나는 온몸이 근질근질해지기 시작했다. 게다가 밤은 점점 깊어지고 있었다. 점잖은 작살잡이라면 집에 돌아와 잠자리에 들어야 할 시간이었다. 그가 한밤중에 들어와 내 몸 위에 털썩 엎어지기라도 하면 어떻게 하지. 그가 얼마나 더러운 곳에서 뒹굴다 왔는지, 어떻게 알 수 있겠는가?

"주인장! 마음이 바뀌었어요. 그 작살잡이와 같이 자지 않을래요. 그냥 여기 벤치에서 자는 게 낫겠어요."

"좋을 대로 하셔. 매트리스 대용으로 쓸 식탁보를 내줄 수 없어서 유감이군. 이 벤치는 널판이 너무 울퉁불퉁하고 거칠어서 말이야." 주인은 옹이와 새김눈을 만지면서 말했다. "아, 잠깐만, 스크림샌더.[52] 저기 바에 대패가 있으니까, 잠깐만 기다리면 편안한 잠자리를 만들어드리지." 이렇게 말하고는 대패를 가져왔다. 그리고 다 떨어진 손수건으로 벤치의 먼지를 떨고는 원숭이처럼 히죽히죽 웃으면서 내 침대를 힘차게 대패질하기 시

---

[52] 여기서 여관 주인이 이슈메일을 '스크림샌더'라고 부른 것은 이슈메일을 떠돌이 예술가로 보았기 때문이 아닐까?

작했다. 대팻밥이 사방으로 흩어졌다. 마침내 대팻날이 단단한 옹이에 걸리면서 주인은 하마터면 손목을 다칠 뻔했다. 나는 제발 그만하라고 말했다. 이 정도면 침대도 충분히 매끄러워졌다고, 아무리 대패질을 해도 송판을 오리털처럼 푹신하게 만들 수는 없지 않느냐고. 그러자 주인은 또다시 히죽 웃고는 대팻밥을 긁어모아 방 한복판에 있는 커다란 난로 속에 던져 넣고 볼일을 보러 가버렸다. 나는 또다시 멍하니 생각에 잠겼다.

벤치의 치수를 재보니 내 키보다 30센티미터쯤 짧았다. 하지만 그것은 의자 하나를 잇대면 어떻게든 될 것 같았다. 그런데 너비도 30센티미터쯤 좁았다. 방에 있는 다른 벤치는 대패질한 벤치보다 10센티미터쯤 높았다. 따라서 벤치 두 개를 나란히 잇대어 놓을 수도 없는 노릇이었다. 나는 앞에 아무것도 없이 비어 있는 유일한 벽 쪽으로 첫 번째 벤치를 가져가서, 벽과 벤치 사이에 등을 끼워 넣을 수 있도록 벤치를 벽에서 조금 떼어놓았다. 하지만 거기에 눕자 창틀 밑으로 스며든 차가운 외풍이 내 몸을 휘감고 지나갔기 때문에, 이 계획은 전혀 바람직하지 않다는 것을 곧 깨달았다. 더구나 삐걱거리는 현관문 틈새로 들어온 또 다른 바람이 창문 틈새로 들어온 바람과 만나, 내가 밤을 보내려고 생각했던 곳 바로 옆에서 작은 회오리바람을 일으키고 있었다.

작살잡이 녀석! 귀신한테나 잡혀가라! 나는 속으로 저주했다. 하지만 잠깐만. 내가 먼저 선수를 칠 수는 없을까. 문을 안에서 잠그고 녀석의 침대에 들어가 자면서, 밖에서 아무리 문을 두드려도 깨어나지 않으면 어떨까? 나쁘지 않은 생각인 듯했다. 하지만 다시 한번 생각해보고 나는 그 생각을 물리쳤다. 내일 아침에 작살잡이가 문 앞에 지켜 서 있다가, 내가 방에서 나가자마자 나를 때려눕힐지도 모르지 않는가!

아무리 주위를 둘러보아도 다른 사람의 침대에 들어가지 않고는 하룻밤을 무사히 보낼 방도가 없다는 것을 깨달았을 때, 그 미지의 작살잡이에 대해 부당한 편견을 품고 있을지도 모른다는 생각이 들기 시작했다.

잠시만 기다려보자. 이제 곧 돌아오겠지. 그러면 녀석을 잘 살펴보자. 어쩌면 우리는 유쾌한 잠자리 친구가 될 수 있을지도 몰라. 그래, 그건 알 수 없는 일이지.

하지만 다른 숙박객들이 하나둘 속속 들어와 잠자리에 드는데도 그 작살잡이는 돌아올 기미가 없었다.

"주인장, 대체 어떤 사내요? 늘 이렇게 늦게 돌아오나요?" 벌써 자정이 가까워지고 있었다.

주인은 깡마른 얼굴로 다시 낄낄거렸다. 내가 모르는 무언가를 생각하자 도저히 웃음을 참을 수 없는 모양이었다.

"천만에. 대개는 남들보다 이른 편이지. 일찍 자고 일찍 일어나. 일찍 일어나는 새가 벌레를 잡는다고, 그런 사내지. 하지만 오늘 밤에는 장사를 하러 나갔어. 무슨 일로 이렇게 늦는지는 모르겠지만, 아무래도 그의 머리가 잘 안 팔리는 모양이야."

"머리가 안 팔린다고요? 도대체 무슨 소리를 하는 겁니까?" 나는 화가 나기 시작했다. "여봐요 주인장, 그 작살잡이가 이 신성한 토요일 밤에, 아니 일요일 아침인지도 모르겠군, 정말로 머리를 팔려고 이 도시를 돌아다니고 있다고 말할 작정인가요?"

"정말 그렇다니까. 시장에 물건이 너무 많이 나와 있어서 여기선 팔기 힘들 거라고 말해주었는데 말이야……."

"무슨 물건인데요?" 나는 소리쳤다.

"그야 물론 머리통이지. 세상엔 머릿수가 너무 많아."

"여봐요, 주인장." 나는 아주 침착하게 말했다. "한마디 해두겠는데, 나한테 그런 거짓말은 하지 않는 게 좋을 겁니다. 나도 만만한 풋내기가 아니거든요."

"그럴지도 모르지." 주인은 나무토막 하나를 꺼내더니 그것을 깎아 이쑤시개를 만들면서 말했다. "하지만 자네가 그의 머리통을 험담한 게 들

모비 딕

통이라도 나면 자넨 아마 하늘이 노래지도록 얻어맞을 걸세."

"그럼 나는 녀석의 머리통을 부숴버리겠소." 나는 주인의 그 영문 모를 소리에 또다시 분통을 터뜨렸다.

"벌써 부서졌는걸."

"부서졌다니? 깨졌단 말인가요?"

"그렇다니까. 팔지 못하는 것도 아마 그 때문일 거야."

"여봐요, 주인장." 나는 눈보라 속의 헤클라산[53]처럼 차갑게 다가가면서 말했다. "이쑤시개 깎는 짓은 그만두고, 우리 얘기 좀 합시다. 그것도 지금 당장. 나는 이 여관에 와서 침대 하나를 달라고 했어요. 그랬더니 당신은 침대를 절반밖에 내줄 수 없다고, 나머지 절반은 어떤 작살잡이의 것이라고 했지요. 그런데 내가 아직 본 적도 없는 그자에 대해서 당신은 종잡을 수 없는 소리만 늘어놔서 나를 화나게 하고 있어요. 그와 내가 한 침대를 쓰게 할 작정이면서 그에 대해 불쾌감을 불러일으킬 소리만 되풀이하고 있단 말이오. 한 침대에서 자는 사이라면 세상에서 가장 친밀하고 허물없는 사이요. 이젠 나도 분명히 요구하겠소. 그 작살잡이가 누구인지, 하룻밤 같이 자도 괜찮은 녀석인지, 솔직하게 말해주세요. 그리고 그가 머리를 팔러 다닌다는 말은 취소해주면 좋겠어요. 만약 그게 사실이라면 그 작살잡이는 미친놈인 게 분명한데, 그런 녀석과 같이 잘 생각은 털끝만큼도 없으니까요. 그리고 당신, 주인장 당신 말이오, 뭔가 다 알고 있으면서 나를 봉변에 빠뜨린다면, 범죄자로 기소될 수도 있어요."

"그 말도 맞는 말이군." 주인은 숨을 길게 내쉬면서 말했다. "가끔 말투가 거칠어지긴 했지만, 젊은 친구치고는 꽤나 긴 설교로군. 하지만 걱정하지 말게. 내가 말한 작살잡이는 얼마 전에 남양[54]에서 돌아왔는데, 거기서 향유로 처리한 뉴질랜드 원주민의 머리를 잔뜩 사가지고 왔다네. 그건

---

53   아이슬란드 남부에 있는 활화산. 이따금 큰 분화를 되풀이하지만, 그러지 않을 때는 눈에 덮여 있다. 표면은 냉정하지만 내면은 화끈하다는 비유.

자네도 알다시피 굉장한 골동품이지. 다 팔고 하나 남은 걸 오늘 밤에 마저 팔려고 애쓰는 중이야. 내일은 일요일이라서 사람들이 모두 교회에 갈텐데, 길거리를 돌아다니면서 사람 두개골을 팔 수는 없을 테니까 말이지. 지난 일요일에도 머리를 팔고 싶어 했지만, 머리통 서너 개를 양파처럼 끈에 주렁주렁 매달고 나가려는 걸 내가 간신히 말렸지."

이로써 궁금했던 수수께끼는 모두 풀렸고, 결국 주인도 나를 놀려먹을 생각이 전혀 없었다는 게 밝혀졌다. 하지만 토요일 밤부터 성스러운 안식일까지 길거리에 남아서 죽은 이교도들의 두개골을 파는 식인종 같은 장사에 골몰하고 있는 작살잡이를 어떻게 생각하면 좋을까?

"주인장, 그 작살잡이는 위험한 사람이겠군요."

"숙박비는 꼬박꼬박 내고 있지." 주인이 대답했다. "하지만 너무 늦었으니 자네도 그만 잠자리에 드는 게 좋겠군. 아주 좋은 침대야. 마누라와 결혼한 첫날밤에 잔 침대라네. 둘이서 아무리 뒹굴어도 충분할 만큼 넉넉해. 정말로 큰 침대지. 우리가 그 침대를 손님들한테 내놓기 전에는 마누라가 우리 애들, 샘과 조니를 발치에 재웠다네. 그런데 하루는 내가 꿈을 꾸면서 몸을 뒤척이는 바람에 샘이 마룻바닥에 굴러떨어져 팔이 부러질 뻔했지. 그 뒤로는 마누라가 저 침대가 싫다는 거야. 자, 이리 오게. 촛불을 줄 테니." 이렇게 말하면서 그는 양초에 불을 켜서 내 쪽으로 비추며 길을 안내하려고 했다. 하지만 나는 망설이며 서 있었다. 주인은 구석에 걸린 시계를 보고 소리쳤다. "벌써 일요일이 됐군. 오늘 밤엔 작살잡이를 보지 못할 걸세. 어디 다른 곳에 닻을 내린 모양이야. 자, 따라오게. 어서. 안 갈 거야?"

나는 잠시 그 문제를 생각한 뒤, 주인과 함께 계단을 올라갔다. 주인은

---

54 南洋. 남태평양을 통상적으로 일컫는 명칭. 원주민의 머리: 뉴질랜드의 원주민인 마오리족은 문신이 새겨진 전사자의 머리를 잘라서 삶고 말린 다음 상어나 고래 기름에 담근 후 트로피처럼 전시하는 풍습이 있었는데, 이를 '모코모카이'라고 부른다. 19세기에 영국인들은 이것을 본국에 가져가 골동품으로 팔았다.

나를 작은 방으로 안내했다. 그 방은 대합조개처럼 썰렁했고, 작살잡이 넷이 나란히 누워도 충분할 만큼 커다란 침대가 놓여 있었다.

주인은 세면대와 탁자를 겸하고 있는 낡은 궤짝 위에 양초를 놓으면서 "자, 그럼 편히 쉬게" 하고 말했다. 내가 침대를 자세히 살펴보다가 눈을 돌렸지만, 그는 어느새 사라진 뒤였다.

나는 이불을 젖히고 침대를 들여다보았다. 최고급은 아니지만 꽤 쓸 만한 것이었다. 이어서 나는 방 안을 둘러보았다. 침대와 탁자 외에 그 방에 딸린 가구는 보이지 않았지만, 보잘것없는 선반 하나와 네 면의 벽이 있고, 벽난로 가림판에 발라진 종이에는 고래를 공격하는 한 사내가 그려져 있었다. 그 방에 딸려 있지 않은 물건으로는 끈으로 묶어서 한쪽 구석 마룻바닥에 던져놓은 그물침대와 커다란 선원용 자루가 있었다. 작살잡이는 육지에서 쓰는 트렁크 대신 그 자루에 옷가지를 넣어둔 게 분명했다. 또한 벽난로 위 선반에는 뼈로 만든 특이한 낚싯바늘 꾸러미가 놓여 있고, 침대 머리맡에는 기다란 작살이 하나 세워져 있었다.

그런데 궤짝 위에 놓여 있는 이건 뭐지? 나는 그것을 집어 들고 촛불에 가까이 비추어보기도 하고 만져보기도 하고 냄새를 맡아보기도 하면서, 그것의 정체에 관해 만족스러운 결론에 도달할 수 있는 온갖 방법을 다 써보았다. 커다란 현관 매트를 닮았는데, 가장자리에 딸랑거리는 작은 쇠붙이를 장식한 모양이 굳이 비교하자면 인디언들의 모카신 둘레에 얼룩무늬 호저 가시를 장식한 것처럼 보였다. 매트의 한복판에는 남아메리카의 판초처럼 구멍 같은 것이 뚫려 있었다. 하지만 제정신을 가진 작살잡이라면 현관 매트를 판초처럼 뒤집어쓴 차림으로 기독교도의 도시 거리를 보란 듯이 돌아다닐 수 있을까? 나는 시험 삼아 그것을 입어보았는데, 너무 껄끄럽고 두꺼워서 무거운 바구니를 쓰고 있는 느낌이었다. 그 수수께끼의 작살잡이가 비오는 날 입고 다니기라도 했는지 조금 눅눅했다. 나는 그것을 입은 채 벽에 걸려 있는 작은 거울로 다가갔다. 거울에는 내 평생 본 적이 없는 광경이 비쳐 있었다. 나는 그것을 황급히 벗어던졌다. 너무 서두르는 바람에 목에 경련이 일어났다.

나는 침대에 걸터앉아 머리를 팔러 다니는 작살잡이와 그의 현관 매트에 대해 생각하기 시작했다. 침대에 앉아 한동안 생각한 뒤, 나는 일어나서 짧은 재킷을 벗고 방 한복판에 서서 다시 생각에 잠겼다. 다음에는 저고리를 벗고 속옷 바람으로 좀 더 생각했다. 하지만 옷을 반쯤 벗은 상태여서 심한 추위를 느끼기 시작했고, 시간이 너무 늦어서 작살잡이가 오늘밤에는 돌아오지 않을 것 같다는 주인의 말이 생각났기 때문에, 나는 생각하는 걸 그만두고 바지와 신발을 벗은 다음 촛불을 불어서 끄고 침대에 뛰어들어 하늘의 보살핌에 나를 맡겼다.

매트리스 속에 옥수수 속대를 채워 넣었는지 깨진 도자기를 넣었는지는 모르지만, 나는 이리저리 몸을 뒤척이며 오랫동안 잠을 이루지 못했다. 마침내 내가 얕은 잠 속으로 빠져들어 꿈나라로 막 떠나려 할 때, 복도에서 묵직한 발소리가 들리고 가물거리는 불빛이 문 밑으로 비쳐드는 것이 보였다.

오, 하느님, 나 좀 살려주세요. 저거야말로 그 작살잡이, 악마 같은 두개골 장사꾼이 분명하다고 생각했다. 하지만 나는 꼼짝도 않고 누운 채, 상대가 말을 걸어올 때까지는 한마디도 하지 않기로 작정했다. 낯선 사내가 한 손에는 촛불을 들고 다른 손에는 뉴질랜드 원주민의 머리를 들고 방으로 들어오더니, 침대 쪽에는 눈길도 주지 않고 촛불을 멀리 떨어진 방구석 마룻바닥에 내려놓은 다음, 내가 조금 전에 말한 커다란 자루의 끈을 풀기 시작했다. 나는 그의 얼굴을 보고 싶어 죽을 지경이었지만, 그는 끈을 푸는 동안 얼굴을 나한테서 돌리고 있었다. 하지만 그 일이 끝나자 그는 고개를 돌렸다. 맙소사! 그 모습! 그 얼굴! 얼굴은 거무튀튀하고 붉그죽죽하고 누리끼리한 색깔이었고, 여기저기에 거무스름해 보이는 크고 네모난 것이 잔뜩 붙어 있었다. 예상했던 대로 내 잠자리 친구는 무서운 녀석이었다. 한바탕 싸우다가 심한 상처를 입고 병원에 다녀오는 길인 게 분명했다. 하지만 그가 우연히 불빛 쪽으로 얼굴을 돌린 순간, 그의 두 뺨에 붙어 있는 그 검고 네모난 것들이 고약을 붙인 게 아니라는 것을 분명히 알 수 있었다. 그것은 일종의 얼룩이었다. 처음에는 그걸 어떻게 생각해야 할지 몰랐다. 하지만 곧 진실의 실마리가 머리에 떠올랐다. 식인종에게 붙들려 강제로 문신을 당했다는 어느 백인—그도 포경꾼이었다—의 이야기가 기억난 것이다. 이 작살잡이도 어디 먼바다를 항해하다가 그와 비슷한 일을 당한 게 분명하다고 생각했다. 그래서, 그게 어쨌단 말인가! 그의 겉모습일 뿐이잖은가. 사람은 어떤 낯가죽을 가졌든, 깨끗한 마음을 가질 수도 있는 게 아닌가. 하지만 그의 괴상한 얼굴색은 어떻게 생각하면 좋을까. 네모꼴 문신과는 별개로 여기저기 흩어져 있는 얼룩—물론 열대의 태양에 그을렸을 뿐인지도 모르지만, 뜨거운 태양이 백인의 얼굴을 불그죽죽하고 누리끼리한 얼굴로 그을렸다는 이야기는 들어본 적이 없다. 하지만 나는 남양에 가본 적이 없다. 어쩌면 그곳 태양은 살갗에 그런 놀라운 효과를 나타내는지도 모른다. 이 모든 생각이 번개처럼 내 마음을 스쳐 지나는 동안에도 작살잡이는 나를 전혀 깨닫지 못하고 있었다. 자루를 여느라 한참 애를 먹더니 이제는 자루 속을 뒤지기 시작했다. 그리고 곧 일종의 손도끼와 털이 붙어 있는 물범 가죽 지갑을 꺼냈다. 그는 이것들을 방 한복판의 낡은 궤짝 위에 놓은 다음, 뉴질랜드 원주민의 머리—정말 소름 끼치는 것이었다—를 집어 들어 자루 속에 쑤셔 넣었다. 이제 그는 모자—비버 털가죽으로 만든 새 모자—를 벗었다. 나는 새삼 놀라면서 하마터면 소리를 지를 뻔했다. 그의 머리에는 머리카락이 한 올도 없었다. 적어도 머리털이라고 말할 수 있는 게 전혀 없었다. 이마에 배배 꼬인 머리털 한 줌이 작은 혹처럼 남아 있을 뿐이었다. 불그레한 대머리는 아무리 봐도 곰팡이가 슨 두개골과 똑같았다. 그 낯선 사내가 나와 출입문 사이를 가로막고 있지 않았다면, 나는 음식을 씹지도 않고 단숨에 삼키는 것보다 더 빨리 그 방에서 뛰쳐나갔을 것이다.

그가 문을 막고 있었기 때문에 창문으로 빠져나갈 방법도 생각해보았지만, 그 방은 2층의 뒷방이었다. 나는 겁쟁이가 아니지만, 두개골 장사꾼인 이 불그죽죽한 얼굴의 악당을 어떻게 생각해야 할지 알 수가 없었다. 무지는 두려움의 어버이다. 나는 그 낯선 사내에 대해 완전히 당황하고 어리둥절했기 때문에, 솔직히 고백하면 한밤중에 그렇게 내 방에 침입한 녀석을 악마라도 되는 것처럼 몹시 두려워하고 있었다. 사실은 그가 너무 두려워서 말을 걸 엄두도 나지 않았고, 납득할 수 없는 일처럼 보이는 문제를 만족스럽게 해명해달라고 요구할 용기도 없었다.

그러는 동안에도 그는 옷을 벗는 작업을 계속하여, 마침내 가슴과 두 팔을 드러냈다. 옷으로 가려졌던 이 부위도 얼굴처럼 네모꼴 문신으로 얼룩덜룩했고, 등도 역시 거무튀튀하고 네모난 문신으로 뒤덮여 있었다. 그는 30년 전쟁[55]에 참가했다가 속옷 대신 반창고를 처바르고 전쟁터에서 방금 도망쳐 온 것처럼 보였다. 게다가 다리도 초록색 청개구리 떼가 어린 야자나무 줄기를 타고 올라가고 있는 것처럼 얼룩덜룩했다. 그가 남양에서 포경선을 타고 이 기독교 국가에 상륙한 혐오스러운 야만인인 것은 이제 분명해졌다. 이런 생각을 하자 몸이 덜덜 떨렸다. 게다가 머리를 팔러 다니는 장사꾼이다. 그것은 아마 제 동족의 머리일 것이다. 어쩌면 내 머리를 탐낼지도 모른다. 맙소사! 저 손도끼 좀 봐!

하지만 떨고 있을 때가 아니었다. 이제 그가 하기 시작한 일이 내 주의를 사로잡았고, 그가 틀림없는 이교도라는 확신을 나에게 심어주었기 때문이다. 그는 아까 의자에 걸쳐놓은 묵직한 외투로 다가가더니 주머니를 뒤져서, 마침내 기괴하고 볼품없게 생긴 작은 우상을 하나 꺼냈다. 우상은 등에 혹이 나 있었고, 태어난 지 사흘밖에 안 된 콩고의 갓난애 같

55   1618~1648년 유럽에서 독일을 주요 무대로 신교(프로테스탄트)를 지지하는 국가들과 구교(가톨릭)를 지지하는 국가들 사이에 벌어진 종교 전쟁. 사망자 수가 800만 명에 이르렀다.

은 색깔을 띠고 있었다. 나는 향유로 방부 처리한 머리를 생각해내고, 처음에는 그 검은 인형이 원주민 머리와 비슷한 방식으로 보존 처리된 진짜 아기라고 생각할 뻔했다. 하지만 인형이 전혀 유연하지 않고 윤을 낸 흑단처럼 반질거리는 것을 보고, 나는 그것이 나무로 만든 우상이 분명하다고 결론지었다. 나중에 판명되었는데, 실제로 그것은 나무로 만든 우상이었다. 이제 야만인은 비어 있는 벽난로로 다가가서 종이를 바른 벽난로 가림판을 치우더니, 난로의 장작 받침쇠 사이에 그 작은 곱사등이 인형을 볼링 핀처럼 세워놓았다. 굴뚝 기둥과 벽난로 안쪽의 벽돌은 모두 시꺼멓게 검댕이 묻어 있어서, 그의 콩고 우상에게는 이 벽난로가 딱 알맞은 신전이나 예배당과 다를 게 없으리라는 생각이 들었다.

다음에 무슨 일이 일어나는지 보려고, 나는 불안한 마음으로 눈을 가늘게 뜨고 반쯤 가려진 우상 쪽을 열심히 바라보았다. 그는 우선 외투 주머니에서 대팻밥을 두어 줌 꺼내 우상 앞에 조심스럽게 놓았다. 그런 다음 그 위에 선원용 건빵을 놓고, 촛불을 대팻밥에 옮겨 제물을 태울 불을 피웠다. 곧이어 그는 불길 속에 손가락을 쑥 집어넣었다가 서둘러 빼내는 동작을 여러 번 되풀이한 뒤(그러느라 손가락을 심하게 덴 것 같았다), 마침내 건빵을 불길 속에서 꺼내는 데 성공했다. 이어서 그는 건빵을 후후 불어 열기를 식히고 재를 조금 털어낸 뒤, 그것을 검둥이 아기에게 공손히 바쳤다. 하지만 그 작은 악마는 그런 음식을 좋아하지 않는 듯 입술을 움직이지 않았다. 이 모든 기이한 행동에는 그보다 훨씬 기묘한 소리가 뒤따랐다. 그것은 그 경건한 우상 숭배자의 목구멍에서 나오는 소리였다. 그는 단조로운 가락으로 기도를 드리거나 찬송가를 부르고 있는 듯했다. 그러는 동안 그의 얼굴은 괴이쩍게 썰룩거렸다. 마침내 그는 불을 끄고 우상을 거칠게 집어 들더니, 사냥꾼이 죽은 도요새를 자루에 집어넣듯 아무렇게나 외투 주머니에 쑤셔 넣었다.

이 모든 기이한 행동은 나를 더욱 심한 불안에 빠뜨렸다. 이제 그는 해야 할 일을 끝내고 침대로 뛰어들 조짐을 보이기 시작했다. 나는 그가 촛불을 끄기 전에 나를 그토록 오랫동안 묶어놓은 마법을 깨야 한다고, 지금이야말로 절호의 기회이고 이 기회를 놓치면 영영 기회가 오지 않을 거라고 생각했다.

하지만 무슨 말을 할까 하고 망설인 그 짧은 순간이 치명적이었다. 그는 탁자에서 손도끼를 집어 들어 잠깐 머리 쪽을 살펴본 다음, 자루를 입에 문 채 도끼머리를 촛불로 가져가서 담배연기를 구름처럼 내뿜었다. 다음 순간 촛불이 꺼지고, 이 야만적인 식인종은 도끼를 윗니와 아랫니 사이에 끼운 채 내가 누워 있는 침대로 뛰어들었다. 나는 더 이상 참을 수가 없어 비명을 질렀다. 그도 깜짝 놀라서 으르렁거리더니 내 몸을 더듬기 시작했다.

정확히 뭐라고 했는지는 모르지만 나는 뭐라고 중얼대면서 벽 쪽으로 몸을 굴려 그에게서 떨어졌다. 그리고 당신이 누군지, 뭐 하는 사람인지는 모르지만 제발 조용히 해달라고, 내가 일어나서 다시 불을 켜게 해달라고 애원했다. 하지만 그의 목구멍에서 나온 반응으로 보아 그는 내 말 뜻을 잘 이해하지 못한 게 분명했다.

"너, 누구야?" 그가 마침내 말했다. "말 안 하면 죽는다." 그는 어둠 속에서 나를 향해 불붙은 도끼를 휘두르기 시작했다.

"주인장! 제발 와주세요. 피터 코핀!" 나는 고함을 질렀다. "주인장! 경비원! 코핀! 천사님들! 사람 살려!"

"말해! 누군지 말해. 안 하면 죽는다!" 식인종은 또다시 으르렁대면서 손도끼를 사납게 휘둘렀다. 그러자 뜨거운 담뱃재가 내 주위에 흩어졌다. 내 셔츠에 불이 붙지나 않을까 걱정될 정도였다. 하지만 고맙게도 바로 그 순간 여관 주인이 촛불을 들고 방으로 들어왔다. 나는 침대에서 뛰어내려 그에게 달려갔다.

"이젠 괜찮아. 무서워할 거 없어." 그가 히죽거리면서 말했다. "이 퀴퀘그는 자네 머리카락 하나 다치게 하지 않을 테니까."

"웃지 좀 마세요." 나는 소리쳤다. "저 악마 같은 작살잡이가 식인종이라는 말을 왜 해주지 않았죠?"

"알고 있는 줄 알았지. 길거리에서 머리를 팔러 다닌다고 했잖나? 이제 다시 침대에 들어가 자도록 하게. 이봐 퀴퀘그, 너, 나 안다. 나, 너 안다. 이 사람, 너하고 같이 잔다. 알았지?"

"나 잘 알아." 퀴퀘그는 툴툴거리고 파이프를 뻐끔뻐끔 빨면서 침대에 일어나 앉았다. 그러더니 손도끼로 나를 부르고 옷을 한쪽 옆으로 던지면서 말했다. "너 들어와."

그의 태도는 정말로 예의 바를 뿐만 아니라 친절하고 너그럽기까지 했다. 나는 선 채로 잠시 그를 바라보았다. 문신을 했는데도 그는 대체로 깨끗하고 말쑥해 보이는 식인종이었다. 내가 왜 그렇게 야단법석을 떨었을까. 나는 속으로 생각했다. 이 사람도 나와 똑같은 인간이야. 내가 이 사람을 두려워했다면, 같은 이유로 이 사람도 나를 두려워했을 거 아닌가. 술에 취한 기독교도보다는 취하지 않은 식인종과 함께 자는 게 나을지도 몰라.

"주인장, 손도끼라고 해야 할지 파이프라고 해야 할지 모르겠지만, 어쨌든 저걸 좀 치우라고 하세요. 요컨대 담배 피우는 걸 그만두라고 말해주세요. 그러면 저 친구랑 함께 잘게요. 하지만 침대에서 담배 피우는 남자하고는 같이 자고 싶지 않아요. 위험하니까요. 게다가 난 보험도 들지 않았다고요."

주인이 이 말을 전하자 퀴퀘그는 당장 내 뜻에 동의하고, 또다시 정중하게 침대에 들어오라는 몸짓을 하면서, 발가락 하나도 건드리지 않겠다는 듯이 몸을 굴려 침대 한쪽으로 자리를 옮겼다.

"그만 가보세요, 주인장." 내가 말했다. "이젠 가도 돼요."

나는 침대로 들어가서 잠이 들었다. 그렇게 단잠을 잔 것은 난생처음이었다.

제 4 장

이불

이튿날 아침 해뜰녘에 깨어나 보니 퀴퀘그의 팔이 더없이 다정하게 내 몸뚱이 위에 얹혀 있었다. 누가 보았다면 내가 그의 마누라인 줄 알았을 것이다. 이불은 알록달록한 색깔의 작은 네모꼴과 세모꼴 헝겊을 이어붙인 것이었고, 그의 팔에는 끝에서 끝까지 온통 크레타의 미궁[56] 같은 형상이 문신으로 새겨져 있었는데, 모든 부분이 저마다 다른 색깔이었다. 이것은 아마 그가 바다에서 불규칙적으로 셔츠 소매를 걷어 올려 그때그때의 사정에 따라 팔을 햇볕에 드러내기도 하고 그늘에 두기도 했기 때문일 것이다. 그의 팔은 꼭 솜을 넣어서 누빈 조각이불처럼 보였다. 실제로 내가 처음 눈을 떴을 때는 그 팔의 일부가 이불 위에 놓여 있었는데, 팔과 이불의 색깔이 한데 어우러져서 어느 것이 팔이고 어느 것이 이불인지 구별할 수 없을 정도였다. 퀴퀘그가 나를 껴안고 있었다고 말할 수 있었던 것은 그의 팔이 나를 내리누르는 듯한 무게감을 느꼈기 때문이다.

기분이 묘했다. 그걸 한번 설명해보겠다. 어릴 적에도 이와 비슷한 상황을 겪은 적이 있었는데, 그게 꿈인지 현실인지는 알 수 없지만, 어쨌든 상황은 이랬다. 나는 뭔가 못된 장난질을 하고 있었는데, 며칠 전에 굴뚝 청소부가 굴뚝을 기어오르는 것을 보았으니까, 아마 굴뚝을 기어오르려 하고 있었을 것이다. 이런저런 이유로 걸핏하면 나를 회초리로 때리거나 저녁을 굶긴 채 침대로 보내기 일쑤였던 계모는 내 다리를 붙잡고 굴뚝에서 끌어내리더니, 오후 2시밖에 안 되었는데 나를 침대로 내쫓았다. 그날은 우리 북반구에서 해가 가장 긴 6월 21일이었다. 기분이 나빴지만 어쩔 도리가 없었다. 그래서 3층에 있는 내 작은 방으로 올라가서, 시간을 죽이

---

56 그리스 신화에서 전설적인 건축가 다이달로스가 크레타 왕 미노스를 위해 크노소스에 건설한 건물로, 미노타우로스(몸은 인간이고 얼굴과 꼬리는 황소의 모습을 한 괴물)가 이 미궁에 갇혔다고 전해진다.

기 위해 되도록 천천히 옷을 벗고는 씁쓸한 한숨을 내쉬며 이불 속으로 들어갔다.

꼬박 열여섯 시간이 지나야만 되살아날 희망이 있겠구나 생각하면서 우울한 기분으로 침대에 누워 있었다. 침대에서 열여섯 시간을 보내야 하다니! 생각만 해도 등허리가 아팠다. 게다가 너무 밝았다. 태양은 창문에서 눈부시게 빛나고, 바깥 거리에서는 마차들이 덜그럭거리며 오가고, 온 집 안에 쾌활한 목소리가 가득했다. 나는 점점 더 기분이 나빠졌다. 마침내 나는 침대에서 일어나 옷을 입고 양말 바람으로 조용히 아래층으로 내려가서 계모를 찾아내고는, 계모의 발치에 무릎을 꿇고, 슬리퍼로든 뭐로든 나를 호되게 때려 내 잘못을 벌해달라고 애원했다. 어떤 벌을 주어도 좋지만, 그렇게 오랫동안 침대에 누워 있는 것만은 견딜 수 없다고 말했다. 하지만 계모는 세상에서 가장 훌륭하고 양심적인 계모였기 때문에 나는 다시 내 방으로 돌아가야 했다. 나는 몇 시간 동안이나 눈을 뜬 채 침대에 누워 있었다. 그 후에도 많은 재난을 겪었지만, 가장 불행한 일을 당했을 때보다도 그때가 훨씬 기분이 나빴다. 마침내 나는 겉잠이 들어 괴로운 악몽 속으로 빠져든 게 분명하다. 천천히 악몽에서 깨어난 나는—아직도 반쯤은 꿈에 잠긴 채—눈을 떴다. 아까는 햇빛으로 가득 찼던 방이 이제는 밖에서 밀려든 어둠에 싸여 있었다. 순간 나는 충격이 온몸을 뚫고 지나가는 것을 느꼈다. 아무것도 보이지 않고, 아무 소리도 들리지 않았다. 초자연적인 손이 내 손 안에 들어 있는 것 같았다. 내 팔은 이불 위에 놓여 있었고, 내 손 안에 들어 있는 그 손의 주인인 말없는 형체, 또는 무어라 형언할 수 없고 상상할 수도 없는 환영이 내 침대 옆에 바싹 붙어 앉아 있는 듯한 느낌이 들었다. 영원처럼 느껴지는 긴 시간 동안, 나는 지독한 두려움에 얼어붙어 감히 내 손을 끌어당길 엄두도 내지 못한 채 가만히 누워 있었다. 하지만 손을 한 치라도 움직일 수 있다면 그 무서운 마법이 풀릴 것 같았다. 이런 의식 상태가 결국 어떻게 사라졌는지는 알 수 없지만, 아침에 깨어났을 때 나는 몸서리를 치면서 그 모든 것을 기억해냈고, 그 후에도 몇 날, 몇 주, 몇 달 동안이나 그 신비로운 경험을 설명하려고 애썼지만 번번이 실패했다. 사실은 지금 이 순간까지도 그 수수께끼를 풀려고 머리를 쥐어짤 때가 많다.

그런데 그 끔찍한 두려움만 제쳐놓는다면, 내 손 안에 초자연적인 손이 들어 있는 것을 느꼈을 때의 그 묘한 기분은, 지금 잠에서 깨어나 이교도인 퀴퀘그의 팔이 나를 끌어안고 있는 것을 보았을 때 느낀 기분과 아주 비슷했다. 하지만 이윽고 간밤의 모든 일들이 움직이지 않는 사실로 하나씩 또렷이 되살아나자 나는 우스꽝스러운 곤경에 빠져 있음을 비로소 깨달았다. 나는 그의 팔을 움직이려고 했다. 신부를 끌어안은 신랑 같은 그의 팔을 풀려고 애썼다. 하지만 그는 깊이 잠들어 있는데도 나를 꽉 끌어안고 있어서, 죽음만이 우리를 갈라놓을 수 있을 것 같았다. 나는 그를 깨우려고 애썼다. "퀴퀘그!" 하고 불렀지만, 그의 대답은 코 고는 소리뿐이었다. 몸을 뒤척이자 말굴레가 내 목에 감겨 있는 듯한 느낌이 들었다. 그리고 갑자기 무언가가 내 몸을 가볍게 할퀴는 것이 느껴졌다. 이불을 젖혀서 보니 야만인 옆에 손도끼가 마르고 뾰족한 얼굴의 어린애처럼 누워서 잠들어 있었다. 이게 무슨 괴상망측한 일이란 말인가! 대낮에 낯선 집에서 식인종과 도끼와 한 침대에 누워 있다니! "퀴퀘그! 일어나, 퀴퀘그!" 나는 한참 동안 몸부림을 치고, 남자끼리 부부라도 되는 것처럼 다정하게 끌어안는 게 얼마나 온당치 못한 짓인가에 대해 끊임없이 훈계를 늘어놓은 끝에 마침내 그에게서 끙 하는 소리를 끌어내는 데 성공했다. 그는 얼른 팔을 끌어당기고, 물에서 방금 올라온 뉴펀들랜드종 개처럼 온몸을 부르르 떤 다음, 창자루처럼 뻣뻣하게 침대에 일어나 앉아서, 내가 어떻게 자기 침대에 누워 있게 되었는지 전혀 기억나지 않는 것처럼 눈을 비비고 나를 바라보았지만, 나에 대해 무언가를 알고 있다는 어렴풋한 의식이 천천히 그의 머리에 떠오르는 모양이었다. 그러는 동안 나는 이제 심각한

모비 딕

걱정거리가 없어졌기 때문에 조용히 누워서 그를 바라보며, 그 기묘한 인간을 자세히 관찰하는 데 열중했다. 이윽고 그는 잠자리 친구가 생긴 것을 체념하고, 말하자면 사태를 납득하게 된 것 같았다. 그는 마룻바닥으로 뛰어내리더니, 괜찮다면 자기가 먼저 옷을 입은 다음 이 방에 나 혼자 남겨두고 나갈 테니 나중에 옷을 입으라는 뜻을 몸짓과 입놀림으로 나에게 전달했다. 퀴퀘그여, 이런 상황에서 그것은 매우 문명인다운 제안이라고 생각한다. 하지만 사실 이 야만인들은 예민한 감수성을 타고났다. 당신이 뭐라고 말하든 그것은 사실이다. 그들이 본질적으로 얼마나 예의 바른지는 놀랄 만하다. 나는 이 특별한 찬사를 퀴퀘그에게 바친다. 내가 그토록 무례하게 굴었는데도 퀴퀘그는 나를 공손하게 대하고 존중해주었기 때문이다. 그때 나는 침대에서 그를 노려보고, 옷을 차려입는 그의 거동을 낱낱이 지켜보았다. 당장은 호기심이 예의범절을 이겼던 것이다. 그래도 퀴퀘그 같은 사람을 날마다 만날 수는 없으니까, 그와 그의 행동거지는 특별히 주의해서 볼 가치가 충분했다.

그는 우선 비버 털가죽 모자를 쓰는 것으로 몸치레를 시작했다. 말이 났으니 말이지만, 그 모자는 아주 높았다. 이어서 그는—아직 바지를 입지 않은 채—장화를 찾아냈다. 도대체 무엇 때문에 그랬는지는 모르지만, 다음에 그가 한 행동은 장화를 손에 들고 모자를 쓴 채 온몸을 침대 밑으로 밀어 넣는 것이었다. 격렬하게 헐떡거리고 낑낑대는 잡다한 소리로 미루어보아 나는 그가 장화를 신으려고 애쓰는 중이라고 결론지었다. 장화 신는 것을 남에게 보이면 안 된다는 예법은 들어본 적이 없었지만, 퀴퀘그는 알다시피 탈바꿈 상태—애벌레도 아니고 나비도 아닌 상태에 있는 존재였다. 그는 기묘하기 짝이 없는 방식으로 자신의 특이함을 드러내 보일 만큼만 문명화되어 있었다. 그의 교육은 아직 끝나지 않았다. 그는 아직 졸업하지 않은 재학생이었다. 조금이라도 문명화되지 않았다면 그는 아마 장화 때문에 애를 먹지도 않았을 것이다. 하지만 그가 아직도 야만인이 아니었다면 장화를 신기 위해 침대 밑에 들어가는 것은 꿈에도 생각지 않았을 것이다. 마침내 그는 움푹 찌그러지고 납작해진 모자를 눈 위에까지 눌러쓴 채 침대 밑에서 기어 나왔다. 그러고는 방 안을 쿵쿵거리며 돌아다니기 시작했는데, 아마도 그것은 축축하고 주름진 쇠가죽 장화—발에 맞춰 주문한 것도 아니었을 것이다—가 아직 길이 들지 않아, 그 추운 아침의 첫걸음에 발을 꽉 죄어 고통을 주었기 때문일 것이다.

이제 보니 창문에는 커튼이 없고, 길이 너무 좁아서 건너편 집에서는 이 방을 훤히 들여다볼 수 있을 것 같았다. 그런데 모자와 신발을 빼고는 거의 벌거숭이나 다름없는 상태로 방 안을 돌아다니는 퀴퀘그의 꼴사나운 모습이 점점 더 눈에 거슬렸기 때문에, 나는 제발 몸치레를 서둘러달라고, 특히 바지는 되도록 빨리 입어달라고 부탁했다. 그는 순순히 내 말에 따라 바지를 입은 뒤 몸을 씻기 시작했다. 아침 그 시각에 기독교도라면 누구나 얼굴을 씻었을 것이다. 하지만 놀랍게도 퀴퀘그는 가슴과 팔과 손만 씻는 것으로 만족했다. 이어서 그는 조끼를 입고 세면대 겸 탁자에 놓인 단단한 비누 한 조각을 집어 들어 물속에 담그더니, 그 거품을 얼굴에 마구 바르기 시작했다. 면도칼은 어디에 보관해서 가지고 다닐까? 놀랍게도 그는 침대 모서리에서 작살을 집어 들고는 나무로 된 칼집에서 작살 날을 빼내더니 장화 가죽에다 쓱쓱 문질러 날을 벼린 다음, 벽에 걸려 있는 작은 거울로 성큼성큼 다가가서 기운차게 수염을 밀기 시작했다. 아니, 얼굴에 작살질을 시작한 것이었다. 나는 그때 퀴퀘그가 로저스[57]의 최상급 날붙이를 너무 혹사하는 게 아닌가 생각했는데, 작살 날이 아주 좋은 강철로 만들어져 있고 그 길고 곧은 날이 늘 날카롭게 갈아져 있다는 것을 나중에 알고는 그의 이런 행동에 별로 놀라지 않게 되었다.

나머지 몸치레는 금방 끝났다. 그는 커다란 선원용 재킷으로 몸을 감싸더니, 작살을 마치 장군의 지휘봉처럼 휘두르면서 의기양양하게 밖

57　영국 셰필드에 있는 유명한 가정용 날붙이 제조회사.

으로 나갔다.

{　　제 5 장　　}

아침식사

나도 재빨리 옷을 차려입고 세수를 하고 아래층의 휴게실로 내려가, 히죽거리고 있는 주인에게 유쾌하게 인사했다. 주인은 잠자리 친구 문제로 나를 갖고 놀았지만, 나는 이제 그에게 조금도 유감이 없었다.

하지만 실컷 웃는 것은 아주 좋은 일이다. 더 정확히 말하자면 보기 드물게 좋은 일이다. 그래서 더욱 안타까운 일이다. 그러니까 어떤 사람이 자신을 유쾌한 웃음거리로 제공한다면, 그가 부끄러워서 꽁무니를 빼지 않고 기꺼이 자신을 웃음거리로 삼고 남의 웃음거리가 되게 해주는 게 좋다. 자신에 대해 실컷 웃을 거리를 갖고 있는 사람에게는 남들이 생각하는 것보다 훨씬 많은 것이 들어 있을 게 분명하다.

휴게실은 간밤에 들어온 투숙객들로 떠들썩했다. 나는 아직 그들을 찬찬히 살펴보지 못했다. 그들은 거의 다 포경선 선원들이었다. 일등항해사, 이등항해사, 삼등항해사, 목수, 통장이, 대장장이, 작살잡이, 배지기[58] 등, 모두가 털보에다 햇볕에 검게 탄 억센 사내들이었다. 머리는 다듬지 않아서 덥수룩하고, 하나같이 실내복 대신 선원용 재킷을 입고 있었다.

그들이 상륙한 지 얼마나 됐는지는 쉽게 알 수 있었다. 이 젊은이의 건강한 뺨은 햇볕에 잘 익은 배의 빛깔을 띠고, 거의 사향 냄새를 풍기는 듯하다. 그렇다면 인도 항해에서 돌아온 지 사흘도 되지 않았을 것이다. 그 옆에 있는 저 사내는 안색이 젊은이보다 약간 밝아 보인다. 마호가니 색

58　포경선의 경우, 작살잡이와 노잡이처럼 보트를 타고 고래 사냥에 나서는 대신 본선에 남아서 배를 돌보는 일에 종사하는 선원.

이라고 해도 좋다. 세 번째 사내의 안색은 아직도 열대의 태양에 그을린 황갈색을 띠고 있지만, 그래도 약간 표백된 느낌이다. 그는 틀림없이 몇 주 동안 육지에서 건들거리며 지냈을 것이다. 하지만 어느 누가 퀴퀘그 같은 뺨을 보여줄 수 있단 말인가? 다양한 색깔이 줄무늬를 이룬 그의 뺨은, 안데스산맥의 서쪽 비탈처럼 기후대에 따라 뚜렷이 대조적인 기후를 한 줄로 배열하여 보여주고 있는 것이다.

"어이! 식사들 해!" 주인이 문을 활짝 열고 소리쳤다. 우리는 아침을 먹으러 갔다.

세상을 두루 돌아다니며 여러 가지 경험을 쌓은 사람은 그 때문에 태도가 느긋해지고 남과 함께 있을 때도 침착한 법이라고 한다. 하지만 꼭 그런 것은 아니다. 그중에서도 특히 뉴잉글랜드의 위대한 여행가 존 레디어드와 스코틀랜드의 여행가 멍고 파크[59]는 휴게실에서 다른 사람들과 같이 있을 때면 침착성을 잃곤 했다. 하지만 레디어드처럼 개썰매를 타고 시베리아를 횡단하거나 멍고처럼 혼자서 오랫동안 주린 배를 안고 흑인들의 땅인 아프리카 오지를 도보로 탐험하는 여행은 세련된 사교술을 터득하는 가장 좋은 방법이 아닐지도 모른다. 그래도 대부분의 경우 그런 사교술은 어디서나 얻을 수 있다.

이런 생각이 여기서 떠오른 것은 우리가 모두 식탁에 앉은 뒤 내가 고래잡이에 대한 재미난 이야기를 들을 준비를 하고 있을 때 벌어진 상황 때문이다. 거의 모든 사람이 깊은 침묵을 지키고 있는 것을 보고 나는 적잖이 놀랐다. 그뿐만 아니라 그들은 난처해서 어쩔 줄 모르고 있었다. 그들은 대부분 사나운 바다에서 커다란 고래를, 난생처음 보는 고래를 조금도 수줍어하지 않고 다가가서 눈 하나 깜짝하지 않고 사냥한 노련한 선원들이었다. 그런데 지금 사교적인 아침 식탁에 둘러앉아서는—모두 직업이 같고 취향도 비슷할 텐데도—그린산맥[60] 깊은 곳에 있는 목장을 한

---

59   존 레디어드(1751~1789), 멍고 파크(1771~1806): 18세기 후반에 활동한 탐험가.

번도 떠나본 적이 없는 양들처럼 얌전하게 서로 바라보고만 있을 뿐이었다. 수줍어하는 곰탱이들! 겁먹은 고래잡이 전사들! 참으로 희한한 광경이 아닌가!

그런데 퀴퀘그―그렇다, 퀴퀘그도 그들 틈에 앉아 있었다―는 어떤가? 그는 우연히도 식탁의 상석에 앉아 있었는데, 고드름처럼 차가웠다. 확실히 그의 예의범절은 높이 평가할 수 없다. 아무리 열렬한 숭배자라 해도, 그가 작살을 식탁에까지 들고 와서 함부로 휘둘러 사람들을 겁준다든가, 작살을 식탁 위에 올려놓고 비프스테이크를 자기 쪽으로 끌어당기는 꼴을 진정으로 옳다고 생각할 수는 없을 것이다. 하지만 그는 그런 행동을 아주 태연스럽게 했고, 누구나 알고 있듯이 어떤 행동이든 태연스럽게 하면 신사다운 행동으로 평가한다.

여기서 퀴퀘그가 커피와 따끈한 빵은 손도 대지 않고 설익힌 비프스테이크에는 잠시도 눈을 떼지 않았다는 따위의 별난 습성에 대한 묘사는 생략하기로 하자. 아침식사가 끝나자 다른 사람들과 더불어 휴게실로 되돌아와서 도끼 파이프에 불을 붙여 물고는, 내가 산책을 하러 나갈 때까지, 몸에서 한시도 떨어질 줄 모르는 모자를 쓰고 앉은 채 조용히 소화를 시키면서 담배를 피우고 있었다는 것만 밝히면 충분할 것이다.

{   제 6 장   }

거리

퀴퀘그 같은 별난 인물이 문명사회의 고상한 사람들 속에 섞여 있는 것을 처음 보았을 때 내가 경악을 금치 못했다면, 아침 햇살 속에서 뉴베드퍼드의 길거리를 처음으로 걷고 있는 동안에 그 놀라움은 어느덧 사라지

---

60   미국 북동부 뉴잉글랜드 일대에 있는 산맥.

고 말았다.

큰 항구라면 어디서나, 부두 가까운 거리에서는 더없이 이상해 보이는 정체 모를 이방인들을 자주 볼 수 있다. 뉴욕의 브로드웨이와 필라델피아의 체스트넛 거리에서조차 지중해에서 온 선원들이 숙녀들을 거칠게 밀어제쳐 겁을 주는 일이 종종 있었다. 런던의 리젠트 거리는 인도 사람과 말레이 사람에게도 이미 잘 알려져 있고, 봄베이[61]의 아폴로 공원에서는 순수한 양키들이 원주민을 위협하는 경우가 종종 있다. 하지만 뉴베드퍼드는 리버풀의 워터 거리와 런던의 웨핑 거리를 앞지른다. 워터와 웨핑에서는 선원들만 볼 수 있지만, 뉴베드퍼드에서는 진짜 식인종들이 길모퉁이에 서서 떠들어대고 있다. 그들은 순종 야만인들로, 그들 대부분의 뼈에는 아직도 부정한 살이 붙어 있다. 그것이 낯선 사람들의 눈길을 끄는 것이다.

하지만 피지, 통가, 에로망고, 판나기, 브리기 출신의 포경꾼들 이외에, 그리고 비틀거리며 거리를 돌아다녀도 눈길을 끌지 못하는 그 거친 포경꾼의 표본 같은 무리들 이외에, 당신은 훨씬 진기하고 훨씬 우스꽝스러운 광경을 보게 될 것이다. 이 도시에는 매주 버몬트주와 뉴햄프셔주에서 기운 넘치는 수십 명의 풋내기가 도착한다. 그들은 모두 포경업으로 돈도 벌고 명예도 얻고 싶어 한다. 대부분 젊고 건장한 체격이다. 숲에서 나무를 베던 자들이 도끼를 집어 던지고 고래작살을 잡으려고 하는 것이다. 대개는 그들의 고향인 그린산맥처럼 새파랗다. 어떤 면에서는 태어난 지 몇 시간밖에 안 된 갓난아기 같다. 저쪽을 보라! 점잔을 빼며 길모퉁이를 돌고 있는 저 녀석. 비버 모피로 만든 모자를 쓰고 연미복 차림에 선원용 벨트를 두르고 칼집에 넣은 칼을 차고 있다. 저기 오는 또 다른 녀석은 방수모에 털외투를 걸치고 있다.

도시에서 자란 멋쟁이는 시골에서 자란 멋쟁이와 비교도 되지 않을 것

---

61   인도 서쪽 연안 중앙부에 있는 항구도시. 1995년에 뭄바이로 이름이 바뀌었다.

이다. 내가 말하는 시골 멋쟁이란 삼복 중에도 손이 햇볕에 탈까 두려워 가죽 장갑을 끼고 2에이커[62]의 땅에서 풀을 베는 족속이다. 이런 시골 멋쟁이가 뛰어난 명성을 얻을 수 있으리라 믿고 포경업에 뛰어들면, 그가 항구에 도착하자마자 우스꽝스러운 짓을 하는 것을 보게 된다. 항해용 복장을 한 벌 맞추는데, 조끼에는 방울 모양의 단추를 달고, 범포로 만든 바지에는 가죽 멜빵을 달기도 한다. 한심한 촌뜨기여! 으르렁대는 강풍이 몰아치면 그런 멜빵 따위는 단박에 끊어져버린다. 그때는 멜빵이며 단추만이 아니라 너의 몸뚱이까지 태풍의 아가리 속으로 휩쓸리게 될 것이다.

하지만 이 유명한 도시에서 볼 수 있는 방문객이 작살잡이와 식인종과 시골뜨기뿐이라고 생각해서는 안 된다. 전혀 그렇지 않다. 뉴베드퍼드는 역시 야릇한 곳이다. 우리들 포경꾼이 없었다면 이 땅은 오늘날 래브라도의 해안처럼 황량한 상태였을 것이다. 실제로 내륙 쪽의 일부 지역은 너무 앙상해 보여서 누구나 놀랄 정도다. 도시 자체는 뉴잉글랜드 전체에서 가장 살기 좋은 곳이다. 하지만 젖과 꿀이 흐르는 가나안[63]과는 달리 실제로 기름이 흐르는 땅이며, 옥수수와 포도주의 땅이기도 하다. 길거리에 우유가 넘쳐흐르지도 않고 봄철에 신선한 달걀로 뒤덮이지도 않는다. 하지만 그래도 미국 전역에서 뉴베드퍼드보다 더 귀족적인 저택과 초목이 무성한 공원과 화려한 정원을 찾을 수 있는 곳은 없을 것이다. 그것은 어디서 왔을까? 한때는 화산암 부스러기로 뒤덮인 척박한 불모지였던 이곳에 그런 초목이 어떻게 자리를 잡게 되었을까?

저 높은 저택에 가서 그 집을 둘러싸고 있는 작살을 보면 의문이 풀릴 것이다. 그렇다, 이 멋진 저택과 화려한 정원은 모두 대서양과 태평양과 인

---

62   야드파운드법에 의한 넓이의 단위. 1에이커는 약 4,047㎡이다.

63   팔레스타인 요르단강 서쪽 지역의 옛 이름. 기원전 13세기경 선주민인 가나안족을 정복하고 고대 이스라엘 민족이 정착한 지역으로, 성경에서는 하느님이 아브라함과 그 자손에게 주겠다고 약속한 땅이다. 이 약속의 땅을 흔히 '젖과 꿀이 흐르는 땅'이라고 부른다.

도양에서 왔다. 모두 바다 밑바닥에서 작살에 찍혀 올려졌다. 알렉산더[64] 선생이라 할지라도 이런 위업은 이룰 수 없을 것이다.

뉴베드퍼드에서는 아버지가 딸에게 지참금으로 고래를 주고, 조카들에게는 돌고래를 몇 마리씩 나누어준다고 한다. 화려한 결혼식을 보고 싶거든 뉴베드퍼드에 가라고 하는 것은, 그곳에는 집집마다 기름통이 가득하고 밤마다 경랍[65]으로 만든 양초를 아낌없이 태우기 때문이다.

여름철에는 이 도시가 더욱 볼만하다. 멋진 단풍나무가 무성하고, 길게 뻗은 한길은 초록빛과 황금빛으로 물든다. 그리고 8월에는 아름답고 풍성한 침엽수가 촛대 모양의 나뭇가지를 하늘 높이 뻗어 올리고, 똑바로 곧추세운 원뿔 모양으로 모인 꽃봉오리를 지나는 사람들에게 보여준다. 예술은 그렇게 전능하다. 뉴베드퍼드의 많은 구역에서 예술은 천지창조의 마지막 날 쓸모없이 버려진 불모의 자갈투성이 땅 위에 화려한 계단식 꽃밭을 덧붙여놓았다.

그리고 뉴베드퍼드의 여인들, 그들은 자기가 키우는 빨간 장미처럼 혈색이 좋다. 하지만 장미는 여름에만 꽃을 피우지만, 그녀들의 카네이션처럼 발그레한 뺨은 제7천[66]의 햇빛처럼 영원히 지워지지 않는다. 어디에 사는 여자들도 그네들의 그 좋은 혈색을 당해내지 못한다. 유일한 예외가 있다면 세일럼[67]인데, 이곳 아가씨들은 숨결에서 사향 냄새가 나기 때문에, 그네들을 애인으로 가진 선원들은 세일럼으로 돌아올 때면 청교도들의 모래벌판이 아니라 향기로운 몰루카의 해안으로 다가가기라도 하는 것처럼, 몇 킬로미터나 떨어진 난바다에서도 애인들의 냄새를 맡을 수 있다고 한다.

---

64 알렉산더 하임뷔르거(1819~1909): 1840년대에 뉴욕에서 활동한 독일 태생의 마술사.

65 향유고래의 머리에 있는 지방층을 냉각하여 기름을 분리한 뒤 얻는 고형분.

66 기독교와 이슬람교에서 믿는 일곱 천국 가운데 최상위 천국. 이곳에 신과 천사들이 살고 있다고 한다.

67 미국 매사추세츠주 동북부에 있는 항구도시. 1692년의 마녀재판으로 유명하다. 『주홍 글씨』의 작가인 너새니얼 호손(1804~1864)의 고향이기도 하다.

{ 　제7장　 }
예배당

이곳 뉴베드퍼드에는 '포경 선원 예배당'[68]이 있어서, 인도양이나 태평양으로 떠날 날이 다가와 기분이 울적해진 선원들은 일요일 예배를 보러 이곳을 찾아온다. 물론 나도 예외가 아니었다.

첫날 아침 산책에서 돌아온 나는 이 특별한 볼일을 보려고 다시 외출했다. 맑고 화창하고 추웠던 날씨는 진눈깨비가 세차게 휘몰아치고 안개가 자욱한 날씨로 바뀌어 있었다. 나는 곰가죽으로 만들었다는 털투성이 재킷으로 몸을 감싸고 모진 바람을 뚫고 나아갔다. 예배당에 들어가자 선원들과 그 아내들 그리고 과부들이 띄엄띄엄 흩어져 앉아 있었다. 예배당을 지배하는 침묵을 깨뜨리는 것은 이따금 비명처럼 들려오는 바람 소리뿐이었다. 예배당에 온 사람들은 일부러 남들과 떨어져 앉아 있는 것처럼 보였다. 그들의 조용한 슬픔은 외딴섬처럼 고립되어 있어서 남에게 전달할 수 없는 것 같았다. 목사는 아직 오지 않았으므로, 조용한 섬 같은 남자들과 여자들은 꼿꼿이 앉아서 설교단 양쪽 벽에 박혀 있는, 검은 테를 두른 대리석 명판들을 바라보고 있었다. 그 가운데 셋은, 주제넘게 옮겨 적으면 다음과 같다.

존 탤벗의 영전에
1836년 11월 1일, 파타고니아 앞바다의
데솔라시옹섬[69] 부근에서 실종됨. 향년 18세.
고인을 추모하여 누이가 이 비를 바침

68 　정식으로는 'The Seaman's Bethel on Johnny-Cake Hill'. 지금도 포경박물관 맞은편에 서 있지만, 이 건물은 1866년 화재 뒤에 재건한 것이다.

69 　남아메리카 남단의 티에라델푸에고 제도에 속한 섬.

로버트 롱, 윌리스 엘러리, 네이선 콜먼,
월터 캐니, 세스 메이시, 새뮤얼 글레이그의 영전에
고인들은 '엘리자'호의 보트 승무원들로
1839년 12월 31일, 태평양의 먼바다 어장에서
고래에게 끌려간 채 실종되었음.
생존한 동료 일동

이지키얼 하디 선장의 영전에
1833년 8월 3일, 일본 연안에서 보트를 지휘하던 중
향유고래의 공격을 받고 사망함.
고인을 추모하여 아내가 이 비를 바침

　얼어붙은 모자와 재킷에서 진눈깨비를 떨어내면서 출입문 가까운 자리에 앉아 옆을 돌아본 순간, 나는 퀴퀘그가 바로 곁에 앉아 있는 것을 보고 깜짝 놀랐다. 그 자리의 엄숙한 분위기에 영향을 받았는지, 그의 얼굴에는 비신자의 호기심으로 경탄하며 지켜보는 표정이 떠올라 있었다. 내가 들어온 것을 알아차린 사람은 그뿐이었다. 그는 예배당 안에서 유일한 문맹자였고, 그래서 벽에 박혀 있는 명판에 새겨진 딱딱한 글을 읽고 있지 않았기 때문이다. 명판에 이름이 적혀 있는 선원들의 가족이 지금 예배당에 와 있는지는 나도 알 수 없었다. 하지만 포경업에는 기록되지 않은 사고가 너무 많이 일어나고, 예배당에 앉아 있는 여인들 가운데 몇 명은 비록 평상복 차림이긴 했지만 가슴에 사무치는 슬픔이 얼굴 표정에 또렷이 떠올라 있었으니까, 내 앞에 있는 사람들은 그 쓸쓸한 명판을 보면서 아직 아물지 않은 가슴의 상처에서 다시 피를 흘리고 있었던 게 분명

하다.

아! 죽은 이들을 초록빛 풀밭에 묻은 사람들, 꽃 속에 서서 "여기 이곳에 내 사랑하는 사람이 잠들어 있다"라고 말할 수 있는 사람들은 이런 사람들이 가슴에 품고 있는 쓸쓸함을 이해할 수 없을 것이다. 검은 테를 두른 저 대리석 밑에는 한 줌의 재도 들어 있지 않으니, 그 공허감은 얼마나 쓰라린가! 아무런 감동도 주지 못하는 저 비문 속에는 얼마나 큰 절망이 숨어 있는가! 객사하여 무덤조차 없는 이들에게 부활을 거부하고 모든 신앙을 갉아먹는 것처럼 보이는 구절 속에는 얼마나 지독한 허무감과 자발적인 불신앙이 담겨 있는가! 저 명판들은 여기보다는 오히려 엘레판타 동굴[70] 속에 세우는 편이 나을 것이다.

죽은 자들이 살아 있는 자들의 인구조사에 포함된 적이 있는가. 죽은 자들은 굿윈 사주[71]의 모래알보다 더 많은 비밀을 안고 있지만, 죽은 자는 말이 없다는 속담이 세계 어디에나 보편적으로 존재하는 것은 무엇 때문인가. 어제 저세상으로 떠난 사람의 이름 앞에는 그토록 의미심장하고 이단적인 단어를 덧붙이면서, 이 지구상에서 가장 먼 인도양으로 항해를 떠나는 사람에게는 그런 단어를 붙이지 않는 것은 무엇 때문인가. 생명보험 회사는 무엇 때문에 불멸의 인간에게 사망보험금을 지급하는 것인가. 오랜 옛날 60세기[72] 전에 죽은 아담은 아직도 꼼짝하지 못하고 영원히 마비된 채 얼마나 치명적이고 절망적인 혼수상태 속에 누워 있는 것인가. 우리는 죽은 자들이 이루 말할 수 없는 행복 속에 살고 있다고 말하면서도

---

70 인도 뭄바이 앞바다의 엘레판타섬에 있는 힌두교 석굴 사원.

71 북해에서 도버해협으로 들어가는 입구에 있는 모래톱.

72 당시의 성서 해석적 연대에 따른 수치. 다만 여러 종류의 '연대 해석법'이 있고, 아일랜드의 어셔 대주교(1581~1656)의 계산에 따르면 천지창조가 이루어진 것은 기원전 4004년이었다. 그런데 19세기가 되자 기원전 2~3세기에 쓰인 '70인역 성서'의 연대 계산으로 복귀하는 경향이 생겼고, 여기에 따르면 천지창조는 기원전 5411년으로 설정되었기 때문에, 통설에 따라 아담의 수명이 930세였다고 하면 『모비 딕』(1851)이 출간된 것은 아담이 죽은 지 '60세기' 지난 뒤라는 계산이 나온다.

그들을 생각하면 마음이 불편해지는 것은 무엇 때문인가. 살아 있는 자들이 죽은 자들을 침묵시키려고 애쓰는 것은 무엇 때문인가. 무덤 속에서 노크하는 소리가 난다는 소문만으로도 도시 전체가 공포에 휩싸이는 것은 무엇 때문인가. 결코 무의미한 의문들은 아닐 것이다.

하지만 신앙이란 것은 승냥이처럼 무덤들 사이에서 먹이를 찾고, 이런 죽음의 회의 속에서도 가장 활기찬 희망을 주워 모으려고 한다.

낸터컷으로 건너가기 전날 밤 내가 어떤 기분으로 그 대리석 명판들을 바라보았는지, 그 어둡고 우울한 날 희미한 빛 속에서 나보다 먼저 간 포경꾼들의 운명을 읽으면서 어떤 기분을 느꼈는지는 굳이 말할 필요가 없을 것이다. 그래, 이슈메일, 너도 저런 운명을 당할 수 있어. 하지만 나는 어떻게든 쾌활한 기분을 되찾았다. 이건 어서 배를 타라는 유쾌한 권유, 출세할 수 있는 좋은 기회일 것이다. 그래, 내가 탄 배가 산산조각이 나면 나는 불멸의 존재로 출세하게 되는 셈이지. 그래, 고래잡이는 목숨을 걸어야 하는 일이야. 아차! 하는 순간에 인간을 영원의 세계로 처넣고 마니까. 하지만 그래서 어쨌다는 거지? 우리는 이 삶과 죽음이라는 문제를 매우 잘못 생각해온 것 같아. 여기 지구상에서 소위 그림자라고 불리는 것이 사실은 우리의 진정한 실체인지도 몰라. 우리가 영적인 사물을 바라볼 때, 그것은 마치 굴조개가 바다 밑에서 태양을 바라보며 흐린 물을 가장 맑은 공기라고 생각하는 것과 같을지도 몰라. 내 몸뚱이는 보다 나은 내 존재의 찌꺼기인지도 몰라. 원하는 사람은 내 몸뚱이를 가져가도 좋다. 맘대로 가져가라. 이건 내가 아니니까. 그러니 낸터컷 만세! 배가 산산조각이 나도 좋고, 몸이 갈기갈기 찢겨도 상관없다. 제우스[73]라 할지라도 내 영혼은 어쩌지 못할 테니까.

73　그리스 신화에 나오는 최고신.

제 8 장

설교단

　내가 자리에 앉은 지 얼마 지나기도 전에 건장하고 기품 있게 생긴 노인이 들어왔다. 그가 들어오자마자 휘몰아치는 폭풍에 문이 다시 쾅 닫히고, 모든 사람의 존경심 어린 시선이 일제히 그에게 쏠렸는데, 그들의 태도는 이 노인이 목사라는 것을 말해주고 있었다. 그렇다, 그가 바로 포경꾼들 사이에서 가장 존경받고 있는 저 유명한 매플 목사[74]인 것이다. 그도 젊었을 때는 포경 선원에 작살잡이였지만, 오래전에 성직에 몸을 던졌다. 내가 처음 만났을 당시의 매플 목사는 인생의 겨울철에 접어들었지만 추위를 잘 견디는 건강한 노인으로, 마치 젊은 시절로 되돌아가 제2의 청춘을 꽃피우는 듯이 보였다. 주름살 사이에서 새로 나타나기 시작한 홍조가 어렴풋이 빛나고 있었기 때문이다. 그것은 2월에 내린 눈 밑에서 고개를 내미는 봄의 신록 같았다. 매플 목사의 내력을 들은 적이 있는 사람이라면 누구나 그를 처음 보자마자 강한 흥미를 느끼지 않을 수 없었다. 젊은 시절 바다에서 모험으로 가득 찬 생활을 했기 때문에, 거기에 성직 생활을 접목시킨 그에게서는 독특한 분위기가 풍기고 있었다. 그가 들어왔을 때 나는 그가 우산도 받쳐들지 않고, 마차도 타지 않고 왔다는 것을 알아차렸다. 방수모에서는 진눈깨비 녹은 물이 흘러내리고, 헐렁한 선원용 외투가 물먹은 무게 때문에 그를 마룻바닥 쪽으로 끌어내리고 있는 듯이 보였기 때문이다. 하지만 그는 모자와 외투와 덧신을 하나씩 벗어서 가까운 구석의 좁은 공간에 건 다음, 단정한 차림새로 설교단을 향해 조용히 다가갔다.

　구식 설교단이 대부분 그렇듯이 이곳 설교단도 아주 높았다. 그렇게 높

74　보스턴의 유명한 목사 에드워드 테일러(1793~1871)와 뉴베드퍼드의 선원교회 목사 이노크 마지
　　(1776~1850)의 합성일까. 멜빌은 1840년 12월 27일 포경선을 타고 태평양으로 나가기 전에 마
　　지 목사의 설교를 들었다.

은 설교단은 바닥과 이루는 세로 각도가 크기 때문에, 통상적인 층계를 만들면 가뜩이나 좁은 예배당 공간이 더욱 줄어들 것이다. 그래서 건축가는 매플 목사의 조언을 실천에 옮긴 것 같았다. 그는 계단을 만들지 않은 채 설교단을 완성했고, 계단 대신 보트에서 배로 올라갈 때 사용하는 줄사다리를 설교단 옆에 매달아 놓은 것이다. 어느 포경선 선장의 부인이 이 줄사다리에 걸맞은 빨간색 소모사로 짠 난간줄 한 쌍을 기증했는데, 사다리 자체는 끝부분이 꼼꼼하게 마무리되어 있고 마호가니 빛깔로 염색되어 있어서, 이 예배당의 성격을 생각하면 전체적인 만듦새가 참으로 괜찮아 보였다. 매플 목사는 사다리 밑에 잠시 멈춰 서서 두 손으로 난간줄의 둥근 장식을 움켜잡고는 위쪽으로 눈길을 한 번 던진 다음, 진짜 선원처럼 잽싸면서도 경건한 태도로 손을 번갈아 바꿔가면서 마치 자기 배의 망루로 올라가듯 사다리를 올라갔다.

혼들리는 사다리의 경우에는 으레 그렇듯이, 이 줄사다리의 수직 부분은 천으로 감싼 밧줄로 되어 있고, 발 딛는 가로대만 목재여서 발판마다 매듭이 있었다. 그 설교단을 처음 보았을 때 나는 매듭이 배에서는 편리하겠지만 이 경우에는 불필요해 보인다고 생각했다. 매플 목사가 높은 단상에 이르자 천천히 돌아서서 설교단 위로 몸을 숙이고는 사다리 발판을 한 단씩 조심스럽게 끌어 올리는 것을 보게 될 줄은 나도 미처 예상치 못했기 때문이다. 매플 목사는 끌어 올린 사다리 전체를 설교단 안에 집어넣었는데, 그러자 그는 마치 그의 작은 퀘벡 요새[75]에 난공불락으로 틀어박힌 듯한 상태가 되었다.

나는 잠시 생각해보았지만 그 이유를 잘 이해할 수가 없었다. 매플 목사는 성실하고 고결하기로 평판이 나 있는데, 이제 새삼스럽게 사다리 같은 무대 장치로 이름을 얻으려 한다고는 생각할 수 없었다. 아니, 여기에는 무언가 진지한 이유가 있을 거야. 게다가 그건 무언가 눈에 보이지 않

75 캐나다의 세인트로렌스강 절벽 위에 서 있는 북아메리카 제일의 난공불락을 자랑한 성채.

는 것을 상징하고 있음이 틀림없어. 그렇다면 매플 목사가 자신을 신체적으로 고립시키는 행위는 바깥세상의 모든 세속적 인연과 관계로부터 정신적으로 잠시 물러나는 것을 의미하는 게 아닐까? 하느님의 충실한 종인 그에게 하느님 말씀의 살과 포도주로 충만해 있는 이 설교단은 자급자족할 수 있는 요새, 성벽 안에 영원히 마르지 않는 샘이 있는 에렌브라이트슈타인[76]인 것이다.

하지만 예배당의 색다른 면모들 가운데 매플 목사의 과거 선원 생활에서 착상을 얻어 만든 것은 비단 이 줄사다리만이 아니었다. 설교단 양쪽의 대리석 명판들 사이에 있는 설교단 뒷벽은 커다란 그림으로 장식되어 있었는데, 그 화폭에는 파도가 검은 바위에 부딪혀 눈처럼 하얗게 부서지는 해안 앞바다에서 무서운 폭풍우를 만난 호화로운 배 한 척이 묘사되어 있었다. 하지만 세찬 바람에 흩날리는 소나기와 굽이치는 먹구름 위 높은 하늘에는 태양이 작은 섬처럼 떠 있고, 그곳에서 한 천사의 얼굴이 환히 빛나고 있었다. 이 빛나는 얼굴이 심하게 흔들리는 배 갑판에 빛을 던져, 넬슨 제독[77]이 '빅토리(승리)'호 갑판에 박아놓은 은판처럼 그 부분만 또렷이 드러났다. 천사는 이렇게 말하고 있는 듯했다. "아아, 고귀한 배여! 나아가라, 나아가라. 키를 단단히 잡아라. 보라! 태양이 구름을 뚫고 나오니, 구름은 소용돌이치며 사라져가고 있다. 이제 곧 더없이 화창한 하늘이 펼쳐지리라."

설교단 자체도 사다리와 그림에 나타난 것과 같은 바다 취향에 영향을 받은 흔적이 엿보였다. 널판으로 장식된 설교단 정면은 폭이 넓고 경사진 뱃머리와 비슷했고, 성경책은 부리처럼 뾰족한 뱃머리를 본떠서 만든 소용돌이 장식의 돌출부 위에 놓여 있었다.

---

76 독일 라인 강변에 위치한 도시 코블렌츠에 있는 성채로, 로마 시대에 바위산 위에 지어졌다.

77 호레이쇼 넬슨(1758~1805): 영국의 해군 제독. 트라팔가 해전에서 프랑스·스페인 연합 함대를 격파하고 전사했다. 이때 넬슨이 탄 기함이 '빅토리'호이다.

무엇이 이보다 더 의미로 가득 찰 수 있겠는가? 설교단은 이 세상의 이물[78]이고, 그 밖의 것들은 모두 그 뒤를 따를 뿐이다. 설교단이야말로 세상을 이끌어간다. 신의 노여움의 폭풍을 가장 먼저 발견하는 곳도 이곳이고, 그 노여움의 화살을 정면으로 받는 곳도 이곳이다. 순풍이건 역풍이건 마음대로 불게 하는 신에게 구원의 바람을 보내달라고 기도하는 곳도 이곳이다. 그렇다. 세상은 항해에 나선 배이거니와, 그 항해는 아직 끝나지 않았다. 설교단이야말로 그 배의 이물인 것이다.

{   제 9 장   }

설교

매플 목사는 몸을 일으키더니, 여기저기 흩어져 앉은 사람들에게 가운데로 모여 앉으라고, 부드럽고 겸손하면서도 위엄 있는 목소리로 명령을 내렸다. "저기, 우현 통로 쪽에 앉은 분들은 좌현 쪽으로! 좌현 통로 쪽에 앉은 분들은 우현 쪽으로! 갑판 중앙으로! 갑판 중앙으로!"

장의자들 사이에서 묵직한 선원용 장화가 둔중하게 쿵쿵거리는 소리와 여자들의 단화가 그보다 훨씬 가볍게 바닥에 끌리는 소리가 나더니, 다시 사방은 조용해지고 모든 눈길이 목사에게 쏠렸다.

그는 한동안 꼼짝도 하지 않더니, 이윽고 설교단의 뱃머리에 무릎을 꿇고 앉아서, 갈색의 커다란 두 손을 가슴 앞에 모으고, 눈을 감은 채 얼굴을 천장 쪽으로 쳐들고는, 매우 경건한 목소리로 기도를 올리기 시작했다. 그 모습이 마치 바다 밑바닥에 무릎을 꿇고 기도하는 것처럼 보였다.

기도가 끝나자, 안개 낀 바다에서 가라앉고 있는 배 안에 느린 간격으로 계속 울리는 종소리처럼 엄숙한 어조로 찬송가를 부르기 시작했다. 하

---

78   배의 앞부분. 배의 뒷부분은 '고물'이라고 한다.

지만 마지막 연이 가까워지자 태도가 바뀌어, 낭랑하게 울려 퍼지는 환희
와 기쁨으로 폭발했다.

고래의 갈비뼈는 두려워라,
나를 음울한 어둠으로 뒤덮고 있네.
햇빛을 받은 신의 파도는 출렁이며 사라지고,
뒤에 남은 나는 어둠 속으로 점점 깊이 빠져드네.

나는 보았네, 지옥이 아가리를 벌리고 있는 것을.
그곳에는 끝없는 고통과 슬픔이 있었지.
이 고통과 슬픔을 누가 알리 ―
오, 나는 절망 속으로 빠져드네.

캄캄한 절망 속에서 주님을 불렀네.
나는 그가 주님이라는 것을 믿을 수 없었지만,
주님은 내 기도에 귀를 기울여주셨네 ―
고래는 더 이상 두려움이 아니네.

주님은 나를 구하러 날아오셨네.
빛나는 돌고래를 타고 오신 듯.
나를 구해준 주님의 얼굴은
번개처럼 무섭고도 찬란하게 빛나네.

나는 영원히 노래 부르리.
그 두렵고도 기쁜 날을,
모든 영광을 주님께 바치리.

은총도 권능도 모두 주님의 것.

    모든 사람이 찬송가를 함께 불렀다. 노랫소리는 으르렁거리는 폭풍보다 더 커졌다. 노래가 끝나자 잠깐 정적이 흘렀다. 매플 목사는 천천히 성경책을 넘기다가 마침내 적당한 대목에 이르자, 책장 위에 손바닥을 내려놓고 말했다.

    "사랑하는 선원 동료 여러분,「요나서」1장 마지막 절을 펴세요. '여호와께서는 큰 물고기 한 마리를 마련해두셨다가 요나를 삼키게 하셨다.'

    여러분, 불과 넉 장, 즉 네 가닥 실로 이루어진 이「요나서」는 '성서'라는 커다란 밧줄을 이루는 가닥들 가운데 가장 작은 가닥에 불과합니다. 하지만 이 요나의 바닷속 이야기는 얼마나 깊은 영혼의 바닥까지 보여주고 있는 것일까요! 이 예언자는 우리에게 얼마나 뜻깊은 교훈을 일깨워주고 있는 것일까요! 물고기의 배 속에서 부른 노래는 얼마나 숭고합니까? 얼마나 거친 파도처럼 사나이답고 웅장합니까! 우리는 이제 격랑이 밀려오는 것을 느끼면서, 요나와 함께 해초 무성한 바다 밑바닥까지 내려갑니다. 주위에는 온통 해초와 진흙뿐입니다. 하지만「요나서」가 우리에게 주는 교훈은 무엇이겠습니까? 선원 동료 여러분, 이것은 두 가닥으로 이루어진 교훈입니다. 하나는 죄인인 우리 모두에게 주는 교훈이고, 또 하나는 살아 있는 하느님의 수로 안내자인 나에게 주는 교훈이지요. 죄인에 대한 교훈이 우리 모두에 대한 교훈인 것은, 죄와 무자비함, 갑자기 눈뜬 공포, 즉각적인 처벌, 뉘우침과 기도, 이윽고 구원받는 요나의 기쁨에 대한 이야기이기 때문입니다. 인간들 가운데 모든 죄인과 마찬가지로, 이 아밋대의 아들 요나의 죄는 하느님의 명령에 고의로 따르지 않은 데 있었습니다. 그 명령이 어떤 것이고 어떻게 전달되었는지는 아무래도 좋습니다. 어쨌든 요나는 그것을 가혹한 명령으로 여겼던 것이지요. 하지만 하느님이 우리에게 시키고자 하는 일은 모두 우리가 하기 어려운 일입니다.

이 점을 명심해야 합니다. 따라서 하느님은 우리를 설득하려고 애쓰기보다 우리에게 명령하는 경우가 더 많습니다. 그리고 우리가 하느님에게 복종하려면 우리 자신을 거역하지 않으면 안 됩니다. 하느님에게 복종하기가 어려운 이유는 바로 우리 자신을 거역하기가 어렵다는 데 있습니다.

요나는 불복종의 죄를 짓고도 하느님으로부터 도망치려고 했고, 그렇게 함으로써 하느님을 더욱 우롱하기에 이르렀습니다. 요나는 인간이 만든 배를 타면 하느님의 지배가 미치지 않는, 이 지상의 수령들만 지배하는 곳으로 갈 수 있을 거라고 생각합니다. 그래서 요나는 요파의 부둣가를 살금살금 돌아다니며 타르시시로 가는 배를 찾지요. 바로 여기에 지금까지 주목받지 못한 의미가 숨겨져 있습니다. 타르시시는 누구의 말을 들어봐도 오늘날의 카디스가 아닌 다른 도시일 리가 없습니다. 그것이 박식한 학자들의 의견입니다. 여러분, 카디스는 어디 있지요? 카디스는 스페인에 있습니다. 대서양이 거의 알려지지 않은 바다였던 그 옛날에는 요나가 요파에서 배를 타고 갈 수 있는 가장 먼 곳이었을 겁니다. 요파는 오늘날의 자파인데, 지중해의 동쪽 끝 시리아 해안에 있기 때문이지요. 타르시시 즉 카디스는 요파에서 서쪽으로 2천 킬로미터 넘게 떨어진 지브롤터해협 바로 바깥에 있습니다. 그러니 여러분, 요나는 하느님으로부터 달아나 세상 끝까지 가려고 했던 것입니다. 한심한 인간! 오오, 비열하기 짝이 없고 경멸받아 마땅한 인간. 모자를 푹 눌러쓰고 죄지은 눈초리를 하고서 하느님으로부터 살금살금 달아나는 인간. 바다를 건너려고 서두르는 야비한 도둑처럼 선박들 사이를 돌아다니는 인간. 그의 표정은 너무 혼란스럽고 양심의 가책에 사로잡혀 있어서, 당시에도 경찰이 있었다면 요나는 당장 수상한 자로 지목되어 갑판에 발이 닿기도 전에 체포되고 말았을 것입니다. 그는 어느 모로 보나 도망자였습니다! 짐도 없고 모자 상자도 없고 배낭도 여행 가방도 없습니다. 배웅하러 부두까지 따라온 지인도 없습니다. 한참 동안 배를 찾아다니다가 마침내 요나는 마지막 화물을

신고 있는 타르시시행 배를 찾아냅니다. 요나가 선장을 만나러 배에 올라
타자, 화물을 싣고 있던 선원들은 잠시 일손을 멈추고 이 낯선 사내의 불
온한 눈초리를 유심히 바라봅니다. 이를 알아차린 요나는 느긋하고 태연
한 태도를 지어 보이려고 애쓰지만 소용이 없습니다. 어설픈 미소를 지
으려 하지만 그것도 소용이 없습니다. 뱃사람들은 본능적인 직감으로, 이
녀석은 뭔가 죄를 지은 게 틀림없다고 판단을 내립니다. 그들은 짓궂으
면서도 진지한 뱃사람 특유의 태도로 서로 속삭입니다. '잭, 저놈은 과부
를 따먹었어'라거나, '조, 저놈을 조심해. 중혼자야'라거나, '해리, 저놈은
간통죄를 짓고 고모라의 감옥에 갇혀 있다가 탈옥했거나, 아니면 소돔에
서 사라진 살인자들 가운데 하나일 거야'라거나. 또 다른 사람은 배가 정
박해 있는 부두의 말뚝에 나붙어 있는 포고문을 읽으러 달려갑니다. 그
포고문에는 부모를 죽인 자를 잡은 자에게는 금화 500냥을 준다는 내용
과 범인의 인상착의가 적혀 있겠지요. 그는 포고문을 읽고, 요나와 범인
의 인상착의를 번갈아 봅니다. 그에게 동조한 동료들은 이제 요나를 붙잡
을 준비를 하고 주위에 모여 있습니다. 겁먹은 요나는 부들부들 떱니다.
있는 용기를 다 짜내어 한껏 대담한 표정을 지어보지만, 그러면 그럴수록
겁쟁이로 보일 뿐이지요. 자기는 용의자가 아니라고 털어놓고 싶지도 않
지만, 그럴수록 오히려 의심은 더할 뿐입니다. 그래도 최선을 다해 버티
고 있는 동안 선원들은 마침내 요나가 포고문에 나온 범인이 아님을 알게
되고, 그대로 지나가게 해줍니다. 그래서 요나는 선장을 찾아 선장실로
내려갑니다.

　'누구야?' 하고, 책상 앞에서 세관에 제출할 서류를 바쁘게 작성하고 있
던 선장이 외칩니다. '누구냐니까?' 선장의 스스럼없는 질문이 요나의 마
음을 후벼놓습니다! 순간 그는 돌아서서 달아나고 싶어집니다. 하지만 요
나는 다시 기운을 냅니다. '이 배로 타르시시까지 가고 싶은데요. 언제 떠
납니까?' 지금까지 선장은 요나가 바로 앞에 서 있었는데도 일에 정신이

팔린 나머지 그를 쳐다보지도 않았지만, 요나의 얼빠진 목소리를 듣자마자 홱 고개를 들어 날카로운 눈초리로 요나를 바라봅니다. 그러다가 여전히 요나를 쏘아보면서, '다음번 밀물 때 떠날 거요' 하고 천천히 대답합니다. '더 빨리 출항할 수는 없습니까?' '정직한 승객에게는 그 정도면 충분히 빠른 거요.' 맙소사! 요나는 또 한 방 먹은 겁니다. 하지만 요나는 다른 쪽으로 재빨리 선장의 관심을 돌립니다. '좋습니다. 뱃삯은 얼마죠? 지금 당장 내겠습니다.' 여러분, 성서에는 마치 그것이 이 이야기에서 간과해서는 안 될 중요한 대목이라도 되는 것처럼 '요나는 배가 떠나기 전에 뱃삯을 치렀다'는 말이 특별히 쓰여 있습니다. 문맥을 고려하면 여기엔 중대한 의미가 담겨 있습니다.

여러분, 요나가 탄 배의 선장은 어떤 사람의 범죄도 냄새 맡는 뛰어난 분별력을 갖고 있지만, 상대가 무일푼일 때에만 그 범죄를 폭로하는 탐욕스러운 자였습니다. 여러분, 이 세상에서는 죄인도 돈만 내면 여권이 없어도 자유롭게 여행할 수 있습니다. 반대로, 선량하지만 가난한 사람은 모든 국경에서 저지당하고 맙니다. 그래서 요나가 탄 배의 선장은 요나를 공공연히 심판하기 전에 요나의 돈주머니가 얼마나 두둑한지 시험해 볼 속셈으로 그에게 통상 운임의 세 배를 요구하지만, 요나는 거기에 응할 수밖에 없습니다. 그래서 선장은 요나가 도망자인 것을 알게 되지만, 그럼에도 황금을 뿌리고 다니는 도망자를 도와주기로 합니다. 그러면서도 요나가 실제로 돈주머니를 꺼내 보이자 빈틈없는 선장은 의심을 떨쳐 버리지 못하고, 가짜 돈이 아닌지 확인하기 위해 금화를 하나하나 울려서 소리를 내봅니다. 어쨌든 위조범은 아닌 것 같군, 하고 선장은 중얼거립니다. 그리고 요나를 승객 명부에 기재합니다. '내 방은 어딥니까? 여행에 시달렸기 때문에 잠 좀 자야겠어요.' 요나가 말하자 선장이 대답합니다. '그래 보이는군. 당신 방은 저기요.' 요나는 방에 들어가서 문을 잠그려 하지만, 자물쇠에는 열쇠가 꽂혀 있지 않습니다. 요나가 더듬거리며 열쇠를 찾는 소리를 듣고 선장은 혼자 낮은 소리로 낄낄대면서, 죄수의 감방문은 안에서 잠그는 게 허용되지 않아, 하고 속으로 중얼거립니다. 요나는 먼지투성이 옷을 모두 걸쳐 입은 채 침대에 몸을 던지지만, 방이 너무 옹색해서 천장이 이마에 닿을 지경입니다. 공기도 탁해서 요나는 답답하여 숨을 헐떡거립니다. 흘수선[79]보다 밑에 있는 그 움집 같은 방에서 요나는 고래의 창자 속에서도 가장 작은 방에 갇힌 채 금방이라도 질식할 것 같은 그 시간이 다가오고 있음을 예감합니다.

요나의 방에는 벽에 축을 박아 매달아놓은 램프가 가볍게 흔들립니다. 배는 마지막으로 실은 화물의 무게 때문에 부두 쪽으로 기울어져 있습니다. 램프는 불꽃과 함께 흔들리고 있지만, 방과 이루는 각도는 줄곧 삐딱하게 기울어져 있습니다. 사실 램프 자체는 분명히 수직으로 늘어져 있지만, 방 자체가 기울어져 있기 때문에 착각을 일으킨 것이지요. 이 램프가 요나에게 불안과 두려움을 불러일으킵니다. 그는 잠자리에 누운 채 고통스러운 눈으로 주위를 둘러봅니다. 여기까지는 용케 도망쳐왔지만, 이제는 그 불안한 눈을 쉬게 할 수가 없었던 것입니다. 기울어진 램프는 점점 더 그를 두렵게 합니다. 바닥도 천장도 벽도 모두 비뚤어져 보입니다. 그는 탄식합니다. '아아, 내 양심도 내 마음 안에서 이런 꼴이 되어 있구나! 내 양심은 저 램프처럼 똑바로 타고 있지만, 내 영혼의 방은 모두 비뚤어져 있는 거야!'

밤새 고주망태로 야단법석을 떨다가 여전히 비틀거리면서도 양심의 가책을 느끼며 서둘러 침대로 가는 사람처럼, 또는 뒷발을 들고 뛰어오를수록 쇠장식이 살 속으로 파고드는 로마의 경주마처럼, 그 비참한 곤경 속에서 현기증 나는 고통에 시달리며 발작이 지나갈 때까지 제 육신과 영혼을 모두 죽여달라고 신에게 기도하면서 괴로운 나머지 몸부림치는 사람처럼, 그가 느끼는 고통의 소용돌이 속에서 마침내 깊은 혼수상태

---

79   배가 물 위에 떠 있을 때 배와 수면이 접하는 경계선으로, 안전하게 항해할 수 있는 한계선이다.

가 그에게 살금살금 다가옵니다. 과다 출혈로 죽어가는 사람이 서서히 혼수상태에 빠지는 것과 마찬가집니다. 양심은 상처이고, 그 상처의 출혈을 멈추게 할 방법은 없으니까요. 그래서 요나는 침대에서 심하게 몸부림친 뒤, 엄청난 불행이 일어날 것만 같은 이상한 예감에 사로잡혀 잠 속으로 빠져듭니다.

이윽고 밀물 때가 되자 배는 묶어두었던 밧줄을 풉니다. 아무도 없는 부두에서 타르시시행 배는 배웅해주는 사람도 없이 한쪽으로 기울어진 채 바다로 미끄러져 나갑니다. 여러분, 그 배는 기록에 남아 있는 최초의 밀수선이었습니다! 밀수품은 다름 아닌 요나였지요. 그런데 바다가 화를 내며 그런 부도덕한 짐은 싣지 않겠다고 저항합니다. 무서운 폭풍우가 밀어닥쳐 배가 금방이라도 부서질 것 같습니다. 갑판장이 선원들에게 배를 가볍게 하라고 외치자, 상자와 꾸러미와 유리병 따위가 뱃전 너머로 내던져집니다. 바람은 울부짖고, 선원들은 고함을 지릅니다. 모든 널빤지가 요나의 머리 위에서 쿵쿵거리며 뛰어다니는 발에 짓밟혀 요란한 비명을 질러댑니다. 이 극심한 소란 속에서도 요나는 기괴한 잠에 빠져 있습니다. 그는 시커먼 하늘도, 사납게 날뛰는 바다도 보지 못하고, 선체가 휘청거리는 것도 느끼지 못합니다. 거대한 고래가 입을 벌린 채 거친 바다를 헤치며 그를 뒤쫓아 돌진해오는 소리도 듣지 못하거나 느끼지 못합니다. 여러분, 요나는 배의 밑창 한구석, 아까 얘기한 객실 침상에 곯아떨어져 있는 것입니다. 하지만 겁먹은 선장이 허둥대며 달려와서, 감각이 없는 그의 귀에다 대고 외칩니다. '이런 지독한 놈 같으니! 잠자고 있는 거야? 일어나!' 이 요란한 소리에 깜짝 놀란 요나는 혼수상태 같은 잠에서 깨어나, 비틀거리며 갑판으로 나가서 돛대줄[80]을 움켜잡고 바다를 내다봅니다. 하지만 그 순간 사나운 파도가 뱃전을 뛰어넘어 그를 덮칩니다.

80 돛대를 좌우 방향에서 지탱해주는 줄. 버팀줄: 돛대를 앞뒤 방향에서 지탱해주는 줄. 마룻줄(용총줄): 돛이나 사다리나 깃발 따위를 올리거나 내리는 데 쓰는 줄. 아딧줄: 활대 양쪽 끝에 매달아 돛의 방향(즉 바람 방향)을 맞추기 위해 쓰는 줄.

파도는 그렇게 연달아 배 안으로 뛰어들지만, 빠져나갈 구멍을 찾지 못해 으르렁거리며 이리저리 휩쓸려 다닙니다. 선원들은 배에 있으면서도 물에 빠져 죽을 지경인 꼴이지요. 머리 위 캄캄한 어둠 속에서 달이 파랗게 질린 얼굴을 내밀었을 때 깜짝 놀란 요나는 치를 떨었습니다. 뱃머리 기움대가 하늘을 향해 솟구쳤다가 아래로 떨어져 소용돌이치는 바닷속으로 곤두박질치는 것을 보았기 때문입니다.

공포가 연달아 비명을 지르며 그의 영혼을 꿰뚫고 달립니다. 겁을 먹고 움츠린 그의 태도를 보면, 그가 하느님으로부터 도망친 자라는 것을 이제는 너무나 분명히 알 수 있었습니다. 그것을 깨닫자 선원들은 그에 대한 의혹이 더욱더 짙어집니다. 마침내 그들은 진실을 확인하기 위해, 이 모든 난리가 하느님의 노여움 때문이라면서, 이렇게 거센 폭풍우가 대관절 누구 때문에 덮쳤는지 알기 위해 제비를 뽑기로 합니다. 뽑힌 것은 요나입니다. 그러자 선원들은 험악한 기세로 그에게 질문을 퍼붓습니다. '너는 무엇을 하는 사람이냐? 어디서 왔느냐? 고향은 어디냐? 어느 민족이냐?' 하지만 여러분, 이제 가엾은 요나의 행동거지에 주목해주십시오. 선원들은 그가 누구이며 어디서 왔는지를 열심히 묻지만, 요나는 그 질문에 대답할 뿐만 아니라 묻지 않은 것까지도 대답합니다. 요나의 머리 위에 얹힌 하느님의 준엄한 손이 요나한테서 요구하지도 않은 대답을 강제로 끌어낸 것이지요.

'나는 히브리 사람이오.' 요나가 부르짖습니다. 그리고 다시 말을 잇습니다. '나는 바다와 마른 땅을 만드신 주 하느님을 두려워합니다!' 요나여, 하느님을 두려워한다고? 그래, 새삼스레 하느님을 두려워하는 것도 무리는 아니지! 그는 당장 모든 것을 고백합니다. 선원들은 더욱 놀라지만, 그래도 여전히 요나를 불쌍하게 여깁니다. 왜냐하면 요나는 자기가 얼마나 사악한 죄를 지었는지, 따라서 어떤 벌을 받아 마땅한지를 너무나 잘 알기 때문에 하느님에게 용서를 빌지도 않았고, 이 거센 폭풍우가 일어난 것도 자기 때문이라면서 선원들에게 자기를 붙잡아 바다에 던져버리라고 외쳤기 때문입니다. 선원들은 자비롭게 요나에게 등을 돌린 채, 배를 구할 다른 방법을 궁리합니다. 하지만 성난 바람은 더욱 거세어질 뿐이어서 어떤 방법도 소용이 없었습니다. 결국 선원들은 한 손을 높이 치켜들어 하느님께 용서를 구하고, 다른 손으로는 마지못해 억지로 요나를 붙잡습니다.

그리하여 요나는 닻처럼 끌어 올려졌다가 바다에 내던져집니다. 그러자 당장 기름을 바른 듯한 평온함이 동쪽에서 퍼져오고 바다는 잔잔해집니다. 요나가 바닷속으로 강풍을 가져가자 잔잔한 수면만 뒤에 남습니다. 요나는 소용돌이치는 혼란의 한복판으로 떨어집니다. 혼란이 너무 심해서, 요나는 그를 기다리며 아가리를 벌린 목구멍 속으로 떨어지는 순간도 알아차리지 못합니다. 고래는 하얀 이빨을 수많은 빗장처럼 단단히 걸어서 요나를 감옥에 가둡니다. 그러자 요나는 물고기의 배 속에서 꺼내달라고 하느님께 기도를 드립니다. 하지만 그의 기도를 듣고 중요한 교훈을 배웁시다. 요나는 너무 죄가 커서, 울며불며 하느님이 곧바로 구원해주기를 기다리지 않습니다. 그는 이 끔찍한 형벌이 마땅하다고 느낍니다. 그는 모든 구원을 하느님께 맡기고, 이런 고통 속에 있으면서도 그저 하느님의 성전을 우러러보는 것으로 만족합니다. 여러분, 바로 여기에 진실하고 신실한 회개가 있습니다. 용서를 구하지 않고 형벌을 달게 받는 것입니다. 요나의 이런 태도를 하느님이 얼마나 가상히 여기셨는가 하는 것은 요나가 결국 바다와 고래로부터 구조되는 것에 드러나 있습니다. 여러분, 나는 요나의 죄를 흉내 내라고 그를 여러분 앞에 데려온 것이 아니라, 회개의 본보기로서 내놓은 것입니다. 죄를 짓지 마세요. 하지만 만약 죄를 지었다면 요나처럼 참회하도록 힘쓰세요."

매플 목사가 이런 설교를 하고 있는 동안에도 밖에서는 폭풍이 요란한 소리를 지르며 불어대고, 그 울부짖음이 그에게 새로운 힘을 더해주는 것 같았다. 목사는 요나가 만난 바다 폭풍을 묘사할 때 마치 그 자신이 폭풍에 휩쓸린 것 같았다. 그의 두툼한 가슴은 큰 파도가 일렁이는 것처럼 부풀어 오르고, 휘두르는 두 팔은 서로 싸우는 비와 바람의 투쟁 같았다. 거무스름한 이마에서는 천둥이 울려 퍼지고 그의 눈에서는 번갯불이 튀어나와, 순진한 청중은 생소한 공포에 사로잡힌 채 멍하니 그를 쳐다볼 뿐이었다.

이제 목사는 말없이 성서의 책장을 다시 넘겼다. 그의 표정은 평온해졌다. 마침내 그는 눈을 감고 잠시 꼼짝도 하지 않고 서서 하느님과 대화를 나누고 있는 것 같았다.

하지만 또다시 그는 사람들 쪽으로 몸을 내밀고 고개를 깊이 숙여, 사나이다우면서도 더없이 겸허한 태도로 이렇게 말했다.

"선원 동료 여러분, 하느님은 여러분에게는 한 손만 올려놓았지만 나에게는 두 손을 얹고 계십니다. 내 빛은 희미할지 모르지만, 나는 그 빛에 비추어 요나가 가르치는 교훈을 여러분께 읽어드렸습니다. 이것은 모든 죄인을 위한 교훈이니, 따라서 여러분을 위한 교훈이고, 특히 나를 위한 교훈입니다. 나는 여러분보다 더 큰 죄인이기 때문이지요. 이제 내가 이 망루에서 내려가 여러분이 앉아 있는 해치[81]에 앉아서, 여러분 가운데 누군가가 살아 있는 하느님의 수로 안내자로서, 요나가 나에게 가르치는 또 하나의 더욱 두려운 교훈을 읽어주는 동안, 그 교훈에 여러분처럼 귀를 기울일 수 있다면 얼마나 좋을까요. 하느님에게 선택받은 요나는 예언의 길잡이, 즉 진실을 말하는 자로서 사악한 니네베[82] 사람들에게 달갑잖은 진실을 말하라는 하느님의 명령을 받았으나, 자기가 불러일으킬 적개심이 두려운 나머지 사명을 내팽개치고 달아났습니다. 요파에서 배를 탐으

---

81   사람이 출입하거나 화물을 싣고 내리기 위해 갑판에 열려 있는 구멍.

82   고대 아시리아의 수도. 티그리스강 동쪽 유역에 위치한다. 구약성서에는 니느웨라는 이름으로 언급되어 있다.

로써 자신의 의무와 자신의 하느님으로부터 도망치려 했던 것이지요. 하지만 하느님은 어디에나 계시므로, 요나는 끝내 타르시시에 도착하지 못했습니다. 우리가 살펴보았듯이 하느님은 고래의 모습으로 그에게 나타나 살아 있는 파멸의 심연으로 그를 삼켰고, 재빨리 바다를 가로질러 '바다 한가운데'로 그를 데려갔습니다. 그곳에서는 소용돌이치는 심연이 만 길 아래로 그를 삼켜버렸고, '해초는 그의 머리를 감쌌고', 고뇌의 바다는 요나를 짓눌렀습니다. 어떤 측심연[83]도 닿지 않는 '지옥의 배 속'에서도, 고래가 바다의 가장 깊은 등뼈에 도달했을 때도 하느님은 고래에 삼켜진 예언자가 회개하며 외치는 소리를 들었습니다. 그래서 하느님은 물고기한테 명령했습니다. 그러자 고래는 몸이 떨릴 만큼 춥고 어두운 바닷속에서 따뜻하고 쾌적한 태양 쪽으로 공기와 땅의 기쁨을 향해 올라왔습니다. 그리고 '요나를 마른 땅에 뱉어냈습니다.' 하느님의 말씀이 두 번째로 내려왔습니다. 그러자 요나는 온몸이 멍들고 지친 데다 양쪽 귀는 두 개의 조가비처럼 아직도 바다의 온갖 소리로 가득했으나, 그래도 전능하신 하느님의 명령에 따랐습니다. 자, 여러분, 그 명령이란 무엇이겠습니까? '허위'에 맞서 '진실'을 알리는 것, 바로 그것이었습니다!

선원 동료 여러분, 이것이 또 하나의 교훈입니다. 이를 마음에 새겨두지 않으면, 살아 있는 하느님의 수로 안내자라 할지라도 화를 당하게 될 것입니다. 현세의 즐거움에 홀려서 복음의 계율을 저버린 자도 화를 입을 것입니다. 하느님이 폭풍을 일으킨 바다에 기름을 부어 속이려는 자도 화를 입을 것입니다. 번뇌보다 쾌락을 앞세우는 자도 화를 입을 것입니다. 선행보다 평판을 더 바라는 자도 화를 입을 것입니다. 이 세상에서 굴욕을 당하지 않으려고 애쓰는 자도 화를 입을 것입니다. 아무리 거짓이 구원의 수단이 된다 해도 진실을 말하지 않는 자 역시 화를 입을 것입니다. 저 위대한 수로 안내자인 바울도 말했듯이, 세상에서 버림받은 주제에 남

---

83 바다의 깊이를 재는 데 쓰는 기구. 납덩이 추로, 굵은 줄 끝에 매단다.

들에게 설교하는 자 역시 화를 입을 것입니다."

목사는 고개를 숙이고 잠시 멍한 상태에 빠졌다. 그러나 다시 고개를 들었을 때, 그의 눈에는 깊은 기쁨이 담겨 있었다. 그는 기쁨에 넘쳐 열렬히 외쳤다.

"하지만 여러분! 모든 고통의 우현 쪽에는 확실한 기쁨이 있습니다. 그리고 고통의 바닥이 깊은 것보다도 그 기쁨의 꼭대기가 더 높습니다. 용골이 낮은 것보다 망루가 더 높지 않습니까? 이 지상의 교만한 신들과 선장들을 거역하고 그 자신의 확고한 자아를 내세우는 자에게는 기쁨이 있습니다. 이 비열하고 배신적인 세상의 배가 발밑에서 가라앉고 있을 때 튼튼한 두 팔로 아직 몸을 지탱할 수 있는 자에게는 기쁨이 있습니다. 상원의원이나 재판관들의 예복 밑에 숨어 있는 죄일지라도 그것을 모조리 끌어내어 가차 없이 공격하고 죽이고 불태우고 파괴하는 자에게는 기쁨이 있습니다. 주 하느님 외에는 어떤 계율도 지배자도 인정하지 않고 오직 천국에 충성스러운 자에게만 기쁨이, 윗돛대만큼이나 높은 기쁨이 있습니다. 미쳐 날뛰는 민중의 바다에서 소용돌이치는 거친 파도에 아무리 부대낄지라도 용골의 영원한 견고함을 믿고 흔들리지 않는 자에게는 기쁨이 있습니다. 그리고 임종에 이르러 마지막 숨을 몰아쉬며 이렇게 말하는 자에게야말로 영원한 기쁨과 즐거움이 있습니다—'오, 아버지, 숱한 회초리를 통해 당신을 알게 하신 아버지 하느님, 지옥에 떨어질지 천국에서 영생을 누릴지는 모르지만, 이제 저는 여기서 죽습니다. 저는 이 세상의 것이 되기보다 또는 저 자신의 것이 되기보다 당신의 것이 되려고 애써왔습니다. 하지만 이것은 아무것도 아닙니다. 저는 영생을 당신께 맡기겠습니다. 인간이 하느님처럼 영원히 산다면, 인간은 도대체 무엇입니까?'"

목사는 더 이상 아무 말도 하지 않고, 천천히 손을 흔들어 축복을 내리고는 두 손으로 얼굴을 가렸다. 그러고는 사람들이 모두 예배당을 떠나고 혼자 남을 때까지 무릎을 꿇고 있었다.

{ 　제10장　 }
진정한 친구

　예배당에서 '물보라 여관'으로 돌아와 보니 퀴퀘그 혼자 있었다. 그는 목사가 축복을 내리기 조금 전에 예배당에서 빠져나온 모양이었다. 그는 난로 앞 벤치에 앉아서 두 발을 난롯가 난간에 올려놓고는, 한 손에 쥔 검둥이 우상을 얼굴에 가까이 대고 들여다보며 주머니칼로 그 코를 조심스럽게 깎으면서 이교도답게 콧노래를 흥얼거리고 있었다.

　내가 들어서자 퀴퀘그는 우상을 부리나케 치웠다. 그러고는 얼른 탁자로 가서 그 위에 놓여 있던 커다란 책을 가지고 돌아와 무릎 위에 올려놓더니 조심스럽게 책장을 넘기기 시작했다. 내가 보기에는 50쪽을 넘길 때마다 잠깐 손을 멈추고 멍하니 주위를 둘러보며 놀란 것처럼 꾸륵꾸륵 목을 울리는 듯한 휘파람 소리를 길게 내곤 했다. 그러고는 또 다음 50쪽을 다시 넘기기 시작했는데, 그때마다 1부터 다시 시작하는 것으로 보아 50 이상의 수는 헤아리지 못하는 듯했다. 그리고 50이라는 숫자가 한 권의 책 속에서 여러 번 되풀이되는 것을 보고, 그 책의 쪽수가 많은 데 대해 놀라는 눈치였다.

　나는 대단한 흥미를 가지고 그를 바라보며 앉아 있었다. 틀림없는 야만인이고 얼굴은 상처투성이였지만, 그의 용모에는—적어도 내 취향으로 볼 때—결코 불쾌하다고 할 수 없는 무언가가 있었다. 사람은 영혼을 감출 수 없는 법이다. 괴상하고 무시무시한 문신에도 불구하고, 그 속에서 순박하고 정직한 마음의 그림자가 보이는 것 같았고, 크고 깊은 눈, 불타는 듯한 검고 대담한 눈 속에는 수많은 악귀와도 맞설 수 있는 기백이 드러나 있는 듯했다. 게다가 이 이교도의 태도에는 어딘지 모르게 고결한 데가 있었고, 그의 거친 무례함조차 그 고결함을 손상시키지는 못했다. 그는 지금껏 누구에게도 굽실거리거나 빚을 진 적이 없는 사람처럼 보였다. 머리를 빡빡 깎아서 이마는 시원스럽게 까졌지만, 머리털이 없기 때문에 이마가 그렇게 더 밝고 넓어 보이는 것인지는 감히 판단할 수 없었다. 어쨌든 그의 머리가 골상학[84]적으로 훌륭한 머리인 것은 확실했다. 엉뚱하게 들릴지 모르지만 그의 머리는 도처에서 볼 수 있는 워싱턴 장군의 흉상을 연상시켰다. 이마가 눈썹 위에서 뒤로 점점 물러나면서 길고 비스듬한 경사를 이룬 모습이 똑같게 보였고, 불쑥 튀어나온 두 눈썹은 꼭대기에 숲이 무성하게 우거진 두 개의 긴 절벽 같았다.

내가 창밖의 폭풍을 내다보는 체하면서 그렇게 유심히 살펴보고 있는 동안, 그는 내 존재에 전혀 주의를 기울이지 않았고 나한테 눈길 한 번 주지 않았다. 그는 놀라운 책의 쪽수를 세는 데 완전히 몰두해 있는 것 같았다. 우리가 간밤에 얼마나 사이좋게 동침했는가를 생각하면, 특히 아침에 깨어났을 때 나를 다정하게 끌어안고 있던 그 팔을 생각하면, 이같이 무관심한 태도가 몹시 이상하게 여겨졌다. 하지만 야만인들은 원래 이상한 족속이어서, 때로는 그들을 어떻게 이해해야 좋을지 알 수 없을 때도 있다. 처음에는 지나칠 만큼 위압감을 주지만, 단순함에서 나오는 그들의 차분한 침착성은 소크라테스의 지혜처럼 느껴진다. 나는 퀴퀘그가 여관의 다른 뱃사람들과 전혀 어울리지 않는 것을 알아차렸다. 퀴퀘그는 절대로 남에게 먼저 접근하지 않았다. 교제 범위를 넓히고 싶은 마음이 전혀 없는 것 같았다. 이 모든 것이 나에게는 몹시 이상하게 여겨졌다. 하지만 다시 생각해보니 그런 태도에는 무언가 숭고한 것이 있었다. 그는 고

---

84 두개골의 형태로 사람의 성격을 연구하는 당시 유행한 유사과학. 개인만이 아니라 인종에 대해서도 그 두개골의 형태적 특질에 따라 스테레오타입을 만들어내어 인종적 편견을 조장했다. 따라서 멜빌처럼 폴리네시아인 퀴퀘그의 두개골과 백인인 조지 워싱턴의 두개골을 '호의적으로' 비교하는 골상학자는 당시에는 거의 없었을 것이다.

향에서 혼곳을 돌아서 3만 킬로미터나 떨어진 곳에 와 있었다. 혼곳을 도는 것이 그가 고향에 갈 수 있는 유일한 길이었다. 그는 목성에라도 와 있는 듯 낯선 사람들 사이에 내던져져 있었지만, 마음이 무척 편안해 보였다. 그는 완전한 평정을 유지했고, 자신을 벗 삼아 혼자 지내는 데 만족했고, 늘 자신을 감당해나갈 수 있었다. 확실히 이것은 위대한 철학의 특징이었다. 퀴퀘그는 철학이라는 것이 이 세상에 존재한다는 이야기도 들어본 적이 없을 테지만, 우리들 인간이 참된 철학자가 되기 위해서는 철학적으로 살거나 그렇게 살려고 애쓰는 것을 의식하지 말아야 한다. 그래서 나는 어느 누가 철학자를 자처한다는 말을 들으면, 그 사람은 소화불량에 걸린 노파처럼 배탈이 난 게 분명하다고 단정짓는다.

나는 이제 쓸쓸해진 그 방에 앉아 있었다. 처음에는 맹렬하게 타올라 공기를 덥혀주던 난롯불도 이제는 그저 보기에 좋을 만큼 부드럽고 낮은 불길로 타고 있었다. 여닫이창 주위에는 저녁의 어스름과 환영들이 모여들어, 말없이 우두커니 앉아 있는 우리 두 사람을 들여다보고 있었다. 밖에서는 폭풍이 점점 거세게 몰아치며 울부짖고 있었다. 나는 야릇한 감정에 사로잡히기 시작했다. 내 안에서 꽁꽁 얼었던 무언가가 녹아내리는 기분이었다. 상처받은 심장과 미칠 듯이 성난 손은 이제 더 이상 늑대처럼 탐욕스럽고 잔인한 세상을 혐오하지 않았다. 이 선량한 야만인이 이 세상을 되찾아주었다. 그는 무심하게 앉아 있었는데, 그 무심한 태도는 문명의 위선과 간사한 허위 따위는 전혀 숨어 있지 않은 천성을 말해주고 있었다. 그는 분명 야만인이었고 보기에도 흉측스러웠지만, 나는 그에게 불가사의하게 끌리는 기분을 느끼기 시작했다. 그리고 대부분의 다른 사람들에게는 불쾌감을 주었을 바로 그 특징들이 그렇게 나를 끌어당기는 자석이었다. 기독교적 우애란 허울뿐인 예의에 불과하다는 것이 입증되었으니까, 어디 한번 이교도와 우정을 나누어보자고 나는 생각했다. 나는 벤치를 그에게 가까이 끌어다 놓고 우호적인 손짓과 암시를 주면서 그와 대화를 나누려고 애썼다. 처음에 그는 나의 이런 몸짓을 거들떠보지도 않았지만, 그가 간밤에 보여준 호의를 언급하자 그는 오늘 밤에도 우리가 같은 침대에서 자게 되느냐고 물었다. 나는 그렇다고 대답했다. 그러자 그는 만족한 것 같았다. 좀 우쭐한 것처럼 보이기도 했다.

그 후 우리는 함께 책장을 넘겼다. 나는 인쇄의 목적과 책에 들어 있는 삽화의 의미를 설명해주었다. 그렇게 해서 나는 곧 그의 관심을 끌게 되었고, 이어서 우리는 이 유명한 도시에서 볼 수 있는 다양한 구경거리에 대해 이야기하기 시작했다. 내가 사교 담배를 제의하자, 그는 담배쌈지와 도끼 파이프를 꺼내더니 나에게 조용히 내밀면서 먼저 한 모금 피우라고 권하는 것이었다. 그래서 우리는 그 도끼 파이프를 번갈아가며 피웠고, 그 파이프는 우리 두 사람 사이를 규칙적으로 번갈아 오갔다.

비록 이 이교도의 가슴속에 나에 대한 무관심의 얼음이 숨어 있었다 할지라도, 이 유쾌하고 친밀한 흡연이 그 얼음을 삽시간에 녹여버리고 우리는 다정한 친구가 되었다. 내가 그를 좋아하게 되었듯이 퀴퀘그도 자연스럽게 나를 좋아하게 된 것 같았다. 담배를 다 피우자 그는 제 이마를 내이마에 비비며 내 허리를 끌어안고는, 이제부터 우리는 결혼한 사이라고 말했다. 퀴퀘그의 고향에서는 그 말이 진정한 친구라는 뜻이고, 필요하다면 나를 위해 기꺼이 죽겠다는 뜻이었다. 미국인의 마음속에 우정의 불길이 이렇게 갑자기 타올랐다면 너무 이르다고 생각했을 것이고, 강한 의심을 품었을 것이다. 하지만 이 순박한 야만인에게는 그런 낡은 규칙은 적용되지 않을 터였다.

우리는 저녁을 먹고 또다시 사교적 잡담과 담배를 나눈 뒤, 함께 우리방으로 갔다. 그는 향유를 바른 두개골을 나한테 선물하고, 거대한 담배쌈지를 꺼내더니 담배 밑을 손으로 더듬어 30달러쯤 되는 은화를 꺼냈다. 그러고는 은화를 탁자 위에 벌여놓고 기계적으로 이등분하더니, 그중한 몫을 내 쪽으로 밀어내면서 내게 가지라고 말했다. 나는 사양하려고 했지만 그는 은화를 내 바지 주머니에 쏟아 넣어 내 입을 막아버렸다. 나는 일단 받아두기로 했다. 이어서 퀴퀘그는 저녁 기도를 올리기 위해 우상을 꺼내고 난로 가림판을 떼어냈다. 그의 몸짓으로 보건대 나도 따라서 해주기를 바라는 듯했지만, 나는 앞으로 일어날 일을 잘 알고 있었기 때문에 잠시 망설이며, 그가 같이 기도하자고 요구할 경우 응할지 말지를 잠깐 생각했다.

나는 엄격한 장로교회의 품속에서 태어나 자란 어엿한 기독교도였다. 그렇다면 어떻게 이 야만적인 우상 숭배자와 함께 나무토막을 경배할 수 있겠는가? 하지만 경배한다는 게 무엇인가? 하고 나는 생각했다. 이슈메일, 지금 하늘과 땅을—이교도도 포함하여—주관하시는 관대하고 고결한 하느님이 하찮은 나무토막에 질투를 느낄 거라고 생각해? 그건 도저히 있을 수 없는 일이다! 하지만 경배한다는 것은 무엇인가? 하느님의 뜻을 행하는 것—그것이 경배하는 것이다. 그러면 하느님의 뜻이란 무엇인가? 이웃이 나에게 해주었으면 하는 것을 이웃에게 해주는 것—그것이 하느님의 뜻이다. 그런데 퀴퀘그는 이제 내 이웃이다. 나는 이 퀴퀘그가 나한테 무엇을 해주기를 바라는가? 나와 함께 장로교회의 특정한 방식으로 예배를 드리는 것이다. 따라서 나도 그의 예배에 동참해야 한다. 그러므로 나는 우상 숭배자가 되어야 한다. 그래서 나는 대팻밥을 태우고, 그 가련한 작은 우상을 세우는 것을 거들고, 퀴퀘그와 함께 태운 건빵을 우상에게 바치고, 우상 앞에서 두세 번 절을 하고, 우상의 코끝에 입을 맞추었다. 그 일이 끝나자 우리는 옷을 벗고, 우리 자신의 양심에 대해서나 세상에 대해서나 아무 거리낌 없이 침대로 들어갔다. 하지만 잠들기 전에 약간의 잡담을 나누었다.

왜 그런지는 모르지만, 친구끼리 속내를 털어놓기에 침대만큼 좋은 곳은 없다. 남편과 아내는 침대에서 서로에게 제 영혼의 밑바닥까지 드러내 보이고, 나이 든 부부는 종종 침대에 누워서 과거 이야기로 밤을 새운다고 한다. 나와 퀴퀘그—서로 사랑하는 편안한 한 쌍도 그렇게 침대에 누워서 마음의 밀월을 보냈다.

{　　　제11장　　}
잠옷

우리는 그렇게 침대에 누운 채, 짧은 간격을 두고 떠들다가는 자고 자다가는 깨어나 떠들곤 했다. 그러는 동안 퀴퀘그는 이따금 문신투성이의 갈색 다리를 내 다리 위에 다정하게 올려놓았다가 다시 거두어들이곤 했다. 우리는 그렇게 화기애애했고 평안하고 느긋했다. 그러다가 우리가 나눈 담소 때문에 마침내 우리에게 조금 남아 있던 졸음기마저 완전히 달아나버렸고, 동이 트려면 아직 멀었는데도 우리는 일어나고 싶어졌다.

그렇다, 우리는 정말로 눈이 말똥말똥해졌다. 그래서 누워 있는 자세에 싫증이 났고, 조금씩 몸을 일으켜 일어나 앉게 되었다. 우리는 옷을 잘 여미고 침대 머리판에 등을 기댔다. 네 무릎을 바싹 끌어당겨 서로 모으고, 종지뼈가 따뜻한 침대용 탕파라도 되는 것처럼 그 위에 코를 기울였다. 무척 아늑한 느낌이 들었다. 문밖이 너무 추웠기 때문에 더욱 아늑하게 느껴졌다. 방에는 불기운이 전혀 없었으니까 사실은 이부자리 바깥도 쌀쌀했다. '더욱 아늑하게'라는 말을 쓴 것은, 몸의 따뜻함을 즐기려면 몸의 일부가 추워야 하기 때문이고, 이 세상의 모든 특성은 비교에 의해서만 드러나기 때문이다. 단독으로 존재하는 것은 아무것도 없다. 모든 면에서 편안하다고, 오랫동안 그래왔다고 으스대는 사람이 있다면, 이제는 더 이상 편안하지 않게 되었다는 말이다. 하지만 침대 속에 들어가 있는 퀴퀘그와 나처럼 코끝이나 정수리가 조금 춥다면, 전반적인 의식 속에서는 가장 즐겁고 명백하게 따뜻함을 느끼게 되는 것이다. 이런 이유로 침실에는 난로를 설치하면 안 된다. 침실의 난로는 부자들의 불편한 사치에 불과하다. 담요만으로 바깥 공기의 차가움을 막고 아늑함을 느끼는 것이야말로 가장 유쾌한 상태이기 때문이다. 그것만 있어도 북극의 수정 같은 얼음 한복판에서 따뜻하게 타오르는 불꽃처럼 누워 잠들 수 있다.

한동안 이렇게 웅크린 자세로 앉아 있다가 나는 문득 눈을 뜨고 싶어졌다. 낮이건 밤이건, 자고 있을 때나 깨어 있을 때나, 이불 속에 있을 때는 침대 속의 아늑함을 좀 더 느끼기 위해 눈을 감는 버릇이 있었기 때문이다. 눈을 감지 않으면 아무도 자신의 정체성을 올바로 느낄 수 없다. 우리의 육체적 부분에는 빛이 더 맞지만, 실은 어둠이야말로 우리 실체의 본질적인 요소인 것 같다. 그런데 눈을 뜨고 내가 스스로 만들어낸 쾌적한 어둠에서 빠져나와 불 꺼진 자정의 어둠 속으로 들어가자 나는 불쾌한 혐오감을 느꼈다. 그래서 나는 불을 켜는 게 좋겠다는 퀴퀘그의 제안에 반대하지 않았다. 두 사람 다 말똥말똥 깨어 있었고, 그는 도끼 파이프로 담배를 몇 모금 피우고 싶어 했기 때문이다. 간밤에는 그가 침대 위에서 담배 피우는 것을 불쾌하게 생각했던 게 사실이다. 하지만 아무리 뻣뻣한 편견도, 사랑이 일단 솟아나 그 편견을 구부리기 시작하면, 얼마나 부드러워지는가. 지금 나는 퀴퀘그가 비록 침대 속이라 해도 내 옆에서 담배를 피우는 것이 무엇보다 마음에 들었다. 그때 그는 가정의 평온한 기쁨으로 충만해 있는 것 같았기 때문이다. 나는 여관 주인이 이 사람을 어떻게 보증해줄 것이냐 하는 문제에 더 이상 신경 쓰지 않았다. 나는 진정한 친구와 같은 파이프로 담배를 나누어 피우고 담요 한 장을 함께 덮는 농밀하고 내밀한 편안함만을 생생하게 느끼고 있었다. 보풀이 잔뜩 일어난 재킷을 어깨에 걸치고 도끼 파이프를 번갈아 피우는 동안, 방금 켠 램프 불빛을 받아 푸른색을 띤 담배연기가 우리 머리 위를 서서히 뒤덮고 있었다.

이 물결치듯 움직이는 연기가 야만인의 마음을 어디 먼 곳으로 데려간 것일까. 그는 드디어 자기가 태어난 고향에 대해 털어놓기 시작했다. 나는 그의 내력을 듣고 싶었기 때문에 이야기를 계속하라고 자꾸만 재촉했다. 그도 기꺼이 응했다. 그때는 나도 그의 말을 조금밖에 알아듣지 못했지만, 그 후 그의 생소한 말버릇에 익숙해져, 지금은 그가 살아온 이야기를 골자로나마 여기에 옮겨놓을 수 있게 되었다.

{ 제12장 }

간추린 생애

퀴퀘그는 서쪽과 남쪽으로 멀리 떨어진 섬 코코보코[85]에서 태어났다. 그 섬은 어떤 지도에도 나와 있지 않다. 좋은 고장은 늘 그런 법이다.

갓 태어난 야만인이 풀을 엮어 만든 배내옷을 입고 고향 숲속을 이리저리 뛰어다니고, 염소들은 그가 초록빛 묘목인 줄 알고 살짝 물어뜯으며 따라다닐 때, 그때 이미 퀴퀘그의 야심 찬 영혼 속에는, 때때로 나타나는 포경선 몇 척을 보는 것만으로는 만족하지 못하고 기독교 세계를 더 많이 보고 싶다는 강한 열망이 숨어 있었다. 아버지는 대추장, 즉 왕이고, 숙부는 대사제였다. 외가 쪽에는 무적의 전사들과 결혼한 이모들이 있다고 퀴퀘그는 자랑했다. 그의 혈관 속에는 훌륭한 왕족의 피가 흐르고 있었지만, 그가 교육을 받지 못한 사춘기에 익힌 식인 습관 때문에 안타깝게도 그 피는 심하게 오염되었을지도 모른다.

새그항[86]을 떠난 배 한 척이 아버지가 다스리고 있는 섬나라의 후미로 들어왔을 때 퀴퀘그는 기독교 세계로 태워다줄 것을 요구했다. 하지만 그 배는 항해에 필요한 선원을 모두 채우고 있었기 때문에 그의 요청은 거절당했다. 왕인 아버지의 영향력으로도 어쩔 수 없었다. 하지만 퀴퀘그는

---

85 멜빌이 지어낸 가공의 지명이다.
86 뉴욕주 롱아일랜드의 항구로, 당시 포경업의 중심지였다.

맹세했다. 그는 혼자서 통나무배를 타고 먼 해협까지 노를 저어갔다. 그 배가 섬을 떠난 뒤에는 그 해협을 지나가야 한다는 것을 알고 있었다. 해협 한쪽에는 산호초가 있었고, 반대쪽에는 혓바닥처럼 바다로 뻗어 나온 저지대가 맹그로브[87] 숲으로 덮여 있었는데, 맹그로브는 바다까지 진출하여 물속에서도 자라고 있었다. 그는 아직 물 위에 떠 있는 통나무배를 덤불 속에 숨기고 뱃머리를 바다 쪽으로 돌려놓았다. 그리고 자신은 고물에 앉아서 노를 낮게 잡고 기다렸다. 그러다가 배가 옆을 지나갈 때 번개같이 돌진하여 뱃전을 잡고는 한 발로 걷어차서 통나무배를 뒤집어 가라앉혔다. 그런 다음 쇠사슬을 잡고 기어올라 갑판 위로 뛰어내렸다. 갑판에 박혀 있는 고리를 움켜잡고는, 설사 몸뚱이가 갈기갈기 찢어진다 해도 그 고리를 놓지 않겠다고 외쳤다.

선장이 그를 바다로 던져버리겠다고 위협해도, 그의 드러난 팔목 위에 단검을 매달아도 소용이 없었다. 퀴퀘그는 왕의 아들이었다. 그는 꿈쩍도 하지 않았다. 그의 필사적인 배짱과 기독교 세계에 가고 싶다는 열망에 감동한 선장은 마침내 마음이 풀려서, 배에서 편안히 지내도 좋다고 말했다. 하지만 이 훌륭한 야만인 청년―바다의 '왕세자'―은 선장실에 한 번도 가보지 못했다. 선원들 사이에 섞여 지내는 동안 포경꾼이 되고 말았다. 하지만 외국의 조선소에서조차 노동하기를 마다하지 않았던 표트르 대제[88]처럼, 퀴퀘그는 몽매한 동족을 계몽시킬 능력만 얻을 수 있다면 웬만한 치욕 따위에는 신경도 쓰지 않았다. 그가 나에게 털어놓은 바에 따르면, 그의 마음 밑바닥에서 자신을 움직이는 것은 동족을 지금보다 훨씬 행복하게, 아니 그보다는 지금보다 훨씬 선량하게 만드는 방법을 기독

87　아열대나 열대의 해변이나 하구의 습지에서 자라는 관목이나 교목을 통틀어 이르는 말. 조수에 따라 물속에 잠기기도 하고 나오기도 한다.

88　러시아 제국 로마노프 왕조의 황제(재위 1682~1725). 서유럽의 선진 기술을 습득하기 위해 1697년 유럽 각국에 사절단을 파견했다. 이때 황제 자신도 신분을 숨기고 합류했는데, 프로이센에 가서는 하사관으로 가장하여 대포 조작술을 익혔고, 네덜란드에 가서는 조선소에서 목수로 일하면서 선박 건조술을 익혔다.

교도한테 배우고 싶은 열망이었다고 한다. 하지만 안타깝게도 작살잡이로 일하는 동안 그는 곧 기독교도들도 비참하고 사악할 수 있다는 것, 아버지의 신하인 이교도들보다도 훨씬 더 그럴 수 있다는 것을 깨닫게 되었다. 마침내 새그항에 도착한 그는 그곳에서 선원들이 무슨 짓을 하는지 목격하고, 또 낸터컷으로 가서 '그곳'에서도 선원들이 급료를 어떻게 쓰는지 보았을 때, 퀴퀘그는 가엾게도 절망에 빠지고 말았다. 세계는 자오선과 관계없이 어디나 사악하다, 그렇다면 나는 차라리 이교도로 살다 죽겠다—고 그는 생각했다.

그래서 마음속은 예전과 같은 우상 숭배자였지만, 몸은 기독교도들과 함께 생활하면서 그들의 옷을 입고 그들의 뜻 모를 말을 흉내 내려고 애썼다. 이제 고향을 떠난 지 꽤 오래되었는데도 퀴퀘그에게 기묘한 데가 있는 것은 그 때문이었다.

나는 그에게, 고향으로 돌아가서 왕위에 오를 생각은 없느냐, 마지막으로 뵈었을 때 아버지가 이미 노쇠했다니까 지금쯤은 벌써 세상을 떠났을지도 모르지 않느냐고 넌지시 물어보았다. 아니다, 아직은 아니라고 그는 대답했다. 그리고 자기는 기독교, 아니 기독교도들과의 접촉으로, 지금까지 서른 명의 이교도 왕이 대대로 앉았던 순수하고 순결한 왕위에 오를 자격을 잃은 게 아닌지, 그게 두렵다고 덧붙였다. 그러나 이제 곧, 자기가 다시 깨끗해졌다고 느껴지면 당장 고향으로 돌아가겠다고 말했다. 하지만 얼마 동안은 배를 계속 타고 사대양[89]을 두루 돌아다니며 젊은 시절을 즐겨볼 작정이라고, 그리고 작살잡이가 된 이상, 갈고리 달린 쇠붙이가 당분간은 왕홀[90]을 대신하게 될 거라고도 했다.

나는 그의 장래 계획을 가볍게 언급하면서 당장의 목표가 뭐냐고 물어

---

89 지금은 세계의 바다를 오대양으로 나누지만, 당시에는 남극에 대한 접근이 어려웠기 때문에 남극해를 빼고 태평양·인도양·대서양·북극해의 사대양으로 나누었다.

90 유럽 군주의 권력과 위엄을 나타내는, 손에 드는 상징물. 상아나 금속으로 만들며, 꼭대기에는 화려한 장식이 붙어 있다.

모비 딕

보았다. 그는 원래의 직업인 작살잡이로 다시 바다에 나갈 작정이라고 대답했다. 그래서 나는, 나도 고래잡이에 나서는 것이 소망이라고 말하고, 모험을 좋아하는 포경 선원이 출항하기에 가장 유망한 항구는 낸터컷이니까 그곳에서 배를 탈 작정이라고 말했다. 그러자 그는 당장 나와 함께 그 섬으로 가서, 나와 같은 배를 타고, 나와 함께 당번을 서고, 나와 같은 보트를 타고, 나와 같은 음식을 먹고, 요컨대 나와 운명을 같이하기로 결심했다. 두 손을 꽉 잡고, 두 세계의 음식 속에 서슴없이 손을 담그겠다는 것이다. 이 모든 것에 나는 기꺼이 동의했다. 지금 내가 퀴퀘그에게 느끼고 있는 애정과는 별도로, 퀴퀘그는 노련한 작살잡이였고, 따라서 상선 선원들에게 알려져 있는 바다는 잘 알지만 고래잡이의 비법에 대해서는 전혀 모르는 나 같은 사람에게는 무척 유용한 인물이 될 게 분명했다.

그의 이야기는 파이프의 마지막 연기가 사라지면서 함께 끝났다. 퀴퀘그는 나를 끌어안고 제 이마를 내 이마에 비비더니, 이윽고 등불을 불어 껐다. 우리는 각자 이리저리 뒤척이다가 곧 잠이 들었다.

{　　제13장　　}

외바퀴 손수레

이튿날 월요일 아침, 나는 방부 처리한 두개골을 어느 이발소에 가발 받침대로 팔아넘긴 뒤, 그 돈—그건 물론 퀴퀘그의 돈이었다—으로 나와 친구의 숙박비를 계산했다. 숙박객들만이 아니라 여관 주인도 히죽히죽 웃으면서, 나와 퀴퀘그 사이에 갑자기 싹튼 우정에 무척 즐거워하는 것 같았다. 특히 피터 코핀의 터무니없는 이야기에 그렇게 놀라고 겁을 먹었던 내가 지금은 그 이야기의 주인공과 사이좋은 친구가 되어 있는 게 더욱 우스운 모양이었다.

우리는 외바퀴 손수레를 빌려서 우리 물건을 실었다. 나의 초라한 여행 가방과 퀴퀘그의 자루와 그물침대 따위를 싣고 선창에 정박해 있는 낸터 컷행 정기선―소형 스쿠너―'모스'호로 갔다. 사람들은 지나가는 우리를 빤히 바라보곤 했는데, 퀴퀘그가 신기해서 그런 게 아니라―이 동네에서는 퀴퀘그와 같은 식인종을 보는 데 익숙해져 있었다―식인종과 내가 그렇게 허물없는 사이인 게 신기했기 때문이다. 하지만 우리는 그들의 시선에 아랑곳없이 교대로 손수레를 밀면서 걸어갔다. 퀴퀘그는 이따금 멈춰 서서 작살 갈고리의 칼집을 손보곤 했다. 나는 무엇 때문에 그렇게 성가신 물건을 육지에서 갖고 다니느냐, 포경선에도 작살이 갖추어져 있지 않느냐고 물어보았다. 이에 대해 퀴퀘그는 이렇게 대답했다. 네 말이 맞기는 하지만, 나는 이 작살에 특별한 애착을 갖고 있다. 이것은 목숨을 건 숱한 싸움에서 시험을 받았고, 많은 고래의 심장과도 매우 친밀한, 신뢰할 만한 물건이다. 요컨대 내륙에서 농작물을 수확하거나 풀을 베는 일꾼들이 농부의 밭이나 목초지에 갈 때―반드시 연장을 갖추어야 할 의무가 없는데도―자기 낫으로 무장하는 경우가 많듯이, 퀴퀘그도 개인적인 이유로 자신의 전용 작살을 쓰는 편이 더 좋다는 것이다.

퀴퀘그는 내가 밀고 있던 손수레를 넘겨받으면서, 난생처음 본 외바퀴 손수레에 대해 재미난 이야기를 해주었다. 그것은 새그항에서 일어난 일이었다. 그가 탄 배의 주인들이 무거운 궤짝을 숙소까지 옮길 때 쓰라고 외바퀴 손수레를 빌려주었는데, 퀴퀘그는 사용법을 모르는 사람으로 보이지 않으려고―하지만 사실은 손수레 다루는 법을 전혀 몰랐다―궤짝을 손수레 위에 올려놓고 끈으로 단단히 묶은 다음 손수레를 어깨에 둘러메고 선창가를 걸어갔다는 것이다.

"하지만 퀴퀘그, 자네가 그렇게까지 몰랐다니, 믿을 수가 없군. 사람들이 웃지 않았어?"

그러자 퀴퀘그는 또 다른 이야기를 해주었다. 그의 고향인 코코보코 주민들은 결혼식 때 싱싱한 코코넛의 향긋한 즙을 짜서 펀치볼처럼 생긴 커다란 채색 조롱박에 넣는데, 이 펀치볼은 결혼식 장소에 깔아놓는 멍석의 한복판에 놓이는 가장 중요한 장식품이라고 한다. 한번은 어느 대형 상선이 코코보코섬에 들렀는데, 그 선장─적어도 상선 선장치고는 어느 모로 보나 당당하고 점잖은 신사였다─이 퀴퀘그의 누이동생인, 이제 갓 열 살이 된 예쁜 공주의 결혼식에 초대를 받았다. 하객들이 모두 신부의 대나무 오두막에 모였을 때 이 선장이 들어와서 지정된 귀빈석에 안내되어, 펀치볼 정면, 대사제와 퀴퀘그의 부친인 대추장 사이에 앉게 되었다. 식전 기도를 드리고─그들도 우리처럼 식전 기도를 드리지만, 기도를 드릴 때 음식 그릇을 내려다보는 우리와는 달리 그들은 음식을 베풀어준 위대한 신을 향해 오리처럼 위를 쳐다본다고 퀴퀘그는 말했다─어쨌든 식전 기도를 드린 뒤, 대사제가 연회를 시작하기 위해 이 섬에 먼 옛날부터 이어져 내려온 의식을 거행한다. 대사제가 성별된 손가락을 펀치볼 속에 담가서 음료를 성별한 다음, 축복받은 그 음료를 사람들에게 차례로 돌리는 것이다. 대사제 옆자리에 앉은 선장은 그 의식을 유심히 지켜보더니, 자기는 한 배의 선장이고, 특히 왕의 집에 초대를 받은 손님이니까 자기가 일개 섬나라 왕보다 우위에 있다고 멋대로 생각하고, 펀치볼에 두 손을 담그고 뻔뻔스럽게 손을 씻기 시작한다. 선장은 그 펀치볼을 커다란 핑거볼로 착각했던 모양이다. "어떻게 생각해? 우리나라 사람들이 웃지 않았겠어?" 퀴퀘그가 말했다.

마침내 뱃삯을 치르고 짐도 무사히 실은 다음, 우리는 정기선에 올라탔다. 배는 돛을 올리고 애커시넷강[91]을 미끄러져 내려갔다. 한쪽에는 뉴베드퍼드의 도로들이 계단식으로 올라가 있고, 맑고 찬 공기 속에서 얼음에 뒤덮인 나무들이 빛나고 있었다. 부두에 쌓인 수많은 통들은 거대한 언덕과 산을 이루고, 세계의 바다를 떠돌아다니던 포경선들은 마침내 나란

---

91 뉴욕주의 페어헤이븐과 뉴베드퍼드는 이 강을 사이에 두고 있다.

히 정박하여 조용히 편안하게 누워 있었다. 다른 한쪽에서는 목수와 통장이들이 내는 소리가 역청을 녹이는 불꽃과 풀무 소리와 어우러져, 새로운 항해가 준비되고 있음을 알려주고 있었다. 세상에서 가장 위험하고 긴 항해가 끝난다는 것은 두 번째 항해가 시작된다는 뜻이니, 두 번째가 끝나면 세 번째가 시작되고, 그렇게 영원히 계속된다. 그렇게 끝없이 이어지는 것, 그것이 바로 견딜 수 없는 세상의 노고인 것이다.

좀 더 넓은 바다로 나가자 상쾌한 바람이 불어오고, '모스'호는 망아지가 콧김을 내뿜는 것처럼 뱃머리에 물보라를 일으켰다. 나는 그 사나운 공기를 얼마나 깊이 들이마셨던가! 노예의 발꿈치와 말발굽이 남긴 자국으로 뒤덮인 그 평범한 도로를, 온통 도로로 뒤덮인 육지를 나는 얼마나 경멸했던가! 그 때문에 나는 육지에 등을 돌리고, 어떤 흔적도 남기지 않는 광대무변한 바다를 찬미하게 되었다.

퀴퀘그도 역시 거품이 이는 샘에서 나와 함께 술을 마시고 비틀거리는 것 같았다. 그의 시커먼 콧구멍이 따로따로 부풀어 올랐다. 그는 줄로 갈아서 뾰족해진 이빨을 드러냈다. 우리는 계속 날듯이 달렸다. 앞바다에 이르자 '모스'호는 돌풍에 경의를 표하여, 군주 앞에 무릎을 꿇은 노예처럼 뱃머리를 숙였다. 우리는 옆으로 기울어져 비스듬히 내달렸다. 모든 밧줄이 쇠줄처럼 팅팅 소리를 냈다. 두 개의 높은 돛대는 육지에서 대나무가 회오리바람에 시달리듯 휘어졌다. 우리는 물속에 처박히는 뱃머리 기움대 옆에 서 있었기 때문에 현기증 나는 이 광경을 한눈에 볼 수 있었다. 그래서 우리는 다른 승객들의 비웃는 눈길도 한동안 알아차리지 못했다. 시골뜨기 같은 그 패거리들은, 백인은 회칠을 한 흑인보다 존귀한 존재라도 되는 양, 피부색이 서로 다른 우리 두 사람이 그렇게 사이좋게 지내는 것을 보고 놀라는 표정이었다. 하지만 그들 중에는 미련하고 투박한 시골뜨기가 몇 명 있었는데, 너무 촌스러워서 풋내가 날 정도인 것으로 보아 사방이 온통 푸른 초목으로 뒤덮인 두메산골 출신인 게 분명했다.

퀴퀘그는 등 뒤에서 그를 흉내 내고 있는 젊은이 하나를 붙잡았다. 나는 그 촌뜨기 녀석에게 운명의 시간이 찾아왔구나 하고 생각했다. 힘센 야만인은 작살을 바닥에 내려놓고 젊은이를 두 팔로 끌어안더니 기적적인 솜씨와 힘으로 높이 던져 올렸다. 젊은이가 반쯤 공중제비를 돌았을 때 퀴퀘그는 그의 엉덩이를 가볍게 툭 쳤다. 그러자 젊은이는 허파가 터질 것처럼 헐떡거리면서 두 발로 착륙했다. 그동안 퀴퀘그는 그에게 등을 돌리고 도끼 파이프에 불을 붙여 나에게 한 모금 피우라고 건네주었다.

"선장님! 선장님! 악마가 있어요." 촌뜨기가 달려가면서 소리쳤다.

"이봐, 너." 비쩍 마른 선장이 퀴퀘그에게 성큼성큼 다가오면서 외쳤다. "도대체 어쩔 셈으로 그런 짓을 한 거야? 저 녀석을 죽일 뻔했잖아."

"저 사람, 무슨 말을 하는 거야?" 퀴퀘그가 부드럽게 나를 돌아보면서 물었다.

"자네가 하마터면 저 녀석을 죽일 뻔했대." 나는 아직도 부들부들 떨고 있는 얼간이를 가리키며 말했다.

"죽여?" 퀴퀘그는 문신한 얼굴을 일그러뜨려 괴상하게 깔보는 표정을 지으며 외쳤다. "하하! 저건 아주 작은 물고기야. 퀴퀘그는 저따위 작은 물고기 안 죽여. 퀴퀘그는 큰 고래만 죽여!"

"이봐!" 선장이 으르렁거렸다. "이 식인종 놈, 이 배에서 또 그런 짓을 하면 죽여버릴 거야. 그러니까 조심해."

하지만 마침 그때, 선장 자신이 조심해야 할 일이 일어났다. 주돛에 너무 큰 압력이 가해져 아딧줄이 끊어지는 바람에 거대한 활대가 뒷갑판 전체를 휩쓸면서 이쪽에서 저쪽으로 날아다니고 있었다. 퀴퀘그에게 혼이 난 그 가엾은 녀석도 활대에 휩쓸려 뱃전 너머 바다로 떨어지고 말았다. 사람들은 모두 공포에 사로잡혔지만, 활대를 붙잡아 멈추게 한다는 것은 미친 짓에 지나지 않았다. 활대는 시계가 한 번 째깍하는 사이에 오른쪽에서 왼쪽으로 날아갔다가 되돌아왔고, 당장이라도 산산조각으로 쪼개질 것 같았다. 모두 속수무책이었고, 어떻게 해볼 도리도 없는 것 같았다. 갑판에 있는 사람들은 뱃머리 쪽으로 달아나서, 활대가 성난 고래의 아래턱이라도 되는 듯이 지켜보며 서 있었다. 모두 놀라서 어쩔 줄 모르고 있을 때 퀴퀘그가 무릎을 꿇고 활대 밑을 능숙하게 기어가더니 밧줄 하나를 낚아챘다. 그러고는 밧줄의 한쪽 끝을 뱃전에 붙들어 맨 다음, 활대가 그의 머리 위를 휙 지나갈 때 밧줄의 반대쪽 끝을 올가미처럼 던져서 활대를 감았다. 이어서 밧줄을 힘껏 잡아당기자 활대는 올가미에 걸려들었고 사태는 무사히 수습되었다. 배는 바람 불어오는 쪽으로 방향을 바꾸었다. 선원들이 고물 쪽 보트를 내리고 있을 때, 퀴퀘그가 웃통을 벗어부치고는 뱃전에서 기다란 포물선을 그리며 바다로 뛰어들었다. 그는 긴 팔을 앞으로 죽죽 내뻗으며, 얼어붙을 듯이 차가운 물거품 속에서 건장한 어깨를 번갈아 드러내며 3분이 넘도록 헤엄을 치고 있었다. 그 당당하고 훌륭한 사내를 바라보는 내 눈에 정작 구조되어야 할 사내는 보이지 않았다. 그 풋내기 녀석은 벌써 물속에 가라앉은 듯했다. 이제 퀴퀘그는 물에서 수직으로 솟구쳐 올라 잠시 주위를 둘러보며 상황을 파악하는가 싶더니, 다시 물속으로 잠수하여 사라졌다. 몇 분 뒤에 다시 물 위로 올라왔는데, 한 팔은 여전히 힘차게 물을 젓고 있었지만 다른 팔로는 축 늘어진 사내를 끌어안고 있었다. 보트가 곧 그들을 잡아서 올렸다. 가엾은 시골뜨기는 이렇게 구조되었다. 모든 사람이 퀴퀘그를 대단한 친구라고 칭찬했고, 선장도 미안하다고 사과했다. 그때부터 나는 따개비처럼 퀴퀘그한테 찰싹 달라붙었다. 가엾은 퀴퀘그가 마지막으로 영원히 물속에 뛰어들 때까지.

저렇게 태연할 수 있을까? 그는 자기가 한 일이 '인도박애협회'의 훈장을 받을 만한 일이라고는 꿈에도 생각지 않는 듯했다. 그는 그저 바닷물을 씻어낼 물을 좀 달라고 했을 뿐이다. 민물로 소금기를 씻어낸 뒤에 마른 옷으로 갈아입고 파이프에 불을 붙이고는, 뱃전에 등을 기대고 주위 사람들을 둘러보았다. 그 모습은 마치 "세상 어디에서나 우리는 서로 도우며 살고 있는 거야" 하고 중얼거리는 것 같았다.

{　　　제14장　　　}

낸터컷

그 후로는 이렇다 할 일이 일어나지 않았다. 그래서 한바탕 신나게 달린 뒤 우리는 무사히 낸터컷에 도착했다.

낸터컷! 지도를 꺼내서 들여다보라. 낸터컷이 실제로 세계의 어떤 모퉁이를 차지하고 있는지 보라. 낸터컷은 해안에서 멀리 떨어진 난바다에 에디스톤 등대[92]보다 더 외롭게 서 있다. 낸터컷을 보라. 그것은 단순한 흙무더기, 팔꿈치 모양의 모래언덕일 뿐이다. 배후지도 없이 전체가 해변이다. 그곳에는 압지 대용품으로 20년 동안 쓰고도 남을 만큼 많은 모래가 있다. 익살을 좋아하는 사람들은 이렇게 말할 것이다. 그곳엔 잡초라도 일부러 심어야지, 안 그러면 풀 한 포기 저절로 자라지 않는다고. 캐나다의 엉겅퀴라도 수입해야 한다고. 기름통의 구멍 마개를 구하려면 바다 너머로 가야 하니까, 낸터컷에서는 나무토막 하나라도 로마의 진짜 십자가 조각처럼 소중히 모신다고. 그곳 사람들은 여름철에 그늘을 만들려고 집 앞에 독버섯을 심는다고. 풀잎이 하나만 있어도 오아시스라고 말하고, 하루 종일 걸어서 풀잎 세 개만 보면 대초원이라도 만난 것처럼 떠들어댄다고. 그곳 사람들은 모래에 빨려 들어가지 않도록 라플란드[93] 사람의 눈신발과 비슷한 모래신발을 신는다고. 낸터컷은 그렇게 바다에 갇히고 둘러싸이고 막힌, 그야말로 완벽한 섬이기 때문에, 집 안의 의자와 탁자에까지 바다거북 등에 달라붙는 조개류가 달라붙어 있는 것을 볼 수 있다고.

---

[92]　영국 콘월반도 앞바다의 바위섬(에디스톤) 위에 있는 등대.

[93]　스칸디나비아 반도 북부 지역. 이곳에 거주하는 사미족(라프족)은 아시아에서 건너온 우랄계 민족이다.

하지만 이런 터무니없는 허풍은 낸터컷이 일리노이[94]가 아니라는 것을 보여줄 뿐이다.

이 섬은 인디언들에 의해서 개척되었다는데, 그 놀라운 전설을 살펴보자. 내용은 이렇다. 옛날 독수리 한 마리가 뉴잉글랜드 바닷가에 내려와 인디언 아이를 채갔다. 부모는 아이가 드넓은 바다 저편으로 사라지는 것을 보고 슬피 울부짖었다. 그래서 독수리가 날아간 방향으로 따라가기로 결심했다. 통나무배를 타고 떠난 그들은 위험한 항해 끝에 섬을 발견했고, 그곳에서 속이 비어 있는 상아 상자 하나를 찾아냈는데, 그것은 바로 가엾은 인디언 아이의 해골이었다.

그렇다면 해변에서 태어난 낸터컷 사람들이 생계를 꾸리기 위해 바다에 의지해야 하는 것은 얼마나 놀라운 일인가! 처음에는 모래 속에서 게와 조개 따위를 잡았다. 좀 더 대담해지자 그물을 들고 얕은 바다로 걸어 나가서 고등어를 잡았다. 좀 더 경험이 쌓이자 보트를 타고 나가서 대구를 잡았다. 그러다가 마침내 큰 배들로 이루어진 선단을 바다에 띄우고 물로 이루어진 세계를 탐험했다. 지구를 일주하는 배들이 끊임없는 띠를 이루었다. 그들은 베링해협[95]을 들여다보고, 사시사철 모든 바다에서 대홍수를 이기고 살아남은 가장 힘센 생물, 세상에서 가장 기괴하고 가장 거대한 생물과 영원한 투쟁을 벌였다. 히말라야산맥과도 같은 저 바다의 마스토돈[96]은 무의식의 엄청난 힘을 몸에 걸치고 있어서, 그가 가장 대담하고 흉포한 공격에 나설 때보다 오히려 공황 상태에 빠졌을 때가 더 무섭다!

이 벌거숭이 낸터컷 사람들, 이 바다의 은자들은 바다의 개미탑에서 기어 나와, 그들 모두가 알렉산더 대왕처럼 바다 세계를 침략하고 정복하

---

94 미국 중서부의 주로, 교통의 요지이자 농업과 공업의 중심지였다.
95 북아메리카 대륙의 알래스카와 유라시아 대륙의 시베리아 동쪽 끝 사이에 있는 해협.
96 신생대 제3기에 번성했던 거대한 코끼리.

여, 해적 같은 세 열강이 폴란드를 분할[97]했던 것처럼 대서양과 태평양과 인도양을 나누어 가졌다. 미국은 텍사스에다 멕시코를 보태고, 캐나다 위에 쿠바를 얹어도 좋다. 영국은 인도를 몽땅 삼키고, 불타는 깃발을 태양에 매달아도 좋다. 하지만 이 지구의 3분의 2는 낸터킷 사람들의 것이다. 바다는 그들의 것이기 때문이다. 황제들이 제국을 소유하듯 그들은 바다를 소유한다. 다른 뱃사람들은 그 바다를 지나갈 권리밖에 없다. 상선들은 다리의 연장이고, 군함들은 바다에 떠 있는 요새일 뿐이다. 노상강도들이 길을 따라다니듯 바다를 따라다니는 해적선이나 사략선[98]조차도 자신들과 마찬가지로 육지의 파편인 다른 배를 약탈할 뿐, 바닥이 없는 깊은 바다에서 생활의 양식을 끌어내려 하지는 않는다. 낸터킷 사람들만이 바다에서 살고 바다에 의존한다. 성경 구절을 빌리면 낸터킷 사람들만이 '배를 바다에 띄우고' 바다를 농장처럼 경작한다. '그곳'에 그들의 집이 있고, '그곳'에 그들의 일터가 있다. 노아[99]의 홍수가 다시 일어나 수백만 명을 집어삼킨다 해도 그들의 사업을 방해하지는 못할 것이다. 들꿩이 초원에서 살듯이 그들은 바다에서 산다. 그들은 파도 사이에 숨고, 영양 사냥꾼이 알프스를 기어오르듯 파도를 기어오른다. 몇 년 동안 그들은 육지를 모르고 지낸다. 그래서 마침내 육지에 돌아오면 육지는 다른 세계 같은 냄새가 난다. 그들에게 육지는 달이 지구인에게 낯선 것보다 더 생소하게 느껴진다. 육지를 모르는 갈매기가 날이 저물면 날개를 접고 파도 사이에서 흔들리며 잠들듯, 낸터킷 사람들은 육지가 보이지 않는 곳에서 밤이 오면 돛을 감아올리고 누워서 쉰다. 그들의 베개 바로 밑을 바다코

---

97 18세기에 폴란드는 영토가 세 차례에 걸쳐 주변의 세 열강(프로이센 왕국, 러시아 제국, 오스트리아 제국)에 의해 분할되었고, 결국은 멸망했다.

98 적국의 배를 공격하여 재물을 약탈할 수 있도록 정부의 특허를 받은 민간 선박. 16~17세기에 유럽에서 성행했으나 1907년 제2차 헤이그 평화회의에 따라 금지되었다.

99 구약성서 「창세기」 나오는 대홍수 이야기의 주인공. 의로운 사람이기 때문에 하느님의 은총을 입어 대홍수 때에도 방주를 이용하여 가족과 함께 살아남을 수 있었다.

끼리와 고래가 떼를 지어 지나간다.

{　　제15장　　}

차우더

자그마한 '모스'호가 안전하게 닻을 내리고 퀴퀘그와 내가 상륙한 것
은 밤이 이슥해진 뒤였다. 그래서 그날은 아무 일도 할 수 없었다. 어쨌든
저녁을 먹고 잠자리에 드는 것밖에는 할 일이 없었다. '물보라 여관' 주인
은 제 사촌인 호지아 허시가 경영하는 '트라이포트'[100]가 낸터컷에서 제
일 좋은 여관이라고 추천해주었는데, 호지아는 차우더[101] 요리사로도 유
명하다고 말했다. 요컨대 식사는 '트라이포트'에서 하는 게 좋다고 암시
한 것이다. 하지만 그의 길안내는, 우선 노란색 창고를 우현 쪽으로 보면
서 전진하다가 좌현 쪽에 하얀 교회가 보이면 그 교회를 좌현 쪽으로 보
면서 전진하다가 우현 3포인트 방향에 있는 모퉁이를 돈 다음, 그곳에서
처음 만나는 사람에게 여관 위치를 물어보라는 것이었다. 이 까다로운 지
침 때문에 처음엔 무척 애를 먹었다. 게다가 시작부터 퀴퀘그는 노란색
창고—우리의 첫 번째 출발점—를 좌현 쪽에 두고 가야 한다고 주장했
고, 나는 피터 코핀이 노란색 창고가 우현 쪽에 있다고 말한 것으로 이해
했기 때문에 더욱 혼란스러웠다. 하지만 어둠 속에서 잠시 길을 찾아 헤
매고, 때로는 평화롭게 자고 있는 주민들을 문 두드려 깨워서 길을 물어
본 결과, 마침내 틀림없는 목적지에 도착했다.

　낡은 현관 앞에 세워진 낡은 돛대의 활대에 검게 칠한 거대한 나무솥

100　trypot. 포경선에서 고래 지육을 끓여서 기름을 만드는 가마솥. 제96장에 자세한 내용이 나온다.
101　미국의 대표적인 가정 요리의 하나로 일종의 크림수프. 대합조개에 양파·감자·베이컨 따위를 넣
　　고 끓여 만든다.

두 개가 당나귀 귀처럼 생긴 손잡이에 매달려 흔들리고 있었다. 활대의 바깥쪽에 뿔처럼 튀어나온 부분은 톱으로 잘려나가서 이 낡은 돛대는 꼭 교수대처럼 보였다. 그때 나는 신경이 예민해져 있어서 그런 느낌을 받았는지 모르지만, 어쨌든 그 교수대를 바라보면서 어떤 막연한 불안감에 사로잡히지 않을 수 없었다. 남아 있는 두 개의 뿔을 쳐다보면서, 하나는 퀴퀘그를, 또 하나는 나를 위한, 그래서 두 개의 교수대인가, 하고 생각하자 목이 근질거렸고, 불길한 생각마저 들었다. 내가 처음으로 포경항에 도착해서 투숙한 여관의 주인 이름이 '코핀'이었다. 포경꾼들의 예배당에 들어갔을 때는 비석들이 눈앞에 늘어서 있었고, 그리고 이곳에는 교수대가 있다! 게다가 거대한 가마솥 한 쌍도 있다. 이 마지막 징조는 지옥에 대한 암시를 던지고 있는 것일까?

노란 머리에 노란 가운을 입고 현관 앞에 서서 자주색 모직 셔츠를 입은 남자한테 기세 좋게 욕을 퍼붓고 있는 주근깨 여인을 보고 나는 이런 생각에서 깨어나 현실로 돌아왔다. 여인의 머리 위에서는 눈병에 걸린 것처럼 흐릿한 붉은색 램프가 흔들리고 있었다.

"당장 나가! 안 나가면 빗질로 쓸어버릴 거야!" 여자가 남자에게 말했다.

"자, 들어가세, 퀴퀘그." 내가 말했다. "틀림없이 저 여자가 허시의 마누라일 거야."

사실이 그랬다. 호지아 허시는 집에 없었지만, 마누라가 남편 대신 일을 맡아 처리하고 있었다. 저녁식사와 잠자리를 달라고 말하자 허시 부인은 야단치는 것을 잠시 멈추고 우리를 작은 방으로 안내한 뒤, 방금 끝난 식사의 잔해가 펼쳐져 있는 식탁에 우리를 앉히고는, 우리를 돌아보며 물었다.

"조개로 할까요, 대구로 할까요?"

"대구라니, 그게 뭔데요, 아주머니?" 나는 공손하게 물었다.

"조개로 할까요, 대구로 할까요?" 여자가 되풀이했다.

"저녁식사로 조개를, 차가운 조개를 먹으란 말인가요? 하지만 겨울철에 먹기엔 좀 차갑고 끈적거리지 않을까요?"

하지만 허시 부인은 입구에서 기다리고 있는 자주색 셔츠의 남자를 다시 야단치고 싶어서 마음이 달았기 때문에, '조개'라는 말밖에는 아무 말도 듣지 못한 듯 부엌으로 통하는 열린 문 쪽으로 서둘러 다가가 "조개 2인분!" 하고 외치고는 사라져버렸다.

"퀴퀘그, 조개탕 하나로 저녁을 때울 수 있을까?" 내가 물었다.

하지만 부엌에서 흘러나오는 따뜻하고 구수한 냄새는 우리의 우울한 전망이 잘못임을 알려주는 듯했다. 김이 모락모락 피어오르는 차우더가 들어오자 수수께끼가 즐겁게 풀렸다. 오, 사랑하는 친구들아, 내 말 좀 들어보라. 그것은 개암열매만큼 작지만 즙이 많은 조개를 삶아서, 비스킷 가루와 소금에 절여서 얇게 썬 돼지고기를 섞고, 버터를 넣어 풍미를 더한 다음 소금과 후추로 간을 맞춘 요리였다. 우리는 추위에 떨며 항해한 뒤라서 식욕이 왕성해져 있었고, 특히 퀴퀘그에게는 앞에 놓인 것이 제일 좋아하는 해물요리였고, 그 차우더는 놀랄 만큼 훌륭했기 때문에, 우리는 눈 깜짝할 사이에 먹어치웠다. 나는 잠시 뒤로 기대어 조개와 대구에 대한 허시 부인의 질문을 생각하다가 한 가지 실험을 해보기로 마음먹었다. 나는 부엌문으로 다가가서 '대구'라는 낱말을 특히 강하게 발음하고 다시 내 자리로 돌아왔다. 잠시 후 향긋한 냄새가 다시 흘러나왔지만 아까와는 풍미가 달랐다. 이윽고 맛있는 대구 차우더가 우리 앞에 놓였다.

우리는 다시 작업에 들어갔다. 숟가락을 부지런히 놀리면서 나는 속으로 생각한다. 이것이 머리에 어떤 영향을 미칠까? '차우더 머리'는 멍청이라는 뜻인데, 거기에 대한 그 바보 같은 속담은 뭐지?

"이봐 퀴퀘그, 자네 그릇에 들어 있는 그건 산 장어 아니야? 작살은 어디 있지?"

생선 비린내가 난다고 해도 여기 '트라이포트'만큼 심하게 나는 곳은 없을 것이다. 과연 이름다웠다. 이곳의 솥들은 항상 차우더를 끓이고 있

모비 딕

었기 때문이다. 아침에도 차우더, 점심에도 차우더, 저녁에도 차우더. 나중에는 생선 가시가 옷을 뚫고 나오지 않을까 걱정될 정도였다. 집 앞은 조개껍데기로 뒤덮여 있었다. 허시 부인은 광택이 나는 대구 등뼈로 만든 목걸이를 하고 있었다. 호지아 허시는 장부를 최고급 상어가죽으로 장정했다. 이 집에서는 우유에서도 생선 냄새가 났다. 나는 그 이유를 도무지 알 수가 없었지만, 어느 날 아침 해변에서 어부들의 보트 사이를 거닐다가 호지아의 얼룩 암소가 생선 부스러기를 주워 먹으며, 또한 모래밭에 흩어져 있는 대구 대가리를 네발로 밟고 돌아다니는 것을 보았을 때에야 그 이유를 알았다. 그 모습이 꼭 뒤축이 닳은 신발을 신은 것 같았다.

저녁식사가 끝나자 허시 부인은 우리한테 램프 하나를 내주면서 우리가 잘 침대로 가는 지름길을 알려주었다. 하지만 퀴퀘그가 나보다 앞서 계단을 올라가려고 하자 허시 부인은 손을 내밀면서 작살을 달라고 요구했다. 이 집에서는 작살을 방에 가져갈 수 없다는 것이다.

"왜요? 진짜 포경꾼은 작살과 함께 자는 게 당연하잖아요." 내가 항의했다. 그랬더니 부인이 대답하기를, "위험하니까. 스티그스라는 젊은이가 있었는데, 4년 반 동안이나 바다에 나갔다가 돌아왔지만 얻은 게 고작 고래기름 세 통뿐이었다오. 그 불운한 항해에서 돌아온 뒤 우리 집 아래층 뒷방에서 옆구리에 작살이 꽂혀 죽은 채 발견되었지. 그때부터 나는 투숙객들이 밤중에 그런 위험한 무기를 방으로 가져가지 못하게 하고 있어요. 그러니까 퀴퀘그 씨(부인은 퀴퀘그의 이름을 알고 있었다), 이 쇠붙이는 내가 맡아서 아침까지 보관해드릴게요. 그런데 내일 아침 차우더는 조개로 할까요, 대구로 할까요?"

"둘 다요." 내가 대답했다. "그리고 구색을 맞출 수 있게 청어구이도 두 마리 부탁할게요."

{ 제16장 }

배

침대 속에서 우리는 내일의 계획을 짰다. 그런데 놀랍고 걱정스럽게도 퀴퀘그가 나에게 이런 이야기를 했다. 그가 요조—그의 작은 검둥이 신의 이름—에게 상담했더니 두세 번 응답해주었는데, 항구에 정박해 있는 포경선을 우리 둘이 함께 찾아다니거나, 함께 의논해서 배를 고르거나 해서는 안 된다, 배를 정하는 일은 전적으로 내가 알아서 해야 한다—고 요조가 강력하고 진지하게 지시했다는 것이다. 우리가 탈 배는 요조가 벌써 골라두었으니, 나 이슈메일에게 맡겨두면 우연인 것처럼 그 배를 선택하게 될 것이므로, 나는 당분간 퀴퀘그와 상관없이 당장 그 배에 올라타야 한다는 것이었다.

깜박 잊고 말하지 않았는데, 퀴퀘그는 많은 일에서 요조의 뛰어난 판단력과 놀라운 예언력을 절대적으로 신뢰했다. 그리고 요조의 자비로운 계획이 모든 경우에 성공하는 것은 아니지만, 대체로 선의를 가진 착한 신으로 삼아 상당히 소중하게 여겼다.

그런데 우리가 탈 배를 선택하는 문제에 대한 퀴퀘그, 아니 요조의 계획이 나는 도저히 내키지 않았다. 우리의 운명을 안전하게 지켜주기에 가장 적당한 포경선을 고르는 문제에서 나는 퀴퀘그의 현명함에 적잖이 기대를 걸고 있었다. 하지만 내가 아무리 이의를 제기해도 그에게는 효과가 없었기 때문에 나는 그의 말에 따를 수밖에 없었다. 그래서 그런 사소한 일은 되도록 빨리 처리하는 게 좋겠다고 생각하여 단호하게 이 일에 착수할 준비를 했다. 이튿날 아침 일찍, 우리의 작은 침실에 요조와 함께 퀴퀘그를 남겨둔 채(왜냐하면 그날은 퀴퀘그와 요조에게는 사순절이나 라마단[102]과 같은, 금식과 참회와 기도의 날인 것 같았기 때문이다. 나는 여러 번 거기에 전

---

102 이슬람력의 아홉 번째 달. 이 기간에는 해가 뜰 때부터 질 때까지 음식·흡연·음주·성행위 따위를 금한다.

넘해보았지만 퀴퀘그의 기도서와 39개조[103]에 도무지 숙달할 수 없었고, 그래서 그날이 어떤 날인지는 끝내 알아내지 못했다), 하여튼 파이프 연기만 들이마시며 단식하는 퀴퀘그와 대팻밥을 태우는 불꽃에 몸을 쬐고 있는 요조를 남겨둔 채 나는 선창가로 나갔다. 오랫동안 어슬렁거리며 돌아다니고 아무에게나 닥치는 대로 물어본 끝에 나는 3년 예정으로 항해를 떠나려는 배가 세 척 있다는 것을 알아냈다. '데블댐'호, '팃빗'호, '피쿼드'호였는데,[104] '데블댐'이라는 이름이 어디서 유래했는지는 나도 모른다. '팃빗'이라는 이름의 유래는 뻔하다. '피쿼드'는 여러분도 알고 있겠지만, 지금은 고대 메디아인[105]처럼 절멸한 매사추세츠주의 유명한 인디언 부족의 이름이었다. 나는 '데블댐'호를 살펴본 뒤 '팃빗'호로 넘어갔고, 마지막으로 '피쿼드'호에 올라타서 잠깐 둘러본 다음, 이 배야말로 우리한테 안성맞춤인 배라고 결정했다.

잘은 모르지만, 여러분도 젊은 시절에는 별나고 재미난 배를 많이 보았을 것이다. 바닥이 네모진 평저선, 산처럼 거대한 정크선, 버터 상자처럼 생긴 갤리선[106] 등등. 하지만 단언하거니와 '피쿼드'호만큼 낡고 진기한 배는 본 적이 없을 것이다. '피쿼드'호는 좀 작은 구식 배였는데, 갈고리

---

103 1563년에 제정된 영국 성공회의 교리문.

104 데블댐: Devil-Dam. '악마의 어미'라는 뜻. 팃빗: Titbit. '맛있는 음식 또는 재미난 소식'의 작은 조각이라는 뜻. 피쿼드: Piquod. (매사추세츠주가 아니라 코네티컷주의) 인디언 부족 '피쿼트'에서 따온 이름. 이 부족은 1637년에 청교도의 습격을 받고 거의 절멸했는데, 백인이 북아메리카에서 저지른 인디언 학살의 시작이다. 이 절멸한 인디언 부족의 이름을 가진 포경선 '피쿼드'호가 백인 선장의 지휘 아래 미국 자체처럼 다양한 인종으로 이루어진 선원들을 태우고 백인의 심성을 상징하는 듯한 '하얗고 거대한 고래'를 추적하다가 오히려 반격을 받아 거의 절멸당한다는 이 『모비 딕』의 우의寓意는 참으로 복잡하고 심오하다고 말하지 않을 수 없다.

105 기원전 6~8세기에 이란 북서부 고원 지대에 번성했던 민족.

106 평저선: 바닥이 평탄한 구조의 선박. 함포 발사 때의 반동을 흡수할 수 있도록 하기 위해 개발되었는데, 영국이 스페인의 무적함대를 무찌르는 데 크게 기여했다. 정크선: 전통적으로 중국에서 사용된 목조 선박. 얕은 물에서도 다닐 수 있도록 바닥이 평평했으며 3~12개의 돛대에 부채처럼 생긴 돛을 달았다. 갤리선: 고대부터 중세까지 지중해에서 널리 쓰인 범선. 양쪽 뱃전에 상하 두 줄로 노가 달렸는데, 전쟁 때에는 무장하여 병선으로 썼다.

모양의 다리가 달린 구식 가구와 어딘지 모르게 비슷했다. 사대양의 태풍
과 고요 속에서 오랫동안 단련되고 비바람에 시달리며 얼룩진 선체의 빛
깔은 이집트와 시베리아에서 싸운 프랑스 척탄병의 얼굴처럼 검게 그을
려 있었다. 오래된 뱃머리는 턱수염이 난 것처럼 보였다. 돛대―원래의
돛대는 일본 근해 어딘가에서 강풍에 부러져 바닷속으로 사라졌다―들
은 옛날 쾰른[107]의 세 왕의 등뼈처럼 꼿꼿이 서 있었다. 낡은 갑판은 토머
스 베케트[108]가 피를 흘려 죽은 뒤 순례자들의 경배 대상이 된 캔터베리
대성당의 바닥돌처럼 닳고 주름져 있었다. 이 고색창연한 양상에 놀라운
특징들이 새로 추가되어 있었는데, 그 특징들은 반세기가 넘도록 그 배
가 종사해온 거친 작업과 관련되어 있었다. 늙은 펠레그 선장은 오랫동안
'피쿼드'호의 일등항해사로 일하다가 자기 소유의 배를 지휘했고 지금은
은퇴하여 '피쿼드'호의 선주들 가운데 하나가 되었는데, 이 펠레그 영감
이 일등항해사 시절에 재료와 도안이 둘 다 기묘한 장식을 배 전체에 박
아 넣어 원래부터 기괴한 '피쿼드'호를 더욱 기괴하게 만들었다. 그 기괴
함에 필적할 만한 것이 있다면 토르킬 하케[109]의 둥근 방패나 침대에 새
겨진 조각뿐일 것이다. '피쿼드'호는 광택이 나는 상아 목걸이를 목에 건
야만적인 에티오피아 황제처럼 꾸미고 있었다. '피쿼드'호는 일종의 승전
기념비였다. 적들의 뼈에 돋을무늬를 새겨서 화려하게 몸치장을 한 솜씨
좋은 식인종이었다. 널판을 대지 않아서 구멍이 뚫린 뱃전은 향유고래의
길고 날카로운 이빨로 장식되어, 하나로 이어진 턱처럼 보였다. 고래 이
빨들은 삼으로 만들어진 배의 근육과 힘줄을 고정시키는 밧줄걸이로 거
기에 삽입되었다. 이 근육들은 육지의 목재로 만들어진 조잡한 도르래를

---

107 쾰른 대성당을 말한다. 이 성당에는 그리스도 탄생 때 선물을 바친 세 동방박사의 유해가 묻혀 있
    다고 전해진다.
108 토머스 베케트(1118~1170): 영국 캔터베리 대성당의 대주교. 헨리 2세의 재상이었으나 왕의 정
    책에 반대하다가 살해되었다.
109 11세기 아이슬란드의 전설적인 영웅. 자신의 모험을 새긴 방패를 지니고 있었다고 한다.

통과하지 않고 바다의 상아로 만들어진 도르래 위를 능숙하게 지나갔다. '피쿼드'호는 조타장치로 회전식 타륜을 쓰는 것을 경멸하고 구식 키 손잡이를 자랑스럽게 장착했는데, 한 덩어리로 이루어진 그 손잡이는 '피쿼드'호의 숙적인 고래의 길고 좁은 아래턱에 기묘한 조각을 새긴 것이었다. 폭풍우 속에서 그 손잡이로 배를 조종하는 키잡이는 성깔 사나운 말의 턱을 움켜잡아 제어하는 타타르인[110] 같은 기분을 느꼈다. 고귀하지만 왠지 모르게 우울한 배! 고귀한 것들은 모두 그런 기미를 띠고 있는 법이다.

이제 나는 선원 후보자로 나를 추천하기 위해 뒷갑판을 둘러보며 권한을 가진 책임자를 찾았지만, 처음에는 아무도 눈에 띄지 않았다. 하지만 주돛대 조금 뒤에 쳐진 기묘한 천막, 아니 천막이라기보다 인디언 오두막 같은 것이 눈에 들어왔다. 그것을 못 보고 넘어갈 수는 없었다. 그것은 항구에서만 쓰기 위해 임시로 세워놓은 것 같았다. 3미터 높이의 원뿔형 천막은 길고 거대한 널판들로 이루어져 있었는데, 그 널판들은 참고래의 턱에서 가장 높은 부분과 중간 부분에서 떼어낸 검은 뼈였다. 이 널판들의 양끝 가운데 넓은 쪽을 갑판에 박고 둥글게 늘어놓은 뒤 끈으로 단단히 잡아맸는데, 널판들은 서로를 향해 기울어지도록 비스듬히 세워졌고, 그것이 정점에 모여 뾰족한 다발이 되었다. 꼭대기에서는 풀어헤친 머리카락 같은 섬유가 포타와토미족[111]의 늙은 추장 머리 위의 상투처럼 앞뒤로 흔들리고 있었다. 세모꼴 입구는 뱃머리 쪽을 향하고 있어서 천막 안에서는 앞을 훤히 내다볼 수 있었다.

마침내 나는 권한을 가진 듯한 사람을 찾아냈다. 그 기묘한 오두막 안에 있는 형체가 얼핏 보였는데, 겉모습으로 보아 그가 책임자인 듯했다. 한낮이어서 뱃일도 잠시 중지되었기 때문에 그 사람도 일을 지휘해야 하

---

110 튀르크 계통의 한 부족. 유럽에서는 중앙아시아의 몽골계와 튀르크계 유목민족을 통칭하는 말이었다.

111 북아메리카 인디언의 한 부족. 미시시피강 상류 지역에 살았으며, 백인에게 끝까지 저항한 것으로 알려져 있다.

는 부담을 내려놓고 휴식을 즐기고 있는 듯했다. 그는 꿈틀거리는 듯한 조각으로 뒤덮여 있는 구식 참나무 의자에 앉아 있었는데, 의자의 앉는 부분은 오두막과 마찬가지로 탄력 있는 골재를 튼튼하게 엮은 것이었다.

내가 본 그 노인의 풍모에는 특히 이렇다 할 점이 없었다. 노련한 선원들이 대부분 그렇듯이 구릿빛으로 그을린 얼굴에 근골이 늠름해 보였고, 퀘이커교도[112] 스타일로 지은 선원용 푸른 외투를 입고 있었다. 눈언저리에는 현미경으로 보아야 알 수 있을 만큼 가느다란 잔주름이 얽혀 있었는데, 그것은 오랫동안 폭풍 속을 항해하면서 늘 바람이 불어오는 쪽만 바라본 결과일 터였다. 그러면 눈언저리의 근육이 오므라들기 때문이다. 그런 눈가의 잔주름은 얼굴을 험상궂게 찡그릴 때 매우 효과적이다.

"'피쿼드'호의 선장님이세요?" 나는 천막 입구로 다가가면서 말했다.

"내가 '피쿼드'호의 선장이라면, 그래 용건이 뭔가?" 그가 물었다.

"배에 좀 탔으면 해서요."

"뭐, 배를 타고 싶다고? 보아하니 자네는 낸터컷 사람이 아니군. 다 부서진 배에 타본 적이 있나?"

"아니, 아직은 없습니다."

"고래잡이에 대해서는 아는 게 없겠군. 그렇지?"

"네, 아무것도. 하지만 금방 배울 수 있을 겁니다. 상선을 타본 경험이 몇 번 있으니까……."

"상선 따위는 그만둬. 그따위 얘기는 꺼내지도 말게. 자네의 그 다리 조심해. 또다시 상선 얘기를 했다간 엉덩이에서 그 다리를 뽑아버릴 테니까. 상선을 타봤다고? 자넨 지금 상선에 타본 걸 꽤나 자랑스럽게 여기는 모양인데, 무엇 때문에 고래를 잡으러 가고 싶어졌나, 응? 그게 좀 수상쩍어 보이는군. 안 그래? 혹시 해적질이라도 했나? 아니면 선장의 물건이라

---

112 프로테스탄트에 속한 일파이고 '프렌드파'라는 별칭을 갖고 있다. 그 발단은 17세기에 영국에서 생겨난 급진적인 청교도 신비주의였다. 신도들이 자신의 신앙을 육체의 멸림으로 표현했기 때문에 '퀘이커'라는 이름이 붙었다. 퀘이커 스타일이란 밋밋하고 거칠게 재단한 옷차림을 뜻한다.

도 훔쳐서 줄행랑을 친 거 아냐? 바다에 나간 뒤 간부선원들이라도 죽이려는 꿍꿍이가 있는 거 아냐?"

그런 짓은 해본 적도 없고 할 생각도 없다고 나는 강력하게 항의했다. 세상에서 외따로 떨어진 낸터컷의 퀘이커교도는 섬사람 특유의 편견에 사로잡혀 있어서, 그 늙은 선장의 빈정대는 농담에서는 코드곶이나 비니어드[113] 출신이 아니면 어느 누구도 믿지 않는다는 것을 깨달을 수 있었다.

"그럼 왜 고래를 잡으러 가겠다는 거지? 자네를 배에 태우고 안 태우고보다 그걸 먼저 알고 싶군."

"고래잡이가 어떤 건지 알고 싶어서요. 세상을 보고 싶기도 하고요."

"고래잡이가 어떤 건지 알고 싶다고? 에이해브[114] 선장을 본 적이 있나?"

"에이해브 선장이 누군데요?"

"그래, 그럴 줄 알았어. 에이해브 선장은 이 배의 선장이야."

"그럼 제가 실례했군요. 저는 이 배의 선장님과 이야기하고 있는 줄 알았거든요."

"자넨 지금 펠레그[115] 선장과 이야기하고 있어. 자네가 상대하고 있는 사람이 펠레그 선장이란 얘기야. '피쿼드'호의 항해를 준비하고 선원을 비롯하여 항해에 필요한 것을 갖추어주는 것이 나와 빌대드[116] 선장의 임무지. 우리는 이 배의 공동 선주이자 관리인이야. 그럼 아까 하던 이야기로 돌아가서, 자네는 고래잡이가 뭔지 알고 싶다고 했는데, 그게 어떤 건지 내가 미리 보여줄 수도 있어. 자네가 고용계약에 묶여서 취소할 수도 없게 되기 전에 말이야. 젊은이, 에이해브 선장을 먼저 만나보게. 다리가

---

113 코드곶: 미국 매사추세츠주 남동쪽에 있는 곳. 1620년에 '메이플라워'호가 상륙한 곳으로 유명하다. 비니어드: 매사추세츠주 앞바다에 있는 섬. 오늘날은 휴양지로 유명하다.

114 Ahab. 구약성서 「열왕기」에 나오는 이스라엘 왕 아합에서 따온 인물. 아합은 포악한 군주로 유명하다.

115 Peleg. 구약성서 「창세기」에 나오는 벨렉에서 따온 이름.

116 Bildad. 구약성서 「욥기」에 나오는 빌닷에서 따온 인물. 빌닷은 욥의 친구.

한쪽뿐이니까 쉽게 찾을 수 있을 거야.”

“뭐라고요? 그럼 다른 한쪽은 고래한테 잃었나요?”

“고래한테 잃었지! 젊은이, 이리 좀 더 가까이 오게. 지금까지 배를 으스러뜨린 고래들 가운데 가장 괴물 같은 향유고래, 그놈이 선장의 다리를 물어뜯고 씹고 으깨버렸지. 아아, 아아!”

나는 그의 격한 기운에 좀 놀랐고, 마지막 외침 소리에 담긴 애정 어린 슬픔에 다소 감동하기도 했지만, 되도록 침착하게 말했다.

“선장님 말씀은 물론 사실이겠지만, 그 특정한 고래가 유난히 사나웠다는 걸 제가 어떻게 알 수 있겠습니까? 그런 사고가 일어났다는 단순한 사실로 미루어보아 그 고래가 사나웠다고 결론지을 수 있을지는 모르지만요.”

“이봐 젊은이, 폐가 좀 약한 모양이군. 목소리가 너무 작아서 말이야. 바다에 나가본 경험이 있다는 게 정말인가? 확실해?”

“네 번 항해한 경험이 있다고 말씀드린 줄 아는데요. 상선을 타고…….”

“그런 얘긴 집어치우게! 상선 같은 건 말도 꺼내지 말라고 했잖아. 나를 화나게 하지 말게. 참지 않을 테니까. 하지만 서로 이해하기로 하지. 고래잡이가 어떤 것인지에 조금이마나 힌트를 준 것 같은데, 그래도 해볼 생각인가?”

“물론입니다, 선장님.”

“좋아. 그런데 자네는 살아 있는 고래의 목구멍에다 작살을 던진 다음, 그놈 위에 뛰어내릴 수 있겠나? 대답해보게, 당장!”

“꼭 그래야 한다면 해야겠죠. 쫓겨나지 않으려면 말입니다. 하지만 실제로 그런 일이 있을 것 같지는 않군요.”

“좋아, 좋아. 자네는 고래잡이가 어떤 것인지 경험으로 알고 싶어 고래잡이에 나설 뿐만 아니라 세상을 보기 위해서도 고래잡이에 나서고 싶다

모비 딕

고 했지? 아까 그랬지? 그렇다면 말이지, 잠깐 앞으로 나가서 뱃머리 너머를 바라본 다음 돌아와서 자네가 본 것을 말해보게."

나는 이 야릇한 요구를 어떻게 받아들여야 할지, 농담으로 받아들여야 할지 진담으로 받아들여야 할지 몰라서 한동안 망설이며 서 있었다. 하지만 펠레그 선장이 눈가의 까마귀 발 같은 잔주름을 모으며 얼굴을 찡그렸기 때문에 나는 얼른 그가 시키는 대로 했다.

앞으로 걸어가서 뱃머리 너머를 바라보니, 닻을 내린 배는 밀물에 흔들리면서 비스듬히 기울어진 채 먼바다 쪽을 향하고 있었다. 망망한 광경이었지만 몹시 단조롭고 섬뜩할 뿐이어서, 눈을 즐겁게 해주는 것이라고는 털끝만큼도 찾아볼 수 없었다.

"자, 그럼 보고를 들어볼까?" 내가 돌아가자 펠레그가 말했다. "그래, 뭐가 보이던가?"

"별로요. 물만 보였습니다. 넓게 펼쳐진 수평선. 아무래도 돌풍이 불 것 같은데요."

"좋아. 그럼 세상을 보는 것에 대해선 어떻게 생각하나? 혼곶을 돌아서 세상을 더 보고 싶나? 지금 자네가 서 있는 곳에서는 세상을 볼 수 없나?"

나는 좀 당황했지만, 어떻게든 고래잡이에 나가야 하고 반드시 나가고 싶었다. 그리고 '피쿼드'호는 어느 배보다 좋은 배, 아니 제일 좋은 배라는 생각이 들었고, 그런 생각을 펠레그 선장에게 그대로 말했다. 내 결심이 확고한 것을 보고 그는 나를 배에 태워주겠다고 말했다.

"그럼 당장 서류에 서명하는 게 좋겠군. 자, 나를 따라오게." 이렇게 말하면서 그는 갑판 밑에 있는 선장실로 앞장서서 내려갔다.

선미판에는 내가 보기에 세상에서 가장 야릇하고 놀라운 모습을 한 사람이 앉아 있었는데, 그가 펠레그 선장과 함께 이 배의 지분을 가장 많이 갖고 있는 빌대드 선장이었다. 이런 항구에서는 이따금 볼 수 있는 경우지만, 나머지 지분은 늙어서 연금으로 생활하는 사람들, 포경꾼 남편을 잃은 과부들, 아버지가 없는 아이들, 미성년자로 법원의 보호를 받는 피후견인 등 많은 사람이 나누어 갖고 있었다. 그들은 각자 늑재 한 토막, 판재 한두 조각, 배에 박힌 못 한두 개 정도의 값에 해당하는 지분을 소유하고 있었다. 여러분이 많은 수익을 가져다주는 확실한 국채에 투자하듯, 낸터컷 사람들은 포경선에 투자하는 것이다.

사실 낸터컷 사람들 대부분이 그렇지만, 빌대드도 펠레그와 마찬가지로 퀘이커교도였다. 이 섬에는 원래 그 종파 사람들이 이주해왔기 때문에 오늘날까지도 낸터컷 주민들은 퀘이커교도의 특이한 점들을 유달리 많이 보유하고 있다. 다만 그것이 상반되고 이질적인 것들과 결합하여 다양하고 특이하게 변했을 뿐이다. 그래서 이곳 퀘이커교도들 가운데 일부는 모든 선원들 중에서도 가장 피 보기를 좋아하는 포경 선원이 된다. 그들은 전투적인 퀘이커교도, 복수심에 찬 퀘이커교도다.

그래서 그들, 특히 남자들 중에는 성서에서 따온 이름을 가진 사람이 많고—이 섬에서는 특이하면서도 흔한 일이다—그들은 퀘이커교도 특유의 '자네'니 '그대'니 하는 엄숙하고 연극적인 말투를 어린 시절부터 자연스럽게 받아들인다. 그래도 그 후의 생활은 대담하고 끝없는 모험으로 가득 차 있고, 그것이 성장한 뒤에도 변하지 않는 천성과 융합되어, 거기서 스칸디나비아의 해적왕이나 서사시의 주인공인 고대 로마의 이교도에게도 뒤지지 않는 대담무쌍한 성격이 나온다. 그리고 이런 자질들이 놀라운 재능을 타고난 사람, 이를테면 먼바다에 나가 북반구에서는 본 적이 없는 별자리 아래서 오랫동안 수없이 밤번을 서면서 적막과 고독을 겪은 덕분에 전통적인 사고방식에서 벗어나 독자적으로 사색할 수 있었던 사람, 그리하여 자연이 자발적으로 내맡기는 순결한 젖가슴에서 갓 나온 달콤하고도 거친 자연의 느낌을 모두 받아들이고, 게다가 우연한 모험의 도움도 조금 받아서 대담하고 간결하며 고상한 언어를 배울 수 있었던 사람—이런 사람은 한 나라의 전체 인구 가운데 한 사람 있을까 말까 하지

모비 딕

만—안에서 지구 같은 두뇌 및 무거운 가슴과 결합할 때, 숭고한 비극의 주인공이 되기에 알맞은 강력하고 화려한 인물이 되는 것이다. 극적인 관점에서 보면, 그런 인물은 선천적이든 다른 상황 탓이든, 그 성격의 근저에 거의 의도적인 것으로 여겨지는 압도적인 우울함이 숨어 있지만, 그것도 그 인물의 가치를 조금도 떨어뜨리지 않을 것이다. 비극적으로 위대한 인물은 병적인 우울함을 통해 그렇게 되기 때문이다. 야망을 품은 젊은이들이여, 명심하라. 인간의 위대함이란 질병에 지나지 않다는 것을. 하지만 지금 우리가 다루어야 할 인물은 그런 사람과 전혀 관계가 없다. 정말로 특이하기는 하지만, 그것은 퀘이커교도의 또 다른 측면이 그 사람의 개인적인 상황으로 조정된 결과일 뿐이다.

펠레그 선장과 마찬가지로 빌대드 선장도 포경 선원에서 은퇴한 유복한 포경업자였다. 하지만 다른 점도 있었다. 펠레그 선장이 정신적인 문제를 좋아하지 않고, 그런 문제를 하찮은 일로 여기는 데 비해, 빌대드 선장은 원래 낸터컷의 퀘이커교도 중에서도 가장 엄격한 교파의 가르침을 받았을 뿐만 아니라, 그 후 바다에서 생활하는 동안 혼곳 주변의 섬에서 벌거숭이 모습을 수없이 대했으면서도 타고난 퀘이커교도답게 조금도 마음이 흔들리지 않았고 조끼의 매무시 하나 흐트러진 적이 없었다. 하지만 이런 불변성에도 불구하고 훌륭한 빌대드 선장은 평범한 일관성이 부족했다. 육지에서는 양심의 가책 때문에 무기를 들고 침략자들과 맞서기를 거부했지만, 바다에만 나가면 대서양이건 태평양이건 상관하지 않고 무한정 침략했던 것이다. 인간의 피를 보는 데에는 철저히 반대했지만, 그 답답한 선장복을 입으면 바다를 몇 통인지도 모를 레비아탄의 피로 물들였다. 관조적인 인생의 황혼기를 맞이한 지금, 이 경건한 빌대드가 추억 속에서 이런 것들을 어떻게 조화시키고 있는지는 나도 모른다. 하지만 그는 별로 신경 쓰지 않는 것 같았다. 어쩌면 그는 오래전에 이미 인간의 신앙과 실생활은 완전히 별개라는 현명한 결론에 도달했는지도 모른다. 이 세상은 정확하게 배당금을 지불한다. 그는 빛바랜 짧은 옷을 입은 선실 보이에서 출발하여 폭이 넓고 배가 불룩한 조끼를 입은 작살잡이가 되고, 거기서 다시 보트장과 일등항해사를 거쳐 선장이 되고 마침내 선주가 되었다. 앞에서도 잠깐 언급했듯이 빌대드는 예순 살이라는 적당한 나이에 현역에서 은퇴하여, 모험으로 가득 찬 생활을 끝내고 상당한 수입을 받으며 조용히 여생을 즐기고 있었다.

그런데 이 빌대드가 지금은—좀 미안한 말이지만—까탈스러운 심술쟁이 노인네라는 평판을 얻었고, 현역 시절에는 부하들을 호되게 부려먹는 혹독한 상관이었다고 한다. 이상한 이야기로 생각될지 모르지만, 그가 카테가트[117]로 가는 낡은 포경선을 지휘했을 때 선원들은 귀국하자마자 탈진하여 거의 다 병원으로 실려 갔다는 이야기를 낸터컷에서 들었다. 신앙심이 깊은 사람, 더구나 퀘이커교도로서는 빌대드가 줄잡아 말해도 좀 지독한 사람이었던 것은 분명하다. 그는 부하들에게 욕설 따위는 하지 않지만, 선원들을 혹사하는 데에는 보통이 아니었다고 한다. 빌대드가 일등항해사 시절, 그 담갈색 눈으로 노려보면 부하들은 완전히 겁을 먹고, 망치건 쇠막대건 닥치는 대로 움켜쥐고 무슨 일이든 미친 듯이 하지 않을 수 없었다고 한다. 게으름과 나태함은 그 앞에서는 자취를 감추고 말았다. 그의 신체 자체가 실용성의 화신이었다. 키가 크고 깡마른 몸에는 군살 하나 붙어 있지 않았고, 불필요한 턱수염도 전혀 없어서, 턱에는 그가 쓰고 있는 차양 넓은 모자의 닳아빠진 보풀처럼 부드럽고 성긴 수염이 나 있을 뿐이었다.

내가 펠레그를 따라 선장실로 내려갔을 때 선미판에 앉아 있던 사람은 바로 그런 인물이었다. 갑판 사이의 공간은 좁았다. 그 좁은 공간에 빌대드는 꼿꼿이 앉아 있었다. 그는 절대로 기대거나 하지 않고 언제나 그렇게 똑바로 앉았는데, 그것은 옷자락이 구겨지는 걸 막기 위해서였다. 그

117 덴마크와 스웨덴 사이에 있는 해협.

의 챙 넓은 모자는 옆에 놓여 있었고, 두 다리는 뻣뻣하게 포개져 있었으며, 담갈색 옷은 턱까지 단추가 채워져 있었다. 그는 안경을 콧잔등에 올려놓고 두꺼운 책을 열심히 읽고 있었다.

"빌대드." 펠레그 선장이 불렀다. "또 시작했군? 내가 알고 있는 한, 자네는 벌써 30년이 넘도록 성경을 연구하고 있어. 이번엔 어디까지 갔나?"

빌대드는 오랜 항해 친구의 그런 신성모독적인 말투에는 이골이 난 듯 그 불경한 말에도 아랑곳하지 않고 조용히 눈을 들어 나를 보고는 묻는 듯한 눈길을 다시 펠레그에게 돌렸다.

"우리 배에 태워달래." 펠레그가 말했다. "배에서 일하고 싶다는 거야."

"그러신가?" 빌대드가 카랑한 목소리로 말하고는 나를 돌아보았다.

"예, 그러합니다." 그가 너무 철저한 퀘이커교도였기 때문에 나도 무의식적으로 퀘이커식 말투로 대답했다.

"자넨 이 사람을 어떻게 생각하나?" 펠레그가 물었다.

"괜찮은 것 같군." 빌대드는 나를 유심히 바라보면서 말하고는, 분명히 알아들을 수 있는 목소리로 성경을 중얼중얼 읽기 시작했다.

친구이자 오랜 동료인 펠레그가 그렇게 호통을 치며 뽐내는 것을 보고, 나는 그렇게 별난 퀘이커교도는 난생처음 본다고 생각했다. 하지만 나는 아무 말도 하지 않고 그저 조심스럽게 주위를 둘러보았다. 이제 펠레그는 서랍장을 열고 서류를 꺼낸 다음, 펜과 잉크를 앞에 놓고 작은 탁자 앞에 앉았다. 나는 어떤 조건이면 항해에 나설 것인지를 결정할 때가 왔구나 하고 생각하기 시작했다. 포경업에서는 임금을 지불하지 않는다는 것은 나도 이미 알고 있었다. 선장을 포함한 모든 선원은 수익금의 일부를 '배당'[118]이라는 이름으로 받는데, 이 배당은 선원 각자가 지니는 임무의 중

---

118 lay. 이 임금제는 16세기 덴마크의 그린란드 포경업에서 시작되었다고 한다. 멜빌의 시대에는 선장이 8~17번 배당, 즉 전체 수익의 8분의 1 내지 17분의 1을 받는 것이 보통이었다. 일등항해사가 20번 배당, 이등항해사가 45번 배당, 삼등항해사가 60번 배당, 키잡이가 80~120번 배당, 평선원이 120~150번 배당, 신참은 '긴 순번'에 해당하는 160~200번 배당이 시세였다.

요도에 따라 책정된다. 나는 고래잡이에서는 풋내기에 불과하니까 배당이 별로 많지 않으리라는 것도 알고 있었다. 내가 그래도 바다에는 익숙하여 키를 잡을 수도 있고 밧줄을 이을 수도 있다는 점을 고려하면, 내가 들은 바로 미루어보건대 적어도 275번 배당은 받을 수 있을 거라고 기대했다. 항해의 실제 수익금이 얼마나 될지는 모르지만, 그 수익금의 275분의 1을 내 몫으로 받는다는 뜻이다. 275번 배당은 '긴 순번'에 속했지만, 그래도 없는 것보다는 나았다. 재수가 좋으면 배에서 입을 옷값 정도는 얼추 치를 수 있을 것이고, 3년 동안 배에서 스테이크를 먹고 잠을 자도 그 숙식비를 한 푼도 낼 필요가 없는 것은 말할 나위도 없다.

이것이 큰 재산을 모으는 방법으로는 너무 한심하다고 생각할지 모른다. 사실 한심하기 짝이 없는 방법이긴 하다. 하지만 나는 큰 재산을 모으려고 안달하는 사람도 아니고, 음식과 잠자리만 제공해준다면 '벼락 구름'이라는 무시무시한 간판이 내걸린 여관에라도 얼마든지 들어갈 것이다. 대체로 275분의 1 배당이면 적당하겠지만, 내가 체격도 건장하고 힘도 센 만큼 200분의 1 배당을 제의받더라도 놀라지는 않겠다고 생각했다.

하지만 후한 배당을 받을 가능성에 대해서는 한 가닥의 불안이 있었다. 펠레그 선장과 그의 친구인 빌대드 선장에 관한 소문을 육지에서 들었는데, 이들 두 사람은 '피쿼드'호의 대주주이기 때문에, 여기저기 흩어져 있는 다른 소주주들은 '피쿼드'호의 관리를 두 사람에게 거의 일임하고 있다는 것이다. 그리고 선원을 채용하는 문제에 대해서는 인색한 빌대드 영감이 강력한 발언권을 가지고 있을지 모른다. 지금 그가 '피쿼드'호의 선장실에서 마치 자기 집 난롯가에 앉아 있는 것처럼 느긋하게 성경을 읽고 있는 것을 보니 더욱 그런 생각이 들었다. 지금 펠레그가 헛수고를 거듭하면서 주머니칼로 펜을 고치려고 애쓰는 동안, 빌대드는 이 일에 적지 않은 책임을 가지고 있음에도 불구하고 우리에게는 전혀 관심을 두지 않은 채 성경 구절만 읊조리고 있었다. "'너희는 스스로를 위하여 재물을 땅에 쌓아두지 말아라. 땅에서는 좀이 먹고 녹이 슬어서……."[119]

"여보게, 빌대드." 펠레그가 그를 가로막았다. "이 젊은이한테 배당을 얼마나 줄까?"

"그건 자네가 제일 잘 알겠지." 이것이 빌대드의 음울한 대답이었다. "777번이면 너무 많지는 않겠지? '……쌓아두어라…….'"

쌓아두라니,[120] 말도 잘한다. 그것도 777번 배당을? 아하, 알겠다. 내게도, 이 땅에 배당을 쌓아두면 좀먹고 녹슬어 망가지니까 하늘에 쌓아두란 얘기군. 하기야 777이라고 하면 꽤 큰 숫자니까, 뭍의 풋내기라면 쉽게 속일 수 있을지 모르지. 그러나 조금만 생각해보면 금방 알 수 있는 일이지. 777은 아주 큰 숫자 같지만, 거기에 '번'을 붙이면 파딩[121] 한 닢의 777분의 1이 도블론 777닢보다 훨씬 적다는 것을 말이야. 그때 나는 이런 생각을 하고 있었다.

"눈이 삐었군, 빌대드." 펠레그가 외쳤다. "이 젊은이를 속이려는 건 아니겠지? 좀 더 줘야 해."

"777번!" 빌대드는 눈도 들지 않고 그렇게 되풀이하고는 다시 성경 구절을 중얼거렸다. "'너희의 재물이 있는 곳에 너희의 마음도 있다…….'"

"나는 300번으로 결정할까 하는데……" 펠레그가 말했다. "내 말 들었나, 빌대드? 300번이야!"

빌대드는 성경책을 내려놓고 진지하게 그를 돌아보며 말했다.

"펠레그 선장, 자네 마음이 너그러운 건 잘 알지만, 이 배의 다른 선주들에 대한 의무도 생각하지 않으면 안 되네. 과부와 고아들, 그 밖에 많은 사람들 말일세. 만약에 우리가 이 젊은이의 노고에 너무 많은 보상을 준

119　"…망가지며, 도둑들이 뚫고 들어와 훔쳐간다. 그러니 너희 재물을 하늘에 쌓아두어라. 하늘에는 좀이 먹거나 녹이 슬어서 망가지는 일이 없고, 도둑들이 뚫고 들어와 훔쳐가지도 못한다. 너희의 재물이 있는 곳에 너희의 마음도 있다."(「마태복음」 6장 19~21절)

120　'쌓아두다'는 영어로 'lay'인데, '배당'이라는 단어와 같다.

121　영국의 옛 동전. 4분의 1페니. 도블론: 스페인제국(스페인 본국 및 스페인령 아메리카)의 금화.

다면 그 과부와 고아들한테 줘야 할 빵을 빼앗는 셈이 되잖겠나. 배당은 777번일세, 펠레그 선장."

"이봐, 빌대드!" 펠레그는 으르렁거리듯 말하고는 벌떡 일어나 선장실을 쿵쿵거리며 돌아다녔다. "빌대드! 이런 문제에서 일일이 자네 말에 따랐다면 내 양심은 지금까지 혼곶을 지난 아무리 큰 배라도 침몰시킬 만큼 무거워져서 질질 끌고 다녀야 할 거야."

"펠레그 선장." 빌대드는 차분하게 말했다. "자네 양심의 깊이가 열 자인지 열 길인지는 모르지만, 자네는 아직도 뉘우치지 않는 완고한 사람이니까, 자네 양심이 구멍 난 배처럼 새지나 않을까, 그래서 결국 가라앉아 자네를 지옥의 불구덩이에 떨어뜨리지나 않을까, 정말로 걱정일세, 펠레그 선장."

"지옥의 불구덩이? 지옥의 불구덩이라고! 나를 모욕할 셈이군. 도저히 참을 수 없어. 나를 모욕하다니. 남에게 지옥에 떨어지라고 말하는 자야말로 지옥감이지. 제기랄. 빌대드, 다시 한번 말해봐. 울화통이 터져버릴 테니. 난, 그래 나는 살아 있는 염소 한 마리를 털도 뽑지 않고 뿔도 달린 채 통째로 삼켜버릴 거야. 여기서 나가. 거드름만 피우는 나무막대 같은 놈 같으니. 당장 꺼져!"

펠레그는 이렇게 외치면서 빌대드를 향해 덤벼들었는데, 이때 빌대드는 놀랄 만큼 민첩하게 몸을 피하더니 미끄러지듯 옆으로 빠져나갔다.

이 배의 대주주이자 책임자인 두 사람 사이에 이렇듯 험악한 싸움이 벌어지는 것을 보고 놀란 나는, 그렇게 괴상한 사람들이 소유하고 있는, 게다가 일시적이나마 지휘를 맡고 있는 배에 타는 것을 아예 포기할까 생각하면서, 빌대드가 밖으로 나갈 수 있도록 문에서 옆으로 비켜섰다. 빌대드가 펠레그의 분노 앞에서 빨리 사라지고 싶을 거라고 생각했기 때문이다. 그런데 놀랍게도 그는 다시 선미판에 조용히 앉았고, 달아날 생각은 털끝만큼도 없어 보였다. 완고한 펠레그와 그의 행동방식에는 완전히 익숙해져 있는 듯했다. 펠레그는 그렇게 분노를 터뜨리고 나자 더 이상 남아 있는 분노가 없는 듯 순한 새끼양처럼 다시 자리에 앉았지만, 아직도 흥분이 가시지 않은 듯 가벼운 경련을 일으키고 있었다.

"휴우!" 마침내 그가 휘파람 같은 소리를 냈다. "돌풍은 바람이 불어가는 쪽으로 가버린 것 같군. 빌대드, 자넨 창을 가는 솜씨가 좋았지. 저 펜을 좀 수리해주게. 내 주머니칼은 숫돌에 갈아야 해. 고맙네, 고마워, 빌대드. 그런데 젊은이, 이름이 이슈메일[122]이라고 했던가? 그럼 여기 서명하게. 자넨 300번 배당이 적당하겠어."

"펠레그 선장님." 내가 말했다. "배를 타고 싶어 하는 친구가 있는데, 내일 데려와도 될까요?"

"물론이지." 펠레그가 말했다. "데려오게. 만나볼 테니까."

"그 친구는 배당을 얼마나 원하지?" 빌대드가 다시 삼매경에 빠져 있던 성경에서 잠깐 고개를 들어 우리를 쳐다보면서 물었다.

"그건 신경 쓰지 말게, 빌대드." 펠레그가 말했다. 그리고 나를 돌아보며 물었다. "고래잡이 경험이 있는 사람인가?"

"셀 수도 없을 만큼 많은 고래를 죽였답니다."

"그럼 내일 꼭 데려오게."

나는 서류에 서명한 뒤 배를 떠났다. 이것으로 오전 일은 잘 처리되었으며, '피쿼드'호야말로 퀴퀘그와 나를 혼곶 너머로 데려가기 위해 요조가 마련해둔 배라고, 나는 믿어 의심치 않았다.

그런데 얼마쯤 걷다가 보니 문득, 이번에 함께 항해할 선장을 아직 만나지 못했다는 생각이 들었다. 하지만 대개의 경우 포경선 선장은 항해에 필요한 준비가 다 끝나고 선원들 모두 승선한 뒤에야 마지막으로 나타나 지휘를 맡는다. 고래잡이 항해는 오래 걸리는 경우가 많고, 이따금 귀항해도 항구에서 머무는 기간이 무척 짧기 때문에, 선장에게 가족이 있거나

---

[122] 이슈메일이 남에게 '이슈메일'이라는 이름으로 불리는 유일한 경우다.

혹은 그와 비슷하게 마음을 끄는 관심사가 있으면 정박 중인 배에 대해서는 별로 관여하지 않고 항해 준비가 모두 끝날 때까지 배를 선주들에게 맡겨둔다. 하지만 일단 배를 타고 나면 돌이킬 수 없게 되므로, 그렇게 되기 전에 선장을 미리 보아두는 게 좋을 것 같았다. 그래서 나는 되돌아가서 펠레그 선장에게 어디 가면 에이해브 선장을 만날 수 있느냐고 물었다.

"에이해브 선장은 왜 찾나? 걱정할 것 없어. 자네는 확실하게 선원으로 채용되었으니까."

"그건 그렇지만, 어쨌든 만나 뵙고 싶습니다."

"지금은 만날 수 없을 걸세. 무슨 일인지는 나도 정확히 모르지만, 선장은 집에 틀어박혀 있다네. 일종의 병인데, 아픈 것처럼 보이진 않아. 사실 병에 걸린 건 아니지만, 그렇다고 건강하지도 않지. 어쨌든 선장은 나하고도 만나려 하지 않으니까 자네도 만나주지 않을 걸세. 에이해브 선장을 괴짜라고 생각하는 사람도 있지만, 선장은 좋은 사람이야. 자네도 아마 좋아하게 될 거야. 걱정하지 말게. 괜찮아. 에이해브 선장은 위엄 있고, 신앙심은 없지만 신 같은 사람이지. 말수는 적지만, 그가 말할 때는 귀담아 듣는 게 좋아. 조심하게. 미리 주의를 주는 거니까. 에이해브는 평범한 사람이 아니야. 대학물도 먹었고 식인종과 어울린 적도 있어. 파도보다 더 깊은 경이에도 익숙해져 있지. 고래보다 더 힘세고 무서운 적들에게 불같은 작살을 꽂은 적도 있다네. 그의 작살은 우리 섬 전체에서 가장 날카롭고 확실하지! 빌대드 선장과는 달라. 물론 펠레그 선장도 아니지. 그야말로 에이해브 선장이라고 할 수 있지. 알고 있겠지만 옛날의 에이해브[123]는 왕이었어!"

"게다가 아주 못된 왕이었죠. 그 사악한 왕이 살해되었을 때 개들이 그의 피를 핥지 않았나요?"

"가까이 오게. 이리 와." 펠레그가 말했다. 그의 의미심장한 눈빛이 나

---

123 성서에 나오는 이스라엘 왕 아합을 말한다.

모비 딕

를 놀라게 했다. "조심하게, 젊은이. '피쿼드'호에 타고 있을 때는 절대로 그런 소리를 하지 말게. 아니, 어디에서도 그런 말은 하지 말게. 그 이름은 에이해브 자신이 지은 게 아니라네. 미친 과부였던 그의 모친이 어리석고 무지한 변덕으로 지은 이름이지. 그 모친은 에이해브가 태어난 지 겨우 열두 달 만에 세상을 떠났어. 하지만 게이헤드[124]에 사는 티스티그라는 인디언 노파는 이름이 운명을 예언해준다고 말했지. 아니, 그 할망구 말고도 그런 말을 하는 무지렁이가 많은 모양이야. 미리 말해두네만 그건 다 거짓말이야. 오래전에 동료 선원으로 같이 일한 적도 있어서 에이해브 선장을 잘 아는데, 좋은 분이야. 빌대드처럼 독실하면서 좋은 사람이 아니라, 나처럼 욕쟁이지만 좋은 사람이지. 우리보다 훨씬 큰 사람이야. 그래, 그래. 그가 언제나 우울한 얼굴을 하고 있다는 것도, 지난번 귀향했을 때 한동안 좀 미쳐 있었다는 것도 사실이야. 하지만 그건 다리 때문이었다는 것, 잘린 다리의 통증 때문에 정신이 나갔다는 건 누구나 알고 있지. 지난번 항해에서 그 저주받은 고래한테 다리를 잃은 뒤로는 걸핏하면 화를 내고, 때로는 난폭해지기도 했지. 하지만 시간이 흐르면 차츰 괜찮아질 거야. 분명히 말하지만, 싱글벙글하는 나쁜 선장보다는 침울하지만 좋은 선장과 함께 항해하는 게 훨씬 나아. 에이해브가 사악한 이름을 가지고 있다고 해서 그를 나쁘게 생각지는 말게. 게다가 그에겐 아내가 있다네. 상냥하고 순종적인 여자지. 결혼한 뒤 그가 항해에 나간 건 세 번밖에 안 돼. 그 노인네가 그 상냥한 여자한테서 자식을 얻었어. 생각해보게. 그런데도 에이해브가 구제할 길 없는 악한 늙은이라고 무작정 말할 수 있겠나? 아니, 아니야. 에이해브는 고통에 시달려 망가졌을지는 몰라도, 나름대로 인정이 있는 사람이라네!"

그곳을 떠나면서 나는 깊은 생각에 잠겼다. 에이해브 선장에 대해 내가 우연히 알게 된 사실들 때문에 내 마음은 막연한 아픔으로 가득 찼다. 그

---

[124] 매사추세츠주 앞바다의 비니어드섬 서쪽 끝에 있는 곳.

때 나는 그에게 연민과 슬픔을 느꼈지만, 그가 다리 하나를 무참하게 잃었기 때문이 아니라면 무엇 때문에 내가 그런 감정을 느꼈는지는 알 수 없다. 하지만 나는 그에게 야릇한 경외감도 느꼈다. 잘 설명할 수는 없지만, 그런 종류의 경외감은 엄밀히 말하면 결코 경외감이 아니었다. 그게 무엇이었는지 나는 모른다. 하지만 나는 그것을 느꼈고, 그 때문에 그가 싫어지지는 않았다. 나는 그의 수수께끼 같은 면에 조바심을 느꼈지만, 당시 내가 그에 대해 알고 있는 것은 너무 불완전했다. 하지만 내 생각이 드디어 다른 방향으로 나아갔기 때문에 우울한 에이해브 선장은 당분간 내 마음에서 빠져나갔다.

{ 제 17 장 }

라마단

퀴퀘그의 라마단, 즉 금식과 참회의 고행은 온종일 계속될 예정이었으므로, 나는 밤이 올 때까지 그를 방해하지 않기로 했다. 나는 모든 사람의 종교적 의무를 최대한 존중하기 때문이다. 그것이 아무리 우스꽝스러워도 상관하지 않고, 독버섯을 경배하는 개미 떼조차 충분히 존중해준다. 우리 지구의 일부 지역에 사는 사람들이 다른 행성에서는 전례를 찾아볼 수 없는 노예근성에 사로잡혀, 이미 세상을 떠난 지주의 이름으로 여전히 방대한 토지가 소유되고 임대된다는 이유만으로 그 지주의 흉상 앞에 머리를 조아려도, 나는 그들을 경멸할 생각이 조금도 없다.

우리 선량한 장로파 기독교도들은 이런 일에 너그러워야 하고, 이교도든 아니든 다른 사람들이 이 문제에 대해 미치광이 같은 생각을 갖고 있다고 해서 우리가 그들보다 훨씬 뛰어나다고 생각해서는 안 된다. 퀴퀘그는 요조와 라마단에 대해 터무니없는 생각을 품고 있는 것이 분명하지만,

그래서 그게 어쨌단 말인가? 퀴퀘그는 자기가 하고 있는 일을 잘 안다고 생각했을 것이다. 그는 만족스러워 보였다. 그렇다면 마음대로 하게 내버려두자. 우리가 아무리 그와 논쟁을 벌여도 소용없을 것이다. 그를 그냥 내버려두자. 하느님, 장로파건 이교도건, 우리 모두에게 자비를 베푸소서. 왜냐하면 우리는 모두 머리가 끔찍하게 손상되어 있어서 수리할 필요가 있기 때문입니다.

저녁 무렵 퀴퀘그의 수행과 의식이 모두 끝났을 거라는 생각이 들자 나는 방으로 올라가서 문을 두드렸다. 하지만 대답이 없었다. 나는 문을 열려고 해보았지만 안에서 잠겨 있었다. "퀴퀘그." 나는 열쇠 구멍으로 나직하게 불러보았다. 아무 소리도 나지 않았다. "퀴퀘그! 왜 대답이 없어? 나야, 이슈메일이라고." 하지만 여전히 조용했다. 나는 불안해지기 시작했다. 나는 퀴퀘그에게 충분한 시간을 주었다. 그동안 졸도한 것은 아닐까 하는 생각이 들었다. 나는 열쇠 구멍으로 안을 들여다보았지만, 출입문이 방 한쪽 구석에 있어서 열쇠 구멍으로는 일그러지고 불길한 광경만 보일 뿐이었다. 내가 볼 수 있었던 것은 침대의 발판 일부와 벽의 줄무늬 하나뿐이었다. 그런데 퀴퀘그의 작살이 벽에 세워져 있는 것을 보고 나는 깜짝 놀랐다. 어젯밤 우리가 방으로 올라오기 전에 작살을 여관 여주인에게 맡겨두었기 때문이다. 이상한 일이라고 생각했다. 하지만 어쨌든 작살은 거기에 세워져 있었고, 퀴퀘그가 작살을 가지지 않고 외출하는 일은 거의 없으니까, 그는 지금 방 안에 있는 게 분명했다.

"퀴퀘그! 퀴퀘그!" 여전히 조용했다. 무슨 일이 일어난 게 분명했다. 졸도한 게 아닐까? 나는 문에 몸을 부딪쳐 열려고 했지만 문은 완강하게 저항했다. 나는 계단을 뛰어 내려가 처음 만난 여관 하녀에게 내가 생각하는 바를 재빨리 설명했다. "어머나!" 하녀가 외쳤다. "저도 이상하다고 생각했어요. 아침식사가 끝나고 침대를 치우러 갔는데 문이 잠겨 있는 거예요. 아무 소리도 안 들렸고, 그때부터 줄곧 쥐 죽은 듯 조용했어요. 그래서 손님 두 분 다 외출하신 줄 알았죠. 그리고 방에 둔 짐을 도둑맞지 않으려고 문을 잠갔나 보다고 생각했어요. 어머나! 이를 어째! 마님! 마님! 살인이에요! 허시 마님! 졸도예요!" 이렇게 외치면서 하녀는 부엌으로 달려갔고, 나도 뒤따라갔다.

허시 부인은 곧 나타났다. 한 손에는 겨자병을, 다른 손에는 식초병을 들고 있었다. 양념통을 정리하면서 검둥이 소년을 나무라다가 나온 모양이었다.

"나뭇간!" 내가 외쳤다. "어느 쪽입니까? 빨리 가서 문을 부숴야 해요. 도끼! 도끼를! 퀴퀘그가 졸도해서 쓰러졌어요! 틀림없어요!" 나는 외치면서 허둥지둥 다시 계단을 뛰어 올라가려고 했다. 그때 겨자병과 식초병을 든 허시 부인이 나타나 내 앞을 가로막았다. 양념을 뒤범벅한 듯한 표정이었다.

"젊은이, 대관절 무슨 일이에요?"

"도끼를 부탁해요! 제발 의사를 불러다 주세요. 그동안 내가 문을 부숴 열 테니까!"

"이봐요." 여주인은 한 손을 자유롭게 놀리기 위해 식초병을 재빨리 내려놓으면서 말했다. "우리 집 문을 억지로 열겠단 거예요?" 이렇게 말하면서 여주인은 내 팔을 움켜잡았다. "무슨 일인데 그래요? 대관절 무슨 일이냐고요?"

나는 침착하면서도 최대한 재빨리 사정을 설명했다. 여주인은 저도 모르게 겨자병으로 콧구멍 한쪽을 톡톡 두드리면서 잠시 생각하다가 외쳤다. "아니! 나는 그걸 저기 넣어둔 뒤로는 본 적이 없어." 여주인은 층계참 밑에 있는 작은 벽장으로 달려가 그 안을 들여다보고 돌아와서는 퀴퀘그의 작살이 사라졌다고 말했다. "자살했네. 불행한 스티그스처럼 자살한 거야. 이불만 또 한 장 버렸군. 아이고 하느님, 고인의 불쌍한 어미에게 자비를 베푸소서. 우리 집은 이제 망할 거야. 그 가엾은 놈에게 여동생이 있

모비 딕

을까? 어디 살지? 야, 베티야, 칠장이 스날스한테 가서 간판 하나만 써달라고 해라. '여기서는 자살 금지, 휴게실에서는 흡연 금지'라고. 자살이라니? 하느님, 죽은 이의 영혼에 자비를 베푸소서! 근데 저 소리는 뭐지? 여봐 젊은이, 잠깐만!"

여주인은 나를 뒤따라 계단을 뛰어 올라와서, 문을 억지로 열려고 애쓰는 나를 또다시 붙잡았다.

"문을 부수면 안 돼요. 내 집을 망가뜨리면 가만두지 않겠어. 가서 열쇠공을 불러와. 여기서 1킬로미터쯤 가면 있으니까. 아니, 잠깐만!" 여주인은 옆주머니에 손을 집어넣으면서 말했다. "여기 열쇠가 하나 있는데, 이 문에 맞을지도 몰라. 어디 보자." 그러면서 여주인은 열쇠를 자물쇠에 집어넣고 돌렸다. 하지만 퀴퀘그가 안에서 걸어놓은 보조빗장이 빠지지 않았다.

"문을 부수는 수밖에 없어요." 내가 말하고는 도움닫기를 위해 문에서 조금 떨어진 곳으로 달려가려고 하자 여주인이 또다시 나를 붙잡고는 집을 부수면 안 된다고 야단을 떨었다. 하지만 나는 여주인을 뿌리치고 문으로 달려가서 표적을 향해 내 몸을 통째로 내던졌다.

요란한 소리와 함께 문이 열리고, 문손잡이가 벽에 쾅 소리를 내며 부딪혔다. 횟가루가 천장까지 날아올랐다. 세상에 이럴 수가! 그곳에는 퀴퀘그가 아주 태연하고 침착하게 앉아 있었다. 방 한복판에 엉덩이를 깔고 앉은 채 요조를 머리 위에 올려놓고 있었다. 그는 눈동자를 좌우로 움직이는 일도 없이, 생명의 기색조차 전혀 없는 조각상처럼 앉아 있었다.

"퀴퀘그! 도대체 무슨 일이야?" 내가 다가가면서 말했다.

"설마 온종일 저렇게 앉아 있지는 않았겠지?" 여주인이 말했다.

하지만 우리가 무슨 말을 해도 그의 입에서는 한마디 말도 끌어낼 수 없었다. 그를 떠밀어서라도 그의 자세를 바꿔주고 싶을 정도였다. 그의 자세는 거의 참을 수 없을 만큼 고통스럽고 부자연스럽고 어색해 보였기 때문이다. 더구나 그는 여느 때처럼 세 끼 식사도 하지 않고 여덟 시간, 아니 열 시간 이상이나 그렇게 앉아 있었을 것이다.

"아주머니." 내가 말했다. "어쨌든 살아 있군요. 그러니까 죄송하지만 이제 가보세요. 여기 일은 내가 처리할 테니까요."

나는 여주인의 코앞에서 문을 닫고 퀴퀘그를 설득하여 의자에 앉히려고 애썼지만 소용이 없었다. 그는 계속 거기에 앉아 있었다. 내가 할 수 있는 일은 다 해보았지만—다정하게 구슬리기도 하고 달콤하게 알랑거리기도 했지만—그는 꿈쩍도 하지 않았고, 말 한마디도 하지 않았고, 나를 쳐다보려고 하지도 않았고, 내 존재를 알아차린 기색조차 보이지 않았다.

이것도 라마단 의식의 일부인지 궁금했다. 그가 태어난 섬에서는 사람들이 저렇게 엉덩이를 깔고 앉아서 금식할까. 그래, 그게 틀림없어. 이건 교리의 일부가 분명해. 그렇다면 내버려두자. 조만간 일어날 거야. 틀림없어. 저 자세를 영원히 지속할 수는 없어. 잘된 일이지. 게다가 퀴퀘그의 라마단은 1년에 한 번밖에 오지 않아. 그리고 별로 규칙적으로 오지도 않을 거야.

나는 저녁을 먹으러 아래층으로 내려갔다. 방금 '플럼푸딩 항해'[125]에서 돌아온 뱃사람들의 장광설을 들으며 앉아 있다가 거의 11시가 되었기에, 지금쯤은 퀴퀘그가 라마단을 끝냈을 거라고 생각하면서 잠자리에 들려고 계단을 올라갔다. 그런데 아니었다. 그는 아까 내가 보았던 바로 그 자리에 앉아 있었고, 한 치의 움직임도 없었다. 나는 화가 나기 시작했다. 하루 낮과 밤의 절반을, 나무토막을 머리 위에 올려놓은 채 추운 방에서 엉덩이를 깔고 앉아 있는 것은 너무나 어리석고 정신 나간 짓으로 보였기 때문이다.

"퀴퀘그, 제발 일어나서 좀 움직여봐. 이제 그만 일어나서 저녁을 먹어야지. 이러다가 굶어 죽겠어. 이건 자살 행위야, 퀴퀘그." 하지만 그는 한마디도 대꾸하지 않았다.

그래서 나는 단념하고, 침대에 누워서 자기로 마음먹었다. 그러면 오래지 않아 퀴퀘그도 분명 잠자리에 들 거라고 생각했다. 하지만 몹시 추운 밤이 될 것 같아서 나는 잠자리에 들기 전에 곰털가죽으로 지은 내 재킷을 가져와서 퀴퀘그의 어깨에 걸쳐주었다. 퀴퀘그는 평소에 입는 얄팍한 상의만 입고 있었기 때문이다. 한동안 아무리 애를 써도 잠을 이룰 수가 없었다. 나는 촛불을 불어서 껐다. 1미터도 떨어지지 않은 추위와 어둠 속에 혼자 그 불편한 자세로 앉아 있는 퀴퀘그를 생각하기만 해도 나는 정말로 괴로워졌다. 생각해보라. 이 따분하고 괴상한 라마단 기간에 완전히 깨어 있는 이교도와 한방에서 밤새도록 잠을 자야 하다니!

하지만 나는 어떻게든 드디어 잠이 들었고, 동이 틀 때까지 아무것도 모르고 잤다. 그런데 새벽녘에 침대 옆을 보니 퀴퀘그가 마룻바닥에 못으로 박히기라도 한 것처럼 쪼그리고 앉아 있었다. 하지만 첫 새벽빛이 창문으로 들어오자마자 그는 일어났다. 무릎 관절은 뻣뻣하게 굳어서 삐걱거리는 소리를 냈지만 그래도 표정은 밝았다. 그는 침대에 누워 있는 내 쪽으로 절뚝거리며 다가오더니, 또다시 내 이마에 제 이마를 비벼대며 라마단이 끝났다고 말했다.

앞에서도 말했듯이 나는 누가 어떤 종교를 믿든, 자신과 다른 종교를 믿는다는 이유로 남을 죽이거나 모욕하지 않는 한, 그 사람의 종교에 대해 어떤 이의도 제기하지 않는다. 하지만 어떤 사람의 종교가 정말로 광기가 되어 그 사람에게 명백한 고통이 되면, 그리하여 결국 우리의 이 지구를 살기 힘든 곳으로 만들어버리면, 그 개인을 구석으로 데려가서 문제점을 따질 때가 되었다고 생각한다.

나는 지금 퀴퀘그에게 그렇게 했다. "퀴퀘그, 이젠 침대에 들어와 누워서 내가 하는 말 잘 들어." 이어서 나는 원시 종교의 발생과 발전 과정에서 시작하여 현재의 다양한 종교에 이르기까지 종교 문제에 대해 언급하

125 스쿠너나 브리그 같은 소형 배를 타고 대서양의 적도 이북에서만 고래잡이를 하는 단기간의 포경 항해.

면서, 사순절과 라마단, 그리고 춥고 우울한 방에서 오랫동안 바닥에 앉아 있는 것은 더없이 무의미하고 터무니없는 짓이라는 것, 그것은 건강에도 나쁘고 영혼에도 무익하고, 요컨대 명백한 위생 원칙과 상식에 어긋난다는 것을 퀴퀘그에게 설득하려고 애썼다. 아울러, 다른 일에서는 그렇게 분별 있고 현명한 퀴퀘그가 이 우스꽝스러운 라마단에 대해서는 지독히 어리석게 구는 것을 보니 마음이 몹시 아프다고 말했다. 게다가 금식을 하면 몸이 까라진다고, 따라서 정신도 까라지고, 금식에서 나온 생각은 모두 반쯤 굶주린 생각이 될 수밖에 없다고, 소화불량에 걸린 광신자들이 내세에 대해 그토록 우울한 생각을 품는 것도 그 때문이라고 나는 주장했다. 나는 본론에서 조금 벗어나서 퀴퀘그에게 말했다. 요컨대 지옥은 사과 푸딩을 먹고 소화불량에 걸린 자들에게서 생겨난 관념이며, 그 후 라마단 때문에 유전성 소화불량에 걸린 자들에 의해 영속화되었다고.

이어서 나는 퀴퀘그에게 소화불량으로 복통을 앓은 적이 있느냐고 물었다. 그가 이해할 수 있도록 소화불량이라는 관념을 아주 쉽고 분명하게 표현했다. 퀴퀘그는 없다고, 기억할 수 있는 경험은 딱 한 번뿐이라고 대답했다. 그 한 번의 경험은 아버지인 왕이 대규모 전투에서 얻은 전리품으로 큰 잔치를 베푼 뒤였는데, 그 전투에서는 오후 2시까지 적을 쉰 명이나 죽였고, 바로 그날 저녁에 모두 요리해 먹었다는 것이다.

"그만 됐어, 퀴퀘그." 나는 몸을 떨면서 말했다. 더 이상 듣지 않아도 결론을 알 수 있었기 때문이다. 나는 바로 그 섬을 방문한 적이 있는 선원을 만나서 들은 적이 있는데, 거기서는 대규모 전투에서 이기면 승자의 마당이나 정원에서 전사한 적들의 시체를 모조리 통구이하는 것이 관습이라고 했다. 그런 다음 하나씩 커다란 나무접시에 담고 빵나무 열매와 코코넛으로 필라프[126]처럼 주위를 장식하고 입에는 파슬리를 조금 넣어서, 크리스마스 때 칠면조를 선물하는 것처럼 승자의 인사말과 함께 모든 친구

---

126 쌀에 고기와 새우 등을 넣고 버터나 기름으로 볶음 다음 육수를 넣어 졸인 밥.

에게 보낸다는 것이다.

결국 나의 종교론은 퀴퀘그에게 별로 인상을 주지 못한 것 같다. 첫째, 그는 그 자신의 관점에서 생각지 않는 한, 그 중요한 문제에 대해 귀가 어두워지는 것 같았기 때문이다. 둘째, 그는 내 말을 기껏해야 3분의 1밖에 이해하지 못했기 때문에 나는 내 생각을 최대한 쉽고 단순하게 표현해야 했다. 끝으로 그는 진정한 종교에 대해 나보다 훨씬 많이 안다고 생각하는 게 분명했다. 그는 나처럼 분별 있는 젊은이가 이단적인 복음 신앙에 그토록 절망적으로 열중해 있는 것을 몹시 유감스럽게 생각하는 듯 생색을 내며 걱정과 연민이 섞인 눈으로 나를 바라보았다.

이윽고 우리는 일어나서 옷을 입었다. 퀴퀘그는 여주인이 그의 라마단 때문에 많은 이익을 얻지 못하도록, 아침식사로 온갖 종류의 차우더를 잔뜩 먹어댔다. 그러고 나서 우리는 밖으로 나와서 넙치 가시로 이를 쑤시며 '피쿼드'호 쪽으로 어슬렁어슬렁 걸어갔다.

{ 제18장 }

퀴퀘그의 표시

작살을 든 퀴퀘그와 함께 부둣가에 대어 있는 배 쪽으로 걸어가고 있을 때, 펠레그 선장이 갑판에 있는 천막 쪽에서 거친 목소리로 우리를 불렀다. 선장은 내 친구가 식인종일 줄은 전혀 몰랐다고 큰 소리로 말하고, 식인종은 미리 서류를 제출하지 않으면 배에 태울 수 없다고 말했다.

"그게 무슨 뜻입니까, 펠레그 선장님?" 나는 친구를 부두에 세워놓고 혼자 뱃전을 뛰어넘으면서 물었다.

"식인종은 서류를 제출해야 한다는 뜻일세." 펠레그 선장이 대답했다.

"그래." 빌대드 선장도 펠레그의 머리 뒤에서 천막 밖으로 머리를 내밀며 말했다. "식인종은 개종했다는 증거가 있어야 하네." 그러고는 퀴퀘그를 돌아보며 덧붙였다. "어둠의 아들아, 그대는 지금 어느 기독교회에 속해 있는가?"

"예, 저 친구는 제일회중교회[127] 교인입니다." 내가 말했다. 여기서 미리 말해두겠는데, 낸터컷에서 배를 타고 항해하는 문신한 야만인들은 대다수가 결국 기독교로 개종하게 마련이다.

"제일회중교회라고?" 빌대드가 외쳤다. "맙소사! 듀터로노미 콜먼 집사의 예배당에서 예배를 보는 교회 말인가?" 이렇게 말하면서 그는 안경을 꺼내 큼직한 노란색 손수건으로 안경알을 문질러 닦고는 아주 조심스럽게 안경을 쓴 다음, 천막에서 나와 뱃전 너머로 뻣뻣하게 몸을 내밀고 퀴퀘그를 오랫동안 찬찬히 살펴보았다.

"그곳 교인이 된 지 얼마나 됐나?" 그가 말하고는 나를 돌아보았다. "그리 오래되진 않은 것 같은데······."

"그럴 거야." 펠레그가 말했다. "게다가 정식 세례도 받지 않았어. 세례를 받았다면 얼굴에서 저 악마의 푸른빛이 조금은 씻겼을 테니까."

"말해보게." 빌대드가 외쳤다. "저 야만인은 듀터로노미 집사의 집회에 정기적으로 참석하나? 나는 주일마다 그 앞을 지나가지만 저자가 거기에 가는 것을 한 번도 못 봤어."

"저는 듀터로노미 집사나 그의 예배당에 대해서는 아무것도 모릅니다." 내가 말했다. "제가 아는 것은 이 친구가 태어날 때부터 제일회중교회 교인이었다는 것뿐입니다. 퀴퀘그 자신이 집사예요."

"젊은이." 빌대드가 엄한 목소리로 말했다. "나를 속일 작정인가? 자, 젊은 히타이트[128]여, 설명해보라. 어떤 교회를 말하는 건가? 대답해보게."

---

127 식민지 시대의 뉴잉글랜드에는 청교도 좌파인 회중파會衆派가 지배적이었고, 대부분의 도시와 마을에도 회중교회가 들어섰다. 신학적으로 칼뱅주의의 영향을 받은 회중교회는 미국의 정치와 사회사상 및 제도조직에 큰 영향을 미쳤다.

128 기원전 1700~1200년에 소아시아와 시리아 지역에서 번성했던 고대 민족.

상대가 나를 호되게 몰아댔기 때문에 나는 대답했다.

"저는 선장님과 저, 그리고 저기 계시는 펠레그 선장님과 여기 있는 퀴퀘그, 우리 모두, 모든 어머니의 아들과 우리의 영혼이 속해 있는 유서 깊은 교회를 말씀드리는 겁니다. 하느님을 경배하는 이 세계의 위대하고 영원한 제일회중교회 말입니다. 우리는 모두 거기에 속해 있지요. 다만 우리들 가운데 일부는 좀 별난 생각을 품고 있지만, 그래도 그 숭고한 믿음은 전혀 영향을 받지 않습니다. 그 점에서 우리는 모두 손을 맞잡고 있지요."

"밧줄을 꼬아 잇듯이 서로 손을 이어 잡고 있다는 뜻이겠지." 펠레그가 가까이 다가오면서 외쳤다. "젊은이, 자네는 선원보다 전도사로 배에 타는 게 좋겠어. 그보다 더 훌륭한 설교는 들어본 적이 없네. 듀터로노미 집사, 아니 매플 목사도 그보다 나은 설교를 하지 못할 거야. 그런데도 그 목사는 대단한 분으로 여겨지고 있지. 어서 배에 타게. 어서 타. 서류 따위는 걱정하지 말게. 저기, 이름이 뭐라고 했지? 퀴호그(대합조개)라고 했던가? 어쨌든 저 퀴호그한테 배로 올라오라고 말해주게. 와아! 정말 굉장한 작살을 갖고 있군! 아주 좋은 물건인 것 같아. 게다가 제대로 다루고 있어. 이보게, 퀴호그인지 뭔지 하는 녀석, 포경 보트의 뱃머리에 서본 적이 있나? 고래한테 작살을 박아본 적이 있나?"

퀴퀘그는 한마디도 하지 않고 그 특유의 거친 몸짓으로 뱃전 위로 뛰어오르더니, 다시 그곳에서 옆에 매달려 있는 포경 보트 뱃머리로 뛰어들었다. 그런 다음 왼쪽 무릎을 힘껏 버티고 작살을 던질 자세를 취하고는 이렇게 외쳤다.

"선장, 저기 물 위, 작고 검은 방울 같은 거, 보여? 녀석이 보여? 고래 한쪽 눈깔이야. 그럼 간다!" 그는 그쪽을 겨냥하여 작살을 던졌다. 작살은 빌대드 영감의 넓은 모자챙 바로 위를 지나 배의 갑판을 가로지르더니, 반짝이는 검은 방울에 명중했다. 방울은 시야에서 사라졌다.

"봐! 저게 고래 눈깔이라면. 저 고래 죽었어." 퀴퀘그는 작살에 매달린 줄을 조용히 끌어당기면서 말했다.

"서두르게, 빌대드." 펠레그가 동료에게 말했다. 빌대드는 작살이 바로 머리 위를 날아갔기 때문에 질겁해서 선장실로 통하는 현문 쪽으로 물러나 있었다. "빨리 가서 계약서를 가져오라니까. 저 헤지호그(고슴도치), 아니 퀴호그를 반드시 우리 배에 태워야 해. 이보게 퀴호그, 자네한테 90번 배당을 주겠네. 낸터컷 출신 작살잡이 가운데 이렇게 많은 배당을 받은 사람은 자네가 처음이야."

그래서 우리는 선장실로 내려갔고, 다행히도 퀴퀘그는 곧 내가 탈 배의 선원으로 등록되었다.

절차가 모두 끝나고 서명할 준비가 갖추어지자 펠레그는 나를 돌아보며 말했다.

"저 퀴호그는 글을 쓸 줄 모르지? 이봐, 퀴호그! 이름을 쓸 텐가 표시를 할 텐가?"

하지만 지금까지 두세 번 비슷한 의식에 참여해본 적이 있는 퀴퀘그는 이 질문에 전혀 당황한 표정을 짓지 않고, 펠레그 선장이 내민 펜을 쥐고는 계약서의 정해진 곳에다 자신의 팔에 문신되어 있는 괴상한 모양을 똑같이 그려놓았다. 그래서 그의 서명은 펠레그 선장이 고집스럽게 잘못 부르는 이름과 함께 대략 다음과 같은 것이 되었다.

퀴호그

X

퀴퀘그가 서명을 하고 있는 동안 빌대드 선장은 진지한 표정으로 퀴퀘그를 지그시 바라보며 앉아 있다가 이윽고 엄숙한 얼굴로 일어나더니, 옷자락이 넓은 담갈색 상의 주머니를 뒤져서 한 뭉치의 책자를 꺼내어, 그

중에서 「최후의 심판일이 다가오고 있다. 낭비할 시간이 없다」는 제목의 책자를 골라 퀴퀘그의 손에 쥐여주고 나서, 두 손으로 퀴퀘그의 두 손과 책자를 함께 감싸 쥐고는 퀴퀘그의 눈을 진지하게 들여다보면서 말했다.

"어둠의 아들아, 나는 그대에 대한 의무를 다하지 않으면 안 된다. 나는 이 배의 공동 선주로서 이 배에 타는 모든 선원의 영혼에 대해 소홀히 해서는 안 된다. 나는 그대가 아직도 그 사교에 집착하고 있는 게 아닐까 심히 우려하고 있는바, 만약 그렇다면 언제까지나 베리알[129]의 종으로 남아 있지 않기를 간곡히 부탁하노라. 우상 바알[130]과 사악한 용을 물리치고, 다가올 하느님의 노여움을 피하라. 눈을 조심하라. 오! 주님의 은총에 힘입어 지옥의 불구덩이에서 벗어날지어다!"

성서의 구절과 일상의 구절이 이질적으로 뒤섞인 빌대드 영감의 말 속에는 아직도 바다의 소금기가 얼마간 남아 있었다.

"그만해, 빌대드. 우리 작살잡이를 그만 괴롭히라고." 펠레그가 외쳤다. "경건한 작살잡이는 절대로 훌륭한 뱃사람이 될 수 없어. 독실한 신앙은 작살잡이한테서 상어 같은 흉포성을 없애버리지. 흉포하지 않은 작살잡이는 한 푼의 가치도 없어. 냇 스웨인이라는 젊은이는 한때 낸터컷과 비니어드 전체에서 가장 용감한 작살잡이였는데, 예배에 참석한 뒤로는 좋은 결과를 얻지 못했지. 그 빌어먹을 영혼을 너무 걱정한 나머지 고래를 보면 피하게 된 거야. 보트에 구멍이 나서 물고기 밥이 되지나 않을까 두려웠던 거지."

"펠레그! 펠레그!" 빌대드가 두 눈과 두 손을 쳐들었다. "나처럼 자네도 위험한 꼴을 많이 겪었지. 죽음의 공포를 맛보는 게 어떤 건지 자네도 잘 알잖나. 그런데 어떻게 하느님을 두려워하지 않는 것처럼 그런 소리를 지껄일 수 있나? 자네는 마음을 속이고 있어. 펠레그, 말해보게. 이 '피

---

129 구약성서에서 타락 천사의 하나였으나 신약성서에서 악마와 동일시되었다.
130 고대의 동방 여러 나라에서 숭배된 최고신.

쿼드'호가 일본 앞바다에서 태풍을 만나 돛대 세 개가 부러져 바닷속으로 떨어져 나갔을 때, 에이해브 선장과 함께 항해했을 때인데, 그때 자네는 죽음과 심판을 생각하지 않았단 말인가?"

"들어보게, 들어봐." 펠레그는 두 손을 주머니 속에 깊이 찔러 넣고 선장실을 오락가락하면서 외쳤다. "저 작자가 하는 말 좀 들어봐. 그리고 생각해봐! 그때 우린 배가 당장이라도 가라앉을 거라고 생각했어! 그런데 죽음과 심판이 뭐 어쨌다고? 돛대 세 개가 모두 뱃전에 부딪혀 끊임없이 요란한 소리를 내고 사방에서 파도가 밀려와 부서지는데, 그런 와중에 죽음과 심판을 생각하라고? 그때 에이해브 선장과 내가 생각한 것은 죽음이 아니라 삶이었어. 어떻게 하면 선원들을 모두 구할 수 있을까. 어떻게 하면 임시 돛대를 세울 수 있을까. 어떻게 하면 가장 가까운 항구로 갈 수 있을까? 그것만 생각했단 말이야."

빌대드는 더 이상 아무 말도 하지 않고 외투 단추를 채우고는 갑판으로 나갔다. 우리도 그를 따라갔다. 그는 갑판에 서서 앞돛대의 돛을 고치고 있는 수선공들을 조용히 바라보았다. 이따금 그는 허리를 구부려, 그가 줍지 않으면 쓰레기로 버려졌을지도 모르는 헝겊 조각이나 타르 칠한 노끈 지스러기를 집어 들었다.

{   제19장   }

예언자

"이보게 친구들, 저 배에 타고 있었나?"

퀴퀘그와 내가 '피쿼드'호에서 내려 각자 생각에 잠긴 채 어슬렁거리며 해변에서 멀어져가고 있을 때, 웬 낯선 사내가 우리 앞을 가로막더니 방금 떠나온 배를 굵은 집게손가락으로 가리키며 물었다. 색이 바랜 재킷과

누덕누덕 기운 바지를 허름하게 입고 있었고, 목에는 넝마처럼 너덜너덜한 검은 손수건을 감고 있었다. 마맛자국이 얼굴 전체에 사방으로 흘러, 세차게 흐르던 물이 말라버린 뒤의 강바닥처럼 복잡한 이랑 무늬를 얼굴에 남겼다.

"저 배에 타고 있었나?" 그가 다시 물었다.

"'피쿼드'호를 말하는 거요?" 나는 그를 찬찬히 바라볼 시간을 좀 더 얻으려고 애쓰면서 말했다.

"그래. 피쿼드. 저기 있는 저 배." 그는 팔 전체를 뒤로 끌어당겼다가 빠른 속도로 쑥 내밀면서, 집게손가락이 총검의 칼끝인 양 표적을 향해 똑바로 겨누었다.

"그렇소. 방금 계약에 서명하고 오는 길이오."

"거기서 영혼에 관한 계약은 없었나?"

"무엇에 관해서라고?"

"하긴 자네들이 무슨 영혼을 갖고 있겠나. 하지만 괜찮아. 영혼이 없는 자들도 많으니까. 차라리 없는 게 나을지도 모르지. 영혼이란 수레의 다섯 번째 바퀴와 같은 거니까."

"도대체 무슨 소리를 지껄이고 있는 거요?" 내가 물었다.

"하지만 '그 사람'은 충분히 갖고 있지. 다른 녀석들에게 부족한 것을 모두 벌충하고도 남을 만큼." 낯선 사내는 '그 사람'이라는 말에 특히 힘을 주면서 퉁명스럽게 말했다.

"퀴퀘그." 내가 말했다. "어서 가자. 이 녀석은 어딘가에서 탈출했나 봐. 우리가 모르는 일이나 사람에 대한 이야기만 늘어놓고 있어."

"잠깐만!" 낯선 사내가 외쳤다. "자네 말이 옳아. 자네는 아직 '벼락 영감'을 못 봤지?"

"'벼락 영감'이 누구요?" 그의 미친 듯 진지한 태도가 또다시 내 발목을 잡았다.

"누구긴? 에이해브 선장이지."

"'피쿼드'호의 선장 말이오?"

"그래. 우리처럼 늙은 뱃놈들 사이에선 그런 이름으로 통하고 있지. 아직 못 만나봤나?"

"그래요, 아직은. 몸이 안 좋다고 하던데, 차츰 좋아지고 있다니까 오래지 않아 완쾌되겠지요."

"오래지 않아 완쾌된다고?" 낯선 사내가 빈정거리듯 껄껄 웃었다. "이보게, 에이해브 선장이 완쾌되면, 그땐 나의 이 왼팔도 완쾌될 거야."

"그 사람에 대해 뭘 알고 있기라도 한가요?"

"그자들은 뭐라고 하던가? 좀 들어보고 싶군."

"뭐, 별다른 이야기는 없었소. 다만 훌륭한 고래 사냥꾼이고, 부하 선원들에게는 좋은 선장이라고 하더군요."

"그건 사실이야. 틀림없는 사실이지. 둘 다 맞는 말이야. 하지만 그가 명령을 내리면 즉각 행동에 나서야 할 거야. 나와서는 으르렁거리고, 으르렁거리고는 다시 들어가고—그게 바로 에이해브 선장이라네. 하지만 오래전에 혼곶 근처에서 에이해브 선장이 꼬박 사흘 동안 죽은 듯이 누워 있었을 때 일어난 일에 대해서는 아무 이야기도 못 들었겠지? 산타[131]에 있는 교회 제단 앞에서 스페인 사람과 죽기 살기로 싸운 이야기도 못 들었겠지? 역시 못 들은 모양이군. 에이해브 선장이 은제 조롱박 속에다 침을 뱉은 이야기도, 지난번 항해 때 예언대로 다리 하나를 잃은 일에 대해서도 못 들었지? 그런 일에 대해 한마디도 못 들었군. 그래, 못 들었을 거야. 어떻게 들을 수 있겠어? 낸터컷 사람이라고 다 알고 있는 건 아니니까. 하지만 다리에 대한 것, 그러니까 선장이 다리를 잃게 된 사연쯤은 들었을 거야. 그래, 그 이야기는 들었을 거야. 그래, 그건 모든 사람이 다 알고 있지. 에이해브 선장은 다리가 하나뿐이라는 것, 없어진 다리는 향유

---

131 남아메리카의 페루에 있는 항구. 포경선의 기항지였다.

고래가 앗아가버렸다는 건 누구나 알고 있다는 뜻이야.”

“이보시오.” 내가 말했다. “도대체 무슨 소리를 지껄이고 있는지 전혀 모르겠소. 관심도 없고요. 당신은 머리가 좀 망가진 것 같으니까요. 하지만 당신이 에이해브 선장과 저기 있는 저 ‘피쿼드’호에 대한 이야기를 하고 있다면, 분명히 말하지만 나는 그 선장이 다리를 잃은 것에 대해 다 알고 있단 말이오.”

“다 안다고? 그래, 정말로? 다 알고 있다고?”

“대충은.”

그 거지 같은 사내는 손가락으로 ‘피쿼드’호를 가리키고 눈으로 ‘피쿼드’호를 뚫어지게 바라보면서, 어수선한 망상에 빠진 것처럼 잠시 서 있었다. 그러다가 몸을 조금 움찔하고는 나를 돌아보며 말했다.

“저 배에 타기로 했다고 그랬지? 서류에 이름을 썼겠군? 계약은 계약이야. 일어날 일은 결국 일어나겠지. 어쩌면 일어나지 않을 수도 있어. 어쨌든 그건 모두 정해져 있고 예비된 일이야. 어느 선원이든 그를 따라가야 하니까. 누군가 가지 않으면 다른 누군가가 가야 하니까. 신이시여, 저들을 불쌍히 여기소서! 잘 가게, 친구들. 잘 가게. 하늘의 축복이 있기를. 걸음을 멈추게 해서 미안하네.”

“이봐요, 뭔가 중요한 얘기가 있나 본데, 말해보시오. 하지만 우리를 놀리려는 속셈이라면 상대를 잘못 골랐소. 그것만 말해두겠소.”

“말 잘했네. 나는 젊은이가 그런 식으로 말하는 걸 듣고 싶어. 자네는 에이해브 선장한테 딱 맞는 사람이야. 자네 같은 사람들을 좋아한단 말이지. 그럼 잘 가게. 아 참! 배에 타거든 나는 가지 않기로 했다고 전해주게.”

“이보시오, 그런 수법으로 우리를 놀리려 해도 안 될 거요. 우린 당하지 않습니다. 무슨 대단한 비밀이라도 알고 있는 것처럼 구는 건 세상에서 가장 쉬운 일이죠.”

"잘 가게, 형제들. 몸조심하게."

"잘 가시오." 내가 말했다. "자, 가세, 퀴퀘그. 저런 미친놈은 내버려둬. 그런데 잠깐만. 이름이 뭐요?"

"일라이저."[132]

일라이저라고? 퀴퀘그와 나는 누더기를 걸친 그 늙은 선원에 대해 각자의 방식으로 논평하면서 걸어갔다. 그리고 그 늙은 선원은 우리에게 괜한 공포심을 심어주려고 애쓰는 사기꾼일 뿐이라는 데 의견이 일치했다. 하지만 우리가 100미터쯤 걸어가서 길모퉁이를 돌게 되었을 때 문득 뒤를 돌아보니, 일라이저가 멀찌감치 거리를 두고 우리를 따라오는 것이 보였다. 그런데 무엇 때문인지 나는 그를 보고 너무 놀라서, 퀴퀘그에게는 그가 뒤따라오고 있다는 말을 하지 않고 계속 걸어갔다. 나는 그 낯선 사내가 우리와 같은 길모퉁이를 돌지 어떨지 보고 싶었다. 그도 역시 같은 모퉁이를 돌았다. 아무래도 그는 우리를 미행하고 있는 것 같았지만, 무슨 속셈으로 그러는지는 짐작도 가지 않았다. 이 상황은 암시와 폭로가 반반씩 섞여 있는 그 아리송한 말과 결합하여 이제 내 마음속에 온갖 막연한 불안과 호기심을 낳았다. 그리고 이 모든 것은 '피쿼드'호와 에이해브 선장, 잃어버린 다리, 혼곶 앞바다에서 일으킨 발작, 은제 조롱박, 어제 내가 배를 떠날 때 펠레그 선장이 에이해브 선장에 대해 말한 것, 인디언 노파 티스티그의 예언, 우리가 계약한 항해, 그 밖에 수많은 막연한 것들과 관련되어 있었다.

나는 누더기를 걸친 일라이저가 정말로 우리를 미행하고 있는지 확인해보기로 했다. 그래서 퀴퀘그와 함께 길을 건너, 왔던 길을 되짚어가기 시작했다. 하지만 일라이저는 우리를 본 체도 않고 계속 걸어갔다. 나는 안심했다. 그래서 다시 한번, 그리고 마지막으로—나는 그게 마지막일

---

132 Elijah. 기원전 9세기 이스라엘 왕국의 예언자 엘리야에서 따온 이름. 폭군 아합(에이해브)의 박해를 받고 대립했으며, 아합의 몰락을 예언했다.

거라고 생각했다—그를 사기꾼이라고 마음속으로 단정지었다.

{   제20장   }

출항 준비

하루 이틀이 지나자 '피쿼드'호에서는 분주한 활동이 벌어지게 되었다. 낡은 돛을 수리하고 새 돛이 도착하고, 둘둘 감은 범포 다발과 삭구가 배에 실렸다. 요컨대 모든 것이 출항 준비가 막바지를 향해 치닫고 있음을 보여주었다. 펠레그 선장은 뭍에 오르는 일도 없이 갑판에 친 천막 안에 앉아서 선원들의 작업을 이리저리 감독하고 있었고, 빌대드 선장은 가게에서 항해에 필요한 물자를 구입하는 일을 도맡았다. 선창과 삭구에서 일하는 선원들은 날이 어두워진 뒤에도 오랫동안 작업하고 있었다.

퀴퀘그가 계약서에 서명한 이튿날, 선원들이 묵고 있는 여관마다 기별이 왔다. 배가 언제 출항할지 모르니까 밤이 되기 전에 각자 짐을 배에 옮기라는 것이었다. 그래서 퀴퀘그와 나는 짐을 꾸려 배에 실었지만, 잠은 마지막 날까지 육지의 여관에서 자기로 했다. 그런데 이런 경우에는 언제나 시간 여유를 많이 두고 통고하는지, 며칠이 지나도 배가 떠나지 않는 것이었다. 놀랄 일은 아니었다. '피쿼드'호가 출항 준비를 완전히 갖추려면 해야 할 일도 많고 염려해야 할 것도 많았기 때문이다.

누구나 알고 있다시피, 한 집안의 살림을 꾸리는 데에도 얼마나 많은 가재도구가 필요한지 모른다. 침대, 냄비, 포크와 나이프, 삽과 부젓가락, 냅킨, 호두까기, 기타 등등. 식료품점과 청과물가게, 의사, 빵집, 은행 등으로부터 멀리 떨어진 망망대해에서 3년 동안 생계를 꾸려야 하는 포경선의 경우도 마찬가지다. 이것은 상선도 마찬가지지만, 그 규모가 포경선과는 비교가 되지 않는다. 포경선은 항해 기간이 길 뿐만 아니라, 고래를 잡는 데에는 특수한 도구가 많이 필요한데, 포경선이 자주 들르는 외딴 항구에서는 그런 물건을 구하기 어렵다. 게다가 모든 선박 가운데 특히 포경선은 온갖 사고에 가장 많이 노출되어 있고, 더구나 항해의 성공을 가장 많이 좌우하는 물건들이 파괴되거나 분실되는 경우가 많다는 점을 기억해야 한다. 그래서 사고에 대비하여 보트, 돛대용 목재, 밧줄과 작살, 그밖에 거의 모든 것을 예비로 갖추지 않으면 안 된다. 예비로 준비하지 않아도 되는 것은 선장과 선체뿐이라고 해도 좋을 것이다.

우리가 섬에 도착했을 무렵에는 쇠고기와 빵, 물, 연료, 쇠테와 통널 등 가장 무거운 짐을 싣는 작업은 거의 끝나 있었다. 하지만 앞에서도 잠깐 말했듯이, 크고 작은 갖가지 잡동사니를 배에 싣는 작업이 한동안 계속되었다.

이런 물품을 사들이는 일은 모두 빌대드 선장의 누이가 도맡아 하고 있었는데, 깡마른 체구에 단호하고 고집 센 성품을 지닌 노부인이지만 마음씨가 무척 상냥해서, '피쿼드'호가 일단 바다로 나간 뒤 무엇 하나 부족한 게 없도록 세심한 주의를 기울이고 있었다. 노부인은 주방 찬장에 피클 단지를 들여다 놓기도 하고, 일등항해사가 항해일지를 쓰는 책상에 깃펜 한 다발을 가져다 놓기도 하고, 신경통에 걸린 사람이 허리를 찜질하는 데 필요한 플란넬을 한 두루마리나 가져오기도 했다. 노부인의 이름은 채리티(자선)였고, 다들 '채리티 아줌마'라고 불렀는데, 그녀만큼 그 이름에 부끄럽지 않은 여자도 없을 것이다. 이 인정 많은 채리티 아줌마는 자선 단체 회원처럼 이리저리 분주하게 돌아다니며, 사랑하는 남동생 빌대드가 관계를 맺고 있고 그녀 자신도 애써 모은 수십 달러를 투자한 배의 모든 선원에게 안전과 안락과 위안을 줄 수 있는 거라면 기꺼이 몸과 마음을 바칠 각오가 되어 있었다.

하지만 마지막 날, 이렇듯 마음씨 고운 퀘이커교도가 한 손에는 기다란 기름국자를, 또 한 손에는 그보다 훨씬 긴 고래잡이용 작살을 들고 배에 나타났을 때는 깜짝 놀랄 수밖에 없었다. 빌대드와 펠레그 선장도 결코 뒷전에 물러나 있지는 않았다. 빌대드는 필요한 물품을 잔뜩 적은 목록을 갖고 다니면서 물건이 새로 도착할 때마다 장부에 적은 품목 앞에 표시를 했다. 펠레그는 이따금 고래뼈 소굴에서 어슬렁 기어나와 해치 밑에 있는 사람들에게 소리를 지르고, 돛대와 삭구 위에서 작업하는 사람들에게 고함을 지른 다음, 쿵쿵 발을 구르며 제 소굴로 돌아가는 것으로 자신의 일과를 끝냈다.

출항 준비가 진행되고 있는 동안 퀴퀘그와 나는 자주 배를 찾아갔고, 그때마다 에이해브 선장에 대해, 그의 건강 상태는 어떤지, 언제쯤 배를 탈 수 있을지 등을 물어보았다. 내가 물으면 사람들은 언제나 에이해브 선장이 차츰 좋아지고 있고 언제라도 배를 탈 수 있을 거라고, 그때까지는 펠레그 선장과 빌대드 선장이 항해에 필요한 모든 준비를 처리할 수 있을 거라고 대답했다. 내가 나 자신에게 철저히 정직했다면, 배가 드넓은 바다로 나가자마자 배의 절대적 독재자가 될 사람을 한 번도 보지 않고 그렇게 긴 항해에 이런 식으로 몸을 내맡기는 것은 별로 내키지 않는다는 것을 마음속으로 분명히 깨달았을 것이다. 하지만 사람은 무언가가 잘못된 게 아닐까 하는 의심이 들더라도, 거기에 벌써 깊이 말려들어가 있으면 무의식중에 자기 자신에게도 그 의심을 은폐하려고 애쓰는 경우가 있다. 나도 마찬가지였다. 나는 아무 말도 하지 않았고, 아무것도 생각지 않으려고 애썼다.

마침내 이튿날 아무 때에 배가 출항한다는 통보가 왔다. 그래서 이튿날 아침 퀴퀘그와 나는 아주 일찍 길을 나섰다.

{ 제 21장 }
승선

우리가 부둣가에 도착한 것은 6시쯤이었지만, 날은 아직 밝지 않고 잿빛 안개만 자욱했다.

"내가 제대로 보았다면 저 앞에 선원 몇 명이 달려가고 있어." 내가 퀴 퀘그에게 말했다. "유령일 리는 없어. 동이 트기 전에 배가 떠날 모양이야. 어서 가자!"

"잠깐!" 어떤 목소리가 들리더니, 목소리의 주인공이 우리 뒤로 다가와 어깨에 손을 하나씩 올려놓고는 우리 사이로 슬며시 끼어들어 조금 앞으로 몸을 구부리고 섰다. 그리고 어스름 속에서 퀴퀘그의 얼굴을 빤히 들여다보다가 내 쪽으로 얼굴을 돌렸다. 일라이저였다.

"배에 타려는 건가?"

"이 손 치우세요." 내가 말했다.

"이봐, 저리 비켜!" 퀴퀘그가 몸을 흔들면서 말했다.

"그럼 배를 타지 않을 텐가?"

"아니, 탈 거요." 내가 말했다. "하지만 그게 당신하고 무슨 상관이오? 이봐요 일라이저 씨, 좀 주제넘게 구는 것 같은데, 그렇게 생각지 않나요?"

"아니, 그건 내가 미처 몰랐군." 일라이저는 뭐라고 설명할 수 없는 기묘한 눈빛으로 천천히 나와 퀴퀘그를 번갈아 바라보았다.

"이보세요, 나와 친구한테서 좀 물러나주면 고맙겠소. 우리는 인도양과 태평양으로 떠날 예정이고, 시간을 지체하고 싶지 않거든요."

"그래? 그럼 아침식사 전에는 돌아오나?"

"퀴퀘그, 이 사람은 미쳤어. 빨리 가자."

"이봐! 어이!" 우리가 몇 걸음 걸어갔을 때, 일라이저가 서 있는 자리에서 우리를 소리쳐 불렀다.

"퀴퀘그, 신경 쓰지 말고 어서 가세." 내가 말했다.

그러나 일라이저는 또다시 살금살금 우리한테 다가와서 갑자기 내 어깨를 손으로 탁 치면서 말했다.

"좀 전에 사람 그림자 같은 것이 저 배로 가는 것을 보지 못했나?"

이 평범하고 실제적인 질문을 받고 나는 대답했다.

"네댓 사람 본 것 같군요. 하지만 너무 흐릿해서 확실치는 않아요."

"아주 흐릿했지. 아주 흐릿했어. 그럼 잘 가게."

우리는 다시 헤어졌다. 그런데 그는 또다시 조용하게 우리를 따라와서 또다시 내 어깨를 건드리며 말했다.

"지금도 그들이 보이는지 봐주지 않겠나?"

"누구를 보란 말이오?"

"잘 가게! 잘들 가!" 그는 다시 떠나면서 대답했다. "아 참! 자네들한테 몇 마디 충고할 생각이었는데. 하지만 신경 쓰지 말게. 아무래도 상관없어. 모두 한 가족이나 마찬가지야. 오늘 아침은 얼어붙을 것처럼 춥지 않나? 잘 가게. 당분간은 못 만날 거야. 심판의 날이 오기 전에는." 이 아리송한 말과 함께 그는 마침내 떠났다. 나는 그의 건방진 인사말에 잠시 멍해지는 느낌이었다.

마침내 '피쿼드'호 갑판에 올랐지만, 그곳엔 모든 것이 깊은 적막에 싸여 있을 뿐이고 움직이는 사람은 하나도 없었다. 선장실 입구는 안에서 잠겨 있었고, 해치는 덮개로 닫혀 있었고, 게다가 그 위에는 둘둘 감은 밧줄 뭉치가 놓여 있었다. 앞갑판 쪽으로 가서 보니 선창 출입구가 열려 있었다. 불빛이 새어 나오고 있어서 우리는 아래로 내려갔다. 그곳에서 우리가 발견한 것은 누더기 같은 모직 코트로 몸을 감싼 노인뿐이었다. 삭구 작업자인 그 노인은 두 개의 상자 위에 내던져진 것처럼 길게 엎드려서, 두 팔을 포개고 그 안에 얼굴을 묻은 채 깊이 잠들어 있었다.

"퀴퀘그, 아까 본 선원들은 도대체 어디로 갔을까?" 나는 잠자고 있는 선원을 수상쩍은 눈으로 바라보며 물었다. 하지만 아까 부둣가에서 퀴퀘그는 내가 말한 선원들을 전혀 알아차리지 못한 것 같았다. 그래서 일라이저가 그 선원들에 대해 묻지 않았다면 내가 잘못 보았다고 생각했을 것이다. 하지만 그 문제는 잠시 제쳐놓기로 하고, 잠자고 있는 노인에게 다시 눈길을 돌리며, 이 송장 옆에서 밤을 새워야 할 것 같으니까 적당히 자리를 잡고 앉으라고 퀴퀘그에게 농담을 했다. 그러자 퀴퀘그는 잠들어 있는 사람의 엉덩이가 충분히 부드러운지 알아보려는 것처럼 손으로 어루만져보고는, 거리낌 없이 그 위에 조용히 앉았다.

"저런! 퀴퀘그, 거기 앉지 마." 내가 말했다.

"음, 아주 좋은 자리야." 퀴퀘그가 말했다. "우리나라에서는 이래. 얼굴은 괜찮을 거야."

"얼굴이라니? 그걸 얼굴이라고 불러? 그렇다면 그 사람 얼굴은 아주 자비로운 표정을 짓고 있군. 하지만 숨쉬기가 너무 힘들어서 헐떡이고 있잖아. 어서 내려와. 자넨 너무 무거워. 그 사람 얼굴이 으깨지겠어. 내려와, 퀴퀘그! 이제 곧 그 사람이 몸을 움직여서 자넬 떨쳐버릴 거야. 그런데 용케 잘도 자는군."

퀴퀘그는 잠자는 사람의 머리 너머로 이동하여 바로 머리맡에 앉아서 도끼 파이프에 불을 붙여 물었다. 나는 잠자는 사람의 발치에 앉았다. 우리는 잠자는 사람의 몸 위로 도끼 파이프를 계속해서 주고받았다. 그러면서 나는 퀴퀘그에게 계속 질문을 던졌고, 거기에 대해 퀴퀘그는 엉터리 영어로 설명해주었다. 그의 고국에는 어떤 의자나 소파도 없기 때문에 왕과 추장, 그 밖의 지체 높은 사람들은 의자 대용으로 삼기 위해 하층계급 사람들을 살찌게 만드는 풍습이 있었다. 그 점에서 집을 편안하게 꾸미고 싶으면, 게으름뱅이를 여덟 명 내지 열 명쯤 사서 창문과 창문 사이의 바람벽과 반침에 여기저기 눕혀놓기만 하면 되었다. 게다가 그것은 여행이

모비 딕

나 소풍을 갈 때도 매우 편리했다. 접으면 지팡이로 쓸 수 있는 정원용 의자보다 훨씬 좋다. 추장은 이따금 몸종을 불러, 나무 그늘이나 축축한 늪지대 같은 곳에서 간이의자가 되라고 명령하기만 하면 된다는 것이다.

이런 이야기를 하는 동안, 퀴퀘그는 내게서 도끼 파이프를 받을 때마다 잠자는 사람의 머리 위에서 도끼날 부분을 휘둘렀다.

"무엇 때문에 그러는 거야, 퀴퀘그?"

"아주 쉬워. 죽이는 거. 아주 쉬워!"

적의 골통을 까부수는 일과 자신의 영혼을 달래는 일, 이 두 가지 용도를 갖고 있는 도끼 파이프에 얽힌 사나운 추억을 더듬고 있을 때, 잠자고 있는 선원이 우리의 주의를 끌었다. 좁은 선창은 이제 독한 담배연기로 가득 차서 그것이 잠자고 있는 선원에게 영향을 미치기 시작했다. 그는 코와 입이 틀어 막힌 것처럼 숨을 쉬었다. 그다음에는 코에 문제가 생긴 것 같더니, 한두 번 몸을 뒤척이다가 일어나 앉아서 눈을 비볐다.

"이봐!" 마침내 그가 소리를 질렀다. "담배를 피우고 있는 네놈들은 누구야?"

"선원으로 고용된 사람들입니다." 내가 대답했다. "배는 언제 떠납니까?"

"이 배를 탈 거라고? 배는 오늘 떠나. 선장이 어젯밤에 승선했거든."

"어떤 선장요? 에이해브 말인가요?"

"에이해브가 아니면 누구겠나?"

내가 에이해브에 대해 몇 가지 물어보려는데 갑판에서 무슨 소리가 들렸다.

"어이쿠! 스타벅이 일어났군." 삭구 작업자가 말했다. "스타벅은 일등항해사야. 좋은 양반이지. 신앙심도 깊고. 모두 일어났으니 나도 일을 시작해야겠군." 이렇게 말하고는 갑판으로 나갔다. 우리도 뒤따라 나갔다.

이젠 환하게 해가 돋고 있었다. 곧이어 선원들이 둘씩 셋씩 배에 올랐다. 삭구 작업자들도 일을 시작했고, 항해사들도 기운차게 움직였다. 육상에서는 몇 사람이 마지막 물건들을 배에 싣느라 바빴다. 그러는 동안에도 에이해브 선장은 자기 방에 틀어박힌 채 모습을 나타내지 않았다.

{   제22장   }
메리 크리스마스

마침내 정오가 다 되어 삭구 작업자들이 모두 배에서 내려가고, '피쿼드'호가 부두에서 바다 쪽으로 뱃머리를 돌린 뒤, 언제나 세심한 채리티 아줌마가 보트를 타고 와서 마지막 선물—이등항해사이자 시동생인 스터브에게는 침실 모자, 선실 보이에게는 예비용 성경책—을 주고 떠난 뒤, 말하자면 모든 게 끝난 뒤, 펠레그와 빌대드가 선장실에서 나왔다. 펠레그가 일등항해사를 돌아보며 말했다.

"스타벅, 모든 게 잘 끝났나? 에이해브 선장은 준비가 다 됐네. 방금 얘기를 나누고 왔는데, 이제 육지에서 들여올 건 없겠지? 자, 그럼 모두 소집하게. 여기 고물 쪽에 집합! 망할 자식들아!"

"아무리 급하더라도 그런 상스러운 말은 삼가게, 펠레그." 빌대드가 말했다. "하지만 스타벅, 자네는 가서 우리가 시킨 대로 하게."

도대체 이게 어찌 된 노릇인가? 이제 막 배가 떠나려는 참인데, 펠레그 선장과 빌대드 선장은 마치 공동 지휘자인 양 뒷갑판에서 기세 좋게 명령을 내리고 있지 않은가. 배가 정박 중일 때 그렇게 행세한 것은 그렇다 치더라도, 바다에 나가서도 그렇게 할 것 같은 태도였다. 그리고 에이해브 선장은 아직 그림자도 보이지 않은 채, 선장실에 있다는 얘기만 돌았을 뿐이다. 그렇다면 그것은 배를 출항시켜 바다로 한참 나갈 때까지는 그의 존재가 반드시 필요한 것은 아니라는 의미였다. 사실 그것은 선장의 임무가 아니라 수로 안내인의 임무였다. 게다가―다들 말하고 있듯이―에이해브 선장은 아직도 완쾌되지 않았기 때문에 선장실에 틀어박혀 있었다. 이 모든 것은 지극히 자연스러워 보였다. 특히 상선의 경우 선장들은 닻을 올린 뒤에도 한참 동안 갑판에 나타나지 않고 선장실에 남아서, 육지의 친구들이 수로 안내인과 함께 배를 떠날 때까지 탁자에 둘러앉아 떠들썩한 송별 파티를 여는 경우가 많았기 때문에 더욱 그러했다.

하지만 지금은 펠레그 선장이 활기에 넘쳐 있었기 때문에 그 문제를 곰곰 생각할 기회는 그리 많지 않았다. 이야기하고 명령을 내리는 것은 빌대드가 아니라 펠레그가 거의 도맡고 있는 것 같았다.

"여기 고물 쪽에 집합! 이 후레자식들아!" 선원들이 주돛대 부근에서 어슬렁거리자 펠레그 선장이 외쳤다. "스타벅, 그놈들을 고물 쪽으로 몰아내."

"거기 천막을 걷어내." 이것이 다음 명령이었다. 앞에서도 잠깐 말했듯이 이 고래뼈로 만든 천막은 배가 정박해 있을 때만 쳤기 때문에, '피쿼드'호에서는 지난 30년 동안 천막을 걷어내라는 명령은 닻을 올리라는 명령에 뒤이어 들려오는 것으로 잘 알려져 있었다.

"권양기[133]로 모여! 이 자식들아, 뛰어가!" 이것이 다음 명령이었다. 선원들은 권양기를 돌리는 지렛대로 덤벼들었다.

배가 출항할 때 수로 안내인이 차지하는 자리는 배의 앞부분이다. 빌대드는 펠레그와 함께 여러 가지 임무를 맡고 있지만, 수로 안내인 면허도 가지고 있었다. 그런데 빌대드는 다른 배를 위해 수로 안내를 한 적이 없었기 때문에, 그가 수로 안내인이 된 것은 자신이 관계하고 있는 모든 배가 낸터컷항을 출입할 때 도선료를 절약하기 위해서가 아닐까 하는 의심을 받고 있었다. 지금 빌대드는 뱃머리에서 몸을 내밀고 닻이 올라오는

---

133 밧줄이나 사슬로 무거운 물건을 감아올리거나 내리는 수직축 회전 장치. 뒷갑판에 설치한다.

것을 응시하면서, 이따금 양묘기[134]를 돌리는 선원들을 독려하려고 우울한 찬송가 같은 것을 부르고 있었다. 선원들은 부블 뒷골목[135]의 상냥하고 친절한 여자들에 대해 큰 소리로 일종의 합창을 부르고 있었다. 하지만 빌대드가 '피쿼드'호에서는, 특히 출항할 때는 저속한 노래를 부르는 것을 절대 용납하지 않겠다고 말한 게 불과 사흘 전이었고, 그의 누이인 채리티 아줌마는 모든 선원의 침대 위에 와츠[136]의 찬송가집을 한 권씩 놓아두었던 것이다.

한편 펠레그 선장은 배의 다른 부분을 감독하면서 무섭게 욕설을 퍼붓고 있었다. 닻을 다 올리기도 전에 펠레그가 배를 침몰시키는 게 아닐까 하는 생각이 들 정도였다. 나는 본능적으로 지렛대를 멈추고, 퀴퀘그한테도 그렇게 하라고 말했다. 그런 악마를 수로 안내인으로 삼아 항해를 떠나는 것은 우리 둘 다 위험을 무릅쓰는 짓이라고 생각했기 때문이다. 하지만 나는 독실한 빌대드가 비록 777번 배당을 고집하기는 했지만 그의 존재가 우리에게 구원이 될지 모른다는 생각으로 나 자신을 달래고 있었다. 그때 갑자기 무언가가 내 엉덩이를 날카롭게 찔렀다. 뒤를 돌아보니 놀랍게도 펠레그 선장이 내 바로 곁에서 발을 거두려 하고 있었다. 그것이 내가 당한 첫 번째 발길질이었다.

"상선에서는 그런 식으로 닻을 감아올리나?" 그가 으르렁거렸다. "빨리 움직여, 이 머저리 같은 녀석아. 등뼈가 부러지도록 움직이란 말이다! 네놈들은 왜 움직이지 않나? 다들 빨리 움직여! 이봐, 퀴호그! 움직여! 너, 붉은 수염! 움직여. 거기 빵떡 모자! 움직여. 초록 바지! 움직여. 움직이라니까. 모두 움직여. 눈알이 튀어나오도록 빨리 움직여!"

이렇게 소리치면서 그는 양묘기를 따라 이동했고, 여기저기서 발길을

---

134 닻을 내리거나 감아올리는 수평축 회전 장치. 앞갑판에 설치하며, 권양기로 사용되기도 한다.

135 영국 리버풀에 있는 홍등가.

136 아이작 와츠(1674~1748): 영국의 목사·신학자·찬송가 작사가. 750개의 찬송가를 작사했으며, 영국 찬송가의 아버지로 불린다.

아낌없이 사용했다. 그러는 동안 냉정한 빌대드는 계속 찬송가를 선창하고 있었다. 펠레그 선장은 오늘 한잔 걸친 게 분명하다고 나는 생각했다.

마침내 닻이 올라오고, 돛이 펴지고, 우리는 항구를 빠져나갔다. 짧고 추운 크리스마스였다. 북반구의 짧은 낮이 서서히 밤으로 바뀌었을 때 우리는 탁 트인 겨울 바다로 나와 있었다. 얼어붙을 듯한 물보라가 우리를 얼음으로 덮어 싸서, 마치 광택이 나는 갑옷으로 몸을 감싼 것 같았다. 뱃전에 길게 줄지어 매달린 고래 이빨들이 달빛을 받아 반짝반짝 빛났다. 코끼리의 하얀 엄니처럼 구부러진 커다란 고드름이 뱃머리에 매달려 있었다.

깡마른 빌대드는 수로 안내인으로서 첫 번째 당직을 지휘했다. 이따금 낡은 배가 푸른 바닷속으로 깊이 잠수해 들어가 배 전체가 차가운 서리로 뒤덮이고, 바람은 으르렁거리고, 밧줄이 윙윙 울려도 빌대드의 노랫소리는 꾸준히 들려왔다.

일렁이는 물결 너머에 아름다운 들판이
초록빛 옷을 입고 서 있듯이,
유대인들의 그리운 가나안은
굽이치는 요단강 너머에 그렇게 서 있었다네.

이 감미로운 구절이 그때보다 더 감미롭게 들린 적은 없었다. 희망과 결실로 가득 찬 가사였다. 거칠고 사나운 대서양의 추운 겨울밤, 내 발은 젖었고 재킷은 더 많이 젖었지만, 그때는 피난할 수 있는 유쾌한 항구가 앞길에 많이 준비되어 있을 것으로 여겨졌다. 들판과 골짜기는 영원히 푸르러서, 봄에 돋아난 풀이 발에 밟히지 않고 시들지도 않은 채 한여름에도 그대로 남아 있을 것만 같았다.

마침내 우리는 앞바다로 멀리 나왔기 때문에 두 사람의 수로 안내인은 더 이상 할 일이 없어졌다. 우리를 따라온 튼튼한 돛단배가 뱃전으로 다가오기 시작했다.

펠레그와 빌대드, 특히 빌대드 선장이 이 돛단배의 접근에 얼마나 영향을 받았는지는 흥미롭고 유쾌한 일이었다. 거센 폭풍우가 몰아치는 두 곳[137]을 도는 길고도 험한 항해를 떠나는 배, 힘들게 번 수천 달러를 투자한 배, 옛 동료가 선장으로서 지휘하고 있는 배를 떠나는 게 싫고, 무자비한 아가리의 공포와 맞서기 위해 다시 한번 떠나는 동년배 친구와 헤어지는 게 싫고, 모든 면에서 흥미진진한 일에 작별을 고하는 게 싫어서, 가엾은 빌대드 영감은 오래도록 꾸물거리며 불안한 걸음으로 갑판을 오락가락 거닐고, 선장실로 뛰어 내려가 또다시 작별 인사를 하고, 다시 갑판으로 올라와서 바람이 불어오는 쪽을 바라보았다. 그리고 너무 멀리 떨어져 있어서 보이지 않는 동쪽 대륙에 이를 때까지 거칠 것 없이 펼쳐져 있는 드넓고 끝없는 바다를 바라보고, 육지를 바라보고, 하늘을 쳐다보고, 오른쪽과 왼쪽을 바라보고, 모든 곳을 보면서도 아무 데도 보고 있지 않았다. 그러다가 마침내 밧줄을 말뚝에 기계적으로 감으면서 건장한 펠레그의 손을 발작적으로 움켜잡더니, 초롱불을 들어 올려 펠레그의 얼굴을 과장되게 들여다보며 잠시 서 있었다. 그 눈빛은 마치 "그래 펠레그, 나는 참을 수 있어. 아무렴, 참을 수 있고말고" 하고 말하는 듯했다.

펠레그는 좀 더 철학자답게 그것을 받아들였다. 하지만 그의 철학에도 불구하고 초롱불이 너무 가까이 다가오자 그의 눈 속에서 눈물이 반짝거렸다. 펠레그도 선장실에서 갑판으로 몇 번이나 달려갔다. 밑에서 선장에게 한마디 하고, 위에서 일등항해사 스타벅에게 다시 한마디 던지는 식이었다.

하지만 마침내 그는 결연한 태도로 동료를 돌아보았다.

"빌대드, 가세. 우린 가야 해. 거기, 맨아래 활대를 후퇴시켜. 이봐, 보트!

---

137 혼곶(남아메리카 남단)과 희망봉(아프리카 남단)을 말한다.

뱃전에 댈 준비를 해! 조심해! 조심! 이봐 빌대드, 마지막 작별 인사를 하게. 스타벅, 행운을 비네. 스터브, 행운이 있기를. 플래스크, 행운이 있기를. 모두 잘 가게. 행운을 빌겠네. 그리고 3년 뒤 오늘, 이 낸터컷에서 김이 모락모락 나는 따뜻한 저녁상을 준비해놓겠네. 만세! 잘들 가게!"

"하느님의 축복과 가호가 있기를." 빌대드 영감은 혼잣말처럼 중얼거렸다. "날씨가 좋아졌으면 좋겠군. 에이해브 선장이 빨리 선장실에서 나와 여러분과 어울릴 수 있도록 말이지. 그 사람한테 필요한 건 기분 좋은 태양뿐인데, 앞으로 여러분이 항해할 열대지방에는 햇빛이 충분할 걸세. 고래를 사냥할 때는 조심하게. 작살잡이들은 쓸데없이 함부로 보트에 구멍을 내지 말도록. 고급 삼나무 널판 값이 금년에 3퍼센트나 올랐어. 기도를 드리는 것도 잊지 말게. 스타벅, 목수가 여분의 통널을 낭비하지 않도록 신경 좀 써주게. 아 참! 돛바늘은 파란 벽장에 있네! 그리고 주일에는 고래를 너무 많이 잡지 말도록. 그렇다고 좋은 기회를 놓치지는 말게. 그건 하늘의 선물을 거절하는 거니까. 스터브, 꿀통에 주의를 기울이게. 아무래도 좀 새는 것 같아. 플래스크, 섬에 기항할 때는 간음하지 않도록 조심하게. 잘 가게. 잘들 가. 스타벅, 치즈는 너무 오래 선창 밑에 놓아두지 말게. 그러면 상하게 될 거야. 버터는 아껴 쓰게. 1파운드[138]에 20센트야. 다들 주의해. 만약 그렇지 않으면……."

"이보게 빌대드, 설교는 그만두고 어서 가세!" 이 말과 함께 펠레그는 서둘러 빌대드를 뱃전 너머로 밀어냈고, 둘 다 보트에 뛰어내렸다.

배와 보트는 갈라졌다. 차갑고 습기 찬 밤바람이 배와 보트 사이로 불었다. 갈매기 한 마리가 비명을 지르며 머리 위를 날아갔다. 배와 보트의 선체가 좌우로 심하게 흔들렸다. 우리는 무거운 마음으로 만세삼창을 한 뒤, 망망한 대서양으로 운명처럼 맹목적으로 뛰어들었다.

---

138 야드파운드법의 무게 단위로, 1파운드는 약 450그램.

{ 　제23장　 }

바람이 불어가는 쪽 해안

몇 장 앞에서 벌킹턴이라는 선원에 대해 언급한 적이 있다. 뉴베드퍼드의 여관에서 우연히 만난, 바다에서 갓 상륙한 키다리 선원 말이다.

몸이 덜덜 떨릴 만큼 추운 그 겨울밤, '피쿼드'호가 차갑고 심술궂은 파도 속으로 복수심에 불타는 뱃머리를 찔러넣었을 때, '피쿼드'호의 키 앞에 서 있는 사람이 내 눈에 띄었다. 다름 아닌 벌킹턴이었다. 나는 동정심과 두려움이 섞인 눈으로 그를 바라보았다. 한겨울에 4년 동안의 위험한 항해에서 갓 돌아온 사람이 쉬지도 않고 사나운 비바람이 휘몰아치는 바다로 또다시 나갈 수 있다는 게 놀라웠다. 육지에 있으면 발바닥이 타는 모양이다. 가장 경이로운 것은 말로 표현할 수 없는 법이고, 깊은 추억은 묘비명으로도 표현할 수 없으니, 이 짧막한 장章은 벌킹턴의 비석 없는 무덤이다. 벌킹턴은 폭풍에 시달리며 바람이 불어가는 대로 몸을 맡기고 해변을 따라 떠밀려가는 배와도 같다는 말만 해두겠다. 항구는 기꺼이 도움을 줄 것이다. 항구는 자비롭다. 항구에는 안전과 안락, 난로와 저녁식사, 따뜻한 담요, 친구들, 우리 인간에게 도움이 되는 것이 모두 갖추어져 있다. 하지만 그 강풍 속에서 항구나 육지는 그 배에 가장 절박한 위험이 된다. 배는 모든 환대를 피해서 도망쳐야 한다. 배가 육지에 닿으면, 용골이 살짝 스치기만 해도 배 전체가 몸서리칠 것이다. 배는 돛을 모두 펴고 전력을 다해 해안에서 멀어지려 한다. 그러면서 배를 고향으로 데려가려는 바로 그 바람과 맞서 싸우고, 또다시 거친 파도가 배를 때리는 망망대해로 나가려고 애쓴다. 피난처를 찾기 위해 필사적으로 위험 속에 뛰어든다. 배의 유일한 친구가 바로 배의 가장 고약한 원수인 것이다!

벌킹턴이여, 이제 알겠는가? 도저히 참을 수 없는 그 진실을 그대는 어렴풋이나마 보는 것 같다. 무릇 깊고 진지한 생각은 망망한 바다의 독립성을 지키려는 영혼의 대담한 노력일 뿐이며, 또한 하늘과 땅에서 가장 사나운 바람은 서로 공모하여 인간의 영혼을 배반과 굴종의 해안으로 내던지려 한다는 것을 그대는 아는가?

하지만 가장 숭고한 진리, 신처럼 가없고 무한정한 진리는 육지가 없는 망망대해에만 존재한다. 따라서 바람이 불어가는 쪽이 안전하다 할지라도, 수치스럽게 그쪽으로 내던져지기보다는 사납게 으르렁대는 그 무한한 바다에서 죽는 것이 더 낫다. 그렇다면 어느 누가 벌레처럼 육지를 향해 기어가고 싶어 하겠는가! 무시무시한 것들의 공포! 이 모든 고통이 그렇게 헛된 것인가? 기운을 내라, 기운을 내, 벌킹턴이여! 완강하게 버텨라, 반신반인의 영웅이여! 그대가 죽어갈 바다의 물보라, 그곳에서 그대는 신이 되어 솟아오르리라!

{   제24장   }

변호

퀴퀘그와 나는 이제 포경업에 순조롭게 뛰어들었고, 이 직업이 뭍사람들 사이에서는 웬일인지 낭만적이지 못하고 명예스럽지 못한 직업으로 여겨지고 있기 때문에, 나는 우리 포경꾼들에 대해 뭍사람들이 가지고 있는 생각이 부당하다는 것을 깨닫게 해주고 싶다.

우선 일반 사람들이 포경업을 이른바 고상한 직업으로 생각지 않는다는 사실, 이것은 새삼스럽게 말할 필요도 없을 것이다. 잡다한 사람들로 이루어진 대도시의 지역 사회에 낯선 사람이 처음 들어왔을 때, 작살잡이로 소개되면 그의 가치에 대한 전반적인 평가가 별로 높아지지 않을 것이다. 해군 장교[139]를 흉내 내어 명함에 'S. W. F.'(Sperm Whale Fisher: 향유고래 어부)라는 머리글자를 덧붙여도, 그런 짓은 더없이 주제넘고 우스꽝스럽게 생각될 것이다.

　세상 사람들이 우리 포경꾼들을 존경하기를 거부하는 주된 이유는 우리 직업이 기껏해야 일종의 도살업이고 그 일터는 온갖 더러움으로 둘러싸여 있다고 생각하기 때문일 것이다. 우리가 도살자인 것은 사실이다. 하지만 세상 사람들이 기꺼이 존경하는 사령관들도 도살자들이고, 게다가 잔인하기로 이름 높은 도살자들이다. 우리가 하는 일이 불결하다는 문제에 관해서 말하자면, 여러분은 지금까지 일반에 널리 알려지지 않은 몇 가지 사실을 이제 곧 알게 될 텐데, 향유고래를 잡는 포경선이야말로 이 깔끔한 지구에서도 가장 깨끗한 것들 중의 하나라는 사실도 그렇다. 하지만 그런 비난을 사실로 인정하더라도, 어수선하고 미끄러운 포경선 갑판을 시체가 썩어가는 전쟁터의 그 말할 수 없는 참상과 비교할 수 있을까? 그런데도 그 전쟁터에서 돌아온 병사들은 여인들의 열렬한 찬사를 받으며 축배를 든다. 군인이라는 직업이 위험하다는 이유로 군인에 대한 대중의 평가가 그렇게 높이 올라가는 것이라면, 나는 이렇게 말하고 싶다. 즉, 포대를 향해 거침없이 돌진한 역전의 용사들도 향유고래의 거대한 꼬리가 불쑥 나타나 머리 위 공기를 휘저어 회오리바람을 일으키면 그 즉시 놀라서 움츠러들고 말 것이라고. 서로 복잡하게 뒤섞여 있는 신의 경이와 공포에 비하면, 인간이 이해할 수 있는 공포 따위는 아무것도 아니기 때문이다.

　그러나 세상 사람들은 우리 포경꾼들을 업신여기면서도, 사실은 자기도 모르게 깊은 경의를 바치고 있다. 실로 어마어마한 숭배를! 지구 전역에서 타오르는 심지와 등불과 촛불은 수많은 신전 앞에서 타오르는 불빛처럼 우리에게 감사하며 타오르고 있기 때문이다!

　하지만 이 문제를 다른 관점에서 생각해보자. 온갖 저울로 무게를 달아

139　미국 해군 장교의 명함에는 이름 앞에 'U. S. N.'('United States Navy[합중국 해군]'의 머리글자)이 적힌다.

보자. 우리 포경꾼들이 무엇이며 지금까지 무엇이었는지 살펴보자.

데 위트[140] 시대의 네덜란드인들은 왜 포경선단에 제독을 두었을까? 프랑스의 루이 16세는 왜 사재를 털어 됭케르크[141]에서 출항하는 포경선에 필요한 장비를 갖추어주고, 우리 낸터컷섬에서 30세대가 넘는 가족을 정중하게 초청했을까? 영국은 왜 1750년부터 1788년까지 영국인 포경꾼들에게 백만 파운드가 넘는 보조금을 지급했을까? 끝으로, 우리 미국의 포경꾼들은 왜 오늘날 전 세계의 포경꾼을 모두 합친 것보다 더 수가 많아졌을까? 미국의 포경선은 700척이 넘고, 포경선을 타는 사람은 1만 8천 명에 이르고, 해마다 4백만 달러를 소비하고, 출항할 때 2천만 달러의 가치를 갖는 배가 해마다 7백만 달러의 수익을 가지고 돌아오는 것은 어찌된 일인가? 포경업에 강력한 무언가가 없다면, 어째서 이런 일이 일어나는 것일까?

그러나 이것은 극히 일부일 뿐이다. 좀 더 살펴보자.

단언하거니와, 지난 60년 동안 이 넓은 세계에 평화적으로 작용한 영향력 가운데 이 고상하고 강력한 포경업만큼 큰 잠재력을 가진 것은 없다. 세계주의자를 표방하는 철학자가 일생을 바치더라도 그런 영향력을 지적할 수는 없을 것이다. 어쨌든 포경업은 주목할 만한 사건들을 낳았고 그 사건들의 결과도 계속 중요성을 유지했기 때문에, 포경업은 자기 스스로 아기를 잉태하여 낳았다는 이집트의 어머니라고 말해도 무방할 것이다. 이런 것들을 모두 목록으로 만들자면 한이 없고, 불가능한 일일 것이다. 몇 가지 사례만 들어도 충분하다. 오랫동안 포경선은 지구에서 가장 덜 알려진 외진 곳을 찾아내는 개척자였다. 포경선은 쿡이나 밴쿠버[142]

---

140 요한 데 위트(1625~1672): 네덜란드의 정치가. 해군·상선단·포경선단을 통합하여 국력을 키우는 데 이바지했다.

141 프랑스의 북해에 면한 항구도시. 미국 독립 후 낸터컷의 포경업자들은 고래기름에 대한 프랑스의 과세를 피하기 위해 이곳에 식민촌을 세웠다.

142 제임스 쿡(1728~1779), 조지 밴쿠버(1757~1798): 18세기에 활동한 영국의 항해가.

도 항해한 적이 없고 해도에도 실려 있지 않은 바다와 군도를 탐험했다. 미국과 유럽의 군함이 한때 미개했던 항구에 평화롭게 들어가면, 그들에게 처음으로 길을 알려주고 그들과 야만인들 사이에서 통역 역할을 한 포경선의 명예와 영광을 위해 예포를 쏘아야 마땅할 것이다. 쿡이나 크루젠슈테른[143] 같은 탐험 원정의 영웅들을 찬양하는 것도 좋지만, 낸터컷에서 출항한 무명의 선장들 중에는 쿡이나 크루젠슈테른 못지않게 위대한 선장도 수십 명에 달했다. 그들은 도와주는 사람 하나 없이 맨손으로, 상어가 들끓는 이교도의 바다에서, 그리고 투창이 날아다니는 미지의 섬 해안에서, 해병대와 총포를 거느린 쿡도 감히 맞설 수 없었던 경이와 공포를 상대로 싸웠기 때문이다. 옛날 '남양 항해기'에 그토록 자랑스럽게 묘사된 것들은 우리 낸터컷의 영웅들에게는 평생 겪는 일상다반사에 지나지 않았다. 밴쿠버가 세 장章에 걸쳐 묘사한 모험들은 대부분 낸터컷의 포경선 선장들이 항해일지에 기록해둘 가치도 없다고 생각한 것들이었다. 아아, 세계여! 오오, 세계여!

포경선이 혼곶을 돌 때까지는, 태평양 연안의 부유한 스페인 식민지와 유럽 사이에는 식민을 목적으로 하는 상업 활동 외에는 거의 어떤 교류도 이루어지지 않았다. 그 식민지에 관한 스페인 왕의 배타적 정책을 처음 돌파한 것은 포경꾼들이었다. 지면이 허락한다면, 어떻게 해서 그 포경꾼들이 결국 페루와 칠레와 볼리비아를 스페인제국의 멍에로부터 해방시키고[144] 그 지역에 항구적인 민주주의를 확립했는지를 분명히 보여줄 수도 있을 것이다.

북반구 반대쪽의 아메리카 대륙이라고 할 수 있는 오스트레일리아가 문명 세계에 알려진 것도 포경꾼들의 공적이다. 어떤 네덜란드 선박이 실

---

143 아담 요한 폰 크루젠슈테른(1770~1846): 러시아의 탐험 항해가. 러시아 최초로 세계일주 항해
    (1803~1806)를 지휘했다.
144 페루는 1821년에, 칠레는 1818년에, 볼리비아는 1825년에 스페인으로부터 독립했다.

수로 그 대륙을 처음 발견한 뒤, 다른 배들은 모두 오스트레일리아 해안을 전염병이 만연하는 미개지로 생각하여 오랫동안 접근조차 하지 않았는데, 포경선만은 그곳 해안에 닿았던 것이다. 포경선이야말로 오늘날 저렇게 강대해진 식민지의 진정한 어머니라고 할 수 있다. 게다가 오스트레일리아의 초기 식민 시대에는 이주민들이 운 좋게 그들의 해역에 닻을 내린 포경선에서 나누어준 건빵 덕분에 굶어죽는 것을 면한 적이 한두 번이 아니었다. 폴리네시아의 수많은 섬들도 이 같은 사실을 알고 있으며, 선교사와 상인들에게 길을 열어주고 초기 선교사를 첫 번째 목적지까지 태워다준 포경선에 경의를 표한다. 몇 겹으로 빗장을 걸어 잠근 일본[145]이 손님을 환대하게 된다면, 그 공로를 인정받을 수 있는 것은 포경선뿐이다. 포경선은 벌써 일본의 문지방을 넘으려 하고 있기 때문이다.

하지만 이 모든 것에도 불구하고 포경업에는 여전히 심미적이고 고상한 연상이 따르지 않는다고 말한다면, 나는 당신에게 쉰 개의 창을 던져 매번 당신의 투구를 꿰뚫고 당신을 말에서 떨어뜨릴 준비가 되어 있다.

—고래에 대해 저술한 이름난 작가도 없고, 포경업을 다룬 유명한 역사가도 없다고 당신은 말할지 모른다.

'고래에 대해 저술한 이름난 작가도 없고, 포경업을 다룬 유명한 역사가도 없다'고? 우리의 레비아탄에 대한 이야기를 처음 쓴 것은 누구인가? 저 위대한 욥[146]이 아닌가? 그리고 포경 항해를 처음 서술한 사람은 누구인가? 다름 아닌 앨프레드 대왕[147]이 아닌가? 대왕은 자신의 펜으로 당시의 노르웨이 포경꾼이었던 오테르의 말을 기록했다. 그리고 영국 의회

---

145 쇄국정책을 고집하던 일본은 미국의 매슈 페리 제독(1794~1858)이 지휘하는 '흑선' 함대의 위압에 굴복하여 1853년 7월에 개항했다.

146 구약성서 「욥기」의 주인공. 가혹한 시련을 견뎌내고 믿음을 굳게 지킨 인물로 알려져 있으며, 노아·다니엘과 더불어 예로부터 의인義人의 전형으로 꼽힌다.

147 잉글랜드의 왕(재위 871~899). 이교도 데인족의 침략에 맞서 영토를 지켰으며, 법령을 집대성하고 앵글로색슨 문화의 전성기를 이룩했다.

에서 포경업을 찬양하는 연설을 한 사람은 누구인가? 바로 에드먼드 버크[148]가 아닌가!

—그건 그렇다. 하지만 포경꾼들 자신은 하찮은 녀석들이다. 그들의 혈관에는 좋은 피가 한 방울도 흐르지 않는다.

'그들의 혈관에는 좋은 피가 한 방울도 흐르지 않는다'고? 그들의 혈관에는 왕족의 피보다 더 좋은 피가 흐르고 있다. 벤저민 프랭클린[149]의 할머니는 메리 모렐이었는데, 나중에 결혼해서 낸터컷의 초기 정착자 가운데 하나인 메리 폴저가 되었고, 대대로 작살잡이로 명성을 얻은 폴저 가문의 선조가 되었다. 그 폴저 가문의 역대 작살잡이들은 모두 고귀한 프랭클린의 일가친척이었다. 오늘도 그들은 세계의 이쪽에서 저쪽으로 작살을 던지고 있다.

—그건 좋다. 하지만 아무래도 포경꾼은 고상하지 않다고, 다들 그렇게 말하고 있다.

'포경꾼은 고상하지 않다'고? 포경꾼은 제왕처럼 당당하다. 옛날 영국 법률은 고래를 '왕실어'라고 부르고 있다.*

—그건 명목일 뿐이다. 고래 자체는 당당하게 나타난 적이 없다.

'고래가 당당하게 나타난 적이 없다'고? 어느 로마 장군[150]에게 바쳐진 화려한 개선식에서 장군이 세계의 수도인 로마에 입성할 때, 심벌즈 소리도 드높은 행렬 속에서 가장 눈길을 끈 것은 시리아 해안에서 로마까지 운반된 고래뼈였다.**

---

148 에드먼드 버크(1729~1797): 영국의 정치가·사상가·웅변가. 1775년에 영국 의회에서 유럽의 고래잡이와는 대조적인 뉴잉글랜드 포경업의 대담함과 성공을 칭찬하는 연설을 했다.

149 벤저민 프랭클린(1706~1790): 미국의 정치가·과학자.

150 마르쿠스 아이밀리우스 스카우루스(기원전 97~?)를 말한다. 기원전 58년, 그리스 신화 속의 페르세우스가 안드로메다를 구할 때 죽인 바다 괴물의 뼈대를 얻었다고 주장했다.

　*　이 사항에 대해서는 다음에 다시 설명하겠다. (제82장과 제90장에 나온다 — 옮긴이)

　**　이 사항에 대해서도 나중에 다시 설명하겠다.

─당신이 그렇게 말하니 그렇다고 해두자. 하지만 누가 뭐라고 하건, 고래잡이에는 진정한 위엄이 없다.

　'고래잡이에는 위엄이 없다'고? 우리 직업의 위엄은 하늘 자체가 증명하고 있다. 고래자리는 남쪽 하늘의 별자리다! 그것으로 충분하다! 러시아 황제 앞에서는 모자를 깊이 눌러써도 퀴퀘그 앞에서는 모자를 벗어야 한다! 그것으로 충분하다. 나는 평생 동안 고래 350마리를 잡은 남자를 알고 있는데, 그 남자야말로 350개의 성채를 함락시켰다고 자랑한 고대의 장군보다 더 훌륭하다고 생각한다.

　그리고 혹시라도 아직 발견되지 않은 장점이 내 안에 있다면, 작지만 조용한 그 세계에서 내가 진정한 명성을 얻고 싶어 하는 것도 그렇게 터무니없지는 않겠지만 내가 정말로 그런 명성을 얻을 자격이 있다면, 앞으로 내가 대체로 보아 사람으로서 하지 않고 방치하기보다 하는 편이 나은 일을 한다면, 내가 죽을 때, 내 유언 집행인들, 아니 좀 더 정확히 말하면 내 빚쟁이들이 내 책상 속에서 귀중한 원고를 발견한다면, 나는 모든 명예와 영광을 포경업에 돌린다고 여기서 미리 밝혀두겠다. 포경선은 나의 예일 대학이며 하버드 대학이기 때문이다.

{ 　제25장　 }
덧붙임

　포경업의 존엄성을 위해 나는 확실히 입증된 사실들만 기꺼이 제시하겠다. 하지만 사실들을 전투 태세로 배치한 뒤, 자기주장을 잘 표현해줄 합리적인 추론까지도 완전히 배제하는 변호인이라면 비난받아야 마땅하지 않을까?

　근대에도 왕과 여왕의 대관식에서 그들의 역할에 맞추어 그들에게 양넘 치는 기묘한 절차가 진행된다는 것은 잘 알려져 있다. 이른바 국가의 소금 그릇이 있는 이상, 국가의 양념병도 존재할 수 있다. 그 소금을 정확히 어떻게 사용하는지, 그것을 명확히 알고 있는 사람은 없다. 하지만 대관식 때는 왕의 머리에 마치 샐러드의 머리 부분에 기름을 치듯 엄숙하게 기름을 칠한다는 것을 나는 알고 있다. 그것은 기계에 기름을 치듯 머릿속이 잘 돌아가게 하기 위해서일지도 모른다. 이 대관식 절차의 본질적인 가치에 대해서는 여기서 깊이 생각해볼 수도 있을 것이다. 일상생활에서는 머리에 기름을 바르고 기름 냄새를 풍기는 사람을 한심하게 생각하고 경멸하기 때문이다. 실제로 머릿기름을 약용 이외의 목적으로 사용하는 성인 남자는 몸 어딘가에 결함이 있을 것이다. 일반적으로 그런 남자는 대단한 사람이 될 수 없다.

하지만 여기서 생각해야 할 것은 이것뿐이다. 즉, 대관식에서는 어떤 종류의 기름이 사용되는가? 올리브기름일 리는 없다. 마카사르기름, 피마자기름, 곰기름, 고래기름, 대구간유일 리도 없다. 그렇다면 모든 기름 가운데 가장 향기로운 향유고래기름, 가공되지 않고 오염되지도 않은 상태의 향유고래기름일 수밖에 없지 않은가?

충성스러운 영국인들이여, 여러분의 왕과 여왕들의 대관식에 쓰는 기름을 공급하는 것은 우리 포경꾼들이라는 것을 잊지 말지어다!

{ 　제26장　 }

기사들과 종자들

'피쿼드'호의 일등항해사는 스타벅[15]이었다. 낸터컷 토박이에 대대로 퀘이커교도 집안이었다. 훤칠한 키에 성실한 사람이었고, 얼어붙을 듯이 추운 지방의 해안에서 태어났지만, 근육이 두 번이나 구운 비스킷처럼 단단해서 열대지방에서도 견딜 수 있는 체격으로 보였다. 그의 싱싱한 피는 서인도제도에 가져가도 병에 든 맥주처럼 상하지 않을 것이다. 그는 심한 가뭄과 기근이 일어난 시대, 또는 그가 태어난 매사추세츠주를 유명하게 만든 '금식일'[152]에 태어난 게 분명하다. 서른 번의 건조한 여름을 겪었을 뿐인데, 그 여름들이 그의 몸에 불필요한 군살을 모조리 말려버렸다. 하지만 그의 깡마른 몸은 신체적인 질병의 징후로도 보이지 않았을 뿐만 아니라, 체력을 소모시켜 몸을 조금씩 쇠약하게 만드는 고민과 걱정의 표시로도 보이지 않았다. 그것은 단지 몸이 응축된 결과일 뿐이었다. 그는 결코 못생기지 않았다. 오히려 그 반대였다. 깨끗하고 팽팽한 피부는 놀랄 만큼 건강한 상태였다. 그 피부에 빈틈없이 감싸인 몸은 내면의 건강과 힘으로 방부 처리되어, 마치 이집트의 미라가 되살아난 것 같았다. 이 스타벅은 앞으로도 오랫동안 지금과 다름없이 견뎌낼 각오가 되어 있는 듯했다. 그의 내적 활력은 특허받은 크로노미터[153]처럼 북극의 눈이나 열대의 태양을 막론하고 어떤 기후에서나 잘 작동할 거라고 보증되었기 때문이다. 그의 눈을 들여다보면, 그가 평생 동안 침착하게 맞선 수많은 위험의 잔상이 아직도 어른거리는 것이 보이는 듯했다. 차분하고 견실한 그의 인생은 대부분 소리로 이루어진 지루한 장章이 아니라 동작으로 이루어진 인상적인 무언극이었다. 하지만 그 진지하고 강인한 불굴의 정신에도 불구하고, 때로는 나머지 자질에 모두 영향을 미치고 어떤 경우에는 나머지 자질들을 뒤엎을 만큼 중요해 보이는 자질들을 그는 갖추고 있었다.

---

151 Starbuck. 낸터컷의 퀘이커교도 사이에서는 흔한 이름이다. 성실하고 정직하며 독실하고 공리주의적인 이 남자의 이름이 최근에는 '스타벅스 커피 체인점'을 통해 우리나라에도 널리 알려지게 되었다. 이 체인점의 홈페이지에는 "스타벅스라는 이름은 허먼 멜빌의 소설 『모비 딕』에 나오는 커피 애호가인 일등항해사 스타벅의 이름에서 유래했다"고 나와 있는데, 스타벅이 정말로 커피를 좋아했는지는 알 수 없고, 스타벅과 커피가 관련된 장면이 제81장에 잠깐 나온다.

152 미국은 영국 식민지 시절인 1670년에 총독의 명령에 따라 9월 8일을 '금식일'로 정하여 시행했으나, 1894년에 폐지했다.

153 항해 중인 배가 천문 관측을 통해 배의 위치를 계산할 때 사용하는 정밀 시계.

뱃사람치고는 이상하게 양심적이고 자연계에 대한 깊은 경외감을 가지고 있어서, 거친 바다에서의 쓸쓸한 생활은 그의 마음을 미신으로 기울게 했다. 하지만 그가 믿는 미신은 어떤 사회에서는 무지가 아니라 오히려 지성에서 나오는 것처럼 여겨지는 미신이었다. 그는 외적 전조와 내적 예감을 민감하게 느꼈다. 이런 전조와 예감이 이따금 용접으로 접합된 강철 같은 그의 영혼을 굴복시킬 때도 있었지만, 원래 무뚝뚝한 천성에서 그를 훨씬 멀리 벗어나게 하는 것은 멀리 코드곶에 두고 온 젊은 아내와 어린 자식에 얽힌 아련한 가정적 추억이었다. 그 추억 때문에 그는 앞뒤를 헤아리지 않는 무모하고 대담한 행동을 억제하는 잠재적 영향력을 훨씬 받기 쉬워지는 경향이 있다. 정직한 마음을 가진 사람들은 포경업 같은 위험한 직업에 종사하는 다른 사람들이 자주 보여주는 그런 저돌적인 행동을 자제한다. "고래를 두려워하지 않는 자는 내 보트에 절대로 태우지 않겠다"고 스타벅은 말했다. 이 말은 가장 믿을 수 있고 쓸모 있는 용기는 위험에 맞닥뜨렸을 때 그 위험을 정당하게 평가하는 데에서 나온다는 뜻일 뿐만 아니라, 두려움을 모르는 사람은 겁쟁이보다 훨씬 위험한 동료라는 뜻이기도 했다.

"그래, 그래. 저기 있는 스타벅만큼 신중한 사람은 이 포경업계 어디에서도 찾아볼 수 없을 거야." 이등항해사인 스터브가 말했다. 하지만 '신중하다'라는 말이 스터브 같은 포경꾼, 아니 모든 포경꾼의 입에서 나올 때 정확히 무슨 뜻인지는 오래지 않아 알게 될 것이다.

스타벅은 일부러 위험을 찾아다니는 십자군 전사는 아니었다. 그에게 용기는 순간적으로 일어나는 감정이 아니라, 필요한 경우에 언제든지 쓸 수 있도록 늘 가까이 있는 유용한 도구 같은 것이었다. 게다가 그는 이 포경업에서 용기란 쇠고기나 빵처럼 반드시 배에 갖추어야 하고 어리석게 낭비하면 안 되는 주요 품목 가운데 하나라고 생각했다. 그래서 해가 진 뒤에 고래를 잡기 위해 보트를 내리거나, 너무 고집스럽게 저항하는 고래를 고집스럽게 공격하는 것을 좋아하지 않았다. 이 위험한 바다에 나온 것은 자신의 생계를 위해 고래를 잡으러 온 것이지, 고래의 생계를 위해 자신을 희생하러 온 것은 아니라고 생각했기 때문이다. 그렇게 목숨을 잃은 사람이 수백 명이나 된다는 것도 스타벅은 잘 알고 있었다. 아버지는 어떻게 죽었던가? 바닥 모를 심해 어디에서 갈기갈기 찢긴 형의 팔다리를 찾을 수 있단 말인가?

그에게 이런 기억이 있고, 게다가 좀 전에 말했듯이 미신을 품고 있음에도 불구하고, 이 스타벅이 여전히 용기를 발휘할 수 있었다면, 그의 용기는 정말 대단했던 것임이 분명하다. 하지만 그런 정신 구조를 가지고 있고, 그렇게 끔찍한 경험과 기억을 가진 사람이 합리적인 상태에 있을 턱이 없었다. 그런 경험과 기억들은 그의 내면에 어떤 요소를 자라나게 했을 것이고, 이것은 잠재해 있다가 적당한 상황에 닥치면 껍질을 깨고 나와 그의 용기를 모두 태워버렸을 것이다. 그는 용감할지 모르지만, 그 것은 대담한 사람에게서 주로 볼 수 있는 용기였다. 그 용기는 일반적으로 바다나 바람이나 고래, 또는 세상에 흔히 있는 불합리한 공포와 맞닥뜨렸을 때는 꿋꿋이 견뎌내지만, 더 정신적인, 그렇기 때문에 더욱 무시무시한 공포, 예컨대 어떤 힘깨나 가진 사람이 격분하여 이맛살을 찌푸리며 위협할 때의 공포는 견뎌내지 못한다.

하지만 앞으로 나올 이야기 속에서 저 가엾은 스타벅의 꿋꿋한 태도가 완전히 실추된다 해도, 나는 거기에 대해 쓸 마음이 나지 않을 것이다. 영혼이 용기를 잃은 사실을 폭로하는 것보다 슬픈 일, 아니 충격적인 일은 없기 때문이다. 인간 세상은 주식회사나 국가처럼 혐오스러운 것인지도 모른다. 거기에는 악당도 있고 바보도 있고 살인자도 있을 것이다. 인간은 비열하고 빈약한 얼굴을 갖고 있을지도 모른다. 하지만 이상적인 인간은 너무나 고귀하고 찬란하며, 당당하고 빛나는 존재이기 때문에, 그에게 어떤 수치스러운 결점이 있다면 동료들은 가장 값비싼 옷이라도 들고 달려가서 그의 결점을 덮어주어야 할 것이다. 우리들 자신 속에서 느끼는 그 때묻지 않은 남성다움, 그것은 우리 안에 깊이 숨어 있기 때문에, 외적 특성이 모두 사라진 것처럼 보여도 그것은 원래대로 고스란히 남아 있다. 용기를 잃은 인간의 적나라한 모습을 보게 되면 비통한 마음에 피를 토하는 느낌이 든다. 그런 수치스러운 광경을 보면, 아무리 독실한 믿음을 가진 사람도 그런 것을 허락한 운명을 원망하지 않을 수 없다. 하지만 여기서 내가 말하고 있는 당당한 위엄은 왕과 법복의 위엄이 아니라, 그런 옷을 걸치지 않아도 드러나는, 세상에 널려 있는 위엄이다. 여러분은 곡괭이를 휘두르거나 못을 박는 사람들의 팔뚝에서 그것이 빛나는 것을 볼 수 있을 것이다. 신에게서 끝없이 나와 사방팔방으로 퍼져나가는 그 민주적 위엄. 오, 신이여! 위대한 절대자인 신이여! 모든 민권의 중심이자 둘레인 신이여! 신의 편재야말로 우리의 신성한 평등인 것이다!

그렇다면 앞으로 내가 가장 비열한 선원과 배교자와 세상에서 버림받은 자들한테서도 어둡지만 고상한 자질을 발견한다 해도, 비극적인 우아함으로 그들을 둘러싼다 해도, 그 모든 사람 중에서도 가장 슬픔에 잠겨 있고 어쩌면 가장 타락한 사람까지도 이따금 높은 산 위로 자신을 끌어 올린다 해도, 그 노동자의 팔이 영묘한 천상의 빛을 띠게 한다 해도, 내가 그의 불길한 석양 위로 무지개를 펼쳐놓는다 해도, 인간애라는 고귀한 망토를 펼쳐서 나 같은 사람을 모두 감싸준 정의로운 '평등의 정신'이여, 세상의 온갖 비난으로부터 나를 지켜주소서. 그것을 견디게 해주소서, 민중의 수호자인 위대한 신이여! 당신은 얼굴이 까무잡잡한 죄수 버니언[154]에게 시의 하얀 진주를 마다하지 않으셨고, 늙은 세르반테스의 동강 난 팔을 이

---

154 존 버니언(1628~1688): 영국의 작가. 비국교파 설교자로 활동하다 박해를 받기도 했다. '면허 없이 설교한' 죄로 감옥에 갇혀 있는 동안 『천로역정』을 썼다. 미겔 데 세르반테스(1547~1616): 스페인의 작가. 『돈키호테』를 썼으며, 오스만제국과 싸운 레판토 해전에서 왼팔을 잃었다. 앤드루 잭슨(1767~1845): 미국의 제7대 대통령. 사생아로 태어나 고학으로 변호사가 된 뒤 군인으로 공을 세우고 대통령이 되었다.

중으로 두드려 편 최고급 금박으로 덮어주셨으며, 앤드루 잭슨을 자갈밭 속에서 건져 올려 군마에 태우고 옥좌보다 더 높은 지위에 올려놓으셨나이다. 지상을 힘차게 행진하면서 왕처럼 당당한 평민들 중에서 가장 뛰어난 당신의 챔피언을 선발하는 신이여. 오, 신이여, 나를 지켜주소서!

{ 제27장 }
기사들과 종자들(계속)

스터브[155]는 이등항해사였다. 그는 코드곶 출신이었고, 그래서 현지의 관습에 따라 '코드곶 사내'라고 불렸다. 그는 낙천적이었고, 겁쟁이도 아니지만 용감하지도 않았다. 위험이 닥쳐오면 무심한 태도로 받아들이고, 고래를 추적하는 절체절명의 위기 속에서도 1년 계약한 품팔이 소목장이처럼 조용히 그리고 침착하게 일했다. 명랑하고 느긋하고 태평스러운 그가 보트를 지휘하는 모습을 보면, 아무리 치명적인 위험도 만찬회에 불과하고, 자신의 보트에 탄 선원들은 모두 초대된 손님일 뿐이라고 생각하는 듯했다. 나이 든 역마차 마부가 자신의 좌석을 편안하게 꾸미는 데 까다롭듯이, 그는 보트의 자기 자리를 쾌적하게 정비하는 데 까다로웠다. 고래에 접근하여 접전을 벌일 때는 땜장이가 휘파람을 불면서 망치를 휘두르듯 무자비한 작살을 냉정하고 거침없이 다루었다. 분노에 날뛰는 괴물과 옆구리를 맞대고 있을 때도 그는 좋아하는 옛 노래를 흥얼거리곤 했다. 오랫동안 익숙해졌기 때문에, 스터브에게는 죽음의 아가리마저도 안락의자로 바뀌어 있었다. 그가 죽음 자체를 어떻게 생각했는지는 알 수 없다. 아니, 죽음을 생각해본 적이 있는지조차 의문이다. 하지만 즐거운

---

155 Stubb. 뉴베드퍼드와 낸터킷에서는 흔한 이름이지만, 보통명사적 의미에서 짐작하자면 스터브는 땅딸막한 사내였는지도 모른다.

저녁식사가 끝난 뒤 그 문제에 마음을 돌릴 기회가 있었다 하더라도, 그는 훌륭한 선원답게 죽음을, 빨리 돛대 위로 올라가 망을 보라는 명령 정도로밖에는 받아들이지 않았을 것이고, 돛대 위에서 무엇을 할지는 명령에 따르고 나면 저절로 알게 될 거라고 생각했을 게 분명하다.

다른 이유도 있겠지만, 스터브를 그렇게 태평하고 두려움을 모르는 사람으로 만들어준 것, 짐을 잔뜩 짊어지고 땅만 내려다보며 돌아다니는 심각한 행상인으로 가득 찬 세상에서 인생의 무거운 짐을 지고도 그처럼 경쾌하게 걸어 다니는 사람으로 만들어준 것, 그가 거의 불경스러울 만큼 명랑한 기분을 갖는 데 이바지한 것은 그의 담배 파이프였던 게 분명하다. 짧고 검고 작은 파이프는 그의 코와 마찬가지로 그의 얼굴의 일부가 되어 있었기 때문이다. 그가 침대에서 파이프를 물지 않고 나오기를 기대하는 것은 코가 없이 침대에서 나오기를 기대하는 거나 마찬가지였다. 그의 침대 머리맡에는 손만 뻗으면 닿을 수 있는 곳에 파이프 걸이가 있었고, 거기에는 언제나 담배를 재놓은 파이프들이 가지런히 걸려 있었다. 그리고 잠자리에 들 때마다 그 파이프들을 차례로 연달아 피웠다. 하나를 다 피우면 그 담뱃불을 옆에 걸린 파이프에 옮겨 붙였다. 그렇게 해서 준비해둔 파이프를 다 피우면, 모든 파이프에 담배를 다시 재놓았다. 옷을 입을 때도 그가 맨 먼저 하는 일은 바짓가랑이에 다리를 꿰는 것이 아니라 입에 파이프를 무는 것이었다.

스터브가 그렇게 특이한 기질을 갖게 된 원인은 여러 가지가 있겠지만, 이 줄담배도 하나의 원인이었을 게 분명하다. 누구나 알고 있듯이, 뭍이든 바다든 이 지구의 공기는 그 공기를 내쉬면서 죽은 수많은 사람들의 형언할 수 없는 고통으로 심하게 오염되어 있기 때문이다. 콜레라가 유행할 때처럼 밖에 나갈 때는 장뇌로 처리한 손수건을 입에 대고 다니는 사람들도 있다. 그와 마찬가지로 스터브의 줄담배는 모든 정신적 시련을 없애주는 일종의 소독약으로 작용했을지도 모른다.

삼등항해사는 비니어드섬의 티스베리 출신인 플래스크[156]였다. 그는 땅딸막하고 다부진 체격에 혈색이 좋은 젊은이인데, 고래에 대해 매우 호전적이었다. 그는 커다란 고래야말로 자신의 원수, 조상 대대의 원수라고 생각하여, 고래를 만날 때마다 죽이는 것은 그에게 명예가 걸려 있는 일종의 체면 문제였다. 그래서 고래의 거대한 덩치와 신비로운 행동이 자아내는 여러 가지 경이에 대해 그는 어떤 의미의 존경심도 느끼지 않고, 고래와 마주쳤을 때의 위험에 대해 불안 같은 감정도 전혀 느끼지 않았다. 따라서 그 놀라운 고래는 크게 확대된 생쥐이거나 기껏해야 물쥐일 뿐이고, 선수를 쳐서 포위한 뒤 약간의 시간과 노력만 들이면 얼마든지 죽여서 삶아 먹을 수 있다는 것이 플래스크의 생각이었다. 이 무지하고 무의식적인 대담성 때문에 플래스크는 고래 문제에서 좀 익살스러운 사람이 되었다. 고래를 쫓는 일은 그에게 일종의 장난이었고, 그래서 혼곶을 돌아 3년 동안 항해하는 것도 그 기간만큼 지속되는 즐거운 놀이에 지나지 않았다. 목수가 사용하는 못에는 두드려 만든 못과 그냥 쇠를 잘라서 만든 못 두 가지가 있다고 하는데, 인간도 그렇게 나눌 수 있을지 모른다. 땅딸막한 플래스크는 두드려 만든 못, 말하자면 한번 달라붙으면 좀처럼 떨어지지 않는 못이었다. 그래서 '피쿼드'호에서는 '왕대공'이라고 불렸다. 그의 체형이 포경선에서 '왕대공'이라는 이름으로 불리는 짧고 네모난 목재에 비유할 수 있었기 때문이다. 이 왕대공은 부채꼴로 끼워 넣은 여러 개의 받침목과 더불어 저 사나운 바다에서 거센 파도에 밀려오는 얼음 덩어리의 충격에도 배가 견딜 수 있도록 버팀대 역할을 해준다.

이들 세 명의 항해사—스타벅, 스터브, 플래스크—는 중요한 사람들이었다. 보편적 규정에 따라 '피쿼드'호의 보트 세 척을 지휘하는 것은 바로 그들이었다. 에이해브 선장이 이제 곧 고래를 공격할 병력을 정렬시

---

156 Flask. 플라스크 또는 술병을 의미하니까 술꾼임을 암시하고 있는지도 모른다. 왕대공: 건축에서 용마루 보를 떠받치는 지주.

키고 전투 명령을 내리면, 이들 세 항해사는 중대장처럼 각 보트의 우두머리가 되었다. 그들은 길고 날카로운 창으로 무장하고 있으니까, 정예로 선발된 삼창사三槍士라고 할 수 있었고, 그렇다면 작살잡이들은 투창병이라고 할 수 있었다.

이 이름 높은 포경업에서 항해사나 보트장은 옛 중세의 기사가 종자를 데리고 있는 것처럼 보트 노잡이나 작살잡이를 거느리고 있는데, 그들은 위급한 상황에서 고래를 공격하던 항해사의 창이 심하게 뒤틀리거나 구부러지면 항해사에게 새 창을 건네준다. 게다가 둘 사이에는 대개 긴밀한 우정이 존재한다. 따라서 '피쿼드'호의 작살잡이들이 누구이고 그들이 각자 어떤 보트장에게 속해 있었는지를 이 자리에 적어두는 것이 적당할 듯하다.

첫째로 퀴퀘그. 일등항해사 스타벅이 그를 종자로 선택했다. 하지만 퀴퀘그에 대해서는 여러분도 이미 알고 있는 바와 같다.

다음은 태시테고. 순종 인디언으로, 비니어드섬 서쪽 끝에 있는 게이헤드 출신인데, 이곳에는 오랫동안 이웃한 낸터컷섬에 대담무쌍한 작살잡이를 대부분 공급해온 인디언 마을의 마지막 자취가 아직도 남아 있다. 포경업계에서 그들은 대개 '게이헤드 사람'이라는 통칭으로 불린다. 태시테고의 길고 메마른 검은색 머리카락, 튀어나온 광대뼈, 동글동글한 검은 눈(인디언치고는 크기 때문에 동양적이지만, 반짝거리는 눈빛은 남극적이다) ─ 이 모든 것은 그가 뉴잉글랜드의 거대한 사슴을 찾아 손에 활을 들고 원시림을 누비고 다닌 그 자랑스러운 전사 사냥꾼들의 순수한 피를 물려받았다는 것을 충분히 보여주었다. 하지만 태시테고는 이제 숲속의 맹수들이 지나간 자국을 냄새 맡고 다니는 것이 아니라 바다의 커다란 고래를 추적하여 사냥했다. 조상 대대로 내려온 백발백중의 화살은 한 번도 빗나간 적이 없는 자손의 작살로 바뀌었다. 뱀처럼 유연한 그의 팔다리에 솟아오른 갈색 근육을 본 사람이라면 초기 청교도들의 미신을 거의 믿었을 것이고, 이 야생의 인디언이야말로 '공중의 권세를 잡은 통치자'[157]의 아들이라고 반쯤은 믿었을 것이다. 태시테고는 이등항해사인 스터브의 종자였다.

작살잡이들 가운데 세 번째는 대구. 거대한 몸집에 피부가 석탄처럼 새까맣고 걸음걸이가 사자 같은 흑인인데, 아하수에로스[158]를 생각나게 했다. 귀에는 황금 귀고리 두 개가 매달려 있었는데, 귀고리가 너무 커서 선원들은 그것을 '고리 달린 볼트'라고 부르고, 가운뎃돛대의 돛줄을 거기에 고정시키면 좋겠다고 말하곤 했다. 젊은 시절에 대구는 고향 해안의 한적한 후미에 정박해 있던 포경선에 자진해서 탔다. 그 후 아프리카와 낸터킷, 포경꾼들이 가장 자주 드나드는 이교도의 항구를 제외하고는 세상 어디에도 가보지 못했다. 그리고 지난 몇 년 동안은 선주가 선원들의 태도에 유별나게 신경을 쓰는 포경선에서 대담한 고래잡이 생활을 해왔다. 그래서 대구는 야만인의 미덕을 모두 간직한 채, 기린처럼 꼿꼿한 자세로 195센티미터의 거구를 양말 속에 모두 쑤셔 넣고 갑판을 돌아다녔다. 그를 쳐다보면 누구나 신체적으로 위축되는 느낌이 들었다. 그 앞에 서 있는 백인은 요새가 휴전을 간청하기 위해 내건 백기처럼 보였다. 이상하게 들리겠지만, 이 당당한 체구의 흑인 아하수에로스 대구는 땅딸보 플래스크의 종자인데, 대구 옆에 서면 플래스크는 꼭 장기 말처럼 보였다.

'피쿼드'호의 나머지 선원들에 대해서 말하자면, 오늘날에는 미국 포경업계에 고용된 수천 명의 평선원 가운데 미국 태생은 절반밖에 안 되지만 간부선원은 거의 다 미국 태생이다. 이 점에서는 미국 육군과 해군과 상선단, 그리고 미국 운하와 철도 건설에 고용된 엔지니어 집단의 경우도 포경업계와 마찬가지다. 그 모든 경우에 미국인은 기꺼이 두뇌를 제공하

---

157 신약성서 「에베소서」 2장 2절.
158 구약성서 「에스더기」에 나오는 페르시아 왕으로, 크세르크세스 1세(기원전 486~465년 재위)와 동일 인물로 보기도 한다.

고, 세계의 나머지 지역에서는 인심 좋게 근육을 공급하기 때문이다. 이 포경 선원들 가운데 적잖은 수가 아조레스 제도[159] 출신인데, 낸터컷에서 출항하는 포경선은 아조레스의 바위투성이 해안에서 농사를 짓는 강인한 농부들을 선원으로 고용하기 위해 자주 그곳에 들른다. 그와 마찬가지로 헐[160]이나 런던에서 출항하는 그린란드행 포경선들은 세틀랜드 제도에 들러 선원을 보충하고, 귀향하는 길에 다시 그곳에 들러 선원들을 내려준다. 이유는 알 수 없지만, 섬에서 태어나 자란 사람들은 최고의 포경꾼이 되는 모양이다. '피쿼드'호의 경우도 최고의 포경꾼들은 거의 다 섬 출신이고, 게다가 섬처럼 고립된 외톨이들이다. 그들은 인류 공통의 대륙 따위는 인정하지 않고, 각자 자신만의 대륙에 따로 떨어져 사는 외톨이였다. 하지만 지금은 하나의 용골을 중심으로 연합한 이 외톨이들이 얼마나 대단한 무리를 이루었는가! 바다에 떠 있는 모든 섬과 뭍의 모든 구석에서 온 아나카르시스 클로츠[161]의 대표들이 '피쿼드'호를 타고, 에이해브 선장과 함께, 지금까지 살아 돌아온 사람이 거의 없는 법정에 나아가 이 세상에 대한 불만을 털어놓으려고 한다. 검둥이 꼬마 핍! 그는 끝내 돌아오지 않았다. 가엾은 앨라배마 소년! '피쿼드'호의 음산한 앞갑판 위에서 여러분은 머지않아 탬버린을 치는 그 아이를 보게 될 것이다. 영원한 시간을 예시하듯, 그는 천상의 뒷갑판에 불려 나와 천사들과 함께 연주를 시작하라는 명령을 받았고, 영광 속에서 탬버린을 쳤다. 그는 이 세상에서는 겁쟁이로 불렸지만, 저세상에서는 영웅으로 추앙받고 있다.

---

159 포르투갈 서쪽 북대서양에 있는 화산섬 무리.
160 영국 북동쪽 해안의 항구도시. 세틀랜드 제도: 영국 스코틀랜드 북동쪽 앞바다에 있는 섬 무리.
161 아나카르시스 클로츠(1755~1794): 독일의 귀족이었지만 프랑스혁명에 공감하여 1791년에 36개 국 출신자 대표들을 이끌고 '인류의 사절'이란 이름으로 국민회의에 들어가, 혁명에 대한 국제적 지지를 표명했다.

{   제 28 장   }

에이해브 선장

낸터컷을 떠난 뒤 며칠이 지났음에도 갑판 위에서는 에이해브 선장의 모습을 볼 수 없었다. 항해사들은 규칙적으로 당직 임무를 교대했고, 그와는 반대로 보일 수도 있겠지만 이들이 배를 지휘하고 있는 것처럼 보였다. 다만 그들이 이따금 선장실에 들어갔다 나오면 느닷없이 엄격한 명령을 내리곤 했기 때문에, 그들이 누군가를 대신해서 지휘하고 있다는 것을 알 수 있었다. 그랬다. 신성한 은신처인 선장실에 드나드는 게 허용되지 않은 사람들에게는 아직도 모습을 드러내지 않고 있었지만, 그곳에 최고 수령이며 독재자인 사람이 있는 것만은 틀림없었다.

나는 망꾼 당번이 끝나고 갑판으로 내려갈 때마다 낯선 얼굴이 보이지나 않을까 하고 고물 쪽으로 눈길을 보내곤 했다. 처음엔 미지의 선장에 대한 막연한 불안감 때문이었는데, 육지를 떠나 망망대해로 나온 지금은 그것이 마음을 뒤흔드는 불안감으로 변해 있었기 때문이다. 누더기를 걸친 일라이저의 악마 같은 넋두리가 이따금, 전에는 상상도 할 수 없었던 야릇한 힘을 가지고 되살아나 그 불안감을 묘하게 고조시켰다. 내가 다른 기분이었다면 부두에서 만난 그 기이한 예언자의 우울한 헛소리를 그냥 웃어넘길 수도 있겠지만, 안타깝게도 지금은 그것을 참을 수가 없었다. 하지만 내가 느낀 감정이 불안감이든 불쾌감이든 간에, 내가 배에서 주위를 둘러볼 때마다 그런 감정을 품을 근거는 전혀 없었다. 작살잡이들도 그렇고 선원들도 대부분 그렇지만, 그들은 내가 과거의 경험으로 알고 있는 상선의 얌전한 선원들보다 훨씬 야만적이고 이단적이고 난잡한 사람들이었으나, 그래도 나는 그것을 스칸디나비아에서 시작된 그 거친 직업—내가 그렇게 자포자기하듯 뛰어든 고래잡이라는 직업—의 특성 자체가 독특한 탓으로 여겼기 때문이다. 하지만 이 막연한 걱정을 가라앉히고 고래잡이 항해를 상기할 때마다 자신감과 쾌활함을 불러일으키는 것은 특히 그 배의 중요한 간부선원 세 명, 즉 항해사들의 태도였다. 이들 세 사람은 각자 나름대로 훌륭한 인간이자 믿음직한 간부들이어서, 그들보다 더 적당한 인재는 쉽게 찾을 수 없을 것이다. 그들은 각각 낸터컷, 비니어드, 코드곶 출신의 미국인이었다.

배가 항구를 떠난 것은 크리스마스였기 때문에, 그 후 줄곧 남쪽으로 달아났는데도 한동안은 살을 에는 듯한 북극의 기후를 견뎌야 했다. 위도가 낮아질수록 우리는 그 무자비한 겨울과 견딜 수 없는 날씨에서 차츰 벗어났다. 그 과도기의 어느 날 아침이었다. 하늘은 좀 덜 찌푸렸지만 그래도 여전히 음산하고 어둑했다. 순풍을 받은 배는 복수심이라도 품은 것처럼 펄쩍펄쩍 뛰어오르고 우울하게 속력을 내어 물을 가르며 달리고 있었다. 그때 나는 오전 당직을 서기 위해 갑판으로 올라갔고, 문득 고물 난간 쪽으로 눈길을 돌리자마자 어떤 불길한 예감에 전율이 온몸을 달렸다. 불안을 느낄 틈도 없이 현실이 거기에 있었다. 에이해브 선장이 뒷갑판에 서 있었던 것이다.

그가 평범한 신체적 질병을 앓고 있거나 그런 질병에서 회복된 조짐은 전혀 없어 보였다. 그는 화형대에서 불길에 휩싸여 온몸이 괴멸되었지만 불길이 사지를 다 태워버리기 전에 줄행랑친 남자처럼 보였다. 불길은 옹골찬 노인의 강건함을 눈곱만큼도 손상시키지 않았다. 키가 크고 어깨가 떡 벌어진 몸은 온통 청동으로 만들어진 것 같았고, 첼리니[162]가 주조한 페르세우스처럼 한 점의 변형도 허용하지 않는 형상을 이루고 있는 듯했다. 반백의 머리털 사이에서 빠져나와 황갈색으로 그을린 얼굴과 목덜미

---

[162] 벤베누토 첼리니(1500~1571): 르네상스 시대 이탈리아의 조각가·금은세공사. 페르세우스가 메두사의 목을 쳐들고 있는 첼리니의 유명한 청동상 '페르세우스'는 지금도 피렌체에 있지만, 멜빌은 그 동판화를 가지고 있었다. 페르세우스는 그리스 신화에 나오는 영웅으로, 세리포스의 왕 폴리데크테스의 명을 받아 괴물 메두사의 목을 베어 죽이고, 귀국하면서 바다 괴물로부터 안드로메다를 구출하여 아내로 삼았다.

의 한쪽을 따라 내려오다가 옷 속으로 사라지는 가느다란 막대기 같은 흉터가 보였다. 그 납빛 흉터는 큰 나무의 곧게 치솟은 줄기가 벼락을 맞았을 때 이따금 생기는 수직의 자국과 비슷했는데, 나무줄기 위쪽에 떨어진 벼락이 나뭇가지 하나 떨어뜨리지 않고 우듬지에서 밑동까지 나무껍질을 벗겨 줄기에 가느다란 홈을 새기면서 맹렬한 속도로 내려가다가 땅속으로 사라지면, 나무는 여전히 싱싱하게 푸르지만 벼락 맞은 자국은 낙인처럼 남아 있다. 그 흉터가 선천적인 것인지, 아니면 어떤 치명적인 부상의 흔적인지는 아무도 확실히 알 수 없었다. 항해하는 동안 암묵적인 합의에 따라 그 흉터에 대한 이야기는 전혀 나오지 않았다고 해도 좋을 정도였다. 특히 항해사들은 거기에 대해 입을 굳게 다물었다. 하지만 딱 한 번 태시테고의 선임자인 게이헤드 출신의 인디언 노인이 이렇게 주장한 적이 있었다. 그의 미신 같은 주장에 따르면, 마흔 살 때까지는 에이해브 선장에게 그런 낙인이 없었고, 그 후 사람과 싸우다가 다친 것이 아니라 바다에서 폭풍우와 싸우다가 그런 상처를 입었다고 한다. 하지만 이 엉뚱한 주장은, 맨섬[163] 출신의 백발노인, 무덤 속에 한 발을 넣고 있는 남자가, 이제껏 배를 타고 낸터컷 밖으로 나가본 적도 없고 에이해브 선장을 본 적도 없는 주제에 제멋대로 짐작해서 말한 것 때문에 추론적으로 부정되었다. 그런데도 남을 쉽사리 믿는 경향은 태곳적부터 바다의 오랜 전통이었다. 그런 경향이 이 맨섬 출신 늙은이에게 초자연적 판단력을 부여했다. 그래서 에이해브 선장이 평온하게 관 속에 들어가는 때가 온다면―그런 일은 여간해서 일어나지 않겠지만―죽은 사람을 위한 마지막 임무를 맡은 사람은 그의 정수리부터 발바닥까지 태어났을 때부터 있는 점을 발견하게 될 거라고 노인이 말했을 때, 백인 선원들 가운데 진지하게 반박하고 나선 사람은 아무도 없었다.

　에이해브의 섬뜩한 풍모와 줄무늬를 이룬 납빛 흉터를 보고 받은 충격

163　영국 잉글랜드와 아일랜드 사이의 아이리시해 중앙에 있는 섬.

이 하도 커서, 나는 이 압도적으로 닥쳐오는 섬뜩한 기분이 그가 몸의 일부를 의지하고 서 있는 거칠고 하얀 다리에 기인하고 있다는 것을 한동안 알아차리지 못했다. 그 상앗빛 한쪽 다리는 항해 중에 향유고래의 턱뼈를 갈아서 만들었다는 것을 나는 이미 알고 있었다. 언젠가 게이헤드 출신의 인디언 노인이 말한 적이 있었다. "에이해브는 일본 앞바다에서 다리를 잃었지. 그런데 돛대가 부러진 배가 그랬던 것처럼, 에이해브도 항구로 돌아오지 않고 배에 준비해둔 다른 다리를 달았던 거야. 그런 다리는 얼마든지 있었으니까."

그가 서 있는 기묘한 자세도 나를 놀라게 했다. '피쿼드'호의 뒷갑판 양쪽, 뒷돛대 버팀줄 가까이에 있는 널판에 지름이 1.5센티미터쯤 되는 구멍이 뚫려 있었는데, 그는 고래뼈로 만든 다리를 그 구멍에 끼우고, 한 손을 들어서 밧줄을 움켜잡고 꼿꼿이 서서는, 끊임없이 곤두박질하고 있는 뱃머리 너머를 똑바로 바라보고 있었다. 앞만 뚫어지게 바라보는 그 두려움 모르는 눈길에는 결코 흔들리지 않는 불굴의 정신, 단호하고 양보할 수 없는 무한한 고집이 담겨 있었다. 그는 한마디도 하지 않았고, 선원들도 그에게 말을 걸지 않았다. 하지만 그들은 심란한 선장의 지휘를 받는 것이 고통스럽지는 않지만 불편하다는 자각을 지극히 사소한 몸짓과 표정으로 분명히 보여주고 있었다. 그뿐만 아니라 기분이 언짢은 에이해브 선장은 십자가에 못 박힌 사람의 표정을 얼굴에 띠고 그들 앞에 서 있었는데, 그에게서는 어떤 강력한 슬픔이 지닌 위엄, 뭐라고 표현할 수 없는 당당하고 압도적인 위엄이 풍기고 있었다.

출항한 뒤 처음으로 갑판에 바람을 쐬러 나왔던 에이해브 선장은 오래지 않아 선장실로 물러가버렸다. 하지만 그날 아침 이후 그는 날마다 선원들에게 모습을 보였다. 때로는 회전축 구멍에 다리를 끼운 채 서 있기도 하고, 때로는 애용하는 고래뼈 의자에 앉아 있기도 하고, 때로는 갑판 위를 느릿느릿 거닐기도 했다. 음침하던 하늘이 점차 밝아지고 상쾌해짐에 따라 그가 선장실에 틀어박히는 일도 점점 줄어들었는데, 그렇다면 배가 항구를 떠난 뒤 그가 선장실에 틀어박혀 있었던 것은 음산한 겨울의 황량한 바다 때문이 아니었을까 하는 생각이 든다. 그렇게 하여 그가 선장실 밖에 나와 있는 시간이 조금씩 길어지더니, 마침내는 거의 온종일 밖에 나와 있게 되었다. 하지만 그가 햇볕이 내리쬐는 갑판 위에서 무슨 말을 하건 또 어떤 행위를 하건, 아직은 그가 예비용 돛대처럼 불필요한 존재로밖에 보이지 않았다. 하지만 '피쿼드'호는 지금 바다를 달리고 있을 뿐, 본격적인 작업에 착수한 것은 아니었다. 고래잡이 준비 작업 가운데 감독할 필요가 있는 것은 거의 다 항해사들이 충분히 해낼 수 있었기 때문에, 지금 에이해브의 수고가 필요하거나 그에게 걱정을 끼칠 만한 일은 전혀 없다고 해도 좋을 정도였다. 그래서 모든 구름이 가장 높은 봉우리를 골라서 그 위에 층층이 쌓이듯 그의 이마에 층층이 쌓인 구름을 잠시나마 몰아내줄 일도 거의 없었다.

하지만 오래지 않아 휴일다운 기분 좋은 날씨가 찾아왔다. 따뜻하고 새가 지저귀는 듯한 날씨는 그를 유인하여 언짢은 기분에서 조금씩 끌어내는 듯했다. 볼이 발그레한 춤추는 소녀 '4월'과 '5월'이 사람을 싫어하는 황량한 겨울 숲으로 돌아올 때처럼, 가장 헐벗고 우툴두툴하고 벼락을 맞아 둘로 쪼개진 늙은 참나무도 그 명랑한 손님들을 환영하기 위해 초록빛 새싹을 적어도 몇 개는 내보낼 것이다. 에이해브도 결국 그 소녀 같은 바깥 공기의 상쾌한 유혹에 조금은 반응을 보였다. 그의 얼굴에 작은 꽃봉오리 같은 희미한 미소가 나타난 것도 한두 번이 아니었는데, 다른 사람 같았으면 그 꽃봉오리는 곧 환한 웃음으로 활짝 피어났을 것이다.

제29장

에이해브 등장, 이어서 스터브 등장

며칠이 지났다. 얼음과 빙산을 뒤로하면서 '피쿼드'호는 이제 1년 내내 8월이 계속되는 열대 해역의 문지방으로 들어가, 그곳을 영원히 지배하고 있는 키토[164]의 화창한 봄빛 속을 달리고 있었다. 따뜻하면서 시원하고, 맑고, 온갖 소리가 울려 퍼지고, 향기롭고, 넘칠 듯이 풍족한 낮 시간은 마치 장미 향수를 뿌린 눈으로 만든 페르시아 빙과를 수북이 담은 수정 그릇 같았다. 별이 빛나는 장엄한 밤은, 보석으로 장식한 벨벳 옷을 걸치고 집에 홀로 남아, 자긍심 속에서, 정복하러 떠난 백작들, 황금빛 투구를 쓴 태양들의 기억을 끌어안고 있는 도도한 귀부인들 같았다. 낮은 그렇게 매력적이고 밤은 그렇게 유혹적이어서, 잠을 언제 자는 게 좋을지 선택하기가 어려웠다. 하지만 시들지 않는 날씨의 모든 매력은 바깥세상에 새로운 매력과 효력을 주었을 뿐만 아니라, 내부적으로는 영혼에도 작용했고, 특히 고요하고 온화한 저녁 무렵이면, 맑은 얼음이 대부분 조용한 황혼녘에 형성되듯 기억은 수정처럼 맑은 결정체를 쏟아냈다. 그리고 이 모든 미묘한 감응력은 에이해브의 심신에 점점 더 강하게 작용했다.

노인들은 대체로 잠이 오지 않는 법이다. 삶과 더 오래 연결되어 있을수록 인간은 죽음을 생각하게 하는 그 무엇과도 관계를 덜 갖게 된다. 선장들 가운데 밤에 침대를 떠나 어둠의 장막에 감싸인 갑판을 가장 자주 찾는 것은 수염이 반백인 노인들일 것이다. 에이해브도 마찬가지였다. 아니, 요즘 와서는 줄곧 바깥에서만 지내고 있기 때문에, 선장실에서 갑판으로 찾아간다기보다 갑판에서 선장실로 찾아간다고 말하는 편이 맞을지도 모른다. "나처럼 늙은 선장으로서는 이 좁은 승강구를 내려가서 묘

---

[164] 남아메리카 에콰도르의 수도. 잉카 시대 이전부터 있었던 오랜 도시이다. 적도 바로 밑에 있으면서도 해발 2,850m의 고지대에 위치한 탓에 연간 기온차가 1도 이하이고, 1년 내내 봄과 같은 좋은 기후를 누리고 있다.

혈 같은 침대로 가는 것이 마치 무덤 속으로 내려가는 듯한 기분이 들어"
하고 그는 혼잣말로 중얼거리곤 했다.

그래서 거의 매일같이 밤번을 두어 갑판 위의 무리들이 갑판 밑에서 자
고 있는 무리들을 지켜주도록 하고 있었다. 어쩌다 밧줄을 앞갑판으로 던
져야 할 때도 잠자고 있는 동료들에게 방해가 되지 않도록 낮처럼 함부로
던지지 않고 조심조심 내려놓곤 했다. 이런 한결같은 고요함이 배를 지배
하기 시작할 때, 말없는 키잡이는 습관적으로 선장실로 통하는 승강구를
지켜본다. 그러면 오래지 않아 노인이 쇠난간을 잡고 걸음을 절면서 나타
나곤 했다. 그에게도 사려 깊은 인간미가 조금은 남아 있었는데, 이런 때
는 대개 뒷갑판을 순시하는 것을 삼갔기 때문이다. 물론 이유가 있었다.
고달픈 항해사들이 휴식을 청하고 있는 장소에서 불과 한 뼘밖에 떨어지
지 않은 곳으로 고래뼈 뒤꿈치가 다가온다면, 그 덜거덕거리는 소리는 항
해사들의 꿈속에서 상어가 이빨을 가는 소리로 들릴 터였다. 하지만 한번
은 에이해브 선장이 그런 배려도 할 수 없을 만큼 기분이 언짢은 적이 있
었다. 그가 뒷갑판 난간에서 주돛대까지 무거운 통나무가 굴러가듯 요란
하게 걸어갔을 때, 괴팍한 이등항해사 스터브가 밑에서 올라와, 반은 농
담조로 또 반은 힐난조로, 선장님이 갑판 위를 거닐고 싶다면야 아무도
싫다고는 말하지 않겠지만, 어떻게 해서든 그 소음을 줄이는 방법이 없겠
느냐고 말하고는, 우물쭈물 머뭇거리며, 밧줄 부스러기를 공처럼 뭉쳐서
그걸로 고래뼈 다리를 감싸면 어떻겠느냐고 넌지시 제의했다. 아아 스터
브, 그대는 그때 에이해브가 어떤 사람인지 몰랐던 것이다.

"뭐, 발싸개를 하라고? 내가 대포알인 줄 알아? 썩 꺼져. 이번만은 안 들
은 걸로 해둘 테니 어서 밤 무덤으로 내려가. 가서 담요를 수의처럼 둘둘
감고 자빠져. 언젠가는 그렇게 될 테니까. 어서 꺼져, 개새끼야! 개구멍으
로 꺼져!"

노인이 그렇게 갑자기 화난 목소리로 욕설을 퍼붓자 질겁한 스터브는

잠시 말문이 막혔다. 그러다가 흥분하여 큰 소리로 말했다.

"선장님, 그런 인사말은 처음 듣는군요. 전 그런 말을 별로 좋아하지 않아요."

"뭐라고!" 에이해브는 이를 뿌드득 가는 듯한 소리로 말하고는 광포한 발작을 억누르려는 듯이 홱 돌아섰다.

"선장님, 아직 끝나지 않았습니다." 스터브는 대담해져서 말했다. "나를 개새끼라고 다시 부르면, 그땐 가만있지 않겠습니다."

"그럼 열 번이라도 불러주지. 당나귀 새끼, 노새 새끼, 나귀 새끼. 어서 꺼져. 안 그러면 널 이 세상에서 치워버릴 테니까!"

이렇게 말하면서 에이해브가 무시무시한 표정으로 다가갔기 때문에, 스터브는 저도 모르게 뒤로 물러나 달아나버리고 말았다.

"지금까지 그런 말을 듣고 한 방 먹이지 않은 적이 없었는데……." 스터브는 승강구를 내려가면서 중얼거렸다. "거참 이상하군. 잠깐만. 되돌아가서 한 방 먹여줄지, 아니면 여기 무릎을 꿇고 선장을 위해 기도를 해야 할지, 잘 모르겠어. 그래, 그게 방금 떠오른 생각이야. 하지만 내가 기도를 한다면, 그건 난생처음 하는 기도가 될 거야. 이상해. 정말 이상해. 선장도 이상해. 아무리 봐도 내가 이제까지 함께 항해해본 사람들 가운데 가장 이상한 노인네야. 나한테 그렇게 화를 내다니! 선장의 눈은 화약통 같았어! 미쳤나? 갑판이 부서졌다면 그건 갑판 위에 뭔가 무거운 게 놓여 있기 때문인데, 마찬가지로 선장 마음에도 뭔가 무거운 게 놓여 있는 게 분명해. 선장은 지금까지 잠도 안 잤어. 그러니 하루 스물네 시간 중에 세 시간도 안 자는 셈이야. 게다가 침대에 누워 있어도 잠을 안 자. 급사인 '찐만두' 녀석이 나한테 말했지. 아침에 선장실에 들어가서 보면, 그물 침대는 온통 구겨져 있고, 시트는 발치에 몰려 있고, 이불은 새끼줄처럼 꼬여 있고, 베개는 구운 벽돌을 올려놓기라도 한 것처럼 뜨거워져 있다고 말이야. 불같이 뜨거운 노인네! 선장은 뭍사람들이 양심이라고 부르는

모비 딕

것을 가지고 있나 본데, 양심이란 신경통 같은 것으로, 충치보다 더 아프대. 글쎄, 그게 뭔지는 모르지만, 거기에 걸리지 않도록 바랄 수밖에. 선장은 수수께끼로 가득 찬 사람이야. '찐만두'는 선장이 밤마다 뒤쪽 선창 속에 들어가는 것 같다고 하던데, 무엇 때문인지 궁금하군. 선창에서 누구와 만날 약속이라도 한 걸까? 참 이상하지 않아? 알 수 없는 일이지만, 그건 흔히 있는 일이야. 잠이나 자러 가자. 빌어먹을. 곧바로 잠에 곯아떨어질 수 있는 것만 해도 이 세상에 태어난 보람이 있어. 생각해보니 갓난아기들이 맨 먼저 하는 것도 잠자는 일이니, 그것도 역시 이상한 일이야. 빌어먹을. 하지만 생각해보면 만사가 다 이상해. 하지만 생각하는 건 내 원칙에 어긋나는 일이야. 생각하지 마라. 이것이 내 열한 번째 계명이지. 잘 수 있을 때 자라는 건 내 열두 번째 계명이고. 이런, 또 생각하고 있군. 그런데 뭐라고? 나를 개새끼라고 불렀잖아. 빌어먹을! 나를 열 번이나 당나귀 새끼라고 불렀고, 게다가 온갖 욕설까지 그 위에 쌓아 올렸어! 차라리 나를 걷어찼다면 좋았을걸. 아니, 실제로 나를 걷어찼는데, 그 노인네의 이마빡을 보고 놀란 나머지 내가 미처 깨닫지 못했는지도 몰라. 그 이마는 표백된 뼈다귀처럼 번쩍이고 있었지. 그런데 내가 도대체 왜 이러지? 두 다리로 서 있을 수가 없어. 그 노인네와 다툰 것 때문에 어딘가 탈이 난 거야. 아니, 나는 꿈을 꾸고 있는 게 분명해. 어쩌면 좋지? 하지만 그런 건 잊어버리는 게 좋아. 그래, 그물침대로 돌아가자. 아침이 되면 이 지랄 같은 요술이 밝은 햇빛 속에서 어떻게 보이는지 알게 되겠지."

{ 　　제30장　　 }

파이프

스터브가 떠난 뒤, 에이해브는 잠시 뱃전에 기대서 있었다. 그러다가 요즘 늘 그랬듯이 당직 선원을 불러, 밑에 내려가서 고래뼈 의자와 파이프를 가져오게 했다. 그는 나침함에 놓인 램프로 파이프에 불을 붙이고, 고래뼈 의자를 바람이 불어오는 쪽 갑판에 놓고, 의자에 앉아서 파이프를 피웠다.

옛날 북유럽인의 전성기 때 바다를 사랑한 덴마크 왕들의 옥좌는 외뿔고래의 엄니로 만들어졌다는 이야기가 전해져 내려온다. 그렇다면 지금 고래뼈로 만든 삼각의자에 앉아 있는 에이해브를 보고 그 의자가 상징하는 왕위를 어떻게 연상하지 않을 수 있겠는가? 에이해브야말로 갑판의 칸이고 바다의 왕이며 레비아탄의 지배자였기 때문이다.

몇 분이 지났다. 그동안 짙은 연기가 그의 입에서 끊임없이 빠르게 뿜어져 나왔다가 다시 바람에 날려 그의 얼굴로 돌아갔다. 마침내 그가 파이프를 입에서 떼고 혼잣말로 중얼거렸다.

"어떻게 된 거지? 이젠 담배를 피워도 위로가 안 되는군. 파이프야, 너의 매력이 사라지면 내 일상도 따분해지겠지. 지금도 나는 즐겁기는커녕, 나도 모르게 괴롭게 애쓰고 있었군. 그런 줄도 모르고 바람이 불어오는 쪽을 향해 담배를 피웠으니 말이야. 게다가 그렇게 신경질적으로 내뿜었으니, 죽어가는 고래처럼 내가 마지막으로 내뿜은 담배연기도 가장 힘차고 고통으로 가득 차 있는 것 같았지. 이 파이프가 나하고 무슨 상관이람? 이건 마음의 평온을 얻기 위한 도구일 뿐이야. 나처럼 흐트러진 잿빛 머리카락이 아니라 부드럽고 하얀 머리카락 사이로 부드럽고 하얀 연기를 피워 올려야 제격이지. 이젠 담배를 피우지 않겠어……."

그는 아직 불이 붙어 있는 파이프를 바다에 던졌다. 담뱃불이 파도 속에서 피식 소리를 냈다. 그 순간, 가라앉는 파이프가 만들어낸 거품이 뱃전을 때렸다. 에이해브는 모자를 깊숙이 눌러쓴 채 비틀거리며 갑판 위를 거닐었다.

제 31 장

매브 여왕[165]

이튿날 아침, 스터브는 플래스크에게 다가가서 말을 건넸다.

"이봐 왕대공, 정말 이상한 꿈을 꾸었는데, 이런 꿈은 처음이야. 노인네의 뼈다리는 자네도 알고 있겠지. 글쎄, 그 다리로 걸어차이는 꿈을 꾸었지 뭔가. 나도 되받아 차려고 했는데, 놀랍게도 내 다리가 쏙 빠져버리는 거야! 그뿐만이 아니야. 에이해브는 피라미드같이 떡 버티고 서 있는데 나만 화난 바보처럼 계속 덤벼들고 있었어. 하지만 플래스크, 꿈이란 원래 기묘한 것이기는 하지만 그래도 정말 기묘한 건, 내가 그렇게 화가 나 있으면서도 속으로는 에이해브한테 걸어차인 게 그리 대단한 모욕은 아니라고 생각하는 것 같았어. '가만있자, 저건 진짜 다리가 아니라 가짜 다리잖아' 하고 말이야. 살아 있는 다리로 차인 것과 죽은 다리로 차인 건 천지 차이지. 플래스크, 손으로 얻어맞는 것이 매로 얻어맞는 것보다 쉰 배나 더 화가 나서 참을 수 없는 것도 그 때문이라네. 살아 있는 손발, 그게 살아 있는 모욕을 만들지. 내가 이 얼빠진 발가락을 그 저주받은 피라미드에 마구 부딪치는 동안에도―이야기가 뒤죽박죽되었네만―나는 줄곧 이런 생각을 하고 있었어. '선장의 다리는 지팡이일 뿐이야. 고래뼈로 만든 지팡이. 그래, 그건 장난삼아 몽둥이로 때린 것뿐이야. 사실 선장은 나를 고래뼈로 건드렸을 뿐, 발로 걸어찬 게 아니야. 게다가 저걸 좀봐. 저 뾰족한 다리 끝을. 얼마나 귀여워. 농부의 큰 발로 걸어차였다면 지독한 모욕이 되었겠지만, 이건 뾰족한 끝에 살짝 닿은 것뿐이야.' 하지만 플래스크, 이제부터가 꿈에서 가장 재미난 대목이야. 내가 피라미드를 마구 부수고 있는데, 오소리 같은 머리털에 등에는 혹이 난 늙은 도깨비가 내 두 어깨를 움켜잡고 나를 빙그르르 돌려세우더니, '뭐 하고 있냐?' 하

---

[165] 아일랜드와 잉글랜드의 민요에서 사람의 꿈을 지배하는 장난꾸러기 요정 여왕.

는 거야. 정말 깜짝 놀랐지. 그런 낯짝은 난생처음 보았어. 하지만 다음 순간 나는 어떻게든 두려움을 참고 말했지. '뭐 하고 있냐고? 그게 당신하고 무슨 상관인데? 이 곱사 놈아, 너도 걷어차이고 싶어?' 그런데 말이야, 플래스크, 내가 그렇게 말하자마자 놀랍게도 놈이 내게 엉덩이를 돌리고 몸을 굽히더니, 옷 대신 몸에 두르고 있던 해초를 뽑아내는 거야. 그때 내가 뭘 보았을 것 같나? 놀라지 말게. 엉덩이에 그물바늘이 잔뜩 꽂혀 있는 거야. 그것도 바늘 끝이 위로 가게 거꾸로 말이야. 나는 다시 생각해보고 말했다네. '아니, 당신을 걷어차지 않겠소.' 그러자 그는 '과연 스터브답군. 똑똑해, 똑똑해!' 하고 궁시렁궁시렁, 굴뚝 마귀할멈처럼 잇몸을 질겅질겅 씹는 목소리로 같은 말을 되풀이할 뿐 그만둘 기미가 보이지 않는 거야. 그래서 나는 피라미드를 다시 걷어차는 게 낫겠다고 생각했지. 하지만 내가 막 다리를 쳐들려는 순간 그가 '차는 건 안 돼!' 하고 외치더군. '이봐요 노인장, 이제 와서 무슨 상관이오?' 했더니, '이봐, 그 모욕이란 것에 대해 의논해보세. 에이해브가 자네를 걷어찼단 말이지?' 하더군. '그래요, 걷어찼소. 바로 여기를' 하니까, '알았어. 그 뼈다리로 걷어찼겠군. 그렇지?' 하더군. '그래요' 했더니, '그렇다면 똑똑한 스터브, 도대체 뭐가 불만이지? 선장은 선의로 찬 게 아닐까? 그 흔해 빠진 소나무 다리로 찬 건 아니니까. 안 그래? 자네는 훌륭한 사람에게, 그것도 아름다운 뼈다리로 걷어차인 거야. 그건 영광스러운 일이지. 나는 그렇게 생각하네. 들어보게, 똑똑한 스터브. 옛날 영국에서는 가장 훌륭한 영주들도 여왕에게 얻어맞고 가터 훈장[166]을 받는 걸 큰 영광으로 생각했어. 자네는 에이해브 영감에게 걷어차이고 똑똑한 사람이 되었으니, 그걸 자랑으로 삼아야 해. 내 말을 명심하게. 그 영감한테 걷어차이면 그걸 명예로 생각해야지, 반격한답시고 되받아 차면 안 돼. 그렇게 해봐야 아무 소용도 없을 테니까

---

166 영국 왕실에서 수여하는 최고 훈장. 1348년 에드워드 3세가 창설했으며, '가터'(스타킹 밴드)와 비슷한 것을 왼쪽 무릎 아랫부분에 매어 단다.

말이야. 똑똑한 스터브, 저기 피라미드가 보이지 않나?' 이 말과 함께 그는 갑자기 기묘한 형체로 변하더니 공기 속으로 사라져버렸다네. 코를 골면서 몸을 뒤척이다가 정신을 차려 보니 그물침대 속에 누워 있더군. 플래스크, 이 꿈을 어떻게 생각하나?"

"글쎄요, 개꿈 같기도 하고."

"그럴지도 모르지. 하지만 플래스크, 그 꿈이 나를 똑똑한 사람으로 만들었어. 저기 에이해브가 서서 고물 쪽을 곁눈질로 바라보고 있는 게 보이나? 플래스크, 저 노인네는 그냥 혼자 내버려두는 게 상책이야. 무슨 말을 해도 절대 대꾸하면 안 돼. 그런데 플래스크, 선장이 뭐라고 외치고 있어. 잘 들어봐!"

"거기, 돛대 망꾼! 조심해! 이 근처에 고래가 나타났다! 흰 놈이 보이거든 허파가 터지도록 소리를 질러!"

"플래스크, 어떻게 생각하나? 좀 이상한 데가 있지 않나? 흰 고래라는 거야. 그 말을 들었나? 아무래도 낌새가 이상해. 마음의 준비를 해두는 게 좋겠네, 플래스크. 에이해브는 머릿속에 뭔가 피비린내 나는 계획을 갖고 있어. 하지만 쉿! 그가 오고 있어."

{　　제32장　　}

고래학

대담하게도 우리는 이미 대양 한가운데로 나와 있었다. 이제 곧 해안도 없고 항구도 없는 망망함 속으로 휩쓸리게 될 터였다. 그렇게 되기 전에, '피쿼드'호의 해초로 뒤덮인 선체가 조개가 달라붙은 레비아탄의 동체와 나란히 달리기 전에, 그 특별한 바다 괴물에 관한 지식과 거기에 따르는 온갖 의미를 파악하고 이해하는 데 필요한 사항에 주의를 기울이는 것도 좋을 듯하다.

지금 내가 여러분에게 제공하려는 것은 고래류 일반에 대한 체계적인 설명이다. 하지만 결코 쉬운 일은 아니다. 여기서 시도하는 것은 이른바 혼돈을 이루는 요소들을 분류하는 것이다. 먼저 최근의 최고 권위자들이 언급한 바를 들어보기로 하자.

"동물학의 어떤 분야도 고래학이라는 이름이 붙은 분야만큼 복잡한 것은 없다." 스코스비 선장이 1820년에 한 말이다.

"고래목目을 속屬과 종種으로 나누는 진정한 분류법에 대해 고찰할 생각은 없다. 설령 나한테 그럴 능력이 있다 해도, 그것은 내 의도가 아니다. 이 동물(향유고래)을 연구하는 박물학자들 사이에는 분명한 혼란이 존재한다." 외과의사 빌이 1839년에 한 말이다.

"깊이를 알 수 없는 바닷속에서 우리의 탐구를 계속하는 것은 부적절하다." "고래를 가리고 있는 베일을 우리의 지식으로는 꿰뚫을 수 없다." "가시나무가 흩뿌려진 벌판." "이 모든 불완전한 학설들은 우리 박물학자들을 괴롭힐 뿐이다."

위대한 퀴비에, 존 헌터, 르송 같은 동물학과 해부학의 권위자들이 고래에 관해서 한 말이다. 이로써 알 수 있듯이, 고래에 관해 실제로 알려진 바는 드물지만 그래도 고래에 관한 문헌만큼은 풍부하며, 고래에 관한 학문인 고래학도 소소하게나마 존재한다. 고래에 관해 다소라도 글을 쓴 사람은 지위가 낮은 사람과 높은 사람, 옛날 사람과 요즘 사람, 육지 사람과 바다 사람을 모두 합치면 매우 많다. 그들 가운데 몇 사람만 추려보면[167] ─ 성서의 저자들, 아리스토텔레스, 플리니우스, 알드로반디, 토머스 브라운, 게스너, 레이, 린네, 롱들레, 윌러비, 그린, 아르테디, 시벌드, 브리송, 마르텐, 라세페드 백작, 보네테르, 데마레, 퀴비에 남작, 프레데리크 퀴비에, 존 헌터, 오언, 스코스비, 빌, 베넷, 존 로스 브라운, 『미리엄 코핀』의 저자, 옴스테드, 헨리 T. 치버 목사 등이다. 하지만 이들이 고래에 관한 글을 쓴 궁극적이고 일반적인 목적이 무엇이었는지는 앞에서 인용한 '발췌록'이 보여줄 것이다.

이들 고래에 관한 저자들 중에서 오언 이후의 사람들만이 실제로 살아 있는 고래를 보았으며, 그중에서도 작살잡이를 직업으로 삼아 포경업에 종사했던 사람은 스코스비 선장 한 사람뿐이다. 더욱이 그는 그린란드고래, 즉 참고래 분야에서 현존하는 최고의 권위자다. 하지만 스코스비도 거대한 향유고래에 대해서는 아무것도 모르며, 그래서 아무 말도 하지 않고 있다. 사실 향유고래에 비하면 참고래는 언급할 가치도 없다. 여기서 한 가지 말해두고자 하는 것은, 참고래는 바다의 왕좌를 약탈한 자라는 점이다. 그 고래는 가장 큰 고래도 아니다. 하지만 참고래가 바다의 제왕을 참칭한 지 오래되었고 약 70년 전까지만 해도 향유고래는 전설적인 존재였거나 전혀 알려지지 않았기 때문에, 그리고 그 심각한 무지가 오늘날까지도 일부 과학의 전당과 포경 기지를 제외한 모든 곳을 지배하고 있기 때문에, 참고래의 왕위 찬탈은 모든 면에서 완벽했다. 과거 위대한 시인들이 레비아탄에 대해 언급한 것을 보면, 그들에게는 참고래가 어떤 경

---

167 가이우스 플리니우스 세쿤두스(23~79): 로마 제정기의 군인·정치가·학자로, 『박물지』를 썼다. 울리세 알드로반디(1522~1605): 이탈리아 박물학자. 토머스 브라운(1605~1682): 영국의 박물학자. 콘라트 폰 게스너(1516~1565): 스위스의 생물학자·박물학자. 존 레이(1627~1705): 영국의 박물학자로서 동식물의 체계적 분류를 시도했다. 카를 폰 린네(1707~1778): 스웨덴의 식물분류학자. 기욤 롱들레(1507~1566): 프랑스의 박물학자. 프랜시스 윌러비(1635~1672): 존 레이의 제자. 로버트 시벌드(1641~1722): 스코틀랜드의 박물학자·의학자로서 에든버러 의과대학 창설자. 마튀랭 브리송(1723~1806): 프랑스의 동물학자. 프리드리히 마르텐(1635~1699): 독일의 박물학자로서 포경 항해에 관한 저술. 베르나르 제르맹 드 라세페드(1756~1825): 프랑스 박물학자로서 『고래의 박물지』의 저자. 앙셀름 가에탕 데마레(1784~1838): 프랑스의 지질학자. 조르주 퀴비에 남작(1769~1832): 프랑스의 동물학자로서 비교해부학과 고생물학의 창시자. 프레데리크 퀴비에(1773~1838): 퀴비에 남작의 동생이며 『고래의 박물학』(1836)의 저자. 리처드 오언(1804~1892): 영국의 해부학자·고생물학자. 윌리엄 스코스비(1789~1857): 영국의 북극 탐험가로 그의 고래 관련 저술은 멜빌에게 많은 정보를 주었다. 토머스 빌(1807~1849): 멜빌에게 영향을 준 『향유고래의 박물지』의 저자. 프레드릭 베넷(1806~1859): 포경선을 타고 세계 일주한 항해기를 썼다. 존 로스 브라운(1817~1875): 아일랜드 출신 미국의 모험 저술가. 『미리엄 코핀』의 저자: 소설가인 조지프 C. 하트(1798~1855). 프랜시스 앨린 옴스테드(1819~1844): 『어느 포경 항해 이야기』(1841)의 저자. 헨리 치버(1814~1897): 고래 관련 소설을 쓴 작가.

쟁자도 없는 절대적인 바다의 제왕이었다는 것을 납득할 수 있을 것이다. 하지만 마침내 바다의 제왕을 새로 선포해야 할 때가 온 것이다. 이 책이 바로 '체링크로스'[168]다. 선량한 인민들이여, 들을지어다! 참고래는 퇴위하고, 이제 위대한 향유고래가 즉위한다!

살아 있는 향유고래를 감히 여러분 앞에 제시하려 하고, 또한 그 시도에서 조금이나마 성공한 책은 두 권뿐이다. 그것은 빌과 베넷이 쓴 책인데, 그들은 둘 다 영국의 남양 포경선의 전속 의사였고, 둘 다 정확하고 믿을 만한 사람이었다. 그들의 책에서 향유고래에 관한 독창적인 문제를 많이 찾아볼 수 없는 것은 당연하다. 책의 내용은 대부분 과학적 기술에 한정되어 있지만, 질적으로 매우 뛰어나다. 하지만 과학적 기술이든 시적 묘사든 간에 향유고래가 그 생생한 전모를 드러내고 있는 문헌은 아직 존재하지 않는다. 지금까지 포획된 다른 고래들에 비하면 향유고래의 생태는 전혀 해명되지 않은 거나 마찬가지다.

이제 고래의 다양한 종류를 일반인도 알기 쉽도록 포괄적으로 분류해둘 필요가 있을 것 같다. 지금은 우선 간단한 윤곽만 만들어놓고, 세부적인 것은 나중에 후세 연구자들이 채워 넣으면 된다. 이 일을 자진해서 맡으려는 식자가 없기 때문에 미력하나마 내가 한번 시도해보려고 한다. 물론 완전한 것을 약속할 수는 없다. 인간사에서 완전해야 하는 일은 바로 그 이유 때문에 반드시 불완전해질 수밖에 없기 때문이다. 나는 고래의 다양한 종류를 해부학적으로 세밀하게 묘사하지도 않겠다. 아니, 적어도 여기서는 고래를 별로 묘사하지 않을 작정이다. 여기서는 단지 고래학의 체계에 관한 밑그림을 제시하는 정도로 그치기로 하겠다. 나는 설계자이지 건축가가 아니니까.

하지만 고래를 분류하는 일은 어려운 작업이다. 우체국에서 편지를 분류하는 평범한 직원이 감당할 수 있는 일은 아니다. 고래를 따라 바다 밑

---

168 영국 런던 중심부에 있는 광장. 이곳에서 왕의 즉위가 선포되는 것이 관례다.

바닥까지 내려가서, 세계의 토대와 골격과 골반 속에 두 손을 집어넣어야 한다. 이것은 실로 가공할 만한 일이다. 이 레비아탄의 코를 갈고리로 걸어보려고 하는 나는 도대체 누구인가?「욥기」에 나오는 그 엄한 꾸짖음은 나를 오싹하게 할 수도 있다. "그(레비아탄)가 어찌 너와 계약을 맺겠느냐? 보라, 그를 잡으려는 소망은 헛되도다!" 하지만 나는 도서관들을 헤엄쳐 다니고 넓은 바다를 항해한 사람이다. 나는 눈에 보이는 이 손으로 고래들과 관계를 가지기도 했다. 나는 진지하다. 그리고 나는 노력할 것이다. 우선 처리해야 할 준비 단계가 있다.

첫째, 고래학이 불확실하고 불안정한 조건에 있다는 것은 이 학문의 문지방에서 마주치는 사실, 즉 어떤 면에서는 고래가 물고기냐 아니냐가 아직도 논의의 초점이 되어 있다는 사실을 보아도 분명하다. 린네는 1776년에 쓴『자연의 체계』에서 "이런 이유에서 나는 고래를 어류에서 제외시킨다"고 선언했다. 하지만 내가 알고 있기로, 상어와 청어는 린네의 단호한 선언에도 불구하고 1850년에 이르기까지는 여전히 고래와 같은 바다를 공유하고 있었다.

고래를 바다에서 추방하려 한 근거를 린네는 다음과 같이 말하고 있다. "두 심실이 있는 온혈 심장, 허파, 움직이는 눈꺼풀, 속이 비어 있는 귀, 젖꼭지로 젖을 먹이는 암컷의 체내에 삽입되는 수컷의 성기", 그리고 마지막으로 "자연법칙에 따라 올바르고 틀림없이" 고래는 어류가 아니다. 나는 이 모든 것을 일찍이 나와 함께 항해를 한 적이 있는 낸터컷의 친구 시미언 메이시와 찰리 코핀에게 이야기했지만, 그것만으로는 충분한 이유가 못 된다는 것이 그들의 일치된 의견이었다. 찰리는 무례하게도 그 근거가 엉터리라고 주장하기까지 했다.

나는 모든 논쟁을 보류하고, 고래가 어류라는 전통적인 입장을 취하여 성스러운 요나에게 나를 지지해달라고 부탁하겠다. 이 근본적인 문제가 해결되면, 다음 문제는 고래와 다른 물고기들의 본질적인 차이점은 무엇인가 하는 것이다. 린네가 그 차이점을 제시했는데, 간단히 말하면 고래는 허파가 있고 피가 따뜻한 반면에 다른 물고기들은 허파가 없고 피가 차갑다는 것이다.

둘째, 앞으로 영원히 고래를 따라다닐 꼬리표가 되도록 명백한 외형적 특징으로 고래를 정의하려면 어떻게 해야 좋을까? 간추려 말하면 고래는 "수평 꼬리를 가졌고 물을 내뿜는 물고기"다. 그것이 고래다. 너무 간단해 보이지만, 이 정의야말로 깊고 넓은 사색의 결과다. 바다코끼리도 고래처럼 물을 내뿜지만, 뭍에서도 살기 때문에 물고기는 아니다. 하지만 수평 꼬리를 가졌다는 조건은 물을 내뿜는다는 조건과 결합하면 훨씬 더 설득력이 있다. 육상 생활자들에게 친숙한 물고기는 모두 납작한 수평 꼬리가 아니라 수직이거나 수직에 가까운 꼬리를 갖고 있다. 그것은 누구나 알아차렸을 것이다. 하지만 물을 내뿜는 물고기의 꼬리는 다른 물고기들과 모양은 비슷할지 모르나 반드시 수평으로 되어 있다.

나는 앞에서 고래가 무엇인가를 정의했지만, 고래에 관해 가장 잘 알고 있는 낸터컷 사람들이 이제까지 고래로 여겨온 바다 생물을 고래 무리에서 배제시키는 것은 결코 아니며, 다른 한편으로 이제까지 권위자들이 고래와 다른 종류로 여겨온 물고기를 고래 무리에 포함시키는 것도 아니다.*
따라서 몸집이 더 작더라도 물을 내뿜고 수평 꼬리를 가진 물고기는 모두 고래학의 범주 속에 포함되어야 한다. 그렇다면 이제 고래 무리 전체를 크게 분류하는 단계에 이르렀다.

첫째, 나는 고래를 크기에 따라 세 개의 기본적인 '권卷'으로 나누고, 그것을 다시 '장章'으로 세분할 계획이다. 여기에는 크고 작은 고래가 모두

---

* 　나는 오늘날까지 마나티와 듀공(낸터컷의 '물보라 여관'에서 흔히 맛보게 되는 돼지물고기)이라고 불리는 물고기를 고래 무리에 포함시키는 동물학자가 많다는 것을 알고 있다. 이 돼지물고기는 코가 크고 독특한 냄새가 나며, 주로 강어귀에 숨어서 젖은 목초를 먹는 한심한 녀석들이다. 이들은 물을 내뿜지 않기 때문에 나는 그들이 고래라는 신분증을 발행하지 않고 고래 왕국을 떠날 수 있도록 통행증을 발행했다.

포함될 것이다.

(1) 2절판Folio 고래, (2) 8절판Octavo 고래, (3) 12절판Duodecimo 고래.[169]

나는 2절판 고래의 전형으로는 향유고래, 8절판 고래의 전형으로는 범고래, 12절판 고래의 전형으로는 돌고래를 제시하겠다.

2절판. 여기에는 다음의 장章들이 포함되어 있다. ① 향유고래 ② 참고래 ③ 긴수염고래 ④ 혹등고래 ⑤ 멸치고래 ⑥ 대왕고래.

제1권(2절판) 제1장(향유고래) ― 옛날 영국인들 사이에서 '트럼펫고래', '뿔피리고래', '모루고래'라는 이름으로 막연히 알려져 있었던 이 고래는 오늘날 프랑스에서는 '카샬로', 독일에서는 '포트피슈'라고 부르고, 어려운 학명은 '마크로케팔루스'다. 향유고래는 분명 지구에서 가장 커다란 주민이다. 우리가 마주치는 모든 고래들 가운데 가장 사나운 녀석이고, 가장 당당한 풍채를 지니고 있으며, 상업적으로도 가장 가치가 있는데, 오직 이 고래한테서만 저 귀중한 경뇌유를 얻을 수 있다. 향유고래의 여러 가지 특성에 대해서는 앞으로도 여러 곳에서 설명될 것이다. 그러니 지금은 주로 그 이름에 관해서 설명하겠다. 언어학적으로 말하면 이것은 터무니없다. 몇 세기 전까지만 해도 향유고래는 그 고유한 특성이 거의 알려지지 않았고, 그 기름은 해안에 밀려온 고래의 몸에서 우연히 얻을 수 있을 뿐이었는데, 그 시대에는 경뇌유가 영국에서 흔히 그린란드고래 또는 참고래라고 불린 고래와 동일한 동물에게서 얻을 수 있다는 생각이 널리 퍼져 있었다. 또한 경뇌유spermaceti는 그 어휘의 첫 음절sperm이

---

169 절판: 출판업에서 책의 크기를 말할 때 사용하는 전문용어로, 숫자가 클수록 책의 크기는 작아진다. '전지'를 두 장으로 자른 것이 2절판이고, 책 중에서는 가장 대형이다. '전지'를 넉 장으로 자른 것이 4절판, 여섯 장으로 자른 것이 6절판, 여덟 장으로 자른 것이 8절판, 열두 장으로 자른 것이 12절판, 열여섯 장으로 자른 것이 16절판, 열여덟 장으로 자른 것이 18절판이 되는데, 왜 멜빌이 4절판과 6절판을 생략하고 12절판 다음을 생략했는지에 대해서는 220쪽의 '원주'를 참조할 것.

나타내는 바와 같이 참고래가 흥분하여 배출하는 '정액'이라고 생각되기도 했다. 당시 경뇌유는 무척 귀중했기 때문에 조명용으로는 쓰이지 않았고 연고와 의약품 원료로만 쓰였다. 오늘날 우리가 대황[170] 1온스를 살때처럼 경뇌유도 약방에서만 구할 수 있었다. 세월이 흘러 경뇌유의 본질이 알려진 뒤에도 상인들 사이에서는 원래 이름이 그대로 남아 있었는데, 그것은 경뇌유가 희소하다는 암시를 통해 그 가치를 끌어올리기 위해서였던 게 분명하다. 그리하여 경뇌유를 생산하는 고래에게 마침내 '정액고래sperm whale'라는 명칭이 주어졌을 것이다.

제1권(2절판) 제2장(참고래) — 이 고래는 어떤 점에서는 모든 고래들 가운데 가장 존경할 만하다. 참고래는 인간이 본격적으로 사냥한 최초의 고래이기 때문이다. 참고래는 흔히 고래뼈나 고래수염으로 알려진 것을 생산한다. 그리고 특별히 '고래기름'이라고 불리는 기름은 상업적으로는 가치가 떨어진다. 어부들 사이에서는 여러 가지 이름으로 제멋대로 불리고 있다. 고래, 그린란드고래, 흑고래, 큰고래, 참고래, 왕고래. 이렇게 다양한 호칭을 가진 종족이 모두 동일한 것인지는 매우 불확실하다. 그렇다면 내가 2절판 제2장에 포함시킨 고래는 어떤 고래인가? 그것은 영국의 동물학자들이 '그레이트 미스티세티'라고 부르고, 영국의 포경꾼들은 '그린란드고래', 프랑스의 포경꾼들은 '발렌 오르디네르', 스웨덴의 포경꾼들은 '그뢴란드 발피스크'라고 부르는 고래다. 이 고래는 지난 200년 동안 네덜란드와 영국의 포경꾼들이 북극해에서 사냥해왔고, 미국의 포경꾼들은 인도양과 브라질 앞바다, 미국 북서해안을 비롯하여 '참고래 유영 해역'이라고 불리는 세계 여러 곳에서 오랫동안 추적해왔다.

혹자들은 영국인의 그린란드고래와 미국인의 참고래가 다르다고 주장하기도 한다. 하지만 두 고래는 중요한 특징들이 모두 정확히 일치한다.

---

170 마디풀과에 속하는 여러해살이풀로, 뿌리줄기를 말려서 약재로 쓰는데, 열을 내리고 배변 활동을 촉진하는 효능이 뛰어난 것으로 알려져 있다.

두 고래를 근본적으로 구별할 만한 근거가 되는 결정적 사실은 아직 하나도 제시되지 않았다. 박물학의 일부 분야가 짜증날 만큼 복잡해지는 것은 결정적이지도 않은 사소한 차이를 근거로 끝없는 세분을 거듭하기 때문이다. 참고래는 나중에 향유고래를 설명할 때 좀 더 자세히 언급하겠다.

제1권(2절판) 제3장(긴수염고래) — 이 항목에서는 '등지느러미', '높은 물보라', '키다리' 등 여러 가지 이름으로 알려진 고래를 다루려고 하는데, 이 고래는 세계의 거의 모든 바다에서 목격되며, 뉴욕 항로로 대서양을 횡단하는 선객들은 멀리 떨어진 곳에서 이 고래들이 내뿜는 물보라를 자주 목격하게 된다. 몸길이와 수염에서는 참고래와 비슷하지만, 몸통 둘레가 참고래보다 작고 빛깔이 밝아서 올리브색에 가깝다. 커다란 입술은 서로 엉켜 있고 비스듬히 포개진 굵은 주름들로 이루어져 있어서 굵은 밧줄 모양을 하고 있다. 이 고래는 가장 두드러진 특징인 등지느러미 때문에 뚜렷이 식별되는데,[171] 이 지느러미는 길이가 1미터 안팎이고, 등 뒤쪽에 뿔처럼 곧게 서 있으며, 그 끝부분이 매우 날카롭게 뾰족하다. 이 고래의 다른 부위가 바다에 잠겨 보이지 않을 때도 이 지느러미만은 수면 위에 돌출해 있는 것을 분명히 볼 수 있다. 바다가 알맞게 잔잔하고, 잔물결이 고리를 이루며 둥글게 퍼져나가고, 해시계 바늘과 같은 이 지느러미가 주름진 해면 위에 그림자를 던질 때, 지느러미를 둘러싸고 있는 둥근 수면은 바늘과 시간이 새겨진 해시계 문자반과 비슷해 보인다. 이 아하스[172]의 해시계에서는 그림자가 종종 뒤로 가기도 한다. 긴수염고래는 무리를 지어 살지 않는다. 사람을 싫어하는 인간이 있는 것처럼 이 고래는 고래를 싫어하는 것 같다. 수줍음이 많고, 언제나 혼자서 다니며, 어둡고 외딴바다에서 느닷없이 수면으로 떠오른다. 그때 수직으로 곧게 뿜어 올리는 한 가닥의 물보라는 거친 들판에 홀로 돋아난 키 큰 새싹처럼 고고해 보

---

171   그래서 영어로는 'Finback Whale'(등지느러미고래)이라고 부른다.

172   기원전 8세기의 유대 왕. 해시계를 만들었다고 한다.

인다. 놀랄 만큼 힘차고 빠르게 헤엄치는 능력을 타고났기 때문에, 현재로서는 어떤 인간의 추적도 허용하지 않는다. 이 고래는 추방당했지만 결코 정복되지 않는, 고래 종족의 카인 같다. 그 표시로서 해시계 바늘 같은 지느러미를 등에 짊어지고 다니는 것이다. 입안에 수염을 갖고 있어서 이따금 참고래와 더불어 이론상 수염고래라고 불리는 종에 포함되기도 한다. 이른바 수염고래에는 여러 변종이 있는 것 같은데, 그 대부분은 거의 알려져 있지 않다. 넓적코고래, 주둥이고래, 창머리고래, 아래턱고래, 돌기고래 등 몇 가지가 어부들이 붙인 이름이다.

'수염고래'라는 명칭과 관련하여, 매우 중요하기 때문에 말해두어야 할 것이 있다. 이 명칭이 일부 고래를 언급할 때 매우 편리하긴 하지만, 수염이나 혹이나 지느러미나 이빨 따위를 근거로 고래를 분류하려고 시도하는 것은, 그 두드러진 부위나 특징이 고래가 제시하는 다른 어떤 객관적인 신체적 특징보다 본격적인 고래학 체계의 토대를 제공하는 데 분명히 더 적합해 보이는데도 불구하고, 헛수고에 지나지 않는다. 이것은 왜냐하면, 수염, 혹, 지느러미, 이빨은 좀 더 본질적인 다른 부위의 구조적 성질과는 관계없이 모든 종류의 고래들 사이에 무차별로 뒤섞여 있는 특징들이기 때문이다. 예를 들면 향유고래와 혹등고래는 둘 다 혹을 갖고 있지만, 두 고래의 유사점은 그것뿐이다. 한편 혹등고래와 참고래는 둘 다 수염을 갖고 있지만, 두 고래의 유사점도 그것뿐이다. 위에서 언급한 다른 특징들도 마찬가지다. 그 특징들은 다양한 종류의 고래에서 불규칙적으로 결합되어 나타난다. 또는 어떤 고래의 경우에는 한 가지 특징이 불규칙하게 고립되어 나타나기도 한다. 그것이 너무 자의적이기 때문에, 그런 특징을 토대로 형성된 일반적인 체계화는 일절 허용되지 않을 정도다. 고래학자들은 모두 이 암초에 부딪혀 난파하고 만다.

고래의 내부 조직, 즉 해부학적 구조에 바탕을 두면 올바른 분류법을 발견할 수 있을 거라고 생각할 수도 있다. 하지만 그것도 아니다. 예를 들

모비 딕

면 참고래의 몸속에 있는 무엇이 수염보다 더 인상적인가? 하지만 우리는 수염으로 참고래를 정확하게 분류할 수 없다는 것을 알았다. 다양한 고래의 배 속으로 들어간다 해도, 고래학을 체계화하려는 사람이 거기에서 발견할 특징들은 이미 열거한 외적 특징의 50분의 1만큼도 쓸모가 없을 것이다. 그렇다면 어떻게 하면 좋은가? 고래의 거대한 덩치를 통째로 붙잡고서, 그 크기에 따라 대담하게 분류해나가는 수밖에 없다. 그래서 여기서는 서지학적 분류법을 채택한 것인데, 이것이야말로 실행할 수 있는 유일한 방법이고, 그렇기 때문에 성공할 수 있는 유일한 방법이다. 그러면 좀 더 나아가보자.

제1권(2절판) 제4장(혹등고래) — 이 고래는 북아메리카 해안에 자주 나타나며, 그곳에서 자주 포획되어 항구로 끌려온다. 이 고래는 행상인이 커다란 등짐을 짊어지고 있는 모양을 하고 있기 때문에, 코끼리고래나 성채고래라고 부를 수도 있을 것이다. 어쨌든 널리 알려진 이름은 혹등고래이지만, 이 고래를 다른 고래와 구별짓는 데에는 충분치 않다. 향유고래도 크기가 좀 작기는 하지만 혹을 가지고 있기 때문이다. 혹등고래의 기름은 별로 가치가 없다. 혹등고래도 수염을 갖고 있다. 혹등고래는 모든 고래 가운데 가장 장난을 좋아하고 쾌활한 편이어서, 다른 어떤 고래보다 더 경쾌한 거품과 하얀 물보라를 일으킨다.

제1권(2절판) 제5장(멸치고래) — 이 고래에 관해서는 이름밖에 알려진 것이 없다. 나는 혼곶 앞바다에서 멀리 떨어져 있는 이 고래를 본 적이 있는데, 패나 수줍은 성격이어서 사냥꾼만이 아니라 철학자들도 피하는 버릇이 있다. 겁쟁이는 아니지만, 등을 빼고는 몸의 어느 부위도 아직까지 보여준 적이 없다. 등은 길고 날카로운 산등성이처럼 수면 위로 올라온다. 이 고래에 대해서는 나도 이 정도밖에 알지 못하며, 다른 사람들도 마찬가지다.

제1권(2절판) 제6장(대왕고래) — 역시 수줍음이 많아서 숨어 지내기를 좋아한다. 이 고래는 유황색 뱃살을 가지고 있는데, 그것은 더 깊이 잠수하다가 밑바닥에 배를 긁혔기 때문일 것이다. 이 고래는 거의 눈에 띄지 않는다. 적어도 나는 멀리 떨어진 남양에서만 이 고래를 보았고, 그것도 언제나 먼 거리에서만 보았기 때문에 겉모양을 자세히 살펴볼 수도 없었다. 이 고래는 추적당하는 일도 없다. 작살을 꽂으면 줄을 끌고 달아나버린다. 대왕고래에 대해서는 괴기한 이야기가 많다. 잘 가라, 대왕고래여! 나는 너에 대해 이 이상의 진실을 말할 수가 없다. 낸터컷의 가장 나이 많은 노인도 마찬가지일 것이다.

이것으로 제1권(2절판)은 끝나고, 이제 제2권(8절판)이 시작된다.

8절판.* 여기에는 중간 크기의 고래가 포함되는데, 그중에는 다음과 같은 고래들이 있다. ① 솔잎돌고래 ② 흑고래 ③ 외뿔고래 ④ 범고래 ⑤ 상어고래.

제2권(8절판) 제1장(솔잎돌고래) ─ 숨소리인지 그냥 내뿜는 소리인지 모를 요란한 울림소리 때문에 뭍사람들 입에 자주 오르내린다. 이 고래는 심해의 주민으로 잘 알려져 있지만, 대개는 고래로 분류되지 않는다. 하지만 고래의 두드러진 특징을 모두 갖추고 있기 때문에 박물학자들은 대부분 솔잎돌고래를 고래로 인정해왔다. 이 고래는 8절판 정도의 크기로, 몸길이는 5미터에서 15미터까지 다양하고 허리둘레도 그만하다. 이 고래는 무리를 지어 헤엄쳐 다닌다. 이 고래는 기름이 많고 조명용으로 아주 좋지만, 본격적으로 잡지는 않는다. 일부 포경업자들은 솔잎돌고래가 다가오는 것을 거대한 향유고래가 나타날 전조로 보고 있다.

제2권(8절판) 제2장(흑고래) ─ 나는 고래들을 어부들 사이에서 통용되

---

* 제2권을 '4절판'이라고 부르지 않은 이유는 명백하다. 이 등급의 고래는 2절판 고래보다 몸집이 작지만, 형태는 2절판 고래를 일정한 비율로 축소해놓은 것처럼 유사성을 가지고 있다. 그런데 2절판 책을 축소한 형태인 4절판 책은 2절판 책의 모양을 유지하지 못하는 반면, 8절판 책은 2절판 책의 모양을 그대로 유지하고 있다.

는 이름으로 부르고 있는데, 그 이유는 대체로 그 이름들이 가장 적절하기 때문이다. 어떤 이름이 애매하거나 부적절한 경우에는 그 뜻을 밝히고 다른 이름을 제시하겠다. 이 흑고래가 바로 그런 경우인데, 이 고래뿐만 아니라 거의 모든 고래가 검은색을 띠고 있기 때문이다. 그러니까 이 고래를 '하이에나고래'라고 부르면 어떨까 싶다. 이 고래의 식탐은 유명하며, 입술 안쪽이 위쪽으로 뒤집혀 있어서 얼굴에 항상 메피스토펠레스[173] 같은 웃음을 띠고 있다. 몸길이는 평균 3미터 내지 5미터 정도이고, 거의 모든 위도에서 발견된다. 헤엄칠 때 갈고리 모양의 등지느러미를 드러내 보이는 특이한 버릇이 있는데, 이것이 매부리코와 비슷해 보인다. 돈벌이가 시원치 않으면 향유고래 사냥꾼들도 가정용 싸구려 기름을 확보하기 위해 흑고래를 잡을 때가 있다. 알뜰한 주부들은 손님이 없고 가족끼리만 있을 때면 향기로운 기름 대신 냄새가 좋지 않은 기름을 태우기 때문이다. 이 고래는 지방층이 아주 얇지만, 어떤 고래에서는 30갤런[174] 이상의 기름을 얻을 수 있다.

제2권(8절판) 제3장(외뿔고래) — 말하자면 '코고래'인데, 괴상한 이름을 가진 또 하나의 예가 되겠다. 이런 이름이 붙은 이유는 그 유별나게 생긴 뿔이 처음에는 뾰족한 코라고 잘못 생각되었기 때문일 것이다. 몸길이는 약 5미터이고, 뿔의 길이는 보통 1.5미터 되지만 때로는 3미터를 넘어 4미터에 달하는 경우도 있다. 엄밀히 말하면 이 뿔은 송곳니가 자라난 것이며, 턱에서 수평보다 조금 아래로 기울어진 선을 따라 길쭉하게 뻗어 있다. 하지만 그것이 왼쪽에서만 자라기 때문에, 서투른 왼손잡이처럼 보이게 하는 좋지 않은 효과를 낸다. 이 상아 같은 뿔 또는 창의 정확한 존재 이유가 무엇인지는 말하기 어렵다. 이 뿔은 황새치와 돛새치의 칼날처럼

173　중세 서양의 파우스트 전설에 나오는 악마. 파우스트가 권력과 쾌락을 얻는 대가로 그에게 영혼을 팔았으나 결국 신과의 대결에서 패하여 파우스트를 타락시키지 못했다. 괴테(1749~1832)의 희곡 『파우스트』는 이 전설을 소재로 한 작품이다.

174　야드파운드법의 부피 단위로, 1갤런은 약 3.8리터.

쓰이는 것 같지도 않다. 외뿔고래가 먹이를 찾으려고 바다 밑바닥을 파헤칠 때 뿔을 갈퀴처럼 사용한다고 말하는 선원들도 있지만, 찰리 코핀은 이 고래가 얼음을 꿰뚫을 때 뿔을 사용한다고 말했다. 즉, 북극해에서 수면 위로 올라오다가 수면이 얼음으로 덮여 있는 것을 발견하면 뿔로 얼음을 깨뜨린다는 것이다. 하지만 이런 추측들 가운데 어느 것이 정확한 것인지는 입증할 수 없다. 이 한쪽으로 치우친 뿔을 외뿔고래가 실제로 쓰든 안 쓰든—쓰고 있다면 어떤 용도로 쓰든지 간에—팸플릿을 읽을 때 종이칼로 사용하면 안성맞춤이라고 생각한다. 나는 외뿔고래가 송곳니고래, 뿔고래, 일각수고래라고 불리는 것을 들은 일이 있지만, 아무튼 이 고래는 동물계의 모든 왕국에서 보게 되는 유니콘[175] 숭배의 특이한 사례다. 은둔자적 학자들한테 얻은 지식에 따르면, 옛날에는 이 바다 유니콘의 뿔이 훌륭한 해독제로 간주되어, 이 뿔로 조제한 약이 엄청나게 비싼 값으로 팔렸다고 한다. 또한 이 뿔을 증류시켜 휘발성 방향염을 만들어 부인들이 기절했을 때 각성제로 쓰곤 했는데, 그것은 마치 수사슴의 뿔로 정력제를 만드는 것과 마찬가지였다. 어쨌든 옛날에는 이 뿔 자체가 아주 진기한 물건으로 여겨졌던 것이다. 옛 문헌에 따르면 마틴 프로비셔[176]의 용감한 배가 템스강을 따라 내려갈 때 엘리자베스 여왕이 그리니치 궁전 창문에서 보석으로 장식한 손을 흔들며 배웅했다고 한다. "그 항해에서 돌아온 프로비셔 경은 여왕 앞에 무릎을 꿇고 외뿔고래의 크고 긴 뿔을 바쳤다. 이 뿔은 그 후 오랫동안 윈저성에 걸려 있었다"고 한다. 어느 아일랜드의 저자는 레스터 백작[177]도 여왕 앞에 무릎을 꿇고 육지에 사는 외뿔 짐승의 뿔을 바쳤다고 한다.

외뿔고래는 매우 눈길을 끄는 생김새를 갖고 있는데, 우윳빛 바탕에 원

---

175 유럽의 전설상의 동물. 모양과 크기는 말과 같고 이마에 뿔이 하나 있다고 한다.
176 마틴 프로비셔(1530~1594): 영국의 엘리자베스 1세(재위 1558~1603) 시대의 해군 제독·항해가.
177 레스터 백작 로버트 더들리(1532~1588): 영국의 귀족으로, 엘리자베스 여왕의 총애를 받은 것으로 알려져 있다.

형 또는 타원형의 검은 반점이 찍혀 있어서 꼭 표범처럼 보인다. 기름은 맑고 순도가 높아서 품질이 매우 좋지만 양이 적다. 그리고 잡히는 일도 드물다. 주로 극지 부근의 바다에서 발견된다.

제2권(8절판) 제4장(범고래) ─ 이 고래에 대해서는 낸터컷 사람들도 잘 알지 못하며, 전문 박물학자들도 전혀 모르고 있다. 내가 먼 거리에서 목격한 경험을 토대로 말한다면, 크기는 얼추 솔잎돌고래와 비슷하다. 성질이 매우 사나운데, 식인종 같은 고래라고 할 수 있다. 이따금 2절판 고래의 입술을 깨물고, 그 광포하고 힘센 동물이 괴로워서 죽을 때까지 거머리처럼 달라붙어 떨어지지 않는다. 이 고래는 잡힌 적이 없고, 따라서 어떤 종류의 기름을 가지고 있는지도 알 수 없다. 이 고래의 이름[178]에 대해서는 이의를 제기할 수 있다. 그런 이름이 주어진 근거가 불분명하기 때문이다. 우리는 모두 육지에서나 바다에서나 살인자다. 나폴레옹과 상어도 물론 여기에 포함된다.

제2권(8절판) 제5장(상어고래) ─ 이 신사는 꼬리 때문에 유명한데, 적을 공격할 때 꼬리를 회초리처럼 사용한다. 2절판 고래의 등 위에 올라타서는 그 꼬리로 찰싹찰싹 때리면서 헤엄쳐간다. 그것은 학교 교사들이 출세하는 방법과 비슷하다. 상어고래는 범고래보다 훨씬 덜 알려져 있다. 둘 다 무법자이며, 무법의 바다에서는 더욱 그렇다.

이것으로 제2권(8절판)은 끝나고 제3권(12절판)이 시작된다.

12절판. 여기에는 몸집이 작은 고래들이 포함된다. ① 만세돌고래 ② 해적돌고래 ③ 흰주둥이돌고래.

이 문제를 특별히 연구할 기회를 갖지 못한 사람들에게는 몸길이가 대개 1미터 내지 1.5미터 정도의 물고기를 고래에 포함시키는 것이 이상하게 생각될지도 모른다. '고래'라는 낱말은 통속적인 의미에서 언제나 거

---

178 영어로는 'Killer Whale'(킬러 고래)이라고 부른다.

대하다는 생각을 가져오기 때문이다. 하지만 위에서 12절판 고래로 규정된 동물들은 고래가 무엇인가에 대한 내 정의—즉 수평 꼬리를 가지고 있고 물을 뿜어 올리는 물고기—에 따르면 틀림없는 고래라고 할 것이다.

제3권(12절판) 제1장(만세돌고래)—이것은 거의 지구 전역에서 볼 수 있는 흔한 돌고래다. 이름은 내가 지어서 붙인 것이다. 돌고래에는 여러 종류가 있는데, 그것들을 구별하려면 어떻게든 해야 하기 때문이다. 내가 이 돌고래에 만세돌고래라는 이름을 붙인 이유는 언제나 기운차게 떼를 지어 헤엄쳐 다니며, 넓은 바다에서는 독립기념일에 군중이 던져 올리는 모자처럼 높이 뛰어오르기 때문이다. 이들이 나타나면 선원들은 기뻐서 환호성을 지른다. 언제나 원기왕성하고, 바람이 불어오는 쪽에서 상쾌한 파도와 함께 온다. 바람 앞에서 흥겹게 뛰노는 아이들 같고, 길조로 여겨진다. 이 유쾌한 물고기를 보고도 만세를 부르지 않을 수 있다면 참 가엾은 사람이다. 천진난만한 쾌활함이 전혀 없는 자이기 때문이다. 잘 먹어서 포동포동 살찐 만세돌고래로부터는 좋은 기름을 1갤런은 족히 얻을 수 있을 것이다. 하지만 턱에서 짜내는 순수하고 미묘한 액체는 매우 귀중하다. 보석상과 시계공들이 탐내며, 선원들은 그것을 숫돌에 바른다. 알다시피 이 고래는 맛도 좋다. 돌고래가 물을 뿜어 올린다는 사실은 아마 모를 것이다. 사실 그 물줄기가 너무 작아서 쉽게 식별할 수 없다. 하지만 다음에 기회가 있으면 잘 관찰해보기 바란다. 그러면 거대한 향유고래의 축소형을 보게 될 것이다.

제3권(12절판) 제2장(해적돌고래)—해적이다. 매우 포악하다. 태평양에서만 발견되는 것 같고, 만세돌고래보다는 조금 크지만 그 생김새는 비슷하다. 화나게 하면 상어에게도 덤벼든다. 나도 여러 번 보트를 내려서 추적해보았지만 잡아본 적이 없고, 다른 사람이 잡는 것을 본 적도 없다.

제3권(12절판) 제3장(흰주둥이돌고래)—돌고래 가운데 가장 큰 종류. 지금까지 알려진 바로는 태평양에서만 발견된다. 지금까지 이 돌고래를 지칭한 영어 이름은 단 하나, 어부들이 붙여준 '참고래돌고래'라는 이름이다. 주로 2절판 고래인 참고래 주변에서 발견되기 때문에 이런 이름이 붙었다. 형태는 만세돌고래와 조금 달라서, 허리둘레도 그렇게 크지 않고 덜 동그랗다. 사실 이 돌고래는 아주 늘씬한 신사 같은 몸매를 가지고 있다. 또한 등에 지느러미가 전혀 없고(다른 돌고래는 대부분 갖고 있다), 아름다운 꼬리와 인디언의 눈처럼 개암빛을 띤 감상적인 눈을 갖고 있다. 하지만 '하얀 주둥이'가 모든 것을 망치고 만다. 등 전체에서 옆구리의 지느러미까지는 짙은 검은빛이지만, 선체의 옆구리 표시처럼 뚜렷한 경계선이 이물에서 고물까지 줄무늬를 이루면서 위쪽은 검고 아래쪽은 하얀 두 가지 색으로 갈라놓고 있다. 머리의 일부와 주둥이 전체가 하얗기 때문에, 밀가루 부대에 머리를 들이박고 훔쳐 먹다가 방금 도망쳐 나온 것처럼 보인다. 가장 천박하고 하얀 모습이다! 이 고래의 기름은 흔한 돌고래의 기름과 비슷하다.

이 분류법은 12절판을 넘어서면 적용되지 않는다. 따라서 돌고래가 가장 작은 고래가 되는 셈이다. 이로써 중요한 고래는 다 살펴본 셈이다. 하지만 이 밖에도 정체가 불분명하고 이리저리 떠돌아다니는 거의 전설적인 고래들도 있다. 나는 미국인 포경꾼으로서 소문은 들어서 알고 있지만 내 눈으로 직접 본 적은 없다. 나는 그 고래들을 선원들의 호칭에 따라 열거해보겠다. 이 명단은 내가 여기서 겨우 시작만 해놓은 일을 마무리해줄 미래의 연구자들에게 귀중한 자료가 될 수도 있기 때문이다. 다음에 열거한 고래가 나중에 붙잡혀서 연구가 된다면, 크기가 2절판이냐, 8절판이냐, 12절판이냐에 따라 이 분류 체계에 즉각 편입될 수 있다―병코고래, 정크고래, 멍청이고래, 곶고래, 앞잡이고래, 대포고래, 말라깽이고래, 구릿빛고래, 코끼리고래, 빙산고래, 대합고래, 청색고래 등등. 아이슬란드와 네덜란드 및 옛 영국의 문헌에서 온갖 별난 이름을 얻은 정체불명의 고래

명단을 인용할 수도 있지만, 그 명단은 시대에 뒤떨어졌다고 생각하여 제외시키겠다. 그것은 고래 숭배로 가득 차 있지만, 아무 의미도 없는 단순한 소리가 아닐까 의심하지 않을 수 없기 때문이다.

끝으로, 내가 처음에 말했듯이 이 분류법은 여기서 지금 당장 완성되지는 않을 것이다. 내가 약속을 지킨 것을 여러분은 분명히 알 수 있을 것이다. 하지만 나는, 쾰른 대성당[179]이 미완성인 상태로 탑 꼭대기에 아직 기중기를 세워둔 채 남아 있듯이, 나의 고래학 체계도 미완성인 채로 남겨둘 작정이다. 작은 건물은 처음에 공사를 맡은 건축가들이 완성할 수 있지만, 웅장하고 참다운 건축물은 최후의 마무리를 후세의 손에 맡겨두는 법이다. 신이여, 내가 아무것도 완성하지 않도록 보살펴주소서! 이 책도 전체가 초고, 아니 초고의 초고일 뿐이다. 오오, 시간과 체력과 돈과 인내를!

{   제33장   }

작살잡이장

포경선의 간부선원과 관련하여, 포경선의 독특한 사정을 간단히 적어두기에는 여기가 적당한 자리인 듯하다. 그 독특한 사정은 포경선이 아닌 다른 배에는 존재하지 않는 작살잡이가 간부선원 계급을 이루기 때문에 생겨난다.

작살잡이라는 직책에 부여된 중요성은, 200년 전의 네덜란드 포경업계에서는 포경선의 지휘권을 오늘날 선장이라고 불리는 사람이 독점하지 않고 그 선장과 '스펙신더'[180]라고 불리는 간부선원이 나누어 가졌다는 사실로 분명히 입증된다. 스펙신더라는 낱말은 원래 '지육脂肉 자르는 사

---

179 북유럽 최대의 고딕식 성당. 1248년에 기공된 뒤 1322년에 일단 공사가 끝나서 헌당되었지만, 본격적으로 완성된 것은 1880년이었다. 멜빌은 1849년에 이곳을 견학했는데, 그때 '미완성인 상태로' 있는 것을 보았을 것이다.

람'이라는 뜻인데, 세월이 흐르면서 '작살잡이장長'이라는 뜻으로 쓰이게 되었다. 당시에는 선장의 권한이 항해와 포경선 관리에 국한되어 있었고, 고래 사냥과 거기에 따르는 분야에서는 스펙신더, 즉 작살잡이장이 지휘권을 잡았다. 영국의 그린란드 포경업계에는 그 옛날 네덜란드의 직명이 '스펙셔니어Specksioneer'라는 와전된 이름으로 남아 있지만, 과거의 권위는 많이 줄어들었다. 현재는 선임 작살잡이 정도의 지위로, 선장의 부하들 가운데 한 사람일 뿐이다. 그래도 고래잡이 항해의 성공 여부는 주로 작살잡이들이 얼마나 일을 잘하느냐에 달려 있고, 미국 포경업계에서는 작살잡이가 보트 작업에서 중요한 선원일 뿐만 아니라 어떤 상황(예를 들면 고래잡이 어장에서 밤번을 설 때)에서는 갑판원들도 모두 그의 지휘를 받게 되기 때문에, 바다의 중요한 정치적 행동 원리가 요구하는 바에 따라 스펙신더는 명목상으로나마 평선원들과는 따로 생활해야 하고 직업상 평선원들보다 상급자로 구별되어야 하지만, 그러나 실제로는 선원들로부터 동료 취급을 받는 게 보통이다.

바다에서 간부선원과 평선원의 중대한 차이는 간부선원이 고물 쪽에서 지내는 반면 평선원은 이물 쪽에서 지낸다는 점이다. 그래서 포경선만이 아니라 상선에서도 항해사들은 선장과 같은 고물 쪽 숙소를 쓰고, 미국의 포경선에서도 작살잡이는 고물 쪽에 숙소를 갖는다. 즉 그들은 선장실에서 식사를 하고, 선장실과 벽을 통해 연락을 주고받을 수 있는 곳에서 잠을 잔다.

남양 포경 항해(지금까지 인간이 할 수 있는 가장 먼 거리 항해)에는 긴 시간이 걸리고, 특수한 위험이 뒤따르며, 모두에게 공통된 관심사는 수익이다. 선원들은 지위가 높든 낮든 관계없이 고정임금을 받는 것이 아니라 수익에 따라 배당을 받는데, 그 수익은 공동의 재수, 공동의 긴장과 용맹

---

180 Specksynder. 문자 그대로 해석하면 '지육 자르는 사람'을 뜻하는 네덜란드어 'specksnijder'를 멜빌이 잘못 표기한 것이다.

과 노고에 달려 있다. 이런 특성이 때로는 상선에 비해 규율이 덜 엄격한 상황을 초래하는 경우도 없지 않다. 그러나 이 포경꾼들이 어떤 원시적인 상황에서는 옛날 메소포타미아의 가족들처럼 뒤엉켜 살고 있다고 하지만, 그래도 최소한 간부선원들의 구역인 뒷갑판에서는 엄격한 규율이 느슨해지는 일이 거의 없으며, 어떤 경우에도 완전히 사라지는 일은 전혀 없다. 실제로 낸터컷의 포경선에서는 선장이 해군 제독도 따라가지 못할 만큼 위풍당당하게 뒷갑판을 걷고 있는 모습을 볼 수 있고, 초라한 선원용 외투가 아니라 제왕의 자줏빛 옷을 걸친 것처럼 선원들의 존경을 받고 있는 것을 볼 수 있을 것이다.

'피쿼드'호의 음울한 선장은 그렇게 천박하고 거만한 태도와는 인연이 없는 사람이었다. 그가 요구하는 존경은 다만 명령에 절대적으로 즉각 복종하라는 것뿐이었다. 그는 누구에게도 뒷갑판에 발을 들여놓기 전에 반드시 신발을 벗으라고 요구하지 않았고, 나중에 언급할 특수한 사태가 벌어졌을 때처럼 때로는 생색내는 듯이 또는 협박하듯이, 보통 때와는 다른 투로 부하에게 말하는 경우도 있었지만, 그런 에이해브 선장조차도 바다의 중요한 관례와 전통을 어기는 일은 결코 없었다.

에이해브 선장이 때로는 그런 관례와 전통 뒤에 숨어서 자신을 감추었다는 것도 결국에는 밝혀지지 않을 수 없을 것이다. 정당한 용도 이외의 좀 더 개인적인 목적을 위해 그것을 이용한 적도 있을 것이다. 그의 머릿속에 도사리고 있는 폭군 기질은 평소에는 상당히 잘 은폐되어 있지만, 그런 관례를 통해 그 기질이 저항할 수 없는 독재성으로 표출되었다. 한 사람의 지성이 아무리 뛰어나다 할지라도, 천박하고 비열한 기교와 엄폐물—그 자체는 더럽고 천하고 하찮은 것이지만—의 도움이 없이는 결코 다른 사람들에 대해 실질적이고 유효적인 지배권을 가질 수 없다. 신의 왕국의 진정한 군왕들은 이 세상의 무대에 영원히 서지 못하고, 일반 대중의 저급한 수준보다 훨씬 뛰어나기 때문이 아니라 오히려 '무위한 신성'을 가지는 소수의 선택받은 자들보다 너무나 열등하기 때문에 유명해지는 자들에게 이 세상이 줄 수 있는 최고의 명예가 주어지는 것은 그 때문이다. 그리고 이처럼 보잘것없는 것일지라도 극단적인 정치적 미신에 휩싸이게 되면 커다란 미덕을 창조하게 되므로, 어떤 왕실의 경우에는 백치에게까지 권력을 주었던 것이다. 하지만 러시아 황제 니콜라이 1세[181]의 경우와 같이, 지리적 제국의 왕관이 제왕적 두뇌를 둘러싸면, 평민들은 그 막강한 권력의 화신인 황제 앞에 머리를 조아리고 마는 것이다. 인간의 꺾이지 않는 꿋꿋함을 최대한의 범위와 진폭으로 묘사하려 드는 비극작가는 방금 언급된 것과 같은 암시, 그의 예술에 그토록 중요한 암시를 결코 잊지 않을 것이다.

하지만 에이해브 선장은 여전히 낸터컷 사람 특유의 음울하고 거친 모습으로 내 앞에서 거닐고 있다. 황제니 군왕이니 하는 이야기로 빗나가긴 했지만, 지금 내가 대상으로 삼고 있는 인물은 에이해브 같은 늙은 포경꾼이라는 것을 잊지 말아야 한다. 따라서 위풍당당한 풍모 같은 것과는 아무 관계가 없다. 오, 에이해브여! 당신을 위대하게 하는 것은 하늘에서 따야 하고, 깊은 바닷속에서 구해야 하고, 형체 없는 공기 속에서 그려야 한다!

{   제 34 장   }

선장실의 식탁

정오가 되면, 급사인 '찐만두'가 빵떡 같은 희멀건 얼굴을 선장실 창문으로 불쑥 내밀고 선장에게 점심식사가 준비되었음을 알린다. 선장은 바

---

181 러시아의 황제(재위 1825~1855). 페르시아와 튀르크의 전쟁에 관여하여 폴란드의 반란을 진압하고 튀르크의 합병까지 꾀했지만, 영국과 프랑스의 반대에 부딪혀 크림 전쟁이 일어났으며, 전쟁이 끝나기 전에 사망했다. 『모비 딕』 초판이 출간된 지 4년 뒤의 일이다.

람 불어가는 쪽 뒷갑판의 보트에 앉아서 태양을 관측하고 있다가, 지금은 고래뼈 다리 윗부분에 메달 모양의 매끄러운 석판을 올려놓고 묵묵히 위도를 계산하고 있다. 그 석판은 날마다 위도를 계산하기 위해 특별히 놓아둔 것이다. 점심이 준비되었다는 소식에도 에이해브 선장이 무관심한 것을 보면, 여러분은 그가 급사의 말을 듣지 못했나 보다고 생각할지 모른다. 그러나 그는 곧 뒷돛대 마룻줄을 움켜잡고 갑판으로 내려가더니, 여전히 무뚝뚝한 목소리로 "스타벅, 점심 먹세!" 하고 말하면서 선장실 안으로 사라진다.

술탄[182]의 발소리가 마지막 메아리를 남기고 사라지면, 일등 아미르인 스타벅은 군주가 식탁에 자리를 잡았을 거라고 생각될 때쯤 조용한 안식에서 깨어나 갑판을 두세 번 돌고 나침반을 가만히 들여다본 뒤, 약간 유쾌한 어조로 "스터브, 점심 먹세!" 하고 말하면서 승강구를 내려간다. 이등 아미르는 잠시 삭구 장치를 둘러보며 빈둥거리다가 아딧줄을 가볍게 흔들어 그 중요한 밧줄이 제대로 고정되어 있는지 살펴본 다음, 역시 자신의 임무를 잊지 않고 재빨리 "플래스크, 점심 먹세!" 하고 말하면서 선임자들을 뒤따라간다.

하지만 삼등 아미르는 이제 뒷갑판에 저 혼자 남아 있다는 것을 알자 어떤 기묘한 속박에서 해방된 기분이 들었는지, 온갖 방향으로 온갖 교활한 눈짓을 보내더니 신발을 벗어 던지고는, 군주의 머리 바로 위에서 격렬하게, 하지만 소리 없이 춤을 추기 시작한다. 그러다가 멋진 솜씨로 모자를 뒷돛대 위로 던져 올리고, 적어도 갑판에서 보이는 동안은 신나게 춤을 추면서 아래로 내려간다. 다른 행렬들의 관행과는 반대로 악대가 후미를 맡는 꼴이다. 하지만 밑에 있는 선장실 문간으로 들어서기 전에 그는 잠시 걸음을 멈추고, 완전히 새로운 얼굴을 뒤집어쓴다. 그러면 평소에는 자유분방하고 유쾌한 플래스크가 노예나 천민 같은 품새로 에이해

182 이슬람 국가의 군주. 아미르: 이슬람 국가의 사령관 또는 태수.

브 왕의 어전에 들어간다.

갑판 위에서는 간부선원들이 화를 내기도 하고 선장에게 대담하고 도전적인 행동을 보이다가도, 다음 순간 선장실로 식사를 하러 내려가서는, 상석에 앉아 있는 선장에게 좀 전의 행동을 변명하거나 비굴한 태도를 취하지는 않는다 해도 십중팔구는 당장 꼬리를 내리고 공손하게 구는 것은 해상 생활이 지나치게 인위적인 데에서 생겨난 결과로서, 전혀 이상한 일이 아니다. 때로는 놀랍고 우스꽝스러운 일이 아닐 수 없다. 이 차이는 무엇 때문인가? 어려운 문제라고? 그런 것 같지는 않다. 상석에 앉은 사람이 바빌로니아의 왕 벨사자르[183]였다고, 그것도 오만한 벨사자르가 아니라 점잖은 벨사자르였다고 해도, 그는 어느 정도 세속적 위엄을 내보였을 것이다. 하지만 초대받은 손님들이 둘러앉은 만찬 자리를 당당하고 지적인 정신으로 주재하는 사람, 그런 사람이 만찬 동안에 느끼는 위세와 품위는 벨사자르의 왕권을 능가한다. 왜냐하면 벨사자르가 가장 위대한 왕은 아니었기 때문이다. 친구들에게 한 번이라도 만찬을 베풀어본 사람은 황제가 된 기분이 어떤 것인지 맛본 셈이다. 이 사교적 황제 역할에는 도저히 저항할 수 없는 매력이 있다. 여기에 덧붙여 선장이라는 지위의 우월함을 함께 생각해보면, 앞에서 말한 해상 생활의 특이성이 어디서 비롯하는지를 이해할 수 있을 것이다.

고래뼈를 박아 넣어 무늬를 새긴 식탁에서 에이해브는, 사납기는 하지만 아직은 얌전한 새끼들에게 둘러싸인 채 백산호 해변에 조용히 누워 있는 바다사자처럼 만찬을 주재했다. 항해사들은 저마다 자기 접시에 음식이 놓일 차례를 기다리고 있었다. 에이해브 앞에서 그들은 어린애처럼 보였다. 하지만 에이해브를 보면 그는 오만한 기색을 조금도 감추려 하는

---

183   여기서 '피쿼드'호의 마지막 선장 에이해브는 바빌로니아의 마지막 왕에 비유되고 있다. 구약성서 「다니엘서」(5장 1~30절)에 따르면 벨사자르 왕은 천 명의 귀족을 모아서 큰 연회를 베풀었는데 그때 이상한 문자가 왕국 벽에 나타났고, 이것을 다니엘은 바빌로니아가 페르시아인과 메디아인에게 멸망한다는 예언이라고 해석했다.

것 같지 않았다. 항해사들은 모두 한마음으로 그 노인의 나이프에 시선을 모아, 그가 앞에 놓인 큰 접시에서 고기를 잘라내는 것을 열심히 지켜보고 있었다. 그들이 날씨 따위의 대수롭지 않은 화제를 입 밖에 냄으로써 그 순간의 분위기를 깨뜨렸을 것 같지는 않다. 아니! 에이해브는 쇠고기 조각을 끼운 포크와 나이프를 내밀어 스타벅에게 접시를 가까이 가져오라는 신호를 보냈고, 이 일등항해사는 마치 동냥을 받듯 그 고기 조각을 받아서 부드럽게 잘랐다. 그리고 우연히 나이프가 접시를 스치는 소리가 나기라도 하면 깜짝깜짝 놀라면서 고기를 자르고, 소리 나지 않게 씹고, 조심스럽게 삼켰다. 왜냐하면 프랑크푸르트의 대관식 만찬회에서 독일 황제가 일곱 명의 선제후[184]와 함께 식사하는 것처럼, 이 선장실의 식사도 엄숙한 침묵 속에서 숙연하게 진행되고 있었기 때문이다. 하지만 에이해브가 식탁에서 대화를 금지한 것은 아니었다. 다만 그 자신이 말을 하지 않았을 뿐이다. 쥐 한 마리가 아래 선창에서 갑자기 소동을 일으켰을 때, 그것은 갑갑해서 숨이 막힐 것 같았던 스터브의 고통을 얼마나 덜어주었을까. 그리고 가엾은 꼬마 플래스크, 그는 이 지루한 가족 파티의 막내아들이었다. 그가 받은 몫은 소금에 절인 쇠고기 가운데 정강이뼈였다. 사실 그는 닭다리를 먹고 싶었을 것이다. 하지만 플래스크가 건방지게도 스스로 음식을 집어 먹었다면, 이것은 그 자신에게 일급 절도죄나 다름없이 여겨졌을 것이고, 그는 이 정직한 세상에서 다시는 고개를 들 수 없었을 것이다. 그럼에도 불구하고, 이상한 말이지만 에이해브는 플래스크에게 음식을 집어 먹지 말라고 금지한 적이 없었고, 플래스크가 그렇게 했다 해도 아마 알아차리지 못했을 것이다. 무엇보다도 플래스크는 버터에 손을 대는 짓은 절대로 하지 않았다. 버터가 그의 황금빛 안색을 미끈거리게 한다는 이유로 선주들이 그에게 버터를 주지 않는다고 생각했는지, 아니면 시장이 없는 바다를 그렇게 오래 항해할 때는 버터가 귀중품이고 따

---

184 신성로마제국에서 황제 선출 권한을 가진 일곱 명의 봉건 영주.

라서 지위가 낮은 자기한테는 차례가 오지 않는다고 생각했는지, 이유가 무엇이든 플래스크는 버터를 먹지 않았다!

또 하나. 플래스크는 식사를 하러 내려오는 마지막 사람이었고, 가장 먼저 식사를 끝내고 위로 올라가는 사람이었다. 생각해보라! 이 때문에 플래스크의 식사 시간은 아주 빡빡했다. 스타벅과 스터브는 둘 다 플래스크보다 일찍 식사를 시작했다. 하지만 그들은 뒤에서 빈둥거리며 시간을 보낼 수 있는 특권까지 가지고 있다. 스터브는 플래스크보다 지위가 조금 높을 뿐이지만, 그래도 스터브가 식욕이 별로 없어서 식사를 일찍 끝낼 기색을 보이면 플래스크는 즉각 자리에서 일어나야 하고, 그렇게 되면 그날은 음식을 세 숟가락도 뜨지 못하게 될 것이다. 스터브가 플래스크보다 먼저 갑판으로 올라가는 것은 신성한 관습에 어긋나기 때문이다. 그래서 언젠가 플래스크가 슬그머니 고백한 바에 따르면, 항해사라는 간부직으로 승진한 뒤로 다소라도 배가 고프지 않은 적이 한번도 없었다는 것이다. 그가 먹은 것은 시장기를 달래주기는커녕 오히려 허기를 그의 몸속에 영원히 붙잡아둘 뿐이었다. 평화와 만족은 영원히 배 속에서 떠나버렸다고 플래스크는 생각했다. 나는 이제 간부선원이지만, 평선원일 때 그랬던 것처럼 앞갑판에서 오래된 고기일망정 손으로 집어 먹을 수 있다면 얼마나 좋을까. 이것이 승진한 보람이란 말인가. 영광은 덧없고 인생은 어리석기 짝이 없구나! 게다가 '피쿼드'호의 평선원이 간부선원인 플래스크에게 원한을 품었다면, 식사 시간에 고물 쪽으로 가서 선장실 천장을 통해 플래스크를, 위엄 있는 에이해브 앞에 얼간이처럼 얌전히 앉아 있는 플래스크를 엿보기만 해도 충분히 앙갚음할 수 있을 터였다.

에이해브와 세 명의 항해사는 '피쿼드'호의 선장실에서 일등석이라고 부를 만한 식탁을 형성하고 있었다. 그들이 도착했을 때와는 반대 순서로 자리를 뜨면, 희멀건 얼굴의 급사가 식탁을 치웠다. 아니, 치운다기보다 서둘러 대충 정리했다. 그러면 세 명의 작살잡이가 연회에 초대되었는데,

나머지 유산의 상속자였기 때문이다. 그들은 엄숙한 선장실을 순식간에 일종의 머슴방으로 만들어버렸다.

선장과 항해사들의 식탁을 지배한 것은 참을 수 없는 억압과 눈에 보이지도 않고 형언할 수도 없는 오만함이었지만, 그보다 지위가 낮은 작살잡이들의 식탁을 지배한 것은 태평스러운 방심과 여유, 그리고 거의 광란이라 할 만한 자유분방함이었다. 이렇게 두 식탁은 기묘한 대조를 이루었다. 그들의 상관인 항해사들은 자기네 턱이 움직이는 소리도 두려워하는 것 같았지만, 작살잡이들은 음식을 쩝쩝 소리가 나게 씹으면서 음미하고 있었다. 그들은 귀족처럼 식사를 했고, 온종일 향신료를 싣는 인도 항로의 배를 채우듯 자신들의 배를 채웠다. 퀴퀘그와 태시테고는 경이로울 만큼 왕성한 식욕을 갖고 있어서, 지난번 식사 때 모자란 공백을 채우려면 급사 '찐만두'는 온전한 황소에서 잘라낸 것처럼 보이는, 소금에 절인 커다란 허릿살 덩어리를 통째로 가져올 수밖에 없었다. 고깃덩어리를 삼단 뛰기라도 해서 재빨리 가져오지 않으면, 태시테고는 작살로 고래를 찌르듯 포크로 급사의 등을 찌르는 비신사적인 방법으로 급사의 걸음을 재촉했다. 그리고 또 언젠가는 대구가 갑자기 변덕에 사로잡혀 '찐만두'의 기억을 돕기 위해 그의 몸을 번쩍 들어 올리더니 비어 있는 커다란 나무접시에 머리를 처박았고, 태시테고는 급사의 머리 가죽을 벗기기 위한 준비 작업으로 나이프를 손에 들고 급사의 머리에다 동그라미를 그리기 시작했다. 찐빵 같은 얼굴을 가진 급사는 파산한 제빵사와 간호사의 아들이었고, 천성적으로 소심한 겁쟁이였다. 그런데 무서운 에이해브 선장이 늘 눈앞에 버티고 있고 이들 세 야만인이 주기적으로 난리를 피우는 바람에, 그는 온종일 입술을 바들바들 떨면서 살아야 했다. 작살잡이들이 요구하는 것을 모두 갖추어주고 나면, 그는 그들의 손아귀에서 빠져나와 바로 옆에 있는 작은 주방으로 달아나서는, 모든 일이 끝날 때까지 두려움에 떨면서, 출입문에 친 차양을 통해 그들을 엿보곤 했다.

퀴쾨그와 태시테고가 마주 앉아, 줄로 간 이빨과 인디언의 이빨을 마주 대하고 있는 광경은 실로 가관이었다. 대구는 그들 사이에 옆으로 앉아 있었는데, 벤치에 앉으면 영구차의 깃털 장식으로 꾸민 머리가 낮은 대들보에 닿기 때문에 벤치가 아니라 바닥에 앉아 있었다. 그가 거대한 팔다리를 움직일 때마다 아프리카코끼리가 배에 올라타는 것처럼 천장이 낮은 선장실의 뼈대가 흔들렸다. 그래도 이 거구의 흑인은 고상하다고까지는 말할 수 없지만 놀랄 만큼 금욕적이었다. 비교적 양이 적은 식사로 그렇게 우람하고 당당하고 건장한 육체에 그렇게 활력이 넘쳐흐르기란 거의 불가능해 보였다. 하지만 이 고귀한 야만인은 공기 중에 충만해 있는 정기를 잔뜩 먹고 마시고, 그 넓은 콧구멍을 통해 세상의 숭고한 생기를 들이마시고 있었을 것이다. 거인들은 쇠고기나 빵으로 만들어지거나 키워지지 않는다. 하지만 퀴쾨그는 음식을 먹을 때 입술을 야만적으로 쩝쩝거렸다. 정말 듣기 싫은 소리였다. 그게 너무 심해서, 두려움에 떨고 있는 '찐만두'가 자신의 여윈 팔에 이빨 자국이 나 있지 않나 보려고 하마터면 고개를 들 뻔했을 정도다. 태시테고가 '찐만두'에게 빨리 나오라고, 안 그러면 뼈를 발라버리겠다고 고함을 지르면, 머리가 단순한 급사는 갑자기 온몸이 마비되어 주위에 걸려 있는 사기그릇들을 모조리 박살낼 뻔했다. 작살잡이들은 작살이나 무기를 갈기 위해 주머니에 늘 갖고 다니는 숫돌을 식사할 때 보란 듯이 꺼내놓고, 허세를 부리며 나이프를 날카롭게 갈곤 했다. 귀에 거슬리는 그 소리는 가엾은 '찐만두'를 진정시키는 데 전혀 도움이 되지 않았다. 퀴쾨그가 고향인 섬에 살던 시절에는 사람을 죽여서 잔치를 벌이는 만행을 저질렀을 게 분명하다는 사실을 어떻게 잊을 수 있겠는가. 아아, 가엾은 '찐만두'여! 백인 급사가 식인종들의 시중을 들다니, 얼마나 가혹한 운명인가. 그는 팔에 냅킨을 걸지 말고 둥근 방패를 걸어야 한다. 하지만 시간이 지나면 다행히도 바다의 삼총사는 자리에서 일어나 떠날 것이다. 남의 말을 쉽사리 믿고 황당무계한 망상에 젖어 있는 그의 귀에는, 작살잡이들이 걸음을 내디딜 때마다 마치 무어인[185]의 언월도가 칼집 속에서 짤랑거리듯 그들의 몸속에서 호전적인 뼈들이 울리는 소리가 들렸다.

이 야만인들은 선장실에서 식사를 하고, 명목상으로는 그곳에서 지내고 있었다. 하지만 그들은 앉아서 지내는 습관이 없었기 때문에, 식사 시간을 제외하고는 거의 선장실에 들어가지 않았고, 잠자기 직전에 선장실을 지나 각자의 괴상한 잠자리로 갈 뿐이었다.

이 점에서는 에이해브도 대부분의 미국 포경선 선장들의 예에서 벗어나지 않는 것 같았다. 이들은 포경선의 선장실이 당연한 권한으로 선장에게 속해 있다는 생각을 가지고 있어서, 다른 사람은 선장이 호의를 베풀어야만 선장실에 들어갈 수 있다. 실제로 '피쿼드'호의 항해사들과 작살잡이들은 선장실 안이 아니라 선장실 밖에서 지냈다고 말하는 편이 더 정확할지 모른다. 그들이 선장실에 들어가는 것은 도로에 면해 있는 문을 통해 집 안으로 들어가는 것과 비슷했다. 문은 잠시 안쪽으로 돌지만, 다음 순간에는 다시 바깥쪽으로 되돌아갈 뿐이다. 그처럼 그들은 언제나 바깥 공기 속에서 살고 있었다. 그렇다고 해서 그들이 손해 보는 것도 없었다. 왜냐하면 선장실 안에는 친밀한 교제가 없었기 때문이다. 에이해브는 가까이하기 어려운 사람이었다. 명목상으로는 기독교 세계의 인구에 포함되어 있었지만, 실제로는 아직도 기독교 세계의 이방인이었다. 그는 마지막 남은 회색곰들이 미주리주에 정착하여 살듯 이 세계에 정착해 살고 있었다. 봄과 여름이 지나면 숲속의 그 사나운 로간[186]이 나무구멍 속에 몸을 숨기고 제 손바닥을 핥으면서 겨울을 났듯이, 엄동설한처럼 춥고 황량한 노년에 육신이라는 나무줄기 속에 갇혀버린 에이해브의 영혼도 동

---

185 8세기경 이베리아반도를 정복한 이슬람교도를 막연히 부르던 말. 원래는 모로코·알제리·튀니지 등지의 베르베르인을 주체로 하는 여러 원주민 부족을 가리켰다.
186 18세기에 살았던 밍고족 인디언 추장 이름. 처음에는 백인과 우호적으로 지냈지만, 일족이 백인에게 학살당하자 백인과 협력하기를 거부하고 백인에게 저항했다.

굴 같은 그곳에서 어둠의 음침한 손바닥을 핥으며 살아가고 있었다!

{　　　제35장　　　}

돛대 망루

선원들이 교대로 돛대 망루에 올라가 망을 보게 되었는데, 나한테 처음으로 차례가 돌아온 것은 날씨가 비교적 화창한 날이었다.

미국의 포경선은 목적지인 어장에 도착하려면 2만 5천 킬로미터가 넘는 거리를 항해해야 할 때도 있었지만, 대부분 항구를 떠나자마자 돛대에 망꾼을 배치해둔다. 3년이나 4년 또는 5년 동안 항해한 뒤 고국으로 돌아올 때도 배 안에 빈 기름통이 하나라도 있으면 마지막까지 돛대 망루에 망꾼을 두어, 제일 높은 돛대가 항구에 정박해 있는 배들의 돛대 숲 사이로 들어가기 전에는 고래를 한 마리라도 더 잡을 수 있다는 희망을 버리지 않는다.

망루 당번이란 육상에서나 해상에서나 매우 유서 깊고 흥미로운 일이므로, 여기서 어느 정도 설명하기로 하겠다. 내가 알기로, 최초로 망루에 올라간 사람들은 고대 이집트인이었다. 아무리 조사해봐도 그들보다 앞선 사람은 찾을 수 없기 때문이다. 그들보다 먼저 바벨탑[187]을 세운 사람들은 아시아나 아프리카에서 가장 높은 망루를 세울 작정이었던 모양이지만, 그들의 거대한 돌탑 망루는 (마지막 용두[188]를 얹기 전에) 신의 분노라는 무서운 강풍을 만나 무너져버렸다고 말할 수 있다. 그래서 우리는 바벨탑을 세운 사람들을 고대 이집트인보다 앞세울 수 없다. 그리고 이집트

187　구약성서 「창세기」에 나오는 탑. 바벨에 사는 노아의 후손들이 대홍수 이후 하늘에 닿는 탑을 쌓기
　　　시작하자 여호와가 노하여 그 사람들 사이에 방언을 쓰게 하니, 서로 말이 통하지 아니하여 공사
　　　를 마치지 못했다.
188　돛대 꼭대기나 깃대 위에 있는 둥글거나 각진 모양의 나무토막.

인들이 망루에 올라선 민족이었다는 것은 최초의 피라미드가 천체를 망보기 위한 목적으로 세워졌다는 고고학자들의 믿음에 근거를 둔 주장이다. 피라미드라는 거대한 건축물의 사면이 모두 독특한 계단식 구조로 되어 있다는 점이 그 가설을 뒷받침해준다. 옛날 천문학자들은 다리를 놀랄 만큼 길게 들어 올려 피라미드 꼭대기로 올라가서 새로운 별을 발견했다고 큰 소리로 외치곤 했다. 오늘날 배에서 망보는 사람들이 다른 배의 돛이나 고래가 시야에 들어왔다고 고함을 지르는 것과 마찬가지다. 옛날 유명한 기독교 은자였던 성 스틸리테스[189]는 사막에 높은 돌기둥을 세우고 인생의 후반부를 그 기둥 꼭대기에서 보냈는데, 음식은 도르래를 이용하여 땅에서 끌어 올렸다. 그는 대담하게 망루에 올라선 전형적인 예다. 안개나 서리, 비, 우박이나 진눈깨비도 그를 그 자리에서 몰아내지 못했다. 그는 마지막까지 용감하게 모든 것과 맞섰고, 문자 그대로 기둥 위에서 죽었다. 오늘날의 망꾼들 중에는 돌이나 쇠나 구리로 이루어진 생명 없는 인간들도 있다. 그들은 거센 바람에는 맞설 수 있지만, 뭔가 이상한 광경을 발견했을 때 큰 소리로 외치는 일에는 완전히 무능하다. 예를 들면 나폴레옹은 방돔 광장[190]의 원기둥 꼭대기에 팔짱을 끼고 서 있는데, 약 45미터 높이의 공중에 서 있는 그는 아래 갑판을 지금 누가 지배하고 있는지 — 루이 필리프인지, 루이 블랑인지, 아니면 '루이 악마'[191]인지 — 에 대해서는 완전히 무관심하다. 조지 워싱턴도 볼티모어의 높은 망루 위에 높이 올라서 있는데, 그가 서 있는 원기둥도 헤라클레스의 기둥[192]처럼 보통 사

---

189 성 시메온 스틸리테스(390?~459): 시리아의 기독교 성인. 35년 동안이나 탑 꼭대기에 움막을 짓고 기도하며 지냈다.

190 프랑스 파리 시내에 있는 광장. 한복판에는 나폴레옹이 아우스터리츠 전투의 승리를 축하하여 기념탑을 만들고 꼭대기에 자신의 동상을 세웠으나, 1871년 파리코뮌 때 파괴되었다.

191 루이 필리프: 프랑스의 국왕(재위 1830~1848). 루이 블랑(1811~1882): 프랑스의 정치가이자 저널리스트. '악마 루이'는 루이 나폴레옹(1808~1873)을 말하는데, 제2공화국 대통령을 지낸 뒤 쿠데타를 일으켜 공화정을 무너뜨리고 황제가 된 노회하고 야심적인 인물이다.

192 지브롤터해협 어귀의 낭떠러지에 있는 바위. 그리스의 영웅 헤라클레스가 열두 가지 과업 중 열 번째 과업을 마친 기념으로 기둥을 세웠다고 한다.

모비 딕

람은 넘어서지 못할 위대함의 한계점을 보여준다. 넬슨 제독도 트라팔가 광장에 세워진 망루에 올라서서 포신에 썼던 청동으로 만든 권양기 위에 서 있는데, 런던의 짙은 안개 때문에 시야가 흐려졌을 때도 그 안개 속에 영웅이 숨어 있다는 증거가 있으니, 연기가 나는 곳에는 반드시 불이 있기 때문이다. 하지만 위대한 워싱턴도, 나폴레옹도, 넬슨도 밑에서 소리쳐 부르는 소리에는 응답하지 않을 것이다. 그들이 내려다보는 혼란스러운 갑판을 어떻게 정리하면 좋을지 조언해달라고 아무리 호소해도 그들은 응답하지 않을 것이다. 하지만 그들의 정신은 미래의 짙은 안개를 뚫고, 피해야 할 여울이나 암초를 먼 곳에서 미리 발견해준다고 짐작할 수 있다.

육상의 망꾼을 바다의 망꾼과 어떤 점에서든 결부짓는 것은 부당해 보일 수도 있다. 하지만 사실 그것이 부당하지 않다는 것은 낸터컷의 유일한 역사가인 오비드 메이시[193]의 말에서도 명백히 알 수 있다. 그에 따르면 포경업의 초창기에는 배들이 정기적으로 사냥감을 찾아 나서지 않았다고 한다. 그곳 주민들은 해안에 높은 기둥을 세우고, 닭장에서 닭들이 위층으로 올라갈 때처럼 못으로 고정시킨 쐐기 모양의 받침대를 타고 망루로 올라갔다고 한다. 몇 년 전에 뉴질랜드의 만에서 고래를 잡는 사람들이 이 전략을 채택했는데, 고래를 발견하면 해안 근처에서 대기하고 있는 보트에 알려주었다. 하지만 이 풍습은 오늘날 사라지고 말았다. 그러면 본래의 돛대 망루, 즉 바다에 떠 있는 포경선의 돛대 망루로 돌아가자. 포경선에서는 세 개의 돛대 망루에 해가 뜰 때부터 해가 질 때까지 계속 망꾼을 배치한다. 선원들은 (교대로 키를 잡듯이) 교대로 망루에 올라간다. 교대는 두 시간마다 이루어진다. 열대지방의 잔잔한 바다에서는 망루에 올라가는 것이 더없이 유쾌하다. 아니, 공상에 잠겨 사색하기를 좋아하는

---

193   오비드 메이시(1762~1844): 『낸터컷의 역사—고래잡이의 발흥과 진보, 그리고 그 섬과 그 주민들과 관련된 다른 역사적 사실들과 함께 영국인에 의한 최초의 정착에 대한 상세한 설명』을 썼다. 멜빌이 소장하고 있던 책이 '크리스티 경매'(2022년 9월)에 56,000달러로 출품된 기록이 있다.

사람에게는 더없이 즐거운 일이다. 조용한 갑판에서 30미터나 올라간 망루에 서서 돛대가 거대한 죽마라도 되는 것처럼 다리를 벌리면 저 아래쪽, 두 다리 사이에서는 거대한 바다 괴물들이 헤엄을 친다. 옛날 로도스섬의 그 유명한 거상[194]의 가랑이 사이를 배들이 지나간 것처럼. 파도밖에는 아무것도 없는 끝없는 바다의 망망함에 파묻힌 채 그곳에 서 있으면, 배는 넋을 잃은 듯 나른하게 흔들리고 무역풍은 졸음과 함께 불어와 망꾼을 나른함 속에 녹아들게 한다. 이 열대의 고래잡이 생활은 아무 사건도 일어나지 않은 채 무사평온하게 지나간다. 뉴스도 듣지 않고 신문도 읽지 않는다. 하찮은 사건을 대서특필한 호외에 현혹되어 쓸데없이 흥분하는 일도 없다. 가정에서 일어난 불행, 파산한 증권회사, 주가 폭락 등에 대한 소식도 듣지 못한다. 저녁에 무엇을 먹을까 고민할 필요도 없다. 식량은 3년 치 이상이나 통 속에 가득 담겨 있고, 메뉴는 변함이 없으므로.

남양 포경선의 항해는 한 번 떠나면 3년이나 4년이 걸리는 경우가 많고, 따라서 돛대 망루에서 보내는 시간을 모두 합하면 수개월에 이른다. 그러나 참으로 유감스러운 것은, 우리 수명의 상당 부분을 바치는 이 장소에는 편안한 곳에 있다는 느낌을 불러일으키는 것, 예를 들면 침대나 그물침대, 상여, 보초막, 설교단, 역마차, 그 밖에 사람이 잠시나마 자신을 격리시킬 수 있는 아담하고 아늑한 시설과 관련된 것이 전혀 없다는 사실이다. 가장 흔히 자리를 잡는 곳은 윗돛대 망루이며, 활대라고 불리는 두 개의 수평 막대(이것은 포경선에만 있다) 위에 올라서게 되는데, 여기서 파도에 흔들리면 초심자는 쇠뿔 위에라도 서 있는 듯한 아찔한 기분을 느끼게 될 것이다. 시원한 날씨에는 당직 외투라는 형태의 집을 망루로 가져갈 수도 있다. 하지만 솔직히 말하면 가장 두꺼운 당직 외투를 걸쳐도 집에 있는 것과는 다르다. 그것은 외투를 입으면 알몸이 아닌 것과 마찬가

지다. 영혼은 육체 안쪽에 달라붙어 있어서 그 안에서 마음대로 움직일 수 없고, 육체를 죽일 위험을 무릅쓰지 않고는(겨울에 눈 덮인 알프스를 넘는 무모한 순례자처럼) 육체 밖으로 나올 수도 없기 때문이다. 그래서 당직 외투는 집이라기보다는 단순한 덮개이거나 몸을 한 겹 더 감싸는 가외의 피부일 뿐이다. 따라서 선반이나 서랍장을 몸속에 집어넣을 수 없는 것처럼, 당직 외투로 안락한 방을 만들 수도 없다.

이 점과 관련하여 유감스러운 것은, 그린란드행 포경선에는 '까마귀 둥지'라고 불리는, 부럽기 짝이 없는 파수막이나 난간대가 마련되어 있어서 얼어붙은 바다의 혹독한 날씨를 막아주지만, 남양 포경선의 돛대 망루에는 그런 시설이 갖추어져 있지 않다는 점이다. 슬리트 선장[195]이 저술한 『빙산 속으로의 항해 ─ 그린란드고래를 찾아서, 그리고 그린란드에서 사라진 아이슬란드 식민지를 재발견하기 위하여』라는 감탄할 만한 책을 보면, 그 선장의 포경선 '글레시어'호의 돛대 망꾼들은 당시 갓 발명된 '까마귀 둥지'의 보호를 받는다. 슬리트 선장은 자신의 명예를 위해 그것을 '슬리트의 까마귀 둥지'라고 불렀는데, 그 자신이 최초의 발명가이자 특허권자이므로 터무니없거나 우스꽝스러운 노릇은 아니다. 우리가 자식들에게 우리 자신의 이름을 붙여준다면(우리는 자식의 발명가이자 특허권자이기 때문에), 그와 마찬가지로 우리가 어떤 새로운 장치를 만든다면 거기에 우리 자신의 이름을 붙이는 것은 당연한 일이다. 슬리트의 까마귀 둥지는 모양이 커다란 통이나 관棺과 비슷하다. 하지만 위가 벌어져 있고, 강풍이 불 때 얼굴을 피할 수 있도록 이동식 칸막이가 설치되어 있다.

이 까마귀 둥지는 돛대 망루에 붙박여 있기 때문에, 바닥에 뚫린 작은 뚜껑문을 통해 오르내린다. 뒤쪽, 즉 고물과 가까운 측면에는 편안한 의자가 있고, 의자 밑에는 우산과 털목도리와 외투 따위를 넣어두는 상자가

195　스코스비 선장을 빗댄 멜빌의 말장난. 스코스비는 '까마귀 둥지'를 발명한 사람이 자기 아버지라고 말했다.

있다. 앞쪽에는 선반이 있어서 확성기와 파이프, 망원경, 그 밖에 항해할 때 편리하게 쓸 수 있는 여러 가지 용품을 보관할 수 있다. 슬리트 선장은 직접 돛대 망루에 올라가서 자기가 만든 이 까마귀 둥지 안에 설 때는 항상 라이플총(이것도 선반에 걸려 있었다)과 화약통과 탄알을 휴대했다고 한다. 바다에서 길을 잃고 돌아다니는 고래를 쏘기 위해서였다. 갑판에서는 파도의 저항 때문에 잘 쏠 수 없지만, 위에서 쏘는 것은 한결 쉽다. 슬리트 선장이 까마귀 둥지의 편리한 점에 대해 자세히 설명한 것은 거기에 대한 애착 때문에 좋아서 한 일이 분명하다. 그는 이 설비의 대부분을 자세히 설명하고, 모든 나침반 자석에 발생하는 '국부 인력'[196]으로 말미암은 오차를 상쇄하기 위해 이 까마귀 둥지에 보관해둔 작은 나침반으로 실험한 내용을 매우 과학적으로 설명한다. 그 오차는 배에 있는 쇠붙이의 수평적 근접성에 기인하는데, '글레이서'호의 경우에는 아마 선원들 가운데 대장장이 출신이 많았기 때문일 것이다. 슬리트 선장은 이 점에서 매우 신중하고 과학적이지만, 그리고 '나침반 편차'와 '방위 나침의 관측'과 '근사 오차' 따위를 연구하기는 했지만, 심오하고 매력적인 명상에 몰두하기보다는 오히려 그의 까마귀 둥지 한쪽, 손이 쉽게 닿을 수 있는 곳에 교묘히 감추어둔 술병, 언제나 원래대로 가득 채워두는 그 술병에 마음이 끌리지 않은 적은 별로 없었다는 것을 선장 자신이 잘 알고 있었다. 대체로 나는 용감하고 정직하고 박식한 선장에게 경의와 찬사를 보내지만, 손에는 엄지장갑을 끼고 머리에는 방한모를 쓰고 북극에서 그리 멀지 않은 그 까마귀 둥지에서 수학을 공부하는 동안 그 술병은 그에게 위안을 주는 충실한 친구였을 게 분명한데도 그가 그것을 그렇게 철저히 무시하는 것은 좋게 생각하지 않는다.

하지만 남양에서 고래를 잡는 우리는 그린란드에서 고래를 잡는 슬리

196　局部引力. 부분적으로 철강 구조물 또는 철분을 함유한 암석이 있거나 전류가 흘러 발생하는 인력. 자력선을 방해하여 자침이 정확하게 자북을 가리키지 않게 된다.

트 선장이나 그의 선원들처럼 높은 곳에 아늑하게 자리를 잡지는 못한다 해도, 우리가 주로 항해하는 매력적인 남쪽 바다가 북쪽 바다와는 대조적으로 잔잔하다는 것이 그 불리함을 대부분 상쇄해준다. 나는 느긋하게 삭구를 올라가다가 도중에 잠시 쉬면서 퀴퀘그나 비번인데도 그곳에 나와 있는 동료들과 잡담을 나누곤 했다. 그런 다음 좀 더 위로 올라가 윗돛대 활대에 다리 하나를 걸쳐놓고 바다 목장을 한 번 둘러본 뒤에야 드디어 내 최종 목적지로 올라갔다.

여기서 솔직하게 털어놓자면, 나는 사실 변변치 못한 망꾼이었다. 마음속에서 우주의 문제가 맴돌고 있는데, 더구나 온갖 상념을 일으키는 그런 높이에 나 혼자 남겨진 상태에서, 어떻게 내가 "눈을 부릅뜨고 끊임없이 주위를 살펴라, 그리고 즉시 알려라"라는 포경선의 작업 규정을 준수할 수 있겠는가.

이 자리에서 낸터컷의 선주 여러분에게 진심으로 충고하겠다. 경계가 무엇보다 중요한 포경업에 이마가 좁고 눈이 움푹 들어간 젊은이를 채용하는 것은 조심하기 바란다. 그런 젊은이는 시도 때도 없이 명상에 잠기기 일쑤고, 보디치[197]의 『항해술』 대신 플라톤의 『파이돈』을 머릿속에 넣고 배를 탄다. 이런 자들은 조심해야 한다. 고래를 죽일 수 있으려면 우선 고래를 보아야 한다. 눈이 움푹 들어간 젊은 플라톤 숭배자는 세계를 열 바퀴나 돌아도 고래기름을 한 통도 보태주지 못할 것이다. 이런 충고는 괜히 해보는 소리가 아니다. 요즘 포경업계는 낭만적이고 우울하며 넋나간 젊은이들, 지상의 괴로운 걱정거리에 진저리가 나고 타르와 고래기름 속에서 정취를 찾는 얼빠진 젊은이들의 피난처가 되고 있기 때문이다. 불운과 실의에 빠져, 쓸쓸한 포경선의 돛대 위에 앉아서 슬픔의 넋두리를

---

197 내서니얼 보디치(1773~1825): 미국의 천문학자·항해가. 그가 쓴 『아메리카 실용 항해술』(1802)은 당시의 표준적 항해술의 교과서이자 안내서였다. 『파이돈』: 죽음을 눈앞에 둔 철학자 소크라테스가 죽음과 불멸에 대해 친구와 나눈 대화를 기록한 책이다. 파멸이 예정된 '피쿼드'호에 타는 젊은이가 가져가기에 어울리는 책이다.

읊고 있는 차일드 해럴드[198]가 적지 않은 것이다.

> 계속 굽이쳐라, 깊고 검푸른 바다여, 굽이쳐라!
> 수많은 고래기름 사냥배들이[199] 그대 위를 헛되이 달린다.

이런 배의 선장들은 그 얼빠진 젊은 철학자들을 질책하거나, 항해에 충분한 흥미를 느끼지 않는다고 꾸짖거나, 명예에 대한 야심도 없어졌으니 속으로는 차라리 고래가 보이지 않기를 바라고 있지 않으냐고 넌지시 속내를 떠보기도 한다. 하지만 다 소용없는 일이다. 이들 젊은 플라톤 숭배자들은 시력이 약해서 먼 곳을 볼 수 없으니, 그렇다면 시신경을 혹사해본들 무슨 소용이 있겠는가? 그들은 오페라를 구경하러 가면서 오페라 안경을 집에 두고 나온 꼴이다.

어떤 작살잡이가 그런 젊은이들 가운데 한 녀석에게 말한 적이 있다. "야, 원숭이 같은 녀석아, 우리는 벌써 3년 동안 힘든 항해를 계속했는데, 네 녀석은 아직 고래를 한 마리도 발견하지 못했어. 네놈이 돛대 위에 올라가면 암탉에 이빨이 없는 것처럼 고래가 사라져버린단 말이다." 어쩌면 그럴지도 모른다. 아니면 먼 수평선에는 고래가 떼를 지어 모여 있을지도 모른다. 하지만 파도의 리듬과 생각이 한데 융합되어 이 얼빠진 젊은이를 아편에 도취된 듯한 공허하고 무의식적인 몽상의 나른함에 빠져들게 한다. 그래서 마침내 그는 자신의 정체성을 잃고, 발밑의 신비로운 바다를 인간과 자연 속에 충만해 있는 그 끝없이 깊고 짙푸른 영혼의 가시적 형상으로 오해한다. 그에게서 벗어나 미끄러지듯 달아나는 그 야릇하고 아름다운 모든 것, 형태를 분간할 수는 없지만 위로 솟아오른 희미

---

198 영국의 시인 조지 고든 바이런(1788~1824)의 장편 서사시 『차일드 해럴드의 편력』의 주인공.
199 원문은 'Ten thousand blubber-hunters'인데, 『편력』의 원문은 'Ten thousand fleets'(수많은 함대)로, 고래와는 전혀 상관없다.

한 지느러미는 모두 영혼 속을 스쳐 지나감으로써 영혼을 가득 채우는 그 종잡을 수 없는 생각들의 화신처럼 여겨진다. 이렇게 매혹된 기분으로 그대의 영혼은 썰물처럼 왔던 곳으로 돌아가, 시간과 공간을 초월하여 널리 퍼진다. 강물에 뿌려진 위클리프²⁰⁰의 유해가 결국 지구 전체로 퍼져 모든 해안에 이르듯이.

지금 그대가 누리고 있는 생명이란 부드럽게 흔들리는 배가 나누어준 그 흔들리는 생명뿐이다. 배는 그 생명을 바다에서 빌려왔고, 바다는 그 생명을 신이 만들어내는 불가사의한 조류에서 빌려왔다. 하지만 이 잠이 계속되는 동안, 이 꿈이 그대에게 머물러 있는 동안, 그대의 발이나 손을 조금만 움직여보라. 모든 것을 움켜잡았던 손을 슬쩍 놓아보라. 그러면 그대의 정체성이 무서운 형상으로 돌아올 것이다. 그대는 데카르트²⁰¹의 소용돌이 위를 맴돌고 있다. 그리고 이 대낮에, 청명하기 이를 데 없는 날씨 속에서, 그대는 목이 반쯤 졸린 듯한 비명과 함께 그 투명한 공기를 가르며 여름 바다로 추락하여, 다시는 영영 수면 위로 올라오지 못할 것이다. 그러니 부디 조심하라, 범신론자들이여!

{   제36장   }

뒷갑판

[에이해브 등장, 이어서 모두 등장]

200　존 위클리프(1320~1384): 영국의 종교개혁가. 그의 시신은 무덤에서 파내어 불에 태워졌고, 그 재는 강물에 흘려보냈다고 한다. 그리하여 그 재는 그의 교의처럼 바다를 건너 전 세계로 퍼져나갔다. 미국에서 나온 초판본에는 영국의 또 다른 순교자인 '토머스 크랜머(1489~1556)'로 나왔지만, 이는 멜빌이 착각한 것이어서, 그 후 나온 판본에는 '위클리프'로 수정되었다.

201　르네 데카르트(1596~1650): 프랑스의 철학자. 정신과 물질은 독립된 실체라고 생각한 이원론자였지만, 우주는 몇 개의 축을 중심으로 회전하는 다수의 '소용돌이'로 이루어져 있다고 주장했다. 바로 뒤에 나오는 '추락'은 그 전형적인 현상이다.

파이프 사건이 있은 지 얼마 되지 않은 어느 날, 아침식사가 끝나자마자 에이해브가 여느 때처럼 선장실 승강구를 통해 갑판으로 올라왔다. 시골 신사들이 아침식사가 끝나면 정원을 몇 바퀴 돌듯이, 그 시간에는 선장들도 대개 갑판을 산책한다.

곧이어 그가 늘 가는 길을 따라 갑판을 돌자 고래뼈 다리를 규칙적으로 내딛는 소리가 들렸다. 그의 걸음걸이에 익숙해진 널빤지 전체에 그 독특한 걸음이 남긴 자국이 움푹 패어 있어서, 마치 지질학적 암석처럼 보였다. 밭고랑 같은 깊은 주름살과 움푹 팬 자국이 있는 에이해브의 이마를 보았다면, 거기에서도 훨씬 야릇한, 잠들지 않고 늘 돌아다니는 그의 상념이 남긴 자국을 볼 수 있을 것이다.

하지만 문제의 그날 아침, 그의 신경질적인 발걸음은 갑판에 더 깊은 자국을 남겼고, 이마에 움푹 팬 자국들도 여느 때보다 더 깊어 보였다. 에이해브는 그렇게 생각에 사로잡혀 있어서, 주돛대와 나침함에서 규칙적으로 방향을 돌릴 때마다 마음속에서는 생각도 같이 돌고 그가 걸으면 생각도 같이 걷는 것이 눈에 보일 정도였다. 그 생각은 그를 완전히 사로잡고 있어서, 겉으로 나타난 모든 움직임을 만들어내는 내면의 거푸집처럼 보였다.

"영감을 보았나, 플래스크?" 스터브가 속삭였다. "머릿속에 있는 병아리가 껍데기를 쪼고 있어. 이제 곧 뛰쳐나올 거야."

몇 시간이 지났다. 에이해브는 선장실로 돌아가 있다가 이윽고 다시 갑판에 나와서 여전히 결의에 찬 표정으로 갑판을 거닐었다.

저물녘이 가까워졌다. 그는 갑자기 뱃전 옆에 멈춰 서더니, 뼈다리를 회전축 구멍에 집어넣고 한 손으로 돛대줄을 움켜잡고는 모든 선원을 고물 쪽에 집합시키라고 스타벅에게 지시했다.

"선장님!" 비상사태가 아니면 항해 중에는 이런 명령이 내려지는 것을 들어본 적이 없는 항해사가 놀라서 외쳤다.

　　　　모비 딕

"전원 고물에 집합시켜!" 에이해브가 되풀이해서 말했다. "거기, 돛대 망꾼! 아래로 내려와!"

모든 선원이 모여서 호기심과 불안감이 뒤섞인 얼굴로 선장을 바라보았다. 선장은 폭풍우가 다가오고 있을 때 바람이 불어오는 쪽 수평선처럼 보였기 때문이다. 에이해브는 뱃전 너머의 바다를 재빨리 바라보고 선원들을 둘러본 뒤 구멍에서 의족을 빼내고는 가까이에 아무도 없는 것처럼 무거운 걸음으로 갑판을 거닐기 시작했다. 고개를 숙이고 모자를 푹 눌러 쓴 채, 무슨 영문인지 궁금해하는 선원들의 수군거림에는 전혀 아랑곳없이 계속 갑판을 거닐기만 했다. 참다못한 스터브가 옆에 있는 플래스크에게, 에이해브는 걷는 재주를 보여주려고 선원들을 집합시킨 모양이라고 조심스럽게 속삭였다. 하지만 이런 상태는 오래가지 않았다. 에이해브는 갑자기 걸음을 멈추더니 고함을 질렀다.

"고래를 보면 어떻게 할 건가?"

"소리를 지릅니다!" 스무 명가량의 목소리가 일제히 대답했다.

"좋아!" 에이해브는 자신의 예기치 않은 질문이 자석 같은 효과를 발휘하여 그들에게 생기를 불어넣은 것을 보고 만족스럽게 외쳤다.

"그럼 그다음에는 어떻게 할 건가?"

"보트를 내려서 뒤쫓습니다!"

"보트는 어떤 기분으로 저을 건가?"

"고래를 죽이느냐 보트가 망가지느냐!"

선원들이 외칠 때마다 노인의 표정은 점점 더 묘하고 격렬한 기쁨과 만족감을 드러냈다. 한편 선원들은 의아하다는 듯이 서로를 바라보기 시작했다. 아무 의미도 없어 보이는 질문에 그렇게 흥분하여 대답했다는 생각에 그들 스스로 놀라고 있는 듯했다.

하지만 에이해브가 회전축에서 반쯤 몸을 돌리고 한 손을 높이 쳐들어 돛대줄을 꽉 움켜잡자 선원들은 모두 또다시 열기에 사로잡혔다.

"지금까지 망루에 올라간 녀석들은 내가 흰 고래에 대해 지시한 것을 기억할 거다. 자, 보라! 여기 스페인 금화가 있다!" 에이해브는 반짝반짝 빛나는 커다란 금화 한 닢을 태양 쪽으로 들어 올렸다. "이건 16달러짜리다. 스타벅, 거기 있는 망치를 이리 가져오게."

항해사가 망치를 가져오는 동안 에이해브는 아무 말도 하지 않고 금화에 더욱 광택을 내려는 것처럼 금화를 재킷 자락에 천천히 문지르고 있었다. 그러면서 낮은 소리로 혼자 콧노래를 불렀다. 그가 내는 소리는 무언가에 틀어막힌 것처럼 불분명해서, 그의 몸속에 있는 생명의 바퀴가 기계적으로 윙윙거리는 소리처럼 들렸다.

스타벅에게 망치를 건네받자, 그는 한 손으로 망치를 높이 들어 올리고 다른 손에 쥔 금화를 모두 볼 수 있도록 내보이며 주돛대 쪽으로 걸어갔다. 그리고 목청 높이 외쳤다.

"이마에 주름이 잡혀 있고 아가리가 우그러진 고래를 발견하는 자, 대가리가 희고 오른쪽 꼬리에 구멍이 세 개 뚫린 고래를 발견하는 자, 그 흰 고래를 발견하는 자에게 이 금화를 주겠다!"

"야호! 야호!" 선원들은 돛대에 금화를 못 박는 선장에게 방수모를 휘둘러 갈채를 보내면서 외쳤다.

"흰 고래다." 에이해브는 망치를 밑으로 던지면서 다시 말을 이었다. "흰 고래. 눈을 크게 뜨고 흰 고래를 찾아라. 물빛이 하얀 곳을 유심히 살펴라. 거품만 보여도 소리쳐라."

그동안 태시테고와 대구와 퀴퀘그는 다른 사람들보다 훨씬 강렬한 흥미와 놀라움에 찬 눈으로 선장을 지켜보았고, 선장이 주름진 이마와 우그러진 아가리를 언급하자 저마다 어떤 기억이 떠오른 것처럼 움찔했다.

"선장님." 태시테고가 말했다. "그 흰 고래는 모비 딕이라는 놈과 같은 놈이 분명합니다."

"모비 딕?" 에이해브가 소리쳤다. "그럼 자네는 그 흰 고래를 알고 있나?"

"물속으로 들어가기 전에 꼬리를 좀 묘하게 놀리지 않습니까?" 게이헤드 출신인 태시테고가 신중하게 말했다.

"물을 내뿜는 것도 유별나죠." 대구가 말했다. "향유고래치고는 무성한 덤불처럼 넓게 퍼지고, 게다가 굉장히 빠르지 않나요?"

"그리고 하나, 둘, 셋…… 쇠가 아주 많아!" 퀴퀘그가 외쳤다. "모두 비뚤어, 아니, 비틀려 있어. 이렇게, 이렇게……" 퀴퀘그는 적당한 낱말을 찾으면서 더듬더듬 말하고, 병마개를 뽑듯이 손을 빙글빙글 돌렸다. "이렇게, 이렇게……."

"타래송곳!" 에이해브가 외쳤다. "그래, 퀴퀘그. 그 녀석 몸뚱이에 박힌 작살들은 모두 타래송곳처럼 배배 틀려 있다. 그래, 대구. 그 녀석의 물보라는 보릿가리처럼 크고, 해마다 양털을 깎은 뒤 수북이 쌓아놓은 낸터킷 양털처럼 하얗다. 그래, 태시테고. 녀석은 돌풍에 찢어진 삼각돛처럼 꼬리를 흔들지. 그렇다! 너희들이 본 녀석이 바로 모비 딕이다. 모비 딕, 모비 딕이야."

스타벅은 지금까지 스터브와 플래스크와 함께 놀란 눈으로 선장을 바라보고 있었는데, 마침내 그 놀라운 일들을 어느 정도 설명해주는 열쇠라도 생각해낸 것처럼 말했다.

"선장님, 저도 모비 딕에 대해 들은 적이 있는데, 선장님 다리를 빼앗아 간 게 혹시 그 녀석 아닌가요?"

"누가 그따위 얘기를 하던가?" 에이해브는 목소리를 높여 말하고 나서, 한숨을 내쉬고는 말을 이었다. "그래, 스타벅. 그리고 모두 잘 들어주기 바란다. 내 돛대를 앗아간 녀석은 바로 모비 딕이었다. 그리고 내가 지금 의지하고 서 있는 이 죽은 다리를 가져다준 놈도 모비 딕이었다. 그래, 그렇다." 그는 비탄에 빠진 사슴처럼 동물적인 소리로 울부짖었다. "그래, 나를 파괴하여 영영 의족에 의지하는 가엾은 신세로 만든 놈은 바로 그 가증스러운 흰 고래였다!" 그러고는 두 팔을 번쩍 들어 헤아릴 수 없는 저주가 담긴 목소리로 외쳤다. "그렇다! 나는 희망봉을 돌고 혼곶을 돌고 노르웨이의 마엘스트롬²⁰²을 돌고 지옥의 불길을 돌아서라도 놈을 추적하겠다. 그놈을 잡기 전에는 절대로 포기하지 않는다. 대륙의 양쪽에서, 지구 곳곳에서 그놈의 흰 고래를 추적하는 것, 그놈이 검은 피를 내뿜고 지느러미를 맥없이 늘어뜨릴 때까지 추적하는 것, 그것이 우리가 항해하는 목적이다. 어떠냐? 나를 도와주겠는가? 나는 너희들의 용기를 믿어 의심치 않는다."

"야호, 야호!" 작살잡이들과 선원들은 흥분한 노인에게 달려가면서 외쳤다. "날카로운 눈으로 흰 고래를 찾자. 날카로운 작살로 모비 딕을 찌르자!"

"고맙다, 고마워." 선장의 목소리에는 울먹임과 고함이 반씩 섞여 있는 것 같았다. "급사! 가서 술을 잔뜩 가져와라. 그런데 스타벅, 자네는 어째서 그렇게 우울한 표정을 짓고 있나? 자네는 흰 고래를 쫓지 않을 텐가? 모비 딕과 싸우지 않을 거야?"

"선장님, 저는 모비 딕의 일그러진 아가리도, 저승사자의 아가리라도 겁나지 않습니다. 그 대결이 우리 방식에 따라 정당하게만 이루어진다면 말입니다. 하지만 저는 고래를 잡으러 왔지, 선장님의 원수를 갚으러 온 것은 아닙니다. 복수에 성공한다 해도 고래기름을 몇 통이나 얻을 수 있겠습니까? 선장님의 복수는 우리 낸터컷 시장에서는 그다지 큰 돈벌이가 되지 못할 겁니다."

"낸터컷 시장이라고? 흥! 이리 가까이 와보게, 스타벅. 자네는 좀 더 낮은 층을 볼 필요가 있어. 돈을 모든 가치의 척도로 삼는다면, 그리고 회계사들이 이 지구를 계산대로 삼아 기니 금화를 1센티미터마다 하나씩 놓아서 지구를 둘러싸는 방법으로 계산했다면, 분명히 말하지만 내 복수는 거기에 막대한 프리미엄을 가져다줄 만큼 가치가 있다고 생각한다."

---

202 노르웨이 북서쪽 바다의 큰 소용돌이. 배가 여기에 휩쓸리면 빨려들 정도로 위험했다.

"영감이 가슴을 치고 있는걸." 스터브가 속삭였다. "왜 저러지? 소리는 요란하게 울리는데, 왠지 공허하게 들려."

"말 못 하는 짐승에게 복수라니!" 스타벅이 외쳤다. "그 고래는 단지 맹목적인 본능으로 공격했을 뿐인데! 이건 미친 짓이에요! 말 못 하는 짐승에게 원한을 품다니, 천벌을 받게 될 겁니다."

"다시 한번 말할 테니 잘 듣게. 자네는 좀 더 낮은 층을 볼 필요가 있어. 눈에 보이는 것은 모두 판지로 만든 가면일 뿐이야. 하지만 어떤 경우든, 특히 의심할 여지가 없는 진정한 행위를 하는 경우에는, 그 엉터리 같은 가면 뒤에서 뭔가 이성으로는 알지 못하는, 그러나 합리적인 무엇이 얼굴을 내미는 법이야. 공격하려면 우선 그 가면을 뚫어야 해! 죄수가 감방 벽을 뚫지 못하면 어떻게 바깥세상으로 나올 수 있겠나? 내게는 그 흰고래가 바로 내 코앞까지 닥쳐온 벽이다. 때로는 그 너머에 아무것도 없다는 생각이 들 때도 있어. 하지만 그게 어쨌다는 건가. 그놈은 나를 제멋대로 휘두르며 괴롭히고 있다. 나는 놈에게서 잔인무도한 힘을 보고, 그 힘을 더욱 북돋우는 헤아릴 수 없는 악의를 본다. 내가 증오하는 건 바로 그 헤아릴 수 없는 존재야. 흰 고래가 앞잡이든 주역이든, 나는 그 증오를 녀석에게 터뜨릴 것이다. 천벌이니 뭐니 하는 말은 하지 마라. 나를 모욕한다면 나는 태양이라도 공격하겠다. 태양이 나를 모욕할 수 있다면 나도 태양을 모욕할 수 있을 테니까. 질투가 만물을 지배하니까, 여기에는 항상 일종의 페어플레이가 존재하지. 하지만 그 페어플레이도 내 주인은 아니다. 누가 나를 지배하겠나? 진리에는 한계가 없어. 눈을 돌려! 마귀가 노려보는 것보다 더 참을 수 없는 건 멍청히 바라보는 눈길이야! 그래, 그래. 자네 얼굴이 붉어졌다 파래졌다 하는군. 내 울화가 자네를 녹여서 분노로 타오르게 했어. 하지만 스타벅, 홧김에 내뱉은 말은 그 자체엔 책임이 없다. 홧김에 심한 말을 해도 그렇게 모욕으로 여겨지지 않을 때가 있지. 자네를 화나게 할 생각은 없네. 그만두세. 저것 봐! 저기 있는 튀르크[203] 녀석의 얼룩덜룩한 황갈색 볼을 보라고. 태양이 그린 그림, 살아서 숨 쉬는 그림이야. 살아 있는 이교도 표범들 — 분별도 없고 믿음도 없는 것들. 그저 느끼기만 할 뿐, 그 메마른 삶에 어떤 이유도 찾지 않고 어떤 이유도 주지 않아! 이 배에 타고 있는 선원들! 고래에 대해서는 그들 모두 에이해브를 지지하고 있잖은가? 스터브를 봐! 웃고 있군! 저기 칠레 녀석을 봐! 콧방귀를 뀌고 있어. 스타벅, 다들 폭풍처럼 날뛰고 있는데 자네 혼자 어린 묘목처럼 그 한복판에 흔들리며 서 있을 수는 없어! 그게 뭐지? 잘 생각해보게. 지느러미 하나 찌르는 것을 도와달라는 거 아닌가. 스타벅에게는 그리 놀라운 묘기도 아니지. 앞갑판 선원들까지 작살의 날을 갈려고 숫돌에 달려들었는데, 낸터컷 최고의 작살잡이가 이까짓 시시한 사냥에서 꽁무니를 빼지는 않겠지? 아아, 자네는 꼼짝도 못 하게 되었어. 그렇군. 파도에 떠밀린 꼴이야. 말해. 어서 말하라니까! 그래, 그래! 자네의 침묵이 자네 생각을 말해주고 있군. [독백으로] 내 벌어진 콧구멍에서 무언가가 튀어나왔고, 녀석이 그것을 깊이 들이마셨어. 이젠 저 녀석도 내 편이야. 반란이라도 일으키지 않고는 나한테 반대할 수 없을 거야."

"하느님이 나를 지켜주시기를! 우리 모두를 지켜주시기를!" 스타벅이 낮은 소리로 중얼거렸다.

하지만 에이해브는 일등항해사의 마음을 사로잡아 묵인을 얻어낸 것이 기뻐서 그의 불길한 기도 소리를 듣지 못했다. 선창에서 들려오는 낮은 웃음소리도 듣지 못했고, 바람이 불길하게 밧줄을 흔드는 소리도, 돛들이 한순간 낙심한 것처럼 돛대에 부딪히며 펄럭이는 소리도 듣지 못했다. 내리깔았던 스타벅의 눈이 또다시 불굴의 생명력으로 빛났다. 지하의 웃음소리도 사라졌다. 바람은 계속 불었다. 돛은 바람을 가득 안고 부풀어 올랐다. 배는 전처럼 상하좌우로 흔들렸다. 아아, 충고와 경고여! 너희

203 오늘날의 튀르키예. 멜빌의 시대에는 오스만튀르크로, 그 판도와 세력이 지금과는 크게 달랐으며, 민족 이름을 칭할 때는 튀르크인이라고 하는 게 옳다.

는 왜 오자마자 떠나버리는가? 왜 좀 더 머물지 않는가? 하지만 그림자들이여! 너희는 경고라기보다 예언이다. 외부에서 오는 예언이라기보다 내부에서 미래를 향하는 확신인 것이다. 외부에는 우리를 제약하는 것이 거의 없지만, 우리 존재의 가장 깊숙한 곳에 있는 내적 요구가 여전히 우리를 몰아대기 때문이다.

"술이다, 술!" 에이해브가 외쳤다.

술을 가득 채운 백랍잔을 받아 들자 선장은 작살잡이들 쪽으로 돌아서서 무기를 꺼내 들라고 명령했다. 작살잡이들은 작살을 손에 들고 권양기 근처에 있는 선장 앞에 나란히 늘어섰다. 세 명의 항해사는 창을 손에 들고 선장 옆에 섰고, 나머지 선원들은 그 주위를 빙 둘러쌌다. 선장은 선원들을 한 사람씩 찌르는 듯한 눈초리로 살펴보면서 잠시 서 있었다. 선원들도 열띤 눈으로 선장의 눈과 마주쳤다. 초원의 늑대들이 이제 곧 무리의 선두에 서서 들소를 추적할 우두머리의 눈을 핏발 선 눈으로 바라보는 것 같았다. 하지만 아아! 늑대 무리는 인디언이 쳐놓은 덫에 빠져들 뿐인 것을.

"마시고 돌려라!" 선장이 외치고는 무거운 술잔을 가장 가까이 있는 선원에게 건네주었다. "지금은 평선원들만 마신다. 마시고 돌려라. 단숨에 마셔라. 악마의 발굽처럼 뜨겁구나. 그래, 그래, 잘들 돌아간다. 빙빙 돌아간다. 뱀 눈알이 번쩍이듯 빨리도 도는구나. 좋다, 좋아. 저쪽으로 갔다가 이쪽으로 왔구나. 자, 나한테 달라. 술잔이 비었군! 과연 젊은이들답구나. 넘칠 듯이 가득 찼던 생명도 그렇게 마시면 바닥나고 말지. 급사, 술잔을 다시 채워 오너라!

나의 용사들아, 잘 들어라. 나는 모든 선원을 이 권양기 주위에 집합시켰다. 항해사들은 창을 들고, 작살잡이들은 작살을 들고 내 양옆에 서라. 억센 선원들은 나를 에워싸라. 어부였던 우리 조상들의 고귀한 관습을 되살려보자. 너희들은 이제 곧 보게 될 것이다. 아하, 급사, 벌써 돌아왔구나.

가짜 돈은 반드시 자신에게 돌아온다지만, 그 가짜 돈도 너보다 빨리 돌아오지는 못할 것이다. 술잔을 이리 다오. 술잔이 또다시 넘치는구나. 그런데 이 큰 잔은 덜덜 떨려서 쏟아지는군. 무도병[204]이 아니라면, 썩 꺼져라, 열병 놈아!

항해사들은 앞으로! 내 앞에서 창을 교차시키게. 잘했다! 내가 축을 만져보겠다." 이렇게 말하면서 그는 팔을 뻗어 수평으로 교차된 중심에서 부채꼴로 뻗어 있는 창 세 개를 한꺼번에 움켜잡았다. 그러다가 갑자기 신경질적으로 창들을 홱 잡아당겼다. 그러면서 스타벅에게서 스터브로, 스터브에게서 플래스크로 눈길을 돌렸다. 자력磁力 같은 그의 삶을 라이덴 축전지[205]에 비유한다면, 거기에 축적된 맹렬한 감정을 무어라 형언할 수 없는 내면의 의지력으로 항해사들에게 집어넣고 싶어 하는 듯했다. 그 강력하고 긴박하고 신비스러운 선장의 태도 앞에서 세 항해사는 기가 꺾여 움츠러들었다. 스터브와 플래스크는 눈길을 돌렸고, 정직한 스타벅은 눈을 내리깔았다.

"틀렸다!" 에이해브가 외쳤다. "하지만 그게 좋을지도 모르지. 자네들 셋이 단 한 번이라도 전력을 다한 충격을 받았다면 내 몸 안에 있는 전기는 아마 다 타고 말았을 테니까. 그랬다면 자네들을 죽였을지도 몰라. 아마 자네들한테는 그럴 필요가 없었겠지. 창을 내리게! 나는 자네들 셋을 저기 있는 세 명의 이교도 친척, 세상에서 가장 훌륭한 신사이며 귀족인 저 용감한 작살잡이들의 술잔을 받드는 자로 임명하겠다. 그 일이 하찮다고? 위대한 교황도 삼중관을 물단지로 이용하여 거지들의 발을 씻어주는 것은 무엇 때문인가? 오오, 나의 사랑스러운 추기경들이여! 겸손한 마음

---

204 얼굴·손·발·혀 따위가 뜻대로 되지 않고 저절로 움직여, 마치 춤을 추는 듯한 모습이 되는 신경병. 원문은 'St. Vitus' imp'(성 비투스의 도깨비)인데, 'St. Vitus' dance'(성 비투스의 춤)를 비튼 표현이다. 성 비투스는 시칠리아 출신으로, 303년에 로마 황제 디오클레티아누스의 박해를 받아 죽은 기독교 성인으로 알려져 있다.

205 네덜란드의 라이덴 대학에서 1746년에 발명한 정전기용 축전지.

으로 몸을 굽혀주기 바란다. 내 명령에 따르지 말고 자네들 스스로 자진해서 행하라. 작살잡이들아, 작살줄을 끊고 자루를 빼내라!"

세 작살잡이는 말없이 명령에 복종하여 길이가 1미터쯤 되는 작살의 쇠붙이 부분만 떼어서 미늘이 위쪽을 향하도록 잡고 선장 앞에 섰다.

"그 날카로운 쇠로 나를 찌르라는 게 아니다. 그걸 뒤집어. 아래를 향해서 세우란 말이다! 술잔이 어느 쪽인지도 모르나? 자루 끼우는 구멍이 위쪽을 향하도록 돌려! 그래, 그래. 술잔 받드는 자들아, 앞으로 나서라. 작살을 잡고, 내가 구멍에 술을 채우는 동안 가만히 들고 있어!"

그러고는 백랍잔을 들고 천천히 걸어가면서, 술잔에 담긴 뜨거운 액체를 항해사들이 들고 있는 작살 구멍에 가득 따라 넣었다.

"자, 세 사람씩 마주 서서, 그 필살의 성배를 건네주게. 항해사들이여, 술잔을 작살잡이들에게 넘겨라. 자네들은 이제 끊으려야 끊을 수 없는 짝들이 되었다. 하하, 스타벅! 잘했다! 저 하늘의 태양이 내려다보고 있다. 작살잡이들아, 마셔라! 마시고 맹세하라. 죽음의 보트 뱃머리에 서게 될 자들아, 모비 딕의 죽음을 위해서 마셔라! 우리가 모비 딕을 죽이지 못하면 하느님이 우리를 사냥할 것이다!"

작살잡이들은 기다란 작살 술잔을 들어 올렸다. 그리고 흰 고래에 대한 저주를 외치면서 단숨에 들이켰다. 스타벅은 얼굴이 핼쑥해져서 고개를 돌리고 몸을 떨었다. 다시 한번, 그리고 마지막으로 다시 채워진 백랍잔이 미쳐 날뛰는 선원들 사이에 돌려졌다. 이윽고 선원들은 선장이 손을 흔드는 것을 신호로 모두 흩어졌다. 에이해브도 선장실로 물러갔다.

{   제37장   }
저물녘

[선장실. 고물 쪽 창가. 에이해브 혼자 앉아서 밖을 내다보고 있다.]

나는 하얗고 탁한 자국을 남긴다. 내가 항해하는 곳이면 어디를 가나 창백한 물, 그보다 더 창백한 얼굴뿐. 질투심 많은 파도는 내가 남긴 자국을 삼키려고 비스듬히 부풀어 오른다. 상관없다. 그냥 그렇게 내버려두자. 나는 그저 앞서 나아갈 뿐이다.

저 멀리, 언제나 넘칠 듯이 가득 차 있는 술잔의 가장자리 옆에서 따뜻한 파도가 포도주 빛깔로 물든다. 황금빛 이마가 푸른 바다의 깊이를 잰다. 자맥질하는 태양은 정오부터 천천히 아래로 내려가고 있다. 그러나 내 영혼은 위로 올라가고 있다! 끝없이 이어진 언덕 때문에 나는 지친다. 그렇다면 내가 쓰고 있는 이 롬바르디아의 철제 왕관[206]이 너무 무거운 것일까? 하지만 이 왕관에는 많은 보석이 박혀 찬란하게 빛나고 있다. 왕관을 쓰고 있는 나에겐 멀리까지 미치는 그 섬광이 보이지 않지만, 내 마음은 내가 이 눈부시게 현란한 왕관을 쓰고 있다는 것을 어렴풋이나마 느낀다. 이 왕관은 황금이 아니라 쇠다. 그것은 나도 알고 있다. 이 왕관은 쪼개져 있다. 그것도 나는 느끼고 있다. 깔쭉깔쭉한 가장자리가 내 살을 스친다. 내 머리는 단단한 금속에 탕탕 부딪히는 듯하다. 그렇다, 내 두개골은 강철이다. 머리를 심하게 강타하는 싸움에서도 투구가 필요하지 않을 정도다!

내 이마가 건조하고 뜨겁다고? 오오, 일출이 고귀하게 나를 자극하듯 일몰은 나를 진정시킬 때가 있었다. 그런 시절은 이제 없다. 이 아름다운

---

206 이탈리아왕국(신성로마제국의 구성국)의 대관식에 사용된 왕관으로, 그리스도를 십자가에 박을 때 쓰인 못도 포함되어 있다고 한다. 현재는 밀라노 교외의 몬자 대성당에 소장되어 있다.

빛, 그 빛은 나를 비추지 않는다. 모든 사랑스러움은 내게는 고통이다. 나는 결코 그것을 즐길 수 없기 때문이다. 강한 지각력을 타고난 나는 무언가를 즐기는 평범한 능력이 부족하다. 나는 너무나 교묘하고 심술궂은 저주를 받았다. 낙원 한복판에서 저주를 받았다! 잘 자라! 안녕, 잘 자라!

[그는 손을 흔들며 창가에서 사라진다.]

그렇게 힘든 일은 아니었다. 적어도 한 녀석쯤은 아주 고집 센 놈이 있을 줄 알았는데. 하지만 내가 톱니바퀴를 한 번 걸었더니 모든 녀석의 바퀴에 꼭 들어맞아서 잘도 돌아가더군. 아니면 이렇게 말할 수도 있다. 그들은 화약으로 이루어진 수많은 개미탑처럼 내 앞에 서 있고, 나는 그들에게 불을 붙이는 성냥이었다고. 오오, 남들을 불타오르게 하는 것은 얼마나 힘든 일인가. 남에게 불을 붙이려면 성냥 자체도 파괴되어야 한다! 나는 과감하게 내가 원하는 일을 했다. 앞으로도 나는 내가 원하는 일을 할 것이다. 그들은 내가 미쳤다고 생각한다. 특히 스타벅이 그렇다. 하지만 나는 악마가 들린 미치광이다. 나는 미쳐버린 광기다. 그 사나운 광기는 자신을 이해할 때만 잠잠해진다. 나는 팔다리가 잘릴 거라는 예언을 들었다. 그리고 좋다, 나는 다리를 잃었다. 이제 나는 내 다리를 자른 놈의 몸을 잘라버릴 거라고 예언한다. 그렇게 되면 나는 예언자이자 그 실행자가 된다. 그것은 위대한 신들 이상이다. 위대한 신들도 지금까지 그런 적은 없었다. 위대한 신들이여, 나는 당신들을 비웃고 야유한다. 당신들은 크리켓 선수, 귀머거리 버크나 장님인 벤디고[207] 같은 권투선수들이다. 나는 아이들이 골목대장에게 말하듯 나를 때리지 말고 너랑 덩치가 비슷한 놈을 상대하라고 하지는 않겠다. 아니, 너는 이미 나를 때려눕혔고, 나는 다시 일어났다. 하지만 너는 달아나 숨어버렸다. 부대자루 뒤에서 나와라! 나는 너에게 닿을 만큼 긴 총은 갖고 있지 않다. 나와라. 나와서 에이해브의 인사를 받아라. 이리 와서 내 방향을 바꿀 수 있는지 보라. 내 방

207　제임스 버크(1809~1845), 윌리엄 벤디고(1811~1880): 1830년대 영국 복싱계의 챔피언.

향을 바꾼다고? 너는 내 방향을 바꿀 수 없다. 그렇다면 네 자신의 방향을 바꿔라. 그 점에서는 인간이 이겼다. 정해진 내 목표로 가는 길에는 쇠로 된 선로가 깔려 있고, 내 영혼은 달리기 위해 벌써 그 선로의 홈에 끼워져 있다. 깊이를 알 수 없는 골짜기를 건너고, 홈이 새겨진 산들의 심장을 꿰뚫고, 급류가 흐르는 강바닥 아래를 지나서 나는 똑바로 돌진해나간다! 철길에는 장애물도 없고, 구부러진 모퉁이도 없다.

{ 제 38 장 }

황혼

[주돛대 옆. 스타벅이 돛대에 기대서 있다.]

내 영혼은 굴복하여 노예가 되고 말았다. 미치광이한테! 그런 전쟁터에서 제정신을 가진 자가 무기를 버린다는 것은 참을 수 없는 고통이다. 하지만 그는 내 마음속 깊이 뚫고 들어와 나의 이성을 몰아내버렸다! 그의 불손한 목적은 뻔히 눈에 보이지만, 그래도 나는 그가 목적을 이루도록 도와주어야 할 것 같다. 좋든 싫든, 말로 표현할 수 없는 무언가가 나를 그에게 묶어버렸다. 그는 나를 밧줄에 묶어서 끌고 가지만, 나에게는 밧줄을 자를 칼이 없다. 무서운 노인네! 내 위에 누가 있느냐고 그는 외친다. 그렇다, 그는 자기보다 위에 있는 자들에게는 민주주의자지만, 자기보다 밑에 있는 자들에게는 얼마나 위세를 부리며 떵떵거리는가. 오오! 나는 내 초라한 처지를 분명히 본다. 나는 반항하면서 복종하고, 동정하면서 증오한다. 그의 눈 속에서 지독한 비애를 읽기 때문이다. 내가 그런 슬픔을 가지고 있다면 맥없이 쭈글쭈글 시들어버릴 것이다. 그래도 희망은 있다. 세월은 한없이 흐르는 것이다. 작은 금붕어가 어항 속을 제 세상인

모비 딕

양 헤엄쳐 다니듯이, 미움받는 고래는 이 세계의 온 바다를 헤엄쳐 다닌다. 하늘을 모독하는 그의 목적을 하느님이 옆으로 밀쳐내주실지도 모른다. 내 심장이 납처럼 무겁지만 않다면 들어 올리고 싶다. 하지만 내 시계 전체가 태엽이 풀려서 멎어버렸고, 내 심장은 모든 것을 억누르는 무게이기 때문에, 나에게는 다시 심장을 들어 올릴 열쇠가 없다.

[앞갑판에서 떠들썩한 소리.]

오, 맙소사! 인간의 배에서 태어났다고 생각할 수도 없는 저런 이교도들과 같은 배를 타다니! 상어가 우글거리는 어느 바닷가에서 태어난 놈들. 그들에겐 흰 고래가 데모고르곤[208]이야. 잘 들어봐! 지옥의 술잔치! 앞쪽은 저렇게 야단법석인데 뒤쪽은 완전한 적막이구나. 그것이 인생의 실상을 표현하고 있는 것 같다. 거품 이는 파도를 가르며 달리는 배. 전투 진용을 갖추고 쾌활하게 희롱대는 뱃머리는 고물 쪽 선장실에서 골똘히 사색에 잠겨 있는 우울한 에이해브를 끌고 간다. 멀리서 늑대들이 탐욕스럽게 꾸르륵 목을 울리는 소리가 들린다. 길게 꼬리를 끄는 늑대 울음소리에 내 온몸이 전율한다. 술판을 치워라! 흥청대는 자들아, 망꾼을 세워라! 오오, 인생이여! 영혼이 억눌려 쓰러지고, 거칠고 무식한 놈들이 음식을 탐하듯 지식을 탐하는 것은 바로 이런 때다. 오오, 인생이여! 내가 네 안에 잠재해 있는 공포를 느끼는 것은 지금이다. 하지만 그것은 내가 아니다. 그 공포는 내 바깥에 있다. 잔인하고 요사스러운 미래여, 나는 내 안에 아직 존재하는 인간다운 감정으로 너와 싸울 것이다. 오오, 축복받은 힘이여, 내 옆에 서서, 나를 붙잡고, 나를 지켜주소서!

---

208 신 또는 악마로 언급되는 이름. 그리스 신화에서 유래한 것으로 여겨지는 경우도 많지만 실제로는 기독교 학자들에 의해 이교의 신 혹은 악마의 이름으로 창조된 것이다. 저승과 관련된 강력한 원시의 존재로, 언급하는 것조차 금기시되었다.

제39장

첫 번째 밤번

[앞돛대 망루. 스터브 혼자 아딧줄을 고치고 있다.]

하! 하! 하! 하! 으흠! 목구멍이 시원하군! 그 후 줄곧 그 문제를 생각해 보았는데, 그 마지막 귀결이 하, 하—뿐이구나. 왜냐고? 웃음은 요상한 모든 것에 대해 가장 현명하고 손쉬운 해답이기 때문이지. 게다가 나중에 무슨 일이 일어나도 한 가지 위안은 항상 남거든. 그 확실한 위안이란 모든 것이 신의 뜻으로 예정되어 있다는 운명론이지. 나는 에이해브가 스타벅에게 한 말을 다 듣지는 않았지만, 내가 보기에 그때 스타벅은 요전 날 밤에 내가 느낀 것과 비슷한 기분을 느낀 것 같았어. 스타벅도 그 모굴 영감[209]한테 당한 게 분명해. 나는 그것을 보았고, 알아차렸지. 나한테 재능이 있었다면 기꺼이 그것을 예언했을 거야. 그의 두개골을 본 순간 그걸 알았으니까. 스터브, 똑똑한 스터브—이게 나한테 어울리는 호칭이지. 그래 스터브, 그게 어쨌다는 거지? 지독한 일이 있어. 앞으로 닥쳐올 일을 내가 전부 다 알지는 못하지만, 무슨 일이 일어나도 나는 웃어넘기고 말 거야. 야, 신난다. 랄랄라! 고향에 두고 온 어여쁜 마누라는 지금 뭘 하고 있을까? 하염없이 울고 있을까? 아니면 최근에 도착한 작살잡이들한테 성대한 파티라도 베풀어주고 있을까? 나도 그렇다. 랄랄라! 랄랄라! 오오—

오늘 밤에는 가벼운 마음으로 술을 마시자,

---

209 에이해브를 가리킨다. 원어는 'old Mogul'인데, 'Mogul'은 티무르 대제(1336~1405)의 피를 이어받은 몽골 왕 바부르(1483~1530)가 인도에 세운 무굴제국(1526~1858)의 황제를 유럽인들이 부르던 호칭이다. 이것이 에이해브의 별명이 된 것은 티무르가 절름발이였던 것과 관계가 있을지도 모른다. 유럽인들은 티무르를 'Tamerlane'(절름발이 티무르)라고 불렀다.

술잔에 넘치던 거품이

입술을 만나면 부서지듯

흥겹고 덧없는 사랑을 위해.

　참 멋진 노래군. 누가 부르지? 스타벅 씨? 아, 예, 갑니다…… [독백으로] 그는 내 상관이니까. 하지만 그에게도 상관이 있지. 그렇고말고…… 예, 예, 이 일만 마저 끝내고…… 갈게요.

{　　　제40장　　　}

한밤중, 앞갑판

작살잡이들과 선원들

　[앞돛이 올라가면 밤번들이 보인다. 서 있는 사람, 돌아다니는 사람, 기대어 있는 사람, 다양한 자세로 누워 있는 사람도 보이지만, 모두 합창을 하고 있다.]

　안녕, 잘 있어요, 스페인 아가씨!

　안녕, 잘 있어요, 스페인 아가씨!

　선장님의 명령이 떨어졌어요.

낸터컷 출신 선원 1

　이봐, 감상에 젖지 마. 소화에 안 좋아. 신나는 노래를 부르자. 자, 나를 따라 불러!

　[노래를 부른다. 모두 따라 부른다.]

　선장님은 갑판 위에 서서

망원경을 손에 들고

바다 곳곳에서 물을 내뿜는

늠름한 고래들을 바라보고 있다네.

보트에 밧줄통을 실어라.

다들 아딧줄 옆에 붙어 서라.

저 멋진 고래를 잡으러 가자.

부지런히 움직여라, 어서 노를 저어라!

기운을 내라. 심장이 멈추지 않기를!

작살잡이가 고래를 공격하고 있는 동안!

뒷갑판에서 항해사의 목소리

팔점종을 쳐라!

낸터컷 출신 선원 2

노래 그만! 팔점종이야! 이봐, 종치기! 종을 여덟 번 쳐. 핍! 깜둥이 놈
아! 당직은 내가 불러주지. 나는 입이 커서 큰 소리로 누군가를 부르기에
는 안성맞춤이거든! 그래, 그래. [머리를 해치 밑으로 들이밀고] 우—현—
팔점종이야. 당장 위로 올라와!

네덜란드 출신 선원

오늘 밤은 몹시 졸리는군. 그럴 만도 하지. 이건 우리 영감이 준 술 탓일
거야. 똑같이 술을 마셔도 어떤 놈은 기운이 나지만 어떤 놈은 기력이 떨
어져서 나른해지지. 우리는 노래를 부르는데 저놈들은 자빠져 자고 있고.
그래, 밑창의 술통처럼 곤드라져 있군. 놈들을 다시 깨워라! 이 구리 펌프
를 가지고 가서 소리쳐봐. 애인 꿈은 그만 꾸라고 해. 그건 부활이라고 말
해. 마지막 키스를 하고 최후의 심판을 받으러 가야 한다고 말해. 그게 방

법이야. 그래, 바로 그거야. 네 녀석 목청은 암스테르담 버터를 먹지 않았으니 고운 소리가 나올 거야.

프랑스 출신 선원

쉿, 조용히들 해! 블랭킷만에 닻을 내릴 때까지[210] 춤이나 추자고. 뭐라고? 저기 다른 당직이 오는군. 모두 준비해! 핍! 꼬마야! 탬버린을 신나게 쳐봐!

핍 [졸린 듯 무뚝뚝하게]
어디 있는지 몰라요.

프랑스 출신 선원

그럼 배라도 두드리고 귀를 흔들어. 자, 모두 춤을 주자고. 즐겁게. 제기랄, 춤추지 않을 거야? 자, 인디언식으로 줄지어 발을 끌며 짧은 스텝으로. 몸을 움직여! 자, 뛰어! 뛰라고!

아이슬란드 출신 선원

나는 여기 바닥이 마음에 안 들어. 너무 탄력이 좋아서 내 취향에 안 맞아. 난 얼음 바닥에 익숙해져 있거든. 찬물을 끼얹어서 미안하지만, 이만 실례하겠네.

몰타 출신 선원

나도 싫어. 여자가 없잖아. 머저리가 아닌 다음에야 누가 제 오른손으로 왼손을 잡고서, 한번 추실까요 하고 말하겠나? 파트너! 파트너가 필요해!

---

210 '담요(블랭킷)를 덮고 잠잘 때까지'라는 뜻.

시칠리아 출신 선원

그래, 여자와 풀밭. 그것만 있으면 신나게 뛸 텐데 말이야. 그래, 메뚜기처럼 뛸 거야.

롱아일랜드 출신 선원

이봐, 울상들 짓지 마. 우린 지금 충분하고도 남아. 자, 옥수수를 베러 나가세. 이제 곧 모두 수확하러 갈 거야. 아! 음악이 들려오는군. 어서 가세!

아조레스 출신 선원 [갑판 해치로 올라오면서 탬버린을 던져준다.]

핍! 이거 받아. 그리고 권양기 밧줄 감는 기둥도 있어. 자, 다들 올라와! [절반은 탬버린에 맞춰 춤을 추고, 일부는 아래로 내려가고, 일부는 둘둘 감긴 밧줄 틈새에 들어가 잠을 자거나 누워 있다. 여기저기서 욕설이 들린다.]

아조레스 출신 선원 [춤을 추면서]

기운 내, 핍! 힘껏 두드려, 종치기! 쿵, 짜작, 쿵, 짝. 종치기 꼬마! 반딧불이처럼 빛을 내봐! 딸랑이가 깨지도록 힘껏 때려!

핍

딸랑이라고? 또 하나 깨져버렸네. 너무 세게 두드리니까.

중국 출신 선원

그럼 이를 마주쳐서 딱딱 소리를 내. 너 자신을 탑으로 만들어.

프랑스 출신 선원

미친 짓들이군. 그 탬버린을 들고 있어, 핍. 내가 그 고리 속으로 빠져나갈 때까지. 삼각돛을 찢어. 네 몸뚱이도 찢어버려!

태시테고 [조용히 담배를 피우면서]

저게 백인이야. 백인은 그런 걸 농담으로 생각하지. 흥! 나는 쓸데없이 땀을 흘리진 않아.

맨섬 출신 늙은 선원

저 유쾌한 젊은이들은 신나게 춤을 추고 있지만, 발밑에 뭐가 있다고 생각하는지 궁금하군. '나는 네 무덤 위에서 춤을 추겠다'는 말은 맞바람도 아랑곳 않고 길모퉁이에 서 있는 밤 여자들의 가장 통렬한 협박이지. 오, 그리스도여! 저 풋내기 뱃놈들을 살펴주소서! 학자들 말마따나 이 세상은 온통 무도장이라니까. 계속 춤춰라. 젊은것들아, 실컷 춤춰라. 나도 젊었을 때는 그랬지.

낸터컷 출신 선원 3

휴식! 휴우! 잔잔한 바다에서 고래를 쫓는 것보다 더 힘들군. 이봐 태시, 담배 한 대 줘.

[그들은 춤을 멈추고 원을 그리며 한데 모인다. 그러는 동안 하늘이 어두워지고 바람이 불기 시작한다.]

인도 출신 선원

브라마님 맙소사![211] 빨리 돛을 내려야 해. 하늘에서 태어나 홍수를 일으키는 갠지스강이 바람으로 바뀌었어! 시바님이 이마를 찌푸리고 있어!

---

211 원문은 'By Brahma!'로, 영어의 'By God!'을 비튼 표현. 브라마는 힌두교의 창조신. 바로 뒤에 나오는 시바는 힌두교의 최고신으로, 파괴의 신. 시바가 이마를 찌푸리면 날씨가 나빠진다고 한다.

몰타 출신 선원 [드러누운 채 모자를 흔들며]

그건 파도야. 하얀 모자를 쓴 파도가 춤을 추기 시작했어. 이제 곧 장식술을 흔들 거야. 파도가 모두 여자라면 얼마나 좋을까. 그러면 나는 물속으로 뛰어들어가 파도와 언제까지라도 춤을 출 텐데! 여자와 춤을 추면서 격렬하게 흔들리는 그 따뜻한 젖가슴을 힐끔힐끔 훔쳐보는 것만큼 유쾌한 일이 또 있을까? 천국도 그렇게 유쾌하지는 않을 거야! 금방이라도 터져버릴 듯 무르익은 포도알 같은 젖꼭지는 큰 나무 같은 두 팔에 가려 잘 보이지 않지만.

시칠리아 출신 선원 [비스듬히 누운 채]

그 애긴 그만 해! 잘 들어, 젊은이. 팔다리를 교차시키고 나긋나긋 흔들며, 수줍은 듯 교태를 부리며―입술도, 심장도, 엉덩이도 모두 말랑말랑, 닿을 듯 말 듯 스쳐 지나가지! 맛보지는 말고 보기만 해. 안 그러면 배가 불러서 곧 싫증이 날 테니까. 알겠나, 이교도? [팔꿈치로 슬쩍 찌른다.]

타히티 출신 선원 [돗자리 위에서 뒹굴며]

벌거벗고 춤추는 우리 섬의 아가씨 만세! 히바-히바![212] 아! 골짜기는 낮고 야자수는 높은 타히티여! 나는 여전히 이 돗자리 위에 누워 있지만 부드러운 흙은 사라졌구나! 나의 돗자리여! 나는 숲에서 너를 짜는 것을 보았지. 너를 고향에서 가져온 첫날 너는 새파랬는데, 지금은 시들어 해지고 말았구나. 아아, 너도 나도 그 변화를 견딜 수가 없구나! 저 높은 하늘로 날아갈 수 있다면 어떨까? 피로히티 산봉우리에서 울퉁불퉁한 바위를 뛰어내려 마을들을 집어삼키며 으르렁거리는 시냇물 소리가 들리는가? 돌풍이다, 돌풍이야! 똑바로 서서 돌풍을 맞아라! [벌떡 일어난다.]

212 타히티 고유의 민속춤.

포르투갈 출신 선원

파도가 몰려와 뱃전에 부딪히고 있다! 모두 돛을 내릴 준비를 해! 바람이 사방에서 몰려오고 있어. 이제 곧 힘차게 돌진해올 거야.

덴마크 출신 선원

우지직, 우지직. 낡은 배가 소리를 지른다! 하지만 소리를 지르는 동안은 살아 있겠지! 잘했어! 저기 항해사가 너를 꿋꿋이 지켜주고 있구나. 저 항해사는 아무것도 두려워하지 않아. 폭풍우에 시달리고 소금이 덕지덕지 들러붙은 대포로 발트함대²¹³와 싸우는 카테가트의 요새처럼!

낸터컷 출신 선원 4

그도 명령을 받는 처지야. 그걸 명심해. 언젠가 에이해브 영감이 저 사람한테 말하는 걸 들은 적이 있는데, 돌풍은 항상 죽여야 한다고 했어. 권총으로 용오름을 폭파시키듯, 배를 돌풍 속으로 돌진시키라는 거지!

영국 출신 선원

맙소사! 하지만 그 노인네는 정말 대단한 사람이야! 우린 그 영감이 죽이려는 고래를 쫓아가는 몰이꾼이지!

모두 함께

그래! 그래!

맨섬 출신 늙은 선원

소나무 돛대 세 개가 흔들린다! 소나무는 어떤 땅에 옮겨 심어도 살 수

---

213 제정 러시아의 유럽 방면을 지킨 주력 함대. 당시 흑해함대·동양함대와 함께 러시아의 3대 함대의 하나였다. (현재는 북해함대를 포함한 4대 함대로 편성되어 있다.) 카테가트섬: 덴마크와 스웨덴 사이에 있는 카테가트해협에서 가장 큰 섬.

있을 만큼 튼튼한 나무인데, 여기 있는 흙은 뱃놈들의 저주받은 진흙뿐이
니! 침로를 그대로! 조타수, 침로를 그대로! 이런 날씨에는 육지의 용감한
자들도 해안으로 달려가고, 용골이 있는 배도 바다에 나가면 선체가 쪼개
지고 말 거야. 우리 선장은 태어났을 때부터 점이 있는데, 저것 봐, 하늘에
도 점이 있어. 다른 곳은 모두 칠흑처럼 어두운데, 저기만 타는 듯이 붉어.

대구

그게 어쨌다는 거요? 암흑이 두렵다는 놈은 나도 두려워하겠군. 나는
암흑 속에서 태어났으니 말이야!

스페인 선원 [독백으로]

큰소리치고 있군. 흥! 나는 해묵은 원한이 사무친 놈이다. [대구에게 다
가가면서] 이봐 작살잡이, 네 족속이 인류의 어두운 부분인 것은 부정할
수 없는 사실이야. 게다가 악마처럼 어두운 부분이지. 화내지는 말게.

대구 [무뚝뚝하게]
전혀.

산티아고 출신 선원

저 스페인 녀석은 미쳤거나 술에 취했어. 하지만 그럴 리가 없는데? 술
에 취했다면 우리 영감의 독한 술이 저 녀석한테만 오래도록 효력을 발휘
하고 있다는 얘긴데.

낸터컷 출신 선원 5
저게 뭐지? 번갯불인가? 그래, 번갯불이다.

스페인 선원
아니야. 대구가 이빨을 드러낸 거야.

대구 [발딱 일어나면서]
네 이빨이나 삼켜, 난쟁이 놈아. 피부도 하얗고 간도 하얀 겁쟁이 놈아!

스페인 선원 [대구를 향해 덤벼들며]
칼로 찔러줄 테다! 덩치만 크고 속 좁은 놈아!

모두 함께
싸움이다, 싸움! 싸움이 벌어졌다!

태시테고 [담배연기를 내뿜으며]
위에도 싸움, 아래도 싸움. 신도 인간도 모두 싸움질이군! 흥!

벨파스트 출신 선원
싸워라, 싸워! 우선 성모님께 인사를 하고, 싸워라. 자, 덤벼들어!

영국 출신 선원
정정당당하게! 스페인 녀석의 칼을 빼앗아. 자, 한 줄로 둘러서서 링을 만들어, 링을!

맨섬 출신 늙은 선원
링은 벌써 만들어져 있어. 저기! 고리 모양의 수평선. 저 링 안에서 카인은 아벨을 죽였지. 재미난 얘기야. 옳은 일이지! 아니라고? 그럼 왜 신은 링을 만들었지?

뒷갑판에서 항해사의 목소리

모두 앞돛대 마룻줄에 붙어라! 가운뎃돛을 접어라!

모두 함께

돌풍이다! 돌풍이야! 기운을 내서 뛰어나가자! [뿔뿔이 흩어진다.]

핍 [양묘기 밑에서 몸을 떨며]

기운을 내라고? 기운을 내서 뭘 하게? 와지끈! 저기 삼각돛 밧줄이 날아가는군! 쿵탁! 몸을 더 낮게 숙여, 핍. 저기 주돛대의 활대가 날아온다! 한 해의 마지막 날 빙글빙글 도는 숲속에 있는 것보다 더 나빠! 누가 지금 밤을 따러 나무에 올라가겠어? 하지만 다들 욕질을 하면서 돛대를 올라가는군. 하지만 난 사양하겠어. 저 사람들은 전망이 밝아. 천국으로 가는 길 위에 있으니까. 꽉 잡아! 제기랄, 이게 웬 돌풍이람! 하지만 저 사람들은 돌풍보다 더 무서워. 저 사람들은 흰 돌풍이야. 흰 돌풍? 흰 고래! 덜덜 떨리는데. 하지만 그 고래에 대해서는 들은 적이 있어! 오늘 밤 들었을 뿐인데, 생각만 해도 온몸이 꼭 탬버린처럼 덜덜 떨리는군. 그 아나콘다[214] 같은 영감님은 그 고래를 반드시 잡겠다고 모두에게 맹세를 시켰지! 오오, 저 높은 어둠 속 어딘가에 있는 크고 하얀 신이여, 여기 밑에 있는 이 작은 검둥이 녀석에게 자비를 베푸소서. 두려움을 느낄 내장도 없는 자들로부터 그를 지켜주소서!

---

[214] 중남미에 서식하는 보아과의 큰 뱀. 길이가 보통 5m를 넘는다.

제 41 장

모비 딕[215]

나 이슈메일도 이 배에 타고 있는 선원들 중의 하나였다. 나의 외침도 그들의 외침과 함께 솟아올랐고, 나의 맹세도 그들의 맹세와 함께 뒤섞였다. 나는 내 영혼 속의 두려움 때문에 더 큰 소리로 외치고, 내 맹세를 더 힘껏 망치로 못질하여 단단히 고정시켰다. 나에게는 격렬하고 불가사의한 공감이 있었다. 에이해브의 억누를 수 없는 원한이 내 것처럼 느껴졌다. 나는 선원들과 더불어 저 흉악한 괴물을 죽여서 원수를 갚겠다고 맹세하면서, 그 괴물의 내력을 알고 싶어 열심히 귀를 기울였다.

오래전부터, 무리를 떠나 혼자 다니는 흰 고래는 주로 향유고래 포경선들이 드나드는 질해의 곳곳에 이따금씩 모습을 드러내곤 했다. 하지만 그들 모두가 흰 고래의 존재를 알고 있는 것은 아니고, 비교적 소수의 사람만이 눈으로 보고 확인했을 뿐이며, 실제로 그것이 그 흰 고래라는 것을 알고 맞서 싸웠던 사람은 극소수에 불과했다. 왜냐하면 포경선의 수가 너무 많아서 바다 전체에 무질서하게 흩어져 있었고, 개중에는 1년이 넘도록 새 소식을 전해줄 다른 배를 한 척도 만나지 못한 채 외딴 해역에서 무모한 추적을 강행하는 경우도 많았기 때문이다. 게다가 포경선은 항해 기간이 지나치게 길고 출항 시기도 불규칙했다. 이런 사정이 그 밖의 갖가지 직접·간접적인 사정과 맞물려 모비 딕에 관한 특별하고 개별적인 정보가 전 세계의 포경선단에 퍼지는 것을 오랫동안 방해했다. 물론 이러저러한 시기에 이러저러한 해상에서 유난히 거대하고 흉포한 향유고래가

---

215 Moby-Dick. 1810년에 칠레 앞바다에서 '모카 딕Mocha Dick'이라는 이름을 얻게 된 향유고래가 발견되었다. 이 고래의 흉포함은 전설적이었고, 19번이나 작살을 맞고도 30명이 넘는 인명을 빼앗고 포경선 3척과 포경 보트 14척을 파괴하고, 상선 2척을 침몰시켰다. 이 놀라운 고래에 대한 기사는 《니커보커》(1839년 5월)에 '모카 딕, 또는 태평양의 흰 고래'라는 제목으로 발표되었는데, 이 기사를 멜빌이 읽은 것은 거의 확실하고, 따라서 '모비 딕'이라는 이름도 '모카 딕'에서 유래했다는 것이 거의 정설로 되어 있다.

나타나 공격을 가해온 인간에게 큰 피해를 입히고는 자취를 감춰버렸다는 보고를 가져온 배들도 적지 않았고, 이런 말을 들은 사람들이 그 고래야말로 모비 딕이 틀림없다고 확신한 것도 무리한 추측은 아니었다. 하지만 최근 향유고래 포경업에서는 포악하고 잔인하고 교활하고 악의에 찬 괴물을 공격한 경우가 드물지 않았다. 따라서 상대가 모비 딕인 줄 모르고 우연히 싸움을 건 사냥꾼들은 대부분 모비 딕이 불러일으킨 독특한 공포를 개별적인 원인 탓으로 돌리기보다는 향유고래 포경업이 본래 안고 있는 위험 탓으로 돌렸다. 에이해브와 모비 딕의 처참한 대결도 사람들은 대개 그런 식으로 보고 있었다.

그리고 흰 고래 이야기를 사전에 듣고 난 뒤 우연히 그 고래를 본 사람들도 처음에는 거의 예외 없이 다른 향유고래를 만났을 때처럼 대담하게 보트를 내려 고래를 추격했다. 하지만 이런 공격은 결국 불행한 재난을 초래한 원인이 되었다. 피해는 손목이나 발목을 삐거나 팔다리가 부러지거나 잘린 부위를 고래한테 먹히는 정도에 그치지 않고, 마침내 목숨을 잃는 지경에까지 이르렀다. 모비 딕에게 거듭 비참하게 격퇴를 당하자, 모비 딕에 대한 그들의 공포는 계속 축적되고 차곡차곡 쌓여갔다. 그렇게 증폭된 공포심은 결국 흰 고래에 대한 소문을 들은 용감한 포경꾼들의 용기를 약화시키는 데 매우 효과가 있었다.

온갖 터무니없는 소문들도 더욱 과장되었고, 고래와 사투를 벌인 이야기는 더한층 사람들의 간담을 서늘하게 했다. 믿을 수 없는 소문들은—죽은 나무에서 버섯이 자라듯—놀랄 만큼 끔찍한 사건 자체에서 자연발생적으로 생겨난 것일 뿐만 아니라, 해상 생활에는 육지 생활보다 터무니없는 소문이 훨씬 많기 때문이다. 소문이 매달릴 만한 현실성이 조금이라도 있으면 어디에나 소문이 퍼진다. 이 점에서 바다가 육지를 능가하듯이, 이따금 포경업계에 퍼지는 소문의 놀라움과 무서움은 다른 모든 종류의 해상 생활을 능가한다. 포경 선원들은 모든 선원에게 대대로 전해 내려오는 그 무지와 미신을 면하지 못했을 뿐만 아니라, 모든 선원 중에서도 특히 포경꾼들은 바다에서 오싹할 만큼 놀라운 것과 가장 직접적으로 접촉할 가능성이 훨씬 높기 때문이다. 그들은 바다에서 가장 경이로운 존재들과 얼굴을 맞대고 마주 볼 뿐만 아니라, 손과 턱을 무기로 그들과 맞서 싸운다. 고래는 그렇게 외딴 바다에서만 살기 때문에, 포경꾼들은 먼 거리를 항해하고 수많은 해안을 통과해도 조각이 새겨진 벽난로나 태양이 찬란하게 빛나는 곳에 다다르지는 못한다. 그리하여 위도와 경도조차 분명치 않은 바다에서 일하기 때문에 포경꾼들은 갖가지 주문呪文에 사로잡히게 되고, 거기에서 생겨난 공상은 더욱 부풀어 올라 터무니없는 소문을 낳게 되는 것이다.

그렇기 때문에 흰 고래에 대한 터무니없는 소문도 넓은 바다를 이리저리 흘러다니는 동안 차츰 늘어나 막판에는 온갖 병적인 망상과 결합하여 초자연적인 힘을 가진 태아를 잉태하게 되고, 그래서 결국은 모비 딕을 완전히 새로운 종류의 공포감으로 둘러싸게 되고 말았다. 따라서 조금이라도 흰 고래에 대한 소문을 들은 적이 있는 고래잡이들은 그 위험한 아가리를 향해 도전할 용기를 거의 상실하고 말았던 것이다.

하지만 그보다 훨씬 중요하고 실질적인 영향력이 남아 있었다. 오늘날에 이르러서도 향유고래가 원래부터 차지해온 지위 ─ 다른 종류의 고래들과는 비교할 수도 없을 만큼 무섭다는 생각은 포경꾼들의 마음속에서 사라지지 않고 있다. 오늘날에도 참고래라면 서슴지 않고 덤벼들 만한 지성과 용기를 가진 포경꾼들 중에는, 솜씨가 미숙하거나 능력이 없거나 겁이 많아서 향유고래와 싸우기를 꺼리는 자들이 있다. 어쨌든 많은 포경꾼들, 특히 미국 국기를 달지 않은 포경선 선원들은 향유고래와 대결해본 적이 없고, 향유고래에 대해서는 옛날부터 북양에서 잡히던 이름도 알려지지 않은 고래라고 알고 있는 정도여서, 이들은 해치 입구에 앉아서, 마치 아이들이 난롯가에 앉아서 옛날이야기를 들으며 흥이 나기도 하고 무서움에 떨기도 하는 것처럼, 남양 포경에 얽힌 기이한 이야기에 귀를 기울이는 것이다. 향유고래의 유별나게 거대한 모습은, 보트 뱃머리에서 그 고래와 맞서본 자만이 가장 실감 나게 이해할 수 있을 것이다.

지금은 직접적인 체험을 통해 향유고래의 괴력이 확인되고 있지만, 과거 전설적인 시대의 기록에도 그것은 이미 영향을 미친 것 같다. 올라프손과 포벨센[216] 같은 박물학자들은 향유고래가 모든 바다 생물에게 겁을 줄 뿐만 아니라 믿을 수 없을 만큼 포악해서 사람 피에 굶주려 있다고 기술하고 있다. 퀴비에의 시대에도 이와 비슷한 인상은 지워지지 않았다. 퀴비에 남작은 『어류의 자연사』에서 모든 어류(상어를 포함하여)가 향유고래를 보면 "생생한 공포에 사로잡혀 황급히 달아나다가 바위에 부딪혀 죽는 경우도 많다"고 적고 있다. 포경업 전반에 걸친 경험이 이런 기록을 바로잡을 수는 있겠지만, 향유고래가 사람 피에 굶주려 있다는 포벨센의 주장을 포함하여 향유고래의 무서움에 대한 미신적인 믿음은 고래잡이라는 직업이 부침을 거듭하는 동안 포경꾼들의 마음속에 되살아나곤 했다.

그래서 모비 딕에 관한 소문과 불길한 전조에 겁을 먹은 포경꾼들은 향유고래 포경업이 시작된 초기를 회상하곤 했는데, 그때는 오랫동안 참고래를 잡아온 노련한 포경꾼들도 위험을 무릅쓰고 이 새롭고 대담한 전투에 뛰어들기를 꺼렸기 때문에 그들을 설득해서 배에 태우기가 여간 어려운 게 아니었고, 또 그들은 입버릇처럼 다른 고래라면 기꺼이 쫓겠지만 향유고래 같은 귀신을 쫓아 창을 겨누는 것은 인간이 할 짓이 아니라고 항의했다는 것이다. 그런 짓을 하면 당장 저세상으로 갈 게 뻔했으니까. 이 점에 대해서는 참고할 만한 흥미로운 문헌들도 남아 있다.

하지만 이런 사정에도 불구하고 모비 딕을 추격할 각오가 되어 있는 사람들이 그래도 조금은 있었고, 우연히 그 고래에 대한 이야기를 멀리서

216 에게르트 올라프손(1726~1768): 아이슬란드 태생의 덴마크 박물학자. 의사인 비에르네 포벨센 (1717~1779)과 1752~1757년에 아이슬란드를 탐험하여 『아이슬란드 기행』을 저술했다.

막연히 들었을 뿐 사람들이 당한 재난에 대해서는 구체적이고 자세한 내용을 전혀 모르고 거기에 따라다니는 미신도 전혀 몰랐기 때문에 고래가 싸움을 걸어온다면 달아나지는 않을 만큼 용감한 사람들은 그보다 훨씬 많았다.

미신에 사로잡힌 사람들의 마음속에서 마침내 흰 고래와 결부된 터무니없는 억측 가운데 하나는, 모비 딕은 공간을 초월하여 도처에 존재한다는 얼토당토않은 주장이었는데, 정반대되는 위도에서 같은 시각에 모비 딕과 실제로 마주쳤다는 것이다.

그런 사람들은 남의 말을 쉽사리 믿었을 게 분명하지만, 이 기발한 생각이 미신적인 개연성을 전혀 보여주지 않는 것은 아니었다. 학자들이 열심히 연구해도 해류의 비밀이 아직 규명되지 않았듯이, 향유고래가 수면 아래에 숨어 있을 때의 행동은 대부분 추적자들에게 알려지지 않은 상태다. 그래서 이따금 향유고래에 대해, 특히 깊은 곳으로 잠수한 뒤 놀랄 만큼 빠른 속도로 놀랄 만큼 먼 곳까지 이동하는 그 신비로운 행태에 관해 기묘하고 상충되는 추론이 이루어졌다.

이를테면 태평양의 북쪽 끝에서 포획된 고래의 몸속에서 그린란드 바다에서 박힌 작살의 날이 발견된 것은 미국과 영국의 포경선에 잘 알려진 사실이고, 오래전에 스코스비의 권위 있는 보고서에도 언급된 바가 있다. 두 곳에서 이루어진 공격 사이에 시간적으로 긴 간격이 존재했을 가능성이 전혀 없다는 것도 부인할 수 없는 사실이다. 그래서 어떤 포경꾼들은 인간에게 오랫동안 어려운 문제였던 '북서항로'[217]가 고래에게는 전혀 문제가 되지 않았을 거라고 말하기도 했다. 살아 있는 인간의 경험을 가지고 예로 들면, 포르투갈 내륙에 있는 에스트렐라산에 대해 예로부터 전해 내려오는 기이한 이야기(그 산꼭대기 근처에 호수가 있는데, 난파선 잔해가 수

---

217   대서양에서 북아메리카 북쪽 해안을 지나 태평양에 이르는 항로.

면으로 떠올랐다는 이야기), 시라쿠사[218] 근처의 아레투사 샘에 얽힌 놀라운 이야기 등이 있다. 이 황당한 이야기들에 비하면 포경꾼들의 이야기도 그 현실성에서 뒤질 것이 없다고 할 수 있다.

포경꾼들은 이런 기이한 이야기에 친숙할 수밖에 없고, 모비 딕이 대담한 공격을 여러 번 받고도 용케 살아서 달아났다는 것을 알기 때문에, 그들이 미신에 더욱 깊이 빠져들어 다음과 같이 주장하더라도 그다지 놀라운 일은 아닐 것이다—모비 딕은 공간을 초월하여 도처에 동시에 나타날 뿐만 아니라 불멸의 존재이고, 옆구리에 창이 숲처럼 박혀도 무사히 헤엄쳐갈 것이고, 모비 딕이 정말로 진한 피를 내뿜는다 해도 그런 광경은 속임수에 지나지 않아서, 수백 킬로미터나 떨어진 맑은 파도 속에서 모비 딕이 조금도 피로 더럽혀지지 않은 맑은 물을 내뿜는 광경을 볼 수 있는 것이다.

하지만 이런 초자연적인 의견을 무시한다 하더라도, 그 괴물의 신체적 생김새와 명백한 특징은 보기 드문 힘으로 사람들의 상상력을 자극했다. 모비 딕을 다른 향유고래와 구별해주는 것은 보기 드물게 거대한 덩치라기보다, 앞에서도 말했듯이 눈처럼 새하얗고 주름이 잡혀 있는 이마와 피라미드처럼 높이 솟은 하얀 혹이다. 이마와 혹—이것이 모비 딕의 두드러진 특징이었다. 가없는 미지의 바다에서도 모비 딕은 이 특징으로 자신의 정체를 드러냈고, 모비 딕을 아는 사람들은 먼 거리에서도 그 표시를 보고 모비 딕을 알아보았다.

몸통의 다른 부분도 같은 색의 줄무늬와 얼룩점과 대리석 무늬로 덮여 있어서 하얀 수의에 감싸인 것처럼 보였고, 마침내 '흰 고래'라는 독특한 별명을 얻게 되었는데, 대낮에 황금빛으로 반짝이는 젖빛 거품을 은하수처럼 뒤에 남기며 짙푸른 바다를 미끄러져가는 그 생생한 광경을 볼 때면

---

218 이탈리아 남쪽 끝 시칠리아섬 동쪽 연안에 있는 도시. 아레투사는 그리스 신화에 등장하는 님프로, 강의 신 알페이오스의 구애를 피해 도망치다 지하수로 변하여 시라쿠사까지 흘러가서 샘이 되었다고 한다.

누구나 그 이름이 안성맞춤이라고 생각지 않을 수 없었다.

그 고래가 자연스러운 공포의 대상이 된 것은 그 보기 드물게 거대한 체구나 현저한 몸빛깔이나 보기 흉하게 변형된 아래턱 때문이라기보다는, 비할 데 없이 교활한 지성과 악의 때문이었는데, 어떤 보고에 따르면 녀석은 사람을 공격할 때 그런 지성과 악의를 여러 번 드러냈다고 한다. 무엇보다도 그의 기만적인 도주 작전은 경악을 불러일으켰다. 기뻐 날뛰는 추적자들 앞에서 불안과 공포에 사로잡힌 징후를 드러내며 헤엄치다가 갑자기 방향을 돌려 추적자들을 덮쳐서 보트를 산산조각으로 박살 내거나 깜짝 놀란 선원들이 본선으로 허둥지둥 줄행랑치게 한 적이 한두 번이 아니었기 때문이다.

그 고래를 쫓다가 목숨을 잃은 사람도 한둘이 아니었다. 하지만 그와 비슷한 재난은 뭍에는 그다지 알려져 있지 않지만 포경업계에서는 결코 드문 일이 아니었다. 대부분의 경우, 그런 재난은 흰 고래의 잔인성에서 나온 악마적이고 의도적인 짓으로 보였기 때문에, 그에게 팔다리나 목숨을 잃은 것이 전적으로 지성이 없는 생물의 짓으로는 생각되지 않았다.

그리고 보면 목숨을 걸고 흰 고래를 쫓던 포경꾼들이 그에게 물어뜯긴 보트의 파편과 동료들의 몸에서 찢겨나간 팔다리가 물속으로 가라앉는 가운데 흰 고래의 무서운 분노가 빚어낸 하얀 거품 속에서 잔잔한 바다로 헤엄쳐 나왔을 때, 그들의 마음이 얼마나 미칠 듯한 분노에 사로잡혔을지는 쉽게 상상할 수 있을 것이다. 조용하고 평화로운 바다에 쏟아지는 햇빛, 아기가 태어났을 때나 결혼식 때처럼 계속 미소 짓는 햇빛은 그들을 더욱 분통 터지게 했을 것이다.

어느 선장의 경우는 보트 세 척이 주위에서 박살이 났고, 노와 부하들은 소용돌이에 휘말려 빙빙 돌고 있었다. 선장은 단검을 빼들고 부서진 뱃머리에서, 마치 아칸소의 결투자[219]가 상대방에게 덤벼들듯 고래에게 덤벼들어, 한 뼘 길이의 칼날로 한 길 깊이에 있는 고래의 생명에 닿으려고 애썼다. 그 선장이 바로 에이해브였다. 고래의 낫처럼 생긴 아래턱이 갑자기 바로 밑을 휙 스치고 지나가는가 싶더니, 예초 낫이 들에서 풀을 베듯 에이해브의 다리를 싹둑 잘라버리고 말았다. 터번을 두른 튀르크인도, 베네치아나 말레이의 용병도 그보다 더 잔인하게 그를 공격할 수는 없었을 것이다. 그렇다면 거의 죽을 뻔했던 그 결투 이후 에이해브가 그 고래에 대해 격렬한 복수심을 품고 있었다는 것은 의심할 여지가 없다. 하지만 복수심보다 더 무서운 것은, 에이해브가 광적일 정도로 과민해져서 결국에는 자신의 육체적 고통만이 아니라 지적·정신적인 분노까지도 모두 흰 고래와 결부시켰다는 점이다. 흰 고래는 모든 사악한 존재의 편집광적 화신으로서 에이해브의 눈앞을 끊임없이 헤엄치게 되었다. 깊은 통찰력과 감수성을 가진 사람들은 그 사악한 존재에게 자기 내부를 갉아먹혀 급기야는 절반밖에 남지 않은 심장과 허파로 살아갈 수밖에 없다고 느낀다. 어떻게 할 수 없는 이 악이야말로 태초부터 존재해왔고, 근대에 들어와서는 기독교도들조차 세상의 절반을 지배하는 존재로 인정했으며, 고대 동방의 배사교[220] 신자들은 악마상을 만들어 숭배했다. 하지만 에이해브는 그들처럼 무릎을 꿇고 숭배하지는 않았다. 오히려 밉살스러운 흰 고래에게 모든 악의 근원을 돌려, 미친 듯이 날뛰며 불구의 몸도 아랑

219 부이나이프(사냥용 외날 단검)를 발명한 제임스 부이가 관련된 '샌드바 결투'를 말하는 듯하다. 1827년 9월 미시시피강 사주(샌드바)에서 일어난 결투에 부이는 입회인으로 참가했는데, 결투가 제대로 결판이 안 나자 양측 입회인까지 끼어들어 일이 커졌다. 이때 상대편 입회인으로 참가한 노리스 라이트 또한 부이와 앙숙 사이였다. 이 싸움에서 부이는 총격을 당하고도 노리스를 단검으로 찔러 죽였고, 부이의 명성과 함께 그가 사용한 단검 역시 유명해졌다. 이 결투는 미시시피주에서 일어났지만, 부이는 아칸소주에 인맥을 가지고 있어서 잠시 피신해 있었다. 또한 아칸소주는 결투로 유명했다. 이런 이유로 멜빌이 착각한 게 아닌가 싶다.

220 拜蛇敎. 2세기에 그노시스파(영지주의)로 시작된 기독교 이단의 일파로서 뱀을 숭배했다. 이들은 구약성서의 여호와를 최고의 창조신으로 인정하지 않고, 단순한 '데모고르곤'(208번 역주 참조)의 하나로 간주한다. 그 대신 여호와가 인간에게 주기를 거부한 '지식'—선악을 판단하는 데 필요한 지식—을 뱀이 인간에게 주었기 때문에, 인류에게 은혜를 베푼 존재로서 뱀을 각별하게 숭배했다. 그들은 뱀이 인간을 신에 대한 진정한 지식을 추구하는 자로 만들었다고 생각했기 때문에, 뱀을 인류의 해방자로 여기기도 했다.

곳하지 않고 그것에 덤벼들었다. 사람을 가장 미치게 하고 괴롭히는 모든 것, 가라앉은 앙금을 휘젓는 모든 것, 악의를 내포하고 있는 모든 진실, 체력을 떨어뜨리고 뇌를 굳게 하는 모든 것, 생명과 사상에 작용하는 모든 악마성—이 모든 악이 미쳐버린 에이해브에게는 모비 딕이라는 형태로 가시화되었고, 그리하여 실제로 공격할 수 있는 상대가 되었다. 에이해브는 아담 이후 지금까지 모든 인류가 느껴온 분노와 증오의 총량을 그 고래의 하얀 혹 위에 쌓아 올려, 마치 제 가슴이 대포라도 되는 듯이 마음속에서 뜨거워진 포탄을 그곳에다 겨누고 폭발시켰던 것이다.

에이해브의 이 편집광적 아집은 다리를 잃은 순간에 당장 생겨난 것은 아니었다. 단검을 휘두르며 괴물을 향해 덤벼들었을 때는 갑자기 분출한 열정적이고 실체적인 적개심을 드러냈을 뿐이다. 고래의 공격으로 다리가 잘려나간 순간에도 그는 아마 육신이 끊어지는 아픔을 느꼈을 뿐이리라. 하지만 이 충돌로 말미암아 뱃머리를 돌려 귀항하지 않을 수 없었을 때, 그리고 그 후 지루한 몇 달 동안, 에이해브와 고통은 같은 그물침대에 함께 누운 채 한겨울의 삭막하고 황량한 파타고니아의 혼곶을 돌았다. 그의 찢긴 육체에서 나온 피는 영혼으로 흘러들고 깊은 상처를 입은 영혼에서 나온 피는 그의 육신으로 흘러들어, 그렇게 섞인 피가 에이해브를 미치게 했다. 그리고 에이해브가 최종적으로 편집증에 사로잡힌 것이 고래와 대결한 뒤 귀항하던 도중이었다는 것은 항해하는 동안 에이해브가 간헐적으로 광란 상태에 빠져 미치광이처럼 사납게 날뛴 사실로 미루어보아 거의 확실한 것 같다. 그는 비록 다리 하나를 잃긴 했지만, 아직은 그런 생명력이 그의 이집트인 같은 가슴속에 잠재해 있었고 게다가 흥분으로 더욱 강화되었기 때문에 동료들은 항해하는 동안 그물침대에서 사납게 날뛰는 그를 단단히 묶어둘 수밖에 없었다. 이렇게 묶인 상태에서 그는 강풍에 미친 듯이 흔들리는 배의 진동과 함께 흔들렸다. 좀 더 견딜 만한 위도로 올라오자 배는 보조돛을 펴고 평온한 열대 바다를 가로질렀다.

노인의 광기는 어디로 보나 혼곶의 파도와 함께 사라진 것처럼 보였다. 선장은 어두운 소굴에서 축복받은 햇빛과 공기 속으로 나왔다. 그는 창백하긴 했지만 단호하고 태연한 표정으로 예전처럼 침착하게 명령을 내렸고, 그래서 항해사들은 마침내 무서운 광기가 사라졌다고 생각하여 신에게 감사까지 드렸다. 그러나 에이해브의 은밀한 자아는 여전히 미쳐 날뛰고 있었던 것이다. 인간의 광기란 참으로 교활하고 음흉할 때가 많다. 겉보기에는 광기가 사라진 것 같지만 사실은 훨씬 포착하기 어려운 형태로 변형된 것에 불과할 때도 있는 것이다. 에이해브의 광기는 가라앉기는커녕 점점 심해지고 깊어졌다. 그것은 저 고상한 북쪽 하천인 허드슨강[221]이 산악지대의 골짜기를 지날 때 폭은 좁지만 깊이를 잴 수 없을 만큼 깊게 흐르는 것이나 마찬가지였다. 그러나 에이해브의 경우, 좁고 격한 편집증의 물줄기 속에 그의 넓은 광기가 하나도 빠짐없이 그대로 남아 있었고, 아울러 그 광기 속에는 그의 타고난 지성 또한 하나도 죽지 않고 그대로 남아 있었다. 그 지성은 전에는 살아 있는 주체였지만, 지금은 살아 있는 도구가 되었다. 이렇게 격렬한 비유가 허락된다면, 에이해브의 특별한 광기는 전반적으로 온전한 그의 정신을 공격하여 사로잡고, 중심에 모인 모든 대포를 자신의 무분별한 표적 쪽으로 돌려놓았다. 그래서 에이해브는 힘을 잃기는커녕, 그가 지금까지 제정신으로 합리적인 목표에 쏟아부었던 것보다 수천 배나 더 많은 잠재력을 그 한 가지 목표에 집중하게 되었던 것이다.

이것만으로도 대단한 일인데, 에이해브의 더 크고 더 어둡고 더 깊은 부분은 아직 암시조차 되지 않은 채 남아 있다. 하지만 심오한 문제를 대중화하려고 해봤자 소용없고, 모든 진리는 심오한 법이다. 고귀하고 슬픈 영혼들이여! 우리가 지금 서 있는 이곳은 말하자면 담장 위에 철책을 둘러친 클뤼니 미술관[222]의 한복판인데, 그 건물이 아무리 웅장하고 훌륭해

---

221 미국 북동부를 흐르는 강. 뉴욕시를 지나 대서양으로 흘러든다.

모비 딕

도 지금은 이곳을 떠나 그 밑에 있는 로마 시대의 거대한 공중목욕장으로 내려가라. 지상에는 인간의 환상적인 탑이 높이 솟아 있지만 그 밑에는 인간의 위대함의 근원, 인간의 무서운 본질 전체가 까끄라기가 있는 상태로 묻혀 있다. 고대 유적 밑에 파묻혀, 몸통뿐인 조각상을 옥좌로 삼고 앉아 있는 골동품! 그렇게 부서진 옥좌를 가지고 위대한 신들은 그 사로잡힌 왕을 조롱한다. 그래서 사로잡힌 왕은 카리아티드[223]와도 같이 묵묵히 앉아서 그 얼어붙은 이마 위에 층층이 쌓인 연륜을 떠받치고 있다. 긍지 높고 수심 깊은 영혼들아, 그 아래로 내려가서 긍지 높고 수심 깊은 왕에게 물어보라! 당신은 우리 조상을 꼭 닮았다고! 그렇다, 그가 너희를 낳았다, 추방당한 젊은 왕족들아, 오래된 국가 기밀은 너희들의 엄숙한 조상으로부터 흘러나오는 것이다.

지금 에이해브는 마음속으로 이것을 어렴풋이나마 알아차렸다. 내 수단은 건전하지만, 내 동기와 목적은 미쳤다는 것. 하지만 이 사실을 없애거나 바꾸거나 회피할 힘이 없기 때문에, 그는 자기가 오랫동안 인류에게 시치미를 뗐고, 어느 정도는 아직도 인류를 속이고 있다는 것을 자각하고 있었다. 하지만 그가 속이고 있다는 그 사실은 그가 감지할 수 있는 대상일 뿐 그의 의지로 결정되는 것은 아니었다. 그런데도 그는 너무나 잘 속였기 때문에, 마침내 그가 고래뼈 다리로 상륙했을 때 낸터컷 사람들은 에이해브가 그런 끔찍한 참사를 당하고 깊은 비탄에 빠진 것은 당연하다고 생각했을 뿐이다.

그가 바다에서 섬망 상태에 빠졌다는 소문마저 사람들은 그와 비슷한 원인 탓으로 돌렸다. 그 후 '피쿼드'호가 이번 항해를 떠난 그날까지 그의 이마 위에 내리덮여 날마다 점점 심해진 침울함도 역시 같은 뜻으로 해석되었다. 그 빈틈없고 타산적인 낸터컷 사람들은 에이해브가 우울증 때문

---

222 프랑스 파리에 있는 미술관. 건물은 클뤼니 수도원 수도사들이 파리의 거처로 쓰던 것이며, 이 자리에는 원래 로마시대 공중목욕탕이 있었다.

223 고대 그리스 신전 건축에서 기둥으로 사용된 여인상.

에 또다시 고래잡이 항해를 떠나기에는 부적당하다고 믿기는커녕, 바로 그 이유 때문에 고래에 대한 분노와 증오로 가득 차서 고래를 잔인하게 사냥하고 싶어 할 테니까 고래잡이 항해를 떠나기에 훨씬 적합하다고 생각했을 가능성도 있다. 속은 고통에 씹히고 겉은 햇볕에 그을리고, 불치병처럼 평생 고칠 수 없는 집념의 무자비한 엄니에 꽉 물려 있는 사람, 그런 사람을 찾을 수만 있다면 그야말로 세상에서 가장 무서운 짐승을 향해 작살을 던지고 창을 휘두르기에 가장 적합한 인물로 여겨졌을 것이다. 그런 사람이 어떤 이유로든 그런 일을 하기에 신체적으로 부적합하다 해도, 고래를 공격하라고 고함을 치면서 부하들을 독려하기에는 더없이 좋은 적임자로 보였을 것이다. 이런 사정이야 어떻든, 에이해브가 전혀 약해지지 않는 분노를 가슴에 간직한 채 흰 고래 사냥을 유일무이한 목적으로 삼아 이 항해에 나선 것은 확실하다. 육지에서 그를 알던 사람이 당시 그의 마음속에 무엇이 숨어 있는지를 조금이라도 눈치챘다면, 고결한 영혼을 가진 그들은 대경실색하여 그런 악마 같은 자의 손에서 당장 배를 빼앗았을 것이다! 그들은 이익이 남는 항해에 정신이 팔렸고, 그 이익은 조폐소에서 찍어낸 달러로 헤아릴 수 있는 것이었다. 반면에 에이해브는 무엇으로도 누그러뜨릴 수 없는 대담무쌍하고 초자연적인 복수에 몰두해 있었다.

여기, 신도 두려워하지 않는 반백의 노인, 증오심에 가득 차서 욥의 고래를 찾아 세상을 돌아다니는 노인이 있었고, 그의 선원들은 주로 더러운 배신자나 세상에서 버림받은 자, 그리고 식인종으로 이루어져 있었다. 게다가 스타벅은 미덕과 상식을 가졌으나 동조자가 없어서 별 영향력이 없었고, 스터브는 태평한 성품이어서 매사에 무관심했으며, 플래스크는 모든 면에서 평범한 위인이어서, 이들 중에는 정신적인 지주가 될 만한 인물이 없었다. 그런 항해사들의 지휘를 받는 선원들은 처음부터 에이해브의 편집광적 복수를 돕게 하려는 목적에서 어떤 악마적 운명에 의해 특별

히 차출된 일당인 것 같았다. 그들은 도대체 어떻게 해서 노인의 분노에
그토록 열광적으로 응했던 것일까. 그들의 영혼은 도대체 어떤 사악한 마
력에 사로잡혔기에 때로는 노인의 증오를 자신의 증오로 여기게 되었을
까. 어떻게 흰 고래를 노인의 원수일 뿐 아니라 자신에게도 참을 수 없는
불구대천의 원수로 여기게 되었을까. 도대체 이 모든 게 어떻게 일어났던
것일까. 흰 고래는 도대체 그들에게 어떤 존재였는가. 그들의 무의식적인
인식 속에서 흰 고래는 인생의 바다를 헤엄치는 거대한 악마처럼 보였을
지도 모른다. 그들은 흰 고래를 막연히 그렇게 생각하고 거기에 대해 전
혀 의문을 품지 않았을 것이다. 이 모든 것을 설명하려면 이슈메일이 내
려갈 수 있는 깊이보다 훨씬 깊은 곳까지 잠수해야 할 것이다. 우리들 모
두의 마음속에서 광부가 일하고 있다면, 쉴 새 없이 달라지는 광부의 희
미한 곡괭이 소리를 듣고는 그가 어느 쪽으로 무엇을 향해가고 있는지 알
수 없다. 누구든 거역할 수 없는 힘에 이끌려가고 있다는 것을 느끼지 않
는 사람이 있을까? 74문의 대포를 장착한 군함이 끌어당기는데 조각배
신세로 어떻게 저항할 수 있겠는가? 나는 그 시간과 장소를 탐닉하는 데
전념했지만, 그 고래를 만나려고 돌진하는 동안은 그 짐승 속에서 지독한
악밖에는 볼 수 없었다.

{ 　제 42 장　 }

고래의 흰색

　흰 고래가 에이해브에게 어떤 존재였는지는 에두르게나마 이미 설명
했다. 하지만 나에게 그것이 때에 따라 어떤 의미를 갖는지에 대해서는
아직 말하지 않았다.
　모비 딕에게는 이따금 모든 사람의 영혼 속에 공포를 불러일으키는 두

드러진 특징이 몇 가지 있지만, 그것과는 별도로 뭐라고 형언할 수 없는 막연한 공포가 존재했는데, 이 공포는 이따금 그 강렬함으로 나머지 특징을 완전히 압도해버리곤 했다. 하지만 너무 신비롭고 말로 표현할 수 없기 때문에, 그것을 남들이 이해할 수 있게 기록하는 것은 포기해야 할 것이다. 무엇보다도 나를 몸서리치게 한 것은 고래의 색깔이 희다는 사실이다. 그런데 여기서 내 말뜻을 정확히 설명하려면 어떻게 해야 좋을지 모르겠다. 하지만 그 점에 대한 설명이 없다면 이 책 전체가 아무 의미도 없어질 테니, 막연하게나마 생각나는 대로 설명하지 않으면 안 될 것 같다.

자연계의 수많은 물체에서 흰색은 대리석이나 동백꽃이나 진주의 경우처럼 자신의 특별한 장점을 남에게 나누어주어 그 아름다움을 더욱 세련되고 우아하게 높여준다. 그리고 다양한 민족이 이 색깔에서 어떤 고귀한 자질을 인정하고 있다. 예컨대 저 옛날 베쿠[224]의 야만적인 대왕들도 그들의 지배를 형용하는 온갖 수식어 가운데 '흰 코끼리의 주인'이라는 칭호를 맨 위에 놓았다. 근대 시암[225]의 왕들은 왕실 깃발에 눈처럼 하얀 코끼리를 집어넣었으며, 하노버 왕가의 깃발에는 눈처럼 새하얀 군마가 그려져 있고, 로마제국을 계승한 오스트리아제국도 이 고귀한 색을 황제의 색으로 삼았다. 그리하여 흰색의 존귀함은 인류 자체에도 적용되어, 백색 인종은 이상적인 인간으로서 다른 모든 유색 인종보다 우위에 서게 되었다. 게다가 흰색은 기쁨도 의미하게 되었는데, 고대 로마인들은 축제일을 하얀 돌로 나타냈다. 또한 흰색은 인간의 동정심이나 그 밖의 감동적이고 고결한 것—신부의 순결, 노인의 인자함—을 상징하는 데에도 쓰이게 되었다. 아메리카 인디언들 사이에서는 하얀 조가비를 엮어 만든

---

224 지금의 미얀마 남부에 6세기부터 18세기까지 있었던 왕조.

225 타이(인도차이나 반도 가운데에 있는 입헌군주국)의 옛 이름. 하노버 왕가: 1714~1901년에 영국을 다스린 왕가. 독일의 하노버 출신인 조지 1세로부터 6대인 빅토리아 여왕까지이며, 1917년에 윈저로 이름을 고쳤다. 오스트리아제국: 나폴레옹의 등장 이후 유명무실해진 신성로마제국을 계승하여 1804년에 수립된 뒤 1867년 오스트리아-헝가리 제국이 성립되기까지 합스부르크 왕가가 지배한 국가.

끈을 주는 것이 최대의 명예를 부여하는 것을 의미했고, 많은 나라에서 재판관이 걸치는 담비 모피의 흰색은 정의의 위엄을 나타내고, 왕과 왕비가 백마가 끄는 마차를 타는 것은 일상의 위엄을 더해준다. 가장 장엄한 종교의식에서도 흰색은 신성의 무구함과 권위의 상징이 되었다. 불을 숭배하는 페르시아의 배화교도[226]들은 두 갈래로 갈라진 하얀 불꽃을 제단 위에서 가장 신성한 것으로 떠받들었고, 그리스 신화에서 최고신 제우스는 눈처럼 하얀 황소로 변신했으며, 고귀한 이로쿼이족 인디언에게는 한겨울에 흰 개를 바치는 것이 가장 성스러운 제사였거니와, 얼룩 하나 없고 충직한 그 짐승이야말로 이로쿼이족이 '위대한 정령'에게 여전히 충성스럽다는 소식을 전하기 위해 해마다 파견할 수 있는 가장 순결한 전령이었던 것이다. 또한 모든 기독교 성직자들은 검은 사제복 안에 앨브[227]를 입는데, 이 명칭은 흰색을 뜻하는 라틴어에서 유래한 것이다. 화려한 장식으로 신성한 위엄을 과시하는 가톨릭교에서 흰색은 주님의 수난을 기릴 때 특별히 사용된다. 성 요한의 환상[228] 속에서 흰옷은 구원받은 자들에게 주어지고, 흰옷을 입은 스물네 명의 장로는 흰색의 거대한 보좌 앞에 서고, 그 보좌에 앉아 있는 신은 양털처럼 하얗다. 하지만 감미로운 것, 명예로운 것, 숭고한 것과 관련된 것들을 이렇게 모두 모아보아도 이 흰색의 가장 깊숙한 개념 속에는 좀처럼 포착하기 어려운 무언가가 숨어 있어서, 두려움을 불러일으키는 붉은 핏빛보다 더 많은 공포를 우리 영혼에 불러일으킨다.

흰색이 좀 더 기분 좋은 연상에서 분리되어 본질적으로 무서운 것과 결

---

226 拜火敎. 조로아스터교를 말한다. 기원전 6세기경 페르시아의 예언자 조로아스터가 창시한 종교로, 세상의 원리를 선신과 악신의 투쟁이라는 이원론으로 설명하며, 선신의 상징인 해와 불을 숭배한다. 제우스는 에우로페를 납치할 때 하얀 황소로 변신해서 나타났다. 이로쿼이족: 북아메리카 인디언의 한 부족. 주로 펜실베이니아와 이리호 부근에 산다.

227 사제가 미사 때 제복 안에 입는 길고 하얀 옷. 라틴어 'albus(하얀)'에서 유래했다.

228 "그 보좌 둘레에는 보좌 스물네 개가 있었는데, 그 보좌에는 장로 스물네 명이 흰옷을 입고…"(신약성서 「요한계시록」 4장 4~5절)

합했을 때, 흰색을 생각만 해도 그 공포가 극한까지 높아지는 것은 바로 이 포착하기 어려운 성질 때문이다. 북극의 흰곰과 열대의 백상아리를 보라. 매끄럽고 유별난 흰색 외에 또 무엇이 그들을 유별난 공포의 대상으로 만드는가? 말없이 만족스럽게 바라볼 만한 그들의 생김새를 무섭다기보다 역겹고 혐오스럽게 만드는 것은 바로 그 송장처럼 창백한 흰색이다. 그래서 독특한 무늬가 새겨진 모피로 몸을 감싸고 사나운 엄니를 가진 호랑이도 하얀 수의를 입은 곰이나 상어만큼 우리의 용기를 꺾지는 못하는 것이다.*

앨버트로스229를 생각해보라. 그 하얀 유령은 모든 상상 속에서 구름 속을 미끄러지듯 날아가지만, 초자연적인 경이와 창백한 공포를 자아내는 그 구름은 도대체 어디서 오는 것일까? 그 매력을 최초로 노래한 것은 콜리지230가 아니라 신의 위대한, 누구에게도 아첨할 줄 모르는 계관시인, '자연'인 것이다.**

229 슴샛과의 바닷새로, '신천옹信天翁'이라는 이름으로도 불린다. 몸길이가 1m 정도로 매우 큰 편이며, 몸은 흰색, 날개와 꽁지는 검은색이다.
230 새뮤얼 테일러 콜리지(1772~1834): 영국 낭만파의 대표적 시인. 그의 「늙은 선원의 노래」는 한 늙은 선원이 앨버트로스를 쏘고 나서 동료 선원들에 의해 죽은 새를 목에 매달도록 강요받는 이야기를 그리고 있다.

*   북극곰에 관하여, 이 문제를 좀 더 깊이 규명하려는 사람은 이런 주장을 할지도 모른다 — 참을 수 없을 만큼 무서운 그 짐승을 더욱 소름 끼치게 만드는 요소로서 하얀 몸 색깔만 따로 떼어 생각할 수는 없다. 상황을 분석해보면 그 고조된 공포는 그 동물의 무분별한 흉포성이 완벽한 순결과 사랑을 상징하는 하얀 털옷에 감싸여 있기 때문에 생겨날 뿐이다. 그래서 북극곰은 두 가지 상반된 감정을 불러일으키고, 그 부자연스러운 대조가 우리를 두렵게 하는 것이다 — 라고. 하지만 이것이 진실이라 해도, 흰색이 개재하지 않았다면 사람들이 그렇게까지 강렬한 공포를 느끼지는 않을 것이다.
    백상아리에 관해서 말하자면, 이 동물이 정상적인 기분일 때 하얀 몸으로 유령처럼 유유히 물속을 미끄러져가는 것은 북극곰의 특징과 기묘하게 일치한다. 이 특징은 프랑스인들이 그 물고기에 붙인 이름에 가장 생생하게 표현되어 있다. 가톨릭에서 죽은 사람을 애도하는 미사는 '레퀴엠 에테르남'(Requiem aeternam, 영원한 안식)으로 시작되고, 그래서 '레퀴엠'이 추도미사 자체와 진혼곡이나 장송곡 같은 장례용 음악을 가리키게 되었다. 이제 프랑스인들은 이 백상아리의 흰색에서 연상되는 죽음의 고요한 정적과 그 치명적인 습성을 가리켜 그 어류를 '르캥'(Requin, 상어)이라고 부른다.

미국의 서부 역사와 인디언 전설에서 가장 유명한 것은 '대초원의 백마' 이야기일 것이다. 큰 눈에 작은 머리, 깎아지른 듯한 가슴을 가진 당당한 우윳빛 말은 그 오만한 태도에 천 명의 군주를 합친 듯한 위엄이 있었다고 한다. 그는 오직 로키산맥과 앨러게니산맥으로만 둘러싸인 대초원에서 살고 있는 수많은 야생마 중에서 뽑힌 크세르크세스[231]였던 것이다. 그는 밤마다 수많은 별 무리를 이끄는 샛별처럼 야생마 무리의 선두에 서서 무리를 서쪽으로 이끌어갔다. 반짝이는 폭포의 물줄기 같은 갈기, 혜

231 크세르크세스(기원전 519~465): 고대 페르시아의 왕. 이집트를 정복하고 그리스를 원정했지만 대패하고 귀국한 뒤 암살당했다.

＊＊　나는 난생처음 본 앨버트로스를 기억하고 있다. 강풍이 오래 지속되던 남극해 부근의 바다에서였다. 나는 오전 당직을 밑에서 마친 뒤 잔뜩 흐려진 갑판으로 올라갔다. 그리고 그곳에서 해치에 내동댕이쳐진 새 한 마리를 보았는데, 얼룩 하나 없이 새하얀 깃털로 덮여 있고 매부리코처럼 구부러진 기품 있는 부리를 가진 당당한 새였다. 새는 이따금 무슨 신성한 궤라도 끌어안으려는 듯이 대천사의 날개 같은 거대한 날개를 내밀어 활처럼 구부렸다. 놀라운 날갯짓과 진동이 새를 뒤흔들었다. 새는 몸을 다친 것도 아닌데 초자연적인 고통에 사로잡힌 어떤 왕의 유령처럼 울음소리를 냈다. 나는 뭐라고 표현할 수 없는 야릇한 새의 눈을 통해 신만이 가지고 있는 비밀을 엿본 기분이었다. 나는 천사들 앞에 선 아브라함처럼 머리를 조아렸다. 새는 너무 하얗고 날개는 너무 넓었다. 영원히 추방당한 그 바다에서 나는 전통과 도시에 대한 기억, 비참하게 일그러진 기억을 잃었다. 나는 깃털로 뒤덮인 그 경이롭고 이상한 새를 한참 동안 바라보았다. 그때 내 마음을 뚫고 지나간 것이 무엇인지는 말할 수 없다. 그저 암시를 줄 수 있을 뿐이다. 하지만 마침내 나는 정신을 차리고 돌아서서, 이게 무슨 새냐고 한 선원에게 물었다. 그랬더니 '고니goney'라고 대답했다. 고니! 그런 이름은 이제껏 들어본 적이 없었다. 눈부시게 아름다운 이 새가 육지 사람들에게 전혀 알려져 있지 않다니, 상상이나 할 수 있는 일인가! 그럴 리가 없었다! 하지만 얼마 후 나는 일부 뱃사람이 앨버트로스를 고니라는 이름으로 부른다는 것을 알았다. 따라서 내가 갑판에서 그 새를 보았을 때 받은 신비로운 인상이 콜리지의 심오한 시 「늙은 선원의 노래」와 관계가 있을 가능성은 전혀 없었다. 그때 나는 그 시를 읽지 않았고, 그 새가 앨버트로스라는 것도 몰랐기 때문이다. 하지만 이렇게 말함으로써 나는 간접적으로나마 그 시와 시인의 고귀한 가치가 좀 더 반짝이도록 광을 내고 있는 셈이다.
　　그 매력의 비밀은 주로 새의 온몸을 뒤덮은 경이로운 흰색 속에 숨어 있다고 나는 단언한다. 언어의 오용으로 '회색 앨버트로스'라고 불리는 새가 있다는 것이 그 사실을 더욱 분명히 증명해준다. 나는 회색 앨버트로스를 종종 보았지만, 남극해에서 그 새를 보았을 때와 같은 감흥은 느끼지 못했다.
　　그런데 그 신비로운 새는 어떻게 붙잡혔던 것일까? 내가 말해줄 테니 소문을 퍼뜨리지 말기 바란다. 그 새가 바닷물에 떠 있을 때 불행히도 주낙에 걸려들었다. 결국 선장은 그 새를 우편배달부로 만들어, 선박의 현재 위치와 날짜를 적은 가죽 표찰을 목에 묶은 다음 풀어주었다. 하지만 그 표찰은 사람에게 보낸 것이었으나 천국으로 배달되었을 거라고 나는 믿는다. 그 하얀 새는 틀림없이 날개를 접고 신을 부르며 예배를 드리는 천사들과 합류하기 위해 천국으로 갔을 테니까.

성처럼 길게 늘어뜨린 꼬리, 이것들은 금은세공사들이 꾸며놓은 장식보다 훨씬 찬란했다. 아직 타락하지 않은 서부 세계에서 가장 장엄하고 신성한 제왕과 같은 모습으로 나타나면, 덫이나 총으로 짐승을 잡던 옛 사냥꾼들의 눈에는 태곳적에 아담이 신처럼 당당하게, 그리고 이 힘센 말처럼 가슴을 펴고 활보했던 당시의 영광을 되살린 것처럼 보였다. 끝없는 초원을 달리고 있는 무수한 병사들의 선두에서 부관과 장군들에게 둘러싸인 채 오하이오 강물[232]처럼 유유히 행진하고 있다고나 할까, 혹은 지평선 곳곳에 흩어져 풀을 뜯고 있는 부하들을, 차가운 우윳빛 몸에서 유일하게 따뜻한 콧구멍만 붉게 물들인 채 빠른 걸음으로 사열하고 있다고나 할까—아무튼 이 백마가 서 있는 풍모를 보면, 어떤 경우에든, 가장 대담무쌍한 인디언들마저 몸서리치지 않을 수 없는 경이와 공포의 대상이었다. 이 숭고한 말에 대한 전설에 따르면, 그 초자연적인 흰색이야말로 그 말에게 신성함을 부여했으며, 그 신성함 자체가 사람들에게 숭배심과 더불어 말할 수 없는 공포감도 불러일으켰던 것이다.

하지만 그와는 반대로, '백마'와 '앨버트로스'에게 영광을 가져다주는 그 흰색 때문에 오히려 모습에 손상을 입는 경우도 있다.

백피증에 걸린 사람이 유난히 혐오감을 불러일으키고 보는 사람의 눈에 충격을 주어 때로는 육친까지도 그를 싫어하게 만드는 까닭은 무엇인가? 그 이름이 말해주듯 하얀 피부가 그의 몸을 감싸고 있기 때문이다. 백피증에 걸린 사람도 신체적으로는 보통 사람과 전혀 다를 게 없다. 실질적인 기형은 아닌 것이다. 하지만 온몸이 하얗다는 단순한 사실 때문에 가장 추한 불구보다 더 소름 끼치는 것은 참으로 이상한 일이다. 어째서 이렇게 되는 것일까?

다른 측면에서 살펴보기로 하자. '자연'은 쉽사리 알 수는 없지만, 그에 못지않게 사악함 속에서 더없이 무서운 이 속성을 자기 병력에 포함시키

---

232 미국 중동부에서 남서쪽으로 흐르는 강. 미시시피강과 합류한다.

모비 딕

는 것을 잊지 않는다. 남쪽 바다에 출몰하는 장갑 낀 요괴는 눈처럼 하얗다는 이유로 '백질풍白疾風'이라는 이름을 얻었다. 역사적 사례가 보여주듯, 인간의 악의를 표출하는 데 그렇게 효과적인 보조 수단이 이용되지 않을 리도 없었다. 프루아사르[233]의 기록을 보면 헨트의 '백두건당'이 시장에서 집행관을 살해할 때 그 당파의 상징인 하얀 두건으로 얼굴을 가렸다는 대목이 나오는데, 여기서 흰색은 그 장면의 효과를 얼마나 높여주고 있는 것인가.

또한 인류가 공동으로 물려받은 경험에서도 흰색의 초자연성을 말해주는 경우가 적지 않다. 사람의 주검에서 무엇이 보는 사람을 가장 오싹하게 만드느냐 하면, 당연히 그것은 송장에 감도는 대리석 같은 창백함이다. 그 창백한 색은 이승에서는 격렬한 공포의 상징이지만 저세상에서는 경악의 상징인 것 같다. 시체를 싸는 수의 또한 의미심장한 흰색이고, 그것은 죽은 자의 그 하얀 색에서 빌려온 것이다. 미신에서도 우리는 유령에게 눈처럼 새하얀 망토를 입히며, 모든 유령은 우윳빛 안개 속에서 나타난다. 이런 공포가 우리를 사로잡고 있는 동안에 덧붙이자면, 복음을 전하는 자에 의해 묘사된 공포의 왕도 창백한 말을 타고 있다.[234]

따라서 인간은 다른 기분일 때는 흰색으로 고결하거나 우아한 것을 상징하지만, 흰색이 가장 심오한 관념적 의미를 짊어질 때는 인간의 영혼에 초자연적 환상을 일으키게 한다는 것을 아무도 부인할 수 없다.

하지만 이런 점이 이론의 여지가 없다 해도, 인간으로서 그것을 어떻게 설명할 수 있을 것인가? 그것을 분석한다는 것은 도저히 불가능해 보인다. 그렇다면 이 흰색을 무언가 무서운 것과 결부짓는 직접적인 연상을

---

233 장 프루아사르(1337~1400?): 프랑스의 역사가·시인. 『영국·프랑스·스페인 연대기』를 저술했다. 헨트: 벨기에의 플랑드르 지방에 있는 도시. '백두건당'은 중세 때 바이킹의 침략으로부터 도시를 지키기 위해 조직된 민병대로, 14~15세기에는 외세에 대한 반란을 주도하기도 했다.

234 "내가 보니 창백한 말 한 마리가 있는데, 그 위에 탄 사람의 이름은 '공포의 왕'이고, 지옥이 그를 뒤따르고 있었다."(신약성서 「요한계시록」 6장 8절). '공포의 왕'은 '죽음'을 말한다.

모두 또는 대부분 제거해도 여전히 흰색이 우리에게 똑같은 마력을 행사하는 사례를 인용하면 우리가 찾는 수수께끼의 원인으로 우리를 안내해 줄 실마리를 발견할 수도 있지 않을까?

그렇게 해보기로 하자. 하지만 이런 문제는 미묘하기 이를 데 없어서, 상상력이 없으면 아무도 이 세계에 따라 들어갈 수 없다. 이제 상상적 작용에 따른 인상을 몇 가지 제시하려 하는데, 그 가운데 적어도 일부는 대다수 사람들이 체험했겠지만 그 순간 그것을 완전히 의식한 사람은 거의 없을 것이고, 따라서 지금 그 인상을 돌이켜 회상할 수도 없을 것이다.

정신적인 훈련을 받은 일도 없고, 성령강림절[235]의 독특한 성격을 그저 어렴풋이만 알고 있는 사람이 성령강림절이라는 말만 듣고도 갓 내린 눈을 뒤집어쓰고 고개를 숙인 채 말없이 천천히 걸어가는 순례자들의 그 길고 우울한 행렬을 상상하게 되는 것은 무엇 때문인가? 미국의 중부 대서양 연안주[236]의 무식하고 단순한 신교도들이 '하얀 수사'나 '하얀 수녀'라는 말을 무심결에 듣기만 해도 마음속에 장님의 모습을 연상하게 되는 것은 무엇 때문인가?

여행을 한 적이 없는 미국인의 상상 속에, 런던의 화이트 탑[237]이 — 그곳에 유폐된 왕후장상의 전설은 제쳐놓더라도(전설만 가지고는 그것을 완전히 설명할 수 없으므로) — 그 이웃에 있는 다른 역사적으로 이름난 건물들, 즉 바이워드 탑이나 블러디 탑보다 훨씬 강한 인상을 주는 것은 무엇 때문인가? 웅장한 탑이라고 부를 만한 뉴햄프셔주의 화이트산맥은 그 이

---

235 Whitsuntide. 부활절 후 일곱 번째 일요일에 성령이 사도들 위에 강림한 것을 기념하는 날. 성령강림에 관련된 날이나 축제가 'Whit(e)'라는 접두사를 갖는 것은 이 성령의 세례를 받는 자들이 흰옷을 입은 데에서 유래한다.

236 대서양에 면한 주들로, 뉴욕·뉴저지·펜실베이니아·델라웨어·메릴랜드·버지니아 등이다. 하얀 수사, 하얀 수녀: White Friar, White Nun. '백의의 수사', '백의의 수녀'라는 뜻으로, 카르멜 수도회의 수사와 수녀들은 흰옷을 입기 때문에 이렇게 불린다.

237 런던탑에서도 가장 오래되고 중심을 이루는 것이 화이트 탑인데, 이 탑은 블러디(피의) 탑과 함께 오랫동안 감옥으로 쓰였다.

름만 들어도 (특히 이상한 기분일 때) 압도적인 요기가 온몸을 엄습하는 데 비해, 버지니아주의 블루산맥은 생각만 해도 조용하고 아련하고 꿈결 같은 광경이 마음을 가득 채우는 것은 무엇 때문인가? 위도나 경도와는 관계없이 백해White Sea라는 이름은 우리의 상상력에 그런 유령 같은 힘을 행사하는 반면, 황해Yellow Sea라는 이름은 바다에서 길고 평온한 오후를 보낸 뒤 더없이 화려하지만 나른한 저녁을 맞이하는 기분으로 우리 마음을 이끄는 것은 무엇 때문인가? 완전히 비현실적인, 순전히 상상력에 호소하는 예를 들자면, 중부 유럽의 옛날이야기에 나오는 하르츠 숲의 '창백한 키다리 사내'—언제나 창백한 얼굴로 푸른 숲속을 소리도 내지 않고 미끄러지듯 다닌다—의 환상이 브로켄²³⁸의 떠들썩한 마녀들을 모두 합친 것보다 더 무섭게 느껴지는 것은 무엇 때문인가?

저 황량한 도시 리마²³⁹를 세상에서 가장 이상하고 가장 슬픈 도시로 만드는 것은 대성당까지 뒤흔든 대지진의 기억 때문도 아니고, 미쳐 날뛰며 밀려오는 파도 때문도 아니고, 비 한 방울 뿌리지 않는 메마른 하늘의 무정함 때문도 아니고, 기울어진 첨탑들과 억지로 잡아멘 담장의 갓돌들과 축 늘어진 십자가들이 (닻을 내린 배들의 기울어진 활대처럼) 흩어져 있는 넓은 들판 풍경 때문도 아니고, 교외에 늘어선 집들의 벽이 아무렇게나 던져진 카드 한 벌처럼 서로 포개져서 무겁게 짓누르기 때문도 아니다. 그것은 리마가 하얀 베일을 걸쳤기 때문인데, 리마의 고통을 덮고 있는 이 흰색 속에는 더 강한 공포가 숨어 있다. 리마는 피사로²⁴⁰만큼 나이를 먹었지만, 이 흰색이 폐허의 도시를 영원토록 새로운 모습으로 유지해주는 것이다. 흰색은 완전한 부패의 색깔인 상쾌한 초록색을 인정하지 않

---

238 독일 동북부의 하르츠산맥에서 가장 높은 봉우리. 해마다 4월 30일 밤이면 마녀들이 이곳에 모여 축제(발푸르기스의 밤)를 벌인다는 전설이 괴테의 『파우스트』에도 나온다.

239 남아메리카 페루의 수도. 1746년에 대지진의 피해를 입었다.

240 프란시스코 피사로(1475?~1541): 스페인의 군인·탐험가. 남아메리카의 잉카 제국을 정복하여 스페인의 식민지로 삼았다.

고, 무너진 성벽 위에 뇌졸중의 창백한 안색을 퍼뜨려, 그 자체의 뒤틀린 모습을 그대로 고착시킨다.

일반적인 견해에 따르면 이 백색 현상이 가뜩이나 무서운 것을 더욱 무섭게 만드는 원흉이라고 단정할 수는 없다는 것을 나는 알고 있다. 또한 상상력이 부족한 사람에게는 이 백색 현상이 아무런 공포도 불러일으키지 않지만, 다른 사람들은 이 현상만으로도 무서운 공포를 느끼고, 특히 그 현상이 침묵이나 보편성에 가까운 형태로 일어나면 공포의 정도가 더욱 높아진다는 것도 알고 있다. 하지만 위에서 말한 두 가지 점에 관해서는 다음 사례가 그 의미를 잘 해명해줄 것이다.

첫째, 선원은 낯선 해안에 접근할 때, 밤중에 파도가 해안에 부딪혀 부서지는 소리가 들리면 이내 주위를 경계하면서 온 신경을 곤두세울 정도의 불안을 느낀다. 그러나 이와 비슷한 상황에서 그 선원이 그물침대에서 불려 나와 불침번을 섰을 때 마침 지나고 있는 심야의 바다가 우윳빛이었다면—주위의 곳에서 백곰이 무리를 지어 헤엄쳐오는 것 같았다면—그는 소리 없는 가운데 미신적인 두려움에 사로잡힐 것이다. 수의를 걸친 유령 같은 흰 바다는 진짜 유령처럼 전율을 일으킬 것이다. 측심연으로 아직 그곳이 바다라는 것을 확인해도 아무 소용이 없다. 가슴과 머리가 둘 다 오그라들어, 다시 푸른 바다로 나올 때까지는 마음이 놓이지 않을 것이다. 그럼에도 "나를 놀라게 한 것은 암초에 부딪힐지 모른다는 불안이 아니라 그 소름 끼치는 흰색이었다"고 말할 선원이 과연 있을까?

둘째, 페루의 원주민들은 1년 내내 하얀 눈으로 덮인 안데스산맥을 바라보면서도 전혀 두려움을 느끼지 않고, 저렇게 높은 산은 영원히 얼어붙은 황량한 곳일 것이고 인적도 없는 저런 곳에서 길을 잃으면 얼마나 무서울까 하고 상상하는 게 고작이다. 미국 서부에 사는 주민들도 그와 비슷해서, 끝없는 대평원이 눈으로 뒤덮이고 그 흰색의 최면 상태를 깨뜨려줄 나무 한 그루, 나뭇가지 하나 보이지 않아도 별로 관심이 없다. 그러나 남극해의 풍경을 바라보고 있는 선원의 경우는 그렇지 않다. 이따금 빙설과 대기의 작용인 악마 같은 요술의 속임수로 반쯤 난파한 배에 타고 있는 그가 온몸을 후들후들 떨면서 보고 있는 것은, 곤경에 빠진 그에게 희망과 위안의 말을 속삭여주는 무지개가 아니라 가느다란 얼음기둥과 쪼개진 십자가가 줄지어 서 있는 드넓은 교회 묘지가 그에게 히죽히죽 웃고 있는 듯한 풍경이다.

그러나 여러분은 말할 것이다. 흰색에 관한 이 재미없는 장章은 겁에 질린 영혼이 내건 백기에 지나지 않는다고. 이슈메일, 그대는 우울증에 굴복하고 말았구나.

미국 버몬트주의 평화로운 골짜기에서 태어난 건강한 망아지가 있다고 하자. 더없이 화창한 날, 맹수라고는 한 번도 만난 적이 없는 이 망아지 뒤에서 갓 벗겨낸 들소 가죽을 흔들어보라. 보여주지는 말고 그 야수의 냄새만 맡게 해보라. 그러면 이 망아지는 놀라서 코를 킁킁거리고 공포에 떨면서 눈이 터질 듯 발을 구를 것이다. 이것은 도대체 무엇 때문일까? 망아지는 푸르른 북쪽 고향에서 들짐승의 뿔에 받혀본 기억이 전혀 없기 때문에 그 이상한 냄새를 맡았다고 해서 과거의 무서웠던 경험을 연상할 리는 없다. 이 뉴잉글랜드의 망아지가 머나먼 오리건주의 검은 들소에 대해 무엇을 알고 있겠는가?

그렇다! 여기서 여러분은 말 못 하는 짐승조차 이 세상의 악마성을 감지하는 본능을 갖고 있음을 보게 된다. 오리건에서 수천 킬로미터 떨어진 곳에서도 그 야만적인 냄새를 맡은 망아지는 지금 이 순간 들소 무리에 짓밟혀 흙먼지를 일으키고 있을 초원에 홀로 버려진 야생 망아지만큼이나 생생하게 그 잔인한, 살을 잡아 찢고 뿔로 들이받는 들소 떼의 존재를 느끼는 것이다.

그러므로 우윳빛 바다가 물결치는 소리, 산을 꽃줄처럼 장식한 서리가 을씨년스럽게 버석거리는 소리, 초원에 쌓인 눈이 바람에 날려 이리저리 흩날리는 황량한 소리, 이 모든 것이 나 이슈메일에게는, 망아지에게 들소 가죽을 흔들어대는 것과 마찬가지다.

그 신비로운 손짓이 암시하는 이름 없는 것들이 어디에 있는지는 모르지만, 망아지의 경우와 마찬가지로 나에게도 그런 것은 어디엔가 반드시 존재한다. 우리 눈에 보이는 이 세계의 다양한 측면은 사랑 속에서 이루어진 것처럼 보이지만, 눈에 보이지 않는 영역은 두려움 속에서 이루어진 것 같다.

하지만 우리는 아직도 이 '흰색'의 마법을 풀지 못했고, 왜 흰색이 인간의 영혼에 그처럼 강력한 호소력을 행사하는 것인지도 아직 알아내지 못했다. 그런데 더욱 이상하고 훨씬 놀라운 것은, 우리가 지금까지 보아온 것처럼 흰색이란 영적인 것의 가장 의미심장한 상징, 아니 기독교 신이 쓰고 있는 베일 그 자체인 동시에, 인류에게 가장 무서운 존재에 내재하면서 그것의 속성을 더욱 강화하는 요소라는 점이다.

은하수의 하얀 심연을 바라보고 있을 때, 우주의 비정한 공허함과 광막함을 넌지시 보여주어 무서운 허무감으로 우리의 등을 찌르는 것은 그 색깔의 막연한 불확정성이 아닐까? 흰색은 본질적으로 색이라기보다 눈에 보이는 색이 없는 상태인 동시에 모든 색이 응집된 상태가 아닐까? 넓은 설경이 그렇게 아무것도 없는 공백이지만 그렇게 의미로 가득 차 있는 것은 이런 이유 때문이 아닐까? 무색이면서도 모든 색이 함축된 무신론 같아서 우리를 움츠러들게 하는 게 아닐까? 자연철학자들의 이론에 따르면, 이 지상의 모든 색채, 감미롭고 장엄한 모든 광채, 이를테면 해질녘의 하늘과 숲의 감미로운 색깔이나 금박 올린 벨벳 같은 나비의 날개, 소녀들의 나비 같은 뺨, 이 모든 것은 교묘한 속임수일 뿐이어서 그 물질에 실제로 내재해 있는 것이 아니라 외부에서 주어지는 것에 불과하다고 한다. 그래서 신격화된 '자연'은 매춘부처럼 진한 화장으로 우리를 매혹하지만, 그 매력은 그 밑에 있는 납골당을 가리고 있을 뿐이다. 한 걸음 더 나아가서 생각해보자. 자연물의 온갖 색채를 만들어내는 그 신비로운 화장품, 즉 빛의 원리도 본질적으로는 영원히 흰색이나 무색이어서, 매개물 없이 직접 물질에 작용하면 튤립이나 장미도 그 자체의 공허한 색조로 물들게 할 뿐이다. 이런 것들을 생각하면, 우주는 수족이 마비된 나병 환자처럼 무력하게 우리 앞에 누워 있다. 눈과 얼음에 덮인 라플란드를 여행하면서 색안경을 쓰기를 거부하는 고집쟁이 여행자처럼, 저주받을 이단자는 주위의 모든 경치를 뒤덮고 있는 그 엄청나게 큰 하얀 수의 앞에서 장님처럼 멍해질 뿐이다. 그리고 백색증에 걸린 고래야말로 이 모든 것의 상징인 것이다. 그런데도 여러분은 이 열광적인 추적을 의아하게 생각하겠는가?

{   제 43 장   }

잘 들어봐!

"쉿, 카바코, 저 소리 들었나?"

한밤중이었다. 달빛 밝은 밤, 선원들은 갑판 한가운데에 있는 담수통에서 뒷갑판 난간 옆에 있는 음료수통까지 줄지어 서 있었다. 그들은 이렇게 늘어서서 차례로 물통을 전달하여 음료수통에 물을 채우고 있었다. 선원들은 대부분 신성한 뒷갑판 쪽에 있었기 때문에 말도 하지 않고 발소리도 내지 않으려고 조심했다. 이따금 돛이 바람을 받아서 펄럭이는 소리와 끊임없이 나아가고 있는 용골이 윙윙거리는 소리밖에 들리지 않는 깊은 침묵 속에서 물통만 손에서 손으로 전달되고 있었다.

이런 침묵 속에서 뒷갑판 해치 근처에 있던 아치가 옆에 있는 촐로²⁴¹에게 속삭였던 것이다.

"쉿! 카바코, 저 소리 들었나?"

241 인디오와 스페인인의 혼혈 남성. 여성은 '촐라'.

"물통이나 받아, 아치. 무슨 소리가 들린다는 거야?"

"또 들려…… 해치 아래쪽이야…… 안 들리나? 기침, 그래, 기침 소리처럼 들렸어."

"무슨 얼어 죽을 기침 소리야! 물통이나 넘겨."

"저것 봐! 또 들려. 마치 서너 사람이 잠을 자면서 몸을 뒤척이는 것 같아."

"제기랄, 이제 그만둬. 그건 네 배 속에서 저녁에 먹은 건빵 조각이 뒤척이는 소리일 거야. 신경 쓸 거 없어. 물통이나 잘 봐!"

"네가 뭐라고 하든 내 귀는 틀림없어."

"물론 그렇겠지. 너는 퀘이커 할멈이 뜨개질하는 소리를 낸터컷에서 50킬로미터나 떨어진 바다에서 들었다고 했으니까. 정말 대단해."

"마음대로 비웃어봐. 이제 곧 알게 될 테니. 잘 들어봐, 카바코. 뒤쪽 선창에는 아직 갑판에 나타나지 않은 놈들이 있어. 우리 모굴 영감도 거기에 대해 뭔가를 알고 있는 것 같아. 언젠가 아침에 당직을 서고 있을 때 스터브가 플래스크한테 말하는 걸 얼핏 들었거든."

"제기랄! 물통이나 이리 달라고!"

{   제44장   }

해도

에이해브 선장이 자신의 목적에 대해 부하 선원들의 열렬한 승인을 얻은 그날 밤에 돌풍이 일어났다. 그 후 누군가가 에이해브를 따라서 선장실에 내려갔다면, 그가 벽장으로 걸어가서 구겨진 채 돌돌 말려 있는 커다랗고 누리끼리한 해도를 꺼내, 나사못으로 바닥에 고정시킨 탁자 위에다 펼쳐놓는 것을 보았을 것이다. 그런 다음 그 앞에 앉아서 눈에 들어오는 다양한 선과 색을 유심히 살펴보고, 느리지만 침착하게 연필을 놀려 빈자리에다 새로 줄을 긋는 것도 보았을 것이다. 이따금 그는 옆에 쌓여 있는 낡은 항해일지를 뒤적이기도 했는데, 그 일지에는 여러 선박이 항해하다가 향유고래를 잡았거나 목격한 시기와 장소가 기록되어 있었다.

그가 이렇게 열중해 있는 동안, 머리 위 쇠사슬에 매달려 있는 무거운 백랍 램프는 배의 움직임에 맞추어 이리저리 흔들리며 그의 주름진 이마에 빛과 그림자를 번갈아 던져주고 있었다. 그래서 그가 구겨진 해도에다 선과 항로를 표시하는 동안, 눈에 보이지 않는 연필이 그의 이마에 새겨진 해도에도 선과 항로를 그리고 있는 것처럼 보였다.

그러나 에이해브가 홀로 선장실에 틀어박혀 이렇게 해도를 연구하는 것은 이날 밤만이 아니었다. 그는 거의 매일 밤 해도를 꺼내 연필 표시를 지우기도 하고 선을 새로 긋기도 했다. 에이해브는 사대양의 해도를 모두 앞에 펼쳐놓고, 오로지 제 영혼의 그 편집광적 의도를 좀 더 확실히 달성하기 위해 해류와 소용돌이의 미로를 더듬어가는 것이다.

그런데 고래의 습성을 잘 모르는 사람에게는 그런 식으로 망망대해에서 단 한 마리의 생물을 찾아내는 것이 절대 불가능한 일로 여겨질지 모른다. 그러나 에이해브는 그렇게 생각하지 않았다. 그는 모든 해류와 조류를 알고 있었고, 그래서 향유고래의 먹이가 다니는 길도 추정할 수 있었고, 어떤 위도에서 향유고래를 사냥하기에 적당한 것으로 확인된 시기를 기억에 되살려, 이런저런 사냥터에 언제 가는 것이 목적한 사냥감을 찾기에 가장 알맞을 것인지에 대해 합리적이고 거의 정확한 추리에 도달할 수 있었다.

실제로 향유고래가 특정 해역에 주기적으로 나타난다는 것은 확실한 사실이기 때문에, 전 세계에서 향유고래를 면밀히 관찰하고 연구할 수 있다면, 그리고 전체 포경선단의 항해일지를 주의 깊게 대조할 수만 있다면, 향유고래의 이동 경로는 청어 떼나 제비 떼의 이동과 정확하게 일치한다는 사실이 밝혀질 거라고 많은 포경꾼들은 믿고 있다. 이 점에 착안하여 향유고래의 이동로를 표시한 정밀한 해도를 만들어보려는 시도도 여러 차례 이루어졌다.*

게다가 향유고래는 먹이를 찾아 한 곳에서 다른 곳으로 이동할 때 정확한 본능—즉 신에게 받은 신비의 지성—에 이끌려 이른바 '맥脈'을 따라 헤엄쳐간다. 어떤 배가 어떤 해도에 따라 항해해도 그 10분의 1에도 미치지 못할 만큼 정확하게 정해진 바닷길을 따라가는 것이다. 이런 경우 어떤 고래가 택하는 방향은 측량기사의 평행선처럼 직선이고, 따라서 고래가 지나간 자국도 직선이 될 수밖에 없다. 고래의 진로는 이 직선에 엄격하게 제한되지만, 이럴 때 고래가 따라가는 자의적인 '맥'은 대개 너비가 몇 킬로미터에 이른다(대체로 맥은 혈관처럼 늘어나거나 줄어든다고 추정되기 때문이다). 하지만 그 너비는 이 마법의 수역을 조심스럽게 미끄러져가는 포경선의 돛대 망루에서 육안으로 볼 수 있는 거리를 절대로 벗어나지 않는다. 요컨대 어느 특정한 시기에 그 수역 안에서 그 길을 따라 항해하면 이동하고 있는 고래를 거의 틀림없이 발견할 수 있다.

그래서 에이해브는 이미 입증된 시기에 잘 알려진 먹이터에서 목표물과 만나기를 기대할 수 있을 뿐만 아니라, 그 먹이터들 사이의 넓은 바다를 건너가는 도중에라도 그 고래를 만날 가능성을 어느 정도 확보할 수 있도록 숙련된 솜씨로 알맞은 시간과 장소를 선택할 수 있었다.

이런 상황은 광적이면서도 체계적인 그의 계획을 더욱 복잡하게 만드는 것처럼 보이지만, 실제로는 아마 그렇지 않았을 것이다. 무리를 지어

---

* 이 글이 쓰인 뒤, 워싱턴의 국립천문대에서 일하는 모리 중위가 1851년 4월 16일에 쓴 공무 보고서를 통해 그것을 뒷받침해준 것은 다행한 일이다. 그 보고서에 따르면 지금 그런 해도가 작성되고 있는 중이며, 그 일부는 벌써 그 보고서에 실려 있다. "이 해도는 대양을 위도로 5도씩, 경도로 5도씩 나눈다. 이렇게 분할된 각 수역에 수직선을 그어 1년 열두 달에 해당하는 열두 칸을 만들고, 또한 수평으로 세 개의 선을 긋는다. 수평선 가운데 하나에는 매달 각 수역에서 보낸 날수를 표시하고, 나머지 두 개에는 고래(향유고래 또는 참고래)가 그 수역에서 목격된 날수를 표시한다."

다니는 향유고래는 어떤 먹이터에 들르는 시기가 정해져 있지만, 올해 어떤 위도나 경도에 나타난 향유고래 무리가 작년에 거기서 발견된 무리와 같은 무리라고 단정할 수는 없다. 하지만 다른 무리라는 것이 사실로 입증된 특수한 경우는 있다. 일반적으로 이것은 다 자라서 나이 든 향유고래 중에서도 혼자 다니는 외톨이에게 그리 넓지 않은 범위 안에서만 적용된다. 따라서 모비 딕이 지난해에 예컨대 인도양의 세이셸²⁴² 어장이나 일본 연해의 분화만에 나타났다고 해서, '피쿼드'호가 이듬해 같은 시기에 그중 한 곳을 찾는다 해도 반드시 그곳에서 모비 딕을 만나리라는 보장은 없다. 물론 모비 딕이 이따금 나타난다는 다른 먹이터도 마찬가지다. 이런 곳들은 모두 그가 이따금 들르는 바다의 여관일 뿐, 오래 거주하는 곳은 아닌 듯하다. 지금까지 말한바 에이해브가 목적을 달성할 가능성은 부차적이고 추상적이고 특별한 전망이 그에게 유리한 경우만 언급되었다. 하지만 특정한 시기에 특정한 장소에 갈 수만 있다면 모든 가능성은 개연성이 되고, 에이해브가 즐겨 생각하듯 그 가능성은 거의 확실성에 가까운 것이 될 것이다. 그 특정한 시기와 장소는 전문용어로 말하면 '적도 시즌'과 결부되어 있다. 몇 년 동안 계속해서 바로 그 시기에 그 해역에서 모비 딕이 주기적으로 발견된 것이다. 1년을 주기로 회전하는 태양이 어느 일정한 기간 동안 황도 12궁²⁴³ 가운데 한 자리에 머물러 있듯이, 모비 딕도 그 무렵 그 해역에 나타나서 한동안 머무르곤 했다. 또한 그 흰 고래와의 사투는 대부분 그곳에서 벌어졌고, 그곳의 파도는 그의 짓으로 전설화되었고, 그곳이야말로 편집광적인 노인이 무서운 복수의 동기를 발견한 그 비극의 장소이기도 했다. 그러나 이 단호한 추격에 집요한 영혼을 던져 주의 깊게 경계하고 있는 에이해브로서는 위에서 말한 궁극적

---

242 아프리카 동해안의 마다가스카르 북동쪽에 있는 군도. 분화만: 噴火湾. 일본의 홋카이도 남서부에 있는 만으로, 우치우라만內浦湾이라고도 한다.

243 천구상에서 황도(태양의 궤도)가 통과하는 12개의 별자리.

인 사실 하나에만—설령 그 사실이 아무리 희망을 실제보다 돋보이게 해
줄지라도—모든 희망을 걸 수는 없을 테고, 원한에 사무쳐 잠도 이루지
못하고 반드시 복수하고야 말겠다고 맹세한 그가 초조한 마음을 가라앉
히고 특정한 시기에 특정한 해역에 이를 때까지 모든 추적을 연기할 수도
없었다.

그런데 '피쿼드'호가 낸터컷을 떠난 것은 바야흐로 이 '적도 시즌'이 시
작될 무렵이었다. 따라서 제아무리 애를 써도 남쪽으로 내려가서 혼곶을
돈 다음, 남위 60도에서 0도까지 무려 60도를 북상해서 시간에 맞게 적
도 하의 태평양으로 나가는 것은 불가능했다. 그렇다면 다음 시기까지 기
다릴 수밖에 없다. 그러나 '피쿼드'호가 시기에 맞지 않게 너무 일찍 출항
한 것은 바로 이런 사태를 고려하여 에이해브가 은밀히 결정한 일일 것이
다. 지금부터 다음 시기까지는 365번의 낮과 밤이 있기 때문이다. 그 기
간을 육지에서 초조하게 기다리기보다는 바다로 나가서 잡다한 고래를
잡는 편이 나았고, 주기적으로 찾아가는 먹이터에서 멀리 떨어진 바다에
서 휴가를 보내고 있는 흰 고래가 우연히 페르시아만 밖이나 벵골만이나
중국해를 비롯하여 그의 종족이 자주 출몰하는 다른 바다에서 그 주름진
이마를 드러낸다면, 인도양의 몬순,²⁴⁴ 남아메리카의 팜파스, 아프리카의
하르마탄, 무역풍 등, 요컨대 지중해의 동풍과 아라비아의 열풍을 제외한
바람이라면 어떤 바람이든지 지구 위를 떠돌아다니는 '피쿼드'호의 항로
로 모비 딕을 몰아넣을 수도 있는 것이다.

그런데 이 모든 것을 계산에 넣더라도, 신중하고 냉정하게 생각해보면
그것은 터무니없는 짓으로밖에 보이지 않는다. 끝없이 넓은 대양에서 혼
자 돌아다니는 고래 한 마리를 만난다 해도 그게 바로 그 고래라고 확인
하는 것은, 마치 사람이 우글거리고 있는 콘스탄티노폴리스²⁴⁵의 저잣거

---

244 몬순: 인도양에서 여름에는 남서쪽, 겨울에는 북동쪽에서 부는 계절풍. 팜파스: 아르헨티나의 초
    원을 휩쓰는 차가운 서풍이나 남서풍. 하르마탄: 아프리카에서 대서양으로 모래 먼지를 운반하는
    뜨거운 열풍. 무역풍: 북동쪽이나 남동쪽에서 적도를 향해 부는 바람.

리에서 흰 수염을 기른 무프티 한 사람을 찾는 것만큼이나 어려운 일이 아닐까? 아니, 그렇지 않다. 모비 딕 특유의 눈처럼 하얀 이마와 혹은 절대로 잘못 식별할 여지가 없다. 에이해브는 자정이 지난 뒤에도 한참 동안 해도에 골몰하다가 다시 골똘한 생각에 잠겼을 때 이렇게 중얼거렸다—나는 그놈에게 표시를 해두었잖아. 그랬는데 놈이 달아날 수 있겠어? 놈의 널따란 지느러미는 구멍투성이이다, 길 잃은 양의 귀처럼 너덜너덜해져 있지! 생각이 여기까지 미치면 그의 미친 마음은 숨 가쁜 경주라도 벌이는 것처럼 달리곤 했다. 그러다가 결국에는 골똘한 생각으로 말미암은 피로와 현기증이 그를 덮쳤다. 그는 갑판에 나가 바람을 쐬면서 기운을 차리려고 했다. 오, 신이여! 이루지 못한 복수의 열망에 사로잡혀 있는 저 사나이는 어떤 고통을 참고 있는 것입니까. 그는 손을 움켜쥔 채 잠자고, 잠에서 깨어나면 그의 손톱은 손바닥 안에서 피투성이가 되어 있나이다.

이따금 에이해브는 밤중에 견딜 수 없이 생생하여 심신을 지치게 하는 꿈을 꾸고 그물침대에서 뛰쳐나오곤 했다. 그 꿈은 온종일 그를 짓눌렀던 격렬한 생각의 반복이었고, 온갖 상념이 불꽃을 튀기며 서로 충돌하는 망념 속을 뛰어다니고 불타는 두뇌 속에서 소용돌이치며 회전하고 결국에는 고동치는 생명의 맥박 자체가 견디기 어려운 고뇌의 근원이 되었다. 때로는 이 정신적인 고뇌가 에이해브의 존재 자체를 그 근저에서 떠오르게 하고, 그 밑에 있는 심연을 노출시켜 거기서 화염과 번갯불이 솟아오르고, 저주받은 악귀들이 그 심연으로 뛰어내리라고 그에게 손짓할 때도 있었다. 이처럼 내면의 지옥이 발치에서 입을 벌리면 고독한 야수의 무시무시한 울부짖음이 배 전체에 울려 퍼지고, 에이해브는 마치 불붙은 침대에서 뛰쳐나오듯 두 눈을 번득이며 선장실에서 뛰쳐나가는 것이다. 그

---

245 튀르키에의 최대 도시 이스탄불의 옛 이름. 오스만제국 때까지 수도였으나(당시 명칭은 콘스탄티니예), 1923년 튀르키에 공화국이 수립되면서 이스탄불로 정식 개명되고, 수도는 앙카라로 옮겼다. 무프티: 이슬람 율법이나 계율의 해석에 대해 정식으로 의견을 말할 자격을 가진 법학자 또는 종교 지도자.

러나 이런 일들은 에이해브가 지닌 잠재적 약점의 징후도 아니고 자신의 결심에 대한 두려움을 저도 모르는 사이에 드러내는 것도 아니다. 오히려 그 결의의 치열함을 분명히 보여주는 표시일 것이다. 그런 때, 미친 듯한 에이해브, 흰 고래를 집요하게 추적하는 사냥꾼으로서 계획적이고 냉정하기 이를 데 없는 에이해브, 해도를 검토한 뒤 침대에 들어가는 에이해브는 공포에 질려 침대에서 도망쳐 나오는 에이해브와는 전혀 다른 사람이었기 때문이다. 에이해브를 잠자리에서 뛰쳐나오게 한 것은 그에게 내재하는 영원한 생명 원칙, 즉 영혼이었다. 그것은 보통 때는 그의 인격을 형성하는 정신에 실려 다니면서 그 도구나 매개체로 이용되지만, 잠자고 있을 때는 그 정신에서 잠시 떨어져 나온다. 에이해브가 밤중에 침대에서 뛰쳐나온 것은 이성이 이제 더 이상 합일체가 아닌 광적인 것과의 접촉을 자발적으로 회피한 결과다. 그러나 정신이라는 것은 영혼과 결부되지 않으면 존재할 수 없다. 따라서 에이해브의 경우에는 자신의 온갖 상념과 상상을 오직 한 가지의 숭고한 목적에 바쳤고, 그 목적은 자신의 완고한 의지로 신과 악마에게 거역함으로써 일종의 독불장군처럼 독립적인 존재물이 되었다. 아니, 그 목적은 그것이 원래 결부되어 있는 평범한 생명력이 초대받지 않은 사생아의 탄생에 놀라서 도망친 뒤에도 계속 살아서 불탈 수 있었다. 그렇기 때문에 에이해브처럼 보이는 어떤 존재가 선장실에서 뛰쳐나왔을 때, 그 육체의 눈에서 번득이는 고통의 정신은 그때 이미 알맹이 없는 껍데기, 형체 없는 몽유병적 존재였다. 물론 한 줄기 생명의 빛이기는 했지만, 그 본래의 빛을 발생시킬 대상이 없었기 때문에 그야말로 허무 그 자체였다. 늙은이여, 하느님이 당신을 도와주실 거요. 당신의 생각이 당신 안에 또 하나의 생명체를 창조했소. 자신의 치열한 생각 때문에 스스로 프로메테우스[246]가 된 인간, 당신의 심장을 영원히 쪼

---

246 그리스 신화에 나오는 티탄족 영웅. 인간에게 불을 훔쳐다 주어 인간에게는 문화를 안겨준 은인이 되었으나, 그로 인해 제우스의 노여움을 사서 코카서스의 바위에 묶인 채 독수리에게 간을 쪼이는 형벌을 받았다고 한다.

아 먹는 독수리, 그 독수리야말로 당신이 창조한 생명체인 거요.

{ 　제45장　 }

진술서

이 책에 나오는 이야기에 관한 한, 향유고래의 습성 가운데 흥미롭고
특이한 한두 가지 점을 간접적으로 언급했다는 점에서 앞 장의 앞부분은
이 책의 어느 장에 못지않게 중요하다. 하지만 그 주제를 좀 더 상세히 설
명하지 않고는 충분히 이해할 수 없고, 더욱이 이 주제 전반에 대한 지식
이 없는 사람들이 이 이야기의 주요 대목의 진실성에 대해 품을 수도 있
는 의구심을 완전히 해소하기 위해서도 부연 설명이 필요하다.

나는 이 일을 조직적으로 처리할 생각은 없다. 다만 포경꾼으로서 실제
로 또는 확실히 알고 있는 몇 가지 사실을 따로 인용하여 바람직한 효과
를 얻을 수만 있다면 그것으로 만족하겠다. 그럼으로써 내가 원하는 결론
이 저절로 자연스럽게 나올 것이라고 생각한다.

첫째, 작살을 맞은 고래가 그 당시에는 탈출에 성공했지만 얼마 후(어
떤 경우에는 3년 뒤) 다시 같은 사람에게 잡혀, 고래의 몸뚱이에서 동일인
의 기호가 표시된 두 개의 작살이 나온 경우를 나는 세 번이나 목격했다.
그중에서도 두 개의 작살이 3년 간격으로 박힌 경우를 보면, 그 작살을
던진 자는 그동안 무역선을 타고 아프리카로 항해했고, 아프리카에 상륙
한 뒤에는 탐험대에 참가해서 내륙 깊숙이 들어가 2년 동안 오지를 여행
했으며, 독사와 야만인, 호랑이, 콜레라 등, 미지의 땅 심장부를 방랑하는
데 따르는 온갖 위험에 위협받고 있었다. 한편 그가 던진 작살을 맞은 고
래도 그동안 여행을 계속한 게 분명했다. 고래는 아프리카 해안을 옆구리
로 스치면서 지구를 세 바퀴는 돌았겠지만, 그것도 아무 효과가 없었다.

이 사내와 이 고래가 다시 만났고, 사람이 고래를 정복하고 만 것이다. 나는 이와 비슷한 경우를 세 번 목격했는데, 그중 두 번은 이미 한 번 공격받은 고래였고, 두 번째 공격으로 고래를 잡은 뒤 그 사체에서 뽑아낸 두 개의 작살에 각각 같은 사람의 기호가 새겨져 있는 것을 보았다. 같은 고래가 3년 간격으로 같은 사람의 공격을 받고 죽은 경우, 나는 우연찮게도 두 번다 보트에 타고 있었고, 두 번째로 그 고래를 보았을 때는 3년 전에 보았던 유별나게 생긴 큰 반점이 그 고래의 눈 밑에 있는 것을 분명히 알아보았다. 나는 3년이라고 말했지만, 실은 그보다 더 길었을지도 모른다. 어쨌든 나는 세 가지 사례를 실제로 목격하여 그 진실성을 알고 있다. 그뿐만아니라 다른 사람한테 전해 들은 사례도 엄청나게 많은데, 그들의 진실성과 정확성을 의심할 근거는 전혀 없다.

둘째, 육지에는 알려지지 않았을지도 모르지만 향유고래를 잡는 포경업계에서는 너무도 잘 알려진 사실이 있다. 그 넓은 바다에서 특정한 고래가 때와 장소를 달리하여 사람들에게 목격된 기억할 만한 역사적 사례가 몇 건이나 있었다는 것이다. 그런 고래가 그렇게 주목받게 된 이유는 그 고래가 다른 고래들과 확연히 구별되는 신체적 특징을 지니고 있었기 때문만은 아니다. 고래의 신체적 특징이 아무리 특이하다 해도 사람들은 곧 그 고래를 잡아서 귀중한 기름을 짜내어 그 특징을 파괴해버리기 때문이다. 진짜 이유는 이렇다. 무서운 위험이 따르는 포경업의 경험 때문에 그런 고래에게는 리날도 리날디니[247]처럼 비할 데 없이 위험한 놈이라는 평판이 따라다녀서, 대부분의 포경꾼들은 그 고래가 바로 옆에서 빈둥거리고 있는 것을 발견해도 좀 더 친하게 사귀려고 애쓰지 않고 그저 방수모에 손을 대어 경의를 표하는 것으로 만족하기 때문이다. 육지에서 화를 잘 내고 성마른 사람을 알고 있는 가엾은 녀석들이 길거리에서 그를 만나

247 1800년께에 독일에서 인기를 얻은 소설 시리즈의 주인공. 1770년대에 지중해에서 활동한 해적으로, '코르시카의 로빈 후드' 같은 인물이었다.

면 멀리서 공손히 인사만 할 뿐, 더 친하게 사귀려 하다가는 주제넘은 놈이라고 당장 주먹이 날아들지나 않을까 하고 겁을 내는 것과 마찬가지다.

그러나 이들 유명한 고래들[248]은 저마다 대단한 명성을 누렸다. 드넓은 바다 전역에 널리 알려져 있었으니까 전 해양적 명성이라고 말할 수 있다. 살아 있을 때만 유명한 것이 아니라 죽은 뒤에도 선원들 사이에서 불멸의 존재로 남아 있고, 명성에 어울리는 온갖 권리와 특전과 명예도 누렸다. 실제로 캄비세스나 카이사르[249]만큼 유명한 고래도 있었다. 오, 티모르 톰이여, 같은 이름을 가진 동양의 해협에 오랫동안 숨어 살면서 야자수 우거진 옴베이[250] 앞바다에서 자주 물을 뿜었던, 빙산처럼 온몸에 흉터가 있는 유명한 고래여, 그대도 그랬다! 오, 뉴질랜드 잭이여, 문신 제도[251] 근처에서 고래가 지나간 자국을 가로지른 모든 순항선에 공포의 대상이었던 그대도 그랬다. 오, 일본 근해의 왕자 모르콴이여, 높이 뿜어 올린 물보라가 때로는 하늘을 배경으로 높이 솟아 있는 새하얀 십자가 같았다는 그대도 그랬다. 칠레 고래 돈 미겔이여, 늙은 거북처럼 신비로운 상형문자를 등에 새긴 그대도 그랬다. 알기 쉽게 말해서 이들 네 마리의 고래는 마리우스나 술라[252]가 고전학자들에게 알려져 있는 것만큼이나 고래학도들에게 널리 알려져 있다.

그러나 이것이 전부가 아니다. 뉴질랜드 잭과 돈 미겔은 여러 포경선의 보트를 파괴하여 여러 번 대소동을 일으킨 뒤, 결국에는 용감무쌍한 포경

---

248 여기 나오는 모르콴이나 돈 미겔은 멜빌의 창작인 듯하지만, 티모르 톰과 뉴질랜드 잭 같은 고래들은 포경업계의 전설적인 존재로서, 특히 뉴질랜드 잭은 흰 혹이 있다고 하며 '모비 딕'의 한 원형으로 추정되고 있다.

249 캄비세스 2세(기원전 6세기의 페르시아 왕)는 반란을 진압하는 데 실패하자 자살했으며, 율리우스 카이사르(기원전 100~44, 고대 로마의 군인·정치가)는 정적들에게 암살당했다.

250 인도네시아 티모르섬 근처에 있는 섬.

251 폴리네시아 제도를 가리킴.

252 가이우스 마리우스(기원전 157~86): 고대 로마의 군인·정치가. 루키우스 술라(기원전 138~78): 고대 로마의 군인·정치가. 집정관이 된 마리우스의 휘하에서 출세했으나, 나중엔 서로 대립한 끝에 마리우스를 추방한다.

선 선장들에게 조직적인 사냥을 당한 끝에 죽고 말았다. 이 선장들은 닻을 올릴 때 이미 명확한 목적을 가지고 있었다. 그것은 옛날 처치 대위[253]가 내려갠싯 숲을 뚫고 나아갈 때, 인디언 왕 필립의 일등 전사로서 흉악하고 잔인무도하기로 악명 높은 애너윈을 생포할 계획을 처음부터 갖고 있었던 것과 마찬가지다.

그런데 흰 고래에 대한 이 이야기 전체, 그중에서도 특히 비극적인 결말이 모든 점에서 합리적이라는 것을 인쇄된 형태로 분명히 인식시키기 위해 내가 중요하다고 생각하는 한두 가지 점을 더 언급하기에는 지금이 가장 적당한 기회인 듯하다. 진실도 오류와 마찬가지로 충분한 증거의 뒷받침을 필요로 한다는 것은 참으로 맥 풀리는 일이지만, 이것도 그런 한심한 경우의 하나이기 때문이다. 대부분의 뭍사람들은 너무나 명백한 세계의 경이에 대해서도 전혀 모르기 때문에, 포경업의 역사적 사실과 그밖의 명백한 사실들을 알려주지 않으면 그들은 이 모비 딕에 관한 이야기를 한낱 괴물의 우화로 치부하거나 심지어는 무시무시하고 참을 수 없는 비유담으로 여길지도 모른다.

첫째, 사람들 대다수가 이 포경업의 일반적인 위험에 대해 매우 막연한 생각을 갖고 있지만, 그 위험이 어떤 것이고 얼마나 자주 발생하는지에 대해 확실하고 뚜렷한 개념은 전혀 갖고 있지 않다. 그 이유 중의 하나는 포경업에서 실제로 발생한 재난과 사망자들 가운데 고국의 공식 문서에 기록되는 경우는 50분의 1도 안 되고, 그 기록마저 일시적이어서 이내 잊히기 때문이다. 지금 이 순간에도 어느 불쌍한 사나이가 뉴기니 앞바다에서 포경 밧줄에 엉킨 채 힘센 고래에게 끌려 바다 밑바닥으로 가라앉고 있을지 모른다. 그런데 여러분은 내일 아침 식탁에서 그 가엾은 사

---

253 벤저민 처치(1639~1718): 아메리카 식민지 시절의 군인. 인디언 메타코멧 부족과 영국인 정착민 사이에 벌어진 '필립 왕 전쟁'(1675~1678) 때 유격대를 이끌고 활약했다. 내러갠싯은 로드아일랜드주 남부 해안에 있는 마을. 필립은 메타코멧 부족의 추장이었고, 애너윈이 체포되어 처형당하자 전쟁이 끝났다.

내의 이름을 신문의 부고란에서 보게 될 거라고 생각하는가? 천만에. 이 곳과 뉴기니 사이의 우편은 매우 불규칙하기 때문이다. 실제로 뉴기니에서 직접적이든 간접적이든 정기적인 뉴스라고 부를 수 있는 것이 들어온다는 이야기를 들어본 적이 있는가? 나는 언젠가 태평양에 나갔을 때 만난 수많은 배들 중에서 약 30척의 배와 이야기를 주고받았는데, 모든 배에서 적어도 한 사람은 고래한테 목숨을 잃었고 개중에는 두 사람 이상을 잃은 배도 상당수에 이르렀으며, 심지어는 한 보트에 탄 선원을 모두 잃은 배도 세 척이나 되었다. 여러분은 제발 집에서 쓰는 램프와 양초를 절약해주기 바란다. 여러분이 태우는 기름 1갤런은 적어도 누군가의 피 한 방울을 대가로 치르지 않고는 얻을 수 없기 때문이다.

둘째, 뭍사람들은 고래에 대해 엄청난 힘을 가진 거대한 생물이라는 정도의 막연한 생각을 가지고 있다. 하지만 내가 그들에게 고래가 얼마나 크고 힘센 동물인지를 구체적인 사례를 들어 설명하면, 그들은 내가 재미난 익살을 부린다고 칭찬을 했다. 내 영혼을 걸고 맹세하거니와, 그 이야기를 할 때 나는 이집트의 재앙[254]을 기록할 때 모세가 그랬던 것처럼 익살을 부릴 생각이 조금도 없었다.

그러나 다행히도 내가 여기서 주장하고자 하는 특별한 요점은 나와 전혀 관계없는 증거로 입증될 수 있는데, 그 요점은 바로 이것이다. 향유고래는 어떤 경우에는 계획적으로 큰 배에 구멍을 뚫어서 완전히 파괴하고 침몰시킬 수 있을 만큼 힘이 세고 지혜롭고 교활하며 악랄하다. 게다가 향유고래는 실제로 그런 짓을 하고 있는 것이다.

첫 번째 사례. 1820년에 폴러드 선장이 지휘하는 낸터킷의 '에식스'호[255]가 태평양을 항해하고 있었다. 어느 날 고래가 내뿜는 물보라를 보고 보트를 내려 향유고래 떼를 추격했다. 오래지 않아 고래 몇 마리가 상처를 입

---

254 구약성서 「출애굽기」에서 하느님은 이집트에서 노예로 살고 있는 이스라엘 민족을 해방시키기 위해 파라오에게 겁을 주려고 열 가지 재앙을 내려보낸다. 모세는 「출애굽기」의 주인공으로, 기원전 13세기경 이스라엘 민족을 해방시킨 지도자.

었다. 그때 보트를 피해 달아나고 있던 거대한 고래 한 마리가 갑자기 무리에서 뛰쳐나오더니 곧장 본선을 향해 돌진했다. 이마로 선체를 들이받아서 구멍을 뚫어놓자, 10분도 지나기 전에 배는 옆으로 쓰러져 가라앉고 말았다. 그 후 널빤지 하나 발견되지 않았다. 호된 시련을 겪은 끝에 일부 선원은 보트를 타고 육지에 이르렀다. 마침내 구사일생으로 고향에 돌아온 폴러드 선장은 다른 배를 지휘하여 다시 태평양으로 향했지만, 미지의 암초를 만나 다시 난파하고 말았다. 두 번째로 배를 잃은 그는 당장 바다와 인연을 끊고 그 후 다시는 바다로 나가지 않았다. 지금도 폴러드 선장은 낸터컷에 살고 있다. 나는 그 참극이 일어났을 당시 '에식스'호의 일등항해사였던 오언 체이스를 만난 적이 있고, 그의 꾸밈없고 정확한 기록도 읽었으며, 그의 아들과 이야기를 나눈 적도 있는데, 이 모든 게 그 참사가 일어난 현장에서 몇 킬로미터밖에 떨어져 있지 않은 곳에서였다.*

두 번째 사례. 1807년에 낸터컷의 '유니언'호가 아조레스 제도 앞바다에서 비슷한 공격을 받고 완전히 파괴되었지만, 나는 이 참사를 상세히 다룬 믿을 만한 기록을 읽을 기회가 없었고, 포경꾼들이 지나가는 이야기로 그 사건을 언급하는 것을 이따금 들었을 뿐이다.

세 번째 사례. 20년 전쯤, 당시 미국 해군의 최신예로 평가받던 슬루프형 전함을 지휘하고 있었던 J 제독[256]은 샌드위치 제도의 오아후항에 정박해 있을 때, 어느 낸터컷 선적의 배에서 포경선 선장들과 식사를 같이

255 1820년 11월 20일, 조지 폴러드 선장이 지휘하는 낸터컷의 포경선 '에식스'호는 물에서 약 2,500km 떨어진 태평양을 항해하다가 몸길이가 28m에 이르는 향유고래의 공격을 받고 침몰했다. 폴러드 선장과 일등항해사 오언 체이스, 20명의 선원은 보트 세 척에 나누어 타고 5,000km나 떨어진 남아메리카 대륙으로 향하게 되었다. 태평양의 섬들로 가기를 꺼린 것은 식인종과 만나는 것을 우려했기 때문이다. 그런데 얄궂게도 석 달 동안 절반 이상의 선원들이 굶어 죽고, 살아남은 자들은 죽은 자의 살을 먹는 사태까지 벌어지게 되었다. 폴러드와 체이스를 포함한 8명의 생존자가 칠레 앞바다에서 구조된 것은 1821년 2월 23일이었다. 같은 해 11월, 체이스는 이 참사를 글로 정리하여 발표했다. 1841년 말, 젊은 포경 선원이었던 멜빌은 '애커시넷'호에서 그 책을 읽었다.

256 토머스 케이츠비 존스(1790~1858) 제독. 멜빌이 호놀룰루에서 수병으로 승선한 프리깃함의 함장이기도 했다. 슬루프형: 비교적 소형으로, 돛대가 하나 달렸고 갑판에 대포가 장착되어 있다. 샌드위치 제도: 하와이 제도의 옛 이름. 발파라이소: 칠레 중부에 있는 항구도시. 포경 기지로 유명하다.

한 적이 있었다. 고래가 화제에 올랐을 때 제독은 동석한 포경업계 신사들이 말하는 고래의 놀라운 힘에 대해 회의적인 반응을 보였다. 제독은 그의 견고한 전함을 공격하여 물 한 방울이라도 새게 할 수 있는 고래는 세상에 존재하지 않는다고 단호히 주장했다. 그것은 좋았지만, 일은 거기서 끝나지 않았다. 몇 주 뒤에 제독은 그 난공불락의 전함을 타고 발파라이소로 떠났다. 하지만 도중에 당당한 향유고래 한 마리가 배를 가로막고는 긴한 용무가 있으니 잠깐 시간을 내달라고 청했다. 그 긴한 용무란 제독의 배에 한 방 먹이는 것이었고, 제독은 펌프를 총동원하여 물을 퍼내면서 배를 수리하기 위해 가장 가까운 항구로 곧장 달려가야 했다. 나는 미신을 믿는 사람은 아니지만, 제독과 그 고래의 면담은 신의 뜻이었다고 생각한다. 타르수스의 사울[257]도 이와 비슷한 공포를 겪고 불신에서 믿음으로 전향하지 않았던가? 분명히 말하지만 향유고래는 어떤 허튼소리도

257 사도 바울을 말한다. 원래 유대교 전통이 강한 환경에서 자랐으나, 바리새파의 열성적인 일원으로 기독교도를 박해하는 과정에 하늘에서 비추는 빛을 받고 하늘에서 나는 소리를 듣는 체험을 한 뒤 '회심'하여 기독교 전도자가 되었다.

* 다음은 오언 체이스의 기록에서 발췌한 것이다—"고래가 그런 행동을 한 것은 결코 우연이 아니었다는 결론의 정당성은 모든 사실이 보증해주는 것 같았다. 고래는 짧은 간격을 두고 전후 두 번에 걸쳐 본선에 대해 파상 공격을 감행했는데, 두 번 다 공격 방향은 우리에게 최대의 피해를 주도록 치밀하게 계산되어 있었다. 고래는 두 물체의 속도가 결합하여 충격이 가중되도록 배 앞으로 돌아가서 정면으로 충돌하는 방식을 택했기 때문이다. 충격의 효과를 높이려면 고래가 취한 바로 그런 행동이 필요했다. 고래의 모습은 참으로 무시무시했고, 원한과 분노를 나타내고 있었다. 좀 전에 우리는 고래 무리 속으로 돌진하여 세 마리를 잡았는데, 그 고래는 죽은 동료들의 고통에 대한 복수심에 불타는 것처럼 그 무리에서 똑바로 뛰쳐나왔다. 어쨌든 모든 상황을 종합해볼 때, 모든 일은 내 눈앞에서 일어났고 그때 나는 고래가 단호하고 치밀하게 공격하고 있다는 인상을 받았기 때문에(그때 내가 받은 느낌을 지금 다 기억할 수는 없지만) 내 생각이 옳다고 확신할 수 있다."

그는 배를 버리고 탈출한 지 얼마 후, 구조의 손길을 뻗어줄 해안에 닿는 것을 거의 체념한 채 칠흑같이 어두운 밤에 보트를 타고 표류하면서 느낀 감상을 이렇게 기록했다—"캄캄한 바다와 높은 파도는 아무것도 아니었다. 무서운 폭풍에 휩쓸리거나 암초에 부딪히거나 그 밖에 일반적으로 공포심을 불러일으키는 어떤 것도 너무 하찮게 느껴져서, 거의 생각할 가치가 없는 것 같았다. 처참해 보이는 난파선의 잔해와 복수심에 불타는 그 고래의 무시무시한 모습이 내 마음을 완전히 사로잡았다. 다시 해가 뜰 때까지 오직 그 생각만이 내 마음에 들러붙어 있었다."

다른 대목에서도 그는 "고래의 불가사의하고 치명적인 공격"에 대해 이야기하고 있다.

참아주지 않을 것이다.

이 점과 관련하여 랑스도르프[258]의 항해기를 언급해두고자 하는데, 이 책에는 나의 흥미를 끄는 내용이 담겨 있기 때문이다. 여러분도 알고 있겠지만, 랑스도르프는 금세기 초에 러시아 제독 크루젠슈테른의 유명한 항해에 동행한 사람이다. 랑스도르프의 항해기 제17장은 이렇게 시작된다.

"5월 13일까지 항해 준비가 완전히 끝났고, 우리는 이튿날 오호츠크항[259]을 떠났다. 날씨는 더없이 맑았지만 견딜 수 없을 만큼 추워서, 우리는 모피 옷을 계속 걸치고 있어야 했다. 며칠 동안은 바람이 거의 없었지만, 19일째 되는 날에야 겨우 북서쪽에서 상쾌한 바람이 불어왔다. 본선보다 더 몸집이 큰, 유별나게 커다란 고래가 해수면에 누워 있었지만, 돛을 모두 올리고 전속력으로 달리던 배가 고래와 충돌하기 직전까지 갑판에서 그 고래를 발견한 사람은 아무도 없었기 때문에, 고래와의 충돌은 피할 수 없었다. 그 순간 이 거대한 동물이 등을 수직으로 세우고 배를 물에서 적어도 1미터 높이까지 들어 올렸기 때문에 우리는 절박한 위험에 빠지게 되었다. 돛대는 비틀거리고, 돛은 완전히 떨어져 나갔다. 밑에 있던 우리는 배가 암초에 부딪힌 줄 알고 즉시 갑판으로 뛰쳐나왔다. 그런데 암초 대신 우리가 본 것은 진지하고 엄숙하게 헤엄쳐 사라지는 괴물의 모습이었다. 드볼프 선장은 배가 이 충격으로 파손되었는지 점검하려고 즉시 펌프를 살펴보았지만, 다행히도 손상된 곳은 전혀 없었다."

그런데 이 배의 지휘자로 언급된 드볼프 선장은 뉴잉글랜드 사람이며, 오랫동안 선장으로서 놀라운 모험 생활을 한 뒤 지금은 보스턴 근교의 도체스터에서 살고 있는데, 나는 그분의 조카라는 영광을 누리고 있다. 나는 랑스도르프의 항해기에서 특히 이 대목에 관해 고모부에게 물어보았

---

258 게오르크 하인리히 폰 랑스도르프(1774~1852): 독일의 정치가·박물학자. 아담 요한 폰 크루젠슈테른(1770~1846)의 세계일주 항해에 동행하여『세계 각지 항해』를 저술했다.
259 러시아 시베리아 동부, 오호츠크해 북쪽 기슭에 있는 항구도시.

는데, 그 고모부는 그 기록이 모두 사실이라고 말했다. 하지만 그 배는 결코 큰 배가 아니었고, 시베리아 해안에서 만들어진 러시아 배였다. 고모부는 미국에서 타고 간 배를 팔아넘긴 뒤 그 배를 구입했다고 한다.

진정한 경이로 가득 찬 구식 모험담, 파란만장하고 남자다운 그 책 ─ 댐피어[260]의 친구인 라이오넬 웨이퍼의 항해기 ─ 에도 방금 랑스도르프의 책에서 인용한 것과 비슷한 사건이 기록되어 있기 때문에, 필요하다면 그것을 입증해주는 예로서 여기에 웨이퍼의 기록을 끼워 넣지 않을 수 없다.

라이오넬은 후안페르난데스 제도[261]를 향해 달리고 있었던 모양이다. 그는 이렇게 말하고 있다 ─ "거기로 가는 길에 아침 4시경 미국 본토에서 600킬로미터 떨어진 지점에 있을 때 우리 배가 격심한 충격을 느꼈다. 선원들은 깜짝 놀라, 이곳이 어디이고 무엇을 생각해야 할지도 알 수 없게 되었다. 우리는 모두 죽음을 각오하기 시작했다. 사실 그 충격이 너무나 갑작스럽고 격렬했기 때문에 우리는 당연히 배가 암초에 걸린 줄 알았다. 그런데 놀라움이 좀 진정된 뒤 측연을 내려 수심을 재어보았지만, 납덩이가 바다 밑바닥에 닿지 않았다. 갑작스러운 충격으로 대포는 대좌에서 튀어 올랐고 일부 선원은 그물침대에서 내동댕이쳐졌고, 총을 베고 누워 있던 데이비드 선장은 선장실 밖으로 튕겨 나가고 말았다." 라이오넬은 이 충격을 지진 탓으로 돌리고, 그것을 입증하기 위해 그 무렵 스페인식민지에 일어나 막대한 피해를 주었던 대지진을 증거로 제시하고 있다. 하지만 그 새벽녘의 어둠 속에서 보이지 않는 고래가 선체를 밑에서 들이받아 수직으로 들어 올린 것이 그 충격의 원인이었다 해도 나는 별로 놀라지 않을 것이다.

나는 향유고래가 때때로 막강한 힘과 악의를 보여준 사례를 많이 알고

---

260 윌리엄 댐피어(1652~1715): 원래는 해적이었지만, 나중에 영국 정부의 위탁을 받아 오스트레일리아와 뉴브리튼 및 뉴기니 등을 탐험했다. 라이오넬 웨이퍼(1640~1705) : 댐피어의 배를 타고 탐험에 동행한 의사.
261 칠레의 태평양 연안에 있는 섬 무리.

있기 때문에 몇 가지를 더 열거할 수도 있다. 향유고래는 공격하고 있는 포경 보트를 본선까지 쫓아갔을 뿐만 아니라 그 본선 자체를 뒤쫓은 경우도 여러 번 있었던 것으로 알려져 있다. 본선 갑판에서 소나기처럼 창살을 던져도 향유고래는 끄떡하지 않고 오랫동안 본선을 뒤쫓았다고 한다. 영국 배인 '퓨지홀'호는 그 점에 대해 말하고 있다. 향유고래의 힘에 대해 말할 것 같으면, 도망치는 향유고래에 박힌 작살줄을 파도가 잔잔할 때 본선으로 끌어당겨 단단히 고정시킨 경우가 있었다. 그때 향유고래는 마치 말이 마차를 끌고 가듯 커다란 선체를 끌고 파도를 가르며 헤엄쳐갔다. 또한 작살을 맞은 향유고래에게 기력을 회복할 시간 여유를 주면, 맹목적인 분노로 날뛰는 대신 추적자들을 파멸시키려는 의도적인 계획을 가지고 행동하는 것도 자주 관찰된다. 향유고래가 공격을 받으면 입을 딱 벌린 채 몇 분 동안 그 무서운 형상을 그대로 유지하는 경우가 많은 것도 그 고래의 성격을 잘 보여준다. 하지만 나는 마지막으로 놀랍고 의미심장한 예를 한 가지만 더 들기로 하겠다. 이 예를 보면 여러분은 이 책에 실린 가장 놀라운 사건도 오늘날의 명백한 사실들을 통해 확인되고 있을 뿐 아니라, 이런 경이로운 사건들은 (모든 불가사의와 마찬가지로) 사실상 태곳적부터 있었던 일의 단순한 반복일 뿐이라는 것을 깨닫게 될 것이다. 그래서 우리는 솔로몬[262]을 따라 백만 번째로 아멘을 부른다—참으로 이 세상에 새로운 것은 없다고.

서기 6세기, 유스티니아누스가 동로마제국의 황제이고 벨리사리우스가 장군이었던 시절, 콘스탄티노플의 행정장관인 프로코피우스[263]라는 기독교 신자가 살고 있었다. 많은 사람이 알고 있듯이 그는 당시의 역사

<hr>

262 이스라엘 왕국의 제3대 왕(기원전 971?~932?년 재위). 왕궁과 신전을 세우고 행정을 개혁하고 군비를 강화하는 이른바 '솔로몬의 영화'를 누렸다. 지혜로운 왕으로도 유명하여, 뛰어난 지혜를 '솔로몬의 지혜'라고 비유적으로 이르기도 한다. 바로 뒤에 나오는 '이 세상에…'는 솔로몬 왕이 쓴 구약성서 「전도서」 1장 9절에 나오는 구절이다.

263 프로코피우스(500?~565): 동로마제국의 역사가. 장군 벨리사리우스(505~565)의 비서관으로서 페르시아 전쟁에도 참가했고, 나중에 콘스탄티노플의 행정장관도도 지냈다.

를 기술한 사람인데, 그의 기술은 모든 점에서 진기한 가치를 지니고 있다. 최고 권위자들은 언제나 그를 가장 믿을 만하고 과장하지 않은 역사가로 생각했다. 물론 한두 가지 항목은 예외지만, 그것은 결코 지금 언급할 문제에 영향을 미치지 않는다.

프로코피우스는 역사책에서 말하기를, 그가 콘스탄티노플의 행정장관으로 재임하고 있을 무렵 가까운 프로폰티스, 즉 마르마라해[264]에서 무려 50년이 넘도록 종종 배를 파괴해온 거대한 바다 괴물이 잡혔다는 것이다. 이처럼 중요한 역사서에 기록된 사실은 쉽게 부정할 수도 없고, 부정해야 할 이유가 있는 것도 아니다. 이 바다 괴물이 정확히 어떤 종족인지는 언급되어 있지 않지만, 배를 파괴한 것과 그 밖의 여러 가지 이유를 종합해보면 그 괴물은 고래였을 게 분명하고, 나는 그것이 향유고래였을 거라고 생각한다. 그 이유는 이렇다. 향유고래는 지중해와 거기에 이어진 깊은 바다에서는 언제나 미지의 존재였다. 지금도 나는 그 바다가 향유고래 무리가 습관적으로 자주 들르는 곳이 아니고, 앞으로도 마찬가지일 거라고 확신한다. 하지만 근대에 향유고래가 지중해에서 간간이 발견된 것은 최근 조사로 입증되었다. 확실한 소식통이 전하는 바에 따르면, 영국 해군의 데이비스 제독이 바르바리[265] 연안에서 향유고래 해골을 발견했다고 한다. 군함도 다르다넬스해협을 쉽게 통과하니까, 향유고래도 같은 길을 따라 지중해에서 프로폰티스로 빠져나갈 수 있었을 것이다.

내가 알고 있는 한, 프로폰티스에서는 참고래의 먹이인 '브릿'[266] 따위는 전혀 발견되지 않는다. 그러나 향유고래의 먹이인 오징어 종류가 바다 밑바닥에 숨어 살고 있다고 믿을 만한 이유는 충분하다. 가장 큰 오징어는 아니지만 그래도 상당히 큰 오징어가 해수면에서 발견되었기 때문이

---

264 튀르키예 북서부, 유럽과 아시아 사이에 있는 바다. 북쪽은 보스포루스해협을 거쳐 흑해로 통하고, 남서쪽은 다르다넬스해협을 거쳐 에게해로 통한다.

265 아프리카 북서해안 지역의 옛 이름. 모로코·알제리·튀니지와 리비아 서부가 속한다.

266 고래의 먹이가 되는, 정어리 새끼 같은 작은 바다 생물을 말한다.

다. 그렇다면 이런 진술들을 적절하게 종합하고 거기에 대해 조금만 추리해보면, 반세기 동안이나 로마제국의 함선에 구멍을 뚫었다고 프로코피우스가 기술한 바다 괴물은 십중팔구 향유고래였다는 것을 알아차릴 수 있을 것이다.

{ 　　제46장　　 }

추측

목적을 이루고야 말겠다는 뜨거운 열정에 사로잡힌 에이해브의 모든 생각과 행동은 오로지 모비 딕을 잡는 데에만 집중되어 있었다. 그 단 하나의 열정을 위해서는 이 세상의 모든 이익을 기꺼이 희생할 것처럼 보였지만, 그래도 치열한 포경꾼의 생활방식과 단단히 결합된 오랜 습관과 타고난 천성 때문에 항해의 부산물을 완전히 포기할 수는 없었을지도 모른다. 그게 아니라 해도, 그에게 훨씬 강한 영향력을 가진 다른 동기는 얼마든지 있었다. 흰 고래에 대한 원한이 어느 정도는 모든 향유고래에 대해서도 확대되었을 가능성이 있고, 괴물을 한 놈이라도 더 죽이면 죽일수록 다음에 만나는 고래는 그가 찾아다니는 바로 그 고래일 가능성이 그만큼 높아지리라고 생각한다는 것은 그의 편집증을 고려한다 해도 지나친 생각은 아닐 것이다. 하지만 그런 가정이 정말로 반박할 여지가 있다 해도, 추가로 고려해야 할 사항들은 여전히 존재했다. 그것은 에이해브를 지배하고 있는 과격한 열정에 정확히 부합하지는 않지만, 그에게 영향을 미치는 게 결코 불가능한 것은 아니었다.

아무리 에이해브라고 해도 목적을 이루기 위해서는 도구가 필요하다. 이 세상에서 사용되는 모든 도구들 가운데 인간만큼 다루기 어려운 것은 없을 것이다. 에이해브도 알고 있다시피, 예컨대 그가 스타벅에게 휘두르는 지배력이 아무리 자력처럼 강력하다 해도 철저하게 영적인 인간까지 지배할 수는 없는 노릇이다. 그것은 단순한 신체적 우월성이 반드시 지적 지배를 수반하지 않는 것과 마찬가지다. 순수하게 영적인 사람은 지적인 것과 일종의 육체적 관계를 맺고 있기 때문이다. 에이해브가 스타벅의 두뇌에 자력을 미치는 한, 스타벅의 육체와 통제된 의지는 에이해브의 수중에 있게 된다. 그런데도 이 일등항해사는 마음속에서는 선장의 목적을 싫어했고, 될 수 있는 대로 그에게서 멀리 떨어지거나 심지어는 그의 목적을 좌절시키려 한다는 것도 에이해브는 알고 있었다. 흰 고래를 발견하기까지는 오랜 세월이 걸릴지도 모른다. 그 오랜 세월 동안 스타벅에게 일상적이고 신중하며 부수적인 영향력을 행사하지 않으면 스타벅은 선장의 지휘에 공공연히 거역하게 될지도 모른다. 그뿐만 아니라 모비 딕에 대한 에이해브의 광기는 그의 예리한 감각과 날카로운 통찰력에 가장 의미심장하게 드러나 있었다. 고래잡이에는 불손한 짓을 한다는 기묘한 느낌이 자연히 수반되지만, 현재로서는 그 이상하고 공상적인 불손함을 어떻게든 없애야 한다는 것, 이 항해의 무서운 전모는 눈에 띄지 않는 배경 속에 감추어두어야 한다는 것(오랫동안 행동하지 않고 명상에만 잠겨 있어도 용기를 잃지 않을 사람은 거의 없으므로), 간부선원이나 평선원들이 오랫동안 밤번을 설 때는 모비 딕 이외에 무언가 생각할 거리가 있어야 한다는 것을 에이해브는 날카로운 통찰력으로 예견했다. 그가 모비 딕을 추적하는 것이 이번 항해의 목적이라고 발표했을 때 야만적인 선원들이 아무리 열렬하고 성급하게 환호성을 질렀다 해도, 뱃사람이란 종류에 상관없이 변덕스럽고 믿을 수 없는 존재들이기 때문이다. 그들은 변화무쌍한 날씨속에 살면서 날씨의 변덕을 들이마신다. 따라서 멀리 떨어져 있고 무익한 대상을 계속 추적할 때는 그 목적이 아무리 생명과 열정을 약속한다 해도 그때그때 흥미를 느끼고 몰두할 수 있는 일감을 그들에게 제공하여 최후의 돌진에 임할 수 있는 힘을 비축해두는 것이 무엇보다 필요한 것이다.

에이해브는 다른 문제도 잊지 않았다. 강한 감정에 사로잡혀 있을 때면 인간은 모든 천박한 생각을 경멸하지만, 그런 순간은 금세 덧없이 사라져 버린다는 것이다. 신이 만든 제품인 인간의 본질적 상태는 바로 천박함이고, 그것은 영원히 변치 않는다고 에이해브는 생각했다. 설령 흰 고래가 이 야만적인 선원들의 마음을 충분히 자극하여 그들의 야만성 주위에 너그러운 의협심까지 만들어낸다 해도, 그래서 그 때문에 모비 딕을 추적한다 해도, 그들은 좀 더 평범하고 일상적인 식욕을 채워줄 음식도 먹어야 한다. 숭고한 기사도 정신에 불탔던 옛날의 십자군[267]도 성지를 되찾으러 가면서 3천 킬로미터가 넘는 산천을 가로지를 때, 도중에 절도나 소매치기를 저지르고 그 밖에 종교를 빙자한 부수입을 챙기지 않고는 행군을 계속할 수 없었던 것이다. 만약에 그들이 궁극적이고 낭만적인 하나의 목적에만 엄격하게 묶여 있었다면, 그 궁극적이고 낭만적인 목적에 진저리가 나서 등을 돌린 자가 많았을 것이다. 이 뱃놈들한테서 돈벌이의 희망을 빼앗지는 않겠다고 에이해브는 생각했다. 그렇다, 돈이다. 그들이 지금은 돈을 경멸할지 모르지만, 몇 달이 지나도 돈을 벌 가망이 없으면 잠잠하던 돈이 당장 그들 속에서 반란을 일으켜 에이해브를 해치워버릴 것이다.

에이해브 자신과 좀 더 개인적으로 관련된 예방적 동기도 없지 않았다. 다분히 충동적으로 약간 때 이르게 '피쿼드'호의 가장 중요한 항해 목적─하지만 개인적인 목적─을 발표했기 때문에, 지금 에이해브는 이 배를 강탈했다는 비난을 받아도 반박할 수 없는 처지에 자신을 몰아넣었다는 것을 충분히 자각하고 있었다. 선원들은 마음만 먹으면, 그리고 그 목적을 달성할 능력만 있으면, 앞으로 선장의 명령에 따르기를 거부할 수 있고, 선장으로부터 강제로 지휘권을 빼앗아도 도덕적으로나 법적으로 전혀 죄가 되지 않는다. 배를 강탈한 죄가 있다고 암시한 에이해브는 그

---

267 중세 유럽에서, 기독교도가 팔레스타인과 에루살렘을 이슬람교도로부터 되찾기 위해 일으킨 원정, 또는 그 원정대. 1096년부터 13세기 후반까지 7회에 걸쳐 약 700만을 동원했으나 목적을 달성하지 못했다.

모비 딕

런 억제된 느낌이 확실한 지반을 얻을 때 초래될 수 있는 결과로부터 자신을 보호하고 싶었을 게 분명하다. 그 보호 수단은 오로지 자신의 뛰어난 두뇌와 심장과 손밖에 없었고, 그때그때 선원들을 지배할 수 있는 영향력에 치밀하고 세심하게 주의를 기울여 자신의 두뇌와 심장과 손을 보완해주어야 했다.

이 모든 이유와, 그 밖에 여기서 말로 설명하기에는 너무나 미묘한 이유들 때문에 에이해브는 '피쿼드'호의 본래 목적에 계속 충실해야 하며, 모든 관습을 지켜야 한다는 것을 분명히 깨달았다. 그뿐만 아니라 선장으로서 일반적인 직무를 수행하는 데 열렬한 관심을 나타내야 한다는 것도 깨달았다.

이런 사정 때문인지, 이제는 세 개의 돛대 망루를 향해서, 눈을 크게 뜨고 잘 감시하라고, 돌고래 한 마리라도 눈에 띄면 빠짐없이 보고하라고 외치는 소리가 자주 들려왔다. 이 빈틈없는 감시는 오래지 않아 보상을 받게 될 터였다.

{　　　제47장　　　}

거적 짜기

흐리고 무더운 오후였다. 선원들은 하는 일 없이 갑판을 빈둥빈둥 거닐거나 납빛 파도를 멍하니 바라보고 있었다. 퀴퀘그와 나는 보트 밧줄로 쓸 '밧줄 거적'을 느긋하게 짜고 있었다. 주위의 모든 것은 고요하게 가라앉아 있어서 무슨 전조를 내포하고 있는 듯했고, 공기 속에는 환상을 불러내는 마법이 숨어 있어서 말 없는 선원들은 제각기 눈에 보이지 않는 자아로 분해되어버린 것 같았다.

나는 하인이나 시종처럼 퀴퀘그를 거들면서 부지런히 거적을 짰다. 내가 손을 북으로 이용하여 기다란 날실 사이로 씨실을 넣었다 뺐다 하면, 퀘퀘그는 옆에 서서 연신 묵직한 떡갈나무 막대기를 실 사이로 집어넣으며 한가롭게 바다를 바라보았다. 그는 아무 생각도 하지 않는 것처럼 무심해 보였지만, 한 올의 실도 제자리를 벗어나는 법이 없었다. 배에도 바다에도 꿈결 같은 분위기가 감돌았고, 이런 분위기를 깨뜨리는 것은 이따금 막대기가 내는 둔탁한 소리뿐이었다. 이것은 '시간의 베틀'이고, 나 자신은 '운명'을 기계적으로 짜고 있는 북처럼 여겨졌다. 여기에는 고정된 날실이 있어 단조롭게 왔다 갔다 하는 변함없는 움직임만 반복할 뿐이었고, 그나마도 씨실과 얽히는 것을 허용할 정도로만 움직이고 있었다. 이 날실은 필연으로 여겨졌다. 나는 여기서 내 북을 손으로 부지런히 놀려서 이 불변의 실 속에 나 자신의 운명을 짜 넣는다고 생각했다. 한편 퀘퀘그가 충동적으로 무심하게 움직이는 막대기는 씨실을 때로는 비스듬히, 때로는 비뚤어지게, 때로는 강하게, 때로는 약하게 때리고 있다. 마지막 타격의 이 차이에 따라 완성된 직물의 최종 상태에도 그에 상응하는 차이가 생긴다. 이 야만인의 막대기는 그렇게 날실과 씨실의 마지막 형태를 만들어간다. 이 느긋하고 무심한 막대기는 우연인 것이다. 아아, 우연과 자유의지와 필연—이들이 결코 조화를 이룰 수 없는 것은 아니다—그것들은 모두 뒤섞여 함께 일한다. 궁극적인 진로에서 벗어나지 않는 필연의 곧은 날실—왔다 갔다 하는 모든 진동은 사실 거기에 이바지하고 있을 뿐이다. 자유의지도 역시 주어진 실 사이에서 자신의 북을 자유롭게 놀리고 있다. 우연은 한편으로는 필연이라는 직선 안에서 움직여야 한다는 제약을 받고 측면에서는 자유의지가 그 움직임을 제한하지만, 그래서 필연과 자유의지의 지시를 받지만, 우연도 그 두 가지를 번갈아 지배하면서 사건의 최종 형태를 만드는 중요한 역할을 한다.

그렇게 거적을 짜고 있는 동안 문득 이상한 소리가 들려왔다. 그것은 기다랗게 꼬리를 끄는, 음악이라고 하기에는 거칠고 이 세상의 것 같지 않은 소리였다. 나는 흠칫 놀라 자유의지의 공을 손에서 떨어뜨리고 벌떡 일어나, 그 소리가 날개처럼 내려오고 있는 구름을 쳐다보았다. 높은 돛대의 활대에는 그 미치광이 같은 게이헤드 출신의 태시테고가 올라가 있었다. 그는 애타게 몸을 앞으로 내밀고, 손도 지휘봉처럼 앞으로 쑥 내밀고는 짧은 간격을 두고 연방 소리를 질러대고 있었다. 그 순간 하늘 높이 솟은 수백 개의 포경선 망루에서 똑같은 외침소리가 바다 전체에 울려 퍼지고 있었을 테지만, 그 귀에 익은 외침소리를 인디언 태시테고만큼 놀라운 가락으로 끌어낼 수 있는 허파를 가진 사람은 거의 없었다.

머리 위 공중에 반쯤 매달린 채 흥분과 열정에 불타는 눈으로 열심히 수평선을 바라보고 있는 그를 보았다면, 그가 '운명'의 그림자를 보고 그 격렬한 외침소리로 운명의 그림자가 다가오는 것을 알려주는 예언자나 점쟁이라고 생각했을 것이다.

"물보라다! 저기! 저기! 저기! 고래가 물을 뿜고 있다!"

"어느 쪽이야?"

"바람이 불어가는 쪽! 3킬로미터 앞! 큰 무리다!"

배에는 당장 대소동이 벌어졌다.

향유고래는 시계의 똑딱 소리처럼 규칙적으로 어김없이 물을 내뿜는다. 그것을 보고 포경꾼들은 이 고래를 다른 물고기와 구별한다.

"꼬리가 가라앉고 있다!" 태시테고가 외쳤다.

고래 무리는 사라지고 말았다.

"이봐, 급사!" 에이해브가 외쳤다. "시간! 시간을!"

'찐만두' 꼬마는 급히 아래로 내려가서 시계를 보고 에이해브에게 정확한 시각을 보고했다.

이제 배는 바람을 등지고 가볍게 흔들리며 나아갔다. 고래가 바람이 불어오는 쪽을 향해 잠수했다고 태시테고가 보고했기 때문에 곧 배의 전방에서 다시 볼 수 있을 거라고 우리는 확신했다. 향유고래란 놈은 이따금 속임수를 쓰기도 한다. 어떤 방향으로 가라앉았다가 물속에 숨어 있는 동안 갑자기 방향을 바꾸어 정반대 방향으로 재빨리 헤엄쳐 사라지는 것인데, 지금은 이런 속임수를 쓰고 있을 리가 없었다. 태시테고가 목격한 고래는 전혀 놀란 것 같지 않았고, 우리가 가까이 있는 것을 알아차린 것 같지도 않았기 때문이다. 이때쯤에는 배지기 하나가 이미 태시테고와 교대하여 주돛대 망루에 올라가 있었다. 앞돛대와 뒷돛대의 망꾼들도 모두 내려왔다. 밧줄통은 제자리에 고정되고, 기중기는 내밀어지고, 주돛대의 활대는 당겨지고, 세 척의 보트는 높은 벼랑에 매달린 세 개의 바구니처럼 바다 위에서 흔들거리고 있었다. 빨리 보트에 타고 싶어 안달이 난 선원들은 뱃전 밖으로 몸을 내민 채, 한 손으로는 난간을 붙잡고 한 발은 초조한 듯 뱃전 위에 올려놓고 있었다. 그래서 그들은 적함에 뛰어들려고 길게 늘어선 전사들처럼 보였다.

그런데 이 결정적인 순간 갑작스러운 외침소리가 모든 선원의 눈을 고래로부터 빼앗았다. 선원들은 모두 놀란 눈으로 음울한 얼굴의 에이해브를 바라보았다. 에이해브는 허공에서 방금 만들어진 듯한 다섯 개의 시커먼 유령에 둘러싸여 있었다.

{　　제 48 장　　}

최초의 추적

유령처럼 보이는 그들은 저쪽 갑판을 활기차게 돌아다니며 소리도 없이 재빠르게 그곳에 매달려 있는 보트의 도르래와 밧줄을 풀고 있었다. 이 보트는 우현 후미에 매달려 있기 때문에 원칙적으로는 선장용 보트라고 불리지만, 사람들은 이것을 예비 보트로 생각했다. 지금 그 예비 보트의 뱃머리에는 키가 크고 시커먼 사내가 서 있었다. 그는 강철 같은 입술 사이로 하얀 뻐드렁니 하나가 불쾌하게 삐죽 튀어나와 있고, 검은색 무명으로 지은 중국식 상의와 헐렁한 바지를 상복처럼 입고 있었다. 그런데 이 시커먼 모습 위에 기묘하게 얹혀 있는 것은 하얗게 반짝이는 주름진 터번, 아니 쫑쫑 땋아서 머리 위에 똘똘 감아놓은 살아 있는 머리칼이었다. 다른 사람들은 이 사내보다는 덜 거무스름하고, 필리핀 원주민 특유의 누런 피부색이었다. 그들은 교활하고 극악무도한 짓으로 악명 높은 인종이었고, 정직한 백인 선원들 중에는 그들이 악마에게 고용되어 악마의 바다에서 첩자로 일하고 그들의 주인인 악마는 어딘가 다른 곳에 본부를 두고 있다고 생각하는 사람도 있었다.

선원들이 이 낯선 자들을 놀란 눈으로 바라보고 있을 때, 에이해브가 그들의 우두머리인 흰 터번을 쓴 늙은이에게 소리쳤다.

"준비는 되었나, 페달라?"

"물론이오." 늙은이는 반쯤 쉰 목소리로 대답했다.

"그럼, 보트를 내려라. 알겠나!" 에이해브가 갑판 너머에서 외쳤다. "보트를 내리라니까. 빨리!"

그의 목소리가 우레 같았기 때문에 선원들은 깜짝 놀라서 일제히 난간을 뛰어넘었다. 도르래 속에서 활차가 빙글빙글 돌아갔다. 세 척의 보트는 옆으로 흔들거리면서 바다에 내려졌다. 선원들은 다른 직업에서는 찾아볼 수 없는 민첩하고 대담한 동작으로 뒤뚱거리는 뱃전에서 물결에 흔들리고 있는 보트를 향해 염소처럼 뛰어내렸다.

그들이 본선의 바람을 받지 않는 쪽에서 빠져나오자마자, 네 번째 보트가 바람이 불어오는 쪽에서 나와 본선의 고물을 돌아서 나타났는데, 거기에는 에이해브와 다섯 명의 낯선 노잡이 사내가 타고 있었다. 에이해브는 고물 쪽에 꼿꼿이 서서 스타벅과 스터브와 플래스크에게 보트의 간격을 벌려서 담당 수역을 넓히라고 큰 소리로 외쳤다. 그러나 다른 보트에 탄 선원들의 눈길은 또다시 시커먼 페달라와 그의 패거리에 못 박혀버려서, 아무도 선장의 명령에 따르지 않았다.

"선장님." 스타벅이 불렀다.

"간격을 벌려라. 네 척 모두 힘껏 노를 저어라. 이봐 플래스크, 바람 불어가는 쪽으로 더 나가." 에이해브가 외쳤다.

"예, 알았습니다, 선장님." 왕대공은 커다란 키잡이 노를 휘두르면서 쾌활하게 외쳤다. 그러고는 부하들에게 말했다. "힘내! 저기, 저기 있다! 바로 저 앞에서 고래가 물을 내뿜고 있다. 힘껏 저어라! 아치, 저기 있는 누렁이들한테는 신경 쓰지 마라."

"신경 쓰지 않아요." 아치가 대꾸했다. "나는 벌써 다 알고 있었는걸요. 저놈들이 선창에서 소곤거리는 걸 들었다고요. 여기 있는 카바코한테도 말해주었는걸요. 안 그래, 카바코? 저놈들은 밀항자예요, 플래스크 씨."

"저어라, 저어, 내 사랑하는 부하들아. 힘차게 저어라, 내 새끼들아. 노를 저어라, 내 귀여운 것들아!" 스터브는 부하 노잡이들 가운데 아직도 불안한 기색을 보이고 있는 선원들을 달래려는 듯 길게 한숨을 내쉬었다. "왜 다들 등뼈가 휘도록 노를 젓지 않나? 뭘 멍하니 쳐다보고 있어? 저 보트에 있는 놈들인가? 쳇! 우리를 도우려고 다섯 놈이 더 온 것뿐이야. 어디서 왔든 상관없어. 많을수록 좋지. 저어라, 어서 저어. 지옥 불도 겁낼 것 없어. 악마들은 아주 좋은 녀석들이야. 그래, 그래, 좋아. 바로 그게 천 냥짜리 노젓기다. 내깃돈을 몽땅 쓸어버릴 솜씨야. 향유고래기름을 가득 담은 금잔 만세! 나의 영웅들아, 만세삼창을 하자. 만세, 만세, 만세! 모두 기운이 넘치는구나. 침착해라, 침착해. 덤비지 마라. 서두르지 마라. 왜 노를 힘껏 당기지 않나, 이 나쁜 놈들아, 뭐든지 물어뜯어라, 개 같은 놈들아! 그래, 그래. 부드럽게, 부드럽게. 바로 그거야! 잘했어! 길고 힘차게. 거기, 힘껏 저어, 저으라고! 악마가 물어갈 놈들! 거지발싸개 같은 놈들! 모두 졸고 있군. 코를 골지 말고 노를 저어! 이 잠보 녀석들아, 저으라니까.

알았어? 못 젓는 거야? 젓지 않을 거야? 도대체 왜 안 젓는 거야? 등뼈가 부러질 때까지 저으란 말이다. 눈알이 튀어나오도록 저어라!" 그는 허리띠에서 날카로운 단검을 쑥 뽑아 들었다. "자, 다들 단검을 빼서 입에 물고 저어라. 칼날을 이빨로 물고 저어. 바로 그거야! 좋았어! 이제야 뭔가를 하고 있군. 그렇게 보인다, 내 강철 조각들아, 보트를 움직여라, 움직여, 내 은수저들아! 자, 배를 움직여라, 쇠못바늘들아."

스터브가 선원들에게 던진 격려사를 여기에 소개한 이유는 그가 선원들에게 말하는 투가 대체로 독특하고, 특히 노 젓기의 정신을 그들에게 심어주기 때문이다. 그러나 여러분은 이 설교를 읽고 나서 그가 신자들에게 야단을 치고 있다고 생각해서는 안 된다. 전혀 그렇지 않다. 바로 거기에 그의 독특한 점이 있다. 부하들에게 무시무시한 말을 하는데도 그 말투에는 익살과 노여움이 묘하게 뒤섞여 있고, 그 노여움은 단지 익살에 양념을 친 것처럼 여겨져서 어떤 노잡이도 그런 설교를 들으면 죽을힘을 다해 노를 젓지 않을 수 없지만 노를 젓는 일이 단순한 장난처럼 쉽게 느껴지는 것이다. 게다가 스터브는 그동안 줄곧 느긋하고 나태해 보였고, 여유만만하게 키잡이 노를 움직였고, 때로는 입을 크게 벌리고 하품까지 했기 때문에, 그렇게 하품하는 지휘자를 보기만 해도 다른 지휘자들과 너무 대조가 되어 그것이 선원들에게 마법 같은 힘을 발휘했다. 게다가 스터브는 기묘한 익살꾼으로, 그의 쾌활한 태도는 이따금 기묘하게 이중적이어서 부하들은 그의 명령에 따라야 할지 어떨지 몰라 긴장할 정도였다.

지금 스타벅은 에이해브가 보낸 신호에 따라 스터브의 보트 뱃머리 앞을 비스듬히 가로지르고 있었는데 1, 2분 동안 두 보트가 아주 가까운 거리에 있을 때 스터브가 일등항해사에게 소리를 질렀다.

"스타벅 씨! 거기 좌현 보트. 괜찮다면 잠깐 이야기를 나누고 싶은데요."

"좋지." 스타벅은 조금도 고개를 돌리지 않고 대답하면서, 여전히 진지하지만 속삭이는 듯한 목소리로 부하들을 독려하고 있었다. 그의 얼굴은 스터브와는 달리 부싯돌처럼 단단해 보였다.

"저 누렁이 놈들을 어떻게 생각하세요?"

"출항하기 전에 몰래 태운 모양이야. (힘껏 저어라, 저어, 이놈들아!)" 스터벅은 부하들에게 작은 소리로 속삭이고 나서 다시 큰 소리로 말을 이었다. "그냥 내버려둬! (거품이 일게 저어라, 저어!) 어떻게 되겠지. 되도록 좋게 생각하라고. 무슨 일이 일어나도 부하들이 모두 힘껏 노를 젓게 해. (힘을 내라, 힘을!) 저 앞에 큰 향유고래 무리가 있잖아. 자네는 바로 그걸 잡으러 온 거고. (저어라, 힘껏 저어!) 향유고래가 목표란 말일세! 이건 적어도 우리 의무야. 의무와 이익이 서로 손잡은 거지."

"그래, 맞아. 나도 그렇게 생각했어." 두 보트가 서로 떨어지자 스터브는 혼잣말로 중얼거렸다. "놈들을 처음 보는 순간 그런 생각을 했었지. 그래, 선장이 뒤쪽 선창에 자주 들어간 건 바로 그 때문이었군. 너무 자주 들어가서 찐만두 녀석이 오래전부터 수상쩍게 여길 정도였지. 놈들은 거기에 숨어 있었어. 이 일의 밑바닥에는 흰 고래가 있어. 흰 고래가 진짜 원인이야. 그렇다면 어쩔 수 없지! 좋아! 힘껏 저어라! 오늘 목표는 흰 고래가 아니다! 힘껏 저어라!"

본선 갑판에서 보트를 내리는 그 중차대한 순간에 이들 기이한 이방인들이 나타난 것이 일부 선원들에게 일종의 미신적인 놀라움을 불러일으킨 것은 결코 무리가 아니었다. 하지만 아치가 눈치챈 것이 얼마 전부터 선원들 사이에 널리 퍼져 있었기 때문에, 그때는 아무도 아치의 말을 믿지 않았지만 어느 정도는 그런 사태에 마음의 준비가 되어 있었다. 그래서 선원들의 놀라움은 다소 무뎌졌고, 스터브가 설득력 있게 그들의 출현을 설명했기 때문에, 당분간은 다들 미신적인 추측을 떨쳐버릴 수 있었다. 하지만 에이해브가 처음부터 이 문제에서 정확히 어떤 작용을 했는지에 대해 온갖 억측을 할 여지는 아직 충분히 남아 있었다. 나는 낸터킷에서 어두컴컴한 새벽에 '피쿼드'호로 몰래 들어간 그 수상쩍은 그림자들을 조용히 회상하고, 정체 모를 일라이저가 던진 수수께끼 같은 암시를 머리에 떠올렸다.

한편 에이해브는 항해사들의 소리가 들리지 않는 바람받이 쪽에서 가장 먼 곳을 달리고 있었는데, 아직도 다른 보트들보다 훨씬 앞서 있었다. 이것은 그가 탄 보트의 노잡이들이 얼마나 유능한지를 말해주는 상황이었다. 누런 피부를 가진 자들은 온몸이 강철과 고래뼈로 되어 있는 것 같았다. 그들은 마치 다섯 개의 쇠망치처럼 규칙적으로 오르내리며 힘차게 노를 저었고, 그에 따라 보트는 미시시피강을 오르내리는 증기선에서 수평으로 튀어나온 보일러처럼 물결을 헤치면서 쑥쑥 돌진해나갔다. 작살잡이 노를 젓고 있는 페달라는 검은 윗도리를 벗어 던지고, 벌거벗은 가슴과 몸통을 뱃전 위로 드러낸 채 수평선을 배경으로 선명하게 그 자태를 과시하고 있었다. 한편 보트의 반대편 끝에서는 에이해브가 비틀거리는 몸의 균형을 잡으려는 듯 한쪽 팔을 검술가처럼 뒤쪽 허공으로 내던지고 있었다. 에이해브는 흰 고래에게 다치기 전에 수천 번이나 보트를 내려 추격했을 때처럼 꾸준히 키잡이 노를 움직이고 있었다. 그가 갑자기 팔을 뻗어 독특한 동작을 한 뒤 그대로 멈추자 그의 보트에 있는 다섯 개의 노가 동시에 수직으로 세워지는 것이 보였다. 보트와 선원들은 바다 위에 꼼짝도 않고 앉아 있었다. 뒤에서 간격을 벌린 채 쫓아오던 세 척의 보트도 당장 멈춰 섰다. 고래들이 흩어져 푸른 물속으로 들어가버렸기 때문에 멀리서는 그들의 움직임을 분간할 수 없었지만, 고래 무리와의 거리가 좀 더 가까웠던 에이해브는 그것을 볼 수 있었다.

"모두 각자 노가 가리키는 방향을 경계해라!" 스타벅이 외쳤다. "퀴퀘그, 일어서!"

뱃머리의 삼각대 위로 날렵하게 뛰어오른 야만인은 거기에 똑바로 서서, 고래가 마지막으로 발견된 지점을 열심히 바라보았다. 한편 스타벅도 보트의 고물 끝에 뱃전과 같은 높이로 만들어진 삼각대 위에 올라서서, 보트가 파도에 마구 흔들리는데도 침착하고 능숙하게 균형을 잡으며 바다의 거대한 푸른 눈을 말없이 바라보고 있었다.

플래스크의 보트도 그리 멀지 않은 곳에 숨을 죽이고 가만히 떠 있었다. 그 보트의 지휘자는 무모하게도 고물 바닥에서 50센티미터쯤 올라와 있는 밧줄 기둥 위에 올라서 있었다. 용골에 박혀 있는 그 튼튼한 기둥은 고래에 걸린 밧줄을 감는 데 쓰인다. 기둥 끝의 면적은 사람 손바닥만 하다. 그 위에 올라서 있는 플래스크는 마치 배가 침몰한 뒤 수면 위에 조금 남아 있는 돛대 망루에 올라서 있는 것 같았다. 그러나 이 왕대공은 비록 몸집은 작지만 크고 높은 야심으로 가득 차 있었기 때문에, 밧줄 기둥 꼭대기에서 보는 것만으로는 만족할 수 없었다.

"파도가 높아서 코앞도 안 보여! 노를 기울여줘. 그 위에 올라탈 테니."

이 말을 들은 대구는 두 손으로 번갈아 뱃전을 잡으면서 재빨리 고물로 가더니 몸을 일으키며 제 어깨를 발판으로 삼으라고 자원했다.

"자, 올라타세요. 어느 돛대보다 나을 겁니다."

"그래, 정말 고맙군. 그런데 자네 키가 10미터만 더 컸다면 오죽이나 좋을까."

그러자 이 거대한 검둥이는 두 발을 보트의 양쪽 뱃전에 단단히 고정시키고는 몸을 약간 앞으로 숙이고 넓적한 손바닥을 플래스크의 발 앞에 내밀었다. 그런 다음 플래스크의 손을 깃털로 장식한 제 머리 위에 올려놓고, 자기가 공중으로 던져 올릴 테니 훌쩍 뛰어오르라고 말했다. 그리고 작달막한 플래스크를 던져 올려서 제 어깨 위에 단번에 솜씨 좋게 올려놓았다. 이제 플래스크는 대구의 어깨 위에 서 있었고, 대구는 팔 하나를 들어 올렸다. 플래스크는 대구의 그 팔을 가슴띠로 삼아서 거기에 몸을 기대어 안정시켰다.

심술궂게 날뛰는 바다에서 보트가 요동을 칠 때도 포경 선원들이 습성처럼 몸에 배어 있는 무의식적인 기술로 보트 안에서 꼿꼿이 선 자세를 유지하는 것은 풋내기들의 눈에는 언제나 놀라운 광경이 아닐 수 없다. 그런 상황에서 밧줄 기둥 위에 올라서 있는 아찔한 광경은 더욱 기묘하다. 하지만 작달막한 플래스크가 거대한 대구의 어깨 위에 올라탄 광경은 훨씬 더 기묘했다. 그 고귀한 검둥이는 냉정하고 무관심하고 느긋하고 뜻밖에 원시적인 당당한 태도로 균형을 유지하면서, 파도가 굽이칠 때마다 거기에 맞춰 그 멋진 몸을 움직이고 있었다. 대구의 넓은 어깨에 올라탄 아맛빛 머리털의 플래스크는 가벼운 눈송이처럼 보였고, 올라탄 사람보다 그를 떠받치고 있는 사람이 더 고귀해 보였다. 하지만 정말로 생기가 넘치고 시끄럽고 허세를 부리는 땅딸보 플래스크는 이따금 초조하게 발을 구르곤 했다. 그래도 검둥이의 당당한 가슴은 끄떡도 하지 않았다. '열정'과 '허영'이 살아 있는 고결한 지구를 아무리 발로 짓밟아도, 그 때문에 지구가 조류의 방향과 시기를 바꾸지 않는 것처럼.

한편 이등항해사 스터브는 먼 곳을 보려는 그런 갈망을 전혀 드러내지 않았다. 고래들은 단지 놀라서 일시적으로 잠수한 것이 아니라 일상적인 잠수를 시작했는지도 모를 일이고, 그렇다면 그런 경우에 늘 하는 버릇대로 담배를 피우면서 지루함을 달래기로 작정한 것 같았다. 스터브는 모자 테에 깃털 장식처럼 비스듬히 끼워둔 파이프를 빼내어 담배를 재고 엄지손가락 끝으로 꾹꾹 눌렀다. 하지만 그가 사포처럼 거친 손바닥에 성냥을 그어 불을 붙이자마자, 두 눈을 두 개의 항성처럼 바람 불어오는 쪽으로 향하고 있던 작살잡이 태시테고가 똑바로 선 자세에서 갑자기 전광석화처럼 자리에 주저앉으며 다급한 목소리로 미친 듯이 외쳤다.

"앉아! 모두 앉아! 노를 저어라! 놈들이 저기 있다!"

육지에서 자라난 풋내기에게는 그 순간 고래는커녕 청어 한 마리도 눈에 띄지 않았을 것이다. 청백색으로 부글거리는 바다와 그 위에 얇게 흩어진 채 떠돌다가, 하얗게 굽이치는 파도에서 휙 날아가는 구름처럼 바람 불어가는 쪽으로 몰려가는 증기밖에는 보이지 않았을 것이다. 주위의 공기가 마치 빨갛게 달아오른 철판 위의 공기처럼 갑자기 떨었다. 이 대기의 파동과 소용돌이 아래, 그리고 부분적으로는 수면 바로 아래에서 고래떼가 헤엄치고 있었다. 그들이 뿜어대는 수증기는 다른 여러 가지 현상보다 먼저 드러나는 징후로서 선발대나 별동대 같은 역할을 하고 있었다.

이제 네 척의 보트는 물과 공기가 거칠게 요동치고 있는 그 한 점을 맹렬히 추격했다. 하지만 그 한 점은 보트 네 척을 쉽게 따돌릴 수 있을 것 같았다. 그것은 언덕에서 쏟아져 내려오는 급류에 실린 거품 덩어리처럼 날듯이 사라져가기 때문이다.

"저어라, 저어." 스타벅은 최대한 낮은 소리로, 하지만 극도로 정신을 집중하여 부하들에게 속삭였다. 그러면서 날카로운 눈으로 뱃머리 쪽을 뚫어지게 응시했다. 그의 두 눈은 두 개의 정확한 나침반 속에서 움직이는 두 개의 바늘 같았다. 하지만 그는 부하들에게 별로 말을 하지 않았고, 부하들도 입을 다물고 있었다. 때로는 명령조로 엄하게, 때로는 간청하듯 부드럽게 속삭이는 스타벅 특유의 목소리만이 이따금 보트의 침묵을 깜짝 놀랄 만큼 꿰뚫을 뿐이었다.

시끄러운 왕대공은 전혀 달랐다.

"큰 소리로 외치고, 뭐라고 말 좀 해봐. 시끄럽게 떠들면서 노를 저어. 나를 저 새까만 고래의 등에 올려줘. 나를 고래등에 태워달란 말이다. 그렇게만 해주면 비니어드에 있는 농장을 넘겨주겠다. 마누라랑 애들까지 함께. 자, 나를 고래등에 올려줘! 아아, 정말 미치겠군. 저것 봐! 저 하얀 물을 좀 보라고!" 그는 이렇게 외치면서 모자를 벗어 발로 짓밟았다. 그런 다음 모자를 집어 들어 바다로 멀리 던져버렸다. 그리고 마지막에는 초원에서 뛰쳐나온 미친 망아지처럼 벌떡 일어나 보트 고물에 쑤셔 박혔다.

"저 녀석 좀 보게나." 조금 거리를 두고 따라오는 보트 안에서 스터브는 불도 붙이지 않은 짧은 파이프를 이빨로 자근자근 씹으면서 철학적으로 느릿느릿 중얼거렸다. "발작을 일으켰군. 저 플래스크란 놈, 또 발작했어. 그래, 녀석을 납작하게 때려눕혀. 바로 그거야. 주먹을 던져. 즐겁게, 즐겁게, 저녁식사는 푸딩이다. 자, 신나게 저어라, 아가들아. 저어라, 젖먹이들아. 저어라, 풋내기들아. 하지만 도대체 뭘 그렇게 서두르는 거냐? 조용히 조용히, 꾸준히 저어라. 하지만 힘껏 저어라. 꾸준히 계속 저어. 그것뿐이야. 등뼈가 부러지도록, 입에 문 칼이 동강 나도록 저어라. 그것뿐이야. 서두르지 말고 침착하게. 왜 그렇게 서두르나. 그러다가는 간이고 허파고 모두 다 터져버릴 거야."

그런데 그 수수께끼 같은 에이해브가 누런 피부색의 부하들에게 뭐라고 말했는지는 여기서 생략하는 게 좋겠다. 여러분은 복음이 전파된 나라의 축복받은 빛 속에서 살고 있기 때문이다. 에이해브가 회오리 몰아치는 이마와 살기 띤 붉은 눈, 게거품을 문 입으로 사냥감을 쫓아가면서 하는 말에 귀를 기울일 동물이 있다면, 그것은 거친 바다의 이단자 상어뿐일 것이다.

그동안에도 네 척의 보트는 맹렬한 기세로 달리고 있었다. 플래스크는 가상의 괴물이 자기 보트의 뱃머리를 꼬리로 끊임없이 괴롭히고 있다고 단언하면서 "저놈의 고래가!"를 몇 번이고 외쳤다. 그 말은 이따금 너무 실감 나고 박진감이 넘쳐서, 그의 부하들 가운데 한두 명은 겁먹은 눈으로 뒤를 돌아볼 정도였다. 하지만 이것은 규칙에 어긋난 행동이었다. 노잡이들이 노를 저을 때는 눈을 감고 목에 꼬챙이를 쑤셔 넣은 것처럼 꼿꼿이 세워야 하고, 이렇게 중대한 순간에는 신체기관 중에서 귀와 팔만 살려두어야 하는 것이 전통이기 때문이다.

그것은 놀라움과 두려움으로 가득 찬 광경이었다. 전능한 바다의 거대한 파도가 끝없는 잔디밭에서 굴러가는 거대한 공처럼 여덟 개의 뱃전을 따라 굴러갈 때 내는 공허한 굉음, 보트를 두 동강으로 쪼개버릴 것처럼 날카로운 파도의 칼날 같은 물마루 위에 잠깐 올라선 순간 잠시 유예

된 보트의 고통, 다음 순간 갑자기 파도 사이의 골짜기로 곤두박질치는 급강하, 맞은편 물마루로 올라가기 위한 격렬한 다그침과 부추김, 건너편 비탈을 썰매처럼 미끄러져 내려가는 보트, 보트장과 작살잡이들의 외침, 노잡이들이 몸을 부들부들 떨면서 헐떡이는 소리, 비명을 지르며 달아나는 새끼들을 쫓아가는 성난 암탉처럼 상앗빛 '피쿼드'호가 돛을 활짝 펴고 네 척의 보트에 바싹 다가가는 광경 — 이 모든 것이 한마디로 전율을 불러일으키는 광경이었다. 아내의 품을 떠나 첫 전투의 열기 속에 뛰어든 신병도, 저세상에서 처음으로 미지의 유령을 만난 망자의 영혼도, 쫓기는 향유고래가 만들어낸 그 거품 이는 파도 속으로 난생처음 노를 저어 들어가고 있는 사나이만큼 강렬하고 야릇한 감정을 느끼지는 못할 것이다.

음산한 회갈색 구름이 바다에 던진 그림자가 점점 더 어두워졌기 때문에, 이제는 쫓기는 고래 떼가 만들어낸 하얀 파도가 더욱 뚜렷해지고 있었다. 솟아오르는 수증기는 이제 서로 뒤섞이지 않고, 어디에서나 좌우로 기울어졌다. 고래들은 흩어져서 제각기 다른 방향으로 달아나고 있는 것 같았다. 보트들도 더욱 사이를 벌렸다. 스타벅은 바람 불어가는 쪽으로 필사적으로 도망치는 세 마리 고래를 쫓아가고 있었다. 우리 배는 이제 돛을 올렸고, 바람이 점점 강해지고 있었기 때문에, 우리는 힘차게 돌진했다. 보트는 물결을 가르며 미친 듯이 달렸기 때문에, 바람 불어가는 쪽의 노는 조금만 늦게 저어도 노받이에서 떨어져 나갈 것 같았다.

얼마 후 우리는 넓게 퍼진 안개의 베일 속을 달리고 있었다. 본선도 보트들도 보이지 않았다.

"힘차게 저어라." 스타벅이 돛줄을 고물 쪽으로 잡아당기면서 속삭였다. "돌풍이 닥치기 전에 한 마리쯤은 죽일 시간이 있다. 저기 또 하얀 물보라다. 돌격이다! 돌격!"

곧이어 우리 양쪽에서 연달아 들려온 외침소리는 다른 보트들도 속력을 냈다는 것을 알려주었다. 그러나 그 소리를 듣자마자 스타벅이 번개처럼 빠르게 속삭였다. "일어서!" 그러자 작살을 꼬나들고 있던 퀴퀘그가 벌떡 일어섰다.

그때 노잡이들은 아직 아무도 사활이 걸린 위험에 직면해 있지는 않았지만, 고물에 있는 항해사의 긴장한 표정을 보고는 긴박한 순간이 왔음을 알았다. 그들은 코끼리 쉰 마리가 잠자리에서 일어나려고 버둥거리고 있는 듯한 굉음도 들었다. 그러는 동안에도 보트는 여전히 안개를 뚫고 달리고 있었고, 파도는 성난 뱀들이 목을 빳빳이 세운 것처럼 우리를 둘러싼 채 쉿쉿 소리를 내고 있었다.

"저기 혹이 있다. 저기, 저기야. 한 방 먹여라." 스타벅이 속삭였다.

휙 하는 소리가 보트에서 뛰쳐나갔다. 그것은 퀴퀘그가 던진 작살이었다. 그러자 모든 것이 하나로 합쳐진 혼란 속에서 눈에 보이지 않는 힘이 보트를 뒤에서 떠밀었다. 앞으로 밀려난 보트는 암초에 부딪힌 것 같았다. 돛은 고꾸라지면서 산산조각이 났고, 데일 만큼 뜨거운 수증기 한 줄기가 보트 바로 옆에서 솟구쳐 올랐다. 보트 밑에서 무언가가 지진처럼 출렁거리고 뒹굴었다. 선원들은 하얀 크림처럼 엉겨 붙은 바다에 내던져져 반쯤 질식한 상태에 빠졌다. 질풍과 고래와 작살이 모두 한데 뒤섞였다. 그리고 고래는 스쳐 지나간 작살에 긁힌 상처만 입은 채 도망쳐버리고 말았다.

보트는 완전히 물에 잠겼지만 그래도 말짱했다. 우리는 보트 주위를 헤엄쳐 다니면서 물에 떠 있는 노를 주워 모아 뱃전에 묶어놓고 다시 우리 자리로 굴러 들어갔다. 우리는 무릎까지 물에 잠긴 채 앉아 있었다. 보트의 늑재와 판재가 모두 물에 잠겨 있었기 때문에, 아래를 내려다보면 물에 잠긴 채 떠 있는 보트는 바다 밑바닥에서 우리가 있는 곳까지 자라난 산호초처럼 보였다.

바람은 더욱 거세게 윙윙거렸고, 파도는 서로 방패를 부딪쳤다. 으르렁거리는 질풍은 여러 갈래로 갈라져, 대초원의 하얀 들불처럼 우리 주위에서 딱딱 소리를 냈다. 우리는 그 들불 속에서 불타고 있으면서도 소멸하지 않고, 죽음의 아가리 속에 있으면서도 죽지 않았다! 다른 보트를 소리쳐 불렀지만 아무 소용이 없었다. 그 폭풍우 속에서 다른 보트를 소리쳐 부르는 것은 활활 타오르고 있는 용광로 굴뚝에 고개를 들이밀고 밑에서 활활 타고 있는 석탄을 향해 소리를 지르는 것과 다름없었다. 그러는 동안 바람에 날려가는 구름과 안개는 밤의 어둠이 다가오면서 점점 짙어져, 이제 본선의 흔적조차 분간할 수 없게 되었다. 파도는 점점 높아지고 있어서 물을 퍼내려 해봐야 소용없는 일이었다. 노는 배를 움직이는 추진력으로는 아무 쓸모가 없었고, 이제 구멍 널판 역할이나 할 수 있는 정도였다. 그래서 스타벅은 성냥을 넣어둔 방수통의 끈을 자르고 몇 번이나 실패를 거듭한 뒤 간신히 초롱에 불을 붙였다. 그리고 그것을 주위에 떠 있는 막대기 끝에 묶어서 퀴퀘그에게 넘겨주어, 그를 이 가냘픈 희망의 기수로 삼았다. 그리하여 퀴퀘그는 그 지독한 절망의 한복판에 그 가냘픈 촛불을 높이 쳐들고 앉아 있었다. 신앙 없는 자의 표시이자 상징인 퀴퀘그가 절망의 한복판에서 어쩔 수 없이 희망을 치켜들고 앉아 있었던 것이다.

온몸이 흠뻑 젖어 있었다. 추워서 온몸이 와들와들 떨렸다. 이제는 본선이나 다른 보트를 발견할 희망조차 없었다. 새벽이 다가오자 우리는 눈을 들어 하늘을 쳐다보았다. 안개는 여전히 수면 위에 퍼져 있었고, 텅 빈 초롱은 보트 바닥에 찌그러진 채 놓여 있었다. 그때 갑자기 퀴퀘그가 벌떡 일어나더니 오므린 손을 귀에 갖다 댔다. 우리 귀에도 그때까지 폭풍 때문에 들리지 않던 밧줄과 활대가 삐걱거리는 소리가 희미하게나마 들려왔다. 그 소리는 점점 가까워지고 있었다. 거대하고 어렴풋한 형체가 짙은 안개를 가르며 희미하게 떠올랐다. 마침내 본선이 시야에 들어왔을 때 우리는 모두 깜짝 놀라 바다로 뛰어들었다. 그때 이미 본선은 그 선체의 길이만큼도 안 되는 거리에서 우리를 향해 곧장 다가오고 있었기 때문이다.

우리는 파도 위에 떠서 버려진 보트를 바라보았다. 보트는 폭포 밑에서 뒹구는 나무토막처럼 잠시 본선 뱃머리 밑에서 뒤흔들리더니, 거대한 선체가 그 위를 지나가자 한동안 시야에서 사라졌다가 이윽고 고물 쪽에서 뒹굴면서 떠올랐다. 우리는 다시 보트를 향해 헤엄쳐갔고, 파도에 휩쓸려 보트에 부딪히기도 했지만 마침내 구조되어 본선에 무사히 올라탔다. 다른 보트들은 질풍이 닥치기 전에 고래를 놓아주고 제때에 본선으로 돌아왔다는 것이다. 본선에서는 우리를 포기했지만, 그래도 혹시 우리가 죽은 흔적들, 노나 작살자루 같은 것이라도 찾을 수 없을까 해서 그 일대를 돌아다녔다고 한다.

{   제 49 장   }

하이에나

우리가 인생이라고 부르는 이 기묘하게도 뒤죽박죽 엉켜버린 사태에는 우주 전체가 어마어마한 규모의 농담으로 여겨지는 야릇한 순간들이 있다. 하지만 어떤 인간은 그 농담의 의미를 잘 이해하지 못하고, 그 농담이 다름 아닌 자신을 웃음거리로 삼고 있는 게 아닐까 하고 의심한다. 그래도 그는 전혀 의기소침하지 않을뿐더러, 논쟁할 가치가 있는 일은 아무것도 없는 것인 양 여긴다. 모든 사건, 모든 신조와 믿음과 신념, 눈으로 볼 수 있거나 볼 수 없는 온갖 어려운 일들이 아무리 울퉁불퉁한 혹투성이라도 상관하지 않고 꿀꺽 삼켜버리는 것이다. 강력한 소화력을 가진 타조가 총알이건 부싯돌이건 통째로 삼켜버리는 것과 마찬가지다. 그리고 사소한 고생과 걱정, 돌발적인 재난의 예상, 목숨이나 팔다리를 잃을 위험만이 아니라 죽음 자체도 그에게는 눈에 보이지 않는 익살꾼에게 장난처럼 얻어맞았거나 옆구리를 쥐어박힌 정도로밖에 느껴지지 않는다. 내가 말하고 있는 그 기묘한 변덕은 사람이 극도의 시련을 겪고 있는 순간에만 찾아온다. 그가 가장 진지한 순간에만 찾아오기 때문에, 조금 전만 하더라도 가장 중대한 일처럼 여겨지던 것이 지금은 통상적인 농담의 일부로밖에 느껴지지 않는 것이다. 이 자유롭고 평이한 철학을 낳기에 알맞은 것으로는 위험이 따르는 고래잡이만 한 것이 없다. 따라서 나도 그 철학을 가지고 '피쿼드'호의 항해와 그 목표인 흰 고래를 지켜보려고 한다.

"퀴퀘그!" 동료들이 마지막으로 나를 갑판에 끌어 올렸을 때, 나는 물을 털어내려고 재킷을 입은 채 몸을 흔들면서 퀴퀘그에게 물었다. "퀴퀘그, 이런 일이 자주 일어나나?" 물론 퀴퀘그도 나와 마찬가지로 물에 흠뻑 젖어 있었지만, 별다른 감정을 드러내지 않은 채 자주 일어난다고 대답했다.

"스터브 씨." 이번에는 방수복 단추를 채우고 비를 맞으면서 태연히 파이프를 피우고 있는 신사에게 얼굴을 돌리며 말했다. "스터브 씨, 언젠가 당신이 우리 일등항해사인 스타벅 씨만큼 침착하고 세심한 포경꾼은 만나본 적이 없다고 말하는 것을 들은 것 같은데요. 그렇다면 짙은 안개와 질풍 속에서 돛을 펴고 돌진하다가 달아나는 고래와 정면으로 부딪치는 것이 포경꾼으로서 더없이 침착하고 세심한 짓인가요?"

"물론이지. 나도 혼곶 앞바다에서 강풍이 불고 있을 때 물이 새고 있는 배에서 보트를 내려 고래를 추적한 적이 있다네."

"플래스크 씨." 나는 가까이 서 있는 왕대공에게 고개를 돌리며 말했다. "당신은 이 방면에 경험이 풍부하지만 나는 풋내기니까 한 가지 묻고 싶은 게 있는데, 포경업에서는 죽음이 입을 벌린 곳을 향해, 죽음에 등을 돌린 채 등뼈가 부러지도록 노를 저어가는 게 철칙인가요?"

"말을 그렇게 비비꼬지 않을 수는 없나?" 플래스크가 말했다. "그래, 그게 철칙이야. 하지만 나는 부하들이 고래를 향해 정면으로 나아가는 걸 보고 싶어. 하하! 그렇게 되면 고래가 실눈을 뜨고 선원들과 마주 보게 되

모비 딕

겠지. 생각해봐!"

이리하여 나는 세 사람의 공정한 증인으로부터 사건 전모에 대한 상세한 진술을 들었다. 따라서 바다에서 질풍을 만나 배가 뒤집히고 그 결과 바다에서 노숙하는 일도 이 직업에서는 흔히 일어나는 일이라는 것, 고래에게 다가가는 중대한 순간에는 보트장의 손에 목숨을 맡겨야 한다는 것, 그런데 보트장은 그런 순간에 너무 흥분한 나머지 보트에 구멍이 뚫릴 만큼 미친 듯이 발을 구르는 충동적인 사람인 경우가 많다는 것, 우리 보트에 그런 재난이 일어난 것은 스타벅이 질풍을 무릅쓰고 고래에게 돌진한 탓이라는 것, 그럼에도 불구하고 스타벅은 포경업계에서 침착한 인물로 유명하다는 것, 그런데 나 자신은 이 침착하기로 이름난 스타벅의 보트에 속해 있다는 것, 그리고 마지막으로 나는 흰 고래를 추격하는 지옥 같은 일에 말려들고 말았다는 것—이 모든 것을 종합하여 생각해볼 때 당장 아래로 내려가서 유언장 초안이라도 쓰는 편이 나을 것 같았다. "퀴퀘그!" 나는 그를 불렀다. "같이 가세. 내 변호사 겸 유언 집행인 겸 유산 상속인이 되어주게."

하필이면 뱃사람이 유서나 유언을 어설프게 주물럭거리는 게 이상해 보일지도 모르지만, 이 세상에서 뱃사람만큼 그것을 기분전환으로 즐기는 사람도 없을 것이다. 내가 선원 생활을 시작한 이래 이와 똑같은 일을 한 것은 이번이 네 번째였다. 이번에도 그 의식이 끝나자 나는 마음이 한결 편안해졌고, 가슴에 얹혀 있던 돌멩이가 굴러나간 듯한 기분이었다. 게다가 앞으로 내가 살 나날은 나사로[268]가 부활한 뒤 살았던 나날만큼이나 즐거울 것이다. 앞으로 몇 달이나 몇 주를 항해하게 될지 모르지만, 그 나날들은 완전히 덤으로 얻은 나날이 될 것이다. 나는 이제 수명보다 오래 살아남은 셈이다. 나의 죽음과 매장은 내 가슴속에 깊이 간직되었다. 나는 마음에 걸리는 것 하나 없이 아늑한 가족 납골당 안에 앉아 있는 조

---

268 신약성서 「요한복음」(11장)에 나오는 인물로, 죽은 지 4일 만에 예수가 다시 살아나게 했다.

용한 유령처럼 평온하고 만족스럽게 주위를 둘러보았다.

자, 이제는―하고 나는 무의식적으로 작업복 소매를 걷어 올리며 생각 했다―냉정하고 침착하게 죽음과 파멸의 구렁 속으로 뛰어드는 거야. 그래, 무엇이든 올 테면 와봐라.

{　　제50장　　}

에이해브의 보트와 부하들 그리고 페달라

"누가 그런 생각을 했겠나, 플래스크!" 스터브가 큰 소리로 외쳤다. "내가 외다리라면 의족 끝으로 구멍을 틀어막기 위해서라면 모를까, 그런 이유가 아니라면 절대로 보트에 타지 않을 거야. 정말 대단한 노인네야!"

"나는 그걸 별로 이상하게 생각지 않는데요." 플래스크가 말했다. "노인네의 다리가 엉덩이에서 잘려나갔다면 문제가 다르죠. 그랬다면 완전히 불구가 되는 거지만, 무릎 하나는 어엿이 남아 있고, 나머지 다리도 아직 많이 남아 있으니까요."

"나는 그걸 모르겠어. 그 노인네가 무릎을 꿇는 걸 본 적이 없으니까."

포경선 선장의 생명이 항해의 성공에 얼마나 중요한지를 생각하면, 선장 자신이 위험한 추격에 참여해서 그 중요한 목숨을 위험에 빠뜨리는 것이 과연 옳은 일인지 어떤지는 포경업계의 분별 있는 사람들 사이에 자주 논란거리가 되었다. 일찍이 티무르[269]의 군사들도 왕이 치열한 전투에 참가하여 소중하기 이를 데 없는 목숨을 위험에 빠뜨려야 할 것인지에 대해 눈물을 흘리며 자주 논쟁을 벌였던 것이다.

269　티무르(1336~1405): 중앙아시아 티무르 왕조의 시조. 몽골족의 피를 이어받은 정복자. 젊은 시절 오른쪽 다리를 크게 다치는 바람에 '절름발이 티무르'라고 불렸다. 209번 역주 참조.

그러나 에이해브의 경우에는 이 문제가 좀 다른 양상을 띠었다. 위험할 때는 성한 두 다리를 가진 사람도 비틀거리게 마련이고, 고래를 추격하는 일은 언제나 힘들고 어려워서 실제로 모든 순간이 목숨을 건 순간이다. 이런 상황에서 절름발이 불구자가 포경 보트를 타고 고래를 추격하는 것이 과연 현명한 짓일까. '피쿼드'호의 공동 선주들은 아마 그렇게 생각지 않았을 것이다.

비교적 위험이 적은 추격일 경우 에이해브가 현장 가까이에서 직접 명령을 내리기 위해 포경 보트를 타는 것은 고향의 친구들도 대수롭지 않게 생각하겠지만, 에이해브에게 실제로 보트 한 척을 할당하여 정식 보트장으로서 추격에 참여시키는 것—더욱이 그 보트의 선원으로 다섯 명을 추가로 제공한다는 너그러운 생각이 '피쿼드'호 선주들의 머리에 떠오를 리 없다는 것은 에이해브도 잘 알고 있었다. 그래서 그는 자기 보트에 태울 선원들을 달라고 선주들에게 요청하지도 않았고, 어떤 식으로든 그 문제에 대한 자신의 희망을 내비친 적도 없었다. 이 문제에 대해서만은 나름대로 독자적인 조치를 취했던 것이다. 아치가 그 낌새를 눈치채고 알릴 때까지는 선원들도 그것을 예상하지 못했다. 항구를 떠나고 얼마 후 모든 선원이 포경 보트에 필요한 설비를 갖추는 통상적인 작업을 마쳤을 때, 그리고 얼마 후 에이해브 선장이 예비 보트에 쓸 놋좆을 손수 만드는 모습이 이따금 선원들 눈에 띄었을 때, 밧줄이 고래에게 끌려나갈 때 뱃머리 홈에 꽂을 꼬챙이를 열심히 깎고 있는 것까지 목격되었을 때, 더욱이 보트 밑바닥이 그의 뾰족한 다리의 압력을 좀 더 견딜 수 있도록 보트 바닥에 여분의 구리판을 깔고 싶어 했을 때, 또 고래에게 작살을 던지거나 창으로 찌를 때 무릎을 고정시키기 위해 보트 뱃머리에 수평으로 대는 넓적다리판(미끄럼막이라고 부르기도 한다)을 제대로 만들려고 조바심하는 모습을 보였을 때, 그리고 그 보트 안에 서서 하나뿐인 무릎을 그 널빤지의 반원형 홈에 고정시키고 목공용 끌로 여기를 후벼내고 저기를 다듬는 모습이 자주 목격되었을 때—그런 일들이 선원들의 흥미와 호기심을 불러일으켰던 것이다. 하지만 선원들은 거의가 유난히 꼼꼼한 에이해브의 준비 작업이 모비 딕에 대한 궁극적인 추격만을 목표로 삼은 것이라고 상상했다. 그는 이미 그 무서운 괴물을 자기 손으로 잡겠다는 의도를 드러냈기 때문이다. 하지만 그 보트에 할당된 선원이 따로 있으리라고는 꿈에도 생각지 못했다.

그 유령 같은 선원들에 대한 놀라움은 곧 사라져갔다. 포경선에서는 어떤 놀라움도 금세 사라지기 때문이다. 게다가 바다를 떠도는 무법자라고 할 만한 포경선에는 이 지구상의 어느 구석에서 나왔는지 알 수 없는 괴상한 인종들이 모여들게 마련이다. 그리고 널빤지나 난파선 조각, 노, 보트, 표류하는 정크선, 그 밖의 이것저것에 몸을 의지하여 떠돌고 있는 표류자를 건져 올리는 경우도 많다. 설령 악마가 뱃전으로 올라와 선장실을 찾아가서 선장과 잡담을 나눈다 해도 앞갑판의 선원들이 흥분을 가라앉히지 못하고 소동을 일으키지는 않을 것이다.

하지만 이것은 그렇다 치고, 이 유령 같은 선원들이 나머지 선원들과 좀 다르기는 했지만 그래도 곧 선원들 사이에서 자리를 찾은 반면에, 머리카락을 터번처럼 두른 페달라만은 끝까지 수수께끼에 싸인 존재로 남아 있었다. 대체 그는 어디에서 이 점잖은 세계로 들어온 것일까. 어떤 기이한 인연으로 에이해브의 기구한 운명과 결부되는 신세가 되었을까. 아니, 에이해브의 운명에 일종의 영향력을 갖게 되었을까. 어쩌면 그것은 영향력이라기보다 에이해브를 지배하는 일종의 권위였을지도 모르지만, 진실은 신만이 알 뿐 사람은 아무도 모른다. 그렇다고 이 페달라에게 무관심한 태도를 유지할 수는 없었다. 따뜻한 곳에 사는 개화된 문명인에게 그는 꿈속에서나, 그것도 희미하게밖에 볼 수 없는 인간이었다. 하지만 그런 인간은 변화하지 않는 아시아 사회, 특히 아시아 대륙 동쪽에 있는 섬들에서는 이따금 출몰하고 있었다. 태곳적부터 변하지 않는 이 격리된

모비 딕

섬나라들은 오늘날에도 지구에 태어난 첫 세대의 희미한 원시성을 아직도 대부분 보존하고 있다. 최초의 인간을 뚜렷이 기억하는 그 첫 세대는 모든 인간의 조상이며, 자기가 어디서 왔는지도 모른 채 서로를 유령처럼 노려보고, 그들이 무슨 목적으로 왜 창조되었는지를 해와 달에게 묻는다. 「창세기」에 따르면 그 시대에는 천사들이 인간의 딸들과 사귀었고,[270] 외경이 전하는 바에 따르면 악마들도 이 지상의 애욕에 탐닉했다고 한다.

{ 제51장 }

유령의 물보라

몇 날이 지나고 몇 주가 흘러갔다. 상앗빛 '피쿼드'호는 순풍에 돛을 달고 유유히 네 곳의 해역을 통과했다. 아조레스 제도와 베르데곶[271]을 지나고, 라플라타강 어구의 (소위) 플레이트 어장과 세인트헬레나섬 남쪽의 캐럴 어장을 지난 것이다.

이 마지막 해역을 지나고 있던 어느 고요한 달밤, 파도는 은빛 두루마리처럼 넘실거리고 수면을 가득 뒤덮은 물거품은 고독이 아니라 은빛 침묵처럼 보이는 것을 만들어냈다. 그렇게 고요한 밤, 뱃머리의 하얀 물거품 앞에 고래가 내뿜는 은빛 물보라가 보였다. 달빛에 빛나는 그 물보라는 천상의 것처럼 신성해 보였다. 깃털로 화려하게 장식한 신이 바다에서 솟아오르는 듯했다. 이 물보라를 맨 처음 발견한 사람은 페달라였다. 이런 달밤에 주돛대 망루에 올라가서 대낮처럼 정확하게 망을 보는 것이 그

---

270 "하느님의 아들들이 사람의 딸들의 아름다움을 보고… 아내로 삼았다."(「창세기」 6장 2절) 외경: 성경을 결정할 때 정경(구약과 신약)으로 인정되지 않고 제외된 문서들을 말하는데, 그중에 '악마'를 언급한 책은 「에녹서」이다.

271 서아프리카의 세네갈 서부에 돌출한 곶. 라플라타강: 남아메리카의 아르헨티나와 우루과이 사이를 흐르는 강. 세인트헬레나섬: 남대서양, 아프리카 대륙의 먼바다에 있는 영국령 화산섬. 나폴레옹이 이곳에 유배되어 죽었다.

의 버릇이었기 때문이다. 하지만 밤중에 고래 떼를 발견해도 감히 보트를 내려 추적할 포경꾼은 백 명에 하나도 안 될 것이다. 따라서 그 늙은 동양인이 그런 밤중에 높은 곳에 자리 잡고 있는 모습을 선원들이 어떤 심정으로 바라보았을지는 여러분도 짐작할 수 있을 것이다. 그의 터번과 달은 하나의 하늘 속에서 사이좋은 짝이 되어 있었다. 하지만 그가 며칠 동안 밤마다 일정한 시간을 말 한마디 하지 않고 망루에서 보낸 뒤, 그 오랜 침묵을 깨고 달빛 받은 은빛 물보라가 보인다고 괴상한 소리로 부르짖자, 드러누워 있던 선원들은 모두 벌떡 일어났다. 마치 날개 달린 정령이 밧줄 사이로 내려앉아 선원들을 소리쳐 부르기라도 한 것 같았다. "저기 고래가 물을 뿜는다!" 최후의 심판을 알리는 나팔 소리가 들려왔다 해도 선원들이 그보다 더 흥분하여 와들와들 떨 수는 없었을 것이다. 하지만 공포는 전혀 느끼지 않았다. 공포보다는 오히려 쾌감을 느꼈다. 그 시각에 고래 떼를 발견하는 경우는 드물었지만 외침소리가 너무나 인상적이고 열광적인 흥분을 불러일으켰기 때문에, 선원들은 거의 다 본능적으로 보트를 내리고 싶은 욕망에 사로잡혔다.

에이해브 선장은 갑판 위를 옆걸음으로 재빨리 걸어가면서 모든 돛대의 윗돛과 보조돛을 펴라고 명령하고, 배에서 가장 숙련된 선원을 키잡이로 세웠다. 이리하여 모든 돛대 위에는 망꾼이 배치되고 긴장으로 가득 찬 배는 바람을 받으며 질주했다. 고물 쪽에서 불어와 돛들을 부풀리는 미풍은 배를 들어 올리는 묘한 성향을 갖고 있어서, 공중에 떠 있는 갑판이 발밑에서 공기처럼 느껴졌다. 그동안에도 배는 여전히 빠르게 달리고 있었다. 서로 대립하는 두 가지 힘, 즉 하늘로 곧장 올라가는 힘과 수평선 위의 목표를 향해 좌우로 흔들리면서 돌진하는 힘이 배 안에서 싸우고 있는 것 같았다. 그날 밤 에이해브의 표정을 관찰했다면 그의 내면에서도 그렇게 상반된 두 가지 힘이 서로 싸우고 있다고 생각했을 것이다. 그의 성한 다리는 갑판 위에 활기찬 메아리를 만들어내고 있었지만, 죽은 다리는 갑판을 디딜 때마다 관을 탕탕 두드리는 듯한 소리를 냈다. 이 노인은 삶과 죽음 위를 걷고 있었다. 배는 빠르게 달렸고, 모든 선원의 눈은 열띤 시선을 화살처럼 쏘고 있었지만, 그날 밤 은빛 물보라는 더 이상 나타나지 않았다. 선원들은 모두 그 물보라를 한 번은 틀림없이 보았지만 두 번 다시는 보지 못했다고 말했다.

며칠 뒤, 이 한밤중의 물보라가 거의 잊혔을 때 또다시 그 조용한 시각에 물보라가 보인다는 소리가 들렸다. 이번에도 모든 선원이 그 물보라를 보았다. 하지만 물보라를 따라잡으려고 돛을 올리자마자, 물보라는 또다시 언제 나타났느냐는 듯이 사라져버렸다. 그렇게 밤마다 고래에게 농락당하고 나자 선원들도 나중에는 아무도 거기에 주의를 기울이지 않고 그저 경탄만 할 뿐이었다. 때로는 밝은 달빛이나 별빛 아래에서 신비롭게 물을 뿜기도 하고, 때로는 온종일 또는 이틀이나 사흘 동안 완전히 자취를 감추어버리고, 그러다가 다시 나타날 때마다 거리는 점점 더 벌어지는 것 같아서, 그 외로운 물줄기는 영원히 우리를 유혹하는 듯했다.

선원들 사이에 옛날부터 전해져 내려오는 미신과 '피쿼드'호에 따라다니는 초자연적인 불가사의함 때문인지, 언제 어디서 물보라를 발견해도, 물보라를 발견한 시간과 장소 사이에 아무리 먼 간격이 있다 해도, 가까이 갈 수 없는 저 물보라는 언제나 같은 고래가 내뿜고 있는 것이고 그 고래는 다름 아닌 모비 딕이라고 단정 짓는 선원이 적지 않았다. 홀연히 나타났다 사라지는 그 유령이 주는 독특한 공포감이 한동안 선원들을 지배했다. 저 괴물은 음흉한 속셈으로 우리를 계속 유인하다가 마침내 가장 외떨어지고 사나운 바다에 이르면 휙 방향을 돌려 우리에게 덤벼들지 모른다는 두려움이었다.

이 일시적인 불안감은 막연하지만 무시무시했고, 그와는 대조적인 화창한 날씨 때문에 오히려 불안감이 더욱 고조되었다. 그 푸르고 평온한 수면 아래에는 악마의 유혹이 숨어 있다고 생각하는 사람도 있었다. 지루하고 허전할 만큼 온화한 바다를 며칠이고 항해하다 보면, 우리의 복수심을 온 세상이 혐오한 나머지, 유골 항아리 같은 이 배의 뱃머리 앞에서는 생명이 있는 모든 것을 제거해버린 것처럼 여겨질 정도였다.

그러나 마침내 우리 배가 동쪽으로 방향을 돌리자 희망봉 일대의 바람이 우리 주위에서 윙윙거리기 시작했고, 우리는 길고 험한 바다에서 파도를 타고 오르내리게 되었다. 상앗빛 '피쿼드'호는 돌풍에 고개를 숙인 채 미친 듯이 검은 파도를 뚫고 나아갔다. 물보라가 뱃전 너머로 날아왔다. 은 부스러기가 소나기처럼 퍼붓는 것 같았다. 생명이 없는 이 적막한 공간은 사라졌지만, 그것은 전보다 더욱 처참한 광경으로 바뀌었다.

우리 앞에서는 뱃머리와 가까운 물속에서 이상한 형체를 가진 동물들이 이리저리 날쌔게 움직이고, 뒤에서는 불길한 바다까마귀들이 빽빽이 날고 있었다. 아침마다 이 새들이 버팀줄에 나란히 앉아 있는 것을 볼 수 있었는데, 아무리 고함을 질러도 오랫동안 고집스럽게 밧줄에 달라붙어 있었다. 마치 우리 배를 표류하고 있는 무인선쯤으로 생각하고, 버려질 운명인 이 배야말로 집 없이 떠도는 자기들에게 알맞은 보금자리라고 생각하는 것 같았다. 검은 바다는 쉴 새 없이 굽이치며 끊임없이 흐르고, 그 거대한 조류는 양심이라도 되는 듯, 거대한 우주의 영혼이 자기가 낳은 오랜 죄와 고통을 후회하며 괴로워하고 있는 것만 같았다.

사람들은 왜 너를 '희망봉'이라고 부르는 것일까? 옛날처럼 '고난의 곳'[272]이라고 부르는 편이 더 어울릴 것 같다. 지금까지 오랫동안 우리 곁을 따라온 그 음흉한 침묵에 홀려 이 고난의 바다로 들어온 우리에게는 죄 많은 사람들이 저 새들이나 이 물고기들로 변신하여, 물고기는 쉴 곳

272　1488년에 포르투갈의 바르톨로메우 디아스가 발견하여 '폭풍의 곳Cabo Tormentoso'이라고 이름을 붙였으나, 나중에 포르투갈 왕 주앙 2세에 의해 '희망의 곳Cabo da Boa Esperança'으로 개칭되었다. 그런데 멜빌은 포르투갈어 'Tormentoso(폭풍의)'를 'tormented(고난의)'라는 영어 단어로 기억한 탓인지 'Cape Tormentoto'라고 잘못 쓴 것으로 보이지만, 바로 뒤에 '고난의 바다'라는 구절도 나오니까 저자의 뜻을 존중하여 굳이 '고난의 곳'이라고 번역했다.

도 없이 영원히 바다를 헤엄치고 새들은 지평선의 그림자조차 없는 저 어두운 하늘 속에서 영원히 날개 치는 숙명을 짊어지고 있는 것처럼 보였다. 하지만 이 바다에서도 침착하고 눈처럼 하얗고 변함없는 그 존재는 여전히 깃털 같은 물보라를 하늘로 뿜어 올리고 있었다. 그 외로운 물줄기는 여전히 앞에서 우리를 손짓해 부르면서 이따금 모습을 나타내곤 했다.

바다와 하늘이 이렇게 어둠에 싸여 있는 동안, 에이해브는 폭풍이 몰아치는 위험한 갑판 위에서 거의 쉴 틈도 없이 부하들을 지휘하고 있었지만, 그의 태도는 더할 나위 없이 우울한 모습이었다. 항해사들에게 소리를 지르는 일도 드물어졌다. 이렇게 폭풍우가 몰아칠 때는 갑판이나 돛대 위에 있는 것을 모두 안전하게 치우고 나면 바람이 끝나기를 앉아서 기다리는 것 말고는 할 수 있는 일이 아무것도 없었다. 그때는 선장도 선원들도 실질적인 숙명론자가 되고 만다. 그래서 에이해브는 뼈다리를 익숙한 구멍에 끼우고 한 손으로는 돛대줄을 단단히 움켜잡은 채 몇 시간이고 바람 불어오는 쪽을 응시하며 서 있곤 했다. 이따금 질풍이 몰고 온 진눈깨비가 그의 눈썹을 얼어붙게 했다. 한편 뱃머리를 넘어와 산산이 부서지는 파도에 쫓겨 앞갑판에서 밀려난 선원들은 갑판 중앙부의 뱃전에 한 줄로 늘어서 있었다. 뱃전을 뛰어넘는 파도로부터 몸을 보호하기 위해 선원들은 난간에 매인 구난용 밧줄 안으로 슬쩍 들어가, 마치 안전띠를 두른 것처럼 바람에 흔들리고 있었다. 말을 하는 사람도 없었다. 색칠한 밀랍인형들을 선원으로 태우기라도 한 것처럼 침묵에 싸인 배는 날마다 악마처럼 날뛰는 파도의 광기와 즐거움을 모두 헤치며 계속 돌진했다. 밤중에도 바다의 부르짖음 앞에서 인간들은 여전히 침묵했다. 난간 밧줄 안에서 흔들리는 선원들은 여전히 침묵에 싸여 있었고, 에이해브도 강풍과 맞서면서 여전히 말이 없었다. 지친 체력이 휴식을 요구하는 것처럼 보일 때도 그는 그물침대에서 그 휴식을 찾으려 하지 않았다. 어느 날 밤 스타벅은 기압계를 보려고 선장실에 내려갔다가 에이해브가 바닥에 나사못으로 붙박은 의자에 꼿꼿이 앉아서 눈을 감고 있는 것을 보았다. 그는 그때 본 노인의 모습을 도저히 잊을 수 없었다. 에이해브는 조금 전까지 바깥의 폭풍우 속에 있었기 때문에, 빗방울과 반쯤 녹은 진눈깨비가 아직도 벗지 않은 모자와 외투에서 뚝뚝 떨어지고 있었다. 옆에 놓인 탁자에는 전에 말한 해도가 펼쳐진 채 놓여 있었다. 꽉 움켜쥔 손에는 초롱이 흔들리고 있었다. 몸은 꼿꼿했지만 고개는 뒤로 젖혀져 있어서, 감은 두 눈이 천장 대들보에 매달린 '타각 표시기'*의 바늘 쪽을 향하고 있었다.

무서운 늙은이! 스타벅은 몸서리를 치며 생각했다. 이 강풍 속에서 잠자고 있을 때도 여전히 목표물을 노려보고 있다니.

{ 　제 52 장　 }

'앨버트로스'호

희망봉 남동쪽, 참고래 어장으로 유명한 크로제 제도[273]에서 조금 떨어진 곳에 '앨버트로스'라는 이름의 배 한 척이 모습을 나타냈다. 그 배가 유유히 다가오자, 앞돛대 망루에 앉아 있던 나는 원양어업의 풋내기에게는 놀랄 만한 광경 — 오랫동안 고향을 떠나 바다를 떠돌고 있는 포경선을 볼 수 있었다.

파도는 표백 기술자라도 되는 듯, 그 배는 암초에 걸린 바다코끼리의 해골처럼 하얗게 표백되어 있었다. 이 유령 같은 배의 옆면에는 빨갛게 녹슨 줄무늬가 길게 그어져 있었고, 돛대의 활대나 밧줄은 모두 서리가 덮인 굵은 나뭇가지 같았다. 배는 아래쪽 돛만 달고 있었는데, 그 세 개의

273　인도양 남쪽, 마다가스카르섬과 남극대륙 사이에 있는 프랑스령 섬 무리.

＊　선장실 천장에 매달린 나침반을 말한다. 선장은 갑판으로 나가지 않고도 배의 진로를 알 수 있다.

돛대 위에 서서 망을 보고 있는 털보 사나이들의 모습은 보기에도 무시무시했다. 그들은 짐승 털가죽을 걸친 것처럼 보였는데, 거의 4년 동안의 항해를 견뎌낸 그 옷가지는 닳아 해져서 누덕누덕 꿰맨 상태였다. 그들은 돛대 망루의 쇠테두리 안에 서서 밑바닥을 알 수 없는 깊은 바다 위에서 흔들리고 있었다. 그 배가 천천히 우리 배의 고물 쪽으로 다가오자, 양쪽 배의 돛대 망루에 있던 여섯 사람은 상대편 망루로 건너뛸 수 있을 만큼 서로 가까워졌지만, 비참해 보이는 그쪽 선원들은 조심스럽게 우리를 바라보며 지나갈 뿐 이쪽 망꾼들에게는 한마디도 던지지 않았다. 그때 아래 뒷갑판에서 외치는 소리가 들려왔다.

"어이, 그쪽 배! 흰 고래를 보았소?"

그때 하얀 뱃전에 기대서 있던 그쪽 선장은 마침 입에다 확성기를 대려던 참이었는데, 어찌 된 영문인지 그만 확성기를 바다에 떨어뜨리고 말았다. 때마침 바람이 다시 몰아쳐서, 확성기 없이는 아무리 소리를 질러도 들리지 않았다. 그러는 동안 두 배의 거리는 점점 멀어져갔다. '피쿼드'호의 선원들은 흰 고래라는 이름을 입에 올리자마자 다른 배에 일어난 이 불길한 사건을 보고, 거기에 대한 의견을 다양한 눈짓과 몸짓으로 나타내고 있었다. 에이해브는 잠시 망설였다. 위협적인 바람의 방해만 없었다면 그 낯선 배에 올라타기 위해 당장 보트를 내릴 눈치였다. 하지만 그는 그 낯선 배가 생김새로 보아 귀향 중인 낸터컷 선적의 배라는 것을 알아차리고는 다시 확성기를 입에 대고 자신의 유리한 위치를 이용하여 큰 소리로 외쳤다.

"어이, 거기. 여긴 '피쿼드'호요. 세계 일주를 하고 있소. 앞으로 우편물은 태평양 쪽으로 보내달라고 전해주시오. 이번에는 기간이 3년이오. 그 후에도 집에 돌아가지 않으면, 그때는 주소를……."

그 순간 두 배의 항로가 정확히 십자로 교차했다. 그러자 요 며칠 동안 우리 옆에서 조용히 헤엄치고 있던 작고 얌전한 물고기 떼는 독특한 습성에 따라 지느러미를 떨면서 우리 배 옆에서 쏜살같이 달아나더니, 낯선 배의 뱃전과 나란히 앞뒤로 정렬했다. 에이해브는 오래 항해하는 동안 이와 비슷한 광경을 자주 보았겠지만, 편집광적 인간에게는 지극히 사소한 사건이 뜻밖에 중대한 의미를 갖게 된다.

"이놈들, 내게서 달아나는 거지?" 에이해브는 물끄러미 바다를 내려다보면서 중얼거렸다. 그 말 자체에는 별로 심각한 의미가 담겨 있는 것 같지 않았지만, 말투는 이 미친 노인이 지금껏 보여준 것보다 훨씬 깊고 절망적인 슬픔을 띠고 있었다. 그러나 그는 이제까지 배의 속도를 늦추기 위해 배의 방향을 바람 불어오는 쪽으로 돌리고 있던 키잡이를 돌아보며, 여느 때처럼 늙은 사자 같은 목소리로 외쳤다. "키를 위쪽으로 돌려라! 바람을 안고 온 세계를 달린다!"

온 세계를! 이 말에는 자긍심을 불러일으키는 무언가가 담겨 있지만, 그 모든 세계 일주 항해의 목적은 도대체 무엇인가? 무엇 때문에 세계를 한 바퀴 도는 것일까? 세계 일주는 단지 숱한 위험을 겪고 출발점으로 돌아가는 것뿐이다. 우리가 뒤에 남겨두고 온 사람들은 그동안 내내 우리 앞쪽에 있는 것이다.

이 세계가 무한한 평면으로 되어 있어서 동쪽으로 계속 항해하면 영원히 새로운 곳에 닿을 수 있고, 키클라데스 제도[274]나 '솔로몬 왕의 섬들'보다 더 아름다운 별천지를 발견할 수 있다면, 이 항해에도 희망이 있었다. 하지만 우리가 꿈꾸는 그 머나먼 신비를 찾아서, 또는 언젠가 한 번은 모든 인간의 가슴 앞에서 헤엄칠 그 악마 같은 환상을 힘들게 추적하면서 지구를 한 바퀴 돈다 해도, 우리는 결국 황량한 미로 속으로 들어가거나, 아니면 도중에 가라앉고 말 것이다.

---

274 그리스 에게해 남쪽에 있는 섬 무리로, 그리스 신화에서는 제우스의 딸 아르테미스와 그녀의 쌍둥이 오빠 아폴론이 태어난 곳으로 되어 있다. 솔로몬 왕의 섬들: 구약성서에서 솔로몬 왕이 예루살렘 궁전을 짓기 위해 황금과 향료를 얻었다는 동양의 섬들을 말한다. 오늘날 남태평양에 있는 솔로몬 제도는 1568년에 그 섬들을 발견한 사람이 이 고사와 연관지어 붙인 이름일 뿐이다.

제 53 장

사교 방문

에이해브가 앞에서 말한 그 포경선을 방문하지 않은 표면상의 이유는 바람과 파도가 폭풍우로 바뀔 조짐을 보였기 때문이다. 하지만 날씨가 그렇지 않았다 해도 에이해브는—그 후 이와 비슷한 경우에 그가 취한 행동으로 미루어보아—결국 그 배에 가지 않았을 것이다. 그렇다면 그는 큰 소리로 외치고 있는 동안 자기 질문에 대해 부정적인 대답을 얻었을 것이다. 나중에 밝혀졌듯이 그는 자기가 열심히 찾고 있는 정보에 조금이라도 도움이 되는 경우를 제외하고는 낯선 선장과 단 5분도 어울리고 싶어 하지 않았다. 하지만 이역의 바다에서, 특히 공동 어장에서 두 포경선이 만났을 때의 독특한 관습에 대해 여기서 잠깐 말해두지 않으면 이 모든 일은 제대로 평가받지 못한 채 남겨질 것이다.

낯선 두 나그네가 뉴욕주의 파인배런[275]이나 그곳 못지않게 황량한 영국의 솔즈베리 평원에서 마주쳤다고 하자. 그런 거친 황야에서 우연히 만났다면 아무래도 서로 인사하는 것을 피할 수 없다. 잠시 걸음을 멈추고 소식을 주고받거나 잠시 앉아서 함께 휴식을 취할 수도 있다. 그렇다면 끝없는 바다의 '파인배런'이나 '솔즈베리 평원'에서 —외따로 떨어진 패닝섬[276]이나 더 멀리 떨어진 킹스밀 제도 근처라도 좋다—두 척의 포경선이 서로를 발견했다고 하자. 그런 상황에서 이 배들이 서로 인사를 나눌 뿐만 아니라 되도록 가까이 접근해서 좀 더 우호적이고 화기애애하게 대화를 나누는 것은 훨씬 자연스럽다. 하물며 같은 항구에 소속되어 있고 선장이나 항해사들은 물론 적잖은 평선원들이 개인적으로 아는 사이여

---

275 롱아일랜드섬에 있는 소나무 삼림지대. 솔즈베리 평원: 영국 잉글랜드 남부, 솔즈베리의 북쪽에 펼쳐진 평원. '스톤헨지' 같은 신석기 시대의 거석트묘 기념물로 유명하다.

276 태평양 중서부의 산호초. 킹스밀 제도: 에콰도르 근처 태평양에 있는 섬 무리.

서 그리운 고향을 화제로 삼아 이야기꽃을 피울 수 있는 경우에는 이것이 너무나 당연한 일로 여겨질 것이다.

출항한 지 얼마 안 된 배는 아마 오랫동안 고국을 떠나 있는 배에 전해 줄 편지도 싣고 있을 것이다. 편지가 없다 해도 어쨌든 서류꽂이에 꽂혀 있는 더러워지고 손때 묻은 신문보다 1년이나 2년 뒤의 신문을 전해줄 수는 있을 것이다. 이런 친절에 대한 보답으로, 갓 출항한 배도 목적지로 삼은 고래 어장의 근황 같은 중요한 정보를 얻을 수 있을 것이다. 그리고 정도 차이는 있겠지만, 고래 어장에서 마주친 포경선 두 척이 양쪽 다 고국을 떠난 지 오래된 경우에도 이 점은 마찬가지다. 한쪽 배는 지금은 멀리 떨어져 있는 제3의 배에서 맡긴 편지를 갖고 있을지도 모르고, 그 편지들 가운데 일부는 방금 만난 배의 선원에게 가는 것일 수도 있다. 게다가 두 배의 선원들은 포경에 관한 정보를 교환하고 유쾌한 잡담을 나눌 수도 있다. 그들은 같은 선원으로서 호감을 갖고 있을 뿐만 아니라, 같은 대상을 추적하면서 온갖 고난과 위험을 함께 나눈 데에서 생겨나는 독특한 유대감을 갖고 있기 때문이다.

국적의 차이도 별로 중요하지 않을 것이다. 미국인과 영국인의 경우처럼 양쪽이 같은 언어를 사용한다면 나라가 달라도 별문제가 되지 않는다. 물론 영국 포경선은 수가 적기 때문에 바다에서 만나는 일이 그렇게 자주 일어나지는 않고, 어쩌다 만나도 영국인과 미국인은 서로 피하는 경향이 있다. 영국인은 좀 과묵하고, 미국인은 자기 이외의 다른 사람도 과묵한 기질을 갖고 있다고는 꿈에도 생각지 않기 때문이다. 게다가 영국의 포경꾼들은 도시 사람이 시골 사람에게 갖는 일종의 우월감을 드러내어 자기가 미국의 포경꾼들보다 뛰어난 체할 때도 있고, 그래서 키가 크고 깡마른 낸터컷 사람이 뭐라고 꼬집어 말하기 어려운 촌티를 내면 바다의 시골뜨기로 취급한다. 하지만 미국의 포경꾼들이 하루 동안 잡아들이는 고래의 수가 전체 영국인이 10년 동안 잡은 고래의 수보다 많다는 것을 생각하면, 영국 포경꾼들의 우월감이 어디에 기인하는지 이해하기 어렵다. 그러나 이것은 영국 포경꾼들의 무해한 약점일 뿐이고, 낸터컷 사람들은 거기에 별로 신경 쓰지 않는다. 자신들도 다소의 약점은 갖고 있다는 것을 알기 때문일 것이다.

그래서 바다를 외롭게 항해하는 선박들 가운데 포경선이야말로 가장 사교적이어야 할 이유가 있고, 실제로도 그렇다. 대서양 한복판에서 마주치는 상선들은 한마디 인사도 없이 브로드웨이의 멋쟁이들처럼 서로 모른 체하고 스쳐 지나갈 때가 많다. 그러면서도 줄곧 상대의 삭구나 장비에 대해 까다로운 비평을 던지느라 여념이 없다. 군함은 바다에서 우연히 마주치면 우선 군함기를 올렸다 내렸다 하면서 바보처럼 절하는 시늉을 하고 귀에 거슬리는 소리를 내기 때문에, 거기에는 진심 어린 호의나 우애가 그리 많은 것 같지 않다. 그리고 노예선끼리 만나면 그들은 되도록 빨리 달아나려고 서두른다. 해적선의 경우는 서로의 해골 깃발이 우연히 교차하게 되면 우선 "몇 놈이나 해치웠나?" 하고 큰 소리로 묻는다. 포경선들이 만나면 으레 "기름을 몇 통이나 채웠나?" 하고 묻는 것과 마찬가지다. 그리고 그 질문에 상대가 일단 대답하면 해적들은 바로 키를 돌려 서로 멀어진다. 그들은 양쪽 다 극악무도한 악당이어서, 잔인하고 사악한 서로의 유사점을 별로 보고 싶지 않기 때문이다.

하지만 포경선을 보라! 포경선은 얼마나 신성하고 정직하고 겸허하고 친절하고 사교적이고 스스럼없고 태평한가! 날씨 좋은 날, 포경선들이 바다에서 만나면 어떻게 할까? 그들은 '사교 방문'이라는 것을 하는데, 포경선이 아닌 다른 배들은 이것을 전혀 모르기 때문에 그런 말을 들어본 적도 없을 것이다. 우연히 거기에 대한 이야기를 들어도 그들은 그저 히죽 웃으며 '물뿜개'니 '기름 냄비'²⁷⁷니 하는 말을 장난삼아 던질 뿐이다. 모든 상선, 해적선, 군함, 노예선의 선원들이 왜 이처럼 포경선에 경멸감을

---

277 원문은 'spouters'와 'blubber-boilers'. 둘 다 포경꾼의 별칭으로, 성적인 말장난이 담겨 있다.

품고 있는지는 대답하기 어려운 질문일 것이다. 가령 해적들의 경우, 그 직업에 무슨 특별한 명예가 있는지 알고 싶다. 해적들이 이따금 눈에 띄게 높은 곳으로 올라가는 것은 사실이지만, 그곳은 교수대일 뿐이다. 게다가 그런 희한한 방식으로 높은 곳에 올라간다 해도, 그 우월한 지위를 유지하는 데 필요한 토대가 없다. 그래서 해적들이 포경꾼보다 우월하다고 자랑할 만한 근거는 못 된다. 그러므로 그들이 포경꾼보다 높은 데 있다고 자랑해도, 그 주장을 뒷받침할 확고한 근거는 전혀 없다고 나는 단언한다.

그런데 '사교 방문Gam'이란 무엇인가? 둘째손가락이 닳도록 사전을 뒤져보아도 이 낱말은 찾을 수 없다. 존슨 박사[278]도 그렇게까지 박식하지는 못했고, 노아 웹스터의 방주에도 이 낱말은 실려 있지 않다. 그런데도 이 의미심장한 낱말은 벌써 오랫동안 약 1만 5천 명의 순수한 양키들 사이에서 끊임없이 사용되었다. 그러므로 이 낱말의 뜻을 구체적으로 정의할 필요가 있고, 어휘사전에 마땅히 실려야 한다. 그런 취지에서 내가 이 낱말을 학문적으로 정의하려고 한다.

Gam[명사] ─두 척 이상의 포경선 간에 이루어지는 사교적 방문. 대개 고래 어장에서 이루어진다. 포경선끼리 만나면 큰 소리로 인사를 나눈 뒤, 양쪽 배의 선원들이 보트를 타고 서로 상대편 배를 방문한다. 두 배의 선장은 당분간 한쪽 배에, 일등항해사 두 명은 다른 쪽 배에 머문다.

'사교 방문'에 대해 잊지 말아야 할 또 한 가지 사소한 사항이 있다. 모든 직업에는 나름대로 특이한 관습이 있는데, 그것은 포경업도 마찬가지

---

278 새뮤얼 존슨(1709~1784): 영국의 시인·평론가. 2권으로 이루어진 당시 최대의 영어 사전을 편찬했다. 노아 웹스터(1758~1843): 미국의 언어학자. 미국 최대의 영어 사전인 『웹스터 사전』을 편찬했는데, 저자의 이름이 노아이기 때문에 사전을 방주라고 부른 것이다. 멜빌은 1840년에 나온 제2판을 가지고 있었다.

다. 해적선, 군함, 노예선의 선장은 보트를 타고 어딘가에 갈 때는 늘 고물 쪽에 자리를 잡는다. 선장이 앉는 좌석은 편안하고, 때로는 방석까지 깔려 있다. 선장은 숙녀용 모자를 만드는 사람이 화려한 끈과 리본으로 장식한 작고 어여쁜 키 손잡이를 잡고 손수 보트를 조종할 때도 있다. 하지만 포경 보트의 고물에는 그런 좌석도 없고 그런 소파도 없고 키 손잡이도 없다. 포경선 선장이 통풍에 걸려 바퀴의자에 앉아 있는 늙은 시의원 같은 모습으로 바다 위를 돌아다닌다면 정말 우스울 것이다. 그리고 키 손잡이만 하더라도 포경 보트에서는 그렇게 연약한 것은 쓸모가 없다. 다른 배를 '사교 방문'할 때는 한 보트의 선원들이 모두 배를 떠나야 하고, 따라서 키잡이나 작살잡이도 일행에 끼게 되므로, 그런 경우에는 하급자가 보트의 키를 잡고 선장은 앉을 자리도 없어서 소나무처럼 우뚝 선 채로 다른 배를 방문하게 된다. 보트에 서 있는 선장은 양쪽 배에서 쏟아지는 시선, 즉 눈에 보이는 범위 안에서는 전 세계의 시선이 자기한테 쏠리는 것을 의식하기 때문에, 두 다리로 버티고 서서 위엄을 유지하는 것이 얼마나 중요한지를 알아차린다. 그러나 이것도 그리 쉬운 일은 아니다. 그의 뒤쪽에 불쑥 튀어나와 있는 커다란 키잡이 노가 이따금 그의 허리를 때리기도 하고, 앞에 있는 노는 그의 무릎을 때려 거기에 앙갚음하기 때문이다. 이렇게 앞뒤가 완전히 막혀버린 선장은 두 다리를 넓게 벌려서 옆으로만 영역을 확대할 수 있을 뿐이다. 하지만 보트가 갑자기 요동치는 바람에 넘어질 때도 있다. 아무리 다리를 넓게 벌려도 그 길이에 상응하는 넓이가 확보되지 않으면 아무 소용이 없기 때문이다. 두 막대 사이를 넓게 벌렸다고 해서 막대를 세울 수 없는 것과 마찬가지다. 전 세계의 시선이 쏠려 있는 마당에 두 다리를 벌리고 선 선장이 손으로 무언가를 잡아서 조금이라도 균형을 잡으려 하는 꼴을 보일 수는 없다. 사실 그는 완전히 자신을 제어하고 있다는 표시로 두 손을 바지 주머니에 찔러 넣고 있는 것이 보통인데, 선장의 손은 대개 크고 무거우니까 아마 밸러스트[279]

역할을 하도록 주머니에 넣고 있을 것이다. 하지만 확실한 증거에 의해서 하는 말인데, 그래도 몇 번은, 갑자기 불어닥친 돌풍으로 대단한 위기가 닥쳤을 때 선장이 바로 가까이에 있는 노잡이의 머리카락을 움켜잡고 필사적으로 매달린 경우도 있었다고 한다.

{　　　제54장　　　}

'타운호'호의 이야기

['황금 여관'에서 들은 이야기]

희망봉과 그 일대 해역은 유명한 간선도로의 교차로와 비슷해서, 어느 곳보다도 많은 나그네를 만나게 된다.

'앨버트로스'호와 이야기를 나눈 지 얼마 후, 역시 귀향길에 오른 포경선 '타운호'*호를 만났다. 그 배의 선원들은 거의 다 폴리네시아 사람들이었다. 그 배를 잠깐 방문했을 때 우리는 모비 딕에 대한 강력한 정보를 얻을 수 있었다. '타운호'호 선원들에게 들은 이야기 때문에 흰 고래에 대한 우리의 관심은 이제 걷잡을 수 없이 고조되었는데, 그들의 이야기는 이따금 불가사의하고 전도된 형태로 인간에게 닥친다는 하느님의 심판과 그 고래를 애매하게 결부시키는 것 같았다. 이 이야기의 상세한 내막은 거기에 딸린 이야기와 함께 지금부터 말하고자 하는 비극의 은밀한 부분을 이루고 있지만, 그것은 에이해브 선장이나 항해사들의 귀에는 끝내 들어가지 않았다. 이야기의 그 은밀한 부분은 '타운호'호의 선장 자신도 몰랐기

279　배를 안정시키기 위해 밑바닥에 싣는 바닥짐.

＊　　Town-Ho. 옛날 돛대 망루에서 고래를 발견하면 외치는 소리로, 오늘날에도 포경 선원들이 저 유명한 갈라파고스거북을 사냥할 때 사용하고 있다.

때문이다. 그것은 그 배의 백인 선원 셋이 결성한 비밀결사의 사유재산 같은 것이었지만, 그중 한 사람이 태시테고에게 로마 교회의 비밀 지령처럼 알려주었던 것이다. 그런데 이튿날 밤 태시테고가 잠을 자다가 잠꼬대로 비밀의 대부분을 누설해버렸고, 다른 선원들이 그를 깨워서 캐묻자 나머지 비밀도 감추지 못했다. 하지만 그 비밀을 알게 된 '피쿼드'호 선원들은 거기에 강한 영향을 받았고, 이 문제를 다루기가 쉽지 않다는 사실이 그들을 억제했기 때문에, 그들은 '피쿼드'호의 뒷갑판 쪽으로는 비밀이 누설되지 않도록 비밀을 굳게 지켰다. 이제 나는 배에서 공공연히 오간 이야기의 적당한 부분에 이 어두운 비밀의 실을 짜 넣어 이 기이한 사건의 전모를 영원히 기록에 남겨두고자 한다.

나 자신의 기분을 달래기 위해, 언젠가 내가 리마에서 이야기할 때 썼던 말투로 이야기하고자 한다. 그것은 어느 성인 축일 전야였는데, 두껍게 도금한 타일이 깔린 '황금 여관'의 베란다에서 담배를 피우며 편안히 둘러앉은 스페인 친구들에게 그 일을 이야기하고 있었다. 그 멋쟁이들 가운데 젊은 신사인 돈 페드로와 돈 세바스티안은 나와 더 가까운 사이였다. 그래서 그들은 간간이 질문을 던졌고, 나는 거기에 적절히 대답하곤 했다.

"내가 지금 이야기하려는 사건을 처음 알게 된 건 2년쯤 전이었는데, 그 무렵 '타운호'호라는 낸터킷 선적의 포경선이 태평양을 이곳저곳 돌아다니고 있었다네. 그것도 이 '황금 여관'의 처마 끝에서 서쪽으로 며칠 걸리지 않는 곳을 달리고 있었지. 아마 적도 바로 북쪽이었을 거야. 어느 날 아침, 일과에 따라 펌프로 물을 퍼내고 있던 선원들이 선창에 평소 때보다 물이 많이 고여 있는 것을 알아차렸다네. 선원들은 황새치가 구멍을 뚫었나 보다고 생각했지. 그런데 선장은 그 위도에서 보기 드문 행운이 기다리고 있다고 믿을 만한 이유가 있었기 때문에, 적도 부근 해역을 떠나는 것을 몹시 싫어했어. 심한 폭풍우 속에서 최대한 아래까지 내려가서 선창을 살펴보았는데도 새는 구멍을 찾을 수 없었지만, 그때는 물이 새는 것이 전혀 위험하게 여겨지지 않았다네. 그래서 배는 항해를 계속했고 선원들은 가끔 생각난 듯이 태평스럽게 펌프질만 했지. 하지만 행운은 찾아오지 않았어. 며칠이 지나도 물이 새는 구멍은 발견되지 않았고 물도 상당히 불어났다네. 이런 형편이었기 때문에 선장도 좀 걱정이 되어, 돛을 모두 올리고 가장 가까운 항구로 달리게 했지. 거기서 선체를 수선할 생각이었어.

항구까지는 결코 가까운 거리가 아니었지만, 운이 억세게 나쁘지만 않으면 배가 도중에 가라앉을 염려는 없다고 선장은 생각했다네. 펌프는 아주 좋은 것이었고, 서른여섯 명의 선원이 교대로 펌프질을 하면 물을 쉽게 빼낼 수 있을 테니까. 물이 두 배로 불어나도 배가 잠길 염려는 없었다네. 사실 그 항해는 처음부터 끝까지 순풍을 맞았기 때문에, '타운호'호는 아주 작은 재난도 당하지 않고 무사히 항구에 닿을 거라고 누구나 그렇게 생각했지. 비니어드 출신 항해사인 래드니라는 작자가 야비한 횡포만 부리지 않았다면, 그래서 버펄로 출신의 호수족이자 불한당인 스틸킬트한테 앙갚음을 당하지만 않았다면 말이지."

"호수족? 버펄로! 도대체 호수족은 뭐고 버펄로는 어디 있나?" 흔들리는 멍석에서 몸을 일으키면서 돈 세바스티안이 물었다.

"이리호[280] 동쪽 기슭에 있다네. 하지만 잠깐만 기다려주게. 이제 곧 알게 될 테니까. 자네들의 카야오[281]에서 마닐라까지 항해한 어떤 배에도 지지 않을 만큼 크고 견고한 사각돛에 돛대가 세 개나 되는 배에 타고 있던 이 호수족은 육지로 둘러싸인 미국의 심장부에서도 흔히 넓은 바다와 결부되는 거친 해적질의 영향을 받으며 자랐다네. 우리나라의 거대한 담수 바다…… 그러니까 이리호, 온타리오호, 휴런호, 슈피리어호, 미시간

　　　　　　　　　　모비 딕

호는 모두 연결되어 있어서, 이것을 한데 모으면 바다처럼 넓고, 바다의 가장 고결한 특징도 대부분 갖고 있다네. 바닷가의 인종과 풍토가 다양하 듯, 오대호를 둘러싼 인종이나 풍토도 그에 못지않은 다양성을 지니고 있 지. 폴리네시아의 바다가 그렇듯이 오대호에도 낭만적인 섬들이 둥글게 모여서 이루어진 군도가 있다네. 대서양과 마찬가지로 오대호 연안도 서 로 대조적인 두 강대국이 차지하고 있지. 동쪽에서는 그 연안에 점점이 흩어져 있는 수많은 식민지에 이르는 긴 수로가 열려 있고, 여기저기 염 소처럼 험상궂게 생긴 매키노 요새[282]의 대포가 얼굴을 찌푸리고 서 있 다네. 해전에서의 승리를 알리는 함대의 축포가 우렛소리처럼 들린 적도 있었고, 이따금 사나운 야만인들이 물가에 올라와 짐승가죽으로 만든 천 막 틈새로 붉게 칠한 얼굴을 언뜻 보일 때도 있지. 물가에는 사람이 들어 가보지 않은 오래된 숲이 이어져 있는데, 그곳에는 비쩍 마른 소나무들이 고트족[283]의 족보에 빽빽이 실려 있는 왕들의 행렬처럼 늘어서 있다네. 게다가 그 숲에는 아프리카의 맹수와 비단처럼 부드럽고 광택 있는 털을 가진 동물이 살고 있는데, 그 동물의 모피는 수출되어서 타타르 황제의 옷이 된다는군. 그런가 하면 도로가 포장된 버펄로나 클리블랜드 같은 대 도시만이 아니라 위네바고 같은 마을들도 호수에 비친다네. 그곳에는 완 전한 장비를 갖춘 상선과 무장한 순양함, 기선과 통나무배가 함께 떠 있 지. 오대호를 휩쓰는 북풍은 돛대도 부러뜨릴 만큼 거세고 바다의 파도를 때리는 어떤 바람 못지않게 사나워서 배가 난파하는 일도 드물지 않다네. 오대호는 내륙에 있지만 육지가 보이지 않기 때문에, 한밤중에 비명을 지 르는 선원들과 함께 가라앉은 배도 헤아릴 수 없을 만큼 많았지.

---

282 미국의 미시간호와 휴런호를 잇는 수로 중앙에 있는 섬의 요새. 영국군이 1780년부터 1년 동안 지었다.

283 동부 게르만족의 일파. 기원전 1세기경 원주지인 스칸디나비아에서 나와 비슬라강 유역에 정착 했고, 3세기경에는 흑해 북서부 지역으로 이주했다가 훈족의 압력을 받아 375년경에 동고트족과 서고트족으로 분열되었다.

그래서 스틸킬트는 내륙에서 태어나 자랐지만 거친 바다에서 태어나 거친 바다에서 자란 사람 같았고, 어느 뱃놈에게도 뒤지지 않을 만큼 대담했다네. 래드니도 어렸을 때는 낸터킷의 쓸쓸한 바닷가에서 어머니 같은 바다의 젖을 먹고 자랐을지 모르지만, 나중에는 오랫동안 우리의 거친 대서양과 자네들의 명상적인 태평양을 돌아다녔지. 하지만 래드니는 사슴뿔 자루가 달린 부이나이프[284]를 휘두르는 지방에서 방금 나온 시골뜨기 뱃놈만큼이나 앙심이 깊고 늘 싸움질만 했다네. 그렇지만 이 낸터킷 사내도 좋은 점이 몇 가지 있었어. 그 호수족은 사실 악마 같은 자였지만, 상대가 의연하고 단호한 태도를 취하면서도 그를 인간으로 대접하는 평범한 예의만 차리면 그 악마 같은 기질이 누그러졌다네. 그렇게만 대해주면 스틸킬트는 오랫동안 남에게 해도 끼치지 않고 고분고분했어. 어쨌든 그때까지는 그랬지. 하지만 래드니는 천벌을 받아 미치광이가 되어버렸고, 스틸킬트는…… 하지만 스틸킬트 이야기는 나중에 듣게 될 걸세.

'타운호'호가 항구를 향해 뱃머리를 돌린 지 기껏해야 하루나 이틀밖에 지나지 않았을 때, 새어드는 물의 양이 또다시 불어나는 것 같았지만, 날마다 한 시간 남짓 펌프질만 하면 충분했지. 자네들도 알다시피 우리의 대서양처럼 문명화된 바다에서는 바다를 가로지르는 동안 줄곧 펌프질하는 것을 하찮게 여기는 선장들도 있지만, 졸음이 쏟아지는 조용한 밤중에 갑판 당직이 그 의무를 잊어버린다면 그와 동료 선원들은 두 번 다시 그 일을 기억해내지 못하게 될 거야. 다들 잠든 채 조용히 바다 밑으로 가라앉아버릴 테니까. 자네들 있는 곳에서 서쪽으로 멀리 떨어져 있는 쓸쓸하고 외딴 바다에서는 꽤 오래 항해하는 동안 모든 선원이 일제히 펌프 손잡이에 매달려 계속 펌프질하는 것도 아주 유별난 일은 아니지. 쉽게 갈 수 있는 해안이 가까이 있거나 그 밖에 적당한 피난처가 있다면 말이

---

284 한쪽에만 날이 있는 수렵용 단검인데, 칼끝만 양날로 되어 있다. 알라모 요새 공방(1836) 때 이름을 날린 제임스 부이가 애용했기 때문에 이 이름이 붙었다. 219번 역주 참조.

야. 물이 새고 있는 배가 그런 해역에서 멀리 벗어나 정말로 육지가 전혀 없는 망망대해에 있을 때에야 비로소 선장은 가벼운 불안을 느끼기 시작하지.

'타운호'호의 경우에도 대체로 그랬다네. 두 번째로 물이 새는 것을 발견했을 때도 선원들 중 몇 사람만 다소 관심을 보였을 정도였어. 특히 항해사 래드니가 그랬다네. 래드니는 윗돛을 올리고 아랫돛도 더욱 펴서 순풍을 가득 받으라고 명령했지. 그런데 이 래드니라는 작자는 겁쟁이가 아니었고, 두려움을 모르는 무모한 사람 못지않게 자신의 위험 따위는 염려하지 않는 경향이 있었던 것 같아. 뭍에서나 바다에서나 그렇게 대담무쌍하고 분별없고 경솔한 사람은 자네들도 쉽게 상상할 수 있을 걸세. 그래서 래드니가 배의 안전에 대한 우려를 털어놓자 몇몇 선원은 래드니가 공동 선주라서 그러는 거라고 말했지. 그래서 그날 밤 그들이 펌프질을 하며 끊임없이 넘쳐흐르는 잔물결에 발을 적시고 있을 때 그들의 말투에는 적잖은 장난기가 섞여 있었지. 물은 어느 산중의 샘물처럼 맑았고, 펌프 주둥이에서 거품과 함께 쏟아져 나온 물은 갑판을 가로지른 다음, 바람 불어가는 쪽의 배수구로 끊임없이 흘러갔다네.

그런데 자네들도 잘 알고 있듯이, 바다든 어디든 이 인습적인 세상에서 남을 지휘하는 위치에 있는 사람이 부하들 가운데 인간적으로 자기보다 나은 사람을 발견하게 되면 그 부하에게 억누를 수 없는 반감과 앙심을 품게 되고, 기회만 있으면 탑처럼 우뚝한 그 하급자를 박살내고 먼지 더미로 만들어버리려 하는 법이지. 나의 이런 생각이야 어떻든, 스틸킬트라는 녀석은 키가 크고 고귀한 동물 같았고, 머리는 로마인 같고 멋지게 늘어진 황금빛 턱수염은 자네들의 총독이 타던 군마의 술장식 같았고, 머리와 가슴과 영혼은 그자가 샤를마뉴[285]의 아들로 태어났다면 스틸킬트 샤를마뉴가 되었어도 조금도 부끄러울 게 없었어. 그런데 항해사 래드니는

---

[285] 프랑크 왕국의 왕(재위 768~814). 게르만 민족을 통합하고 영토를 확대하여 '대제'라는 칭호를 받았다.

당나귀처럼 못생긴 데다 무모하고 고집 세고 심술궂었지. 그는 당연히 스틸킬트를 싫어했고, 스틸킬트도 물론 그것을 알고 있었지.

이 호수족은 다른 선원들과 함께 펌프질을 하고 있을 때 항해사가 다가오는 것을 눈치챘지만, 일부러 모른 체했을 뿐만 아니라 조금도 겁내지 않고 태연히 유쾌한 농담을 계속하고 있었지.

'아니, 여기 좀 보게. 신나게 물이 새고 있잖아. 누가 가서 잔을 가져오게. 물맛 한번 보자고. 와아, 이건 병에 담아둘 가치가 있어! 이렇게 물이 새면 래드니 영감의 투자도 수포로 돌아가고 말겠는걸. 선체에서 제 몫을 잘라내어 집으로 끌고 가는 게 그나마 상책이겠어. 사실 황새치는 일을 이제 막 시작했을 뿐이야. 이번에는 목수, 톱상어, 쥐치 따위를 거느리고 다시 와서는 다 함께 덤벼들어 밑바닥을 자르고 뚫고 하면서 열심히 일하고 있어. 꽤 많이 진척된 것 같아. 래드니 영감이 지금 여기 있다면 당장에 뱃전 너머로 뛰어내려 놈들을 쫓아버리라고 말해주고 싶군. 놈들은 래드니 영감의 재산을 엉망진창으로 망가뜨리고 있어. 하지만 래드니 영감은 순박하고 좋은 사람이야. 대단한 사람이지. 나머지 재산은 거울에 투자했다더군. 영감이 나같이 못난 놈에게 그 잘난 코의 모형을 줄지 궁금한데.'

'이놈들아, 무엇 때문에 펌프질을 멈춘 거야?' 래드니는 그 선원의 이야기를 못 들은 체하면서 소리를 질렀지. '빨리 펌프질을 해!'

'예, 예.' 스틸킬트는 귀뚜라미처럼 명랑하게 말했지. '자, 다들 기운을 내!' 그러자 펌프는 쉰 개의 소방펌프처럼 요란한 소리를 내며 움직였지. 다들 모자를 벗어 던졌고, 오래지 않아 허파가 가쁘게 숨을 헐떡거리는 소리까지 들리기 시작했다네. 그 특유한 숨소리는 생명의 에너지가 최대한 긴장한 것을 나타내지.

마침내 호수족은 다른 선원들과 함께 펌프질을 그만두고 헐떡거리며 앞으로 나아가 권양기 위에 털썩 주저앉았다네. 얼굴이 불타듯 붉어진 호수족은 핏발선 눈으로 이마에서 흘러내리는 땀을 훔치고 있었지. 그런데 그때 래드니가 이렇게 심한 육체적 고통을 받고 있던 그에게 쓸데없는 참견을 했다는군. 대체 어떤 뱃속이 시커먼 악마에게 사로잡혀 있었는지 모르지만, 화가 나서 갑판을 성큼성큼 걸어 다니던 항해사가 그에게, 빗자루를 들고 갑판을 쓸어라, 그다음에는 삽을 들고 돼지가 여기저기 싸놓은 오물을 치우라고 말한 거야.

그런데 항해 중에 갑판을 청소하는 일은 강풍이 불지 않는 한 저녁마다 하는 일이고, 심지어는 배가 침몰하고 있는 경우에도 게을리할 수 없는 일로 알려져 있지. 바다의 관습은 그렇게 엄격하고, 선원들은 본능적으로 깨끗한 것을 좋아해. 얼굴을 씻지 않고는 물에 빠지는 것도 꺼리는 사람이 있을 정도니까 말이야. 하지만 갑판 청소는 급사가 있는 배에서는 급사가 하는 것이 관례야. 게다가 '타운호'호에서는 선원들이 여러 조로 나뉘어 교대로 펌프질을 하는데, 스틸킬트는 그 억센 자들 중에서도 가장 힘센 사내였기 때문에 당연히 조장으로 임명되어 있었지. 그래서 그는 동료들과 마찬가지로 항해 자체와 관련이 없는 사소한 잡일 따위는 면제받아야 마땅했어. 내가 이런 이야기를 다 털어놓는 것은 이 사건이 두 사람 사이를 어떻게 갈라놓았는지를 자네들이 정확히 이해할 수 있도록 하기 위해서야.

하지만 그뿐만이 아니었어. 삽으로 돼지 오물을 치우라는 명령은 스틸킬트를 노골적으로 모욕하려는 의도에서 나온 게 분명했지. 그건 래드니가 스틸킬트의 얼굴에 침을 뱉은 거나 마찬가지였어. 포경선에 타본 사람이라면 누구나 이해할 거야. 항해사의 명령을 들었을 때 호수족은 항해사의 속셈을 충분히 알아차렸지. 하지만 그는 잠시 꼼짝도 않고 앉아서 심술 사나운 항해사의 눈을 들여다보고, 상대방의 마음속에 화약통이 산더미처럼 쌓여 있고 도화선이 그 화약더미를 향해 조용히 타들어가고 있다는 것을 알아차렸을 때, 그러니까 이 모든 것을 본능적으로 깨달았을 때, 그 기묘한 참을성, 가뜩이나 화가 나 있는 사람을 건드려서 더 강렬한 감정을 자극하지 않겠다는 심정, 진정한 용기를 가진 자들이 핍박이나 모욕을 당했을 때 느끼는 반감, 무어라 형언할 수 없는 이 유령 같은 감정이 어느새 스틸킬트를 엄습했던 거야.

그래서 일시적인 피로 때문에 다소 숨이 차기는 했지만 여느 때와 같은 어조로 갑판 청소는 자기 담당이 아니니까 하지 않겠다고 대답한 다음, 삽에 대해서는 언급하지 않은 채 관례적으로 청소를 맡고 있는 세 소년을 가리켰지. 그 소년들은 펌프질도 하지 않았고 온종일 아무 일도 하지 않았어. 그러자 래드니는 좀 전의 명령을 되풀이하고는 다짜고짜 폭언과 욕설을 퍼부으면서, 가까이 있던 통에서 낚아챈 통장이의 망치를 치켜들고 조용히 앉아 있는 호수족에게 다가갔지.

땀을 뻘뻘 흘리고 있는 스틸킬트는 고된 펌프질을 하느라 열이 나고 짜증이 나 있었기 때문에, 처음에는 대단한 자제심을 보여주었지만 항해사의 이런 태도를 보고는 더 이상 참을 수 없었지. 마음속에서 불길이 활활 타오르며 연기를 내뿜고 있었어. 그래도 여전히 아무 말도 하지 않고 자기 자리에 뿌리를 박은 듯 끈질기게 앉아 있었지. 그러다가 마침내 성난 래드니가 명령대로 하라고 고함을 지르면서 스틸킬트의 얼굴에 거의 닿을 만큼 망치를 휘둘렀다네.

스틸킬트는 벌떡 일어나더니 천천히 뒷걸음치며 권양기 주위를 돌았고, 항해사는 망치를 휘두르며 끈질기게 따라붙었지. 스틸킬트는 지시에 따르지 않겠다고 침착하게 되풀이 말했지만, 아무리 참아도 별로 효과가 없다는 걸 알고는 자기 손을 비틀어 보임으로써 무언의 끔찍한 암시를 보냈다네. 가까이 오지 말라는 경고였지만, 그 어리석고 얼빠진 항해사한테는 아무 효과가 없었지. 이런 식으로 두 사람은 권양기 주위를 천천히 한 바퀴 돌았는데, 참을 만큼 참았다고 생각한 호수족은 드디어 더는 물러서지 않기로 작심하고 해치 뚜껑 위에 멈춰 서서 항해사에게 말했다네.

'래드니 씨, 나는 당신 명령에 따르지 않겠소. 그 망치를 내려놓으시오.

안 그러면 재미없을 거요.' 하지만 운명이 정해진 항해사는 꼼짝도 않고 서 있는 호수족에게 더 가까이 다가가서, 이제는 이빨에 닿을 정도로 망치를 휘두르면서 차마 듣기 민망한 악담을 퍼부었다네. 스틸킬트는 천분의 1센티미터도 물러서지 않고 비수처럼 단호한 눈초리로 상대의 눈을 쏘아보면서, 등 뒤에서 움켜쥔 오른쪽 주먹을 천천히 앞으로 내밀며 협박자를 향해 말했지. 그 망치가 내 뺨을 살짝 스치기만 해도 널 죽여버리겠다고. 하지만 그 머저리는 신들의 저주를 받아 죽을 운명이었던 모양이야. 곧 망치가 호수족의 뺨에 닿았고, 다음 순간 항해사는 아래턱에서 머리까지 부서지고 말았지. 고래처럼 피를 내뿜으면서 해치 뚜껑 위에 너부러졌다네.

비명소리가 고물에 닿기도 전에 스틸킬트는 밧줄 하나를 흔들면서 높은 돛대 망루에 있는 두 동료에게 올라가고 있었지. 동료들은 둘 다 운하족이었어."

"운하족?" 돈 페드로가 소리쳤다. "우리는 항구에서 수많은 포경선을 보았지만, 운하족이라는 말은 금시초문이군. 운하족은 대체 누구이고 어떤 자들인가?"

"운하족이란 우리나라의 이리 운하[286]에서 일하는 족속을 말하는 거야. 자네도 들어본 적이 있을걸."

"아니야. 이렇게 지루하고 따뜻하고 게으르고 인습적인 나라에서는 자네의 그 활기찬 북쪽 나라를 거의 모르고 있어."

"그런가? 그렇다면 돈, 내 잔을 다시 채워주게. 참 괜찮은 술이군! 그러면 이야기를 계속하기 전에 운하족이 어떤 자들인지부터 가르쳐주지. 그걸 알게 되면 내가 하는 이야기도 보다 더 이해할 수 있을 테니까.

운하의 길이는 580킬로미터, 즉 뉴욕주 전체의 너비야. 번잡한 도시와 활기찬 마을을 지나고, 아무도 살지 않는 늪지대와 비옥한 경작지를 지나

---

[286] 미국 뉴욕주 북서부에 있는 운하. 이리호에서 시작하여 허드슨강을 거쳐 뉴욕항으로 연결된다.

고, 당구장과 술집을 지나고, 신성한 숲을 지나고, 인디언의 강들에 걸려 있는 로마식 아치 다리를 지나고, 양달과 응달을 지나고, 행복한 자와 불행한 자들 옆을 지나고, 저 고귀한 모호크[287] 계곡의 변화무쌍한 풍경을 지나고, 특히 눈처럼 새하얀 예배당들과 이정표처럼 늘어서 있는 교회 첨탑들을 지나면서 끊임없이 흐르는 것은 베네치아처럼 타락하고 때로는 무법적인 삶의 흐름이라네. 그 흐름 속에는 진짜 아샨티족[288]도 있을 것이고 울부짖는 이교도도 있을 거야. 자네가 그들을 찾을 수 있는 곳은 바로 자네 옆집일세. 교회당의 긴 그림자 아래, 바람이 미치지 않는 교회당의 아늑한 그늘에서 그들을 보게 될 거야. 무슨 운명의 장난인지, 대도시의 도적들은 재판소 주위에 진을 치는 것이 자주 눈에 띄듯이, 죄인들은 가장 신성한 교회 부근에 가장 많이 있는 법이라네."

"저기 지나가는 건 수도승이 아닌가?" 돈 페드로가 혼잡한 광장 쪽을 바라보면서 익살스럽게 말했다.

"북쪽 친구에게는 반가운 일이겠지만, 여기 리마에서는 이사벨 여왕[289]의 종교재판소도 한물갔지." 돈 세바스티안이 웃으면서 말했다. "이야기나 계속하게."

"잠깐만." 돈 페드로가 외쳤다. "우리 리마 시민 모두의 이름으로 자네한테 말해두고 싶은 게 있는데, 자네가 타락을 비교할 때 오늘날의 리마 대신 멀리 떨어진 베네치아를 들추어낸 그 세심한 뜻을 우리는 결코 간과하지 않았다는 걸세. 아니, 절까지 하며 놀란 표정을 짓지는 말게. 자네는 이 일대에서 널리 쓰이는 말을 알고 있겠지? '리마처럼 타락한다'는 비유 말일세. 그건 자네의 말을 뒷받침해주기도 하지. 당구장보다 교회당이 더 많고, 그것도 항상 열려 있지만, 그래도 '리마처럼 타락한다'는 거야. 베네

---

287 뉴욕주 북부를 흐르는 모호크강 유역. 모호크는 이 일대에 살았던 인디언 부족.

288 아프리카 서부의 가나 중앙부 일대에 사는 부족.

289 카스티야의 여왕(재위 1474~1504). 아라곤의 왕 페르난도와 결혼한 뒤 공동 통치하여 스페인을 통일했다. 콜럼버스의 신대륙 발견을 후원했으며, 종교적 확신이 강하여 종교재판을 도입했다.

치아도 마찬가지야. 나도 가본 적이 있지. 저 축복받은 복음 전도자 성 마르코의 거룩한 도시! 성 도미니크[290]여, 그 도시를 깨끗하게 해주소서. 자, 자네의 잔을 내밀게. 고맙네. 내가 잔을 다시 채워주지. 자, 한 잔 더……."

"운하족은 사람들의 눈길을 끌 만큼 사악하니까, 그의 천성을 거리낌 없이 묘사하면 훌륭한 연극 주인공이 될 거야. 마르쿠스 안토니우스[291]처럼 푸른 잔디와 꽃이 우거진 나일강을 며칠씩 떠다니며 볼이 발그레한 클레오파트라와 공공연히 농탕을 치고, 살굿빛 종아리를 양지바른 갑판 위에 드러내놓고 햇볕에 태운다네. 하지만 뭍에만 올라오면 돌변해버리지. 보란 듯이 산적 흉내를 낸다든지 화려한 리본이 달린 모자를 삐딱하게 쓴다든지, 그야말로 호기를 부리는 거야. 배가 지나는 강변 마을의 명랑하고 순박한 사람들한테 그는 공포의 대상이고, 시커먼 얼굴과 으스대는 걸음걸이는 도시에서도 기피 대상이라네. 나도 한때 그 운하에서 방랑하다가 어느 운하족에게 신세를 졌는데, 진심으로 고맙게 생각하고 있지. 배은망덕한 짓은 하고 싶지 않아. 폭력배들이 부자를 약탈할 뿐만 아니라 이따금 곤경에 빠진 낯선 사람들을 도와주는 것은 그 결점을 벌충해주는 주요한 자질인 경우가 많다네. 요컨대 이 운하 생활이 얼마나 거칠고 험한지를 분명히 보여주는 것은, 운하 생활을 청산한 사람들 대다수가 우리 포경업계에 들어오지만 시드니[292]에서 온 사람을 빼고는 인류의 어떤 종족도 그들만큼 포경선 선장의 불신을 받는 족속은 없다는 사실일세. 그리고 운하 연변의 마을에서 태어난 수많은 소년과 청년들에게 이 대운하에서 보내는 견습 기간은 기독교도의 옥수수밭에서 조용히 농작물을 수확

---

290 성 도미니크(1170~1221): 스페인의 가톨릭 성직자. 1216년 교황의 허가로 도미니크 수도회를 창설했다.

291 마르쿠스 안토니우스(기원전 82~30): 로마 공화정 시대의 군인·정치가. 제2차 삼두정치를 행하고 동방을 원정하여 이집트 여왕 클레오파트라를 아내로 삼았으나 악티움 해전(기원전 31)에서 옥타비아누스에게 패하여 자결했다.

292 오스트레일리아 남동부에 있는 항구도시. 이곳은 원래 영국인 죄수의 유형지였다.

하는 일에서 가장 미개한 바다를 경작하는 일로 뛰어들 때까지 유일한 수습 기간이 된다는 것도 이 문제의 기묘함을 전혀 감소시키지 못해."

"알았다! 알았어!" 돈 페드로는 은빛 주름깃에 술을 엎지르며 격렬하게 외쳤다. "사람은 여행할 필요가 없어. 세계는 바로 리마야. 사실 지금까지는 날씨가 온화한 북반구에서는 사람들이 모두 산처럼 차갑고 신성한 줄 알았는데…… 어쨌든 이야기를 계속하게."

"호수족이 밧줄을 흔들었다는 데까지 얘기했지? 그러자 젊은 항해사 세 명과 작살잡이 네 명이 그를 둘러싸고, 모두 합세하여 갑판으로 끌어내렸다네. 하지만 두 운하족이 재앙을 가져오는 혜성처럼 밧줄을 타고 내려와서는 소동 한복판으로 뛰어들어 동료를 끌고 앞갑판으로 도망치려고 했지. 그러자 다른 선원들도 가담하여 그들을 도우려 했기 때문에 복잡하게 뒤엉킨 소동이 벌어졌다네. 약삭빠른 선장 녀석은 안전한 곳에서 창을 휘두르며 저 극악무도한 놈들을 잡아서 뒷갑판으로 끌고 가라고 간부선원들에게 소리소리 지르면서 뛰어다녔지. 이따금 난투장 가까이 접근해서 원한의 대상을 창으로 찌르려고 했지만, 다른 선원들이 모두 덤벼들어도 스틸킬트 일당을 당해낼 수는 없었어. 스틸킬트 일당은 앞갑판을 점령하는 데 성공하자, 재빨리 서너 개의 커다란 통을 굴려서 권양기와 한 줄로 이어놓았지. 그리고 이 바다의 파리 시민들은 그것을 바리케이드[293]로 삼아서 그 뒤에 몸을 숨겼다네.

'이 해적 놈들아, 나와라!' 선장은 방금 급사가 가져온 권총을 양손에 하나씩 들고 그들을 위협하면서 으르렁거렸다. '거기서 나와! 이 흉악한 살인자 놈들아!'

스틸킬트는 바리케이드 위로 뛰어올라 이리저리 거닐면서 권총으로 무슨 짓을 하든 무섭지 않다고 호통을 치고는, 나(스틸킬트)를 죽이면 선

---

293 1789년 프랑스혁명 때 파리 시민들은 길거리마다 바리케이드를 쌓고 군대에 맞섰는데, 여기에 빗댄 표현이다.

원 전체가 반란을 일으키게 될 거라고 선장한테 분명히 말했지. 선장은 이 말이 사실로 입증되지나 않을까 속으로 두려워하면서도, 당장 제자리로 돌아가서 맡은 일을 계속하라고 반란자들에게 여전히 명령을 되풀이하고 있었다네.

'그렇게 하면 우리한테 손을 대지 않겠다고 약속하겠소?' 하고 우두머리인 스틸킬트가 물었지.

'돌아가라! 제자리로 돌아가! 약속은 안 한다! 맡은 일을 계속해. 이런 식으로 한꺼번에 일을 중단하다니, 이 배가 가라앉아도 좋다는 말이냐? 자리로 돌아가라!' 선장은 이렇게 재촉하면서 다시 권총을 쳐들었지.

'배가 가라앉는다고?' 스틸킬트는 소리를 질렀지. '그래, 배가 가라앉으면 좋겠군. 당신이 우리한테 손끝 하나 대지 않겠다고 약속하지 않으면 우리는 아무도 돌아가지 않겠어. 자네들 생각은 어때?' 하며 동료들을 돌아보았지. 그러자 동료들은 우렁찬 함성으로 응답했다네.

그래서 호수족은 선장한테 줄곧 눈길을 둔 채 바리케이드를 순찰하면서 이런 말을 또박또박 뱉었지. '이건 우리 잘못이 아니야. 우리가 원했던 바도 아니야. 나는 망치를 치우라고 말했을 뿐이야. 그건 급사가 할 일이었어. 그는 이렇게 되기 전에 내가 어떤 놈인지 알고 있었을 거야. 나는 들소를 건드리지 말라고 말했지. 놈의 빌어먹을 턱 때문에 내 손가락이 부러진 것 같아. 이봐, 앞갑판 아래 선원실에 고기칼이 있지 않나? 저 권양기 막대를 조심해. 이봐요 선장, 조심해요. 그리고 뭐라고 말 좀 해보쇼. 바보같이 굴지 말고, 깨끗이 잊어버려요. 우리는 제자리로 돌아갈 준비가 되어 있소. 우리를 점잖게 대해주기만 한다면 시키는 대로 하리다. 하지만 처벌은 사양하겠소.'

'돌아가라! 제자리로 돌아가! 약속은 안 한다.'

'이봐요!' 호수족은 선장을 향해 팔을 뻗으며 고함을 질렀지. '여기 있는 우리 중에는 선박 여행을 위해 이 배에 탄 사람도 몇 명 있소. 나도 그중

한 사람이오. 따라서 선장도 잘 알고 있겠지만, 우리는 이 배가 닻을 내리자마자 배에서 내리게 해달라고 요구할 권리가 있단 말이오. 그래서 우리는 소동이 일어나는 걸 바라지 않아요. 그건 우리한테 이롭지 않으니까. 우리는 조용히 지내고 싶소. 일할 준비는 되어 있지만 매질을 당할 생각은 추호도 없어요.'

'돌아가! 어서!' 선장은 짐승처럼 으르렁거렸지.

스틸킬트는 잠시 주위를 둘러본 다음 말했지. '선장, 사실은 당신을 죽이거나 저런 비열한 녀석 때문에 목매달리고 싶지는 않소. 당신들 쪽에서 먼저 덤벼들지만 않는다면 우리도 당신들한테 손대지 않겠소. 그렇지만 우리를 매질하지 않겠다고 약속할 때까지는 아무 일도 하지 않겠소.'

'그럼 앞갑판 아래 선원실로 들어가서 처박혀 있어. 신물이 날 때까지 처박아둘 테니까. 어서 내려가.'

'어떻게 할까?' 우두머리가 동료들에게 물어봤지. 대부분 반대했지만, 결국에는 스틸킬트의 의견에 따라 그에게 쫓기듯 내려와서 동굴로 들어가는 곰처럼 으르렁거리며 자기네 굴속으로 사라졌다네.

모자를 쓰지 않은 호수족의 머리가 갑판 널빤지와 수평이 되었을 때, 선장과 그의 일당은 바리케이드를 뛰어넘어 재빨리 해치 뚜껑을 닫고는 두 손으로 누르고 큰 소리로 급사를 불러 갑판과 선장실 사이의 계단에 달려 있는 묵직한 놋쇠 자물쇠를 가져오게 했어. 그런 다음 선장은 해치 뚜껑을 조금 열고 그 틈새로 뭐라고 속삭이고는 다시 뚜껑을 닫고 열쇠를 돌려서 자물쇠를 채웠지. 그렇게 열 명은 선원실에 가두고 그때까지 중립을 지킨 20여 명은 갑판에 남겨두었다네.

밤새도록 간부선원들은 한숨도 못 자고 앞갑판과 뒷갑판, 특히 앞갑판 해치와 현창을 감시하면서, 반란자들이 칸막이를 부수고 뛰쳐나오지나 않을까 두려워했지. 그러나 밤은 무사히 지나갔고, 아직 맡은 자리에 남아 있던 자들은 열심히 펌프질을 하여 이따금 딸랑거리는 소리만 음산한

밤공기를 뚫고 배 전체에 음울하게 울려 퍼지고 있었다네.

　해가 뜨자 선장은 이물 쪽으로 가서 갑판을 두드리며 그 밑에 갇혀 있는 죄수들에게 제자리로 돌아가서 일하라고 말했지만, 죄수들은 일제히 큰 소리로 거절했어. 그래도 선장은 물을 내려주고 건빵을 두어 줌 던져준 다음, 다시 자물쇠를 채우고 열쇠를 호주머니에 집어넣고 뒷갑판으로 돌아갔지. 사흘 동안 이런 일을 하루에 두 번씩 되풀이했어. 그런데 나흘째 되는 날 아침, 여느 때처럼 선장이 일을 하라고 부르자, 말다툼하는 소리에 뒤이어 난투를 벌이는 소리가 들려왔다네. 그러더니 갑자기 네 명이 앞갑판 아래 선원실에서 뛰쳐나와 일을 하겠노라고 말했지. 밀폐된 선원실의 악취 나는 공기, 굶어 죽기 알맞은 식사, 게다가 결국에는 벌을 받게 될 거라는 두려움 때문에 무조건 항복할 수밖에 없었던 거야. 여기에 용기를 얻은 선장은 남은 죄수들에게도 같은 요구를 했지만, 스틸킬트는 쓸데없는 소리 집어치우고 어서 꺼지라고 호통을 쳤어. 닷새째 되는 날 아침에는 반란자 가운데 세 명이 만류하는 손을 뿌리치고 맑은 공기 속으로 뛰쳐나왔지. 이제 남은 사람은 세 명뿐이야.

　'이쯤 되면 일하러 돌아가는 게 좋을걸.' 선장이 비정하게 비웃으면서 말했지.

　'뚜껑이나 닫아.' 스틸킬트는 호통을 쳤어.

　'그래? 소원대로 해주지.' 선장은 자물쇠를 찰칵 채워버렸어.

　이때 스틸킬트는 지금까지의 동지들 가운데 일곱 명이 변절하는 바람에 속이 뒤집힌 데다 선장의 비웃는 소리가 가시처럼 가슴을 찔렀고, 절망의 창자처럼 캄캄한 곳에 갇혀 있어서 미칠 것만 같았지. 스틸킬트도 더는 견디기 힘들었는지, 지금까지 같은 배짱으로 견뎌온 두 운하족에게 이렇게 제안했다네. 다음에 선장이 부르러 오면 여기서 뛰쳐나가, 예리한 고기칼을 들고 뱃머리에서 고물 난간까지 닥치는 대로 달려서 배를 빼앗자고. 너희들이 가담하든 말든 나 혼자라도 하겠다고 말했지. 이런 굴속에서 지내는 것도 이게 마지막 밤이라고. 그런데 두 동지는 이 계획에 반대하기는커녕, 자기들도 기꺼이 할 용의가 있다고 말했지. 항복만 아니라면 어떤 미친 짓도 하겠다고, 게다가 돌격하는 순간이 오면 자기가 가장 먼저 갑판으로 뛰쳐나가겠다고 서로 고집을 부렸지만, 우두머리는 여기에 반대하고 자기가 선두에 서야 한다고 주장했지. 더구나 사다리는 한 번에 한 사람밖에 올라갈 수 없으니까 두 사람이 나란히 선두에 설 수 없다고 말렸던 거야. 결국은 이렇게 해서 두 악당의 비열한 흉계가 꾸며졌다네.

우두머리의 터무니없는 계획을 듣자마자 두 사람의 마음속에는 갑자기 똑같은 궁리가 떠올랐던 모양이야. 물론 반란자 열 명 가운데 자신들이 마지막까지 남기는 했지만, 남아 있는 세 사람 중에서나마 먼저 투항하여 조금이라도 용서받을 기회를 확보하자는 속셈이었지. 하지만 스틸킬트가 마지막까지 우두머리로서 앞장서겠다는 결심을 밝히자, 악당끼리 미묘하게 마음이 통해서 지금까지 마음속에 감추어두었던 배신의 속셈이 하나로 합쳐진 거야. 우두머리가 잠들자 두 사람은 두세 마디로 속셈을 털어놓고는, 잠자고 있는 스틸킬트를 밧줄로 꽁꽁 묶고 입에 재갈을 물렸지. 그러고는 한밤중에 선장을 불러댔다네.

살인이 났다고 생각한 선장과 무장한 항해사들과 작살잡이들은 어둠 속에서 피비린내를 찾아 앞갑판으로 몰려들었지. 순식간에 뚜껑이 열리면서, 손과 발이 묶인 채 여전히 몸부림치고 있는 우두머리를 간악한 동지들이 밖으로 던져 올리고는, 살인을 계획한 자를 사로잡은 공로를 인정해달라고 주장했다네. 하지만 두 사람도 역시 우두머리와 함께 체포되어 죽은 소처럼 갑판 위를 끌려다닌 뒤, 세 개의 고깃덩어리처럼 뒷돛 버팀줄에 아침까지 매달려 있었다네. '나쁜 놈들!' 선장은 그들 앞을 오락가락하면서 호통을 쳤지. '독수리도 네놈들은 뜯어 먹지 않을 거다, 이 악당 놈들아!'

아침이 되자 선장은 선원들을 모두 소집하여 반란에 가담한 자와 가담하지 않은 자를 갈라놓고, 반란자들에게 말하기를, 네놈들을 모두 매질할 작정이다, 아무리 생각해도 그래야겠다, 그렇게 하지 않고는 기강을 바로 세울 수가 없다, 그러나 일찍 항복했다는 점을 참작하여 이번만은 훈계하는 것으로 용서하겠다—그는 사투리가 섞인 말로 일장 연설을 늘어놓았다네.

'하지만 너희들, 썩은 고깃덩어리 같은 네놈들은······' 선장은 밧줄에 매달려 있는 세 놈을 돌아보면서 '잘게 썰어서 가마솥에 넣어버릴 테다' 하고는 밧줄로 두 배신자의 등을 후려갈기기 시작했지. 그들이 더 이상 비명을 지를 기력도 없어서 예수와 함께 십자가에 못 박혔던 두 도둑[294]처럼 고개를 푹 숙이고 죽은 듯이 매달려 있을 때까지 매질을 계속했다네.

'네놈들 때문에 손목을 삐었어.' 마침내 선장이 외쳤지. '하지만 밧줄은 아직도 충분히 남아 있다. 싸움닭 같은 놈, 네놈은 끝까지 항복하지 않았지. 저놈 입에서 재갈을 풀어라. 무슨 소리를 지껄이는지 좀 들어보자!'

탈진한 반란자는 잠시 경련을 일으킨 듯 턱을 떨고 있다가 이윽고 고통스럽게 목을 비틀어 돌리면서 쉰 목소리로 말했다네.

'내가 할 말은 이거다. 잘 듣고 명심해. 나를 매질하면 너를 죽여버리겠어!'

'그래? 그렇다면 내가 너를 얼마나 무서워하는지 봐라!' 선장은 밧줄로 반란자를 때리기 시작했어.

'그만두는 게 좋을 거야.' 호수족이 쉰 목소리로 말했지.

'하지만 나는 때려야겠다!' 선장은 다시 호수족을 때리려고 밧줄을 뒤로 뺐지.

그때 스틸킬트가 뭐라고 작은 소리로 중얼거렸는데, 그 소리를 들은 것은 오직 선장 한 사람뿐인 것 같았어. 그러자 놀랍게도 선장은 뒤로 펄쩍 물러나더니 빠른 걸음으로 갑판을 두세 번 오락가락하다가 갑자기 밧줄

---

294 신약성서 「마태복음」 27장 38절에 "그때 강도 두 사람이 예수와 함께 십자가에 못 박혔는데, 하나는 오른쪽에, 하나는 왼쪽에 매달렸다"라는 구절이 나온다.

을 내던지고 말했지.

'안 되겠다. 이봐, 저놈을 풀어줘. 내려주라니까. 내 말 안 들리나?'

하지만 젊은 항해사들이 그 명령을 이행하려고 서두르고 있을 때, 새하얀 얼굴에 붕대를 감은 사나이가 그들을 막았어. 바로 일등항해사 래드니였지. 래드니는 스틸킬트한테 얻어맞은 뒤 줄곧 침상에 누워 있다가 그날 아침에 갑판에서 벌어진 소동을 듣고는 몰래 나와서 이제까지 지켜보고 있었던 거야. 입이 형편없이 터져서 말도 제대로 할 수 없었지만, '선장이 할 수 없는 일을 나는 기꺼이 하겠고 또 할 수 있다'는 의미의 말을 중얼거리면서 밧줄을 집어 들고는, 꽁꽁 묶인 채 매달려 있는 적에게 다가갔지.

'비겁한 놈!' 호수족이 쉰 목소리로 외쳤어.

'그래. 하지만 한 대 맞아봐라.' 항해사가 막 때리려는데 또다시 쉰 목소리가 들리자 항해사는 쳐든 팔을 멈추고 잠시 망설였어. 하지만 더 이상 망설이지 않고, 스틸킬트가 뭐라고 협박했는지는 모르지만 그 협박을 무릅쓰고 자기가 한 말을 실행에 옮겼지. 그 후 세 사람은 풀려났고, 선원들은 다시 일하러 돌아가고, 우울한 선원들이 부루퉁한 얼굴로 움직이는 펌프에서는 전처럼 뗑그렁거리는 소리가 나기 시작했다네.

날이 저물어 당직 한 사람이 아래로 내려갔을 때, 앞갑판 아래 선원실에서 요란한 소리가 들려왔어. 두 배신자가 부들부들 떨면서 달려와 선장실 문에 매달리며 동료들과 함께 일할 수 없다고 말했다네. 제발 돌아가라고 간청해도, 손바닥으로 때려도, 발로 걷어차도 돌아가지 않으려 했기 때문에, 결국 선장은 그들의 요구대로 배 밑창에 가두어서 그들을 구해주기로 했지. 하지만 나머지 선원들이 다시 반란을 일으킬 조짐은 보이지 않았어. 그러기는커녕 주로 스틸킬트가 부추긴 덕분에 그들은 아주 얌전하게 굴면서 끝까지 모든 명령에 복종하다가 배가 항구에 닿으면 일제히 달아나기로 결심했지. 하지만 그들은 항해를 되도록 빨리 끝내기 위해 고래를 보아도 모른 체하기로 합의했어. '타운호'호는 물이 새는 것 말고도 여러 가지 위험한 사정이 있었는데도 고래 감시를 그만두지 않았고, 선장은 그 순간에도 고래 어장에 처음 도착했을 때만큼 고래를 추적하고 싶어 했고, 항해사 래드니 역시 언제든지 침상을 포경 보트로 바꿀 용의가 있었고, 입에 붕대를 감고 있으면서도 고래의 치명적인 아가리에 재갈을 물리고 싶어 했으니까.

스틸킬트는 순종하는 태도를 취하라고 선원들을 설득했지만, 제 심장을 찌른 놈에게 개인적으로 앙갚음하겠다는 계획을 품고 있었지(적어도 모든 일이 끝나기 전에는 반드시 복수하겠다고). 스틸킬트는 일등항해사 래드니의 당직조에 속해 있었어. 그런데 이 얼빠진 사내는 파멸을 자초하려는 것처럼 스틸킬트를 밧줄로 때린 뒤에도 선장의 각별한 권유를 뿌리치고 밤번 지휘를 맡겠다고 고집을 부린 거야. 그런데 스틸킬트는 이런 기회나 다른 상황을 이용하여 항해사에게 복수할 계획을 치밀하게 세우고 있었지.

밤이 되면 래드니는 뱃놈답지 않게 뒷갑판 뱃전에 걸터앉아 뱃전에 매달려 있는 보트의 뱃전에 팔을 올려놓는 버릇이 있었다네. 그가 이런 자세를 취하고 가끔 졸기도 한다는 것은 잘 알려져 있었지. 그런데 보트와 본선 사이에는 상당한 공간이 있었고, 그 밑은 바로 바다였어. 스틸킬트는 자신의 교대 시간을 계산해보고, 다음에 키잡이를 하게 되는 것은 동지들에게 배신을 당한 날로부터 사흘째 되는 날 오전 2시라는 것을 알았지. 그가 밑에서 당직을 설 때는 틈틈이 무언가 정성 들여 짜면서 시간을 보냈다네.

'뭘 만들고 있나?' 동료가 물었지.

'이게 뭐라고 생각하나? 뭣처럼 보이나?'

'수장할 때 자루 주둥이를 조이는 쾜줄 같은데? 하지만 쾜줄치고는 좀 이상해 보이는군.'

'그래, 그럴지도 모르지.' 호수족은 그것을 두 손으로 잡고 팔을 벌리면

서 말했어. '하지만 잘될 거야. 이봐, 끈실이 좀 모자라는데, 자네 혹시 갖고 있나?'

하지만 앞갑판 아래 선원실에는 끈실이 전혀 없었지.

'그럼 래드니 영감한테 좀 얻어와야겠군.' 그는 고물 쪽으로 가려고 일어났어.

'설마 그놈한테 구걸하러 가려는 건 아니겠지?' 선원이 말했어.

'안 될 이유라도 있나? 이게 결국 영감한테 도움이 된다면 영감도 나한테 친절을 베풀 거라고 생각지 않나?' 스틸킬트는 이렇게 말하고 항해사에게 가더니 조용히 바라보면서 그물침대를 꿰맬 끈실을 좀 달라고 청했고, 래드니는 군말 없이 내주었지. 하지만 끈실도 쬠줄도 그 후 다시는 보이지 않았다네. 이튿날 밤 호수족이 그물침대 속에 코트를 넣어 베개를 만들고 있을 때, 그물로 동여맨 쇠공이 호수족의 재킷 주머니에서 반쯤 굴러 나왔지. 스물네 시간 뒤면 고요한 갑판에서 내가 키잡이 당번이 된다…… 그 옆에는, 늘 선원들 가까이 있어서 언제라도 무덤으로 돌변할 수 있는 바다 위에서 걸핏하면 졸기 잘하는 항해사가 있다…… 그 버릇이 나왔을 때야말로 그자의 운명의 시간이지. 그 운명을 내다본 스틸킬트의 마음속에서 항해사는 이미 이마가 으깨진 채 뻣뻣하게 굳어버린 송장이나 마찬가지였다네.

그런데 어떤 머저리가 살인자가 될 뻔한 이 사내를 그 피비린내 나는 범행에서 구해준 거야. 하지만 스틸킬트는 손을 더럽히지 않고도 완전한 복수를 할 수 있었다네. 신비로운 운명의 장난으로 하늘이 끼어들어, 스틸킬트가 저지르려 했던 저주받을 행위를 그의 손에서 빼앗아간 거지.

이틀째 되는 날 새벽, 동이 트고 해가 막 떠오르려 할 즈음, 선원들이 갑판을 씻어내고 있을 때, 닻사슬이 있는 곳에서 물을 퍼내고 있던 테네리페섬[295] 출신의 머저리 녀석이 느닷없이 소리를 질렀어. '고래다! 저기 고

---

295 아프리카 북서부 대서양의 카나리아 제도에서 가장 큰 섬.

래가 간다! 맙소사. 세상에 저런 고래가 있다니!' 바로 모비 딕이었지!"

"모비 딕이라고?" 돈 세바스티안이 소리쳤다. "세상에! 고래도 세례를 받나? 이름을 가지게. 누구를 모비 딕이라고 부르는 건데?"

"아주 하얗고 유명하고 무섭기 짝이 없는 불멸의 괴물이야. 하지만 이야기하자면 너무 길어."

"왜? 어째서?" 스페인 젊은이들이 모두 모여들어 외쳤다.

"안 돼. 지금은 그 이야기를 할 수 없어. 제발 좀 비켜주게. 난 숨이 막힐 지경이야."

"술! 술을 줘!" 돈 페드로가 외쳤다. "팔팔한 우리 친구가 기절할 것 같아. 이 친구의 빈 잔에 술을 가득 채워!"

"아니, 술은 필요 없네. 잠깐만 기다려. 이야기를 계속할 테니까…… 그 테네리페 출신 녀석은 배에서 50미터도 채 떨어지지 않은 곳에 눈처럼 하얀 고래가 있는 것을 갑자기 발견하고는 흥분한 나머지 선원들 간의 약속을 깜박 잊고 저도 모르게 본능적으로 괴물이 있다고 소리를 질렀는데, 사실은 세 개의 돛대 망루에 있던 자들도 얼마 전부터 그 고래를 분명히 보고 있었던 거야. 어쨌든 모두 광란 상태에 빠졌지. '흰 고래다! 흰 고래야!' 선장도 항해사도 작살잡이들도 모두 외치면서, 무서운 소문에도 꺾이지 않고 그렇게 유명하고 귀중한 고래를 무척이나 잡고 싶어 했다네. 반면에 완강한 선원들은 저주를 퍼부으면서도 거대한 우윳빛 덩어리의 섬뜩한 아름다움을 곁눈질로 보았지. 수평으로 비치는 햇빛을 받아 푸른 아침 바다에서 반짝이며 움직이는 그것은 마치 살아 있는 오팔 같았다네. 이 사건의 전모에는 야릇한 운명의 손길이 뻗쳐 있어서, 마치 이 세상의 지도가 만들어지기 전에 정말로 지도에 그 사건이 자세하게 나타난 것처럼 보였지. 명령에 반항한 호수족은 원래 일등항해사의 보트 뱃머리에서 노를 저었고, 고래한테 접근할 때 래드니가 창을 들고 뱃머리에 서면 그 옆에 앉아서 그의 명령에 따라 밧줄을 당기거나 늦추는 것이 그가 맡은 일이었어. 게다가 보트 네 척이 내려졌을 때는 래드니의 보트가 선두에 섰지. 힘껏 노를 저으면서 스틸킬트보다 더 격렬하게 기쁨의 환성을 지른 선원은 아무도 없었어. 힘차게 다가가서 작살잡이가 작살을 던지자, 창을 든 래드니가 뱃머리로 뛰쳐나갔지. 래드니는 보트만 타면 언제나 사나워지곤 했던 모양이야. 입에 붕대를 감고도 고래 등에 자기를 올려놓으라고 소리를 질렀다네. 노잡이는 기꺼이 바람 부는 쪽으로 뱃머리를 돌려서 두 개의 흰 것이 한데 섞인 몽롱한 거품 속을 지나갔지. 그러다가 갑자기 보트가 암초에 부딪힌 것처럼 옆으로 기울어졌고, 뱃머리에 서 있던 항해사는 바다에 떨어지고 말았다네. 항해사가 미끄러운 고래 등에 떨어진 순간 보트는 바로 일어나서 물결에 밀려났고, 래드니는 고래의 반대쪽 옆구리로 미끄러져 바닷속으로 내동댕이쳐지고 말았지. 래드니는 물보라를 뚫고 헤엄쳐 나와서, 그 베일 같은 물보라 속에 잠깐 희미하게 모습을 드러냈어. 그때 래드니는 모비 딕의 시야에서 벗어나려고 안간힘을 쓰고 있었지. 하지만 모비 딕은 갑자기 커다란 소용돌이를 일으키며 휙 방향을 돌리더니, 헤엄치고 있는 래드니를 이빨 사이에 문 채 높이 솟아올랐다가 이내 곤두박질치며 바닷속으로 가라앉고 말았다네.

한편 보트 밑바닥이 처음에 탁 소리를 냈을 때 호수족은 밧줄을 늦추어 소용돌이에서 물러섰고, 침착하게 상황을 지켜보면서 혼자 생각에 잠겼지. 하지만 보트가 갑자기 무시무시하게 아래쪽으로 끌려 내려가자 그는 재빨리 나이프를 꺼내 밧줄을 끊어버렸지. 밧줄을 끊었으니 고래는 자유로운 몸이 된 거야. 하지만 모비 딕은 조금 떨어진 곳에서 다시 물 위로 올라왔고, 래드니를 물었던 이빨에는 누더기가 된 래드니의 빨간 털옷 조각만 걸려 있었지. 네 척의 보트는 다시 고래를 추격했지만, 모비 딕은 교묘하게 그들을 피해 마침내 완전히 사라지고 말았다네.

이윽고 '타운호'호는 항구에 닿았지. 쓸쓸한 곳이었어. 문명인은 한 사람도 살고 있지 않는 미개한 땅이었다네. 그곳에서 선원들 가운데 대여섯 명만 빼고는 모두 호수족의 선동에 넘어가 야자나무 숲속으로 달아나고 말았지. 나중에 알았지만, 결국 그들은 야만인들이 전투용으로 쓰는 커다란 통나무배를 빼앗아 타고 다른 항구로 떠나버렸다는군.

선원이 몇 사람으로 줄어들었기 때문에, 선장은 섬사람들을 불러서 물이 새는 곳을 수리하기 위해 배를 뒤집는 일을 도와달라고 했지. 하지만 백인 몇 사람이 이 위험한 일꾼들을 밤낮으로 감시해야 했고, 일이 너무 힘들었기 때문에 배가 다시 바다로 나갈 준비가 되었을 때는 다들 기진맥진해서 몸이 쇠약해진 상태였어. 그래서 선장은 그렇게 무거운 배에 부하들을 태우고 출항할 용기가 없었지. 선장은 간부들과 의논해서 되도록 해안에서 멀리 떨어진 곳에 배를 정박시켰어. 그런 다음 대포 두 대에 탄환을 재어 뱃머리에 설치해두고 고물에는 소총을 늘어놓은 다음, 배에 가까이 오면 위험하다고 섬사람들에게 경고한 뒤 섬사람 한 명을 인질로 배에 태우고, 가장 좋은 포경 보트에 돛을 달고 순풍을 받으며 500킬로미터 떨어진 타히티섬[296]으로 곧장 달려가, 그곳에서 선원을 보충하기로 했다네.

나흘째 달렸을 때, 낮은 산호초에 닻을 내리고 있는 듯한 큰 통나무배 한 척이 보였다네. 선장은 피해서 가려 했지만, 그 난폭한 배가 이쪽으로 달려오더니 스틸킬트의 목소리가 들려온 거야. 스틸킬트는 멈추지 않으면 보트를 들이받아서 물속에 빠뜨리겠다고 위협했어. 선장은 권총을 꺼냈지. 하지만 호수족은 줄로 연결한 통나무배 두 척의 뱃머리에 발을 하나씩 딛고 서서, 권총이 찰칵 소리만 내면 모두 물거품 속에 파묻어버리겠다고 비웃으며 말했다네.

'어쩌라는 거냐?' 선장이 물었지.

'어디 가는 건가? 뭣 하러 가는 거야?' 스틸킬트가 물었지. '거짓말 말고 사실대로 말해.'

'선원을 보충하러 타히티로 가는 길이다.'

---

296 태평양 남부 소시에테 제도 동쪽에 있는 프랑스령 섬.

'좋다. 잠깐 네 배에 타겠다. 싸움은 안 한다.' 이렇게 말하자마자 그는 통나무배에서 뛰어내려 보트로 헤엄쳐 와서는 뱃전으로 올라가 선장과 마주 섰지.

'팔짱을 끼고 고개를 뒤로 젖혀. 이제 내가 하는 말을 복창한다. 스틸킬트가 배에서 내리면 이 보트를 저 섬에 대고 엿새 동안 꼼짝 않고 있겠다고 맹세합니다. 그렇게 하지 않으면 천벌을 받겠습니다.'

'잘했어. 아주 우수한 학생이군.' 호수족은 웃으면서 '잘 가시오, 선장!' 하고는 바다에 뛰어들어 동료들에게 헤엄쳐 돌아갔지.

보트가 해변에 상륙하여 코코넛나무 아래까지 끌려간 것을 확인한 뒤, 스틸킬트는 다시 돛을 올리고 오래지 않아 목적지인 타히티섬에 닿았지. 거기서는 행운이 그의 편이었어. 마침 프랑스로 떠나려던 배가 두 척 있었고, 게다가 운 좋게도 스틸킬트가 이끄는 선원의 수와 똑같은 수의 선원을 필요로 하고 있었어. 그리하여 그들은 배에 타게 되었지. 그러니 선장이 그들에게 법적으로 보복하려고 마음먹었다 해도 그들이 선수를 친 셈이 되었다네.

프랑스 배가 타히티섬을 떠난 지 열흘쯤 뒤에 포경 보트가 그곳에 도착했다네. 선장은 약간 문명화된 타히티 원주민 가운데 바다에 어느 정도 익숙한 사람을 채용할 수밖에 없었지. 선장은 원주민들의 돛단배 한 척을 빌려서 원주민 선원들을 태우고 본선으로 돌아왔고, 본선은 무사했기 때문에 다시 항해를 계속하게 되었다네.

스틸킬트가 지금 어디 있는지는 아무도 몰라. 하지만 낸터컷섬에서는 래드니의 미망인이 지금도 남편의 시신을 돌려주지 않는 바다를 바라보며, 남편을 죽인 그 흰 고래를 아직도 꿈에서 본다더군."

"그것으로 끝이야?" 돈 세바스티안이 조용히 물었다.
"그렇다네."

"그러면 방금 말한 이야기가 대체로 사실이라고 확신하나? 너무 놀라운 이야기여서 말이야! 믿을 만한 사람한테 들은 건가? 내가 너무 추궁하는 것 같다면 용서하게."

"우리도 모두 돈 세바스티안과 같은 생각이니까 용서하게." 거기에 모인 사람들 모두 흥미진진한 얼굴로 외쳤다.

"이 '황금 여관'에는 성경책이 한 권도 없나?"

"없어." 돈 세바스티안이 대답했다. "하지만 내가 이 근처에 있는 훌륭한 신부님을 알고 있으니까 그분이 빌려주실 거야. 내가 가서 가져오지. 하지만 자네는 충분히 생각한 끝에 한 말이겠지? 문제가 너무 심각해질지도 몰라."

"그러면 그분도 모셔올 수 있을까?"

"지금 리마에는 '아우토다페'²⁹⁷가 없지만, 이 친구는 위험을 무릅쓰고 우리 대주교와 맞설 모양이군." 그들 가운데 한 사람이 다른 사람에게 말했다. "달빛을 받지 않도록 좀 더 뒤로 물러가세. 이렇게까지 할 필요는 없을 것 같은데."

"돈 세바스티안, 조르는 것 같아서 미안하지만, 이왕이면 성경책 중에서도 제일 큰 걸 갖다주면 좋겠네."

"내가 말한 신부님이셔. 성경책을 갖고 오셨지." 돈 세바스티안이 키가 크고 근엄해 보이는 남자를 데리고 돌아와서 엄숙하게 말했다.

"모자를 벗겠습니다. 자, 존경하는 신부님, 밝은 데로 나오셔서 제가 만질 수 있도록 성경책을 제 앞에 들고 계셔주세요.

하느님, 굽어살피소서. 내 명예를 걸고 맹세하건대, 내가 한 이야기의 중요한 부분은 모두 사실이네. 나는 그것이 진실이라는 것을 알고 있어.

---

297 auto-da-fe. '신념의 행동'이라는 뜻의 스페인어. 15~19세기에 스페인과 포르투갈의 종교재판소에서 단죄를 받은 이단자와 배교자들에게 형벌을 부과하고 시행한 공개 참회 의식. 가장 극단적인 형태는 화형이었다.

그것은 이 지구상에서 일어난 일이고, 나는 그 배를 내 발로 밟은 적이 있고, 그 선원들도 알고 있지. 래드니가 죽은 뒤 스틸킬트를 만나 이야기를 나눈 적도 있다네."

{　　　제55장　　　}
괴상한 고래 그림들

캔버스는 없지만 나는 이제 곧 고래의 모습을 될 수 있는 대로 정확하게 그려보려고 한다. 즉 포경선 뱃전에 묶여 있는 몸뚱이 위를 실제로 걸어다닐 수 있게 되었을 때의 고래가 포경꾼의 눈에 실제로 어떻게 보이는지, 그 진정한 모습을 그려내고 싶다. 그에 앞서, 오늘날까지 뭇사람들의 마음을 어지럽히던 괴상하고 공상적인 고래의 초상화에 주의를 돌려보는 것도 괜찮을 것이다. 지금이야말로 그런 고래 그림이 모두 잘못되었다는 것을 밝혀, 그 문제점을 바로잡아야 할 때라고 생각되기 때문이다.

그런 잘못된 그림의 주된 근원은 인도와 이집트와 그리스의 옛날 조각상에서 찾을 수 있을 것 같다. 창의력이 풍부하기는 하지만 부도덕한 그런 시대에는 신전의 대리석 장식판, 조각상의 받침대, 방패와 작은 메달, 술잔, 화폐 등에 살라딘[298]의 쇠사슬 갑옷 같은 비늘로 덮여 있고 성 조지의 투구 같은 것을 머리에 쓴 돌고래 그림이 그려져 있었고, 그 시대 이후에도 가장 대중적인 고래 그림만이 아니라 고래에 대한 수많은 학술 서적에까지 그와 같은 엉터리 그림이 널리 퍼졌기 때문이다.

그런데 어쨌든 고래를 그렸다는 고대 그림들 가운데 현존하는 가장 오래된 것은 인도 엘레판타섬의 유명한 석굴 사원에서 찾아볼 수 있다. 브

298　살라딘(1138~1193): 이집트 아이유브 왕조의 시조. 1187년에 십자군을 격파하고 예루살렘을 탈환했다. 성 조지: 4세기경에 순교한 기독교 성인. 중세에 영국의 수호성인이 되었다. 용을 퇴치한 전설로 유명하다.

라만교도의 주장에 따르면, 그 오래된 사원에 끝없이 새겨져 있는 조각상
에는 인간의 온갖 사업과 직업, 생각할 수 있는 모든 취미가 실제로 세상
에 나타나기 훨씬 전에 미리 예시되었다고 한다. 그렇다면 우리의 고귀한
포경업이 거기에 어렴풋이나마 나타났다 해도 전혀 이상할 게 없다. 석굴
사원 벽의 한 구획을 따로 차지하고 있는 이 힌두교도의 고래는 레비아
탄의 형태를 취한 비슈누²⁹⁹의 화신을 묘사한 것이고, 학술적으로는 '마
츠야 아바타(물고기 화신)'라고 불린다. 이 조각상은 사람과 고래의 형상
이 반씩 섞인 모습이지만, 고래 부분은 꼬리만 나타나 있고 그 작은 부분
마저 사실과는 전혀 다르다. 그것은 넓적한 종려나무잎 같은 진짜 고래의
당당한 꼬리보다는 오히려 끝으로 갈수록 가늘어지는 아나콘다의 꼬리
와 더 비슷해 보인다.

하지만 유서 깊은 미술관에 가서 위대한 기독교 화가가 고래를 어떻게
묘사하고 있는지를 보면, 이것 역시 고대 인도인보다 나을 게 없다. 그것은
페르세우스가 바다 괴물, 즉 고래로부터 안드로메다를 구출하는 장면³⁰⁰을
그린 구이도 레니의 그림인데, 구이도는 도대체 어디서 그런 괴물을 보고
모델로 삼은 것일까? 호가스³⁰¹도 〈페르세우스의 강림〉에서 같은 장면을
다루었지만, 조금도 나아진 점이 보이지 않는다. 호가스의 이 거대하고
비만한 괴물은 수면 위에서 파동치고 있는데, 한 치도 물속에 잠겨 있지
않다. 등에는 코끼리 등에 얹는 가마 같은 것이 있고, 넓게 벌어진 엄니투
성이 입안으로 파도가 쏟아져 들어가고 있는 모양을 보면, 템스강에서 런

---

299 힌두교의 세 주신主神의 하나. 세상의 질서를 유지하는 신으로, 10종의 화신(아바타)으로 나타난다.
300 에티오피아의 왕비 카시오페이아는 케페우스 왕과의 사이에서 태어난 딸 안드로메다가 바다의
     요정들인 네레이스보다 아름답다고 자랑했다. 그러자 네레이스의 아버지인 바다의 신 포세이돈
     은 화가 나서 에티오피아에 괴물을 보냈다. 당황한 케페우스가 암몬의 신탁을 청하자, 안드로메다
     를 바다의 신에게 바치면 나라를 구할 수 있다는 예언이 나왔다. 그래서 안드로메다는 바닷가 바
     위에 묶였다. 이때 영웅 페르세우스가 나타나 괴물을 죽이고 안드로메다를 구출했다. 이 신화를
     구이도 레니가 그림으로 표현했는데, 멜빌은 1849년에 런던에서 이 작품을 보았다. 구이도 레니
     (1575~1642)는 이탈리아의 르네상스 시대 화가.
301 윌리엄 호가스(1697~1764): 영국의 화가·판화가.

던탑 안으로 물을 끌어들이는 '반역자의 문'[302]처럼 보인다. 그 밖에 스코틀랜드의 시벌드의 『자연사 서설』에 나오는 고래나 옛 성서의 판화나 기도서의 삽화에 나오는 요나의 고래 등이 있다. 이런 그림들에 대해서는 뭐라고 말해야 할까? 출판업자의 고래—고금을 막론하고 많은 책의 표지나 책등에 금박으로 인쇄된 고래—는 드리워져 있는 닻에 포도덩굴처럼 휘감겨 있는 모습인데, 참으로 아름답기는 하지만 너무나 황당무계한 것들이며, 내가 보기에는 고대 꽃병에 새겨진 형상을 모방한 듯하다. 일반적으로 그것은 돌고래라고 불리지만, 이 출판업자의 물고기는 고래를 목표로 삼아 그려진 것이라고 생각된다. 왜냐하면 도안이 처음 도입되었을 때는 고래를 묘사하려는 의도였기 때문이다. 이것은 15세기경 르네상스기에 이탈리아의 출판업자에 의해 소개된 것으로, 당시는 물론 비교적 최근까지도 돌고래는 흔히 레비아탄의 일종으로 여겨졌다.

옛날 서적의 장식에서도 이따금 고래가 아주 기묘하게 다루어져 있음을 볼 수 있다. 분수, 분천, 온천, 냉천, 새러토가 온천, 바덴바덴[303] 온천 등 온갖 종류의 물기둥이 고래의 무진장한 머리에서 거품과 함께 솟구치고 있는 것이다. 『학문의 진보』[304]라는 책의 초판본 속표지에서도 여러분은 이상한 고래 그림들을 만날 수 있을 것이다.

하지만 이런 비전문가의 어설픈 시도를 살펴보는 것은 그만두고, 이제 고래를 아는 사람들이 진지하고도 과학적인 의도를 가지고 고래를 그린 그림을 살펴보자. 존 해리스[305]가 편찬한 『항해기 모음집』에는 1671년에 출간된 『'고래 속 요나'호 선장, 프리슬란트 출신 페터 페테르손의 스피츠베르겐으로의 포경 항해』라는 책에서 발췌한 고래 그림이 몇 점 실려

---

302 런던탑은 궁전이자 감옥이었다. 템스강과 연결된 수로 입구를 '반역자의 문'이라고 불렸는데, 국사범들이 배에 실려 이곳을 지나갔기 때문이다.

303 새러토가: 미국 뉴욕주의 온천지. 바덴바덴: 독일 남서부의 온천지.

304 영국의 철학자 프랜시스 베이컨(1561~1626)의 저서. 1605년 간행.

305 존 해리스(1666~1719): 영국의 성직자·여행가.

있는데, 그중 하나에는 고래들이 마치 통나무를 엮어 만든 뗏목처럼 얼음 덩어리 사이에 누워 있고, 그 살아 있는 고래의 등 위를 백곰들이 뛰어다니고 있다. 또 다른 그림에서는 꼬리가 수직으로 곧추서 있는 고래를 묘사하는 터무니없는 실수를 저지르기도 했다.

그리고 영국 해군 함장인 제임스 콜넷[306]이 저술한 『향유고래 포획 확장을 위한 남양 항해기』라는 4절판 책이 있는데, 이 책에는 '1793년 8월에 멕시코 해안에서 포획되어 갑판에 올려진 향유고래의 축소도'라는 그림이 실려 있다. 이 스케치는 함장이 부하 수병들을 가르칠 목적으로 제작한 것이 분명한데, 여기에 대해 한 가지만 언급한다면, 눈이 다른 부위에 비해 너무 크기 때문에 이 그림을 축척에 따라 등신대로 확대해보면 그 고래는 길이가 1.5미터나 되는 창문 같은 눈을 갖게 된다는 점이다. 아, 친절한 함장이여! 당신은 왜 그 눈으로 밖을 내다보고 있는 요나를 그림에 그려 넣지 않았나요?

그리고 아동을 위해 가장 양심적으로 편찬한 박물학 서적도 이와 똑같이 불쾌한 잘못을 저지르고 있다. 저 인기 있는 골드스미스[307]의 『지구의 역사』를 보라. 1807년에 런던에서 나온 축약판에는 '고래'와 '외뿔고래'라는 그림이 실려 있는데, 무례를 무릅쓰고 한마디 하자면, 그 꼴사나운 고래는 사지가 잘린 암퇘지 같고, 외뿔고래는 언뜻 보기만 해도 깜짝 놀랄 정도다. 오늘날 19세기에 그런 히포그리프[308]가 실제로 존재한다고 영리한 학생들을 속일 수 있을까.

1825년에는 프랑스의 박물학자인 라세페드 백작이 과학적으로 체계화된 고래 서적을 출간했는데, 이 책에도 여러 종류의 레비아탄을 묘사한 그림 몇 점이 실려 있다. 이 그림들은 모두 부정확할 뿐만 아니라 오랜 경

---

306 제임스 콜넷(1753~1806): 영국의 해군 장교·모험 항해가.
307 올리버 골드스미스(1728~1774): 아일랜드 태생의 영국 시인·극작가·소설가.
308 말의 몸뚱이에 독수리의 머리와 날개를 가진 상상의 괴물.

험으로 그린란드고래(즉 참고래)를 잘 알고 있는 스코스비조차 그렇게 생긴 고래는 자연계에 존재하지 않는다고 단언했다.

그러나 이 모든 실수 중에서도 으뜸가는 자리는 유명한 퀴비에 남작의 동생인 프레데리크 퀴비에가 차지했다. 그는 1836년에 고래 연구서를 출간하고 그 책에 향유고래 그림이라는 것을 실었는데, 그 그림을 낸터컷 사람에게 보여주려는 자는 그에 앞서 낸터컷에서 떠날 준비를 마련해두는 게 좋을 것이다. 한마디로 말해서 프레데리크의 향유고래는 향유고래가 아니라 찌그러지고 뭉크러진 무언가다. 물론 그는 포경 항해를 해본 경험이 없는데(이런 족속이 포경 항해를 하는 일은 드물다), 도대체 어디서 그런 그림을 찾아낸 것일까? 같은 분야의 선배인 데마레가 중국의 그림에서 기형적인 동물 가운데 하나를 차용했는데, 프레데리크는 아마 거기서 소재를 얻었을 것이다. 그런데 중국인들이 붓을 손에 쥐면 얼마나 활기찬 상상력을 발휘하는지는 그들이 만든 수많은 이상야릇한 잔과 접시가 여실히 알려준다.

길거리의 기름가게 앞에 매달려 있는 간판장이가 그린 고래에 대해서는 뭐라고 말하면 좋을까? 그것들은 대개 혹을 하나 갖고 있는 흉악한 리처드 3세[309] 같은 폭군 고래다. 서너 명의 선원으로 만들어진 파이, 즉 선원을 가득 태운 포경 보트로 아침식사를 하고 나서, 핏빛과 푸른빛 페인트가 뒤섞인 바다에서 몸부림치고 있는 꼴사나운 동물이다.

하지만 고래를 그릴 때 저지르는 수많은 실수도 따지고 보면 별로 놀라운 일이 아니다. 생각해보라! 학술 서적에 실려 있는 고래 그림은 대부분 해안에 좌초한 고래를 그린 것이기 때문에, 그 그림이 정확하다고 말한다면 그것은 용골이 부러진 난파선 그림이 웅장한 선체와 장비를 갖춘 온전한 상태의 선박을 묘사하고 있다고 말하는 것과 비슷하다. 코끼리는 몸 전체를 드러내고 서 있지만, 살아 있는 고래는 초상화를 그릴 수 있도록

---

309 영국의 왕(재위 1483~1485). 셰익스피어의 희곡에서 흉측한 곱사등이로 묘사되었다.

몸 전체를 수면 위로 완전히 드러낸 적이 한 번도 없다. 당당하고 의미심장한 고래의 참모습은 깊이를 헤아릴 수 없는 바닷속에서만 볼 수 있다. 수면 위로 올라왔을 때도 몸체의 대부분은 전함처럼 수면 아래에 감추어져 눈에 보이지 않는다. 바닷물 속에서 고래 전체를 통째로 들어 올려 공중에서도 고래의 거대한 덩치와 힘차게 굽이치는 움직임을 그대로 유지하는 것은 사람의 힘으로는 영원히 불가능한 일이다. 그리고 아기 고래와 어른 고래의 윤곽에 상당히 큰 차이가 있음은 말할 것도 없지만, 아기 고래가 갑판 위에 올려진 경우에도 녀석의 형체는 이상하리만치 늘씬하고 유연하며 다양하기 때문에 녀석의 정확한 모습은 악마도 파악하지 못할 것이다.

해안에 떠밀려 올라온 고래의 해골을 살펴보면 고래의 진짜 형태에 대해 정확한 정보를 얻을 수 있을 거라고 생각할지도 모른다. 하지만 천만의 말씀이다. 이것도 고래의 기묘한 특징 가운데 하나지만, 고래의 해골은 전반적인 생김새를 전혀 알려주지 않기 때문이다. 제러미 벤담[310]의 해골은 그의 유언 집행인의 서재에서 촛대 대용으로 쓰이고 있지만, 그의 주요한 신체적 특징과 함께 굵은 눈썹을 가진 공리주의자 노신사의 모습을 정확히 전달해준다. 하지만 관절로 연결된 고래뼈에서는 이런 것을 전혀 추론할 수 없다. 저 위대한 헌터가 말했듯이, 고래의 뼈와 그것을 감싸고 있는 거죽의 관계는 곤충과 그것을 둥글게 둘러싸고 있는 번데기의 관계와 같다. 이 책에서 나중에 밝혀지겠지만, 이 특성은 특히 머리 부분에서 두드러지게 나타난다. 이 특성은 또한 옆지느러미에도 아주 기묘하게 드러나 있다. 고래의 옆지느러미 뼈는 엄지손가락만 없는 사람의 손뼈와 거의 똑같다. 이 지느러미는 네 개의 완전한 손가락을 갖고 있는데, 검지와 중지, 약지와 새끼손가락이라고 말할 수 있다. 하지만 이 손가락들은 장갑을 낀 사람의 손가락처럼 영원히 살 속에 들어 있다. 어느 날 익살맞은 스

---

310 제러미 벤담(1748~1832): 영국의 공리주의 철학자·법학자. 자신의 해골을 런던 대학에 기증했다.

터브는 이렇게 말했다. "고래 녀석은 이따금 우리한테 무모하게 덤벼들지만, 장갑을 벗고 가차 없이 우리를 혼내준다고는 절대로 말할 수 없어."

이런 이유 때문에, 사람들이 고래를 어떤 식으로 보든지 간에 그 레비아탄은 이 세상에서 마지막까지 정확히 묘사되지 못한 채 남겨질 동물이라고 결론지을 수밖에 없다. 어떤 고래 그림이 때로는 다른 그림보다 훨씬 정확한 것도 사실이지만, 그 어떤 그림도 고래를 상당히 정확하게 표현하고 있다고는 말할 수 없다. 따라서 고래가 정말로 어떻게 생겼는지를 정확히 알아낼 수 있는 방법은 이 세상에 존재하지 않는다. 살아 있는 고래의 윤곽을 웬만큼이라도 파악할 수 있는 유일한 방법이 있다면, 그것은 직접 포경선을 타고 고래를 잡으러 가는 것이다. 하지만 그러면 포경선이 고래의 공격을 받아 영원히 바닷속에 가라앉게 될 위험이 따르게 된다. 따라서 내 생각에는 이 레비아탄에 대해 지나친 호기심을 갖지 않는 게 상책일 듯싶다.

{ 제56장 }

덜 잘못된 고래 그림들과 제대로 된 포경 장면 그림들

괴상한 고래 그림과 관련하여 고금의 서적들에서 볼 수 있는 더한층 괴상한 고래 이야기를 다루고 싶은 마음이 간절하다. 특히 플리니우스, 퍼처스,[311] 해클루트, 해리스, 퀴비에의 저서에 대해 말하고 싶은 유혹을 강하게 느끼지만, 이 문제는 그냥 넘어가기로 하겠다.

나는 향유고래를 다룬 서적으로는 콜넷, 허긴스,[312] 프레데리크 퀴비에,

---

311 새뮤얼 퍼처스(1577?~1626): 영국의 목사·여행작가. 리처드 해클루트(1552~1616): 영국의 지리학자·저술가.
312 윌리엄 존 허긴스(1781~1845): 영국의 해양화가.

빌이 쓴 저서밖에 모른다. 콜넷과 퀴비에에 관해서는 앞 장에서 언급한 바 있다. 허긴스의 책은 그들보다 훨씬 낫지만, 그보다는 빌의 책이 최고 다. 빌의 향유고래 그림은 다 좋다. 하지만 제2장 첫머리에서 다양한 자태 를 취하고 있는 세 마리 고래 가운데 중간에 있는 고래 그림은 예외다. 속 표지에 향유고래를 공격하고 있는 보트의 그림을 실은 것은 객실에 앉아 서 입만 나불거리는 남자의 일반적인 회의론을 자극하려는 속셈이 분명 하지만, 대체로 보아 감탄할 만큼 정확하고 생생하게 그려져 있다. 또한 J. 로스 브라운이 그린 향유고래 그림을 보면, 윤곽은 상당히 정확하지만 인 쇄가 형편없다. 하지만 그것은 그의 잘못이 아니다.

참고래의 겉모양을 가장 잘 묘사한 그림들은 스코스비의 책에 실려 있 지만, 아쉽게도 너무 작게 그려져 있어서 충분한 느낌을 전달하지 못한 다. 그가 포경 장면을 묘사한 그림은 하나뿐인데, 이 그림이 많은 결함을 갖고 있는 것은 참으로 안타까운 일이다. 일반 사람들은 정확히 그려진 그림을 통해서만 포경꾼이 본 살아 있는 고래에 대해 올바른 정보를 얻을 수 있기 때문이다.

그러나 종합적으로 판단하면, 몇 가지 세부 사항은 가장 정확하다고 말 할 수 없지만 그래도 고래와 포경 장면을 가장 잘 표현하고 있는 것은 가 르느레[313]의 그림을 훌륭한 솜씨로 새긴 프랑스의 대형 판화 두 점이다. 이 두 점의 판화는 각각 향유고래와 참고래를 공격하는 장면을 묘사하고 있는데, 첫 번째 판화는 당당한 향유고래가 심해에서 보트 바로 밑으로 올라와 보트에 구멍을 내고 부서진 널빤지 조각을 등에 얹은 채 공중으로 솟구치는 장면을 힘차게 묘사하고 있다. 보트의 뱃머리는 완전히 부서지 지 않고 괴물의 등뼈 위에서 위태롭게 균형을 잡고 있는데, 그 뱃머리에 는 시간을 잴 수 없을 만큼 짧은 한순간 노잡이가 하나가 서 있는 것이 보인 다. 노잡이는 성난 고래가 내뿜는 격렬한 물줄기에 반쯤 싸인 채 높은 낭

313 앙브루아즈 루이 가르느레(1783~1857): 프랑스의 해양화가·작가.

떠러지에서 떨어지는 것처럼 막 아래로 뛰어내리려 하고 있다. 화면 전체에 넘치는 약동감은 놀랄 만큼 훌륭하고 박진감이 있다. 반쯤 빈 밧줄통이 하얀 바다 위에 떠 있고, 쏟아진 작살들의 나무자루가 비스듬히 기울어진 채 파도 속에서 까딱거리고 있다. 고래 주위에는 갖가지 놀란 표정으로 헤엄치는 선원들의 머리가 흩어져 있고, 폭풍이 휘몰아치고 있는 캄캄한 저편에서 본선이 이쪽으로 급히 달려오고 있다. 이 고래의 해부학적 세부에서는 심각한 잘못을 찾을 수 있지만, 그것은 너그럽게 봐주기로 하자. 나로서는 아무리 애를 써도 그렇게 훌륭한 그림을 그릴 수 없으니까 말이다.

두 번째 판화에서는 참고래가 파타고니아의 절벽에서 미끄러져 내려오는 이끼 낀 바위처럼 잡초가 우거진 시커먼 몸뚱이를 좌우로 흔들며 달아나고, 포경 보트가 조개삿갓이 덕지덕지 달라붙은 고래 옆구리 쪽으로 다가가고 있다. 고래가 내뿜는 물보라는 수직으로 올라가고 검댕처럼 새까맣다. 굴뚝 속에 그렇게 연기가 많은 것으로 보아, 그 밑의 커다란 창자에서는 멋진 저녁 요리를 하고 있으리라 생각된다. 바닷새들은 이따금 참고래가 등에 싣고 다니는 게와 조개, 그 밖에 바다의 캔디나 마카로니 따위를 쪼아 먹고 있다. 그러는 동안에도 입술이 두꺼운 고래는 파도를 헤치며 질주하고, 고래가 지나간 자국에는 요란하게 소용돌이치는 하얀 우유 응고물이 몇 톤이나 남는다. 그래서 가벼운 보트는 원양기선의 외륜 가까이 끌려들어간 통통배처럼 굽이치는 파도 속에서 흔들리고 있다. 따라서 그림의 전경은 온통 맹렬하게 날뛰고 있지만, 그 배경에는 거울처럼 잔잔한 바다가 펼쳐져 멋진 예술적 대조를 이루고 있다. 무력한 배에는 풀을 먹이지 않은 돛들이 힘없이 축 늘어져 있다. 죽은 고래의 생기 없는 몸뚱이는 정복된 요새 같고, 분수공에 박힌 장대에서는 점령군 깃발이 나른하게 매달려 있다.

가르느레라는 화가가 누구인지 또는 누구였는지는 나도 모른다. 하지만 내가 자신있게 말할 수 있는 것은 그 화가가 주제에 대해 실제로 잘 알고 있거나 아니면 경험 많은 포경꾼에게 훌륭한 가르침을 받았으리라는 것이다. 프랑스인은 움직이는 사물을 묘사하는 데에는 명수들이다. 유럽에 가서 수많은 그림을 보라. 베르사유의 전승기념관[314]만큼 생생한 전쟁화를 어디서 찾아볼 수 있겠는가. 그 그림에서는 보는 사람도 프랑스의 잇따른 전투 속을 저돌적으로 헤쳐나가게 된다. 그림에 그려진 모든 칼은 북극광처럼 번득이는 것 같고, 무장한 왕과 황제들은 왕관을 쓴 켄타우로스[315]처럼 돌진한다. 가르느레의 그림도 고래와의 해전을 묘사한 작품으로서 그 화랑에 한 자리를 차지할 가치가 전혀 없는 것은 아니다.

사물의 아름다움을 포착하는 소질을 타고난 프랑스인의 재능은 포경 장면을 묘사한 그림과 판화에·특히 잘 나타나 있는 듯하다. 프랑스인의 고래잡이 경험은 영국인의 10분의 1, 미국인의 천분의 1도 안 되지만, 고래잡이의 진정한 정신을 전달할 수 있는 유일한 사생화를 완성하여 두 나라에 제공했다. 영국과 미국의 포경 화가들은 대부분 사물의 윤곽, 예를 들면 속에 아무것도 없는 고래의 옆모습을 기계적으로 묘사하는 데 만족한 듯한데, 회화적 효과에서는 피라미드의 윤곽을 스케치한 것과 다를 게 없다. 참고래 전문가로 이름난 스코스비조차 참고래의 뻣뻣한 전신상 한 점 이외에 외뿔고래와 돌고래의 섬세한 축소도를 서너 점 그린 뒤, 보트의 갈고리와 고기칼과 네 갈고리 닻 따위를 묘사한 고전적인 판화를 그렸고, 뢰벤후크[316]의 현미경 같은 성실성으로 북극의 눈 결정체를 확대한 그림 아흔여섯 장을 내놓아 세상 사람들을 놀라게 했다. 나는 이 탁월한 항해가를 헐뜯으려는 게 아니다(오히려 그를 노련한 사람으로 존경하고 있다). 하지만 그렇게 중요한 일을 할 때 그 눈 결정체 하나하나에 대해 그

314 1789년의 프랑스혁명에서 민중 편에 선 샤르트르 백작 루이 필리프(1773~1850)는 베르사유 궁전에 '승리의 방'을 만들고 혁명을 찬양하는 그림을 수집했다.
315 그리스 신화에 나오는 괴물. 상반신은 인간이고 하반신은 말의 형상을 하고 있다.
316 안토니 반 뢰벤후크(1632~1723): 네덜란드의 과학자. 현미경을 발명했다.

린란드의 재판관 앞에서 선서한 진술서를 확보하지 않은 것은 분명 실수였다.

가르느레의 그 훌륭한 판화 외에도 'H. 뒤랑'[317]이라고 서명한 어떤 사람의 작품인 두 점의 주목할 만한 프랑스 판화가 있다. 그중 하나는 우리의 현재 목적에 반드시 부합하지는 않지만 다른 점에서는 언급할 가치가 있다. 그것은 태평양에 흩어져 있는 섬들의 고요한 대낮 풍경을 묘사한 판화인데, 파도가 잔잔한 날 해안 가까이 닻을 내린 프랑스 포경선 한 척이 한가롭게 물을 보급받고 있는 장면이다. 배경에는 늘어진 돛과 야자나무의 기다란 잎이 보이는데, 둘 다 바람 한 점 없는 공기 속에서 축 늘어져 있다. 억센 포경꾼들이 동양적인 휴식을 취하고 있는 장면을 그린 그림이라고 생각해보면 그 효과는 매우 훌륭하다. 또 다른 판화는 그것과는 완전히 다른 장면이다. 배는 탁 트인 바다에서 거대한 고래 무리의 한복판을 참고래 한 마리와 나란히 달리고 있다. 배는 (고래들 사이에 끼어들려고) 그 괴물에게 돌진하고, 보트 한 척은 그 활극의 현장에서 급히 빠져나와 멀리 있는 고래 떼를 추적하려 하고 있다. 작살과 창들은 수평으로 겨누어져 있고, 노잡이 세 사람은 구멍에 돛대를 막 끼우는 중이고, 보트는 갑자기 밀어닥친 파도에 뒷발로 일어선 말처럼 수면에서 거의 수직으로 꼿꼿이 서 있다. 본선에서는 고래를 끓이는 연기가 대장간 연기처럼 뭉게뭉게 하늘로 치솟고, 바람 불어오는 쪽에서는 소나기를 퍼부울 듯 시커먼 먹구름이 피어올라 흥분한 선원들에게 더 빨리 움직이라고 재촉하는 듯하다.

---

317 최근 연구에 따르면 앙리 뒤랑 브라제(1814~1879)라는 프랑스 판화가로 밝혀졌다.

제57장

그림·이빨·나무·철판·돌·산·별 등에 나타난 고래들

런던 부두로 내려가다 보면 타워힐[318] 근처에서 절름발이 거지 한 사람(선원들은 그를 '작은 닻'이라는 뜻의 '케저'라고 부른다)을 목격하게 될 것이다. 그는 자신이 다리 하나를 잃는 비극적인 장면이 그려진 판지 한 장을 가슴 앞에 받쳐 들고 있다. 고래 세 마리와 보트 세 척이 그려져 있는데, 그중 한 척(잃어버린 한쪽 다리는 아마 그 보트 안에 원래의 온전한 상태로 남아 있을 것이다)은 맨 앞에 있는 고래의 이빨 사이에서 으스러지고 있다. 사람들 말에 따르면 그 거지는 10년가량 그 그림을 들고 다니면서 미심쩍어하는 이들에게 '그루터기'를 보여주었다고 한다. 그러나 이제 그를 변호해줄 때가 왔다. 그림에 나와 있는 세 마리 고래는 어쨌든 웨핑[319]에서 출간된 어떤 고래 그림 못지않게 훌륭하고, 그의 다리가 잘리고 남은 그루터기는 서부 개척지에서 볼 수 있는 어떤 나무 그루터기 못지않게 확실하다. 그러나 그 가없은 포경꾼은 그 그루터기 위에 영원히 올라서 있으면서도 유세 연설[320]을 하는 대신 그저 눈을 내리깐 채 다리가 잘려나간 순간을 추억하며 슬픈 듯이 서 있을 뿐이다.

태평양 각지와 낸터킷, 뉴베드퍼드, 새그항에서도 여러분은 향유고래의 이빨이나 참고래의 뼈로 만든 부인용 코르셋의 가슴 버팀살, 그 밖에 포경꾼들이 '스크림샌더'라고 부르는 고래뼈 세공품, 즉 바다에서 한가한 시간을 보내기 위해 조잡한 재료를 가지고 공들여 조각한 세공품에서 포경 장면의 생생한 스케치를 볼 수 있을 것이다. 포경꾼들 중에는 이런 세공품을 만들기 위해 특별히 제작된, 치과용 기구 같은 도구를 작은 상자

---

318 런던탑 근처에 있는 오래된 사형장.
319 런던탑 동쪽 인근의 강변 구역.
320 stump-speech. 그루터기stump 위에 올라서서 하는 연설이라는 뜻.

에 넣어서 가지고 다니는 사람도 있다. 하지만 대개는 주머니칼 하나만 가지고 세공품을 만든다. 만능도구인 주머니칼 하나로 그들은 뱃사람의 상상력을 발휘하여 당신이 원하는 것이라면 무엇이든 만들어준다.

오랫동안 기독교 세계와 문명사회에서 멀리 떠나 있으면, 신이 인간을 놓아두었던 본래의 상태, 즉 야만 상태로 되돌아갈 수밖에 없다. 진정한 포경꾼은 이로쿼이족 인디언과 다름없는 야만인이다. 나 자신도 '식인종의 왕'에게만 충성을 바치는 야만인이지만, 언제라도 그 왕에게 반기를 들 준비가 되어 있다.

그런데 야만인이 집에서 시간을 보낼 때의 특이한 점 가운데 하나는 놀랄 만한 끈기와 부지런함이다. 고대 하와이의 전투용 곤봉이나 작살잡이 노는 거기에 새겨진 조각들이 너무 다양하고 정교하다는 점에서 라틴어 사전만큼 위대한 인내력의 승리다. 깨진 조가비나 상어 이빨을 가지고 그물처럼 복잡하게 얽히고설킨 그 놀라운 조각을 새기려면 몇 년 동안 꾸준하고 부지런히 노력할 필요가 있기 때문이다.

백인 선원인 야만인도 하와이의 야만인과 마찬가지다. 똑같이 놀라운 인내력으로 상어 이빨이나 고래뼈에 조잡한 주머니칼 하나만 가지고 그가 만들어내는 조각품은 그리스의 야만인 아킬레우스[321]의 방패만큼 솜씨가 뛰어나지는 않지만, 복잡한 도안 속에 많은 것을 빽빽이 채워 넣은 점은 그 방패에 못지않다. 또한 야만적인 정신과 암시로 가득 차 있는 것은 독일의 위대한 야만인 알브레히트 뒤러[322]의 판화에 못지않다.

나무에 조각된 고래, 또는 남양의 고귀한 티크 목재로 만든 작고 검은 널판을 고래 모양으로 자른 것은 미국 포경선의 앞갑판에서 자주 눈에 띈다. 개중에는 아주 정밀하게 만들어진 것도 있다.

---

321 그리스 신화에 나오는 영웅. 걸음이 몹시 빠르며 트로이 전쟁 때 활약했다. 불사신이었으나, 트로이 왕자 파리스에게 유일한 약점인 발뒤꿈치에 화살을 맞아 죽었다. 그가 전쟁에 들고 간 방패는 대장장이 신 헤파이스토스가 만들어준 것으로, 인간사의 여러 장면이 새겨져 있었다고 한다.

322 알브레히트 뒤러(1471~1528): 독일 르네상스기의 화가·판화가.

박공지붕의 낡은 시골집에서는 길가 현관문에 놋쇠 고래를 거꾸로 매달아 노커로 사용하는 것을 볼 수 있다. 문지기가 졸고 있을 때는 모루 모양의 머리를 가진 고래가 최고일 것이다. 하지만 이 노커용 고래는 정확성에서는 볼 만한 것이 없다. 구식 교회의 첨탑 위에 올라앉아 풍향계 역할을 하고 있는 철판 고래도 볼 수 있지만, 이런 풍향계 고래는 너무 높은 곳에 있고 게다가 모든 면에서 사실상 '손대지 마시오'라는 꼬리표가 붙어 있기 때문에, 그 가치를 판단할 수 있을 만큼 면밀히 조사해볼 방법이 없다.

깎아지른 듯 높이 솟은 벼랑 아래, 바윗덩어리들이 환상적인 돌무더기를 이루며 평원에 흩어져 있고 앙상한 갈빗대 모양으로 고랑이 진 지역에서는 석화된 레비아탄 형체가 풀밭에 반쯤 묻혀 있고, 바람 부는 날이면 풀이 푸른 물결을 이루며 거기에 부딪히는 것을 볼 수 있다.

또한 원형극장처럼 준령에 둘러싸여 있는 산악지방에서는 여기저기 전망 좋은 곳에서 굽이치는 산등성이가 만들어내는 고래의 윤곽을 얼핏 볼 수 있다. 하지만 이런 광경을 놓치지 않으려면 철저한 포경꾼이 되어야 한다. 그뿐만 아니라, 그런 광경으로 되돌아가고 싶으면 그것을 처음 보았던 곳의 위도와 경도를 정확히 파악해야 한다. 그러지 않으면—산등성이가 고래 모양으로 보이는 것은 우연의 결과이기 때문에—원래 위치로 정확하게 되돌아가기는 매우 어렵다. 그것은 언젠가 높은 주름 옷깃을 단 멘다냐[323]가 답사했고 늙은 피게로아가 기록한 솔로몬 제도가 아직도 재발견되지 않고 있는 것과 마찬가지다.

고래라는 주제 덕분에 정신이 크게 팽창하고 고양되면, 별이 빛나는 하늘에서 레비아탄의 모습과 그것을 뒤쫓는 보트들의 모습도 반드시 찾아낼 수 있다. 동방의 민족들이 오랫동안 전쟁에 여념이 없을 때 구름 사이

323　알바로 데 멘다냐(1541~1595): 스페인의 항해가. 솔로몬 제도를 발견했다. 크리스토발 데 피게로아(1571~1644): 스페인의 저술가. 멘다냐의 항해기를 썼다.

에서 격투를 벌이고 있는 군대를 본 것과 마찬가지다. 그래서 나는 북극해에서 처음 나에게 고래를 알려준 반짝이는 별들과 함께 북극을 빙글빙글 돌면서 레비아탄을 추적했고, 남극해의 빛나는 하늘 밑에서는 '아르고자리'[324]를 타고 '물뱀자리'와 '물고기자리'를 넘어 찬란하게 빛나는 '고래자리'를 쫓아갔다.

군함의 닻을 고삐로 삼고 작살 다발을 박차로 삼아, 저 고래에 올라타고 가장 높은 하늘로 올라가서, 무수한 천막이 늘어선 가상의 하늘이 정말로 내 시야가 미치지 않는 곳에 진을 치고 있는지를 볼 수 있다면 얼마나 좋을까.

{ 　제 58 장　 }

크릴[325]

우리는 크로제 제도에서 북동쪽으로 가다가 크릴이 우글거리는 거대한 바다 목장을 만났다. 그 노란색의 작은 생명체는 참고래가 즐겨 먹는 먹이다. 크릴 떼는 몇 킬로미터나 배 주위에서 파도를 타고 넘실거려서, 우리는 마치 잘 익은 황금빛 밀이 끝없이 펼쳐져 있는 밀밭을 헤치며 달리는 듯한 기분이었다.

이틀째 되는 날, 과연 수많은 참고래가 보였다. 그들은 '피쿼드'호 같은 포경선으로부터 공격받을 위험은 없다고 생각했는지, 입을 한껏 벌린 채 크릴 떼 사이를 느릿느릿 헤엄치고 있었다. 크릴들은 고래 입속으로 들어

---

324 남쪽 하늘의 큰 별자리로, 그리스 신화의 '이아손과 아르고 원정대' 이야기에 나오는 '아르고'호를 그린 것이다.

325 난바다곤쟁이류를 이르는 말. 작은 새우와 비슷한 갑각류인데, 남극을 터전으로 삼아 살아가는 해양생물들—고래, 상어, 펭귄, 물범 등—의 먹이로 중요하다. 그래서 원어는 'brit'(266번 역주 참조)이지만, 참고래가 주로 먹는 것이 크릴이기 때문에 '크릴'로 번역했다.

가 거기에 있는 채광 블라인드 같은 섬유에 달라붙고, 바닷물만 입술에서 밖으로 빠져나갔다. 크릴과 바닷물은 그런 식으로 분리되었다.

아침에 사람들이 늪지 목초지에 나란히 서서 천천히 굽이치듯 낫을 휘두르며 길게 자란 풀을 헤치고 나아가듯, 그 괴물들은 풀을 베는 듯한 기묘한 소리를 내면서 누런 바다 위에 낫질한 자취를 남기며 헤엄쳐간다. 푸른색의 그 자취는 끝없이 이어진다.*

그러나 풀베기를 연상시킨 것은 고래들이 크릴 떼를 뚫고 지나갈 때 내는 소리뿐이었다. 특히 고래들이 잠시 멈춰 있는 모습을 돛대 망루에서 바라보면, 그 거대하고 검은 형체는 생명 없는 바윗덩어리와 가장 비슷해 보였다. 마치 인도의 사냥터에서 나그네가 잠들어 있는 코끼리들을 무슨 벌거숭이 검은 언덕으로 착각하고 그냥 지나치는 것과 마찬가지다. 바다에서 이런 종류의 고래를 처음 보는 사람도 그럴 때가 많다. 마침내 그것이 고래라는 것을 알았을 때도, 그렇게 거대한 덩치의 모든 부분에 개나 말과 같은 종류의 생명이 가득 차 있다고는 도저히 믿을 수 없는 것이다.

사실 그 밖의 점에서도 바다 생물을 육상 동물과 같은 감정으로 대하기는 어렵다. 옛날 박물학자들은 모든 육상 동물에 대응하는 동물이 바다에도 존재한다고 주장했고, 대체로 보면 그럴지도 모르지만, 특별한 사항으로 들어가면 문제가 달라진다. 개처럼 총명하고 상냥한 기질을 가진 물고기가 바다에 존재할까? 일반적인 면에서 개와 비교적 비슷한 바다 동물은 그 저주받은 상어뿐이다.

그러나 뭍사람들은 대체로 바다의 원주민들에게 지독한 편견과 혐오감을 품어왔고, 우리는 바다가 영원한 미지의 땅이라는 것을 알기 때문에 콜럼버스는 서쪽 바다에 떠 있는 하나의 세계를 발견하기 위해 무수한 미

---

* 포경꾼들이 '브라질 뱅크'라고 부르는 그 해역은 '뉴펀들랜드 뱅크'처럼 일대가 얕은 바다라는 의미에서 그런 이름을 갖게 된 것이 아니라 놀랄 만큼 목초지와 비슷한 느낌을 주기 때문인데, 그런 느낌은 참고래가 자주 출몰하는 그 일대에 끊임없이 떠 있는 거대한 크릴 떼의 흐름 때문에 생기는 것이다.

지의 세계를 항해했던 것이며, 치명적인 재난 중에서도 가장 무시무시한 재난은 먼 옛날부터 바다로 나간 수많은 사람에게 무차별로 일어났으며, 잠깐만 생각해보아도 젖먹이나 다름없는 인류가 제아무리 자신의 과학과 기술을 자랑하고 장차 그 과학과 기술이 아무리 진보한다 해도, 바다는 최후의 심판일까지 영원히 인간을 모욕하고 살해하며, 인간이 만들 수 있는 가장 당당하고 견고한 군함도 산산조각으로 부숴버릴 것이다. 그런데도 이런 느낌이 끊임없이 되풀이됨으로써 인간은 원시 이래 갖고 있는 바다에 대한 절대적인 공포감을 상실하고 말았던 것이다.

기록에 남아 있는 인류 최초의 배[326]가 대양에 나갔을 때, 바다는 포르투갈식 복수심으로 온 세상을 삼켰지만 한 사람의 과부도 만들지 않았다. 그 바다는 지금도 굽이치고 있다. 그 바다는 지난해에도 많은 배를 삼켜버렸다. 오오, 어리석은 인간들아, 노아의 홍수는 아직 물러가지 않았다. 아름다운 세계의 3분의 2는 아직도 홍수에 뒤덮여 있다.

바다와 육지의 차이는 어디에 있는가? 어느 한쪽의 기적은 다른 한쪽에서는 기적이 아니다. 이러한 근본적인 차이는 어디서 생겼을까? 고라[327]와 그의 동지들의 발밑에서 살아 있는 대지가 입을 벌려 그들을 영원히 삼켜버렸을 때 초자연적인 공포가 히브리인들을 사로잡았다. 하지만 오늘날에도 살아 있는 바다가 그와 똑같이 입을 벌려 배와 선원을 삼키지 않는 날은 하루도 없다.

하지만 바다는 이방인에게 적이 될 뿐만 아니라 자손에게도 마귀처럼 잔인하고, 자기를 찾아온 손님을 죽인 페르시아인보다 더 사악하다. 바다는 자기가 낳은 생물도 용서하지 않는다. 사나운 암호랑이가 밀림 속에서 뒹굴다가 새끼들을 깔아뭉개듯 바다는 가장 힘센 고래까지도 바위에

---

326 노아의 방주를 말한다.

327 구약성서 「민수기」(16장)에 나오는 인물. 모세의 권위에 반항했다가 무리와 함께 땅에 삼켜져 멸망했다.

내던져, 그들을 부서진 난파선 잔해와 나란히 암초에 남겨놓는다. 바다를 통제하는 것은 바다 자신의 자비와 힘뿐이다. 주인 없는 바다는 기수를 잃고 미친 듯이 내달리는 군마처럼 헐떡이고 콧김을 내뿜으며 지구를 압도하고 있다.

바다의 간특한 지혜를 생각해보라. 가장 무서운 생물은 물속 깊이 들어가 모습을 드러내지 않고, 가장 아름다운 쪽빛 아래 숨어 있다. 또한 수많은 종류의 상어가 제각기 아름답게 꾸며진 자태를 갖고 있듯이, 바다에서 가장 무자비한 종족들 대부분이 갖고 있는 악마 같은 광채와 자태를 생각해보라. 또한 바다의 모든 생물이 서로 잡아먹고 잡아먹히는, 천지가 개벽한 이래 영원한 싸움을 계속하고 있는 습성을 다시 한번 생각해보라.

이 모든 것을 생각한 다음, 푸르고 부드럽고 온화한 이 대지로 눈길을 돌려보라. 바다와 육지를 둘 다 생각해보라. 여러분의 내면에 있는 무언가와 기묘하게 비슷하다는 것을 깨닫지 못하는가? 섬뜩할 만큼 무서운 이 바다가 푸른 초목이 무성한 육지를 둘러싸고 있듯이, 인간의 영혼 속에는 평화와 기쁨으로 가득 찬 외딴섬 타히티가 있고, 더구나 그 섬은 절반밖에 알려지지 않은 삶의 공포에 둘러싸여 있다. 신이여, 인간을 지켜주소서! 그 섬에서 뛰쳐나가지 마라! 일단 떠나면 다시는 돌아오지 못할 테니!

{   제59장   }

오징어

'피쿼드'호는 천천히 크릴 목장을 빠져나가면서 자바섬[328]을 향해 여전히 북동쪽으로 달리고 있었다. 사위가 고요한 가운데 부드러운 산들바람

328   인도네시아 서부, 대순다 열도의 동남부에 있는 섬.

이 용골을 밀어주고 있고, 끝이 뾰족하고 높다란 세 개의 돛대는 그 산들 바람을 받아 광야에 서 있는 세 그루의 종려나무처럼 부드럽게 흔들리고 있었다. 은빛으로 빛나는 밤에는 사람을 유혹하는 외로운 물기둥이 간간이 보이곤 했다.

그러나 투명할 만큼 맑고 푸른 어느 날 아침, 바람이 전혀 없는 것은 아니었지만 거의 초자연적인 느낌의 고요함이 바다 위에 깔려 있었다. 길게 빛나는 햇빛은 바다를 가로지른 황금빛 손가락처럼 비밀을 지키라고 요구하는 것 같았다. 물결이 슬리퍼를 신은 것처럼 조심스럽게 발소리를 죽이고 달리면서 함께 속삭일 때, 눈에 보이는 모든 것이 잠겨 있는 이 깊은 적막 속에서 주돛대 망루에 있던 대구의 눈에 정체를 알 수 없는 유령이 보였다.

저 멀리 커다란 흰색 덩어리가 느릿느릿 머리를 쳐들고 점점 높이 올라와 푸른 바닷물과 갈라지더니, 마침내 우리 뱃머리 앞에서 번쩍 빛났다. 마치 산에서 방금 굴러 내려온 눈사태 같았다. 그렇게 잠시 반짝이다가 천천히 물속으로 가라앉았다. 그리고 다시 한번 떠올라 조용히 빛났다. 고래 같지는 않았다. 하지만 이게 모비 딕일지 모른다고 대구는 생각했다. 유령이 다시 가라앉았다가 또다시 나타나자 대구는 송곳처럼 날카로운 소리를 질러 꾸벅꾸벅 졸고 있던 사람들을 모두 잠에서 깨웠다.

"저기! 저기 또 나타났다! 저기서 물 위로 뛰어오르고 있다! 바로 앞이다! 흰 고래다! 흰 고래야!"

이 소리에 선원들은 일제히 활대 양쪽 끝으로 돌진했다. 분봉할 때 벌떼들이 나뭇가지로 몰려가는 듯했다. 뜨거운 햇볕 속에서 에이해브는 모자도 쓰지 않고 뱃머리 기움대 옆에 서서, 한 손은 당장이라도 키잡이에게 명령을 내릴 수 있도록 뒤로 쑥 내밀고, 대구가 팔을 뻗어 가리키는 방향을 열심히 바라보았다.

조용히 올라오는 외로운 물줄기가 훨훨 날듯이 배를 따라오는 것이 차츰 에이해브에게 영향을 미쳤는지, 그렇게 찾아다니던 고래를 처음 보고도 이제 그는 고래의 모습을 부드럽고 평온한 느낌과 결부지어 생각할 준비가 되어 있었다. 하지만 정말로 그런 생각인지 아니면 간절한 바람이 그를 배신했는지는 모르지만, 그는 하얀 덩어리를 분명히 감지하자마자 당장 보트를 내리라고 서둘러 명령했다.

당장 보트 네 척이 수면 위에 내려졌고, 에이해브의 보트를 선두로 적을 향한 질주가 시작됐다. 고래는 곧 수면 아래로 가라앉았고, 우리는 노를 멈추고 녀석이 다시 나타나기를 기다렸다. 그때 고래가 가라앉은 바로 그 자리에서 다시 고개를 쳐들고 서서히 나타나기 시작했다. 그 순간 우리는 모비 딕에 대한 온갖 생각을 다 잊어버리고, 신비로운 바다가 지금까지 인간에게 보여준 가장 놀라운 현상을 바라보았다. 길이와 너비가 200미터쯤 되고 반죽처럼 흐늘흐늘한 거대한 덩어리가 크림색으로 반짝반짝 빛나고 있었다. 물 위에 두둥실 떠 있는 그것은 중심부에서 부채꼴로 뻗은 긴 팔을 무수히 내저으며 아나콘다의 둥지처럼 뒤틀리고 꼬여 있었다. 그 팔이 닿는 범위 안에 들어온 불운한 먹이는 무엇이든 무턱대고 움켜잡으려는 것 같았다. 우리가 감지할 수 있는 얼굴이나 앞면은 전혀 없었고, 감각이나 본능을 갖고 있는 징후도 보이지 않았다. 파도 위에서 굽이치고 있는 그것은 이 세상의 것이 아닌 존재, 형체도 없이 제멋대로 살고 있는 망령이었다.

녀석은 나지막하게 무언가를 빨아들이는 소리를 내면서 또 천천히 사라졌다. 녀석이 가라앉은 뒤 들끓고 있는 물을 가만히 바라보던 스타벅이 별안간 격한 목소리로 외쳤다.

"흰 유령아! 네놈을 보기보다는 차라리 모비 딕을 만나서 싸우는 게 낫겠다!"

"그게 뭐였죠?" 플래스크가 물었다.

"거대한 오징어야. 저놈을 만난 포경선치고 무사히 항구로 돌아간 배는 거의 없다더군."

그러나 에이해브는 아무 말도 하지 않고 보트를 돌려서 본선으로 되돌아갔다. 나머지 사람들도 잠자코 그 뒤를 따랐다.

포경꾼들이 일반적으로 이 오징어를 보는 것을 어떤 미신과 결부시켰든 간에, 얼핏 보기만 해도 그 오징어는 생김새가 너무 괴상해서 불길한 느낌을 주는 것은 확실하다. 대왕오징어는 너무 희귀해서 좀처럼 볼 수 없기 때문에 사람들은 누구나 그것이 가장 큰 바다 생물이라고 말하지만, 녀석의 진정한 특징과 형태에 대해 막연하게라도 알고 있는 사람은 거의 없다. 그런데도 사람들은 그것이 향유고래의 유일한 먹이라고 믿고 있다. 다른 종류의 고래들은 수면 위에서 먹이를 찾고 실제로 먹이를 먹고 있는 현장을 목격할 수도 있지만, 향유고래는 수면 아래 미지의 곳에서만 먹이를 잡기 때문에 그 먹이가 무엇인지 정확히 알 수 없고 그저 추측만 할 수 있기 때문이다. 이따금 향유고래를 바싹 뒤쫓으면 오징어의 팔이라고 생각되는 것을 토해내기도 하는데, 개중에는 길이가 10미터에 이르는 것도 있다. 이런 팔을 가진 괴물이 평소에는 그 팔로 바다 밑바닥에 달라붙어 있는데, 향유고래는 다른 종류의 고래와 달리 강력한 이빨을 갖고 있어서, 그 이빨로 괴물을 공격하여 바다 밑바닥에서 떼어낸다고 사람들은 상상하는 것이다.

폰토피단 주교[329]가 말한 크라켄이라는 커다란 괴물이 결국 분해되어 대왕오징어가 된다고 상상하는 것도 어느 정도 근거가 있는 듯하다. 주교는 크라켄이 물 위로 떠올랐다가 가라앉는 모습을 다른 몇 가지 특성과 함께 묘사하고 있는데, 그 모든 것이 대왕오징어와 일치한다. 그러나 주교가 말하는 크라켄의 어마어마한 크기에 대해서는 상당히 줄여서 생각할 필요가 있다.

---

329 에리크 폰토피단(1698~1764): 덴마크 출신의 신학자. 『노르웨이의 박물지』를 썼으며, 이 책에서 노르웨이 앞바다에 산다는 전설상의 괴물 크라켄에 대해 설명했다.

그 신비로운 생물에 대한 이야기를 얼핏 들은 박물학자들 중에는 그것을 오징어 종류에 포함시키는 경우도 있다. 물론 몇 가지 외적인 특징에서는 오징어 종류에 속하는 것처럼 보이겠지만, 오징어 중에서도 특히 큰 아나크[330]라고 해야 할 것이다.

{　　제 60 장　　}

작살줄

이제 곧 고래 잡는 현장을 묘사하게 될 터인데, 앞으로 다른 대목에서도 말하게 될 고래잡이 광경을 좀 더 이해하기 쉽도록 여기서 마술적이고 때로는 공포감을 자아내는 작살줄에 대해 말해두고자 한다.

원래 고래잡이에 사용하는 작살줄은 최고급 삼으로 만드는데, 보통 밧줄의 경우처럼 타르를 흠뻑 먹이지 않고 살짝 칠하는 정도에 그친다. 타르는 적당히 사용하면 밧줄 만드는 사람이 더 다루기 쉽고, 그런 밧줄이 보통 배에서 쓰기에는 더 편리하다. 하지만 단단히 감을 필요가 있는 작살줄로는 지나치게 딱딱할 뿐만 아니라, 타르는 일반적으로 밧줄을 단단하게 죄거나 광택을 내주기는 하지만 밧줄의 내구력이나 인장력을 높여주지는 않는다.

최근 미국 포경업계에서 쓰는 작살줄의 재료로는 마닐라삼이 대마를 대체하게 되었다. 마닐라삼은 대마만큼 오래가지는 않지만 더 강하고, 게다가 훨씬 부드럽고 탄력이 있기 때문이다. 게다가 매사에는 미학이라는 게 있으니까, 마닐라삼이 대마보다 훨씬 보기도 좋고 보트에 잘 어울린다는 말을 덧붙이고 싶다. 대마가 까무잡잡한 인도인이라면, 마닐라삼은 금

330　구약성서 「민수기」(13장)에 나오는 거인족.

발의 체르케스인[331]처럼 보인다.

작살줄의 굵기는 겨우 1.5센티미터 정도다. 언뜻 보아서는 그리 튼튼해 보이지 않을 것이다. 하지만 실험을 해보면 숱한 가닥의 꼰실 하나하나가 50킬로그램의 무게를 버틴다. 따라서 밧줄 전체는 거의 3톤의 무게를 견뎌낼 수 있다. 보통 향유고래용 작살줄은 그 길이가 200발[332]이 넘는다. 보트의 고물 쪽 밧줄통 속에 나선형으로 둘둘 감아두는데, 증류기의 나선관 모양이 아니라, '다발'처럼 차곡차곡 쌓인 치즈 덩어리 또는 여러 층의 나선형 동심원 모양이다. 이 덩어리의 중심축에는 빈 구멍이 없고 대롱 모양의 '심'이 수직으로 형성되어 있을 뿐이다. 작살줄이 조금이라도 엉키거나 꼬여 있으면 밧줄이 빠르게 풀려나갈 때 누군가의 팔이나 다리나 몸통을 낚아채기 때문에 작살줄을 통에 집어넣을 때는 세심한 주의가 필요하다. 작살잡이들 중에는 아침나절을 온통 이 작업에 바치는 사람도 있다. 그들은 작살줄을 높이 쳐든 다음 통이 있는 곳을 향해 도르래로 감아 들어간다. 작살줄을 감을 때 조금이라도 꼬이거나 엉키는 일이 없도록 하기 위해서다.

영국 포경선에서는 밧줄통을 하나가 아니라 두 개 쓰고 있다. 작살줄 하나를 두 개의 통에다 감아서 넣는다. 여기에는 상당한 이점이 있다. 두 개의 통은 아주 작아서 보트에 넣기가 편하고 또 걸리적거리지도 않는다. 그런데 미국식 밧줄통은 지름이 1미터나 되고 깊이도 그만큼 하기 때문에, 널판 두께가 1.5센티미터밖에 안 되는 보트에는 그 부피만 하더라도 큰 짐이 된다. 포경 보트 밑바닥은 얇은 얼음판 같아서, 넓은 면이 내리누르는 무게는 잘 견디지만 무게가 한 곳에 집중되면 잘 견디지 못하기 때문이다. 이 미국식 밧줄통에 페인트칠한 방수포를 씌워놓으면 그 보트는

---

331 예로부터 주로 코카서스 북서부에 살았으며, 신체적으로는 금발에 푸른 눈을 가진 전형적인 백인 종이다.

332 길이 단위. 두 팔을 좌우로 벌렸을 때 한쪽 손끝에서 다른 손끝까지의 길이. 1발은 약 1.8m.

고래들에게 선물할 결혼 케이크를 싣고 달려가는 것처럼 보인다.

작살줄의 양쪽 끝머리는 밖으로 드러나 있다. 아래쪽 끝머리는 바닥에서 통의 옆면을 따라 올라와 고리 모양으로 매듭이 지어져 있고, 통 가장자리를 넘어 허공에 매달려 있다. 아래쪽 끝머리를 이렇게 처리하는 것은 두 가지 이유 때문이다. 첫째, 작살을 맞은 고래가 너무 깊이 잠수해서 그 작살에 연결된 밧줄을 다 끌고 내려갈 위험이 있을 경우, 옆에 있는 보트에서 다른 밧줄을 가져다 연결시키기 쉽기 때문이다. 이런 경우, 고래는 술잔을 주고받는 것처럼 이 보트에서 저 보트로 왔다갔다 하게 되는데, 첫 번째 보트는 두 번째 보트를 돕기 위해 항상 붙어 다닌다. 둘째, 이런 조치는 선원들의 안전을 위해서 불가피하다. 작살줄의 아래쪽 끝머리가 어떤 식으로든 보트에 고정되어 있고, 고래가 이따금 그러듯이 순식간에 작살줄을 끝까지 끌고 잠수한다면 일은 그것으로 끝나지 않을 것이기 때문이다. 불운한 보트는 고래에게 끌려 한없이 깊은 바닷속으로 들어갈 것이고, 그렇게 되면 누구도 다시는 그 보트를 찾지 못하게 될 것이다.

고래를 추적할 보트를 내리기 전에 작살줄의 위쪽 끝머리를 통에서 꺼내 고물의 밧줄 기둥에 감은 다음, 보트 뱃머리로 가져가 노의 손잡이 위에 비스듬히 걸쳐놓는다. 그러면 노를 저을 때마다 작살줄이 노잡이의 손목을 쿡쿡 찌르게 된다. 작살줄은 좌우 뱃전에 엇갈리게 앉아 있는 노잡이들 사이를 지나 뾰족한 뱃머리 끝자락에 있는 밧줄받이, 즉 납판을 씌운 쐐기형 홈까지 뻗어나간다. 그곳에는 평범한 깃펜 크기의 나무못이나 꼬챙이가 있어서 밧줄이 미끄러지는 것을 막아준다. 작살줄은 밧줄받이에서 뱃머리를 넘어 가느다란 꽃줄 모양으로 늘어진 다음 다시 보트 안으로 들어온다. 10~20발의 작살줄을 뱃머리의 삼각대 위에 감아두고 뱃전을 따라 좀 더 뒤로 끌고 간 다음, 작살과 직접 연결되어 있는 당김줄에 매게 된다. 당김줄은 작살과 연결되기 전에 복잡한 과정을 거치지만, 그 과정을 여기서 장황하게 설명할 수는 없다.

이렇게 작살줄은 복잡하게 둘둘 말리고 뒤틀리고 거의 모든 방향으로 꿈틀꿈틀 기어가면서 보트 전체를 뒤덮는다. 노잡이들은 그처럼 위험하게 뒤엉킨 밧줄에 둘러싸여 있기 때문에 뭍사람들의 겁먹은 눈에는 그들이 치명적인 뱀을 꽃줄처럼 팔다리에 휘감고 있는 인도의 곡예사처럼 보일 것이다. 인간의 아들로서 난생처음 이 복잡한 밧줄 사이에 앉아 열심히 노를 저을 때면, 언제 어느 때 작살이 날아가 복잡하게 뒤엉킨 이 무서운 밧줄이 고리 모양의 번갯불처럼 작용할지 상상할 수 없고, 그래서 온몸의 골수가 뼛속에서 젤리처럼 흔들릴 만큼 부들부들 떨지 않을 수 없다. 하지만 습관이란 참 이상한 것이다. 뭐든지 가능하게 만드는 것이다. 여러분이 설령 잘 차려진 식탁에 앉아 있더라도, 1.5센티미터 두께의 널판으로 만든 포경 보트 위에서만큼 유쾌한 농담과 즐거운 웃음, 멋진 익살과 재치있는 답변을 들을 수는 없을 것이다. 이때 그들은 교수대 올가미에 매달려 있는 꼴이지만, 여섯 명이 한 조를 이룬 선원들은 에드워드 왕 앞으로 나간 여섯 명의 칼레 시민[333]처럼 저마다 목에 밧줄을 감은 채 죽음의 문턱을 향해 돌진하는 것이다.

이제 여러분은 조금만 생각해보아도 되풀이되는 포경꾼들의 재난(그 가운데 극소수만 어쩌다 우연히 기록된다), 누군가가 작살줄에 걸려 보트에서 떨어져 죽은 참사의 이유를 알 수 있을 것이다. 결국 작살줄이 쏜살같이 날아가고 있을 때 보트에 앉아 있는 것은 전속력으로 윙윙 소리를 내며 돌아가는 복잡한 증기기관 안에 앉아서 온갖 크랭크와 굴대와 톱니바퀴에 몸을 스치는 것과 마찬가지다. 아니, 그보다 더 나쁠지도 모른다. 이런 위험의 한복판에 꼼짝도 않고 앉아 있을 수는 없기 때문이다. 보트는 요람처럼 좌우로 흔들리고, 몸은 아무런 예고도 없이 이쪽저쪽으로 나뒹굴기 때문이다. 어떻게 해서든지 스스로 균형을 잡고 의지와 행동을 일치

---

333 칼레(도버해협에 면해 있는 프랑스의 도시)는 백년전쟁 때인 1347년에 영국군에 함락되었다. 이때 목에 올가미를 감은 여섯 명의 시민이 영국 왕 에드워드 3세 앞으로 나와서 자신들이 목숨을 바치는 대가로 도시를 구해달라고 청하여 결과적으로 도시를 파괴에서 구했다는 일화가 전해진다.

시켜야만 마제파[334]의 운명을 피할 수 있고, 모든 것을 응시하는 태양의 눈조차 꿰뚫어볼 수 없는 곳으로 달아날 수 있다.

또한 폭풍이 오기 전에 그것을 예고하는 깊은 정적이 폭풍 자체보다 더 무섭다고 한다. 이 정적은 사실 폭풍을 싸고 있는 포장지일 뿐이고, 겉으로는 아무런 해도 없어 보이는 라이플총 속에 치명적인 화약과 탄알과 폭발력이 들어 있듯이 그 정적 속에는 폭풍이 담겨 있기 때문이다. 작살줄이 실제로 풀려나가기 전, 노잡이 주위를 조용히 굽이치고 있을 때의 그 우아한 평안, 이것이야말로 다른 양상의 어떤 위험물보다도 더 진정한 공포감을 불러일으키는 것이다. 하지만 더 이상 말을 계속할 필요가 있을까? 인간은 누구나 작살줄에 둘러싸여 살고 있다. 모든 인간은 목에 밧줄을 두른 채 태어났다. 하지만 인간이 조용하고 포착하기 힘들지만 늘 존재하는 삶의 위험들을 깨닫는 것은 삶이 갑자기 죽음으로 급선회할 때뿐이다. 여러분이 철학자라면, 포경 보트에 앉아 있어도 작살이 아니라 부지깽이를 옆에 놓고 난롯가에 앉아 있을 때보다 조금이라도 더 많은 공포를 느끼지는 않을 것이다.

{   제 61 장   }

스터브, 고래를 죽이다

괴물 오징어의 출현이 스타벅에게는 앞으로 일어날 일의 징후였다면, 퀴퀘그에게는 전혀 다른 것이었다.

"오징어란 놈이 나타나면 말이야, 다음 순간에는 향유고래란 놈이 나타나게 마련이지." 이 야만인은 본선에 끌어 올린 보트의 뱃머리에 앉아 작

---

334 이반 스테파노비치 마제파(1644~1709): 우크라이나 카자크족의 수장. 대북방전쟁(1700~1721)에 참전하여 러시아에 대한 항전을 이끌다 패한 뒤 튀르크로 달아났다. 그의 영웅적 일대기는 바이런·위고·차이콥스키 등 많은 예술가에게 영감을 주었다.

살을 숫돌에 갈면서 말했다.

다음 날은 유난히 잔잔하고 무더웠다. '피쿼드'호 선원들은 특별히 할
일도 없었기 때문에 그렇게 텅 빈 바다가 유혹하는 졸음에 저항하지 못했
다. 우리가 그때 항해하고 있던 인도양의 이 해역은 포경업자들이 말하는
활기찬 어장은 아니었고, 라플라타강 앞바다나 페루 근해 어장처럼 돌고
래나 날치를 비롯하여 좀 더 사나운 바다에서 서식하는 활기찬 어류를 만
나는 것도 드문 일이었다.

내가 앞돛대 망루에 올라갈 차례가 왔다. 나는 느슨해진 돛대줄에 어깨
를 기댄 채, 마법에 걸린 듯이 보이는 공기 속에서 한가롭게 앞뒤로 몸을
흔들고 있었다. 아무리 정신을 다잡으려 해도 풀어진 긴장에 저항할 수는
없었다. 그 몽환적인 분위기 속에서 내 영혼은 모든 의식을 잃고 마침내
몸을 떠났다. 내 몸은 처음에 그것을 움직인 힘이 물러간 뒤에도 오랫동
안 시계추처럼 계속 흔들리고 있었다.

완전한 무아지경에 빠지기 전에 나는 주돛대와 뒷돛대의 망루에 올라
가 있는 동료들도 벌써 꾸벅꾸벅 졸고 있음을 알아차렸다. 그래서 결국
에는 우리 세 사람이 모두 돛대 끝에 매달린 채 무생물처럼 흔들리게 되
었고, 우리가 흔들릴 때마다 밑에 있는 키잡이도 장단을 맞추어 꾸벅꾸
벅 졸고 있었다. 파도까지도 게으르게 물마루를 꾸벅거렸고, 황홀하게 펼
쳐진 넓은 바다 너머에서는 동녘이 서녘을 향해 꾸벅꾸벅 고갯짓을 했고,
태양도 만물을 향해 고개를 끄덕이고 있었다.

감긴 내 눈 아래에서 갑자기 거품이 솟아나고 있는 것 같았다. 두 손은
바이스처럼 돛대줄을 꽉 움켜잡고 있었는데, 눈에 보이지 않는 자비로운
힘이 나를 보호해준 것이리라. 나는 놀라서 퍼뜩 정신을 차렸다. 그런데
보라! 바람 불어가는 저 아래, 마흔 발도 떨어지지 않은 곳에 거대한 향유
고래 한 마리가 뒤집힌 군함처럼 물속에 누운 채 엎치락뒤치락하고 있었
던 것이다. 에티오피아인의 피부색 같은, 널따랗고 번들번들한 등짝이 햇

빛을 받아 거울처럼 번쩍이고 있었다. 그러나 한가로이 파도를 가르면서 이따금 평온하게 안개 같은 물보라를 내뿜는 모습은 어느 따뜻한 오후에 파이프를 피우고 있는 풍채 좋은 신사처럼 보였다. 하지만 가엾은 고래 여! 파이프를 피우는 것도 그게 마지막이다. 마법사의 지팡이에 얻어맞기라도 한 것처럼 졸고 있던 배도, 배 안에서 졸고 있던 선원들도 삽시간에 눈을 번쩍 떴다. 고래가 유유히 그리고 규칙적으로 물보라를 뿜어 올리자, 망루의 세 사람이 외쳐대는 소리에 맞춰 배 안의 여기저기서 수십 명의 목소리가 소리쳤다.

"보트를 내려라! 바람 부는 쪽으로!" 에이해브가 고함을 질렀다. 그리고 자신도 그 명령에 따라 키로 돌진하여, 키잡이가 손잡이를 잡기도 전에 바람 불어오는 쪽으로 직접 키를 돌렸다.

선원들의 느닷없는 외침소리가 고래를 놀라게 한 것이 분명했다. 보트를 내리기도 전에 고래는 당당하게 방향을 돌리더니 바람 불어가는 쪽으로 헤엄쳐가기 시작했다. 고래는 잔물결 소리도 내지 않고 유유히 침착하게 헤엄을 쳤기 때문에, 녀석이 아직 눈치채지 못한 모양이라고 생각한 에이해브는 노를 쓰지 말라고, 말을 할 때도 귀엣말로 속삭이라고 명령했다. 그래서 우리는 온타리오의 인디언처럼 보트 뱃전에 앉아, 빠르지만 조용하게 패들(작은 노)을 저어서 나아갔다. 바람이 잔잔해서, 소리가 나지 않는 돛을 올릴 수도 없었다. 이렇게 미끄러지듯 뒤쫓고 있는 우리 앞에서 괴물은 꼬리를 공중으로 10미터나 수직으로 세우더니 매몰되는 탑처럼 바닷속으로 가라앉아 시야에서 사라지고 말았다.

이제 좀 쉬어도 되겠기에 스터브는 성냥을 꺼내 파이프에 불을 댕겼다. 바로 그때 "저기 고래 꼬리가 보인다!" 하고 외치는 소리가 들렸다. 그 소리의 여운이 사라질 때쯤 고래가 다시 떠올랐다. 이번에 모습을 나타낸 고래는 파이프를 피우고 있는 스터브의 보트 앞에 있었고, 다른 보트보다 스터브의 보트와 훨씬 가까웠기 때문에 스터브는 고래를 잡는 영광이

자기 것이라고 생각했다. 고래가 추적자들의 존재를 알아차린 것은 이제 분명했다. 따라서 소리를 내지 않으려고 조심해봤자 아무 소용이 없었다. 우리는 패들을 내려놓고 요란한 소리를 내며 힘차게 노를 저었다. 스터브 는 여전히 파이프를 뻐끔거리며 부하들을 독려했다.

고래에게도 큰 변화가 나타났다. 고래는 이제 위험을 생생하게 감지했 는지 '머리 쳐들기'를 하고 있었다. 고래가 만들어낸 부글거리는 거품 속 에서 고래 머리가 비스듬히 튀어나왔다.*

"쫓아라, 쫓아! 서둘지 마라! 침착해라! 하지만 계속 쫓아라. 번개처럼 쫓으란 말이다!" 스터브는 담배연기를 푹푹 뿜어내면서 외쳤다. "자, 쫓 아라! 좋아, 태시테고! 힘차게 저어라. 쫓아라, 태시테고. 자, 다들 쫓아라. 하지만 서두르지 말고 천천히! 오이처럼 냉정하게. 침착해라, 침착해. 하 지만 잔인한 저승사자처럼, 심술 사나운 악마처럼 쫓아가서, 무덤 속에 묻혀 있는 송장을 꺼내라. 자, 어서 녀석을 뒤쫓아라!"

"우-후! 와-히!" 게이헤드 출신인 태시테고가 인디언이 싸우러 나갈 때 외치는 소리로 응답했다. 이 열성적인 인디언이 엄청난 힘으로 노를 젓자 잔뜩 긴장해 있던 보트는 앞으로 튀어 나갔고, 배에 타고 있던 노잡 이들은 모두 저도 모르게 몸이 쑥 앞으로 나갔다.

그러나 이 야만인의 외침에 못지않게 야성의 부르짖음으로 응답한 녀 석이 있었다. "키히! 키히!" 대구가 좁은 우리 안을 돌아다니는 호랑이처 럼 자리에 앉은 채 온몸을 앞뒤로 흔들며 고함을 질렀다.

"카-라! 쿠-루!" 퀴케그도 고급 스테이크를 입안에 가득 넣고 입맛을 다시는 듯한 소리로 울부짖었다. 이렇게 보트들은 노와 고함으로 바다를

---

* 향유고래의 커다란 머리통 속에는 매우 가벼운 물질이 가득 들어 있는데(여기에 대해서는 나중에 다시 언급할 생각이다), 겉으로는 가장 무거워 보이는 이 부분이 실제로는 가장 뜨기 쉬운 부분이다. 따라서 머리를 쉽게 공중으로 쳐들 수 있고 전속력으로 달려야 할 때는 반드시 그렇게 한다. 게다가 머리의 앞쪽 윗부분은 아주 넓고 아랫부분은 물살을 쉽게 가를 수 있도록 점점 좁아 지는 형태로 되어 있어서, 머리를 비스듬히 쳐들면 마치 앞부분의 폭이 넓고 깎아지른 듯 경사가 가파르며 움직임이 굼뜬 갤리선이 끝이 뾰족한 뉴욕항의 수로 안내선으로 변신하는 것 같다.

갈랐다. 그러는 동안에도 스터브는 줄곧 담배연기를 뿜어대면서 여전히 선두에 서서 부하들을 독려하고 있었다. 그들은 죽어라 노를 저었다. 드디어 반가운 외침소리가 들렸다. "일어나, 태시테고! 한 대 먹여!" 작살이 날아갔다. "뒤로!" 노잡이들은 노를 뒤로 저었다. 그러자 동시에 그들의 팔뚝을 불처럼 뜨거운 것이 스치고 지나갔다. 그것은 마법의 작살줄이었다. 좀 전에 스터브는 재빨리 작살줄을 밧줄 기둥에 두 번 더 감았다. 그래서 작살줄의 회전 속도가 더 빨라졌기 때문에 밧줄에서 푸른 연기가 일어났고, 그것이 스터브의 파이프에서 피어오르는 담배연기와 뒤섞였다. 작살줄은 밧줄 기둥 주위를 계속 돌았고, 그 기둥에 도달하기 직전에는 스터브의 두 손을 물집이 생길 만큼 세차게 통과했다. 스터브의 손에서 '손싸개'(이럴 때 사용하기 위해 솜을 넣고 누빈 수건)가 우연히 떨어졌다. 그것은 적의 예리한 양날 칼을 맨손으로 잡는 것과 같았고, 그 적은 잡힌 칼을 빼내려고 계속 기를 쓰며 잡아당기고 있는 것과 마찬가지였다.

"밧줄을 적셔라! 물에 적셔!" 스터브가 밧줄통 옆에 앉아 있는 노잡이에게 소리치자, 노잡이는 모자를 벗어 들고 바닷물을 떠서 작살줄에 끼얹었다.**

작살줄은 몇 번이나 더 밧줄 기둥에 감긴 뒤에야 겨우 자리를 지키며 버티기 시작했다. 보트는 질주하는 상어처럼 들끓는 바닷물을 헤치며 돌진했다. 고물에 있던 스터브와 이물에 있던 태시테고는 여기서 자리를 서로 바꾸었다. 이런 일은 배가 이렇게 흔들리고 있을 때는 무척 위험한 일이었다.

보트 위 공간에는 작살줄이 고물에서 이물까지 뻗은 채 진동하고 있고, 그것이 이제 하프의 현보다 더 팽팽해져 있는 것을 보면 이 배에는 용골

**　　이 일이 얼마나 중요하고 필요한지를 여기서 잠깐 설명하고자 한다. 옛날 네덜란드 포경선에서는 날아가는 작살줄을 적시기 위해 자루걸레를 사용했고, 다른 배에는 그 목적을 위해 따로 준비된 나무통이 있다. 하지만 가장 편리한 도구는 모자다.

이 두 개―물을 가르는 용골과 공기를 가르는 용골―있어서 보트가 물과 공기라는 상반된 두 가지 물질을 동시에 헤치며 달린다고 생각할 것이다. 뱃머리에서는 폭포 같은 물거품이 일고, 보트가 지나간 자리에서는 끊임없이 소용돌이가 일었다. 보트 안에서 일어나는 어떤 사소한 동작도, 심지어 새끼손가락 하나만 까딱해도 부들부들 떨면서 맹렬히 돌진하는 이 배의 뱃전을 기울여 물속에다 처박을 것 같았다. 이렇게 돌진하는 배에 탄 선원들은 물거품 속으로 내던져지지 않으려고 저마다 있는 힘을 다해서 자리에 찰싹 달라붙었다. 키잡이 노를 잡은 키다리 태시테고는 무게 중심을 낮추려고 몸을 거의 반으로 접은 것처럼 웅크리고 있었다. 쏜살같이 날아가는 보트는 대서양과 태평양을 단번에 통과한 것처럼 느껴졌다. 마침내 고래가 속도를 약간 늦추었다.

"당겨라! 당겨!" 뱃머리 노잡이에게 스터브가 소리쳤다. 보트는 아직도 고래에게 끌려가고 있었지만, 선원들은 모두 얼굴을 고래 쪽으로 돌리고 고래를 향해서 배를 저어나갔다. 곧 보트가 고래 옆구리와 나란히 놓이게 되자 스터브는 밧줄받이에 무릎을 단단히 박고, 달아나는 고래를 향해 연거푸 창을 던졌다. 보트는 그의 명령에 따라 무섭게 몸부림치고 있는 고래를 피해 달아나다가 다시 돌진하기 위해 고래 쪽으로 방향을 돌리곤 했다.

이제 괴물의 온몸 여기저기에서 마치 언덕을 흘러내리는 폭포수처럼 붉은 피가 쏟아져 내렸다. 그 큰 몸뚱이는 바닷물이 아닌 핏물 속에서 고통으로 몸부림쳤다. 고래와 보트가 지나간 자리에서는 오랫동안 피가 거품을 내며 소용돌이쳤다. 기울어진 해가 바다에 생긴 이 진홍빛 못을 비추며, 못에 비친 자신의 영상을 선원들의 얼굴에 되돌려 보냈다. 그래서 그들은 다들 적색 인종처럼 얼굴이 붉어져 있었다. 그러는 동안에도 고래의 분수공에서는 끊임없이 하얀 연기 같은 물보라가 고통스럽게 뿜어져 나왔고, 흥분한 보트장의 입에서는 담배연기가 맹렬히 뿜어져 나왔다. 작살은 한 번 쓰면 휘어져버리기 때문에, 그때마다 스터브는 구부러진 작살

모비 딕

을 (거기에 연결된 밧줄을 이용하여) 끌어당긴 다음 뱃전 위에 올려놓고 몇 번 세차게 때려서 똑바로 폈다. 그리고 그것을 또다시 고래에게 던졌다.

"붙여라! 바싹 붙여!" 그가 뱃머리 노잡이에게 소리쳤다. 기운이 빠진 고래는 분노도 누그러졌기 때문이다. "다가가라! 바싹 붙여라!" 보트는 고래 옆에 나란히 섰다. 스터브는 뱃머리에서 몸을 앞으로 쑥 내밀고, 길고 날카로운 창을 고래에게 천천히 박아 넣었다. 그리고 창을 그대로 둔 채 조심스럽게 연신 휘저었다. 마치 고래가 삼켰을지도 모르는 금시계를 창끝으로 더듬어 찾아서 시계를 망가뜨리지 않고 갈고리에 걸어서 꺼내려고 신중하게 애쓰고 있는 것 같았다. 그가 찾고 있는 금시계란 다름 아닌 고래의 가장 깊숙한 곳에 있는 목숨이었다. 이제 그것을 찾아낸 것이다. 괴물이 실신 상태에서 깨어나 뭐라고 형언할 수 없는 단말마의 고통을 느낀 듯, 자기가 뿜어낸 핏물 속에서 무시무시하게 허우적거리며 뒹굴었다. 도저히 헤어날 수 없는 물보라, 미친 듯이 들끓는 물거품에 휩싸인 채 마구 몸부림쳤다. 그래서 위험을 느낀 보트는 당장 뒤로 물러났지만, 그 광란의 어스름 속에서 대낮의 맑은 공기 속으로 나오는 데에는 엄청난 노력이 필요했다.

이제 고통이 누그러진 고래는 다시 몸을 뒤틀면서 우리 시야로 들어왔다. 고래는 파도가 일렁이듯 좌우로 몸을 흔들고, 경련하듯 분수공을 열었다 오므렸다 하면서 격렬하고 고통스럽게 숨을 내쉬었다. 마침내 붉은 포도주의 자줏빛 찌꺼기처럼 빨갛게 엉킨 핏덩어리가 깜짝 놀란 공기 속으로 연거푸 솟구쳐 오른 다음 다시 아래로 떨어져, 이제는 더 이상 움직이지 않는 고래의 몸뚱이를 타고 바다로 흘러내렸다. 고래는 심장이 터진 것이다!

"죽었어요, 스터브." 대구가 말했다.

"응, 그래. 내 파이프도 다 타버렸어." 대답하면서 스터브는 입에서 파이프를 떼어 담뱃재를 수면에 털었다. 그러고는 자기가 해치운 거대한 사체를 상념에 잠긴 눈으로 바라보며 한동안 가만히 서 있었다.

{   제 62 장   }

작살 던지기

앞 장에서 벌어진 사건에 대해 한마디만 덧붙이고자 한다.

포경업의 변함없는 관습에 따르면, 포경 보트가 본선을 떠나 노를 저어나갈 때는 고래를 죽이는 임무를 맡은 보트장이 임시 키잡이가 되고, 고래에 작살을 꽂아 밧줄로 붙잡는 임무를 맡은 작살잡이가 '작살잡이 노'라고 불리는 맨 앞의 노를 젓게 된다. 그런데 고래에게 최초의 쇠촉을 찔러넣기 위해서는 강하고 억센 팔이 필요하다. 멀리 던지는 경우에는 무거운 작살을 10미터 가까운 거리까지 던져야 할 때도 많기 때문이다. 더구나 추적하는 데 많은 시간이 걸려서 기진맥진한 상태에서도 작살잡이는 줄곧 전력을 다해 노를 저어야 한다. 사실 작살잡이는 노를 젓는 힘이 믿을 수 없을 만큼 강해야 할 뿐만 아니라 계속해서 대담무쌍한 함성을 지름으로써 나머지 선원들에게 초인적인 활동의 모범을 보여야 한다. 다른 근육은 모두 긴장하여 반쯤 시동이 걸려 있는데, 있는 힘껏 계속 고함을 지르는 것은 겪어보지 않고는 알 수 없을 만큼 힘든 일이다. 나도 목청껏 소리를 지르면서 동시에 격렬하게 움직이는 일은 도저히 해낼 수 없다. 그런데 이처럼 고래에게 등을 돌린 채 노를 젓고 소리를 지르느라 녹초가 된 작살잡이는 갑자기 "일어나! 작살을 던져!" 하고 흥분하여 외치는 소리를 듣게 된다. 작살잡이는 이제 노를 조용히 내려놓고 몸을 반쯤 돌려 작살 받침대에서 작살을 집어 들고는 남은 힘을 모두 짜내어 고래에게 작살을 던진다. 모든 포경선을 한 묶음으로 보면, 작살을 던질 좋은 기회가 쉰 번이라고 할 때 그중에서 다섯 번도 성공하지 못하는 것은 조금도 이상한 일이 아니다. 심한 욕설에 강등까지 당한 불운한 작살잡이가 그렇게 많은 것도, 실제로 보트에서 혈관이 터져버린 작살잡이가 있는 것도, 4년 동안이나 바다에 나가 있었는데도 기름을 네 통밖에 얻지 못한 포경선이 있는 것도, 많은 선주에게는 포경업이 수지맞지 않는 사업이라는 것도 전혀 이상한 일이 아니다. 항해의 성패를 결정하는 것은 작살잡이인데, 그의 몸에서 활기를 빼앗아버리면, 활기가 가장 필요할 때 어떻게 그 활기를 찾을 수 있겠는가!

첫 번째 작살이 명중했다 해도 두 번째 위기, 즉 고래가 달아나기 시작하면 보트장과 작살잡이도 앞뒤로 달리기 시작하는데, 그러면 두 사람만이 아니라 다른 선원들도 극도로 위험해진다. 보트장과 작살잡이가 서로 자리를 바꾸는 것은 바로 이때다. 보트 책임자인 보트장이 뱃머리에 자리를 잡게 되는 것이다.

누가 뭐라고 하든 나는 이런 일이 모두 어리석고 불필요한 짓이라고 생각한다. 보트장은 처음부터 끝까지 뱃머리에 머물러야 하고, 작살과 창을 둘 다 던져야 한다. 그리고 누가 생각해도 꼭 필요한 경우가 아니면 절대로 보트장에게 노젓기를 기대해서는 안 된다. 물론 그러면 추적하는 속도가 조금 늦어질 때도 있을 것이다. 하지만 여러 나라에서 오랫동안 다양한 포경선을 타본 경험에 비추어볼 때, 고래잡이에 실패하는 원인은 대부분 고래의 속도가 빠르기 때문이 아니라 앞에서도 말했다시피 작살잡이가 지쳤기 때문이라고 나는 확신한다.

작살 던지기에서 최대의 능률을 올리려면 이 세상의 모든 작살잡이들은 힘든 일을 하다가 작살을 던지지 말고, 빈둥빈둥 놀다가 벌떡 일어나 작살을 던져야 한다.

{   제 63 장   }

작살 받침대

나무줄기에서 가지가 나고, 가지에서 잔가지가 뻗어나간다. 이와 마찬가지로 생산적인 주제에서는 많은 장章이 새끼를 치게 마련이다.

앞서 말한 작살 받침대라는 것도 장을 따로 마련해서 언급할 가치가 있다. 작살 받침대란 새김눈이 있는 특이한 모양의 막대기로, 길이는 두 자쯤 되고 뱃머리 근처의 우현에 수직으로 박혀 있다. 작살 한쪽 끝의 목재 부분이 거기에 얹히게 되는데, 미늘이 달린 작살의 다른 쪽 끝은 뱃머리에서 비스듬히 앞쪽으로 내밀어져 있다. 이렇게 하면 작살잡이는 사냥꾼이 벽에 걸려 있는 총을 쉽게 낚아챌 수 있듯이 순간적으로 잽싸게 작살을 잡을 수 있게 된다. 작살 받침대에는 작살 두 개를 얹어놓는 것이 보통이고, 그것을 각각 제1작살과 제2작살이라고 부른다.

이 두 개의 작살에는 제각기 밧줄이 묶여 있다. 그 목적은 작살 두 개를 가능하면 연달아 같은 고래한테 던져서, 고래를 잡아당길 때 작살 한 개가 빠져도 다른 작살로 고래를 붙잡아두기 위해서다. 즉 성공의 기회를 두 배로 늘리려는 것이다. 하지만 고래는 첫 번째 작살에 맞자마자 당장 발작적으로 맹렬히 달아나기 때문에, 작살잡이의 동작이 제아무리 번개처럼 재빨라도 두 번째 작살을 던지지 못할 때가 많다. 그거야 어쨌든 두 번째 작살은 이미 밧줄과 연결되어 있고, 밧줄은 고래한테 끌려서 계속 풀려나가고 있기 때문에, 두 번째 작살은 밧줄이 다 풀리기 전에 어디엔가 보트 밖으로 던져져야 한다. 그러지 않으면 모든 선원이 끔찍한 위험에 말려들게 될 것이다. 따라서 두 번째 작살이 바닷물 속에 내던져지는 것은 그런 경우다. 대부분의 경우 이 일을 실행할 수 있게 해주는 것은 삼각대 위에 미리 감아둔 예비 밧줄(여기에 대해서는 앞 장에서 설명했다)이다. 그러나 때로는 이 중대한 행동이 참으로 슬프고 무서운 재난을 초래하게 된다.

게다가 두 번째 작살이 뱃전 너머로 던져지면 그 예리한 칼날이 보트와 고래 주변에서 마구 날뛰면서 밧줄을 엉키게 하거나 잘라버리고 사방팔방에서 걷잡을 수 없는 소동을 일으키게 된다는 점을 알아야 한다. 더욱이 고래를 완전히 잡아서 사체로 만들기까지는 작살을 다시 손에 넣을 수 없는 것이 보통이다.

그러면 이제 네 척의 보트가 유난히 힘세고 활기차고 교활한 고래 한 마리와 싸우는 광경을 상상해보라. 상대가 그처럼 고약한 놈인 데다 이 일은 가뜩이나 모험적인 것이어서 으레 수많은 사고가 따라다니기 때문에, 여덟 내지 열 개에 이르는 예비 작살이 동시에 던져져 고래 주변에서 날뛰게 될 것이다. 어느 보트든 첫 번째 작살이 빗나가 회수할 수 없을 경우에 대비하여 예비 작살 몇 개를 밧줄에 매달아 준비해놓고 있기 때문이다. 여기서 이런 구체적 사항을 자세하게 설명하는 까닭은 다음에 묘사하게 될 장면에서 매우 중요하지만 복잡한 대목을 이해하는 데 도움이 될 것이기 때문이다.

{   제64장   }

스터브의 저녁식사

스터브가 잡은 고래는 본선에서 조금 떨어진 곳에서 죽었다. 바다가 잔잔했기 때문에 우리는 보트 세 척을 나란히 세우고, 이 포획물을 '피쿼드'호로 천천히 끌고 가는 작업에 착수했다. 우리 열여덟 사람은 서른여섯 개의 팔과 백여든 개의 손가락을 사용해서 생기를 잃고 굼뜨게 움직이는 바닷물 속의 사체를 상대로 몇 시간 동안이나 힘들게 일했다. 그런데 고래는 어쩌다 한 번씩 움직일 뿐 거의 움직이는 것 같지 않았다. 이것은 우리가 끌고 가는 물체의 거대함을 보여주는 좋은 증거였다. 중국의 황하인가 하는 운하[335]에서는 네댓 명의 노동자가 강둑을 따라 한 시간에 1킬로미터의 속도로 걸으면서 짐을 가득 실은 정크선을 끈다고 하는데, 지금 우리가 끌고 있는 거대한 배도 납덩이라도 가득 실은 것처럼 무겁게 움직이고 있었다.

어둠이 몰려왔다. 그러나 '피쿼드'호의 주돛대 위아래에 세 개의 등불이 켜져서 희미하게 길을 안내해주었고, 더 가까이 다가가자 에이해브가 초롱 하나를 뱃전 너머로 늘어뜨리고 있는 것이 보였다. 에이해브는 물결과 함께 흔들리고 있는 고래를 멍한 눈으로 잠시 바라보다가, 밤 동안 고래를 잘 붙들어두라는 명령을 내리고는 초롱을 선원에게 건네준 다음, 선장실로 들어가더니 아침까지 나타나지 않았다.

에이해브 선장은 이 고래에 대한 추적을 감독하는 동안에는 평소의 활기를 보여주었지만, 고래가 죽은 지금은 막연한 불만이나 초조감이나 절망감 같은 것이 그의 마음속에서 작용하고 있는 듯했다. 고래의 사체를 보자 모비 딕을 아직 죽이지 못했다는 생각이 새삼 떠오르고, 고래 천 마리를 잡아서 끌어온다 해도 그의 웅대하고 편집광적인 목적은 전혀 달성된 게 아니라고 생각하는 듯했다. 잠시 뒤에 '피쿼드'호의 갑판에서 난 소리를 들었다면 여러분은 모든 선원이 깊은 바다에 닻을 던질 준비를 하는 모양이라고 생각했을 것이다. 무거운 쇠사슬이 갑판 위를 질질 끌려가서 와르르 소리를 내며 현창 밖으로 밀려나갔기 때문이다. 하지만 그 요란한 쇠사슬 소리는 배가 아니라 그 거대한 사체를 붙들어 매는 소리였다. 머리는 고물에, 꼬리는 이물에 붙들어 매인 고래는 이제 그 검은 동체를 배에 찰싹 붙인 채 누워 있어서, 하늘 높이 솟은 활대나 삭구마저 흐릿해 보이는 어둠 속에서 배와 고래를 보면, 같은 멍에를 쓴 커다란 황소 한 쌍이,

---

335 황하는 운하가 아니다. 여기서 운하란 전국시대 이래 중국의 모든 왕조가 서쪽에서 동쪽으로 흐르는 황하·회하·장강의 본류와 지류를 연결하고 준설하여 구축해낸 대운하를 말한다. 현재의 베이징과 항저우를 연결하는 이 운하의 총길이는 약 1,800km에 이른다.

한 마리는 누워 있고 또 한 마리는 서 있는 것처럼 보였다.*

변덕스러운 에이해브가 지금은 완전한 정지 상태에 빠져 있다면, 적어도 갑판 위에서 알 수 있는 한, 이등항해사 스터브는 승리에 도취하여 여느 때와는 달리 기분 좋은 흥분을 드러내고 있었다. 스터브가 너무 지나치게 떠들어댔기 때문에 그의 상관인 차분한 스타벅은 모든 일처리를 한동안 조용히 스터브에게 맡겼다. 스터브가 이렇게 활기에 넘친 이유는 곧 밝혀졌는데, 스터브는 미식가여서 자신의 미각을 즐겁게 해주는 고래를 지나칠 만큼 좋아했던 것이다.

"스테이크다, 스테이크! 자기 전에 스테이크를 먹어야지! 어이, 대구! 잠깐 뱃전 밖으로 나가서 꼬리 한 조각만 잘라 가지고 와."

여기서 먼저 밝혀두자면, 이 거친 어부들은 중요한 군사적 좌우명에 따라 일반적으로 (적어도 항해에서 얻은 수확을 현금화하기 전에는) 전쟁 비용을 적에게 부담시키지 않는다. 하지만 낸터컷 사람들 중에는 지금 스터브가 지정한 향유고래의 그 특정 부위, 즉 동체 끝의 뾰족한 부분을 정말로 좋아하는 경우가 있다.

자정 무렵에 잘라낸 고래고기가 스테이크로 요리되었다. 스터브는 고래기름으로 초롱불 두 개를 켜고, 권양기가 식탁이라도 되는 것처럼 그 위에 고래고기 요리를 올려놓고 그 앞에 떡 버티고 섰다. 그날 밤 고래고기 연회에 참석한 사람은 스터브만이 아니었다. 수천 마리의 상어 떼가 죽은 고래 주위에 몰려와 고래의 지육을 마음껏 즐겼다. 그들이 고기를

---

* 여기서 간단히 설명해두는 게 좋을 듯싶다. 고래를 뱃전에 붙들어 맬 때 가장 단단하고 안전한 방법은 꼬리를 묶는 것이다. 꼬리는 다른 부위에 비해(옆지느러미는 제외하고) 가장 밀도가 높아서 비교적 무겁고, 죽은 뒤에도 매우 유연해서 수면 아래로 낮게 가라앉기 때문에, 거기에 쇠사슬을 감으려고 포경 보트에서 손을 내밀어도 닿지 않는다. 하지만 이 어려움은 교묘하게 해결된다. 즉 튼튼한 밧줄 한 가닥을 준비하여 한쪽 끝에는 나무로 된 부표를 달고 허리에는 무거운 추를 달고 다른 한쪽 끝은 배에 고정시킨다. 숙련된 솜씨로 나무 부표를 고래 저편에 띄우면, 이제 고래의 몸통을 졸라맸으니까 쇠사슬이 그 뒤를 따르는 것은 전혀 어렵지 않다. 고래의 몸통을 따라 쇠사슬을 미끄러뜨리면 마침내 꼬리의 가장 가느다란 부분, 즉 넓적한 꼬리와 몸통의 접합점을 단단히 감을 수 있다.

씹는 소리와 스터브가 고기를 씹는 소리가 한데 뒤섞였다. 뱃머리 쪽 잠자리에서 자고 있던 선원들은 제 심장에서 불과 몇 센티미터 떨어진 곳에서 상어 떼가 꼬리로 선체를 때리는 소리에 깜짝깜짝 놀라곤 했다. 뱃전 너머로 내려다보면 (아까 소리를 들었듯이) 상어 떼가 시커먼 물속에서 뒹굴다가, 등이 아래쪽으로 가도록 몸을 뒤척이며 사람 머리통만 한 고깃덩어리를 둥글게 물어뜯는 것을 볼 수 있을 것이다. 상어의 이 묘기는 거의 기적처럼 보인다. 아무리 보아도 이빨이 들어갈 것 같지 않은 고래 가죽에서 어떻게 그처럼 모양 좋게 도려낼 수 있는지 — 이는 아직 풀리지 않은 우주의 신비로 남아 있다. 상어 떼가 고래에게 남긴 흔적은 목수가 나사못을 박기 위해 파낸 구멍에 비유하는 것이 가장 적절할 것이다.

초연이 자욱한 가운데 해전이 험악하고 처참하게 벌어지는 중에도 상어란 놈들은 그들에게 던져지는 고기 토막을 한입에 삼킬 준비를 갖추고, 도마 주변에 몰려든 굶주린 개들처럼 갈망하는 눈으로 배의 갑판을 올려다본다. 갑판 위에서 용맹스러운 도살자들이 금도금된 자루에 술장식이 달려 있는 고기칼을 들고 식인종처럼 아직 살아 있는 상대의 고기를 자르고 있는 동안, 식탁 밑에서는 상어 떼들도 보석을 박은 입으로 죽은 고기를 서로 뜯어 먹으려 다툰다. 이 모든 것을 거꾸로 뒤집어도 거의 마찬가지일 것이다. 다시 말해서 어느 쪽이나 다 소름 끼치고 상어처럼 잔인한 짓이다. 상어 떼는 대서양을 건너는 노예선의 한결같은 수행자이기도 하다. 언제나 질서정연하게 배와 나란히 달리면서, 무언가 운반할 것이라도 있으면, 아니, 죽은 노예라도 바다에 매장할 때면 재빨리 도와준다. 그 밖에도 상어 떼가 가장 사교적으로 모여들어 유쾌한 잔치를 즐기는 일정한 기간과 장소와 기회 등에 대해서는 한두 가지 비슷한 예를 더 들 수 있겠지만, 밤바다에서 포경선에 묶여 있는 향유고래의 사체를 둘러싸고 수많은 상어들이 명랑하고 유쾌한 기분을 드러내는 꼴은 언제 어디서나 볼 수 있는 광경은 아니다. 그 광경을 본 적이 없다면, 악마 숭배의 타당성과 악마 회유의 편법에 대한 판단을 그만두는 게 좋을 것이다.

그러나 지금 스터브가 바로 옆에서 잔치를 벌이고 있는 상어 떼의 떠들썩한 소리에 마음을 쓰지 않았듯이, 상어들도 이 미식가의 입맛 다시는 소리에 무관심했다.

"요리사! 요리사! 플리스(양털) 영감 어디 갔지?" 드디어 스터브가 저녁을 먹기 위해 좀 더 안정된 토대를 만들려는 듯 두 다리를 더 넓게 벌리면서 외쳤다. 그와 동시에 창으로 찌르듯 포크를 접시에다 쑥 밀어 넣었다. "요리사! 이봐, 요리사! 이리 나와!"

때아닌 한밤중에 따뜻한 그물침대에서 끌려 나와 별로 기분이 좋지 않은 흑인 노인이 취사실에서 비틀거리며 걸어 나왔다. 흑인 노인들이 대부분 그렇듯이 그의 무릎 슬개골에도 문제가 있었기 때문이다. 그는 냄비나 프라이팬을 문질러 닦듯이 무릎을 제대로 관리하지 않았다. 플리스 영감이라고 불리는 이 늙은이는 쇠테두리를 펴서 만든 부젓가락을 지팡이 삼아 발을 질질 끌고 절뚝거리면서 천천히 걸어왔다. 흑인 노인은 허우적거리며 다가오더니, 명령대로 스터브의 식탁 건너편에 딱 멈춰 섰다. 그러고는 공손히 두 손을 앞으로 모아 쥐고 두 갈래 진 지팡이에 몸을 기대고 활처럼 굽은 등을 더욱 굽혀 절을 하더니, 잘 들리는 쪽 귀를 이용하려고 고개를 옆으로 기울였다.

"요리사." 스터브는 약간 붉은빛이 도는 고기를 재빨리 입으로 가져가면서 말했다. "이 스테이크 말이야, 너무 바싹 구웠다고 생각지 않나? 그리고 너무 오래 두드린 것 같아. 너무 연하단 말이야. 고래고기 스테이크는 좀 질겨야 좋다고, 내가 늘 말하지 않았어? 뱃전 너머에 지금 상어 떼가 있는데, 그놈들도 질긴 날고기를 더 좋아하는 게 안 보이나? 놈들이 야단법석을 떨고 있군! 요리사, 가서 놈들에게 말하고 와. 얌전하게 적당히 먹으면 얼마든지 먹어도 좋지만, 떠들지는 말라고 말이야. 제기랄. 내 목소리도 들리지 않을 지경이야. 가서 상어 떼한테 내 말을 전해! 자, 이 초롱을 가져가." 스터브는 식탁에서 초롱을 하나 들어서 건네주었다. "가서 놈들에게 설교해봐!"

스터브가 내민 초롱을 침울하게 받아 든 플리스 영감은 절룩거리며 갑판을 지나 뱃전으로 걸어갔다. 노인은 상어들을 좀 더 잘 보려고 한 손에 든 초롱을 바다 위로 낮게 늘어뜨리고, 다른 손으로는 엄숙하게 지팡이를 휘두르며 뱃전 너머로 상체를 쑥 내밀고는, 중얼거리는 목소리로 상어 떼에게 연설하기 시작했다. 스터브는 그 뒤로 슬금슬금 다가가서 플리스 영감의 넋두리를 죄다 엿들었다.

"너희들, 거기서 시끄럽게 떠들지 말라고, 네놈들에게 전하라는 명령을 받았다. 쩝쩝 입맛 다시는 소리를 내지 마라. 스터브 님이 그러는데, 배가 터지도록 처먹는 건 좋지만 제발 그 시끄러운 소리는 내지 말란 말이다. 이 죽일 놈들아!"

"이봐, 요리사." 이때 스터브가 갑자기 그의 어깨를 탁 치면서 끼어들었다. "설교할 때는 그런 욕지거리를 하면 안 돼. 그래서는 죄인을 회개시킬 수 없어!"

"뭐라고? 그럼 직접 설교하시지 그래." 요리사는 실쭉하여 돌아서서 가려고 했다.

"아니야. 요리사, 계속해. 어서 계속하라니까."

"그렇다면 좋소. 사랑하는 여러분……."

"좋아!" 스터브가 큰 소리로 칭찬했다. "놈들을 가르쳐. 어디 한번 해봐."

그러자 플리스 영감이 말을 이었다.

"너희들은 상어다. 그래서 천성이 아주 탐욕스럽다. 하지만 그 탐욕스러움…… 이봐, 꼬리를 탁탁 치지 말라니까. 그렇게 꼬리를 탁탁 치고 쩝쩝거리는 소리를 내면 내 말이 안 들리잖아. 빌어먹을 놈들아."

"요리사." 스터브가 그의 목덜미를 잡고 외쳤다. "욕하지 말라니까. 신

모비 딕

사적으로 말하라고."

설교가 다시 계속되었다.

"여러분, 나는 여러분이 탐욕스러운 것을 그렇게 비난하지는 않는다. 그건 타고난 거라서 어쩔 수 없는 거니까. 하지만 그 못된 천성을 억제하는 게 중요하단 말이다. 여러분은 상어지만, 근성을 억제하면 여러분도 천사가 될 수 있다. 천사라고 해서 모두 다 상어 근성을 잘 억제한 상어보다 훌륭한 것은 아니기 때문이다. 잘 들어라, 형제들아. 그 고래를 먹을 때 한 번이라도 점잖게 굴려고 애써봐라. 옆에 있는 놈의 입에서 고깃덩어리를 빼앗지 마라. 그 고래에 대해서는 모든 상어가 똑같은 권리를 갖고 있지 않나 말이다. 사실 여러분은 아무도 그 고래를 먹을 권리가 없다. 그 고래는 남의 것이다. 여러분 중에는 다른 놈보다 입이 훨씬 큰 놈도 있다. 하지만 입만 크고 배는 작은 놈들도 있다. 그러니까 입이 큰 것은 마구 삼키기 위해서가 아니라, 그 난장판 속으로 들어가 스스로 음식을 먹을 수 없는 어린 새끼들한테 그 큰 입으로 물어뜯은 기름을 나누어주기 위해서다."

"잘했어, 플리스 영감!" 스터브가 외쳤다. "그게 바로 기독교 정신이지. 계속해."

"암만해도 소용없소. 저 고약한 놈들은 계속 소동을 벌이면서 서로 때릴 거요. 놈들은 한마디도 듣지 않아요. 벌 받아 마땅한 욕심쟁이들이오. 배가 잔뜩 부를 때까지는 아무리 설교해봐야 아무 소용도 없을 거요. 하지만 놈들의 배는 바닥이 없지. 아무리 배가 불러도 놈들은 말을 듣지 않아요. 배가 부르면 바다 밑으로 들어가 산호 속에서 잠들어버리지. 사람이 하는 말은 한마디도 듣지 않아요. 영원히, 영원히 안 들을 거요."

"나도 같은 생각이야. 그러니까 놈들에게 축복이나 내려주게. 나는 저녁을 먹으러 갈 테니."

그러자 플리스 영감은 상어 떼 위로 두 손을 내밀고 목청을 높여 외쳤다.

"저주받은 놈들아, 멋대로 실컷 떠들어라. 배가 터질 때까지 처먹어라! 그리고 배가 터져서 죽어버려라!"

"이봐, 요리사!" 스터브가 권양기로 돌아가서 다시 저녁을 먹으면서 말했다. "아까 섰던 곳으로 와서 나를 보고 내 말에 귀를 기울여봐."

"차렷인가요?" 플리스 영감은 또다시 지시받은 곳으로 가서 부젓가락에 몸을 기대고 몸을 앞으로 숙였다.

"그래, 됐어." 스터브는 그러는 동안에도 연신 고기를 집어 먹으면서 말했다. "스테이크 이야기로 돌아가겠는데, 우선 영감은 나이가 몇인가?"

"그게 스테이크하고 무슨 상관이 있다는 거요?" 흑인 노인이 퉁명스럽게 물었다.

"입 닥쳐! 나이가 몇이냐고?"

"아흔 살쯤 됐을 거라고 하더군요." 노인이 무뚝뚝하게 중얼거렸다.

"그렇다면 이 세상에서 백 년 가까이 살고 있으면서 고래고기 스테이크도 제대로 요리할 줄 모른단 말이야?" 스터브는 마지막 말을 하면서 또다시 고래고기를 재빨리 입에 가득 쑤셔 넣고 꿀꺽 삼켰다. 그래서 그 한 입의 고기가 질문의 연속처럼 느껴졌다. "어디서 태어났나?"

"로아노크강[336]의 나룻배 창구艙口 뒤에서."

"나룻배에서 태어났다고? 그거 참 묘하군. 하지만 나는 영감이 어느 나라에서 태어났는지, 그걸 알고 싶은 거야."

"로아노크라고 하지 않았소." 노인이 날카롭게 외쳤다.

"아니, 말하지 않았어. 어쨌든 내가 말하려는 건 영감은 고향으로 돌아가서 다시 태어나야 한다는 거야. 아직도 고래고기 스테이크 하나 제대로 만들 줄 모르니까 말이야."

"스테이크 따위, 다시는 만들지 않겠소." 노인은 화가 나서 으르렁거리고는 몸을 휙 돌려 그 자리를 떠나려고 했다.

---

336 미국 버지니아주와 노스캐롤라이나주를 지나 대서양으로 흘러드는 강.

"요리사, 돌아와. 그 부젓가락은 이리 주고 이 스테이크를 좀 먹어봐. 이게 정말로 스테이크답게 요리되었다고 생각하는지 말해봐. 어서 먹어보라니까." 스터브는 부젓가락을 끌어당기면서 소리쳤다. "먹고 맛을 봐."

흑인 노인은 오그라든 입술로 잠시 입맛 다시는 소리를 내며 맛을 본 다음 중얼거렸다.

"이렇게 맛있는 스테이크는 처음이오. 군침이 뚝뚝 떨어질 지경이군."

"요리사." 스터브가 다시 어깨를 펴면서 말했다. "혹시 교회에 다니나?"

"케이프다운인가 하는 곳에서 한 번 교회 앞을 지나본 적이 있소." 노인이 못마땅한 듯이 대답했다.

"케이프타운에서 평생 단 한 번 교회 앞을 지나갔단 말이지. 거기서 목사가 신자들에게 '사랑하는 여러분' 하는 걸 귓결에 들은 모양이군. 그렇지? 그런데도 영감은 여기 와서 방금 한 것처럼 무서운 거짓말을 하는군. 그래, 어디로 갈 작정인가?"

"당장 자러 가야겠소." 그는 중얼거리며 몸을 반쯤 돌렸다.

"잠깐! 거기 서! 내 말은, 죽으면 어디로 갈 작정이냐는 뜻이야. 무서운 질문이지만, 뭐라고 대답하겠나?"

"이 늙은 검둥이가 죽으면……" 흑인은 태도와 표정을 바꾸며 천천히 대답했다. "나 자신이야 아무 데도 가고 싶지 않지만, 고마우신 천사가 와서 날 데려가겠지."

"데려간다고? 어떻게? 엘리야[337]를 데려갔을 때처럼? 말 네 필이 끄는 마차를 타고? 그런데 어디로 데려가지?"

"저어기!" 플리스 영감은 부젓가락을 머리 위로 쳐들고 아주 엄숙한 자세로 말했다.

---

337 구약성서 「열왕기하」(2장 11절)에는 "그들이 말하면서 가고 있는데, 홀연히 불수레와 불말이 나타나 두 사람 사이를 갈라놓더니, 엘리야는 회오리바람을 타고 하늘로 올라갔다"고 나와 있다.

"그러니까 영감은 죽으면 저 높은 돛대 꼭대기로 올라가겠다는 건가? 하지만 높이 올라갈수록 더 추워진다는 걸 모르나? 돛대 꼭대기라?"

"그런 말은 안 했소." 노인은 다시 침울해져서 대답했다.

"저기라고 했잖아? 지금 영감의 자세를 좀 봐. 부젓가락이 어디를 가리키고 있는지 보라고. 영감은 돛대 망루 승강구를 통해서라도 하늘로 올라갈 작정이겠지. 하지만 안 돼. 돛대줄 옆을 돌아서 정해진 길로 가지 않으면 거기에 갈 수 없어. 위험한 일이긴 하지만, 그 길밖에 없으니까. 그러지 않으면 가망이 없지. 하지만 우리들 중에 천국에 가본 사람은 아직 없어. 자, 부젓가락을 내리고 내 명령을 듣게. 알겠나? 이제부터 내가 명령할 테니까, 한 손에 모자를 들고 다른 손은 심장 위에 올려놔. 뭐라고? 자네 심장은 거기 있다고? 그건 배야, 배. 더 위로, 좀 더 위로…… 됐어…… 바로 거기야. 자, 이제 손을 거기에 대고 차렷하는 거야!"

"차렷!" 노인은 대답하고, 두 손을 스터브가 지시한 위치에 놓고, 두 귀를 동시에 앞으로 내밀려는 것처럼 반백의 머리를 뒤틀었지만 허사였다.

"자, 그러면 요리사, 자네가 만든 이 고래고기 스테이크는 너무 맛이 없어서 되도록 빨리 보이지 않는 곳으로 치워버려야 해. 알겠나? 그러니까 앞으로 또다시 내 전용 식탁인 여기 권양기에서 먹을 고래고기 스테이크를 요리할 때 고기를 너무 구워서 망치지 않으려면 어떻게 해야 하는지 내가 가르쳐주지. 한 손에 고기를 들고, 다른 손으로는 그 고기한테 이글거리는 숯불을 보여줘. 그 일이 끝나면 접시에 담아. 알았나? 그리고 내일 고기를 자를 때, 잊지 말고 옆에 지켜섰다가 지느러미 끝부분을 얻어서 식초에 담가둬. 그리고 꼬리 끝부분은 소금에 절이는 거야. 자, 이젠 가도 돼."

하지만 플리스 영감이 서너 걸음도 가기 전에 스터브가 다시 그를 불러 세웠다.

"내일 밤 당직 때는 야참으로 커틀릿을 만들어줘. 알았지? 알았으면 가봐! 아니, 잠깐만! 거기 서! 가기 전에 절을 해야지. 아니, 또 기다려! 아침은 고래 완자야. 잊지 마!"

"젠장. 저놈이 고래를 먹는 대신 고래가 저놈을 먹었으면 좋겠군. 진짜 상어보다 더 상어 같아 보인단 말이야." 노인은 중얼거리면서 절뚝거리는 걸음으로 멀어져갔다. 그리고 그 현명한 말과 함께 그는 그물침대로 들어갔다.

{ 제65장 }

고래고기 요리

인간이 램프 연료를 공급해주는 동물을 잡아먹고, 스터브처럼 고래기름으로 밝힌 등불 밑에서 고래고기를 먹는 것은 너무 이상한 일로 여겨지기 때문에, 그 일의 내력과 철학에 대해서 조금 살펴볼 필요가 있다.

기록에 따르면 3세기 전에 프랑스에서는 참고래의 혓바닥을 대단한 별미로 평가했고, 값도 매우 비쌌다. 헨리 8세[338] 시대에 어느 궁정 요리사가 돌고래구이와 함께 먹으면 좋은 소스를 개발하여 후한 상을 받았다는 이야기도 전해진다. 여러분도 기억하겠지만, 돌고래는 고래의 일종이다. 사실 돌고래는 오늘날까지도 좋은 식재료로 여겨지고 있다. 그 고기로 당구공 크기의 완자를 만들어 양념과 향료를 잘 치면, 거북 완자나 송아지 완자로 여겨질 수도 있다. 옛날 던펌린[339]의 늙은 수도사들은 그것을 매우 좋아했고, 왕으로부터 커다란 돌고래 한 마리를 하사받기도 했다.

사실 포경꾼들 사이에서는, 고래란 귀중한 물고기이지만 양이 너무 많

---

338 잉글랜드의 국왕(재위 1509~1547). 복잡한 여성 편력으로 유명하며, 종교 개혁, 국교회 수립, 정치적 중앙집권화 등의 성과를 거두었다.

339 영국 스코틀랜드 동부 파이프에 있는 마을. 베네딕트회 수도원이 있었다.

은 것이 흠이라라는 평이다. 하지만 길이가 30미터나 되는 고기파이 앞에 앉으면 식욕이 단번에 날아가버릴 것이다. 요즘에는 스터브처럼 편견이 없는 사람만이 고래고기 요리를 먹는다. 그러나 에스키모[340]는 그렇게 까다롭지 않다. 우리도 알고 있다시피 그들은 고래고기를 주식으로 하며, 최고급 고래기름을 저장하여 오래되고 희귀한 술을 만든다. 유명한 에스키모 의사인 조그란다는 고래기름이 맛있고 영양분이 풍부하여 어린애한테 특히 좋다고 권장한다. 여기서 생각나는 것은, 옛날 어느 포경선이 실수로 그린란드에 남겨두고 온 영국인들이, 기름을 짜낸 뒤 바닷가에 내버려둔 군내 나는 고래고기 부스러기로 몇 달을 연명했다는 사실이다. 네덜란드의 포경 선원들은 기름을 짜내고 남은 이 고기 부스러기를 '튀김'이라고 부르는데, 실제로 신선할 때는 옛날 암스테르담의 주부들이 만든 도넛이나 튀김과자처럼 바삭바삭한 갈색이고 냄새도 아주 비슷하다. 너무 먹음직스러워 보여서 아무리 체면을 차리는 손님도 손을 내밀지 않을 수 없다.

그러나 고래고기를 문명인의 음식으로 대접할 수 없게 만드는 것은 기름기가 너무 많다는 점이다. 바다의 으뜸 황소라 할 수 있는 고래는 너무 기름져서 섬세하고 부드러운 맛이 없다. 고래의 혹을 보더라도, 그것이 피라미드 같은 기름 덩어리가 아니라면 (진미로 평가받는) 들소의 혹 못지않게 좋은 식재료가 될 것이다. 하지만 경랍 자체는 얼마나 맛있고 부드러운가. 자란 지 석 달쯤 된 코코넛의 하얀 과육이 반쯤 젤리가 되어 투명해진 것 같다. 버터 대용으로 쓰기에는 기름기가 너무 많지만, 포경꾼들은 경랍을 다른 물질에 스며들게 한 뒤 먹는 방법을 알고 있다. 야간에 오랫동안 고래기름을 정제할 때 선원들이 거대한 기름 가마솥에 건빵을 담가서 잠깐 튀기는 것은 흔한 일이다. 나도 그렇게 해서 맛있는 저녁을 먹은 적이 많다.

340 캐나다·그린란드·시베리아의 북극지방에 사는 인종. 조그란다는 스코스비를 빗댄 작가의 말장난이다.

작은 향유고래는 골이 진미라고 한다. 머리뼈를 도끼로 쪼개면 두 개의 동그랗고 희끄무레한 뇌엽(마치 두 개의 커다란 푸딩 같은 모양이다)이 나오는데, 이것을 밀가루와 반죽해서 요리하면 아주 맛있는 음식이 된다. 그 맛은 미식가들에게 인기 있는 송아지 골과 비슷하다. 누구나 알고 있듯이 미식가들 중에서도 일부 젊은이들은 송아지 골을 계속 먹어서 얼마 뒤에는 그들 자신도 작은 뇌를 갖게 되고, 그래서 송아지 머리와 제 머리 정도는 구별할 수 있게 되는데, 그것은 비범한 변별력이 요구되는 일이다. 젊은이가 지적으로 보이는 송아지 머리를 앞에 놓고 있는 광경이 그토록 가슴 아픈 것은 바로 그 때문이다. 송아지 머리는 "브루투스, 너마저도"[341] 하는 표정으로 그를 비난하듯 바라본다.

뭍사람들이 고래고기 먹기를 꺼리는 이유가 너무 기름지기 때문만은 아닐 것이다. 그것은 어떤 면에서는 앞에서도 말했듯이 인간이 갓 살해된 바다짐승을, 더구나 그 동물의 기름으로 켠 등불 아래에서 먹는 데 대한 거부감 때문으로 보인다. 하지만 소를 최초로 죽인 자는 살인자나 마찬가지로 간주되어 아마 교수형에 처해졌을지 모른다. 하물며 소들에게 고발당해 재판을 받았다면, 그 죄상은 당연히 살인자와 똑같이 취급되었을 것이다. 토요일 밤에 고기 시장에 가서, 두발 인간들이 길게 늘어선 네발 짐승의 사체를 바라보고 있는 꼴을 보라. 그 광경을 보면 식인종도 놀라서 입을 딱 벌리지 않겠는가? 식인종이라고? 식인종이 아닌 사람이 누구인가? 앞으로 닥칠 기근에 대비하여 말라빠진 선교사를 소금에 절여 지하실에 넣어둔 피지섬 사람들이, 최후의 심판 날에, 여러분처럼 개화되고 문명화한 미식가, 거위를 땅바닥에 매어놓고 그 간을 비대하게 살찌워 푸아그라[342]를 즐기는 사람들보다 관대한 처벌을 받을 것이다.

그런데 스터브는 고래기름으로 켠 등불 밑에서 고래고기를 먹고 있다.

---

341 고대 로마의 장군 카이사르가 자신을 암살한 브루투스에게 던진 말.
342 강제로 살찌운 거위의 간을 재료로 만든 요리. 프랑스의 대표적인 별미지만, 로마인들도 즐겨 먹었다.

그것은 고래를 학대하고 모욕하는 짓이 아닐까? 그렇다면 묻겠는데, 개화되고 문명화한 미식가여, 당신이 지금 로스트비프를 먹으면서 사용하고 있는 나이프의 자루를 보라. 그 칼자루는 무엇으로 만들어져 있는가? 그 것은 바로 당신이 지금 먹고 있는 소의 형제의 뼈가 아니고 무엇인가? 그 리고 당신은 그 기름진 거위를 실컷 먹고 나서 무엇으로 이를 쑤시는가? 바로 그 거위의 깃털이다. 그리고 '거위학대방지협회'[343] 간사는 전에 어떤 깃펜으로 회람장을 썼는가? 그 협회가 철펜 외에는 사용하지 말자는 결의안을 채택한 것은 불과 한두 달 전의 일이다.

{ 　제66장　 }

상어 학살

남양 어장에서는 포획한 향유고래를 오랜 고생 끝에 밤늦게야 본선까지 끌고 오면, 적어도 일반적으로는 그 고래를 즉시 처리하지 않는 것이 보통이다. 그것은 상당히 힘든 일이어서 금방 끝낼 수도 없을뿐더러 모든 선원이 그 작업에 매달려야 하기 때문이다. 따라서 돛을 모두 접고, 바람 방향으로 키를 돌린 다음, 모든 선원을 그물침대로 내려보내 동이 틀 때까지 쉬게 하고, 그때까지는 2인 1조로 야간 당직을 맡아 한 시간씩 교대로 갑판에 올라가서 만사가 잘 돌아가도록 조치하는 것이 일반적인 관행이다.

그러나 이 방법이 잘 통하지 않을 때가 있다. 특히 태평양의 적도 해역에서 그런 경우가 많은데, 헤아릴 수 없이 많은 상어가 배에 묶어둔 고래 사체 주위에 모여들어, 여섯 시간 거기에 방치해두면 아침에는 해골밖에 남지 않기 때문이다. 하지만 상어가 그렇게 많지 않은 대부분의 해역에서

---

343 멜빌의 우스개. 최초의 '동물학대방지협회'는 1824년 영국에서 설립되었다.

는 때로는 고래 절단용 삽을 맹렬하게 휘저어 상어의 놀라운 탐욕을 상당히 줄일 수도 있다. 물론 어떤 경우에는 그런 방법이 오히려 상어를 자극하여 더욱 활발하게 만들기도 한다. 하지만 지금 '피쿼드'호 주위에는 상어가 그렇게 많이 몰려들지는 않았다. 물론 그런 광경에 익숙지 않은 사람이 그날 밤 뱃전 너머를 보았다면, 눈에 보이는 바다 전체가 하나의 거대한 치즈 덩어리이고 상어 떼는 그 속에서 우글거리는 구더기처럼 보였을 것이다.

하지만 스터브가 밤참을 마치고 정박 당직을 배정한 데 따라 퀴케그와 앞돛대 선원 한 사람이 갑판으로 올라갔을 때 상어들 사이에서는 적잖은 소동이 벌어지고 있었다. 그래서 두 선원은 곧바로 뱃전에 발판을 내려놓고 초롱 세 개를 내려 흐린 바다 위로 긴 빛줄기를 던지면서, 기다란 고래 삽[344]*을 상어의 유일한 급소로 여겨지는 머리뼈에 깊숙이 박아 넣어 상어들을 죽이기 시작했다. 하지만 수많은 상어가 뒤섞여 물거품을 일으키며 싸우는 혼란 속에서는 아무리 명사수라도 항상 표적을 명중시킬 수는 없었고, 이로 말미암아 가뜩이나 흉포한 적에게 상상을 초월하는 광포성이 나타나고 말았다. 잔인한 본성이 드러나자 놈들은 터져 나온 창자를 서로 뜯어 먹을 뿐만 아니라 유연한 몸을 활처럼 구부려 자기 내장까지 뜯어 먹었다. 입으로는 내장을 삼키고 벌어진 상처로는 그 내장을 도로 토해내기를 몇 번이고 되풀이하는 것 같았다. 그뿐만이 아니었다. 놈들의 사체와 유령들을 다루는 것도 위험한 일이었다. 개개의 생명이라고 부를 수 있는 것이 떠나버린 뒤에도 일종의 포괄적이거나 범신론적인 생명력

344 포경선에서 고래의 지육을 떼어낼 때 쓰던 도구. 아래 '원주' 참조.

* 고래의 지육을 잘라낼 때 쓰는 도구로, 최고급 강철로 만드는데 크기는 사람 손바닥만 하다. 전체 모양은 그 이름이 나타내고 있듯이 정원을 가꿀 때 쓰는 삽이나 가래와 비슷하지만, 양쪽 가장자리가 납작하고 위쪽 끝이 아래쪽보다 상당히 좁다. 이 무기는 항상 날카롭게 갈아두는데, 면도칼처럼 사용하는 도중에도 이따금 숫돌에 간다. 60~90센티미터 길이의 단단한 막대기를 구멍에 꽂아서 자루로 삼는다.

이 놈들의 관절과 뼈마디 속에 숨어 있는 듯했다. 가죽을 벗기기 위해 죽은 상어를 갑판 위로 끌어 올린 뒤에도 한 녀석은 그 흉악한 주둥이를 닫으려는 퀴퀘그의 손을 하마터면 물어뜯을 뻔했다.

"어떤 신이 상어란 놈을 만들었는지 퀴퀘그는 알 바 아니야." 야만인은 고통스럽게 손을 위로 들어 올렸다가 내리면서 말했다. "피지의 신인지 낸터컷의 신인지는 모르지만, 상어란 놈을 만든 신은 빌어먹을 인디언이 분명해."

{   제 67장   }

고래 해체

이상은 토요일 밤에 일어난 일이었고, 이튿날은 안식일이었다! 포경꾼들은 직업상 안식일을 어기는 전문가들이다. 상앗빛 '피쿼드'호는 유혈이 낭자한 도살장으로 변했고, 선원들은 모두 도살자가 되었다. 그때 우리를 보았다면, 1만 마리의 붉은 황소를 바다의 신들에게 바치고 있는 줄 알았을 것이다.

우선, 대개 녹색으로 칠해진 도르래 장치를 포함하는 육중한 기구들 가운데 특히 거대한 절단기는 혼자서 들어 올릴 수 없을 만큼 무겁다. 포도송이 같은 이 거대한 기구가 흔들거리며 주돛대 망루에 올려진 다음, 갑판 위에서 가장 튼튼한 곳인 아래돛대에 단단히 묶인다. 복잡하게 얽히고 설킨 기구들 사이를 굽이쳐 나아가는 닻줄 모양의 밧줄 끝머리가 양묘기로 이어지고, 도르래에는 무게가 50킬로그램이나 되는 커다란 갈고리가 부착된다. 항해사 스타벅과 스터브는 뱃전에 걸쳐진 발판 위에 올라서서, 두 개의 옆지느러미 가운데 가까운 지느러미 바로 위에 기다란 고래삽으로 갈고리를 걸기 위한 구멍을 뚫기 시작했다. 이 일이 끝나면 구멍 주위에 넓은 반원형의 절개선을 넣고 갈고리를 건다. 그러면 선원들이 일제히 함성을 지르며 양묘기로 모여들어 감아올리기 시작한다. 당장 배 전체가 한쪽으로 기울어지고, 배에 박혀 있는 모든 나사는 혹한기의 낡은 집의 못들처럼 빠져나온다. 그러면 배는 진동하고 흔들리며, 겁에 질린 망루는 바들바들 떨면서 하늘을 향해 고갯짓을 한다. 배는 점점 더 고래 쪽으로 기울어지고, 양묘기가 헐떡이며 고래를 감아올릴 때마다 굽이치는 물결이 거기에 화답하여 거들어준다. 마침내 깜짝 놀랄 만큼 큰 소리가 들리면 배는 요란한 물소리와 함께 고래로부터 물러나 위로 올라오고, 도르래가 반원형으로 떼어낸 첫 번째 지육 덩어리를 매달고 의기양양하게 올라온다. 고래의 지방층은 귤껍질이 속살을 감싸고 있듯이 고래의 속살을 감싸고 있기 때문에, 귤껍질이 나선형으로 빙글빙글 돌면서 벗겨지듯 고래의 지방층도 꼭 그렇게 고래의 몸에서 벗겨진다. 양묘기가 계속 잡아당기고 있기 때문에 고래는 물속에서 계속 빙글빙글 돌고, 지방층은 스타벅과 스터브의 고래삽이 동시에 내는 '칼집'을 따라 한 조각으로 균일하게 벗겨진다. 지방층은 그렇게 빨리 벗겨지는 만큼, 그리고 지방층이 벗겨지는 바로 그 행위 자체 때문에 빠른 속도로 점점 높이 끌어 올려져 결국에는 위쪽 끝이 주돛대 망루를 스치게 된다. 그러면 양묘기에서 작업하던 선원들은 잠시 일손을 멈춘다. 핏물이 뚝뚝 떨어지는 거대한 지육 덩어리는 마치 하늘에 매달린 것처럼 앞뒤로 흔들거리고, 그 자리에 있는 사람들은 모두 흔들리는 지육 덩어리를 피하려고 조심해야 한다. 그러지 않으면 지육 덩어리에 머리를 맞아 뱃전 너머 바닷속으로 내동댕이쳐지고 말 것이기 때문이다.

거기에 있던 작살잡이 하나가 '송곳칼'이라고 부르는 길고 날카로운 무기를 들고 앞으로 나서서 기회를 엿보다가, 흔들리고 있는 지육 덩어리 아래쪽에 상당한 크기의 구멍을 솜씨 좋게 뚫어놓는다. 이 구멍에 두 번째 도르래 끝을 걸어서 다음 작업을 준비하기 위해 지방층을 고정시킨다.

이 숙련된 칼잡이는 선원들에게 멀리 떨어져 있으라고 경고를 한 다음 또다시 지육 덩어리에 돌진하여 옆으로 비스듬히 몇 번 칼을 내질러 덩어리를 두 동강으로 자른다. 그래서 짧은 아랫부분은 여전히 흔들리지 않게 고정되어 있지만, '담요'라고 불리는 기다란 윗부분은 대롱대롱 흔들리며 내려지기만을 기다리고 있다. 앞쪽에서 고래를 끌어 올리던 선원들은 이제 다시 노래를 부르기 시작하고, 하나의 도르래가 고래로부터 두 번째 지방층을 벗겨내어 끌어 올리는 동안, 다른 도르래는 서서히 느슨해져서 처음 벗겨낸 길쭉한 지육 조각을 바로 밑에 있는 승강구를 통해 지육실脂肉室이라고 불리는 빈 선창船倉으로 내려보낸다. 이 어두컴컴한 방에서는 많은 사람이 민첩한 손놀림으로 길쭉한 '담요'를 똘똘 말고 있다. 그것은 마치 수많은 뱀들이 산 채로 서로 꼬여서 거대한 덩어리를 이룬 것 같다. 그렇게 작업은 계속된다. 도르래 두 개는 동시에 오르내리고, 고래와 양묘기는 둘 다 올라가고, 양묘기 작업자들은 노래를 부르고, 지육실 사람들은 길쭉한 지육 조각을 똘똘 말고, 항해사들은 지방층을 벗겨낼 칼집을 내고, 배는 뒤틀리고, 선원들은 긴장된 분위기를 누그러뜨리기 위해 이따금 서로 고함을 지르고 욕설을 퍼붓는다.

{   제 68 장   }

담요

　나는 지금까지 결론이 나지 않은 문제, 즉 고래의 피부에 대해 적잖은 주의를 기울였다. 이 문제에 대해 바다에서는 경험 많은 포경꾼들과 논쟁을 벌였고, 뭍에서는 유식한 박물학자들과 논쟁을 벌였다. 그래도 내 원래의 의견에는 조금도 변함이 없지만, 그것은 하나의 의견일 뿐이다.
　문제는 고래의 피부란 무엇이며 어느 부위를 말하는가 하는 것이다. 고래의 지방층이 무엇인지는 여러분도 이미 알고 있다. 그것은 육질이 단단하고 조직이 치밀한 쇠고기처럼 밀도가 높지만, 그보다 더 질기고 탄력이 있고 치밀하며 두께는 20센티미터 내지 40센티미터에 이른다.

어떤 생물의 피부가 그렇게 두껍고 단단하다면 처음에는 터무니없는 말로 여겨지겠지만, 사실 그런 주장에 반대할 근거는 전혀 없다. 고래의 몸에서 그 지방층 외에는 고래의 몸을 싸고 있는 밀도 높은 조직층을 발견할 수 없기 때문이다. 어떤 동물의 몸을 가장 바깥쪽에서 둘러싸고 있는 조직층이 상당한 밀도를 가지고 있다면 그것은 피부일 수밖에 없지 않은가? 물론 손상되지 않은 고래 사체에서는 지극히 얇고 투명한 물질을 손으로 긁어낼 수 있다. 그것은 얇은 운모와 비슷하지만 비단처럼 유연하고 매끄럽다. 하지만 그것은 고래가 마르기 전의 일이고, 마르면 그 물질은 오그라들고 두꺼워질 뿐만 아니라 약간 단단해지고 부서지기 쉬워진다. 나는 그 마른 것을 몇 조각 갖고 있는데, 그것을 고래에 관한 서적의 서표로 쓰고 있다. 앞에서도 말했듯이 그것은 투명하다. 그것을 인쇄된 책장 위에 놓으면 확대경 역할을 해주기 때문에 매우 재미있다. 어쨌든 고래의 몸에서 떼어낸 고래 자신의 안경으로 고래에 관한 책을 읽는 일은 즐겁다. 하지만 내가 여기서 말하고자 하는 것은 이것이다. 아주 얇은 운모 같은 그 물질이 고래의 온몸을 싸고 있는 것은 나도 인정하지만, 그것은 고래의 피부라기보다는 오히려 피부의 피부로 생각해야 한다는 것이다. 거대한 고래의 본래 피부가 아기의 피부보다 더 얇고 부드럽다고 말하는 것은 너무나 우스꽝스럽기 때문이다. 하지만 이 문제에 대해서는 더이상 이야기하지 말자.

지방층을 고래의 피부라고 할 경우, 거대한 향유고래는 피부에서 기름을 100통이나 생산하는데, 양이나 무게로 따지면 그 산출된 기름은 피부의 전량이 아니라 4분의 3에 불과하다. 따라서 고래 피부의 일부에서 생산되는 액체만으로도 호수를 이룰 정도이고, 이것을 생각하면 그 살아 있는 지육 덩어리가 얼마나 거대한지를 조금은 알 수 있다. 10통을 1톤으로 계산하면, 고래 피부의 4분의 3이 10톤의 중량을 갖고 있는 셈이다.

살아 있는 향유고래에서 볼 수 있는 표피는 향유고래가 나타내는 수많은 경이 중에서도 무시할 수 없는 것이다. 고래의 표피에는 무수한 줄무늬가 비스듬히 교차하고 또 교차하며 빽빽하게 배열되어 있어서, 이탈리아의 훌륭한 선조線彫 판화처럼 보인다. 하지만 이 선들은 앞에서 말한 운모 같은 물질 표면에 새겨진 것처럼 보이지 않고, 몸 자체에 새겨져 있는 무늬가 운모를 통해 보이는 듯한 느낌을 준다. 그뿐만 아니라, 예리하고 세심한 눈을 가진 사람에게는 이 줄무늬가 진짜 동판화의 경우처럼 전혀 다른 도형을 새기기 위한 밑바탕으로 보이는 경우도 있다. 이것은 상형문자다. 피라미드 벽에 그려진 그 신비로운 암호들을 상형문자라고 부른다면, 이 경우에도 그 단어를 사용하는 것이 당연하다. 나는 특히 어느 향유고래의 몸에 새겨진 상형문자를 또렷이 기억하고 있는데, 그 기억 때문에 나는 미시시피강 상류의 유명한 '상형문자 암벽'[345]에 새겨진 고대 인디언 문자의 복제화를 보고 깊은 감명을 받았다. 그 신비로운 암벽과 마찬가지로 고래에 새겨진 신비로운 무늬도 해독되지 않은 채 남아 있다. 인디언의 암벽은 나에게 또 다른 것을 상기시킨다. 향유고래의 외관에는 여러 가지 색다른 현상이 많지만, 무엇보다도 향유고래는 등을 보란 듯이 물 밖으로 드러내는 일이 드물지 않다. 특히 옆구리를 자주 과시하는데, 옆구리에는 거칠게 긁힌 상처 자국이 많아서 규칙적인 줄무늬가 대부분 지워지고 완전히 불규칙한 양상을 띠고 있다. 뉴잉글랜드 해안에 있는 그 상형문자 암벽─아가시[346]는 표류하는 거대한 빙산들이 암벽을 격렬하게 스쳐서 생긴 자국이라고 상상한다─은 이 점에서는 향유고래와 적

---

345 이 상형문자는 날개를 활짝 편 거대한 새처럼 보였다고 한다. 1840년에 파괴되어 지금은 없지만, 멜빌은 그 전에 보았을지도 모른다.

346 장 루이 아가시(1807~1873): 스위스 태생의 미국 고생물학자·지질학자. 빙하의 이동과 절멸한 어류에 대한 연구에서 공헌을 했다. 1847년부터 1873년까지 하버드 대학 교수를 지냈다.

잖이 비슷하다고 말할 수밖에 없다. 또한 고래 몸뚱이에 나 있는 그런 긁힌 상처는 다른 고래들과의 적대적인 접촉으로 생긴 것처럼 보이기도 한다. 나는 완전히 자란 덩치 큰 수컷 고래에게서 그런 상처를 가장 많이 보았기 때문이다.

고래의 피부나 지방층에 관해 몇 마디만 더 하겠다. 앞에서도 말했듯이 그것은 '담요'라고 불리는 길쭉한 조각으로 벗겨진다. 항해 용어가 대부분 그렇듯이, 이것 또한 매우 적절하고 유의미한 표현이다. 고래는 진짜 담요나 이불에 싸여 있듯이 실제로 지방층에 둘러싸여 있기 때문이다. 아니, 더 적절히 말하면 고래의 지방층은 머리 위로 덮어써서 발밑까지 내리덮는 인디언의 외투 같은 것이다. 고래가 어떤 날씨, 어떤 바다, 어떤 시기, 어떤 조류 속에서도 기분 좋게 지낼 수 있는 것은 이 아늑한 담요를 덮어쓰고 있기 때문이다. 몸서리가 쳐질 만큼 추운 북극해의 그린란드고래에게 이 포근한 외투가 없다면 어떻게 될까? 사실 다른 어류들도 그 추운 북극해에서 아주 활기차게 살고 있다. 하지만 그 물고기들은 허파가 없는 냉혈동물이고, 녀석들의 배는 냉장고나 마찬가지다. 빙산 그늘에서도 겨울 나그네가 여관의 난로 앞에서 몸을 녹이듯 몸을 따뜻하게 할 수 있는 동물이다. 하지만 고래는 사람과 마찬가지로 허파로 호흡하는 온혈동물이다. 피가 얼면 죽고 만다. 그렇다면 사람처럼 체온이 반드시 필요한 이 거대한 괴물이 북극해에 평생 동안 입술까지 잠겨 있는데도 편안해 보이는 것은 얼마나 놀라운 일인가! 그곳은 이따금 배에서 떨어진 선원이 호박琥珀 속에 달라붙은 파리처럼 몇 달 뒤 빙원 속에 수직으로 얼어붙은 채 발견되는 곳이 아니던가! 하지만 더욱 놀라운 일은 북극 고래의 피가 여름철의 보르네오섬[347]에 살고 있는 흑인의 피보다 더 따뜻하다는 것이 실험으로 입증되었다는 사실이다.

---

[347] 말레이 제도의 중앙부에 있는 섬. 세계에서 세 번째 큰 섬으로, 북부는 말레이시아와 브루나이에, 남부는 인도네시아에 속한다.

바로 여기에 고래 특유의 강한 생명력, 두꺼운 벽과 널찍한 내부 공간의 보기 드문 효력이 나타나 있는 듯하다. 오오, 인간들이여! 고래를 찬미하고, 그들을 본받도록 하라! 그대들도 얼음 속에서 따뜻한 체온을 유지하라. 그대들도 이 세상의 일부가 되지 말고 이 세상 속에서 살아라. 적도에서는 시원하게 지내고, 극지에서도 피가 계속 흐르게 하라. 오오, 인간들이여! 성 베드로 대성당[348]의 거대한 돔처럼, 그리고 고래처럼, 어떤 시기에도 그대 자신의 체온을 유지하라.

하지만 이런 미덕을 가르치는 것은 얼마나 쉽고, 그러면서도 얼마나 가망 없는 일인가. 성 베드로 대성당 같은 돔을 가진 건축물은 얼마나 드물고, 고래만큼 거대한 생물은 또 얼마나 드문가!

{   제69장   }

장례

"쇠사슬을 끌어 올려라. 잔해를 떠내려 보내라!"

거대한 도르래는 이제 임무를 끝냈다. 목이 잘리고 가죽이 벗겨진 하얀 고래는 대리석 무덤처럼 빛나고 있었다. 빛깔은 변했지만 크기는 전혀 줄어든 것 같지 않다. 그것은 여전히 거대했다. 고래의 사체가 천천히 멀어져가자, 탐욕스러운 상어들은 고래 주위의 바닷물을 헤치며 튀기고, 그 위의 하늘은 날카로운 소리를 내는 새들의 비행으로 소란해졌다. 새의 부리는 무례한 단검처럼 고래를 수없이 찔러댄다. 거대하고 하얀, 머리 없는 유령은 배에서 점점 멀리 떠내려가고, 거리가 멀어질수록 수면에서 모여드는 상어 떼와 공중에서 날아드는 새 떼가 내는 무시무시한 소리는 더욱 시끄러워졌다. 거의 멈춰 서 있는 배에서는 몇 시간 동안이나 그 무서

---

348 바티칸에 있는, 가톨릭교의 중심을 이루는 교황 직속의 대성당.

운 광경을 볼 수 있었다. 구름 한 점 없는 온화하고 푸른 하늘 아래, 유쾌한 바다의 아름다운 얼굴 위를 기분 좋은 산들바람에 밀려가면서, 생명 없는 그 커다란 덩어리는 계속 흘러내려 가다가 마침내 가없는 시야 너머로 사라져버렸다.

이토록 쓸쓸하고 비참한 장례가 있을까! 바다의 독수리들은 경건하게 애도의 소리를 지르고, 공중의 상어들은 모두 예의를 갖추어 검은 옷이나 얼룩진 옷으로 몸을 감싸고 있다. 생전에 고래가 도움을 청했더라도 아마 그것들은 대부분 고래를 도와주지 않았을 것이다. 하지만 장례 만찬에는 경건하게 덤벼들고 있다. 오오, 이 세상의 끔찍한 탐욕이여! 가장 힘센 고래도 그 탐욕에서 자유로울 수는 없구나!

이것으로 모든 게 끝나는 것이 아니다. 사체는 모독을 당했지만, 복수심에 불타는 유령은 살아남아 그 사체 위를 떠돌면서 사람들에게 공포감을 불러일으킨다. 소심한 군함이나 어줍은 탐험선이 떼를 지어 나는 새들도 희미하게 보일 만큼 멀리서 바라보면, 햇빛 속에 떠 있는 하얀 덩어리가 보이고, 그것을 배경으로 높이 솟구치는 하얀 물보라가 보인다. 그러면 아무 해도 끼치지 않는 이 고래의 사체를 본 사람들은 당장 떨리는 손으로 항해일지에 기록한다. "이 부근에는 얕은 여울과 바위와 암초가 많으니 조심할 것!" 그러면 그 후 몇 년 동안 배들은 그곳을 피해서 간다. 그것은 마치 막대기가 있을 때 선두에 선 양이 그걸 뛰어넘었다고 해서, 막대기가 없어진 뒤에도 뒤따르는 어리석은 양들이 아무것도 없는 허공을 뛰어넘는 거나 마찬가지다. 거기에는 선례의 법칙이 있고, 전통의 효용이 있다. 땅에 근거를 둔 적도 없고, 그렇다고 하늘을 떠다니지도 않는 케케묵은 믿음이 끈질기게 살아남는다는 이야기가 있다! 거기에 정설이 있다!

그리하여 고래는, 살아 있을 때는 그 커다란 몸뚱이가 적에게 생생한 공포를 주고, 죽은 뒤에는 그 유령이 세상 사람들에게 부질없는 공포를 불러일으킨다.

친구여, 그대는 유령이 있다고 믿는가? 코크레인[349]의 유령 말고도 유령이 나오는 곳은 얼마든지 있으며, 존슨 박사보다 더 박식한 이들도 유령의 존재를 믿고 있다.

{　　제70장　　}

스핑크스[350]

고래의 몸뚱이를 완전히 벗기기 전에 그 머리를 자르는 일을 빠뜨리지 말아야 한다. 향유고래의 참수야말로 과학적이고 해부학적인 묘기로서, 경험 많은 포경꾼들은 그것을 무척 자랑스럽게 여기지만, 그것도 이유가 없는 것은 아니다.

생각해보라! 고래에게는 목이라고 부를 만한 곳이 전혀 없고, 이와는 반대로 머리와 몸통이 연결되어 있다고 생각되는 부분, 그곳이야말로 고래의 온몸 중에서 가장 굵은 부분이다. 그리고 또 생각해보라. 고래의 머리를 자르는 사람은 목적물로부터 2~3미터 높은 곳에 떨어져 일을 해야 하는데, 고래는 더러워진 채 굽이치는, 때로는 거칠게 들끓는 바닷물 속에 거의 숨어 있다. 이런 불리한 상황에서 고래의 살을 1미터나 깊숙이 잘라내야 하고, 이렇게 만든 틈새도 끊임없이 수축하기 때문에 그 속을 한 번 들여다보지도 못하고 땅속을 더듬는 것처럼 암중모색할 수밖에 없다. 그러면서 다치지 말아야 하는 부위를 모두 교묘하게 피해서 등뼈가 머리뼈와 맞붙어 있는 바로 그 부위를 찾아서 정확하게 분리해야 한다.

349　1762~1763년에 런던의 코크레인(코크 거리)에서 유령이 나온다는 소동이 일어나, 새뮤얼 존슨 박사를 포함한 조사단이 조사한 결과 속임수로 밝혀졌다.

350　고대 이집트와 아시리아 등지에서 왕궁·신전·분묘 따위의 입구에 세운 석상. 이집트에서는 왕의 권력을 상징했다. 그리스 신화에서는 상반신은 여자이고 하반신은 날개 돋친 사자 모습의 괴물로, 행인에게 수수께끼를 내어 풀지 못하면 죽였다고 한다.

그러니 향유고래의 머리를 자르는 데 10분이면 충분하다는 스터브의 자랑이 과연 놀랍지 않은가?

잘라낸 머리는 우선 고물 쪽에 내려놓고, 몸통 부분이 벗겨질 때까지 그곳에 밧줄로 묶어둔다. 그 일이 끝나면 작은 고래의 머리는 갑판으로 끌어 올려 신중하게 처리된다. 하지만 완전히 자란 큰 고래라면 그런 일이 불가능하다. 향유고래는 머리가 전체 길이의 3분의 1을 차지하기 때문에, 포경선의 도르래 장치가 아무리 커도 그렇게 무거운 짐을 완전히 들어 올리는 것은 보석상의 저울로 오두막의 무게를 달려고 하는 것만큼이나 헛된 일이었다.

'피쿼드'호가 잡은 고래는 머리가 잘리고 몸뚱이가 벗겨진 뒤, 머리는 뱃전에 바싹 닿은 채 들어 올려졌지만, 바다 자체의 고유한 성질인 부력으로 대부분의 무게가 지탱되도록 하기 위해 절반 정도만 물 밖으로 내놓았다. 그래도 아래돛대에서 당기는 힘이 강하게 작용했기 때문에 배는 그쪽으로 가파르게 기울어졌고, 그쪽의 활대들도 모두 기중기처럼 바다 위로 그 끝을 내밀고 있었다. 그렇게 '피쿼드'호의 옆구리에 피를 뚝뚝 흘리며 매달려 있는 고래의 머리는 유디트[351]의 허리띠에 매달려 있는 거인 홀로페르네스의 머리처럼 보였다.

이 마지막 작업은 정오가 되어서야 끝났다. 선원들은 식사를 하러 아래로 내려갔다. 조금 전까지 소란했던 갑판 위에는 이제 아무도 남지 않았고 적막만이 감돌고 있었다. 우주를 덮고 있는 노란 연꽃처럼 강렬한 구릿빛 고요가 소리도 없고 헤아릴 수도 없는 꽃잎을 바다 위에 활짝 펼치고 있었다.

잠시 시간이 흐른 뒤, 에이해브가 선장실에서 나와 혼자 이 고요 속으로 들어왔다. 그는 뒷갑판을 몇 번 오락가락하다가 멈춰 서서 뱃전 너머

---

[351] 경외성서인 「유디트서」에 나오는 유대인 과부. 민족이 위급한 상황에 놓이자, 아시리아 군대의 적진 속에 들어가 적장 홀로페르네스의 목을 베어 죽임으로써 이스라엘을 구했다고 한다.

를 내려다본 다음, 주돛대 밧줄을 뱃전에 매어놓은 닻사슬로 천천히 다가
가서, 스터브가 고래 머리를 자른 뒤 놓아둔 고래삽을 집어 들더니 한쪽
끝을 목발처럼 겨드랑이에 받치고 서서, 공중에 반쯤 매달려 있는 고래
머리에 눈길을 박은 채 그 고깃덩어리의 아랫부분을 고래삽으로 쿡쿡 찔
렀다.

그 검은 머리는 마치 두건을 쓰고 있는 듯했다. 그것이 깊은 적막 속에
매달려 있는 모습은 사막의 스핑크스를 연상케 했다.

"말 좀 해다오, 거대하고 장엄한 머리여!" 에이해브가 중얼거렸다. "수
염은 없지만 여기저기 이끼가 끼어 있어서 백발노인 같구나. 말해다오,
위대한 머리여! 네 안에 있는 비밀을 말해다오. 물속에 사는 것들 가운데
너만큼 깊이 잠수하는 것은 없다. 지금 반짝이는 햇빛을 받고 있는 그 머
리는 이 세상의 밑바닥을 지나왔다. 그곳에는 세상에서 잊힌 인간과 함대
들이 녹슬어가고, 밝혀지지 않은 은밀한 희망과 수많은 닻들이 썩어가고,
이 지구라는 거대한 배의 선창에는 익사한 수백만 명의 뼈가 바닥짐 대신
에 실려 있다. 그 무서운 물의 나라에 너에게 가장 편안한 네 집이 있었다.
종소리도 잠수부도 가보지 못한 그곳에 너는 있었다. 그곳에서 수많은 선
원과 함께 잤다. 잠 못 이루는 어머니들은 그곳에 누울 수만 있다면 목숨
까지도 기꺼이 바칠 것이다. 너는 불타오르는 배에서 연인들이 서로 끌어
안고 뛰어내리는 것, 가슴과 가슴을 맞댄 채 미쳐 날뛰는 파도 밑으로 가
라앉는 것을 보았다. 하늘이 그들을 배반하는 것처럼 보였을 때, 그들은
서로에게 충실했다. 너는 한밤중에 갑판에서 해적들에게 살해된 항해사
가 바다로 내던져지는 것을 보았다. 그는 몇 시간 동안이나 탐욕스러운
목구멍의 어둠 속으로 점점 더 깊이 빠져들어갔다. 그런데도 그를 죽인
자들은 무사히 항해를 계속했다. 하지만 가까이에 있던 배, 정직한 남편
을 애타게 기다리는 아내의 품으로 데려다주었을 그 배는 천둥 번개에 와
들와들 떨었다. 오오, 고래의 머리여! 너는 별들이 쪼개지고 아브라함³⁵²

도 신앙을 버리게 될 정도로 끔찍한 것들을 많이 보고 왔지만, 한마디도 하지 않는구나!"

"돛이 보인다!" 주돛대 망루에서 기운찬 목소리가 외쳤다.

"뭐라고? 신나는 소식이구나!" 에이해브가 갑자기 몸을 꼿꼿이 세우면서 외쳤다. 그의 이마에서 먹구름이 말끔히 사라졌다. "이 진저리 나는 적막 속에서 그 활기찬 소리를 들으면 누구라도 기운이 나겠다. 어디냐?"

"좌현 앞쪽 3포인트 방향. 바람을 타고 이쪽으로 오고 있습니다."

"더욱 좋구나! 사도 바울도 그쪽에서 오실 거다. 바람 한 점 없어 움직이지 못하는 우리에게 순풍을 가져다주시겠지. 오, 자연이여! 오, 인간의 영혼이여! 그대 둘은 형언할 수 없을 만큼 닮았구나! 물질 속에서 가장 작은 원자가 움직이거나 살아 있으면, 마음속에서도 그것을 복제한 것처럼 똑같은 것이 거기에 대응하여 움직이는 법이지."

{　　제71장　　}

'제러보엄'호의 이야기

배와 미풍은 손을 잡고 다가왔다. 하지만 바람이 배보다 빨리 다가왔기 때문에 '피쿼드'호는 이내 흔들리기 시작했다.

이윽고 쌍안경으로 보니, 낯선 배에 포경 보트가 실려 있고 돛대 망루에는 망꾼이 올라가 있는 것으로 미루어보아 그것이 포경선인 것을 알 수 있었다. 하지만 바람이 불어오는 쪽으로 너무 멀리 떨어져 있고, 다른 어장으로 가려는 것처럼 빠르게 달리고 있었기 때문에 '피쿼드'호가 그 배를 따라잡을 가망은 없었다. 그래서 신호기信號旗를 올려서 그 배가 어떻게 반응하는지 보기로 했다.

352　구약성서 「창세기」에 기록된 이스라엘 민족의 시조.

여기서 말해둘 것은 미국 포경선들은 해군 군함과 마찬가지로 제각기 고유한 신호기를 가지고 있다는 것이다. 그 신호기는 선박 이름과 함께 한 권의 책에 수록되어 있고, 선장들은 누구나 그 책을 가지고 있다. 따라서 포경선 선장들은 바다에서 꽤 멀리 떨어져 있어도 아주 쉽게 서로를 알아볼 수 있다.

'피쿼드'호가 신호기를 올리자 마침내 낯선 배도 신호기를 올렸다. 신호기를 보니 그 배는 낸터컷 선적의 포경선인 '제러보엄'[353]호였다. '제러보엄'호는 활대를 정면으로 돌리고 바람 불어오는 쪽에서 달려와, '피쿼드'호의 바람 불어가는 쪽에 직각 방향으로 멈추더니 보트를 내렸다. 보트는 곧 가까이 다가왔다. 스타벅은 방문하는 선장의 편의를 위해 사다리를 준비하라고 지시했지만, 상대편 선장은 그런 조처가 전혀 필요 없다는 표시로 자기 보트의 고물에서 손을 내저었다. 알고 보니 '제러보엄'호에 역병이 퍼져 있어서 메이휴 선장은 '피쿼드'호 선원들에게 전염될 것을 우려하고 있다는 것이었다. 선장 자신과 보트 선원들은 감염되지 않았지만, 게다가 배는 라이플 사정거리의 절반쯤 떨어져 있고, 그 사이를 오염되지 않은 바닷물과 공기가 흐르고 있었지만, 메이휴 선장은 육지의 엄격한 격리 규정을 양심적으로 준수하여 '피쿼드'호와 접촉하기를 강력히 사절했던 것이다.

하지만 상황이 이렇다고 해서 전혀 대화를 나누지 못한 것은 아니었다. '제러보엄'호의 보트는 '피쿼드'호와 몇 미터 거리를 유지하면서, 이따금 노를 사용하여 '피쿼드'호와 평행을 유지하려고 애썼다. '피쿼드'호는 주 돛대의 돛이 역풍을 받아 (이때쯤에는 바람이 꽤 세차게 불고 있었기 때문에) 느릿느릿 힘들게 나아가고 있었다. 이따금 큰 물결이 굽이치며 밀려와 보트를 저만큼 앞으로 밀어내기도 했지만, 보트는 곧 교묘하게 적당한 위치

353 구약성서에 나오는 여로보암에서 따온 이름. 여로보암은 솔로몬 왕이 죽은 후 분열된 이스라엘 왕국의 초대 왕으로, 사악한 인물로 알려져 있다.

로 되돌아왔다. 그 밖에도 이따금 이와 비슷한 방해를 받으면서 대화가 계속되었다. 하지만 때로는 전혀 다른 종류의 방해가 없는 것도 아니었다.

저마다 한가락 하는 괴짜들이 모여서 전체를 이루는 거친 포경 생활에서도, '제러보엄'호의 보트를 젓고 있는 한 사람은 정말 기묘해 보였다. 몸집도 작고 땅딸막한 그 사내는 아직 젊은 나이인데, 얼굴은 온통 주근깨투성이이고, 숱 많은 노랑머리를 길게 늘어뜨리고 있었다. 유대 랍비가 입는 것 같은 긴 옷자락의 빛바랜 호두색 외투로 몸을 감싸고, 손을 덮은 긴 소매를 손목까지 걷어 올리고, 눈 속에는 광적인 망상이 뿌리를 내리고 있었다.

이 사람을 멀리서 어렴풋이 보자마자 스터브가 외쳤다.

"저놈이다, 저놈이야! '타운호'호의 친구들이 말한 긴 옷 입은 허풍쟁이가 바로 저놈이야!"

여기서 스터브는 '피쿼드'호가 지난번에 '타운호'호와 만났을 때 들은 '제러보엄'호와 한 선원에 대한 괴이한 이야기를 말해주었다. 이 이야기와 나중에 들은 이야기에 따르면, 문제의 사내는 '제러보엄'호 선원들 사이에 불가사의한 영향력을 휘두르고 있었다고 한다. 스터브의 이야기는 이러했다.

그는 원래 광신적인 니스카유나[354]의 셰이커교도 공동체에서 자라났고, 그곳에서는 위대한 예언자였다. 광신자들의 비밀 집회에서 그는 여러 번 지붕의 뚜껑문을 통해 하늘에서 내려와, 조끼 주머니에 감추어두었던 작은 유리병을 꺼내 "이제 곧 일곱 번째 대접[355]을 공중에 쏟겠다"고 예고했다. 하지만 그 병에는 화약 대신 아편이 들어 있는 것으로 여겨졌다. 기

---

354 미국 뉴욕주 올버니 근교의 스키넥터디군에 있는 마을. 셰이커교: 18세기 중엽에 영국에서 일어나 지금도 미국에 남아 있는 기독교 일파. 금욕적 공동생활을 하며, 예배를 드릴 때 몸을 마구 흔들면서 춤을 추기 때문에 '셰이커'라는 이름이 붙었다.

355 신약성서 「요한계시록」 16장에 "하느님의 진노가 담긴 일곱 대접"이라는 구절이 나온다. 일곱 번째 천사가 그 대접의 내용물을 공중에다 쏟자 아마겟돈이라고 하는 곳에 온갖 재앙이 일어났다. 또한 「요한계시록」 5장에는 "일곱 봉인으로 봉해진 두루마리"라는 구절도 있다.

괴한 사도적 열광에 사로잡힌 그는 니스카유나를 떠나 낸터컷으로 왔고, 이곳에서 미치광이 특유의 교활함을 발휘하여 겉으로는 건전한 상식을 지닌 착실한 사람인 체하며 '제러보엄'호의 고래잡이 항해에 풋내기 선원으로 지원했다. 그는 채용되었지만, 육지가 보이지 않는 망망대해로 나가자마자 그의 광기가 홍수처럼 터져버렸다. 그는 대천사 가브리엘을 자칭하며, 선장에게 바닷속으로 뛰어들라고 명령했다. 그는 선언하기를, 자기는 모든 섬의 구세주이자 오세아니아의 총주교라고 말했다. 그렇게 선언할 때의 그 단호한 진지함, 끊임없이 힘차게 활동하는 상상력의 음울하고 대담한 작용, 진정한 망상이 불러일으키는 불가사의한 공포가 융합되어, 대다수의 무지한 선원들은 이 가브리엘에게서 성스러운 분위기를 느끼게 되었다. 게다가 그들은 가브리엘을 두려워했다. 하지만 그런 사내는 배에서는 별로 쓸모가 없었고, 더구나 그는 마음이 내키지 않으면 일하는 것도 거부했기 때문에, 그를 믿지 않는 선장은 그를 쫓아내려고 했다. 하지만 처음 도착한 항구에서 그를 하선시키겠다는 선장의 통고를 받은 대천사는 당장 자기가 가진 두루마리와 대접을 꺼내 들고, 자기를 예정대로 하선시키면 배와 선원을 모두 파멸시키겠다고 으름장을 놓았다. 그는 선원들 가운데 그를 믿고 따르는 신자들에게 강한 영향을 주었기 때문에, 마침내 그들은 선장에게 우르르 몰려가서 가브리엘을 배에서 내보내면 자신들도 배에 남지 않겠다고 말했다. 그래서 선장은 계획을 포기할 수밖에 없었다. 게다가 그들은 가브리엘의 말이나 행동 때문에 어떤 식으로든 그를 핍박하면 가만 내버려두지 않겠다고 선언했다. 그래서 가브리엘은 배에서 완전히 제멋대로 행동할 수 있게 되었다. 그 결과 대천사는 선장이나 항해사들을 조금도 개의치 않게 되었고, 역병이 발생한 뒤로는 전보다 더욱 고압적인 태도를 취하게 되었다. 그는 전염병을 천벌이라고 부르면서, 그 재앙을 통제할 수 있는 것은 자기뿐이니까 그의 뜻에 따르지 않으면 역병을 퇴치할 수 없다고 선언했다. 대부분 비열한 겁쟁이인 선원

모비 딕

들은 움츠러들었고 그에게 알랑거리는 자들도 있었다. 때로는 그의 지시에 따라 그를 신처럼 떠받들기까지 했다. 믿을 수 없는 일로 여겨질지 모르지만, 아무리 놀라워도 그것은 사실이다. 광신자들의 역사를 살펴보면, 그렇게 많은 사람을 속이고 미혹시키는 광신자의 무한한 능력은 광신자 자신의 무한한 자기기만보다 훨씬 인상적이다. 하지만 이제 '피쿼드'호로 이야기를 돌릴 때가 되었다.

"역병 따위는 두렵지 않소." 에이해브가 뱃전에서 보트 고물에 서 있는 메이휴 선장에게 말했다. "어서 올라오시오."

하지만 그때 가브리엘이 벌떡 일어났다.

"열병이란 말이오. 얼굴이 노래지고 몹시 불쾌한, 그 무서운 괴질을 조심하시오!"

"가브리엘! 가브리엘!" 메이휴 선장이 소리쳤다. "자네는……" 하지만 그 순간 곧바로 닥쳐온 파도가 보트를 멀리 앞으로 밀쳐냈고, 소용돌이치는 파도 소리가 모든 말소리를 삼켜버렸다.

"흰 고래를 보지 못했소?" 보트가 물결에 밀려 되돌아오자 에이해브가 물었다.

"그대의 포경 보트! 부서져 가라앉을 거요. 무서운 꼬리를 조심하시오!"

"가브리엘! 다시 말하지만……." 그러나 보트는 악마들에게 끌려가듯 또다시 앞으로 밀려갔다. 잠시 아무도 말이 없었고, 시끄러운 파도만 굽이치며 지나갔다. 바다가 이따금 일으키는 변덕 때문에 파도는 보트를 뒤집어엎을 것처럼 요동치고 있었다. 높이 올려진 향유고래의 머리통은 격렬하게 뒤흔들렸고, 가브리엘은 대천사에게 어울리지 않게 걱정 어린 눈으로 그것을 지켜보고 있었다.

이 막간의 촌극이 끝나자 메이휴 선장은 모비 딕에 대해 우울한 이야기를 시작했다. 하지만 모비 딕이라는 이름이 나올 때마다 가브리엘이 가로

막았고, 바다도 가브리엘과 동맹이라도 맺은 것처럼 미친 듯이 날뛰며 이 야기를 방해했다.

'제러보엄'호는 고국을 떠난 지 얼마 뒤에 만난 포경선의 선원들로부터 모비 딕의 존재와 그가 저지른 만행을 분명히 알게 되었던 모양이다. 이 정보를 탐욕스럽게 빨아들인 가브리엘은 그 괴물을 만나도 절대 공격하면 안 된다고 선장에게 경고했다. 그 미치광이 같은 헛소리에 따르면, 모비 딕이야말로 셰이커교도들의 '신의 화신'이며 그들에게 주어진 성서의 계시라는 것이다. 하지만 한두 해 뒤에 그 모비 딕이 돛대 망루에서 분명히 보였을 때, 일등항해사 메이시는 녀석과 맞서고 싶은 열정에 타올랐다. 그리고 선장 자신도 대천사의 위협과 경고를 무릅쓰고 항해사에게 기회를 주고 싶어 했기 때문에, 메이시는 선원 다섯 명을 설득하여 보트에 태우는 데 성공했다. 메이시는 그들과 함께 출발했다. 지칠 때까지 노를 젓고 위험한 공격에 여러 번 실패하기도 했지만, 드디어 작살 하나를 내리꽂는 데 성공했다. 그동안 가브리엘은 주돛대 망루에 올라가 한쪽 팔을 미친 듯이 흔들어대면서, 나의 신을 공격하는 무례한 놈에게는 당장 천벌이 내릴 거라는 예언을 큰 소리로 퍼부어댔다. 항해사 메이시가 보트 뱃머리에 서서 있는 힘을 다해 고래에게 격렬한 외침을 토해내며 작살을 던질 기회를 잡으려 하고 있을 때, 아! 바다에서 거대한 하얀 형체가 솟아오르더니 빠른 속도로 움직이기 시작했다. 노잡이들은 놀라서 숨을 죽였다. 다음 순간 팔팔한 활기에 넘쳤던 그 불운한 항해사는 공중으로 내던져졌다가 기다란 포물선을 그리며 내려와 50미터쯤 떨어진 물속으로 추락했다. 보트는 나무토막 하나 상하지 않았고 노잡이들은 머리털 하나 다치지 않았는데, 항해사는 영원히 바닷물 속에 가라앉고 말았다.

여기서 알아둬야 할 것은, 향유고래를 잡을 때 일어나는 치명적인 사고들 가운데 이런 참사는 결코 드물지 않다는 사실이다. 때로는 그렇게 목숨을 잃은 사람 외에는 아무 피해도 입지 않는 경우도 있지만, 보트의 뱃머리가 날아가거나 보트장이 서 있는 널판이 그와 함께 떨어져 나가는 경우가 더 많다. 하지만 가장 이상한 점은 시체를 건져보면 완전히 죽어서 뻣뻣해졌는데도 시체에서 폭력의 흔적을 하나도 찾아볼 수 없을 때가 한두 번이 아니라는 것이다.

본선에서는 메이시의 몸이 바다로 떨어지는 것까지 포함하여 이 모든 재난을 똑똑히 보고 있었다. 그때 귀를 찢는 듯한 날카로운 소리가 들려왔다. "천벌이다! 천벌이야!" 가브리엘은 그렇게 부르짖으며, 공포에 사로잡힌 선원들에게 고래를 쫓는 것을 멈추라고 명령했다. 이 무서운 사건으로 대천사의 영향력은 더욱 커졌다. 일반적인 예언은 누구나 할 수 있고, 넓은 테두리 안에 가득 차 있는 수많은 과녁 가운데 하나를 어쩌다 우연히 맞힐 수도 있지만, 가브리엘을 믿는 신봉자들은 그가 그런 일반적인 예언을 한 것이 아니라 실제로 일어난 재난을 구체적으로 특정하여 예고했다고 믿었기 때문이다. 그는 선원들에게 말할 수 없는 공포의 대상이 되었다.

메이휴가 이야기를 마치자 에이해브는 그에게 질문을 퍼부었다. 그래서 낯선 선장은 기회가 생기면 흰 고래를 사냥할 작정이냐고 묻지 않을 수 없었다. 이 물음에 대해 에이해브는 "물론이오!" 하고 대답했다. 그러자 가브리엘은 당장 자리에서 벌떡 일어나 노인을 노려보면서 손가락으로 아래를 가리키며 격렬하게 외쳤다. "생각하시오! 신을 모독한 자를 생각하시오! 그자는 죽어서 저기 가라앉았소. 신을 모독한 자의 종말을 명심하시오!"

에이해브는 아랑곳없이 고개를 돌리고 메이휴에게 말했다.

"선장, 방금 생각났는데, 내가 잘못 안 게 아니라면 내 우편낭 속에 당신 배의 선원에게 가는 편지가 있을 거요. 스타벅, 가서 우편낭을 찾아보게."

모든 포경선은 다양한 선박에 전해줄 꽤 많은 편지를 지니고 떠난다.

그 편지들이 임자에게 제대로 전달되려면 사대양 어느 곳에서든 그들을 만나야 하지만, 그것은 순전히 우연에 달려 있다. 그래서 대부분의 편지는 결국 목적지에 이르지 못하고, 2~3년이 지난 뒤에야 겨우 임자 손에 들어가는 경우도 많다.

스타벅은 곧 편지를 손에 들고 돌아왔다. 선장실의 컴컴한 사물함 속에 넣어두었기 때문에 축축하게 습기가 차고 심하게 구겨진 데다, 흐릿한 초록색 곰팡이가 얼룩덜룩하게 덮여 있었다. 저승사자가 배달하면 꼭 어울릴 것 같았다.

"읽을 수 없나?" 에이해브가 소리쳤다. "이리 줘보게. 글씨가 희미해졌군. 이게 무슨 글자지?" 에이해브가 글씨를 알아보려고 애쓰는 동안, 스타벅은 기다란 고래삽을 가져와서 그 자루 끝에 칼로 작은 틈새를 만들었다. 보트가 가까이 오지 않고도 편지를 전해줄 수 있도록 그 방법을 궁리한 것이다.

한편 에이해브는 편지를 든 채 중얼거렸다.

"해, 해리…… 그래, 여자 글씨군…… 부인이 보낸 게 분명해…… 아아, '제러보엄'호의 해리 메이시! 아니, 메이시라고? 그 사람은 죽었잖아!"

"안됐군. 안됐어. 부인한테서 온 편지였군." 메이휴가 한숨을 쉬며 말했다. "하지만 내가 받겠소."

"아니, 당신이 갖고 계시오." 가브리엘이 에이해브에게 외쳤다. "당신도 이제 곧 메이시가 있는 곳으로 가게 될 테니까."

"벼락 맞을 놈!" 에이해브가 고함을 질렀다. "메이휴 선장, 자, 이걸 받으시오." 그는 스타벅의 손에서 삽자루를 받아 들고 그 끝의 틈새에 편지를 끼워서 보트 쪽으로 내밀었다. 하지만 그때 보트의 노잡이들이 일부러 노질을 멈추었기 때문에 보트는 '피쿼드'호의 고물 쪽으로 떠내려갔고, 편지는 마치 마술이라도 부린 것처럼 가브리엘이 내민 손에 가 닿았다. 가브리엘은 얼른 편지를 낚아채더니 칼을 꺼냈다. 그리고 편지를 칼에 꿰

모비 딕

어서 다시 배 위로 던졌다. 편지는 에이해브의 발치에 떨어졌다. 그러자 가브리엘은 힘껏 노를 저으라고 동료들에게 외쳤다. 이리하여 건방진 보트는 선장을 무시하고 쏜살같이 '피쿼드'호에서 멀리 사라져갔다.

이 막간극이 끝나자, 그동안 쉬고 있던 선원들은 다시 고래의 지방층을 처리하면서 이 기이한 사건에 대해 여러 가지 이상한 말들을 수군거렸다.

{　　제72장　　}

원숭이 밧줄

고래를 해체하여 처리하는 거친 일을 하는 동안 선원들은 앞뒤로 부지런히 뛰어다녀야 한다. 지금은 여기서 손이 모자라고, 다음에는 저기서 손이 모자란다. 어느 한 곳에 머물러 있을 수가 없다. 도처에서 모든 일이 동시에 이루어져야 하기 때문이다. 이 광경을 묘사하려는 사람도 마찬가지다. 이야기를 조금 전으로 되돌려보자. 앞에서 말했듯이 처음 고래 등에 발판을 만들면 항해사들이 고래삽으로 뚫어놓은 구멍에 갈고리를 끼운다. 하지만 그 갈고리처럼 무디고 무거운 쇳덩이가 어떻게 그 구멍에 끼워지는 것일까? 그것은 내 특별한 친구인 퀴퀘그가 갈고리를 구멍에 집어넣었기 때문이다. 괴물의 등으로 내려가서 그 작업을 하는 것이 작살잡이인 그의 의무였다. 그러나 지방층을 벗겨내는 작업이 모두 끝날 때까지 작살잡이는 고래 등에 머물러 있어야 하는 경우가 많다. 그런데 고래는 지금 작업이 이루어지고 있는 부분을 빼고는 거의 대부분이 물속에 잠겨 있다는 것을 잊어서는 안 된다. 따라서 갑판보다 3미터나 낮은 곳에 있는 불쌍한 작살잡이는 고래의 거대한 덩치가 발밑에서 쳇바퀴처럼 회전함에 따라 절반은 고래 위에서, 절반은 물속에서 버둥거리며 작업하게 된다. 이때 퀴퀘그는 하이랜드[356]풍의 옷차림―셔츠와 양말―을 하고 있었지만, 적어도 내 눈에는 보기 드문 멋쟁이로 보였다. 곧 알게 되겠지만, 그를 관찰할 좋은 기회를 나보다 더 많이 가진 사람은 아무도 없었다.

나는 이 야만인의 뱃머리 노잡이로서 그가 타는 보트의 뱃머리 노(앞에서 두 번째 노)를 저었기 때문에, 지금 그가 죽은 고래의 등으로 기어오를 때도 그를 도와주는 즐거운 일을 맡았다. 여러분은 이탈리아의 길거리에서 풍금 치는 소년이 춤추는 원숭이를 긴 끈으로 잡고 있는 것을 보았을 것이다. 그와 마찬가지로 나는 깎아지른 듯한 뱃전에서 저 아래 바다에 내려가 있는 퀴퀘그를 포경업계 용어로 '원숭이 밧줄'이라 부르는 밧줄로 붙들고 있었다. 퀴퀘그의 허리에는 범포로 만든 튼튼한 허리띠가 감겨 있었고, 원숭이 밧줄은 그 허리띠에 매어져 있었다.

그것은 우리 둘에게 우스꽝스럽고도 위험한 작업이었다. 미리 말해두겠지만, 이 원숭이 밧줄의 한쪽 끝은 범포로 만든 퀴퀘그의 폭 넓은 허리띠에, 또 한쪽 끝은 폭 좁은 내 가죽띠에 단단히 묶여 있었기 때문이다. 따라서 우리 둘은 좋든 싫든 당분간 결혼한 부부처럼 일심동체인 셈이었다. 퀴퀘그가 가엾게도 바닷물 속에 가라앉아 다시 떠오르지 않으면, 나는 관습과 체면을 지키기 위해 밧줄을 자르지 않고 그를 따라 물속으로 끌려들어가야 한다. 따라서 그때 우리는 길게 연장된 줄을 통해 샴쌍둥이[357]처럼 결합되어 있었다. 퀴퀘그는 나와는 떨어질 수 없는 쌍둥이 형제였고, 나 역시 이 밧줄에 따르는 위험한 책무에서 벗어날 수 없었다.

나는 그때의 내 상황을 너무 강하게 그리고 형이상학적으로 이해했기 때문에, 그의 동작을 진지하게 지켜보면서 나 자신의 개체성이 두 사람의 합자회사로 합병된 것을 분명히 인식한 것 같았다. 즉 나의 자유의지는 치명상을 입었고, 상대의 실수나 불운이 무고한 나를 부당한 재난과 죽음으로 몰아넣을 수도 있다는 것을 감지했다. 그래서 나는 신의 섭리에 일종의

---

356 영국 스코틀랜드 북쪽의 산지와 고원으로 이루어진 지방.

357 기형적으로 몸의 일부가 붙어서 태어난 일란성 쌍둥이. 머리와 가슴은 하나이고 머리 양쪽에 얼굴이 두 개 있다.

공백이 생겼다고 생각했다. 그처럼 공명정대한 신의 섭리가 이렇게 엄청난 부당함을 인정했을 리가 없기 때문이다. 하지만 퀴퀘그가 고래와 배 사이에 끼이지 않도록 이따금 그를 밧줄로 홱홱 잡아당기면서 곰곰 생각해본 결과, 나의 이 상황이 살아 숨 쉬는 모든 인간의 처지와 똑같다는 것을 깨달았다. 다만 대부분의 인간은 어떤 식으로든 한 사람이 아니라 여러 사람과 샴쌍둥이처럼 결합되어 있을 뿐이다. 당신의 돈을 관리해주는 은행이 파산하면 당신은 권총으로 자살한다. 당신의 약제사가 실수로 당신 알약에 독약을 넣으면 당신은 죽는다. 물론 극도로 조심하면 인생에서 이런 숱한 불운을 피할 수 있다고 당신은 말할지도 모른다. 그런데 나는 퀴퀘그와 연결된 원숭이 밧줄을 조심스럽게 다루고 있었지만, 때로는 퀴퀘그가 밧줄을 홱 잡아당기는 바람에 하마터면 미끄러져 바다에 떨어질 뻔한 적도 있었다. 내가 결코 잊어서는 안 되는 것은 내가 아무리 발버둥 쳐도 내 마음대로 지배할 수 있는 것은 밧줄의 한쪽 끝뿐이라는 사실이다.*

앞에서도 잠깐 말했지만, 고래도 배도 끊임없이 뒤흔들리고 있어서 퀴퀘그는 가엾게도 이따금 고래와 배 사이에 떨어졌고, 나는 그때마다 줄을 홱 잡아당겨 그를 끌어내주곤 했다. 하지만 그는 고래와 배 사이에 끼일 위험에만 노출되어 있었던 것은 아니다. 상어들이 밤새 벌어진 대학살에도 겁을 먹지 않고, 고래 사체 속에 갇혀 있던 피가 흘러나오기 시작하자 거기에 새로 현혹되어 더욱 예민한 반응을 보였다. 광포한 상어들은 벌집 속의 벌 떼처럼 고래 사체 주위에 모여들었다.

그리고 그 상어 무리 한가운데에 퀴퀘그가 있었다. 퀴퀘그는 버둥거리는 발로 상어들을 밀어내곤 했다. 고기라면 뭐든지 먹어치우는 상어가 사

---

* '원숭이 밧줄'은 모든 포경선에서 볼 수 있다. 하지만 '원숭이'와 '원숭이를 잡고 있는 사람'이 한데 묶여 있는 것은 '피쿼드'호에서만 볼 수 있는 일이다. 원래의 사용법을 이런 식으로 개량한 사람은 다름 아닌 스터브였다. 이 방법을 도입한 목적은 위험한 일을 하는 작살잡이에게 원숭이 밧줄을 잡고 있는 사람이 충실하고 신중하게 그를 지켜주리라는 것을 최대한 확실하게 보장하기 위해서였다.

람을 건드리려 하지 않는 것은 정말 믿을 수 없는 일이지만, 그것은 죽은 고래라는 맛있는 먹이에 정신이 팔려 있었기 때문이다.

그래도 놈들은 워낙 탐욕스럽기 때문에 조심하는 편이 현명하다고 여겨지는 것도 당연하다. 그래서 나는 이따금 원숭이 밧줄을 잡아당겨 퀴퀘그가 유난히 사나워 보이는 한 녀석의 아가리에 너무 가까이 가지 않도록 주의를 기울였지만, 그 밖에도 그는 또 다른 보호를 받고 있었다. 태시테고와 대구가 뱃전 너머 발판에 매달린 채 퀴퀘그의 머리 너머로 날카로운 고래삽을 계속 휘두르며 닥치는 대로 상어를 죽이고 있었던 것이다. 그들의 이런 행동은 사심 없는 배려심에서 나온 것이었다. 그들이 퀴퀘그의 행운을 바라고 있었다는 것은 나도 인정한다. 하지만 퀴퀘그를 도우려는 마음이 앞선 나머지 그들은 너무 서둘렀고, 퀴퀘그와 상어들은 피로 물든 물속에 반쯤 잠길 때가 많았기 때문에, 그들이 마구잡이로 휘둘러대는 고래삽이 상어 꼬리가 아니라 사람의 다리를 자를 뻔한 적도 많았다. 그러나 가엾은 퀴퀘그는, 짐작하건대, 그 커다란 갈고리를 구멍에 끼우려고 애쓰면서, 목숨을 신들의 손에 맡기고 오로지 요조 신에게 기도만 드렸을 것이다.

나는 물결이 굽이칠 때마다 밧줄을 당겼다 늦추었다 하면서 생각했다. 그래, 나의 친애하는 동료이자 나의 쌍둥이 형제여, 결국 그게 어쨌단 말인가? 너야말로 이 포경업계에서 우리 모두의 귀중한 표상이 아닌가? 너는 깊이를 잴 수 없는 바닷속에서 헐떡이고 있지만, 그 바다야말로 '인생'인 것이다. 그 상어들은 너의 적, 그 고래삽은 너의 친구, 상어와 고래삽 사이에서 가엾은 너는 슬픈 곤경과 위험에 빠져 있구나.

그러나 퀴퀘그여, 용기를 내라! 진수성찬이 기다리고 있다! 이윽고 그 야만인은 지칠 대로 지쳐서 입술은 파래지고 눈은 충혈된 채 쇠사슬을 기어오르더니, 물을 뚝뚝 떨어뜨리며 저도 모르게 몸을 와들와들 떨면서 뱃전을 넘었다. 그러자 급사가 다가와서 위로의 눈길을 던지며 무언가를 건네준다. 무엇일까? 따끈한 코냑일까? 아니, 아니다. 급사가 건네준 것은, 어이쿠 맙소사! 미지근한 생강차 한 잔이 아닌가.

"생강차? 생강 냄새가 나는데?" 스터브가 다가오면서 의심스러운 듯이 물었다. "그래, 이건 생강차가 분명해." 그는 아직 퀴퀘그가 맛보지도 않은 잔을 들여다보면서 말했다. 그러고는 믿을 수 없다는 듯 잠시 그 자리에 서 있다가, 놀란 급사에게 침착하게 걸어가서 천천히 말했다. "생강차? 이봐 찐만두, 생강이 어디에 좋은지 말해줄 수 있겠나? 생강차라니! 이봐 찐만두, 와들와들 떨고 있는 이 식인종의 몸속에 불을 지피기 위해 네놈이 쓰는 연료가 생강이냐? 생강차라니! 도대체 생강이 뭐지? 석탄이냐? 장작이냐? 성냥이냐? 부싯깃이냐? 화약이냐? 도대체 생강이 뭐기에, 우리 가엾은 퀴퀘그한테 주는 게 고작 생강차란 말이냐?"

"이 일의 배후에는 비열한 금주협회의 음모가 있지." 스터브가 갑자기 말하고는, 방금 뱃머리 쪽에서 온 스타벅에게 다가가면서 덧붙였다. "저 잔을 보시겠습니까? 괜찮다면 냄새도 맡아보시고요." 그러고는 일등항해사의 표정을 지켜보면서 덧붙여 말했다. "스타벅 씨, 급사 녀석은 조금 전까지 고래와 씨름하다 올라온 퀴퀘그에게 감홍과 할라파[358] 같은 하제를 줄 만큼 뻔뻔스럽지 뭡니까. 급사가 약장수인가요? 물에 빠져 다 죽어가는 사람에게 다시 숨을 불어넣는 데 이 생강차를 사용하는지, 물어봐도 될까요?"

"믿을 수가 없군." 스타벅이 말했다. "이건 정말 형편없어."

"이봐, 급사." 스터브가 외쳤다. "작살잡이한테 독약을 먹이는 법을 가르쳐주지. 네가 주는 그따위 약장수의 약이 아니야. 너는 우리를 독살하고 싶지? 우리를 모두 죽이고 보험금을 가로채고 싶은 거지?"

"제가 한 게 아니에요." 찐만두가 외쳤다. "생강을 배에 실은 건 제가

---

358 감홍: 염화제일수은을 보통 이르는 말이며, 설사약으로 쓴다. 할라파: 메꽃과의 여러해살이풀로, 덩이뿌리는 설사약으로 쓴다.

아니라 채리티 아줌마였다고요. 작살잡이들에게 절대로 술을 주지 말고 이것만 주라고 하셨어요. 아줌마는 이걸 '생강차'라고 불렀어요."

"생강차라고? 이 생강 같은 놈아! 저걸 받아! 저걸 갖고 식료품실로 달려가서 좀 더 좋은 걸 가져와. 스타벅 씨, 내가 실수하는 게 아니었으면 좋겠군요. 그건 선장의 명령입니다. 고래 위에 올라가 있는 작살잡이에게는 독한 술을 주라는 게."

"됐네." 스타벅이 대답했다. "다만 앞으로 다시는 급사를 때리지 말고……."

"나는 때려도 상처를 내지는 않습니다. 고래 따위를 때릴 때는 예외지만. 그리고 급사 녀석은 족제비처럼 약삭빠른 놈이에요. 그런데 방금 하시려던 말이 뭡니까?"

"급사와 함께 내려가서 자네가 원하는 걸 가져오라는 것뿐일세."

스터브가 다시 나타났을 때, 한 손에는 검은색 술병을 들고 다른 손에는 깡통을 들고 있었다. 술병에는 독한 술이 들어 있었고, 그것은 퀴퀘그에게 건네졌다. 깡통에 든 것은 채리티 아줌마의 선물이었고, 그것은 파도에 아낌없이 건네졌다.

{　　제73장　　}

스터브와 플래스크, 참고래를 잡은 뒤 이야기를 나누다

그동안 향유고래의 거대한 머리는 줄곧 '피쿼드'호의 뱃전에 매달려 있었다는 것을 기억해주기 바란다. 하지만 그것을 처리할 기회가 올 때까지는 당분간 그곳에 계속 매달아둘 수밖에 없다. 지금은 다른 일들이 더 절박하기 때문에, 향유고래의 머리에 대해서 우리가 지금 할 수 있는 일은 도르래가 그 무게를 지탱하게 해달라고 하늘에 기도하는 것뿐이다.

전날 밤부터 다음 날 오전까지 '피쿼드'호는 노란 크릴 떼가 군데군데 떠 있는 바다로 차츰 들어가게 되었다. 그것은 참고래가 가까이 있다는 징후였다. 이 시기에 이 근처에 참고래가 숨어 있을 거라고 생각한 사람은 거의 없었다. 선원들은 하나같이 질이 떨어지는 그 고래를 잡는 것을 경멸했고, '피쿼드'호는 참고래를 잡아달라는 주문을 받지도 않았고, 크로제 제도 근처에서는 참고래를 수없이 지나쳤지만 보트를 내리지도 않았다. 그런데 향유고래의 사체를 끌고 와서 머리를 잘라버린 지금, 기회만 있으면 그날로 당장 참고래를 잡으라는 명령이 떨어졌기 때문에 모두 깜짝 놀랐다.

오래 기다릴 필요도 없었다. 바람 부는 쪽에 높은 물보라가 보였다. 스터브와 플래스크가 이끄는 보트 두 척이 그것을 추적했다. 그들은 점점 멀어져서 마침내 돛대 망루에서도 보이지 않게 되었다. 그러다 갑자기 저 멀리에서 하얀 파도가 거칠게 일어나는 것이 보였고, 곧이어 한 척 또는 두 척의 보트가 고래에게 작살을 던진 것 같다는 보고가 망루에서 내려왔다. 잠시 후에는 도망치는 고래에게 끌려 본선 쪽으로 곧장 다가오는 보트 두 척이 또렷이 보였다. 괴물이 본선에 너무 가까이 다가왔기 때문에, 처음에는 배를 해칠 작정인 것처럼 보였다. 하지만 갑자기 고래가 모습을 감추고 말았다. 뱃전에서 15미터도 떨어지지 않은 거리에서 큰 소용돌이를 일으키며 아래로 쑥 내려가더니, 용골 밑으로 잠수한 것처럼 완전히 시야에서 사라졌다. "밧줄을 끊어라! 끊어!" 본선에서 보트를 향해 외친 순간, 보트는 본선에 부딪혀 산산조각이 날 뻔했다. 그러나 밧줄통에는 아직 밧줄이 충분히 있었고 고래의 잠수도 별로 빠르지 않았기 때문에 보트는 밧줄을 늦추어 충분히 풀어주는 동시에 본선 앞으로 나서기 위해 힘껏 노를 저었다. 몇 분 동안 싸움은 매우 위험했다. 한쪽에서는 팽팽해진 밧줄을 늦추고 다른 쪽에서는 부지런히 노를 젓자 서로 상반되는 힘이 보트를 아래로 끌어 내리려 했기 때문이다. 하지만 그들이 원한 것은 본선보다 1미터 정도만 앞서는 것이었다. 그 목적을 달성할 때까지 그들은 꿋꿋이 버텼다. 그때 갑자기 빠른 진동이 번개처럼 용골을 따라 달리는 것이 느껴졌다. 팽팽해진 밧줄이 배의 밑바닥을 긁으면서 갑자기 뱃머리 밑에서 솟아올라 휙휙 소리를 내며 바르르 떠는 것이 보였다. 밧줄에서 떨어지는 물방울이 사방으로 튀었다. 깨진 유리 파편이 바다 위로 쏟아져 내리는 듯했다. 그 너머에서 고래도 다시 수면으로 떠올랐고, 보트들은 다시 고래한테 달려갔다. 그러나 기진맥진한 고래는 속도를 늦추고 맹목적으로 진로를 바꾸어 보트 두 척을 끌고 본선의 고물을 돌았다. 그리하여 보트와 고래는 본선을 완전히 한 바퀴 돌게 되었다.

그러는 동안 그들은 밧줄을 점점 잡아당겼고, 마침내 양쪽에서 고래에 바싹 달라붙게 되자 스터브는 고래 옆구리에 창을 찔러 넣은 플래스크에게 역시 창으로 응수했다. 이렇게 '피쿼드'호를 빙빙 돌면서 사투는 계속되었다. 그동안에도 향유고래의 사체 주위에 몰려와 있던 상어들은 새로 흘러나오는 신선한 피로 달려들어, 마치 목마른 이스라엘 사람들이 갈라진 바위틈에서 솟아난 샘물을 마시듯[359] 고래의 깊은 상처에 달라붙어 게걸스럽게 피를 빨아댔다.

드디어 고래가 내뿜는 물보라가 걸쭉해지더니, 고래는 몸부림치며 뒹굴고 토하다가 결국 벌렁 드러누워 숨을 거두었다.

두 보트장은 밧줄을 고래 꼬리에 잡아매고 그 거대한 고래를 끌어올 준비를 하면서 대화를 나누었다.

"뭣 때문에 노인네가 이 더러운 기름 덩어리를 탐내는지 모르겠어." 스터브가 이 천한 고래를 상대해야 한다는 생각에 넌더리를 내면서 말했다.

"뭣 때문이냐고요?" 남은 밧줄을 보트의 뱃머리 안에 감아 들이면서 플래스크가 말했다. "들어본 적이 없나요? 우현에 향유고래 대가리를 매달고 좌현에 참고래 대가리를 매달면 그 배는 절대로 뒤집히지 않는다더

---

359 구약성서 「출애굽기」 17장. 목마른 이스라엘인들을 위해 모세가 바위를 갈라 물이 나오게 했다.

군요. 그런 이야기를 들어본 적이 없나요?"

"왜 그러지?"

"그건 나도 모르지만, 저 노랭이 유령 같은 페달라가 그러더군요. 그자는 배의 마력에 대해서는 모르는 게 없는 것 같아요. 하지만 나는 그놈이 결국 이 배에 마법을 걸어서 배를 쓸모없게 만들어버릴 것 같다는 생각이 드네요. 나는 그 녀석이 영 마음에 안 들더군요. 녀석의 송곳니가 뱀 대가리 모양으로 뾰족하게 깎여 있는 걸 본 적이 있나요?"

"무시해버려! 나는 그놈을 아예 쳐다보지도 않아. 하지만 어두운 밤에 기회가 오면, 그리고 놈이 뱃전에 혼자 서 있고 근처에 아무도 없다면, 저길 좀 내려다봐, 플래스크!" 스터브는 두 손을 기묘하게 움직여 물속을 가리켰다. "그래, 그렇게 할 거야. 페달라는 악마가 둔갑한 놈이야. 그놈이 배에 몰래 탔다는 그 엉터리 이야기를 믿나? 그놈은 악마라니까. 꼬리가 보이지 않는 것은 꼬리를 감추고 있기 때문이야. 둘둘 말아서 주머니에 집어넣었겠지. 죽일 놈! 지금 생각해보니, 놈이 걸핏하면 뱃밥³⁶⁰을 찾다가 장화 앞쪽에 쑤셔 넣은 이유도 이젠 알겠어."

"그놈은 잠도 장화를 신은 채 자잖아요. 그물침대도 없어요. 나는 그놈이 밤중에 둘둘 감은 밧줄 속에 누워 있는 것도 본 적이 있다니까요."

"틀림없어. 그건 그놈의 꼬리 때문이야. 놈은 꼬리를 말아서 밧줄 뭉치 한가운데 구멍에 집어넣고 있는 거야."

"노인네는 그놈과 무슨 관계가 있을까요?"

"무슨 계약을 맺었거나 거래를 하고 있는 거겠지."

"계약이라니, 무슨 계약요?"

"노인네는 그 흰 고래에 미쳐 있잖아. 그래서 그 악마는 노인네를 구슬려, 은시계나 영혼 따위를 주면 흰 고래를 내주겠다고 속이고 있어."

---

360 낡은 밧줄을 푼 것. 목선의 경우 널판 사이에 틈이 생기면 물이 새어들기 때문에, 이를 막기 위해 뱃밥을 틈새에 박아 넣었다.

"말도 안 돼요! 페달라가 어떻게 그런 짓을 할 수 있겠어요?"

"나도 모르지. 하지만 악마는 호기심이 강하고 사악한 놈이야. 옛날 악마가 낡은 기함으로 어슬렁거리며 들어가 점잖게 꼬리를 휘두르면서 함장이 있느냐고 물었대. 마침 함장이 있었기 때문에 무슨 용무냐고 물었지. 그러자 악마는 두 발을 구르면서 '존을 내놔' 하고 말했지. '뭣 때문에?' 하고 함장이 되묻자 악마는 화가 나서 '당신이 무슨 상관이야. 나는 존이 필요해' 하고 말했다네. '그럼 데려가' 하고 함장이 말했지. 그런데 플래스크, 그 악마는 존을 해치우기 전에 존에게 아시아 콜레라를 옮기려 했단 말일세. 내 말이 거짓이라면 나는 이 고래를 한입에 먹어치우겠어. 이크, 조심해. 아직 준비되지 않았나? 준비됐으면 노를 저어. 뱃전에 고래를 갖다 대세."

"그런 이야기가 기억에 남아 있는 것 같기도 하군요." 마침내 보트 두 척이 고래를 끌고 본선 쪽으로 천천히 나아가고 있을 때, 플래스크가 말했다. "하지만 어디서 들었는지는 잊어버렸어요."

"『세 명의 스페인 사람』[361]이 아닐까? 그 잔인한 악당 놈들의 모험담 말일세. 거기서 읽었을 거야. 틀림없이 그랬을 것 같은데?"

"아니, 그런 책은 읽은 적이 없어요. 하지만 들은 적은 있어요. 그런데 스터브 씨, 당신이 방금 이야기한 그 악마가 지금 '피쿼드'호에 타고 있는 악마와 같은 악마라고 생각하세요?"

"아까 자네를 도와서 이 고래를 죽인 남자와 나는 같은 사람인가? 그것과 마찬가지야. 악마는 영원히 살잖아? 악마가 죽었다는 말을 들어본 적이 있나? 죽은 악마를 위해 상복을 입은 목사를 본 적이 있나? 그 악마가 선장실에 들어갈 수 있는 열쇠를 갖고 있다면 현창으로 들어갈 수도 있다고 생각지 않나? 어때, 플래스크?"

"페달라가 몇 살쯤 됐을 거라고 생각하세요?"

<hr>

361 영국의 소설가 조지 워커(1772~1847)의 작품. 1800년 출간.

456   모비 딕

"저기 주돛대 보이지?" 스터브가 본선을 가리키며 물었다. "저걸 숫자 1이라고 하세. 이제 '피쿼드'호의 선창에 있는 쇠테를 몽땅 들고 나와서 저 돛대 옆에 한 줄로 늘어놓고 그것들을 숫자 0이라고 하세. 그래도 저 페달라의 나이를 나타내지는 못할 거야. 온 세상의 통장이들이 아무리 많은 쇠테를 내놓아도 그 0으로는 페달라의 나이를 나타내기에 부족할 거라고."

"그런데 스터브 씨, 아까 당신은 기회가 생기면 페달라를 바다에 던져버릴 작정이라고 큰소리치셨죠? 그런데 만약 그놈이 배에 있는 쇠테를 몽땅 동원해도 나이를 나타낼 수 없을 만큼 늙었다면, 그리고 영원히 살 거라면 놈을 바다에 던져봤자 무슨 소용이 있죠? 안 그래요?"

"어쨌든 물속에 처넣을 거야."

"하지만 다시 기어오를 텐데요."

"그럼 또 처넣지. 계속 처넣을 거야."

"하지만 그놈도 당신을 물속에 처넣겠다고 하면 어떡하죠? 그래, 당신을 물에 빠뜨려 죽이려 들면 그땐 어떡하죠?"

"놈이 그러는 걸 보고 싶군! 놈이 그렇게 나오면 그놈의 두 눈에 시퍼런 멍을 만들어줄 테니까. 그러면 창피해서 한동안은 선장실에 얼씬도 못하겠지. 녀석이 살고 있는 아랫갑판과 자주 배회하는 여기 윗갑판은 말할 것도 없고. 빌어먹을 악마 녀석. 이보게 플래스크, 내가 악마를 두려워할 것 같나? 악마를 무서워하는 건 그 늙은 선장뿐이야. 악마란 놈은 붙잡아서 이중 수갑을 채워야 마땅한데, 그렇게는 못할망정 사람을 납치하도록 내버려두다니. 악마가 유괴한 인간들을 모두 다 불에 구워주겠다는 계약이나 맺고 말이야. 뭐 그런 선장이 다 있어!"

"페달라가 선장을 납치하고 싶어 한다고 생각하세요?"

"생각하느냐고? 자네도 이제 곧 알게 될 거야. 하지만 이제부터 놈을 잘 감시해야겠어. 수상한 점이 조금이라도 보이면 목덜미를 잡고 말하겠어. 이봐 악마야, 그만두지 못해! 놈이 소란을 피우면 나는 놈의 주머니 속에 손을 넣어 꼬리를 움켜잡고 도르래 있는 데로 끌고 가서 꼬리를 비틀어 올릴 거야. 그러면 그놈의 꼬리는 뿌리에서 싹둑 부러지고 말겠지. 놈은 제 꼬리가 그렇게 기묘한 꼴로 싹둑 잘린 것을 알면, 다리 사이에 꼬리를 끼우는 그 보잘것없는 만족감도 느끼지 못한 채 슬금슬금 도망치고 말 거야."

"그러면 자른 꼬리는 어떻게 처리할 생각이세요?"

"어떻게 처리하냐고? 집에 돌아가면 소 채찍으로 팔아버리지. 달리 쓸 방법이 있나?"

"그런데 여태껏 말한 건 모두 진심이세요?"

"진심이든 아니든, 이제 본선에 도착했어."

본선에서는 고래를 좌현으로 끌고 가라고 보트에 탄 사람들에게 큰 소리로 일렀다. 좌현 쪽에는 고래 꼬리에 감을 쇠사슬을 비롯하여 고래를 배에 붙들어 매는 데 필요한 도구들이 벌써 다 갖추어져 있었다.

"내가 그렇게 말했잖아요?" 플래스크가 말을 이었다. "두고 보세요. 이 참고래 대가리를 저 향유고래 대가리의 반대쪽으로 들어 올리는 걸 이제 곧 보게 될 테니까."

잠시 후 플래스크가 예언한 대로 실현되었다. 지금까지 '피쿼드'호는 향유고래 쪽으로 가파르게 기울어져 있었지만, 이제 두 개의 머리가 균형을 이루었기 때문에 배는 평형을 되찾았다. 하지만 배에 걸리는 부담은 아주 크다고 생각해도 좋을 것이다. 한쪽에 로크의 머리를 들면 그쪽으로 기울어지지만, 반대쪽에 칸트의 머리를 들면 다시 원래 자세로 돌아오는 것과 마찬가지다.[362] 하지만 그렇게 평형을 유지해도 사람들은 심한 곤경에 빠지게 된다. 어떤 이들은 언제나 그런 식으로 배의 균형을 잡는다. 오,

---

[362] 멜빌이 이 작품을 쓸 당시의 미국에서는 영국 태생인 존 로크(1632~1704)의 경험론 철학과 독일 태생인 이마누엘 칸트(1724~1804)의 관념론 철학이 랠프 월도 에머슨(1803~1882) 같은 '초월주의자'들을 매개로 삼아 서로 맞서 있었다.

어리석은 자여! 그 머리들을 모두 바다에 집어 던져라. 그러면 똑바로 가볍게 물 위에 뜰 수 있을 것이다.

뱃전까지 끌고 온 참고래의 몸을 처리할 때도 일반적으로 향유고래의 경우와 똑같은 준비 작업이 이루어진다. 차이점이 있다면 향유고래는 머리 전체를 잘라내지만 참고래는 정수리라고 불리는 것에 붙어 있는 검은 뼈와 함께 입술과 혓바닥이 따로 제거되어 갑판 위로 올려진다는 점이다. 하지만 이번에는 그렇게 하지 않았다. 두 고래의 사체는 뒤쪽으로 사라졌고, 양쪽에 고래 머리를 매단 배는 무거운 짐바구니 한 쌍을 양쪽에 매단 노새와 비슷했다.

그러는 동안 페달라는 참고래의 머리를 침착하게 바라보고, 이따금 고래의 깊은 주름에서 제 손의 주름살로 시선을 옮기곤 했다. 그리고 그곳에 우연히 에이해브가 서 있었기 때문에 이 배화교도는 선장의 그림자 속에 놓이게 되었다. 배화교도의 그림자가 거기에 있었다 해도, 그 그림자는 에이해브의 그림자에 녹아들어 그것을 길게 늘인 것처럼 보였을 것이다. 선원들은 고된 작업을 계속하면서, 그런 모든 일에 대해 미신적인 억측을 주고받았다.

{ 제74장 }

향유고래의 머리—비교 연구

지금 여기 큰 고래 두 마리가 머리를 맞대고 누워 있다. 우리도 그들과 머리를 맞대고 누워보자.

당당한 2절판 고래 중에서도 향유고래와 참고래는 가장 주목할 만하다. 인간이 정식으로 사냥하는 고래는 이 두 종류뿐이다. 낸터컷 사람들에게 이들은 지금까지 알려진 다양한 고래들 가운데 가장 극단적인 두 가지 유형을 제시하고 있다. 두 고래의 외관상 차이는 주로 머리 부분에서 찾아볼 수 있는데, 이제 두 고래의 머리가 '피쿼드'호의 양쪽 뱃전에 매달려 있기 때문에 우리는 갑판을 조금만 건너면 두 종류의 머리통을 마음대로 관찰할 수 있다. 고래학을 실용적으로 연구하기에 이보다 더 좋은 기회를 어디서 얻을 수 있겠는가?

우선 이 두 개의 머리는 전반적으로 뚜렷한 차이가 있다는 인상을 준다. 확실히 향유고래의 머리와 참고래의 머리는 둘 다 거대하다. 하지만 향유고래의 머리는 수학적으로 대칭을 이루고 있는 반면, 참고래의 머리는 유감스럽게도 그런 균형과 조화가 결여되어 있다. 향유고래의 머리에는 또 다른 특징이 있는데, 그 머리를 보면 위엄이 넘쳐흐른다는 점에서 향유고래가 여러분보다 훨씬 우위에 있다는 것을 인정할 수밖에 없을 것이다. 더구나 이 향유고래의 경우는 정수리에 흰 점과 검은 점이 뒤섞여 있어서 그 위엄을 더욱 높여주고 있다. 그것은 고래의 나이가 많고 경험이 풍부하다는 표시다. 요컨대 이 향유고래는 포경꾼들이 쓰는 용어로 '백발 고래'라고 부르는 고래다.

둘째, 이 두 개의 머리에서 가장 비슷한 부분, 즉 가장 중요한 기관인 눈과 귀를 살펴보자. 머리의 훨씬 뒤쪽과 턱이 있는 아래쪽을 자세히 보면 속눈썹이 없는 어린 망아지의 눈과 비슷한 눈을 찾을 수 있다. 거대한 머리와는 전혀 균형이 맞지 않는 작은 눈이다.

그런데 고래의 눈은 이처럼 옆에 붙어 있기 때문에, 바로 뒤에 있는 물체를 볼 수 없는 것과 마찬가지로 바로 앞에 있는 물체도 볼 수 없을 것은 분명하다. 요컨대 고래의 눈은 사람의 귀가 달려 있는 부위에 있다. 귀를 통해 옆으로 비스듬히 물체를 보면 어떻게 될지 상상해보라. 옆으로 직선을 그으면 거기서 앞뒤로 30도 정도의 범위를 볼 수 있을 뿐이다. 여러분의 철천지원수가 뒤에서 살금살금 다가올 때와 마찬가지로, 훤한 대낮에 비수를 들고 바로 앞에서 다가와도 그를 볼 수 없을 것이다. 한마디로 말해서 여러분은 등을 두 개 갖게 된다. 하지만 이것은 동시에 앞면도 두 개를 갖게 된다는 뜻이다. 인간의 앞면은 눈이 있어야만 비로소 제 구실을 할 수 있는 것이다.

그뿐만 아니라 내가 지금 생각해낼 수 있는 다른 동물들의 눈은, 양쪽 눈이 아무런 자각 없이 두 개의 시력을 합쳐, 둘이 아니라 하나의 영상을 뇌에 만들어내도록 배치되어 있다. 그런데 고래의 눈은 기묘한 곳에 자리 잡고 있어서, 수십 리터나 되는 크고 단단한 머리가 두 눈을 완전히 갈라놓고 있다. 마치 골짜기의 호수 사이에 높은 산이 솟아 있는 것과 마찬가지다. 그러니 독립되어 있는 각각의 눈이 제공하는 영상은 전혀 다를 수밖에 없다. 따라서 고래는 이쪽 눈으로는 이쪽 광경을 또렷이 보고, 저쪽 눈으로는 또 다른 광경을 또렷이 볼 게 분명하다. 하지만 이쪽과 저쪽의 중간은 완전한 암흑이며, 고래에게는 존재하지 않는 거나 마찬가지일 것이다. 사실 인간은 두 개의 창틀이 합쳐져 하나의 창을 이룬 초소에서 세상을 내다본다고 말할 수 있다. 하지만 고래의 경우에는 이 두 개의 창틀이 따로 분리되어 별개의 창 두 개를 이루고 있다. 이것은 고래의 시각에 심각한 장애를 초래한다. 포경업에서는 고래의 눈이 지닌 이런 특수성을 늘 명심해야 하고, 독자들도 다음에 나올 일부 장면에서는 그 점을 기억해야 할 것이다.

고래의 이 시각 문제에 대해서는 기묘하고 당혹스러운 의문을 제기할 수도 있지만, 여기서는 암시하는 정도로 그칠 수밖에 없다. 사람은 밝은 빛 속에서 눈을 뜨고 있으면, 사물을 보는 행위는 무의식적으로 이루어진다. 자기 앞에 있는 사물은 무엇이든 자동적으로 볼 수밖에 없다. 그런데 인간은 넓은 범위 안에 있는 사물을 한눈에 대충 훑어볼 수는 있지만, 두 가지 사물을—아무리 크거나 아무리 작아도—동시에 세밀하고 완전하게 살펴볼 수는 없다는 것을 누구나 경험으로 알고 있을 것이다. 물론 두 물체가 나란히 놓여 있고 서로 맞닿아 있는 경우는 예외다. 하지만 두 물체를 떼어놓고 각각의 물체를 완전한 어둠으로 둘러싸면, 어느 한쪽에 정신을 집중하여 관찰하기 위해서는 다른 한쪽은 의식에서 완전히 배제해야 한다. 그렇다면 고래의 경우는 어떨까? 고래의 두 눈은 본질적으로 동시에 작용할 게 분명하다. 그런데 고래의 뇌는 인간의 뇌보다 훨씬 포괄적이고 복합적이며 명석해서, 서로 반대쪽에 있는 별개의 두 광경을 동시에 세밀하게 관찰할 수 있을까? 그럴 수 있다면 고래야말로 놀라운 존재라 하겠다. 한 사람이 유클리드[363] 기하학에서 별개의 두 가지 문제를 동시에 풀 수 있는 것과 마찬가지다. 이런 비유는 아무리 엄격하게 검토해도 전혀 부적당한 게 아니다.

터무니없는 생각일지 모르지만, 일부 고래들은 서너 척의 보트에 포위당했을 때 유난히 우왕좌왕하는 움직임을 보이는 것 같았다. 그런 고래들은 흔히 겁을 먹고 놀라기 일쑤다. 이것은 따로 분리되어 있고 게다가 정반대인 시각 때문에 결단을 내리지 못하고 혼란에 빠지는 데 간접적인 원인이 있는 게 아닐까?

고래의 귀도 눈 못지않게 기묘하다. 고래를 모르는 사람이라면 여기 있는 두 개의 머리를 몇 시간이나 살펴보아도 귀라는 기관을 찾아내지 못할 것이다. 고래의 귀에는 겉으로 드러나 있는 귓바퀴가 전혀 없고, 귓구멍은 깃펜조차 끼울 수 없을 만큼 작다. 귀는 눈보다 조금 뒤에 숨어 있다. 향유고래와 참고래의 귀에서는 중요한 차이를 찾아볼 수 있는데, 향유고래의 귀는 바깥쪽으로 뚫려 있지만 참고래의 귀는 막으로 덮여 있어서 밖에서는 도저히 식별할 수 없게 되어 있다.

고래처럼 거대한 생물이 그렇게 작은 눈으로 세상을 보고 토끼보다 작은 귀로 우렛소리를 듣다니, 신기하지 않은가? 하지만 고래의 눈이 허셜[364]의

---

363 유클리드(기원전 330~275): 고대 그리스의 수학자. 유클리드 기하학의 체계를 세웠다.
364 윌리엄 허셜(1738~1822): 독일 태생의 영국 천문학자. 자신이 직접 만든 반사망원경으로 우주를 관측하여 1781년에 천왕성을 발견했다.

망원경 렌즈만큼 크고 귀가 성당 입구만큼 넓다면 고래는 더 멀리까지 볼수 있고 고래의 청각은 더 예민해질까? 결코 그렇지 않다. 그렇다면 여러분은 무엇 때문에 여러분의 마음을 넓히려고 애쓰는가? 그보다는 마음을 예민하고 섬세하게 하는 데 노력하라.

이제 지렛대든 증기기관이든 가까이 있는 도구를 이용해서 향유고래의 머리통을 거꾸로 뒤집어보자. 그런 다음 사다리를 타고 꼭대기까지 올라가서 녀석의 입을 들여다보자. 머리가 몸통에서 완전히 분리되어 있지 않다면, 우리는 등불을 들고 켄터키주의 거대한 매머드 동굴[365] 같은 그의 배 속으로 내려갈 수도 있을 것이다. 하지만 여기 이 이빨 옆에 멈춰서서 주위를 둘러보자. 얼마나 아름답고 순결해 보이는 입인가! 바닥에서 천장까지 신부의 드레스처럼 하얗게 반짝이는 얇은 막을 댔다고 할까, 아니면 벽지처럼 도배했다고 할까.

이제 그곳에서 나와 무서운 아래턱을 살펴보자. 그것은 거대한 코담뱃갑의 가늘고 긴 뚜껑—옆이 아니라 위쪽에 경첩이 달려 있는—처럼 보인다. 그것을 억지로 열어서 머리 위로 올리고 줄지어 늘어선 이빨을 드러내면, 그 이빨들은 무시무시한 내리닫이 창살문처럼 보인다. 실제로 그것은 많은 포경꾼들에게는 내리닫이 창살문 바로 그것이다. 고래 이빨은 위에서 떨어져 불운한 그들의 몸을 대못처럼 꿰뚫는다. 그러나 더욱 처참한 광경은 깊은 바닷속에서 벌어진다. 부루퉁한 고래는 길이가 5미터나되는 거대한 아가리를 뱃머리 기움대처럼 몸통과 직각으로 늘어뜨린 채거기에 떠 있다. 이 고래는 죽은 게 아니라 기운이 없을 뿐이다. 아마 기분이 언짢거나 우울증에 걸려 있을 것이다. 맥이 빠져 턱의 돌쩌귀가 느슨해졌기 때문에 그처럼 비참한 꼴로 그곳에 남겨졌을 것이다. 동료 고래들도 그를 부끄럽게 여기고, 그가 파상풍에라도 걸려 턱이 뻣뻣해지기를 기

---

365 미국 켄터키주 중부에 있는 세계 최대 규모의 석회암 동굴. 1798년에 발견되었으며, 1941년에 국
     립공원으로 지정되었고, 1981년에 유네스코에서 세계자연유산으로 지정했다.

도하지 않을 수 없을 것이다.

대부분의 경우 이 아래턱은 숙련된 기술자라면 쉽게 떼어낼 수 있기 때문에, 상아 같은 이빨을 뽑아내고 단단하고 하얀 고래뼈를 얻기 위해 갑판 위로 올려진다. 포경꾼들은 이 고래뼈로 지팡이나 우산대나 승마용 채찍 손잡이를 비롯하여 온갖 진기한 물건을 만들어낸다.

오랫동안 애쓴 끝에 고래 턱은 닻처럼 배 위로 끌어 올려지고, 적당한 때가 오면, 즉 다른 일이 다 끝나고 며칠 뒤에 퀴퀘그, 대구, 태시테고 같은 숙련된 치과의사들이 이빨을 뽑는 일에 착수한다. 퀴퀘그가 예리한 고래삽으로 잇몸을 절개한 다음, 턱을 고리 달린 볼트에 단단히 묶고, 위에서 도르래를 장착하여 미시간의 황소가 원시림에서 오래된 참나무 그루터기를 끌어내듯 이빨을 뽑아낸다. 고래 이빨은 대개 통틀어 42개다. 늙은 고래인 경우에는 이빨이 상당히 닳아 있지만, 그렇다고 썩은 건 아니다. 또한 우리 인간들처럼 썩은 구멍을 때우지도 않는다. 그 후 턱은 널판처럼 잘려서 마치 집을 지을 때 쓰는 들보처럼 쌓아 올려진다.

{ 　　제 75 장　　 }

참고래의 머리 — 비교 연구

갑판을 건너가서 이번에는 참고래의 머리를 찬찬히 관찰해보자.

대체로 품격이 높은 향유고래의 머리 형태는 로마 전차(특히 넓고 둥그스름한 정면)에 비길 수 있고, 별로 우아하지 않은 참고래의 머리통은 대체로 끝이 갤리선과 비슷한 형태의 거대한 구두와 비슷하다. 200년 전 네덜란드의 어느 항해자는 그 머리 모양을 제화공의 구두골에 비유했다. 참고래의 이 구두 속에서는 동화에 나오는 할머니가 손자들과 함께 아주 편안히 살 수도 있을 것이다.

하지만 여러분이 이 커다란 머리통에 가까이 갈수록 그 머리는 각자의 관점에 따라 여러 가지 다른 양상을 띠기 시작한다. 그 정수리에 올라서서 f자 모양의 두 분수공을 본다면 그 머리는 거대한 콘트라베이스처럼 보일 것이고, 분수공은 공명판에 뚫려 있는 구멍으로 보일 것이다. 그런 다음 다시 정수리에 있는 머리빗 모양의 기묘한 꼭대기 장식—조개 따위가 달라붙어 있는, 그린란드 사람들은 참고래의 '왕관'이라고 부르고 남양 어부들은 '모자'라고 부르는, 초록색 장식—에만 눈길을 준다면, 그 머리는 가지가 갈라진 곳에 새둥지를 튼 거대한 떡갈나무 줄기처럼 보일 것이다. 어쨌든 이 모자 위에 보금자리를 지어서 살고 있는 게들을 보면 자연히 그런 생각이 떠오를 것이다. 하지만 거기에 붙여진 '왕관'이라는 용어가 여러분의 마음을 사로잡았다면, 여러분은 이 강력한 괴물이 정말로 왕관을 쓴 바다의 제왕이고 그래서 그 초록색 왕관이 그처럼 놀라운 방식으로 조립되어 그에게 씌워졌다는 생각에 큰 흥미를 느낄 것이다. 하지만 이 고래가 왕이라 해도 왕관을 쓰기에는 너무 뚱한 모습을 하고 있다. 저 축 늘어진 아랫입술을 보라. 얼마나 실쭉하고 뾰로통한 모습인가! 목수가 재어보니 길이가 6미터, 두께가 1.5미터나 된다. 이 정도면 500갤런 이상의 기름이 들어 있는 실쭉함이요 뾰로통함이다.

이 불운한 고래가 언청이라니, 얼마나 안타까운 일인가. 입술이 갈라진 틈은 길이가 30센티미터나 된다. 아마 어미 고래가 출산을 앞둔 중요한 시기에 페루 해안을 따라 내려오고 있을 때, 마침 그곳에 지진이 일어나 해안에 균열이 생긴 것인지도 모른다. 미끄러운 문지방을 넘듯 이 입술을 넘어서 입안으로 들어가보자. 내가 매키노[366]에 있었다면 인디언의 오두막 속에 들어간 줄 알았을 것이다. 오오, 하느님, 이것이 요나가 지나간 길입니까? 지붕 높이는 3미터나 되고, 진짜 마룻대가 서 있는 것처럼 아주 날카로운 각도를 이루고 있다. 아치 모양의 양옆에는 털투성이 갈비뼈가

366 미국 미시간주에 있는 도시.

있고, 여기에는 언월도 모양의 얇은 판 같은 고래수염이 반쯤 수직으로 늘어서 있다. 한쪽에 각각 300개쯤 나 있는 이 수염은 정수리나 왕관 부위의 뼈에 매달려, 앞에서 잠깐 언급한 적이 있는 내리닫이 창살문을 이루고 있다. 이 수염의 가장자리에는 털투성이 섬유가 달려 있어서, 참고래가 먹이를 먹을 때 입을 벌리고 크릴이나 작은 물고기 떼 속을 지나가면 물은 수염 사이로 걸러지고 작은 물고기나 크릴은 복잡하게 얽힌 수염 속에 갇히게 된다. 고래수염이 자연스러운 상태로 서 있을 때는 이 창살문의 중앙부에서 기묘한 자국이나 곡선, 우묵한 곳이나 불룩한 부분을 볼 수 있는데, 포경꾼들은 나이테를 보고 떡갈나무의 나이를 추정하듯 이것을 보고 고래의 나이를 어림한다. 이 기준의 정확성을 보증할 수는 없지만 어느 정도 신빙성은 있다. 어쨌든 거기에 따르면 참고래는 언뜻 보고 추정한 것보다 훨씬 나이가 많다는 것을 인정해야 한다.

옛날에는 이 창살문에 대해 기묘하기 이를 데 없는 공상이 널리 퍼져 있었던 것 같다. 퍼처스의 책에 나오는 어느 항해자는 이것을 고래 입속에 있는 놀라운 '구레나룻'이라고 부르고,* 또 어떤 이는 '뻣뻣한 돼지털'이라고 했으며, 해클루트의 책에 나오는 노신사는 다음과 같은 고상한 표현을 쓰고 있다. "그의 위턱 양쪽에는 약 250개의 지느러미가 있고, 그것들은 입 양쪽에서 그의 혓바닥 위로 아치처럼 구부러져 있다."

누구나 알고 있듯이, '뻣뻣한 돼지털'이니 '지느러미'니 '구레나룻'이니 '창살문'이니 하고 불리는 이 고래수염은 부인들에게 코르셋의 가슴 부분을 버티는 살대를 비롯하여 뻣뻣한 보강재를 제공해준다. 하지만 이런 면에서의 수요는 오래전부터 줄어들고 있다. 파딩게일이 한창 유행한 앤 여왕[367] 시대가 고래수염의 전성기였다. 당시 부인들은 문자 그대로 고래

---

* 이것은 참고래가 정말로 일종의 구레나룻이나 수염을 갖고 있다는 것을 상기시킨다. 그것은 아래턱 바깥쪽 끝의 윗부분에 흩어져 있는 몇 개의 하얀 털로 이루어져 있는데, 이 털은 원래는 근엄한 표정인 참고래에게 약간 산적 같은 인상을 준다.

입속에 들어가 있으면서도 쾌활하게 돌아다녔다고 말할 수 있다. 오늘날에도 우리는 소나기가 쏟아지면 옛날 여자들처럼 아무 생각 없이 고래 턱 아래로 뛰어들어 비를 피한다. 우산은 고래수염 위에 펼쳐놓은 천막이기 때문이다.

하지만 이제 창살문이나 구레나룻은 잠시 잊어버리고 참고래의 입안에 서서 다시 주위를 둘러보라. 주랑에 늘어선 기둥처럼 질서있게 정렬한 수염을 보면, 하를렘[368]의 커다란 오르간 속에 들어가 천 개나 되는 파이프를 쳐다보고 있는 것 같지 않을까? 오르간 밑에 까는 융단은 더없이 부드러운 튀르크산이다. 다시 말하면 입의 바닥에는 혀가 찰싹 달라붙어 있다. 혀는 기름지고 부드러워서, 갑판에 끌어 올릴 때 갈기갈기 찢어지기 쉽다. 이 혀가 지금 우리 앞에 있다. 얼핏 보고도 여섯 통짜리 혀라는 것을 알 수 있다. 그만한 양의 기름이 나올 만한 혀라는 뜻이다.

여러분은 내가 처음에 한 말―향유고래와 참고래의 머리는 전혀 다르다는 것―이 사실임을 진작 알았을 게 분명하다. 간추려 말하면 이렇다. 향유고래와는 달리 참고래의 머리통에는 기름이 별로 없고, 상아 이빨도 전혀 없으며, 길쭉한 아래턱도 없다. 향유고래의 머리에는 창살문 같은 수염도 없고, 거대한 아랫입술도 없고 혀도 거의 없다. 그리고 참고래는 두 개의 분수공을 갖고 있지만 향유고래는 하나뿐이다.

두건 모양의 이 장엄한 머리통이 나란히 누워 있는 동안 그것을 마지막으로 살펴보기 바란다. 작별을 고하면서 자세히 들여다보자. 하나는 기록에도 남지 않은 채 이제 곧 바닷속으로 가라앉을 테고, 또 하나도 오래지 않아 그 뒤를 따를 것이기 때문이다.

거기에서 향유고래의 표정을 파악할 수 있겠는가? 그 표정은 죽었을

---

367 영국 스튜어트 왕조의 마지막 여왕(재위 1702~1714). 그의 치세 중에 잉글랜드와 스코틀랜드의 합병으로 그레이트브리튼 왕국이 성립되었다. 파딩게일: 스커트를 부풀리기 위해 고래수염이나 철사 등을 엮어 만든 속치마의 일종.

368 네덜란드 서부의 도시. 이곳 성당에 유명한 오르간이 있다.

때의 표정과 똑같다. 다만 이마에 새겨진 긴 주름이 지금은 사라져 없어진 것처럼 보일 뿐이다. 향유고래의 넓은 이마에는 죽음에 대한 명상적 초월에서 유래하는 대초원 같은 평온함이 충만해 있는 듯하다. 하지만 참고래 머리의 표정을 보라. 그 놀라운 아랫입술이 우연히 뱃전에 짓눌려 턱을 단단히 감싸버린 것을 보라. 이 머리는 죽음에 직면했을 때의 강력한 실제적 결의를 말해주는 것 같지 않은가? 나는 이 참고래가 생전에 스토아 철학자였을 거라고 생각한다. 플라톤주의자인 향유고래가 말년에는 스피노자를 친구로 삼았을지도 모른다.[369]

{   제76장   }

파성퇴

당분간 향유고래의 머리와 헤어지기 전에 잠시 현명한 생리학자가 되어, 향유고래의 모든 것이 옹골차게 집약되어 있는 앞면부에 특별히 주목해주기 바란다. 거기에 얼마나 강력한 파성퇴[370]의 힘이 실릴 수 있는지를 과장되지 않게 지적으로 평가하는 것을 목적으로 삼아 그 머리를 조사해보기 바란다. 이것이야말로 중요한 점이다. 여러분은 이 문제를 만족스럽게 해결하거나, 아니면 유사 이래 가장 섬뜩한, 하지만 더없이 진실한 사건에 대해 영원히 의구심을 품을 수밖에 없을 것이기 때문이다.

향유고래가 평소에 헤엄치는 자세를 보면, 머리의 앞면이 수면에 대해

---

369 그리스의 철학자 제논(기원전 335~263?)이 창시한 스토아학파는 슬픔이나 고통에는 숙명이 명하는 바에 따르고 실천적인 선택을 할 때는 이성에 따르는 것을 신봉한 금욕주의자였지만, 플라톤(기원전 428~348)은 '물질'보다 '관념'의 실재성을 믿고 초월적인 존재에 대한 '지식'을 추구하는 관념론적 이상주의자였다. 이에 대해 17세기 네덜란드의 철학자 바뤼흐 스피노자(1632~1677)는 '신은 곧 자연'이라고 생각하고, 만물은 정신과 물체를 포함하여 모두 신의 현현이며, 모든 것은 신의 내적 필연에 따라 생겨난다고 주장한 일종의 숙명론자였다.

370 성을 공격할 때 성문을 돌파하기 위해 사용하던 무기.

거의 수직을 이룬다. 그 앞면의 밑부분은 돛의 아래쪽 활대 같은 아래턱이 끼워지는 기다란 구멍을 수용하기 위해 상당히 뒤쪽으로 기울어져 있다. 입은 머리 밑에 있고, 사람으로 치면 턱 밑에 입이 있는 것과 마찬가지다. 게다가 고래는 겉으로 드러난 코가 전혀 없고, 굳이 있다면 분수공인데 그것은 머리 위에 있다. 눈과 귀는 머리 양옆에 있고, 앞에서 몸 전체 길이의 3분의 1쯤 되는 곳에 달려 있다. 따라서 향유고래 머리의 앞면부는 단 하나의 기관도 없고 돌출부도 없는, 말하자면 문도 창문도 없는 민둥민둥한 벽과 같다는 것을 알아야 한다. 게다가 머리 앞면부의 아래쪽 끝, 뒤쪽으로 기울어진 부분에만 뼈의 흔적이 조금 있고, 이마에서 5~6미터나 내려가야만 완전히 발달한 머리뼈에 이른다. 따라서 뼈가 없는 이 거대한 덩어리는 말하자면 하나의 혹이다. 이제 곧 알게 되겠지만, 그 혹의 내용물 가운데 일부는 향기로운 기름이다. 겉보기에는 연약해 보이는 그것을 단단하게 싸고 있는 물질의 성질도 알아야 한다. 앞에서도 지방층이 고래 몸통을 귤껍질처럼 감싸고 있다고 말한 적이 있지만, 머리도 마찬가지다. 다른 점이 있다면 머리를 싸고 있는 이것은 그렇게 두껍지는 않지만 뼈가 없는데도 그 단단함이란 만져보지 않은 사람은 헤아릴 수도 없을 정도다. 가장 힘센 사람이 던지는 가장 날카로운 창이나 작살도 거기에 부딪히면 힘없이 튕겨져 나온다. 향유고래의 이마는 말굽으로 다져진 것처럼 단단하다. 그 속에는 어떤 감각도 숨어 있는 것 같지 않다.

또 하나 생각할 것이 있다. 짐을 가득 실은 동인도회사의 무역선 두 척이 부두에서 우연히 마주치면 선원들은 어떻게 하는가? 막 충돌하려는 순간, 배 사이에 쇠나 목재 같은 단단한 물건을 끼워 넣지는 않는다. 밧줄과 코르크를 둥글게 뭉친 커다란 덩어리를 두껍고 질긴 쇠가죽으로 싸서 배 사이에 끼운다. 그것이 떡갈나무 지레나 쇠지레도 우지끈 부러지게 할 정도의 충격을 완화시켜 배에 손상이 가지 않게 한다. 내가 말하고자 하는 명백한 사실은 이것만으로도 충분히 예증된다. 하지만 한 가지 가설을 들어서 이를 보완하고자 한다. 보통 어류는 마음대로 팽창하거나 수축할 수 있는 부레라는 것을 갖고 있는 반면, 향유고래는 내가 아는 한 그런 기관을 갖고 있지 않다. 그런데 향유고래가 머리를 물속에 쑥 집어넣었다가 다시 물 밖으로 높이 쳐들고 헤엄치는 방식은 달리 설명할 도리가 없고, 머리를 감싸고 있는 물질은 어떤 방해도 받지 않고 탄력성을 유지하며, 머리의 내부 구조는 매우 독특하다. 이런 점들을 생각하면 다음과 같은 가설, 즉 아직은 아무도 모르고 상상조차 못 하고 있지만, 벌집 모양의 신비로운 허파가 바깥 공기와 연결되어 팽창하고 수축할 수 있다는 가설에 이르게 된다. 그렇다면 모든 자연력 가운데 가장 감지하기 어렵지만 가장 파괴적인 공기의 도움을 받고 있는 그 힘이 얼마나 강할지 상상할 수 있으리라.

생각해보라. 안에는 가벼운 공기를 지니고 있으면서도 바깥은 결코 뚫을 수 없는 난공불락의 벽이다. 이런 머리를 앞으로 밀어붙이면서, '코드'[371]로나 크기를 잴 수 있을 만큼 거대하고 활기찬 덩어리가 아주 작은 벌레처럼 하나의 의지에 따라 헤엄치는 것이다. 따라서 나중에 내가 이 거대한 괴물 속 어디에나 숨어 있는 잠재력의 특성과 집중된 힘을 자세히 설명할 때, 또한 그보다 덜 중요한 머리의 묘기 몇 가지를 이야기할 때, 여러분은 무지에서 비롯된 의혹을 모두 버리고 다음 한 가지만은 기꺼이 받아들여주기 바란다. 즉, 향유고래가 다리엔 지협[372]을 뚫고 나가 대서양과 태평양을 뒤섞더라도 눈썹 하나 까딱하지 않기를 바라는 것이다. 고래의 지배권을 인정하지 않는다면, 당신도 진리에 대해서는 감상적인 촌뜨기에 지나지 않는다. 하지만 명백한 진리를 만나는 것은 거대한 샐러맨더[373] 같은 괴물만이 할 수 있는 일이며, 촌뜨기들은 엄두도 낼 수 없는 일이다.

---

371 목재의 부피를 재는 단위. 길이 8피트(2.4m)에 폭과 높이 각 4피트(1.2m).

372 북아메리카와 남아메리카를 잇는 파나마 지협의 옛 이름.

373 유럽 신화와 전설에서 불 속에 산다는 도마뱀. 초자연적인 힘을 갖고 있다고 한다.

사이스[374]에서 무시무시한 여신의 베일을 벗긴 나약한 젊은이에게 어떤 운명이 닥쳤는지를 생각해보면 알 수 있을 것이다.

{   제 77 장   }

거대한 하이델베르크 술통

이제 머리통의 기름을 퍼낼 차례다. 그러나 이 작업을 제대로 이해하려면 지금부터 수술하려고 하는 머리통의 복잡한 내부 구조를 조금은 알아두어야 한다.

향유고래의 머리통을 단단한 타원형으로 생각하고, 그 경사면을 옆으로 자르면 두 개의 쿼인[*]으로 나뉘는데, 아래쪽 쿼인은 머리뼈와 턱뼈를 이루는 골질 구조이고, 위쪽 쿼인은 뼈가 전혀 없는 기름 덩어리다. 넓은 앞쪽 끝은 크게 부풀어 오른 수직의 이마를 이루고 있다. 이 위쪽 쿼인을 이마 한가운데에서 수평으로 자르면 거의 똑같은 두 부분으로 나눌 수 있는데, 원래는 두꺼운 힘줄로 이루어진 내벽이 이것을 자연스럽게 갈라놓고 있었다.

수평으로 재분할한 것의 아랫부분을 '정크(지방조직)'라고 부르는데, 그것은 기름이 스며든 수만 개의 세포가 모인 하나의 거대한 벌집이다. 이 벌집은 질기고 탄력 있는 하얀 섬유질이 종횡으로 교차하여 이루어진다.

---

374 이집트 북부, 나일 삼각주에 있었던 고대 도시. '여신'은 이시스 여신을 말한다. 독일의 시인 프리드리히 실러(1759~1805)의 시에 따르면 이 신상의 베일을 벗긴 젊은이는 즉석에서 실신했으며, 그 후 쓸쓸하게 살다가 요절했다고 한다.

* '쿼인Quoin'은 유클리드 기하학에서 쓰이는 용어가 아니라 순수한 항해용 수학의 용어다. 이 용어의 뜻이 지금까지 명확하게 규정된 적이 있는지는 나도 모른다. 코인은 끝이 뾰족한 쐐기 모양의 물체지만, 양쪽이 점점 가늘어지는 것이 아니라 한쪽만 가파르게 기울어진다는 점에서 쐐기와는 다르다.

향유고래의 머리에서 '기름통'이라고 불리는 윗부분은 '하이델베르크 술통'[375]으로 생각할 수 있다. 그 유명한 술통 앞면에 신비로운 조각이 새겨져 있듯이, 향유고래의 커다란 주름투성이 이마에도 그 위대한 기름통을 장식하는 수수께끼 같은 무늬가 수없이 새겨져 있다. 게다가 하이델베르크 술통이 언제나 라인강 유역의 고급 포도주로 가득 차 있듯이, 고래의 기름통도 고래기름 가운데 가장 귀중한 기름, 즉 값비싼 경뇌유를 순수하고 투명하고 향기로운 상태로 저장하고 있다. 고래의 다른 부위에서는 이 귀중한 물질이 순수한 상태로 발견되지 않는다. 살아 있을 때는 완전한 액체로 있지만, 죽은 뒤에 일단 공기와 접촉하면 곧 경화되기 시작하여, 물속에 막 생겨난 살얼음처럼 아름답고 투명한 결정체를 만들어낸다. 큰 고래의 기름통에서는 대개 500갤런의 경뇌유가 나오는데, 불가피한 사정 때문에 불안정한 자세로 최대한 많은 양을 채취하려다가 엎지르거나 흘려서 다시는 돌이킬 수 없게 되는 수도 있다.

하이델베르크 술통의 내부가 얼마나 훌륭하고 값비싼 물질로 칠해져 있는지는 모르지만, 향유고래의 기름통 내부를 형성하고 있는 얇은 진줏빛 막, 고급 외투의 안감처럼 매끄러운 막과는 비교할 수도 없을 것이다.

향유고래의 기름통은 머리 위쪽 전체에 걸쳐 있고, 앞에서 말했듯이 머리는 전체 길이의 3분의 1을 차지하고 있기 때문에, 상당히 큰 고래의 전체 길이를 25미터라고 하면 기름통을 뱃전에 세로로 매달 경우 통의 깊이는 8미터가 넘는다.

고래의 머리통을 자를 때와 마찬가지로, 수술자의 예리한 칼은 경뇌유 저장고로 통하는 구멍을 뚫을 곳과 가까운 곳을 지나간다. 따라서 서투르고 엉뚱하게 성역을 침범하여 귀중한 내용물을 헛되이 흘려버리지 않도록 조심해야 한다. 이렇게 몸통에서 분리된 머리통은 마침내 그 절단면이

---

375 독일 하이델베르크 성의 지하에 있는 엄청나게 커다란 포도주 술통. 1751년에 제작되었으며, 직경 9m, 높이 6m에 달한다.

위로 가도록 물 밖으로 들어 올린 다음 거대한 도르래로 고정시키는데, 그 일대는 도르래의 밧줄이 어지럽게 교차하여 어수선한 상태를 이룬다.

이 이야기는 이쯤 해두고, 이제는 향유고래의 커다란 '하이델베르크 술통'의 마개를 여는 작업, 치명적이라고 할 만큼 놀라운 작업으로 관심을 돌려주기 바란다.

{   제78장   }

기름통과 들통

태시테고는 고양이처럼 날쌔게 위로 올라간다. 꼿꼿한 자세 그대로 위쪽에 길게 뻗어 있는 주돛대의 아래쪽 활대 위를 곧장 내달려, 위로 들어 올려진 고래의 머리통 바로 위에 이른다. 그는 '작은 고패'라고 불리는 가벼운 도르래를 들고 있는데, 하나의 밧줄이 하나의 활차 바퀴를 통과하는 간단한 도르래 장치다. 태시테고는 이 도르래를 활대에 단단히 매달아 아래로 늘어뜨리고 밧줄의 한쪽 끝을 흔든다. 그러면 갑판 위에 있는 선원 하나가 그것을 잡아서 단단하게 붙들어 맨다. 태시테고는 두 손을 분주히 움직이며 밧줄의 다른 쪽 끝을 타고 공중에서 내려와 고래의 정수리에 솜씨 좋게 내려선다. 다른 선원들이 있는 곳보다 높은 그곳에서 그는 유쾌하게 외친다. 첨탑 망루에서 기도 시간이 되었음을 알리는 튀르크의 무아딘[376] 같다. 자루가 짧고 날이 예리한 고래삽을 올려 보내면, 그것으로 그는 고래의 기름통으로 뚫고 들어가기에 적당한 곳을 부지런히 찾는다. 그는 이 작업을 매우 신중하게 진행하는데, 낡은 집에서 황금이 감추어진 곳을 찾으려고 벽을 두드리는 보물 사냥꾼 같다. 이 신중한 탐색이 끝날 무렵에는 쇠테를 두른 튼튼한 들통, 꼭 두레박처럼 생긴 들통이 도르래

376 하루에 다섯 번 이슬람 사원에서 예배 시간을 알리는 사람.

밧줄의 한쪽 끝에 이미 매어져 있고, 밧줄의 다른 쪽 끝머리는 갑판을 가로질러 두세 명의 재빠른 선원들에게 잡혀 있다. 이 선원들은 이제 태시테고의 손이 닿는 곳으로 들통을 끌어 올리고, 또 다른 사람이 태시테고에게 아주 기다란 장대를 건네준다. 태시테고는 이 장대를 들통 속에 넣어 들통이 고래의 기름통에 완전히 잠길 때까지 내리누른다. 그리고 도르래 옆에 서 있는 선원들에게 소리를 지르면, 들통은 젖 짜는 아가씨가 방금 짜낸 우유 통처럼 거품을 내며 올라온다. 그리고 그 높이에서 다시 조심스럽게 아래로 내려지면, 정해진 선원이 향유가 가득 든 이 들통을 잡아서 커다란 통 속에 내용물을 재빨리 비운다. 그러면 들통은 또다시 올라가고, 깊은 기름통에서 더 이상 퍼낼 것이 없을 때까지 똑같은 일이 되풀이된다. 기름이 바닥날 때가 되면 태시테고는 들고 있던 장대를 더욱 힘껏, 점점 더 깊이 기름통 속으로 밀어 넣는다. 그래서 나중에는 장대가 5~6미터나 통 속으로 들어간다.

'피쿼드'호 선원들은 이런 식으로 한동안 기름을 퍼냈다. 몇 개의 통이 향기로운 경뇌유로 가득 찼을 때 갑자기 기이한 사건이 일어났다. 그 거친 인디언 태시테고가 너무 부주의하고 무모해서 고래 머리가 매달린 도르래 밧줄을 잡고 있던 손을 잠깐 놓아버렸는지, 아니면 그가 서 있는 곳이 너무 불안정하고 질척거렸는지, 아니면 악마가 특별한 이유도 없이 그런 일이 일어나게 했는지, 정확한 사정은 알 수 없지만, 어쨌든 들통이 여든 번째나 아흔 번째로 올라가고 있을 때, 별안간—오오, 하느님!—가엾은 태시테고가 우물에 떨어지는 두레박처럼 기름통 속으로 곤두박질쳐 떨어지고 만 것이다. 그리고 기름이 꾸르륵거리는 오싹한 소리와 함께 시야에서 완전히 사라져버렸다.

"사람이 떨어졌다!" 당황하여 어쩔 줄 모르는 선원들 속에서 맨 먼저 정신을 차린 대구가 외쳤다. "들통을 이쪽으로 보내!" 대구는 도르래를 잡은 손이 미끄럽기 때문에 몸을 안정시키기 위해 한 발을 들통 속에 집

모비 딕

어넣었다. 그러자 도르래를 맡은 선원들은 태시테고가 기름통 밑바닥에 아주 떨어져버리기 직전에 대구를 고래 머리 위로 끌어 올렸다. 그러는 동안 배에서는 큰 소동이 벌어졌다. 뱃전 너머로 내려다보니, 조금 전까지만 해도 생명이 없었던 고래 머리가 수면 바로 아래서 요동치는 것이 보였는데, 그 순간 무슨 위대한 사상에 눈뜨기라도 한 것 같았다. 그러나 사실은 가엾은 인디언이 허우적거리는 몸부림을 통해 자기가 얼마나 위험한 깊이까지 가라앉았는지를 무의식적으로 보여주고 있을 뿐이었다.

대구는 고래 머리 위에서 커다란 절단용 도르래 장치에 뒤엉킨 밧줄을 풀고 있었는데, 바로 그때 무언가가 쪼개지는 듯한 날카로운 소리가 들렸다. 고래 머리가 매달려 있던 두 개의 큰 갈고리 가운데 하나가 떨어져 나가는 소리였다. 선원들은 이루 말할 수 없는 공포에 사로잡혔고, 거대한 고래 머리가 옆으로 크게 흔들리자 배는 술 취한 것처럼 비틀거리고 빙산에 부딪힌 것처럼 뒤흔들렸다. 이제 거대한 고래 머리를 혼자 지탱하게 된 나머지 갈고리도 당장 부러질 것처럼 보였다. 고래 머리가 그토록 심하게 흔들리고 있으니 갈고리가 부러질 가능성은 훨씬 높아졌다.

"내려가! 내려가!" 선원들은 대구에게 소리쳤다. 검둥이 대구는 고래 머리가 떨어져도 공중에 매달릴 수 있도록 묵직한 도르래를 한 손으로 붙잡은 채 엉킨 밧줄을 푼 다음, 이제 허물어진 우물 속에 들통을 내려뜨렸다. 우물에 빠진 작살잡이가 들통을 붙잡으면 끌어 올릴 작정이었다.

"이봐, 기다려!" 스터브가 소리쳤다. "거기다 탄약통을 밀어 넣을 셈이야? 그만둬! 그걸로 어떻게 태시테고를 구하겠나? 태시테고의 머리 위에다 쇠테를 두른 들통을 밀어 넣다니, 그만둬. 그만두라니까!"

"도르래를 치워!" 누군가가 불꽃이 터지는 듯한 소리로 외쳤다.

거의 같은 순간에 거대한 고래 머리가 우레 같은 소리와 함께 바다로 떨어졌다. 마치 나이아가라의 테이블 바위[377]가 소용돌이에 휩쓸려 들어

377 나이아가라 폭포의 캐나다 쪽 연안에 발코니처럼 돌출한 평평한 암반. 1850년 7월에 무너져 내렸다.

가는 것 같았다. 갑자기 무거운 짐에서 벗어난 선체는 반대쪽으로 굴러서 아래쪽의 번쩍이는 동판이 보일 만큼 기울어졌다. 선원들은 모두 숨을 죽였다. 물보라가 일으킨 짙은 안개를 통해 대구가 여전히 흔들리는 도르래에 매달린 채 그네를 타듯 선원들의 머리 위와 물 위를 오가고 있는 것이 희미하게 보였다. 그러는 동안에도 생매장된 가엾은 태시테고는 바다 밑바닥으로 완전히 가라앉고 있었다! 그런데 자욱한 안개가 걷히자마자 송곳칼을 손에 든 벌거벗은 사나이가 뱃전을 뛰어넘는 것이 잠깐 보였다. 다음 순간 물을 튀기는 요란한 소리와 함께 용감한 퀴퀘그가 태시테고를 구하기 위해 물속으로 뛰어들었다. 모두 한 덩어리가 되어 뱃전으로 달려갔다. 선원들은 잔물결 하나 놓치지 않고 유심히 지켜보았지만, 물에 빠진 사람도 그를 구하러 뛰어든 사람도 보이지 않았다. 그러는 동안에 몇 사람은 뱃전에 묶여 있는 보트에 뛰어내려 배에서 보트를 조금 밀어냈다.

"우와!" 고래 머리 위에서 조용히 흔들리고 있던 대구가 갑자기 소리를 질렀다. 뱃전에서 좀 떨어진 곳을 보니, 팔 하나가 푸른 물결 속에서 불쑥 솟아 나오는 것이 보였다. 마치 무덤 위의 풀숲에서 팔 하나가 불쑥 솟아 나오는 것 같았다.

"둘이다! 두 사람이야!" 대구가 다시 환호성을 질렀다. 곧이어 퀴퀘그가 한 손으로는 인디언의 긴 머리를 움켜잡고 또 한 손으로 대담하게 물결을 헤치고 있는 것이 보였다. 대기하고 있던 보트가 그들을 건져서 재빨리 갑판 위로 끌어 올렸다. 하지만 태시테고는 좀처럼 정신을 차리지 못했고 퀴퀘그도 별로 활발해 보이지 않았다.

그런데 이 숭고한 구조는 어떻게 이루어진 것일까? 퀴퀘그는 천천히 가라앉는 고래 머리를 따라가서 예리한 칼로 밑바닥 근처를 옆으로 푹 찔러 커다란 구멍을 낸 다음, 칼을 버리고 긴 팔을 구멍 안으로 깊숙이 쑤셔 넣어 불쌍한 태시테고의 머리를 움켜잡고 끄집어냈다. 그의 설명을 들어 보면, 처음에 손을 넣어 찾았을 때는 다리가 만져졌지만, 다리에는 잡기에 맞춤한 곳이 없어서 실패할 염려가 있었기 때문에, 다리를 도로 밀어 넣은 다음 몸을 이리저리 젖혀서 인디언을 한 바퀴 돌리는 데 성공했다. 그래서 두 번째 시도에서 정상적인 방식으로, 즉 머리부터 잡아서 끄집어 낸 것이다. 고래 머리 자체도 예상한 대로 잘 움직여주었다.

이리하여 퀴퀘그의 용기와 훌륭한 산파술로 태시테고의 구조, 아니 출산이 성공적으로 이루어졌는데, 가장 불운하고 절망적인 위험을 무릅쓰고 구조에 성공한 것은 결코 잊어서는 안 될 교훈이다. 따라서 검술, 권투, 승마, 노젓기와 함께 산파술도 중요한 교과 과정으로 가르쳐야 할 것이다.

게이헤드 출신인 태시테고가 겪은 이 기이한 모험은 일부 뭍사람에게는 믿을 수 없는 일로 보일 것이다. 하지만 뭍사람들도 사람이 우물에 빠지는 것을 보거나 들었을 것이고, 그런 사고는 종종 드물지 않게 일어난다. 그러나 향유고래의 기름통 주위가 매우 미끄럽다는 점을 고려하면, 인디언의 경우보다 가능성이 훨씬 적다고 할 것이다.

하지만 현명한 사람은 어떻게 그럴 수 있느냐고 의심할지도 모른다. 우리는 세포 조직에 기름이 스며든 향유고래의 머리통이 고래의 몸통에서는 가장 가벼운 코르크 같은 부분이라고 생각했다. 그런데 너는 그 머리를 그보다 훨씬 비중이 큰 물속에 가라앉게 했다. 어때, 손들었지? 천만에, 손을 들어야 하는 것은 당신들이다. 태시테고가 기름통에 빠졌을 때 그 안의 가벼운 물질은 거의 다 없어진 뒤였고, 조밀한 힘줄로 이루어진 벽만 남아 있을 뿐이었다. 벽은 앞에서도 말했듯이 이중으로 용접하고 망치로 두드려 편 듯한 물질로서 바닷물보다 훨씬 무겁기 때문에 그 덩어리는 거의 납덩이처럼 가라앉고 만다. 하지만 아직도 고래 머리에서 떨어져 나가지 않고 남아 있는 다른 부분이 빠르게 가라앉는 이 물질의 경향을 억제했기 때문에 고래 머리는 서서히 가라앉았던 것이고, 그래서 퀴퀘그도 기민한 응급 산파술을 발휘할 수 있었던 것이다. 그렇다, 그것은 정말로 응급 구조였다.

만약에 태시테고가 고래의 머리통 속에서 죽었다면 그것은 매우 고귀한 죽음이었을 것이다. 가장 하얗고 가장 향기로운 경뇌유 속에서 질식하여, 고래의 몸뚱이에서 가장 은밀한 내실, 즉 지성소에 입관되어 매장되는 격이니, 얼마나 고귀한 죽음이었겠는가. 이보다 더 감미로운 죽음이 있다면, 내 머리에 떠오르는 것은 한 가지뿐이다. 오하이오주의 어느 벌꿀 채취자가 속이 빈 나무의 갈라진 틈새에 꿀이 가득 들어 있는 것을 발견하고, 그 구멍 속으로 너무 깊이 몸을 들이미는 바람에 꿀이 오히려 그를 빨아들였고, 그래서 그는 꿀로 방부 처리된 채 죽고 말았다. 이와 마찬가지로, 꿀이 가득 든 플라톤의 머리에 빠져, 거기서 감미롭게 죽어간 사람은 또 얼마나 많았던가?

{   제79장   }

대초원

아직은 어느 인상학자나 골상학자도 이 커다란 고래의 머리에 난 혹을 만져보거나 얼굴의 주름을 자세히 조사해본 적이 없다. 이런 일은 지브롤터 바위[378]에 새겨진 주름을 자세히 조사한 라바터나 판테온의 지붕에 사다리를 타고 올라가 조사한 갈의 작업만큼 앞날이 유망한 분야로 여겨질 것이다. 라바터는 그 유명한 저서에서 인간의 다양한 얼굴만 다루는 것이 아니라 말과 새, 뱀과 물고기의 얼굴까지 면밀하게 연구하고, 거기에서 식별할 수 있는 표정 변화를 자세히 논하고 있다. 갈과 그의 제자 슈푸르

---

378 스페인의 이베리아반도에서 지브롤터해협을 마주 보며 서 있는 바위산. 최고 높이는 426m이며 '헤라클레스의 기둥'이라고도 불린다. 요한 카스파르 라바터(1741~1801): 스위스의 시인·인상학자. 판테온: 로마의 모든 신에게 바치는 신전. 118~128년경 하드리아누스 황제 때 세워졌으며, 7세기 이후에는 가톨릭 성당으로 쓰이고 있다. 프란츠 조세프 갈(1758~1828): 독일의 의사. 골상학의 창시자.

츠하임은 인간이 아닌 다른 생물의 골상학적 특징에 대해서도 암시하는 것을 잊지 않았다. 그래서 나는 비록 선구자가 될 자격은 없지만, 인상학과 골상학이라는 두 가지 유사과학을 고래에 적용하려고 애써보겠다. 온갖 것을 다 시도해보면 무엇이든 얻을 수 있을 것이다.

인상학적 입장에서 보면 향유고래는 이례적인 생물이다. 우선 진정한 의미의 코가 없다. 코는 얼굴의 중심에 있고 가장 눈에 띄는 기관이며 얼굴 표정에 가장 많은 변화를 주고 결정적으로 표정을 통제하기 때문에, 겉으로 드러난 부속기관으로서의 코가 전혀 없는 것은 고래의 얼굴 생김새에 큰 영향을 줄 게 분명하다. 조경술에서 풍경을 완성하려면 첨탑이나 돔이나 기념비 같은 축조물이 필수적인 것으로 여겨지듯, 종탑처럼 우뚝 솟아 있고 구멍이 뚫려 있는 코가 없으면 어떤 얼굴도 인상학적으로 조화를 이룰 수 없다. 페이디아스[379]가 만든 제우스의 대리석상에서 코를 없애보라. 얼마나 비참한 꼴이 되겠는가! 그런데도 고래는 너무 거대하고 당당하기 때문에, 제우스 석상을 형편없게 만들 수 있는 그 결함조차 고래에게는 전혀 흠결이 되지 않는다. 오히려 위엄을 더해줄 뿐이다. 고래에게 코가 있는 것은 적절하지 않았을 것이다. 배에 딸린 작은 보트를 타고 고래의 거대한 머리 주위를 돌면서 그 머리를 인상학적으로 연구할 때, 코를 잡아당겨 고래를 욕보이고 싶다는 쓸데없는 생각으로 고래에 대한 외경심이 손상되는 일도 없다. 위풍당당하게 옥좌에 앉은 왕을 보고도 이것저것 트집을 잡지 않고는 배길 수 없다는 것은 참으로 한심한 근성이다.

어떤 점에서는 향유고래가 보여주는 여러 경관들 중에서도 머리 앞면부가 인상학적으로 가장 당당한 풍모를 나타낸다고 할 수 있는데, 그 모습은 실로 장엄하다.

사색에 잠긴 인간의 수려한 이마는 아침 햇살을 받은 동녘 하늘 같다. 목장에서 쉬고 있는 황소 이마의 곡선에는 웅장한 아름다움이 깃들어 있

---

379 페이디아스(기원전 480?~430?): 고대 그리스의 위대한 조각가·건축가.

다. 험한 산길에서 대포를 밀어 올리는 코끼리의 이마는 웅대하다. 사람이든 짐승이든 신비로운 이마는 독일 황제가 칙서에 찍는 황금 옥새와도 같다. 옥새는 "신이여, 오늘 내 손으로 이것을 했나이다"라는 의미다. 하지만 대부분의 생물, 아니 인간의 경우에도 이마는 설선雪線을 따라 뻗어 있는 산악지대일 뿐이다. 셰익스피어나 멜란히톤[380]의 이마처럼 높이 솟거나 낮게 내려간 이마는 드물지만, 그 눈은 영원히 마르지 않는 맑고 잔잔한 산정호수 같고, 눈 위에 있는 이마의 주름에서는 스코틀랜드 고지대의 사냥꾼들이 눈에 찍힌 사슴 발자국을 따라가듯, 사슴뿔처럼 갈라진 뛰어난 사상들이 호수로 물을 마시러 내려온 흔적을 따라가는 듯한 기분이 든다. 하지만 향유고래의 경우에는 이마에 본래 갖추어진 고귀하고 위대한 신 같은 위엄이 너무 확대되어 있기 때문에, 그것을 정면에서 바라보면 자연계의 어떤 생물을 볼 때보다 훨씬 강력하게 신성함과 외경스러운 힘을 느끼게 된다. 그것은 향유고래의 이마에서 어느 한 점을 정확히 볼수 없기 때문이다. 거기에는 이목구비가 하나도 뚜렷하게 드러나 있지 않다. 눈, 코, 귀, 입도 없고, 얼굴도 없다. 향유고래에게는 진정한 의미의 얼굴이 없다. 주름투성이 이마가 넓은 하늘처럼 펼쳐져 있을 뿐이다. 그것은 보트와 배와 인간의 운명을 품고 묵묵히 아래로 내려가 있다. 이 놀라운 이마의 옆모습도 앞모습 못지않게 웅대하다. 하지만 옆에서 보면 그 웅대함이 보는 사람을 그렇게 압도하지는 않는다. 옆모습에서 분명히 식별할 수 있는 것은 이마 한가운데에 수평으로 뻗어 있는 반달 모양의 홈이며, 이것은 사람으로 치면 라바터가 말한 천재성의 표시다.

그런데 뭐라고? 향유고래가 천재라고? 향유고래가 책을 쓰거나 연설을 한 적이 있었나? 물론 아니다. 오히려 향유고래의 천재성은 그런 것을 증명하기 위해 특별한 일을 전혀 하지 않는다는 데 명백하게 드러나 있다. 향유고래의 피라미드 같은 침묵이 그 천재성을 더욱 분명히 보여준다. 거

---

380 필리프 멜란히톤(1497~1560): 독일의 신학자·종교개혁가.

대한 향유고래가 일찍이 오리엔트 세계에 알려졌다면 그제야 막 태동한 그들의 신비주의 사상은 향유고래를 신격화했을 거라는 생각이 든다. 그들은 나일강의 악어가 혀를 갖고 있지 않다는 이유만으로 신격화했다. 그런데 향유고래도 혀가 없다. 아니, 있기는 있지만 너무 작아서 밖으로 내밀 수도 없을 정도다. 만약 앞으로 고도의 문화를 가진 어느 시적인 민족이 타고난 권리를 되찾아 옛날의 즐거운 오월제[381]의 신들을 되살려, 오늘날의 이기적인 하늘 아래, 신들이 사라진 언덕에 그 신들을 다시 모신다면, 거대한 향유고래는 반드시 제우스처럼 높은 자리에 군림하게 될 것이다.

샹폴리옹[382]은 화강암에 오톨도톨 새겨진 상형문자를 해독했다. 하지만 모든 인간과 모든 생물의 얼굴에 새겨진 이집트어를 판독할 '샹폴리옹'은 존재하지 않는다. 다른 인문학도 모두 그렇듯이 인상학도 한때의 우화일 뿐이다. 30개 언어를 읽었다는 윌리엄 존스[383]가 순박한 농부의 얼굴에 나타나 있는 더 심오하고 미묘한 뜻을 읽어내지 못했다면, 나 이슈메일과 같은 무식쟁이가 어떻게 향유고래의 이마에 새겨진 외경스러운 칼데아 문자를 읽기를 바랄 수 있겠는가? 나는 여러분 앞에 그 이마를 내놓을 뿐이다. 읽을 수 있다면 한번 읽어보시라.

---

381 유럽 각지에서 5월 1일에 하는 봄 축제. 오랜 옛날의 수목 신앙에서 유래한다.
382 장 프랑수아 샹폴리옹(1790~1832): 프랑스의 이집트학자. 1822년 '로제타돌'에 새겨져 있는 이집트 상형문자를 최초로 해독했다.
383 윌리엄 존스(1746~1794): 영국의 언어학자·동양학자. 칼데아: 바빌로니아 남쪽의 옛 지명. 기원전 10세기경부터 셈계의 칼데아인이 정착해 살았으며, 기원전 7세기에 바빌론을 수도로 신바빌로니아 왕국을 세웠다.

제 80 장

머리[384]

향유고래가 인상학적으로 스핑크스라면, 그 뇌는 골상학자에게는 도저히 면적을 구할 수 없는 기하학적 원圓이다.

다 자란 고래의 머리뼈는 길이가 적어도 6미터는 된다. 아래턱을 떼어내고 이 머리뼈의 측면을 보면, 평평한 기반 위에 꽉 들어차게 얹힌 완만한 경사면을 옆에서 보는 것과 비슷하다. 앞에서도 말했듯이 이 경사면은 살아 있을 때는 거대한 지방층과 경뇌 덩어리로 거의 가득 차 있다. 머리뼈의 윗부분은 분화구처럼 움푹 들어가 있어서 거기에 지방층과 경뇌 덩어리의 그 부분이 박혀 있고, 이 분화구의 긴 바닥 밑에는 길이와 깊이가 한 뼘을 넘지 않는 또 다른 구멍이 있으며, 거기에 겨우 한 줌밖에 안 되는 이 괴물의 뇌가 채워져 있다. 살아 있을 때 고래의 뇌는 겉으로 드러난 이마에서 적어도 6미터나 안으로 들어간 곳에 있다. 퀘벡의 거대한 요새에서도 가장 깊숙한 곳에 자리 잡은 성채처럼 고래의 뇌는 거대한 바깥 보루 뒤에 감추어져 있다. 이렇게 향유고래의 뇌는 귀중한 보석함처럼 몸속 깊숙이 숨어 있기 때문에, 향유고래에게는 몇 리터의 경뇌 저장고로 이루어진 것 말고는 뇌가 전혀 없다고 주장하는 포경꾼들도 있다. 그들은 경뇌 저장고가 이상한 형태로 주름지고 겹치고 소용돌이치는 것을 보고, 향유고래의 그 신비로운 부분에 지성이 존재한다고 생각하는 것이 향유고래가 전반적으로 힘이 세다는 생각과 더 잘 어울리는 것 같다고 생각한다.

그러면 이 거대한 고래가 살아 있을 때의 머리는 골상학적으로 완전한 속임수인 게 분명하다. 고래의 진짜 뇌가 어디 있는지 확인할 수도, 손으로 만져볼 수도 없다. 거대한 존재가 다 그렇듯이 고래도 세상을 속이고

---

384 원문은 'Nut(호두)'지만, 호두는 두개골처럼 생겼으며, 이 장은 오로지 향유고래의 '뇌'와 '머리뼈'를 다루고 있기 때문에 '머리'라고 번역했다.

있는 것이다.

그 머리뼈에서 기름 덩어리를 덜어내고 뒤끝을 보면, 그것이 같은 위치의 같은 각도에서 본 인간의 머리뼈와 닮았다는 데 놀랄 것이다. 거꾸로 뒤집은 이 머리뼈를 인간의 머리뼈 크기로 축소하여 인간의 그것과 비교해보면, 뜻하지 않게 둘을 혼동하게 될 것이다. 그리고 정수리가 움푹 들어간 것을 보고는, "이 인간은 자존심도 없고 존경심도 전혀 없다"는 골상학적 평가를 내리게 될 것이다. 그리고 그런 부정적인 면들을 그의 덩치가 엄청나게 크고 힘도 엄청나게 세다는 긍정적인 면과 아울러 고려하면, 가장 지위가 높은 권력자에 대해 가장 진실한 그러나 별로 유쾌하지 않은 개념을 가장 잘 형성할 수 있을 것이다.

하지만 고래의 뇌가 몸집에 비해 너무도 작다는 사실을 충분히 이해할 수 없다면, 다른 식으로 설명해보겠다. 거의 모든 네발짐승의 척추를 주의 깊게 살펴보면 그 등뼈의 열이 작은 해골들을 끈으로 연결한 목걸이와 비슷해 보이고, 그 하나하나가 진짜 머리뼈와 비슷하다는 사실에 깜짝 놀랄 것이다. 등뼈를 발달하지 않은 머리뼈라고 단언한 것은 어느 독일인[385]이지만, 그 기묘한 외관상의 유사성을 맨 처음 알아차린 사람은 독일인이 아닌 듯하다. 어느 외국인 친구가, 자기가 죽인 적의 해골에서 등뼈를 빼내어 통나무배의 뾰족한 뱃머리에다 조각처럼 박아 넣으면서 머리뼈와 등뼈의 유사점을 나에게 지적해준 적이 있었다. 따라서 골상학자들이 소뇌에서 척추로 연구를 진행하지 않았기 때문에 중요한 것을 놓쳤다고 나는 생각한다. 인간의 성격은 대부분 등뼈에 나타난다고 믿기 때문이다. 나는 당신이 누구든 간에 당신의 머리뼈보다는 등뼈를 만져보고 싶다. 가느다란 등뼈가 풍부하고 고상한 영혼을 떠받친 적은 아직 없었다. 나는 지금 세상을 향해 흔들고 있는 저 깃발의 튼튼하고 대담한 깃대를 좋아하듯 나 자신의 척추를 좋아한다.

385 독일의 생물학자인 로렌츠 오켄(1779~1851)이다.

골상학의 이 척추 부문을 향유고래에 적용해보자. 향유고래의 두개 강頭蓋腔은 제1목등뼈와 연결되어 있는데, 그 뼈에서 척추공脊椎孔의 밑 부분은 지름이 25센티미터, 높이 20센티미터이며, 기저부를 밑변으로 하는 세모꼴을 이루고 있다. 나머지 등뼈를 더듬어갈수록 척추공의 크기는 점점 작아지지만, 그래도 상당한 거리까지 큰 용량을 유지한다. 물론 이 구멍에도 뇌와 마찬가지로 묘하게 강인한 섬유질 물질인 척수가 가득 들어 있고 뇌와 직접 연결되어 있다. 그뿐만 아니라 척수는 두개강에서 나온 뒤에도 오랫동안 굵기가 전혀 줄지 않고, 뇌와 거의 같다. 이런 상황에서 고래의 척추를 골상학적으로 조사하고 설명하는 것이 불합리한 일일까? 이런 관점에서 보면, 향유고래의 뇌가 몸에 비해 놀랄 만큼 작은 것은 척수가 몸에 비해 놀랄 만큼 큰 것으로 상쇄되고도 남는다.

하지만 이런 암시를 어떻게 발전시킬 것인지는 골상학자들한테 맡기기로 하고, 나는 향유고래의 혹과 관련하여 잠시 척추 이론을 빌리려고 할 뿐이다. 내가 틀리지 않았다면, 그 당당한 혹은 그보다 더 큰 등뼈 위에 솟아 있고, 따라서 등뼈가 바깥쪽으로 볼록하게 부풀어 오른 형태다. 이것이 자리 잡고 있는 상대적 위치로 보아 나는 이 높은 혹이야말로 향유고래의 단호함이나 불굴의 강인함을 관장하는 기관이라고 부르고 싶다. 그 거대한 괴물이 불굴의 강인한 성질을 갖고 있다는 것은 여러분도 이제 곧 알게 될 것이다.

{   제81장   }

'피쿼드'호, '융프라우'호를 만나다

운명적으로 예정된 그날이 왔고, 우리는 데리크 데 데어 선장이 지휘하는 브레멘[386] 선적의 '융프라우(처녀)'호를 만났다.

네덜란드인과 독일인은 예전에는 세계 최고의 포경 민족이었으나, 오늘날에는 그 명맥을 가까스로 유지하고 있을 뿐이다. 하지만 넓은 대양을 오가노라면 지금도 가끔은 태평양 곳곳에서 그들의 깃발이 보일 때가 있다.

무엇 때문인지, '융프라우'호는 우리에게 무척 경의를 표하고 싶어 하는 것 같았다. '피쿼드'호와 꽤 멀리 떨어져 있을 때부터 바람 불어오는 쪽으로 뱃머리를 돌려 배를 세우고 보트를 내렸다. 이윽고 그 배의 선장은 고물 쪽이 아니라 뱃머리에 서서 초조한 태도로 우리에게 다가왔다.

"손에 들고 있는 게 뭐지?" 독일인이 손에 들고 흔드는 것을 가리키며 스타벅이 외쳤다. "말도 안 돼. 저건 램프 주유기잖아?"

"아닙니다." 스터브가 말했다. "저건 커피포트예요, 스타벅 씨. 저 독일 친구는 우리한테 커피를 대접하러 오는 겁니다. 옆에 있는 저 커다란 깡통이 보이지 않나요? 끓인 물이 들어 있을 겁니다. 저 독일인은 정말 괜찮은 사람이에요!"

"당치 않은 소리는 그만두세요." 플래스크가 소리쳤다. "저건 기름통과 주유기예요. 기름이 떨어져서 얻으러 오는 거라고요."

기름 채취선이 어장에서 기름을 얻으러 오다니 참으로 기이한 일이다. '뉴캐슬[387]로 석탄 나르기'라는 옛 속담처럼 모순된 이야기이긴 하지만, 때로는 그런 일이 실제로 일어난다. 지금 경우에도 데리크 데 데어 선장은 플래스크가 말한 것처럼 분명히 주유기를 가져온 것이다.

그가 갑판에 올라오자 에이해브는 그가 손에 들고 있는 것에는 전혀 관심을 보이지 않고 대뜸 질문을 던졌다. 하지만 독일인은 엉터리 영어로 흰 고래에 대해서는 전혀 모른다고 분명히 말하고, 당장 화제를 주유기와 기름통으로 돌렸다. 브레멘에서 가져온 기름이 다 떨어진 데다 부족한 기름을 보충해줄 날치조차 잡히지 않아서 밤에는 칠흑 같은 어둠 속에서 잠

---

386 독일 북부 베저강 하류에 있는 항구도시.

387 영국 잉글랜드 북동부에 있는 항구도시. 석탄 산지이기도 하다.

자리를 찾아야 할 지경이라고 말하고, 그의 배야말로 포경업계에서 말하는 '깨끗한 배'(다시 말해서 텅 빈 배)이며, 따라서 융프라우, 즉 처녀라는 이름에 어울리는 처지라고 끝을 맺었다.

필요한 기름을 나누어주자 데리크는 떠났다. 하지만 그가 본선에 닿기도 전에 고래들이 두 배의 돛대 망루에서 거의 동시에 발견되었다. 데리크는 고래를 추적하고 싶은 마음이 너무나 간절했기 때문에, 주유기와 기름통을 배에 싣지도 않고 보트의 뱃머리를 돌려 거대한 '기름통'을 뒤쫓기 시작했다.

고래들은 바람이 불어가는 쪽에 떠올랐기 때문에, 데리크와 곧 그의 뒤를 따른 보트 세 척은 '피쿼드'호보다 상당히 유리한 위치에 있었다. 고래 무리는 여덟 마리로 이루어진 보통 규모였다. 고래들은 위험을 알아차리고, 마차를 끄는 여덟 마리의 말처럼 나란히 늘어서서 서로 옆구리를 비벼대며 순풍을 받고 전속력으로 달아났다. 그들은 뒤에 넓고 긴 자국을 남겼다. 그것은 수면 위에 계속 펼쳐지는 넓은 양피지 같았다.

그렇게 빨리 달리는 고래 떼보다 훨씬 뒤에서 혹이 달린 거대한 늙은 수컷 한 마리가 헤엄치고 있었다. 속도가 비교적 느리고 이상하게 누리끼리한 딱지가 온몸에 퍼져 있는 것으로 보아 황달이나 그와 비슷한 질병에 걸린 것 같았다. 그렇게 나이 많은 고래는 무리 지어 사는 경우가 드물기 때문에, 이 고래가 앞서가는 고래 무리에 속해 있는지는 의문이었다. 하지만 그 고래는 무리를 뒤따라갔고, 그들로부터 되밀려오는 물결이 그의 진행을 방해하고 있는 게 분명했다. 그의 넓은 주둥이에 부딪혀 하얀 거품을 내며 굽이치는 파도는 상반되는 두 해류가 마주칠 때 생기는 파도처럼 격렬했기 때문이다. 그는 짧은 물보라를 천천히 힘들게 뿜어냈다. 그것은 가쁜 숨으로 뿜어낸 듯 사방으로 갈기갈기 흩어져버렸다. 뒤이어 그의 몸속에서 기묘한 소동이 일어나고, 그것은 물속에 숨어 있는 꼬리 쪽에서 배출구를 발견한 듯 그의 뒤쪽에 있는 물이 부글부글 거품을 일으켰다.

모비 딕

"누구 설사약 가진 사람 없나?" 스터브가 말했다. "저놈이 아무래도 배탈이 난 모양이야. 반 에이커나 되는 위가 복통을 일으켰다고 생각해봐! 놈의 배 속에서 역풍이 불어 대소동을 일으키고 있어. 꽁무니에서 이렇게 구린내가 나오는 건 처음 봐. 보라고. 고래가 저렇게 한쪽으로 흔들리는 걸 본 적이 있나? 놈은 키를 잃은 게 틀림없어."

겁먹은 말을 갑판에 가득 실은 동인도회사 무역선이 인도 해안을 따라 나아갈 때 기울어지고 가라앉고 흔들리고 비틀거리면서 간신히 전진하듯, 이 늙은 고래도 나이 먹은 몸뚱이를 출렁거리며, 때로는 병든 옆구리를 뒤집어, 무참하게 뿌리만 남은 오른쪽 지느러미가 복통의 원인이라는 것을 드러냈다. 싸우다가 그 지느러미를 잃었는지, 아니면 태어날 때부터 지느러미가 없었는지는 알 도리가 없었다.

"이봐 늙은이, 잠깐만 기다려. 다친 팔에 붕대를 감아줄 테니까." 잔인한 플래스크가 가까이 있는 작살줄을 가리키며 외쳤다.

"플래스크, 자네나 그놈한테 감기지 않도록 조심하게." 스타벅이 외쳤다. "힘을 내. 그러지 않으면 저 고래는 독일 놈 차지가 되고 말 테니까."

서로 겨루는 두 배의 보트들이 약속이나 한 듯 이 고래를 목표로 삼은 것은 그놈이 가장 크고 따라서 가장 가치가 있었기 때문만은 아니다. 그놈이 가장 가까이 있었고, 게다가 다른 고래들은 굉장한 속도로 달리고 있어서 당분간은 도저히 따라잡을 수 없었기 때문이기도 하다. 이때 '피쿼드'호의 보트들은 늦게 내려진 세 척의 독일 보트 옆을 쏜살같이 지나갔지만, 데리크의 보트는 워낙 일찍 출발했기 때문에 여전히 선두에서 고래를 추적하고 있었다. 그래도 뒤쫓아 오는 미국 보트들과의 간격은 시시각각 좁혀지고 있었다. '피쿼드'호의 선원들이 두려워한 것은 그들이 데리크를 따라잡기 전에 이미 목표물에 접근한 데리크가 작살을 던질 수 있지 않을까 하는 것뿐이었다. 데리크는 당연히 그렇게 될 거라고 확신하는 것 같았고, 이따금 우리 보트를 향해 경멸하는 몸짓과 함께 주유기를 흔들어대곤 했다.

"은혜도 모르는 더러운 개새끼!" 스타벅이 외쳤다. "내가 겨우 5분 전에 채워준 자선함을 가지고 나를 놀려대다니!" 그러면서 그 특유의 격렬한 어조로 속삭였다. "힘껏 저어라, 사냥개들아! 저 보트를 쫓아가!"

"다들 잘 들어!" 스터브도 제 보트의 선원들에게 소리쳤다. "화를 내는 건 내 신조에 어긋나지만, 저 비열한 독일 놈은 씹어먹고 싶다. 자, 어서 저어라. 저 악당 놈에게 지고 싶지는 않겠지? 브랜디를 싫어하는 녀석은 없겠지? 좋아, 제일 잘한 놈에게 브랜디 한 통을 주겠다. 이봐, 한 놈쯤은 격분해서 혈관이 터져도 되잖아? 누가 닻을 내렸지? 배가 꿈쩍도 안 하잖아. 멈춰버렸어. 이봐, 여기 보트 바닥에서 풀이 자라고 있군! 맙소사. 저기 돛대에서는 싹이 났어. 이래서는 안 돼. 저 독일 놈을 보라고. 너희들, 입에서 불을 토할 거야 말 거야?"

"저기 거품 좀 봐!" 플래스크가 펄쩍펄쩍 뛰면서 외쳤다. "굉장한 혹이야. 쇠고기 위에 쌓아 올려. 통나무처럼 쌓아 올려! 다들 기운 내. 저녁식사로 구운 과자와 대합조개가 나올 테니까. 자, 기운 내. 구운 대합에 머핀이야. 기운 내. 저 고래, 백 통은 나오겠다. 놓치지 마라. 놓치면 안 돼. 절대 안 돼. 저 독일 놈을 봐. 푸딩을 먹기 위해서라도 힘껏 젓지 않겠나! 큰 놈이야. 아주 큰 놈이라고. 저건 3천 달러짜리야. 저건 은행이라고! 은행이 헤엄치고 있어. 영국은행이. 자, 가자, 가. 아니, 저 독일 놈이 지금 뭘 하고 있는 거지?"

그 순간 데리크는 따라붙는 보트들을 향해 주유기와 기름통을 던지려 하고 있었다. 아마 경쟁자의 속도를 늦추는 동시에 물건을 뒤로 던진 반동으로 제 보트의 속력을 높이기 위해서였을 것이다.

"저 치사한 새끼!" 스터브가 외쳤다. "노를 저어라. 빨강머리 악마를 가득 실은 5만 척의 전투함처럼 저어라. 어이, 태시테고, 어떻게 생각하나? 게이헤드의 명예를 위해 등뼈를 스물두 조각으로 부러뜨릴 각오는 없나?

어때?"

"젓고말고요. 악마처럼 젓지요." 인디언이 외쳤다.

독일인의 야유에 일제히 격분한 '피쿼드'호의 보트 세 척은 이제 나란히 전진하기 시작했고, 그 대형으로 순식간에 고래에 접근했다. 사냥감에 가까이 다가가자 항해사들은 보트장으로서 점잖고 침착하고 기사다운 태도로 자랑스럽게 일어서서, 이따금 고물 쪽 노잡이들의 기운을 돋구어 주기 위해 소리를 지르곤 했다. "보트가 저기 간다. 산들바람 만세! 독일 놈을 쳐부수자! 놈을 앞질러라!"

하지만 데리크는 워낙 일찍 출발했기 때문에, 우리가 아무리 분발해도 이번 경주에서는 그가 승리했을 것이다. 하지만 그때 하늘의 공정한 심판이 그에게 내렸다. 그의 보트 한가운데에 자리 잡은 노잡이의 노가 어딘가에 걸려버린 것이다. 이 풋내기가 노를 잡아 빼려고 기를 쓰는 바람에 데리크의 보트는 뒤집힐 뻔했고, 그래서 더욱 격분한 데리크는 부하들에게 호통을 쳐댔다. 이때야말로 스타벅과 스터브와 플래스크에게는 절호의 기회였다. 그들은 함성을 내지르며 필사적으로 돌진하여 독일인의 보트와 나란히 달리게 되었다. 다음 순간 네 척의 보트는 대각선으로 비스듬히 고래의 항적 속으로 들어갔고, 고래가 만들어내는 거품 파도가 네 척의 보트 양쪽으로 퍼져나갔다.

무시무시하고 애처럽고 보기에도 처참한 광경이었다. 고래는 이제 머리를 쳐들고 계속 고통스럽게 물보라를 앞으로 뿜어내고 있었다. 한쪽 지느러미는 공포의 고통 속에서 제 옆구리를 때리고 있었다. 이쪽저쪽으로 비틀거리며 달아나다가 자기가 일으키는 큰 물결에 부딪히면 물속에 가라앉거나 옆으로 몸을 굴려 한쪽 지느러미로 허공을 때리기도 했다. 마치 날개 부러진 새가 해적 같은 매들을 피하려고 속절없이 안간힘을 쓰면서 겁에 질린 채 허공을 닥치는 대로 빙글빙글 도는 것을 보고 있는 기분이었다. 그래도 새는 소리를 낼 수 있어서 구슬픈 외침으로 공포를 호소할 수라도 있지만, 이 거대한 벙어리 생물은 그 공포를 자신의 몸 안에 가둔 채 밖으로 토해낼 길이 없었다. 소리라고는 분수공을 통해 나오는 그 질식할 듯한 숨소리뿐이었고, 이것은 그를 보는 이에게 이루 말할 수 없는 동정심을 자아냈다. 하지만 그의 놀랄 만한 덩치, 창살문 같은 아가리, 비할 수 없이 강력한 힘을 가진 꼬리는 그를 동정하는 건장한 사내들까지도 섬뜩한 느낌을 갖기에 충분했다.

잠시 뒤에는 '피쿼드'호의 보트들이 앞설 것이고 결국 고래도 빼앗기고 말 거라고 생각한 데리크는 마지막 기회를 영원히 놓치기 전에 그로서는 정말 이례적으로 먼 거리에서 작살을 던지기로 마음먹었다.

그러나 그의 부하가 작살을 던지려고 일어서자마자 호랑이 셋—퀴퀘그, 태시테고, 대구—이 본능적으로 벌떡 일어나 대각선으로 늘어서서 동시에 작살을 겨누었다. 독일인 작살잡이의 머리 너머로 날아간 낸터컷의 작살 세 자루는 고래 몸뚱이에 정통으로 박혔다. 눈앞을 가리는 물거품과 하얀 불꽃! 세 척의 보트는 앞뒤 가리지 않는 고래의 돌진 때문에 독일 보트의 측면에 쾅 부딪혔고, 그 바람에 데리크와 헛물을 켠 작살잡이는 바다로 나가떨어지고 말았다. 낸터컷의 보트 세 척은 그 위를 날듯이 달려갔다.

"겁먹지 마라, 버터박스!"[388] 스터브는 옆을 스쳐 지나가면서 두 사람을 힐끗 보고 외쳤다. "곧 구해줄 테니까. 괜찮아. 뒤쪽에서 상어 몇 마리를 보았는데, 세인트버나드[389]처럼 곤경에 빠진 나그네를 구해줄 거야. 만세! 이대로 달리자. 아, 모든 배가 햇살처럼 빠르구나! 만세! 우리는 미친 퓨마 꼬리에 붙들어 맨 깡통처럼 달린다! 코끼리에 경마차를 매달고 벌판을 달리는 기분이야! 그렇게 하면 바퀴는 하늘을 날아가지. 언덕에 부

---

388 butter-box. 영국-네덜란드 전쟁(17세기 후반, 영국과 네덜란드 사이에 동방의 향신료 무역 주도권을 놓고 세 차례 벌어진 해상 전투) 때 영국 해군 수병들이 네덜란드 수병들을 조롱한 호칭.

389 개의 한 품종. 17세기 스위스의 수도원에서 기르던 구명개였다. 예민한 후각으로 눈 속에 파묻힌 사람을 찾아내거나, 산길을 가는 여행자에게 위험한 곳을 알려주기도 한다.

덮히면 마차 밖으로 내동댕이쳐질 위험도 있지만. 만세! 바다 귀신을 만나러 갈 때 꼭 이런 기분일 거야. 끝없는 비탈을 달려 내려가는 기분! 만세! 이놈의 고래는 저승까지 마차를 끌고 갈 작정인가 보군!"

하지만 괴물의 질주는 오래가지 않았다. 고래는 갑자기 헐떡거리더니 요란하게 물속으로 깊이 들어가고 말았다. 세 개의 작살줄은 덜덜 소리를 내면서 밧줄 기둥에 깊은 홈이 파일 만큼 힘차게 감겼다. 작살잡이들은 고래가 너무 빨리 잠수하고 있어서 밧줄이 모자라지나 않을까 싶어, 온갖 솜씨와 안간힘을 총동원하여 연기 나는 밧줄을 몇 번이고 기둥에 고쳐 감았다. 드디어 납판을 입힌 밧줄받이에서 수직으로 당겨진 세 개의 밧줄이 바다 밑으로 곧장 뻗었기 때문에 보트 세 척의 뱃머리는 수면에 거의 닿을 지경이었고 고물은 공중으로 높이 치솟았다. 고래는 이내 잠수를 멈추었다. 보트는 다소 불안정하게 흔들렸지만, 밧줄을 다 사용할 수는 없기 때문에 잠시 그 자세를 유지하고 있었다. 이렇게 바닷속으로 끌려들어가 침몰하는 보트도 많았지만, '끌어당기기'라고 불리는 작업, 즉 날카로운 갈고리로 살아 있는 고래의 등을 찍어 끌어당기는 이 작업이야말로 고래를 심하게 괴롭혀서, 끝내는 수면으로 떠올라 날카로운 창의 공격을 받게 한다. 하지만 이 전술이 위험한 것은 말할 나위도 없고, 그것이 항상 최선인지도 의심스럽다. 작살을 맞은 고래는 물속에 머무는 시간이 길면 길수록 더 기력이 떨어진다고 생각하는 것이 타당하기 때문이다. 고래는 표면적이 넓기 때문에―다 자란 향유고래는 표면적이 200평방미터나 된다―그것이 받는 수압도 엄청나다. 우리가 지상에서 받는 기압도 굉장히 크다는 것은 누구나 아는 사실이다. 지상의 공기 속에서도 그런데, 그렇다면 200발이나 되는 바닷물 기둥을 등에 진 고래가 받는 수압은 얼마나 크겠는가? 적어도 기압의 50배는 될 것이다. 어느 포경꾼의 계산에 따르면, 대포와 식량과 사람을 가득 실은 전함 스무 척의 무게와 맞먹을 거라고 한다.

보트 세 척이 잔잔하게 굽이치는 바다에 정지한 채 영원히 푸른 바닷속을 들여다보고 있을 때, 물속에서는 신음이나 비명도 들리지 않고, 잔물결이나 물거품 하나도 올라오지 않는데, 그렇게 조용하고 평온한 바닷속에서 바다의 괴물이 단말마의 고통에 몸부림치고 있다는 것을 뭍사람들은 상상도 할 수 없을 것이다. 수직으로 내려간 작살줄은 뱃머리에서는 한 뼘도 보이지 않았다. 이렇게 가느다란 세 개의 밧줄에 큰 고래가 8일에 한 번씩 태엽을 감아주는 대형 시계의 커다란 추처럼 매달려 있는 것이다. 매달려 있다고? 무엇에? 겨우 석 장의 널판에 매달려 있는 것이다. 이것이 한때 "네가 창으로 그 가죽을 꿰뚫을 수 있으며, 작살로 그 머리를 찌를 수 있겠느냐? ……칼로 찔러도 소용이 없고, 창이나 화살이나 작살도 맥을 쓰지 못하는구나. 쇠도 지푸라기처럼 여기고, 놋은 썩은 나무 정도로 여기니, 그것을 쏘아서 도망치게 할 화살도 없고, 팔맷돌도 아예 바람에 날리는 겨와 같다. 몽둥이는 검불쯤으로 보고, 창을 휘둘러도 코웃음만 치는구나!"[390] 하고 자랑스럽게 묘사된 생물이란 말인가? 이것이 그 짐승이란 말인가? 아, 예언자들의 말이 이토록 배신당하게 될 줄이야! 이 거대한 고래는 '피쿼드'호의 창을 피하려고 지느러미에 천 사람의 힘을 싣고 바다의 심연 속에 머리를 처박고 말았다.

오후의 기울어가는 햇살 속에서 보트 세 척이 수면 아래로 보낸 그림자는 크세르크세스의 대군의 절반을 덮어 가릴 수 있을 만큼 길고 넓었을 게 분명하다. 상처 입은 고래에게는 머리 위를 지나가는 그 거대한 그림자가 얼마나 섬뜩했을까! 고래의 그 심정을 누가 알겠는가!

"준비해! 움직인다!" 세 가닥의 밧줄이 갑자기 물속에서 진동하며, 자력이 통한 철사처럼, 생사의 갈림길을 헤매는 고래의 몸부림을 위에 있는 그들에게 전해주자, 스타벅이 외쳤다. 노잡이들은 자리에 앉아서도 그것을 느낄 수 있었다. 다음 순간, 뱃머리를 밑으로 당기는 힘이 거의 없어지

390 구약성서 「욥기」 41장.

자 보트가 갑자기 위로 튀어 올랐는데, 그것은 마치 흰곰 무리가 깜짝 놀라 바닷속으로 일제히 뛰어들면 작은 얼음덩이가 튀어 오르는 것과 비슷했다.

"당겨라, 당겨!" 스타벅이 다시 소리쳤다. "올라온다!"

그 순간, 조금 전까지만 해도 손바닥 너비만큼도 당길 수 없었던 밧줄이 이제는 물을 뚝뚝 떨어뜨리면서 빠르게 보트 안으로 말려 올라오더니, 곧이어 고래가 그들로부터 두 보트 길이 정도 떨어진 곳에 모습을 드러냈다.

고래의 동작은 지칠 대로 지친 모습을 여실히 보여주었다. 대부분의 육상 동물은 많은 혈관에 판막이나 수문 같은 것이 있어서, 상처를 입으면 적어도 당장은 피가 일정한 방향으로 흐르지 않도록 차단된다. 하지만 고래의 경우는 그렇지 않다. 혈관에 판막이 없는 것이 고래의 특징 가운데 하나다. 그래서 작살처럼 작고 뾰족한 것에 찔려도 모든 동맥계에 치명적인 출혈이 일어나고, 깊은 바닷속에서 강한 수압을 받게 되면 출혈이 더욱 심해진다. 고래의 생명은 끊임없이 흘러나가는 피와 함께 쏟아져 나간다고 말할 수 있다. 하지만 피의 양이 워낙 많고 몸속의 샘 또한 깊은 곳에 무수히 존재하기 때문에 출혈이 상당히 오랫동안 계속되는 것이다. 멀리 떨어져 있어서 분간하기도 어려운 산속의 옹달샘에서 발원한 강물이 가뭄에도 마르지 않고 계속 흐르는 것과 마찬가지다. 지금도 보트들은 고래에게 다가가, 흔들어대는 꼬리의 위험을 무릅쓰고 창을 꽂았고, 그러자 새로 생긴 상처에서는 피가 쉴 새 없이 쏟아져나왔다. 한편 머리에 있는 본래의 분수공은 빠르긴 하지만 이따금 겁에 질린 물보라를 하늘로 내뿜고 있을 뿐이었다. 이 구멍에서 피가 나오지 않는 것은 아직 급소를 찔리지 않았기 때문이다. 포경꾼들의 표현대로 하자면, 그의 생명에는 아직 손이 닿지 않은 것이다.

보트들이 그를 둘러싸고 더 바싹 다가가자, 평소에는 대부분 물속에 잠겨 있는 몸체의 상반부 전체가 뚜렷이 드러났다. 눈이라기보다 눈이 있었던 곳도 보였다. 당당한 참나무를 쓰러뜨리면 그 옹이구멍에 제대로 자라지 못한 이상한 덩어리가 모이듯, 한때 그 고래의 눈이 박혀 있던 곳에서는 이제 보기에도 처참한 생기 없는 안구가 튀어나와 있었다. 하지만 동정할 필요는 없었다. 늙어빠지고 한쪽 팔은 떨어지고 눈은 멀었을망정 이놈은 인간들의 즐거운 결혼식과 흥겨운 잔치를 밝혀주기 위해, 또한 만물은 만물에 대해 절대로 해를 끼치면 안 된다고 설교하는 엄숙한 교회당을 밝히기 위해 죽어야 하는 것이다. 고래는 여전히 자신의 핏물 속에서 뒹굴다가 마침내 옆구리 아래쪽에 달려 있는 통만 한 크기의 괴상하게 변색한 혹이랄까, 하나의 돌출한 살덩어리를 얼핏 드러냈다.

"급소다!" 플래스크가 외쳤다. "저길 찔러봐야지."

"그만둬!" 스타벅이 외쳤다. "그럴 것까진 없어!"

인정 많은 스타벅이 말했지만 한발 늦었다. 창을 던진 순간, 그 잔인한 상처에서는 궤양성 고름이 뿜어져 나왔고, 고래는 견딜 수 없는 고통에 못 이겨 걸쭉한 피를 내뿜으면서 보트를 향해 마구잡이로 돌진해왔다. 그리고 보트와 우쭐한 선원들에게 핏덩어리를 소나기처럼 퍼붓고 플래스크의 보트를 뒤집고 뱃머리를 부숴버렸다. 죽기 직전의 마지막 발악이었다. 하지만 출혈 때문에 이미 탈진해 있었던 고래는 자기가 부순 보트를 그대로 두고, 힘없이 옆구리를 드러낸 채 헐떡거리며 잘리고 남은 지느러미를 기운 없이 퍼덕이다가, 종말이 가까워진 지구처럼 천천히 몇 번 뒹굴더니, 그 비밀스러운 하얀 배를 드러낸 채 통나무처럼 드러누워 마침내 숨을 거두었다. 가장 애처로운 것은 죽기 직전의 마지막 물보라였다. 보이지 않는 손에 의해 큰 샘의 물은 차츰 빠져나가고, 반쯤 질식한 목구멍에서 나는 꼬르륵거리는 우울한 소리와 함께 물기둥은 점점 낮아졌다. 그것이 죽어가는 고래가 마지막으로 길게 내뿜은 물보라였다.

본선이 도착하기를 기다리는 동안, 고래의 사체는 자신이 간직한 보배를 빼앗기지 않겠다는 듯 가라앉으려는 징후를 보였다. 그래서 스타벅의 지시에 따라 즉시 몇 군데를 밧줄로 묶었다. 그리하여 오래지 않아 보트들은 모두 부표가 되었고, 가라앉은 고래는 밧줄에 매달린 채 보트보다 조금 밑에 떠 있었다. 본선이 가까이 오자 고래는 조심스럽게 뱃전으로 옮겨져 가장 튼튼한 쇠사슬로 단단히 묶였다. 이처럼 인위적으로 떠받치지 않으면 고래는 당장 바다 밑바닥으로 가라앉을 게 분명했기 때문이다.

고래삽으로 살을 저미기 시작하자마자, 앞에서 말한 돌기 아래쪽 살덩어리 속에 부식한 작살 한 개가 파묻혀 있는 것이 보였다. 하지만 잡힌 고래의 사체 속에서 부러진 작살이 발견되는 것은 흔히 있는 일이고, 그 주위의 살은 완전히 아물어서 작살이 박힌 곳을 알려주는 돌출부는 전혀 없는 것이 보통이다. 따라서 이번 경우에는 그런 궤양이 생긴 또 다른 이유가 있었을 게 분명하다. 하지만 더욱 기묘한 것은 그 작살이 묻혀 있는 곳에서 그리 멀지 않은 부위에서 돌로 만든 창끝이 살 속에 완전히 묻힌 채 발견되었다는 사실이다. 이 돌창을 던진 자는 과연 누구일까? 언제였을까? 어쩌면 아메리카 대륙이 발견되기 훨씬 전에 어느 북서부 인디언이 던진 것일지도 모른다.

이 거대한 캐비닛 속에서 또 어떤 경이로운 것이 발견될지는 아무도 알 수 없었다. 그러나 뱃전에 묶인 고래 사체가 점점 더 가라앉았고, 그 바람에 선체가 엄청난 힘을 받아 전에 없이 수면 쪽으로 기울어졌기 때문에 더 이상 탐색을 계속할 수 없었다. 하지만 작업을 지휘하고 있던 스타벅은 마지막까지 고래에 매달려 있었다. 악착같이 달라붙어 있었기 때문에, 만약 고집스럽게 고래 사체와 팔짱을 끼고 있었다면 배는 결국 전복하고 말았을 것이다. 그래서 고래를 놓아버리라는 명령이 내려졌지만, 그때는 사슬과 밧줄을 매단 목재에 걸린 압력이 너무 강해져서 그것들을 풀 수가 없었다. 그러는 동안 '피쿼드'호에서는 모든 것이 점점 기울어졌고, 그래서 갑판을 가로지르는 것은 마치 가파른 박공지붕을 걸어 오르는 것 같았다. 배는 신음하며 헐떡거렸다. 뱃전과 선장실의 고래뼈 장식들은 대부분

부자연스럽게 위치가 바뀌면서 제자리에서 벗어났다. 꿈쩍도 하지 않는 사슬을 늑재의 연장부에서 풀어내리려고 나무지레며 쇠지레를 동원했지만 소용이 없었다. 고래는 이제 깊이 가라앉아서, 물속에 잠긴 저쪽 끝으로 는 도저히 가까이 갈 수 없었다. 가라앉는 사체에는 시시각각 몇 톤이나 되는 중량이 보태지는 것 같았고, 배는 금방이라도 뒤집힐 것 같았다.

"기다려! 기다리라니까!" 스터브가 고래 사체를 향해 소리쳤다. "그렇게 서둘러 가라앉지 않아도 되잖아! 제기랄, 무슨 수를 쓰지 않으면 안 돼! 지렛대는 소용없어. 그만둬. 지렛대는 집어치우고 누가 뛰어가서 기도책을 가져와. 주머니칼도. 그걸로 쇠사슬을 잘라버려야 해."

"칼이라고? 좋아, 좋아." 퀴퀘그가 외치더니 목수용 큰 도끼를 집어 들고 현창 밖으로 몸을 내밀더니, 쇠는 강철로 잘라야 한다는 듯 제일 큰 쇠사슬을 힘껏 내리치기 시작했다. 불꽃 튀는 타격이 몇 번 가해지자, 팽팽히 당겨진 쇠사슬의 장력이 스스로 나머지 일을 맡아주었다. 무시무시한 굉음과 함께 모든 결박이 한꺼번에 풀렸다. 그러자 배는 똑바로 섰고, 고래 사체는 가라앉고 말았다.

그런데 죽은 지 얼마 안 되는 향유고래가 이따금 이렇게 불가항력으로 가라앉는 것은 참으로 기이한 일로, 아직까지는 어떤 포경업자도 만족할 만한 설명을 하지 못했다. 보통 죽은 향유고래는 큰 부력으로 물 위에 뜨게 되는데, 특히 옆구리나 뱃구레가 수면 위로 꽤 높이 올라온다. 이처럼 가라앉는 고래가 모두 늙고 지방층이 줄어 몸이 마르고 뼈는 병들어 무거워진 놈들뿐이라면, 고래의 침강은 체내에 부력이 없어지는 바람에 비중이 이상하게 커진 탓이라고 주장할 수도 있다. 하지만 사실은 그렇지 않다. 더없이 젊고 건강하고 활기차고 고상한 포부로 가슴이 부풀어 생명의 5월을 즐기던 한창나이에 때 이르게 쓰러진 고래들, 근골이 늠름하고 부력이 충만한 영웅들도 때로는 가라앉는 경우가 있다.

그러나 향유고래는 다른 종류의 고래에 비해 이런 사건을 일으키는 경우가 훨씬 적다. 향유고래 한 마리가 가라앉을 때 참고래는 스무 마리나 가라앉는다. 하지만 참고래의 뼈가 향유고래보다 양적으로 훨씬 많은 것이 그런 차이를 낳는 이유인 것은 분명하다. 참고래의 내리닫이 창살문만 해도 무게가 1톤이 넘을 때가 있지만, 향유고래는 그런 거추장스러운 것을 전혀 갖고 있지 않다. 하지만 때로는 가라앉은 지 몇 시간이나 며칠 뒤에 생전보다 더 강한 부력으로 떠오르는 고래도 있다. 그 이유는 명백하다. 몸속에 가스가 발생하는 바람에 몸이 엄청난 크기로 부풀어 올라, 일종의 동물 풍선이 되기 때문이다. 군함으로도 녀석을 누를 수 없다. 뉴질랜드 앞바다에서 벌어지는 연안 고래잡이의 경우, 참고래가 가라앉을 기미를 보이면 몸에다 밧줄로 부표를 매어둔다. 그러면 죽은 고래가 가라앉았다가 다시 떠오를 때 쉽게 찾을 수 있기 때문이다.

고래 사체가 가라앉은 뒤 얼마 지나기도 전에 '피쿼드'호의 주돛대에서 '융프라우'호가 다시 보트를 내리고 있다는 외침소리가 들려왔다. 그때 시야에 들어온 물보라는 긴수염고래의 물보라뿐이었는데, 녀석은 상상을 초월하는 수영 실력 때문에 도저히 잡을 수 없는 종족이었다. 하지만 긴수염고래의 물보라는 향유고래의 물보라와 비슷해서 풋내기 포경꾼들은 자주 혼동한다. 따라서 데리크와 그의 부하들은 절대로 접근할 수 없는 짐승을 용감하게 뒤쫓고 있는 것이다. '융프라우'호는 모든 돛을 펼치고 네 척의 보트를 내려 뒤따라갔고, 그렇게 대담하고 희망에 찬 추격을 계속하며 저 멀리 바람 불어가는 쪽으로 사라져갔다.

오! 세상에는 긴수염고래도 많고, 데리크 같은 친구도 많다.

제82장

포경업의 명예와 영광

세상에는 의도적인 무질서를 진정한 방법으로 삼는 사업도 있다.

내가 고래잡이 문제에 관심을 가지고 그 원천에까지 더듬어가면서 연구를 진행할수록, 포경업의 위대한 영광과 오랜 전통은 나에게 더욱 깊은 인상을 준다. 특히 그렇게 많은 반신半神과 영웅들, 그리고 온갖 형태의 예언자들이 이런저런 방식으로 포경업에 명예를 부여한 것을 발견할 때, 하찮은 존재인 나 자신도 그렇게 영광스러운 직업에 종사한다는 생각으로 황홀해진다.

제우스의 아들인 용감한 페르세우스는 최초의 포경꾼이었다. 그리고 우리 직업의 영원한 명예를 위해서 말해둔다면, 우리의 동료로부터 최초의 공격을 받은 고래는 결코 야비한 목적으로 죽음을 당한 게 아니라는 사실이다. 그 당시는 우리 직업이 기사도적인 시절이었고, 우리는 고통받는 자들을 구하기 위해 무기를 들었을 뿐 사람들의 램프에 연료를 채워주려고 고래를 죽인 것은 아니었다. 페르세우스와 안드로메다의 아름다운 이야기는 누구나 알고 있다. 아름다운 안드로메다 공주가 바닷가 바위에 묶이고, 레비아탄이 공주를 막 낚아채려는 순간, 포경꾼들의 왕자인 페르세우스가 용감하게 나서서 괴물에게 작살을 던져 공주를 구출하고 결혼했다. 그렇게 큰 괴물을 일격에 죽였으니, 이것이야말로 현대의 최고 작살잡이들도 좀처럼 해낼 수 없는 훌륭한 예술적 위업이었다. 아무도 이 페니키아[391] 설화를 의심해서는 안 된다. 시리아 해안에 있는, 오늘날 야파[392]라고 불리는 옛날의 요파라는 마을의 이교도 사원에는 몇 세대에 걸쳐 거대한 고래 유골이 안치되어 있었는데, 그 도시에 전해져 내려오는

---

391   오늘날의 시리아와 레바논 해안지대, 즉 지중해 동안을 일컫는 고대 지명.
392   오늘날 이스라엘의 도시 텔아비브의 한 지구.

전설과 주민들은 이것이야말로 페르세우스가 죽인 괴물의 뼈라고 굳게 믿었다는 것이다. 그 후 로마인이 요파를 점령했을 때 그 유골은 전리품으로서 이탈리아로 옮겨졌다. 그런데 이 이야기에서 가장 기이하고 암시적으로 중요한 것은 예언자 요나가 출항한 곳이 바로 요파였다는 점이다.

페르세우스와 안드로메다의 모험담과 비슷한 이야기에 저 유명한 성 조지와 용에 관한 이야기가 있다. 실제로 이 이야기가 페르세우스의 이야기에서 간접적으로 유래했다고 생각하는 이들도 있다. 나는 성 조지의 이야기에 나오는 용이 바로 고래였다고 주장하고 싶다. 옛날 연대기에서는 고래와 용이 묘하게 혼동되는 경우가 많고, 동일한 것으로 여겨지는 경우도 많기 때문이다. "그대는 물의 사자 같고 바다의 용 같다"고 에스겔은 성서에서 말하고 있는데, 이것은 분명 고래를 의미한 것이며, 실제로 몇몇 성서 판본에서는 고래라는 말을 쓰고 있기도 하다. 그뿐만이 아니다. 성 조지가 심해의 거대한 괴물과 싸운 게 아니라 땅을 기어 다니는 파충류와 맞섰을 뿐이라면 그의 빛나는 공적은 많이 삭감되고 말 것이다. 뱀이라면 누구나 죽일 수 있지만, 페르세우스나 성 조지나 코핀[393] 같은 사람이 아니면 대담하게 고래와 맞설 용기를 가질 수 없다.

성 조지가 용과 싸우는 장면을 묘사한 근대 회화에 속지 말기 바란다. 옛날의 그 영웅적인 포경꾼이 맞서 싸운 생물은 그리핀[394] 같은 모양으로 모호하게 묘사되어 있고, 성자는 말을 타고 육지에서 싸운 것으로 되어 있다. 당시는 화가들이 고래의 참모습을 몰랐던 무지몽매한 시대였고, 페르세우스의 경우처럼 성 조지와 싸운 고래도 바다에서 해변으로 기어올라 왔을지도 모르고, 성 조지가 때려눕힌 동물도 실제로는 큰 바다표범이나 해마였을지 모른다. 그 점을 염두에 두면, 이른바 용이 다름 아닌 고래라고 주장해도 그 신성한 전설이나 격투 장면을 묘사한 오래된 그림과 모

393 용감한 포경꾼을 많이 배출한 낸터컷의 코핀 집안에 속하는 사람.
394 사자의 몸에 독수리의 머리와 날개를 가진 괴수.

순되지 않을 것이다. 사실 엄격하고 날카로운 진실에 비추어보면, 이 모든 이야기는 팔레스타인 사람들이 숭배한 '다곤'이라는 이름의 우상, 물고기와 짐승과 새를 합쳐놓은 듯한 괴물을 가리키는 듯하다. 그런데 이 다곤은 이스라엘의 '언약궤'[395] 앞에 놓이자 말 모양의 머리와 두 손바닥이 떨어져 나갔고 물고기 부분만 그루터기처럼 남았다. 이리하여 우리 직업의 대표자 격인 성 조지는 포경꾼이면서 영국의 수호성인이 되었고, 우리들 낸터컷의 작살잡이들은 가장 고귀한 성 조지 기사단에 입회할 수 있는 당연한 권리가 있다. 따라서 그 명예로운 기사단에 소속된 기사들(감히 말하지만, 그들 가운데 기사단의 위대한 수호성인인 성 조지처럼 고래와 관계를 가져본 적이 있는 사람은 아무도 없다)이 낸터컷 사람을 경멸하는 눈으로 바라보게 하지 말자. 우리는 모직 작업복과 타르를 칠한 바지를 입고 있지만, 성 조지의 훈장을 받을 자격은 그들보다 우리가 훨씬 많다.

헤라클레스를 우리 동료로 받아들여야 할 것인가 아닌가에 대해 나는 오랫동안 결정을 내리지 못했다. 그리스 신화에 따르면, 고대의 크로켓이나 키트 카슨[396]이라고 말할 수 있는 그 늠름하고 선량한 호걸은 고래한테 먹혔지만 고래가 다시 토해냈다고 한다. 하지만 엄밀히 말해서 그것이 그가 포경꾼이었음을 증명하고 있는지는 논란의 여지가 있다. 그가 실제로 고래에게 작살을 던진 것 같지도 않다. 고래의 배 속에서 작살을 던졌다면 또 모르지만, 그가 작살을 던졌다는 기록은 어디에도 없다. 그래도 그는 본의 아니게 포경꾼이 되었다고 생각할 수 있다. 그가 고래를 잡지는 못했다 해도 어쨌든 고래에게 잡히기는 했으니까 말이다. 나는 그가 우리와 같은 포경꾼이라고 주장하고 싶다.

하지만 여기서 상반되는 주장을 하고 나서는 권위자들이 있다. 그리스

395 기독교에서 하느님과 이스라엘 민족의 계약의 증표로 지성소에 안치했던 나무상자. 그 안에는 제사장 아론의 지팡이와 십계명 석판이 들어 있었다고 한다.

396 데이비 크로켓(1786~1836), 키트 카슨(1809~1868): 미국 서부 개척의 영웅들.

신화에 나오는 헤라클레스와 고래 이야기는 그보다 훨씬 오래된 히브리의 요나와 고래 이야기에서 유래한 것이라고 생각하는 사람과 그 반대라고 주장하는 사람이 그들이다. 두 이야기가 아주 비슷한 것은 확실하다. 따라서 내가 반신半神 헤라클레스를 동료로 인정한다면, 예언자 요나를 동료로 인정하지 않을 이유도 없지 않은가?

영웅과 성자, 반신과 예언자들만 우리 기사단의 명단에 올라 있는 것은 아니다. 우리의 최고 우두머리는 아직 소개되지 않았다. 고대 왕들과 마찬가지로 우리 동료들의 먼 조상도 위대한 신들이다. 이제 힌두교의 최고신들 가운데 하나인 무서운 비슈누 신의 이야기가 실려 있는 샤스트라³⁹⁷로부터 동양의 그 경이로운 이야기를 자세히 들어보자. 샤스트라에 따르면 비슈누 신이야말로 우리의 주님이다. 그 성스러운 비슈누 신은 지상에 열 번 환생했는데, 가장 먼저 고래로 환생하여 영원히 고래를 성별聖別했다. 또한 샤스트라에 따르면, 신 중의 신인 브라마는 우주를 해체했다가 재창조하는 일을 주기적으로 되풀이하는데, 한번은 우주를 재창조하기로 결정했을 때 그 작업을 감독하도록 비슈누를 낳았다. 하지만 비슈누는 창조를 시작하기 전에 먼저 신비의 경전인 『베다』를 숙독해야 했던 것 같고, 따라서 그 경전에는 젊은 건축가들에게 주는 가르침이 실제적인 암시 형태로 실려 있었던 게 분명하다. 그런데 그 『베다』는 바다 밑바닥에 놓여 있었기 때문에, 비슈누는 고래로 변신하여 바다의 가장 깊은 곳까지 내려가서 그 거룩한 책을 가지고 나왔다. 그렇다면 말 타는 사람을 기수라고 부르듯, 비슈누를 포경꾼이라고 부를 수 있지 않을까?

페르세우스, 성 조지, 헤라클레스, 요나, 그리고 비슈누! 이들이 바로 포경꾼 클럽 명단에 올라 있다! 포경꾼 클럽 이외에 또 어떤 클럽이 그런 인물들을 우두머리로 받들 수 있겠는가?

---

397 산스크리트어로 쓰인 힌두교 경전. 가장 오래된 것이 『베다』이다.

제 83 장

역사적으로 고찰한 요나

앞 장에서 요나와 고래에 관한 역사적 이야기를 서술했는데, 오늘날 낸 터컷 사람들 중에는 요나와 고래에 대한 이야기를 믿지 않는 사람도 있다. 하지만 옛날 그리스와 로마에도 회의적인 사람들이 있어서, 당시의 정통파인 이교의 통념에서 벗어나, 헤라클레스와 고래[398]에 관한 이야기나 아리온과 돌고래에 관한 이야기에 불신을 표명했다. 하지만 그들의 의심은 전설들의 진실성을 조금도 손상시키지 못했다.

새그항에 한 늙은 포경꾼이 있었는데, 이 노인이 요나와 고래에 관한 히브리 이야기를 믿지 않은 주된 이유는 이러했다. 사실 그는 특이하고 오래된 성서를 한 권 갖고 있었는데, 그 책에는 참으로 기묘하고 비과학적인 그림이 실려 있었다. 그중 하나는 요나의 고래가 머리에서 두 개의 물줄기를 뿜어내는 장면을 묘사하고 있는데, 그런 특성은 참고래와 그 변종에만 해당되는 것으로, 그들은 식도가 매우 좁아서 포경꾼들 사이에서는 '1전짜리 롤빵을 삼켜도 목에 걸릴 것'이라는 말이 있을 정도다. 그러나 제브 주교[399]는 이런 반론을 예상하고 대답을 준비해놓았는데, 그의 주장에 따르면 요나가 고래에게 먹혀 그 배 속에 매장되었다고 생각할 필요는 없고, 고래의 입속 어딘가에 잠시 머물러 있었다고 생각하면 된다는 것이다. 이런 견해는 선량한 사제가 가질 만한, 충분히 합리적인 생각인 것 같다. 실제로 참고래의 입은 트럼프 탁자 두 개와 노름꾼 여덟 명을 다 수용할 수 있을 만큼 넓다. 어쩌면 요나는 충치 구멍에라도 들어가 있었는지 모른다. 아니, 가만있자, 참고래는 이빨이 없구나.

---

398   헤라클레스의 두 번째 과업, 즉 바다 괴물 히드라를 죽인 일을 말한다. 아리온: 그리스의 전설적인 음유시인. 해적에게 납치되어 바다에 빠졌지만, 그의 음악적 재능에 감동한 돌고래에게 구출되었다.
399   제브 주교(1775~1833): 아일랜드 주교로서 성서 해설서를 썼다.

새그항(그 늙은 포경꾼은 '새그항'이라는 이름으로 통하고 있었다)이 예언자에 대한 이 이야기를 믿지 않는 또 다른 이유는 고래의 배 속에 갇힌 요나의 몸과 고래의 위액과 관련된 막연한 것이었다. 하지만 이 반론도 무력하기는 마찬가지다. 독일의 어느 성서 해석자의 주장에 따르면 요나는ㅡ러시아 원정 때 프랑스 병사들이 죽은 말의 몸속에 들어가 천막 대신 사용했던 것처럼ㅡ물 위에 떠 있는 '죽은' 고래의 몸속에 들어가 잠시 피난처로 삼았을 거라는 것이다. 게다가 유럽의 다른 성서 해석자들은 요나가 요파의 배에서 바다로 내던져졌을 때 가까이 있던 다른 배로 곧장 헤엄쳐 갔는데, 그 배의 뱃머리 장식이 고래였을 거라고 주장했다. 이런 주장에 내 소견을 덧붙이자면, 오늘날 '상어'니 '갈매기'니 '독수리'니 하는 이름을 붙인 배가 있는 것처럼 요나가 헤엄쳐간 배의 이름이 '고래'였을지도 모른다. 「요나서」에 언급된 고래는 단지 구명대ㅡ공기를 채운 자루ㅡ일 뿐이고, 위험에 빠진 예언자는 이 구명대로 헤엄쳐가서 익사를 면했던 것이라고 주장하는 성서 해석자도 많았다. 그래서 가엾은 새그항 노인은 사면초가에 빠진 꼴이 되었다. 그러나 그에게는 요나 이야기를 믿지 않는 또 다른 이유가 있었는데, 내 기억이 맞다면 이런 이유였다. 고래는 지중해에서 요나를 삼켰다가 사흘 뒤에 토해냈는데, 그곳은 니네베에서 사흘이 채 걸리지 않는 곳이었다. 니네베는 티그리스 강변의 도시로, 가장 가까운 지중해 연안에서도 니네베까지 가려면 사흘보다 훨씬 오래 걸린다. 이것은 어찌 된 일인가?

　　하지만 고래가 예언자를 니네베에서 사흘 걸리는 곳에 상륙시킬 다른 방법은 없었을까? 아니, 있다. 고래는 희망봉을 빙 돌아서 요나를 운반했는지도 모른다. 하지만 그러려면, 지중해를 끝에서 끝까지 횡단하고 페르시아만과 홍해를 통과하는 여정은 말고라도, 아프리카 대륙을 단 사흘 만에 주파한 뒤 티그리스강을 거슬러 올라가야 하는데, 티그리스강은 니네베 근처에서는 수심이 너무 얕아서 어떤 고래도 헤엄칠 수 없다. 게다가 요나가 그렇게 아득한 옛날 희망봉을 돌았다면, 그 곳을 처음 발견한 영예는 바르톨로메우 디아스[400]에게서 요나에게 넘겨져야 하고, 그렇게 되면 근대사는 거짓말이 되고 만다.

그러나 새그항 노인의 어리석은 주장은 자신의 판단력에 대한 어리석은 자만심을 나타낼 뿐이고, 그의 학식도 태양과 바다에서 배운 것에 불과하다는 점을 생각하면, 이것은 더욱 괘씸한 일이다. 그것은 그의 어리석고 불경스러운 자만심과 성직자에 대한 혐오스러운 반항심을 보여줄 뿐이다. 포르투갈의 어느 가톨릭 신부는 요나가 희망봉을 돌아서 니네베에 갔다는 이 생각 자체가 세상에서 흔히 일어나는 기적을 크게 부풀린 것이라고 주장했기 때문이다. 사실이 그랬다. 게다가 오늘날까지도 교양 있는 튀르크인들은 요나 이야기가 역사에 실제로 있었던 일이라고 굳게 믿고 있다. 그리고 약 3세기 전에 해리스의 항해기에 나오는 영국 여행가는 요나를 기리기 위해 세워진 튀르크의 사원에 대해 이야기하면서, 그 사원에는 기름이 없어도 타는 기적의 램프가 있다고 말했다.

{ 　　제 84 장　　 }

창턴지기

마차를 빠르고 경쾌하게 달리도록 하기 위해서는 차축에 기름을 칠한다. 포경꾼들 중에는 똑같은 목적으로 보트 바닥에 기름을 칠하는 사람이 있다. 이런 조처는 해롭기는커녕 적잖은 이익을 가져올 수 있다는 것은 의심할 여지가 없다. 기름과 물은 상극이고, 기름은 미끄러운 물질이어서, 사람들이 보트에 기름을 칠할 때 기대하는 목적은 보트가 미끄러지듯 달리는 것이다. 퀴퀘그는 이런 효과를 굳게 믿고 있는 터여서 평소에도

400　바르톨로메우 디아스(1450~1500): 포르투갈의 항해가. 1488년에 희망봉을 발견했다.

자기 보트에 기름칠을 열심히 했지만, 독일 배인 '융프라우'호가 떠난 뒤 얼마 지나지 않은 어느 날 아침, 그는 이 작업에 평소보다 더욱 애를 쓰고 있었다. 뱃전에 달아맨 보트 바닥 밑으로 기어들어가, 대머리처럼 반질반질한 용골에서 짧은 머리카락 하나 나지 않도록 열심히 기름을 문질러 바르고 있었다. 그는 무슨 특별한 예감에라도 따라서 그 일을 하는 것처럼 보였는데, 얼마 안 가서 그 예감은 현실이 되었다.

정오 무렵에 고래 떼가 발견된 것이다. 하지만 배가 돌진하자 고래 떼는 황급히 방향을 바꾸어, 악티움 해전[401]에서 클레오파트라의 배들이 그랬던 것처럼 허둥지둥 흩어져 달아났다.

그래도 보트들은 추격을 계속했다. 스터브의 보트가 선두에서 달렸다. 힘든 노력 끝에 마침내 태시테고가 작살을 꽂는 데 성공했다. 작살을 맞은 고래는 물속으로 들어가지도 않고 더욱 속력을 내어 물 위로 달아났다. 꽂힌 작살에 이렇게 계속해서 압력이 가해지면 작살은 머지않아 빠져버리게 된다. 날듯이 달아나는 고래에게 작살을 다시 던지든가 아니면 그대로 놓아주는 수밖에 없었다. 하지만 빠르고 격렬하게 헤엄치는 고래 옆구리에 보트를 갖다 댈 수도 없었다. 그럼 어떻게 해야 하는가?

노련한 포경꾼이 마지막 수단으로 취하는 여러 가지 책략과 기교와 재주와 기술 중에서도 '창던지기'라고 불리는 투창만큼 멋진 묘기는 없다. 찌르는 칼이든 베는 칼이든, 실제로 사용하는 데 있어서는 창을 따라갈 수 없다. 끈질기게 달아나는 고래를 잡으려면 이 방법을 쓸 수밖에 없는데, 창던지기의 주목할 만한 특징은 무서운 속력으로 달리면서 격렬하게 흔들리는 보트에서 던져도 긴 창은 놀랄 만큼 멀리까지 정확하게 날아간다는 점이다. 강철과 목재 부분을 합치면 창의 전체 길이는 3미터 내지 3.5미터쯤 되고, 그 자루는 작살 자루보다 훨씬 가늘고 또한 가벼운 소

---

[401] 기원전 31년에 그리스의 서북부 악티움 앞바다에서 일어난 해전. 옥타비아누스가 안토니우스와 클레오파트라의 연합군을 격파한 뒤 황제가 됨으로써 공화정을 제정으로 바꾸었다.

나무로 되어 있다. 여기에는 당김줄이라는 상당히 길고 가는 밧줄이 달려 있어서, 창을 던진 뒤에는 이 밧줄을 당겨서 창을 회수할 수 있다.

이야기를 더 진행하기 전에 여기서 미리 말해둘 중요한 사항이 있는데, 작살도 창과 마찬가지로 멀리 던질 수 있지만, 실제로는 그런 일이 매우 드물다는 것이다. 던진다 해도 작살은 창보다 훨씬 무거운 데다 짧기 때문에, 이것이 사실상 결정적인 약점이 되어 성공률이 매우 낮다. 따라서 일반적으로 창던지기를 해야 할 때는 고래에 빠르게 다가가는 것이 무엇보다 필요하다.

자, 스터브를 보라. 긴급한 위기에 처했을 때도 명랑하고 신중하고 냉정하고 차분한 이 사나이야말로 창던지기에 특히 뛰어난 자질을 갖추고 있다. 그는 날듯이 달리는 보트 뱃머리에 꼿꼿이 서 있다. 배를 밧줄로 끌고 달아나는 고래는 양털 같은 거품에 싸인 채 10여 미터 앞에 있다. 스터브는 긴 창을 가볍게 들고 창이 똑바른지 보려고 끝에서 끝까지 두세 번 훑어본 다음, 휘파람 같은 소리를 내면서 한 손으로 돌돌 말린 밧줄의 끝을 잡고 나머지는 얽히지 않게 해둔다. 그런 다음 허리춤에서 창을 앞쪽으로 들어 올려 고래를 겨눈다. 고래가 사정거리 안에 들어오면, 손에 쥔 자루의 끝을 조금씩 낮추어감으로써 창끝을 꾸준히 올려간다. 마침내 창은 그의 손바닥에 얹혀 공중으로 4미터나 솟은 채 교묘하게 균형을 잡는다. 턱 위에 긴 장대를 세우는 곡예사를 연상케 한다. 다음 순간, 번쩍이는 창끝은 형언할 수 없이 빠른 추진력으로 하늘 높이 커다란 포물선을 그리며 거품이 일고 있는 물 위를 한참 날아가, 마침내 고래의 급소에 꽂혀서 바르르 떤다. 이제 고래는 물보라 대신 붉은 피를 내뿜는다.

"놈의 마개가 열렸다!" 스터브가 소리친다. "7월 4일[402]의 축제 같군. 오늘은 모든 분수가 포도주를 뿜어야 해. 저게 올리언스의 위스키나 오

---

402 미국의 독립기념일.

하이오의 위스키나, 맛이 기막히게 좋은 머농거힐라⁴⁰³ 위스키라면 좋겠
군! 이봐, 태시테고, 자네가 저걸 수통에 담아오면 우리 모두 돌려가면서
마실 수 있을 텐데 말이야. 아니, 정말 놀랍군. 저놈의 넓은 분수공 속에서
최고급 펀치⁴⁰⁴도 만들 수 있겠어. 그리고 저 살아 있는 펀치볼에서 생명
수를 떠서 단숨에 주욱 들이켜보자고!"

　이런 농담을 지껄이면서도 그는 숙련된 솜씨로 몇 번이고 창던지기를
되풀이한다. 창은 가죽끈에 묶인 그레이하운드⁴⁰⁵처럼 주인에게 돌아온
다. 고래는 고통에 못 이겨 단말마의 몸부림을 시작한다. 밧줄은 늦추어
지고, 창던지기의 명수는 고물로 옮긴 뒤 팔짱을 끼고 묵묵히 괴물의 죽
음을 지켜본다.

{　　　제85장　　　}

물보라

　6천 년⁴⁰⁶ 동안―아니, 그 전에 몇 백만 년의 세월이 흘렀는지는 아무
도 모른다―커다란 고래들은 바다 전역에서 물을 뿜었고, 수많은 화분에
물을 주고 분무기로 물을 뿌리듯 심해의 정원에 물을 주고 분무기로 물을
뿌려왔을 것이다. 그리고 수세기 전부터 수천 명의 포경꾼들은 고래의 분
수에 가까이 접근하여, 고래가 내뿜는 물보라를 보았을 것이다. 그런데도
축복받은 이 순간(1850년 12월 16일 오후 1시 15분 15초)까지 이 물보라가

403　미국 펜실베이니아주 워싱턴 카운티에 있는 도시. 1791년, 연방정부가 독립전쟁 때 진 국채를 갚
　　　기 위해 위스키에 세금을 부과하자 머농거힐라 주민들이 들고일어나 폭동으로 번졌는데, 이 사태
　　　는 신생 미국 정부에 심각한 첫 번째 시험대가 되었다.

404　레몬주스에 설탕과 포도주 따위를 섞은 알코올성 음료. 펀치볼은 펀치를 담는 큰 그릇.

405　개의 한 품종. 이집트가 원산지이며, 주력과 시력이 좋아서 경주용·사냥용 개로 기른다.

406　당시 유행한 성서 해석에 따르면 천지창조는 기원전 5411년에 이루어졌다고 한다. 『모비 딕』이
　　　출간된 1851년까지 6천 년 세월이 흐른 셈이다. 72번 역주 참조.

정말로 물인지 아니면 증기일 뿐인지는 여전히 의문으로 남아 있다. 확실히 이것은 주목할 만한 일이다.

그러면 이 문제를 그와 관련된 몇 가지 흥미로운 사항과 함께 살펴보기로 하자. 누구나 알고 있듯이 어류는 일반적으로 아가미라는 특수한 장치를 이용하여, 그들이 헤엄치고 있는 물과 항상 결합되어 있는 공기를 호흡한다. 그러니까 청어나 대구는 백 년을 산다 해도 수면 위로 머리를 쳐드는 일이 한 번도 없다. 하지만 고래는 인간처럼 허파를 가진 특수한 신체 구조 때문에 대기 중에 있는 공기를 들이마셔야만 살 수 있다. 그래서 주기적으로 물 위쪽에 있는 세계를 방문할 필요가 있다. 하지만 입으로는 도저히 숨을 쉴 수 없다. 보통 자세일 때 향유고래의 입은 수면에서 적어도 3미터 깊이에 잠겨 있고, 게다가 숨통은 입과 연결되어 있지 않기 때문이다. 따라서 고래는 분수공을 통해서만 숨을 쉬는데, 그 구멍은 머리 위쪽에 붙어 있다.

호흡은 공기에서 어떤 요소를 뽑아낸 뒤 그것을 혈액과 접촉시켜 생기의 원소를 혈액에 나누어주는 작용이기 때문에, 어떤 생물이든 호흡은 생명 유지에 반드시 필요한 기능이라고 해도 잘못은 아닐 것이다. 불필요한 과학적 용어를 사용해서 어렵게 설명할 수도 있겠지만, 간단히 말하면 그렇다. 그렇다면 단 한 번의 호흡으로 인간이 가진 모든 피에 산소를 공급할 수 있다면, 사람은 콧구멍을 막고 꽤 오랫동안 숨을 쉬지 않아도 될 것이다. 말하자면 숨을 쉬지 않고도 살 수 있다는 얘기다. 이상하게 들릴지 모르지만, 고래가 바로 그런 경우다. 고래는 시간 간격을 두고 규칙적으로 물 위와 물속을 오가며 한 시간이나 그 이상(바다 밑바닥에 있을 때) 한 번도 숨을 쉬지 않고, 또는 어떤 식으로든 극소량의 공기도 들이마시지 않고 살아간다. 고래에게는 아가미가 없기 때문이다. 그런데 어떻게 해서 그게 가능한 것일까? 고래의 갈비뼈 사이와 등뼈 양쪽에는 국수 가닥처럼 생긴 관쓸들이 크레타의 미궁처럼 복잡하게 얽혀 있는데, 고래가 수면을 떠나 잠수할 때 이 관들은 산소를 머금은 피로 가득 채워져 있다. 그래서 물 없는 사막을 건너는 낙타가 네 개의 보조 밥통 속에 여분의 음료를 채워서 앞날의 갈증에 대비하듯, 고래는 한 시간 이상 천 길 물속에 있어도 생명을 유지할 수 있는 여분의 생명력을 몸속에 비축해두고 있는 것이다. 이 미궁에 관한 해부학적 사실은 논란의 여지가 없고, 거기에 근거를 둔 가설이 합리적이고 옳다는 주장도 설득력이 있는 것 같다. 그렇지 않다면 일단 물을 내뿜기 시작한 고래가 고집스럽게 계속하는 이유를 달리 설명할 도리가 없다. 내가 말하고자 하는 것은 이렇다. 향유고래는 수면으로 떠오르자마자 방해를 받지 않으면 언제나 일정 시간 동안 물 위에 머물러 있을 것이다. 예를 들어 11분 동안 수면에 머물면서 일흔 번 물을 뿜는, 즉 일흔 번 호흡하는 고래라면, 다시 떠오를 때마다 정확히 일흔 번 호흡할 것이다. 그 고래가 몇 번 호흡했을 때 놀라게 해서 물속으로 들어가게 만들면, 정량의 공기를 보충하기 위해 반드시 또 수면으로 올라올 것이다. 그리하여 일흔 번의 호흡을 채운 뒤에야 비로소 깊이 내려가 다음 주기가 될 때까지 물속에 머물 것이다. 물론 고래에 따라 이 호흡률이 다르다는 것을 잊어서는 안 되지만, 대체로 보아 비슷하다. 오랫동안 잠수하기 전에 공기를 새로 보충하기 위해서가 아니라면 고래가 무엇 때문에 이처럼 물보라를 고집하겠는가? 고래는 이렇게 수면으로 올라올 필요가 있기 때문에 추적당할 치명적인 위험 앞에서도 자신을 드러내게 되는 것이다. 이 거대한 고래가 햇볕도 닿지 않는 수천 길 바다 밑에서 헤엄치고 있을 때는 낚싯바늘이나 그물로 잡을 수 없다. 그러니 포경꾼들이여, 그대들이 승리를 거두는 것은 그대들의 기술이 훌륭해서가 아니라, 수면으로 올라와 숨을 쉬어야 하는 고래의 생리적 요구 때문인 것이다.

인간은 끊임없이 숨을 쉬고, 한 번 호흡으로 들이마신 공기는 맥박이 두세 번만 뛰면 바닥나버린다. 그래서 다른 일에 신경을 써야 할 때도 자나 깨나 숨을 쉬어야 하고, 그러지 않으면 죽는다. 그러나 향유고래는 생애의 7분의 1, 말하자면 일주일 동안 일요일에만 호흡을 하는 셈이다.

이미 말했듯이 고래는 분수공을 통해서만 호흡한다. 만약 고래가 뿜어 내는 것에 물이 섞여 있다는 사실을 덧붙일 수 있다면 고래에게 후각이 없는 이유도 납득할 수 있을 거라고 생각한다. 고래의 몸에서 코에 해당 하는 것은 분수공뿐인데, 그 분수공이 공기와 물이라는 두 가지 물질로 막혀 있다면 냄새를 맡는 기능을 갖는 것은 기대할 수 없기 때문이다. 그 러나 물보라의 신비 — 그것이 물이냐 증기냐 하는 문제 — 에 대해서는 아 직도 절대적으로 확실한 결론에 도달하지 못했다. 그래도 향유고래가 진 정한 의미의 후각기관을 갖고 있지 않은 것은 확실하다. 하지만 향유고래 에게 후각기관이 무슨 필요가 있겠는가? 바다에는 장미꽃도 오랑캐꽃도 없고 향수도 없는데.

게다가 향유고래의 숨통은 물을 내뿜는 통로로만 뚫려 있고, 그 긴 통 로는 — 이리 대운하처럼 — 열리거나 닫히는 일종의 수문을 갖추고 있어 서 공기는 아래쪽에 가두어두고 물은 위쪽으로 배출하기 때문에, 고래는 목소리도 낼 수 없다. 고래가 이상하게 꾸르륵하는 소리를 낼 때, 고래가 코로 말하는구나 하고 말한다면, 그것은 고래에 대한 모욕이 될 뿐이다. 생각해보라. 고래가 무슨 할 말이 있겠는가? 먹고살기 위해 어쩔 수 없이 무슨 말이든 더듬거려야 하는 경우를 제외하면, 생각이 깊은 존재치고 이 세상에 할 말이 있는 경우는 내가 알기로는 거의 없다. 세상은 무슨 말이 든 잘 들어준다. 이 얼마나 다행한 일인가!

이제는 향유고래의 물 뿜기 통로를 살펴보자. 이 통로는 주로 공기를 운반하는 구실을 하는데, 머리의 위쪽 피부 바로 밑에 약간 한쪽으로 치 우쳐서 수평으로 뻗어 있다. 이 기묘한 관은 마치 시가지의 도로 한쪽에 묻혀 있는 가스관과 비슷하다. 하지만 이 가스관이 동시에 수도관이 되기 도 하는지에 대한 의문이 여기서 또다시 제기된다. 바꿔 말하면 향유고래 가 내뿜는 것이 날숨의 수증기인가, 아니면 입으로 들이마신 물과 그 날

숨이 섞여서 분수공으로 나오는 것인가 하는 의문이다. 향유고래의 입이 간접적으로 물 뿜기 통로와 연결되어 있는 것은 확실하지만, 이것이 분수공으로 물을 배출하기 위한 목적인지는 입증할 수 없다. 향유고래는 먹이를 먹다가 우연히 물을 마시는데, 물을 배출해야 할 필요성이 가장 큰 것은 그때인 것 같기 때문이다. 향유고래의 먹이는 수면보다 훨씬 아래에 있기 때문에, 거기서는 물을 토해내고 싶어도 토할 수 없다. 게다가 향유고래를 면밀히 관찰하고 시계로 재보면, 향유고래가 아무 방해도 받지 않았을 때의 물 뿜기 주기와 정상적인 호흡 주기는 완전히 일치하는 것을 알게 될 것이다.

그런데 무엇 때문에 이런 문제로 골치를 앓고 있지? 분명히 말하라. 고래의 물보라를 보았다면 그게 무엇인지 말하면 될 게 아닌가. 물과 공기도 구별하지 못하나? 아이고 선생님, 이 세상에서는 그렇게 명백한 것을 결정하기도 쉽지 않습니다. 선생께서 간단하다고 말하는 것이 나는 가장 어려웠습니다. 고래의 물보라에 대해서 말한다면, 그 한복판에 서 있어도 그게 정확히 무엇인지 판단할 수 없을 겁니다.

그 중심부는 눈보라 같은 하얀 안개에 싸여 있다. 고래의 물보라를 자세히 관찰할 수 있을 만큼 바싹 접근하면 고래는 사납게 날뛰기 때문에 물이 사방으로 폭포처럼 쏟아진다. 그런데 어떻게 거기서 물이 떨어지는지 어떤지 확실히 알 수 있겠는가. 그럴 때 물방울이 떨어지는 것을 정말로 감지했다 해도 그 물방울이 응결된 수증기가 아니라는 것을 어떻게 알 수 있겠는가. 그것이 고래 정수리에 움푹 들어간 구멍 속에 들어 있던 물방울이 아니라는 것을 어떻게 알 수 있겠는가? 마치 사막의 낙타처럼 대낮의 잔잔한 바다에서 불쑥 튀어나온 혹을 햇볕에 드러낸 채 유유히 헤엄치고 있을 때조차, 고래 정수리에는 작은 웅덩이처럼 물이 고여 있는 것이다. 햇볕이 쩽쩽 내리쬐는 더운 날씨에도 바위에 뚫린 구멍에는 빗물이 가득 고여 있는 것을 이따금 볼 수 있는 것과 마찬가지다.

고래의 물보라가 진정 무엇인지에 대해 고래 사냥꾼들이 지나친 호기심을 갖는 것도 결코 현명한 짓은 아니다. 그곳을 들여다보려고 얼굴을 디밀어보아도 소용없다. 그 샘에 물병을 가져가서 가득 채워 가지고 올 수도 없다. 자주 일어나는 일이지만, 그 물보라의 바깥쪽 수증기에 조금만 닿아도 심한 자극 때문에 피부가 화끈거리고 쿡쿡 쑤신다. 과학적인 목적인지 아닌지는 모르지만 그 물보라에 가까이 갔다가 뺨과 팔의 피부가 홀랑 벗겨진 사람을 나는 알고 있다. 그래서 포경꾼들은 고래의 물보라에 독이 들어 있다고 생각하여 그것을 피하려고 애쓴다. 나는 고래의 물보라가 눈에 들어가면 눈이 멀게 된다는 이야기도 들었는데, 이 말도 새빨간 거짓말 같지는 않다. 그렇다면 연구자가 할 수 있는 가장 현명한 일은 그 치명적인 물보라를 그냥 내버려두는 거라고 생각한다.

비록 정설로 입증하고 확립할 수는 없지만, 그래도 가설을 세울 수는 있을 것이다. 내 가설에 따르면, 고래의 물보라는 안개에 지나지 않는다. 다른 이유는 차치하고 향유고래의 타고난 엄숙함과 숭고함을 생각하면 그런 결론에 도달할 수밖에 없다. 다른 고래들과 달리 향유고래는 절대로 얕은 곳이나 해변 가까이에서 발견되지 않는다는 엄연한 사실로 미루어 보더라도 향유고래는 세상에 흔해 빠진 천박한 존재는 아니다. 향유고래는 육중하고 심오하다. 플라톤, 피론,[407] 악마, 제우스, 단테처럼 진중하고 심오한 사람들이 깊은 사색에 잠겨 있을 때는 언제나 머리에서 거의 눈에 보이지 않는 증기 같은 것이 올라온다고 믿고 있다. 나도 언젠가 '영원'에 관한 논문을 쓰고 있을 때 호기심에서 내 앞에 거울을 갖다 놓은 적이 있는데, 오래지 않아 내 머리 위의 공기가 이상하게 꿈틀거리고 파동치는 게 거울에 비친 것을 보았다. 8월의 대낮에 얇은 지붕널을 인 다락방에서 뜨거운 차를 여섯 잔이나 마시고 깊은 명상에 잠겨 있으면 내 머리카락이

---

407 피론(기원전 360?~270?): 그리스의 철학자로 회의주의의 시조. 지각에 의존하는 모든 판단을 중지하라고 권하는 절대적 회의론자.

축축해지는데, 이것도 위에서 말한 가설을 입증해주는 또 하나의 논거인 듯하다.

이 거대한 괴물이 잔잔한 열대의 바다를 유유히 달리고 있는 것을 보면, 우리는 그 웅장한 신비감에 감동되어 가슴이 뛰는 것을 느끼게 될 것이다. 그 거대하고 온화한 머리 위에는 말로 표현할 수 없는 명상이 낳은 증기가 닫집처럼 덮여 있고, 그 증기는—여러분도 이따금 보게 되겠지만—하늘이 그의 생각을 보증하기라도 한 것처럼 일곱 빛깔 무지개로 아름답게 장식되어 있다. 여러분도 알다시피 무지개는 맑은 하늘에는 나타나지 않고, 날아 흩어지는 증기 속에만 나타날 뿐이다. 그래서 내 마음속에 숨어 있는 희미한 의심의 짙은 안개를 뚫고 신성한 직관이 이따금 분출하여, 내 마음속의 그 짙은 안개를 천상의 찬란한 빛으로 태워버릴 때가 있다. 나는 이것을 신에게 감사드린다. 모든 사람이 의심을 품고 많은 사람이 부정하지만, 의심하거나 부정하는 사람들 가운데 직관을 더불어 가진 사람은 매우 드물기 때문이다. 지상의 온갖 것에 대한 의심, 천상의 무언가에 대한 직관, 이 두 가지를 겸비한 사람은 신자도 불신자도 되지 않고, 양쪽을 공평한 눈으로 바라보는 사람이 된다.

{　　　제86장　　　}

꼬리

세상의 시인들은 사슴의 상냥스러운 눈망울과 지상에 내려앉지 않는 새의 아름다운 날개를 찬양하지만, 나는 천상의 것이 아닌 꼬리를 찬양한다.

가장 큰 향유고래의 경우, 몸통이 점점 가늘어져서 인간의 허리와 비슷해지는 부분에서 꼬리가 시작된다고 생각하면, 그 윗부분의 넓이만 계산해도 최소한 5평방미터는 된다. 탄탄하고 둥근 꼬리 밑동에서 넓고 단단하고 납작한 손바닥 같은 꼬리가 양쪽으로 갈라져 뻗어 있다. 꼬리는 갈수록 얇아져서 나중에는 두께가 2센티미터 정도밖에 안 된다. 꼬리가 양쪽으로 갈라지는 아귀 부분, 또는 양쪽 꼬리가 만나는 접합부에서 두 꼬리는 약간 겹친 뒤, 날개처럼 서로 벌어지면서 그 사이에 넓은 공간을 만들고 있다. 초승달의 테두리 같은 이 꼬리의 윤곽보다 더 절묘하고 아름다운 곡선은 어떤 생물에서도 찾아볼 수 없다. 다 자란 고래의 경우, 꼬리의 최대 너비는 6미터가 훨씬 넘는다.

꼬리는 그 전체가 유착된 힘줄이 촘촘하게 짜인 하나의 층처럼 보이지만, 절단해보면 분명히 구별되는 세 개의 층—상층·중층·하층—으로 이루어져 있음을 알 수 있다. 상층과 하층 조직은 길고 수평이며, 아주 짧은 중층 조직은 바깥의 두 층 사이를 가로지르고 있다. 이 삼위일체적인 구조야말로 꼬리지느러미에 어느 조직 못지않은 강력한 힘을 부여하는 것이다. 고대 로마의 성벽을 연구하는 이라면 이 중층 조직이 고대 로마의 놀라운 유물에서 돌과 교대로 놓여 있는 얇은 타일층과 유사하다고 생각하겠지만, 그런 구조야말로 그 석조물을 그렇게 튼튼하게 받쳐주는 원인이 되고 있는 것이다.

하지만 힘줄로 이루어진 꼬리의 이 막강한 힘도 충분치 않다는 듯, 고래의 몸통은 전체가 씨줄과 날줄 같은 근육섬유로 촘촘히 짜여 있고, 그것이 허리 양쪽을 지나 꼬리까지 뻗어 내려간 뒤 알아차릴 수 없을 만큼 서서히 꼬리 조직과 어우러져 꼬리의 힘을 강화하는 데 크게 이바지한다. 그래서 측정할 수 없을 만큼 강력한 고래 전체의 힘은 꼬리의 한 점에 응결되어 있는 듯이 보인다. 물질의 완전한 소멸이라는 것이 일어날 수 있다고 한다면, 그 일을 할 수 있는 것은 바로 이 꼬리일 것이다.

더구나 이 놀라운 힘은 꼬리의 우아한 유연성을 조금도 손상시키지 않을뿐더러, 티탄[408]처럼 막강한 힘 속에 어린아이의 몸짓과 같은 가벼움이 파도처럼 굽이치고 있다. 꼬리의 유연한 움직임은 그 놀라운 힘에서 가장 섬뜩한 아름다움을 끌어낸다. 진정한 힘은 결코 아름다움이나 조화를 손상시키지 않고, 오히려 아름다움과 조화를 가져다준다. 당당한 아름다움을 지닌 모든 것이 발휘하는 불가사의한 매력은 힘과 깊은 관계가 있다. 헤라클레스의 석상에서 그 대리석을 뚫고 터져 나올 듯한 힘줄을 모두 제거해보라. 그러면 매력은 다 사라지고 말 것이다. 괴테를 깊이 경애한 에커만[409]은 괴테의 벌거벗은 시신을 덮은 천을 벗겼을 때, 로마의 개선문처럼 단단한 가슴팍을 보고 경탄하지 않을 수 없었다. 미켈란젤로[410]가 성부인 신을 인간의 형상으로 그릴 때도 거기에 얼마나 강력한 힘을 부여했던가. 그리고 신의 아들 예수의 거룩한 사랑에 대해 부드러운 고수머리의 양성적인 모습을 묘사한 이탈리아의 그림들이 무엇을 나타내려 하든 간에, 거기에는 예수의 사상이 더없이 훌륭하게 구현되어 있는 것이다. 그 그림들에는 근골의 늠름함 따위는 조금도 없고 아무런 힘의 암시도 없으며, 오로지 복종과 인내라는 소극적이고 여성적인 것이 나타나 있을 뿐이다. 그것이야말로 예수의 가르침이 지닌 특유의 실천적 미덕이라는 것은 모든 사람이 인정하는 바이다.

내가 다루고 있는 이 고래 꼬리는 미묘한 탄력을 갖고 있어서, 장난으로 또는 진지하게, 또는 화가 나거나 그 밖의 어떤 기분으로 휘둘러대더라도 꼬리의 유연한 동작은 언제나 변함없이 우아하다. 어떤 요정의 손짓도 그보다 뛰어날 수는 없다.

고래 꼬리에는 다섯 가지의 특유한 주요 동작이 있다. 첫째, 앞으로 나아가기 위해 꼬리지느러미로 사용할 때. 둘째, 전투용 무기로 사용할 때. 셋째, 옆으로 휘저을 때. 넷째, 수면을 내리칠 때. 다섯째, 공중으로 꼿꼿이

---

408 그리스 신화에 나오는 거인족. 우라노스와 가이아 사이에서 태어난 여섯 명의 남신과 여섯 명의 여신을 이른다.

409 요한 페터 에커만(1792~1854): 독일의 문필가. 괴테 만년의 문학 조수였으며, 저서에 『괴테와의 대화』(전 3권, 1836~1848)가 있다.

410 미켈란젤로(1475~1564)가 바티칸 성당 내의 시스티나 예배당 천장에 그린, 천지창조를 주제로 한 프레스코화를 말하고 있다.

추거들 때.

첫째 동작. 고래 꼬리는 수평 자세를 유지하고 있어서, 다른 어떤 바다 생물과도 다르게 움직인다. 고래는 결코 꼬리를 꿈틀거리지 않는다. 사람이든 물고기든, 꿈틀거리는 동작은 열등함의 표시다. 꼬리는 고래가 추진력을 낼 수 있는 유일한 수단이다. 몸 아래쪽에서 두루마리처럼 앞쪽으로 돌돌 말아 넣었다가 뒤쪽으로 빠르게 튀긴다. 이 괴물이 힘차게 헤엄칠 때 휙 날아가거나 펄쩍 뛰어오르는 듯한 동작을 보이는 것은 바로 이 때문이다. 옆지느러미는 키 역할밖에 하지 않는다.

둘째 동작. 향유고래가 다른 향유고래와 싸울 때는 머리와 턱만 무기로 쓰지만, 사람과 싸울 때는 사람을 무시하듯 주로 꼬리를 사용한다. 보트를 공격할 때는 꼬리를 빠르게 구부렸다가 펴는 반동으로 타격을 가한다. 그 동작이 아무 방해물도 없는 공중에서 이루어지면, 특히 꼬리가 목표물을 정확히 내리치면, 그 타격에는 어떤 것도 저항할 수 없다. 사람의 갈비뼈든 보트의 늑재든 그 충격을 견딜 수 없다. 꼬리를 피하는 것만이 유일한 살길이다. 하지만 그 타격이 물의 저항을 뚫고 옆에서 오는 경우에는 포경 보트의 가벼운 부력과 재질의 탄력성 때문에 기껏해야 늑재 하나가 쪼개지거나 널판 한두 장이 부러지거나 뱃전이 조금 긁히는 정도로 끝난다. 물속에서 받는 이런 측면 공격은 포경업에서는 너무 흔한 일이어서 고작 어린애 장난 정도로밖에 여겨지지 않는다. 누군가가 작업복을 벗어서 그것으로 구멍을 막으면 그만이기 때문이다.

셋째 동작. 증명할 수는 없지만, 고래의 촉각은 꼬리에 집중되어 있는 듯하다. 이 점에서 고래 꼬리 못지않게 민감한 것은 코끼리의 예민한 코뿐이다. 그 섬세함은 주로 휘젓는 동작에서 나타나는데, 그때 고래는 그 거대한 꼬리를 수면 위에서 마치 처녀처럼 얌전하고 부드럽게 좌우로 천천히 움직인다. 그러다가 선원의 머리털 한 올이라도 닿는 날이면 털뿐만 아니라 그 선원의 모든 것에 재앙이 닥친다. 하지만 그 최초의 접촉은 얼마나 부드러운가! 이 꼬리가 물건을 움켜잡는 능력만 갖고 있다면, 나는 당장 다르모노데스[411]의 코끼리를 연상했을 것이다. 그 코끼리는 꽃시장에 자주 나타나 고개 숙여 절을 하면서 처녀들에게 꽃다발을 바친 다음 허리띠를 코로 어루만졌다고 한다. 고래 꼬리가 물건을 잡는 능력을 갖고 있지 않다는 것은 여러 가지 점에서 참으로 애석한 일이다. 전쟁터에서 다친 코끼리가 몸에 박힌 창을 코로 잡아 뺐다는 이야기를 들었기 때문이다.

넷째 동작. 적막한 바다 한복판에서 안전하다고 믿고 있는 고래에게 몰래 다가가보면, 위엄에 찬 거구의 고래가 긴장을 풀고 난롯가에서 놀고 있는 새끼고양이처럼 바다에서 뛰놀고 있는 것을 볼 수 있다. 하지만 그렇게 놀고 있을 때도 고래의 힘은 뚜렷이 드러난다. 폭넓은 꼬리를 공중으로 높이 내흔들었다가 수면을 힘껏 내리치면 우레 같은 진동이 사방으로 몇 킬로미터나 울려 퍼진다. 대포가 발사되었나 보다고 생각될 정도다. 그때 고래의 반대쪽 끝에 있는 분수공에서 물보라가 소용돌이치며 올라가는 것을 보면, 포문에서 피어오르는 초연이라고 생각할 것이다.

다섯째 동작. 고래가 평소 헤엄칠 때의 정상적인 자세에서는 꼬리가 등보다 상당히 밑에 있고, 따라서 물속에 완전히 잠겨 있기 때문에 눈에 보이지 않는다. 하지만 고래가 물속 깊이 잠수하려고 할 때는 적어도 10미터 정도의 몸통과 함께 꼬리 전체가 공중으로 높이 치켜 올라간 뒤, 가늘게 떨면서 잠시 그대로 있다가 아래로 쑥 내려가 시야에서 사라진다. 장엄한 도약—여기에 대해서는 나중에 다시 기술할 생각이다—을 제외하면 고래가 꼬리를 꼿꼿이 쳐드는 이 모습이야말로 생물계 전체에서 아마 가장 장엄한 광경일 것이다. 거대한 꼬리는 바닥없는 심연에서 솟아 나와 발작적으로 창공을 움켜잡으려는 것처럼 보인다. 나는 꿈에서 대악마가 지옥의 불바다에서 고통스럽게 거대한 발톱을 내밀고 있는 것을 본 적

411 코끼리 이야기는 플루타르코스의 『윤리론집』과 플리니우스의 『박물지』에 나오지만, 다르모노데스라는 인물은 작가가 지어낸 이름인 듯.

이 있다. 그러나 그런 장면을 바라볼 때 가장 중요한 것은 그때그때 어떤 기분인가 하는 것이다. 단테와 같은 기분이라면 악마로 보일 것이고, 이 사야[412]와 같은 기분이라면 대천사로 보일 것이다. 언젠가 하늘과 바다가 진홍빛으로 물든 해돋이 때 나는 돛대 망루에 있다가 동쪽에 고래 떼가 있는 것을 본 적이 있다. 수많은 고래가 일제히 태양 쪽으로 머리를 돌리고 하늘로 꼬리를 치켜올린 채 잠시 온몸을 부르르 떨고 있었다. 그토록 장려한 몸짓으로 신들을 경배하는 모습은 배화교도의 본거지인 페르시아에서도 볼 수 없을 것 같았다. 프톨레마이오스 필로파토르[413]가 아프리카 코끼리에 대해 증언했듯이, 나는 고래가 모든 생물 중에서 가장 경건한 생물이라고 증언하겠다. 유바 왕[414]에 따르면, 옛날 전투에 동원된 코끼리들은 깊은 침묵 속에서 코를 높이 쳐들어 아침을 맞이할 때가 많았다고 한다.

이 장에서 뜻하지 않게 고래와 코끼리를 비교하게 되었는데, 그렇더라도 고래의 꼬리와 코끼리의 코가 지니고 있는 면모에 관한 한, 정반대되는 두 기관을 대등한 위치에 놓아서는 안 된다. 하물며 두 기관이 속해 있는 고래와 코끼리는 도저히 비교가 되지 않는다. 제아무리 거대한 코끼리도 고래 앞에서는 애완견에 불과하고, 코끼리의 코는 고래의 꼬리에 비하면 백합 줄기에 지나지 않기 때문이다. 향유고래의 묵직한 꼬리가 벼락 같은 분쇄력을 가지고 인도의 곡예사가 공을 가지고 놀듯 보트와 노와 선원들을 한꺼번에 공중으로 날려버리는 것에 비하면, 코끼리가 코를 아무리 무섭게 휘둘러도 그것은 부채로 장난삼아 톡톡 두드리는 정도에 불과하다.*

이 강력한 꼬리를 생각할수록 내가 그것을 제대로 표현할 수 없는 것이

<hr>

412 기원전 8세기경의 유대의 예언자. 메시아가 동정녀의 몸에서 태어나리라는 것을 예언했다.

413 프톨레마이오스 필로파토르(기원전 244?~203?): 이집트 프톨레마이오스 왕조의 4대 파라오.

414 누미디아 왕국의 왕. 누미디아는 기원전 3세기부터 오늘날의 알제리 지방에 있었던 왕국으로, 기원전 46년에 카이사르에게 패한 뒤 로마의 속주가 되었다.

더욱 한탄스러울 뿐이다. 고래는 이따금 꼬리로 인간의 손짓과도 비슷한 몸짓을 하지만, 그 의미는 설명할 수가 없다. 이 신비로운 몸짓은 큰 무리에서 특히 두드러질 때가 있는데, 나는 포경꾼들이 그것을 프리메이슨[415]의 신호나 암호와 비슷하다고 주장하는 것을 들은 적이 있다. 사실 고래는 그런 방법으로 세상과 지적인 대화를 나눈다는 말도 들었다. 꼬리만이 아니라 몸 전체를 이용한 다른 몸짓 중에도 가장 경험 많은 포경꾼조차 설명할 수 없는 기묘한 몸짓이 없지 않다. 내가 아무리 고래를 분석해보아도 피상적인 것밖에는 알 수 없다. 나는 고래를 모른다. 앞으로도 영원히 모를 것이다. 고래의 꼬리조차 모르는데 어떻게 머리를 알 수 있겠는가? 게다가 고래는 얼굴이 없는데, 내가 어떻게 고래의 얼굴을 알겠는가? 고래는 내게 이렇게 말하는 듯하다. 너는 내 등짝인 꼬리는 보았겠지만 내 얼굴은 보지 못했을 것이다[416] ─라고. 그런데 나는 고래의 뒷부분인 꼬리조차 완전히 이해할 수 없으니, 그가 제 얼굴에 대해 어떤 암시를 주더라도 나는 다시 말할 수밖에 없다. 고래에겐 얼굴이 없다고.

---

415 중세 서유럽의 석공 조합 길드에서 유래하여, 교회 건축의 쇠퇴와 함께 17~18세기에 특히 영국에서 상부적·우애적 비밀결사로 발전했다. '입문식'이나 상호 교류에는 종교적인 의식과 상징적인 몸짓이나 소도구를 이용하지만, 그렇다고 반드시 종교 결사는 아니다.

416 구약성서 「출애굽기」(33장 23절)에 다음 구절이 나온다. "너는 나의 등을 보게 될 것이나, 나의 얼굴은 볼 수 없을 것이다."

　*　 고래와 코끼리를 전체 크기로 비교하는 것은 터무니없다. 그 점에서 고래와 코끼리의 차이는 코끼리와 개의 차이나 마찬가지이기 때문이다. 하지만 기묘한 유사점이 없는 것도 아니다. 예를 들면 물을 내뿜는 일인데, 아는 바와 같이 코끼리도 때로는 코로 물이나 흙을 들이마셨다가 코를 쳐들고 공중을 향해 기세 좋게 뿜어낸다.

제87장

무적함대

　버마 영토에서 남동쪽으로 뻗어 있는 길쭉한 말레이반도는 아시아 전체의 남쪽 끝을 이루고 있다. 그 반도의 연장선에 수마트라·자바·발리·티모르 같은 섬들이 늘어서 있고, 이 섬들은 다른 수많은 섬들과 함께 거대한 방파제랄지 방벽을 형성하여, 아시아와 오스트레일리아를 연결하면서, 끝없이 길게 뻗어 있는 인도양과 섬들이 빽빽이 박혀 있는 동양의 다도해를 갈라놓고 있다. 이 방벽에는 선박과 고래의 편의를 위해 몇 군데 비상구가 뚫려 있는데, 그중에서도 눈에 띄는 곳은 순다해협과 말라카해협[417]이다. 서양에서 중국으로 향하는 배는 주로 순다해협을 지나 중국해로 들어가게 된다.

　이 좁은 순다해협은 수마트라섬과 자바섬을 가르면서 그 거대한 방벽 중앙부에 서 있으며, 선원들이 자바곶이라고 부르는 깎아지른 듯한 초록빛 단애가 이 해협의 버팀벽 구실을 하고 있다. 그것은 성벽을 두른 거대한 제국으로 들어가는 정문에 해당한다. 그리고 그 동쪽 바다의 수많은 섬들을 풍요롭게 해주는 향료와 비단·보석·황금·상아 같은 무진장한 보고를 생각할 때, 지형 자체가 비록 힘은 없지만 적어도 겉으로는 그런 보물을 탐욕스러운 서양 세계로부터 지키는 것처럼 보이는 것은 자연이 의미심장하게도 미래에 대비해둔 것 같다. 순다해협의 양쪽 연안에는 지중해나 발트해나 마르마라해의 입구를 지키는 그 위압적인 요새 같은 것은 없다. 덴마크인들과는 달리 이 동양인들은, 지난 수세기 동안 동방의 진귀한 화물을 싣고 밤낮으로 순풍에 돛을 달고 끝없는 행렬을 이루어 수마트라와 자바 사이를 통과하는 무수한 배들에 대해 돛을 내리고 순종의 뜻

---

[417]　순다해협: 인도네시아 서부, 자바섬과 수마트라섬 사이에 있는 해협. 말라카해협: 말레이반도와 수마트라섬 사이에 있는 해협.

을 표하라고 요구하지 않았다. 그런 의례적인 요구는 깨끗이 포기했지만, 공물을 바치라는 실질적인 요구는 결코 포기하지 않았다.

먼 옛날부터 말레이 해적의 쾌속선은 수마트라섬의 낮고 그늘진 후미와 작은 섬들 사이에 숨어 있다가 해협을 지나는 선박에 덤벼들어 창을 휘두르며 사납게 공물을 요구했다. 유럽에서 온 순양함에 의해 피비린내 나는 응징을 몇 차례 받은 뒤 이 해적들의 대담성은 요즘 들어 다소 약해졌지만, 오늘날에도 해적들이 이 해역에서 영국이나 미국의 선박에 무자비하게 난입하여 약탈했다는 소식을 이따금 듣게 된다.

지금 '피쿼드'호는 상쾌한 순풍을 받으며 이 해협에 접근하고 있었다. 에이해브는 해협을 지나 자바해로 들어가서 여기저기 향유고래가 출몰한다고 알려져 있는 북쪽 해역으로 갔다가, 필리핀 근해를 지나 일본 앞 먼바다에서 형성되는 고래잡이 시즌에 맞춰 도착할 계획이었다. 이에 따라 '피쿼드'호는 전 세계의 유명한 향유고래 어장을 거의 다 돌아다닌 뒤 태평양의 적도 선상으로 들어서게 되는데, 에이해브는 다른 곳에서는 추적에 실패했지만 거기서는 모비 딕을 만날 수 있을 거라고 확신하고 있었다. 그곳은 모비 딕이 자주 나타나는 곳으로 알려진 해역이고, 또한 시기적으로도 모비 딕이 출현할 거라고 확신할 수 있는 때였기 때문이다.

하지만 지금은 어떤가? 이렇게 띠 모양으로 고래를 추적하는 지금, 에이해브는 어느 육지에도 들르지 않으려는 것인가? 그렇다면 선원들은 공기만 마시고 살라는 것인가? 설마 그도 먹을 물이 떨어지면 틀림없이 어딘가에 기항할 것이다. 아니, 그렇기는 하지만, 오랫동안 하늘을 달리고 있는 태양은 그 불타는 궤도를 달리면서 자기 안에 있는 것 외에는 어떤 보급도 받고 있지 않다. 에이해브도 마찬가지다. 또한 포경선에 대해서는 다음과 같은 사실을 알아야 한다. 다른 종류의 선박들은 외국의 항구로 운송하는 외국의 화물을 싣고 있지만, 세계를 방랑하는 포경선은 배 자체와 선원, 무기와 필수품 외에는 어떤 짐도 싣지 않는다. 그 넓은 선창에는 호수를 가득 채울 만큼 많은 물이 병에 담긴 채 실려 있다. 포경선은 바닥 짐도 실용품으로만 싣는다. 쓸데없는 납덩이나 쇳덩이 따위는 절대로 싣지 않고, 그 대신 몇 년 동안 마실 물을 싣고 다닌다. 맑고 수질 좋은 낸터컷 물이다. 낸터컷 사람이라면 3년 동안 태평양을 떠돌아다닌 뒤에도 페루나 인도의 개울에서 바로 어제 통에 담아 가져온 찝찔한 물보다는 오래된 낸터컷 물을 즐겨 마신다. 그래서 다른 종류의 배들은 뉴욕에서 중국으로 갔다가 뉴욕으로 돌아오는 동안 수십 군데에 기항하지만, 포경선은 항해하는 동안 흙이라고는 한 알갱이도 보지 못하고, 자신들처럼 바다를 떠돌아다니는 뱃사람 말고는 한 사람도 보지 못할 수도 있다. 따라서 여러분이 그들에게 또다시 대홍수가 왔다는 소식을 전하면, 그들은 "괜찮아. 여기 방주가 있으니까" 하고 대답하는 게 고작일 것이다.

순다해협 근처, 자바섬의 서해안 앞바다에서 많은 향유고래가 잡혔기 때문에, 대체로 포경꾼들은 이 일대 어장이 향유고래를 찾아다니기에 좋은 곳이라고 인정하고 있었다. 그래서 '피쿼드'호가 자바곶으로 다가갈수록 돛대 망루의 선원들은 눈을 크게 뜨고 있으라는 주의를 받곤 했다. 그러나 초록빛 야자나무가 우거진 절벽이 오른쪽에 나타나고, 신선한 계피 향이 바람에 실려와 콧구멍을 간지럽힐 때까지도 단 하나의 물보라도 보이지 않았다. 그래서 이 근처에서 고래를 만나는 것은 거의 체념하고 배가 막 해협으로 들어가려는 찰나, 귀에 익은 환호가 돛대 망루에서 들려왔고, 곧이어 기묘하고 장엄한 광경이 우리를 맞이했다.

그러나 여기서 미리 말해두어야 할 것이 있다. 향유고래는 요즘 사대양 전역에서 쉴 새 없이 쫓기고 있었기 때문에, 전에는 언제나 작은 무리를 지어서 다녔지만 이제는 큰 무리를 지은 향유고래를 자주 만나게 된다. 때로는 헤아릴 수 없이 많은 고래가 무리를 지어 이동하고 있어서, 수많은 고래 종족이 엄숙한 동맹을 맺고 상호 원조와 방위에 대한 조약을 맺은 게 아닐까 싶을 정도다. 요즘에는 가장 좋은 어장에서도 몇 주나 몇 달

동안 단 하나의 물보라도 보지 못하다가 갑자기 수천 개의 물보라를 한 꺼번에 보게 되는 경우가 있는데, 이런 상황이 벌어지는 것은 향유고래가 이처럼 큰 무리를 지어 집결해 있기 때문인 것이다.

뱃머리 양쪽으로 3~4킬로미터 거리에 수평선의 절반을 차지하는 거대한 반원을 그리며 이어진 물보라가 대낮의 하늘로 높이 솟아올라 찬란하게 빛나고 있었다. 참고래가 수직으로 내뿜는 두 개의 물보라는 꼭대기에서 양쪽으로 갈라져 축 늘어진 버들가지처럼 떨어지지만, 향유고래는 앞쪽으로 기울어진 하나의 물보라만 내뿜는다. 끊임없이 올라갔다가 바람 불어가는 쪽으로 떨어지는 그 물보라는 하얀 안개가 자욱하게 소용돌이치는 덤불처럼 보인다.

'피쿼드'호가 파도를 타고 높은 물마루 위로 올라설 때, 그 갑판에서 바라보면 이 수많은 안개 같은 물보라는 하나하나가 제각기 소용돌이치며 하늘로 솟아올랐다. 푸른 안개가 한데 어우러진 대기 속에서 보면, 향기로운 가을 아침에 말을 탄 사람이 높은 언덕 위에서 건물이 빽빽이 들어선 대도시의 수많은 굴뚝을 바라보는 느낌이 든다.

행진하는 군대가 산속에서 위험한 골짜기에 가까워지면 한시라도 빨리 그 위험하고 좁은 길목에서 벗어나려고 걸음을 재촉하다가 비교적 안전한 평원으로 나오면 다시 간격을 넓히듯, 이 고래의 대함대는 그 좁은 해협을 빨리 통과하려고 서두르는 것 같았다. 차츰 반원형의 양쪽 날개를 좁히고 밀집하여 한 덩어리로 헤엄치고 있었지만, 가운데는 아직 초승달 모양을 유지하고 있었다.

'피쿼드'호는 돛을 모두 펴고 고래들을 바싹 뒤쫓았다. 작살잡이들은 무기를 들고, 아직 본선에 매달려 있는 보트의 뱃머리에서 큰 소리로 외치고 있었다. 바람만 계속 불어주면 이 거대한 고래 떼는 순다해협을 지나 동쪽 바다로 쫓겨 들어갈 테니까 적잖은 수의 고래가 잡히리라는 것을 그들은 의심치 않았다. 그 대열 속에 모비 딕 자신도 일시적으로 끼어들어, 마치 시암 왕의 대관식 행렬 속의 흰 코끼리처럼 숭배를 받으며 헤엄치고 있지 않다고 누가 장담할 수 있겠는가! 그래서 우리가 보조돛에다 또 보조돛을 더 달아 고래들을 바싹 뒤쫓고 있을 때, 갑자기 태시테고의 고함소리가 고물 쪽으로 우리의 주의를 끌었다.

우리 앞쪽에 있는 반원형의 고래 떼에 대응하듯, 뒤쪽에도 또 다른 반원형의 고래 떼가 보였다. 그것은 제각기 고립된 하얀 증기로 이루어져 있는 것 같았고, 고래의 물보라처럼 올라갔다가 떨어지기를 되풀이하고 있었다. 다만 완전히 나타났다가 사라지지는 않았다. 그것은 계속 허공을 맴돌고 있어서 결코 눈앞에서 사라지는 일은 없었다. 망원경으로 그 광경을 바라보고 있던 에이해브는 갑판 구멍에 끼운 의족을 축으로 삼아 휙 몸을 돌리면서 외쳤다. "저기 돛대로 올라가라! 물통으로 돛을 적셔라! 말레이 놈들이 쫓아오고 있다!"

'피쿼드'호가 해협에 완전히 들어올 때까지 너무 오랫동안 곶 뒤에 숨어 있었는지, 그 악랄한 아시아 놈들은 지나치게 조심하느라 늦어진 것을 만회하려고 열심히 쫓아오고 있었다. 그러나 속력이 빠른 '피쿼드'호는 때마침 불어오는 바람을 받은 데다 한창 고래를 추격하고 있었던 참이라, 스스로 택한 추격 속도를 이 황갈색 박애주의자들이 더욱 빠르게 해주었으니 오히려 고마운 일이었다. 말하자면 그들은 '피쿼드'호를 재촉하는 채찍과 박차나 마찬가지였다. 에이해브는 망원경을 겨드랑이에 끼고 갑판을 오락가락하면서, 앞쪽으로 돌아섰을 때는 쫓아가고 있는 괴물들을 바라보고, 뒤쪽으로 갈 때는 피에 굶주린 해적들이 쫓아오는 것을 바라보았다. 에이해브는 위에서 말한 그런 생각을 한 것 같았다. 그는 지금 배가 지나가고 있는 좁은 수로 양쪽의 푸른 절벽을 힐끗 바라보며 그 문 너머에 복수의 길이 놓여 있다고 생각하고, 자신의 치명적인 종말을 향해 쫓고 쫓기면서 그 문으로 나아가고 있음을 깨달았다. 그뿐만 아니라 무자비하고도 거친 해적 무리와 신을 모르는 악마 같은 동물 무리가 둘 다 저주의 말로 악마처럼 그를 격려하고 있다는 생각이 머리를 스쳤을 때, 에이해브의 수척한 이마에는 거센 파도가 휩쓸고 간 흑모래 해변처럼 깊은 주름이 잡혔다. 검은 모래는 파도에 쓸려갔지만 땅에 단단히 박힌 것은 파도가 끌고 가지 못해 뒤에 남겨진 것 같았다.

하지만 겁을 모르는 선원들 가운데 이런 생각으로 고민하는 자는 거의 없었다. '피쿼드'호는 해적선과 조금씩 거리를 벌린 뒤, 마침내 수마트라 쪽의 초록빛 코카투(앵무새)곶을 지나 그 너머의 넓은 수역으로 빠져나왔다. 작살잡이들은 말레이 해적을 멋지게 따돌렸다고 기뻐하기보다, 민첩한 고래 떼가 훨씬 앞서가고 있는 것을 안타까워하는 듯했다. 그래도 추격을 계속하는 동안, 드디어 고래들이 속도를 늦추는 것 같았다. 배와 고래 떼의 거리는 차츰 가까워졌다. 이제 바람도 잔잔해졌기 때문에 보트를 내리라는 명령이 떨어졌다. 하지만 향유고래 특유의 놀라운 본능으로 보트 세 척이—아직 1킬로미터 넘게 떨어져 있었는데도—뒤쫓는 것을 알아차리자마자, 고래들은 다시 모여 밀집대형을 이루었다. 그래서 그들이 내뿜는 물보라는 번쩍이는 총검들이 대열을 이룬 듯이 보였고, 이제 그것은 두 배나 빠른 속도로 움직이고 있었다.

우리는 옷을 벗어 던지고 셔츠와 팬티 바람으로 노를 잡았지만, 몇 시간 동안 노를 젓다가 끝내는 추격을 포기하기에 이르렀다. 그런데 바로 그때 고래 떼 전체가 그 자리에서 빙빙 맴도는 듯한 동요를 일으켰다. 그것은 고래들이 마침내 무기력하고 우유부단한 태도에서 생기는 기이한 혼란에 빠져 있음을 보여주는 징조였다. 이런 징조가 보이면 포경꾼들은 고래가 '식겁했다'*고 말한다. 지금까지 밀집하여 질서정연한 대열을 짓고 빠르게 거침없이 헤엄치던 고래들이 이제는 헤아릴 수 없는 혼란에 빠져, 알렉산더 대왕의 인도 원정 때 포루스 왕⁴¹⁸의 코끼리 군단처럼 공포

---

418 포루스 왕(?~기원전 317): 기원전 4세기에 인도의 파우라바 왕국을 다스린 왕. 기원전 327년에 인도에 침입한 알렉산더 대왕은 이듬해 인더스강을 건너 파우라바 왕국으로 쳐들어가 말을 이용한 속공으로 코끼리 군단의 반격을 쳐부수고 포루스 왕의 항복을 받아냈다.

에 질려 넋이 나가버린 것 같았다. 거대하고 불규칙한 원을 그리며 사방 팔방으로 어지럽게 흩어져 이리저리 헤매면서 짧고 굵은 물보라를 내뿜고 있는 것으로 보아, 고래들이 정신을 차리지 못할 만큼 당황해하고 있는 것은 분명했다. 어떤 고래는 더욱 이상한 공포증을 드러내어, 몸이 완전히 마비된 것처럼 물 위에 둥둥 떠 있었다. 마치 물이 스며들어 해체된 배 같았다. 이 고래들이 목장에서 사나운 늑대 세 마리에게 쫓기는 순한 양 떼라 해도 그렇게 당황한 모습을 보여줄 수는 없었을 것이다. 하지만 이따금 이렇게 겁을 먹는 것은 거의 모든 떼살이 동물에서 볼 수 있는 특징이다. 사자와 같은 갈기를 가진 서부의 들소는 수만 마리가 무리를 짓고 있어도, 한 사람의 말 탄 사람 앞에서 도망치지 않는가. 인간들을 보라. 극장이라는 우리 안에 모여 있을 때 화재 경보가 울리면 당황하여 어쩔 줄 모른 채 출구로 우르르 몰려가 서로 밀치고 짓밟으며 남들을 참혹하게 죽음으로 몰아넣는다. 따라서 지금 우리 눈앞에서 기이하게 식겁한 고래들을 보고 놀랄 필요는 없다. 지상에 살고 있는 짐승이 아무리 어리석은 짓을 해도, 인간의 발광에 비하면 아무것도 아니니까.

앞에서도 말했듯이 대부분의 고래들은 난폭하게 움직이고 있었지만, 전체적으로는 앞으로 나아가지도 않고 뒤로 물러나지도 않은 채 여전히

---

* '식겁하다'(gally 또는 gallow)는 '지나치게 겁을 먹다. 공포로 혼란에 빠지다'는 뜻이다. 원래는 고대 색슨어이고, 셰익스피어의 작품에도 한 번 나온다.

> 격노한 하늘은
> 어둠 속을 방랑하는 야수들을 식겁하게 하여
> 그들이 굴속에 머무르게 한다.
> —『리어 왕』제3장 제2막

육지의 일상어로는 이제 완전히 시대에 뒤떨어진 폐어가 되었다. 세련된 육지 사람은 수척한 낸터킷 사람에게서 이 말을 처음 들으면, 포경꾼들이 멋대로 만들어낸 야만스러운 은어로 생각하는 경향이 있다. 그 밖에도 근골이 늠름한 색슨족이 쓰던 색슨어는 옛날 공화정 시절에 영국 이민들의 고귀한 근육과 함께 뉴잉글랜드의 암벽으로 이주했지만, 그 색슨어 낱말의 대부분이 같은 취급을 받고 있다. 그래서 가장 훌륭하고 가장 유서 깊은 영어 낱말의 일부—'하워드가家'나 '퍼시가'처럼 유서 깊은 어원을 가진 낱말—는 이제 신세계에서 민주화—아니, 말하자면 평민화—되었다.

모비 딕

한 곳에 무리를 이루고 있었다. 이런 경우의 관례에 따라 보트들은 당장 흩어져서, 제각기 무리 바깥에 따로 떨어져 있는 고래를 표적으로 삼았다. 3분쯤 뒤에 퀴케그가 작살을 던졌고, 그 작살을 맞은 고래는 앞이 보이지 않을 만큼 자욱한 물보라를 우리 앞에 뿌리면서 고래 떼 중심을 향해 번개같이 달아났다. 이런 상황에서 작살에 맞은 고래가 그런 움직임을 보이는 것은 결코 전례 없는 일은 아니고, 오히려 늘 예상하고 있는 일이다. 그런데도 이것은 포경꾼에게 심각한 위험이 된다. 그 빠른 괴물이 여러분을 광란의 무리 속으로 점점 더 깊이 끌고 들어가면, 여러분은 분별 있는 삶에는 작별을 고하고 미친 듯한 흥분 상태 속에서만 살게 되기 때문이다.

눈도 보이지 않고 귀도 멀어버린 고래가 제 몸에 달라붙은 강철 거머리를 순전히 빠른 속력만으로 떼어버리려는 것처럼 앞으로 돌진할 때, 그래서 우리가 바다에 하얀 상처를 내며 날듯이 달릴 때, 그런 우리 주위에서 이리저리 미쳐 날뛰는 고래들이 사방에서 우리를 위협할 때, 고래들에게 포위된 우리 보트는 마치 폭풍우 속에서 빙산에 둘러싸인 배가 언제 어디서 앞길이 막혀 부서질지 모르는 상황에서 복잡한 수로와 해협을 뚫고 나가려고 안간힘을 쓰는 것과도 같았다.

하지만 퀴케그는 조금도 당황하지 않고 씩씩하게 키를 잡고, 우리 앞을 가로지르는 괴물을 살짝 피하는가 하면, 거대한 꼬리를 우리 위로 치켜올린 고래로부터 살짝 벗어나면서 괴물을 피해 달렸다. 그동안 내내 스타벅은 창을 들고 뱃머리에 서 있었지만, 창을 멀리 던질 기회가 없었기 때문에 우리 앞을 가로막는 고래를 닥치는 대로 쿡쿡 찔러서 보트가 나아갈 길을 열어주었다. 노잡이들도 본래의 의무는 면제받았지만 그래도 빈둥거리며 놀지는 않았다. 그들은 주로 고함치는 일을 맡았다. "어서 피해요, 대장!" 하고 한 선원이 외쳤다. 혹이 달린 거대한 고래가 갑자기 수면으로 올라와 우리를 물속에 처박으려 했기 때문이다. 또 다른 선원은 다른 고래가 우리 뱃전에 바싹 다가와 더위를 식히듯 부채처럼 생긴 꼬리로 조용히 부채질을 하자, "야, 꼬리 내려!" 하고 고함을 질렀다.

모든 포경 보트에는 원래 낸터컷 인디언이 발명한 '드러그'라고 불리는 기묘한 장치가 실려 있다. 같은 크기의 굵고 네모난 나무토막 두 개를 나뭇결이 직각으로 교차되도록 단단히 묶은 다음, 그 한가운데에 상당히 긴 밧줄을 매고, 밧줄의 반대쪽 끝은 고리 모양으로 만들어 언제라도 당장 작살에 붙들어 맬 수 있게 되어 있다. 이 드러그는 주로 식겁한 고래들에게 둘러싸였을 때 쓰인다. 이때는 한꺼번에 추격할 수 없을 만큼 많은 고래가 주위에 모여 있기 때문이다. 하지만 향유고래를 날마다 만날 수는 없다. 따라서 가능하면 잡을 수 있는 향유고래는 모조리 잡아야 한다. 한꺼번에 다 죽일 수 없다면, 나중에 편리할 때 천천히 잡을 수 있도록 향유고래가 달아나지 못하게 해두어야 한다. 바로 이럴 때 드러그가 필요한 것이다. 우리 보트는 드러그를 세 개나 갖추고 있었다. 첫 번째와 두 번째 드러그는 명중했고, 비스듬히 잡아당기는 드러그의 엄청난 저항력에 발목이 잡힌 고래들이 비틀거리며 달아나는 게 보였다. 그들은 쇳덩이가 달린 쇠사슬에 묶여 있는 죄수 같았다. 그런데 세 번째 드러그를 던질 때 문제가 생겼다. 꼴사나운 나무토막을 뱃전 너머로 던진 순간, 그것이 보트의 의자 밑에 걸려버린 것이다. 순식간에 의자가 떨어져 나갔고, 노잡이는 자기가 앉았던 의자가 엉덩이 밑에서 빠져나갔기 때문에 보트 바닥에 엉덩방아를 찧고 말았다. 부서진 널판 틈새로 바닷물이 새어 들어왔지만, 우리는 셔츠와 팬티 몇 장으로 구멍을 틀어막아 임시변통으로 침수를 막았다.

우리가 고래 무리 속으로 들어갈수록 작살을 맞은 고래의 속도가 줄지 않았다면, 게다가 소용돌이 주변에서 점점 멀어질수록 무서운 혼란이 가라앉지 않았다면, 드러그에 매단 작살을 던지는 것은 거의 불가능했을 것이다. 우리를 끌고 가던 고래 몸뚱이에서 마침내 작살이 빠지고 녀석이 옆으로 방향을 돌려 사라지자, 우리 보트는 그 고래가 떠나갈 때의 반동을 이용하여 두 고래 사이를 지나 고래 떼 한복판으로 미끄러져 들어갔다. 마치 산간의 급류에서 벗어나 계곡의 잔잔한 호수로 들어간 것 같았다. 가장 바깥쪽 고래들 사이에 있는 협곡에서는 폭풍이 으르렁거리고 있었지만, 여기서는 그 소리만 들릴 뿐 폭풍을 느낄 수는 없었다. 고래 떼 한복판의 이 바다는 수면이 비단처럼 매끄러웠다. 고래가 평온한 기분일 때 토해내는 미세한 수증기가 그런 수면을 만들어낸 것이다. 그렇다, 우리는 지금 모든 소용돌이의 한복판에 숨어 있다는 그 매혹의 고요 속에 들어와 있는 것이다. 우리는 저 멀리 바깥쪽 동심원에서 벌어지고 있는 소용돌이를 볼 수 있었고, 여덟 마리나 열 마리씩 무리를 지은 고래들이 경마장에서 원을 그리며 달리는 말들처럼 꼬리를 물고 빠른 속도로 빙글빙글 도는 것을 보았다. 고래들은 어깨가 서로 맞닿아 있어서, 거인 곡예사라면 가운데에 있는 두 마리 고래에게 양다리를 걸쳐 아치를 만들 수도 있었을 것이고, 고래 등을 밟으며 한 바퀴 돌 수도 있었을 것이다. 고래 떼의 중심축을 둘러싼 채 쉬고 있는 고래들이 너무 밀집해 있어서 지금은 탈출할 기회를 얻을 수 없었다. 우리를 둘러싼 살아 있는 벽에 틈이 생기기만을 기다릴 수밖에 없었다. 우리를 받아들인 것은 단지 우리를 가두기 위해서였다. 이렇게 호수 한복판에 갇혀 있을 때 이따금 작고 온순한 암컷과 새끼들이 우리를 찾아오곤 했는데, 이들은 우리를 초대한 소란한 바깥주인의 아내와 아이들이었다.

빙글빙글 도는 바깥쪽 동심원들 사이의 넓은 간격을 포함하고 그 동심원을 도는 여러 무리 사이의 공간을 포함하면, 지금 고래 떼 전체가 차지하고 있는 면적은 적어도 4~5평방킬로미터는 되었을 것이다. 어쨌든— 사실 이런 경우의 추측은 잘못되기 쉬운 법이지만—우리가 타고 있는 낮은 보트에서 보면 고래들의 물보라가 거의 수평선에서 솟아오르고 있는 것처럼 보였다. 내가 이런 상황을 언급하는 것은 그들이 암컷과 새끼들을 일부러 맨 안쪽 우리에 가두어놓은 것 같았고, 무리가 넓게 퍼져 있어서 암컷과 새끼들은 지금까지 무리가 정지해 있는 정확한 이유를 모르는 것 같았기 때문이다. 그들은 너무 어리고 천진난만해서 세상물정도 모르고 경험도 없는 것 같았다. 어쨌든 이 작은 고래들은 이따금 호수 가장자리로부터 정지해 있는 우리 보트를 찾아오기도 했는데, 그들은 놀라운 대담성과 신뢰를 보여주거나, 아니면 정말 경탄하지 않을 수 없는 호기심과 두려움을 드러내곤 했다. 그들은 집에서 기르는 개가 코를 킁킁거리듯 우리 보트로 바싹 다가와 뱃전을 스치기도 했다. 어떤 마법이 갑자기 그들을 가축으로 길들인 게 아닌가 싶을 정도였다. 퀴퀘그는 그들의 이마를 톡톡 두드렸고, 스타벅은 그들의 등을 창끝으로 긁어주었지만, 후환이 두려웠는지 창을 찌르는 짓은 당분간 삼가고 있었다.

하지만 우리가 뱃전 너머로 바닷속을 들여다보니, 수면에 펼쳐진 그 놀라운 세계 밑에는 더욱 신기한 세상이 펼쳐져 있었다. 그것은 물로 이루어진 둥근 천장에 매달려 새끼에게 젖을 먹이고 있는 어미들, 커다란 허리둘레로 보아 이제 곧 어미가 되려는 고래들의 모습이었다. 내가 좀 전에 암시했듯이 이 호수는 상당히 깊은 곳까지 놀랄 만큼 투명했다. 그 속에서 새끼 고래들은, 젖먹이들이 엄마 젖을 빨 때 동시에 두 가지 일을— 한편으로는 육체의 영양을 섭취하면서 또 한편으로는 버리고 온 저쪽 세상의 추억을 정신적으로 즐기는 듯하다—하듯이, 그런 눈으로 우리 쪽을 올려다보고 있었다. 하지만 막 뜨기 시작한 그들의 눈에는 우리가 한 줌의 모자반 정도로밖에 보이지 않는 것 같았다. 그들 옆에 떠 있는 어미들도 우리를 빤히 바라보고 있는 것 같았다. 이 새끼들 가운데 한 마리는 몇가지 기묘한 특징으로 보아 태어난 지 하루도 안 되어 보였지만, 몸길이가 벌써 4미터가 넘고 허리둘레는 2미터쯤 되어 보였다. 녀석은 까불면서 장난을 쳤지만, 그 몸은 얼마 전까지 어미의 자궁 속에서 취하고 있던 거북한 자세—태어나기 전의 고래 태아는 꼬리에서 머리끝까지 당장이라도 뛰쳐나갈 준비를 갖추고 타타르인의 활처럼 잔뜩 웅크리고 있다—
에서 완전히 회복되지 않은 것 같았다. 섬세한 옆지느러미와 손바닥 모양
의 양쪽 꼬리도 다른 세계에서 이 세상에 갓 도착한 갓난아기의 귀처럼
쭈글쭈글 주름진 모양을 아직도 간직하고 있었다.

"밧줄! 밧줄!" 퀴퀘그가 뱃전 너머로 물속을 내려다보면서 소리쳤다.
"작살 맞았다! 작살 맞았어! 누가 밧줄 던지나? 누가 쏘나? 두 마리다. 하
나 크고 하나 작다!"

"왜 그래, 퀴퀘그?" 스타벅이 외쳤다.

"여기 봐." 퀴퀘그가 아래를 가리키며 말했다.

작살을 맞은 고래가 밧줄통에서 수백 발이나 되는 밧줄을 끌어내듯이,
그리고 고래가 물속 깊이 잠수했다가 다시 떠오를 때 느슨하게 말려 있던
밧줄이 공중을 향해 맴돌며 치솟듯이, 고래 부인의 탯줄이 새끼 고래에
연결된 채 길게 꼬여 있는 것을 스타벅은 보았다. 고래 추적이라는 긴박
한 상황에서는 이 천연 밧줄이 어미에 붙어 있는 쪽만 떨어져서 작살줄과
얽히는 바람에 새끼가 곤경에 빠지는 일이 심심찮게 일어난다. 바다의 가
장 신비로운 비밀 몇 가지가 이 매혹적인 호수 속에서 우리 앞에 밝혀지
는 것 같았다. 우리는 깊은 곳에서 젊은 고래들이 사랑을 나누는 것도 보
았다.*

이렇듯 몇 겹의 동그라미를 이룬 공포와 낭패 속에 둘러싸여 있으면서
도, 한가운데에 있는 이 불가사의한 고래들은 아무런 두려움도 없이 자유

---

* 대형 고래가 모두 그렇듯이 향유고래도 대부분의 다른 어류들과는 달리 시기와 관계없이 번
식한다. 아홉 달의 임신 기간이 지나면 한배에 한 마리를 낳는 것이 보통이다. 하지만 때로는 에
서와 야곱(구약성서 「창세기」에서 아브라함의 아들인 이삭과 리브가 사이에서 태어난 쌍둥이 형
제—옮긴이) 같은 쌍둥이를 낳는 경우도 있는 것으로 알려져 있다. 이런 우발적인 경우에 대비하
여 수유를 위한 젖꼭지가 두 개 있는데, 그것이 묘하게도 항문 양쪽에 하나씩 달려 있다. 하지만
유방 자체는 거기에서 위쪽으로 퍼져 있다. 젖을 먹이는 고래에게 중요한 이곳이 우연히 사냥꾼들
의 창에 찔리면, 어미한테서 쏟아져 나온 젖과 피는 서로 다투어 바다를 멀리까지 물들인다. 젖은
달콤하고 영양분이 풍부하다. 고래젖을 맛본 사람의 말에 따르면, 딸기와 함께 먹으면 더욱 맛있
다고 한다. 고래들도 서로 사랑하는 마음이 넘칠 때면 '사람처럼' 짝을 짓는다.

롭고 태평스럽게 마음껏 즐기고 있었다. 나 역시 폭풍이 휘몰아치는 대양 한복판에 있으면서도, 그 중심에 있는 조용하고 잔잔한 해역에서 장난치며 즐겁게 놀고 있었다. 영원히 사그라지지 않는 고뇌가 무거운 행성들처럼 내 주위를 돌고 있지만, 나는 깊은 밑바닥과 내륙의 깊은 오지에서 아직도 기쁨의 영원한 부드러움 속에 잠겨 있는 것이다.

우리가 이렇게 황홀경에 빠져 있는 동안에도 멀리서는 이따금 갑작스럽게 광적인 장면이 벌어져, 다른 보트들은 아직도 무리 주변에 있는 고래들에게 '드래그'를 걸거나 첫 번째 동심원 안에서 고래들과 전쟁을 벌이고 있다는 것을 알려주었다. 동심원 안에는 공간이 충분했고 편리한 피난처도 있었다. 드래그에 걸려 격분한 고래가 이따금 동심원을 가로질러 앞뒤로 마구 돌진하는 광경도 보였지만, 마지막에 우리 눈앞에 나타난 것에 비하면 그 정도는 아무것도 아니었다. 유난히 힘이 세고 민첩한 고래에게 작살을 꽂았을 때는 그 거대한 꼬리 힘줄을 자르거나 상처를 내거나 하여 놈이 힘을 쓰지 못하도록 만들어버리는 것이 흔히 쓰는 수법이다. 그럴 경우에는 자루가 짧은 고래삽을 던지는데, 그 끝에는 삽을 다시 잡아당길 수 있도록 밧줄이 묶여 있다. 이 부위에 상처를 입은 고래 한 마리(나중에 알았다)가 그래도 치명상을 입지는 않았던 모양인지, 보트에서 떨어져 나가 작살줄의 절반을 끌고 달아났다. 하지만 상처의 극심한 고통에 몸부림치며, 새러토가 전투에서 이리저리 말을 달리며 고군분투한 아널드[419] 장군처럼, 빙글빙글 도는 동심원들 사이에서 이리저리 돌진하며 가는 곳마다 혼란을 일으키고 있었다.

하지만 이 고래는 상처로 고통이 심했고, 그 광경은 실로 처참한 것이었다. 그 고래가 무리의 다른 고래들한테 불어넣고 있는 공포의 원인을 처음에는 거리가 멀어서 알 수 없었다. 하지만 나중에 알고 보니 이 고래

---

419 베네딕트 아널드(1741~1801): 미국의 장군. 1777년 10월의 새러토가 전투에서 교묘한 전술과 대담한 공격으로 영국군을 격파했다. 이 승리는 미국 독립전쟁에 전기를 가져다주었지만, 아널드는 나중에 영국군 쪽에 가담했기 때문에 그 후 그의 이름은 배신자의 대명사가 되었다.

는 포경업에서는 상상조차 할 수 없는 사고로 인해 자기가 끌고 가던 작살줄에 얽혀버린 것이었다. 고래는 또한 고래삽에 찔린 채 도주했고, 거기에 달린 밧줄 끝이 꼬리에 감긴 작살줄과 얽히는 바람에 고래삽이 살에서 빠져버렸다. 그래서 고통 때문에 광란 상태에 빠진 고래는 유연한 꼬리와 날카로운 고래삽을 난폭하게 휘둘러 동료들을 죽이거나 상처를 입히면서 물속을 휘젓고 다녔던 것이다.

이 무서운 흉기가 정체 상태에 빠져 있던 고래 무리 전체에게 공포를 불러일으킨 것 같았다. 우선 호수의 가장자리에 있던 고래들이 조금 안으로 들어와서 서로 부딪치기 시작했다. 멀리서 밀려와 반쯤 힘이 빠진 파도가 고래들을 위로 들어 올린 것 같았다. 그러다가 호수 자체도 넘실거리기 시작했고, 물속의 신방과 육아실은 사라졌다. 중심에 가까이 있는 고래들은 둥근 궤도를 점점 좁히면서 더 빽빽한 무리를 이루어 헤엄치기 시작했다. 오랫동안 유지되어온 고요는 이제 사라져가고 있었다. 곧 나지막한 콧소리 같은 울림이 들려오자, 봄이 되어 허드슨강의 얼음이 녹을 때 시끄럽게 깨지는 얼음덩어리처럼 고래 무리 전체가 중심을 향해 뒹굴듯이 몰려들었다. 자신들을 차곡차곡 쌓아 올려 거대한 산 하나를 만들려는 것 같았다. 스타벅과 퀴퀘그는 재빨리 자리를 바꾸었고, 스타벅이 고물에 섰다.

"노를 잡아라! 노를!" 그는 키를 잡으면서 격렬하게 속삭이듯 말했다. "노를 꽉 잡아. 정신 바짝 차려! 자, 다들 준비해! 이봐 퀴퀘그, 저 고래 녀석을 밀어내! 찔러! 힘껏 때려! 일어나! 일어나서 그대로 서 있어! 힘내. 힘껏 노를 저어. 고래 등에는 신경 쓰지 마! 그냥 타고 넘어! 그냥 저어가!"

보트는 이제 거대한 두 마리의 시커먼 고래 사이에 끼여버렸고, 고래의 기다란 몸통 사이에는 다르다넬스해협만큼 좁은 틈새가 남아 있을 뿐이었다. 하지만 우리는 필사적인 노력을 기울여 잠깐 열린 수면으로 들어가서 맹렬히 노를 저으며 다른 출구를 열심히 찾았다. 이런 아슬아슬한 탈출을 수없이 거듭한 뒤에야 마침내 조금 전까지 바깥쪽 동심원 가운데 하나였던 곳으로 재빨리 미끄러져 들어갔다. 이제 고래들은 닥치는 대로 경계선을 넘어 하나의 중심을 향해 맹렬히 돌진하고 있었다. 이 행운의 탈출은 퀴퀘그가 모자를 잃어버리는 값싼 대가를 치르고 얻은 것이었다. 퀴퀘그는 도망치는 고래들을 찌르려고 뱃머리에 서 있었는데, 갑자기 넓적한 고래 꼬리 한 쌍이 바로 옆을 스치는 바람에 회오리바람이 일어나 퀴퀘그의 모자가 그의 머리에서 날아가고 만 것이다.

그 일대 해역에 널리 퍼진 소동은 시끄럽고 혼란스러웠지만, 곧 질서정연한 움직임으로 바뀌어갔다. 고래들이 드디어 하나의 밀집대형으로 응집하여 더욱 빠른 속도로 달아나기 시작한 것이다. 더 이상 추적해봤자 소용이 없었다. 그러나 보트들은 여전히 고래 떼가 지나간 자리를 떠돌며, 드러그에 걸려 뒤처진 고래가 있으면 잡거나, 플래스크가 죽여서 푯대를 꽂아둔 고래를 잡으려 하고 있었다. 푯대란 길쭉한 삼각기를 매단 장대인데, 어느 보트나 두서너 개는 가지고 다닌다. 가까이에 있는 다른 사냥감을 서둘러 쫓아갈 때는 이미 죽어서 물 위에 떠 있는 고래의 몸에 이 푯대를 꽂는다. 이것은 바다에서 고래의 위치를 알려주는 표지인 동시에, 다른 포경선에 속한 보트가 가까이 왔을 경우 고래의 소유권이 누구에게 있는지를 보여주는 증거물이기도 하다.

이 추적의 결과는 포경업계의 명언—고래가 많으면 적게 잡힌다—을 증명하는 것 같았다. 드러그에 걸린 고래들 중에서 붙잡힌 것은 한 마리뿐이었다. 나머지는 일단 달아났지만, 결국에는—나중에 알게 되겠지만—'피쿼드'호가 아닌 다른 배에 잡히고 말았다.

{   제88장   }

학교와 교사들

앞 장에서는 향유고래의 거대한 집단이랄지 무리에 대해서 말하고, 그렇게 많은 고래가 집결하는 원인으로 생각되는 것도 설명했다.

그렇게 큰 집단은 어쩌다 한 번 만나게 되지만, 오늘날에도 스무 마리 내지 쉰 마리 정도의 작은 단체는 종종 관찰된다는 것을 알아야 한다. 그런 작은 무리를 '학교'[420]라고 부른다. '학교'에는 대개 두 종류가 있는데, 하나는 거의 전부가 암컷으로 구성된 무리이고, 또 하나는 젊고 힘센 수컷, 그래서 흔히 '황소'라고 불리는 고래들로만 이루어진 무리다.

암컷들만의 학교에는 완전히 자랐지만 늙지 않은 수놈 하나가 언제나 기사처럼 수행하고 있는데, 어떤 위기가 닥치면 기사도를 발휘하여 대열의 맨 뒤에 처져서 숙녀들의 도주를 엄호해준다. 사실 이 신사는 호화스러운 튀르크 왕이어서, 바다 세계를 유유히 헤엄쳐 다니면서 하렘[421]의 애첩들에게 둘러싸인 채 온갖 위안과 애무를 받고 있는 것이다. 이 왕과 애첩들 사이에는 뚜렷한 차이가 있는데, 왕은 언제나 고래들 중에서도 가장 큰 몸집을 하고 있는 반면, 애첩들은 다 자란 뒤에도 기껏해야 수놈 크기의 3분의 1에 불과하다. 사실 암컷들은 비교적 가냘프다. 허리둘레도 아마 5미터를 넘지 않을 것이다. 그래도 그들이 대체로 풍만한 몸집을 유전적으로 물려받은 것은 부인할 수 없는 사실이다.

이 애첩들과 왕이 한가롭게 노닐고 있는 모습은 정말 흥미롭다. 그들은 언제나 상류사회의 신사 숙녀들처럼 느긋하게 다양한 체험을 찾아 끊임없이 움직인다. 적도에서 먹이를 섭취하는 철이 한창일 때 적도에 가면

---

420 school. 이 단어에는 '어군魚群'이라는 뜻도 있다.

421 이슬람 사회에서 부인들이 거처하는 방을 가리키는 명칭. 혈육 이외의 일반 남자는 출입이 금지되었다. 궁전의 경우는 술탄의 후궁들이 거주하는 곳이었으며, 튀르크의 하렘은 권력 투쟁의 장이기도 했다.

그들을 만날 수 있다. 그들은 견디기 어려운 권태와 더위를 피해 북쪽 바다에서 여름을 보내고 방금 돌아온 참이다. 잠시 적도의 산책길을 어슬렁어슬렁 오르내린 뒤에는 서늘한 시기를 기대하고 동쪽 바다로 떠나서, 또다시 찾아올 더위를 피한다.

이런 여행길을 유유히 돌아다닐 때 이상하고 의심스러운 광경이 보이면, 고래 전하는 그의 사랑하는 가족을 더욱 주의 깊게 감시한다. 만약에 어떤 건방진 젊은 녀석이 감히 애첩에게 은밀히 접근하면, 격분한 전하는 당장 그놈을 공격하여 기어이 쫓아내고 만다. 그런 젊은 난봉꾼에게 신성한 가정의 행복을 침해하도록 허용한다면 어떻게 될까? 전하가 무슨 짓을 해도, 악명 높은 로새리오[422]가 그의 침실로 들어오는 것을 막아낼 수 없게 될 것이다. 모든 물고기는 침실을 공동으로 쓰기 때문이다. 육상에서 귀부인들은 그녀를 흠모하는 경쟁자들 사이에 끔찍한 결투를 일으키는 경우가 많은데, 고래의 세계에서도 마찬가지다. 그들도 오로지 사랑 때문에 종종 결사적인 싸움을 벌인다. 그들은 긴 아래턱으로 칼싸움을 하고, 때로는 주둥이를 맞대고 힘을 겨루기도 한다. 뿔이 뒤엉킨 채 싸우는 사슴처럼 우열을 가리기 위해 치열하게 싸우는 것이다. 이런 결투에서 깊은 상처를 입은 고래가 잡히는 일도 드물지 않다. 머리에 밭고랑 같은 상처가 나거나 이빨이 부러지고, 지느러미가 부채 모양으로 너덜너덜해지고, 턱뼈가 탈구되어 입이 비틀린 경우도 있다.

하지만 가정의 행복을 침범한 난봉꾼이 전하의 공격을 받고 잽싸게 줄행랑을 쳤다면, 이번에는 전하의 거동을 관찰하는 것도 아주 재미있다. 젊은 로새리오들이 아직도 근처에서 기웃거리며 애를 태우고 있는 동안, 거구를 은근히 과시하며 다시 애첩들 사이로 들어가 한동안 농탕치며 즐기는 것이다. 그것은 천 명의 애첩을 거느리고 신에게 예배를 드리는 경

---

[422] 영국의 극작가인 니컬러스 로(1674~1718)의 『아름다운 참회자』에 나오는 유명한 난봉꾼.

모비 딕

건한 솔로몬 왕[423]을 연상시킨다. 포경꾼들은 시야에 다른 고래가 보이는 한, 좀처럼 이런 튀르크 왕을 추격하려 하지 않는다. 이런 왕은 정력을 너무 낭비해서 몸에 지방질이 적기 때문이다. 그들이 낳은 아들과 딸들은 어떻게 되는가. 자녀들은 어미 고래한테 약간의 도움을 받을 뿐, 그 후는 자기 힘으로 살아가야 한다. 고래 전하는 여자를 닥치는 대로 탐하는 바람둥이가 모두 그렇듯이 침실만 좋아할 뿐 육아에는 전혀 흥미가 없기 때문이다. 게다가 그는 대단한 여행가여서 이름도 모르는 자식을 온 세상에 남겨놓기 때문에 모든 자식이 이방인이 되고 만다. 그래도 때가 되면 청춘의 열정은 식어가고, 나이가 들수록 기분은 점점 우울해지고, 진지하게 자신을 반성하면서 잠시 한숨을 돌리게 되고, 요컨대 속절없는 권태가 쾌락에 물린 튀르크 왕을 엄습하게 되면, 안락과 미덕에 대한 사랑이 여자에 대한 사랑을 밀어내게 되고, 우리의 전하는 정력이 감퇴하고 지난 일을 후회하고 잔소리나 일삼는 단계에 접어들게 되고, 애첩들을 모두 내쫓은 뒤 완고하고 까탈스런 노인이 되어 넓은 바다의 경선과 위선 사이를 홀로 돌아다니며 기도문을 중얼거리고, 젊은 고래를 만나면 욕정의 과오를 저지르지 말라고 경고한다.

그런데 포경꾼들은 고래 집단을 '학교'라고 부르고 있으니까, 그 학교의 주인이자 관리자는 전문용어로 '교사'라고 불린다. 따라서 그가 학교에 다니다가 바깥세상에 나와서 학교에서 배운 것을 가르치지 않고 어리석은 짓만 가르치는 것은 풍자적이기는 하지만 전혀 걸맞지 않다. '교사'라는 칭호는 고래 집단을 '학교'라고 부르는 데에서 유래했다고 보는 것이 당연한 것 같지만, 혹자들은 추측하기를, 이런 튀르크 왕 같은 고래를 맨 처음 '교사'라고 부른 사람은 비도크[424]의 회고록을 읽은 게 틀림없

---

[423] 솔로몬 왕은 700명의 후궁과 300명의 애첩을 거느렸다고 한다.

[424] 프랑수아 비도크(1775~1857): 수많은 직업을 전전하며 범죄를 저질렀으나 훗날 공직에 투신해 경찰 부서를 창설하기도 했다. 가짜라는 주장도 있는 회고록에는 교사를 사칭해 여학생들을 유혹한 과정이 기록되어 있다.

고, 그 이름난 프랑스인이 젊은 시절에 어떤 종류의 학교 교사였으며 또한 그가 학생들에게 어떤 종류의 비결을 가르쳤는지에 대해서도 알고 있었던 게 분명하다고 한다.

교사가 만년에 취하는 고독한 은둔 생활은 늙은 향유고래에게도 예외 없이 적용시킬 수 있다. 외떨어진 고래 ─ 외로운 고래 ─ 는 대체로 늙은 고래다. 수염에 이끼가 낀 존경할 만한 대니얼 분[425]이 그랬듯이 늙은 고래는 '자연' 외에는 가까이하지 않고 황량한 바다에서 자연을 아내로 삼아 살아간다. 자연은 우울한 비밀을 많이 간직하고 있지만, 그래도 세상에서 가장 좋은 아내라고 할 수 있다.

젊고 힘센 수고래로만 이루어진 학교는 앞에서도 말했듯이 애첩들의 학교와는 뚜렷한 대조를 보여준다. 암고래는 본래 겁쟁이이지만, '40통짜리 황소'라고 불리는 젊은 수고래는 모든 고래 중에서 가장 호전적이며, 우리한테 가장 위험한 상대로 널리 알려져 있다. 그들보다 위험한 고래는 간혹 만나게 되는 '백발 고래'뿐이다. 이 놀라운 고래는 지독한 통풍 때문에 약이 바짝 오른 냉혹한 악마처럼 여러분에게 덤벼들 것이다.

황소들의 학교는 애첩들의 학교보다 규모가 크다. 그들은 젊은 대학생 집단처럼 싸움과 장난과 심술을 일삼고, 함부로 까불면서 세상을 설치고 돌아다니기 때문에 분별 있는 보험업자라면 예일이나 하버드 대학의 난폭한 녀석들과 마찬가지로 그들도 보험에 가입시키려 하지 않을 것이다. 하지만 그들도 오래지 않아 이 방종하고 무절제한 생활을 청산하고, 4분의 3쯤 자라면 뿔뿔이 흩어져서 제각기 정착지, 다시 말해서 애첩들을 찾아 헤매게 된다.

암고래 학교와 수고래 학교의 또 다른 차이점은 암컷과 수컷의 특징을 더욱 뚜렷이 보여준다. '40통짜리 황소'가 잡히면, 가엾게도 동료들은 모

---

425 대니얼 분(1734~1820): 미국 초기의 서부 개척자. 애팔래치아산맥과 켄터키 지방을 탐험한 전설적인 인물이다.

두 그를 버리고 떠나버릴 것이다. 하지만 애첩 학교의 학생 하나가 잡히면, 친구들은 온갖 걱정스러운 몸짓을 하면서 그녀 주위를 맴돌고, 때로는 너무 가까이에 너무 오래 머물러 있다가 자신마저 희생되는 경우도 있다.

{   제89장   }

잡힌 고래와 놓친 고래

앞의 87장에서 표지와 푯대에 대해 말했지만, 이 표지는 포경업에서 존엄한 상징과 휘장으로 여겨질 수 있기 때문에 포경업계의 법률과 규정에 대해 설명해둘 필요가 있다.

여러 척의 포경선이 하나의 선단을 이루어 함께 항해할 때 어떤 배의 공격을 받은 고래 한 마리가 달아나다가 다른 배의 작살을 맞고 잡히는 일이 종종 일어난다. 이 중요한 특징을 공유하고 있는 사소하고 부수적인 수많은 사건이 간접적으로 여기에 포함된다. 예컨대 고되고 위험한 추적 끝에 고래 한 마리를 잡았는데, 심한 폭풍 때문에 고래 몸체가 배에서 떨어져 바람 불어가는 쪽으로 한참을 떠내려가다가 엉뚱한 배에 발견될 수도 있다. 그러면 이 두 번째 배는 목숨이나 밧줄을 잃을 위험도 없이 잔잔한 바다에서 손쉽게 고래를 뱃전으로 끌어 올린다. 그래서 성문율이든 불문율이든 모든 경우에 적용할 수 있는 보편적이고 확실한 규약이 없다면 포경꾼들 사이에 성가시고 곤란한 분쟁이 벌어지게 마련이다.

입법부의 제정으로 권위가 부여된 정식 포경법은 네덜란드의 포경법뿐일 것이다. 이 법은 1695년에 네덜란드 의회에서 공포되었다. 다른 나라에는 성문화된 포경법이 없지만, 미국의 어부들은 독자적으로 법규를 제정하여 실천해왔다. 그것은 간결하고 포괄적이라는 점에서 '유스티니아누스 법전'[426]이나 중국의 '상호 불간섭 협회'의 내규를 능가한다. 확실히 이 법규는 앤 여왕 시대의 동전이나 작살날에 새겨 목에 걸고 다닐 수 있을 만큼 간결하다.

첫째, 잡힌 고래는 잡은 자의 것이다.

둘째, 놓친 고래는 먼저 잡는 자가 임자다.

그러나 이 훌륭한 법규에도 난점이 있는데, 그것은 바로 그 감탄할 만한 간결함이다. 법조문이 너무 간결하면, 그것을 설명하는 한 권의 방대한 해설서가 필요하게 된다.

첫째, 잡힌 고래란 무엇인가? 고래가 죽었든 살았든, 사람이 타고 있는 배나 보트에 한 사람 또는 그 이상의 점유자가 조종할 수 있는 매개체—돛대, 노, 밧줄, 전선, 거미줄 따위—를 통해 연결되어 있으면, 그것은 잡힌 것이다. 그와 마찬가지로 고래가 표지나 그 밖에 소유권을 나타내는 공인된 상징을 달고 있을 경우, 그 표지를 붙인 당사자가 언제라도 고래를 뱃전에 달아맬 수 있는 능력과 그렇게 하겠다는 의지를 분명하게 나타내면, 그 고래는 원칙적으로 잡힌 것이다.

이것은 학문적인 해석이고, 포경꾼들 자신의 해석은 사실상 격렬한 욕설과 그보다 더 격렬한 주먹질로 이루어질 때가 많다. 이것은 마치 코크와 리틀턴[427]의 싸움을 방불케 한다. 물론 포경꾼들 중에서도 강직하고 올바른 자들은 언제나 특별한 경우를 고려하여, 전에 다른 사람들이 뒤쫓았거나 죽인 고래를 자기 것이라고 주장하는 것은 터무니없는 짓이고 도덕적으로 부당한 짓이라는 것을 인정한다. 하지만 그렇게 양심적인 사람들만 있는 것은 아니다.

약 50년 전, 기묘한 고래 횡령 사건이 영국 법정에 제소되었다. 원고 측은 북해에서 고래를 열심히 추적한 끝에 작살을 던지는 데에는 성공했지

---

426 동로마제국의 유스티니아누스 1세(재위 527~565)가 집대성하여 편찬한 로마 법전. 중국의 '상호 불간섭 협회'는 멜빌의 우스개.

427 토머스 리틀턴(1407~1481, 영국의 법관)의 소유권에 관한 저술에 대해 에드워드 코크 (1552~1634, 영국의 법학자)가 방대한 해설서를 썼다.

만, 목숨을 잃을 위기에 빠져 결국 밧줄만이 아니라 보트까지도 포기할 수밖에 없었다고 주장했다. 결국 피고 측(다른 배의 선원)이 그 고래를 따라잡아 작살로 죽인 뒤 원고 측이 보는 앞에서 고래를 가로챘다. 그런데 원고 측이 항의하자 피고 측 선장은 맞대놓고 손가락을 튀기며, 자기가 세운 공을 기리기 위해 고래를 포획했을 때 고래에 매달려 있었던 밧줄이며 작살과 보트까지 자기가 갖겠노라고 말했다. 그래서 원고 측은 고래와 밧줄과 작살과 보트에 대한 손해배상을 청구한 것이다.

피고 측 변호인은 어스킨 씨였고 재판장은 엘렌버러 경이었다. 재치가 넘치는 어스킨 씨는 변론 과정에서 자신의 입장을 예증하기 위해 최근에 있었던 간통 사건을 언급했는데, 그에 따르면 어느 신사가 아내의 부정을 막으려고 애쓰다가 실패하자 결국 아내를 인생의 거친 바다에 버릴 수밖에 없었으나, 몇 년 뒤에 신사는 그렇게 한 것을 후회하고 아내에 대한 소유권을 되찾기 위해 소송을 제기했던 것이다. 어스킨 씨는 상대편, 즉 피고 측 변호사였다. 그는 이렇게 변호했다─신사는 누구보다 먼저 작살을 던져 그 여자를 잡아두었지만, 부정에 빠져드는 아내 때문에 스트레스를 받은 나머지 결국 그 여자를 포기했던 것이니, 신사가 포기한 여자는 '놓친 고래'가 되고 만 셈이다. 따라서 다른 신사가 여자에게 새로운 작살을 던졌을 때부터 그 여자는 몸에 박혀 있던 원래의 작살과 함께 두 번째 신사의 소유가 된 것이다.

어스킨 씨의 주장에 따르면, 지금 이 소송에서 문제가 되고 있는 고래와 그가 인용한 부인은 상호보완적으로 예증이 된다는 것이었다.

이런 변론과 반대 측 변론을 충분히 들은 뒤, 학식 높은 재판장은 단호히 판결을 내렸다. 즉, 보트는 원고 측이 단지 목숨을 구하려고 포기했을 뿐이므로 원고 측에 되돌려주어야 하지만, 논쟁의 핵심인 고래와 작살과 밧줄은 피고 측의 소유인바, 그 이유인즉 고래는 최종적으로 잡혔을 때 '놓친 고래'였으며, 작살과 밧줄에 대해 말하면 고래가 그것을 매달고 도망쳤을 때 그 물건에 대한 소유권을 얻은 것이기 때문에, 나중에 고래를 잡은 사람은 고래만이 아니라 그 물건들에 대한 소유권도 얻은 것이다. 피고 측은 나중에 고래를 잡았으므로 위에서 말한 물건들도 그들의 소유가 된다.

일반 사람들은 유식한 판사의 판결에 이의를 제기할지도 모른다. 하지만 문제의 근원까지 파고들어가면, 앞에서 인용한 한 쌍의 포경법에 규정된 양대 원칙─방금 언급한 간통 사건에서 엘렌버러 경이 적용하고 예증한 '잡힌 고래'와 '놓친 고래'에 관한 두 가지 원칙이야말로 곰곰 생각해보면 인간 세상에 있는 모든 법체계의 근본일 것이다. 법의 전당은 복잡한 그물무늬로 장식되어 있지만, 블레셋인의 신전[428]과 마찬가지로 그것을 떠받치고 있는 것은 단 두 개의 기둥뿐이기 때문이다.

'가진 사람이 절반은 임자'[429]라는 말은 누구나 알고 있는 속담이 아닌가? 그 물건을 어떻게 가지게 되었는가는 문제 삼지 않는다는 뜻이지만, '가진 사람이 전부 다 임자'가 되는 경우도 종종 있다. 러시아의 농노나 공화국 노예들의 근육과 영혼은 '잡힌 고래', 즉 주인의 소유가 아닌가? 과부에게 마지막 남은 동전 한 닢이 탐욕스러운 지주에게는 '잡힌 고래'가 아니고 무엇이겠는가? 저기 푯대 대신 문패가 달려 있는 대리석 저택, 아직 죄가 발각되지 않은 악당의 집도 '잡힌 고래'가 아니고 무엇이겠는가? 비참한 파산자가 가족을 굶주림에서 구하려고 거간꾼 모르드개[430]에게 돈을 빌릴 때, 모르드개가 그 가엾은 파산자에게 뜯어내는 턱없이 비싼

---

428 "그런 다음 삼손은 그 신전을 버티고 있는 가운데의 두 기둥을, 하나는 왼손으로, 또 하나는 오른손으로 붙잡았다. 그리고 '블레셋 사람들과 함께 죽게 하여주십시오!' 하고 외치며 있는 힘을 다하여 기둥을 밀어내자, 그 신전이 무너져 내려 통치자들과 모든 백성이 돌더미에 깔렸다. 삼손이 죽으면서 죽인 사람이, 그가 살았을 때 죽인 사람보다도 더 많았다."(구약성서 「사사기」 16장 29~30절)

429 원문은 'Possession is half of the law'인데, 원래 속담은 'Possession is nine-tenths of the law'로, '가진 사람이 (십중팔구는) 임자'라는 뜻이다.

430 구약성서 「에스더」에 나오는 인물. 에스더의 사촌 오빠로, 고아인 에스더를 키워 아하수에로의 왕비로 만들었다. 여기서 '모르드개'는 수전노로 이름난 유대인의 일반적인 호칭으로 쓰였다.

선불 이자는 '잡힌 고래'가 아니고 무엇이겠는가? 영혼을 구제하는 대주교가 뼛골 빠지게 일하는 수십만 노동자(대주교가 도와주지 않아도 모두 천국에 갈 수 있는 사람들이다)의 형편없는 빵과 치즈에서 10만 파운드를 뜯어낼 때, 그 10만 파운드의 수입은 '잡힌 고래'가 아니고 무엇이겠는가? 던더 공작[431]의 세습 영지인 마을과 촌락들은 '잡힌 고래'가 아니고 무엇이겠는가? 저 가공할 작살잡이인 존 불[432]에게 가엾은 아일랜드는 '잡힌 고래'가 아니고 무엇이겠는가? 저 사도 같은 전사인 브라더 조너선[433]에게 텍사스는 '잡힌 고래'가 아니고 무엇이겠는가? 이 모든 것에서 '가진 사람이 절반은 임자'가 아닌가?

그러나 '잡힌 고래'의 원칙이 이렇게 널리 적용될 수 있다면, 그 상대적 개념인 '놓친 고래'는 적용 범위가 더 넓다. 그것은 국제적으로, 그리고 우주적으로 적용될 수 있다.

1492년에 콜럼버스가 왕과 왕비를 위해 소유권을 표시하는 방법으로 스페인 국기를 아메리카에 꽂았을 때, 아메리카는 '놓친 고래'가 아니고 무엇이겠는가? 폴란드는 러시아 황제에게 무엇이겠는가? 그리스는 튀르크에게 무엇이겠는가? 인도는 영국에게 무엇이겠는가? 결국 멕시코는 미국에게 무엇이겠는가? 모두 '놓친 고래'다.

인간의 권리와 세계의 자유는 '놓친 고래'가 아니고 무엇이겠는가? 모든 인간의 마음과 사상은 '놓친 고래'가 아니고 무엇이겠는가? 그들이 가진 종교적 믿음의 원칙은 '놓친 고래'가 아니고 무엇이겠는가? 표절을 일삼는 사이비 미문가에게 철인의 사상은 '놓친 고래'가 아니고 무엇이겠는가? 이 커다란 지구 자체는 '놓친 고래'가 아니고 무엇이겠는가? 그리고 독자들이여, 여러분도 역시 '놓친 고래'인 동시에 '잡힌 고래'가 아니고 무

---

431 가공의 인물. 던더는 '멍청이'라는 뜻.

432 전형적인 영국인의 별칭. 아일랜드는 1937년까지 영국의 지배를 받았다.

433 미국을 의인화한 허구적 인물로, 전형적인 미국인의 별칭. 텍사스는 1845년에 미국에 합병되었다.

엇이겠는가?

{ 　제 90 장　 }

머리냐 꼬리냐

De balena vero sufficit, si rex habeat caput, et regina caudam.
(고래는, 왕은 머리를, 왕비는 꼬리를 가지기에 매우 적절하게 되어 있다.)
—브랙턴,[434] 『영국의 법과 관습』 3장 3행

영국 법률에 관한 책에서 따온 이 라틴어 문장은 그 전후 문맥에 비추어보면, 그 나라 해안에서 잡힌 모든 고래의 머리는 명예 수석 작살잡이인 국왕이 가져야 하고 왕비에게는 공손히 꼬리를 바쳐야 한다는 뜻이다. 고래를 이렇게 나누는 것은 사과를 반으로 자르는 것과 마찬가지여서, 중간에 남는 부분이 없게 된다. 그런데 이 법률은 형태만 수정되었을 뿐, 오늘날까지도 영국에서 시행되고 있다. 이것은 '잡힌 고래'와 '놓친 고래'의 일반 법칙을 여러 가지 점에서 기묘하게 변형시키기 때문에, 여기에 따로 한 장을 마련하여 그 문제를 다루기로 했다. 그것은 영국 철도가 왕실의 편의를 위해 특별히 전용 열차를 따로 준비하여 예의를 차리는 것과 같은 원칙에 따른 것이다. 우선 앞에서 언급한 법률이 아직도 시행되고 있다는 사실을 입증하는 사례로 2년 전에 일어난 사건을 소개하겠다.

어느 날 도버인지 샌드위치인지, 어쨌든 오항[435] 가운데 하나에서 일어난 일이다. 정직한 선원 몇 명이 해안에서 멀리 떨어진 곳에서 고래를 처

434　헨리 드 브랙턴(1216~1268): 영국의 성직자·법률가.
435　五港. 영국 남동 해안에 있는 헤이스팅스·뉴롬니·하이드·도버·샌드위치. 노르만인의 정복(1066) 이후 잉글랜드 해상 방위를 위해 노력한 대가로 왕실로부터 많은 특권을 부여받았다.

음 발견하고 맹렬히 추격한 끝에 마침내 잡아서 해안으로 끌어오는 데 성공했다. 그런데 오항은 부분적으로 '총독'이라고 불리는 일종의 명예직 관리의 관할 아래 있었다. 이 관직은 왕실 직속이기 때문에, 오항 관내에서 들어오는 왕실 수입은 모두 총독에게 위임되어 있었다. 이 관직을 한직이라고 말하는 사람도 있지만, 실은 그렇지 않다. 총독은 이따금 부수입을 챙기느라 바빠지기 때문인데, 그 부수입이란 그가 슬쩍 착복한 것을 말한다.

그런데 햇볕에 그을린 이 가난한 선원들은 맨발에 바지를 미끈미끈한 허벅지까지 걷어 올리고 기진맥진한 몸으로 그 살찐 고래를 물이 닿지 않는 곳에 높이 끌어 올린 다음, 귀중한 기름과 뼈를 팔면 150파운드는 족히 받을 수 있으리라는 기대에 부풀었다. 그들은 각자 자기한테 돌아올 몫으로 아내와 좋은 차를 마시고 친구들과 고급 맥주를 마시는 공상에 잠겼다. 바로 그때, 유식하고 독실한 기독교인에다 자비로운 신사가 블랙스톤[436]의 저서를 겨드랑이에 끼고 다가오더니 그 책을 고래 머리에 올려놓으면서 말한다. "손을 떼라. 이 물고기는 '잡힌 고래'란 말이다. 나는 이것을 총독의 것으로 몰수하겠다." 그러자 가엾은 선원들은 영국인답게 쩔쩔매면서 무슨 말을 해야 할지 몰라 머리를 북북 긁적이며 슬픈 눈으로 고래와 낯선 남자를 번갈아 바라보았다. 하지만 그래도 사태는 전혀 나아지지 않았고, 블랙스톤의 저서를 든 유식한 신사의 완고한 마음도 전혀 부드러워지지 않았다. 마침내 한 선원이 지혜를 짜내려고 오랫동안 머리를 긁적인 다음, 용기를 내어 말했다.

"실례지만 총독이 대체 누굽니까?"

"공작님이시다."

"하지만 공작님은 이 고래를 잡은 것과 아무 관계도 없었는데요."

"고래는 공작님의 것이다."

---

436 윌리엄 블랙스톤(1723~1780): 영국의 법률가. 언급된 저서는 『영국법 해석』(1765).

"우리는 죽을 고생과 위험을 무릅쓰고 또 돈도 꽤 썼는데, 공작님만 이득을 보시는 건가요? 우리는 고생만 죽도록 하고, 얻는 건 손에 생긴 물집뿐인가요?"

"고래는 공작님의 것이다."

"공작님은 이렇게 악착같이 굴지 않으면 생계를 꾸려갈 수 없을 만큼 가난한가요?"

"고래는 공작님의 것이다."

"저는 이 고래에서 제 몫을 받으면 몸져누워 계시는 노모의 고통을 좀 덜어드릴 생각이었는데요."

"고래는 공작님의 것이다."

"공작님은 반의 반, 아니면 반으로 만족하실 수는 없을까요?"

"고래는 공작님의 것이다."

요컨대 고래는 몰수되어 팔렸고, 그 대금은 웰링턴 공작[437]의 주머니에 들어갔다. 그런데 이 마을에 정직한 목사가 있어서, 특별한 관점에서 보면 이 사건이 그런 상황에서는 다소 가혹하게 여겨질 가능성이 조금은 있을지도 모른다고 생각하고, 공작에게 편지를 보내 그 불운한 선원들의 사정을 참작해달라고 간청했다. 이에 대해 공작은 답장을 보냈다—나는 이미 선원들의 사정을 충분히 참작하여 돈을 받았으며, 앞으로는 남의 일에 쓸데없이 참견하는 것을 삼갔으면 고맙겠다. (오고 간 두 편지는 모두 공표되었다.) 이 공작이란 자는 세 왕국[438]의 길모퉁이에 서서 오가는 사람들에게 거지처럼 적선을 강요하는 퇴역 군인이란 말인가?

이 사건에서 공작이 주장하는 고래 소유권은 군주로부터 위임받은 권

---

437 아서 웰즐리 웰링턴(1769~1852): 영국의 군인·정치가. 1815년 영국-프로이센 연합군 사령관이 되어 나폴레옹을 워털루에서 격파했다. 1828~1830년에 총리를 지냈으며, 1829년에 오항 총독을 명예직으로 맡아 죽을 때까지 역임했다.

438 영국을 구성하는 잉글랜드·스코틀랜드·아일랜드. 웰링턴은 1846년 정계에서 은퇴했다가 1848년 유럽 혁명기에 런던에도 민중봉기의 조짐이 보이자 군대를 조직했다.

리라는 것을 쉽게 알 수 있을 것이다. 그렇다면 군주는 원래 어떤 원칙에 따라 그 권리를 부여받았는지 조사할 필요가 있다. 법률 자체는 앞에서 이미 설명했다. 그러나 플로든[439]이 그 이유를 제시하고 있는바, 그렇게 붙잡힌 고래가 왕과 왕비의 소유인 것은 '그 뛰어난 우수함' 때문이라고 한다. 가장 견실한 해석자들은 이것이 그런 문제에서 가장 적절한 논거라고 주장했다.

그러면 왜 왕은 머리를, 왕비는 꼬리를 차지해야 하는가? 법률가들이여, 그 이유를 말해보라!

영국 고등법원에 소속된 늙은 법무관 윌리엄 프린[440]은 '왕비의 황금', 즉 왕비의 용돈에 관한 논고에서 이렇게 말하고 있다―"꼬리는 왕비의 것이니, 이는 왕비의 옷장에 고래수염을 공급하기 위함이다."

이 글이 쓰인 시대는 주로 참고래의 검고 유연한 수염이 숙녀들의 코르셋에 주로 쓰이던 시대다. 하지만 그 수염은 꼬리가 아니라 머리에 있으니, 프린처럼 총명한 법학자로서는 참으로 유감스러운 실수가 아닐 수 없다. 그럼 왕비는 인어이기 때문에 꼬리를 바쳐야 한다는 것인가? 우의적 의미는 이런 데 숨어 있을지도 모른다.

영국의 법학자들이 '왕실 물고기'라고 부른 것은 두 가지―고래와 철갑상어인데, 둘 다 어떤 제한적 조건 아래에서는 왕실 재산이고, 명목상으로는 왕실의 통상수입 가운데 열 번째 항목이다. 다른 사람이 이 문제에 관해 언급한 적이 있는지는 모르겠지만, 추측건대 철갑상어도 고래와 똑같이 분할되어 철갑상어 특유의 돌처럼 단단하고 탄력 있는 머리는 왕의 차지가 되어야 할 듯싶다. 상징적으로 생각해서 해학적으로 말하면, 철갑상어의 돌 같은 머리를 왕에게 주는 것은 둘 사이에 통하는 것이 있기 때문이라고 하겠다. 그래서 세상만사에는―심지어는 법률에도―다

---

439 에드먼드 플로든(1518~1585): 영국의 법률가.
440 윌리엄 프린(1600~1669): 영국의 청교도 논객.

이유가 있는 것 같다.

{   제 91 장   }

'피쿼드'호, '로즈버드'호를 만나다

용연향을 찾아 이 고래의 배 속을 샅샅이 뒤졌지만,
그 탐색은 참을 수 없는 악취 때문에 헛수고로 끝났다.
―토머스 브라운,[441]『통속적 오류』

앞에서 말한 고래잡이 소동이 벌어진 지 한두 주 뒤, 졸린 듯 안개 낀 대낮의 바다를 천천히 달리고 있을 때, '피쿼드'호 갑판에 있던 여러 사람의 코가 돛대 망루에 올라가 있던 세 쌍의 눈보다 더 날카로운 발견을 해냈다. 독특하고 별로 유쾌하지 않은 냄새가 바다에서 풍겨온 것이다.

"내 장담하는데⋯⋯" 스터브가 말했다. "이 근처에 우리가 요전 날 잡아서 드러그에 걸어둔 고래들이 있는 게 분명해. 오래지 않아 떠오를 줄은 알고 있었지."

곧 앞쪽의 안개가 걷히고, 저 멀리 배 한 척이 떠 있는 게 보였다. 돛을 감아올리고 있는 것으로 보아 뱃전에 고래를 매달고 있는 게 분명했다. 가까이 다가가서 보니 그 낯선 배는 돛대 꼭대기에 프랑스 국기를 달고 있었다. 육식 바닷새 무리가 그 주위를 소용돌이처럼 맴돌다가 아래로 급강하하고 있는 것으로 보아 뱃전에 매달린 고래는 포경꾼들이 '폐물 고래'라고 부르는 고래, 즉 바다에서 평온하게 죽어 누구에게도 속하지 않은 채 물 위를 떠다니던 사체가 분명했다. 그런 사체가 얼마나 지독한 악취를 풍길지는 쉽게 상상할 수 있을 것이다. 역병이 만연한 아시리아의

---

441 토머스 브라운(1605~1682): 영국 문인이자 의사.

어느 도시에서 살아 있는 사람들이 죽은 사람을 매장할 기력조차 없었을 때보다 더 지독하다. 어떤 이들은 그 냄새를 도저히 참을 수 없다고 생각하기 때문에, 아무리 돈을 많이 주겠다고 설득해도 그것을 뱃전에 잡아매게 할 수는 없을 것이다. 게다가 그런 고래에서 얻는 기름은 질이 나빠서 장미유 같은 성질은 조금도 없지만, 그래도 굳이 악취 나는 고래를 뱃전에 매달려고 하는 사람이 없지는 않았다.

약해져가는 산들바람을 타고 가까이 가보니, 그 프랑스 배는 또 다른 고래를 뱃전에 달고 있었는데, 이 두 번째 고래는 첫 번째 고래보다 냄새가 훨씬 고약한 것 같았다. 알고 보니 그 고래는 심한 위장장애나 소화불량으로 말라 죽은 듯한 미심쩍은 고래였다. 그렇게 죽은 고래의 사체에서는 기름 비슷한 것도 바닥나게 마련이다. 그런데도 숙련된 포경꾼이라면 '폐물 고래'는 일반적으로 피하지만 이런 고래는 절대 얕보지 않는다는 것을 나중에 알게 될 것이다.

'피쿼드'호가 그 배에 바싹 다가갔을 때 스터브는 그 고래들 가운데 한 놈의 꼬리에 감긴 밧줄에 고래삽이 얽혀 있는 것을 보고 그것이 자기 거라고 단언했다.

"귀여운 녀석들." 스터브가 뱃머리에 서서 조롱하듯 웃었다. "승냥이 같은 놈이야. 프랑스 뱃놈들이 고래 잡는 일에선 풋내기라는 걸 나는 잘 알고 있지. 암초에 부딪혀 부서지는 파도를 향유고래가 내뿜는 물보라로 착각해서 보트를 내리는 놈들이거든. 양초와 심지 가위를 선창에 가득 싣고 갈 때도 있다니까. 바다에서 얻을 기름으로는 선장실 양초 심지 하나 적실 수 없다는 것을 알고 하는 짓이지. 우리는 그런 걸 다 알고 있어. 하지만 보라고. 놈들은 우리가 버린, 드러그에 걸린 놈으로 만족하고 있잖아. 저기 매단 고래의 바싹 마른 뼈다귀를 문지르는 것도 즐거운 모양이야. 이봐, 누가 모자를 좀 돌려. 기름을 모아서 적선하자고. 드러그에 걸린 고래에서 얻는 기름으로는 감옥은 고사하고 사형수 감방을 밝히기에도 모자랄 테니 말이야. 또 다른 고래에 대해 말할 것 같으면, 우리 배의 돛대 세 개를 잘라서 기름을 짜는 편이 저따위 뼈다귀에서 짜내는 것보다 나을 거야. 하지만 가만있자, 좀 생각해보니, 저놈에겐 기름보다 훨씬 값진 게 들어 있을지도 몰라. 그래, 용연향[442] 말이야. 우리 노인네가 그걸 생각한 적이 있는지 궁금하군. 한번 시도해볼 가치는 있겠어. 좋아, 해보자고."

이렇게 말하면서 스터브는 뒷갑판 쪽으로 달려갔다.

이때쯤에는 산들바람마저 가라앉아 완전히 잔잔해졌다. 그래서 좋든 싫든 '피쿼드'호는 그 악취에 갇히게 되었고, 바람이 다시 일 때까지는 탈출할 가망도 없었다. 선장실에서 뛰쳐나온 스터브는 제 보트의 선원들을 불러서 프랑스 배를 향해 저어나갔다. 그 배의 뱃머리 앞을 가로지르며 보니 그 뱃머리 윗부분은 화려한 프랑스 취향에 따라 축 늘어진 나무줄기처럼 조각되어 초록색으로 칠해져 있고, 그 줄기 여기저기에 가시 대신 구리못이 삐죽삐죽 튀어나와 있고, 그 줄기의 끝에는 대칭으로 겹쳐진 구근 모양의 선홍색 봉오리가 달려 있었다. 그리고 머리판에는 커다란 금빛 글씨로 '부통 드 로즈Bouton de Rose'라고 쓰여 있었다. 장미의 싹, 즉 장미꽃 봉오리—이것이 그 향기로운 배의 낭만적인 이름이었다.

스터브는 '부통'이라는 단어의 뜻은 몰랐지만, '로즈'라는 말과 봉오리 모양의 뱃머리 장식을 아울러 생각하자 전체 의미를 대충 짐작할 수 있었다.

"나무로 만든 장미 봉오리라고?" 그는 손으로 코를 감싸 쥐면서 소리쳤다. "그것도 좋기는 하지만, 도대체 왜 이렇게 구린내가 날까?"

그런데 갑판 위의 사람들과 직접 대화를 나누기 위해서는 뱃머리를 돌아 우현으로 가서 폐물 고래 쪽에 바싹 보트를 대고 그 너머로 말을 던져야 했다.

여기까지 와서도 스터브는 여전히 손으로 코를 막은 채 소리쳤다.

---

442 龍涎香. 향유고래에서 채취하는 밀랍 같은 회색 물질로, 사향과 같은 향기가 있어서 향수 제조에 쓰인다.

"어이, 부통 드 로즈! 어이, 부통 드 로즈에는 영어 하는 사람 없나?"

"있지." 건지[443] 사나이가 뱃전에서 대답했다. 알고 보니 그는 일등항해사였다.

"그래. 그런데 부통 드 로즈 봉오리, 흰 고래를 보았나?"

"무슨 고래?"

"흰 고래. 향유고래. 이름은 모비 딕인데, 보지 못했나?"

"그런 고래는 들어본 적도 없는걸. 카샬로 블랑슈! 흰 고래? 아니, 못 봤어."

"좋아. 그럼 나는 잠깐 본선에 갔다가 곧 다시 오겠네."

그러고는 '피쿼드'호로 재빨리 돌아가다가 에이해브가 뒷갑판 난간 너머로 몸을 내밀고는 그의 보고를 기다리고 있는 것을 보자, 두 손을 나팔 모양으로 만들어 입에 대고 외쳤다. "못 봤답니다. 못 봤대요." 이 말을 듣자 에이해브는 선장실로 내려가버렸고, 스터브는 프랑스 배로 되돌아갔다.

스터브가 돌아가서 보니 건지 사내는 막 닻사슬에 올라가 고래삽을 휘두르고 있었는데, 자루 같은 것으로 코를 감싸 쥐고 있었다.

"이봐, 코가 왜 그래?" 스터브가 물었다. "깨졌나?"

"차라리 깨지기라도 했으면 좋겠어. 아니, 코 같은 건 아예 없었으면 좋겠어." 건지 사내가 대답했다. 그는 자기가 하고 있는 일을 별로 좋아하는 것 같지 않았다. "그런데 자네는 왜 코를 움켜잡고 있나?"

"아무것도 아냐. 이건 밀랍으로 만든 코라서 붙잡고 있어야 해. 날씨가 좋군. 안 그래? 꽃밭에서 풍기는 냄새가 공기 속에 감돌고 있어. 부통 드 로즈, 우리한테 꽃다발이라도 던져주지 않겠나?"

"도대체 여긴 뭣 하러 온 거야?" 건지 사내가 벌컥 화를 내며 고함을 질렀다.

"어허, 흥분하지 말고 머리를 식히라고. 식힌다? 그래, 바로 그거야. 작

---

443 영국해협에 있는 작은 섬.

업할 때는 고래를 얼음 속에 채워 넣는 게 어때? 하지만 농담은 그만두지. 장미 봉오리, 그런 고래에서 기름을 뽑으려고 애쓰는 건 터무니없는 짓이라는 걸 알고 있나? 그리고 저기 있는 폐물 고래는 온몸을 쥐어짜봤자 기름이 한 홉도 안 나올걸."

"그런 것쯤은 나도 알아. 하지만 우리 선장은 아무리 말해도 들으려 하질 않아. 이번이 첫 항해거든. 전에는 콜로뉴 향수를 만들었지. 하지만 자네가 우리 배로 올라와서 말하면 어떨까? 내 말은 안 듣지만 자네 말은 들을지도 모르지. 그렇게 되면 나도 이 지저분한 일에서 벗어날 수 있을 텐데 말이야."

"자네 부탁이라면 뭐든지 들어주지. 자넨 정말 친절하고 유쾌한 친구니까." 스터브는 이렇게 대답하고 얼른 갑판으로 올라갔다. 갑판에서는 기묘한 광경이 벌어지고 있었다. 술이 달린 빨간 털모자를 쓴 선원들이 무거운 도르래에 달라붙어 고래를 자를 준비를 하고 있었다. 하지만 그들은 느릿느릿 움직이면서 입만 빠르게 놀려댔고, 기분이 별로 좋은 것 같지 않았다. 그들의 코는 모두 뱃머리 기움대처럼 얼굴에서 하늘 쪽으로 들려져 있었다. 때로는 두어 명씩 짝을 지어 일을 멈추고 신선한 공기를 마시려고 돛대 위로 올라가곤 했다. 역병에 걸릴까봐 뱃밥을 콜타르에 적셔서 콧구멍으로 가져가는 자도 있었고, 파이프의 물부리를 대통 있는 데까지 짧게 잘라서 담배를 힘차게 빨아들여 후각기관을 줄곧 연기로 가득 채우는 자도 있었다.

고물 쪽에 있는 선장용 변소에서 소나기처럼 쏟아지는 고함과 저주의 소리가 스터브를 덮쳤다. 스터브가 그쪽을 바라보니, 안쪽에서 빠끔히 열린 문 뒤에서 열띤 얼굴이 불쑥 튀어나왔다. 그것은 심한 고통에 시달리고 있는 의사였다. 그는 이날의 작업을 해서는 안 된다고 항의해봤으나 아무 소용이 없었기 때문에, 역병을 피하기 위해 변소(그는 '서재'[444]라고

444　cabinet. '선장실cabin'에 딸린 작은 방이라는 말장난이다.

불렀다)로 도망쳤지만, 그래도 때로는 선장에게 간청하거나 큰 소리로 울분을 토해내지 않을 수 없었다.

스터브는 이 모든 상황을 보면서 자신의 계획을 궁리한 다음, 건지 사내에게 돌아가 잠깐 이야기를 했다. 이 프랑스 배의 항해사는 자기네 선장이 아무것도 모르면서 잘난 척 우쭐대는 바보라고 투덜대고, 덕분에 모든 선원이 이런 불쾌하고 소득도 없는 곤경에 빠지게 되었다면서 선장에 대한 불만을 드러냈다. 스터브는 그를 주의 깊게 관찰하여, 그 사내가 용연향에 대해 전혀 모른다는 것을 더욱 확실히 알아차렸다. 그래서 스터브는 그 문제에 대해서는 입을 다물었지만, 그 밖의 다른 문제에 대해서는 솔직하게 터놓고 이야기했다. 그래서 두 사람은 즉시 선장을 골려주면서도 선장이 그들의 성실성을 꿈에도 의심하지 않게 할 계략을 꾸몄다. 두 사람의 계략에 따르면, 건지 사내는 스터브와 선장 사이에서 통역을 한다는 핑계로 실제로는 자기가 하고 싶은 말을 스터브의 말인 것처럼 꾸며 선장에게 이야기하고, 그동안 스터브는 머리에 떠오르는 대로 아무 말이나 지껄이기로 했다.

그때 마침 그들의 희생물이 될 선장이 선장실에서 나타났다. 그는 키가 작고 까무잡잡한 얼굴에 구레나룻과 콧수염을 풍성하게 길렀고, 선장치고는 연약해 보이는 사람이었다. 빨간 벨벳 조끼를 입었고 허리에는 회중시계를 차고 있었다. 건지 사내는 이 신사에게 스터브를 정중히 소개했고, 여봐란듯이 거드름을 피우며 당장 두 사람의 통역을 맡았다.

"무슨 말부터 하지?" 그가 물었다.

"글쎄……" 스터브는 벨벳 조끼와 회중시계와 도장을 눈여겨 바라보며 말했다. "내가 무슨 심판관 흉내를 내려는 건 아니지만, 내 눈엔 선장이 어린애처럼 유치해 보인다는 말로 시작해도 좋겠지."

"선장님, 이분이 말하기를……" 건지 사내는 선장을 돌아보며 프랑스어로 말했다. "바로 어제 어떤 배를 만났는데, 그 배의 선장과 일등항해사와 선원 여섯 명이 뱃전에 매달아둔 폐물 고래 때문에 열병에 걸려 죽었 답니다."

이 말에 선장은 화들짝 놀라며, 좀 더 자세히 알고 싶어 안달을 했다.

"이젠 무슨 말을 하지?" 건지 사내가 스터브에게 물었다.

"글쎄. 선장은 내 말을 너그럽게 받아들이는 것 같으니까 이렇게 말해 주게. 내가 가만히 살펴보니까 당신보다는 상티아구⁴⁴⁵ 원숭이가 더 이 배를 잘 지휘할 것 같다고. 그리고 선장은 정말로 개코원숭이처럼 생겼다 는 말도."

"선장님, 이분이 맹세코 말하는데, 마른 고래는 폐물 고래보다 훨씬 위 험하답니다. 요컨대 목숨이 아까우면 빨리 그것들을 놓아주라는데요."

선장은 당장 앞으로 달려가, 선원들에게 도르래 올리는 것은 그만두고 고 래를 뱃전에 붙들어 맨 밧줄과 쇠줄을 끊어버리라고 큰 소리로 명령했다.

"이젠 뭐라고 하지?" 선장이 돌아오자 건지 사내가 스터브에게 물었다.

"글쎄, 어디 보자. 그래, 이번에는 이렇게 말하는 게 좋겠군. 실은 내가 선장을 속였다고 말해. [혼잣말로] 그리고 다른 한 놈도 속였다고."

"선장님, 이분은 우리한테 도움이 되어서 무척 기쁘답니다."

이 말을 듣고 선장은 우리(그 자신과 항해사)가 오히려 감사하다고 말하 고, 선장실로 내려가서 포도주나 한잔 마시자고 스터브에게 권했다.

"자네와 포도주를 한잔하고 싶대." 통역이 말했다.

"고마운 얘기지만, 내가 속인 사람과 술을 마시는 건 내 원칙에 어긋난 다고 말해주게. 사실 나는 이만 가봐야 해."

"선장님, 이분은 술을 못한답니다. 그리고 선장님이 내일도 살아서 술 을 마시고 싶다면 어서 빨리 고래로부터 멀어지는 게 상책이니까, 보트 네 척을 모두 내려서 배를 끌고 가게 하랍니다. 바람이 잔잔해서 고래가 떠내려가지 않을 테니까요."

445 아프리카 서쪽 해안에 있는 작은 섬.

이때 이미 뱃전을 넘어 보트에 타고 있던 스터브는 건지 사내에게 이런 취지의 말을 던졌다―내 보트에 고래를 끄는 긴 밧줄이 있으니까, 두 마리 중에 가벼운 놈을 뱃전에서 끌어낼 수 있도록 도와주고 싶다고. 프랑스 배의 보트들이 본선을 한쪽으로 끌어당기는 동안, 스터브는 친절하게도 유난히 긴 밧줄을 늦추면서 고래를 다른 방향으로 끌어당겼다.

곧 산들바람이 불기 시작했다. 스터브는 고래를 버리는 척했다. 프랑스 배는 보트를 끌어 올리고는 곧 멀어져갔다. 그때 '피쿼드'호가 그 배와 스터브의 고래 사이로 들어왔다. 그러자 스터브는 떠내려가는 고래에 재빨리 다가가면서 자신의 계획을 '피쿼드'호에 소리쳐 알리고는, 그의 교활한 꾀로 얻은 결실을 당장 거두어들이기 시작했다. 그는 날카로운 고래삽을 움켜쥐고 옆지느러미 조금 뒤쪽에 구멍을 뚫기 시작했다. 모르는 사람이 보았다면 바다 한가운데에서 지하실이라도 파고 있나 보다 생각했을 것이다. 드디어 그의 고래삽이 앙상한 갈비뼈에 부딪혔을 때는 영국의 비옥한 흑토층에 묻혀 있던 로마 시대의 타일이나 도기를 발굴한 것 같았다. 그의 보트 선원들이 모두 흥분해서 열심히 대장을 돕는 모습은 금광 채굴자처럼 열의로 충만해 있었다.

그러는 동안 헤아릴 수 없이 많은 바닷새가 급강하고 자맥질을 하고 새된 소리로 비명을 지르고 고함치며 그들 주위에서 싸우고 있었다. 스터브는 실망한 기색을 보이기 시작했고, 특히 끔찍한 악취가 심해지자 더욱 실망한 듯했다. 그때 갑자기 이 악취 속에서 희미하게 향긋한 냄새가 스며 나오더니, 악취의 소용돌이에 말려들지 않은 채 그대로 풍겨왔다. 어떤 강물이 다른 강물로 흘러들어도 한동안은 서로 섞이지 않고 나란히 흐르는 것과 비슷했다.

"있다, 있어." 스터브는 깊이 숨어 있어서 보이지 않는 무언가를 두드리면서 기쁜 얼굴로 소리쳤다. "돈주머니다, 돈주머니!"

그는 고래삽을 내던지고 두 손을 밀어 넣어, 향기가 물씬 풍기는 비누 같기도 하고 얼룩덜룩한 치즈처럼 보이기도 하는 무언가를 여러 줌 꺼냈다. 그것은 번지르르하게 기름기가 돌고 게다가 향기로웠다. 그것은 엄지손가락으로 눌러도 쉽게 들어갈 정도로 연했고, 빛깔은 노랑과 잿빛의 중간이었다. 벗들이여, 이것이 용연향이라고 하는 것으로, 어떤 약방에 가져가도 1온스에 1기니[446]는 받을 수 있다. 스터브는 그것을 여섯 줌이나 손에 넣었다. 하지만 그보다 훨씬 많은 분량이 바다에 떨어졌다. 그때 기다리다 지친 에이해브가 당장 그만두고 배에 타지 않으면 네놈들을 버리고 떠나겠다고 큰 소리로 외치지 않았다면 용연향을 훨씬 더 많이 얻을 수도 있었을 것이다.

{   제 92 장   }

용연향

이 용연향은 더없이 기묘한 물질이며 상품으로서도 중요하기 때문에, 1791년에 낸터컷 출신인 코핀 선장이라는 사람이 영국 하원에서 그 문제로 심문을 받은 바 있었다. 그 당시, 아니 비교적 최근까지도 용연향의 정확한 기원은 호박amber[447]과 마찬가지로 학자들에게 풀리지 않은 숙제로 남아 있었기 때문이다. 용연향ambergris은 프랑스어로는 '회색 호박'이라는 뜻이지만, 두 물질은 전혀 다르다. 호박은 이따금 해변에서 발견되기도 하고 내륙 깊숙한 곳의 흙 속에서도 채취되는 반면, 용연향은 바다가 아닌 곳에서는 발견되지 않는다. 게다가 담배 파이프의 물부리나 목걸이나 장신구에 쓰이는 호박은 단단하고 투명하며 부서지기 쉽고 향기가

---

446 옛날 영국에서 사용된 금화. 21실링(1파운드는 20실링)의 가치가 있다.

447 琥珀. 지질시대 나무의 진 따위가 땅속에 묻혀서 탄소·수소·산소 따위와 화합하여 굳어진 누런색 광물. 투명하거나 반투명하고 광택이 있으며, 장식품이나 절연재 따위로 쓴다.

없는 물질인 반면, 용연향은 부드럽고 납빛이며 매우 향기롭기 때문에 주로 향료나 선향, 값진 양초, 머릿분이나 머릿기름에 쓰인다. 튀르크인들은 이것을 요리에도 사용하고, 기독교도들이 로마의 성 베드로 성당에 유향[448]을 가지고 가는 것과 같은 목적으로, 메카에 갈 때 용연향을 가지고 간다. 포도주 상인들은 클라레[449]에 풍미를 더하기 위해 술통에다 용연향을 몇 방울 떨어뜨리기도 한다.

그렇게 훌륭한 신사 숙녀들이 병든 고래의 더러운 창자에서 꺼낸 향료를 즐긴다고 누가 감히 생각이나 하겠는가! 하지만 사실이 그러니 어쩔 수 없다. 용연향이 고래가 소화불량을 일으킨 원인이라고 주장하는 사람도 있고, 소화불량의 결과라고 주장하는 사람도 있다. 그런 소화불량을 치료하는 방법은 말하기 어렵지만, 브랜드리스 알약[450]을 서너 척의 보트에 잔뜩 싣고 가서 고래한테 먹인 다음, 암석을 폭파할 때 인부들이 그렇듯이 안전거리까지 죽어라 하고 도망칠 수밖에 없을 것이다.

말하는 것을 깜박 잊고 있었는데, 이 용연향 속에서 단단하고 둥글고 납작한 뼈 같은 것이 발견되었다. 처음에 스터브는 그것이 선원들의 바지 단추일 거라고 생각했다. 그런데 나중에 알고 보니, 그런 식으로 방부 처리된 작은 오징어의 뼛조각에 지나지 않았다.

더없이 향기로운 용연향이 그렇게 지독히 부패한 물질 속에서 발견되는 것이 과연 아무 의미도 없는 일일까? 성 바울이 「고린도서」에서 부패와 순결에 대해 한 말을 생각해보라. 우리는 오욕 속에 묻히지만 영광 속에 되살아난다고 하지 않았는가. 또한 최고의 사향을 만들어내는 것은 무

---

448 乳香. 유향나무의 진을 말려 만든 수지로, 방향제나 방부제 따위로 쓴다. 메카: 사우디아라비아 남서부에 있는, 홍해 연안의 도시. 이슬람교 창시자인 무함마드(570~632)가 태어난 곳으로, 이슬람교 최고의 성지이며, 이슬람교도는 일생에 한 번 이상 메카로 순례하는 것을 의무로 여긴다.

449 프랑스 보르도산 적포도주.

450 멜빌의 시대에 벤저민 브랜드리스 박사의 광고로 널리 알려지고 널리 사용된 설사약.

엇인가에 대한 파라셀수스[451]의 말을 상기해보라. 그리고 온갖 악취 중에서도 제조 첫 단계의 콜로뉴 향수가 가장 지독하다는 사실도 잊어서는 안 될 것이다.

나는 이상과 같은 호소로 이 장을 마치고 싶지만, 포경인에게 자주 퍼부어지는 비난을 반박하고 싶어서 그럴 수가 없다. 본래부터 편견을 가진 자들은 저 프랑스 포경선의 두 마리 고래 이야기를 들으면 그런 비난의 정당성이 간접적으로나마 입증되었다고 생각할지도 모른다. 나는 포경업이 모든 점에서 너저분하고 불결한 직업이라는 주장이 터무니없는 비방이라는 것을 이 책 어디에선가 증명한 바 있다. 하지만 또 한 가지 반박할 것이 있다. 편견을 가진 자들은 모든 고래가 언제나 악취를 풍긴다고 말하고 싶어 한다. 이 언짢은 오명은 어떻게 해서 생겨났을까?

내가 생각건대, 그 오명은 200여 년 전에 그린란드에서 고래를 잡은 배들이 처음 런던항에 들어왔을 때로 거슬러 올라갈 수 있다. 그 포경선들은 남양 포경선들과는 달리 예나 지금이나 해상에서 기름을 짜지 않고 신선한 지육을 잘게 썰어서 큰 통에 담은 채 본국으로 가져온다. 그 얼어붙은 바다에서는 어획기가 짧고 갑작스럽게 휘몰아치는 폭풍을 만나기도 쉬워서 다른 방법을 택할 수 없기 때문이다. 따라서 그 포경선들이 부두에 들어와 선창을 열고 고래 무덤에서 사체를 꺼내면, 산부인과 병원을 짓기 위해 옛 도시의 묘지를 파헤칠 때와 비슷한 냄새가 나는 것이다.

또 내가 추측건대 포경꾼들에 대한 이 사악한 비난에는 다른 원인도 있는 듯하다. 옛날 그린란드 해안에는 스메렌베르크라고 불리는 네덜란드인 마을이 있었는데, 이 이름은 석학인 포고 폰 슐라크[452]가 냄새에 관해 쓴 권위 있는 저술에서 인용한 것이다. 그 이름―스메르(지방), 베르크(저장하다)―이 뜻하는 바와 같이 이 마을은 네덜란드 포경선이 고래를 본

---

451 파라셀수스(1493~1541): 스위스의 의학자·연금술사. 의화학의 창시자.
452 멜빌이 지어낸 가공의 인물.

국으로 가져가지 않고 지방을 처리하기 위해 세워졌다. 그곳에는 정유용 화덕이며 가마솥이며 창고 따위가 모여 있었고, 작업이 한창 진행되고 있을 때는 별로 향기롭지 못한 냄새를 풍겼을 것이다. 하지만 남양의 향유고래 포경선은 사정이 전혀 다르다. 4년쯤 항해를 하다 보면 선창은 기름으로 가득 차게 된다. 하지만 기름을 끓이는 데에는 50일도 채 걸리지 않고, 그렇게 통에 채워두기만 하면 기름 냄새는 거의 나지 않는다. 사실 고래는 살아 있을 때나 죽었을 때나 제대로 다루기만 하면 결코 악취를 풍기는 동물이 아니다. 일찍이 중세 사람들은 코로 냄새만 맡아서 군중들 속에서 유대인을 찾아낼 수 있는 척했지만, 그렇게 냄새만 가지고 포경꾼을 찾아낼 수는 없다. 사실 고래는 대체로 건강해서, 충분한 운동을 하고 야외에서 마음껏 뛰어논다면 기분 좋은 향기를 발산할 수밖에 없다. 하지만 고래가 수면 위로 올라와 바깥 공기에 몸을 드러내는 일이 거의 없는 것은 사실이다. 향유고래의 꼬리가 물 위에서 움직이면 사향을 잔뜩 뿌린 귀부인이 따뜻한 객실에서 옷 스치는 소리를 내면서 걸어갈 때처럼 향기를 나누어준다. 그러면 그 당당한 몸집에 비해 그토록 우아한 향기를 지닌 향유고래를 무엇에 비유해야 할까? 송곳니를 보석으로 장식하고 몰약의 향기를 피우며 인도의 어느 마을에서 끌려 나와 알렉산더 대왕에게 경의를 표했다는 저 유명한 코끼리에 비유하면 지나친 것일까?

{   제 93 장   }

조난자

프랑스 포경선을 만난 지 며칠 뒤, '피쿼드'호 선원들 중에서 가장 보잘것없는 사나이에게 가장 중대한 사건이 발생했다. 그것은 참으로 통탄할 일이었고, 이따금 미친 듯이 즐거워하면서도 예정된 운명의 길을 걸어가는 선원들에게 그 결말이 얼마나 비참할 것인가를 생생하고도 집요하게 예감하게 해주었다.

그런데 포경선 선원이 모두 보트에 타는 것은 아니다. 배지기라고 불리는 몇 명은 배에 남아서, 보트가 고래를 추적하는 동안 본선을 돌본다. 대체로 배지기는 보트에 타는 선원들 못지않게 건장하다. 하지만 어쩌다가 배 안에 몸이 허약하고 일이 서투르거나 소심한 겁쟁이가 있으면 그자는 틀림없이 배지기가 된다. '피쿼드'호에서는 별명이 피핀(사과씨)이고, 줄여서 핍이라고 불리는 흑인 소년이 그랬다. 불쌍한 핍! 여러분은 이 이름을 이미 알고 있을 것이다. 저 극적이었던 한밤중에 그렇게 우울하고도 흥겨웠던 그의 탬버린 소리를 기억하고 있을 것이다.

핍과 찐만두는 외관상으로 잘 어울리는 한 쌍이었다. 빛깔은 다르지만 덩치는 엇비슷한 검은 망아지와 흰 망아지가 하나의 멍에에 매인 것 같았다. 하지만 불운한 찐만두가 태어날 때부터 굼뜨고 아둔한 반면, 핍은 마음이 너무 여린 게 흠이긴 하지만 머리는 아주 영리해서, 그의 종족 특유의 유쾌하고 부드럽고 쾌활한 총명함을 지니고 있었다. 그의 종족은 다른 어느 종족보다 신나고 재미나게 온갖 축제를 즐긴다. 흑인들에게는 1년 365일이 모두 '추석'과 '설날'이다. 내가 이 검둥이 소년이 찬란하게 빛났다고 말해도 웃지 말기 바란다. 암흑조차도 광채를 지니고 있는 법이니까. 왕의 캐비닛을 장식한 흑단의 광택을 보라. 하지만 핍은 삶을 사랑했고, 평화와 안전을 사랑했다. 따라서 그가 까닭 모르게 말려든 그 끔찍한 사건은 슬프게도 그의 총명함을 흐리게 했다. 그런데 여러분도 곧 알게 되겠지만, 이렇게 일시적으로 그에게서 억제된 것은 결국 이상하게 타오르는 불빛으로 섬뜩하게 비추어질 운명에 있었고, 그가 타고난 광채는 그를 실제보다 열 배나 더 돋보이게 해주었다. 일찍이 그는 고향인 코네티컷주 톨랜드군[453]의 초원에서 축제 기분에 들뜬 사람들에게 그 타고난 광채로 흥을 돋우고, 음악이 흐르는 저녁 무렵에는 그 쾌활한 웃음소리로 둥근 지평선을 별이 종처럼 매달린 탬버린으로 바꾸어버렸다. 대낮의 맑은 공기 속에서 푸른 정맥이 비쳐 보이는 목에 매달려 있어도, 순수한 물방울 같은 다이아몬드는 건강하게 빛날 것이다. 하지만 교활한 보석상이 다이아몬드의 가장 인상적인 광채를 보여주고 싶을 때는 다이아몬드를 검은 바탕 위에 놓고 햇빛이 아니라 인공적인 가스 불빛을 비출 것이다. 그러면 지독하게 멋진 그 찬란한 광채가 나온다. 그러면 불길하게 타오르는 다이아몬드—한때는 수정처럼 맑은 하늘의 신성한 상징이었던 다이아몬드는 염라대왕의 왕관에서 훔쳐온 것처럼 보인다. 이제 앞에서 하던 이야기로 돌아가보자.

용연향을 채취할 때 스터브의 보트 맨 끝에 있던 노잡이가 손을 삐어서 당분간 아무 일도 할 수 없게 되었기 때문에 핍이 임시로 그를 대신하게 되었다.

스터브를 따라 처음 바다로 내려갔을 때 핍은 잔뜩 겁을 먹고 있었다. 하지만 다행히도 그때는 고래와 가까이 접촉하지 않았고, 그래서 별로 창피도 당하지 않고 본선으로 돌아올 수 있었다. 그래도 스터브는 그를 유심히 관찰하고, 앞으로는 용기가 필요해질 때가 많을 테니까 최대한 용기를 가지라고 조심스럽게 타일렀다.

그런데 두 번째로 바다에 내렸을 때는 보트가 고래한테 바싹 접근했고, 그 고래는 작살을 맞자 늘 그렇듯이 보트에 몸을 부딪쳤다. 이번에는 고래가 공교롭게도 불쌍한 핍의 자리 바로 아래를 들이받았다. 그 순간 핍은 자기도 모르게 깜짝 놀라서 노를 쥔 채 보트에서 껑충 뛰어올랐다. 그때 늘어진 작살줄이 가슴에 부딪치는 바람에 그는 밧줄을 가슴에 댄 채 보트 밖으로 날아갔고, 마침내 물속에 풍덩 빠졌을 때는 밧줄에 몸이 엉켜 있었다. 그 순간 작살을 맞은 고래는 맹렬히 달아나기 시작했고 밧줄

---

453 여기서 멜빌은 핍의 고향을 '코네티컷주 톨랜드군'이라고 말하고 있지만, 제27장 말미에는 '가엾은 앨라배마 소년'이라고 언급되어 있다. 코네티컷주는 일찍이 피쿼트족의 본거지였지만 '노예주'였던 적은 없고, 오히려 앨라배마주 같은 남부의 노예주와는 대조적인 '자유주'였다.

은 당장 팽팽해졌다. 가엾은 핍은 가슴과 목을 몇 겹으로 친친 감은 밧줄에 사정없이 끌려가면서, 온통 거품을 일으키며 보트의 밧줄받이까지 올라왔다.

태시테고는 뱃머리에 서 있었다. 그는 고래를 사냥하고 싶은 열의로 가득 차 있었다. 그는 핍을 겁쟁이라는 이유로 싫어했다. 그는 칼집에서 칼을 뽑더니, 그 예리한 날을 작살줄 위에 대고는 스터브를 돌아보며 물었다. "자를까요?" 밧줄에 질식하여 파랗게 질린 핍의 얼굴은 제발 잘라달라고 말하는 듯했다. 모든 일이 순식간에 일어났다. 1분의 절반도 안 되는 짧은 시간에 이 모든 일이 벌어진 것이다.

"제기랄, 끊어!" 스터브가 외쳤다. 이리하여 고래는 놓치고 핍은 구조되었다.

이 불쌍한 검둥이 소년은 정신이 들자마자 빗발치는 선원들의 고함과 욕설을 뒤집어써야 했다. 스터브는 이런 악담이 사라질 때까지 잠자코 기다렸다가 분명하고 사무적인 어조로, 하지만 여전히 반은 익살스럽게 공식적으로 핍을 나무랐다. 그리고 꾸지람이 끝나자 비공식적으로 유익한 충고를 많이 해주었다. 그 충고의 내용은 보트에서 절대로 뛰어내리지 말라는 것이었다. 하지만 건전한 충고가 다 그렇듯이 그 나머지는 별로 명확하지 않았다. 포경 작업에서는 일반적으로 '보트에 달라붙어라'가 진정한 좌우명이지만, 때로는 '보트에서 뛰어내려라'가 훨씬 나은 경우도 있다. 그런데 스터브는 양심적으로 충고해주었다가는 나중에 핍이 걸핏하면 바다에 뛰어들지 모른다는 것을 알아차린 듯, 갑자기 충고를 그만두고 단호한 명령으로 말을 맺었다. "핍, 보트에 꼭 달라붙어야 해. 분명히 말해두겠는데, 네가 바다에 뛰어들더라도 나는 절대로 건져주지 않을 거야. 너 같은 놈 때문에 고래를 놓칠 수는 없으니까. 네가 앨라배마에서 팔릴 값보다 고래 한 마리가 서른 배나 더 비싸게 팔린단 말이다. 그걸 명심해서 앞으로는 절대로 물에 뛰어들지 마라." 여기서 스터브가 간접적으로 암시한 것은, 인간은 이웃을 사랑하지만 동시에 경제적인 동물이기도 하기 때문에 그 본성이 자비심을 방해하는 경우가 너무 많다는 것이었다.

그러나 우리는 모두 신의 손안에 있다. 그리고 핍은 다시 물에 뛰어들었다. 그것은 첫 번째와 아주 비슷한 상황이었다. 하지만 이번에는 핍이 밧줄을 가슴에 대지 않았기 때문에, 고래가 달아나기 시작하자 핍은 여행자가 서두르다가 놓고 간 트렁크처럼 바다에 버려지고 말았다. 아아! 스터브는 자기가 한 말에 지나치게 충실했던 것이다. 푸른 하늘이 펼쳐진 아름답고 화창한 날이었다. 반짝이는 바다는 잔잔하고 시원했다. 사방으로 저 멀리 수평선까지 뻗어 있는 바다는 금박세공사가 얇은 판을 최대한 두드려 편 것 같았다. 그 바다에서 까딱거리며 오르내리는 핍의 검은 머리는 정향의 봉오리처럼 보였다. 핍이 순식간에 고물에서 떨어졌을 때 아무도 칼을 빼들지 않았다. 스터브는 무정하게도 그에게 등을 돌리고 있었고, 고래는 날개라도 달린 것처럼 빠르게 달아났다. 3분도 지나기 전에 핍과 스터브 사이에는 망망한 바다가 1킬로미터나 가로놓였다. 불쌍한 핍은 바다 한가운데에서 그의 곱슬곱슬한 검은 머리를 태양 쪽으로 돌렸다. 태양도 역시 그렇게 높은 하늘에서 그처럼 찬란하게 빛나고 있었지만, 핍과 마찬가지로 외롭게 버려진 미아였다.

온화한 날씨에 넓은 바다에서 헤엄치는 것은 익숙한 사람에게는 뭍에서 스프링 달린 마차를 타고 달리는 것만큼 쉬운 일이다. 하지만 무서운 고독감은 견딜 수 없다. 그렇게 무정하고 드넓은 바다 한가운데에서 한 점에 집중하는 자아. 오오, 신이여! 그것을 누가 알겠습니까? 바람 한 점 없는 날, 선원들이 바다에서 헤엄칠 때 어떻게 하는지를 유심히 보라. 그들은 본선 옆에 바싹 붙어서 뱃전을 따라서만 헤엄치려 한다.

그런데 스터브는 정말로 불쌍한 검둥이 꼬마를 운명에 내맡겼던 것일까? 아니, 적어도 그럴 작정은 아니었다. 보트 두 척이 뒤따라오고 있었으니까, 당연히 그들이 핍에게 재빨리 달려가서 건져줄 거라고 생각한 게 분명했다. 물론 그와 비슷한 상황에서 쓸데없이 겁을 먹고 위험을 자초한 노잡이를 포경꾼들이 언제나 동정하는 것은 아니다. 또한 그런 일은 드물지 않게 일어난다. 포경업계에서도 이른바 겁쟁이는 군대 세계에서와 마찬가지로 무자비한 경멸의 표적이 된다.

그러나 그 보트들은 핍을 보기 전에 별안간 고래 떼가 한쪽 옆에 가까이 있는 것을 발견하고 방향을 바꾸어 고래들을 추격했다. 스터브의 보트는 이제 너무 멀리 떨어져 있었고 또한 스터브와 그의 선원들은 모두 고래에 열중해 있어서, 핍을 둘러싼 수평선은 무참하게도 점점 넓어져갈 뿐이었다. 그런데 천만뜻밖에도 본선이 나타나 그를 구출했는데, 그때부터 이 흑인 소년은 백치처럼 갑판 위를 서성거릴 뿐이었다. 바다는 조롱하듯 그의 유한한 육체만 물 위에 띄웠고 영원한 영혼은 익사시키고 만 것이다. 아니, 완전히 익사시키지는 않고, 영혼을 산 채로 놀랄 만큼 깊은 곳까지 끌고 내려갔다. 거기서는 왜곡되지 않은 원초적 세계의 낯선 형상들이 그의 생기 없는 눈앞을 미끄러지듯 이리저리 오가고 있었다. 그리고 '지혜'라는 이름의 인색한 인어왕자가 산더미처럼 쌓인 자신의 보물을 드러냈다. 즐겁고 무정하고 항상 젊은 영원의 세계에서 핍은 신처럼 어디에나 존재하는 수많은 산호충을 보았다. 그것들은 물로 이루어진 창공에서 거대한 천체를 들어 올렸다. 핍은 신의 발이 베틀의 디딤판을 밟고 있는 것을 보고 그렇게 말했기 때문에, 동료 선원들은 그가 미쳤다고 생각했다. 따라서 인간의 광기는 천상의 지혜이며, 인간의 온갖 이성에서 벗어나야만 인간은 드디어, 이성으로 보면 불합리하고 황당무계한 천상의 사상에 도달하게 된다. 그러면 길흉화복을 초월하여, 그가 믿는 신처럼 어느 쪽에도 치우치지 않는 떳떳한 기분을 느끼게 되는 것이다.

그 밖의 점에 대해서는 스터브를 너무 탓하지 말기 바란다. 이런 일은 포경업계에서는 흔한 일이고, 이 이야기의 막판에 가서 보겠지만 나 자신도 그렇게 버림을 받았으니까.

{ 　제 94 장　 }

손으로 쥐어짜기

이렇게 값비싼 대가를 치르고 얻은 스터브의 고래는 이윽고 '피쿼드'호의 뱃전에 매달렸고, 앞에서 설명했듯이 이곳에서 지육을 자르고 올리는 작업, '하이델베르크 술통'이라고 불리는 고래의 머리통에서 경뇌유를 퍼내는 작업에 이르기까지 절차대로 순조롭게 진행되었다.

이 마지막 작업에 몇 사람이 매달려 있는 동안, 다른 사람들은 큰 통에 경뇌유가 가득 차자마자 통을 끌어내는 일을 하고 있었다. 적당한 때가 오면 이 경뇌유는 정제 작업에 들어가기 전에 신중히 처리되는데, 여기에 대해서는 조만간 다시 이야기하겠다.

경뇌유는 이미 냉각되어 응고하기 시작했다. 동료 몇과 함께 콘스탄티누스 대제[454]의 목욕탕만큼이나 커다란 통 앞에 앉았을 때 나는 몇 개의 덩어리가 액체 상태 속에서 이리저리 떠다니는 것을 보았다. 이 덩어리를 짜서 다시 액체로 만드는 것이 우리의 임무였다. 얼마나 달콤하고 번지르르한 임무인가! 옛날 이 경뇌유가 화장품으로 애용된 것은 조금도 놀라운 일이 아니다. 그것은 피부를 얼마나 깨끗하게 해주는가! 얼마나 향기롭게 해주는가! 얼마나 부드럽게 해주는가! 얼마나 기분 좋게 달래주는가! 겨우 몇 분 동안 손을 담갔는데도 내 손가락은 뱀장어처럼 느껴졌고 꾸불꾸불 움직이기 시작했다.

양묘기를 돌리느라 녹초가 된 뒤 갑판에 책상다리로 편안히 앉아 있을 때, 고요하기 짝이 없는 푸른 하늘 아래, 조는 듯한 돛을 달고 배가 조용히 미끄러져 가고 있을 때, 그리고 형성된 지 한 시간도 채 안 되는 알갱이들, 기름이 스며든 부드러운 그 알갱이들 사이에 두 손을 집어넣고 있을 때,

---

454　고대 로마 황제(재위 306~337). 수도를 콘스탄티노폴리스로 옮겼으며 기독교 신앙을 공인했다. 로마에는 콘스탄티누스가 315년경에 건설한 공중목욕탕 유적이 있다.

그것들이 손가락 사이에서 터지면서 마치 잘 익은 포도가 즙을 터트리듯 풍부한 기름을 뿜어낼 때, 또 내가 그 순수한 향기 ─ 문자 그대로 봄에 핀 제비꽃 향기 같은 ─ 를 마음껏 들이마셨을 때, 나는 잠시 향기로운 초원에서 살고 있는 듯 우리의 무서운 저주 따위는 모두 잊어버리고, 무어라 형언할 수 없는 그 경뇌유 속에서 내 손과 마음을 씻었다. 경뇌유에는 분노의 열기를 가라앉히는 진기한 효험이 있다는 파라셀수스의 미신마저 믿게 되었고, 그 경뇌유 통 속에 잠겨 있는 동안 나는 이 세상의 모든 악의와 질투심과 적개심으로부터 해방되는 것을 느꼈다.

쥐어짜고, 쥐어짜고, 또 쥐어짜고! 아침 내내 경뇌유를 쥐어짰다. 나는 나 자신이 향유 속에 녹아들 때까지 그 경뇌유를 쥐어짰다. 이상한 광기에 사로잡힐 때까지 그 경뇌유를 쥐어짰다. 나도 모르게 동료들의 손을 부드러운 기름 알갱이로 착각하고 쥐어짜기도 했다. 그러면 풍요롭고 애정이 넘치고 친근하고 다정한 감정이 생겨났기 때문에, 마침내 나는 끊임없이 동료들의 손을 쥐어짜며 그들의 눈을 감상적으로 들여다보면서 이렇게 중얼거리기도 했다 ─ 오오, 사랑하는 친구들아, 우리는 어째서 언제까지나 신랄한 감정을 품어야 하고, 사소한 일에도 기분이 상하거나 불쾌해하거나 질투해야 하는가? 자, 우리 모두 서로의 손을 쥐어짜자. 아니, 우리 모두 자신을 쥐어짜서 서로에게 녹아들자. 경뇌유 같은 우애 속에 우리 자신을 통째로 쥐어짜 넣자.

영원토록 경뇌유를 쥐어짤 수 있다면 얼마나 좋을까. 하지만 나는 오랫동안 되풀이된 경험을 통해 인간이란 어떤 경우든 자기가 얻을 수 있는 행복에 대한 개인적 평가를 결국에는 낮추거나 어떤 식으로든 바꾸어야 한다는 것, 행복은 결코 지성이나 상상 속에 있는 것이 아니라 아내나 연인, 침대나 식탁, 안장이나 난롯가, 전원 같은 데에 있다는 것을 알았다. 나는 이제 이 모든 것을 깨달았기 때문에 경뇌유를 영원토록 쥐어짜고 싶다. 어느 날 밤에 나는 환상 속에서 낙원의 천사들이 저마다 손을 기름통

속에 넣은 채 길게 줄을 서 있는 것을 본 적이 있다.

경뇌유 이야기를 하는 김에 향유고래를 정제하기 위한 준비 작업 중에서 이와 관련된 몇 가지 사항을 언급해둘 필요가 있을 것 같다.

우선 '흰 말'이라는 것이 있는데, 이것은 고래 몸통이 가늘어지는 부분과 꼬리의 두꺼운 부분에서 얻어진다. 이것은 응결된 힘줄―근육 다발―로 이루어져 있어서 질기지만, 그래도 약간의 기름이 들어 있다. '흰 말'을 고래 몸통에서 잘라내면 우선 손으로 나를 수 있는 크기의 네모꼴로 잘라서 분쇄기에 넣는다. 그것은 버크셔 대리석[455] 덩어리와 아주 비슷해 보인다.

'자두 푸딩'은 지방층 여기저기 달라붙어 있는 단편적인 고래고기에 붙여진 이름인데, 고래고기가 지방질을 갖는 데 상당히 관여할 때가 많다. 이것은 보기에도 아름답고 느낌이 좋고 상쾌하다. 이름만 들어도 알 수 있듯이 색깔도 아주 화려해서, 눈처럼 하얀 색과 황금색으로 뒤덮인 바탕에 진홍색과 자주색 반점이 흩뿌려져 있다. 그것은 시트론[456]처럼 생긴 진홍빛 자두이다. 아무리 참으려 해도 먹고 싶은 마음을 억누르기가 어렵다. 솔직히 말하면 나는 언젠가 앞돛대 뒤에 숨어서 맛을 본 적이 있는데, 그 맛을 비유하자면 뚱보왕 루이[457]가 맛보았을 사슴―그것도 사슴 사냥철이 시작된 첫날 잡힌, 게다가 샹파뉴 지방의 포도밭에서 보기 드물게 좋은 포도가 수확된 해에 잡힌 사슴―의 넓적다리 고기로 만든 커틀릿 맛이 이런 맛일지도 모른다는 생각이 들 정도였다.

이 작업 과정에서 나오는 물질이 또 하나 있는데, 아주 기묘해서 적절한 설명을 하기가 매우 어렵다. 이것은 '곤죽'이라고 불리는데, 원래 포경

---

455 미국 매사추세츠주 서부 고지대에서 나는 대리석.

456 인도가 원산지인 레몬 비슷한 과일.

457 프랑스 카페 왕조의 제5대 왕 루이 6세(재위 1108~1137).

꾼들이 붙인 이름이지만 이 물질의 성질을 잘 나타내고 있다. 이것은 이루 말할 수 없이 질척거리고 실오리처럼 늘어나는 끈적끈적한 물질이고, 오랫동안 경뇌유를 짜서 다른 통으로 옮긴 뒤에 빈 통에서 발견되는 경우가 많다. 나는 이것이 놀랄 만큼 얇은 경뇌의 막이 찢어졌다가 다시 합쳐진 것이라고 생각한다.

이른바 '찌꺼기'는 참고래를 잡는 사람들이 쓰는 용어지만, 향유고래를 잡는 사람들이 이따금 우연히 쓸 수도 있다. 이것은 참고래의 등에서 긁어낸 검고 끈적끈적한 아교질 물질이며, 대부분은 그 저급한 고래를 잡는 저 열등한 속물들의 갑판을 뒤덮고 있다.

'집게'라는 말은 엄밀히 말하면 고래에 고유한 용어는 아니다. 그러나 포경꾼들이 사용하면 고래에 고유한 용어가 된다. 포경꾼들이 말하는 '집게'는 고래 꼬리의 가느다란 부분에서 잘라낸 짧고 질긴 힘줄인데, 두께는 평균 3센티미터쯤 되고, 크기는 괭이의 쇠붙이 부분과 비슷하다. 기름 투성이 갑판에 그 끝을 댄 채 끌고 가면 가죽 걸레처럼 작동하는데, 뭐라고 말할 수 없는 매력으로 마술처럼 온갖 불순물을 꾀어서 함께 끌고 가는 것이다.

그러나 잘 알려지지 않은 이 물질들에 대해 알고 싶으면 당장 지육실로 내려가 그곳에서 일하는 사람들과 이야기를 나누는 것이 상책이다. 이곳은 앞에서 말한 바와 같이 고래에서 벗겨낸 지방층을 저장하는 곳이다. 이곳에 저장된 지방층을 자를 때가 되면 이 방은 처음 보는 사람에게는 공포의 현장이 된다. 특히 밤중에는 무시무시하다. 한쪽에는 희미한 등불이 켜져 있고, 일꾼들이 일할 공간이 마련되어 있다. 그들은 대개 짝―창이나 갈고리를 든 사람과 고래삽을 든 사람―을 지어 작업한다. 포경용 창은 전함에 탑재된 같은 이름의 무기와 비슷하고, 갈고리는 보트를 끌어당길 때 쓰는 갈고리 장대와 비슷하다. 갈고리를 든 사람은 지방층을 갈고리로 찍어서, 배가 흔들려도 미끄러지지 않게 하려고 애쓴다. 그동안

고래삽을 든 사람은 지방층 위에 올라가 그것을 수직으로 잘라서 손에 들고 나를 수 있는 크기의 조각으로 나눈다. 고래삽은 면도칼만큼이나 날카롭게 갈아야 한다. 고래삽을 쓰는 사람은 맨발로 작업하는데, 장화를 신었다가는 지방층 위에서 썰매처럼 미끄러지기 십상일 것이다. 그가 자신의 발가락이나 동료의 발가락을 잘랐다면 놀랄 일일까? 노련한 지육실 작업자일수록 발가락 수가 보통 사람보다 적다.

{　　제 95 장　　}

사제복

이처럼 고래 사체를 처리하고 있을 때 여러분이 '피쿼드'호에 올라가 양묘기 옆을 지나갔다면, 정체를 알 수 없는 이상한 물체가 바람 불어가는 쪽의 배수구 부근에 기다랗게 가로놓여 있는 것을 보고 적잖은 호기심이 생겨 그것을 자세히 살펴보려고 할 것이다. 그 괴상하기 짝이 없는 원추형 물체를 한 번 보고 나면, 고래의 거대한 머리 속에 있는 기름통도, 벌어진 아래턱의 기괴한 모양도, 좌우 대칭을 이룬 꼬리의 경이로움도 여러분을 그다지 놀라게 하지는 않을 것이다. 그 물체는 켄터키 남자의 키보다 더 길고, 아래쪽 바닥은 지름이 약 30센티미터나 되고, 색깔은 퀴퀘그의 우상인 요조처럼 새까맣다. 실제로 그것은 우상이다. 아니, 옛날에는 그것과 비슷한 우상이 있었다. 예를 들면 유대의 왕대비 마아가의 비밀 정원에서 발견된 우상이 그것인데, 마아가가 그것을 우상으로 숭배했기 때문에 손자인 아사 왕이 할머니를 왕대비의 자리에서 물러나게 하고 우상을 파괴하여 기드론 시냇가에서 불살라버렸다는 이야기가 「열왕기상」 15장에 기록되어 있다.

고기를 저미는 작업자가 오는 것을 보라. 그는 지금 두 동료의 도움을 받아 뱃사람들이 흔히 '대물'[458]이라고 부르는 것을 무겁게 짊어지고 양쪽 어깨를 구부정하게 웅크린 채, 마치 전쟁터에서 죽은 전우의 시체를 둘러메고 돌아오는 척탄병처럼 비틀거리며 나르고 있다. 그는 앞갑판에 그것을 내려놓고는 아프리카의 사냥꾼이 보아뱀 껍질을 벗겨내듯 그 검은 껍질을 원통형으로 벗기기 시작한다. 그 일이 끝나자 벗겨낸 껍질을 바짓가랑이처럼 뒤집어, 지름이 갑절로 늘어날 만큼 힘껏 잡아당긴다. 마지막으로 그것을 활대에 매달아 잘 펴서 말린다. 잠시 후 그것을 내려서 뾰족한 끝부분을 1미터쯤 잘라내고, 반대쪽 끝에는 팔을 집어넣을 수 있도록 두 군데를 길게 쨘 다음, 그것을 머리 위에서 뒤집어쓴다. 이리하여 고기를 저미는 작업자는 그 천직에 어울리는 사제복으로 몸을 감싸고 여러분 앞에 서 있다. 이 제복이야말로 태곳적부터 그들에게 주어진 것으로, 그가 그 특수한 직무에 임하는 동안 그의 몸을 제대로 보호해주는 것이다.

그 직무란 지육 덩어리를 가마솥에 넣을 수 있도록 잘게 저미는 것이다. 이 작업은 뱃전에 엉덩이를 돌리고 서 있는 목마 모양의 작업대에서 이루어진다. 잘게 저민 고기 조각은 연설에 열중한 연사의 탁자에서 연설문을 적은 종이가 한 장씩 떨어지듯 목마 밑에 놓인 커다란 통 속으로 빠르게 떨어진다. 고상한 검은 옷차림으로 몸을 감싸고 눈에 잘 띄는 설교단을 차지하고 성서 종잇장* 하나하나에 정신을 집중할 때, 고기를 저미는 작업자야말로 진정 대주교급, 아니 교황격이 아니겠는가!

---

458 grandissimus(라틴어). 고래의 음경을 말한다. '모비 딕'도 어의적으로 풀면 '거대한 음경'이라는 뜻이지만, 멜빌이 그런 뜻으로 쓴 것은 아니다.

* "성서 종잇장! 성서 종잇장!" 이것은 항해사들이 고래고기를 저미는 작업자에게 외치는 상투어다. 이 문구는 작업할 때 조심하고 지육 덩어리를 '성서 종잇장'처럼 최대한 얇게 저미라고 요구하는 것이다. 그러면 기름을 끓이는 작업이 훨씬 빨라지고 기름의 양도 현저히 늘어날 뿐 아니라 품질도 좋아지기 때문이다.

제96장

정유 화덕

미국 포경선의 외관상 특징으로는 양쪽 뱃전에 높이 매달려 있는 포경보트 외에도 정유 화덕을 들 수 있다. 설비를 완전히 갖춘 포경선은 참나무와 밧줄로 연결한 견고한 벽돌 구조물까지 갖춘 유별난 모습을 보여주는데, 그것은 마치 들판에 있는 벽돌가마를 갑판으로 옮겨놓은 것 같다.

정유 화덕은 갑판에서 가장 널찍한 부분, 즉 앞돛대와 주돛대 사이에 자리를 잡고 있다. 그 밑받침이 되는 목재는 특히 견고해서 길이가 3미터, 너비가 2.5미터, 높이가 1.5미터나 되고, 거의 벽돌과 모르타르만으로 되어 있는 화덕의 무게를 떠받칠 수 있다. 이 벽돌 구조물의 토대는 갑판을 뚫는 것이 아니라, 무릎 모양으로 구부러진 무거운 쇠가 사방에서 구조물을 단단히 조이고 밑받침 목재에 나사못으로 고정시켜 갑판 위에서 움직이지 않게 해준다. 측면은 널판으로 덮여 있고, 윗면은 비스듬히 기울어진 커다란 나무 뚜껑으로 덮여 있다. 이 뚜껑을 열면 용량이 몇 배럴[459]이나 되는 거대한 가마솥 두 개가 나타난다. 이 가마솥은 사용하지 않을 때는 놀랄 만큼 깨끗하게 유지된다. 이따금 곱돌과 모래로 닦아서 그 내부가 마치 은으로 만든 펀치볼처럼 번쩍인다. 밤번을 설 때 뻐딱한 늙은 선원들은 솥 안에 들어가 몸을 웅크리고 잠깐 눈을 붙이기도 한다. 솥을 닦을 때는 두 사람이 한 조가 되어 솥을 하나씩 맡게 되는데, 솥전 너머로 숱한 비밀 이야기가 오가기도 한다. 그곳은 심오한 수학적 사색에 잠기는 곳이기도 하다. 내가 간접적이긴 하지만 어떤 놀라운 사실을 처음 깨달은 것도 '피쿼드'호의 왼쪽 가마솥 안에 들어가 광을 내고 있을 때였다. 곱돌

---

459 미국에서 액체의 용량을 재는 단위. 기름을 나르는 데 쓰인 나무통(배럴)에 기원을 두고 있다. 1배럴은 42갤런으로 약 160리터에 해당한다.

이 부지런히 내 주위를 돌고 있을 때 나는 기하학에서 사이클로이드[460]를 따라 활강하는 물체—예를 들면 내 곱돌—가 임의의 한 점에서 가장 낮은 한 점에 도달하는 데 걸리는 시간은 늘 일정하다는 사실을 알게 되었던 것이다.

화덕의 정면에서 널문을 열면 그쪽의 벽돌 구조물이 드러나 보이는데, 가마솥 바로 밑에 쇠로 만든 두 개의 아궁이가 뚫려 있고, 이 아궁이에는 쇠로 된 묵직한 문이 달려 있다. 뜨거운 열기가 갑판에 전달되지 않는 것은 화덕 밑에 얕은 저수조가 있기 때문인데, 이 저수조 뒤에는 파이프가 연결되어 있어서, 물이 끓어 증발하자마자 찬물이 계속 저수조에 보급된다. 밖에서 보이는 굴뚝은 없고, 뒤쪽 벽에 직접 구멍이 뚫려 있다. 그러면 여기서 잠깐 앞에서 하던 이야기로 돌아가기로 하자.

이번 항해에서 '피쿼드'호의 정유 화덕을 처음 가동한 것은 밤 9시경이었다. 스터브가 이 작업을 감독하는 책임자였다.

"준비들 됐나? 그러면 뚜껑을 열고 작업을 개시해. 이봐 요리사, 불을 지펴!"

이것은 쉬운 일이었다. 항해하는 동안 목수가 대팻밥을 아궁이에다 모두 쓸어 넣었기 때문이다. 여기서 말해두어야 할 것은 포경선에서 정유 화덕에 불을 피울 때 처음 얼마 동안은 장작을 써야 한다는 것이다. 그 후에는 주된 연료에 재빨리 불을 붙이는 수단으로만 장작을 사용한다. 기름을 짜낸 뒤 파삭파삭하게 오그라든 찌꺼기는 아직도 상당량의 지방질을 함유하고 있는데, 바로 이것이 연료가 되는 것이다. 화형당하는 다혈증의 순교자처럼, 또는 자멸하는 염세가처럼 고래는 일단 점화되면 스스로 연료를 공급하여 제 몸을 태운다. 몸에서 나오는 연기까지 소모시켜 없애주면 얼마나 좋을까. 그 연기를 들이마시는 것은 고역이지만, 어쩔 수 없이 들이마셔야 할 뿐만 아니라 당분간 그 연기 속에서 살아야 하기 때문이

460 직선 위로 원을 굴렸을 때 원 위의 정점이 그리는 곡선.

다. 그것은 무어라 말할 수 없는 악취를 풍긴다. 인도의 화장터 주변에 고여 있는 듯한 냄새. 최후의 심판 날, 신의 왼쪽에 놓인 자들[461]의 냄새. 그것은 지옥의 존재를 말해주는 증거다.

한밤중이 되자 화덕은 완전한 가동 상태에 들어갔다. 우리는 고래의 잔해를 바다에 던지고 돛을 올렸다. 바람은 상쾌했고, 망망한 밤바다는 칠흑처럼 어두웠다. 하지만 이따금 그을린 연기 구멍에서 날름거리는 강렬한 불길이 어둠을 핥았다. 그 불길은 저 유명한 그리스의 화공 때 그랬듯이 하늘 높이 걸려 있는 밧줄 하나하나를 비추었다. 불타는 배는 복수를 하기 위해 무자비하게 돌진하는 것처럼 마구 달리고 있었다. 그 모습은, 저 대담한 히드라 출신의 카나리스[462]가 역청과 유황을 쌍돛대 범선에 가득 싣고 한밤중에 항구를 떠난 뒤, 돛에 불을 붙이고 튀르크 군함에 돌진하여 적함을 화염 속에 몰아넣은 광경을 방불케 했다.

화덕 위에서 벗겨낸 뚜껑은 이제 그 앞에 놓여 작업대가 되었다. 그 위에는 포경선에서 화부 역할도 하는 이교도 작살잡이들이 사나운 모습으로 서 있었다. 그들은 갈퀴처럼 끝이 갈라진 거대한 막대기로 쉿쉿 소리를 내는 지육 덩어리를 뜨거운 가마솥에 던져 넣기도 하고 아궁이 속의 불을 쑤석이기도 한다. 그러면 불길이 뱀처럼 혀를 날름거리며 아궁이에서 뛰쳐나와 그들의 발을 잡으려고 했다. 연기는 육중한 무더기를 이루어 굽이쳐나갔다. 배가 흔들릴 때마다 끓는 기름이 튀어 올랐다. 기름은 선원들의 얼굴에 뛰어오르고 싶어 안달하는 것 같았다. 아궁이 맞은편, 넓적한 나무로 만든 화덕 저쪽에 양묘기가 있었는데, 이것은 해상의 안락의자 구실을 했다. 밤번들은 달리 할 일이 없으면 여기서 빈둥거리며, 눈알

---

461 신의 오른쪽에 놓인 자는 천국에, 왼쪽에 놓인 자는 지옥에 보내질 운명이다. 신약성서 「마태복음」 25장 31~33절 참조.

462 콘스탄티노스 카나리스(1793~1877): 그리스의 해군 제독. 그리스 독립전쟁(1821~1832) 때, 이 대목에 나와 있는 화공선 전법을 개발하여 튀르크 해군을 괴롭혔다. 멜빌이 소년 시절에 숭배한 낭만적 영웅이기도 했다. 히드라는 그리스 남쪽에 있는 섬.

이 머리 속에 눌어붙는 듯한 느낌이 들 때까지 빨갛게 타오르는 불을 들여다보았다. 이제 연기와 땀으로 얼룩진 그들의 황갈색 얼굴, 멍석처럼 엉킨 턱수염, 그것과는 대조적으로 새하얗게 빛나는 이빨—이 모든 것이 가마솥의 변덕스러운 불길로 화려하게 장식되어 기묘한 모습을 드러냈다. 그들이 사악한 모험담을 주고받으며 무서운 이야기를 우스갯소리로 떠들어댈 때, 그들의 야만적인 웃음소리가 아궁이에서 튀어나오는 불길처럼 그들의 입에서 하늘로 올라갈 때, 그들 앞에서 작살잡이들이 끝이 갈라진 갈퀴와 국자를 가지고 이리저리 움직이며 격렬한 몸짓을 할 때, 바람이 으르렁거리고 바다는 넘실대고 배는 신음을 토하며 물속으로 곤두박질치면서도 새빨간 지옥의 불길을 바다와 밤의 암흑 속으로 쉴 새 없이 쏘아 보낼 때, 입에 들어온 하얀 뼈를 경멸하듯 우적우적 씹어서 사방으로 뱉어낼 때, 돌진하는 '피쿼드'호—야만인들과 불을 싣고 사체를 태우며 그 칠흑 같은 어둠 속으로 뛰어드는 이 배야말로 그 편집광적인 선장의 영혼과 물질적으로 한 쌍을 이룬 것 같았다.

내가 키를 잡고 몇 시간 동안 묵묵히 이 불타는 배의 항로를 이끌고 있을 때, 나에게는 이 배가 그렇게 느껴졌다. 그동안 나는 어둠에 싸여 있었기 때문에 다른 사람들의 붉게 달아오른 얼굴과 광기와 요기를 더 잘 볼 수 있었다. 내 눈앞에서 연기와 불길에 싸여 야단법석을 떠는 악귀 같은 형상들을 계속 바라보고 있는 동안, 그것이 결국 내 영혼 속에 비슷한 환상을 낳았다. 그래서 한밤중에 키를 잡고 있을 때마다 으레 나를 덮치는 그 까닭 모를 졸음에 굴복하기 시작하면 당장 그 환상들이 나타나곤 했다.

하지만 특히 그날 밤에는 이상한(그리고 지금까지도 납득할 수 없는) 일이 일어났다. 선 채로 잠깐 졸다가 깜짝 놀라 깨어나자 나는 무언가가 단단히 잘못되었다는 것을 깨달았다. 고래 턱뼈로 만든 키 손잡이가 거기에 기댄 내 옆구리를 찔렀다. 그리고 방금 바람에 흔들리기 시작한 돛들이 나직하게 윙윙거리는 소리가 들려왔다. 나는 내 눈이 뜨여 있다고 생각했

모비 딕

다. 나는 거의 무의식적으로 손가락을 눈꺼풀로 가져가 눈을 더 넓게 벌리려고 했다. 하지만 나침반을 보려고 해도 내 앞에 있는 나침반을 볼 수가 없었다. 나침함 램프로 방위를 읽은 게 겨우 1분 전인 것 같은데, 지금 내 앞에는 칠흑 같은 어둠밖에는 없는 듯했다. 이따금 번득이는 빨간 섬광 때문에 그 어둠이 더욱 무시무시하게 느껴졌다. 나를 싣고 빠르게 돌진하는 이것이 무엇이든, 그것은 앞에 있는 어느 항구를 향해 달리고 있다기보다 모든 항구로부터 달아나고 있는 것 같았다. 그것이 맨 먼저 떠오른 느낌이었다. 죽음과도 같은 암담한 당혹감이 나를 덮쳤다. 내 두 손은 발작적으로 키 손잡이를 움켜잡았지만, 어찌 된 영문인지 키가 무슨 마법에 걸린 것처럼 거꾸로 뒤집혔다는 터무니없는 생각이 들었다. 맙소사! 내가 도대체 어떻게 된 거지? 잠깐 조는 사이에 나는 몸을 뒤로 돌려서 뱃머리와 나침함에 등을 돌린 채 고물을 향하고 있었던 것이다. 나는 얼른 돌아서서 배가 바람 속으로 날아올라 뒤집히는 것을 간신히 막았다. 이날 밤의 이상한 환각으로부터, 그리고 역풍이 가져오는 치명적인 재난으로부터 구출된 것을 얼마나 기뻐하며 감사했는지 모른다.

인간들이여! 불을 정면에서 너무 오래 들여다보지 마라. 절대로 키를 잡은 채 꿈꾸지 마라! 나침함에 등을 돌리지 마라. 왈칵 움직이는 키 손잡이의 첫 암시를 무시하지 마라. 인공적인 불의 붉은빛을 받으면 모든 것이 무시무시하게 보이니까, 인공적인 불을 믿지 마라. 내일, 자연의 햇빛 속에서 보면 하늘은 밝을 것이다. 갈라진 불꽃 속에서 악마처럼 보이던 자들도 아침이 되면 딴사람처럼, 적어도 훨씬 온화한 모습을 보일 것이다. 금빛 찬란한 황금빛 태양, 그것만이 유일한 진짜 등불이고 나머지는 모두 거짓이다.

그런데도 태양은 버지니아 대습지[463]도, 저주받은 로마 캄파냐도, 광막

---

463 미국 버지니아주 남동부와 노스캐롤라이나주 북동부에 걸쳐 있는 해안 평원 지역의 늪지대. 로마 캄파냐: 이탈리아 중부의 로마를 둘러싼 저지대. 중세 때 말라리아가 유행한 이후 19세기까지 사람이 살지 않는 황무지였다.

한 사하라 사막도, 달빛 아래에 있는 수백만 킬로미터의 사막과 비애도 감추지 않는다. 태양은 지구의 암흑면이며 지표면의 3분의 2를 차지하는 바다도 감추지 않는다. 따라서 내면에 슬픔보다 기쁨을 더 많이 가진 인간은 진실할 수 없다. 진실하지 않거나 아직 인간이 덜되었거나 둘 중 하나다. 책도 마찬가지다. 모든 사람 중에서 가장 진실한 사람은 '슬픔의 사람'[464]이고, 모든 책 중에서 가장 진실한 책은 솔로몬의 책이며, 그중에서도 특히 「전도서」는 정교하게 단련된 비애의 강철이다. "모든 것이 헛되다." 이 제멋대로인 오늘날의 세계는 그리스도를 모르는 솔로몬의 지혜조차 아직 파악하지 못했다. 하지만 병원과 감옥을 살짝 피하고, 묘지는 재빠른 걸음으로 스쳐 지나고, 지옥보다는 오페라에 대해 이야기하기를 더 좋아하는 사람은 쿠퍼[465]나 영이나 파스칼이나 루소를 모두 불쌍한 병자라고 부르고, 라블레는 지극히 현명하기 때문에 명랑하다고 단언하면서 태평한 인생을 보낸다. 그 사람은 묘석 위에 앉아서 깊이를 알 수 없는 위대한 솔로몬과 함께 축축한 초록빛 이끼를 뜯을 자격도 없다.

하지만 솔로몬도 말하고 있다. "깨달음의 길에서 벗어나 헤매는 자는 (살아 있는 동안에도) 죽은 자들 속에 있으리라."[466] 그러므로 여러분은 한때 내가 그랬듯이 불빛에 자신을 내맡겨 불이 당신을 거꾸로 돌려놓거나 무감각하게 만들어서는 안 된다. 비애인 지혜도 있지만, 광기인 비애도 있다. 어떤 이들의 영혼 속에는 캐츠킬[467]의 독수리가 한 마리 살고 있어서, 이 독수리는 캄캄한 골짜기로 급강하할 수도 있고, 그곳에서 다시 하

---

464 메시아, 즉 예수 그리스도를 말한다. "그는 사람들에게 멸시를 받고, 버림을 받았고, 슬픔의 사람이며, 고통을 많이 겪었다."(구약성서 「이사야」 53장 3절) 솔로몬의 책: 이스라엘 왕 솔로몬이 지은 「전도서」 「잠언」 「아가」를 말한다.

465 윌리엄 쿠퍼(1731~1800): 영국의 시인. 에드워드 영(1683~1765): 영국의 시인. 블레즈 파스칼(1623~1662): 프랑스의 사상가·수학자. 장 자크 루소(1712~1778): 프랑스의 작가·사상가. 프랑수아 라블레(1494?~1553): 프랑스의 작가·인문주의자.

466 구약성서 「잠언」 21장 16절 참조.

467 미국 뉴욕주 동남부에 있는 낮은 산.

늘 높이 솟아올라 햇빛 찬란한 창공으로 자취를 감출 수도 있다. 그리고 그 독수리가 영원히 깊은 골짜기 안에서만 날아다닌다 할지라도, 그 골짜기는 산속에 있으므로, 그 산속의 독수리는 가장 낮은 곳을 날 때도 평원의 다른 새들이 높이 날 때보다 훨씬 높은 곳에 있는 것이다.

{   제 97 장   }

램프

만약 여러분이 '피쿼드'호의 정유 화덕을 떠나 앞갑판 아래로 내려가서 비번인 선원들이 잠자고 있는 모습을 보았다면, 순간적으로 시성諡聖된 왕과 섭정들을 모셔놓은 사당의 불빛 속에 서 있는 게 아닐까 생각했을지도 모른다. 선원들은 떡갈나무로 만든 세모꼴 납골당에 조각상처럼 말없이 누워 있고, 수십 개의 램프가 그들의 감은 눈 위에 빛을 던지고 있다.

상선 선원에게는 기름이 왕비의 젖보다도 더 귀하다. 어둠 속에서 옷을 입고 어둠 속에서 먹고 어둠 속에서 더듬거리며 잠자리를 찾아가는 것이 그의 일상생활이다. 하지만 포경 선원들은 불을 밝혀줄 원료를 자급하기 때문에 광명 속에서 살아간다. 그는 잠자리를 알라딘의 램프로 밝히고 그 속에 몸을 눕힌다. 칠흑처럼 어두운 밤에도 배의 검은 선체에는 불빛이 가득 차 있다.

포경꾼이 램프—빈병 따위가 대부분이지만—를 몇 개나 들고 화덕 옆의 구리 냉각기로 가서, 큰 통에 든 맥주를 머그잔에 따르듯 거리낌 없이 램프에 기름을 채우는 것을 보라. 더욱이 그가 태우는 기름은 아직 가공되지 않은, 따라서 아무것도 섞이지 않은 상태의 가장 순수한 기름, 뭍에서 만들어진 해 같거나 달 같거나 별 같은 조명기구에는 사용된 적이 없는 액체인 것이다. 그것은 4월의 싱싱한 풀을 뜯어 먹은 소의 젖으로 만든 버터처럼 향기롭다. 그는 초원의 나그네가 저녁에 먹을 짐승을 사냥하듯, 기름의 신선함과 순수함을 확신할 수 있도록 직접 기름을 얻으러 가는 것이다.

{　　제98장　　}

쌓기와 치우기

멀리 있는 큰 고래는 어떻게 망루에서 발견하는가, 황야 같은 바다에서 어떻게 그 고래를 추적하여 깊은 골짜기에서 죽이는가, 죽인 고래를 어떻게 뱃전으로 끌고 와서 머리를 자르는가, 그리고 고래의 두툼한 외투는 어떻게 (옛날 망나니가 참수당한 자의 옷을 차지할 권리를 가진 것과 같은 원칙에 따라) 그의 목을 자른 망나니의 재산이 되는가, 적당한 때가 되면 죽은 고래는 어떻게 가마솥에 넣어지고, 고래의 경랍과 기름과 뼈는 사드락과 메삭과 아벳느고[468]처럼 손상되지 않고 불 속에서 견뎌내는가—에 대해서는 앞에서 이미 이야기했다. 하지만 고래기름이 통으로 옮겨진 뒤 선창에 쟁여지는 낭만적인 과정을 자세히 이야기하여—아니, 할 수만 있다면 노래로 읊어서—이 부분에 대한 설명을 마무리하는 일이 남아 있다. 이곳에서 고래는 다시 고향인 깊은 바다로 돌아가 전처럼 수면 아래를 헤매다니지만, 불쌍하게도 이제 다시 수면 위로 올라와 물을 뿜을 수는 없다.

기름은 따끈한 펀치(음료)처럼 아직 따뜻할 때 6배럴들이 통에 부어지는데, 배가 심야의 바다에서 이리저리 흔들리면 거대한 통들은 빙글빙글 돌고 거꾸로 뒤집히고, 때로는 여기저기서 수많은 산사태가 일어난 것처

468　구약성서 「다니엘서」에 나오는 다니엘의 세 친구. 이 세 명의 유대인 행정관은 아시리아 왕 네부카드네자르(느부갓네살)가 만든 거대한 황금상에 경배하기를 거부했기 때문에 불타는 화로 속에 던져지게 되었지만, 왕은 화로 속을 들여다보고 이렇게 말했다. "보아라, 네 사람 다 결박이 풀린 채 화덕 안을 다니는데도 상처 하나 없구나. 더욱이 넷째 사람의 모습은 신의 아들과 같도다."(「다니엘서」 3장 25절)

럼 미끄러운 갑판을 위험하게 돌진하기 때문에, 결국에는 선원들이 통들을 붙잡아서 제자리에 놓아야 한다. 이제는 모든 선원이 직책상 통장이가 되어 있으니까, 최대한 많은 사람이 통에 달라붙어 탕탕 망치질을 하여 쇠테를 두른다.

드디어 기름이 마지막 한 방울까지 통에 채워지고 완전히 냉각되면, 커다란 선창 입구가 열리면서 배의 복부가 드러나고 통들은 바다에서의 마지막 휴식처로 내려간다. 이 일이 끝나면 선창은 다시 닫히고 벽장을 벽으로 막듯이 완전히 밀폐된다.

향유고래잡이에서는 아마 이것이 모든 작업 중에서 가장 눈부신 작업일 것이다. 어느 날 갑판에는 피와 기름이 강물처럼 흐르고, 신성한 뒷갑판에는 불경스럽게도 거대한 고래 머리가 쌓이게 된다. 녹이 슨 커다란 통들이 양조장 마당처럼 여기저기 나뒹굴고 있고, 화덕에서 나오는 연기는 뱃전을 온통 그을음으로 더럽힌다. 선원들은 기름투성이가 되어 돌아다니고, 배 전체가 거대한 고래처럼 보인다. 사방에서 소음이 귀청을 찢는다.

하지만 하루나 이틀이 지난 뒤, 이 똑같은 배에서 주위를 돌아보며 귀를 기울여보라. 낯익은 보트나 가마솥이 없다면 여러분은 아주 꼼꼼하고 청결한 선장이 지휘하는 조용한 상선에 올라탔다고 생각할 것이다. 정제되지 않은 고래기름은 이상하게도 뛰어난 세정력을 가지고 있다. 그래서 이 '정유 작업'이 끝난 직후만큼 갑판이 하얗게 보일 때도 없다. 게다가 고래 부스러기를 태운 재로는 강력한 잿물을 손쉽게 만들 수 있어서, 고래의 등에서 나온 끈적끈적한 물질이 뱃전에 달라붙어 있으면 그 잿물로 재빨리 없애버린다. 선원들은 부지런히 뱃전을 돌아다니며 물통의 물과 걸레로 다시 말끔하게 만들어놓는다. 아래쪽 삭구에 달라붙은 그을음은 솔로 털어낸다. 사용한 온갖 도구도 깨끗이 씻어서 치워놓는다. 커다란 뚜껑은 북북 문질러 화덕 위에 덮는다. 그러면 가마솥은 뚜껑으로 완전히 가려진다. 통은 모두 모습을 감추고, 모든 밧줄은 감아서 눈에 띄지 않는 구석에 넣어둔다. 이렇게 모든 선원이 일치단결하여 일한 결과, 이 공들인 작업은 마침내 모두 끝난다. 그러면 선원들은 비로소 몸을 씻고 머리끝부터 발끝까지 딴사람처럼 바꾸어, 까다롭고 우아한 나라 네덜란드에서 방금 온 신랑처럼 산뜻하고 상기된 얼굴로 얼룩 하나 없이 깨끗한 갑판에 나타난다.

이제 그들은 가벼운 발걸음으로 두세 사람씩 짝을 지어 갑판을 거닐면서, 거실이니 안락의자니 융단이나 마직물 등에 대해 익살스러운 대화를 나눈다. 갑판에 돗자리를 깔자느니, 돛대 망루에 벽걸이나 커튼을 다는 것을 고려해보자느니, 앞갑판 회랑에서 달빛을 받으며 차를 마시는 것도 괜찮겠다는 따위의 이야기꽃을 피운다. 이 점잖은 선원들에게 기름이니 뼈다귀니 지육이니 하는 말을 꺼내는 것은 무례한 짓이다. 에둘러 말하면 하나같이 그런 것은 모른다는 표정이다. 저리 꺼져! 가서 냅킨이나 가져와!

하지만 보라. 저 높다란 세 개의 돛대 망루에는 지금도 세 사람이 올라가서 고래를 찾기 위해 눈을 크게 뜨고 있다. 고래가 잡히면 낡은 떡갈나무 가구가 또 더러워질 것은 뻔하고, 적어도 어딘가에 기름 한 방울은 떨어질 것이다. 그렇다! 종종 있는 일이지만, 밤낮을 가리지 않고 아흔여섯 시간 동안이나 계속된 중노동이 끝났을 때, 그러니까 온종일 적도에서 노를 저어 손목이 퉁퉁 부어오른 상태로 보트에서 본선으로 올라와 잠시 쉴 새도 없이 거대한 쇠사슬을 나르고, 무거운 양묘기를 들어 올리고, 고래를 자르고, 적도의 태양과 적도의 가마솥이 합세하여 내뿜는 열기로 다시 그을리고 태워지는 고역을 당할 때, 그리고 이 작업이 끝나자마자 마지막으로 분발하여 배를 얼룩 한 점 없이 깨끗한 낙농실처럼 청소하고, 깨끗한 작업복의 목단추를 막 채우고 있을 때, 갑자기 "고래가 물을 뿜는다!" 하고 외치는 소리가 들리면 불쌍한 선원들은 화들짝 놀라 당장 또 다른 고래와 싸우러 달려가서, 진저리 나는 그 일을 처음부터 다시 되풀이하게 되는 경우가 많다. 오! 친구들이여, 이것은 정말로 사람 죽이는 일이다! 하지만 이것이 바로 인생이다. 우리는 오랜 고생 끝에 이 세상에서 가장 덩치 큰 동물에게서 비록 적지만 매우 귀중한 경뇌유를 뽑아낸 뒤, 녹초가 되었지만 참을성 있게 몸에 묻은 오물을 씻어내고, 영혼의 임시 거처인 육신을 깨끗이 유지하면서 사는 법을 배우자마자, "고래가 물을 뿜는다!" 하는 외침소리에 영혼은 용솟음치고, 우리는 또 다른 세계와 싸우러 달려가, 젊은 인생의 판에 박힌 일을 처음부터 다시 되풀이하는 것이다.

오, 윤회여! 오, 피타고라스여! 2천 년 전 빛나는 그리스에서 그렇게 착하고 슬기롭고 평화롭게 살다가 죽은 그대여. 나는 지난번 항해에서 그대와 함께 페루의 해안을 달렸고, 풋내기 소년으로 환생한 그대에게 나는 어리석게도 밧줄 잇는 법을 가르쳐주었다.

{　　　제99장　　　}

도블론 금화

에이해브가 뒷갑판의 나침함과 주돛대 사이를 규칙적으로 오락가락하는 버릇이 있다는 것은 앞에서 이미 이야기했다. 하지만 설명할 게 너무 많아서 미처 덧붙이지 못한 게 하나 있는데, 그가 이렇게 갑판을 거닐고 있을 때, 특히 우울한 기분에 잠겨 있을 때는 방향을 돌릴 때마다 멈춰 서서 눈앞에 있는 무엇인가를 뚫어지게 바라보는 버릇이 있다. 나침함 앞에 멈춰 서서 나침반 바늘에 시선을 고정시켰을 때, 바늘을 노려보는 그의 눈길은 마치 목표를 겨눈 창 같았다. 다시 걸음을 내딛기 시작한 에이해브가 이번에는 주돛대 앞에 멈춰 서서, 거기에 못 박혀 있는 금화에 시선을 고정시켰다. 그의 눈길은 이번에도 나침반 바늘을 노려볼 때처럼 금화를 쏘아보았고, 그 눈길에는 희망이라고까지는 말할 수 없지만 간절한 염원의 빛이 섞여 있었다.

그런데 어느 날 아침, 그 금화 앞을 지나가던 에이해브는 금화에 새겨진 이상한 도안과 문자에 새삼 마음이 끌린 것 같았다. 거기에 숨겨져 있는 의미를 이제야 편집광답게 나름대로 해독하기 시작한 것이다. 물론 모든 사물에는 어떤 의미가 숨겨져 있다. 그렇지 않다면 세상 만물은 가치가 없을뿐더러 이 둥근 세계 자체도 역시 무의미한 암호에 지나지 않을 것이다. 보스턴 주변의 언덕들과 마찬가지로 이 지구도 짐마차 한 대 분량에 얼마씩 받고 팔아서 은하수의 늪지를 메우는 데에나 쓸모가 있을 것이다.

그런데 이 금화는 한 번도 사용한 적이 없는 순수한 황금으로 만들어졌으며, 그 황금은 사금 벌판을 동서로 흐르는 팍톨루스강[469]의 발원지인, 화려한 구릉지의 심장부 어딘가에서 채굴되었을 것이다. 지금은 녹슨 쇠못과 녹청이 핀 구리 대못들 사이에 박혀 있지만, 아직 어떤 더러움도 타지 않은 이 금화는 키토의 광채를 여전히 지니고 있었다. 지금 금화는 무자비한 선원들 사이에 놓여서 매시간 무자비한 손길이 스쳐가고 어떤 도둑놈이 다가와도 모를 만큼 짙은 어둠 속에 밤새도록 있었지만, 아침 해가 뜰 때마다 금화는 전날 해질녘에 있던 곳에 그대로 남아 있었다. 그 금화는 하나의 엄숙한 목적에 특별히 바쳐진 것이기 때문이다. 선원들이 아무리 불량하다 해도, 그들은 하나같이 그 금화를 '흰 고래'의 부적으로 여겨 우러러보았다. 지루한 밤번을 서고 있을 때면 이따금 그들은 금화를 마지막에 누가 갖게 될 것인지, 그리고 그 사람은 과연 살아남아서 금화를 쓰게 될 것인지를 놓고 이야기를 주고받곤 했다.

이 남아메리카의 고귀한 금화는 이제 태양과 열대의 기념물이라고 할

---

469 그리스 신화에 나오는 강. 손대는 것은 모두 황금으로 변하게 해달라는 소망이 이루어진 미다스 왕은 음식까지 황금으로 변하여 까딱하면 굶어 죽을 처지가 된다. 그 '특권'(저주)을 씻어내기 위해 왕에게 허락된 유일한 수단이 바로 이 팍톨루스강에 몸을 담그고 황금을 씻어내는 것이었다.

만했다. 야자수와 알파카와 화산이 새겨져 있고, 해와 별, 일식과 월식, 풍요의 뿔, 나부끼는 화려한 깃발들이 현란하게 조각되어 있어서, 이 고귀한 금화는 더없이 스페인적인 시정과 정교한 주조술 덕분에 그 가치와 영예를 더하는 것 같았다.

특히 '피쿼드'호의 금화는 그런 금화 중에서도 가장 화려한 일품이었다. 둥근 가장자리에는 'REPUBLICA DEL ECUADOR: QUITO'(에콰도르 공화국: 키토)라는 문구가 새겨져 있었다. 그러니까 이 찬란한 금화는 세계의 한복판, 즉 적도equator 바로 밑에 수립되어 그 이름을 딴 나라에서 온 것이고, 안데스산맥 중턱의 가을을 모르는 상하常夏의 도시에서 주조된 것이었다. 이들 글자에 둘러싸인 곳에는 안데스산맥의 세 봉우리 같은 것이 보이는데, 그중 하나는 불을 뿜고 있고, 또 하나에는 탑이 솟아 있으며, 나머지 하나에서는 수탉이 울고 있다. 그리고 이들 세 봉우리 위에는 황도 12궁이 아치를 이루고 있는데, 이것은 모두 카발라[470]의 상징을 묘사하고 있으며, 그 핵심이 되는 태양은 천칭궁에서 분점으로 들어가고 있다.

이 적도의 금화 앞에서 에이해브가 걸음을 멈추고 중얼거리는 것을 지켜본 사람이 없지 않았다.

"산봉우리든 탑이든 웅장하고 높은 것에는 반드시 강한 자부심을 드러내는 무언가가 있는 법이다. 보라! 세 봉우리가 루시퍼[471]처럼 뻐기고 있는 것을. 꿋꿋한 탑, 그것이 에이해브이고, 불을 뿜는 화산, 그것이 바로 에이해브다. 호탕하고 용맹하며 승리에 도취하여 우쭐한 수탉, 그것도 에이해브다. 모든 것이 에이해브다. 이 둥근 금화는 그보다 더 둥근 지구의 모형이며, 마법사의 거울처럼 모든 사람의 신비로운 자아를 차례로 비추

---

470 유대교 전통에 기초한 창조론·종말론·메시아론을 수반하는 신비주의 사상. 분점: 分點. 태양이 적도를 통과하는 점. 천구 위의 황도와 적도의 교차점으로, 춘분점과 추분점이 있다.

471 원래는 '빛을 가져온 자'라는 말의 라틴어였으나, 기독교 이후 천국에서 쫓겨나 교만한 타락 천사의 우두머리로서 사탄(마왕)이 되었다.

어준다. 제 존재의 수수께끼를 풀어달라고 세상에 간청해봐야 소용없다. 세상은 자신의 문제조차 해결할 수 없기 때문이다. 지금 내게는 이 금화 속의 태양이 붉게 빛나는 얼굴을 하고 있는 듯이 보인다. 하지만 보라! 태양은 폭풍우의 상징인 분점으로 들어가고 있다! 그런데 태양은 여섯 달 전에 백양궁에서 분점을 통과하지 않았던가! 폭풍에서 폭풍으로! 그것도 좋겠지. 진통을 겪고 태어난 인간은 고뇌 속에서 살고 고통 속에서 죽는 것이 마땅하다. 그것도 좋겠지. 여기에 재난이 닥쳐오는 것을 꿋꿋이 견 뎌내는 사나이가 있다! 그것도 좋겠지."

"어떤 요정의 손가락도 저 금화를 쥘 수는 없었겠지만, 어제 이후에 악 마의 발톱이 저곳에다 자국을 남긴 게 틀림없어." 스타벅은 뱃전에 기댄 채 혼잣말로 중얼거렸다. "노인네는 벨사자르[472]의 무서운 글을 읽고 있 는 모양이군. 난 저 금화를 살펴본 적이 없어. 흠, 노인네가 아래로 내려가 는군. 나도 좀 읽어볼까? 하늘로 솟아오른 웅장한 세 봉우리 사이의 어두 운 골짜기…… 삼위일체를 이 지상에서 나타낸 것 같군. 이 죽음의 골짜 기에서 하느님이 우리를 둘러싸고 지켜주시며, 어둠 위에서는 언제나 정 의의 태양이 햇불과 희망이 되어 비치고 있다. 아래를 내려다보면 어두운 골짜기는 곰팡내 나는 진흙을 보여주지만, 우리가 눈을 들면 찬란한 태양 이 우리의 눈을 맞이하여 기운을 북돋워준다. 하지만 위대한 태양도 부동 의 존재는 아니다. 한밤중에 태양에게 달콤한 위안을 얻어보려고 아무리 하늘을 우러러본들 무슨 소용이 있단 말이냐! 이 금화는 지혜롭고 부드 럽고 진실하게 말하고 있지만, 내게는 역시 슬프게 들린다. 이쯤에서 그 만두자. 진실이 내 마음을 흔들어 잘못된 길로 이끌지 않도록."

"아까는 모굴 영감이 금화를 뚫어져라 노려보고 있더니, 이번엔 스타 벅이 나타났군." 스터브는 가마솥 옆에서 혼잣말을 중얼거렸다. "두 사람 다 얼굴이 아홉 길이 될 만큼 길게 늘어났는데, 금화 한 닢을 바라보고 있

472 바빌로니아의 마지막 왕. 183번 역주 참조.

모비 딕

었다고 그렇게 되다니 정말 어처구니가 없군. 내가 니그로힐이나 콜리어스훅[473]에서 저걸 주웠다면 들여다볼 겨를도 없이 써버렸을 텐데. 아무래도 좀 이상한데. 내 지혜가 변변치 않아서 그런가. 금화라면 나도 이제까지 항해하는 동안 많이 보았지. 옛 스페인 금화, 페루 금화, 칠레 금화, 볼리비아 금화, 포파야[474] 금화, 모이도르 금화, 피스톨 금화, 요하네스 금화, 반 요하네스 금화, 4분의 1 요하네스 금화……. 그런데 이 적도 금화에 그렇게 깜짝 놀랄 만한 점이 뭐가 있지? 골콘다[475]에 걸고 한번 읽어보자. 홍, 정말 무슨 기호와 이상한 것들이 있긴 있군. 이건 보디치 영감이 『항해술』이란 책에서 12궁도라고 부른 것인데, 내가 갖고 있는 달력에도 그렇게 쓰여 있지. 그래, 달력을 가지고 오자. 다볼[476]의 산수책으로 악마를 불러낼 수 있다는 말도 있으니까, 매사추세츠의 달력으로 이 괴상한 기호의 뜻을 풀이해봐야지. 여기 책이 있군. 어디 보자. 계시와 기적, 그리고 태양. 태양은 언제나 사이에 끼어 있군. 흠, 흠, 여기도 있고 저기도 있어. 모두 살아 있어. 백양궁의 수양, 금우궁의 황소, 여기가 쌍자궁의 쌍둥이…… 태양은 그 별들 사이를 돌아다니고, 이 금화에서는 태양이 원을 이룬 12궁 가운데 둘 사이의 문턱을 막 넘으려 하고 있군. 아니, 책이 어디 갔지! 아, 너 거기 있구나. 사실 너 같은 책은 자기 위치를 알아야 해. 넌 그저 있는 그대로를 말하면 되는 거야, 생각은 이쪽에서 할 일이지. 매사추세츠의 달력과 보디치의 항해술과 다볼의 산수책, 그게 나의 보잘것없는 경험이지만 말이야. 계시와 기적이라고? 계시에도 놀라울 게 전혀 없고 기적에도 아무런 의미가 없다면 비참할 거야. 어딘가에 실마

473 뉴욕 맨해튼에 있는 지명. 1643년에 인디언 학살이 일어난 곳이다.

474 콜롬비아 남서부에 위치한 행정 중심지로, 유명한 금화 주조소가 있다. 모이도르: 포르투갈과 브라질의 금화. 피스톨: 스페인의 금화. 도블론의 절반 가치가 있었다. 요하네스: 포르투갈의 주앙 5세 (재위 1706~1750)의 라틴어식 이름을 따서 만든 금화.

475 인도 중남부의 폐허 도시. 한때 다이아몬드가 산출되어 번영을 누렸다.

476 나산 다볼(1750~1818): 미국의 교사. 그가 쓴 『완전한 교사의 벗』(1779)은 산수 교과서로 18세기 전반에 널리 사용되었다.

리가 있겠지. 잠깐만. 쉿, 조용히 해! 찾았다! 이봐 금화, 너의 12궁도는 말이다, 사람의 일생을 처음부터 끝까지 그려놓은 거야. 그래, 나도 책을 끝까지 읽어봐야지! 자, 우선 백양궁의 수양—음란한 개새끼가 우리를 낳는군. 그다음은 금우궁의 황소—이놈이 우리를 들이받고, 그다음은 쌍자궁의 쌍둥이—그러니까 선과 악이렷다. 우리는 선에 이르려고 애쓰지만, 거해궁의 게가 와서 우리를 다시 끌고 간단 말이야. 그러면 으르렁거리는 사자궁의 사자가 선에서 나와 길바닥에 엎드려 있다가 우리를 사납게 물어뜯고 앞발로 마구 때리는 거야. 그러면 우리는 달아나면서 처녀궁의 처녀를 소리쳐 부르지. 그건 우리의 첫사랑이야. 우리가 결혼해서 행복하다고 생각할 때, 별안간 천칭궁의 저울이 나타나 행복을 저울에 달아보고는 무게가 모자란 것을 알게 되지. 우리가 그걸 슬퍼하고 있을 때 천갈궁의 전갈이 나타나 궁둥이를 찔러서 우리는 펄쩍 뛰어오르지. 우리가 상처를 치료하고 있을 때 사방에서 쌩쌩 화살이 날아와. 사수궁의 궁수가 우리를 쏘면서 즐기고 있는 거야. 그 화살을 뽑고 있을 때, 길을 비켜라! 하고 마갈궁의 염소가 전속력으로 달려오는 바람에 우리는 곤두박질하지. 그러면 보병궁의 물병이 홍수를 쏟아부어 우리를 익사시키고, 결국 우리는 물에 빠져 쌍어궁의 물고기와 함께 잠드는 거야. 이것이 높은 하늘에 쓰여 있는 설교인데, 태양은 해마다 그곳을 통과하고도 항상 생글거리며 기운차게 빠져나온단 말이야. 태양이 저 높은 곳에서 온갖 고생을 다 겪으면서도 저렇게 유쾌하게 돌아다닌다면, 여기 하계에 있는 스터브도 마찬가지지. 그래, 유쾌하게 지내야지. 영원히 말이야. 잘 있거라, 금화여! 하지만 잠깐. 저기 왕대공 녀석이 오는군. 가마솥 뒤에 숨어서 저 녀석이 무슨 말을 하는지 들어볼까? 그래, 앞에 와서 섰구나. 곧 뭐라고 지껄일 테지. 그래, 그래, 입을 여는군."

"여기서 내 눈에 보이는 건 금으로 만든 동그란 물건뿐이야. 누구든 어떤 고래를 잡는 자가 이 동그란 걸 차지하게 돼. 그런데 왜 다들 이걸 노려볼까? 이게 16달러의 가치가 있는 건 사실이야. 2센트짜리 시가라면 960개비를 살 수 있는 돈이지. 나는 스터브의 파이프처럼 냄새 고약한 파이프는 싫지만, 시가는 좋아해. 그런데 그게 여기 960개비나 있어. 그래서 플래스크도 고래를 찾으러 나오는군."

"저걸 현명하다고 해야 하나, 어리석다고 해야 하나. 정말로 현명하다고 하기에는 좀 어리석어 보이고, 정말로 어리석다고 하기에는 좀 현명해 보이니 말이야. 잠깐. 맨섬 영감이 오는군. 저 늙은이는 바다에 나오기 전에는 상여꾼 일을 했던 게 분명해. 금화 쪽으로 다가가는군. 아니, 돛대 뒤쪽으로 돌아가고 있잖아. 그쪽엔 말편자가 박혀 있을 뿐인데. 되돌아오는군. 저건 무슨 뜻이지? 잘 들어보자. 뭐라고 중얼거리는데, 커피 빻는 기계가 낡아서 삐걱거리는 듯한 소리군. 귀를 세우고 잘 들어봐야지!"

"흰 고래를 잡는다고 한다면 앞으로 한 달하고 하루 뒤, 태양이 이 그림 속 12궁 가운데 어딘가에 들어갈 때일 거야. 나는 12궁도에 대해서 연구를 했기 때문에 그 표시를 알고 있지. 40년 전에 코펜하겐의 늙은 마녀한테 배웠거든. 그러면 그때 태양은 어느 궁에 있을까? 말편자 표시야. 금화 바로 뒤에 말편자가 있으니까. 그런데 말편자 표지는 뭐지? 사자가 말편자 표지야. 으르렁거리고 게걸스럽게 삼키는 사자. 배여, 낡은 배여, 너를 생각하니 나의 늙은 머리가 어지럽구나."

"이제 또 다른 해석이 제시됐군. 하지만 책은 하나뿐이야. 하나의 세계 속에도 사람은 가지가지라니까. 또 숨어야겠군! 저기 퀴퀘그가 온다…… 온몸이 문신투성이여서 꼭 12궁도처럼 보여. 저 식인종은 뭐라고 할까? 분명히 기호를 비교하고 있어. 제 대퇴골을 보고 있군. 태양이 넓적다리나 장딴지나 창자 속에 있다고 생각하는 모양이야. 촌구석의 할망구들이 천문학을 이야기하는 것 같군. 저것 좀 봐. 녀석이 넓적다리 근처에서 뭔가를 발견했어. 사수궁의 궁수인 것 같아. 아니, 저자는 금화가 뭔지 모르고 있어. 어느 왕의 바지에서 떨어진 낡은 단추쯤으로 생각하고 있겠지.

또 숨어야겠다! 악마 같은 페달라가 오고 있어. 여느 때처럼 꼬리를 보이지 않게 말아 넣고, 장화의 발가락 부분에는 뱃밥을 채우고 있군. 저런 낯짝으로 무슨 말을 지껄일까? 아, 12궁도에 손짓으로 무슨 신호를 하고 꾸벅 절만 하는군. 금화에 태양이 새겨져 있으니까 녀석은 배화교도가 분명해. 호오, 또 오는군. 불쌍한 핍이 이쪽으로 오고 있어. 불쌍한 녀석! 차라리 그때 죽는 게 나았을걸. 아니면 내가 죽는 게 나았을까? 나는 녀석이 좀 무서워. 저 녀석도 지금까지 사람들이 와서 저마다 그림을 읽는 걸 지켜보았을 거야. 나도 포함해서. 그리고 이젠 자기도 저 섬뜩한 백치 같은 얼굴로 금화를 읽으러 온 거겠지. 다시 숨어서 녀석이 뭐라고 하는지 들어보자! 잘 들어!"

"나는 본다. 너는 본다. 그는 본다. 우리는 본다. 너희는 본다. 그들은 본다."

"녀석은 머리[477]의 문법을 공부하고 있나 봐! 불쌍하게도 똑똑해지고 싶은 거야! 그런데 지금 무슨 말을 하고 있는 거지?"

"나는 본다. 너는 본다. 그는 본다. 우리는 본다. 너희는 본다. 그들은 본다."

"그걸 외우고 있군. 쉿! 또 왼다."

"나는 본다. 너는 본다. 그는 본다. 우리는 본다. 너희는 본다. 그들은 본다."

"이거 재미있는데."

"나, 너, 그. 우리, 너희, 그들은 모두 박쥐다. 그리고 나는 까마귀[478]다. 특히 이 소나무 꼭대기에 있을 때는 까마귀다. 까악 까악 까악 까악 까악 까악! 나는 까마귀잖아! 그런데 허수아비는 어디 있지? 아, 저기 있군. 다

---

477 린들리 머리(1745~1826): 미국의 문법학자. 그의 『영어 문법』(1795)은 당시 영어권의 국어 교과서였다.

478 당시 흑인에 대한 멸칭.

떨어진 바지에 뼈다귀가 두 개 꽂혀 있고, 낡은 셔츠 소매에 또 두 개 꽂혀 있어."

"나를 두고 하는 말인가? 대단한 칭찬이군! 불쌍한 놈! 나는 목매달아 죽을 수도 있어. 어쨌든 지금 당장은 녀석을 피하자. 제정신을 가진 자들이라면 맞설 수도 있지만, 핍처럼 머리가 돌아버린 녀석에게는 온전한 정신을 가진 내가 견딜 수 없지. 그래, 멋대로 지껄이게 내버려두자."

"이 금화는 배의 배꼽이다. 다들 이걸 빼내려고 안달이야. 하지만 배꼽을 빼내면 어떻게 되지? 하지만 여기 남아 있으면 그것도 보기 흉해. 돛대에 무언가를 못 박으면 그건 끔찍한 일이 생길 조짐이니까. 하하, 에이해브 영감! 흰 고래가 당신을 못 박아버릴 거야. 이건 소나무야. 우리 아버지가 고향에서 소나무를 벤 적이 있는데, 그랬더니 그 속에서 은반지가 나왔지. 어느 검둥이의 결혼반지였어. 어떻게 반지가 거기에 들어갔을까. 사람들이 언젠가 이 낡은 돛대를 바다에서 건져 올려 우둘투둘한 나무껍질에 달라붙은 굴과 함께 돛대에 박혀 있는 금화 한 닢을 발견하면 이렇게 말할 거야—오, 황금이여, 소중하고 소중한 황금이여! 이제 곧 '초록구두쇠'[479]가 그대를 감춰버릴 것이다. 쉿! 쉿! 하느님이 검은 딸기를 따면서 세계를 마구 돌아다니신다. 요리다, 요리! 우리를 요리한다! 제니야! 헤이, 헤이, 헤이, 헤이, 헤이! 제니, 제니야, 옥수수빵을 구워다오!"[480]

---

479 카리브해의 해저 보물을 지키고 있다는 전설 속의 해적이자 마왕인 데이비 존스를 가리킨다.
480 당시의 흑인 민요를 인용한 것.

제100장

다리와 팔
―낸터컷의 '피쿼드'호와 런던의 '새뮤얼 엔더비'호가 만나다

"어이! 흰 고래 못 봤소?"

에이해브는 영국 깃발을 달고 고물을 스치며 지나는 배를 향해 소리쳤다. 노인네는 입에 확성기를 대고 뒷갑판 기둥에 끌어 올린 보트 안에 서 있었다. 뱃머리에 무심히 기대서 있는 상대편 선장에게 자신의 고래뼈 다리를 굳이 감추려고도 하지 않았다. 상대는 햇볕에 그을린 피부에 체구가 건장하고 세련되어 보이는 예순 살 남짓한 남자였다. 품이 낙낙한 짧은 재킷이 감색 나사천으로 만든 꽃줄처럼 몸을 감싸고 있었다. 그리고 팔이 들어 있지 않은 빈 소매는 경기병 겉옷의 수놓인 소매처럼 뒤쪽으로 나부끼고 있었다.

"흰 고래를 보지 못했소?"

"이게 보이시오?" 상대는 옷자락을 젖히고 지금까지 옷에 가려져 있던 것―향유고래의 뼈로 만든 하얀 팔―을 들어 올렸다. 팔 끝에는 망치처럼 나무로 만든 대가리가 달려 있었다.

"내 보트를 내려라!" 에이해브가 숨 가쁘게 소리치고는 가까이에 있는 노를 내저었다. "보트 내릴 준비를 해라!"

1분도 지나기 전에 에이해브와 그의 선원들은 보트에 탄 채 바다로 내려가 곧 영국 배의 뱃전에 닿았다. 그런데 여기서 묘하고도 난처한 일이 벌어졌다. 에이해브는 너무 흥분한 나머지, 다리 하나를 잃고 난 뒤로는 한 번도 바다에서 다른 배에 승선한 적이 없었다는 것을 까맣게 잊고 있었던 것이다. '피쿼드'호에는 특별히 제작된 기발하고도 편리한 장치가 있어서 배에 오르내리는 데 아무 문제가 없었지만, 다른 배에는 그런 장치가 없을 뿐만 아니라 당장 설치할 수도 없는 노릇이었다. 그리고 바다에 떠 있는 보트에서 뱃전으로 올라가는 것은—포경꾼처럼 그런 일에 익숙한 사람을 제외하고는—누구한테도 결코 쉬운 일이 아니었다. 큰 파도가 보트를 뱃전 가까이 밀어 올렸다가 순식간에 배 밑의 용골 가까이 보트를 떨어뜨리기 때문이다. 에이해브는 다리가 하나밖에 없는 데다 낯선 배에는 당연히 그런 친절한 장치가 없었기 때문에 비참하게도 풋내기 선원 신세가 되어버린 꼴이었다. 높이가 끊임없이 변하는 뱃전에 올라가는 것은 거의 바랄 수도 없었다. 그는 불안정하게 움직이는 뱃전을 낙심한 눈으로 바라볼 뿐이었다.

앞에서도 말했지만, 그에게 일어나는 불편, 특히 그의 불운한 재난 때문에 생겨나는 불편은 아무리 사소한 것이라도 거의 예외 없이 에이해브에게 짜증이나 분노를 불러일으켰다. 그리고 지금 그가 더욱 초조해지고 울화통이 터진 것은 영국 배의 두 선원이 뱃전에 밧줄받이를 박아서 만든 수직 사다리 옆에서 뱃전 너머로 몸을 내밀고 멋지게 장식된 난간줄을 그에게 흔들어대고 있는 것을 보았기 때문이다. 그들도 처음에는 이 외다리 선장이 사다리 난간줄을 사용할 수 없을 만큼 몸이 불편하리라고는 생각지 않았던 것 같다. 하지만 이 어색한 상황은 1분 정도밖에 지속되지 않았다. 영국 배의 선장이 한눈에 사정을 알아차리고 소리쳤기 때문이다. "알았다, 알았어! 밧줄로 끌어 올리는 건 그만두고, 어서 도르래로 뛰어가서 갈고리를 내려라!"

다행히 이 배는 하루 이틀 전까지 뱃전에 고래를 매달고 있었기 때문에 아직 도르래가 돛대에 걸려 있었고, 거대한 지육 갈고리가 깨끗이 마른 상태로 도르래 끝에 달려 있었다. 그것이 재빨리 에이해브 쪽에 내려지자 에이해브는 금세 상황을 이해하고 한쪽 다리를 갈고리의 구부러진 부분에 밀어 넣고(그것은 닻의 갈고리나 나무의 갈라진 가지 위에 앉은 것과 비슷했다) 됐다고 소리를 지른 다음, 몸을 단단히 지탱하는 동시에 자신의 체중을 끌어 올리는 데 힘을 보태기 위해 도르래 밧줄을 두 손으로 번갈아 잡아당겼다. 이윽고 그는 높은 뱃전 안으로 조심스럽게 당겨진 다음 권양기 위에 천천히 내려졌다. 영국 배의 선장은 환영의 뜻으로 스스럼없이 고래 뼈 팔을 내밀며 다가왔다. 에이해브는 고래뼈 다리를 내밀어 (두 마리 황새치의 이빨처럼) 고래뼈 팔과 교차시키면서 바다코끼리 같은 소리로 외쳤다.

"아, 정말 반갑소. 손 대신 뼈로 악수를 나눕시다. 팔과 다리로 말이오! 오므릴 수 없는 팔과 달릴 수 없는 다리. 그런데 당신은 어디서 흰 고래를 보았소? 얼마나 오래됐소?"

"그놈의 흰 고래." 영국인은 고래뼈 팔로 동쪽을 가리키면서, 그 팔이 망원경이라도 되는 것처럼 그쪽으로 슬픈 눈길을 보냈다. "지난번 시즌에 적도에서 보았소."

"그 팔은 그놈에게 빼앗긴 거요?" 에이해브는 권양기에서 미끄러져 내려와 영국인의 어깨에 몸을 기대면서 물었다.

"그렇소. 어쨌든 원인은 그놈이었지요. 그런데 그 다리도 그놈 때문이오?"

"이야기 좀 들읍시다!" 에이해브가 말했다. "어떻게 된 거요?"

"나는 그때 난생처음 적도를 항해했소." 영국인 선장이 이야기를 시작했다. "그때는 흰 고래에 대해 전혀 몰랐소. 어느 날 우리는 네댓 마리 고래를 추적하려고 보트를 내렸고, 내 보트는 그중 한 마리와 밧줄로 연결되었지요. 그런데 그놈이 곡마단의 말처럼 휙휙 방향을 틀면서 마구 돌아다니는 거요. 그래서 내 보트의 선원들은 고물 바깥쪽 뱃전에 앉아 겨우 균형을 잡을 수 있었소. 그때 갑자기 바다 밑바닥에서 거대한 고래가 물 위로 솟구치는 거였소. 머리와 혹이 우유처럼 하얗고 몸뚱이 전체가 주름투성이인 놈이었지."

"그놈이야! 바로 그놈이야!" 에이해브는 지금까지 참고 있던 숨을 단번에 토해내면서 외쳤다.

"오른쪽 지느러미 근처에는 작살이 여러 개 꽂혀 있었소."

"그렇지. 그래! 그건 내 작살이오. 내가 꽂은 거란 말이오!" 에이해브는 기뻐 날뛰며 소리쳤다. "어서 계속하시오!"

"계속 이야기하리다." 영국인은 기분 좋게 말했다. "하얀 머리에 하얀 혹을 가진 그 늙은 고래는 사방으로 거품을 일으키며 무리 속으로 뛰어들더니 내 작살줄을 사납게 물어뜯었소."

"아, 알겠소! 그건 작살줄을 끊으려고 했던 거요. 잡힌 고래를 구해주려고. 놈이 늘상 쓰는 수법이지. 나는 그놈을 알고 있소!"

"정확히 어떻게 된 일인지는 모르겠지만, 하여튼 밧줄을 물어뜯을 때 밧줄이 그놈 이빨에 걸려버렸소. 그때는 미처 몰랐는데, 나중에 밧줄을 잡아당기다가 그만 그놈의 혹에 쾅 하고 부딪히고 말았소. 작살 맞은 고래는 꼬리를 흔들면서 바람 불어오는 쪽으로 사라져버렸지. 그제야 나는 일이 어떻게 돌아가는지 알아차렸고, 그놈이 얼마나 큰 고래인지도 알게 되었소. 내가 지금까지 본 고래 중에서 가장 크고 당당한 고래였소. 그래서 그놈이 울화가 부글부글 끓는 상태에 있는 것 같긴 했지만, 그놈을 잡기로 결심했지요. 엉킨 밧줄도 어쩌면 풀어질 테고, 그게 안 되면 밧줄이 걸린 고래 이빨이 빠질지도 모른다고 생각했지. 우리 선원들은 작살줄을 잡아당기는 데에는 귀신이니까 말이오. 그래서 나는 일등항해사의 보트…… 아 참, 소개가 늦었군요. 선장, 이쪽이 일등항해사 마운트톱이오. 마운트톱, 선장과 인사하게…… 마운트톱의 보트로 건너뛰어 처음 눈에 띈 작살을 움켜잡고는 그 늙은 고래를 향해 쏘았소. 그런데 놀랍게도 다음 순간 나는 박쥐처럼 장님이 되어버렸소. 두 눈이 안개에 덮인 것처럼 흐려지고 시커먼 물거품으로 앞이 캄캄해졌소. 그 물거품 속에서 고래 꼬리가 대리석 첨탑처럼 공중에 수직으로 솟아 있는 게 어렴풋이 보였소. 뒤로 물러서봤자 아무 소용도 없었지. 그래서 태양이 왕관에 박힌 보석처럼 눈부시게 빛나고 있는 대낮인데도 두 번째 작살을 더듬더듬 찾아서 뱃전 너머로 던지려는 찰나, 고래 꼬리가 리마의 탑처럼 우리를 덮쳐 내 보트를 동강 내더니 또 산산조각 내버렸소. 그리고 꼬리에 이어 하얀 혹이 후진하면서 쪼개진 보트를 나무토막처럼 양쪽으로 밀쳐냈소. 우리는 모두 놈을 피해 헤엄을 쳤지. 놈의 무서운 도리깨질을 피하려고 나는 놈에게 꽂혀 있는 내 작살 자루를 움켜잡고 빨판상어처럼 잠시 매달려 있었소. 하지만 치솟은 물결이 나를 떠밀었고, 그 순간 고래는 앞으로 휙 돌진하더니 번개처럼 물속으로 가라앉고 말았소. 바로 그때 내 옆에서 밧줄에 끌려가던 그 빌어먹을 두 번째 작살이 내 여기를 찍었지요. (그는 어깨 바로 아래를 손으로 가볍게 두드렸다.) 바로 여기를 말이오. 나는 지옥불 속으로 끌려들어가는 줄만 알았소. 하지만 그때 갑자기 하느님의 은총으로 작살의 날이 내 살을 찢고, 어깨부터 손목까지 내 팔 전체를 통과한 다음 손목 가까이에서 빠져나온 덕분에 나는 물 위로 떠올랐던 거요. 나머지는 저기 있는 저 친구가 말해줄 거요…… 잠깐 소개하리다. 선장, 우리 배의 의사인 벙거 선생이오. 벙거, 선장과 인사하게…… 자 벙거, 나머지 이야기는 자네가 해보게.”

이렇게 허물없이 소개된 의사는 아까부터 줄곧 그들 옆에 서 있었는데, 이 배에서 그의 지위를 나타내는 특별한 점은 보이지 않았다. 그의 얼굴은 유난히 둥글었지만 진지했다. 작업복인지 셔츠인지 알 수 없는 빛바랜 푸른색 모직 옷과 누덕누덕 기운 바지를 입은 그는 그때까지 그물바늘과 환약 상자를 양손에 들고 번갈아 바라보다가, 불구인 두 선장의 고래뼈 다리와 고래뼈 팔을 흘끔흘끔 훔쳐보고 있었다. 하지만 상관인 선장이 에이해브에게 자기를 소개하자, 의사는 정중하게 절을 하고 곧 선장의 지시에 따랐다.

“정말 끔찍한 상처였지요.” 포경선의 선의船醫는 이렇게 이야기를 시작했다. “제 충고를 받아들여 이 부머 선장님은 우리 ‘새미’호를…….”

“이 배 이름은 ‘새뮤얼 엔더비’호요.” 외팔이 선장이 의사의 말을 가로

채어 에이해브에게 말했다. "자, 이야기를 계속하게."

"이 '새미'호를 북쪽으로 몰아 적도의 불볕더위에서 벗어났습니다. 하지만 그것도 소용이 없었지요. 제가 할 수 있는 일은 다 했습니다. 밤마다 옆에 앉아 있었고, 식사 문제도 아주 엄격하게……."

"그래, 정말 엄격했지!" 환자 스스로 맞장구를 쳤다. 그러고는 갑자기 목소리를 바꾸었다. "이 친구는 매일 밤 붕대도 감을 수 없게 될 때까지 나와 함께 뜨거운 럼주를 마셔대고는 새벽 3시가 되어서야 나를 침대로 보내주곤 했지요. 그래, 밤새 내 곁에 있어주고 식사 문제에 아주 엄격했던 건 사실이지. 이 벙거 의사는…… 벙거, 좀 웃어봐. 왜 웃지 않나? 자네가 대단히 유쾌한 악당이라는 건 자네도 알 텐데…… 훌륭한 간병인이고 식이요법에 아주 엄격했지요. 하지만 계속하게, 벙거. 나는 다른 놈의 손으로 목숨을 구하느니 차라리 자네 손에 죽는 쪽을 택하겠네."

"우리 선장님은 말입니다, 당신도 이미 알아차리셨겠지만……" 벙거는 태연히 근엄한 표정을 지으며 에이해브에게 가볍게 절을 했다. "이따금 익살을 부리는 경향이 있지요. 재치 있는 말씀도 많이 하시고. 하지만 이왕 말이 나왔으니 프랑스식으로 말씀드리자면…… 저는 명망 높은 목사의 자손으로 술이라면 한 방울도 마시지 않는 엄격한 금주가이기 때문에 술은 절대로……."

"물이야!" 선장이 외쳤다. "이 친구는 절대로 물을 마시지 않아요. 물을 마시면 발작을 일으키니까. 신선한 물을 보기만 해도 공수병에 걸리지. 하지만 이야기 계속하게. 팔 이야기를 계속해."

"그렇게 하겠습니다." 의사는 침착하게 말했다. "우리 선장님이 끼어들어 농담을 하기 전에 하려던 이야기를 계속하지요. 제가 최선을 다해 노력했는데도 상처는 계속 나빠졌습니다. 정말이지 그처럼 흉하게 벌어진 상처는 어떤 의사도 본 적이 없을 겁니다. 길이가 60센티미터를 넘었으니까요. 납줄로 재보았거든요. 결국 상처는 까맣게 변해버렸죠. 나는 무슨 일이 일어날지 알았고, 예상대로 팔은 떨어져 나갔어요. 하지만 저 고 래뼈 팔을 다는 데에는 전혀 관여하지 않았습니다. 저런 건 모든 규정에 어긋나거든요." 그는 그물바늘로 고래뼈 팔을 가리키면서 말했다. "저건 내가 아니라 선장님이 한 일입니다. 선장님이 목수한테 저걸 만들라고 명 령했지요. 팔 끝에 곤봉이나 망치 대가리를 달게 한 것도 선장님이었는 데, 아마 누군가의 머리통을 때리기 위해서일 겁니다. 언젠가 저걸로 내 머리를 때리려고 했듯이 말입니다. 선장님은 이따금 악마적인 격정에 사 로잡힐 때가 있답니다. 움푹 들어간 이 흉터를 좀 보세요." 그는 모자를 벗고 머리카락을 헤쳐서 두개골에 종지처럼 우묵하게 파인 곳을 드러냈 다. 하지만 흉터는 전혀 없었고, 상처를 입은 적이 있다는 징후도 전혀 없 었다. "왜 이렇게 되었는지는 선장님이 말씀해주실 겁니다. 선장님은 알 고 있으니까."

"아니, 난 몰라." 선장이 말했다. "하지만 자네 모친은 알고 있겠지. 태 어날 때부터 있었을 테니까. 이봐 벙거, 넌 정말 지독한 악당 놈이야! 이 넓은 바다에 너 같은 놈이 또 있을까? 벙거, 네놈이 죽으면 소금에 절여서 후세 사람들에게 본보기로 삼아야 해."

"흰 고래는 어찌 되었소?" 두 영국인이 본 줄거리에서 벗어나 주고받 는 수작을 초조하게 듣고 있던 에이해브가 마침내 소리를 질렀다.

"아 참, 그렇지!" 외팔이 선장이 외쳤다. "그놈이 깊은 물속으로 가라앉 은 뒤 한동안은 놈을 다시 볼 수 없었소. 아까도 잠깐 말했지만 사실 그때 는 나를 그렇게 골탕 먹인 고래가 도대체 어떤 놈인지 전혀 몰랐소. 얼마 후 적도로 다시 돌아왔을 때 모비 딕 이야기를 듣고, 그제야 비로소 그게 그놈이라는 걸 알게 된 거요."

"그 후로는 다시 만나지 못했소?"

"두 번 보았지."

"그런데 잡진 못했소?"

"잡고 싶지도 않았소. 팔 하나로 충분하잖소? 남은 이 팔마저 잃어버리면 어쩌란 말이오? 게다가 모비 딕은 물어뜯기보다 통째로 삼켜버리는 것 같소."

"그렇다면……" 벙거가 끼어들었다. "왼팔을 미끼로 내주고 오른팔을 되찾으세요." 그는 아주 엄숙하게 두 선장에게 차례로 절을 했다. "고래의 소화기관은 신의 섭리로 아주 희한하게 만들어져 있어서, 사람의 팔하나도 완전히 소화시킬 수 없다는 걸 아십니까? 고래도 그걸 잘 알고 있지요. 그러니까 흰 고래는 두 분이 생각하듯 사람을 해치려는 게 아니라단지 거북해서 날뛰는 겁니다. 그놈은 팔 하나도, 다리 하나도 삼킬 생각이 없어요. 다만 공격하는 시늉을 해서 겁을 주려고 할 뿐이죠. 그런데 그놈은 제가 전에 실론섬[481]에서 치료해준 늙은 마술사와 비슷할 때가 가끔있지요. 그 사람은 단검을 삼키는 체하는 엉터리 마술사였는데, 어느 날정말로 삼켜버렸지 뭡니까. 그 후 열두 달 넘게 칼을 배 속에 넣고 다녔는데, 토하는 약을 먹였더니 자잘한 못 같은 걸 여러 개 뱉어내더군요. 그로서는 그 칼을 소화해서 몸 조직 속에 짜 넣을 수가 없었던 거지요. 그렇습니다. 만약 선장님이 꾸물거리지 않고 당장 남은 팔을 저당잡혀서 잃어버린 팔의 장례를 제대로 해주겠다고 마음만 먹는다면 그 팔을 되찾을 수있습니다. 그놈에게 잠깐만 선장님을 공격할 기회를 주면 돼요."

"아니, 고맙지만 사양하겠네!" 영국인 선장이 말했다. "그놈이 삼켜버린 팔은 내가 알 바 아니야. 그건 녀석이 마음대로 해도 좋아. 이제는 어쩔수도 없는 일이고, 그때는 그놈을 알지 못했으니까. 하지만 나머지 팔은절대로 주지 않겠어. 이제 흰 고래는 딱 질색이야. 한 번은 그놈을 잡으려고 보트를 내렸지만, 나는 그걸로 만족했어. 놈을 죽이면 대단한 영광이겠지. 그건 나도 알아. 놈의 머리통 속에는 귀중한 기름이 배 하나를 가득채울 만큼 들어 있다는 것도 알아. 하지만 그놈은 가만 내버려두는 게 상

---

481 인도 남동쪽에 있는 섬. 오늘날의 스리랑카섬.

책이야. 선장은 그렇게 생각지 않소?" 그는 에이해브의 고래뼈 다리를 힐끗 바라보았다.

"그래요. 하지만 그렇더라도 놈은 역시 추적당할 거요. 그 저주받은 놈은 내버려두는 게 상책이지만, 그래도 정말 매력적이란 말이오. 그놈은 자석처럼 사람의 마음을 끌어당기지요! 그래, 그놈을 마지막으로 본 지 얼마나 됐소? 어느 쪽으로 가고 있었소?"

"내 영혼을 축복하고 더러운 마귀의 영혼을 저주하소서." 벙거가 외치고는 허리를 숙이고 에이해브 주위를 빙빙 돌면서 개처럼 이상하게 코를 킁킁거렸다. "이 사람은 피가 펄펄 끓고 있다. 체온계를 가져와. 이 사람의 맥박으로 갑판이 흔들리고 있다." 그는 호주머니에서 사혈침을 꺼내 에이해브의 팔로 가까이 가져갔다.

"치워!" 에이해브는 고함을 지르며 의사를 뱃전으로 밀어붙였다. "모두 보트에 타라! 그런데 놈은 어느 쪽으로 가고 있었소?"

"아니, 저런!" 질문을 받은 영국인 선장이 외쳤다. "도대체 이게 어떻게 된 거지? 녀석은 동쪽으로 가고 있었던 것 같지만……." 영국인 선장은 페달라에게 낮은 소리로 물었다. "당신네 선장, 혹시 미친 거 아니야?"

하지만 페달라는 손가락을 입술에 댄 채 뱃전을 훌쩍 뛰어넘어 보트의 노를 잡았다. 에이해브는 그에게 도르래를 흔들고, 선원들에게 자신을 아래로 내려달라고 명령했다.

잠시 후 그는 보트의 고물에 서 있었다. 필리핀 출신 노잡이들은 일제히 노를 잡았다. 영국인 선장이 그를 소리쳐 불렀지만 소용이 없었다. 에이해브는 영국 배에 등을 돌린 채 눈썹 하나 까딱하지 않고 '피쿼드'호의 뱃전에 닿을 때까지 꼿꼿이 서 있었다.

{   제101장   }

술병

영국 배가 시야에서 사라지기 전에 말해두겠는데, 그 배는 런던에 선적을 두고 있으며, 그 이름은 런던의 상인인 고故 새뮤얼 엔더비에 연유한 것으로, 그는 저 유명한 포경회사인 엔더비 부자父子 상회를 세운 사람인데, 진정한 역사적 홍밋거리라는 관점에서 볼 때 이 포경회사는 일개 포경꾼인 나의 생각으로는 튜더 왕가[482]와 부르봉 왕가의 연합 왕조에 크게 뒤지지 않는다. 이 중요한 포경회사가 언제 설립되었는지는 내가 갖고 있는 수많은 포경 관계 기록에도 분명치 않다. 그러나 1775년에 이 회사는 정식으로 향유고래를 잡은 최초의 영국 포경선을 출항시켰다. 미국의 낸터컷과 비니어드의 용감한 코핀가와 메이시가는 그보다 수십 년 전부터 (1726년 이래) 대선단을 출항시켜 그 거대한 바다짐승을 추적했지만, 그들은 북부 및 남부 대서양에서만 고래를 잡았고 다른 바다로는 나아가지 않았다. 낸터컷 사람들은 인류 최초로 문명의 이기인 강철 작살을 향유고래에게 던졌으며, 반세기 동안은 지구 전체에서 그들만이 향유고래를 작살로 잡은 사람들이었다는 사실을 여기에서 분명히 밝혀두겠다.

1788년에는 훌륭한 '아멜리아'호가 특별히 고래를 잡기 위한 장비를 갖추고 엔더비 상회의 전폭적인 지원을 받아 대담하게도 혼곳을 돌아서 어느 나라 사람들보다 먼저 드넓은 남양에 포경 보트를 내렸다. 그 항해는 선원들의 기술도 좋았지만 운도 따랐다. '아멜리아'호가 선창 가득 귀중한 고래기름을 싣고 모항으로 돌아오자 영국과 미국의 다른 배들도 곧 '아멜리아'호를 본받게 되었고, 그리하여 태평양에 광대한 향유고래 어장이 문을 열게 되었던 것이다. 하지만 지칠 줄 모르는 엔더비 상회는 그

---

482 절대주의 왕권의 성립기와 전성기에 영국을 다스렸다. 헨리 7세(재위 1485~1509)로 시작하여 엘리자베스 1세(재위 1558~1603)에 이른다. 부르봉 왕가: 프랑스에 절대주의 왕정(1589~1792, 1814~1830)을 수립했으며, 나바라·스페인·나폴리왕국에서도 부르봉 왕조를 열었다.

위업에 만족하지 않고 다시금 분발했다. 새뮤얼과 그의 아들들—아들이 몇이나 되었는지는 그 어머니만이 알고 있다—은 영국 정부를 설득하여, 태평양의 고래잡이 어장을 개척하기 위해 슬루프형 군함인 '래틀러'호를 파견했다. 엔더비 부자는 이 사업을 직접 후원하고 아마 비용도 일부 부담했을 것이다. 영국 해군 함장의 지휘 아래 '래틀러'호는 거침없이 항해했고, 어떤 공을 세운 것 같은데 얼마나 큰 성과를 거두었는지는 알 수 없다. 하지만 이것만이 아니다. 1819년에 엔더비 상회는 자비로 고래잡이 어장 발견용 선박을 만들어 멀리 일본 해역에까지 시험 항해를 보냈다. '사이렌'호라는 이름의 그 배는 시험 항해를 훌륭하게 수행했고, 그리하여 일본의 광대한 고래잡이 어장이 처음으로 세상에 알려지게 되었다. '사이렌'호의 이 유명한 항해는 낸터킷 출신인 코핀 선장이 지휘했다.

그래서 모든 명예와 영광은 엔더비 상회에 돌아가는 게 마땅하다. 이 상회는 오늘날까지 존속하고 있으리라 생각된다. 물론 창립자인 새뮤얼은 이미 오래전에 닻줄을 풀고 저승의 남양으로 떠났을 테지만 말이다.

그의 이름을 딴 배는 그 명성에 걸맞게 훌륭한 것이어서, 속력도 빠르고 모든 면에서 뛰어났다. 나는 언젠가 파타고니아 앞바다에서 한밤중에 그 배를 방문하여 앞돛대 선원들과 플립[483]을 마신 적이 있는데, 정말 멋진 방문이었다. 그들은 모두 멋진 사나이들이었다. 굵고 짧게 살다가 유쾌하게 죽는 사나이들. 그 멋진 방문은—에이해브가 고래뼈 다리로 그 배의 갑판을 밟은 지 한참 뒤의 일이었는데—고상하고도 실질적인 색슨족[484]다운 환대를 아직도 생각나게 한다. 만약 내가 그 일을 잊어버린다면 나는 아마 하느님에게 버림받고 악마의 손아귀로 굴러떨어질지도 모른다. 우리가 함께 플립을 마셨다고 말했던가? 그렇다, 우리는 한 시간에

---

483 맥주나 브랜디에 향료·설탕·달걀 등을 넣고 달군 쇠막대로 저어서 만든 음료.
484 5세기경 독일에서 브리튼섬으로 건너가 영국을 세운 게르만 민족의 한 분파. 현재 영국 국민의 주된 혈통이며, 북아메리카와 오스레일리아에까지 그 종을 번식시켰다.

10갤런씩 마셔댔다. 그때 갑자기 돌풍이 불어와(파타고니아 근처에는 돌풍이 잦다) 윗돛대의 돛을 말아 올리라는 명령을 받았지만, 우리는 모두─방문객들도─고주망태가 되어 있어서 돛대줄에 높이 매달린 채 그네를 타야 했다. 게다가 멍청하게도 윗옷 자락을 돛과 함께 말아 올리는 바람에 으르렁대는 강풍 속에서 꼼짝없이 허공에 매달린 채 술 취한 선원들에게 교훈을 주는 좋은 본보기가 되고 말았다. 하지만 다행히 돛대는 넘어지지 않았고 우리는 곧 살금살금 내려왔다. 하지만 술이 다 깼기 때문에 다시 술잔을 나누어야 했는데, 소금기 섞인 사나운 물보라가 앞갑판 해치로 쏟아져 들어오는 바람에 술이 내 입맛에는 소금에 물을 탄 것처럼 싱겁고 찝찌름하게 느껴졌다.

고기는 좀 질기기는 했지만 맛이 괜찮았다. 그들은 그게 쇠고기라고 했지만 낙타고기라고 하는 사람도 있었다. 그게 어땠는지는 나도 확실히 모르겠다. 만두도 있었는데, 작지만 속이 꽉 차고 동글동글하고 잘 씹히지 않는 만두였다. 삼키고 난 뒤에도 밖에서 만질 수 있고 이리저리 굴릴 수도 있을 것 같았다. 몸을 앞으로 숙이면 당구공처럼 입 밖으로 굴러 나올 염려가 있었다. 빵─이건 체면을 차리느라 참지 않으면 안 되었다. 게다가 괴혈병을 예방하기 위한 것이었는지, 빵 속에는 그 배에서 유일하게 날음식[485]이 들어 있었다. 하지만 앞갑판은 별로 밝지 않았기 때문에, 빵을 먹을 때 어두운 구석으로 들어가기는 아주 쉬웠다. 하지만 망루에서 키에 이르기까지, 또한 냄비들을 포함하여 요리용 화덕과 솥의 크기를 생각할 때 '새뮤얼 엔더비'호는 머리끝에서 발끝까지 굉장한 배였다. 음식은 맛도 있고 푸짐한 데다가 술은 독하고 선원들은 모두 활달했으며 구두 밑창부터 모자 띠까지 다 멋있었다.

그런데 이 '새뮤얼 엔더비'호와 그 밖에 내가 아는 영국 포경선들이─

---

485 빵이 괴혈병을 예방하는 것은 아니고, 이슈메일은 빵에 구더기 같은 '날음식'이 섞여 있다고 농담하고 있다.

전부 다 그런 것은 아니지만—그렇게 손님을 환대하는 이유는 무엇일까? 쇠고기와 빵, 술과 농담을 대접하고, 아무리 먹고 마시고 웃어도 쉽게 싫증이 나지 않는 것은 무슨 까닭일까? 영국 포경선에 넘쳐흐르는 활기는 역사적으로 연구해볼 만한 문제다. 지금까지 나는 필요하다고 여겨지는 경우에는 포경에 대한 역사적 고찰을 결코 게을리하지 않았다.

영국인은 네덜란드인, 덴마크인, 셸란[486] 사람보다 포경에 뒤늦게 뛰어들었고, 그래서 그들로부터 유래한 포경 용어가 아직도 영어에 많이 남아 있다. 영국인은 그들의 포경 용어만이 아니라, 많이 먹고 많이 마시는 오랜 관습까지 받아들였다. 일반적으로 영국 상선은 선원들의 식량을 제한하지만, 영국 포경선은 그렇지 않다. 따라서 영국인에게 이 포경선의 성대한 식사는 통상적이고 자연스러운 것이 아니라 예외적이고 특별한 것이다. 따라서 거기에는 어떤 특별한 원인이 있을 터인즉, 여기서 나는 그 원인을 지적하고 더욱 자세히 설명해보고자 한다.

나는 고래의 역사를 연구하는 중에 네덜란드의 고서를 우연히 손에 넣게 되었는데, 그것이 케케묵은 고래 냄새를 풍기고 있어서 고래잡이에 관한 책이라는 것을 알았다. 제목은 『Dan Coopman』이었다. 그런데 어느 포경선이든 반드시 통장이cooper를 태우고 다니니까, 이것은 포경선에 탄 암스테르담의 통장이가 쓴 회고록이 분명하다고 나는 결론지었다. 게다가 책의 저자가 'Fitz Swackhammer'(망치 휘두르는 사람)으로 되어 있는 것을 보고 나는 더욱 내 의견에 자신을 가졌다. 나는 '산타클로스 앤드 세인트포트 대학'에서 저지 네덜란드어와 고지 독일어를 가르치는 내 친구인 석학 스노드헤드 박사에게 이 책의 번역을 부탁하고, 수고의 대가로 경랍 양초 한 상자를 선물했다. 스노드헤드 박사는 책을 보자마자 '단 코프만'은 '통장이'가 아니라 '상인'이라는 뜻이라고 가르쳐주었다. 요컨대 저지 네덜란드어로 쓰인 이 오래되고 학문적인 책은 네덜란드의 통상을

---

486 덴마크에서 가장 큰 섬으로, 본토와 스웨덴 사이에 있다.

다루고 있었는데, 몇 가지 주제 가운데 포경에 관한 흥미로운 서술이 포함되어 있었다. '지육脂肉'이라는 제목이 붙은 장에서 나는 180척의 네덜란드 포경선단에 실은 식량 목록을 발견했는데, 스노드헤드 박사가 번역한 대로 옮겨 쓰면 다음과 같다.

쇠고기	400,000파운드
프리슬란트[487] 돼지고기	60,000파운드
건어물	150,000파운드
건빵	550,000파운드
부드러운 빵	72,000파운드
버터	2,800퍼킨[488]
레이던 치즈	20,000파운드
치즈(하등품)	144,000파운드
진	550앵커
맥주	10,800배럴

통계표를 읽는 것은 대개 무미건조하게 마련이지만, 이것만은 그렇지 않았다. 독자들은 아마 온갖 통과 병에 가득 든 술과 음식의 홍수에 파묻히는 기분이 들 것이다.

당시 나는 이 술과 쇠고기와 빵을 학구적으로 소화하는 데 사흘을 바쳤다. 그 사흘 동안 갖가지 의미심장한 생각들이 부수적으로 떠올랐고, 그것은 초월적이고 관념적으로 응용할 수 있는 것이었다. 게다가 나는 저지 네덜란드의 작살잡이 한 사람이 옛날 그린란드와 스피츠베르겐[489]의 고

---

487 네덜란드의 북부지방. 레이던: 네덜란드 서남쪽에 있는 도시.
488 액체·버터·생선 따위를 담는 나무통(약 40리터). 앵커: 꿀이나 기름 따위를 재는 단위(38리터).
489 북극해에 있는 스발바르 제도의 한 섬.

래잡이 어장에서 소비한 건어물 따위의 양을 추정하여 나름대로 추가 통계표를 만들어보았다. 우선 버터와 치즈는 놀랄 만큼 많이 소비한 듯하다. 그들은 선천적으로 기름기를 좋아하는 데다 직업의 성질상 더욱 기름기를 많이 먹게 되었고, 특히 얼음이 덮인 북극해에서 사냥감을 추적한 탓이라고 생각한다. 이 북극해 연안의 에스키모 마을에서는 원주민들이 고래기름을 큰 술잔에 가득 담아서 축배를 든다고 한다.

맥주의 양도 10,800배럴이라니 엄청나다. 그런데 북극해에서는 기후 때문에 짧은 여름 한 철에만 고래잡이를 할 수 있으니까, 네덜란드 포경선 한 척의 출항 기간은 스피츠베르겐까지 갔다가 돌아오는 짧은 항해를 포함해도 석 달을 넘지 못했을 테고, 한 배에 30명씩 탔다고 계산하면 180척에는 5,400명이 타게 된다. 따라서 1인당 정확히 2배럴의 맥주가 석 달 치로 할당되고, 그 밖에 550앵커의 진도 같은 비율로 분배된다. 그만한 양의 진과 맥주를 마신 작살잡이들은 곤드레만드레가 되었으리라고 상상되는데, 그래도 보트 뱃머리에 서서 질주하는 고래를 향해 작살을 제대로 겨눌 수 있었을까. 참으로 의심스럽다. 그런데 그들은 고래를 겨누었을 뿐만 아니라 맞히기까지 했다. 하지만 이곳은 북극지방이라서 맥주가 체질에 잘 맞는다는 사실을 기억해야 한다. 우리 남양 고래잡이의 본고장인 적도 부근에서 작살잡이들이 맥주를 마셨다가는 돛대 망루에서 꾸벅꾸벅 졸거나 보트에서 비틀거리기 십상이고, 그래서 낸터컷과 뉴베드퍼드에 심각한 손실을 안겨줄 것이다.

이 정도로 해두자. 2~3세기 전의 네덜란드 포경꾼들이 얼마나 호화롭게 생활하는 미식가였는지, 영국 포경꾼들이 이런 훌륭한 모범을 얼마나 충실히 따랐는지에 대해서는 충분히 이야기했다고 생각한다. 변변한 수확도 없이 빈 배로 바다를 떠돌고 있을지언정 배 속이라도 가득 채우는 게 좋지 않겠느냐는 식이다. 그리고 맛있는 음식은 술병을 비우게 만든다.

제102장

아르사시드 군도의 나무 그늘

지금까지 향유고래에 대해 설명하면서 나는 주로 그 놀라운 겉모양을 다루었고, 내부 구조에 대해서도 몇 가지 특징을 개별적으로 상세히 설명했다. 하지만 향유고래를 포괄적으로 완전히 이해하기 위해서는 그의 단추를 더욱 풀어헤칠 필요가 있다. 바지를 벗기고 양말대님을 끌러서 그의 몸 가장 깊숙한 곳에 있는 관절의 고리나 구멍들까지 다 파헤쳐, 여러분 앞에 그의 궁극의 자태, 즉 실오라기 하나 걸치지 않은 해골을 있는 그대로 드러내는 것이 지금 나에게 주어진 일이다.

그런데 이슈메일이여, 포경선을 타긴 했지만 한낱 노잡이에 불과한 네가 고래의 깊은 속을 조금이라도 아는 체하는 것은 어찌 된 노릇인가? 박식한 스터브가 권양기에 올라서서 고래의 해부학을 강의하고, 양묘기의 도움으로 고래 갈비뼈를 들어 올려 전시라도 했단 말인가? 설명해보라, 이슈메일이여. 요리사가 돼지고기구이를 접시 위에 놓듯이, 다 자란 고래를 갑판 위에 올려놓고 조사할 수 있단 말인가? 물론 안 되겠지. 이슈메일이여, 지금까지는 믿을 수 있는 증인이었다. 하지만 큰 고래의 들보와 도리에 대해, 그 뼈대를 이루는 서까래와 마룻대, 침목과 받침목에 대해, 그 내장 속에 있는 거대한 기름통과 착유실, 식량 창고와 치즈 저장실 따위에 대해 논하는 특권은 요나에게만 허용되어 있으니, 그 특권을 가로채려는 짓은 삼가기 바란다.

솔직히 말하면, 요나 이후에 성숙한 고래의 껍질 속으로 뚫고 들어간 포경꾼은 거의 없었다. 하지만 나는 다행히 작은 고래를 해부할 기회가 있었다. 내가 타고 있던 배가 향유고래 새끼를 갑판 위로 끌어 올린 적이 있었는데, 그것은 고래의 위주머니를 떼어내어 작살집을 만들고 또 창날을 감싸기 위해서였다. 내가 그 좋은 기회를 그냥 보냈겠는가? 나는 도끼와 주머니칼로 그 새끼 고래의 봉인을 떼어내고 그 속에 들어 있는 내용을 모두 읽었다.

완전히 자란 고래의 거대한 골격에 대해 내가 그나마 정확한 지식을 갖고 있는 것은 아르사시드 군도[490]에 속해 있는 트랑크섬의 왕이었던 내 친구 트랑코 덕분이다. 몇 년 전 무역선 '알제 태수'호를 타고 트랑크섬에 갔을 때, 나는 아르사시드 군도의 휴일을 함께 보내자는 트랑코 왕의 초대를 받고 푸펠라에 있는 한적한 야자수 별장에 간 적이 있다. 푸펠라는 선원들이 '대나무 마을'이라고 부르는 그 나라 수도에서 그리 멀지 않은 해안 골짜기였다.

내 친구인 트랑코 왕은 훌륭한 자질을 많이 갖고 있었지만, 그중에서도 특히 미개부족의 뛰어난 미술품에 열렬한 애착심을 가지고 있어서, 백성들 가운데 창의력이 풍부한 사람들이 만든 진기한 물건들을 푸펠라에 수집해놓았다. 그것은 주로 놀라운 장치가 달려 있는 목공품, 끌로 세공한 조가비, 무늬를 새겨 넣은 창, 호화로운 노, 향나무로 만든 통나무배 등이었다. 그리고 이것들은 모두 바다의 경이를 싣고 와서 공물로 바치는 파도가 그 해변에 남겨놓은 자연계의 진기한 작품들 사이에 배치되어 있었다.

그 후자에 속하는 것들 가운데 가장 두드러진 것은 거대한 향유고래였다. 유난히 오랫동안 휘몰아친 폭풍이 멎은 뒤, 죽은 채 바닷가에 떠밀려 올라온 고래는 머리로 야자나무를 들이받고 있었는데, 깃털처럼 술이 달린 채 고래 머리 위로 축 늘어져 있는 야자나무 잎은 그 고래가 내뿜는 푸릇푸릇한 물보라처럼 보였다. 그 거대한 몸통에서 두꺼운 층을 이룬 가죽과 피부가 마침내 벗겨지고 뼈대가 햇볕에 바싹 마르자, 그 해골은 조심스럽게 푸펠라 골짜기로 운반되어, 지금은 당당한 야자나무숲으로 이루어진 웅장한 신전의 보호를 받고 있었다.

---

490 남태평양 멜라네시아에 있는 솔로몬 제도를 말한다. 트랑크섬: 이런 이름의 섬이 칠레 앞바다에 실재하지만, 솔로몬 제도에는 존재하지 않는다.

갈비뼈에는 전리품이 걸려 있었고, 등뼈에는 괴상한 상형문자로 아르사시드 군도의 연대기가 새겨져 있었다. 머리뼈에는 사제들이 꺼지지 않는 향불을 계속 피웠기 때문에 그 신비로운 머리는 다시 증기를 내뿜고 있었다. 나뭇가지에 매달린 무시무시한 아래턱은 마치 한 올의 머리칼에 매달려 다모클레스[491]를 두려움에 떨게 했던 칼처럼 참배자들의 머리 위에서 흔들거리고 있었다.

이것은 실로 경이로운 광경이었다. 숲은 아이스글렌[492]의 이끼처럼 푸르고, 나무들은 생명의 수액을 빨아들이며 하늘 높이 솟아 있고, 그 밑의 대지는 부지런한 베틀처럼 호화로운 융단을 펼쳐놓았고, 땅을 뒤덮은 식물의 덩굴손은 날줄과 씨줄을 이루었고, 살아 있는 화초는 융단 무늬를 이루고 있었다. 열매가 잔뜩 달린 나뭇가지를 무겁게 늘어뜨린 크고 작은 나무들, 고사리와 풀, 무언가를 속삭이는 바람, 이 모든 것이 끊임없이 활동하고 있었다. 나뭇잎 레이스 사이로 보이는 거대한 태양은 영원히 시들지 않을 신록을 짜는 베틀의 북처럼 보였다. 오오, 분주한 직공이여! 눈에 보이지 않는 직공이여! 잠깐 멈추어라! 한마디만 물어보자! 그 피륙은 어디로 흐르는가? 어느 궁전을 장식할 것인가? 무엇을 위해 끊임없이 일하는가? 말하라, 직공이여! 손을 잠깐 멈추어라! 너에게 한마디만 하고 싶다! 아니, 북이 다시 움직인다. 베틀에서 무늬가 흘러나오고, 콸콸 흐르는 융단은 영원히 미끄러지듯 흘러간다. 베 짜는 신이 베를 짠다. 베 짜는 소리 때문에 그는 귀머거리가 되어 인간의 목소리를 전혀 듣지 못한다. 베틀을 바라보는 우리도 역시 그 윙윙거리는 소리 때문에 귀머거리가 된다. 그곳을 빠져나와야만 비로소 그곳에 울려 퍼지는 수천 개의 목소리를 들

---

491 다모클레스(기원전 4세기): 시칠리아 시라쿠사의 참주인 디오니시우스 1세의 신하. '다모클레스의 검' 전설로 유명한데, 그가 참주의 행운을 찬양하는 아첨을 하자 참주는 그를 잔치에 초대하여 한 가닥의 머리털로 매달아놓은 칼 밑에 앉히고 권력자의 운명이 얼마나 위험한 것인가를 가르쳐 주었다고 한다.

492 미국 매사추세츠주 남동부에 있는 계곡. 1년 내내 얼음으로 덮여 있다.

을 수 있을 것이다. 현실 세계의 공장에서도 마찬가지다. 물레가 시끄럽게 돌아가는 곳에서는 아무 말소리도 들을 수 없지만, 열린 창문에서 튀어나오는 말소리는 아무 장애도 없이 또렷이 들린다. 그것으로 온갖 악행이 발각되었다. 오오 인간들아, 그러니 조심하라. 거대한 세상의 베틀이 내는 이 소음 속에서도 가장 은밀한 네 생각을 멀리서도 엿들을지 모르니까.

그 아르사시드 군도의 숲, 끊임없이 움직이는 초록빛 생명의 베틀 사이에, 그 거대하고 신성한 백골은 거대한 게으름뱅이처럼 느긋하게 누워 있었다. 그러나 푸른 날줄과 씨줄이 그의 주위에서 끊임없이 교차하며 윙윙거리는 소리를 냈기 때문에 그 거대한 게으름뱅이는 교활한 직공처럼 보였다. 그 자신이 덩굴과 한데 엉켜서 날이 갈수록 점점 더 푸르고 싱싱한 초록빛을 띠었지만, 그 자신은 해골에 지나지 않았다. 삶이 죽음을 감싸고 죽음이 삶을 지탱해주었다. 이 음울한 신은 젊은 생명을 아내로 삼아 곱슬머리의 영광을 자식으로 낳았다.

트랑코 왕과 함께 이 경이로운 고래를 방문하여 제단이 된 머리뼈를 보고, 진짜 물보라가 나오던 곳에서 인공의 연기가 올라오는 것을 보았을 때, 나는 왕이 이 신전마저 미술품으로 보고 있는 데 놀랐다. 그는 웃었다. 게다가 그 연기 같은 물보라는 고래가 뿜어내는 진짜 물보라라고 사제들이 단언하는 데에는 더욱 놀라지 않을 수 없었다. 나는 그 해골 앞을 오가면서—덩굴을 옆으로 쓸어내고, 갈비뼈를 뚫고 들어가—아르사시드의 실타래[493]를 손에 들고 미로를 헤매며, 기둥이 늘어서 있는 그늘지고 구불구불한 수많은 주랑과 정자들 사이를 오랫동안 돌아다녔다. 하지만 곧 실이 다 풀렸기 때문에, 풀린 실을 다시 따라가 처음에 들어갔던 입구로 나왔다. 그 안에는 살아 있는 생물이란 아무것도 없었고, 오직 뼈만 있었을 뿐이었다.

---

493 그리스 신화에 나오는 '아리아드네의 실타래'를 연상시킨다. 아테네의 영웅 테세우스는 크레타에서 괴물 미노타우로스를 죽인 뒤 아리아드네가 준 실타래의 도움으로 미궁에서 탈출하는 데 성공한다.

나는 나무를 잘라 초록색 자를 만들어서 다시 해골 속으로 들어갔다. 사제들은 머리뼈에 난 길쭉한 화살 자국을 통해 내가 마지막 갈비뼈의 높이를 재고 있는 것을 보았다.

"뭐 하는 거요?" 그들은 소리쳤다. "감히 우리 신령님의 치수를 재다니! 그건 우리가 할 일이오."

"아아, 사제님들, 그렇다면 길이가 얼마나 되던가요?"

그러자 고래의 치수에 대해 한바탕 열띤 논쟁이 벌어졌다. 그들은 서로 머리를 자로 때렸고, 그 바람에 거대한 해골도 따라서 울렸다. 나는 그 행운의 기회를 틈타서 재빨리 측량을 끝내버렸다.

이제 그 측량 결과를 여러분 앞에 제시하고자 한다. 우선 나는 이 문제에서 내 멋대로 황당무계한 치수를 말할 자유가 없다는 것을 밝혀둔다. 여러분은 이 방면의 권위자에게 문의하여 내가 제시한 치수의 정확성을 판단할 수 있을 것이기 때문이다. 영국의 포경 기지 가운데 하나인 헐에는 고래 박물관이 있고, 긴수염고래를 비롯한 여러 가지 고래의 훌륭한 표본이 전시되어 있다고 한다. 그리고 뉴햄프셔의 맨체스터 박물관에도 그 소유자가 "미국에 하나밖에 없는 완전한 참고래 표본"이라고 말하는 것이 있다고 한다. 또 영국 요크셔의 버튼 콘스터블이라는 곳에 사는 클리퍼드 콘스터블 경도 향유고래 해골을 가지고 있다고 한다. 다만 이것은 보통 크기여서, 내 친구 트랑코 왕이 소유하고 있는 그 거대한 해골과는 비교할 게 못 된다.

클리퍼드 경과 트랑코 왕은 해골의 원래 주인이었던 고래가 해안에 떠밀려 올라왔을 때, 둘 다 비슷한 근거를 내세워 그 고래에 대한 소유권을 주장했다. 트랑코 왕은 고래가 탐이 나서 차지했고, 클리퍼드 경은 그 지역의 영주였기 때문에 고래를 차지했다. 클리퍼드 경의 고래는 전체가 관절로 연결되어 있어서 커다란 서랍장처럼 해골의 공동 속에 밀어 넣었다 잡아 뺐다 할 수 있고—갈비뼈를 거대한 부채처럼 펼 수도 있고—그 아래턱뼈에 올라타고 하루 종일 그네를 탈 수도 있었다. 그리고 뚜껑문과 덧문에는 자물쇠를 채울 수도 있다. 앞으로는 하인이 열쇠 묶음을 허리에 차고 해골 속을 돌아다니며 방문객들을 안내하게 될 것이다. 클리퍼드 경은 등뼈가 기둥처럼 늘어서서 살랑살랑 소리를 내는 회랑을 보는 데 2펜스를 받고, 작은뇌의 구멍에서 울리는 메아리를 듣는 데 3펜스, 그리고 앞이마에서 내다보이는 기막힌 전망을 감상하는 데 6펜스를 청구할 생각이다.

나는 당시 측량한 뼈대의 크기를 오른팔에 문신으로 새겨두었다. 그 무렵에는 거친 방랑 생활을 하고 있어서, 그렇게 귀중한 자료를 안전하게 보존할 다른 방도가 없었기 때문이다. 그러나 오른팔에는 남은 여백이 별로 없었고, 몸의 다른 부분—적어도 아직 문신을 하지 않고 내버려둔 곳—은 당시 내가 구상하고 있던 시를 새기기 위해 여백을 남겨두고 싶었기 때문에 끝자리 수는 쓰지 않았다. 사실 고래를 고래답게 측량하면 그런 소소한 수치는 들어갈 여지가 없을 것이다.

{   제103장   }

고래 뼈대의 치수

고래 뼈대의 크기를 제시하기 전에 먼저 이 레비아탄이 살아 있을 때의 크기를 자세하고 분명하게 말해두고 싶다. 여기서는 그런 설명이 상당히 유용할 듯싶다.

내가 주의 깊게 계산한 바에 따르면, 또한 어느 정도는 스코스비 선장의 관찰에 근거하여 말한다면, 몸길이가 18미터인 초대형 참고래의 무게는 70톤 정도라고 보아야 한다. 내가 주의 깊게 계산한 바에 따르면 초대형 향유고래는 몸길이가 25미터 내지 27미터이고 몸통 둘레는 12미터가 조금 못 된다. 이런 고래의 무게는 적어도 90톤은 나간다. 따라서 어른 13명의 몸무게를 1톤으로 계산한다면 그 고래는 1,100명의 주민을 가진 마을의 총인구 무게보다 훨씬 무겁다.

그러면 뭍사람들이 상상하기에 이 레비아탄을 조금이라도 움직이게 하려면 멍에를 멘 가축 같은 뇌를 그 괴물에게 부여해야 한다고 생각지 않는가?

나는 이미 고래의 머리뼈, 분수공, 턱뼈, 이빨, 꼬리, 이마, 지느러미, 기타 여러 부위를 다양한 방식으로 제시했기 때문에, 여기서는 그 뼈대를 통틀어 가장 흥미로운 점만 지적하기로 하겠다. 하지만 고래의 거대한 머리뼈는 전체 뼈대에서 아주 큰 부분을 차지하며 게다가 가장 복잡한 부위이기 때문에 여기서는 머리뼈에 관해 되풀이 설명하지는 않겠지만, 여러분은 그것을 항상 염두에 두거나 겨드랑이에 끼고 있어야 한다. 그러지 않으면 우리가 지금부터 살펴보려는 전체 구조를 완전히 이해할 수 없을 것이다.

트랑크섬에 있는 향유고래 뼈대의 전체 길이는 22미터 정도였다. 따라서 살아서 살이 붙은 채 몸을 쭉 뻗고 누워 있다면 27미터는 될 것이다. 고래의 뼈대는 살아 있는 몸뚱이에 비해 길이가 5분의 1쯤 줄어들기 때문이다. 이 22미터 가운데 머리뼈와 턱뼈가 거의 7미터를 차지하고, 나머지 15미터는 등뼈가 된다. 이 등뼈의 약 3분의 1 정도에 한때 생명기관을 감싸고 있었던 거대하고 둥근 바구니 모양의 갈비뼈가 붙어 있다.

이 거대한 상앗빛 갈비뼈로 둘러싸인 가슴과 거기에서 직선으로 멀리까지 뻗어나간 길고 단조로운 척추는 조선소의 작업대 위에 놓여서 벌거벗은 늑재가 뱃머리에 스무 개쯤 끼워진 거대한 배의 선체와 비슷했다. 용골은 당분간은 어디에도 연결되지 않은 기다란 목재일 뿐이다.

갈비뼈는 한쪽에 10개씩 있었다. 목에서 첫 번째 갈비뼈는 길이가 거의 1.8미터였다. 두 번째, 세 번째, 네 번째로 갈수록 점점 길어져서, 다섯 번째 즉 가운데 갈비뼈는 2.5미터가 조금 넘는 길이였다. 다음 갈비뼈부터 차츰 짧아져서 마지막인 열 번째 갈비뼈는 1.5미터 정도밖에 안 되었다. 굵기는 대체로 길이와 비례한다. 가운데 갈비뼈가 가장 많이 휘어져 있었다. 아르사시드 군도의 어떤 곳에서는 이 갈비뼈를 작은 개울에 걸쳐진 다리의 들보로 사용하고 있다.

이 책에서 여러 번 되풀이해 말했지만, 나는 이들 갈비뼈를 고찰하면서 고래의 해골은 살이 붙어 있을 때의 형태와는 전혀 다르다는 사실을 새삼 깨닫지 않을 수 없었다. 트랑크 고래의 갈비뼈 중에서 제일 큰 가운데 갈비뼈는 살아 있는 고래에서도 제일 두꺼운 부분을 차지하고 있었다. 그런데 이 고래에 살이 붙어 있을 때 제일 두꺼운 부분은 두께가 적어도 4.8미터는 되었을 텐데, 그 부분의 갈비뼈는 길이가 겨우 2.4미터밖에 안 됐다. 따라서 이 갈비뼈는 살아 있을 때의 위용을 절반 정도밖에 전달해주지 못했다. 게다가 지금은 벌거벗은 등뼈만 앙상하게 남아 있지만, 한때는 몇 톤이나 되는 살과 근육, 피, 창자 따위가 척추를 층층이 감싸고 있었다. 또한 그 풍만한 지느러미가 있었던 곳에는 이제 흐늘흐늘한 관절 몇 개만 보였고, 뼈는 없지만 묵직하고 웅장한 꼬리가 있었던 곳에는 완전한 공백이 있을 뿐이었다.

겁 많고 세상 물정 모르는 사람이 이 평화로운 숲속에 누워 있는 앙상한 해골만 보고 이 놀라운 고래를 정확히 파악하려 든다면 그것처럼 어리석고 부질없는 짓도 없을 것이다. 그렇다. 오로지 절박한 위험 속에서만, 분노에 타오른 고래의 꼬리가 만들어내는 격렬한 소용돌이 속에서만, 그리고 끝없이 깊고 넓은 바다에서만 풍만하게 살찐 고래의 모습을 사실 그대로 생생하게 찾아볼 수 있다.

이제 등뼈를 살펴보자. 등뼈를 고찰하는 가장 좋은 방법은 기중기로 뼈대를 들어 올려 똑바로 쌓아 올리는 것이다. 손쉽게 할 수 있는 작업은 아니다. 그러나 일단 작업이 끝나면 폼페이우스 기둥[494]과 아주 비슷해 보인다.

등뼈는 모두 40여 개인데, 해골에서는 서로 연결되어 있지 않다. 그것들은 대부분 고딕식 첨탑 위에 크고 둥근 장식이 얹혀 있는 듯한 모습이고, 무거운 벽돌이 옆으로 늘어서서 단단한 층을 이루고 있는 것 같다. 한가운데에 있는 가장 큰 등뼈는 너비가 90센티미터가 조금 못 되고 두께는 1.2미터가 넘는다. 꼬리 쪽으로 갈수록 점점 가늘어져서 제일 작은 등뼈는 너비가 겨우 5센티미터밖에 안 되기 때문에 하얀 당구공처럼 보인다. 이보다 작은 등뼈가 몇 개 더 있었는데, 사제의 개구쟁이 아이들이 훔쳐서 공기놀이를 하다가 잃어버렸다는 말을 들었다. 지상에서 가장 거대한 생물의 등뼈라 해도 마지막에는 코흘리개 아이들의 장난감으로 전락하고 마는 것이다.

{　　　제104장　　　}

화석 고래

고래의 그 큰 덩치는 상세히 부연 설명하기에 가장 적합한 주제를 제공해준다. 하지만 어떻게 하든 고래를 요약할 수는 없다. 고래는 특대형 2절판 책으로만 취급되는 것이 당연하다. 여기서는 고래의 분수공에서 꼬리에 이르기까지의 길이나 몸통 둘레 따위를 되풀이해서 말하지는 않겠다. 다만 고래의 거대한 창자가 마치 전함의 아랫갑판에 둘둘 말려 있는 굵은 밧줄처럼 그의 배 속에 말아 넣어져 있다는 것만 상기하기 바란다.

이 레비아탄을 다루겠다고 장담한 이상, 나는 고래의 모든 것을 철저히 파헤쳤다는 것을 입증하기 위해 그의 혈액 속에 들어 있는 가장 작은 생식세포는 물론 둘둘 말려 있는 그의 창자까지도 모두 펼쳐볼 작정이다.

---

494 이집트 알렉산드리아 근처에 있는 높이 30m의 대리석 기둥. 로마 시대의 유적인데, 폼페이우스(기원전 1세기)가 아니라 디오클레티아누스 황제(서기 3세기)를 기리기 위해 세워졌다.

고래의 서식 환경과 해부학적 특징에 대해서는 이미 설명했으니까, 이제 남은 것은 고고학적·화석학적·생명기원적 관점에서 그에게 확대경을 들이대는 것이다. 이런 거창한 말은 레비아탄 이외의 어떤 생물—예컨대 개미나 벼룩—에 적용해도 지나친 과장으로 여겨질 게 당연하다. 하지만 레비아탄이 주제일 때는 사정이 달라진다. 나는 그 무게에 짓눌려 비틀거릴지라도 사전에서 가장 무게 있는 낱말들만 골라 쓰면서 이 거창한 사업을 기꺼이 해낼 작정이다. 그리고 이 논문을 쓰는 과정에서 사전을 참고하는 게 편리할 때는 반드시 그 목적을 위해 특별히 구입한 존슨 박사의 4절판[495]을 이용했다는 점을 여기서 미리 말해두고자 한다. 이 유명한 사전 편찬자는 덩치가 보기 드물게 큰 사람이어서, 나 같은 고래학 저술자가 사용할 사전을 편찬하기에 좀 더 적합했기 때문이다.

다른 사람에게는 평범해 보이는 주제를 다루면서 가슴이 부풀어 우쭐해하는 저자들이 있다는 말을 자주 듣는다. 그렇다면 이 레비아탄에 대해 쓰고 있는 나는 어떨까? 나도 모르게 내 글씨는 현수막의 대문자처럼 커진다. 나에겐 콘도르 깃털로 만든 펜이 필요하다! 베수비오[496]의 분화구 같은 잉크병을 달라! 친구들아, 내 팔을 잡아다오! 이 괴물에 대한 내 생각을 적기만 해도, 마치 과학의 모든 분야를 답사하고, 고래와 인간과 마스토돈의 과거와 현재와 미래에 걸친 모든 세대를 망라하고, 지상 제국의 흥망성쇠를 조감하고, 우주 전체와 그 주변까지 모두 통찰하기라도 하는 것처럼, 그 영역이 너무나 광범위하여 나는 지치고 맥이 빠져서 쓰러질 지경이기 때문이다. 광범위하고 개방적인 주제의 미덕은 이렇게 우리 자신까지도 확대한다는 것이다. 우리도 그 주제의 크기만큼 커지는 것이다. 웅대한 책을 낳으려면 웅대한 주제를 선택해야 한다. 벼룩에 대한 책을 쓰려고 시도해본 사람은 적지 않겠지만, 벼룩에 대해 웅대하고 지속적

495 이 사전은 초판이 1755년에 4절판 2권으로 나왔고, 이듬해에 축약본이 8절판 2권으로 나왔다.
496 이탈리아 남부 나폴리 동쪽에 있는 활화산. 79년에 폼페이를 매몰시킨 대분화로 유명하다.

인 생명력을 가진 책을 쓸 수는 없다.

화석 고래라는 주제에 들어가기에 앞서 지질학자로서의 신임장을 제시하는 의미에서 밝혀두거니와, 나는 여러 가지 직업을 전전하며 먹고살던 시절에 석공 일을 해본 적도 있고, 도랑·운하·우물·와인 저장고·지하실이며 온갖 종류의 저수지도 제법 능숙하게 파본 적이 있다. 또한 오래된 지층에서는 오늘날 거의 멸종된 괴물들의 화석이 발견되고, 제3기[497] 지층에서 발견되는 유물은 선사시대의 생물과 노아의 방주에 들어간 생물들의 아득한 조상을 연결하는 고리, 또는 적어도 그들 사이에 끼여 있는 고리로 여겨진다는 것, 지금까지 발견된 화석 고래는 지표층 바로 밑에 있는 제3기 지층에 속해 있다는 사실을 예비지식으로 독자 여러분에게 상기시키고 싶다. 화석 고래들 가운데 오늘날의 고래와 정확히 일치하는 것은 하나도 없지만, 전반적으로 매우 비슷하기 때문에 그것을 고래의 화석으로 분류하는 것은 정당하다.

아담 이전에 살았던 고래의 부서진 화석, 조각난 뼈나 해골의 단편은 지난 30년 동안 알프스 산기슭, 롬바르디아,[498] 프랑스, 잉글랜드, 스코틀랜드, 그리고 미국의 루이지애나, 미시시피, 앨라배마 등지에서 수시로 발견되었다. 이런 유골 중에서도 특히 흥미로운 것은 파리의 튀일리궁으로 거의 곧장 뚫려 있는 짧은 도로인 도핀 거리에서 1779년에 발굴된 머리뼈의 일부와 나폴레옹 시대에 안트베르펜[499] 항구의 거대한 뱃도랑을 준설했을 때 나온 뼈들이다. 퀴비에는 이 뼛조각들이 전혀 알려지지 않은 종류의 고래에 속한다고 말했다.

그러나 모든 고래 유골 중에서 가장 놀라운 것은 1842년에 앨라배마주에 있는 크리 판사네 농장에서 발견된 화석으로, 완전히 멸종된 거대한

---

497 지질시대에서 신생대를 이분한 것 중 전기로, 약 6500만 년 전부터 200만 년 전까지의 약 6300만 년간에 해당한다.

498 알프스산맥 이남의 이탈리아 북부지방. 밀라노가 중심 도시이다.

499 벨기에의 수도. 영어식 명칭인 앤트워프로 잘 알려져 있다.

괴물의 거의 완전한 해골이다. 그 지방의 미신에 사로잡힌 노예들은 공포에 질려, 그것이 타락 천사의 뼈라고 생각했다. 앨라배마의 의사들은 그것을 거대한 파충류로 단정하고 '바실로사우루스'라는 이름을 붙였다. 하지만 그 뼈의 일부가 바다 건너 영국의 해부학자인 리처드 오언에게 표본으로 전해지자, 파충류라고 주장된 이 생물은 지금은 멸종한 고래라는 사실이 밝혀졌다. 이것이야말로 이 책에서 여러 번 되풀이된 사실, 즉 고래 해골만으로는 완전히 살이 붙었을 때의 형태를 알 수 없다는 사실을 입증하는 중요한 사례다. 그래서 오언은 이 괴물에게 '제우글로돈'[500]이라는 새 이름을 붙이고, 런던 지질학회에서 발표한 논문에서 그것이 지구의 변천으로 절멸한 생물들 가운데 사실상 가장 놀라운 것이라고 말했다.

이 레비아탄의 해골, 머리뼈, 이빨, 턱뼈, 갈비뼈, 등뼈 사이에 서면, 그 모든 것이 오늘날에도 존재하는 바다 괴물들과 부분적인 유사성을 갖고 있지만 또 한편으로는 그들의 먼 조상인 선사시대의 레비아탄과도 유사성을 가진 것을 알 수 있다. 거기에 서면 나는 거센 물결에 실려, 시간 자체가 시작되었다고 말할 수도 없는 그 놀라운 시대로 돌아간다. '시간'은 인간과 더불어 시작되었기 때문이다. 그러면 사투르누스[501]의 잿빛 혼돈이 내 머리 위에서 소용돌이치고, 나는 어렴풋이 극지대의 영겁을 들여다보고 몸서리를 친다. 쐐기 모양의 얼음덩어리들이 오늘날의 열대지방에까지 밀어닥쳐 요새를 구축하고, 4만 킬로미터에 이르는 지구 둘레에 사람이 살 수 있는 땅이라고는 한 뼘도 보이지 않는다. 그때는 온 세상이 고래의 것이었다. 고래는 피조물의 왕으로서 오늘날의 안데스와 히말라야의 능선을 따라 항적을 남겨놓았다. 누가 감히 레비아탄과 같은 혈통을 자랑할 수 있을 것인가? 에이해브의 작살은 고대 이집트의 왕들보다 더

---

500 Zeuglodon. '이중 뿌리 치아'라는 뜻이다.
501 로마 신화에서 노년·시간·죽음과 결부되는 신으로, 그리스 신화의 크로노스와 동일시된다.

오래된 피를 흘리게 했던 것이다. 므두셀라[502]도 레비아탄에 비하면 초등학생처럼 보인다. 나는 고개를 돌려 노아의 아들 셈[503]과 악수한다. 나는 모세 이전부터 있었고 그 근원을 알 수 없는 레비아탄, 이루 말할 수 없는 공포의 존재에 전율한다. 이것은 모든 시간 이전에 존재했던 만큼, 인간의 세기가 모두 끝난 뒤에도 존재할 것임이 분명하다.

그러나 이 레비아탄은 아담 이전에 그가 살았던 흔적을 자연의 연판에 남겼고, 석회암과 이회토에 자신의 태곳적 흉상을 새겨놓았을 뿐만 아니라, 너무 오래되어 거의 화석에 가까운 이집트의 명판에도 지느러미 흔적이 뚜렷이 남아 있다. 50년쯤 전에 덴데라 신전[504]에서 화강암 천장에 새겨지고 채색된 천체도가 발견되었는데, 거기에는 오늘날 천구의에 그려진 기괴한 형상들과 비슷한 켄타우로스와 그리핀과 돌고래 따위가 가득 새겨져 있었다. 그리고 그들 사이를 태곳적 레비아탄이 옛날과 마찬가지로 유유히 헤엄치고 있었다. 이 괴물은 솔로몬이 태어나기 수세기 전에 이미 천구 안에서 헤엄치고 있었던 것이다.

옛날 바르바리 지방을 여행한 요하네스 레오[505]가 기록했듯이, 고래는 대홍수 이후에도 그 뼈를 남겨놓아 자신의 유구한 역사를 기묘하게 입증하고 있다는 것도 잊어서는 안 된다.

"해안에서 그리 멀지 않은 곳에 신전이 있는데, 그 신전의 서까래와 들보는 고래뼈로 되어 있다. 놀랄 만큼 거대한 고래가 죽어서 그 해안으로 떠밀려 올라올 때가 많기 때문이다. 그 지방 사람들이 믿는 바에 따르면, 이 신전에는 신으로부터 부여받은 신비한 힘이 있기 때문에 어떤 고래도 그 앞을 지나가면 반드시 즉사한다는 것이다. 그러나 사실은 신전 양쪽에

502　구약성서 「창세기」에 나오는 노아 이전의 족장으로, 969년 동안이나 장수했다고 한다.

503　구약성서 「창세기」 5장 32절에 "노아는 오백 살이 지나서 셈과 함과 야벳을 낳았다"고 기록되어 있다.

504　이집트 키나 근처의 덴데라에 있는, 하토르 여신을 모신 신전.

505　요하네스 레오 아프리카누스(1494?~1554?): 스페인의 그라나다에서 태어난 아랍인(무어인) 외교관·여행가·지리학자.

바다로 3킬로미터쯤 돌출한 암초가 있어서, 그곳에 걸리는 고래는 상처를 입게 된다. 사람들은 믿을 수 없을 만큼 장대한 고래 갈비뼈를 '기적'으로 여겨 보존하고 있다. 그 갈비뼈는 볼록한 부분을 위로 한 채 땅 위에 놓여 아치를 이루고 있는데, 그 꼭대기는 낙타 등에 올라타도 닿을 수 없을 만큼 높다. 이 갈비뼈는 내가 그것을 보았을 때로부터 100년 전에 그곳에 놓였다고 한다. 이곳 역사가들은 무함마드[506]에 관해 예언한 예언자가 이 신전 출신이라고 단언한다. 어떤 이들은 예언자 요나를 삼킨 고래가 이 신전의 토대에 요나를 토해냈다는 주장을 굽히지 않고 있다."

나는 독자 여러분을 아프리카의 이 고래 신전에 남겨두겠다. 여러분이 낸터컷 사람이고 포경꾼이라면 잠자코 그곳을 참배하리라.

{ 　　제105장　　 }

고래의 크기는 줄어드는가? 절멸할 것인가?

레비아탄은 영겁의 원류에서 우리 시대에 이르기까지 허우적거리며 헤엄쳐왔으니까, 그렇게 긴 세월을 내려오는 동안 조상들의 거대한 덩치를 점점 잃어버린 것은 아닐까 하는 의문이 드는 것도 당연할 것이다.

그러나 조사해보면 알 수 있듯이 오늘날의 고래는 제3기 지층(인류 이전의 지질시대를 포함하고 있다)에서 발견된 화석 고래보다 클 뿐만 아니라, 그 제3기 지층에서 발견되는 고래 중에서도 후기에 속하는 고래가 전기에 속하는 고래보다 크다.

지금까지 발굴된 아담 이전의 모든 고래들 가운데 가장 큰 고래는 앞에서 말한 앨라배마 고래인데, 그것도 뼈대의 길이는 20미터 정도밖에 안 된다. 그런데 앞에서도 말했듯이 오늘날의 큰 고래 뼈대는 거의 22미터

---

506 무함마드(570~632): 이슬람교의 창시자.

나 된다. 그리고 내가 포경업계의 소식통에게 들은 바에 따르면 길이가 무려 30미터에 달하는 향유고래가 잡힌 적도 있다고 한다.

하지만 최근의 고래들은 모든 전기 지질시대의 고래에 비하면 훨씬 크지만 아담 시대 이후로는 작아진 게 아닐까.

플리니우스 같은 학자나 고대 박물학자들의 이야기를 믿는다면 확실히 그렇게 결론지을 수밖에 없다. 플리니우스는 살아 있는 몸뚱이가 몇 에이커나 되는 고래에 대해, 그리고 알드로반디는 길이가 240미터나 되는 고래에 대해 이야기하고 있는데, 그렇다면 그것은 밧줄 공장만큼 넓고 템스강 터널[507]만큼 긴 고래다. 쿡 선장의 배에 탄 박물학자 뱅크스와 솔랜더[508]의 시대에도 덴마크 학술원의 한 회원은 아이슬란드 고래의 길이를 120야드로 기록했는데, 그것은 108미터라는 이야기가 된다. 또한 프랑스의 박물학자 라세페드 백작은 『고래의 박물지』라는 역저의 첫머리(3쪽)에서 참고래의 길이를 100미터라고 기술했다. 더욱이 이 저서는 최근인 1825년에 출간되었다.

하지만 이런 이야기를 믿는 포경꾼이 과연 있을까? 천만에. 오늘날의 고래는 플리니우스 시대의 조상들과 같은 크기다. 플리니우스에게 갈 수만 있다면 나는 포경꾼으로서(그에 비하면 나는 훨씬 숙련된 포경꾼이다) 감히 그렇게 말할 것이다. 플리니우스가 태어나기 수천 년 전에 매장된 이집트의 미라는 신발을 벗은 오늘날의 켄터키 사람만큼 크지 않고, 고대 이집트와 니네베의 석판에 새겨진 소와 그 밖의 동물들을 상대적인 비율로 측정해보면, 축사에서 사육되어 스미스필드[509]에서 상을 받은 소가 파

---

507 로더히스에서 템스강 아래를 지나 와핑에 이르는 길이 366m의 터널. 1825년에 착공하여 1843년에 완공했다. 멜빌은 1849년 11월에 이곳을 방문했다.

508 조지프 뱅크스(1743~1820): 영국의 박물학자. 다니엘 솔랜더(1736~1782): 스웨덴의 식물학자. 1768년 제임스 쿡 선장의 '엔데버'호를 타고 태평양 항해에 참가했다.

509 영국 런던의 유명한 가축 시장. 파라오의 살진 소: 이집트의 파라오는 일곱 마리의 살진 소가 강에서 나오는 꿈을 꾸었고, 일곱 마리의 야윈 소가 그 뒤를 이어 살진 소를 잡아먹는 꿈을 꾸었다. 그 꿈은 7년 동안 풍년이 오고 7년 동안 기근이 든다는 것을 의미했다.(구약성서 「창세기」 41장)

라오의 살진 소보다 훨씬 덩치가 큰 이유를 나는 이해할 수 없기 때문이다. 이 모든 사실에도 불구하고 모든 동물 가운데 유독 고래의 크기만 줄어들었다는 것은 인정할 수 없다.

하지만 또 다른 문제가 남아 있는데, 그것은 좀 더 사려 깊은 낸터컷 사람들이 자주 들먹이는 문제다. 포경선의 돛대 망루에서 고래를 찾아내는 거의 전지전능한 망꾼들 덕분에 이제 포경선은 베링해협을 통과하여 이 세상에서 가장 외떨어진 비밀 서랍과 궤짝 속으로 뚫고 들어갔고, 수많은 작살과 창이 모든 대륙의 해안에 던져졌다. 문제는 과연 고래가 그런 광범위한 추적과 무자비한 포획을 오랫동안 견뎌낼 수 있을 것인가, 결국에는 바다에서 절멸되는 것이 아닐까, 그리고 최후의 고래는 최후의 인간처럼 자신의 마지막 파이프를 피우며 마지막 담배연기 속으로 사라지고 마는 것이 아닐까 하는 것이다.

혹이 있는 고래 무리를 역시 혹이 있는 들소 무리와 비교해보자. 들소들은 불과 40년 전만 해도 수만 마리씩 떼를 지어 그 뻣뻣한 갈기를 흩날리며, 벼락이 응고된 듯한 이마로 오만상을 찌푸리며 일리노이주와 미주리주의 대초원을 뒤덮고 있었는데, 지금은 그곳 강변에 인구가 조밀한 대도시들이 세워져서 거간꾼들이 굽실거리며 한 뼘에 1달러라는 비싼 값으로 토지를 팔고 있다. 이런 비교에서 생겨나는 필연적인 결론은, 이런 식으로 고래를 계속 사냥하다 보면 결국은 고래도 급속한 멸종을 면할 수 없으리라는 것이다.

하지만 이 문제는 여러 관점에서 보아야 한다. 얼마 전만 해도 일리노이주의 들소가 오늘날의 런던 인구[510]보다 많았는데, 지금은 그 지역 어디에도 들소의 뿔이나 발굽이 남아 있지 않다. 이 놀라운 절멸의 원인은 바로 인간의 창이었다. 하지만 고래 사냥은 들소 사냥과는 성격이 달라서, 고래는 절대로 그런 불명예스러운 종말을 맞지 않을 것이다. 배 한 척에

510 1850년의 런던 인구는 200만 남짓.

40명이 타고 48개월 동안 향유고래를 사냥하여 40마리 분량의 고래기름을 가지고 고국으로 돌아오면 대성공이라고 생각하며 하느님께 감사한다. 그런데 지난날 서부의 캐나다인과 인디언들이 총과 덫으로 사냥하던 시절, 즉 서부(그곳에서는 해가 지면 또 다른 해가 떠오른다)가 황야이고 처녀지였던 시절, 모카신을 신은 40명이 48개월 동안 배로 항해하는 대신 말을 탔다면 40마리가 아니라 4만 마리가 넘는 들소를 죽였을 것이다. 이것은 필요하다면 얼마든지 통계적으로 증명할 수 있는 사실이다.

예전(말하자면 18세기 말)에는 작은 무리를 이룬 고래 떼를 오늘날보다 훨씬 자주 만났기 때문에 항해는 그렇게 오래 연장되지 않았고 수익도 많았다. 하지만 잘 생각해보면 이런 사실도 향유고래가 차츰 소멸해간다는 주장을 뒷받침하는 증거로는 여겨지지 않는다. 앞에서도 말했듯이, 고래는 무리를 짓는 것이 더 안전하다고 생각했는지 오늘날에는 큰 무리를 이루어 헤엄쳐 다니고, 그래서 옛날에는 뿔뿔이 흩어져 다니던 외톨이 고래, 또는 둘씩 짝을 짓거나 작은 무리를 이루었던 고래들이 이제는 거대한 집단으로 모여 있지만, 무리들이 서로 멀리 떨어져 있어서 좀처럼 발견되지 않기 때문이다. 이유는 그것뿐이다. 그리고 이른바 수염고래가 몰려 있던 어장에 그 고래가 나타나지 않게 되었다고 해서 그 종족도 줄어들고 있다고 생각하는 것도 잘못인 것 같다. 그 고래들은 작은 곳에서 큰 곳으로 옮아갔을 뿐이기 때문이다. 어떤 해안에서 고래가 내뿜는 물보라가 보이지 않는다면, 다른 외딴 바닷가에서는 낯선 광경을 본 사람들이 놀라고 있을 게 분명하다.

게다가 수염고래는 두 군데에 견고한 요새를 갖고 있다. 그 요새들은 사람의 힘으로는 도저히 함락시킬 수 없다. 완강한 스위스 사람들이 골짜기가 침략당하면 산악으로 후퇴하듯, 수염고래는 대양의 초원이나 습지에서 쫓기면 마지막 보루인 극지의 요새로 퇴각하여 얼음 울타리와 방벽 밑으로 잠수했다가 빙원과 부빙 사이로 떠올라 영원한 12월의 매력적인 울타리 속에서 인간의 추적을 비웃는다.

하지만 수염고래는 향유고래보다 50배나 많이 잡히기 때문에, 포경선 앞갑판의 일부 철학자들은 이 강력한 섬멸전이 이미 고래 집단에 막심한 타격을 입혔다고 결론지었다. 지난 몇 년 동안 북서해안에서 미국의 포경꾼들이 해마다 죽인 수염고래만 해도 1만 3천 마리가 넘는 것은 사실이지만, 다른 관점에서 생각하면 이런 사태조차 이 문제에 대한 반론으로는 별로 의미를 갖지 못한다.

지구상에 살고 있는 대형 동물의 수가 그렇게 많다는 데 의심을 품는 것은 당연하지만, 고아[511]의 역사가인 오르타가 시암 왕은 한 번에 코끼리 4천 마리를 사냥했고 그 지방에는 코끼리가 온대지방의 가축만큼 많다고 말한 데 대해서는 뭐라고 대답해야 할까. 그리고 그 코끼리들이 지난 수천 년 동안 세미라미스, 포루스, 한니발,[512] 그리고 동방의 왕들에게 대대로 사냥을 당했는데도 여전히 그곳에 수많은 코끼리가 살고 있다면, 큰 고래는 아시아 전체와 남북 아메리카, 유럽, 아프리카, 오스트레일리아, 그 밖에 해상의 섬을 모두 합친 것보다 정확히 두 배나 넓은 대초원을 돌아다닐 수 있기 때문에, 그들이 인간의 추적을 이겨내고 살아남을 수 있다는 것을 의심할 이유는 전혀 없어 보인다.

게다가 고래는 수명이 아주 길어서 백 살 넘게 산다고 추정되므로, 어떤 시점에서도 여러 세대의 고래가 함께 살고 있을 거라는 점을 고려해야 한다. 이것이 무엇을 의미하는지는, 이 세상의 모든 묘지와 납골당에서

---

511 인도 중서부 해안에 면해 있는 주. 15세기 이후 450년 동안 포르투갈령 식민지였다가 1961년 인도 영토로 편입되었다. 가르시아 데 오르타(1501~1568): 포르투갈의 의사·약초학자·박물학자. 종교재판 중 스페인을 탈출하여 고아에 정착해서 살았다.

512 세미라미스: 고대 아시리아의 전설상의 여왕. 인도를 침략했을 때 인도 왕이 많은 코끼리를 거느리고 있는 것을 보고, 자기도 많은 코끼리를 가지고 있다는 것을 보여주려는 계책을 꾸몄는데, 소와 물소 가죽으로 코끼리 가죽 비슷한 것을 만들어 낙타에게 입히고 진격시켰다고 한다. 포루스: 418번 역주 참조. 한니발(기원전 247~183): 카르타고의 장군. 로마와 싸운 제2차 포에니 전쟁 때 코끼리 부대를 이끌고 알프스산맥을 넘었다.

75년 전에 죽은 모든 남녀와 아이들이 되살아나 현재 지구상에 살고 있는 사람들 속에 섞인다고 상상해보면 당장 알 수 있을 것이다.

그러므로 이런 사정에도 불구하고 고래는 하나의 개체로서는 유한하지만 고래라는 종으로서는 불멸의 존재라고 생각한다. 고래는 대륙이 바다 위로 솟아나기 전부터 바다를 헤엄쳐 다녔다. 한때는 튀일리궁과 윈저성과 크렘린궁[513] 위를 헤엄치고 있었다. 노아의 홍수 때도 고래는 노아의 방주 따위는 거들떠보지도 않았다. 세계가 네덜란드처럼 다시 홍수에 잠겨 쥐들이 전멸한다 해도, 영겁을 사는 고래는 여전히 살아남아 적도 해류의 높은 물마루 위로 머리를 쳐들고 하늘을 향해 물보라를 뿜어댈 것이다.

{ 　　제106장　　 }

에이해브의 다리

에이해브 선장은 영국 배 '새뮤얼 엔더비'호에서 곤두박질치듯 내려왔는데, 그때 성마르게 행동한 나머지 몸에 약간의 타격을 받았다. 보트의 널빤지 위로 너무 힘차게 뛰어내리는 바람에 고래뼈 다리가 거의 쪼개질 뻔한 충격을 받은 것이다. 본선으로 돌아와 갑판의 회전축 구멍에 다리를 넣은 뒤에도 키잡이한테 긴급 명령을 내리려고(그것은 여느 때와 마찬가지로 키를 꽉 잡고 있지 않다는 호통이었다) 몸을 휙 돌리는 바람에 이미 흔들린 고래뼈가 더욱 뒤틀리고 말았다. 다리는 아직 온전하게 남아 있었고 겉보기에는 튼튼한 것 같았지만, 에이해브는 그 다리를 전적으로 믿을 수가 없었다.

---

[513] 튀일리궁: 프랑스 파리에 1871년까지 있었던 왕궁. 윈저성: 영국 런던 서쪽 교외 템스 강변에 구축된 성채. 버킹엄궁과 함께 영국 왕의 공식 거처 중 하나다. 크렘린궁: 러시아 모스크바에 있는 궁전. 제정 러시아 황제의 궁전이었고, 혁명 후에는 소련 공산당 본부였으며, 지금은 러시아 대통령 관저로 쓰이고 있다.

사실 그처럼 무모한 짓에 미친 듯 집착해 있으면서도 에이해브가 제 몸을 일부 떠받치고 있는 그 죽은 뼈다귀의 상태에 이따금 세심한 주의를 기울인 것은 별로 놀라운 일이 아니다. 그가 의식을 잃고 땅바닥에 누워 있는 상태로 발견된 것은 '피쿼드'호가 낸터컷을 출항하기 조금 전인 어느 날 밤이었다. 까닭도 알 수 없고 설명할 수도 없으며 상상조차 할 수 없는 사고로 말미암아 고래뼈 다리가 격렬하게 빠져나가면서 말뚝처럼 그의 사타구니를 때리고 하마터면 사타구니를 꿰뚫을 뻔했던 것이다. 그 고통스러운 상처를 완전히 치료하는 것은 결코 쉬운 일이 아니었다.

그때도 역시 자기가 지금 겪고 있는 고통은 전에 당한 재난의 직접적인 결과라는 생각이 그의 편집광적인 마음에 떠오르지 않을 수 없었다. 늪에서 가장 맹독을 가진 독사도 숲에서 감미로운 노래를 지저귀는 새들처럼 제 종족을 번식시키듯, 불행한 사건도 모든 행복과 마찬가지로 자손을 낳는 게 당연하다는 사실을 그는 너무나 분명히 깨달은 것 같았다. '행복보다는 불행이 더하겠지' 하고 에이해브는 생각했다. '슬픔'의 조상과 자손은 '기쁨'의 조상과 자손보다 훨씬 오래 지속되기 때문이다. 어떤 경전의 가르침에 따르면, 이승에서의 자연적인 향락은 저승에서 자손을 낳지 못하고, 지옥 같은 절망에서 나오는 '무자식이 상팔자'라는 자포자기만 있을 뿐이다. 이와는 반대로 죄 많은 인간의 불행은 내세에서도 영속하는 슬픔의 자손을 낳아서 번성한다고 한다. 문제를 더 깊이 분석해보면, 불행과 행복 사이에는 불평등이 존재하는 듯하다. 지상 최고의 행복도 그 속에 무의미한 찌꺼기를 감추고 있지만, 반대로 모든 슬픔의 밑바닥에는 신비로운 의미가 숨어 있고, 어떤 사람에게는 대천사 같은 장대함이 깃들어 있는 경우도 있다—고 에이해브는 생각했다. 사람들이 아무리 열심히 추적해보아도 이 명확한 추론을 뒤엎을 수는 없다. 이런 숭고한 인간 비극의 계보를 거슬러 올라가면, 마침내 우리는 근원을 알 수 없는 신들의 계보 속으로 들어가게 된다. 그러므로 태양이 아무리 즐겁게 건초를 말리

모비 딕

고 한가위 보름달이 조용히 심벌즈를 울려도 신들이 항상 즐거워하지는 않는다는 것을 우리는 인정해야 한다. 인간의 이마에는 지울 수 없는 슬픈 반점이 태어날 때부터 새겨져 있는데, 그것은 그 반점을 새긴 신들의 슬픔을 나타내는 흔적일 뿐이다.

뜻하지 않게 여기서 한 가지 비밀이 드러나고 말았다. 아니, 그 비밀은 어쩌면 더욱 적절하고 확실하게 이미 폭로되어 있었는지도 모른다. 에이해브에 관한 여러 가지 특이한 사실과 더불어, 그가 왜 '피쿼드'호의 출항을 전후하여 한동안 달라이 라마[514]처럼 배타적인 은둔 생활을 했는가, 또 그동안 왜 대리석으로 지은 죽은 자들의 전당에서 무언의 피난처를 찾았는가 하는 것은 몇몇 사람에게는 늘 수수께끼로 남아 있었다. 이 일에 대해 펠레그 선장이 퍼뜨린 이유는 전혀 적절해 보이지 않았다. 에이해브의 깊은 속내를 드러내려는 시도는 설명에 도움이 되는 빛을 던지기보다는 오히려 의미심장한 어둠을 퍼뜨릴 뿐이었다. 하지만 결국 모든 것이 드러났다. 적어도 이 한 가지 사실만은 밝혀졌다. 그가 잠시 은둔한 것은 그 불운한 재난 때문이었던 것이다. 그뿐만 아니라, (그의 교제 범위는 계속 줄어들어 늘 한 사람씩 떨어져나가고 있었지만) 특별한 이유로 다소나마 그에게 가까이 갈 수 있는 특권을 가진 사람들에게도 그 사고(여기에 대해 에이해브는 아무 설명도 하지 않고 언짢은 표정만 지었다)는 망령과 비탄의 땅에서 온 듯한 공포에 싸여 있었다. 그래서 그들은 그에 대한 애정 때문에 그들의 힘이 미치는 한 이 사건이 남들에게 알려지는 것을 막기로 공모했고, 그래서 상당한 시간이 지날 때까지 '피쿼드'호의 선원들에게도 알려지지 않았던 것이다.

그건 그렇다 치고, 눈에 보이지 않는 신들의 회의나 앙심을 품은 지옥의 악마나 염라대왕이 지상의 에이해브와 관계가 있든 없든 간에, 에이해

---

514 티베트의 종교·정치의 최고 지도자. 당시 티베트는 청나라의 보호를 받았으며, 티베트인은 한족보다 더 높은 지위에 있었다.

브는 지금 그의 다리에 닥친 문제에 대해 간단명료하고 실질적인 조치를 취했다. 목수를 부른 것이다.

목수가 나타나자 에이해브는 당장 새 다리를 만들라고 명령했고, 항해사들에게는 지금까지 항해하면서 모아둔 향유고래의 턱뼈를 모두 목수에게 보여주어 그중에서 제일 단단하고 결이 고운 것을 고를 수 있도록 하라고 지시했다. 이 일이 끝나자 목수는 그날 밤 안으로 다리를 완성하라는, 게다가 고장난 다리에 이미 사용한 부속품은 일절 사용하지 말고 새 부속품을 만들라는 명령을 받았다. 또한 선창에서 잠시 잠자고 있는 도가니를 갑판으로 꺼내오라는 명령이 내려졌고, 일을 빨리 진행하기 위해 필요할지도 모르는 쇠붙이는 무엇이든 당장 만들라는 지시가 대장장이에게 내려졌다.

{　　　제107장　　　}

목수

토성의 위성들 사이에 술탄처럼 느긋하게 앉아서, 인류 가운데 가장 전형적인 한 사람을 골라 머릿속에 그려보라. 그러면 인간은 참으로 경이롭고 장엄한 존재, 하나의 비애 자체로 보일 것이다. 하지만 같은 지점에서 인류를 한 집단으로 바라보라. 그러면 그들 대부분은 쓸모없는 복제품의 집합체로 보일 것이다. 동시대에 살고 있는 사람들도 그렇고, 과거와 현재에 살고 있는 사람들도 그렇다. '피쿼드'호의 목수는 아주 비천한 신분이어서 고상한 추상 개념 따위는 갖추고 있지 않았지만, 결코 쓸모없는 복제품은 아니었다. 그래서 그는 이제 어엿한 한 인간으로서 이 무대에 등장하게 된 것이다.

원양 어선의 목수들, 특히 포경선에 소속된 목수들이 다 그렇듯이, 그도 역시 목공만이 아니라 여러 가지 잡다한 일에도 풍부한 경험을 가지고 있었는데, 그것은 어떤 일에도 즉석에서 대처할 수 있는 실제적인 경험이었다. 목수라는 직업은 오래전부터 존재해왔고, 나무를 보조 재료로 사용하는 수많은 수공업은 모두 목공이라는 줄기에서 갈라져 나온 가지들이다. '피쿼드'호의 목수에게도 그런 일반적인 설명이 적용된다. 그뿐만 아니라 그는 3~4년 동안 문명사회를 등진 채 외딴 바다를 항해하는 배에서 끊임없이 일어나는 수천 가지의 기계 고장을 응급 처리하는 일에도 신기할 정도로 유능했다. 그가 일상적인 임무—구멍 난 보트나 부서진 돛대를 수리하고, 뒤틀린 노를 고치고, 갑판에 채광창을 끼우고, 뱃전 널판에 나무못을 박고, 그 밖에 그의 직능과 관련된 온갖 잡일—를 즉시 처리한 것은 말할 나위도 없거니와, 쓸모있는 일이건 재미로 하는 일이건 간에 다방면의 재능이 필요한 온갖 일에 주저 없이 숙달된 솜씨를 발휘했다.

그가 그런 다양한 역할을 연출한 주요 무대는 바이스 작업대, 그러니까 쇠와 나무로 만든 다양한 크기의 바이스가 갖추어진 길고 육중한 탁자였다. 고래가 뱃전에 매달려 있을 때가 아니면 이 작업대는 언제나 정유 화덕 뒤에 단단히 묶여 있었다.

밧줄받이가 너무 커서 홈에 잘 들어가지 않으면, 목수는 항상 대기하고 있는 바이스에 그것을 끼우고 줄로 갈아서 더 가늘게 만든다. 특이한 깃털을 가진 육지의 새가 길을 잃고 배에 내려앉았다가 잡히면, 목수는 참고래 뼈로 만든 막대와 향유고래의 송곳니로 만든 대들보를 이용하여 탑 모양의 새장을 만든다. 노잡이가 손목을 삐면 목수는 진통제를 조제한다. 스터브가 자기 보트의 모든 노에 주홍색 별을 그려 넣고 싶어 하면, 목수는 노를 커다란 나무 바이스에 고정시키고 좌우 대칭으로 균형 잡힌 별자리를 그려준다. 어떤 선원이 상어 뼈로 만든 귀고리를 달고 싶어 하면, 목수는 그의 귀에 구멍을 뚫어준다. 어떤 선원이 치통에 시달리면, 목수는 펜치를 꺼내 들고 작업대를 탁탁 치면서 거기에 앉으라고 한다. 하지만 그 가련한 사나이는 수술이 끝나기도 전에 겁을 집어먹고 몸을 움츠린다. 그러면 목수는 나무 바이스의 손잡이를 빙빙 돌리면서 이를 뽑고 싶으면 주둥이를 거기에 집어넣으라고 손짓을 보낸다.

이렇게 목수는 모든 일에 만반의 준비가 되어 있었고, 그 일이 대수롭지 않은 일이거나 자기와 관계없는 일이거나 가리지 않았다. 사람 이빨은 상아 조각 정도로 생각했고, 머리는 돛대의 도르래로밖에 생각지 않았으며, 인간 자체도 기껏해야 권양기 정도로 여겼다. 그가 광범위한 분야에 숙달하고 그처럼 활기차게 전문적인 기술을 발휘한 것은 무슨 비범한 지성의 증거로 보일 것이다. 하지만 꼭 그렇지는 않다. 그는 비개성적으로 둔감하고 무신경하다는 것 외에 두드러진 특징은 전혀 갖고 있지 않았기 때문이다. 내가 비개성적이라고 말한 것은 그의 둔감함이 그를 둘러싸고 있는 무한한 사물 속에 점점 녹아들어 나중에는 눈에 보이는 온 세상에서 식별할 수 있는 보편적인 둔감함과 하나가 되어버리기 때문이다. 세계는 무수한 형태로 쉴 새 없이 활동하고 있으면서도 영원히 그 평화를 유지하며, 설사 당신이 대성당의 토대를 파헤친다 해도 아무런 관심을 두지 않는다. 하지만 그의 둔감함은 무서울 정도다. 거기에는 백방으로 가지를 뻗은 냉혹함도 내포되어 있는 듯이 보였다. 그것은 기묘하게도 때로는 대홍수 이전의 낡고 원시적인 익살과 섞이기도 하고, 때로는 백발노인의 기지를 띠기도 했다. 그 익살은 해초가 수염처럼 달라붙은 노아의 방주 앞 갑판에서 한밤중에 당직을 설 때 시간을 보내는 데 도움이 되었을지도 모르는 그런 익살이었다. 이 늙은 목수는 평생을 방랑자로 살았고 너무나 이곳저곳을 돌아다녔기 때문에 이끼가 낄 겨를도 없었을 뿐만 아니라 원래 그에게 딸려 있었을지도 모르는 사소한 외적 속성마저 모두 떨어져 나간 것은 아닐까? 그는 적나라한 추상체였고, 분할할 수 없는 통합체이며, 방금 태어난 아기처럼 비타협적이고, 현세나 내세에 대해 어떤 선입관도 없이 사는 인간이었다. 이 사내의 기묘한 비타협성은 일종의 무지함을 내

모비 딕

포하고 있다고 말할 수도 있을 것이다. 그처럼 온갖 재주와 솜씨를 발휘할 때도 그는 이성이나 본능으로 일하는 것 같지도 않았고, 단순히 그것을 배웠기 때문에 하는 것 같지도 않았고, 그 모든 것이 골고루 또는 고르지 않게 혼합되어 그의 손을 움직이고 있는 것 같지도 않았고, 단지 벙어리와 귀머거리처럼 무의식적이고 기계적인 작용으로 해내는 것 같았기 때문이다. 그는 순전히 손재주만 가지고 일하는 사람이었고, 그가 뇌라는 것을 가지고 있었다 해도 그 뇌는 일찌감치 손가락 근육 속으로 녹아들어 간 게 분명하다. 그는 비록 생각은 없지만, 아주 유용한 만능도구인 셰필드[515] 나이프—겉모양은 보통 주머니칼보다 조금 크지만, 다양한 크기의 칼날만이 아니라 드라이버, 타래송곳, 족집게, 송곳, 펜, 자, 손톱줄, 구멍송곳까지 갖춘 도구— 같은 사내였다. 따라서 그의 상관이 이 목수를 드라이버로 사용하고 싶으면, 그의 그 부분을 펴기만 하면 되었다. 그러면 나사못은 단단히 죄어졌다. 족집게가 필요할 때는 그의 두 다리를 잡고 들어 올리면 멋진 족집게가 되었다.

그러나 앞에서도 암시했듯이 만능도구처럼 자유롭게 여닫을 수 있는 이 목수는 결코 단순한 자동인형은 아니었다. 그는 보통 사람과 같은 영혼을 지니고 있지는 않다 해도, 변칙적으로 자신의 의무를 해내는 미묘한 무언가를 갖고 있었다. 그것은 무엇이었을까? 수은의 정기였는지 녹용의 정기였는지는 알 수 없다. 하지만 무언가가 분명히 있었고, 그것은 벌써 60년이 넘도록 그의 영혼 속에서 살아왔다. 무어라 설명할 수 없는 이 교활한 생명 원리, 바로 그것이 목수로 하여금 계속 혼잣말을 중얼거리게 했던 것이다. 하지만 그것은 이성이 없는 수레바퀴가 윙윙거리며 혼잣말을 하는 것과 마찬가지였다. 아니, 그의 몸은 파수막이고, 그의 영혼은 그곳에서 보초를 서면서 잠을 자지 않고 깨어 있기 위해 줄곧 혼잣말을 중

515   영국 잉글랜드 중부의 도시. 철강산업이 발달했으며, 16세기부터 칼 제조업으로 유명했다. 57번
       역주 참조.

얼거렸다고 해도 좋을 것이다.

{   제108장   }

에이해브와 목수

갑판에서 초저녁 당직 때

[목수는 바이스 작업대 앞에 서서 등불을 두 개 켜놓고 부지런히 고래뼈를 줄로 쓸어 의족을 만들고 있다. 고래뼈는 바이스에 단단히 고정되어 있다. 납작한 고래뼈 조각, 가죽끈, 패드, 나사못, 그 밖에 온갖 다양한 연장이 작업대 주위에 흩어져 있다. 앞쪽에는 도가니의 빨간 불빛이 보이고, 그곳에서는 대장장이가 일하고 있다.]

"망할 놈의 줄! 망할 놈의 뼈! 부드러워야 할 놈은 단단하고, 단단해야 할 놈은 너무 물러. 턱뼈와 종아리뼈를 갈고 있는 우리 신세야 늘 그렇지 뭐. 다른 걸로 해볼까. 음, 이놈은 좀 낫군. (재채기를 한다) 어이쿠, 이놈의 뼛가루가 (재채기) 에이 참 (재채기) 이런 제기랄 (재채기) 혼잣말도 못 하게 하는군! 죽은 나무를 자르면 얻는 게 이거야. 생나무를 톱질하면 이렇게 먼지가 나지는 않는데 말이야. 생뼈를 잘라도 이렇게 가루가 날리지는 않을 거야. (재채기) 이봐, 거기 있는 스머트(검댕이) 영감. 나 좀 도와주게. 그 쇠테와 조임나사를 가져다줘. 이제 곧 필요하게 될 거야. 무릎마디는 만들지 않아도 되니까 다행이야. (재채기) 그걸 만들려면 골치깨나 아플 텐데 말이야. 하지만 정강이뼈는 막대기를 만드는 것만큼 쉽지. 그래도 마무리는 잘해야지. 그런데 시간이 문제야, 시간. 시간만 있으면 화려한 응접실에서 귀부인한테 비벼댈 만한 (재채기) 멋진 다리를 만들 수 있을 텐데 말이야. 상점 진열장에서 사슴가죽과 송아지가죽으로 만든 다리를 보았지만, 그런 건 비교도 안 될 거야. 그런 다리는 물기를 빨아들이거든. 그러면 당연히 류머티즘에 걸려서 (재채기) 산 다리처럼 세척하고 물약을 발라야 해. 그런데 이놈을 톱으로 자르기 전에 모굴 영감을 불러다가 길이가 맞는지 재봐야겠군. 아무래도 좀 짧은 것 같아. 하! 저건 발소리잖아. 운이 좋군. 영감이 온 게 분명해. 아니면 다른 사람일까. 어쨌든 발소리인 건 확실해."

[에이해브 등장]
[이어지는 장면에서 목수는 이따금 재채기를 한다.]

"이보게, 목수!"
"마침 잘 오셨습니다요, 선장님. 괜찮으시다면 지금 길이를 정하고 싶은뎁쇼. 길이를 재게 해주십시오."
"다리 치수 말인가? 좋아. 처음 겪는 일도 아니고. 음, 그 근처야! 거기! 거기를 손가락으로 누르고 있게. 이봐 목수, 이건 좋은 바이스야. 그 죄는 힘을 한번 느껴보고 싶군. 그래, 그래. 빡빡해서 좀 아픈데."
"선장님, 그러다가 뼈가 부러집니다. 조심하세요, 조심."
"걱정 말게. 나는 꽉 조이는 게 좋아. 이 믿을 수 없는 세상에서 나를 꽉 잡아줄 수 있는 무언가를 느끼고 싶어. 저기 있는 프로메테우스는 뭘 하고 있지? 대장장이 말이야. 뭘 하고 있나?"
"지금은 조임나사를 만들고 있을 겁니다, 선장님."
"좋아. 그게 협동 작업이지. 대장장이는 근육 부분을 맡고 있군. 빨간 불길이 활활 타오르고 있어."
"예, 선장님. 이렇게 정교한 작업에는 높은 열이 필요하거든요."
"음, 그렇겠지. 옛날 그리스의 프로메테우스라는 대장장이는 인간을 만들었다는데, 불로 인간에게 생명을 불어넣었다는 거야. 지금 생각하면 아주 의미심장한 것 같아. 그러니까 불 속에서 만들어진 것은 당연히 불로 돌아가야 하니까, 따라서 지옥도 있음직하지. 그을음이 많이 날리는군! 이건 프로메테우스가 아프리카 깜둥이를 만들고 남은 찌꺼기일 거야. 이봐 목수, 대장장이가 그 나사를 다 만들거든 강철로 어깨받침을 한 쌍 만들라고 말해주게. 이 배에는 어깨뼈가 부스러질 만큼 무거운 짐을 진 행상이 한 사람 타고 있으니까 말이야."

"예?"

"잠깐 기다리게. 프로메테우스가 일하고 있는 동안 나는 바람직한 형태의 완전한 인간을 하나 만들라고 주문할 테니. 첫째, 키는 정확히 15미터, 가슴은 템스강의 터널을 모방할 것. 한 곳에 머물 수 있도록 다리에는 뿌리를 달고, 팔은 손목 지름을 1미터로 하고, 심장은 필요 없어. 이마는 놋쇠로 만들고, 뇌 면적은 1천 평방미터 정도로 하고…… 어디 보자, 밖을 내다볼 눈을 만들어달라고 주문할까? 아니, 햇빛이 안쪽을 환히 비추도록 정수리에 천창을 내. 자, 주문을 받았으면 가보게."

[독백으로] "대체 무슨 소리를 하고 있는 거야? 누구한테 말하고 있는 거지? 하나도 모르겠어. 여기 계속 서 있어야 하나?"

"천장 없는 돔을 만드는 건 서툰 건축가뿐이야. 여기 그런 게 하나 있군. 아니, 아니, 아니야. 나는 등불이 필요해."

"헤헤, 그거군요. 등불이라면 여기 두 개 있습니다요. 저는 하나만 있으면 됩니다."

"도둑놈을 잡는 그 등불을 왜 내 얼굴에 들이미나? 등불을 들이미는 건 권총을 들이대는 것보다 더 나빠."

"저는 선장님이 목수한테 말씀하시는 줄 알았습죠."

"목수? 아니, 그건 아니야. 목수, 자네는 여기서 아주 깨끗하고 점잖은 일을 하고 있다고 말할 수 있어. 아니면 자네는 혹시 찰흙으로 일하고 싶나?"

"예? 찰흙이라고요? 찰흙이라뇨? 선장님, 그건 진흙입니다요. 그런 건 도랑을 파는 사람이나 만지는 겁지요."

"불경스러운 놈 같으니라고! 무엇 때문에 줄창 재채기를 해대나?"

"뼛가루가 많이 날려서요, 선장님!"

"그럼 거기에서 깨달음을 얻게나. 자네가 죽으면 자네 뼈를 절대로 살아 있는 자들의 코 밑에 묻지 말게."

"뭐라굽쇼? 아아, 알겠습니다요. 오, 예, 예!"

"이봐 목수, 자네는 자신을 진짜 훌륭한 일꾼이라고 생각하겠지? 그렇다면 자네가 만들고 있는 그 다리를 달고도 내가 바로 그 자리에 또 다른 다리, 내가 잃어버린 옛 다리, 피와 살로 되어 있었던 다리를 느낀다면 과연 자네 솜씨가 훌륭하다고 말할 수 있을까? 자네는 그 옛날의 다리뼈를 내쫓을 수 없단 말인가?"

"그렇군요, 선장님. 이제 좀 알 것 같습니다요. 거기에 대해서는 묘한 이야기를 들은 적이 있습지요. 사람은 팔다리를 잃어도 그 팔다리의 감각을 완전히 잃어버리지는 않는다고 하던데요. 이따금 그 자리가 쿡쿡 쑤시기도 한다는데, 선장님, 그게 정말인가요?"

"그렇다네. 자네의 살아 있는 다리를 여기, 전에 내 다리가 있던 이 자리에 갖다 놓아보게. 그러면 눈에는 다리가 하나밖에 보이지 않지만 마음에는 두 개로 느껴지지. 자네가 약동하는 생명을 느끼는 바로 그곳에서 나도 그걸 느낀단 말일세. 그래도 모르겠나?"

"솔직히 말씀드리면 저한텐 어려운 문젠데요."

"그럼 잠자코 있게. 지금 자네가 서 있는 바로 그곳에 눈에 보이지도 않고 뭔지 알 수도 없지만 살아서 생각할 수 있는 완전한 것이 서 있을지도 모르지 않는가? 자네가 거기에 서 있는데도 불구하고 말일세. 그리고 자네는 혼자 있을 때 누군가가 엿듣고 있다는 생각이 들 때가 있지 않나? 잠깐만! 지금은 말하지 말게. 내가 오래전에 잃은 다리의 아픔을 아직도 느끼고 있다면, 육신이 사라져도 불타는 지옥의 고통을 영원히 느낄지도 모르지. 어떤가?"

"맙소사! 선장님, 사실 그 문제는 다시 생각해봐야겠는데요. 그렇게 작은 숫자는 계산해보지 않았거든요."

"이봐, 멍청이는 절대로 전제를 인정하면 안 돼. 다리는 언제쯤 완성되겠나?"

"아마 한 시간이면 될 겁니다요."

"그럼 빨리 만들어서 나한테 가져오게. [가려고 돌아서서 독백] 오오, 인생이여! 그리스 신처럼 당당한 내가 뼈다귀 위에 올라서려고 이 얼간이한테 계속 신세를 져야 하다니! 인간이 서로 은혜를 입고 입히는 대차관계는 영원히 장부가 사라지지 않아서 저주스러워. 나는 공기처럼 자유롭고 싶은데, 온 세상의 장부에 내 이름이 적혀 있으니 말이야. 나는 어마어마한 부자라서, 로마제국, 그러니까 전 세계의 경매에서 가장 부유한 집정관과도 경쟁할 수 있었을 거야. 이렇게 허풍을 떨면 그 혀를 움직인 살에 대해 빚을 지는 거야. 맙소사! 도가니를 구해서 그 안에 들어가 녹아버리고 싶다. 그래서 작고 간결한 하나의 등뼈가 되고 싶다. 정말 그러고 싶다."

[목수, 다시 일을 시작한다.]

"흥, 흥, 흥! 선장에 대해서는 스터브가 누구보다 잘 알고 있지. 스터브는 선장이 괴짜라고 늘 말하더군. 다른 말은 일절 안 하지만 괴짜라는 그 한마디로 충분해. 스터브는 말하지. 선장은 괴짜야, 괴짜야, 괴짜야! 스타벅 씨의 귀에 못이 박이도록 그렇게 말하지. 선장은 괴짜야, 괴짜. 지독한 괴짜야. 그런데 여기 선장의 다리가 있어! 이제 생각해보니 이건 선장과 잠자리를 같이하는 마누라야. 막대기 같은 고래 턱뼈를 마누라로 삼다니!

이건 선장의 다리야. 선장은 이 위에 올라서겠지. 그런데 그게 뭐였더라? 한 다리가 세 장소에 서고, 그 세 장소가 모두 하나의 지옥에 선다는 건 대체 무슨 뜻일까? 선장이 나를 그렇게 경멸하는 눈으로 바라본 것도 당연해! 나도 가끔 이상한 생각을 한다고 사람들이 말하지만, 그건 우연 같은 거야. 나처럼 작달막한 늙은이는 왜가리처럼 다리가 길고 키 큰 선장들과 함께 깊은 물속으로 들어가려 하면 안 돼. 물이 금세 턱밑까지 차서 구명보트를 내리라고 소리 지를 게 뻔하니까 말이야. 여기 왜가리 다리가 있군. 길고 날씬하고 단단해! 그런데 대다수 사람들은 다리 한 쌍으로 평생 지내지. 그건 마음씨 고운 노파가 토실토실 살진 늙은 마차 말을 다루듯 자비롭게 다리를 사용하기 때문이야. 하지만 에이해브는 가혹한 마부거든. 이것 봐. 다리 하나는 죽음으로 몰아넣었고, 남은 다리는 평생 불구가 됐어. 이제 뼈다리는 통째로 닳아 없어지고 있어. 이봐, 스머트 영감! 거기 있는 나사 좀 건네줘. 양조장 사람들이 빈 맥주통을 다시 채우려고 통을 모으러 다니듯, 최후의 심판일에 대천사가 뿔나팔을 불면서 진짜 다리든 가짜 다리든 모든 다리를 모으러 오기 전에 일을 끝내자고. 이건 굉장한 다리야! 꼭 살아 있는 진짜 다리처럼 보여. 고갱이만 남도록 잘 깎였군. 내일은 선장이 이 다리를 딛고 서 있겠지. 이 다리에 의지해서 고도를 잴 거야. 아차! 하마터면 잊을 뻔했군. 상아를 매끄럽게 손질해서 선장이 위도를 표시할 타원형 석판을 만들어야 하는데. 그래, 그래, 끌과 줄과 사포가 준비됐으니, 이제 시작하자!”

{ 　제109장　 }

선장실의 에이해브와 스타벅

이튿날 아침, ‘피쿼드’호는 관례에 따라 배에 고인 물을 펌프로 퍼내고 있었다. 그런데 놀랍게도 상당량의 기름이 물과 함께 올라왔다. 배 밑창에 있는 기름통이 새고 있는 게 분명했다. 그래서 다들 걱정했고, 스타벅은 이 불상사를 보고하려고 선장실로 내려갔다.*

지금 '피쿼드'호는 남서쪽에서 타이완과 바탄 제도[516]에 다가가고 있었는데, 그 사이에는 중국해에서 태평양으로 통하는 열대의 출구가 놓여 있다. 그래서 스타벅이 선장실로 들어갔을 때 에이해브는 동양의 여러 섬들이 그려진 보통 해도와 일본 열도의 동쪽 해안을 나타낸 해도를 앞에 펼쳐놓고 있었다. 이 대단한 노인은 눈처럼 하얀 새 다리를 나사로 고정시킨 책상다리에 기대고 손에는 낫처럼 생긴 주머니칼을 쥐고, 현문舷門을 등진 채 이마에 주름을 잡으면서 예전에 갔던 항로를 더듬고 있었다.

"누구야?" 선장은 문간에서 나는 발소리를 듣고도 뒤를 돌아보지 않았다. "밖으로 나가! 어서 꺼져!"

"선장님, 접니다. 선창에서 기름이 새고 있습니다. 도르래를 감아올려서 기름통을 끌어내야 합니다."

"도르래를 감아서 기름통을 끌어낸다고? 지금 일본이 가까워지고 있는데, 그까짓 낡은 쇠테를 수리하려고 여기서 일주일이나 멈춰 선단 말이야?"

"그렇게라도 해야지요. 안 그러면 1년 동안 얻을 수 있는 것보다 더 많은 기름이 하루 만에 다 없어질 겁니다. 3천 킬로미터나 항해한 끝에 얻은 기름이니 구할 가치는 있겠지요."

"그럼, 그렇고말고. 그놈만 잡으면 당연히 그럴 가치가 있지."

"제가 말씀드린 건 선창의 기름입니다."

516 타이완과 필리핀 사이의 바시해협에 있는 섬 무리.

---

* 항유고래를 잡는 포경선이 상당한 양의 기름을 싣고 있을 때는 일주일에 두 번씩 선창에 호스를 넣어 바닷물로 기름통을 적시고, 나중에 다양한 간격을 두고 펌프로 물을 퍼낸다. 이렇게 하면 기름통은 늘 축축하고 단단히 조여져 있어서 기름이 새지 않을 뿐 아니라, 퍼 올린 물의 성질이 변했으면 선원들은 귀중한 기름이 새고 있다는 것을 금방 알 수 있다.

"나도 기름 이야기는 하지 않았고, 기름은 생각조차 하지 않았어. 어서 꺼져! 기름은 새든 말든 내버려둬. 나도 줄줄 새고 있어. 암, 새고말고! 내게는 새는 기름통이 가득 차 있을 뿐만 아니라, 새는 기름통을 싣고 있는 배도 새고 있어. 그건 '피쿼드'호보다 훨씬 심한 곤경에 빠져 있지! 하지만 새는 구멍을 막으려고 멈춰 서진 않아. 짐을 잔뜩 실은 배에서 새는 구멍을 어떻게 찾을 수 있겠나? 구멍을 찾았다 해도, 이렇게 으르렁대는 인생의 폭풍 속에서 어떻게 구멍을 막는단 말인가? 스타벅, 나는 도르래를 감지 않겠네."

"선주들이 뭐라고 하지 않을까요?"

"선주? 낸터컷 해변에 서서 태풍보다 더 큰 소리로 고함을 지르게 내버려두면 돼. 에이해브가 상관할 일이 아니야. 스타벅! 자네는 걸핏하면 그 욕심 많은 선주들을 들먹이더군. 그들이 마치 내 양심이라도 되는 것처럼 말이야. 하지만 무엇이건, 그 진정한 주인은 그걸 지휘하는 사람이야. 잘 들어. 내 양심은 이 배의 용골에 있어. 밖으로 나가!"

"선장님!" 항해사는 얼굴을 붉히면서 선장실 안으로 더 깊이 들어왔다. 그 대담한 동작은 묘하게도 공손하고 조심스러웠기 때문에, 항해사는 대담성이 조금도 겉으로 드러나지 않도록 애쓰고 있는 것처럼 보였을 뿐만 아니라 마음속으로는 자신의 대담성을 믿지 못하는 것 같았다. "나보다 훌륭한 사람이라면, 자기보다 젊고 행복한 사람에게 걸핏하면 골을 내는 선장님을 너그럽게 봐줄지도 모르겠습니다만."

"이 나쁜 놈! 네놈이 감히 나를 비난할 생각이란 말이냐? 어서 나가!"

"아닙니다, 선장님. 아직 나가지 않겠습니다. 저는 부탁하고 있는 겁니다. 그리고 감히 말씀드리지만, 저는 참고 있습니다. 지금까지보다 좀 더 서로를 이해하면 안 됩니까?"

에이해브는 선반(남양을 항해하는 배의 선장실에 대부분 갖추어져 있다)에서 총알이 장전된 머스킷총을 낚아채어 스타벅을 겨누면서 외쳤다.

"지상에 군림하는 신이 하나뿐이듯 '피쿼드'호에 군림하는 선장도 하나뿐이다! 밖으로 나가!"

순간 항해사의 눈에서는 불꽃이 튀고 뺨은 불같이 뜨거워져서, 누군가가 보았다면 그에게 겨누어진 총구에서 나온 불길을 그가 정말로 받은 줄 알았을 것이다. 하지만 그는 격한 감정을 억누르고 비교적 침착하게 돌아서서 선장실을 나가려다가 잠깐 걸음을 멈추고 말했다.

"선장님은 저를 모욕한 게 아니라 화나게 했습니다. 하지만 그 때문에 저를 경계할 필요는 없습니다. 선장님은 웃을지 모르지만, 에이해브는 에이해브를 경계해야 합니다. 영감님, 자신을 조심하세요."

"용감하게 불끈 화를 내지만, 그래도 내 말에 복종하는군. 그건 정말 조심스럽기 짝이 없는 용기였어!" 스타벅이 사라지자 에이해브는 혼자 중얼거렸다. "녀석이 뭐라고 했더라? 에이해브는 에이해브를 경계해야 한다고? 그 말에는 뭔가 중요한 의미가 담겨 있어!"

그는 무의식적으로 머스킷총을 지팡이 삼아, 굳은 표정으로 비좁은 선장실을 오락가락하기 시작했다. 하지만 잠시 후 이마의 깊은 주름살은 펴졌고, 그는 총을 다시 선반에 올려놓은 다음 갑판으로 올라갔다.

"스타벅, 자네는 정말 훌륭한 사나이야." 그는 항해사한테 낮은 소리로 말하고는 목청을 높여 선원들에게 외쳤다. "윗돛을 감아라. 앞뒤의 가운뎃돛은 줄여라. 주돛대 활대는 뒤로 밀어라. 도르래를 감아라. 선창에서 기름통을 꺼내라."

에이해브가 스타벅에게 왜 그렇게 행동했는지, 그 이유를 정확히 추측하려 해도 헛수고였을 것이다. 어쩌면 그의 마음속에서 정직함이 섬광처럼 번득였을지도 모르고, 그런 상황에서, 배에서 가장 중요한 선원이 비록 일시적이라 할지라도 공공연히 불만을 품은 징후가 조금이라도 드러나는 것을 긴급히 막기 위한 신중한 방책이었을지도 모른다. 어쨌거나 그의 명령은 집행되어, 도르래 장치가 올라가기 시작했다.

제110장

관 속의 퀴퀘그

조사해보니 마지막에 선창에 있는 통들은 아무렇지도 않았기 때문에 기름이 새는 통은 더 아래쪽에 있는 게 분명했다. 그래서 마침 파도도 잔잔했으므로 그들은 점점 더 깊이 들어가 맨 밑에 있는 통들의 잠을 흔들어 깨우고, 그 거대한 두더지들을 한밤중 같은 암흑에서 대낮의 밝은 광명 속으로 끌어 올렸다. 그 통들은 정말로 깊이 있었다. 맨 밑에 있는 커다란 나무통들은 너무 오래되고 부식된 데다 이끼까지 덮여 있어서, 바로 옆에 그 옛날 노아 선장의 동전이 들어 있는 곰팡내 나는 통이 있고, 거기에는 분별을 잃은 낡은 세계에 대홍수를 경고하는 전단이 붙어 있는 게 아닐까 하고 옆을 돌아볼 정도였다. 물과 빵, 쇠고기, 통을 만드는 데 필요한 널빤지와 쇠테 다발이 든 통이 하나씩 끌어 올려져, 나중에는 산더미처럼 쌓인 통들 때문에 갑판을 돌아다니기도 어려워졌다. 그리고 텅 빈 선체는 발밑에서 메아리를 쳤기 때문에 텅 빈 지하묘지 위를 걷는 것 같았고, 공기로 가득 찬 유리병처럼 파도에 이리저리 흔들렸다. 배는 저녁도 먹지 않고 아리스토텔레스 생각으로 머리가 가득 찬 학생처럼 위쪽만 무거워졌다. 그때 태풍이 찾아오지 않은 게 천만다행이었다.

바로 그때, 내 소중한 친구이며 가엾은 이교도인 퀴퀘그가 열병에 걸려 끝없는 종말로 다가가고 있었다.

말할 것도 없이 고래잡이라는 직업에는 한가한 직책이란 존재하지 않는다. 위엄과 위험은 손을 맞잡고 간다. 선장이 되기까지는, 지위가 올라갈수록 더 고생스럽게 힘써 일한다. 가엾은 퀴퀘그도 마찬가지였다. 그는 작살잡이로서 살아 있는 고래의 모든 분노와 맞서야 할 뿐만 아니라—다른 데서 이미 보았듯이—일렁이는 물결 속에서 죽은 고래 등에 올라타야 하고, 나중에는 컴컴한 선창으로 내려가 그 지하 감옥에서 온종일 땀을 뻘뻘 흘리며, 말을 듣지 않는 통들을 단호하게 다루면서 선창에 싣는 일을 도맡아 처리해야 했다. 요컨대 포경꾼들 사이에서 작살잡이는 이른바 선창의 사나이라고 불린다.

가엾은 퀴퀘그! 배의 내장을 반쯤 꺼냈을 때, 해치 위로 허리를 숙이고 그 밑에 있는 퀴퀘그를 내려다보라. 그곳에서 문신투성이 야만인이 털실로 짠 잠방이만 입은 채 습기와 끈적끈적한 점액 사이를 기어 다니고 있는 꼴은 얼룩도마뱀이 우물 바닥을 기어 다니는 것 같았다. 그곳은 그 가엾은 이교도에게는 우물이나 얼음창고 같았다. 이상한 말이지만 그는 그곳에서 땀을 뻘뻘 흘리며 열을 냈는데도 심한 오한이 들었고, 오한은 결국 열병으로 악화하고 말았다. 그리고 며칠 뒤에는 그물침대에 누워 죽음의 문턱까지 바싹 다가갔다. 생사의 갈림길을 헤맨 그 며칠 동안 그는 점점 야위고 쇠약해져서 나중에는 뼈와 문신밖에는 아무것도 남지 않은 것처럼 앙상해 보였다. 그런데 다른 부위는 모두 여위고 광대뼈는 더욱 날카로워졌지만, 두 눈은 점점 커지고 게다가 묘하게 부드러운 광채를 띠게 되었다. 열병에 시달리면서도 이쪽을 온화하고 그윽하게 바라보는 두 눈은 그가 절대 죽을 수도 없고 약해질 수도 없는 불멸의 건강을 가지고 있다는 불가사의한 증거였다. 수면에 생긴 파문이 점점 희미해지면서 멀리 퍼져나가듯, 그의 눈도 영겁의 고리들처럼 점점 둥그레지는 것 같았다. 이렇게 쇠약해지는 야만인 옆에 앉아서 조로아스터[517]의 죽음을 지켜본 사람들이 본 것과 같은 기묘한 그림자를 퀴퀘그의 얼굴에서 보았을 때는 뭐라고 말할 수 없는 경외심에 사로잡히곤 했다. 인간에게 내재해 있는 참으로 경이롭고 두려운 것은 아직 말이나 글로 표현되지 않았기 때문이다. 죽음이 다가오는 것은 모든 사람을 평등하게 하고, 모든 사람에게 마지막 계시를 준다. 그 계시에 대해 제대로 말할 수 있는 사람은 죽었다

---

517 조로아스터(기원전 628?~551?): 고대 페르시아의 종교가. 조로아스터교를 창시했다. 226번 역주 참조.

가 살아 돌아온 작가뿐이다. 그래서—되풀이해서 말하거니와—가엾은 퀴퀘그가 흔들리는 그물침대에 조용히 누워 있고, 일렁이는 파도가 그를 마지막 안식처로 데려가는 듯하고, 눈에 보이지 않는 대양의 물결이 그를 천국으로 점점 더 높이 들어 올리고 있을 때, 그의 얼굴에는 고귀하고 성스러운 사상의 신비로운 그림자가 서서히 번지는 것이 보였다. 그것보다 더 고귀하고 성스러운 사상은 어떤 빈사의 칼데아인[518]이나 그리스인도 가져보지 못했을 것이다.

선원들 가운데 그를 포기하지 않은 사람은 하나도 없었다. 그리고 퀴퀘그 자신이 제 병을 어떻게 생각하고 있었는지는 그의 기묘한 부탁에 뚜렷이 드러나 있었다. 동이 틀 무렵, 그는 새벽 당직을 불러 손을 꼭 잡고는 이렇게 말했다—그가 낸터컷에 있을 때 고향 섬에서 많이 자라는 흑단 비슷한 검은 나무로 만든 작은 통나무배를 본 적이 있었다. 그래서 물어보니까, 낸터컷에서 죽은 포경꾼은 모두 그런 검은 통나무배에 안치된다는 것인데, 죽어서 그런 통나무배에 눕혀질 걸 생각하니 무척 기뻤다. 그 이유는 자기네 종족의 관습과 비슷했기 때문인데, 그들은 전사가 죽으면 향료로 방부 처리를 한 다음 통나무배에 눕혀서 별처럼 많은 섬이 떠 있는 바다로 떠내려 보낸다는 것이다. 그들은 별이 섬이라고 믿을 뿐만 아니라, 눈에 보이는 수평선 저 너머에서 육지라곤 없는 잔잔한 바다가 푸른 하늘과 합류하여 은하수의 하얀 물결을 이룬다고 믿고 있었다. 그는 덧붙이기를, 바다의 관습에 따라 그물침대에 싸여 쓰레기처럼 바다에 던져져 상어의 먹이가 되는 것은 상상만 해도 몸서리난다고 말했다. 자기는 반드시 낸터컷에서 본 것과 같은 통나무배를 원하며, 관으로 쓰일 통나무배는 포경 보트처럼 용골이 없어서 조종이 불안정하고 아득한 세월을 바람에 휩쓸릴 수밖에 없겠지만, 포경꾼인 자기한테는 그게 훨씬 잘 어울린다는 것이었다.

518 티그리스강 유역에 거주한 고대 셈족의 일파로 점성술에 능했다고 한다.

이 기묘한 이야기가 갑판에 알려지자마자 목수는 무엇이든 퀴퀘그가 원하는 대로 만들어주라는 명령을 받았다. 배에는 이교도의 관과 비슷한 색을 띤 낡은 목재가 있었다. 지난번 항해 때 락샤디프 제도[519]의 원시림에서 벌목한 것인데, 이 거무스름한 널판으로 관을 만드는 게 좋겠다는 의견들이었다. 목수는 명령이 떨어지기가 무섭게 그 특유의 태평한 민첩성을 발휘하여 즉시 자를 들고 앞갑판 아래 선원실로 들어가서 퀴퀘그의 치수를 쟀다. 자를 움직일 때마다 퀴퀘그의 몸에 분필로 표시를 하면서 정확하게 쟀다.

"불쌍한 녀석! 이젠 죽지 않을 수도 없겠군!" 롱아일랜드 출신 선원이 외쳤다.

목수는 작업대로 가더니, 일하기에 편리하고 개괄적으로 참고하기 위해 관의 정확한 길이를 작업대 위에 표시한 다음 양쪽 끝에 금을 새겨 표시가 지워지지 않게 했다. 그 일이 끝나자 널판과 연장을 늘어놓고 작업을 시작했다.

마지막 못을 박고 뚜껑을 대패질하여 끼우자, 그는 관을 번쩍 들어 어깨에 메고 앞갑판으로 가서 관을 쓸 준비가 됐느냐고 물었다.

갑판에 있던 사람들은 화를 내면서도 익살스럽게 소리를 지르며 관을 내몰기 시작했다. 그 소리를 듣고 퀴퀘그는 당장 관을 가져오라고 말했다. 선원들은 모두 기겁을 했지만 그의 말을 거역할 수도 없었다. 그것을 보면, 모든 인간 중에서 죽어가는 사람이 가장 폭군적이다. 하지만 그들은 이제 곧 영원히 우리를 괴롭히지 못하게 될 테니까, 그 가련한 자들에게 비위를 맞춰주는 게 마땅한 것이다.

퀴퀘그는 그물침대에서 몸을 내밀고 오랫동안 주의 깊게 관을 살펴보았다. 그러고는 작살을 가져오게 하여, 나무 자루는 빼내고 칼날만 보트에서 쓰던 노 한 개와 함께 관 속에 넣게 했다. 또한 그의 요구에 따라 건

---

[519] 인도 남서부 해안에 있는 섬 무리.

빵을 관 안쪽 사방에 늘어놓았고, 머리맡에는 신선한 물이 담긴 물병을 놓았다. 선창에서 긁어모은 나무 부스러기가 섞인 흙을 작은 자루에 넣어 발치에 놓았고, 범포 한 조각을 돌돌 말아 베개를 만들었다. 그 일이 끝나자 퀘퀘그는 마지막 잠자리가 편안한지 시험해볼 수 있도록 자기를 관 속에 눕혀달라고 부탁했다. 그는 몇 분 동안 꼼짝도 않고 관 속에 누워 있더니, 그의 보따리 속에서 꼬마 신 요조를 가져다 달라고 말했다. 그는 가슴팍 위에 팔짱을 끼고 그 사이에 요조를 넣은 다음, 관 뚜껑을 덮어달라고 말했다. 뚜껑의 머리 부분은 가죽 경첩으로 여닫을 수 있도록 되어 있었다. 이윽고 그 부분이 열리더니, 관 속에 태연한 표정으로 누워 있는 퀘퀘그가 보였다. "라르마이(좋아, 됐어)." 그는 마침내 중얼거리고 그물침대로 옮겨달라는 눈짓을 했다.

하지만 그가 그물침대로 돌아가기 전에 아까부터 남들 눈에 띄지 않게 그 주위를 맴돌고 있던 핍이 누워 있는 퀘퀘그에게 다가와서 그의 손을 잡고는 조용히 흐느껴 울었다. 다른 손에는 여전히 탬버린을 들고 있었다.

"불쌍한 방랑자여! 이 피곤한 방랑을 계속할 건가요? 이번에는 어디로 가시나요? 하지만 조류가 당신을 저 아름다운, 해변에 수련이 떠 있다는 앤틸리스 제도[520]로 데려간다면, 내 부탁 하나만 들어주실래요? 오래전에 사라진 핍이란 애를 찾아주세요. 나는 그 애가 그 머나먼 앤틸리스 제도에 있을 거라고 생각해요. 그 애를 찾거든 위로해주세요. 그 애는 무척 슬퍼하고 있을 테니까요. 이걸, 이 탬버린을 놓고 갔거든요. 내가 찾았지요. 리가 딕, 딕, 딕! 자, 퀘퀘그, 이젠 죽으세요! 그러면 내가 장송곡을 쳐줄게요."

"들은 적이 있는데……" 스타벅이 현창을 내려다보면서 중얼거렸다. "사람이 심한 열병에 걸리면 배운 적도 없는 옛날 말을 한다는 거야. 그 수수께끼를 조사해보았더니, 지금은 까맣게 잊어버린 유년 시절에 어느

---

[520] 서인도제도에서 바하마 제도를 제외한 섬들로 이루어진 섬 무리.

고상한 학자가 그 옛날 말로 이야기하는 것을 실제로 들은 적이 있었다는 거야. 그래서 나는 저 핍이라는 불쌍한 녀석이 정신 나간 데서 오는 친절한 마음으로 천국에 우리 모두의 집이 있다는 신성한 증거를 보이고 있는 거라고 믿어. 핍은 그걸 천국이 아니면 어디에서 알았겠어? 들어봐! 핍이 또 말하고 있어. 하지만 이번은 아까보다 더 격렬하게 말하는군."

"이열 종대로 서라! 퀴퀘그를 장군으로 받들자. 호오! 퀴퀘그의 작살은 어디 있나? 이쪽에 놓아라. 리가 딕, 딕, 딕! 만세! 퀴퀘그의 머리 위에 싸움닭을 앉혀서 울게 하라! 퀴퀘그는 끝까지 싸우다 장렬하게 죽는 거다! 투사로서 죽는 거야. 투사 말이다! 하지만 비겁한 핍 놈은 겁쟁이로 죽었다! 부들부들 떨면서 죽었단 말이다! 우라질 놈의 핍! 다들 들어라! 만일 핍을 찾거든, 앤틸리스 사람들에게 그놈은 도망자라고 소리쳐라! 겁쟁이, 겁쟁이, 겁쟁이라고! 그놈은 포경 보트에서 바다로 뛰어든 놈이라고, 앤틸리스 사람들에게 그렇게 말하라! 그 비겁한 놈을 위해서는 절대로 탬버린을 치지 않겠다. 그놈이 여기서 다시 한번 죽는다 해도, 나는 놈을 장군이라고 부르지 않겠다. 절대로! 모든 겁쟁이한테 창피를 주어라. 창피를 주어라! 겁쟁이들은 모두 포경 보트에서 뛰어내린 핍처럼 물에 빠져 죽게 내버려둬라. 창피를 주어라. 창피를!"

그동안 줄곧 퀴퀘그는 꿈을 꾸는 것처럼 두 눈을 감고 있었다. 핍이 끌려나가고 환자는 다시 그물침대로 옮겨졌다.

하지만 이제 죽음에 대한 준비가 모두 끝나고 관도 자기한테 꼭 맞는다는 것이 확인되자, 퀴퀘그는 갑자기 원기를 회복했다. 목수가 만든 관은 필요 없을 것 같았다. 그래서 몇 사람이 즐거운 놀라움을 나타내자 그는 자기가 갑자기 회복한 이유를 대체로 이렇게 설명했다. 위급한 순간, 육지에 있을 때 하지 않고 미루어둔 사소한 의무가 갑자기 생각났고, 그래서 죽음에 대한 생각을 바꾸었다는 것이다. 아직은 죽을 수가 없다고 그는 주장했다. 그러자 사람들은 살고 죽는 게 너의 의지와 욕구에 달린 문제냐고 물었다. 그는 그렇다고 대답했다. 간단히 말해서 인간이 살기로 결심하면, 고래나 폭풍이나 그 밖에 인력으로는 어찌할 수 없는 무지막지한 파괴자의 손에 의해서만 죽을 뿐, 단순한 질병 때문에 죽지는 않는다는 것이다.

야만인과 문명인 사이에는 이런 주목할 만한 차이점이 있다. 문명인이 병에 걸려 회복될 때까지 반년이 걸린다면, 대체로 말해서 야만인은 하루만에 반쯤은 회복된다. 퀴퀘그는 오래지 않아 기력을 되찾았고, 며칠 동안 아무 일도 하지 않고 권양기 위에 걸터앉아 있더니(하지만 식욕은 왕성해서 아주 잘 먹었다) 어느 날 갑자기 벌떡 일어나 팔과 다리를 쭉 뻗어 기지개를 켜고 가볍게 하품을 한 다음, 뱃전에 높이 매달려 있는 보트의 뱃머리로 뛰어들어 작살을 겨누며 나는 언제라도 싸울 수 있다고 선언했다.

퀴퀘그는 야만인다운 별난 생각으로 그 관을 궤짝으로 사용하기로 하고, 자루에 넣어두었던 옷을 몽땅 거기에 쏟아 넣고 말끔히 정리했다. 그는 한가로운 시간을 이용하여 관 뚜껑에다 온갖 형태의 기묘한 문양과 그림을 새겼다. 몸에 새겨진 뒤틀린 문신을 조잡하게나마 그대로 베끼려고 애쓰는 것 같았다. 이 문신은 그가 태어난 섬의 예언자 겸 점쟁이의 작품이었는데, 지금은 세상을 떠난 그 예언자는 하늘과 땅의 완전한 이치를 그의 몸에 상형문자로 기록하고 진리에 도달하는 방법에 대한 신비주의적 논문을 쓴 것이다. 그래서 퀴퀘그는 그 몸 자체가 풀 수 없는 수수께끼였고, 한 권으로 된 놀라운 책이기도 했다. 그의 심장은 그 밑에서 활기차게 고동치고 있기는 했지만, 가슴에 새겨진 신비는 그 자신도 해독하지 못했다. 따라서 그 신비는 결국 그것이 새겨진 살아 있는 양피지와 함께 썩어서 사라질 운명이었고, 따라서 마지막까지 풀리지 않을 터였다. 어느 날 아침 에이해브가 불쌍한 퀴퀘그를 살펴본 뒤 돌아서서 "정말 사람을 애태우는 신들의 악마 같은 수법이군!" 하고 격렬하게 외친 것은 이런 생각 때문이었던 게 분명하다.

태평양

우리가 바탄 제도 옆을 미끄러지듯 빠져나가 드디어 드넓은 남양으로 나왔을 때, 다른 일에 마음을 빼앗기지 않았다면 나는 이 동경하던 태평양에 무한히 감사하는 마음으로 인사를 보낼 수 있었을 것이다. 내 청춘의 오랜 소망이 드디어 이루어졌기 때문이다. 그 잔잔한 바다는 동쪽으로 수천 킬로미터나 푸르게 일렁이고 있었다.

이 바다에 어떤 감미로운 신비가 숨어 있는지는 모르지만, 온화하면서도 무서운 파도 소리는 물속에 숨어 있는 어떤 영혼에 대해 말하고 있는 것 같다. 복음 전도자 성 요한이 묻힌 에페소스[521] 무덤의 뗏장이 파도처럼 굽이쳤다는 전설이 그 예다. 그리고 이 바다 목장, 드넓게 펼쳐진 바다의 대초원, 네 대륙의 공동묘지 위에서 파도가 쉴 새 없이 넘실거리고 밀물과 썰물이 끊임없이 되풀이되는 것은 참으로 근사한 일이다. 이곳에는 수백만의 그늘과 그림자가 뒤섞여 있고, 꿈과 몽유병과 몽상이 가라앉아 있으며, 우리가 생명과 영혼이라고 부르는 모든 것이 누워서 여전히 꿈을 꾸고, 침대에서 자고 있는 사람들처럼 몸을 뒤척인다. 파도가 계속 일렁이는 것은 그것들이 밑에서 끊임없이 움직이기 때문이다.

방랑과 명상을 사랑하는 동방박사[522]들이 이 고요한 태평양을 한 번 보고 나면 평생토록 자신의 바다로 삼을 게 분명하다. 태평양은 세계 한가운데에서 굽이치고, 인도양과 대서양은 태평양의 양팔에 지나지 않는다. 가장 역사가 짧은 종족이 어제 세운 캘리포니아 도시들의 방파제에 밀려 갔던 그 물결이 아브라함보다 더 역사가 깊고 지금은 쇠퇴했지만 여전히

---

[521] 소아시아 서해안에 있던 이오니아의 고대 도시.

[522] 베들레헴에서 예수가 탄생했을 때, 별을 보고 동쪽에서 찾아와 아기 예수에게 경배하고 황금·유약·몰약의 세 가지 예물을 바쳤다고 하는 세 명의 점술가.

호화로운 아시아의 바닷가를 씻어 내리고, 그 중간에는 은하수 같은 산호초와 끝없이 누워 있는 이름 모를 섬들과 금단의 일본 열도[523]가 떠 있다. 이리하여 이 신비롭고 신성한 태평양은 세계의 동체를 띠 모양으로 휘감고, 모든 해안을 자신의 후미로 만들고, 그 물결 소리는 지구의 심장이 뛰는 고동 소리처럼 들린다. 그 영원한 파도에 흔들리는 자는 유혹하는 신에게 순종하여 판[524] 앞에 고개를 숙일 수밖에 없다.

하지만 에이해브의 머리에는 판에 대한 생각 따위는 떠오르지도 않았다. 그는 자기한테 익숙한 곳인 뒷돛대 옆에 무쇠 조각처럼 우뚝 서서, 한쪽 콧구멍으로는 무의식중에 바탄 제도에서 풍겨오는 달콤한 사향 냄새를 들이마시고(그 향기로운 숲을 사랑하는 연인들이 걷고 있는 게 분명하다) 다른 콧구멍으로는 새로 발견한 바다—지금 이 순간에도 그 가증스러운 흰 고래가 헤엄치고 있을 바다의 짭짤한 공기를 의식적으로 들이마시고 있었다. 드디어 마지막인 이 해역으로 들어서서 일본 근해 어장을 향해 미끄러지듯 달리는 동안 노인의 결심은 더욱 확고해졌다. 그의 입술은 바이스처럼 꽉 다물어지고, 이마의 핏줄이 이루는 삼각주는 물이 불어난 개울처럼 부풀어 오르고 있었다. 깊은 잠 속에서도 그의 외침소리는 동굴 같은 선창에 울려 퍼졌다.

"후진! 흰 고래가 피거품을 토하고 있다!"

---

523 일본이 문호를 개방한 것은 1854년이었다. 145번 역주 참조.

524 그리스 신화에 나오는 목신牧神. 숲·사냥·목축을 맡아보는 신으로, 반은 사람이고 반은 동물의 모양을 하고 있다.

{　　제112장　　}

대장장이

그을음으로 더러워지고 불에 데어 물집이 생긴 늙은 대장장이 퍼스는 이 시기에 이 위도를 지배하는 온화하고 선선한 초여름 날씨를 이용하고 이제 곧 시작될 것으로 예상되는 활발한 고래 추적 작업에 대비하기 위해, 에이해브의 다리를 만드는 일이 끝난 뒤에도 이동식 도가니를 선창으로 치우지 않고 갑판 앞돛대 옆의 고리 달린 볼트에 단단히 매어두었는데, 지금은 거의 쉴 새도 없이 보트장과 작살잡이와 노잡이들이 다양한 무기와 연장을 바꾸거나 수선하거나 새로 만들어달라는 자질구레한 부탁을 하기 위해 찾아왔다. 일을 부탁하러 온 사람들은 저마다 고래삽이나 창, 작살이나 창날을 든 채 그를 둘러싸고 서서 일이 끝나기를 기다리며, 그을음투성이로 열심히 일하고 있는 그의 일거일동을 부러운 눈으로 바라볼 때가 많았다. 그런데도 이 늙은이는 끈기 있는 팔로 부지런히 망치만 휘둘렀다. 중얼거리지도 않고 초조해하지도 않고 신경질을 부리지도 않았다. 말없이 천천히 진지하게 일에만 열중했다. 고질적으로 굽은 허리를 더욱 앞으로 구부리고, 힘든 일이 삶 자체라도 되는 것처럼, 그리고 힘찬 망치질이 심장의 힘찬 고동이라도 되는 것처럼 열심히 일만 했다. 그리고 사실이 그러했다—비참한 인생이여!

이 늙은이의 특이한 걸음걸이, 걸을 때 약간이지만 고통스럽게 다리가 한쪽으로 흔들리는 모습은 항해가 시작되었을 때 선원들의 호기심을 자극했다. 그들이 꼬치꼬치 캐묻자 그는 결국 항복하고 말았다. 그래서 그의 불행한 재난에 얽힌 수치스러운 이야기를 모든 선원이 알게 되었다.

몹시 추웠던 어느 겨울날 한밤중이었다. 대장장이는 밤늦게 별로 떳떳하지 못한 이유로 시골의 두 마을을 잇는 길을 걷고 있었다. 그때 갑자기 몸이 무감각하게 마비되는 것을 느끼고 다 허물어져가는 낡은 헛간으로 잠시 몸을 피했다. 그 일로 양쪽 발의 발가락이 떨어져 나갔다. 이 고백을 시작으로 그의 내력이 조금씩 드러나, 결국 그의 인생 드라마 가운데 행복한 네 막이 펼쳐졌고, 마지막으로 아직 파국에 도달하지 않은 길고 긴 슬픔의 다섯 번째 막이 시작되었다.

그가 슬픈 상황을 표현하는 용어로 '파멸'이라고 불리는 것에 부닥친 것은 예순 가까운 늘그막에 이르러서였다. 원래 그는 솜씨 좋기로 이름난 대장장이여서, 일거리는 얼마든지 있었다. 정원이 딸린 집도 있었고, 딸처럼 젊고 충실한 아내와 쾌활하고 건강한 아이 셋을 두고 있었다. 그의 가족은 일요일마다 숲속의 아름다운 교회에 나갔다. 하지만 어느 날 밤 어둠을 틈타, 교활하게 변장한 강도가 그의 행복한 가정에 몰래 들어와 모든 것을 앗아가버렸다. 게다가 더욱 비참한 것은 대장장이가 자신도 모르게 스스로 이 강도를 집안 깊숙이 끌어들였다는 것이다. 그것은 바로 '병 속의 마법사'[525]였다. 그 운명의 마개를 열자 악귀가 튀어나와 그의 가정을 망가뜨리고 말았다. 분별 있고 현명하고 경제적인 이유로 대장간은 그의 집 지하실에 있었고, 출입구도 집과는 따로 나 있었다. 그래서 젊고 충실하고 건강한 아내는 불행하고 불안한 마음이 아니라 원기왕성하고 즐거운 마음으로 늙은 남편이 젊은이처럼 힘차게 휘두르는 망치 소리에 귀를 기울였다. 그 세찬 망치 소리는 여러 개의 마루와 벽을 지나는 동안 훨씬 누그러져서 육아실에 있는 아내에게 도달할 때쯤에는 감미로울 만큼 듣기 좋게 울려 퍼졌다. 그래서 대장장이의 아이들은 힘찬 '노동'의 쇠망치 소리를 자장가 삼아 잠들곤 했다.

아아, 이 무슨 재난이란 말인가! 오오, 죽음이여, 그대도 가끔은 때맞춰 올 수도 있을 텐데, 왜 그러지 못한단 말인가? 이 늙은 대장장이를 완전히 파멸하기 전에 그대에게 불렀다면, 젊은 과부는 감미로운 슬픔에 잠겼

---

525   the Bottle Conjuror. 아랍 설화에 나오는 '병 속의 정령 지니' 같은 존재. 여기서는 증류주인 '진'을 말한다.

을 것이고, 아이들은 훗날 정말로 존경할 만한 아버지를 꿈에 보았을 것이고, 다들 아무 걱정 없이 살아갈 수 있는 재산도 물려받았을 것이다. 하지만 죽음은 가족의 생계를 책임지고 날마다 휘파람 같은 소리가 날 만큼 힘들게 일하는 후덕한 큰아들을 쓰러뜨렸고, 쓸모없는 정도가 아니라 해롭기까지 한 늙은이를 생명이 다 썩어서 거두어들이기가 더 쉬워질 때까지 내버려두었다.

더 이상 말할 필요가 있을까? 지하실의 망치 소리는 날이 갈수록 뜸해졌고, 망치를 내리치는 소리도 날마다 점점 약해져갔다. 아내는 창가에 얼어붙은 듯이 앉아서 눈물마저 말라버린 눈으로, 울고 있는 아이들의 얼굴을 바라보고만 있었다. 풀무는 대장간 바닥에 뒹굴고, 도가니는 쇠똥으로 막혔고, 집은 팔렸고, 어머니는 교회 묘지의 길게 자란 풀 속에 묻혔고, 두 아이도 어머니를 따라 저세상으로 갔다. 집도 없고 가족도 없는 늙은이는 상복을 걸친 채 방랑의 길을 떠났다. 아무도 그의 슬픔에 경의를 표하지 않았고, 그의 백발은 잿빛 고수머리를 가진 젊은이들에게 비웃음만 받았을 뿐이다.

이런 인생에는 죽음만이 구원의 손길이리라. 그러나 죽음은 미지의 낯선 영역으로 들어가는 것일 뿐이고, 무한히 멀고 황량한 곳, 육지로 둘러싸이지 않은 바다로 들어갈 가능성에 보내는 첫인사일 뿐이다. 따라서 죽음을 갈망하는 사람들의 마음속에 아직도 자살을 꺼리는 양심이 남아 있다 해도, 모든 것을 주고 모든 것을 받아들이는 바다는 상상할 수도 없는 흥미로운 공포와 경이와 새로운 활력으로 가득 찬 놀라운 모험의 광야를 그의 눈앞에 유혹하듯 펼쳐놓는다. 그리고 끝없는 태평양의 깊은 곳에서는 수많은 인어가 그들에게 노래를 부른다. "이리 오세요, 비탄에 빠진 자들이여. 수명이 다하기 전에 죽은 죄를 묻지 않는 새로운 삶이 여기 있어요! 죽음을 겪지 않고도 볼 수 있는 경이로운 별세계가 여기 있답니다! 이리 오세요! 여기 새로운 삶에 몸을 묻으면, 당신이 미워하는, 아울러 당신을 미워하는 육지 세계를 죽음보다도 더 잘 잊을 수 있을 거예요! 이리 오세요! 묘지에 당신의 비석을 세우고, 이리 와서 저희를 신부로 맞이하세요!"

동쪽에서도 서쪽에서도, 새벽의 해뜰녘에도 저녁의 해질녘에도 이런 속삭임을 듣고 대장장이의 영혼은 대답했다. 아암, 가고말고. 이렇게 해서 퍼스는 포경선에 올랐던 것이다.

{   제113장   }
대장간

한낮 무렵에 수염이 텁수룩한 퍼스는 빳빳한 상어가죽 앞치마를 두르고 단단한 통나무 위에 놓인 모루와 도가니 사이에 서서, 한 손으로는 창끝을 석탄불 속에 밀어 넣고 다른 손으로는 풀무질을 하고 있었다. 그때 에이해브 선장이 작고 낡은 가죽 주머니를 들고 다가왔다. 에이해브는 도가니에서 조금 떨어진 곳에서 시무룩한 표정으로 걸음을 멈추었다. 퍼스는 창끝을 불에서 꺼내 모루 위에 놓고 망치로 두드리기 시작했다. 뻘겋게 달아오른 쇳덩어리에서 불똥이 어지럽게 튀어, 그중 몇 개는 에이해브 가까이까지 날아갔다.

"퍼스, 이건 자네의 바다제비인가? 언제나 자네를 따라 날아다니니 말이야. 길조의 새라고도 하지만, 누구한테나 다 그런 건 아니야. 여길 보게나. 타고 있어. 하지만 자네는 불똥 속에 살면서도 그슬린 상처 하나 없군."

"저는 온몸이 그슬렸으니까요, 선장님." 퍼스는 망치에 잠시 몸을 의지하고 쉬면서 대답했다. "그슬리는 건 진작 졸업했습지요. 한번 그슬린 자리는 다시 그슬리기 쉽지 않답니다."

"좋아, 좋아. 자네의 움츠러든 목소리가 너무 차분하고 애처롭게 들리는군. 나 역시도 낙원에서 살고 있지는 않아. 그래서 미치지도 못한 채 온갖 정신적 고통에 시달리는 사람들을 보면 참을 수가 없다네. 자네는 미치는 게 당연한데 왜 미치지 않나? 미치지 않고 어떻게 견딜 수 있지? 자네가 미칠 수 없는 건 하늘이 아직도 자네를 미워하고 있기 때문인가? 지금 뭘 만들고 있나?"

"낡은 창끝을 벼리고 있습니다요. 깨지고 찌그러진 데가 있어서요."

"그렇게 험하게 쓴 물건도 다시 매끄럽게 만들 수 있나?"

"그럼요."

"그렇다면 깨지거나 찌그러진 것은 어떤 홈도 다 매끈하게 만들 수 있겠군. 아무리 단단한 금속이라도?"

"물론이죠. 한 가지만 빼고는 어떤 홈도 원래대로 만들 수 있습지요."

"그렇다면 이걸 보게." 에이해브는 열의에 찬 몸짓으로 다가가 퍼스의 두 어깨에 손을 얹고 말했다. "이걸 보게, 이걸. 이런 홈도 매끄럽게 만들 수 있겠나?" 에이해브는 한 손으로 주름진 이마를 문지르면서 말을 이었다. "자네가 할 수 있다면 나는 기꺼이 내 머리를 모루 위에 올려놓고 자네의 망치 가운데 가장 무거운 놈을 내 두 눈 사이에 받을 용의가 있네. 어떤가, 이 주름도 매끈하게 펼 수 있겠나?"

"선장님, 그게 바로 아까 말씀드린 그 예외입니다. 한 가지만 빼고는 어떤 홈도 매끈하게 만들 수 있다고 말씀드렸잖습니까?"

"아아, 이게 바로 그거로군. 그래, 이 주름은 매끈하게 펼 수 없어. 자네 눈에는 피부에 새겨진 이 주름살밖에 안 보이겠지만, 사실 이건 내 두개골 속에까지 새겨져 있거든. 내 머리는 온통 주름살투성이란 말일세. 하지만 어린애 장난은 그만두게. 오늘은 작살도 창도 더 이상 손대지 말게. 자, 이걸 봐." 에이해브는 가죽 주머니에 금화가 가득 들어 있기라도 한 것처럼 주머니를 쩔렁쩔렁 흔들면서 말했다. "내게도 작살 하나 만들어주게. 수천 마리의 악귀가 달려들어도 갈라지지 않을 작살이 필요해. 고래의 지느러미 뼈처럼 고래 몸뚱이에 단단히 박힐 작살을 갖고 싶네. 자, 이게 재료일세." 그는 가죽 주머니를 모루 위에 내던지며 말을 이었다. "이보게, 이건 경마장에서 말들이 떨어뜨린 편자 조각들을 모은 걸세."

"편자 조각이라고요? 그렇다면 우리 대장장이가 사용하는 재료 중에서 제일 좋고 단단한 재료를 갖고 계시군요."

"나도 알고 있네. 이 쇳조각들은 살인자들의 뼈를 녹여 만든 아교풀처럼 착 달라붙을 거야. 자, 빨리 내 작살을 만들어주게. 우선 자루로 쓸 열두 가닥의 쇠줄을 만든 다음, 그 열두 가닥을 한데 꼬아서 뒤틀고 두드리는 거야. 자, 빨리! 내가 풀무질을 해주지."

드디어 열두 가닥의 쇠줄이 만들어지자 에이해브는 그 하나하나를 길고 무거운 쇠막대에 직접 감아서 그 강도를 시험했다. 그러더니 마지막 가닥을 내밀면서 말했다.

"이건 금이 갔어. 다시 만들게, 퍼스."

그 일도 끝나고 퍼스가 열두 가닥을 용접하여 한 가닥으로 만들려고 하자, 에이해브는 그의 손을 막고 자기가 직접 하겠다고 말했다. 그가 헐떡이는 듯한 헛기침 소리를 규칙적으로 내면서 망치로 모루를 내리치자 퍼스는 빨갛게 단 쇠줄을 한 가닥씩 그에게 건네주었다. 세찬 바람을 받은 도가니가 격렬한 불꽃을 뿜어 올리자, 말없이 지나가던 배화교도 페달라가 불 쪽으로 고개를 숙였다. 그의 몸짓은 그 힘든 노동에 저주인지 축복인지는 모르겠지만 어쨌든 기도를 올리는 듯했다. 하지만 에이해브가 고개를 들자 페달라는 옆으로 재빨리 사라졌다.

"저 악마 새끼는 무엇 때문에 저기서 어정거리고 있지?" 앞갑판에서 이쪽을 바라보고 있던 스터브가 중얼거렸다. "저 배화교도 놈은 성냥처럼 불 냄새를 맡아낸다니까. 제 자신도 뜨거운 머스킷총의 약실처럼 불 냄새를 풍기면서 말이야."

작살 자루는 드디어 한 개의 완전한 막대기가 되어 마지막 열기를 받았다. 퍼스가 그것을 담금질하기 위해 옆에 있는 물통에 담그자 쉬익! 소리와 함께 뜨거운 증기가 에이해브의 숙인 얼굴로 치솟았다.

"나한테 낙인을 찍을 셈이야?" 고통으로 잠시 몸을 움츠리면서 에이해브가 말했다. "그렇다면 나는 지금까지 나한테 낙인을 찍을 쇠도장을 만들고 있었던 셈이군?"

"천만에요. 그럴 리가 있겠습니까. 하지만 걱정이 되는군요, 선장님. 이건 흰 고래를 잡기 위한 작살이 아닙니까?"

"하얀 악귀야. 자, 이제부턴 칼날일세. 그건 자네가 직접 만들어야 해. 여기 내 면도칼이 있네. 제일 좋은 강철이지. 칼날은 얼음 바다에 내리는 진눈깨비처럼 날카로워야 해."

늙은 대장장이는 마음이 내키지 않는 것처럼 면도칼을 잠시 바라보고 있었다.

"어서 받게. 내게는 소용없는 물건일세. 그때까지 나는 면도도 하지 않고, 먹지도 않고, 기도도 하지 않을 거니까. 자, 빨리 시작하게!"

이윽고 칼날은 화살 모양으로 만들어졌고, 퍼스가 그것을 작살 자루에 용접하자 쇠막대 끝에 예리한 칼날이 달라붙었다. 대장장이는 담금질을 하기 전에 그 칼날에 마지막 열기를 주려다가 물통을 가까이 놓아달라고 에이해브에게 소리쳤다.

"아니, 물은 필요 없네. 진짜 죽음의 담금질을 해주게. 이봐, 거기! 태시테고, 퀴퀘그, 대구. 이교도 놈들아, 이 칼날을 흠뻑 적실 만큼 피를 주지 않겠나?" 에이해브는 칼날을 높이 쳐들었다. 흑인들은 좋다고 머리를 끄덕였다. 이교도들은 차례로 그 칼날로 각자의 살을 찔렀고, 이리하여 흰 고래에게 쓸 칼날은 담금질을 끝냈다.

"Ego non baptizo te in nomine patris, sed in nomine diaboli(주님의 이름이 아니라 악마의 이름으로 너에게 세례를 주노라)!" 악독한 칼날이 세례의

피를 태우듯이 게걸스럽게 빨아들이자, 황홀해진 에이해브가 미친 듯이 외쳤다.

에이해브는 선창에서 여분의 막대기를 가져오게 하여 아직 껍질에 싸여 있는 히코리나무 하나를 골라 작살 구멍에 끼웠다. 그런 다음 새 밧줄을 풀어 양묘기에 잡아매고 팽팽하게 잡아당겼다. 에이해브는 밧줄이 하프의 현처럼 윙윙 울릴 때까지 발로 밧줄을 누르고 그 위로 몸을 숙여 꼬인 데가 하나도 없는 것을 확인한 뒤, "좋아! 자, 밧줄을 다오!" 하고 소리쳤다.

밧줄의 한쪽 끝을 풀어 가닥가닥 풀어진 실을 작살 구멍 주위에 단단히 감고, 막대기를 그 구멍 속으로 힘껏 밀어 넣었다. 밧줄이 막대기 끝에서 막대기 길이의 절반까지 당겨진 뒤, 실을 서로 꼬아서 그 자리에 단단히 고정시켰다. 이 일이 끝나자 막대기와 작살 날과 밧줄은 운명의 세 여신처럼 서로 떨어질 수 없게 되었다. 에이해브가 그 무기를 들고 우울한 얼굴로 성큼성큼 걸어가자, 고래뼈 다리와 히코리나무 막대기가 내는 소리가 갑판의 모든 널판을 따라 공허하게 울려 퍼졌다. 하지만 그가 선장실로 들어가기 전에 희미하고 부자연스러운, 놀리는 것 같으면서도 더없이 측은한 소리가 들려왔다. 아아, 핍! 너의 비참한 웃음, 한가하지만 쉬지 않고 움직이는 너의 눈빛, 너의 야릇한 무언극은 의미심장하게도 이 우울한 배의 어두운 비극과 뒤섞여 그것을 조롱하고 있었다.

{   제114장   }

도금장이

일본 앞바다의 어장 한복판으로 뚫고 들어가는 동안 '피쿼드'호는 곧 포경 작업으로 온통 법석을 떨게 되었다. 따뜻하고 쾌적한 날씨가 계속되어 한 번에 열두 시간이나 열다섯 시간이나 열여덟 시간, 때로는 스무 시간이나 계속 보트를 타고 고래를 추적하며 쉴 새 없이 노를 저을 때도 많았고, 그런 사이사이에 한 시간이 넘도록 고래가 떠오르기를 차분하게 기다리기도 했다. 하지만 고생에 비해 수확은 별로 없었다.

기세가 약해진 태양 아래에서 온종일 넘실거리는 물결 위를 떠돌 때, 자작나무로 만든 통나무배처럼 가벼운 보트에 앉아 난롯가의 고양이처럼 뱃전에서 가르랑거리는 파도와 어울릴 때, 해수면의 잔잔한 아름다움과 반짝거림을 바라보며 그 밑에서 두근거리는 호랑이의 심장을 잊고 벨벳처럼 부드러운 앞발이 무자비한 발톱을 감추고 있다는 것을 일부러 기억하지 않으려 할 때, 그런 시간들은 꿈결처럼 평온하다.

포경 보트에 탄 방랑자들이 바다에 대해 자식이 어버이에게 품는 것과 같은 신뢰감을 느끼며 바다를 꽃으로 뒤덮인 대지로 여기는 것은 바로 이런 때다. 멀리 떨어져 있어서 돛대 꼭대기만 보이는 배는 높게 물결치는 거친 바다가 아니라 길게 자란 풀이 물결치는 초원을 헤치며 나아가는 것처럼 보인다. 서부로 이주하는 사람들의 말들이 놀랄 만큼 푸른 초원을 헤치며 나아갈 때 몸뚱이는 우거진 풀숲에 가려지고 뾰족 솟은 두 귀만 보이는 것과도 비슷하다.

길게 뻗어나간 처녀지의 골짜기, 연둣빛을 띤 언덕 비탈, 이런 것들 위에 슬며시 기어드는 정적과 낮게 윙윙거리는 소리. 찬란한 5월의 어느 날 숲속에서 꽃을 따며 놀다가 지친 아이들이 잠깐 잠이 든 것은 아닌가 생각되기도 할 것이다. 그리고 이 모든 것이 사람의 신비로운 기분과 뒤섞이고, 사실과 환상이 중간에서 만나 서로 융합되어 이음매조차 없는 하나의 완전한 통일체를 이룬다.

일시적이나마 마음을 달래주는 이런 광경은 에이해브에게도 어느 정도 영향을 미치지 않을 수 없었다. 하지만 이 황금의 비밀 열쇠가 그의 마음속에 있는 황금의 비밀 금고를 연 것처럼 보였다 해도, 그가 보물에 토해내는 입김은 보물의 광채를 흐리게 할 뿐이었다.

"아아, 풀이 우거진 숲속의 빈터여! 아아, 영혼 속에 끝없이 펼쳐진 봄날 풍경이여. 그대 안에서―지상 생활의 지독한 가뭄에 시달려 이미 오래전에 바짝 말라버렸지만―사람들은 이른 아침에 클로버밭에서 뒹구는 망아지들처럼 뒹굴 수 있고, 덧없이 지나가는 몇 분 동안이나마 영원한 생명을 주는 차가운 이슬을 몸으로 느낄 것이다. 하느님, 이 축복받은 평온이 오래 지속되게 해주옵소서. 하지만 뒤섞이고 뒤엉킨 삶의 실오라기는 날줄과 씨줄로 엮이고, 평온한 날씨는 반드시 폭풍을 초래한다. 우리의 삶에도 온 길로 되돌아가지 않는 한결같은 나아감은 존재하지 않는다. 또한 정해진 단계를 거쳐 나아가다가 마지막 단계에서 멈추는 것도 아니다―즉 유년기의 무의식적인 도취, 소년기의 맹목적인 믿음, 청년기의 의심(만인의 숙명이다), 이어서 회의, 그다음에는 불신의 단계를 거쳐 마침내 '혹시나' 하고 심사숙고하는 성년기의 평정 단계에서 정지하는 것은 아니다. 일단 그 단계를 다 거치고 나면 우리는 다시 첫 단계로 돌아가서 유년기와 소년기를 거쳐 어른이 되어 '혹시나'를 영원히 되풀이하는 것이다. 우리가 더 이상 닻을 올리지 않을 마지막 항구는 어디 있는 것일까? 아무리 지친 사람도 싫증 내지 않을 세계는 어떤 황홀한 창공을 향해 하고 있는 것일까? 버려진 아이의 아버지는 어디에 숨어 있단 말인가? 우리의 영혼은 아이를 낳다가 숨진 미혼모가 남긴 고아와도 같다. 아버지가 누구인가 하는 비밀은 어머니의 무덤 속에 있으니, 그것을 알기 위해서는 무덤으로 가야만 한다."

그리고 바로 그날 스타벅은 보트 뱃전에서 황금빛 깊은 바닷속을 내려다보면서 나직이 중얼거렸다.

"깊이를 헤아릴 수 없는 영원한 아름다움, 사랑하는 자가 젊은 신부의 눈동자 속에서 본 것과 같은 아름다움! 날카로운 이빨을 가진 너의 상어들, 사람을 납치하여 잡아먹는 너의 식인종 같은 방식에 대해서는 나한테 말하지 마라. 믿음이 사실을 내쫓고, 환상이 기억을 내쫓게 하라. 나는 깊은 바닷속을 들여다보고 믿는다."

스터브도 반짝이는 비늘을 가진 물고기처럼 그 황금빛 속에서 뛰어올랐다.

"나는 스터브다. 스터브에게는 스터브의 역사가 있다. 하지만 스터브는 여기서 맹세하노니, 그는 언제나 유쾌했다."

{ 　　제115장　　 }

'피쿼드'호, '배철러'호를 만나다

에이해브의 작살이 만들어진 날부터 몇 주 뒤, 순풍을 받으며 나타난 광경과 소리는 참으로 유쾌한 것이었다.

그것은 '배철러(총각)'호라는 낸터컷 선적의 배였는데, 마침 마지막 기름통을 선창에 밀어 넣고 터질 듯한 해치 뚜껑을 닫은 다음, 지금은 고국을 향해 뱃머리를 돌리기 전에 화려한 축제용 옷으로 몸단장을 하고 약간 허세를 부리며 어장 곳곳에 흩어져 있는 배들 사이를 즐겁게 돌아다니고 있는 중이었다.

돛대 망루에 있는 세 사람의 모자에는 폭이 좁고 기다란 빨간색 장식 리본이 달려 있었다. 고물에는 포경 보트 한 척이 거꾸로 매달려 있고, 뱃머리 기움대에는 그들이 마지막으로 잡은 고래의 기다란 아래턱이 매달려 있었다. 또 가지각색의 신호기와 국기와 선수기[526]가 밧줄 여기저기서 휘날리고 있었다. 세 돛대의 꼭대기에는 제각기 경뇌유 통이 두 개씩 옆으로 묶여 있고, 가운뎃돛대의 활대에도 그 귀중한 액체가 든 길쭉한 통이 보였고, 주돛대의 용두에는 놋쇠로 만든 램프가 못에 걸려 있었다.

526　배의 앞머리에 올리는 형형색색의 작은 깃발.

나중에 알게 된 사실이지만, '배철러'호는 정말 놀랄 만한 성공을 거두었던 것이다. 더욱 놀라운 것은 같은 해역을 돌아다니고 있던 수많은 배들이 꼬박 몇 달 동안 단 한 마리의 고래도 잡지 못했다는 것이다. 쇠고기와 빵을 넣어두었던 통은 그보다 훨씬 귀중한 경뇌유를 채우기 위해 비워졌고, 그래도 통이 모자라 다른 배와 물물교환까지 했으며, 이 통들은 갑판을 가득 채웠고, 선장과 항해사들의 선실까지 차지하게 되었다. 심지어는 선장실 식탁마저 불쏘시개로 때버렸기 때문에 선장과 항해사들은 식사를 선장실 한복판에 놓인 기름통 위에서 했다. 앞갑판의 선원들은 사물함의 틈을 뱃밥으로 메우고 역청을 바른 다음 거기에 기름을 채웠다. 더욱 우스운 것은 요리사가 제일 큰 솥에 기름을 넣고 뚜껑을 봉해버린 것이다. 급사는 여분의 커피 주전자에 기름을 채우고 마개를 막아버렸다. 작살잡이들은 작살 꽂는 구멍에 기름을 채우고 뚜껑을 씌웠다. 그리하여 선장의 바지 주머니를 제외하고는 사실상 모든 것이 경뇌유로 채워졌는데, 그 바지 주머니는 자기만족에 빠진 선장이 완전한 만족감의 표시로 두 손을 찔러 넣기 위해 남겨둔 것이었다.

　기쁨에 넘친 이 행운의 배가 침울한 '피쿼드'호에 다가오자, 거대한 북을 두드리는 야만적인 소리가 그 배의 앞갑판에서 들려왔다. 배가 점점 가까워지자 많은 선원들이 커다란 가마솥을 둘러싸고 있는 게 보였다. 가마솥은 양피지 같은 부대, 즉 검은 고래의 위 가죽으로 덮여 있었는데, 선원들이 두 주먹으로 부대를 두드릴 때마다 요란하게 으르렁거리는 듯한 소리가 났다. 뒷갑판에서는 항해사와 작살잡이들이 폴리네시아 섬들에서 그들과 눈이 맞아 도망쳐온 올리브빛 살결의 젊은 여자들과 춤을 추고 있었다. 그리고 앞돛대와 주돛대 사이에는 화려하게 장식된 보트가 공중에 매달려 있고, 롱아일랜드 출신의 검둥이 셋이 고래뼈로 만든 바이올린 활로 흥겨운 춤곡을 연주하고 있었다. 한편 다른 선원들은 커다란 가마솥을 떼어내고 남은 화덕에 달라붙어 떠들썩하게 일하고 있었다. 이제 필요

없게 된 벽돌이며 모르타르를 바다에 내던질 때 내지르는 소리를 들었다면 그들이 저주스러운 바스티유 감옥[527]을 허물고 있는 줄 알았을 것이다.

이 모든 장면을 주관하는 선장은 뒷갑판의 드높은 곳에 올라가 우뚝 서 있었는데, 그래서 이 환희의 연극은 모두 그의 눈앞에서 오로지 선장 개인의 즐거움을 위해서 행해지고 있는 듯이 보였다.

에이해브도 뒷갑판에 서 있었지만, 수염이 텁수룩하게 자란 검은 얼굴은 고집스럽게 우울한 표정을 띠고 있었다. 그리고 이 두 배가─하나는 지나간 일에 대한 기쁨에 넘쳐흐르고, 또 하나는 앞으로 닥쳐올 일에 대한 불길한 예감에 사로잡힌 채─서로 교차할 때, 두 선장도 그들 배의 뚜렷한 대조를 그대로 구현하고 있었다.

"이리 건너오시오! 어서 오시오!" 쾌활한 '배철러'호 선장이 술잔과 술병을 높이 들어 올리면서 외쳤다.

"흰 고래를 보았소?" 에이해브는 대답 대신 삐걱거리는 듯한 소리로 물었다.

"얘기는 들었지만 보지는 못했소. 하지만 그런 이야기는 믿지 않아요." 상대는 기분 좋은 듯이 말했다. "이리 건너오시오!"

"기분이 좋은 모양이군. 그냥 가시오. 선원은 잃지 않았소?"

"별로 대단치는 않아요. 섬놈 둘을 잃었을 뿐이니까. 어쨌든 이리 오시오! 어서요. 당신의 이마에서 그 검은 구름을 당장 걷어줄 테니까. 우리는 만선으로 돌아가는 길이오."

"바보 같은 놈들은 정말 놀랄 만큼 친절한 법이지." 에이해브는 중얼거리고 나서 큰 소리로 말했다. "당신은 만선으로 돌아가는가 본데, 나는 빈 배로 고래를 잡으러 가는 길이오. 그러니 당신은 그쪽으로 가시오. 나는 이쪽으로 갈 테니. 자, 앞돛대! 돛을 모두 올리고 바람 부는 쪽으로!"

---

527 백년전쟁 때인 1370~1382년에 파리 방어를 위해 건설된 성채로, 17~18세기에 국사범을 수용하면서 유명해졌다. 1789년 7월 14일 파리 시민들이 바스티유를 습격함으로써 프랑스혁명이 시작되었다.

이리하여 한쪽 배는 순풍에 돛을 달고 즐겁게 달리는데, 다른 한쪽은 고집스럽게도 역풍과 맞서 달리게 되었다. 두 배는 그렇게 헤어졌다. '피쿼드'호의 선원들은 멀어져가는 '배철러'호를 오랫동안 우울한 눈길로 바라보았지만, '배철러'호의 선원들은 기쁨에 들떠서 흥겹게 떠드느라 이쪽은 거들떠보지도 않았다. 에이해브는 고물 난간에 기댄 채 고국으로 돌아가는 배를 바라보고 있다가 주머니에서 작은 유리병을 꺼냈다. 그리고 멀어져가는 배와 유리병을 번갈아 보면서 완전히 동떨어진 두 물체를 서로 결부시키는 것 같았다. 그 병에는 낸터컷의 바닷가에서 가져온 모래가 들어 있었기 때문이다.

{   제116장   }

죽어가는 고래

우리네 인생에서 드물다고는 할 수 없지만, 운명의 총애를 받은 배가 우리의 우현 쪽을 지나가면 그때까지 축 늘어져 있던 우리도 갑자기 일어난 산들바람을 받아 다소 활기를 띠게 되고, 빈 자루처럼 축 처져 있던 돛도 팽팽하게 부풀어 오르는 것을 느끼게 된다. '피쿼드'호도 그런 것 같았다. 흥겨운 '배철러'호를 만난 다음 날 고래 떼를 발견하여 네 마리를 잡았는데, 그중 한 마리는 에이해브의 손에 잡혔던 것이다.

늦은 오후였다. 창을 던지는 피비린내 나는 싸움도 끝나고, 태양과 고래는 해질녘의 아름다운 바다와 하늘에 떠서 함께 조용히 죽어갔다. 그때 장밋빛 하늘에 기도 소리 같은 것이 소용돌이치며 올라갔는데, 그것이 너무 감미롭고 애처로워서 마치 머나먼 필리핀 제도의 짙푸른 수도원 골짜기에서 스페인[528]의 육풍이 제멋대로 선원이 되어 이 저녁 찬송가를 싣고

---

528 당시 필리핀은 스페인의 식민지였다.

이 바다로 나온 것 같았다.

고래와의 싸움을 끝낸 에이해브는 흥분을 가라앉혔지만 더 깊은 우수에 잠겨, 지금은 평온해진 보트에 앉아 고래의 최후를 가만히 지켜보고 있었다. 죽어가는 향유고래에게서 볼 수 있는 모습, 즉 머리를 태양 쪽으로 향하고 숨을 거두는 그 기묘한 광경은 이처럼 고요한 황혼 속에서 바라볼 때 에이해브에게 지금까지 미처 몰랐던 경이감을 전해주었기 때문이다.

"자꾸만 태양 쪽으로 몸을 돌리는구나. 죽음을 앞둔 마지막 몸부림으로 천천히, 그러면서도 꾸준히 이마를 돌려 태양에 경의를 표하며 기도를 올리는구나. 고래도 역시 불을 경배하는구나. 태양의 가장 충실하고 광대하고 존귀한 신하! 이 복된 광경을 보는 것은 내 눈이 은총을 입었기에 가능한 것이다. 보라! 물로 에워싸인 이 광대한 바다를 보라. 더없이 공정하고 공평한 이 바다에서는 인간의 행복이나 불행을 표현하는 어떤 소리도 들리지 않는다. 비석을 만들 돌 하나 없는 곳, 중국의 역사만큼이나 오랫동안 너울거린 파도가 니제르강[529]의 미지의 수원 위에서 반짝이는 별들처럼 말없이 굽이치고 있는 곳, 이곳에서도 생명은 믿음에 불타면서 태양을 향해 죽어가는 것이다. 하지만 보라! 죽자마자 죽음이 시체를 휙 돌려, 머리가 다른 쪽을 향하고 있다.

오오, 자연의 절반인 어둠이여! 그대는 이 황량한 바다의 깊은 곳 어딘가에 익사한 인간의 뼈로 그대 혼자만의 옥좌를 만들어놓고 그 옥좌에 앉아서 태양을 등진다. 그대, 이단의 여왕이여, 그대는 포악한 태풍 속에서, 그 후 태풍이 가라앉은 뒤 치러진 조용한 장례에서 너무나 진실하게 말하고 있다. 그대의 이 고래가 죽어가는 머리를 태양 쪽으로 돌렸다가 다시 머리를 돌린 것도 나에게는 소중한 교훈이다.

오오, 세 겹으로 테를 두르고 용접한 강력한 허리여! 하늘 높이 뿜어 올

---

529 아프리카 대륙에서 대서양으로 흘러드는 큰 강.

리는 무지갯빛 물보라여! 어떤 것은 높이 치솟고, 어떤 것은 헛되이 뿜을 뿐이다! 오오, 고래여, 모든 것을 소생시키는 태양에게 아첨하려 해도 소용없는 짓이다. 태양은 생명을 한 번 주기는 하지만 두 번은 주지 않는다. 하지만 세상의 절반인 어둠이여, 그대는 더 어둡지만 더 당당한 믿음으로 나를 흔든다. 무어라 말할 수 없는 혼돈이 여기 내 밑에서 떠돌고 있다. 한때는 살아 있었지만 공기처럼 증발하여 이제 물이 되어버린 생명체들의 입김이 나를 물 위에 띄워주고 있다.

그러니 바다여, 만세, 영원히 만세! 그대의 영원한 파도야말로 사나운 바닷새들의 유일한 보금자리가 아닌가. 나도 뭍에서 태어나기는 했지만 바다의 젖을 먹고 자랐다. 산과 골짜기가 어머니처럼 나를 돌봐주었지만, 그대, 파도야말로 나를 길러준 형제들이다."

{   제117장   }

고래 파수꾼

그날 저녁에 잡은 고래 네 마리는 서로 멀리 떨어진 곳에서 죽었다. 한 마리는 저 멀리 바람 불어오는 쪽에서, 한 마리는 바람 불어가는 쪽에서, 한 마리는 뱃머리 쪽에서, 한 마리는 배꼬리 쪽에서. 배 가까이 있던 세 마리는 어둠의 장막이 내리기 전에 뱃전으로 끌고 왔지만, 바람 불어오는 쪽에 있는 고래에게는 아침이 될 때까지 다가갈 수가 없었다. 그래서 그 고래를 죽인 보트는 밤새 그 옆에 머물러 있었는데, 에이해브의 보트였다.

표지 막대가 죽은 고래의 분수공에 똑바로 꽂혀 있었고, 그 꼭대기에 매달린 등불은 깜박거리는 불빛을 검고 번질번질한 고래 등에 던지고 한밤중의 파도를 멀리까지 비추었다. 그 파도는 해변에 밀려오는 잔물결처럼 고래의 넓적한 옆구리를 부드럽게 스치고 있었다.

에이해브와 그의 선원들은 모두 잠이 든 것 같았지만, 배화교도만은 뱃머리에 웅크린 채 상어 떼가 유령처럼 고래 주위에서 뛰놀며 삼나무 널판을 꼬리로 탁탁 치는 것을 지켜보고 있었다. 용서받지 못한 고모라의 망령들이 '역청 호수'[530] 위에 대열을 지어 탄식하는 듯한 소리가 밤공기를 뚫고 떨면서 달려왔다.

흠칫 놀라 깨어난 에이해브는 배화교도를 정면으로 바라보았다. 밤의 어둠에 둘러싸인 두 사람은 대홍수에서 살아남은 마지막 인간들처럼 보였다.

"또 그 꿈을 꾸었어." 에이해브가 말했다.

"상여 꿈 말인가요? 상여도 관도 선장님 것일 리가 없다고 했잖습니까?"

"바다에서 죽는데 관 속에 들어갈 사람이 어디 있나?"

"하지만 선장님은 이 항해에서 죽기 전에 바다에서 두 개의 상여를 보게 될 겁니다. 첫 번째 상여는 인간의 손으로 만든 게 아니고, 두 번째 상여는 미국산 나무로 만든 게 분명합니다."

"아아, 그래. 그건 정말 이상한 광경이야, 이봐 배화교도, 깃털로 장식된 상여가 바다 위를 떠돌고 그걸 파도가 받쳐 들고 따르다니. 하! 그런 광경은 좀처럼 볼 수 없을 거야."

"믿거나 말거나, 선장님은 그런 광경을 볼 때까지는 죽지 못할 겁니다."

"그러면 자네 자신에 대해서는 뭐라고 하던가?"

"그게 마지막이 될지라도 선장님 앞에서 수로 안내인 역할을 할 겁니다."

"그래 자네가 앞장선다고 치고, 그런 일이 정말로 일어난다면 내가 자네를 따라가기 전에 자네가 내 앞에 나타나 나를 안내해야 한단 말이지?

---

530 사해(이스라엘과 요르단에 걸쳐 있는 짠물 호수)의 옛 이름. 고대에는 사해 남부가 역청의 산지로 유명했다.

모비 딕

그러지 않았나? 나는 자네 말을 모두 믿었지? 오오, 나의 안내자여, 여기서 두 가지 맹세를 하겠다. 나는 모비 딕을 죽일 것이고, 그리고 살아남겠다고."

"한 가지만 더 맹세하세요." 배화교도는 어둠 속에서 반딧불이처럼 눈을 빛내며 말했다. "작살줄만이 선장님을 죽일 수 있다고."

"교수대 말이군. 그러면 나는 뭍에서도 바다에서도 불사신이야." 에이해브는 빈정거리는 웃음을 지으며 말했다. "바다에서도 뭍에서도 죽지 않는 불사신!"

두 사람은 다시 입을 다물었다. 잿빛 새벽이 다가오자 자고 있던 선원들도 보트 바닥에서 일어났고, 정오가 되기 전에 죽은 고래를 본선으로 끌고 갔다.

{　　　제118장　　　}

사분의

마침내 적도 해역에서 고래를 잡는 철이 다가왔다. 에이해브가 날마다 선장실에서 나와 높은 하늘을 쳐다보면, 부지런한 키잡이는 여봐란듯이 키 손잡이를 다루고, 의욕에 넘친 선원들은 재빨리 아딧줄 있는 데로 달려가 거기에 못 박아둔 금화를 뚫어지게 쳐다보곤 했다. 다들 적도로 뱃머리를 돌리라는 명령을 초조하게 기다리고 있었다. 오래지 않아 마침내 명령이 떨어졌다. 정오 무렵이었다. 에이해브는 높이 매달린 보트의 뱃머리에 앉아서 여느 때처럼 태양을 관측하며 위도를 측정하고 있었다.

그런데 그 일본 해역에서는 여름철이면 이따금 찬란한 빛이 홍수처럼 쏟아진다. 눈 한 번 깜박거리지 않는 강렬한 태양은 투명한 바다의 거대한 볼록렌즈가 불태우고 있는 초점 같다. 하늘은 칠을 한 것처럼 푸르고 구름 한 점 없이 맑다. 수평선은 공중에 떠 있다. 조금도 누그러지지 않은 찬란한 햇빛의 이 적나라함은 신의 옥좌가 발산하는 견딜 수 없는 광채 같다. 에이해브의 사분의[531]에 색유리가 딸려 있는 것도 당연했다. 이글이글 타오르는 태양은 색유리를 통해서만 관측할 수 있었다. 에이해브는 앉은 자세로 배의 흔들림에 몸을 맡긴 채 천체관측 기구를 눈에 대고, 태양이 정확하게 자오선에 도달하는 순간을 잡으려고 잠시 그 자세를 유지하고 있었다. 그의 온 신경이 태양에 쏠려 있는 동안, 배화교도는 그의 발밑 갑판에 무릎을 꿇고 에이해브처럼 하늘을 우러러보면서 선장이 관측하는 태양을 쳐다보고 있었다. 다만 그의 눈동자는 눈꺼풀에 반쯤 덮였고, 그 광신적인 얼굴은 이 세상의 냉정함에 굴복하여 조금은 차분해져 있었다. 드디어 원하던 관측이 이루어지자 에이해브는 즉석에서 고래뼈 다리에 연필로 적으며 계산하더니, 그 순간 배가 어느 위도에 있는지를 알아냈다. 그는 잠시 생각에 잠겼다가 다시 태양을 쳐다보며 혼잣말로 중얼거렸다.

"너, 바다의 표지여! 하늘 높이 떠 있는 강력한 수로 안내자여! 너는 내가 지금 어디에 있는지를 정확히 말해주지만, 내가 앞으로 어디에 있을 것인지에 대해 작은 암시라도 던져줄 수는 없는가? 그리고 내가 아닌 다른 존재가 지금 이 순간 어디에 살고 있는지 말해줄 수는 없는가? 모비 딕은 어디 있는가? 이 순간에도 너는 그놈을 보고 있을 터. 내 눈은 지금도 그놈을 바라보고 있는 너의 눈을 들여다보고 있다. 내가 들여다보고 있는 너의 눈은 지금도 너의 저쪽 편, 미지의 영역에 존재하는 사물을 똑같이 바라보고 있다. 그대, 태양이여!"

그러고는 다시 사분의를 들여다보며 거기에 달려 있는 수많은 비의적 장치를 한 가지씩 만지작거리더니, 다시 생각에 잠겨 중얼거렸다.

---

531   四分儀. 90도의 눈금이 새겨져 있는, 부채 모양의 천체 고도 측정기. 망원경이 발명되기 이전에 쓰였다. 상한의象限儀라고도 한다.

"어리석은 장난감! 오만한 제독과 선장들이 갖고 노는 어린애 장난감! 세상은 너를 자랑하고 너의 교묘한 솜씨와 실력을 자랑하지만, 대체 네놈이 뭘 할 수 있단 말인가? 너 자신과 너를 잡고 있는 사람이 이 넓은 행성에서 어디에 자리 잡고 있는지, 그 빈약하고 초라한 한 점을 알려줄 뿐이다. 그 이상의 일은 전혀 못 하지 않는가! 너는 물 한 방울, 모래 한 알이 내일 정오에 어디 있을지 알려주지 못한다. 하지만 그렇게 무력한 주제에 태양을 경멸까지 하다니! 과학! 저주받을지어다. 너, 무익한 장난감이여! 모름지기 인간의 눈을 저 높은 하늘로 돌리는 온갖 물건들은 모두 저주받을지어다. 하늘의 생동하는 활기는 이 늙은 눈이 지금 너의 빛으로 타고 있듯이 인간을 태울 뿐이다. 오, 태양이여! 인간의 시선은 본래 이 지구의 수평선과 같은 높이에 있다. 신이 인간에게 창공만 쳐다보게 할 작정이었다면 인간의 눈은 정수리에 뚫려 있을 것이다. 사분의여, 너를 저주한다!" 에이해브는 사분의를 갑판에 내던졌다. "이 세상의 길을 가는 데 다시는 너의 안내를 받지 않겠다. 수평 나침반, 측정의와 줄을 이용한 추측 항법—이것들이 나를 안내할 것이고, 바다에서 내 위치를 알려줄 것이다." 그는 보트에서 갑판으로 뛰어내렸다. "겁먹은 듯이 하늘을 가리키는 쓰레기 같은 놈아, 네놈을 이렇게 짓밟아 깨뜨려주마."

광적인 늙은이가 이렇게 중얼거리며 산 다리와 죽은 다리로 번갈아 사분의를 짓밟고 있을 때, 에이해브에 대한 냉소적인 승리감과 자신에 대한 숙명적인 절망감이 잠자코 있는 배화교도의 얼굴을 스치고 지나갔다. 이윽고 그는 아무도 주의를 기울이지 않을 때 슬며시 일어나서 조용히 사라졌다. 그러는 동안 선장의 행동에 놀란 선원들이 앞갑판에 모여들었다. 에이해브는 거칠게 갑판을 거닐면서 큰 소리로 외쳤다.

"아딧줄로! 키를 올려라! 활대를 용골과 직각으로!"

즉시 활대들이 용골과 직각으로 돌아갔고, 배는 반쯤 방향을 돌렸다. 단단히 자리 잡은 세 개의 우아한 돛대가 기다란 선체 위에 똑바로 서 있는 모습은 마치 호라티우스 형제[532]가 늠름한 군마를 타고 급선회하는 것처럼 보였다.

스타벅은 뱃머리의 부늑재 사이에 서서 '피쿼드'호의 소란스러운 움직임과 에이해브가 비틀거리는 걸음으로 갑판을 돌아다니며 소란을 피우는 것을 바라보았다.

"언젠가 이글거리는 석탄불 앞에 서서 그것이 고통스럽게 생명을 불태우며 빨갛게 타오르는 것을 본 적이 있다네. 마침내 불길이 사그라들고 점점 약해져서 결국 말 없는 먼지가 되는 것도 보았지. 바다의 노인이여! 당신의 이 열화 같은 삶도 결국에는 한 줌의 재밖에 남기지 않을 거요!"

"정말 그렇습니다." 스터브가 맞장구치듯 외쳤다. "하지만 석탄재예요. 그냥 평범한 목탄이 아니라 석탄이라는 걸 잊지 마세요. 나는 에이해브가 중얼거리는 걸 들은 적이 있어요. '이 늙은 손에다 이따위 카드를 쥐여주고는, 다른 카드가 아니라 이 카드로만 승부를 해야 한다고 주장하는 놈이 있지.' 빌어먹을. 에이해브, 당신이 옳아요. 승부에 살고 승부에 죽는 건 올바른 행동이죠!"

{ 제 119장 }

세 개의 촛불

가장 따뜻한 지방은 가장 잔인한 엄니를 지니고 있다. 벵골 호랑이는 끝없이 푸르고 향기로운 숲속에 웅크리고 있다. 눈부신 하늘은 가장 맹렬한 천둥을 감추고 있고, 찬란한 쿠바는 평범한 북부지방을 한 번도 휩쓸

---

532 로마 전설에 나오는 용감한 삼형제. 로마 건국 초기, 이웃한 알바롱가와 전쟁이 벌어지자 두 나라는 전사 대표 세 명이 싸우는 것으로 결판을 내기로 한다. 그러자 호라티우스 삼형제가 나서서 나라를 위해 목숨을 바치겠다고 맹세한다. 프랑스 화가 자크-루이 다비드(1748~1825)의 '호라티우스 형제의 맹세'는 이 주제를 그린 작품이다.

지 않은 회오리바람을 알고 있다. 그래서 눈부시게 빛나는 이곳 일본 해역에서 항해자들은 온갖 폭풍 중에서도 가장 무서운 태풍을 만난다. 태풍은 멍하고 나른하게 잠든 마을에서 폭탄이 폭발하듯 구름 한 점 없는 하늘에서 느닷없이 시작된다.

그날 저녁 무렵 '피쿼드'호의 돛들은 갈기갈기 찢어졌고 벌거벗은 돛대들은 바로 앞을 덮친 태풍과 싸워야 했다. 어둠이 다가오자 하늘과 바다는 천둥으로 쪼개져 으르렁거렸고 번갯불로 밝게 빛났다. 번개가 치면, 쓸모없게 된 돛대 여기저기에서 누더기가 된 조각들이 펄럭이고 있는 것이 보였다. 그 넝마들은 사나운 폭풍우가 처음 돛대를 덮쳤을 때, 나중에 위안을 받으라고 남겨둔 것이었다.

스타벅은 돛대줄을 붙잡고 뒷갑판에 서서 번갯불이 번쩍일 때마다 위쪽을 쳐다보며, 그곳에 복잡하게 얽혀 있는 밧줄에 또 재난이 닥치지나 않았는지를 확인했다. 한편 스터브와 플래스크는 보트를 더 높이 끌어 올려 단단히 잡아매고 있는 선원들을 감독했다. 하지만 아무리 애써봤자 모두 헛수고처럼 여겨졌다. 바람 불어오는 쪽에 있었던 에이해브의 보트를 기중기 꼭대기까지 끌어 올렸지만 재난을 피하지는 못했다. 흔들리는 '피쿼드'호의 뱃전에 거대한 파도가 몰아쳐, 그 뱃전에 매달려 있던 보트의 고물 바닥에 구멍을 뚫어놓았다. 파도가 물러간 뒤에 보니 보트에서는 체처럼 물이 줄줄 새고 있었다.

"엉망이군요. 엉망진창이에요, 스타벅 씨." 망가진 보트를 보고 스터브가 말했다. "하지만 바다가 하는 짓이니 어쩔 수 없지. 나 스터브도 바다와는 싸울 수 없어. 스타벅 씨, 파도란 놈은 아주 먼 거리를 달려와서, 그야말로 세계를 한 바퀴 돌고 와서 그 힘으로 뛰어오르죠. 그놈하고 맞서려고 달려봤자 이 갑판 너비밖에 안 돼요. 하지만 상관없어요. 그것도 다 재미로 하는 거니까. 옛날 노래가 그렇게 말하고 있죠." [노래를 부른다.]

오, 폭풍은 즐거워라.

고래는 장난꾸러기,

여봐란듯이 뽐내며 꼬리를 휘두르는구나―

오, 바다여! 너는 그렇게

유쾌하고, 경쾌하고, 호쾌하고, 상쾌한 장난꾸러기!

물보라는 바람에 날아가네.

향료를 넣고 저을 때만

거품이 이는 술―

오, 바다여! 너는 그렇게

유쾌하고, 경쾌하고, 호쾌하고, 상쾌한 장난꾸러기!

벼락은 배를 쪼개지만,

너는 이 술을 맛보며

입맛을 다실 뿐―

오, 바다여! 너는 그렇게

유쾌하고, 경쾌하고, 호쾌하고, 상쾌한 장난꾸러기!

"스터브, 그만둬!" 스타벅이 고함을 질렀다. "태풍이 노래를 부르고 우리 밧줄로 하프를 켜는 건 어쩔 수 없지만, 자네가 용감한 사나이라면 잠자코 있을 거야."

"하지만 나는 용감한 사나이가 아니에요. 용감한 사나이라고 말한 적도 없고요. 나는 겁쟁이예요. 그래서 기운을 내려고 노래를 부르는 거예요. 그러니까 스타벅 씨, 이 세상에서 내가 노래 부르는 걸 그만두게 하려면 내 목을 자르는 수밖에 없어요. 목이 잘리면 나는 십중팔구 당신에게 신의 영광을 찬미하는 찬송가를 마무리로 불러줄 겁니다."

"미친놈! 눈깔이 없으면 내 눈을 빌려서라도 똑똑히 보라고."

"뭐라고요? 어떻게 당신은 캄캄한 밤중에 남들보다 더 잘 볼 수 있죠? 얼마나 어리석은지는 차치하고."

"이봐!" 하고 스타벅은 스터브의 어깨를 움켜잡고 바람이 불어오는 뱃머리 쪽을 가리키면서 외쳤다. "폭풍은 동쪽에서, 에이해브가 모비 딕을 찾아가려는 바로 그쪽 방향에서 불어오고 있다는 걸 모르겠나? 오늘 정오에 에이해브는 동쪽으로 방향을 돌렸잖아? 저기 있는 에이해브의 보트를 봐. 구멍이 어디에 뚫렸지? 고물 마루야. 알겠나? 에이해브가 늘 서 있는 곳, 바로 그 자리에 구멍이 뚫렸다고! 꼭 노래를 불러야겠다면, 바다로 뛰어들어가서 마음대로 불러!"

"무슨 소린지 절반도 못 알아듣겠군요. 바람이 어쨌다는 겁니까?"

"그래, 그래, 희망봉을 돌아서 가는 게 낸터컷으로 가는 지름길이야." 스타벅은 스터브의 질문을 들은 체도 않고 혼잣말로 중얼거렸다. "지금 우리 배에 구멍을 뚫으려고 기를 쓰는 폭풍을 우리는 순풍으로 바꿀 수 있어. 이 바람을 타고 집으로 돌아갈 수도 있다고. 바람이 불어오는 저쪽에는 파멸의 어둠만 있을 뿐이야. 그러나 바람이 불어가는 집 쪽은 밝아지는 게 보여. 번갯불 때문에 밝아지는 게 아니야!"

그 순간 번갯불에 뒤이어 캄캄한 어둠이 내리덮였을 때, 그의 옆에서 어떤 목소리가 들려왔다. 그리고 거의 같은 순간, 일제 사격 같은 우레소리가 바로 머리 위에서 울려 퍼졌다.

"누구야?"

"벼락 영감이다." 에이해브가 뱃전을 따라 자신의 회전축 구멍 쪽으로 가면서 말했다. 그는 길을 더듬어 나아가고 있었지만, 연달아 번득인 번갯불 덕분에 길을 찾기가 갑자기 쉬워졌다.

육지의 첨탑에 설치한 피뢰침은 위험한 전류를 땅속으로 흘려보내기 위한 것인데, 바다에서도 돛대마다 이런 피뢰침을 설치한 배가 있는 것은 전류를 바닷속으로 흘려보내기 위한 것이다. 하지만 이 전도체의 끝은 절대로 선체에 닿지 않도록 상당한 깊이까지 내려가야 한다. 그런데 그것을 항상 물속에서 끌고 다니면 밧줄에도 적잖이 방해가 될뿐더러 배의 진행도 다소 방해할 것이며, 자칫하면 여러 가지 재난을 일으키기 쉽다. 이 때문에 선박용 피뢰침의 아랫부분은 항상 물속에 늘어뜨리지 않고, 대개는 길고 가느다란 고리 모양으로 만들어 좀 더 쉽게 물속에서 끌어 올려 뱃전 바깥쪽에 설치된 사슬에 걸어놓았다가 필요하면 즉시 바다에 던질 수 있도록 되어 있다.

"피뢰침! 피뢰침!" 스타벅은 방금 에이해브의 길을 밝혀준 번갯불 때문에 갑자기 경계심이 발동하여 외쳤다. "피뢰침을 바다에 던졌나? 던져라. 앞에도, 뒤에도! 빨리!"

"그만둬!" 에이해브가 외쳤다. "우리 쪽이 약하지만 당당하게 맞서자. 나는 온 세계가 안전하도록 히말라야와 안데스에 피뢰침을 세우는 데 이바지하겠지만, 특권은 사양하겠다. 피뢰침은 그냥 내버려둬."

"위쪽을 보세요!" 스타벅이 소리쳤다. "성 엘모의 불[533]이다. 성 엘모의 불!"

모든 활대 끝에서 창백한 불이 반짝거렸다. 세 개의 높은 돛대 꼭대기에 있는 세 개의 피뢰침 끝에서 끝이 뾰족한 하얀 불꽃 세 개가 타오르고 있었다. 세 개의 돛대는 제단 앞에 놓인 세 개의 거대한 촛불처럼 그 유황빛 공기 속에서 조용히 타고 있었다.

"망할 놈의 보트! 저리 꺼져!" 바로 그때 스터브가 고함을 질렀다. 거센 파도가 스터브의 보트를 밑에서 들어 올리는 바람에 보트에 밧줄을 두르고 있던 손이 뱃전에 호되게 눌렸기 때문이다. "제기랄." 그러나 갑판 위에서 뒤쪽으로 미끄러지면서 눈을 든 그는 그 불꽃을 보고 당장 말투를 바꾸어 "성 엘모의 불이여, 제발 우리에게 자비를 베푸소서!" 하고 외쳤다.

---

533 폭풍우가 치는 날 밤에 돛대나 비행기 날개 따위에 나타나는 방전 현상.

선원들에게 욕설은 다반사로 쓰는 말이다. 그들은 파도가 잔잔해서 몽환 상태에 빠져 있을 때도, 휘몰아치는 폭풍 속에서도 욕설을 내뱉을 것이고, 활대에서 소용돌이치는 바다로 하마터면 떨어질 뻔할 때도 욕을 할 것이다. 그러나 지금까지 내가 경험한 항해에서 하느님의 불타는 손가락이 배에 얹히고 '메네, 메네, 테켈, 우파르신'[534]이란 하느님의 말씀이 모든 버팀줄과 삭구 속에 짜 넣어진 상황에서 선원들이 흔한 욕설을 내뱉는 것은 거의 들어본 적이 없다.

이 창백한 불길이 돛대 꼭대기에서 타고 있을 때, 넋을 잃은 선원들은 거의 말을 하지 않았다. 그들은 앞갑판에 한 덩어리로 모여 있었고, 그들의 눈은 그 창백한 인광 속에서 먼 하늘의 별자리처럼 반짝이고 있었다. 그 희미한 빛을 배경으로 더욱 두드러지게 떠오른 깜둥이 대구는 키가 실제보다 세 배나 커 보였고, 마치 천둥의 근원인 먹구름처럼 보였다. 태시테고의 벌린 입에서는 상어처럼 새하얀 치아가 드러났는데, 그것도 역시성 엘모의 불에 닿은 것처럼 야릇하게 빛나고 있었다. 퀴퀘그의 문신도 초자연적인 빛을 받아 그의 몸뚱이 위에서 악마의 푸른 불길처럼 타오르고 있었다.

이 극적인 장면은 결국 돛대 꼭대기의 창백한 불꽃과 함께 사라지고, '피쿼드'호와 그 갑판 위에 있는 선원들은 다시 어둠의 장막에 휩싸였다. 잠시 후 스타벅은 뱃머리 앞으로 나아가다가 누군가와 부딪혔다. 스터브였다.

"지금은 무슨 생각을 하고 있나? 자네가 외치는 소리를 들었는데, 노래가사와는 다르던데?"

"아, 아닙니다. 난 성 엘모의 불에게 말했을 뿐이에요. 우리 모두에게 자비를 베풀어달라고. 그건 지금도 마찬가지예요. 하지만 성 엘모의 불

[534] 구약성서 「다니엘서」에서 바빌로니아 왕 벨사자르가 베푼 잔치 때 벽에 나타난 문자로, 바빌로니아의 멸망을 예언했다. "세어서, 세어서, 저울에 달려서, 나뉘었다"라는 뜻이다.

은 우울한 얼굴에만 자비를 베풉니까? 웃음에는 무자비한가요? 여봐요, 스타벅 씨. 하지만 너무 어두워서 볼 수가 없군요. 그러면 내 말을 듣기만 하세요. 나는 우리가 돛대 꼭대기에서 본 불꽃을 행운의 징조로 생각합니다. 저 돛대들은 경뇌유로 가득 차게 될 선창에 뿌리를 내리고 있으니까요. 따라서 그 기름은 나무의 수액처럼 모두 돛대로 빨려 올라갈 거예요. 그래요, 저 세 개의 돛대는 고래기름으로 타오르는 세 개의 양초가 될 겁니다. 우리가 본 그 광경은 좋은 징조예요."

그 순간 스타벅은 스터브의 얼굴이 서서히 시야에 나타나는 것을 보았다. 그는 위를 쳐다보고 소리쳤다. "저것 봐. 저기!" 끝이 뾰족한 불꽃이 또다시 돛대 꼭대기에서 타고 있었다. 불꽃은 그 창백한 빛깔 때문에 초자연적인 느낌이 갑절로 강해진 것 같았다.

"성 엘모의 불이여, 우리 모두에게 자비를 베푸소서." 스터브가 다시 소리쳤다.

주돛대 아래쪽, 금화와 불꽃 밑에서 배화교도가 에이해브 앞에 무릎을 꿇고 있었다. 하지만 숙인 머리는 엉뚱한 쪽을 향하고 있었다. 바로 옆에 밧줄이 아치 모양으로 덮여 있고, 거기서 활대를 고정시키고 있는 선원들이 번득이는 섬광에 포착되었다. 그들은 이제 한 덩어리로 응집된 채 활대에 매달려 시계추처럼 흔들거리고 있었는데, 그 모습이 축 늘어진 과일나무 가지에 매달린 채 꼼짝하지 않는 말벌 떼처럼 보였다. 다른 선원들은 헤르쿨라네움[535]에서 서거나 걷거나 달리는 자세로 발굴된 유골들처럼 마법에 걸린 듯 다양한 자세로 갑판에 뿌리를 내리고 있었지만, 눈은 모두 위쪽으로 치뜨고 있었다.

"여러분!" 에이해브가 외쳤다. "저걸 보아라. 주의해서 잘 보아둬라. 저 하얀 불꽃은 흰 고래에게 가는 길을 밝혀줄 뿐이다. 저 주돛대에 걸려 있

---

535 이탈리아 남서부 나폴리 인근의 고대 도시. 서기 79년에 베수비오 화산의 분화로 폼페이와 함께 매몰되었다.

는 피뢰침 고리를 가져다 다오. 나는 그 맥박을 느끼고, 내 맥박을 거기에 대보고 싶다. 불에 피를 대는 거다."

그는 피뢰침 끝부분의 고리를 왼손에 단단히 쥐고 돌아서더니, 한쪽 발을 배화교도 위에 얹고 눈을 부릅떠 하늘을 우러러보며 오른손을 높이 쳐들고 돛대 끝 허공에서 타오르는 세 가닥의 불, 삼위일체의 불을 향해 꼿꼿이 섰다.

"오, 밝은 불의 맑은 정령이여, 나는 한때 이 바다에서 페르시아인처럼 그대를 숭배했지만, 예배를 드리다가 그대에게 화상을 입어 지금까지 흉터가 남아 있다. 나는 이제 그대를 안다. 맑은 정령이여, 그대를 올바르게 숭배하려면 그대에게 반항할 수밖에 없다는 것을 나는 알고 있다. 그대는 사랑에도 존경에도 감동하지 않는다. 그대를 증오하는 자는 죽여버릴 수도 있다. 그대는 누구나 가차 없이 죽인다. 두려움을 모르는 바보도 이제는 절대로 그대에게 반항하지 않는다. 나는 그대의 불가사의한 위력을 인정한다. 하지만 그 힘이 나를 무조건 지배하려 들면 나는 지진 같은 내 생명이 끝날 때까지 저항하겠다. 의인화된 사물 한가운데, 바로 여기에 인격을 가진 한 인간이 서 있다. 보잘것없는 점 하나에 불과하지만, 내가 어디서 왔고 어디로 가는지는 모르지만, 이 지상에 살고 있는 동안은 여왕과도 같은 인격이 내 안에 살면서 왕권을 느낀다. 그러나 전쟁은 고통이고 증오는 비애다. 그대가 사랑 중에서도 가장 저급한 형태로 온다 해도 나는 무릎을 꿇고 그대에게 입 맞출 것이다. 하지만 그대가 가장 높은 지위에서 단순히 고매한 위력만으로 나에게 온다면, 그대가 완벽한 장비를 갖춘 온 세상의 해군을 내보낸다 해도 이곳에는 여전히 거기에 무관심한 그 존재가 있다. 오, 그대 맑은 정령이여, 그대의 불은 나를 미치게 한다. 나는 불의 진정한 아들답게 그 불을 그대에게 되돌려 보낸다.

[갑자기 번갯불이 몇 차례 번쩍였다. 아홉 가닥의 불꽃이 지금까지 높이의 세

배가 넘을 만큼 높이 뛰어올랐다. 에이해브도 나머지 선원들과 함께 눈을 감고, 오른손으로 두 눈을 힘껏 눌렀다.]

"그대의 불가사의한 위력을 인정한다고 하지 않았더냐? 그 위력은 내게서 억지로 빼앗아간 것도 아니고, 나는 지금 이 고리를 놓치지도 않는다. 그대는 사람을 장님으로 만들 수 있지만, 그러면 나는 손으로 길을 더듬어 갈 수 있다. 그대는 모든 것을 다 태워버릴 수 있지만, 그러면 나는 재가 될 수 있다. 이 가엾은 눈과 그 눈을 덧문처럼 가리고 있는 손의 경의를 받아라. 나는 경의를 받고 싶지 않다. 번갯불이 내 두개골을 관통하여 내 눈알은 욱신거리고, 얻어맞은 뇌는 마치 목이 잘려 땅바닥에 뒹굴고 있는 것 같구나. 오오! 오오! 하지만 나는 눈을 가리고라도 그대에게 말하겠다. 그대는 빛이기는 하지만 어둠에서 뛰어나왔다. 하지만 나는 빛에서 뛰어나온 어둠이다. 그대 속에서 뛰어나온 어둠이다! 창 같은 번갯불이 멈춘다. 눈을 떠라. 보이는가, 안 보이는가? 저기서 불길이 타오른다! 오오, 그대는 고결하다. 이제 나는 내 혈통을 자랑스럽게 여긴다. 하지만 그대는 격렬한 성질을 가진 내 아버지일 뿐, 상냥한 어머니를 나는 모른다. 오, 잔인한 그대여, 내 어머니를 어떻게 했는가? 그게 의문이다. 하지만 그대에 대한 의문은 더 크다. 그대는 어디서 왔는지도 모른다. 그래서 그대를 애비 없는 자식이라고 부르는 것이다. 물론 그대는 자기 조상도 모른다. 그래서 그대를 뿌리 없는 자라고 부르는 것이다. 오, 전능한 자여, 그대가 그대 자신에 대해 모르는 것을 나는 나 자신에 대해 알고 있다. 그대 맑은 정령이여, 그대 너머에는 넓게 퍼지지 않은 무언가가 있다. 그것에 비하면 그대의 영원은 유한한 시간일 뿐이고, 그대의 창조성도 기계적인 것에 불과하다. 번갯불에 탄 내 눈이 그대를 뚫고, 그대의 불타는 자아를 뚫고 어렴풋이 그것을 본다. 오오 그대, 버려진 아이 같은 불이여. 나이를 기억할 수도 없을 만큼 오래된 은자여. 그대도 말로 표현할 수 없는 수수께끼와 남이 관여할 수 없는 슬픔을 갖고 있다. 여기서 또다시 나는 오만한 고통과 함께 내 아버지를 알아본다. 뛰어올라라! 높이 뛰어올라라! 그리고 하늘을 핥아라! 나도 그대와 함께 뛰어오르고 그대와 함께 탄다. 그리고 기꺼이 그대와 융합하겠다. 나는 그대를 거역하면서도 경배하리라!"

"보트! 보트!" 스타벅이 외쳤다. "영감님, 보트를 보세요."

대장장이의 불로 벼려진 에이해브의 작살은 보트의 받침대에 단단히 묶여서, 포경 보트의 뱃머리 너머로 불쑥 튀어나와 있었다. 하지만 그 보트 바닥에 구멍을 뚫은 파도 때문에 헐렁한 가죽 칼집이 작살에서 빠져버렸다. 지금 그 날카로운 촛날에서는 창백하고 끝이 갈라진 불꽃이 일직선으로 나오고 있었다. 작살이 뱀 헛바닥처럼 날름거리며 소리 없이 타오르는 것을 보고 스타벅은 에이해브의 팔을 움켜잡았다.

"하느님이, 하느님이 영감님한테 등을 돌리고 계십니다. 영감님, 제발 그만두세요! 이건 불길한 항해입니다. 시작부터 불길했고, 그 후 재난이 계속됐습니다. 아직 늦지 않았으니, 지금이라도 활대를 돌리고, 이 바람을 집으로 데려다주는 순풍으로 삼아서 좀 더 나은 항해를 계속합시다."

스타벅의 말을 엿듣고 두려움에 사로잡힌 선원들은, 돛대에는 돛이 한 조각도 남아 있지 않았지만 당장 아딧줄로 우르르 달려갔다. 지금 당장은 그들도 겁먹은 항해사와 같은 생각인 듯했다. 그들은 선상 반란이라도 일으킬 듯한 함성을 질렀다. 하지만 에이해브는 덜거덕거리는 피뢰침 고리를 갑판에 내던지고는, 타오르는 작살을 움켜쥐고 횃불처럼 휘두르면서 선원들 사이로 뛰어들어가, 누구든 맨 먼저 밧줄을 푸는 놈은 이것으로 찔러 죽이겠다고 고함을 질렀다. 그의 서슬에 깜짝 놀란 선원들은 그가 들고 있는 불타는 작살에 더욱 움츠러들어 허둥지둥 뒤로 물러났다. 그러자 에이해브는 다시 입을 열었다.

"흰 고래를 잡겠다는 너희들의 맹세는 내 맹세와 마찬가지로 절대 깰 수 없다. 그리고 이 늙은 에이해브는 심장도 영혼도 육체도 허파도 생명도 모두 그 맹세에 묶여 있다. 이 심장이 어떤 장단에 맞춰 고동치고 있는지, 너희들도 알 수 있을 것이다. 자, 여길 보아라. 너희들에게 남은 마지막 공포를 내가 훅 날려주마!" 그러고는 단 한 번의 입김으로 불꽃을 꺼버렸다.

태풍이 넓은 들판을 휘몰아칠 때 사람들이 외따로 서 있는 거대한 느릅나무 근처에서 달아나는 까닭은 나무가 높고 튼튼할수록 벼락의 표적이 되어 더욱 위험하기 때문이다. 그와 같은 이치로, 에이해브의 마지막 말을 들은 선원들은 대부분 경악과 공포에 사로잡혀 허둥지둥 그에게서 달아났다.

{ 　　제120장　　 }

첫 번째 밤번이 끝날 무렵의 갑판

[에이해브는 키 옆에 서 있고, 스타벅이 그에게 다가간다.]

"선장님, 주돛대의 중간활대를 내려야겠습니다. 밧줄이 느슨해져서 바람 불어가는 쪽의 활대줄이 많이 꼬였습니다. 돛을 내려도 될까요?"

"아무것도 내리지 마라. 밧줄로 단단히 묶어둬. 꼭대기돛대가 있다면 당장 올릴 텐데."

"선장님…… 제발…… 선장님!"

"뭐야?"

"닻이 내려져 있습니다. 배로 끌어 올릴까요?"

"아무것도 손대지 마라. 아무것도 움직이지 말고, 모두 밧줄로 단단히 묶어둬. 바람이 일기 시작했다. 하지만 아직 내 고원까지는 이르지 않았다. 빨리 시킨 대로 해. 어이가 없군! 저 녀석은 나를 연안에서 고기나 잡는 통통배의 곱사등이 선장쯤으로 여기고 있으니. 주돛대의 중간활대를 내린다고? 흥, 멍청한 놈! 돛대 꼭대기의 용두는 맹렬한 바람에 대비해서 있는 것이고, 내 머리 꼭대기의 용두는 지금 돌풍 속을 항해하고 있는 거다. 돛을 내려도 될까요?—라니. 비겁한 놈이나 폭풍이 불 때 용두를 내리는 거야! 그런데 하늘은 왜 이렇게 시끄럽지! 배탈이 시끄러운 병이라는 걸 내가 몰랐다면 저 소리조차 숭고하게 받아들일 텐데. 속이 거북하거든 약을 드시오, 약을!"

{　　　제121장　　　}

한밤중—앞갑판 뱃전

[스터브와 플래스크, 뱃전에 올라서서 거기에 매달려 있는 닻을 밧줄로 더욱 단단히 동여매고 있다.]

"아니, 스터브 씨, 그 매듭은 당신 마음 내키는 대로 얼마든지 두들길 수 있지만, 당신이 방금 한 말을 나한테 두드려 넣지는 못할 겁니다. 그리고 아까 그 말과는 정반대되는 말을 한 게 언제죠? 언젠가 당신은 에이해브가 타는 배야말로 뒤에는 화약통을 싣고 앞에는 성냥갑을 실은 것과 마찬가지니까 보험료를 더 내는 게 마땅하다고 말하지 않았나요? 어때요? 그렇게 말하지 않았나요?"

"내가 그렇게 말했는지도 모르지. 그게 어쨌다는 건가? 내 몸도 그때와는 얼마쯤 달라졌는데 왜 내 마음은 달라지면 안 되지? 게다가 이 배가 앞에는 화약통을 싣고 뒤에는 성냥갑을 싣고 있다 해도, 이렇게 흠뻑 젖어 있는데 제아무리 악마라도 어떻게 성냥에 불을 붙일 수 있겠나? 이보게, 자네 머리카락은 빨갛지만 지금 머리카락을 불태울 수는 없을걸. 머리를 흔들어보게. 자네는 물병자리, 즉 보병궁이란 말일세. 플래스크, 자네는 목 근처까지 물이 차 있어서 주전자 몇 개를 채울 수 있을 거야. 위험이 추가되면 해상보험회사들이 추가로 보장해준다는 걸 모르나? 이곳엔 소화전이 있어. 하지만 더 들어보게. 다른 것도 가르쳐주지. 하지만 그전에 밧줄을 걸어야겠으니 자네 다리를 닻 위에서 치워주게. 좋아, 이젠 내 말 좀 듣게나. 폭풍 속에서 돛대의 피뢰침을 손으로 잡는 것과 폭풍 속에서 피뢰침이 없는 돛대 옆에 서 있는 게 얼마나 큰 차이가 있다는 건가? 이 돌대가리야, 돛대에 먼저 벼락이 떨어지지 않는 한, 피뢰침을 잡은 사람은 아무런 해도 입지 않는다는 걸 정말 모르겠나? 그런데 자넨 도대체 무슨 말을 하고 있는 건가? 피뢰침이 있는 배는 백 척에 한 척도 안 돼. 그때 에이해브는…… 아니, 자네와 우리 모두도 지금 바다를 항해하고 있는 1만 척이나 되는 배의 선원들보다 더 위험했던 건 아니라는 게 내 생각일세. 그런데 왕대공 자네는 도대체 무엇 때문에 세상 사람들이 모두 민병대 장교의 뾰족한 깃털 장식처럼 작은 피뢰침을 모자 구석에 달고 피뢰침 줄을 장식 띠처럼 질질 끌고 다니게 하려는 거지? 이봐 플래스크, 좀 영리하게 굴면 안 되겠나? 영리해지는 건 쉬운 일이야. 그런데 왜 안 하지? 눈이 반쪽만 있어도 누구나 영리하게 굴 수 있어."

"글쎄, 그건 잘 모르겠는데요. 당신도 때로는 영리하게 굴기가 어렵지 않나요?"

"그야 그렇지. 온몸이 흠뻑 젖어 있으면 영리하게 굴기가 어렵지. 그건 사실이야. 그리고 나는 지금 이 물보라 때문에 흠뻑 젖어버렸어. 하지만 신경 쓰지 말게. 그 밧줄을 잡아서 이리 보내게. 우리는 이 닻을 다시는 쓰지 않을 것처럼 꽁꽁 묶고 있는 것 같군. 플래스크, 이 두 개의 닻을 묶는 게 꼭 사람 손을 뒤로 돌려서 묶는 것 같아. 정말 크고 너그러운 손이군. 이게 자네의 주먹인가? 어쩌면 주먹이 이렇게 크단 말인가. 그런데 플래스크, 이 세계는 도대체 어디에 닻을 내리고 있는 걸까? 하지만 만약 닻을 내리고 있다면 어마어마하게 긴 밧줄에 매달려 있을 거야. 자, 그 매듭을 망치로 두들겨. 이제 다 끝났어. 갑판으로 내려가는 건 육지에 오르는 것 다음으로 기분 좋은 일이지. 이봐, 내 재킷 자락을 좀 짜주게. 고맙네, 플래스크. 사람들은 우리의 재킷을 보고 웃어대지. 하지만 바다에서 폭풍을 만나면 긴 꼬리가 달린 코트를 항상 입어야 할 것 같아. 뾰족한 꼬리는 물을 흘러내리게 하는 데 안성맞춤이니까 말이야. 그리고 챙이 위로 젖혀진 모자도 마찬가지야. 젖혀진 모자챙이 박공벽 처마 끝에 있는 물받이 구실을 하니까. 플래스크, 난 이제 짧은 재킷에 방수모는 사양하겠어. 앞으로는 연미복에 실크해트를 쓸 거야. 야호! 휴! 내 방수모가 뱃전 너머로 날아가는군. 주여, 주여, 하늘에서 내려오는 바람이 이렇게 예의가 없다니! 오늘 밤은 날씨가 정말 험악하군. 안 그래?"

{   제122장   }

한밤중의 돛대 망루―천둥과 번개

[주돛대의 중간활대―태시테고가 새 밧줄을 감고 있다.]

"음, 음, 음. 우레여, 멈추어라! 여기 올라오니 우레가 너무 많구나. 우레 따위가 무슨 소용이람. 음, 음, 음. 우레 따위는 원하지 않아. 필요한 건 럼주야. 럼주나 한 잔 줘. 음, 음, 음!"

제123장

머스킷총

태풍이 가장 맹렬히 휘몰아치고 있을 때, 고래 턱뼈로 만든 키 손잡이를 잡고 있던 '피쿼드'호의 키잡이는 키가 발작적으로 움직이는 바람에 몇 번이나 갑판에 나동그라졌다. 키 손잡이에는 보조 삭구가 달려 있었지만, 키 손잡이는 어느 정도 자유롭게 움직일 수 있어야 하기 때문에 그 밧줄을 느슨하게 해놓은 탓이었다.

이렇게 심한 폭풍 속에서 배가 공중에 던져진 셔틀콕처럼 바람에 날아갈 때는 나침반 바늘이 이따금 빙글빙글 도는 것도 결코 보기 드문 일이 아니다. '피쿼드'호의 경우도 마찬가지였다. 충격을 받으면 거의 언제나 나침반 바늘이 문자반 위를 굉장한 속도로 빙글빙글 도는 것이 키잡이 눈에 띄었다. 그 광경을 보고 이상한 감정을 느끼지 않는 사람은 거의 없다.

자정이 지나고 몇 시간 뒤에는 태풍도 많이 약해졌다. 그래서 스타벅과 스터브─한 사람은 앞쪽에서, 또 한 사람은 뒤쪽에서─의 맹렬한 노력으로 뱃머리의 삼각돛과 주돛대의 중간활대에 너덜너덜 남아 있는 누더기를 돛대에서 떼어내어 바람 불어가는 쪽으로 떠내려 보냈다. 그것은 앨버트로스가 폭풍 속을 날고 있을 때 이따금 바람에 휩쓸려 날아가는 깃털 같았다.

다음에는 찢어진 돛 대신 세 개의 새 돛을 잡아매서 짧게 줄이고, 폭풍 때 쓰는 튼튼한 돛을 그 뒤쪽에다 달았다. 그래서 배는 다시 정확하게 파도를 헤치며 나아갔다. 진로는 당분간 동남동쪽이고, 가능하면 그쪽으로 나아가라는 명령이 다시 키잡이에게 내려졌다. 바람이 심할 때는 풍향에 따라서만 배를 조종했기 때문이다. 하지만 이제 그는 나침반을 줄곧 들여다보면서, 배를 가능한 한 원래의 진로에 가깝게 돌리고 있었다. 그런데 오오! 좋은 징조였다. 바람이 배 뒤쪽으로 돌아오고 있는 것 같았다. 역풍이 이제 순풍으로 바뀐 것이다.

당장 선원들은 "순풍이다! 옹헤야! 모두 기운 내자!" 하고 활기차게 노래를 부르며, 그 장단에 맞춰 활대를 용골과 직각이 되게 돌렸다. 역풍이 순풍으로 바뀐 이 행운의 사건은 지금까지 계속된 불길한 전조가 모두 엉터리라는 증거였다.

하루 스물네 시간 중 언제라도 갑판에 중대한 변화가 일어나면 즉시 보고하라는 선장의 지시에 따라 스타벅은 활대를 순풍에 맞추어놓자마자—마음이 내키지 않았고, 우울한 기분이었지만—에이해브 선장에게 상황을 보고하기 위해 아래로 내려갔다.

선장실 문을 두드리려다가 그는 저도 모르게 멈칫했다. 선장실 램프가 좌우로 길게 흔들리면서 변덕스럽게 타오르고 있었다. 윗부분에 널판 대신 차양을 끼워 넣은 얇은 문에는 빗장이 걸려 있고, 램프 불빛이 그 문에 어지러운 그림자를 던지고 있었다. 지하에 동떨어져 있는 듯한 이 선장실은 자연이 내는 온갖 소리에 둘러싸여 있는데도 침묵에 짓눌려 있었다. 선반에는 장전된 머스킷총 몇 자루가 똑바로 세워진 채 번쩍이고 있는 게 보였다. 스타벅은 정직하고 성실한 사내였다. 그러나 머스킷총을 본 순간 이상하게도 스타벅의 마음속에 불순한 생각이 떠올랐다. 하지만 그 생각은 선악이 불분명하거나 어쩌면 선이라고 할 수 있는 생각과 한데 섞여 있었기 때문에 스타벅도 그 순간에는 그것이 불순한 생각이라는 것을 깨닫지 못했다.

"에이해브는 언젠가 나를 쏘려고 했었지." 스타벅이 중얼거렸다. "그래, 저게 바로 나를 겨누었던 총이야. 개머리판에 장식이 박힌 총. 어디 한번 만져볼까. 이상하군. 무시무시한 창을 그렇게 많이 휘둘러온 내가 지금 이렇게 손이 떨리다니. 총알이 들어 있나? 어디 보자. 아, 약실에 화약이 들어 있군. 이건 안 좋은데. 쏟아버리는 게 낫지 않을까? 아니, 잠깐만. 손이 떨리는 거부터 고치자. 생각하는 동안 대담하게 총을 잡고 있자. 나는 바람이 순풍으로 바뀐 것을 보고하러 왔어. 그런데 어떤 순풍이지? 죽음과 파멸로 가는 순풍—그래, 모비 딕에게는 순풍이지. 그 저주받은 고래에게만 좋은 순풍이야. 선장은 이 총을 나한테 겨누었지. 바로 이 총을 말이야. 그걸 지금은 내가 들고 있어. 이 총으로 선장은 나를 죽이려고 했지. 선장은 선원들을 모두 죽이는 것도 서슴지 않을 거야. 선장은 어떤 폭풍에도 돛을 내리지 않겠다고 말했어. 그 소중한 사분의도 내던져버렸어. 그렇다면 이 위험한 바다에서 선장은 그 엉터리 측정의에만 의존한 채 주먹구구식으로 항로를 더듬어가고 있다는 얘기잖아. 이 태풍 속에서 선장은 피뢰침도 필요 없다고 큰소리쳤어. 하지만 그 미친 노인네가 선원을 몽땅 자신과 함께 파멸로 끌고 가려고 하는데, 그래도 얌전히 따라야 하나? 그래, 이 배가 치명적인 피해를 입는다면 선장은 서른 몇 명을 고의로 죽인 살인자가 돼. 그리고 단언하건대, 에이해브가 마음대로 하게 내버려두면 이 배는 파멸의 구렁텅이로 빠지고 말 거야. 그렇다면 지금 이 순간 그를 제거하면 그는 그 무서운 죄를 짓지 않게 될 거야. 하! 에이해브가 잠꼬대를 하고 있군. 그래, 바로 저기서, 저 안에서 에이해브는 자고 있어. 자고 있다고? 그래. 하지만 아직 살아 있고, 곧 다시 깨어날 거야. 그러면 노인네여, 나는 당신을 거역할 수가 없어요. 이치를 따져서 설득해도, 충고해도, 간청해도, 당신은 귀를 기울이지 않을 거요. 그저 비웃고 경멸할 뿐이지. 절대 명령에 절대 복종. 당신이 말하는 건 이것뿐이오. 그리고 선원들 모두 당신과 마찬가지로 맹세했다고, 우리 모두 에이해브라고, 당신은 그렇게 말하지만, 그럴 리가 있나! 당치 않은 소리! 하지만 다른 방법이 없을까? 합법적인 방법은 없을까? 에이해브를 포로로 잡아서 고향으로 데려갈까? 뭐라고? 저 노인네의 억센 팔에서 힘을 빼앗겠다고? 바보가 아니고서야 누가 감히 그런 짓을 하려고 할까? 그래도 에이해브를 단단히 붙들어 맸다고 치자. 온몸을 밧줄과 닻줄로 꽁꽁 묶고 이 선장실 바닥의 고리 달린 볼트에 쇠사슬로 매놓으면, 에이해브는 우리에 갇힌 호랑이

모비 딕

보다 더 사납고 무서울 거야. 그 광경을 나는 감히 바라볼 수도 없을 거야. 그 무서운 울부짖음에서 도망칠 수도 없을 거야. 고향으로 돌아가는 길은 멀고도 험한 항해가 될 거야. 그동안 나는 마음의 평안도 모두 잃고, 잠도 이루지 못할 테고, 더없이 고귀한 이성도 나를 떠나버리겠지. 그러면 남은 방법은 뭘까? 육지는 수천 킬로미터나 떨어져 있고, 가장 가까운 육지라면 일본인데, 그곳은 문을 걸어 잠그고 있어. 나는 여기 망망대해에 홀로 서 있고, 나와 법률 사이에는 두 개의 바다와 하나의 대륙이 가로놓여 있어. 그래, 그래. 미래의 살인자가 자고 있는 침대에 벼락이 떨어져 그를 잠자리와 함께 태워버린다면, 벼락을 내린 하늘을 살인자라고 할 수 있을까? 그리고 내가 그를 죽이면 나도 살인자가 될까?"

그는 슬며시 곁눈질을 하면서 장전된 머스킷총의 총구를 천천히 문에 갖다 댔다.

"이 높이에 에이해브의 그물침대가 흔들리고 있고, 머리는 이쪽에 있다. 이제 손가락을 움직이기만 하면 스타벅은 살아남아서 아내와 아들을 다시 안을 수 있겠지. 오오, 메리! 메리! 오오, 내 아들아. 아들아! 아들아! 하지만 내가 노인네를 죽이지 않고 깨운다면, 이 몸은 일주일 뒤에는 다른 선원들과 함께 끝없이 깊은 바닷속으로 가라앉을 거야. 신이여! 어디계십니까? 쏠까? 말까?─아, 선장님, 바람이 잔잔해지고 방향을 바꾸었습니다. 앞돛대와 주돛대의 중간활대는 줄여서 달아놓았습니다. 배는 예정된 항로를 달리고 있습니다."

"후진하라! 오오, 모비 딕, 드디어 내가 네놈의 심장을 잡는구나!"

마치 스타벅의 목소리 때문에 말 못 하는 기나긴 꿈이 말을 하게 된 것처럼, 노인의 고통스러운 잠 속에서 이런 소리가 터져 나왔다.

아직 겨눈 채로 있는 머스킷총이 주정꾼의 팔처럼 떨면서 문에 부딪혔다. 스타벅은 천사와 씨름[536]을 하고 있는 것 같았다. 하지만 그는 문에서 돌아서서 죽음의 대롱을 선반에 돌려놓고 그곳을 떠났다.

"선장은 너무 깊이 자고 있더군. 스터브, 자네가 내려가서 선장을 깨우고 상황을 보고하게. 나는 여기 갑판에 있어야 하니까. 보고할 내용은 알고 있겠지?"

{ 제124장 }

나침반 바늘

이튿날 아침, 아직도 가라앉지 않은 바다는 길고 커다란 물결로 서서히 너울거리면서, 힘겹게 꿀록거리며 지나가는 '피쿼드'호에 덤벼들어 활짝 펼쳐진 거인들의 손바닥처럼 배를 뒤에서 밀어붙였다. 바람이 거세게 불고 있어서 하늘과 대기는 바람을 잔뜩 안은 거대한 돛처럼 보였다. 온 세상이 바람 앞에서 윙윙거렸다. 넘치는 아침 햇살에 감싸여 태양은 보이지도 않았다. 단지 그 자리에 퍼져 있는 강렬한 빛으로만 태양의 위치를 알 수 있었다. 그 위치에서는 총검 같은 광선이 다발을 이루며 움직이고 있었다. 바빌로니아의 왕과 왕비가 쓴 왕관의 문장과도 같은 눈부신 햇빛이 세상 만물을 뒤덮고 있었다. 바다는 녹은 황금이 담긴 도가니 같았고, 녹은 황금은 도가니 속에서 빛과 열로 보글보글 거품을 일으키며 춤추고 있었다.

에이해브는 마법에 걸린 듯 오랫동안 침묵을 지키면서 혼자 떨어진 곳에 서 있었다. 물결에 흔들리는 배가 뱃머리 기움대를 물속으로 처박을 때마다 그는 앞쪽에 나타나는 눈부신 햇빛을 보려고 눈을 돌렸고, 배가 고물을 낮출 때는 고개를 돌려 뒤쪽에 있는 태양을 바라보았다. 그리고 그 황금빛 광선이 곧게 뻗은 항적과 서로 섞이는 것을 지켜보았다.

---

536 구약성서 「창세기」(32장 24~29절)에서 야곱이 천사와 밤새도록 씨름한 일을 상기시킨다. 19세기 유럽 회화의 흔한 주제였다.

"하, 하! 나의 배여! 지금 너는 바다 위를 달리는 태양의 전차라고 해도 되겠구나. 호, 호! 내 뱃머리 앞쪽에 있는 모든 나라여! 나는 태양을 그대들에게 싣고 간다! 저기 큰 파도에 멍에를 씌워라. 이랴! 나는 파도를 전차 삼아 바다를 달린다!"

하지만 갑자기 어떤 생각이 고삐를 당겼는지, 그는 키잡이한테 서둘러 달려가서는, 지금 배가 어느 방향으로 달리고 있느냐고 숨가쁜 목소리로 물었다.

"동남동쪽입니다, 선장님." 놀란 키잡이가 말했다.

"거짓말 마라!" 그는 주먹을 불끈 쥐고 키잡이를 후려치면서 말했다. "아침 이 시각에 동쪽을 향해 달리고 있는데, 어떻게 태양이 고물 쪽에 있단 말이냐?"

이 말에 선원들은 모두 당황했다. 방금 에이해브가 말한 현상이 무엇 때문인지 다른 사람은 아무도 알아차리지 못했기 때문이다. 하지만 너무 명백해도 눈에 보이지 않는 법이다. 그게 이유였던 게 분명하다.

에이해브는 나침함에 머리를 반쯤 처박고 바늘을 들여다보았다. 쳐들었던 팔이 서서히 내려가고, 그는 잠시 비틀거리는 것처럼 보였다. 그 뒤에 서 있던 스타벅이 나침반을 들여다보니, 놀랍게도 두 개의 나침반은 분명히 동쪽을 가리키고 있었다. 그런데 '피쿼드'호는 정확히 서쪽을 향해 달리고 있었던 것이다.

하지만 처음에 일어난 놀라움이 선원들 사이에 퍼지기 전에 노인은 굳은 표정으로 웃으면서 외쳤다.

"알았다! 전에도 있었던 일이야. 스타벅, 간밤의 번개가 나침반 바늘을 돌려놓았어. 그것뿐이야. 자네도 그런 이야기를 들은 적이 있을 거야."

"예, 하지만 실제로 경험한 적은 없습니다, 선장님." 항해사는 파랗게 질린 얼굴로 침울하게 말했다.

여기서 말해두거니와, 폭풍이 심할 때는 이런 사고가 심심찮게 일어난다. 나침반에 축적되어 있는 자력은 누구나 알고 있듯이 본질적으로는 하늘에서 볼 수 있는 전기와 동일한 것이므로, 이런 일이 일어나도 그리 놀랄 일은 아니다. 벼락이 실제로 배에 떨어져 돛대나 밧줄을 강타할 경우, 나침반 바늘에 미치는 영향은 훨씬 치명적일 수도 있다. 그 천연 자석은 모든 기능을 잃어버리고, 따라서 한때 자력을 지녔던 강철은 기껏해야 노파의 뜨개바늘 정도밖에는 쓸모가 없게 된다. 어떤 경우든 그렇게 손상되거나 잃어버린 바늘 본래의 기능은 저절로 회복되지 않는다. 또한 나침함에 들어 있는 나침반이 벼락의 영향을 받으면, 배 안에 있는 다른 모든 나침반도 같은 운명을 맞게 된다. 심지어는 내용골에 끼워져 있는 맨 아래의 나침반까지도 영향을 받게 된다.

노인은 침착하게 나침함 앞에 서서 반대 방향을 나타내는 바늘을 바라보다가 이윽고 손을 뻗어 손가락으로 태양의 정확한 위치를 재고 바늘이 정반대로 돌려져 있는 것을 확인하자, 배의 진로를 바꾸라고 큰 소리로 명령했다. 활대는 높이 올려졌고, '피쿼드'호는 다시 한번 뱃머리를 대담하게 역풍 쪽으로 돌렸다. 순풍이라고 생각했던 바람이 실은 '피쿼드'호를 속이고 있었던 것이다.

그동안 스타벅은, 속으로는 무슨 생각을 하고 있었는지 모르지만, 아무 말도 하지 않고 필요한 명령만 조용히 내리고 있었다. 스터브와 플래스크—그들도 이때쯤에는 어느 정도 스타벅과 같은 생각을 갖고 있는 것 같았다—도 스타벅과 마찬가지로 군말 없이 명령에 따랐다. 일부 선원은 낮은 목소리로 투덜거렸지만, 그들이 에이해브에게 느끼는 두려움은 운명의 여신들에 대한 두려움보다도 컸다. 하지만 이교도 작살잡이들은 여느 때와 마찬가지로 전혀 동요하지 않았다. 설령 마음이 흔들렸다 해도, 그것은 에이해브의 굽힐 줄 모르는 마음이 같은 성질을 가진 그들의 마음에 쏘아 보낸 어떤 자력이 작용한 데 불과했다.

노인은 파도에 흔들리면서 깊은 상념에 잠긴 채 잠시 갑판을 거닐었다.

모비 딕

하지만 우연히 뼈다리 뒤꿈치가 미끄러지면서, 전날 그가 갑판에 내던지고 짓밟은 사분의의 구리 관측통이 눈에 띄었다.

"이놈, 건방지게 하늘을 쳐다보는 태양의 수로 안내자! 어제 내가 네놈을 때려 부쉈더니, 오늘은 나침반이 나를 파멸시킬 뻔했다. 그래, 그래. 하지만 에이해브는 아직 수평 자석쯤은 내 뜻대로 지배할 수 있지. 스타벅! 자루를 뺀 창과 나무망치, 그리고 돛을 꿰매는 가장 작은 바늘을 가져오게. 빨리."

그가 이렇게 충동적으로 지시하는 데에는 신중한 동기가 작용하고 있었을 것이다. 그 목적은 나침반 바늘이 거꾸로 돌아가는 놀라운 사건으로 사기가 떨어진 선원들에게 놀라운 기술을 보여줌으로써 사기를 되살리는 것이었을지도 모른다. 게다가 역방향을 가리키는 나침반으로도 어림짐작으로 방향을 잡을 수는 있지만, 미신에 사로잡히기 쉬운 선원들은 두려움과 불길한 예감을 느낀다는 것을 노인은 잘 알고 있었다.

"여러분!" 그는 항해사가 가져온 물건을 받아 들고 선원들을 돌아보며 말했다. "그놈의 벼락이 이 늙은이의 나침반 바늘을 돌려놓았지만, 에이해브는 이 쇳조각으로 어떤 나침반 못지않게 올바른 방향을 가리키는 나침반을 직접 만들 수 있다."

이 말에 선원들은 아침하는 듯한 경탄이 담긴 눈길을 교환하고, 어떤 마술이 시작될 것인지를 호기심 어린 눈으로 기다리고 있었다. 하지만 스타벅은 눈길을 돌려 다른 곳을 바라보고 있었다.

에이해브는 창끝을 망치로 때려 잘라내고, 나머지 기다란 쇠막대를 항해사에게 건네면서 그것을 갑판에 닿지 않도록 똑바로 세워서 잡고 있으라고 지시했다. 그리고 그 쇠막대의 위쪽 끝부분을 망치로 몇 번 내리친 다음, 그 위에 뭉툭한 바늘을 거꾸로 놓고 약간 힘을 빼어 몇 번 두드렸다. 그동안 항해사는 여전히 쇠막대를 잡고 있었다. 이어서 선장은 바늘로 몇 가지 이상한 동작을 하고—강철이 자력을 띠는 데 필요한 동작인지, 아니면 단순히 선원들의 경외감을 고조시킬 속셈인지는 확실치 않지만—삼실을 가져오게 했다. 그러고는 나침함으로 가서 거꾸로 돌아간 두 개의 바늘을 뽑아내고, 그물바늘 허리에 삼실을 묶어서 나침반 위에 수평이 되도록 매달았다. 그 쇠바늘은 처음에는 양끝을 떨면서 빙글빙글 돌았지만, 마침내 제자리에서 딱 멈추었다. 그러자 이 결과가 나오기를 유심히 지켜보고 있던 에이해브는 나침반에서 물러서서 팔을 뻗어 그쪽을 가리키며 큰 소리로 외쳤다.

"자, 다들 보라. 눈으로 똑똑히 보란 말이다. 에이해브가 어떻게 수평 자석을 조종했는지! 태양은 동쪽에 있고, 저 나침반은 그것을 가리키고 있다!"

선원들은 한 사람씩 차례로 나침반을 들여다보았다. 그렇게 무지한 자들을 납득시키려면 눈으로 직접 보게 할 수밖에 없었다. 그들은 한 사람씩 슬금슬금 그 자리를 떠났다.

경멸감과 승리감으로 불타는 에이해브의 두 눈에는 그의 파멸적인 오만함이 넘쳐흐르고 있었다.

{ 제 125 장 }

측정의와 줄

숙명의 '피쿼드'호가 항해를 떠난 지도 꽤 오래되었지만 측정의[537]는 사용한 적이 없었다. 배의 위치를 확정하는 데는 다른 신뢰할 만한 방법도 있기 때문에, 일부 상선과 대부분의 포경선에서는, 특히 순항하고 있을 때는 측정의를 바다에 던지는 일이 거의 없다. 그렇기는 해도 대개는 형식상의 이유로 배의 진로와 한 시간마다 추정한 평균 속도를 석판에 기록

537 測程儀. 배가 지나온 거리 또는 배의 속도를 재는 기구. 밧줄에 매달아 바다에 띄워서 측정한다.

하는 일은 규칙적으로 이루어진다. '피쿼드'호도 그런 식이었다. 나무로 만든 얼레와 거기에 매달린 네모난 측정의는 오랫동안 손도 대지 않은 채 고물 난간 밑에 매달려 있었다. 비와 파도가 그것을 적셨고, 태양과 바람이 그것을 말라비틀어지게 했다. 모든 자연력이 쓸데없이 매달려 있는 것을 썩게 하려고 힘을 모았다. 지금까지 이런 것에 무관심하고 제 기분에만 사로잡혀 있었던 에이해브가 자석 사건이 일어난 지 몇 시간도 지나기 전에 우연히 그 얼레를 보고는 이제 사분의가 없어졌다는 것을 기억해냈고, 광란 상태에서 측정의에 대해 맹세한 것도 생각해냈다. 배는 돌진하듯 달리고 있었고, 고물 쪽에서는 높은 물결이 어지럽게 굽이치고 있었다.

"거기, 앞으로! 측정의를 던져라!"

두 선원이 다가왔다. 황금빛 피부의 타히티섬 출신과 반백의 맨섬 출신이었다.

"누구든 한 사람이 얼레를 잡아라. 내가 던질 테니."

그들은 바람이 불어가는 쪽의 고물 끝으로 갔지만, 비스듬히 불어오는 바람 때문에 그곳 갑판은 옆으로 비스듬히 돌진하는 물결 속에 거의 잠겨 있었다.

맨섬 출신 늙은이가 얼레를 잡고, 줄이 감겨 있는 굴대에서 불쑥 튀어나온 손잡이를 높이 쳐들어서 모난 측정의를 아래로 늘어뜨렸다. 그는 에이해브가 다가올 때까지 그 자세로 서 있었다.

에이해브는 그 앞에 서서 얼레를 서른 번 넘게 돌리면서 줄을 고리 모양으로 손에 말아 쥐었다. 줄을 뱃전 너머로 던지기 위한 준비 작업이었다. 그때 에이해브와 줄을 열심히 바라보고 있던 맨섬 출신 늙은이가 대담하게 입을 열었다.

"선장님, 이 줄은 믿을 수가 없는데요. 완전히 썩어버린 것 같아요. 오랫동안 열을 받고 물에 젖어서 못쓰게 됐습니다요."

"괜찮을 거야, 영감. 오랫동안 열을 받고 물에 젖은 자네는 못쓰게 됐나? 잘 버티고 있는 것 같은데? 아니, 자네가 목숨을 붙잡고 있다기보다는 오히려 목숨이 자네를 붙잡고 있다는 게 더 맞는 말이겠군."

"저는 얼레를 붙잡고 있지요. 하지만 옳으신 말씀입니다. 머리가 백발이 되면 말다툼해봤자 소용이 없지요. 특히 상대가 잘못을 인정할 줄 모르는 윗사람인 경우엔……."

"그게 무슨 소리야? 자연의 여신이 화강암 위에 세운 대학에 엉터리 교수가 등장하셨군그래. 하지만 그 교수는 지나치게 비굴한 것 같은데, 자네는 어디서 태어났나?"

"맨이라는 바위투성이 작은 섬이지요."

"멋있군! 자네는 그걸로 세상에 한 방 먹였어."

"그건 모르겠지만 어쨌든 거기서 태어났지요."

"맨이라고? 그거 좋은데. 여기 맨(인간)에서 온 맨(남자)이 있다. 한때는 독립했던 맨에서 태어났지만 이제 맨을 떠나서 사내다움을 잃어버린 인간. 그건 다 빨려 들어갔어. 무엇에 빨려 들어갔지? 얼레를 올려! 캐묻기 좋아하는 머리는 결국에는 막다른 벽에 부닥치게 마련이지. 높이 쳐들어! 그래, 그렇게!"

측정의가 바다에 던져졌다. 풀린 줄은 순식간에 퍼져서 고물 쪽에 기다란 줄이 되어 끌려나갔다. 그러자 곧 얼레가 빙글빙글 돌기 시작했다. 굽이치는 파도 때문에 높이 올라갔다가 아래로 떨어질 때마다 줄을 잡아당기는 측정의의 저항으로 말미암아 얼레를 잡고 있는 늙은이는 이상한 자세로 비틀거렸다.

"단단히 잡아!"

툭! 지나치게 팽팽해졌던 줄은 축 늘어져 기다란 꽃줄 모양이 되었고, 줄을 잡아당기고 있던 측정의는 떨어져 나가고 말았다.

"나는 사분의를 부수고, 벼락은 나침반 바늘을 거꾸로 돌려놓고, 이번에는 미친 바다가 줄을 끊어버리고 말았군. 하지만 에이해브는 뭐든지 다고칠 수 있어. 이봐 타히티 놈, 줄을 잡아당겨. 맨섬은 줄을 얼레에 감아. 그리고 목수한테 다른 측정의를 만들게 하고, 자네들은 줄을 수리해. 알았나?"

"이제 가는군. 선장에게는 아무 일도 일어나지 않았지만, 나한테는 세계 한가운데에서 꼬챙이가 빠져나가는 것 같아. 당겨라, 당겨. 이 타히티 놈아! 이놈의 줄은 풀려나갈 때는 빙글빙글 돌면서 잘도 나가더니, 돌아올 때는 끊어져서 천천히 끌려오는군. 하, 핍이냐? 도와주러 왔냐?"

"핍이요? 누구더러 핍이라고 하는 겁니까? 핍은 포경 보트에서 바다로 뛰어들었어요. 핍은 행방불명이에요. 어부 아저씨, 아저씨가 여기서 핍을 낚아 올리지나 않았는지 봅시다. 음, 세게 끌어당기는군. 그 핍이란 놈이 잡아당기고 있을 거예요. 타히티 아저씨, 힘껏 잡아당겨서 핍을 떼어버리세요. 저런 겁쟁이는 끌어 올리지 말아요. 호오! 저기 핍의 팔이 지금 막 물을 가르고 있어요. 도끼! 도끼! 줄을 잘라버려요. 겁쟁이는 이 배에 끌어 올리지 마세요. 선장님, 선장님, 핍이 또 배에 올라오려고 기를 쓰고 있어요."

"조용히 해! 미친 녀석 같으니." 맨섬 노인이 핍의 팔을 움켜잡고 소리쳤다. "뒷갑판에서 꺼져!"

"큰 바보는 항상 작은 바보를 나무라는 법이지." 에이해브가 중얼거리며 다가왔다. "그 거룩한 것에서 손을 떼! 애야, 핍이 어디 있다고?"

"저기 고물에요, 선장님. 고물요! 보세요!"

"그런데 넌 누구냐? 너의 텅 빈 눈동자 속에는 내 모습이 비치지 않는구나. 오오, 하느님! 저런 인간은 불멸의 영혼들이 체에 거르는 존재군요! 애야, 너는 누구지?"

"종지기예요, 선장님. 배의 신호수예요. 딩! 동! 딩! 핍! 핍! 핍! 진흙 100파운드! 핍을 찾으면 진흙 100파운드를 보상으로 주겠어요. 키는 150센티미터. 겁쟁이 얼굴을 하고 있으니까 금방 알 수 있어요. 딩! 동! 딩! 누가 겁쟁이 핍을 보지 못하셨나요?"

"설선 위에는 따뜻한 심장이 있을 리가 없어. 오오, 얼어붙은 하늘이여, 여기를 내려다봐라. 그대 방탕한 조물주여, 그대는 이 불운한 아이를 낳고 내버렸구나. 애야, 에이해브가 살아 있는 한 앞으로는 선장실이 핍의 집이 되는 거야. 너는 내 가장 깊은 심금을 울리는구나. 너는 내 마음의 실로 짠 끈으로 나와 묶여 있다. 자, 선장실로 내려가자."

"이건 뭐죠? 벨벳처럼 부드러운 상어 가죽이군요." 핍은 에이해브의 손을 유심히 들여다보며 어루만졌다. "아아, 불쌍한 핍이 이렇게 보드라운 것을 만져보았다면 아마 절대로 없어지지 않았을 거예요! 이건 꼭 난간줄 같아요. 약한 사람들이 잡을 수 있는 난간줄 말이에요. 오오 선장님, 퍼스 영감을 불러서 이 검은 손과 하얀 손을 함께 못으로 박아달라고 하세요. 그러면 제가 이 손을 놓치지 않을 테니까요."

"오오, 애야, 여기보다 더 무서운 곳으로 너를 끌고 가게 되지만 않는다면 나도 너를 놓지 않을 거다. 자, 내 선실로 가자. 신들은 모두 선하고 인간은 모두 악하다고 믿는 자들아, 보라! 전지전능한 신은 고통받는 인간을 까맣게 잊고 있는데, 백치에다 자기가 무엇을 하고 있는지도 모르는 인간은 신에 대한 사랑과 감사로 가득 차 있구나. 오라! 나는 황제의 손을 잡은 적도 있지만, 그보다는 너의 검은 손을 잡고 가는 것이 더 자랑스럽구나!"

"미치광이 둘이 가는군." 맨섬 출신 늙은이가 중얼거렸다. "하나는 강해서 미쳤고, 또 하나는 약해서 미쳤어. 썩은 밧줄 끝이 이제 겨우 올라왔군. 흠뻑 젖었는걸. 이걸 고치라고? 아예 새 줄로 바꾸는 게 나을 것 같은데. 스터브 씨와 의논해봐야지."

{ 　　제126장　　 }

구명부표

　'피쿼드'호는 에이해브가 만든 수평 자석을 이용하여 동남쪽으로 방향을 잡고, 에이해브의 측정의와 줄에만 의지하여 배의 속도를 계산하면서 적도를 향해 나아가고 있었다. 오래지 않아 배는 한결같은 무역풍을 옆으로 비스듬히 받으면서 배 한 척 보이지 않는 쓸쓸한 해역을 오랫동안 항해했다. 파도는 단조로울 만큼 잔잔했다. 이 모든 것이 어떤 광포하고 절망적인 장면에 앞서 전주곡으로 펼쳐지는 기묘한 고요함처럼 느껴졌다.

　드디어 배가 적도 어장의 변두리에 접근하여 동트기 직전의 짙은 어둠을 뚫고 옹기종기 모여 있는 작은 바위섬들 옆을 지나고 있을 때, 밤번들―그때는 플래스크가 그들을 지휘하고 있었다―은 애처로울 만큼 거칠고 이 세상의 것 같지 않은 섬뜩한 소리, 아무 죄도 없이 헤롯 왕에게 살해된 아기들[538]의 망령이 울부짖는 듯한 소리에 깜짝 놀라 모두 공상에서 깨어났다. 그리고 로마 노예의 조각상처럼 서거나 앉거나 비스듬히 기댄 채 한동안 꼼짝하지 않고 그 소리가 들리지 않을 때까지 귀를 기울이고 있었다. 선원들 가운데 기독교도나 문명인들은 그것이 인어라고 말하면서 벌벌 떨었다. 하지만 이교도 작살잡이들은 놀란 기색도 보이지 않았다. 선원들 중에서 가장 나이가 많은 백발의 맨섬 노인은 그 소름 끼치는 소리가 바다에 빠져 죽은 지 얼마 안 되는 사람들의 목소리라고 단언했다.

　선장실에서 그물침대에 누워 있던 에이해브는 잿빛 새벽녘에 갑판으로 올라올 때까지 그 일을 모르고 있었다. 그가 갑판에 나타난 뒤에야 비로소 플래스크가 미신적인 불길한 의미까지 암시하며 사건 전말을 보고했다. 하지만 에이해브는 껄껄 웃고는 그 불가사의한 소리에 대해 설명했다.

538　예수가 태어났을 때, 그가 나중에 유대인의 왕이 된다는 말을 들은 헤롯 왕은 "베들레헴과 그 주변 지역에 사는 두 살 이하의 사내아이를 모조리 죽였다."(신약성서 「마태복음」 2장 16절)

배가 스치고 지나온 그 바위섬들은 수많은 바다표범이 무리를 지어 사는 곳인데, 어미를 잃은 새끼와 새끼를 잃은 어미들이 배 가까이에 떠올라 줄곧 배를 따라오면서 사람 울음과 비슷한 그들 특유의 소리로 울부짖은 모양이라는 것이었다. 하지만 이 설명은 일부 선원에게 오히려 더 큰 충격을 주었을 뿐이다. 대부분의 선원들은 바다표범에 대해 매우 미신적인 감정을 품고 있었기 때문이다. 그것은 바다표범이 비탄에 빠져 우는 소리가 너무나 독특했을 뿐만 아니라, 뱃전 옆에서 수면 위로 고개를 내밀고 이쪽을 빤히 바라볼 때의 그 동그란 머리 모양과 영리해 보이는 얼굴이 인간과 너무나 비슷했기 때문이기도 하다. 바다에서는 종종 바다표범을 사람으로 잘못 보는 일이 드물지 않았다.

하지만 선원들의 불길한 예감은 그날 아침 한 동료 선원에게 닥친 재난을 통해 가장 그럴듯한 확증을 얻게 되었다. 동이 트자 이 선원은 그물침대를 나와서 앞돛대 망루로 올라갔지만, 아직 잠이 다 깨지 않았는지(선원들은 잠이 덜 깬 상태로 돛대에 올라가는 경우가 자주 있었다) 혹은 그가 늘 그랬는지는 이제 와서 알 도리가 없지만, 어쨌든 그가 돛대에 올라간 지 얼마 지나기도 전에 외치는 소리와 뭔가 바람처럼 지나는 소리가 들려왔다. 선원들이 위를 쳐다보니 공중에서 뭔가 떨어지는 게 보였고, 아래를 내려다보니 푸른 바다에 하얀 거품이 작은 무더기로 떠올라 물결에 흔들리고 있었다.

구명부표—길고 가는 통—는 교묘한 용수철 장치로 항상 고물에 매달려 있었다. 선원들이 재빨리 바다로 던졌지만, 그걸 잡을 손은 물속에서 나오지 않았다. 그리고 너무 오랫동안 햇빛을 받은 이 통은 바싹 쪼그라들어서 천천히 물이 차기 시작했다. 바짝 마른 목재도 숨구멍을 열어 물을 빨아들였다. 그리하여 쇠못을 박고 쇠테를 두른 이 통은 선원의 뒤를 따라 바다 밑바닥으로 가라앉았다. 좀 딱딱하긴 하지만 선원의 베개라도 되겠다는 듯이.

이리하여 흰 고래의 안마당에서 흰 고래를 찾으려고 가장 먼저 '피쿼드'호의 돛대에 올라간 그 선원은 깊은 바다에 삼켜지고 말았다. 하지만 그때 그 일을 심각하게 생각한 선원은 거의 없었을 것이다. 사실 그들은 이 사건을 불길한 징조로 슬퍼하지는 않았다. 그들은 이것을 앞으로 닥쳐올 불행의 전조로 생각지 않고, 이미 예고된 재난이 실현되었다고 생각했기 때문이다. 그들은 간밤에 들은 그 날카로운 소리의 까닭을 이제 알았다고 말했다. 하지만 맨섬 출신 늙은이는 또다시 그 말에 반박했다.

이제 잃어버린 구명부표를 대체해야 했다. 스타벅이 그 일을 처리하라는 명령을 받았다. 하지만 물에 뜰 만큼 가벼운 통은 찾을 수 없었고, 이번 항해의 중대 국면이 다가오고 있음을 느끼고 열광 상태에 빠진 선원들은 결과가 어떻게 되든 항해의 최종 목적과 직접 연결되지 않는 일을 참지 못했다. 그래서 그들은 고물에 구명부표를 매달지 않은 채 내버려두려고 했다. 그때 퀴케그가 이상야릇한 손짓과 표정으로 자신의 관을 암시했다.

"관으로 구명부표를 만들라고?" 스타벅이 놀라서 외쳤다.

"듣고 보니 좀 이상하군요." 스터브가 말했다.

"꽤 좋은 부표가 될 것 같은데요. 목수가 간단히 개조할 수 있을 겁니다." 플래스크가 말했다.

"그걸 가져와. 다른 건 없으니까." 스타벅은 잠깐 우울한 표정을 짓고 있다가 말했다. "목수, 구명부표를 만들게. 그런 눈으로 나를 쳐다보지 마. 관으로 구명부표를 만들란 말이야. 알아들었나? 임시변통으로 만들어 봐."

"항해사님, 그럼 뚜껑에 못질을 할까요?" 목수는 망치를 손에 든 것처럼 손을 내리치며 물었다.

"그래."

"그리고 이음매를 메울까요?" 목수는 틈새를 뱃밥으로 메울 때 쓰는 끌을 쥐고 있는 것처럼 손을 움직였다.

"그래."

"그다음에는 역청을 칠할까요?" 목수는 역청 단지를 들고 있는 것처럼 또 손을 움직였다.

"그만! 도대체 왜 그래? 이 관으로 구명부표를 만들란 말이다. 그것뿐이야. 자, 스터브, 플래스크, 나하고 같이 앞쪽으로 가세!"

"발끈 화가 나서 가버리는군. 전체 일은 참을 수 있지만, 부분적인 일엔 갑자기 주저하는 사람이야. 그런데 이 일은 마음에 안 들어. 내가 에이해브 선장을 위해 다리를 만들어주었더니 선장은 신사답게 그것을 달았지만, 퀴퀘그한테 상자를 만들어주었더니 녀석은 그 속에 머리를 넣으려고도 하지 않더군. 내가 저 관을 만든 건 완전히 헛수고였나? 그런데 이제 저 관으로 구명부표를 만들라고? 그건 헌 코트를 뒤집는 거나 마찬가지 잖아. 이런 식으로 대충 끼워 맞추는 일은 내키지 않아. 정말로 딱 질색이야. 품위 없는 일이지. 내가 할 일이 아니야. 그런 일은 수선쟁이한테나 시켜. 나는 깨끗하고 순결하고 떳떳하고 엄밀한 일만 맡고 싶어. 처음부터 제대로 시작하고, 중간쯤 오면 일이 절반쯤 진행되고, 마지막에 일이 딱 마무리되는 그런 일만 손대고 싶다고. 수선 일은 중간에 끝나기도 하고 막판에 시작되기도 하지. 수선 따위는 할멈들이나 하는 짓이야. 할멈들은 수선쟁이를 좋아하지. 나는 예순다섯 살 먹은 할망구가 머리 까진 젊은 수선쟁이와 눈이 맞아 함께 달아난 걸 본 적이 있어. 내가 비니어드에 가게를 열고 있을 때 외로운 과부 할망구들의 일을 맡지 않으려 한 것도 그때문이야. 그 외롭고 늙은 머리에 나하고 같이 달아나자는 생각이 떠오를지도 모르니까. 하지만 바다에는 할멈들이 쓰는 머릿수건 같은 건 없어. 있는 건 눈처럼 하얀 수건을 쓴 파도뿐이지. 어디 보자. 뚜껑에는 못질을 하고, 이음매를 메우고, 역청을 칠하고, 누름대로 단단히 보강해서 고물에 용수철로 매단다는 거지. 관에다 그런 짓을 한 적이 있었을까? 미신에 사로잡힌 늙은 목수라면 그런 일을 하느니 차라리 밧줄로 꽁꽁 묶이는 편이 낫다고 할 거야. 하지만 나는 옹이가 많은 어루스틱[539]의 소나무로 만들어진 것처럼 억센 사나이야. 나는 꿈쩍도 하지 않아. 그런데 말의 궁둥이처럼 배의 고물에 관을 매달다니. 묘지에서나 쓰는 상자를 달고 항해하다니! 하지만 상관없어. 우리들 목수는 관과 상여만이 아니라 신방의 침대나 카드 테이블도 만들지. 우리는 다달이 돈을 받고 일하거나, 도급으로 일하거나, 물건을 만들어 팔아서 이문을 남기지. 우리가 하는 일의 이유나 목적 따위는 묻지 않아. 물론 너무 터무니없는 일은 가능하면 사양하지. 에헴! 이제 얌전히 일을 해볼까. 자, 그러면—어디 보자. 이 배에 타고 있는 사람이 모두 몇 명이더라? 잊어버렸네. 어쨌든 터번처럼 매듭을 지은 구명줄 서른 개를 각각 1미터 길이로 만들어서 관 주위에 빙 돌아가면서 매달아놓자. 배가 침몰하면 서른 명이 관 하나를 서로 차지하려고 싸우겠군. 태양 아래에서 그렇게 자주 볼 수 있는 광경은 아니야! 자, 망치, 끌, 역청 단지, 그물바늘이 준비됐으니, 어서 일을 시작하자."

{ 　제127장　 }

갑판

[관은 바이스 작업대와 열려 있는 해치 사이에 있는 두 개의 밧줄통 위에 걸쳐져 있다. 목수는 관의 틈새를 뱃밥으로 틀어막고 있다. 그의 작업복 앞주머니에 들어 있는 커다란 두루마리에서 꼬인 뱃밥이 천천히 풀려 나온다. 에이해브는 선장실 입구에서 천천히 걸어 나오다가 뒤따라오는 핍의 발소리를 듣는다.]

"돌아가거라, 얘야. 곧 네가 있는 데로 돌아갈 테니까. 그래, 가는구나! 이 손은 저 녀석만큼도 순순히 내 기분에 따라 움직이지 않는군. 여기는

539　미국 메인주 북부에 있는 카운티(군). 삼림지대이다.

꼭 교회의 통로 같아! 그런데 이게 뭐지?"

"구명부표입니다요, 선장님. 스타벅의 명령으로 만들었습죠. 아! 조심하세요. 해치를 조심하세요, 선장님."

"고맙네. 자네 관은 무덤 가까이 편리하게 놓여 있군."

"예? 해치 말입니까? 아, 정말 그렇군요. 그렇고말고요, 선장님."

"자네는 다리 만드는 사람 아닌가? 이것 보게. 이 의족은 자네 공방에서 만들지 않았나?"

"아마 그랬을 겁니다요. 쇠테는 잘 견뎌냅니까?"

"음, 괜찮아. 그런데 자네는 장의사 일도 하고 있나?"

"그럼요. 이건 퀴퀘그의 관으로 쓰려고 만든 건데, 이번에는 이걸 다른 것으로 고쳐 만들라고 하는군요."

"그럼 자네는 어떤 날은 다리를 만들고, 다음 날은 다리를 넣을 관을 만들고, 그런 다음에는 그 관으로 구명부표를 만드는군. 그렇다면 자네는 탐욕스럽고 주제넘게 건방지고 야만적인 무뢰한이 아닌가? 자네는 신들처럼 제멋대로에 팔방미인이야."

"하지만 그건 제 뜻이 아닙니다요. 선장님, 전 그저 할 일을 할 뿐입죠."

"신들도 그래. 이봐, 자네는 관을 만들면서 계속 노래를 부르지 않나? 티탄족도 분화구를 떼어내어 화산을 만들 때 콧노래를 불렀다고 하고, 산역꾼도 손에 삽을 들고 일하면서 노래를 부른다더군.[540] 자네도 노래를 부르지 않나?"

"노래 말입니까요? 제가 노래를 부른다고요? 저는 정말이지 노래에 무관심하답니다. 하지만 산역꾼이 노래를 부른 이유는 그 녀석의 삽에 음악이 없었기 때문일 겁니다요. 그런데 틈새를 메울 때 쓰는 나무망치는 노래로 가득 차 있습죠. 들어보세요."

"아, 그건 뚜껑이 공명판 역할을 하기 때문이야. 그리고 무엇이든 공명

---

540 셰익스피어의 『햄릿』 5막 1장에서 광대인 산역꾼이 우스꽝스러운 노래를 부르면서 무덤을 판다.

판이 되려면 그 밑에 아무것도 없어야 해. 하지만 관은 그 안에 시체가 들어 있어도 아주 잘 울리지. 이보게 목수, 자네는 상여 나르는 일을 도운 적이 있겠지? 상여가 교회 묘지로 들어갈 때 문에 부딪혀 나는 소리를 들은 적이 있겠지?"

"정말이지, 선장님, 저는……."

"정말? 그게 무슨 뜻인가?"

"아니, 선장님. 그건 일종의 감탄사일 뿐입니다요. 그뿐이에요."

"음, 음, 계속하게."

"선장님, 제가 하려던 말은……."

"자네는 누에인가? 자네 몸에서 실을 뽑아 수의를 짜나? 자네 가슴을 좀 보게나.[541] 일을 빨리 끝내고 이것들은 눈에 띄지 않는 곳에 치우게."

"고물 쪽으로 가는군. 너무 갑작스러웠어. 하기야 열대지방에선 소나기가 갑자기 닥쳐오지. 갈라파고스 제도[542]의 이사벨라섬은 한가운데를 적도가 지나고 있다는군. 저 늙은이도 한가운데를 일종의 적도가 지나고 있는 것 같아. 항상 적도 밑에 있는 것처럼 뜨거우니까 말이야. 이쪽을 보고 있군. 자, 뱃밥을 메워야지. 빨리 하자. 다시 일에 달라붙자. 이 나무망치는 코르크로 만들어졌고, 나는 글래스 하모니카[543] 전문가야─똑, 똑, 똑!"

[에이해브의 독백]

"볼만하군. 들을 만해. 반백의 딱따구리가 속 빈 나무를 쪼고 있군! 장님과 귀머거리가 부러울 정도야. 저것 봐! 저 관은 밧줄이 가득 든 두 개의 밧줄통 위에 놓여 있군. 저자야말로 가장 심술궂은 익살꾼이야. 쾅쾅!

---

541 앞주머니에서 뱃밥이 끈처럼 나오는 것을 가리킨다.
542 태평양 동부, 적도 바로 밑에 있는 화산섬 무리.
543 크기가 다른 유리컵들에 물을 넣고 젖은 손으로 컵의 가장자리를 문질러 소리를 내는 악기.

인간의 시간은 그렇게 똑딱거리며 지나가지! 오오! 세상 만물은 얼마나 하찮은가. 헤아릴 수 없는 상념 이외에 그 무엇이 진실로 존재하는가? 지금 여기서는 가장 무서운 죽음의 상징인 관이 단순한 우연으로 가장 절박한 위험에 처해 있는 생명에 대한 구원과 희망의 표상이 되어 있다. 관으로 만든 구명부표! 아니, 그보다 더 깊은 뜻이 숨어 있을까? 정신적인 의미에서는 관이 결국 불멸성을 보존하는 그릇이 될 수 있는가! 어디 한번 생각해보자. 하지만 아니다. 나는 지구의 어두운 면으로 너무 깊이 파고 들어갔기 때문에, 지구의 다른 면—이론상 존재하는 밝은 면이 내게는 몽롱한 어스름으로 보일 뿐이야. 목수여, 그 진저리 나는 소리 좀 그만 낼 수 없겠나? 나는 아래로 갈 테다. 내가 다시 돌아올 때는 여기서 저 물건을 보지 않게 해다오. 자, 핍아, 그 문제에 대해 이야기해보자. 나는 네게서 더없이 놀라운 철학을 깨닫는다. 미지의 세계에서 뻗어 나온 미지의 도랑이 너에게 흘러 들어가고 있는 게 분명하다!"

{ 　제128장　 }

'피쿼드'호, '레이철'호를 만나다

이튿날, '레이철'호라는 커다란 배가 돛대마다 선원들을 빽빽이 매단 채 '피쿼드'호를 향해 달려오는 것이 보였다. 그때 '피쿼드'호는 빠르게 물결을 헤치며 달리고 있었다. 하지만 바람이 불어오는 쪽에서 돛을 넓게 펴고 쏜살같이 다가온 낯선 배를 보니, 자랑스럽게 펼치고 있던 돛들은 모두 터진 부레처럼 축 늘어졌고 낡은 선체에서는 모든 생기가 사라진 것 같았다.

"나쁜 소식이야. 나쁜 소식을 가져온 거야." 맨섬 출신 늙은이가 중얼거렸다.

하지만 그 배의 선장이 보트 안에 서서 입에 확성기를 갖다 대고 기대에 찬 목소리로 인사를 하기도 전에 에이해브의 목소리가 들려왔다.

"흰 고래를 보았소?"

"보았소. 바로 어제. 그런데 그쪽에선 혹시 표류 중인 보트를 보지 못했소?"

뜻밖의 질문을 받은 에이해브는 속으로 기쁨을 애써 억누르며 아니라고 대답했다. 그는 당장 그 배에 올라타고 싶었겠지만, 그때 이미 상대편 선장이 배를 세우고 뱃전을 내려오는 것이 보였다. 몇 번 힘차게 노를 저은 뒤, 선장은 '피쿼드'호의 사슬에 자기 보트의 고리를 매고 갑판으로 올라왔다. 그를 보자마자 에이해브는 그가 안면이 있는 낸터컷 사람인 것을 알아보았다. 하지만 틀에 박힌 인사 같은 건 나누지 않았다.

"흰 고래는 어디 있었소? 살아 있던가요! 죽이진 않았겠지!" 에이해브가 가까이 다가가면서 외쳤다. "어떻던가요?"

그 전날 오후 늦게 '레이철'호의 보트 세 척이 본선에서 6~7킬로미터 떨어진 곳까지 고래 떼를 추적하여 바람 불어오는 쪽으로 급히 몰아대고 있을 때, 갑자기 모비 딕의 하얀 혹과 대가리가 푸른 물속에서 불쑥 나타났다. 무리와는 반대쪽인 바람 불어가는 쪽으로 그리 멀지 않은 곳이었다. 그래서 장비를 갖춘 네 번째 보트―예비 보트―가 즉시 내려져 모비 딕을 추격했다. 바람을 등지고 열심히 달려간 네 번째 보트―가장 빠른 보트였다―는 작살을 찌르는 데 성공한 것처럼 보였다. 적어도 본선의 돛대 망루에 있던 선원의 눈에는 그렇게 보였다. 그는 아주 먼 곳에 작은 점으로 줄어든 보트를 보았지만, 그때 하얀 물보라가 빠르게 번쩍이더니 그 후로는 더 이상 아무것도 보이지 않았다. 그래서 흔히 있는 일처럼 작살을 맞은 고래가 추적자들을 데리고 어디론가 달아난 모양이라는 결론이 내려졌다. 그때는 다소 불안하기는 했지만, 아직 확실하게 걱정할 정도는 아니었다. 돌아오라는 신호기가 돛대에 내걸렸다. 어둠이 몰려왔다. 정반대 방향에 있는 네 번째 보트를 찾으러 가기 전에 저 멀리 바람 불어오는 쪽에 있는 세 척의 보트를 배에 올려야 했기 때문에, 본선은 자정이 가까워질 때까지 그 네 번째 보트를 운명의 손에 맡겨둘 수밖에 없었을 뿐만 아니라, 당분간은 그 보트와의 거리를 더 벌릴 수밖에 없었다. 하지만 나머지 선원들이 모두 무사히 배에 올라타자 본선은 배에 있는 돛을 다 달고―보조돛에 또 보조돛을 겹쳐 달고―미아가 된 보트를 찾아나섰다. 가마솥에 불을 피워 봉화로 삼으며, 두 사람 가운데 하나는 돛대에 올라가서 망을 보았다. 하지만 그런 상태로 충분한 거리를 달려 실종된 보트가 마지막으로 목격된 것으로 짐작되는 곳에 이르자 배를 세우고 나머지 예비 보트를 내려 사방으로 찾아다녔지만 아무것도 발견되지 않았다. 그래서 다시 배를 몰고 얼마쯤 달리다가 또 배를 세우고 보트를 내려 수색하기를 동이 틀 때까지 되풀이했지만, 사라진 보트는 그림자도 보이지 않았다.

'레이철'호 선장은 이야기를 끝내자마자 '피쿼드'호에 올라온 목적을 털어놓았다. 요컨대 그 보트를 수색하는 데 협력해달라는 것이었다. 두 척의 배가 6~7킬로미터쯤 거리를 두고 나란히 달리면 시야를 두 배로 넓힐 수 있다는 것이다.

"난 무엇을 걸고 내기해도 좋아." 스터브가 플래스크에게 속삭였다. "사라진 보트에 누가 타고 있는지는 모르지만, 그가 저 선장의 제일 좋은 코트를 입고 간 게 분명해. 아니면 선장의 시계를 차고 갔든가. 그래서 그걸 되찾고 싶어서 저렇게 안달이 난 거야. 고래잡이 철이 한창일 때 어엿한 포경선 두 척이 사라진 보트 한 척을 찾아다닌다는 말은 들어본 적도 없어. 저것 봐, 플래스크. 저 선장의 하얀 얼굴 좀 보라고. 눈알까지 하얗군. 저것 봐. 코트 정도가 아닌가 본데, 모르긴 몰라도 아마……."

"내 아들이오. 아들놈이 그 보트에 타고 있소. 제발 부탁이오. 이렇게 사정하겠소." 상대편 선장은 얼음처럼 차갑게 듣고만 있는 에이해브에게

모비 딕

소리를 지르기 시작했다. "48시간 동안만 당신 배를 빌려주시오. 대가는 충분히 치르겠소. 달리 원하는 게 있다면 거기에 따르겠소. 48시간만, 제발 그동안만이라도 부디…… 아니, 무슨 일이 있어도 꼭 해줘야 합니다."

"아들이라고!" 스터브가 외쳤다. "아아, 아들이 실종됐군. 코트와 시계 이야기는 취소하겠어. 에이해브는 뭐라고 할까? 우리는 그 아이를 구해야 해."

"그 아들은 어젯밤에 다른 선원들과 함께 물에 빠져 죽었어." 그들 뒤에 서 있던 맨섬 출신 늙은이가 말했다. "나는 들었어. 당신들도 그들의 혼령이 내는 소리를 들었을 텐데."

그런데 곧 밝혀진 바에 따르면, 이 '레이철'호의 참사를 더욱 슬프게 만든 것은 선장의 아들 하나가 행방불명된 그 보트에 타고 있었을 뿐만 아니라, 정신없이 고래 떼를 추적하다가 본선에서 멀리 떨어져버린 다른 보트에도 또 다른 아들이 타고 있었다는 것이다. 그래서 그 불행한 아버지는 한동안 가장 잔인하고 당혹스러운 번민의 구렁텅이에 빠져버렸다. 그를 대신하여 이 문제를 해결해준 것은 그 배의 일등항해사였다. 그런 비상시에 포경선이 취하는 관행적인 조처 ― 위험에 빠진 보트들이 서로 멀리 떨어져 있을 경우에는 사람이 더 많이 타고 있는 보트를 먼저 구조한다 ― 를 항해사는 본능적으로 채택한 것이다. 선장은 알 수 없는 기질적인 이유 때문에 이런 사정을 모두 털어놓는 것을 삼가고 있었지만, 에이해브의 냉담한 태도 때문에 아직도 행방을 알 수 없는 아들을 언급할 수밖에 없었던 것이다. 겨우 열두 살밖에 안 된 어린 소년이었다. 성실하면서도 가차 없이 엄격한 낸터컷 사람다운 부성애를 지닌 선장은 오래전부터 그의 집안의 천직으로 정해져 있는 고래잡이의 위험과 경이를 일찍부터 아들에게 가르치려 했던 것이다. 낸터컷 출신 선장들이 어린 아들을 자기 배가 아닌 남의 배에 태워 3~4년 동안 항해를 시키는 것도 그리 드문 일은 아니었다. 아버지 밑에서 고래잡이 생활을 처음 경험하면, 아버지가 아들에게 당연히 갖는 잘못된 편애나 지나친 보호 때문에 아이를 망칠 수도 있기 때문이다.

상대편 선장은 여전히 은혜를 베풀어달라고 간청하고 있었지만, 에이해브는 온갖 충격을 다 받아도 끄떡하지 않는 대장간의 모루처럼 뻣뻣이 서 있었다.

"당신이 승낙해줄 때까지는 가지 않겠소." 상대편 선장이 말했다. "당신이 나와 같은 처지에 놓였을 때 내가 당신에게 해주기를 바라는 대로 해주시오. 에이해브 선장, 당신도 아들이 있잖소. 늘그막에 얻은 아들 말이오. 아직은 어려서 지금은 집에 안전하게 있겠지만, 아아, 그렇지, 당신 마음이 누그러지는군. 내 눈에는 다 보여요. 자 여러분, 빨리 달려갑시다, 빨리. 활대를 돌릴 준비를 하시오!"

"멈춰라!" 에이해브가 소리쳤다. "밧줄 하나도 손대지 마라." 그러고는 낱말 하나하나를 길게 끌면서 또렷한 목소리로 말했다. "가디너 선장, 거절하겠소. 지금 이 순간에도 나는 시간을 허비하고 있소. 안녕히 가시오. 신의 가호가 있기를, 그리고 내가 하는 행동을 나 스스로 용서할 수 있게 되기를 빌겠소. 어쨌든 나는 가야 하오. 스타벅, 나침함의 시계를 보게나. 지금부터 3분 안에 다른 배의 선원들은 모두 내보내게. 그리고 돛을 다시 전진 방향으로 돌리고 지금까지의 진로를 계속한다."

그는 얼굴을 돌리고 급히 돌아서서 선장실로 내려갔다. 뒤에 남은 가디너 선장은 그렇게 간절한 부탁이 무참하게 거절당하자 그 자리에 못 박힌 듯 꼼짝도 않고 서 있었다. 하지만 마법에서 풀려난 듯 제정신을 차린 가디너 선장은 말없이 뱃전으로 달려가서 그의 보트에 탔다기보다는 굴러 떨어져 배로 돌아갔다.

이윽고 두 배는 서로 항적을 엇갈리며 갈라졌다. '레이철'호는 오랫동안 보였는데, 바다 위에 검은 점이 보일 때마다 이쪽저쪽으로 뱃머리를 돌리고 있었다. 활대는 이쪽저쪽으로 흔들렸고, 배는 우현과 좌현으로 계속 방향을 바꾸며 갈지자로 달려갔다. 때로는 물결을 거슬러 달리는가 하면, 때로는 물결이 배를 앞으로 밀어냈다. 그러는 동안에도 배의 모든 돛대와 활대에는 선원들이 주렁주렁 매달려 있었다. 세 그루의 커다란 벚나무 가지 사이에서 아이들이 버찌를 따 먹고 있는 것처럼 보였다.

하지만 그 배가 아직도 슬픈 듯이 제자리만 맴돌고 있는 것을 보면, 아직도 위안을 얻지 못한 채 물보라를 뒤집어쓰고 있는 게 분명했다. 그 배는 아이를 잃고 눈물을 흘리는 바로 그 레이철[544]이었던 것이다.

{ 제129장 }

선장실

[에이해브가 갑판으로 나가려고 하자, 핍이 그의 손을 잡고 따른다.]

"애야, 애야, 지금은 에이해브를 따라오면 안 돼. 에이해브가 너한테 겁을 주어 쫓아버리고 싶지는 않지만, 그렇다고 너를 곁에 두고 싶지도 않은 그런 시간이 다가오고 있어. 가엾은 아이야, 네게는 내 몹쓸 병을 치료해주는 무언가가 있다. 독은 독으로 다스릴 수 있지. 그런데 이번 사냥에서는 내 병이 오히려 나에게 가장 바람직한 건강 상태가 되어버렸어. 그러니까 너는 여기 아래에 남아 있거라. 그러면 다들 네가 선장인 것처럼 네 시중을 들어줄 거야. 자, 나사못으로 붙박은 내 의자에 앉아라. 너는 이 의자에 박힐 또 하나의 나사못이 되어야 해."

"싫어요, 싫어요, 싫어요! 선장님은 몸이 온전하지 않잖아요. 보잘것없

---

544 성서에서는 라헬. "라마에서 슬픈 소리가 들린다, 비통하게 울부짖는 소리가 들린다. 라헬이 자식을 잃고 울고 있다. 자식들이 없어졌으니, 위로를 받기조차 거절하는구나."(구약성서 「예레미야서」 31장 15절) 사내아이를 모두 죽이라는 헤롯 왕의 명령에 따라 자식을 잃은 라헬이 비탄에 빠진 모습은 「마태복음」 2장 18절에도 위의 구절을 인용하여 묘사되어 있다.

는 제 몸을 선장님이 잃어버린 한쪽 다리로 써주세요. 저를 밟아 뭉개기만 하면 돼요. 그 이상은 바라지 않아요. 저는 선장님 몸의 일부로 남을 수 있으니까."

"오, 그 말을 들으니 세상에 백만 명의 악당이 있다 해도 인간의 변함없는 충실함을 고집스럽게 믿게 되는구나. 이 아이는 깜둥이에다 미친놈이지만, 독으로 독을 제어할 수 있음은 이 아이한테도 적용돼. 이 녀석은 다시 제정신으로 돌아오고 있어."

"다들 그러는데, 스터브가 불쌍한 핍을 버렸대요. 핍이 살아 있을 때는 피부가 까맸지만, 물에 빠져 죽은 핍의 뼈는 이제 하얗게 보인대요. 하지만 선장님, 스터브는 핍을 버렸지만 저는 절대로 선장님을 버리지 않겠어요. 선장님이랑 함께 갈 거예요."

"네가 그런 말을 계속하면 에이해브의 결심이 무너져. 안 돼. 따라오지 마라."

"오오, 훌륭하신 선장님, 선장님, 선장님!"

"그렇게 칭얼대면 너를 죽여버릴 거야! 조심해. 에이해브 역시 미치광이니까. 귀를 세우고 잘 들어. 그러면 너는 내 고래뼈 다리가 갑판 위를 걷는 소리를 자주 듣게 될 테고, 내가 거기 있는 것을 알게 될 거다. 이제 나는 가봐야 해. 손을 이리 다오! 자, 악수! 너는 마치 원둘레가 그 중심에 충실하듯 충실하구나. 신의 가호가 있기를. 그리고 무슨 일이 일어나도 하느님이 너를 영원히 구원해주시기를."

[에이해브는 사라지고, 핍은 한 걸음 앞으로 나선다.]

"방금 그분은 여기 서 있었어. 나는 지금 그분이 내쉰 공기 속에 서 있어. 하지만 나는 혼자야. 가엾은 핍이라도 여기 있다면 견딜 수 있을 텐데. 그놈은 사라져버렸어. 핍! 핍! 딩, 동, 딩! 누가 핍을 보지 못했을까? 핍

모비 딕

은 여기 있을 게 분명해. 저 문을 열어보자. 아니, 이게 뭐야? 자물쇠도 걸쇠도 빗장도 없잖아. 하지만 문을 열 수가 없군. 문이 마법에 걸린 게 분명해. 선장은 나더러 여기 있으라고 말했지. 그리고 이 나사못 의자는 내 거라고 말했어. 그럼 앉아보자. 배 한가운데 고물 가로대를 등지고 앉으니까, 용골과 세 돛대가 모두 내 앞에 있군그래. 늙은 선원들은 이렇게 말하지. 74문의 대포가 있는 군함에서 제독들이 이따금 탁자 앞에 앉아서 장교들을 나란히 세워놓고 거드름을 피운다고. 하! 이건 뭐지? 견장이군. 장교의 견장! 견장이 몰려온다! 술병을 돌려라. 만나서 반갑네. 잔을 가득 채우게! 하지만 검둥이 소년이 금줄로 코트를 장식한 백인들에게 주인 노릇을 하니 기분이 묘하군! 여러분, 핍이라는 녀석을 보지 못했소? 검둥이 꼬마인데, 키는 150센티미터, 천한 얼굴에 겁쟁이 녀석. 언젠가 포경 보트에서 뛰어내렸는데, 보지 못했소? 못 봤다고? 좋아요. 함장들은 술잔을 다시 채우고 모든 겁쟁이의 치욕을 위해 건배합시다. 이름은 일일이 대지 않겠소. 그들에게 치욕이 있기를. 모든 겁쟁이에게 치욕이 있기를! 쉿! 저 위에서 고래뼈 소리가 들리는군. 오, 선장님! 선장님! 선장님이 내 머리 위를 걸어 다니면 저는 정말이지 맥이 빠져요. 하지만 저는 여기 있겠습니다. 이 배의 고물이 바위에 부딪혀 구멍이 나고, 그 구멍으로 바위들이 불쑥 나타나고, 굴이 저한테 달라붙게 되더라도 저는 여기 머물러 있겠습니다."

{   제130장   }

모자

　지금 에이해브는 오랫동안 광범위한 준비 항해를 마치고, 즉 다른 고래잡이 어장들을 남김없이 순회한 끝에, 적절한 때와 장소에서 자신의 원수를 좀 더 확실히 죽일 수 있도록 바다 한구석에 완전히 몰아넣은 것처럼 보였다. 게다가 그는 지금 고통스러운 상처를 입었던 바로 그 위도와 경도에 가까이 와 있었고, 그 전날은 모비 딕을 실제로 만난 배로부터 소식을 들었다. 지금까지 만난 다양한 배들로부터 얻은 정보를 비교 검토해보면, 흰 고래는 어느 쪽이 먼저 공격했든지 간에 악마처럼 냉담하고 무차별적으로 사냥꾼들을 파멸시켰다는 데 의견이 완전히 일치했다. 이제 이 노인의 눈에는 나약한 영혼은 차마 똑바로 쳐다볼 수도 없는 무언가가 깃들어 있었다. 여섯 달 동안이나 밤이 계속되는 북극의 밤하늘에서 언제까지나 지지 않는 북극성이 그 꿰뚫는 듯한 시선을 한결같이 집중적으로 유지하듯, 에이해브의 결심도 우울한 선원들을 내리덮은 한결같은 어둠 위에서 단호하게 빛나고 있었다. 그 빛은 그들을 완전히 제압하고 있었기 때문에, 그들은 불길한 예감이나 의혹, 불안, 두려움 같은 것을 마음속 깊이 감춘 채 단 하나의 싹이나 잎도 나오지 않게 하려고 애썼다.

이 어두운 예감에 휩싸인 막간에는, 억지로 지어낸 것이든 자연스러운 것이든 웃음도 모두 사라졌다. 스터브는 아예 미소조차 지으려 하지 않았고, 스타벅은 미소를 억누르려고 애쓸 필요도 없었다. 기쁨도 슬픔도 희망도 두려움도 이제는 모두 에이해브의 강철 같은 영혼이라는 절구에 찧어져 아주 고운 가루가 되어버린 것 같았다. 선원들은 노인의 폭군적인 눈빛이 자기한테 쏠려 있음을 끊임없이 의식하면서 기계처럼 묵묵히 갑판 위를 돌아다녔다.

하지만 혼자만의 은밀한 시간—그가 단 한 사람의 눈길만 받고 있다고 생각할 때—에 그를 자세히 살펴보면, 에이해브의 눈길이 선원들의 눈을 위압하듯 그 수수께끼 같은 배화교도의 눈길이 에이해브의 눈을 위압한다는 것, 적어도 이상한 방법으로 이따금 그의 눈길에 영향을 미친다는 것을 알아차렸을 것이다. 이제 이상야릇한 기미가 가뜩이나 말라깽이인 페달라의 몸을 감싸기 시작했고, 더욱이 끊임없는 전율이 그를 뒤흔들었기 때문에, 사람들은 그를 의심스러운 눈빛으로 바라보았다. 대체 그가 육신을 가진 생물인지, 아니면 눈에 보이지 않는 어떤 존재가 흔들리는 갑판 위에 그림자를 던지고 있을 뿐인지도 확실치 않았다. 그리고 그 그림 자는 언제나 갑판을 맴돌고 있었다. 밤에도 페달라가 잠을 자거나 아래로 내려가는 것을 본 사람이 아무도 없었기 때문이다. 그는 앉거나 기대지도 않은 채 몇 시간이고 가만히 서 있곤 했다. 창백하지만 놀라움에 찬 그의 눈은 분명히 말하고 있었다―우리 두 불침번은 절대로 쉬지 않는다고.

밤이건 낮이건 선원들이 갑판에 올라가면, 그곳에는 반드시 에이해브 가 나와 있었다. 그는 회전축 구멍에 다리를 꽂고 서 있거나, 언제나 변함 없는 두 지점―주돛대와 뒷돛대―사이를 정확하게 오락가락하고 있거 나, 선장실로 통하는 승강구에 서 있거나 했다. 그럴 때, 그의 살아 있는 발은 지금 막 갑판을 내디딘 것처럼 앞으로 내밀어져 있었다. 모자는 눈 을 덮을 만큼 무겁게 눌러쓰고 있었다. 그래서 그가 아무리 부동자세로 서 있어도, 그가 그물침대에 눕지 않은 낮과 밤이 아무리 오래 계속되어 도, 선원들은 푹 눌러쓴 모자에 감추어진 그의 눈이 정말로 감겨 있는지 아니면 여전히 그들을 감시하고 있는지 확실히 알 수는 없었다. 그는 한 시간 내내 승강구 입구에 가만히 서서, 석상이나 다름없는 코트와 모자에 밤이슬이 방울져 맺혀도 상관하지 않았다. 밤에 젖은 옷은 이튿날 떠오른 해가 말려주었다. 그렇게 낮이 지나고 밤이 지나도 그는 갑판에서 내려가 지 않았고, 선장실에 필요한 물건이 있으면 사람을 보내서 가져오게 했다.

식사도 밖에서 했다. 그것도 두 끼―아침과 점심―만 먹었고, 저녁식 사는 손도 대지 않았다. 수염도 깎지 않아서 검게 자란 수염이 비비 꼬여 서, 마치 바람에 뿌리 뽑힌 나무가 비록 위쪽의 푸른 잎은 말라 죽어도 땅 위로 드러난 뿌리 쪽은 계속 자라는 것과 비슷했다. 이제 그의 생활은 오 직 갑판에서 망을 보는 것뿐이었고, 배화교도의 신비로운 망보기도 함께 계속되었다. 하지만 이들 두 사람은 드문드문 대수롭지 않은 일로 이야기할 필요가 있을 때를 제외하고는 서로 말을 거는 것 같지 않았다. 강력한 마력이 은밀하게 두 사람을 묶어놓고 있는 것 같았지만, 겉으로는 그리고 두려움에 떠는 선원들의 눈에는 두 사람이 남극과 북극처럼 동떨어져 보였다. 어쩌다 낮에 한마디라도 주고받았다 하면, 밤에는 둘 다 벙어리가 되어버렸다. 적어도 입 밖에 내어 말을 주고받는 일은 전혀 없었다. 때로는 아주 오랫동안 인사 한마디 건네지 않고 별빛 속에서 — 에이해브는 승강구 입구에, 배화교도는 주돛대 옆에 서로 멀찍이 떨어진 채 — 상대를 뚫어지게 응시하고 있었다. 마치 에이해브는 배화교도에게서 자기가 던진 그림자를 보고, 배화교도는 에이해브한테서 자기가 내버린 실체를 보는 것 같았다.

그런데도 에이해브는 날마다, 시간마다, 순간마다 지휘자로서의 본모습을 당당하게 부하들에게 드러냈고, 그래서 에이해브는 독립된 절대군주처럼 보이는 반면에 배화교도는 그의 노예로밖에 보이지 않았다. 그런데도 여전히 두 사람은 하나의 멍에를 짊어진 것 같았고, 눈에 보이지 않는 폭군의 채찍질을 받으며 여윈 그림자와 단단한 늑재가 나란히 달리고 있는 것처럼 보였다. 이 배화교도가 실제로 어떤 존재든, 확실한 실체를 갖춘 에이해브는 완전히 늑재와 용골로만 이루어져 있었기 때문이다.

새벽의 희미한 빛이 퍼지기 시작할 무렵, 그의 강철 같은 목소리가 고물 쪽에서 들려왔다. "망루에 인원을 배치하라!" 그리고 종일토록, 해가 지고 황혼이 사라진 뒤에도 매시간 똑같은 목소리가 키잡이의 종소리에 맞추어 들려왔다. "뭐가 보이나? 정신 차려. 똑바로 봐!"

하지만 아들을 찾는 '레이철'호를 만난 지 사나흘이 지나도 고래가 내뿜는 물보라가 하나도 보이지 않자, 이 편집광적인 노인네는 선원들 — 적어도 이교도 작살잡이들을 빼고는 거의 모든 선원 — 의 충성심을 믿지 않는 것 같았다. 스터브와 플래스크마저 그가 찾아 헤매는 고래를 보고도 일부러 못 본 체하는 게 아닐까 하고 의심하는 것 같았다. 하지만 실제로

모비 딕

그가 이런 의심을 품었다 해도—그의 행동이 그것을 넌지시 내비치는 것처럼 보였을지는 모르지만—현명하게도 말로 표현하지는 않았다.

"내가 제일 먼저 고래를 발견할 것이다. 그렇고말고. 금화는 에이해브가 차지할 거야!" 그는 손수 밧줄을 엮어서 새집 모양의 바구니를 짜고, 선원 한 사람에게 바퀴가 하나인 도르래를 주어 주돛대 망루에 그것을 고정시키게 하고, 도르래를 통해 아래로 내려진 밧줄의 양끝을 잡았다. 그는 밧줄의 한쪽 끝에 바구니를 매달고, 다른 쪽 끝을 난간에 고정시키기 위한 말뚝을 준비했다. 그런 다음 그 밧줄 끝을 손에 쥔 채 말뚝 옆에 서서 선원들의 얼굴을 한 사람씩 차례로 둘러보았다. 그의 눈길은 대구와 퀴퀘그와 태시테고한테 오래 머물렀다. 하지만 페달라한테서는 눈을 돌렸고, 마지막으로 그는 굳은 신뢰가 담긴 눈길을 일등항해사에게 쏟으면서 말했다. "스타벅, 이 밧줄을 받게. 이걸 자네 손에 맡기겠다." 그런 다음 그는 바구니 속에 들어가 자신을 돛대 꼭대기까지 매달아 올리라고 부하들에게 명령했다. 스타벅은 마지막에 그 밧줄을 고정시키고, 그 후에도 줄곧 가까이 서 있으라고 지시했다. 이리하여 에이해브는 한 손으로 돛대에 매달린 채 그 놀라운 높이에서 주위 바다를 전후좌우 사방팔방으로 시야 끝까지 바라볼 수 있었다.

그렇게 높고 고립된 곳에서 발판도 없이 두 손으로 일할 때는 우선 그 위치까지 끌어 올린 뒤 밧줄로 몸을 지탱하게 된다. 이런 상황에서 갑판에 고정된 밧줄 끝은 반드시 누군가 한 사람에게 엄중한 책임을 맡겨서 특별히 감시하게 한다. 왜냐하면 가로 세로로 얽혀 있는 수많은 밧줄 속에서 어느 밧줄이 저 위의 어느 밧줄과 연결되어 있는지를 갑판에 있는 사람들은 정확히 분간해낼 수 없을뿐더러, 갑판에 내려진 밧줄 끝머리가 물림쇠에서 몇 분에 한 번씩 내던져지고 있을 때는 누군가 한 사람이 책임지고 계속 지켜보지 않으면 위에 있는 선원들은 동료들의 부주의로 말미암아 공중에 내던져져 바다에 거꾸로 떨어지는 것이 당연한 운명이기 때문이다. 따라서 이 상황에서 에이해브가 취한 조처는 결코 이상한 게 아니었다. 이상하게 보인 점이 있다면 그것은 다름 아닌 스타벅—조금이나마 결연하게 에이해브에게 반대할 용기를 가진 유일한 인물이며, 흰 고래를 성실히 감시하고 있는지에 대해서도 에이해브의 의심을 받았던 한 사람—을 에이해브가 자기를 지켜줄 밧줄 감시인으로 택했다는 것이다. 다른 점에서는 신뢰하지 않는 사람의 손에 자기 목숨을 통째로 거리낌 없이 맡긴 것은 이상한 일이었다.

그런데 에이해브가 처음으로 돛대 꼭대기에 올라간 지 10분도 지나기 전에 빨간 주둥이를 가진 사나운 도둑갈매기 한 마리가 선회하면서 날아오더니, 그의 머리 주위를 눈에 보이지도 않을 만큼 빠른 속도로 빙글빙글 돌면서 새된 소리로 요란하게 울어대는 것이었다. 도둑갈매기는 이 해역에서 사람이 올라가 있는 돛대 주위를 귀찮게 날아다닐 때가 많았다. 이 도둑갈매기는 300미터 높이까지 수직으로 단숨에 날아올랐다가 나선을 그리면서 급강하하여 다시 그의 머리 주위에서 소용돌이를 쳤다.

그러나 에이해브는 시선을 멀리 희미한 수평선에 고정시킨 채 그 사나운 새에게는 주의를 기울이는 것 같지 않았다. 사실 이것은 별로 이상한 사건도 아니었기 때문에, 아무도 그 새에게 그렇게 주의를 기울이지는 않았을 것이다. 하지만 이때만은 약간의 주의 깊은 눈으로도 그 광경에서 뭔가 불길한 낌새를 느낀 것 같았다.

"선장님, 모자요, 모자!" 갑자기 시칠리아 출신 선원이 소리쳤다. 그는 그때 뒷돛대·망루에 올라가서 에이해브 바로 뒤에 서 있었지만, 높이는 에이해브보다 다소 낮았고 깊은 골짜기가 두 사람 사이를 갈라놓고 있었다.

하지만 이미 새까만 날개는 노인의 눈앞에서 퍼덕였고, 기다란 갈고리 모양의 부리는 그의 머리에 닿아 있었다. 검은 도둑갈매기는 외마디 소리를 지르더니 어느새 모자를 전리품으로 낚아채어 쏜살같이 날아가버렸다.

옛날에 독수리가 세 번씩이나 타르퀴니우스[54]의 머리 주위를 날면서 모자를 빼앗았다가 도로 갖다 놓았는데, 그때 그의 아내 타나퀼은 타르퀴니우스가 장차 로마의 왕이 될 거라고 단언했다. 그때는 모자를 도로 갖다 놓았기 때문에 좋은 징조로 해석된 것이다. 하지만 에이해브의 모자는 끝내 돌아오지 않았다. 사나운 도둑갈매기는 모자를 물고 계속 날아갔다. 뱃머리 앞쪽으로 멀리멀리 날아가더니 결국 자취를 감추고 말았다. 도둑갈매기가 사라진 지점에서 작은 점 하나가 희미하게 보였는데, 그것은 높은 하늘에서 바다로 떨어지고 있었다.

{　　제131장　　}

'피쿼드'호, '딜라이트'호를 만나다

'피쿼드'호는 항해를 계속했다. 굽이치는 물결과 함께 하루하루가 흘러갔고, 관으로 만든 구명부표는 여전히 가볍게 흔들리고 있었다. 그때 '딜라이트(기쁨)'라는 이름과는 비참할 만큼 어울리지 않는 배가 나타났다. 그 배가 가까이 다가오자 모든 선원의 눈은 '가위'라고 불리는 넓적한 들보에 쏠렸는데, 일부 포경선에 설치되어 있는 들보는 2.5미터 남짓한 높이로 뒷갑판을 가로질러 놓여 있고, 여분의 보트나 장비를 갖추지 않은 보트나 망가진 보트를 얹어놓는 데 쓰인다.

그 배의 '가위' 위에는 한때 포경 보트였던 것의 잔재인, 부서진 늑재와 쪼개진 널판 몇 개가 보였다. 이 난파선의 잔해는 가죽이 벗겨지고 관절이 반쯤 빠진 채 하얗게 표백되고 있는 말의 해골처럼 구멍이 숭숭 나 있었다.

"흰 고래를 보았소?"

545　루키우스 타르퀴니우스 프리스쿠스(기원전 7세기 말~6세기 초): 왕정 로마의 제5대 임금. 전설 속 허구의 인물로 보는 견해도 있으나, 기원전 616~579년에 재위했다고 주장하는 학자도 있다.

"저걸 보시오." 볼이 움푹 들어간 상대편 선장이 고물 난간에서 확성기로 그 난파선을 가리키며 대답했다.

"흰 고래를 죽였소?"

"녀석을 죽일 수 있는 작살은 아직 이 세상에 없소." 상대편 선장이 대답하고는, 갑판 위에 둘둘 말려 있는 그물침대를 슬픈 듯이 힐끗 바라보았다. 그물침대 옆에서는 몇몇 선원이 그걸 꿰매느라 바빴다.[546]

"아직 이 세상에 없다고?" 에이해브는 대장장이 퍼스가 만든 작살을 받침대에서 낚아채어 그에게 내밀면서 소리쳤다. "자, 이걸 보시오, 낸터컷 친구여. 나는 이 손에 녀석의 죽음을 쥐고 있소! 이 쇳날은 피와 번갯불로 담금질되었소. 그리고 세 번째 담금질은 맹세코 흰 고래가 그 저주스러운 생명을 가장 강하게 느끼는 곳, 지느러미 뒤쪽의 그 뜨거운 곳에서 하고야 말겠소!"

"노인장, 하느님이 당신을 지켜주시길 빌겠소. 저걸 보시오." 그가 그물침대를 가리키며 말했다. "어제까지만 해도 쌩쌩하게 살아 있던 건장한 사내 다섯이 밤이 되기 전에 죽어버렸소. 그중 한 사람의 장례를 치르는 거요. 다른 네 사람은 죽기도 전에 물속에 묻히고 말았소. 당신은 바로 그들의 무덤 위를 달리고 있는 거요." 그러고는 부하 선원들을 돌아보며 말했다. "준비됐나? 그러면 난간 위에 널판을 놓고 송장을 그 위에 올려라. 됐다. 그럼 시작하자. 오오, 하느님!" 그는 두 손을 치켜들고 그물침대 쪽으로 걸어가면서 말했다. "부활과 생명을……."

"아딧줄을 앞으로! 키를 바람 불어오는 쪽으로!" 에이해브가 선원들을 향해 번개같이 외쳤다.

하지만 이렇게 갑자기 출발한 '피쿼드'호가 미처 속력을 내기도 전에 송장이 바다에 풍덩 떨어지면서 물을 튀기는 소리가 들렸다. '피쿼드'호

---

546 선원이 죽으면 그가 쓰던 그물침대로 둘둘 싼 다음, 물속에 가라앉도록 쇠사슬 같은 것으로 그물침대를 꿰맨다. 뱃전 난간에 널판을 걸쳐놓고 그 위에 시신을 눕힌 다음, 예배와 기도가 끝나면 널판을 기울여 바다로 미끄러뜨린다. 이렇게 수장하는 것이다.

는 그렇게 빨리 도망치지 못했으니까, 튀어 오른 물거품이 죽음의 세례를 선체에 뿌렸을지도 모른다.

에이해브가 기력을 잃은 '딜라이트'호에서 멀어지자, '피쿼드'호의 고물에 매달려 있는 기괴한 구명부표가 뚜렷이 눈에 띄게 되었다.

"하, 저기! 저것 좀 봐!" '피쿼드'호의 뒤쪽에서 불길한 목소리가 외쳤다. "어이, 낯선 선원들, 우리의 슬픈 장례에서 도망치려 해봤자 소용없어. 우리 쪽으로 꽁무니를 돌려도, 거기엔 너희들의 관이 버젓이 매달려 있잖아!"

{   제132장   }

교향곡

강철같이 파랗게 갠 날씨였다. 온 누리에 가득한 그 푸르름 속에서 어디가 하늘이고 어디가 바다인지 거의 구별할 수가 없었다. 다만 생각에 잠긴 하늘은 여인의 모습처럼 투명할 만큼 순수하고 부드러운 반면, 씩씩하고 사내다운 바다는 잠들어 있는 삼손[547]의 가슴처럼 오랫동안 힘차게 고동치고 있었다.

높은 하늘 여기저기에서 얼룩 하나 없이 눈처럼 새하얀 날개를 가진 작은 새들이 미끄러지듯 날고 있었다. 이것들은 여성적인 하늘의 고결한 상념을 나타냈다. 하지만 헤아릴 수 없이 깊고 푸른 바닷속에서는 거대한 고래와 황새치와 상어들이 이리저리 돌아다니고 있었다. 이것들은 남성적인 바다의 격렬하고 거칠고 잔인한 상념을 나타냈다.

하지만 내면은 이렇게 대조적이지만, 겉으로 보면 그 대조는 미묘한 음영의 차이일 뿐이었다. 그 둘은 하나처럼 보였다. 그 둘을 구별해주는 것

---

547 구약성서 「사사기」에 나오는 이스라엘의 전설적인 영웅. 428번 역주 참조.

은 말하자면 성별뿐이었다. 제왕처럼 하늘 높이 떠 있는 태양은 신부를 신랑에게 건네듯이 부드러운 하늘을 대담하게 굽이치는 바다에 건네주고 있는 것처럼 보였다. 그리고 띠를 두른 듯한 수평선이 아련히 떨고 있는 것—이곳 적도에서 가장 많이 볼 수 있는 움직임—은 가련한 신부가 신랑에게 젖가슴을 내주면서 애정과 신뢰와 불안으로 두근거리는 가슴의 고동을 나타내고 있었다.

에이해브는 이 맑은 아침 공기 속에서 꼼짝하지도 비틀거리지도 않고 꼿꼿이 서 있었다. 얼굴을 잔뜩 찌푸리고 있어서 주름살이 마디와 매듭을 이루었고, 수척하지만 흔들리지 않고 당당하게 서 있었다. 눈은 폐허의 잿더미 속에서 아직도 빨갛게 타고 있는 잉걸불처럼 이글거리고 있었다. 이윽고 그는 쪼개진 투구 같은 이마를 아름다운 소녀의 이마 같은 하늘 쪽으로 들어 올렸다.

오오, 푸른 하늘의 영원히 꺼질 줄 모르는 젊음과 순결함이여! 우리 주위에서 즐겁게 장난치는, 보이지 않는 날개 달린 생물이여! 대기와 하늘의 즐거운 어린 시절이여! 어떻게 너희들은 늙은 에이해브의 가슴속에 도사리고 있는 고뇌 따위는 안중에도 없는가! 하지만 나는 눈웃음 짓는 꼬마 요정 미리엄과 마사[548]가 늙은 아비 주위에서 무심히 뛰놀며, 다 타버린 분화구 같은 머리 가장자리에 자라난 그슬린 머리타래로 장난을 치는 것을 본 적이 있다.

에이해브는 승강구를 나와 천천히 갑판을 가로지르더니 뱃전 너머로 몸을 내밀고, 깊은 물속을 꿰뚫어보려고 애쓸수록 물에 비친 그의 그림자도 그의 시선에 따라 점점 깊이 가라앉는 것을 관찰하고 있었다. 그 황홀한 공기에 감도는 상쾌한 향기가 드디어 그의 영혼을 좀먹는 고뇌를 잠시나마 쫓아버린 것 같았다. 그 찬란하고 행복에 찬 공기, 그 상쾌한 하늘이

---

548 누구인지는 아직도 수수께끼다. 에이해브가 고향에 두고 온 딸들(첫 결혼에서 얻은)일 거라고 추측할 수도 있지만 확실하지는 않다.

마침내 그를 어루만지고 쓰다듬었다. 오랫동안 그렇게 잔인했고 가까이 가기도 어려웠던 계모 같은 세상이 이제 자애로운 두 팔로 그의 고집 센 목을 끌어안고, 아무리 잘못을 저지르고 제멋대로 구는 자식일지라도 구원하고 축복할 수 있다는 듯이 그를 껴안고 기쁨의 눈물을 흘리는 것 같았다. 에이해브는 깊이 눌러쓴 모자 밑에서 바다로 눈물 한 방울을 떨어뜨렸다. 드넓은 태평양도 그 작은 눈물 한 방울 같은 보물은 갖고 있지 않았다.

스타벅이 노인을 보았다. 노인은 뱃전 너머로 몸을 깊이 내밀고 있었다. 그는 주변의 고요함 한복판에서 은밀히 흘러나오는 헤아릴 수 없는 흐느낌을 진심으로 듣고 있는 것 같았다. 스타벅은 그를 방해하지 않도록, 또는 그에게 들키지 않도록 조심하면서 살며시 다가가 에이해브 옆에 섰다.

에이해브가 돌아보았다.

"스타벅!"

"예, 선장님."

"스타벅! 얼마나 잔잔하고 부드러운 바람인가. 그리고 얼마나 포근해 보이는 하늘인가. 이렇게 좋은 날—정말로 이렇게 아름다운 날 나는 난생처음 고래를 잡았다네. 열여덟 살의 소년 작살잡이였지. 40년…… 40년…… 40년 전, 옛날이었지! 40년 동안 계속 고래를 쫓아다녔다네. 고난과 위험과 폭풍우 속의 40년! 그동안 냉혹한 바다에서 살았지. 그 40년 동안 에이해브는 평화로운 육지를 버렸고, 그 40년 동안 바다의 공포와 싸웠다네. 사실 말이지, 스타벅, 그 40년 가운데 육지에서 보낸 날은 3년도 안 돼. 내 인생을 생각해보면 그야말로 황량한 고독이었다네. 선장이라는 직책의 고립감은 돌로 지은 성채나 마찬가지야. 성 밖의 푸른 들판에서 동정심이 들어올 여지는 거의 없지. 오오, 그 지루함, 그 쓸쓸함! 고독한 지휘관은 기니[549] 해안의 노예와 다를 게 없어! 이 모든 것을 생각하면, 지금까지는 그처럼 뼈저리게 깨닫지 못하고 그저 어렴풋이 느꼈을 뿐이었다네. 40년 동안 나는 소금에 절인 마른 것만 씹으며 살아왔지. 나의 메마른 영혼에 어울리는 양식이었어! 뭍에선 아무리 가난한 사람도 날마다 신선한 과일을 차지하고 신선한 빵을 먹는데, 나는 곰팡내 나는 빵조각이나 먹고 있으니. 쉰 살이 넘어서 얻은 소녀 같은 아내는 저 바다 너머에 있지. 첫날밤 베개에 흔적을 남기고는 바로 이튿날 혼곶을 향해 떠났다네. 아내? 아내라고? 아내라기보다는 생과부지! 아아 스타벅, 나는 그 가엾은 처녀를 결혼과 동시에 과부로 만들었어. 그 후로는 오직 광기와 열광, 들끓는 피, 땀 흘리는 이마가 있었을 뿐이야. 이 늙은 에이해브는 천 번이나 보트를 내려 물을 가르며 고래를 뒤쫓았던 걸세. 사람이라기보다는 악마였지! 그래, 참으로 어리석은 40년이었어. 정말 어리석었지. 늙은 에이해브는 참으로 바보였다네! 고래를 뒤쫓는 이 투쟁은 도대체 무엇 때문인가! 무엇을 위해 지치고 마비된 팔로 노를 젓고 작살을 잡고 창을 던지는 것일까? 지금 에이해브는 얼마나 더 부유해지고 더 좋아졌지? 보라, 스타벅! 이렇게 피곤한 짐을 지고 있는 내게서 불쌍한 다리 하나를 빼앗아가다니, 너무 심하지 않나? 이 늙은이의 머리카락을 옆으로 넘겨주게. 머리카락이 눈을 가려서 내가 울고 있는 것처럼 보여. 이런 잿빛 머리카락은 잿더미 속에서만 자라지. 그런데 스타벅, 내가 그렇게 늙어 보이나? 폭삭 늙어 보이나? 나는 낙원에서 쫓겨난 뒤 쌓이고 쌓인 세월을 짊어지고 비틀거리는 아담이라도 된 것처럼 몹시 노쇠해진 느낌이 들고, 등이 굽어서 곱사등이가 된 것 같다네. 신이여! 신이여! 신이여! 내 심장을 박살내고 내 머리통을 깨뜨려주소서! 비웃음, 비웃음이여! 잿빛 머리카락이 신랄하게 비웃는구나! 나는 이런 백발을 가질 만큼 충분히 인생을 즐겼던가? 그래서 참을 수 없을 만큼 늙어 보이고, 늙었다고 느끼는 것일까? 스타벅, 이

549 아프리카 서해안에 있는 나라. 1958년에 독립할 때까지 프랑스 식민지였으며, 15세기 중엽부터 19세기까지 이곳 해안에서 포르투갈인에 의한 노예무역이 성행했다.

모비 딕

리 가까이 오게. 내 옆에 서게. 내가 인간의 눈을 볼 수 있게 해주게. 바다나 하늘을 들여다보는 것보다는 그게 낫겠어. 신을 우러러보는 것보다 그게 낫겠어. 푸른 들판! 밝은 난롯가! 이건 마법의 거울이야. 자네의 눈동자 속에서 내 아내와 아이가 보여. 아니, 아니야. 자네는 배에 남아 있게. 내가 보트를 내릴지라도, 낙인찍힌 이 에이해브가 모비 딕을 쫓더라도, 자네는 그런 나를 흉내 내지 말고 보트에 머물러 있게. 자네는 그런 위험을 무릅쓰면 안 돼. 암, 그렇고말고. 나는 자네의 눈동자 속에서 머나먼 고향집을 본다네. 그 고향집을 그런 위험에 빠뜨릴 수는 없지."

"오오, 선장님! 나의 선장님! 고귀한 영혼이여! 위대한 정신이여! 그 가증스러운 물고기를 무엇 때문에 쫓아야 한단 말입니까! 나랑 함께 갑시다! 이 지옥 같은 바다에서 달아납시다! 집으로 돌아갑시다! 아내와 자식은 스타벅에게도 있습니다. 형제자매 같았던, 소싯적 동무 같았던 아내와 자식이지요. 선장님도 늘그막에 얻은 처자식을 아버지다운 사랑으로 보고 싶어 하시죠? 저도 마찬가집니다. 갑시다! 함께 돌아갑시다! 지금 당장 침로를 바꾸게 해주십시오. 오오 선장님, 그리운 낸터컷을 향해 나아간다면, 얼마나 기운차고 즐거운 항해가 되겠습니까? 선장님, 낸터컷에도 이렇게 포근하고 맑게 갠 날들이 있지 않겠습니까?"

"있지. 있고말고. 나도 이 눈으로 직접 보았다네. 여름날 아침이었어. 이맘때―그래, 지금은 내 아들 녀석이 낮잠 잘 시간이군―녀석은 활기차게 깨어나 침대에 일어나 앉지. 애 엄마는 녀석에게 내 이야기를, 식인종처럼 잔인하고 늙은 이 애비 이야기를 들려주지. 네 아버지는 지금 깊은 바다로 나갔지만, 언젠가는 돌아와서 너랑 함께 놀아줄 거라고."

"나의 메리, 나의 메리도 그렇습니다. 메리는 약속했지요. 아침마다 아들을 데리고 언덕에 올라가, 바다에서 돌아오는 아버지의 배를 제일 먼저 찾게 해주겠다고. 예! 예! 이젠 끝났습니다. 다 됐어요! 우린 낸터컷으로 돌아가는 겁니다! 선장님, 침로를 정하고 떠납시다. 보인다, 보여! 창문으로 내다보는 아들의 얼굴이! 언덕 위에서 손을 흔드는 아기가 보여요!"

그러나 에이해브는 눈을 돌리고, 마른 과일나무처럼 몸을 떨다가 끝내는 까맣게 타버린 사과[550]를 땅바닥에 떨어뜨렸다.

"이건 뭐지? 형언할 수도 없고, 헤아릴 수도 없고, 이 세상의 것 같지도 않은, 불가사의한 이것은 도대체 뭐지? 모습을 드러내지 않는 기만적인 주인, 잔인무도한 황제가 나로 하여금 자연스러운 사랑과 갈망을 등지도록 강요하는구나. 그래서 나는 줄곧 나 자신을 떠밀고 강요하고 밀어붙인다. 내 본연의 자연스러운 마음으로는 감히 생각도 못할 짓을 기꺼이 하도록 무모하게 몰아세우는 것일까? 에이해브는 과연 에이해브 자신인가? 지금 이 팔을 들어 올리는 것은 나인가, 신인가, 아니면 누구인가? 하지만 위대한 태양도 스스로 움직이는 것이 아니라 하늘에서는 한낱 심부름꾼에 불과하다면, 어떤 별도 스스로 회전하지 못하고 보이지 않는 어떤 힘에 의해서만 움직인다면, 이 보잘것없는 심장은 어떻게 고동칠 수 있고, 이 작은 두뇌는 어떻게 사색할 수 있단 말인가? 내가 아니라 신이 심장을 고동치게 하고, 두뇌를 돌아가게 하고, 삶을 영위하게 하는 것이다. 이보게, 우리 인간은 저기 있는 양묘기처럼 세상에서 빙글빙글 돌려지고, 운명은 그 기계를 돌리는 지렛대라네. 보게, 저 미소 짓는 하늘과 깊이를 잴 수 없는 바다를! 저기 있는 다랑어를! 다랑어가 저 날치를 쫓아가서 물어뜯게 하는 것은 누구인가! 살인자들은 어디로 가는가! 재판관 자신이 법정에 끌려 나와 재판을 받게 되면 판결은 누가 내린단 말인가? 하지만 참으로 온화한 바람이고, 온화해 보이는 하늘이군. 공기는 이제 머나먼 초원에서 불어온 듯 향기롭구나. 스타벅, 안데스의 산기슭 어디에선가 건초를 만드는 사람들은 막 베어낸 풀숲 속에서 잠자고 있는 게 아닐까. 잠잔다고? 그렇군. 우리는 아무리 힘들게 열심히 일해도 마지막에는 모두 들판에서 잠자게 마련이지. 그래, 작년에 쓰다 버린 낫이 베다 만 풀밭 그늘

---

550 영어 'apple'에는 눈동자라는 뜻도 있다.

에서 녹스는 것처럼 초록빛 속에서 잠자는 거야, 스타벅!"

그러나 일등항해사는 절망한 나머지 송장처럼 창백해져서 슬그머니 그곳을 떠난 뒤였다.

에이해브는 갑판을 질러가서 반대쪽 뱃전에서 바다를 내려다보다가, 그 수면에 움직이지 않는 두 개의 눈이 비쳐 있는 것을 보고 흠칫 놀랐다. 페달라가 같은 난간에 기댄 채 꼼짝도 하지 않고 바다를 내려다보고 있었던 것이다.

{   제133장   }

추적―첫째 날

그날 밤, 한밤중에 노인네는―평소 버릇대로―기대고 있던 승강구에서 나와 회전축 구멍으로 가더니, 배에서 기르는 영리한 개가 미개한 섬에 다가가면 그렇게 하듯 갑자기 얼굴을 쑥 내밀고 코를 킁킁거리며 바다 공기를 들이마셨다. 그러더니 고래가 가까이 있는 게 틀림없다고 단언했다. 살아 있는 향유고래가 이따금 멀리까지 퍼뜨리는 그 독특한 냄새는 망꾼 선원들도 모두 맡을 수 있었다. 에이해브가 나침반과 풍신기[551]를 조사하여 냄새가 풍겨오는 방향을 최대한 정확하게 확인한 다음, 배의 진로를 약간 바꾸고 돛을 줄이라고 재빨리 명령했을 때, 거기에 놀란 선원은 하나도 없었다.

이런 긴급 조치가 옳았다는 것은 새벽녘에 충분히 입증되었다. 바로 앞에 길게 뻗어나간 세로줄 자국이 보였기 때문이다. 양옆의 잔물결 사이로 기름처럼 매끈해 보이는 그 자국은 깊은 급류가 시작되는 어귀에서 거센 파도가 서로 부딪치면서 남긴 번득이는 금속판 같은 표면과 비슷했다.

551 風信旗. 바람의 방향과 세기를 나타내는 여러 가지 빛깔의 깃발.

"망루에 사람을 배치하라! 전원 집합!"

대구는 세 개의 곤봉이 달린 지렛대 끝으로 앞갑판을 요란하게 두드리면서 벼락같은 소리로 잠자는 선원들을 깨웠기 때문에, 선원들은 옷을 손에 쥔 채 허둥지둥 해치에서 쏟아져 나왔다.

"뭐 보이는 거 없나?" 에이해브가 하늘을 올려다보면서 소리쳤다.

"아무것도 안 보입니다, 선장님!" 돛대 망루에서 큰 소리가 대답했다.

"윗돛! 보조돛! 위, 아래, 좌우 양쪽에 모두 돛을 올려라!"

모든 돛이 올라가자, 에이해브는 주돛대의 맨윗돛대 망루로 올라가려고 미리 준비해둔 구명밧줄을 풀었다. 선원들은 곧 그의 몸을 매달아 올렸다. 3분의 2쯤 올라갔을 때, 에이해브는 윗돛과 가운뎃돛 사이의 수평 공간을 통해 앞을 내다보고는 공중에서 갈매기가 우는 듯한 소리를 내질렀다.

"물보라다! 고래가 물을 뿜고 있다! 눈 덮인 산처럼 하얀 혹이다! 모비 딕이다!"

세 곳의 망루에서도 거의 동시에 그 외침을 이어받았다. 그러자 갑판 위에 있던 선원들은 흥분하여, 그렇게 오랫동안 추적해온 그 유명한 고래를 보려고 앞을 다투어 삭구가 있는 데로 달려갔다. 에이해브는 이제 다른 망루들보다 몇 미터나 높은 위치에 자리를 잡았고, 태시테고는 그 바로 아래인 윗돛대 망루에 서 있었기 때문에 이 인디언의 머리가 에이해브의 발꿈치와 거의 같은 높이였다. 이 높이에서 보니 고래는 몇 킬로미터 앞에서 물결이 굽이칠 때마다 번득이는 혹을 드러내며 조용히 규칙적으로 물보라를 내뿜고 있었다. 무엇이든 경솔하게 믿어버리는 선원들에게 그것은 오래전 달 밝은 밤에 대서양과 인도양에서 보았던 바로 그 조용한 물보라와 같은 것으로 보였다.

"그런데 지금까지 아무도 저걸 보지 못했단 말이냐?" 에이해브가 앞뒤의 망꾼들에게 호통을 쳤다.

"저도 선장님과 거의 동시에 고래를 발견하고 소리를 질렀습니다." 태시테고가 말했다.

"뭐가 동시야? 동시는 아니었어. 그러니까 금화는 내 거야. 그놈은 처음부터 내 것이 될 운명이었어. 그래서 네놈들은 아무도 흰 고래를 볼 수 없었던 거야. 보라! 고래가 물을 뿜는다! 물을 뿜는다! 또 뿜는다! 또 뿜는다!" 눈에 보이는 고래의 물보라가 점점 길어질수록 에이해브는 말꼬리를 길게 늘여서 질질 끄는 듯한 어조로 고래와 장단을 맞추어 소리쳤다. "가라앉는다. 보조돛을 내려라. 윗돛도 내려라. 보트를 세 척 준비하라. 스타벅, 자네는 갑판에 남아서 배를 지켜야 한다는 걸 잊지 말게. 어이, 키잡이! 바람 불어오는 쪽으로 1포인트 돌려라. 그래, 그대로! 꼬리가 보인다. 아니, 아니야. 검은 물결이잖아! 보트는 모두 준비됐나? 준비! 준비! 스타벅, 나를 내려주게. 빨리, 더 빨리." 그는 공중에서 갑판으로 주르륵 미끄러져 내려왔다.

"놈이 바람 불어가는 쪽으로 곧장 달리고 있습니다, 선장님." 스터브가 외쳤다. "우리한테서 곧장 달아나고 있습니다. 아직 우리 배를 보지도 못했을 텐데요."

"입 닥쳐! 아딧줄 준비! 키는 단단히 아래쪽으로! 돛을 올려라! 바람 불어오는 쪽으로! 그래, 됐다. 잘했어. 보트, 보트를 내려라!"

곧 스타벅의 보트만 빼고 모든 보트가 내려졌다. 보트의 돛은 모두 올라갔고, 모든 노가 부지런히 움직였다. 보트는 잔물결을 일으키며 쏜살같이 바람 불어가는 쪽으로 달려갔다. 에이해브가 선두에서 공격을 이끌었다. 페달라의 움푹 들어간 눈에 창백한 죽음의 빛이 켜졌고, 그의 입은 무시무시한 경련을 일으키고 있었다.

보트들은 앵무조개[552]처럼 소리도 없이 파도를 헤치고 달렸지만, 적은

---

552 바닷조개의 일종으로, 고생대 캄브리아기에 출현했으며 깊은 바닷속에 산다. 영어 'nautilus'는 '항해자'라는 뜻의 라틴어에서 왔으며, '노틸러스'는 프랑스 소설가 쥘 베른(1828~1905)의 『해저 2만 리』에 나오는 잠수함 이름으로 유명하다.

좀처럼 가까워지지 않았다. 적에게 다가갈수록 바다는 더욱 잔잔해져서 물결 위에 융단을 깔아놓은 듯했다. 바다는 한낮의 목장처럼 평화롭게 펼쳐져 있었다. 드디어 숨죽인 사냥꾼이 아직 낌새를 채지 못한 듯이 보이는 사냥감에 바싹 다가가자, 눈부신 혹의 전모가 또렷이 보였다. 그 혹은 독립된 별개의 생물처럼 바다를 헤엄쳐갔고, 그 주위에서는 양털처럼 고운 초록빛 거품이 끊임없이 빙글빙글 맴도는 고리를 이루고 있었다. 혹 너머에는 살짝 치켜든 대가리에 복잡하게 새겨진 거대한 주름이 보였다. 보드라운 튀르크 양탄자 같은 물결 위에는 그 넓은 우윳빛 이마의 하얀 그림자가 반짝거리며 머리보다 앞서 달렸고, 잔물결은 장단을 맞추며 장난치듯 그 그림자를 따라가고 있었다. 뒤쪽에서는 고래의 줄기찬 항적이 만들어낸 움직이는 골짜기 속으로 푸른 물이 번갈아 흘러들고 있었다. 양쪽에서 빛나는 물거품이 올라와 고래 옆에서 춤을 추었다. 하지만 이 물거품은 하늘을 어지럽게 날아다니다가 이따금 수면을 가볍게 스치며 지나가는 수많은 바닷새의 가벼운 발가락 때문에 또다시 어지럽혀졌다. 흰 고래의 등에는 큰 상선의 페인트칠한 선체에서 솟아오른 깃대처럼 최근에 박힌 기다란 창이 자루가 부러진 채 꽂혀 있었다. 부드러운 발가락을 가진 새들이 구름처럼 하늘을 덮고 고래 위를 이리저리 스쳐 지나가다가, 이따금 그중 한 마리가 소리도 없이 그 자루 끝에 내려앉아 흔들리면서 기다란 꼬리 깃털을 창기[553]처럼 펄럭였다.

미끄러지듯 나아가는 고래는 조용한 기쁨, 빠르고 힘찬 움직임 속에서 맛보는 평화로운 안정감에 싸여 있었다. 에우로페[554]를 납치하여 자신의 우아한 뿔에 매달고 헤엄쳐가는 하얀 황소, 처녀를 계속 곁눈질하며 추파를 던지는 그의 아름다운 눈길, 크레타섬에 마련된 사랑의 보금자리를 향

---

553 槍旗. 유럽 중세 때 기사들이 창끝에 매달았던 제비 꼬리 모양의 삼각 깃발.

554 그리스 신화에 나오는 페니키아의 공주. 제우스는 하얀 황소로 변신하여 에우로페를 크레타섬으로 납치했다. 226번 역주 참조.

해 황홀할 만큼 빠른 속도로 거침없이 달리는 제우스, 그 위대한 최고신 제우스도 성스럽게 헤엄치는 저 아름다운 흰 고래를 능가하지는 못했다.

부드러운 옆구리에서 둘로 갈라진 물결은 일단 흰 고래를 씻어 내린 뒤에는 넓게 퍼져서 멀리 흘러갔다. 그 빛나는 양쪽 옆구리에서 고래는 유혹적인 매력을 발산하고 있었다. 이 형언할 수 없는 평온함에 유혹당해 도취된 나머지 위험을 무릅쓰고 공격을 시도한 사냥꾼이 있었다 해도 전혀 이상한 일이 아니다. 하지만 그 평온함이 토네이도[555]의 가면일 뿐이라는 것을 그들은 불운하게도 뒤늦게야 깨달았다. 너무나도 평온한, 유혹적일 만큼 평온한 고래여! 너를 처음 보는 사람들 앞으로 미끄러져 가는 고래여! 너는 지금까지 얼마나 많은 사람을 똑같은 수법으로 파멸시켰는가.

너무나 황홀한 나머지 박수치는 것도 잠시 중단한 파도를 헤치고, 그렇게 모비 딕은 고요하고 평온한 열대의 바다를 유유히 헤엄쳐 나아갔다. 그는 물속에 잠겨 있는 몸체의 흉포함을 아직은 다 드러내지 않았고, 소름 끼치는 아가리는 완전히 감추고 있었다. 하지만 곧 몸체의 앞부분이 서서히 물에서 올라오더니 별안간 대리석 빛깔의 몸으로 버지니아주의 '내추럴 브리지'[556]처럼 높은 아치 모양을 그리고는 깃대 같은 꼬리를 경고하듯 공중에서 휘둘렀다. 이 거대한 신은 그렇게 자신을 드러내더니 물속으로 가라앉아 시야에서 사라졌다. 하얀 바닷새들은 공중에 멈춰 있거나 급강하하면서 고래가 남긴 소용돌이 위를 그리운 듯 떠돌고 있었다.

세 척의 보트는 이제 노를 똑바로 세우고 패들(작은 노)은 내리고 돛은 늘어뜨린 채 조용히 물 위에 떠서, 모비 딕이 다시 나타나기를 기다리고 있었다.

"한 시간." 보트의 고물에 뿌리박힌 듯 서 있던 에이해브가 말했다. 그

---

555 미국 중남부 지역에서 일어나는 강렬한 회오리바람. 특히 봄에서 여름에 걸쳐 많이 발생하며 파괴력이 크다.
556 미국 버지니아주 블루산맥에 있는 높이 70m, 폭 30m의 천연 다리. 암석이 침식되어 형성되었다.

러고는 고래가 사라진 곳 너머, 바람 불어가는 쪽의 푸르스름한 공간과 드넓게 펼쳐진 허공을 바라보았다. 그러나 그것도 잠시뿐이었다. 소용돌이치는 물을 휙 둘러보았을 때 그의 눈은 또다시 그의 머리 속에서 빙글빙글 돌고 있는 듯이 보였기 때문이다. 이제 바람이 다시 기세를 올렸고 바다도 일렁이기 시작했다.

"새다! 새야!" 태시테고가 외쳤다.

그 하얀 새들은 왜가리 떼가 날아갈 때처럼 한 줄로 길게 늘어서서 에이해브의 보트를 향해 날아오고 있었다. 3~4미터 거리까지 다가오자, 기대에 찬 소리로 기쁜 듯이 울면서 물 위를 선회하고 수면에서 날개를 퍼덕거리기 시작했다. 새들의 시각은 인간보다 훨씬 예민했다. 에이해브는 바다에서 아무런 징후도 발견하지 못했다. 하지만 깊은 바닷속을 들여다보자, 기껏해야 흰 족제비만 한 하얀 점 하나가 놀랄 만큼 빠른 속도로 올라오는 것이 보였다. 살아 있는 그 점은 올라오면서 점점 커지더니 방향을 바꾸었다. 그러자 깊이를 알 수 없는 바다 밑바닥에서 홀연히 모습을 드러낸 것은 하얗게 반짝이는 이빨이었다. 그 이빨들은 구부러진 두 줄로 길게 늘어서 있었다. 그것은 모비 딕의 벌린 아가리와 말린 턱이었다. 그의 거대한 몸통은 아직도 푸른 바닷물과 어우러져 어렴풋이 보였다. 번쩍이는 입은 마치 문이 활짝 열린 대리석 무덤처럼 보트 밑에서 딱 벌어져 있었다. 에이해브는 이 무서운 유령을 피하기 위해 키잡이 노를 옆으로 비스듬히 휘둘러 보트의 방향을 바꾸었다. 그런 다음 페달라에게 자리를 바꾸자고 외치면서 뱃머리로 자리를 옮겼다. 그러고는 퍼스가 만든 작살을 꼬나쥐고, 선원들에게는 노를 잡고 후퇴할 준비를 하라고 지시했다.

그런데 이처럼 때맞춰 보트를 회전시켰기 때문에, 예상대로 보트의 뱃머리가 아직 물에 잠겨 있는 고래 머리와 맞서게 되었다. 하지만 모비 딕은 이 전술을 알아차린 듯, 그가 지닌 그 사악한 지혜로 순식간에 몸을 옆으로 이동시키고는 주름진 대가리를 잽싸게 보트 밑으로 들이밀었다.

보트 전체의 판재와 늑재를 전율이 뚫고 지나갔다. 고래는 먹이를 물어뜯는 상어처럼 등을 밑으로 하고 비스듬히 누워서, 천천히 다정하게 보트의 뱃머리를 통째로 깨물었다. 길고 좁은 아래턱은 하늘 높이 구부러져 올라갔고, 이빨 하나는 노받이에 걸려 있었다. 푸르스름한 진줏빛을 띤 아가리 안쪽은 에이해브의 머리에서 한 뼘도 채 떨어지지 않은 곳에 있었고, 높이는 에이해브의 머리보다 더 높았다. 흰 고래는 이런 자세로 부드러우면서도 잔인한 고양이가 생쥐를 다루듯 가벼운 삼나무로 만들어진 보트를 뒤흔들었다. 페달라는 놀라는 기색도 없이 팔짱을 끼고 이 광경을 지켜보았지만, 누런 피부를 가진 노잡이들은 고물 끝으로 달아나려고 서로의 머리 위로 엎어지고 고꾸라졌다.

고래가 이런 악랄한 방법으로 불운한 보트를 희롱하자, 탄력 있는 뱃전은 안팎으로 넓어졌다 좁아졌다 했다. 모비 딕의 몸은 보트 밑에 숨어 있었기 때문에 뱃머리에서 녀석을 공격할 수는 없었다. 뱃머리는 말하자면 그놈의 몸 안에 거의 삼켜진 거나 마찬가지였기 때문이다. 한편 다른 보트들은 저항할 수 없는 뜻밖의 위기에 처해 있을 때처럼 저도 모르게 움직임을 멈추었다. 편집광인 에이해브는 원수가 이렇게 가까이 있는데도 손을 댈 수 없어서 미칠 듯이 화가 났지만, 그가 그토록 증오하는 바로 그 아가리 속에 산 채로 갇혀 있는 처지여서 어찌 해볼 도리가 없었다. 그는 이 모든 것에 격분하여 맨손으로 고래의 긴 이빨을 움켜잡고는 비틀어 뽑으려고 안간힘을 썼다. 그가 그렇게 헛된 몸부림을 치고 있을 때 아가리가 슬쩍 빠져나갔다. 그리고 위턱과 아래턱이 거대한 가위처럼 더 뒤로 물러나면서 보트를 깨물자, 배는 완전히 두 동강이 났고, 약한 뱃전은 휘어서 부서지고 부러졌다. 고래의 아가리는 동강 난 보트의 한가운데서 다시 꽉 닫혔다. 난파선의 잔해는 잘린 쪽으로 기운 채 나란히 떠내려갔고, 고물 쪽에 있던 선원들은 부서진 뱃전에 매달린 채 노를 뱃전에 붙들어 매놓으려 몸부림치고 있었다.

보트가 두 동강 나기 직전에 고래가 교활하게도 대가리를 쳐들었다. 그 움직임 때문에 보트를 깨문 힘이 잠시 느슨해졌다. 그래서 에이해브는 누구보다 먼저 고래의 의도를 알아차렸고, 그 순간 보트를 고래의 턱에서 밀어내려고 마지막 안간힘을 쏟아부었다. 하지만 보트는 고래 입속으로 더 깊이 미끄러져 들어갔을 뿐만 아니라 미끄러지면서 옆으로 기울어졌기 때문에 그는 잡고 있던 고래 턱을 놓쳐버렸고, 턱을 밀어내려고 몸을 기울인 순간 바다에 내동댕이쳐져 파도 속에 거꾸로 처박히고 말았다.

물결을 일으키며 적으로부터 물러선 모비 딕은 조금 떨어진 곳에 몸을 누이고, 타원형의 하얀 머리를 큰 물결 속에서 수직으로 올리거나 내리면서 방추 모양의 몸을 천천히 뒹굴고 있었다. 주름진 거대한 이마가 6미터 이상 물 위로 솟구치자 새로 일어난 파도가 다른 파도와 합류하여 고래 몸뚱이에 부딪혀 눈부시게 부서졌다. 그리고 산산이 부서진 물보라를 무슨 원한이라도 품은 것처럼 공중으로 더 높이 뿜어 올렸다.* 그것은 폭풍이 불 때, 영국해협에서는 조그맣게 일었던 파도가 에디스톤 바위[557] 기슭에 부딪혀 되돌아올 때는 의기양양하게 물보라를 일으키며 바위 꼭대기를 뛰어넘는 것과 마찬가지였다.

그러나 모비 딕은 곧 수평 자세로 되돌아가 난파한 선원들의 주위를 빙빙 돌며 빠르게 헤엄쳤다. 그는 다시 한번 더욱 흉포한 공격을 가하려고 기운을 차리려는 듯, 복수심에 불타는 태도로 양옆의 물을 휘저으며 지나갔다. 「마카베오서」에 보면 안티오코스의 코끼리들이[558] 눈앞에 던져진

---

557 영국해협 서쪽 끝 해상에 우뚝 솟은 바위섬. 등대가 설치되어 있다. 92번 역주 참조.

558 그리스 셀레우코스 왕조의 안티오코스 5세(기원전 2세기)는 유대인과 벌인 전쟁 때 전투용 코끼리들의 전의를 자극하기 위해 포도즙과 오디즙을 눈앞에 던져주었다고 한다.(경외성서 「마카베오서」 상권 6장)

* 향유고래의 특유한 동작이다. '피치폴링'이라고 하는데, 앞에서 설명했듯이 창을 던지는 예비 행위로 그 창을 올렸다 내렸다 하는 '피치폴링' 동작과 비슷하기 때문이다. 이 운동에 의해 고래는 자신을 둘러싸고 있는 어떤 사물도 완전하게 파악할 수 있다.

포도와 오디의 빨간 즙을 피인 줄 알고 미쳐 날뛰었다고 기록되어 있는데, 모비 딕도 부서진 보트를 보고 미쳐버린 것 같았다. 그런데 에이해브는 고래의 무례한 꼬리가 일으킨 물거품에 숨이 막혀 헤엄치려고 해도 한쪽 다리를 쓸 수가 없었기 때문에, 그렇게 거센 소용돌이 한가운데에 간신히 떠 있을 수밖에 없었다. 무력한 에이해브의 머리는 조금만 충격을 받아도 터질 것 같은 거품처럼 상하좌우로 마구 들까불리고 있었다. 페달라는 파편이 된 고물에서 무관심한 눈으로 태연하게 에이해브를 바라볼 뿐이었고, 뱃머리 파편에 매달려 표류하고 있는 선원들은 선장을 구조하기는커녕 자신을 돌보기도 벅찰 정도였다. 주위를 맴도는 흰 고래의 모습이 섬뜩할 만큼 무시무시했고, 태양 주위를 도는 행성만큼 빠른 속도로 돌면서 그 반경을 점점 좁혀왔기 때문에 금세라도 그들을 덮칠 것만 같았다. 그래서 아직 무사한 다른 보트들도 근처를 맴돌기만 할 뿐, 감히 소용돌이 한복판으로 뛰어들어 고래를 공격할 용기를 내지 못했다. 그랬다가는 에이해브를 비롯하여 위험에 빠진 표류자들을 당장 파멸로 이끌 뿐만 아니라 그들 자신도 무사히 달아날 수 없게 될 터였다. 그래서 그들은 이제 에이해브 선장의 머리를 중심으로 소용돌이치는 불길한 수면 바깥에서 긴장한 눈길로 지켜볼 수밖에 없었다.

한편 본선의 돛대 망루에서도 이 광경을 처음부터 전부 목격했기 때문에, 활대를 똑바로 돌리고 현장으로 달려왔다. 본선이 바싹 접근하자 에이해브가 물속에서 "계속 달려!" 하고 소리를 질렀다. 하지만 그 순간 모비 딕으로부터 밀려온 파도가 에이해브를 잠시 삼켜버렸다. 하지만 버둥거리며 다시 물 위로 떠올라 다행히 물마루에 올라타자, 에이해브는 "고래 쪽으로 계속 달려! 놈을 몰아내!" 하고 외쳤다.

'피쿼드'호의 뱃머리는 뾰족했기 때문에, 이 마의 소용돌이를 돌파하여 흰 고래와 희생자들을 효과적으로 갈라놓았다. 고래가 낙심한 듯 시큰둥하게 헤엄쳐 사라지자 보트들은 난파한 선원들을 구조하러 급히 달려왔다.

스터브의 보트에 구조된 에이해브는 눈에 핏발이 서 있어서 아무것도 보이지 않았고, 이마 주름에는 소금기가 하얗게 엉겨 붙어 있었고, 오랫동안 힘을 너무 많이 썼기 때문에 체력이 바닥나서, 스터브의 보트 바닥에 마치 코끼리 떼에 짓밟힌 것처럼 한동안 쓰러져 있었다. 그리고 골짜기에서 울려 퍼지는 황량한 소리처럼 뭐라고 형언할 수 없는 울부짖음이 그의 몸 깊숙한 곳에서 터져 나왔다.

하지만 그의 이런 육체적 피로는 그 강도가 너무 심했기 때문에 오히려 회복 시간이 단축되었다. 약한 자들이 자비롭게도 평생에 걸쳐 조금씩 받는 가벼운 고통을 위대한 자들은 한순간에 단 한 번의 깊은 고통으로 응축시킨다. 그리고 이런 자들은 그 깊은 고통을 겪을 때마다 즉시 회복되기는 하지만, 신들의 뜻이라면 순간순간의 강렬한 고통을 그대로 축적시켜 평생을 고뇌로 가득 채우는 것이다. 이 고매한 자들은 나약한 영혼의 전체 범주에 해당하는 것을 무딘 중심점에 집약시키기 때문이다.

"작살은? 작살은 무사한가?" 에이해브가 팔꿈치에 의지하여 느릿느릿 상체를 일으키면서 말했다.

"네, 선장님. 던지지 않았으니까요. 여기 있습니다." 스터브가 작살을 보이면서 말했다.

"내 앞에 놓아두게. 실종자는?"

"하나, 둘, 셋, 넷, 다섯. 노가 다섯 개 있는데, 사람도 다섯입니다."

"다행이군. 나를 좀 일으켜주게. 그래, 저기 놈이 보이는군. 저기! 아직도 바람 불어가는 쪽으로 달리고 있어. 굉장한 물보라야! 이제 손을 떼게. 에이해브의 뼛속에는 불멸의 생명수가 흘러나오기 시작했단 말이다. 돛을 올려라. 노를 저어라. 키를 잡아라!"

보트 한 척이 파괴되고 그 보트의 선원들이 다른 보트에 구조되면 그들이 두 번째 보트의 일을 거들어주는 것은 드문 일이 아니다. 그래서 추적은 이중 노의 형태로 계속된다. 지금도 그랬다. 하지만 보트의 가중된 힘은 고래의 가중된 힘에는 미치지 못했다. 고래는 모든 지느러미를 세 배로 늘린 것 같았고, 분명히 눈에 보일 만큼 빠른 속도로 헤엄쳤기 때문에, 이런 상태로 추적이 계속되면 고래를 따라잡을 가망이 전혀 없다고는 할 수 없지만 한없이 길어질 것은 분명했다. 그렇게 오랫동안 쉬지 않고 격렬하게 노를 젓는 것은 어떤 선원도 견뎌낼 수 없다. 그런 일은 아주 짧은 동안에만 간신히 견뎌낼 수 있을 뿐이다. 따라서 이런 경우에는 본선 자체가 가장 효과적인 추적 수단이 된다. 그래서 보트들은 본선 쪽으로 달려갔고, 곧 기중기로 끌어 올려졌다. 동강 난 보트 두 조각은 이미 배에 올려져 있었기 때문에, '피쿼드'호는 모든 것을 뱃전으로 건져 올린 다음 돛을 높이 올리고 앨버트로스가 이중 날개를 편 것처럼 보조돛을 옆으로 쑥 내밀고 모비 딕을 쫓아 바람 불어가는 쪽으로 달려갔다. 고래가 일정한 간격을 두고 물을 뿜어 올리는 것은 잘 알려진 사실이다. 돛대 망루의 망꾼들은 그 빛나는 물보라를 규칙적으로 보고했다. 고래가 물속으로 가라앉았다는 보고를 받으면 에이해브는 시간을 확인한 다음, 나침반 시계를 들고 갑판을 오락가락하다가 예정된 시간이 지나자마자 "이번에는 누가 금화를 차지할 텐가? 고래가 보이나?" 하고 묻곤 했다. 안 보인다고 대답하면 그는 당장 자기를 망루로 매달아 올리라고 명령했다. 낮은 이렇게 지나갔다. 에이해브는 망루에 가만히 앉아 있다가 이내 갑판으로 내려와 초조한 듯 오락가락했다.

에이해브는 이렇게 걸으면서 망루에 있는 망꾼들에게 소리를 지르고, 돛을 더 높이 올리라거나 더 넓게 펴라고 명령하는 것 말고는 아무 소리도 내지 않았다. 그렇게 모자를 푹 눌러쓰고 앞뒤로 오락가락하던 에이해브는 몸의 방향을 돌릴 때마다 부서진 보트 옆을 지나갔다. 부서진 보트의 이물과 고물은 뒤집힌 채 뒷갑판에 놓여 있었다. 마침내 그는 보트 앞에서 걸음을 멈추었다. 노인의 얼굴에는, 가뜩이나 구름이 잔뜩 낀 하늘을 새로운 구름 떼가 또다시 가로질러 지나가듯 더욱 우울한 그림자가 짙게 덮여 있었다.

스터브는 에이해브가 멈춰 서는 것을 보고, 자기가 조금도 위축되지 않았다는 것을 보여줌으로써 선장의 마음에 역시 용감한 자라는 인상을 심어주고 싶었는지—괜히 허세를 부리는 짓은 아니었다—앞으로 걸어 나가 난파선을 바라보면서 고함을 질렀다.

"당나귀도 안 먹는 엉겅퀴 같군요. 선장님, 녀석이 입을 따끔하게 찔렸을 겁니다. 하! 하!"

"난파선 앞에서 웃다니, 무슨 몰인정한 짓인가? 자네가 두려움을 모르는, 그리고 기계처럼 감정도 없는 불같이 용감한 사내라는 것을 몰랐다면 자네를 비겁한 놈이라고 욕할 수도 있었어. 난파선 앞에서는 우는 소리도 웃는 소리도 내면 안 돼."

"맞는 말입니다, 선장님." 스타벅이 다가오면서 말했다. "엄숙한 광경이죠. 나쁜 징조입니다. 흉조라고요."

"흉조? 흉조라고? 그런 말은 사전에서나 찾아봐! 신들이 인간에게 솔직히 말할 생각이라면 정당하게 터놓고 말할 거다. 고개를 젓거나 노파들 같이 징조가 어떻다느니 하지 않아! 꺼져! 자네들 두 사람은 한 막대기의 양끝과 같아. 스타벅은 스터브를, 스터브는 스타벅을 뒤집어놓은 거야. 그러니까 자네 둘은 인류 전체나 마찬가지야. 에이해브는 지구에 살고 있는 수백만 명 가운데 혼자 서 있다. 신들도 인간도 에이해브의 이웃은 아니야. 춥다, 추워. 떨린다! 지금은 어떤가? 이봐, 망꾼! 보이나? 물을 뿜는 게 보이면 소리를 질러라. 일 초에 열 번 뿜더라도."

해는 거의 저물어, 태양의 황금빛 옷자락만 살랑거리고 있었다. 금세 어둠이 깔렸지만 망꾼들은 내려올 생각을 하지 않았다.

"이젠 물 뿜는 게 보이지 않습니다, 선장님! 너무 어두워서 안 보입니다." 공중에서 외치는 소리가 들려왔다.

"마지막으로 보았을 땐 어느 쪽으로 달아나고 있었나?"

"전처럼 바람 불어가는 쪽으로 곧장 달아나고 있었습니다."

"좋아! 이제 밤이니까 그놈도 천천히 달릴 거다. 윗돛대의 보조돛을 내려라. 스타벅, 아침이 오기 전에 고래를 추월하면 안 돼. 그놈은 지금 달리고 있지만 한동안 멈출지도 몰라. 이봐, 키잡이! 바람을 정면으로 받게 하라! 망루에 있는 자들은 모두 내려와! 스터브, 앞돛대 망루에 사람을 교대해서 아침까지 망을 서도록 하게!" 그러고는 주돛대에 박아둔 금화 쪽으로 갔다. "자, 다들 들어라! 이 금화는 내가 공을 세웠으니 내 것이다. 하지만 흰 고래가 죽을 때까지는 여기 그냥 두겠다. 그러니까 그놈이 죽는 날, 너희들 가운데 누구든 그놈을 맨 먼저 발견하고 소리를 지른 자가 이 금화를 차지한다. 그날도 내가 맨 먼저 발견한다면, 이 돈의 열 배에 해당하는 돈을 너희들에게 골고루 나누어주겠다. 그럼 해산! 스타벅, 갑판은 자네가 맡게."

에이해브는 승강구 안으로 내려가 중간에 앉더니, 모자를 푹 눌러쓴 채 새벽까지 그곳에 서 있었다. 이따금 일어나서 밤이 어떻게 깊어가는지를 살펴볼 뿐, 꼼짝도 하지 않았다.

{ 제134장 }

추적—둘째 날

새벽녘이 되자 세 개의 돛대 망루에는 정해진 시간에 망꾼이 새로 배치되었다.

"보이나?" 에이해브가 햇빛이 조금 퍼지기를 기다렸다가 소리쳤다.

"아무것도 안 보입니다, 선장님."

"모두 갑판에 집결하고, 돛을 올려라! 놈이 생각보다 빨리 달리고 있다. 윗돛대의 돛! 밤새 달아둘 걸 그랬어! 하지만 상관없다. 돌격하기 전의 짧은 휴식에 불과하니까."

여기서 말해두어야 할 것이 있다. 어느 특정한 고래를 낮부터 밤까지, 또 밤부터 낮까지 이처럼 집요하게 추적하는 것은 남양 고래잡이에서 결코 전례 없는 일은 아니다. 낸터킷 출신 선장들 가운데 천부적 재능을 가진 훌륭한 이들은 놀라운 기술과 경험에서 얻은 선견지명과 확고한 자신감을 가지고 있어서, 고래를 마지막으로 보았을 때의 정황만 가지고도 고래가 당분간 헤엄쳐나갈 방향과 대체적인 속도까지 아주 정확하게 예상할 수 있기 때문이다. 이런 경우 선장은, 해안선의 전체적인 특징을 잘 알고 있는 해안이 시야에서 사라졌을 때 그 해안으로 다시 돌아가고 싶은 수로 안내인과 어느 정도 비슷한 점이 있다. 그때 수로 안내인은 나침반 옆에 서서 눈에 보이지 않는 먼 곳에 정확히 도달하기 위해 현재 눈에 보이는 곳의 정확한 방위를 확인한다. 고래를 추적하면서 나침반 옆에 서 있는 사냥꾼도 마찬가지다. 낮에 몇 시간 동안이나 추적하고 열심히 감시했는데 밤의 어둠이 고래를 삼켜버렸을 때, 고래가 어둠을 뚫고 어디로 달아날 것인지를 현명한 포경꾼이 거의 정확하게 알아내는 것은 수로 안내인이 목표한 해안을 정확히 찾아가는 것과 마찬가지다. 따라서 이런 놀라운 기술을 가진 포경꾼에게는 물 위에 그려진 덧없는 항적도 단단한 땅위에 찍힌 자국만큼이나 확실하다. 또한 쇠로 만든 거대한 레비아탄인 오늘날의 철도는 운행 시간이 자세히 알려져 있어서, 손에 시계를 쥔 사람들은 아기의 맥박을 재는 의사처럼 정확하게 열차의 속도를 재고 상행 열차나 하행 열차가 몇 시에 어느 지점에 도착할 거라고 쉽게 말한다. 이와 마찬가지로 낸터킷 사람들은 심해의 고래가 움직이는 속도를 관측한 결과, 앞으로 몇 시간 뒤에는 이 고래가 300킬로미터쯤 달려서 대체로 위도 몇 도와 경도 몇 도 지점에 도달할 거라고 중얼거리는 것이다. 하지만 이 정확한 예측을 성공적인 결과로 이끌어가려면 바람과 파도를 동맹자로 삼아야 한다. 예를 들면 지금 항구에서 정확히 500킬로미터 떨어진 곳에 있다고 확신한다 해도, 바람이 너무 잔잔하거나 역풍이 불면 그런 숙련된 기술이 무슨 소용이 있겠는가? 여기에서 고래를 추적하는 데 따른 갖가지 복잡미묘한 문제들을 짐작할 수 있을 것이다.

배는 물을 헤치고 돌진하면서 바다에 깊은 고랑을 남겼다. 그것은 빗나간 포탄이 쟁기의 보습이 되어 평평한 밭을 갈아엎는 것처럼 보였다.

"굉장하군!" 스터브가 외쳤다. "갑판이 이렇게 요동치면 그 진동이 다리를 타고 올라가 심장까지 얼얼해져. 이 배도 용감하지만 나도 용감해! 하, 하! 누가 나를 번쩍 들어 등뼈가 밑으로 가도록 바다에 띄워봐! 내 등뼈는 용골이 분명하니까 말이야. 하, 하! 우리는 어떤 흙먼지도 뒤에 남기지 않는 길을 가고 있는 거야!"

"저기 물보라다! 물을 뿜고 있다! 똑바로 앞쪽이다!" 돛대 망루에서 외치는 소리가 들려왔다.

"알았어!" 스터브가 외쳤다. "그럴 줄 알았지! 너는 도망칠 수 없어. 계속 뿜어라, 뿜어. 네 숨구멍이 찢어질 때까지 뿜어라. 이 고래야, 미친 악마가 너를 노리고 있다! 최후의 나팔을 불어라! 네 허파가 터지도록 힘차게 불어라! 에이해브가 네 피를 막아줄 테니까. 물방앗간지기가 수문을 막아 강물을 막듯이 말이다!"

스터브의 이 말은 거의 모든 선원의 심정을 대변한 것이었다. 오래 묵은 포도주가 다시 발효를 시작하듯, 이때쯤에는 추적의 광기가 선원들을 부글부글 끓어오르게 하고 있었다. 그중 일부가 막연한 두려움과 불길한 예감을 느꼈다 해도, 이제 그런 감정은 점점 가중되는 에이해브의 위엄에 눌려 보이지 않는 곳으로 숨어버렸을 뿐만 아니라, 겁 많은 토끼가 대초원을 힘차게 달리는 들소 앞에서 뿔뿔이 흩어지듯 산산이 부서져 사방으로 날아가버렸다. 운명의 손이 그들의 영혼을 완전히 움켜잡았다. 그들의 마음을 동요시킨 전날의 위험, 그들을 괴롭힌 간밤의 긴장, 날듯이 달아나는 표적을 향해 두려움 없이 돌진하고 있는 그들의 배―이 모든 것이 그들의 심장을 들끓게 했다. 돛들은 모두 바람을 안고 불룩하게 부풀었고, 눈에 보이지도 않고 저항할 수도 없는 손들이 배를 몰아댔다. 이것은 그들을 이 추적의 노예로 만든 보이지 않는 힘을 상징하는 것 같았다.

그들은 서른 명이 아니라 한 사람이었다. 그들을 모두 태우고 있는 한 척의 배는 온갖 잡다한 것—참나무, 단풍나무, 소나무, 쇠, 역청, 삼줄—이 모인 것이고, 그것들이 복잡하게 서로 얽혀서 하나의 구체적인 배가 만들어지는 것이지만, 중앙에 긴 용골이 배치되어 균형과 방향성을 부여해야만 물 위에 뜰 수 있게 된다. 이와 마찬가지로 선원들의 다양한 개성—이 사람의 담력, 저 사람의 두려움, 죄와 결백—이 하나로 융합되어 그들의 지배자이며 용골인 에이해브가 가리키는 대로 그 숙명의 목표를 향해 달려가고 있는 것이다.

삭구는 살아 있는 생명체였다. 돛대 망루에는 키 큰 야자나무의 우듬지처럼 팔과 다리가 주렁주렁 매달려 있었다. 어떤 자는 한 손으로 활대를 잡고 매달린 채, 다른 손을 앞으로 내밀어 초조하게 흔들고 있었다. 어떤 자는 눈 위에 차양을 만들어 강렬한 햇볕을 가린 채 흔들리는 활대 위에 앉아 있었다. 모든 활대는 각자의 운명을 기다리는 인간들로 가득 차 있었다. 아아! 그들은 자신을 파멸시킬지도 모르는 고래를 찾아 끝없이 넓고 푸른 바다를 어디까지 헤치고 가려는 것일까!

"흰 고래가 보인다면 왜 알리지 않는가?" 처음 외치는 소리가 들린 지 몇 분이 지난 뒤에도 아무 보고가 없자 에이해브가 소리쳤다. "나를 매달아 올려라. 너희들은 속고 있는 거다. 모비 딕은 그런 식으로 물을 한 번만 내뿜고 사라지지 않는다."

그건 사실이었다. 선원들이 너무 열중한 나머지 다른 것을 고래의 물보라로 착각했다는 사실이 곧 밝혀졌다. 에이해브가 망루에 올라가 자리를 잡고 밧줄이 갑판 말뚝에 감겨 매어지자마자 그는 외마디 소리를 질렀다. 그 소리를 으뜸음으로 삼아 오케스트라가 라이플의 일제 사격처럼 공기를 진동시켰다. 서른 명의 허파에서 개가의 외침소리가 터져 나온 것이다. 아까 물보라가 보였다고 상상한 그 지점보다 훨씬 가까이 ─ 배에서 1킬로미터도 떨어지지 않은 곳에서 모비 딕이 갑자기 모습을 나타냈기 때문이다. 흰 고래는 차분하고 나른한 물보라, 그의 머리에 있는 신비로운 샘에서 용솟음치는 평화로운 물줄기로 자기가 가까이 있음을 드러낸 것이 아니라, 그보다 훨씬 놀라운 도약이라는 현상으로 자신의 위치를 알렸다. 가장 깊은 심연에서 최고 속도로 올라온 향유고래는 거대한 몸뚱이 전체를 맑은 공기 속으로 띄워 올려 눈부신 물거품을 산더미처럼 쌓아 올리면서 10킬로미터나 떨어진 곳까지 자신의 위치를 알린다. 그 순간 향유고래가 몸에서 떨쳐내는 성난 파도는 그의 갈기처럼 보인다. 이 도약은 향유고래의 도전 행위인 경우도 있다.

흰 고래가 형언할 수 없는 허세를 부리며 연어처럼 하늘 높이 몸을 솟구치자 선원들이 외쳤다. "뛰어오른다! 저기 뛰어오른다!" 망망한 푸른 바다에서 너무도 갑작스럽게 나타나 그보다 훨씬 더 푸른 하늘 가장자리를 배경으로 뛰어올랐기 때문에, 고래가 일으킨 물보라는 빙하처럼 잠시 눈부시게 빛났다. 하지만 그 강렬한 빛은 차츰 약해져서 산골짜기를 지나가는 소나기처럼 몽롱한 안개로 변했다.

"그래, 태양을 향해 마지막으로 뛰어올라라, 모비 딕!" 에이해브가 외쳤다. "너의 죽음도 너의 작살도 멀지 않았다. 어어이, 모두 내려와라! 한 사람만 앞돛대에 남고 모두 내려와! 보트를 내려라! 준비!"

선원들은 용총줄 사다리는 시간이 걸리기 때문에 쳐다보지도 않고 버팀줄과 마룻줄을 이용하여 별똥별처럼 갑판으로 미끄럼을 타고 내려왔다. 에이해브도 그렇게 쏜살같이 내려오지는 못했지만, 그래도 제법 빠른 속도로 망루에서 내려왔다.

"내려라!" 전날 오후에 미리 장비를 갖춰둔 예비 보트에 이르자마자 그가 소리쳤다. "스타벅, 본선은 자네한테 맡기겠다! 보트에서 떨어져 있되 너무 멀리 떨어지지 않도록 하게. 자, 다들 내려라!"

이때쯤 먼저 공격 태세를 갖춘 모비 딕은 그들에게 재빨리 공포감을 심어주려는 듯 몸을 돌려 세 척의 보트를 향해 다가오고 있었다. 에이해브의 보트가 가운데에 있었다. 그는 선원들을 독려하면서, 이번에는 고래와 박치기를 하여, 그러니까 고래의 이마로 곧장 돌진하여 해치우겠다고 말했다. 이것은 그다지 신기한 일도 아니다. 고래는 눈이 옆에 달려 있어서 가까운 앞쪽은 보지 못하기 때문에, 일정한 범위 안에 근접했을 때는 그런 방법이 고래의 공격을 피하는 수단이다. 하지만 그 근접 범위에 미처 도달하기도 전, 즉 세 척의 보트가 고래의 눈에 세 개의 돛만큼 또렷이 보이는 동안, 흰 고래는 아가리를 벌리고 꼬리를 휘두르며 순식간에 보트 사이로 돌진한 다음 격렬한 속도로 몸을 흔들면서 사방을 향해 섬뜩한 싸움을 걸어왔다. 보트에서 던지는 작살에는 끄떡도 하지 않고, 보트를 이루고 있는 널판 조각 하나까지 남김없이 부숴버리겠다는 기세였다. 그러나 보트들은 전쟁터에서 단련된 군마처럼 끊임없이 방향을 바꾸면서 능숙한 조종으로 한동안 고래를 피하고 있었다. 하지만 때로는 겨우 널판 한 장 너비만큼의 차이로 공격을 면하기도 했다. 그동안 줄곧 에이해브의 섬뜩한 외침소리가 다른 모든 부르짖음을 갈기갈기 찢어놓고 있었다.

하지만 드디어 흰 고래가 눈에 보이지도 않을 만큼 빠르게 선회하면서, 이미 그에게 꽂혀 있는 세 개의 작살에서 늘어진 밧줄을 무수한 방향으로 뒤엉키게 했다. 그 때문에 느슨했던 작살줄이 짧아져서, 세 척의 보트는 저절로 고래의 몸에 박힌 작살 쪽으로 끌려갔다. 고래는 더한층 무서운 공격을 하기 위해 힘을 모으고 있는 듯이 잠시 몸을 옆으로 끌어당겼다. 에이해브는 그 기회를 놓치지 않고 우선 밧줄을 길게 풀어낸 다음 다시 세게 잡아당겨서 엉킨 것을 풀어보려고 했다. 그런데 바로 그때, 싸우는 상어들의 이빨보다 더 흉악한 광경이 펼쳐졌다.

고래의 몸에서 빠진 작살과 창들이 미로처럼 얽히고설킨 밧줄에 감기

모비 딕

고 꼬여서 물을 뚝뚝 떨어뜨리며 미늘과 창끝을 곤두세운 채 에이해브의 보트 뱃머리에 있는 밧줄받이로 떨어지려 하고 있었다. 이때 할 수 있는 일은 한 가지뿐이었다. 에이해브는 선원용 나이프를 손에 들고 번득이는 강철 사이를 아슬아슬하게 빠져나와, 저쪽 편 밧줄을 잡아당겨 뱃머리의 노잡이에게 건네준 다음, 밧줄받이 근처에서 밧줄을 두 번 잘라서 작살 뭉치를 바다에 떨어뜨렸다. 이번에도 역시 날쌘 솜씨였다. 그 순간 흰 고래가 아직도 엉켜 있는 다른 밧줄 사이로 갑자기 돌진하여, 밧줄에 더욱 심하게 휘감긴 스터브와 플래스크의 보트를 엄청난 힘으로 제 꼬리 쪽으로 끌어당겼다. 그러고는 두 척의 보트를 마치 파도가 부서지는 해변에서 뒹굴고 있는 나무토막처럼 충돌시켰다. 그리고 자기는 물속으로 가라앉아 거품이 끓어 넘치는 소용돌이 속으로 자취를 감추어버렸다. 그 소용돌이 속에서는 부서진 보트들의 향기로운 삼나무 조각이 뱅뱅 맴돌며 춤을 추고 있었는데, 그 모습이 마치 세차게 휘저은 펀치볼 속의 육두구 열매 같았다.

두 보트의 선원들은 가까이에서 빙빙 돌고 있는 밧줄통이며 노 같은 부유물에 매달리려고 안간힘을 쓰면서 아직도 소용돌이 속에서 맴돌고 있었다. 몸집이 작은 플래스크는 비스듬히 누워서 빈 병처럼 떴다 가라앉았다 하며, 상어의 무서운 아가리에서 도망치려고 두 다리를 위로 들어 올리고 있었다. 스터브는 누구든 좀 살려달라고 고함을 지르고 있었다. 그리고 노인네의 작살줄은 이제 끊어져 있었기 때문에, 누군가를 구출하기 위해 거품 이는 소용돌이 속으로 줄을 던져줄 수도 있었다. 이처럼 한꺼번에 들이닥친 숱한 위험 앞에서 아직 파괴되지 않은 에이해브의 보트는 눈에 보이지 않는 쇠줄로 하늘 높이 끌어 올려진 것처럼 보였다. 흰 고래가 물속에서 쏜살같이 밀고 올라와 그 거대한 이마를 보트 바닥에 부딪치며 공중으로 던져 올렸기 때문이다. 이 보트는 다시 뱃전을 밑으로 향하고 떨어져, 에이해브와 그의 부하들은 바닷가 동굴에서 기어 나오는 바다표범처럼 보트 밑에서 간신히 기어 나왔다.

고래는 바다 밑에서 솟구쳐 올라온 여세 때문에—수면을 쳤을 때 방향을 바꾸기는 했지만—자기가 파괴한 현장의 중심에서 본의 아니게 조금 떨어진 곳에 떠오르게 되었다. 그리고 지금은 그 난장판에 등을 돌린 채 꼬리를 좌우로 흔들어 파괴의 현장을 천천히 더듬으면서 잠시 떠 있었다. 수면에 떠 있는 노와 보트의 잔해가—아주 작은 조각 하나라도—피부에 닿기만 하면 재빨리 꼬리를 뒤집어 수면을 비스듬히 내리쳤다. 하지만 당장은 이 정도로 충분하다고 만족한 듯 주름진 이마로 바다를 헤치고 나아갔다. 모비 딕은 얽히고설킨 밧줄을 질질 끌면서 나그네처럼 규칙적인 발걸음으로 바람 불어가는 쪽으로 여정을 계속했다.

지난번과 마찬가지로 싸우는 광경을 주의 깊게 지켜보고 있던 본선은 다시 구조하러 달려왔다. 그들은 보트 한 척을 내려, 물 위에 떠도는 선원이며 통이며 노 등 잡을 수 있는 것은 무엇이든 건져서 갑판 위로 끌어 올렸다. 어깨와 손목과 발목을 삔 사람, 타박상으로 검푸르게 멍이 든 사람, 구부러진 작살과 창, 도저히 풀 수 없을 정도로 복잡하게 엉켜버린 밧줄, 부서진 노와 널판도 있었다. 하지만 치명상은커녕 중상을 입은 사람도 없는 것 같았다. 에이해브는 전날의 페달라처럼 부서진 보트의 절반을 비교적 안전한 구명부표로 삼아 괴로운 표정으로 매달려 있었다. 하지만 전날의 참사만큼 그를 지치게 하지는 않은 것 같았다.

그러나 그가 구조되어 갑판 위로 올라가자 모든 선원의 눈이 그에게 쏠렸다. 그가 혼자 서지 못하고, 지금까지 가장 충실한 조력자였던 스타벅의 어깨에 반쯤 매달려 있었기 때문이다. 그의 고래뼈 다리는 잘려나가서 짤막하고 날카로운 조각만 남아 있었다.

"아, 스타벅, 이따금 사람에게 기대는 것도 즐거운 일이군. 상대가 누구든 말일세. 이 늙은 에이해브도 좀 더 자주 기댔더라면 좋았을걸."

"쇠테가 견디지 못했군요, 선장님." 목수가 다가오면서 말했다. "그 다리에는 품을 많이 들였는데."

"하지만 진짜 뼈는 부러지지 않았겠죠?" 스터브가 진심으로 걱정스럽게 물었다.

"뭐라고? 모두 산산조각이 나버렸다니까! 이게 안 보이나? 하지만 뼈 하나쯤 부러져도 이 늙은 에이해브는 끄떡없어. 나는 살아 있는 뼈도 잃어버린 그 죽은 뼈와 마찬가지로 내 일부라고 생각지 않아. 흰 고래도 인간도 악마도 이 늙은 에이해브의 진정한 본질, 근접하기 어려운 그 본질은 건드릴 수 없어. 어떤 측심연이 저 깊은 바다 밑바닥에 닿을 수 있겠나? 어떤 돛대가 저 창공의 지붕을 스칠 수 있겠나? 망루에 있는 녀석아! 고래는 어느 쪽에 있나?"

"똑바로 바람 불어가는 쪽입니다."

"그러면 키를 올려라. 배지기들은 다시 돛을 올려라! 남은 예비 보트를 다 내려서 장비를 갖추어라. 스타벅, 저기 가서 보트 선원들을 집합시키게."

"선장님, 그보다 먼저 선장님을 부축해서 뱃전까지 모셔다드리겠습니다."

"아아! 이 뼛조각이 나를 마구 찌르는군. 아, 저주받은 운명이여, 아무도 정복할 수 없는 영혼을 가진 선장이 이런 겁쟁이를 짝으로 삼아야 하다니!"

"뭐라고요?"

"아니, 자네가 아니라 내 몸뚱이를 말하는 걸세. 무엇이든 지팡이로 쓸 만한 것을 갖다주게. 저기 부러진 창이 좋겠군. 선원들을 집합시키게. 그런데 그자가 안 보여. 절대로 그럴 리가 없는데. 없어졌나? 빨리! 선원들을 모두 집합시켜!"

노인네의 마음을 언뜻 스쳐 지나간 예감이 들어맞았다. 선원들을 모아놓고 보니 배화교도가 보이지 않았다.

"배화교도 놈!" 스터브가 소리쳤다. "녀석은 틀림없이 끌려가서……."

"황열병에 걸려 뒈질 놈! 자, 다들 위로, 아래로, 선장실로, 선원실로 달려가서 그자를 찾아라. 없을 리가 없다. 없을 리가 없어!"

하지만 그들은 곧 되돌아와서 배화교도를 어디에서도 찾을 수 없다고 보고했다.

"선장님." 스터브가 말했다. "선장님의 엉킨 작살줄에 휘감겨서 물속으로 끌려가는 걸 본 것 같습니다."

"내 작살줄? 내 작살줄에 끌려갔다고? 그게 도대체 무슨 뜻이지? 그 말 속에는 조종弔鐘이 울리고 있어. 이 늙은 에이해브가 종처럼 떨고 있나. 작살도 보이지 않는군! 저기 잡동사니를 뒤져보아라! 작살이 보이나? 그 흰 고래 녀석을 죽이려고 특별히 만든 작살 말이다. 아니, 아니! 바보 같으니라고! 바로 이 손으로 던졌지 않은가! 작살은 고래 몸에 박혀 있다! 망꾼들아! 고래한테서 눈을 떼지 마라! 빨리 보트를 준비해라! 노를 모아라! 작살잡이들아, 작살을 준비해라, 작살을! 주돛대의 윗돛을 더 높이 올려라! 모든 돛을 당겨라! 키잡이는 죽을힘을 다해서 방향을 유지하라! 나는 지구 둘레를 열 바퀴라도 돌 테다. 아니, 지구를 곧장 뚫고 들어가서라도 그놈을 반드시 죽이고야 말 테다."

"전능하신 신이여, 한순간만이라도 모습을 보여주십시오." 스타벅이 외쳤다. "선장님, 절대로, 절대로 그놈을 잡지 못할 겁니다. 그리스도의 이름으로 이 일을 그만둡시다. 이건 악마의 광기보다 더 나쁩니다. 이틀 동안 추적했고, 보트가 두 번 박살났고, 선장님의 다리도 또다시 부러졌잖습니까. 선장님의 사악한 그림자는 사라졌습니다. 착한 천사들이 몰려들어 경고하고 있습니다. 더 이상 뭐가 필요합니까? 그 흉악한 고래가 우리를 몽땅 물속에 처박을 때까지 그놈을 계속 추적할 겁니까? 그놈한테 바다 밑바닥까지 끌려갈 겁니까? 지옥에까지 끌려갈 겁니까? 오, 더 이상 그놈을 추적하는 것은 신성모독이며 불경스러운 짓입니다!"

모비 딕

"스타벅, 요즘 나는 이상하게도 자네한테 마음이 끌리는 걸 느꼈어. 우리가 서로 눈을 들여다본 그때부터지. 하지만 이 고래에 관한 한, 나한테 자네 얼굴은 이 손바닥이나 마찬가지야. 입술도 눈도 코도 없는 공백이지. 알겠나? 에이해브는 영원히 에이해브야. 이 법령은 모두 그대로 공포되고, 절대로 변경할 수 없어. 그건 이 바다가 물결치기 10억 년 전에 자네와 내가 예행연습을 마친 거야. 바보 같으니! 나는 운명의 부하에 불과해. 운명이 명하는 대로 움직일 뿐이다. 너희들 졸개들은 내 명령에 따라야 한다. 모두 내 주위에 서라. 다들 보아라. 여기 한 늙은이가 있다. 한쪽 다리가 밑동에서부터 잘려나가, 부러진 창에 기댄 채 외다리로 서 있다. 이것이 에이해브, 그의 육체다. 하지만 그의 영혼은 백 개의 다리로 움직이는 지네란 말이다. 나는 폭풍 속에서 돛대가 부러진 군함을 끄는 밧줄처럼 팽팽히 당겨진 듯한 기분이 든다. 실제로도 그렇게 보일 것이다. 하지만 나는 끊어지기 전에 우지끈 소리를 지를 것이다. 그 소리가 들릴 때까지는 에이해브의 작살줄이 목표를 악착같이 끌어당기고 있다는 것을 명심해라. 너희들은 전조라는 걸 믿는가? 그렇다면 큰 소리로 웃고 '앙코르'를 외쳐라! 가라앉는 것들은 가라앉기 전에 두 번 수면 위로 떠오르고, 다시 한번 떠오르면 그때는 영원히 가라앉기 때문이다. 모비 딕도 마찬가지다. 이틀 연달아 떠올랐으니까 내일은 세 번째로 떠오를 것이다. 그래, 놈은 반드시 또 한 번 떠오른다. 하지만 그것이 마지막 물보라가 될 것이다! 용기가 솟아나는 것을 느끼는가?"

"두려움을 모르는 불길처럼." 스터브가 외쳤다.

"그리고 기계처럼 자동적으로!" 하고 에이해브가 중얼거렸다. 선원들이 앞으로 걸어가는 동안 그는 계속 중얼거렸다. "전조라는 것! 어제도 나는 저기서 스타벅에게 내 부서진 보트에 대해 같은 말을 했었지! 오오, 내 마음에 이렇게 단단히 못 박혀 있는 것을 다른 사람들의 마음에서 몰아내려 하다니! 정말 용감하기도 하지! 배화교도! 배화교도! 없어졌다고? 사라졌다고? 그놈은 나보다 먼저 갈 운명이었지. 하지만 그래도 내가 죽기 전에 다시 나타나기로 되어 있었어. 그건 무엇 때문이지? 이건 대단한 수수께끼로군. 대대로 재판관들의 망령에게 도움을 받는 법률가들도 이 수수께끼는 풀지 못할 거야. 그것이 매의 주둥이처럼 내 뇌를 쪼고 있다. 하지만 나는 어떻게든 그 수수께끼를 풀고야 말 테다!"

어스름이 내렸을 때도 고래는 여전히 바람 불어가는 쪽에 있었다.

그래서 돛을 다시 줄이고, 모든 것이 전날 밤과 똑같이 진행되었다. 다만 망치 소리와 숫돌 돌아가는 소리가 동틀녘까지 들렸을 뿐이다. 선원들은 등불 밑에서 내일을 위해 예비 보트를 빈틈없이 세심하게 준비하고 새 무기를 날카롭게 가느라 여념이 없었다. 그동안 목수는 부서진 에이해브의 보트에서 부러진 용골을 빼내어 에이해브의 다리를 만들었다. 그리고 에이해브는 어젯밤과 마찬가지로 승강구 안에 꼼짝도 않고 서 있었다. 그는 모자 밑에 감추어진 눈을 해바라기처럼 은밀히 뒤쪽으로 돌려, 떠오르는 아침 해를 맨 먼저 맞기 위해 동쪽을 뚫어지게 바라보고 있었다.

{   제135장   }

추적 ― 셋째 날

셋째 날 아침은 맑게 개어 상쾌했다. 밤새 앞돛대 망루에서 홀로 밤번을 선 선원은 내려오고, 그 대신 낮번들이 모든 돛대와 거의 모든 활대에 자리를 잡았다.

"놈이 보이는가?" 에이해브가 소리쳤지만, 고래는 아직 보이지 않았다.

"하지만 우리는 틀림없이 그놈 뒤에 있다. 그러니 놈이 지나간 자취를 따라가기만 하면 된다. 이봐, 키잡이! 지금까지의 침로를 계속 유지하게. 오늘도 날씨가 정말 좋구나! 새로 창조된 세계에 천사들을 위한 여름 별장을 만들어 오늘 아침 처음 문을 연다 해도 그 새벽이 이보다 더 아름다울 수는 없을 것이다. 에이해브에게 사색할 시간이 있다면 이거야말로 사색할 거리가 되겠지. 하지만 에이해브는 절대로 사색을 하지 않아. 그저 느끼고 느끼고 또 느낄 뿐. 그것만으로도 인간에게는 충분히 설레고 흥분되는 일이지. 사색하는 건 무례한 짓이야. 오직 신만이 그 특권을 갖고 있어. 사색이란 냉정하고 침착한 것이고, 또 그래야만 해. 그런데 우리의 가련한 가슴은 고동치고 우리의 가련한 뇌는 심하게 맥박치고 있어서, 사색을 견디기 힘들어. 하지만 때로는 내 뇌가 너무 냉정하다는 생각이 들 때도 있지. 얼어붙은 것처럼 냉정해서, 이 낡은 두개골은 내용물이 얼음으로 변한 유리잔처럼 딱딱 소리를 내며 갈라져서 뇌를 진동시키는 것 같아. 그렇지만 머리카락은 자라고 있어. 지금 이 순간에도 자라고 있지. 열이 머리카락을 기르고 있는 게 분명해. 아니, 머리카락은 그린란드의 얼음 속이든 베수비오 화산의 용암 속이든 어디서나 자라는 흔해 빠진 풀 같은 거야. 사나운 바람이 머리카락을 불어 날린다. 찢어진 돛 조각이 흔들리는 배에 매달려 그 배를 채찍질하듯, 바람에 날린 머리카락이 나를 때린다. 발칙한 것! 여기 오기까지 감옥의 복도와 감방, 병원의 병실을 지나오면서 그곳을 환기시켰을 텐데도 여기서는 양털처럼 순결한 체하며 불어오다니. 꺼져라, 더러운 바람아! 내가 바람이라면 이 사악하고 비참한 세계를 더는 돌아다니지 않을 거다. 어디든 동굴로 들어가 숨어버릴 거야. 하지만 바람은 역시 고귀하고 씩씩해. 바람을 정복한 자가 있었던가? 어떤 싸움에서나 마지막에 가장 통렬한 공격을 가하는 것은 바람이야. 맹렬한 기세로 달려가서 바람을 창으로 찔러보라. 창은 바람을 통과할 뿐이다. 하! 비겁한 바람은 벌거벗은 인간을 때리기는 하지만, 자신은 단 한 대도 가만히 서서 맞으려 하지 않거든. 바람보다는 차라리 에이해브가 더 용감하고 고귀하지. 바람이 몸뚱이를 갖고 있다면 좋겠지만, 인간을 가장 화나게 하고 약 올리는 것은 모두 몸뚱이가 없어. 하지만 물질로서는 몸뚱이가 없지만 힘으로서는 실체를 갖고 있지. 거기에 가장 특별하고 가장 교활하며 가장 악의적인 차이점이 있다! 하지만 다시금 단언하건대, 바람이란 존재에는 매우 찬란하고 우아한 무언가가 있어. 적어도 그 따뜻한 무역풍은 맑은 하늘에서 강하고 한결같고 활기차면서도 온화하게 곧장 불어대고, 바다의 비열한 조류가 아무리 방향을 바꾸고 갈지자로 흘러도, 뭍에서 가장 거대한 미시시피강이 막판에는 어디로 가야 할지 몰라 이리저리 방향을 바꾸고 진로에서 벗어나도, 무역풍은 절대로 방향을 바꾸지 않고 목표를 향해 곧장 불어가지. 그것도 영원한 양극에 걸쳐서! 나의 배를 똑바로 밀어주는 무역풍, 혹은 그와 비슷한 무언가가—절대로 변하지 않고 힘으로 가득 찬 무언가가 배처럼 용골을 가진 내 영혼을 불어 보내고 있는 거야. 바람에게 건배! 거기 망꾼들아, 무엇이 보이나?"

"아무것도 안 보입니다, 선장님."

"아무것도 안 보인다고? 정오가 다 됐는데? 금화가 울고 있다! 태양을 보라! 아아, 그래, 그게 틀림없어. 내가 놈을 앞지른 거야. 어떻게 추월했지? 지금은 내가 놈을 뒤쫓는 게 아니라 놈이 나를 뒤쫓고 있군. 그건 곤란해. 진작 알았어야 하는 건데. 바보 같으니라고! 놈은 밧줄과 작살을 질질 끌고 다니고 있어. 그래, 간밤에 내가 놈을 지나쳤어. 뱃머리를 돌려라! 뱃머리를 돌려! 정해진 망꾼만 남고 모두 내려와서 아딧줄에 붙어라."

지금까지는 바람이 '피쿼드'호의 뒤쪽에서 불고 있었는데, 이제 반대쪽으로 방향을 바꾼 배는 자신이 남긴 하얀 항적을 다시 휘저어 거품을 일으키며 바람을 안고 힘들게 달리게 되었다.

"선장은 지금 바람을 거슬러 달리고 있어. 녀석의 벌린 아가리를 향해서." 스타벅은 새로 내려진 아딧줄을 뱃전 난간에 감으면서 혼자 중얼거렸다. "신이여, 우리를 지켜주소서. 하지만 내 몸속의 뼈는 이미 축축해져서 안쪽에서 내 살을 적시고 있는 것 같아. 저 영감에게 복종하는 게 신에게 거역하는 것은 아닌지 모르겠군."

"나를 매달아 올릴 준비를 해라!" 에이해브가 삼줄로 만든 바구니 쪽으로 걸어가면서 소리쳤다. "이제 곧 그놈을 만나게 될 거다."

"예, 예, 선장님." 스타벅이 즉시 에이해브의 명령에 따라 선장을 다시금 높은 곳으로 매달아 올렸다.

꼬박 한 시간이 지났다. 그 한 시간은 두들겨 편 금박처럼 연장되어 몇 세기처럼 느껴졌다. 이제 시간 자체가 강렬한 긴장감에 긴 한숨을 내쉬었다. 그러나 드디어 바람 불어오는 쪽을 향한 이물에서 약 3포인트 벗어난 방향에서 에이해브가 다시 물보라를 발견했고, 그 순간 세 개의 망루에서 세 개의 절규가 불의 혀[559]에서 나오는 소리처럼 일제히 터져 나왔다.

"모비 딕! 이번 세 번째 만남에서는 너와 내가 서로 이마를 맞대고 만난다! 이봐, 거기 갑판에 있는 녀석들! 아딧줄을 더 힘껏 당겨라. 돛을 전부 펼쳐서 정면으로 바람을 향해 전진하라. 스타벅, 보트를 내리기에는 놈이 아직 너무 멀리 있네. 돛이 흔들리고 있다! 나무망치를 들고 저 키잡이를 감독하게. 그래, 그래. 놈은 아주 빨리 달리지. 나는 이제 내려야겠다. 하지만 한 번만 더 이 높은 곳에서 바다를 둘러보자. 아직 그럴 시간은 있어. 너무도 낯익은 광경. 하지만 언제나 새로운 바다. 그래, 내가 어렸을 때 낸터컷의 모래언덕에서 처음 봤을 때와 조금도 달라지지 않았어. 똑같아! 똑같아! 노아가 본 바다도 내가 보고 있는 이 바다와 똑같았을 거야. 바람 불어가는 쪽에는 가벼운 소나기가 오고 있구나. 바람 불어가는 쪽은 정말 아름다워! 그곳은 보통 육지와는 다른 곳, 야자수보다 더 야자 같은 곳으로 이어지는 게 분명해. 바람 불어가는 쪽! 흰 고래는 그쪽으로 가고 있다. 그러면 바람 불어오는 쪽을 보자. 더 모질기는 하지만 더 좋은 방향이다. 하지만 이제 정든 망루와는 작별이다. 안녕, 잘 있거라. 그런데 이건

---

559 오순절에 성령이 불의 혀처럼 갈라지면서 그리스도의 제자들에게 내려왔다고 한다.(신약성서 「사도행전」 2장 3절)

뭐지? 초록색인데? 아아, 뒤틀린 나무 틈새에서 작은 이끼가 자라고 있구나. 에이해브의 머리에는 비바람에 빛바랜 그런 초록색 얼룩은 없어. 거기에 바로 늙은 인간과 낡은 물건의 차이가 있는 거야. 하지만 낡은 돛대여, 우리는 함께 늙어간다. 하지만 나의 배여, 너와 나의 몸은 아직 튼튼하지 않은가? 다리 하나가 없을 뿐이지. 맹세코 이 죽은 나무는 어느 모로 보나 나의 살아 있는 육신보다 나아. 나는 이 죽은 나무와 비교할 수도 없어. 죽은 나무로 만든 배 중에는 가장 정력적인 아버지의 가장 중요한 정기로 만들어진 인간의 생명보다 더 오래가는 배도 있다는 걸 나는 알아. 그 배화교도가 뭐라고 했더라? 나의 수로 안내자로서 앞장서서 나를 인도하겠다고 말했지. 하지만 그자를 다시 볼 수 있을까? 어디서? 내가 그 끝없는 계단을 내려가면 바다 밑바닥에서 볼 수 있을까? 그자가 가라앉은 곳이 어디든, 나는 밤새 그곳에서 멀리 떨어진 곳까지 와버렸다. 오오, 배화교도여! 너도 많은 사람들처럼 자신에 대해서는 무서운 진실을 말하기도 했지만, 에이해브에 대해서는 잘못 짚었다. 잘 있거라, 돛대 망루여. 내가 없는 동안에도 고래를 잘 감시해다오. 내일, 아니 오늘 밤이라도 흰 고래가 머리와 꼬리를 뱃전에 묶인 채 저 아래 누워 있을 때 다시 이야기하자꾸나."

이렇게 약속하고는 여전히 주위를 두리번거리며 푸른 공기를 헤치고 천천히 갑판으로 내려왔다.

이윽고 보트가 내려졌다. 하지만 에이해브는 보트의 고물에 서서 막 바다로 내려가려다가 잠깐 망설이며 갑판 위에서 도르래 밧줄을 잡고 있는 항해사에게 손을 흔들어 멈추라고 명령했다.

"스타벅!"

"예, 선장님."

"이로써 내 영혼의 배는 세 번째로 항해를 떠난다네."

"예, 선장님은 그렇게 할 수밖에 없겠지요."

"어떤 배는 항구를 떠난 뒤 영원히 행방불명이 된다네, 스타벅."

"그건 사실입니다, 선장님. 참으로 안타까운 일이지요."

"썰물에 죽는 자도 있고, 얕은 물에 빠져 죽는 자도 있고, 홍수에 휩쓸려 죽는 자도 있다네. 나는 지금 가장 높은 물마루에 도달한 파도 같은 기분일세. 스타벅, 나는 이제 늙었어. 자, 우리 악수하세."

그들은 손을 맞잡고 서로를 뚫어지게 바라보았다. 스타벅은 끈적끈적한 눈물을 글썽거렸다.

"오오, 선장님, 나의 선장님! 소중한 분이여, 가지 마십시오. 제발 가지 마세요! 보세요, 선장님. 용감한 사나이가 울고 있습니다. 선장님을 설득하는 게 얼마나 고통스러운지 모릅니다!"

"보트를 내려라!" 에이해브는 항해사의 손을 뿌리치며 외쳤다. "선원들은 대기하라!"

순식간에 보트는 고물 바로 아래에서 돌고 있었다.

"상어다! 상어 떼다!" 고물 밑 선장실 창문에서 외치는 소리가 들렸다. "선장님, 선장님, 돌아오세요!"

하지만 에이해브는 아무 소리도 듣지 못했다. 그때는 그 자신이 목청껏 외치고 있었고, 보트가 뛰어올랐기 때문이다.

하지만 그 목소리는 진실을 말하고 있었다. 에이해브가 본선을 떠나자마자 상어 떼가 선체 밑의 어두운 물속에서 솟아난 것처럼 나타나더니, 노가 물에 잠길 때마다 심술궂게 노를 물어뜯으면서 계속 보트를 따라왔다. 상어가 우글거리는 해역에서 포경 보트에 이런 일이 일어나는 것은 드물지 않다. 동양에서 행진하는 군대의 깃발 위를 독수리가 줄곧 맴도는 것처럼, 상어들은 이따금 앞을 내다보는 선견지명으로 보트를 따라오는 것 같았다. 하지만 흰 고래를 처음 발견한 이후 '피쿼드'호가 상어를 보는 것은 이번이 처음이었다. 에이해브의 보트 선원들은 모두 노란 피부를 가진 야만인들이었고, 그래서 상어의 감각에는 그들의 살이 더 사향 냄새를 풍기기 때문인지 어떤지는 모르지만―사향 냄새가 상어들에게 영향을 미치는 것은 잘 알려진 사실이다―어쨌든 상어 떼는 다른 보트에는 덤벼들지 않고 에이해브의 보트만 악착같이 따라가는 것 같았다.

"강철 심장이군." 스타벅은 뱃전 너머로 멀어져가는 보트를 지켜보면서 중얼거렸다. "저 광경을 보고도 당신은 여전히 대담하게 외칠 수 있다는 것인가? 탐욕스러운 상어 떼 한가운데에 보트를 내리고, 아가리를 벌리고 먹이를 쫓는 놈들에게 쫓기면서 고래를 쫓다니. 게다가 운명을 결정하는 이 중요한 셋째 날에! 격렬한 추적이 연사흘 동안 계속될 때, 첫째 날은 아침이고 둘째 날은 정오이고 셋째 날은 저녁이고―어떻게 결말이 나든 추적을 끝내야 할 때라는 걸 명심해야 해. 오오 하느님, 내 몸을 뚫고 지나가는 이것은 무엇입니까. 그리고 나를 냉정하게 하면서도 기대를 품게 하는, 전율의 절정에 못 박아놓은 이것은 도대체 무엇입니까? 미래의 일들은 텅 빈 윤곽과 뼈대만으로 이루어진 것처럼 공허하게 내 앞에서 헤엄치고, 과거는 모두 희미해지는구나. 메리! 내 아내! 당신은 창백한 빛에 싸여 내 뒤쪽으로 사라진다. 내 아들아! 네 눈이 놀랄 만큼 파래지는 게 보이는 것 같구나. 인생에서 가장 기묘한 문제들이 분명해지고 있는 것 같다. 하지만 구름이 그 틈새를 휩쓸고 지나간다. 내 여행도 종말이 다가온 것일까? 온종일 걸은 것처럼 다리에 힘이 없다. 심장은 어떤가? 아직 고동치고 있는가? 기운을 내라, 스타벅. 피해라. 움직여라! 큰 소리로 말하라! 어이, 거기 주돛대 망꾼아! 언덕 위에 있는 내 아들의 손이 보이는가? 내가 미쳤군. 어이, 거기 망루에 있는 망꾼들아! 보트에서 눈을 떼지 마라. 고래도 잘 감시해라! 앗! 또! 저 매를 쫓아버려라! 봐라, 녀석이 쪼아대고 있다. 풍신기를 찢고 있다." 주돛대 용두에서 펄럭이는 붉은 깃발을 가리키며 그가 소리쳤다. "하! 녀석이 풍신기를 물고 날아가는군! 지금 노인네는 어디쯤에 있나? 오오, 에이해브! 저 광경이 보이세요? 떨린다, 떨려!"

모비 딕

보트들이 그리 멀리 가지 않았을 때 돛대 망루에서 신호가 있었다. 팔로 아래쪽을 가리키는 신호였다. 그것을 보고 에이해브는 고래가 잠수한 것을 알았다. 하지만 다음에 고래가 떠오를 때 가까이 있으려고 그는 본선에서 약간 옆으로 진로를 잡았다. 파도가 정면에서 보트 뱃머리를 망치질하듯 때리자 선원들은 마법에라도 걸린 것처럼 깊은 침묵에 빠졌다.

"이놈의 파도야! 네놈들의 못을 박아라. 때려 박아. 대가리까지 때려 박아라. 네놈들은 뚜껑도 없는 것을 때리고 있다. 어떤 관도, 어떤 상여도 내것일 수 없다. 나를 죽일 수 있는 것은 작살줄뿐이다. 하! 하!"

그때 갑자기 그들 주위의 수면이 커다란 동그라미를 몇 겹이나 그리면서 천천히 부풀어 오르더니, 마치 물속에서 기세 좋게 떠오른 빙산에서 흘러 떨어지기라도 하듯 옆으로 미끄러져 달렸다. 낮게 우르릉거리는 소리가 땅속 울림처럼 들려왔다. 모두 숨을 죽였다. 질질 끌리는 밧줄과 작살과 창으로 뒤덮인 거대한 형체가 바다에서 비스듬히 불쑥 올라왔다. 그형체는 얇은 안개의 베일에 싸인 채 무지개가 뜬 허공에 잠시 머물러 있다가 깊은 바닷속으로 다시 처박혔다. 10미터 높이까지 올라간 바닷물은 잠시 분수처럼 반짝이다가 눈송이처럼 얇은 조각으로 빗발치듯 쏟아져 내렸다. 고래의 대리석 빛깔 몸통 주위의 수면은 신선한 우유 같은 거품을 일으키며 소용돌이쳤다.

"저어라!" 에이해브가 노잡이들에게 소리치자 보트들은 쏜살같이 돌진해갔다. 어제 새로 찔려 몸속에서 녹슬어가는 작살 때문에 미칠 듯이 화가 난 모비 딕은 하늘에서 떨어진 천사들[560]에게 사로잡힌 것 같았다. 넓고 하얀 이마 전체에 넓은 층을 이루며 퍼져 있는 힘줄들은 투명한 피부 밑에서 서로 단단히 밀착되어 있었다. 고래는 머리를 물 위로 쳐들고 꼬리로 보트 사이의 물을 휘저으면서 다가오더니 또다시 도리깨질하듯

---

560 천국에서 추방당한 천사, 즉 타락 천사들을 말한다. 이들이 추방당한 까닭은 질투나 교만, 자유의지 등의 이유로 악행을 저지르고 하느님의 뜻을 거역했거나 하느님에게 대항하여 반란을 일으켰기 때문이다.

보트들을 내리쳤다. 고래는 두 항해사의 보트에서 작살과 창이 쏟아지게 한 뒤, 두 보트의 뱃머리 윗부분으로 돌진했다. 하지만 에이해브의 보트만은 아무 상처도 입지 않았다.

대구와 태시테고가 물이 새는 널판을 막고 있을 때, 그들로부터 멀어져 가던 고래가 갑자기 방향을 돌려 다시 그들 옆으로 돌진하면서 몸의 한쪽을 완전히 드러냈다. 그 순간 날카롭게 울부짖는 소리가 터져 나왔다. 고래 등에는 밧줄이 친친 감겨 있었고, 전날 밤에 고래가 몸부림을 쳐서 복잡하게 얽히고설킨 밧줄에 배화교도가 꽁꽁 묶여 있었던 것이다. 그의 몸뚱이는 반쯤 찢겨나갔고, 검은색 담비옷은 갈가리 찢어져 넝마처럼 너덜너덜해졌고, 부풀어 오른 눈알은 늙은 에이해브를 똑바로 바라보고 있었다.

에이해브의 손에서 작살이 떨어졌다.

"속았구나. 속았어!" 에이해브는 길고 가늘게 숨을 들이마셨다. "아아 배화교도, 너를 이렇게 다시 보는구나. 정말로 네가 먼저 가는구나. 그러면 이것이 네가 약속한 상여란 말이냐? 좋다. 하지만 나는 네가 약속을 마지막 한마디까지 지키게 하겠다. 두 번째 상여는 어디 있지? 항해사들은 본선으로 돌아가라! 너희들의 보트는 이제 쓸모가 없으니까. 제시간에 닿을 수만 있다면 보트를 수리해서 돌아와라. 만약 오지 못하면, 죽는 건 나 혼자만으로도 족하다. 내 보트의 선원들은 모두 앉아라. 내가 서 있는 이보트에서 달아나려는 자가 있으면 보이는 즉시 이 작살로 찌르겠다. 너희들은 남이 아니라 내 팔과 다리다. 그러니 내 말에 따르라. 고래는 어디 있나? 또 잠수했나?"

하지만 그는 너무 보트 가까이만 보고 있었다. 모비 딕은 시체를 짊어진 채 달아나기로 작정한 것처럼, 아니면 마지막 만난 그 지점이 바람 불어가는 쪽으로 가고 있는 그의 여행에서 잠시 멈춘 정류장이었던 것처럼, 이제 다시 꾸준히 앞으로 헤엄쳐가고 있었다. '피쿼드'호는 그때까지 정반대 방향에서 모비 딕에게 접근하여 지금은 잠시 전진을 멈춘 상태였지만, 모비 딕은 그 배의 바로 옆을 스치듯 지나갔다. 고래는 전속력으로 달리는 것 같았고, 이제는 자신의 바닷길을 곧장 따라가는 데에만 정신이 팔린 듯했다.

"오오, 선장님!" 스타벅이 소리쳤다. "지금이라도 늦지 않습니다. 사흘째 되는 오늘 그만둔다 해도 늦지 않아요. 보세요! 모비 딕은 선장님을 노리고 있지 않습니다. 오히려 선장님이 모비 딕을 미친 사람처럼 노리고 있단 말입니다."

거세지는 바람에 돛을 달고 외로운 보트는 이제 노와 돛의 힘으로 바람 불어가는 쪽을 향해 빠르게 달려갔다. 그리고 드디어 에이해브는 본선 옆을 지나갔다. 난간 너머로 몸을 내밀고 있는 스타벅의 얼굴을 알아볼 수 있을 만큼 가까이 지나갈 때, 그는 스타벅에게 뱃머리를 돌려 적당한 간격을 두고 너무 빠르지 않게 따라오라고 명령했다. 에이해브가 위를 힐끗 쳐다보니 태시테고와 퀴케그와 대구가 세 개의 돛대 망루로 열심히 올라가는 게 보였다. 한편 노잡이들은 방금 뱃전으로 끌어 올린 구멍 난 두 척의 보트 안에서 부지런히 보트를 수리하고 있었다. 에이해브는 현창을 하나씩 스쳐 지나가면서, 스터브와 플래스크가 갑판에 다발로 쌓여 있는 새 작살과 창들 사이에서 분주히 일하고 있는 것을 언뜻 보았다. 이 모든 광경을 보고 부서진 보트에서 울려 퍼지는 망치 소리를 듣자, 그것과는 전혀 다른 망치가 그의 심장에 못을 박고 있는 것 같았다. 하지만 그는 기운을 되찾았다. 그리고 주돛대 용두에서 풍신기가 없어진 것을 알아차리고, 때마침 그 돛대 망루에 올라간 태시테고에게 다시 갑판으로 내려가서 깃발과 망치와 못을 가져다가 용두에 풍신기를 박으라고 명령했다.

흰 고래는 사흘 동안 계속된 추격으로 지친 데다 몸에 엉켜 있는 거추장스러운 것들이 헤엄치는 데 방해가 되었기 때문인지, 아니면 그에게 숨어 있는 기만적이고 악의적인 본성 때문인지, 속도가 떨어지기 시작했다. 사실 이번에는 추격이 시작되었을 때 고래와 보트의 거리가 지난번만큼 멀지는 않았지만, 보트가 다시 빠른 속도로 고래한테 접근하고 있는 것으로 보아 고래의 속도가 상당히 느려진 것 같았다. 에이해브가 파도 위를 미끄러지듯 달리고 있을 때, 비정한 상어들도 에이해브와 동행했다. 상어들은 여전히 집요하게 보트를 따라다니며 바쁘게 움직이는 노를 계속 물고 늘어졌기 때문에, 노 끝은 톱날처럼 들쭉날쭉 갈라지고 부서져서 물에 담글 때마다 작은 부스러기가 수면에 떠돌 정도였다.

"상어에 신경 쓰지 마라. 놈들의 이빨은 새로운 노받이가 되어줄 뿐이다. 저어라, 힘껏 저어라. 노받이로는 물렁한 물보다 상어 턱이 훨씬 낫다."

"하지만 선장님, 놈들이 물어뜯을 때마다 얇은 날이 점점 줄어드는데요."

"그래도 괜찮아. 한동안은 버틸 수 있어. 힘껏 저어라! 그런데 모르겠군." 그가 중얼거렸다. "이 상어 놈들이 따라오는 게 고래를 먹으려는 건지 아니면 이 에이해브를 먹으려는 건지. 어쨌든 힘껏 저어라! 다들 기운 내! 놈이 가까워지고 있다. 키! 키를 잡아라. 내가 그쪽으로 가겠다." 이렇게 말하자, 노잡이 가운데 두 명이 그를 부축하여, 아직도 날듯이 달리고 있는 보트의 뱃머리로 옮겨주었다.

드디어 보트가 한쪽으로 기울면서 흰 고래의 옆구리와 나란히 달리기 시작했지만, 고래는—종종 일어나는 일이지만—이상하게도 보트의 진격을 알아차리지 못하는 것 같았다. 에이해브는 고래가 뿜어낸 물보라에서 피어나는 자욱한 안개, 거대한 모내드녹산[561] 같은 그의 혹 주위에서 소용돌이치고 있는 안개 속으로 완전히 들어가고 말았다. 그만큼 에이해브는 모비 딕에 가까이 있었다. 에이해브는 등을 활처럼 뒤로 젖히고 두 팔을 곧추 쳐들어 균형을 잡고는 날카로운 작살과 작살보다 훨씬 날카로운 저주를 밉살스러운 고래에게 던졌다. 그 작살과 저주가 늪에 빨려들듯

561 미국 뉴햄프셔주에 있는 산.

모비 딕

고래의 눈구멍에 꽂히자, 모비 딕은 몸을 옆으로 비틀고 옆구리를 발작적으로 굴리면서 보트 뱃머리를 들이받았다. 보트는 구멍이 나지는 않았지만 갑자기 홱 기울었다. 그때 에이해브는 뱃전의 높은 곳에 매달려 있었는데, 그러지 않았다면 다시 바다에 내동댕이쳐졌을 것이다. 그 대신 세 노잡이가―작살이 던져지는 정확한 순간을 미리 알지 못했고, 그래서 그 후 일어날 사태에 대비하지 못했기 때문에―그만 바다에 내동댕이쳐지고 말았다. 하지만 다음 순간 셋 가운데 둘은 다시 뱃전을 붙잡았고, 밀려오는 파도를 타고 뱃전 높이까지 올라오자 다시 보트 안으로 몸을 굴려 들어왔다. 세 번째 노잡이는 속수무책으로 고물 쪽에 떨어졌지만, 그래도 아직은 물에 떠서 헤엄치고 있었다.

거의 동시에 흰 고래는 단계를 밟지 않고 즉각적으로 강력한 결단을 내린 듯, 넘실거리는 물결을 헤치며 쏜살같이 달리기 시작했다. 에이해브는 키잡이에게 작살줄을 다시 감아서 붙잡고 있으라고 소리를 질렀다. 그리고 노잡이들에게는 자리에서 방향을 돌려 보트를 목표 쪽으로 끌고 가라고 명령했다. 그런데 작살줄이 이중으로 당기는 힘을 느낀 순간, 공중에서 툭 끊기고 말았다.

"내 안에서 뭐가 부러진 거 같은데? 힘줄이 우두둑 소리를 내며 끊어졌군! 아니, 다시 멀쩡해졌다. 노를 저어라, 힘껏 저어라. 놈을 향해 돌격!"

보트가 파도를 헤치며 돌진하는 소리를 듣고, 고래는 홱 방향을 돌려 그 평평한 이마를 쑥 내밀었다. 하지만 그렇게 돌아서는 순간, 가까이 다가오는 본선의 검은 선체를 보았다. 고래는 그 배의 선체에서 자기를 끈질기게 괴롭히는 모든 박해의 원천을 본 것 같았다. 아니면 그 배가 더 거대하고 더 고귀한 적이라는 생각이 들었는지―사실 그럴지도 모른다―갑자기 격렬한 거품 소나기 한가운데에서 위턱과 아래턱을 마주치면서 다가오는 본선의 뱃머리를 향해 돌진해갔다.

에이해브는 비틀거리며 손으로 이마를 탁 때렸다.

"앞이 안 보여. 이봐, 내가 길을 더듬어갈 수 있도록 내 앞으로 팔을 뻗어주게. 벌써 밤이 됐나?"

"고래가! 배에!" 노잡이들이 몸을 움츠리며 외쳤다.

"노를 잡아라, 노를! 오오 바다여, 밑바닥까지 기울어져라. 너무 늦기 전에 에이해브가 마지막으로 적을 향해 달려갈 수 있도록! 보인다. 본선이다! 나의 선원들아, 계속 돌진하라. 배를 구하지 않을 텐가?"

노잡이들은 쇠메로 내리치는 듯한 파도를 뚫고 맹렬히 돌진했지만, 좀 전에 고래에게 얻어맞은 뱃머리 쪽 널판 두 개가 떨어져 나가 순식간에 불구가 된 보트는 파도와 거의 같은 높이까지 가라앉았다. 선원들은 반쯤 물에 잠긴 채 철벅거리면서 물이 새는 구멍을 틀어막고 쏟아져 들어오는 물을 퍼내려고 안간힘을 썼다.

돛대 망루에서 용두에 깃발을 박으려던 태시테고는 그 순간 그 광경을 넋 놓고 바라보느라 망치를 쥔 손을 잠시 멈추었고, 격자무늬 어깨걸이처럼 그를 반쯤 감싸고 있던 붉은 깃발은 그의 가슴에서 곧장 앞으로 펄럭여 마치 그의 심장에서 피가 흘러나오는 것처럼 보였다. 아래쪽 뱃머리 기움대에 올라서 있던 스타벅과 스터브는 돌진해오는 괴물을 태시테고와 거의 동시에 보았다.

"고래다, 고래야! 키를 위쪽으로! 키를 위쪽으로! 오오, 하늘의 자애로운 천사들이여, 저를 꽉 안아주소서. 스타벅이 꼭 죽어야 한다면 여자처럼 기절해 죽지는 않게 하소서. 이 멍청이들아, 키를 위쪽으로 돌리라니까! 아가리다, 아가리야! 이게 고작 가슴이 터질 듯한 내 기도의 결과란 말인가? 평생 충실하게 살아온 결과란 말인가? 에이해브, 당신이 한 짓을 보시오. 단단히 키를 잡아라. 단단히. 아니, 아니, 키를 다시 위쪽으로! 놈이 우리와 맞서려고 몸을 돌리고 있다! 무엇으로도 만족시킬 수 없는 탐욕스러운 이마를 우리 쪽으로 밀어붙이고 있다. 저놈한테 너는 달아날 수 없다고 말해주는 게 우리의 의무다. 하느님, 제발 내 곁에 서주시옵소서!"

"누구라도 좋다. 지금 이 스터브를 도울 생각이 있는 자는 내 옆이 아니라 내 밑에 서라. 스터브도 여기서 꼼짝하지 않을 테니까. 고래가 이빨을 드러내고 히죽히죽 비웃고 있구나. 나도 너한테 이빨을 드러내고 비웃는다. 깜박이지 않는 스터브 자신의 눈 말고 지금까지 스터브를 도왔거나 스터브를 깨어 있게 한 자가 누구인가? 스터브는 이제 자러 간다. 그런데 매트리스가 지나치게 폭신하단 말이야. 매트리스 속에 하다못해 작은 나뭇가지라도 채워져 있다면 좋겠는데! 이빨을 드러내고 웃는 고래 놈아, 나도 너한테 이빨을 드러내고 웃는다! 해와 달과 별들아, 보라! 나는 너희를 영혼을 저당 잡힌 어떤 놈만큼이나 훌륭한 살인자라고 부르겠다. 그럼에도 불구하고 너희가 잔을 건네주기만 한다면 나는 너희와 잔을 부딪치며 건배하고 싶다. 오오, 오오, 오오, 오오! 이빨을 드러내고 웃는 고래야, 이제 곧 그 아가리로 삼킬 게 많아질 거다! 에이해브여, 어째서 당신은 도망치지 않습니까? 나는 신발과 재킷을 벗어 던지고 바다에 뛰어들겠습니다. 스터브가 속옷 하나만 걸치고 죽게 해주십시오. 지독히 곰팡내 나고 지나치게 소금에 절여진 죽음이지만 말입니다. 버찌! 버찌! 버찌! 오오, 플래스크, 죽기 전에 단 한 개라도 빨간 버찌를 먹고 싶군."

"버찌? 나는 그게 자라는 곳으로 가고 싶을 뿐이에요. 불쌍한 어머니가 내 급료를 미리 받아두었다면 좋겠군요. 그러지 않으면, 이제 땡전 한 푼도 어머니 손에 들어가지 않을 거예요. 항해는 이걸로 끝날 테니까."

이제는 거의 모든 선원이 뱃머리에서 하는 일 없이 서성거리고 있었다. 그들은 일을 하다 말고 달려왔기 때문에 손에는 망치, 널판 조각, 창, 작살 따위가 아무렇게나 쥐여 있었다. 그들의 눈은 마법에라도 걸린 듯 모두 고래를 향해 쏠려 있었다. 고래는 그들의 운명을 쥐고 있는 머리를 이상야릇하게 좌우로 흔들어 반원형으로 넓게 퍼지는 거품 띠를 앞으로 보내면서 돌진해왔다. 박해에 대한 보복, 즉각적인 응징, 영원한 적개심이 고래의 온몸에 넘치고 있었다. 인간의 힘으로 할 수 있는 일은 다 했는데도,

그 견고한 성벽 같은 하얀 이마는 드디어 오른쪽 뱃머리에 부딪혀 사람도 선체도 모두 비틀거렸다. 어떤 사람은 고꾸라져 넘어졌고, 작살잡이들의 머리는 황소같이 굵은 그들의 목 위에서, 마치 돛대 망루에서 틀어진 용두처럼 흔들리고 있었다. 터진 구멍으로 바닷물이 쏟아져 들어오는 소리가 골짜기를 흘러내리는 급류처럼 요란하게 들려왔다.

"배가 상여구나! 두 번째 상여!" 에이해브가 보트에서 소리쳤다. "그 목재는 반드시 미국산 나무라야 해."

고래는 가라앉는 선체 밑으로 잠수하여 용골을 따라 몸을 흔들며 달리다가 물속에서 방향을 돌려 다른 쪽 뱃머리에서 멀리 떨어진 곳—하지만 에이해브의 보트에서 몇 미터밖에 떨어지지 않은 곳—에서 다시 쏜살같이 솟아올라 수면에서 잠시 정지 상태로 머물러 있었다.

"나는 태양에 등을 돌린다. 어떤가, 태시테고? 자네의 망치 소리를 들려다오. 오오, 내 불굴의 세 첨탑이여, 결코 부서질 줄 모르는 용골이여, 신만이 위협할 수 있는 선체여, 견고한 갑판, 오만한 키, 북극성을 가리키는 뱃머리…… 죽으면서도 찬란한 배여! 그러면 너도 죽어야 한단 말인가? 게다가 나와는 따로? 그렇다면 나에겐 가장 하찮은 난파선 선장도 누리는 그 마지막 긍지[562]조차 주어지지 않는단 말인가? 오, 고독한 생애 끝의 고독한 죽음! 오, 내 최고의 위대함은 내 최고의 슬픔 속에 있다는 것을 지금 나는 느낀다. 허허, 지나간 내 생애의 거센 파도여, 저 아득한 곳에서 밀려와 내 죽음의 높은 물결을 더욱 높게 일게 하라! 모든 것을 파괴할 뿐 정복하지 않는 고래여! 나는 너에게 달려간다. 너와 끝까지 맞붙어 싸우겠다. 지옥의 한복판에서 너를 찌르고, 내 마지막 입김을 너에게 증오를 담아서 뱉어주마. 관도, 상여도 모두 같은 웅덩이에 가라앉혀라! 어떤 관도, 어떤 상여도 나에겐 소용없다. 저주받을 고래여, 나는 너에게 묶인 채 너를 추적하면서 산산이 부서지겠다. 자, 이 창을 받아라!"

562 19세기의 해상 규약에 따르면 "선장은 배와 운명을 함께한다"는 것이 명예적 전통으로 되어 있었다.

작살이 던져졌다. 작살에 찔린 고래는 앞으로 달아났고, 밧줄은 불이 붙을 것처럼 빠른 속도로 홈에서 미끄러져 나가다가 엉키고 말았다. 에이해브는 허리를 숙여 그것을 풀려고 했다. 엉킨 밧줄은 간신히 풀렸지만, 밧줄의 고리가 허공을 날아와 그의 목을 감는 바람에 그는 튀르크의 벙어리[563]가 희생자를 교살할 때처럼 소리 없이 보트 밖으로 날아갔다. 선원들은 그가 없어진 것을 알아차리지도 못했다. 다음 순간, 밧줄 끝에 달린 묵직한 고리가 완전히 텅 빈 밧줄통에서 튀어나와 노잡이 하나를 때려눕히고 수면을 친 뒤 깊은 물속으로 사라졌다.

보트의 선원들은 잠시 얼빠진 듯 꼼짝도 않고 서 있다가 한참 만에야 뒤를 돌아보았다. "어? 배가 없네! 맙소사! 배가 어디 갔지?" 곧 그들은 덧없는 신기루[564] 속에 있는 것처럼 어렴풋하고 흐릿한 공기를 통해 본선이 비스듬히 기울어진 채 환영처럼 사라져가는 것을 보았다. 높은 돛대 꼭대기만 수면 위로 나와 있었는데, 이교도 작살잡이들은 그 돛대에 한때 심취했기 때문인지, 또는 충성심 때문인지, 아니면 운명에 순응한 때문인지, 배가 가라앉는데도 여전히 돛대 위에서 망보기를 계속하고 있었다. 이윽고 소용돌이가 동심원을 그리며, 외따로 표류하는 보트와 선원들, 물 위에 떠도는 노와 작살 등 생물과 무생물을 가리지 않고 모조리 그 안으로 끌어들여 빙글빙글 돌면서, '피쿼드'호에 속하는 것은 나뭇조각 하나 남기지 않고 시야에서 삼켜버렸다.

그러나 마지막으로 밀어닥친 파도가 서로 뒤섞이면서 주돛대 망루에 매달려 있던 인디언의 머리를 뒤덮자, 이제 눈에 보이는 것이라고는 곧추서 있는 목재 몇 뼘과, 닿을락 말락 해진 무서운 파도에 얄궂게도 장단을 맞추며 그 목재 끝에서 길게 펄럭이고 있는 깃발뿐이었다. 그때 벌건 팔

---

563 오스만제국의 궁정에서는 벙어리가 암살자로 고용되었다. 그들은 활줄로 희생자의 목을 졸라 죽였다.

564 원문은 Fata Morgana. '파타 모르가나'란 아서왕 전설에 등장하는 모르간 르 페이의 이탈리아어 번역으로, 옛날에는 신기루가 공중에 떠 있는 요정들의 성관이나 모르간 르 페이의 요술로 생겨난 허깨비 같은 것이라고 여겼다.

과 뒤로 치켜든 망치가 공중으로 솟구치더니, 그 깃발을 서서히 가라앉는 목재 끝에 단단히, 더욱 단단하게 못질하기 시작했다. 때마침 매 한 마리가 별들 사이에 있는 보금자리에서 내려와 희롱이라도 하듯 돛대 용두를 따라와서 부리로 깃발을 쪼아대며 태시테고를 방해했다. 그러다가 그 새의 커다란 날개가 공교롭게도 망치와 목재 사이에 끼여버렸다. 그러자 물속에 잠긴 야만인은 그 순간 공기의 떨림을 느끼고, 죽음의 손아귀에 사로잡혀 있으면서도 망치질을 늦추지 않았다. 그래서 하늘의 새는 대천사처럼 비명을 지르며 오만한 부리를 위로 쳐들었고, 사로잡힌 몸뚱이는 에이해브의 깃발에 둘둘 감긴 채 에이해브의 배와 함께 가라앉았다. 그 배는 사탄처럼, 하늘의 생명 일부를 길동무로 끌어들여 투구로 삼지 않고는 결코 지옥으로 가라앉을 수 없었던 것이다.

이제 작은 바닷새들이 새된 소리로 울면서, 아직도 아가리를 벌리고 있는 소용돌이 위를 날아다녔다. 그 소용돌이의 가파른 측면에 음산한 흰 파도가 부딪치는가 싶더니 모든 것이 무너져 내렸다. 바다라는 거대한 수의는 5천 년 전[565]에 굽이치던 것과 마찬가지로 굽이치고 있었다.

에필로그

저만 혼자 살아남았기에 주인님께 알려드립니다.
—「욥기」[566]

극은 끝났다. 그렇다면 또 누군가가 무대에 등장하는 것은 무엇 때문인

---

[565] 노아의 홍수가 일어난 때를 말한다. 72번 역주 참조.
[566] 욥을 덮친 재앙(가축, 목동, 재산, 어린 육친의 전멸)을 전하는 네 명의 사자가 마지막에 하는 똑같은 말.(구약성서 「욥기」 1장 15~19절)

가? 그 난파에서 한 사람이 살아남았기 때문이다.

배화교도가 사라진 뒤 에이해브의 보트의 노잡이가 그 빈자리를 메웠는데, 운명의 여신들이 그 자리에 앉힌 것이 나였다. 마지막 날 심하게 흔들리는 보트에서 노잡이 세 사람이 바다로 내동댕이쳐졌을 때 우연하게도 고물 쪽으로 떨어진 게 바로 나였던 것이다. 그렇게 해서 나는 그 주변을 떠돌며 그 후에 일어난 참극을 모두 목격할 수 있었다. 그런데 본선이 침몰하면서 일으킨 소용돌이가 흡인력이 약해진 채로 나한테까지 다가와, 나는 벌린 입을 닫고 있는 소용돌이 쪽으로 천천히 끌려가게 되었다. 내가 소용돌이에 도달했을 때 소용돌이는 힘이 약해져서 흰 거품이 이는 웅덩이처럼 되어 있었다. 나는 마치 저 익시온[567]처럼 빙글빙글 돌면서, 천천히 회전하고 있는 수레바퀴의 축—그곳에는 검은 단추 같은 거품이 부글부글 끓고 있었다—으로 끌려들어갔다. 드디어 그 중심점에 이르렀을 때 검은 거품이 위로 불쑥 솟아올랐다. 그러자 관으로 만든 구명부표가 그 자체의 교묘한 탄력으로 배에서 떨어져 나온 뒤, 그 커다란 부양력 때문에 힘차게 솟구쳐 올라와 수면에서 공중으로 높이 튀어 올랐다가 바다에 떨어져 내 옆으로 떠내려왔다. 나는 그 관을 구명대로 삼아 거의 하룻밤 하룻낮 동안 부드럽게 만가를 불러주는 듯한 망망대해를 떠올랐다. 이제는 상어들도 입에 자물쇠라도 채운 듯 나를 해치지 않고 옆을 그냥 헤엄쳐 지나갔다. 사나운 도둑갈매기도 부리에 칼집을 씌운 듯 조용히 날고 있었다. 이틀째 되는 날, 배 한 척이 다가와서 마침내 나를 건져주었다. 그 배는 이리저리 순항 중이던 '레이철'호였다. 잃어버린 자식들을 찾아 헤매다가 엉뚱한 고아를 발견했던 것이다.

---

[567] 그리스 신화에 나오는 라피테의 왕. 헤라를 범하려다 제우스의 노여움을 사서 영원히 회전하는 불의 수레바퀴에 묶였다.

허먼 멜빌의 『모비 딕』은 19세기 미국 문학의 최고 걸작으로 꼽힐 뿐만 아니라, 『리어 왕』(셰익스피어)·『폭풍의 언덕』(에밀리 브론테)과 함께 영어로 쓰인 3대 비극으로 일컬어진다. 게다가 이 소설은 그 함의가 깊고 넓어서 읽는 사람에 따라, 또한 어떻게 읽느냐에 따라 그 해석과 평가가 달라지기도 하기 때문에, 역자가 해설이랍시고 토를 다는 것은 주제넘고 부질없는 짓이 아닐 수 없다. 그래서 나는 몇 가지 이름을 통해 작품에 담긴 의미의 일단이나마 살펴보고자 한다.

우선, 이 소설의 타이틀 캐릭터인 모비 딕. 성서와 전설과 역사에서 빌려온 육신에 작가의 우주론적 상상력과 세상에 대한 통찰력이 영혼처럼 녹아든 존재 ― 이 향유고래에게 작가는 다양한 상징성을 부여하고 있다. 그러니 이 소설에 담긴 다양한 함의들은 결국 모비 딕에 대한 해석의 다양성에서 비롯한 것이다. 예컨대 모비 딕이 신비로운 신의 본성을 대변하는 존재라면 그의 대적자인 에이해브 선장은 우주의 신성한 권위와 질서에 도전하는 신성모독적 존재가 될 것이고, 반대로, 모비 딕이 인간의 선하고 이성적인 의도에 대항하는 악의 파괴적이고 비이성적인 힘을 대변한다면 에이해브는 그 레비아탄을 죽임으로써 세상의 고통과 혼돈의 근원을 제거하려는 영웅이 될 것이다. 하지만 이런 상징성은 의도적인 수수께끼이며, 그 불가사의함은 독자들을 향한 의도적인 도전이기도 하다. 모비 딕의 이마에 상형문자처럼 새겨진 주름과 흉터에 대해 이슈메일은 이렇게 서술하고 있다: "30개 언어를 읽었다는 윌리엄 존스가 순박한 농부의 얼굴에 나타나 있는 더 심오하고 미묘한 뜻을 읽어내지 못했다면, 나 이슈메일과 같은 무식쟁이가 어떻게 향유고래의 이마에 새겨진 외경스러운 칼데아 문자를 읽기를 바랄 수 있겠는가? 나는 여러분 앞에 그 이마를 내놓을 뿐이다. 읽을 수 있다면 한번 읽어보시라."

다음은 이 소설의 화자인 이슈메일. 그렇게 자칭할 뿐, 실은 본명을 알 수 없는 인물이다. 어쩌면 그는 가명을 사용함으로써 이 세상의 잔혹함을 피하고, 그렇게 세상의 울타리 밖에 자신을 둠으로써 어떻게든 살아남으려 한다고 할 수 있다. 울타리 밖의 세계란 육지를 멀리 떠난 바다 저편의 바다, 바다와 하늘과 수평선밖에 없는 파도 사이의 한 점이다. 그 한 점을 공격하는 것은 노골적으로 드러난 자연이다. 또다시 잔혹한 세계, 하지만 이것은 분명 다른 종류의 잔혹함이고, 말하자면 순식간에 생사를 가르는 절대적 세계라기보다 오히려 생사가 갈라진 것조차 경우에 따라서는 아무도 알아차리지 못한 채 그 한 점이 사라지는 '세계 없는 절대'라고 말하는 편이 좋을지도 모른다.

이슈메일이라는 이름은 구약성서에 등장하는 인물의 이름을 빌린 것이다. 이슈메일은 히브리어로 읽으면(즉 한국어판 성서에 따르면) 이스마엘이 된다. 이슈메일은 그 이름을 영어로 읽은 것이다. 유대민족의 시조 아브라함은 아내한테서 자식을 낳지 못했다. 하지만 하녀의 몸에서 아들이 태어난다. 그가 바로 이스마엘이다. 그런데 아내한테서도 그 후 아들이 태어난다. 이렇게 되자 하녀와 그 자식은 추방되어, 팔레스타인의 사막을 쓸쓸히 방랑하게 된다. 왜 추방당해야 하는가. 구약성서 「창세기」 16장은 이 의문에 일절 대답하지 않고 담담하게 이스마엘의 이야기를 전하고 있다. 사막도 바다와 마찬가지로 자연이다. 노골적으로 드러난 자연이다. 생

옮긴이의 덧붙임

물의 사체가 모래알로 변하는 세계다. 『모비 딕』의 화자는 성서 이야기에서 이름을 빌려 이 세계의 잔혹함으로, 울타리 밖으로, 바다로 도망친다.[1]

이런 이슈메일의 본질을 도망의 니힐리즘이라고 부른다면, 에이해브 선장의 본질은 공격의 니힐리즘이라고 부를 수 있을 것이다. 에이해브는 구약성서 「열왕기」에 폭군으로 등장하는 아합을 영어식으로 읽은 것이다. 그는 본명으로 사는 사람이다. 에이해브의 어머니는 미친 과부였다고 한다. 어머니가 왜 과부가 되었고 왜 미쳤는지, 소설은 말해주지 않는다. 다만 에이해브라는 이름은 그 미친 홀어머니가 지어준 거라고 보고할 뿐이다. 그것은 가명이 아니다. 모비 딕과의 만남에서 한쪽 다리를 잃었지만, 그는 인생에 겁먹지 않았다. 멈춰 서지도 않았다. 아니, 모비 딕을 악의 화신이라 믿고, 그 생물에 대한 복수를 자신의 운명으로 받아들인다. 모비 딕과의 대결이 없는 곳은 비참함에 오염되기 때문이다. 이 대결이 있는 곳에서 두 번째이자 마지막 비극이 생겨난다. 그런데도 에이해브는 비참함을 뿌리치고 비극을 선택한다. 그것은 작가로서 멜빌의 선택이었다고 해도 좋을 것이다.

퀴퀘그. 그는 이슈메일의 니힐리즘을 치유하는 '마음의 벗'으로 등장한다. 이 매력적인 인물에게는 문명의 악을 탈피한 무구함과 순수한 인간상이 가탁假託되어 있다고 말할 수 있다. 온몸에 문신을 새긴 퀴퀘그는 백인 기독교 문명을 알기 위해 고향 섬을 떠나 미국 포경선으로 밀항해온 남태평양의 '고귀한 야만인'이다. 하지만 이는 말할 것도 없이 이슈메일의 꿈을 가탁한 존재일 뿐이다. 퀴퀘그의 고국에도 노예제도가 있을지 모른다. 그것은 이슈메일 자신도 깨닫고 있지만, 꿈과 유머가 이슈메일의 삶에 생기를 준다.

다음은 피쿼드. 이슈메일이 탄 포경선의 이름이다. 이 이름은 '피쿼트'

[1]   작가가 이 인물에게 본명을 부여하지 않은 이유도 여기에 있다. '방랑자 또는 추방당한 자'라는 자리에서 객관성과 보편성을 확보하기 위해 익명성 뒤에 숨은 것이다. 그리고 그 이름 속에는 방랑벽을 타고난 멜빌 자신의 운명도 녹아들어 있을 것이다.

라는 인디언 부족 이름에서 유래한다. 피쿼트족은 미국 북동부, 코네티컷 강 유역에 거주하고 있었다. 이들은 유럽에서 건너온 백인 식민자들과 치열하게 싸웠고, 1637년에 백인 전투부대의 기습을 받고 전멸했다. 나중에 '피쿼트 전쟁'이라고 불리게 된 이 비극은 오늘날의 민족 분쟁이었고, 규모는 작지만 한 점에 응축된 전면전이자 민족 섬멸전이었다. 북아메리카 원주민으로서 백인과 맞서 싸워 전멸한 최초의 부족이다. 여자와 아이들까지 몰살한 '민족 말살'이었다. 영국에서 '메이플라워'호를 타고 청교도들이 도착한 1620년부터 불과 17년째, 백인 기독교도들이 신세계에서 거둔 '승리'의 첫걸음이기도 했다.

이렇게 전멸한 원주민 부족의 이름을 부여받은 포경선이 복수를 위해 흰 고래를 추적한다면, 흰 고래는 백인의 상징인가? 물론 이 소설은 그런 교훈으로 바꿔 읽을 수 있는 우화는 아니다. 하지만 수수께끼에 찬 암시를 품은 채 그 암시의 행방을 언제까지나 은폐하는 작품도 아니다. 이 작품은 오히려 여러 가지 암시가 가득 채워져서 의미가 팽창하는 작품이라고 말하는 편이 좋을 것이다. 독자에 따라 받는 인상이나 의미가 다르다. 인상이나 의미가 단일하지 않고 여러 가지라고 말하면 좋을까. 아니, 무수히 많다고 말하면 좋을까. 어쨌든 한 가닥으로는 설명할 수 없는 다층적이고 중층적인 소설이라고 말할 수 있을 듯하다. 실제로 포경선 이름이 암시하는 바를 얼마나 깊이 받아들이느냐에 따라서 독후감이 달라진다. 물론 그런 이름에 관한 지식을 얻지 못해도 이 소설은 무언가가 아주 깊다는 감상은 흔들리지 않을 것이다. 그리고 아주 깊은 그 무언가가 여럿, 아니 무수히 존재한다 해도, 아주 깊다는 그 인상은 단일하다기보다 순일純一하다. 이것은 복잡미묘하게 잔물결이 이는 해수면처럼 보는 사람의 눈높이에 따라 다양한 빛을 내는 소설이다.

그런데 왜 명시하지 않고 암시만 하는가. 암시로밖에 말할 수 없는 무언가가 있기 때문이다. 잠자코 있을 수는 없지만 입 밖에 내면 안 되는 것,

　　　　　옮긴이의 덧붙임

입 밖에 내면 파멸할지도 모르는 것, 파멸하더라도 말하지 않으면 안 되는 것—그러니까 '진실'을 말할 때, 사람은 암시라는 방편을 사용할 수밖에 없다. 그리고 그 암시를 받아들이고 수용하는 사람은 암시의 공유자가 된다. 의미가 공유되는 것이다. 그때 공유는 끝없이 공범에 가까워지고, 정치성을 띠게 된다.

미국에서 민족 말살을 그 가해자 쪽에 속하는 백인 작가가 명시적으로 고발하는 것은 멜빌 시대에는 물론 곤란한 일이었다. 시대와 무관하게 그것은 곤란한 일일 것이다. 고발하는 것만으로 그 일의 곤란함에 질적 변화가 나타나는 것은 아니기 때문이다. 검열이라는 것이 있다. 자기 검열이라는 것도 있다. 그래서 고발은 암호화되고 암시가 된다. 암시가 없는 곳에 정치성은 태어나지 않는다.

하지만 이 소설에서 암시의 수법은 인종 문제를 중심으로 한 당시의 정치 문제와 관련된 것에만 국한되지 않는다. 그 암시의 범위를 더듬어가면 시간적으로는 구약성서에 나오는 아담 이전, 「창세기」 이전까지 거슬러 올라가고, 인도의 성전 베다에 나오는 세계의 창조자이자 파괴자인 시바 신에 이른다. 이 소설은 우주 생성의 신화적 현장에 은밀히 입회해 있다. 종교적 상상력에 뒷받침된 암시의 수법이라고 말할 수 있을 것이다. 따라서 당연한 일이지만 이 소설은 인류 멸망 이후의 우주의 모습도 상상 속에서 암시적으로 묘사하고 있다. 그것은 그대로 내려와 '1850년의 타협'이라고 불리는 미국의 흑인 노예제도 문제가 뜨거웠던 때와 접속되고, 정치적 상상력에 의한 암시 수법으로 변용된다. 또한 지리적으로는 맨해튼 부두에서 남미 대서양 앞바다로, 인도양으로, 그리고 태평양으로, 아니 적도에서 북극성으로, 은하수로, 다시 내려와 남태평양으로, 거기서 남반구를 남쪽으로 내려가 남극으로, 남십자성으로, 지리적이라고도 말할 수 있고 우주적이라고도 말할 수 있는 상상력에 의한 암시 수법이 되어 확장되어간다. 『모비 딕』의 암시의 경계는 이렇게 공간에서도 시간에서도 한

없이 팽창해가는 것이다.

하지만 그것은 최종적으로는 부정否定을 향해 팽창해간다. 작가 멜빌은 인간의 모든 역사를 비극으로 보고, 대항해시대 이후 세계의 지리적 팽창을 비참과 오염의 확대로 보고, 바다와 별을 포함한 우주의 생성을 무언가 위대한 존재가 저지른 과오로 인식한다.

방자하게 팽창해가는 이것이 무엇인지를 이름 짓기는 어렵다. 정신을 차리고 보니 우리 주위에는 왠지 세계가 있고, 우리는 왠지 거기에 살고 있다. 세계는 허위와 공포의 세계일 뿐인데, 그곳에 살고 있는 우리는 형체도 없이 사라져갈 수밖에 없는데, 그래도 살아가고 있다. 이런 우리에게는 자아라는 것까지 내장되어 있다고 한다. 무엇 때문인가. 수수께끼를 추구하는 것은 수수께끼에 얽매여간다는 것일까. 세계를 이렇게 존재하게 한 것, 우리를 이렇게 존재하게 한 것을 향해서, 왜 이렇게밖에 존재할 수 없느냐고 묻고 싶어진다. 아니, 애당초 그렇게 물을 수는 있는 것일까. 애당초 그 존재는 존재하는 것일까. 『모비 딕』에서 지리적·우주적 상상력은 윤리적·인식론적 상상력으로 변용한다.

하지만 팽창해가는 이것은 그 표면만 보면 말할 나위도 없이 당시의 미국적 포경업 그 자체일 것이다. 밤의 어둠을 밝힐 불빛의 원료를 얻기 위해 끝없이 팽창해가는 고래사냥이라는 '종족 말살', 방자하게 남획하여 결국에는 포획할 대상이 없어진다는 우스꽝스러운 공포, 그것이야말로 미국식 공격형 자본주의를 암시한다고 말할 수 있지 않을까. 동시에 그것은 정신분석학에서 말하는 성적 무의식 영역의 팽창을 암시한다고 말할 수도 있을 것이다.

***

허먼 멜빌Herman Melville은 1819년 8월 1일 미국 뉴욕시에서 무역상의

8남매 가운데 셋째로 태어났다. 위로는 형과 누나, 아래로는 남동생 둘과 누이동생 셋이 있다. 아버지(앨런 멜빌, 1782~1832)는 스코틀랜드계이고 어머니(마리아 갠즈보트, 1791~1872)는 네덜란드계로, 둘 다 당시 명문 집안 출신이다.[2] 1820년대 동안, 허먼은 하인이 셋 이상 상주하는 가정에서 특권을 누리며 유복한 삶을 살았다. 4년마다 더 넓고 우아한 집으로 이사했으며, 1828년에는 마침내 당시 가장 번화했던 브로드웨이에 정착했다.

그러나 1830년, 아버지가 사업에 실패하면서 형편이 어려워지자 어머니는 8남매를 데리고 올버니(뉴욕주 주도)의 친정집으로 이사했다. (아버지는 뉴욕시에 남아 모피 사업에 뛰어들면서 재기를 꾀했다.) 허먼은 그해 10월부터 이듬해 10월까지 올버니 아카데미에 다녔는데, 이곳에서 읽기·철자법·산술·영문법·지리학·자연사·그리스어·라틴어·영국사 등을 배웠지만, 더는 수업료를 낼 수가 없어서 학교를 그만두었다. 아버지는 1831년 말부터 정신착란 증세를 보이더니 점점 악화한 끝에 1832년 1월에 세상을 떠나고 말았다. (나중에 멜빌은 아버지의 광기를 물려받은 게 아닐까 하는 불안에 시달렸다고 한다.)

아버지의 죽음은 남은 가족의 물질적·정신적 환경에 많은 변화를 일으켰는데, 특히 어머니의 종교적 믿음에 큰 영향을 주었다. 어머니는 정통 칼뱅주의였는데, 인간은 죄에 의한 자신의 불완전함을 깨닫고 겸허하게 행동하며 신 앞에 자신을 부정하는, 즉 신에게 절대적으로 귀의해야만 구원을 받는다고 믿는 종파로서, '메이플라워'호를 타고 영국에서 건너온 청교도와 같은 계통이다.

청교도주의는 당시에 이미 역사적 유물로 비판받고 있었다. 청교도주의에 대한 반발과 반동은 다양한 인간 긍정적 종교사상이나 세계관으로 나타났는데, 철인 에머슨이나 시인 휘트먼, 자연인 소로 등이 인간 찬가

---

2   멜빌의 두 할아버지는 모두 독립전쟁의 영웅들이었고, 멜빌은 '이중 혁명 혈통'에 자부심을 느꼈다. 친할아버지(토머스 멜빌)는 '보스턴 차 사건'(1773)에 참가했고, 외할아버지(피터 갠즈보트)는 1777년 뉴욕의 스탠윅스 요새 방어를 지휘한 것으로 유명했다.

를 노래했다. 그런데 왜 유독 멜빌만이 세계에 대한 부정과 인간에 대한 불신으로 역행하는 비극적 세계관을 심화시켜갔는지는 수수께끼라고 말할 수밖에 없다. 하지만 소년 시절의 성장과 청년 시절의 경험이 이 수수께끼의 성립에 관여하고 있다고 추측할 수는 있을 것이다.

청교도주의에서는 구약성서를 중시한다. 청교도들은 자신을 이스라엘의 가나안 땅을 회복하는 사람들에 비유했다고 한다. 그들에게는 눈에 보이는 것이 무언가 눈에 보이지 않는 것에 연접된다고 한다. 그들은 암시적 상상력을 구사하는 사람들이었다. 현실 저편에서 종교적 환상을 보는 상징적 상상력이라 해도 좋을 것이다. 눈앞의 현실은 저편에 있는 무언가의 상징이다. 『모비 딕』에서 구약성서를 많이 언급하는 것도 멜빌이 이런 청교도주의의 흐름 속에 있었다는 것을 여실히 보여주며, 이런 암시적·상징적 상상력이 그에게 깊은 감수성을 부여했다고 말해도 좋을 것이다.

아버지가 돌아가신 지 두 달 후, 형(갠즈보트)은 모자·모피 상점을 열었고, 허먼은 외삼촌의 주선으로 뉴욕 주립은행에 취직했다. 그러나 2년 뒤에는 형이 경영하는 상점에서 점원으로 일하면서 올버니 고전학교에 다녔고, 1836년 9월에는 올버니 아카데미에 복학했으나, 이듬해 3월에 다시 중퇴하고 말았다.

1837년의 경제공황으로 인해 갠즈보트는 4월에 파산을 신청해야 했고, 이듬해 5월에 가족은 올버니에서 북쪽으로 20킬로미터 떨어진 랜싱버그의 임대주택으로 이사했다. 여기서 허먼은 측량과 토목을 배우기 위해 랜싱버그 아카데미에 등록했지만, 한 학기 만에 그만두었다. 농장 인부로도 일하고, 시골 학교의 임시 교사 노릇도 해보았으나 모두 신통치 않았다. 1839년, 약관의 멜빌은 선원의 길에서 활로를 찾아 나섰다.

그가 이렇듯 집을 떠난 것은 집안 형편이 어려웠다는 경제적 이유 말고도, 지나치게 엄격하고 잔소리만 퍼붓는 어머니의 속박에서 벗어나기 위한 방편이기도 했다. 그뿐만 아니라, 그가 뱃사람이 되어 바다로 나간 것

옮긴이의 덧붙임

이나, 바다에 나간 다음에도 탈주와 방랑을 거듭한 것은 한평생 그를 사로잡은 방랑벽 — '멀리 떨어져 있는 것에 대한 끊임없는 갈망'(『모비 딕』제1장) — 때문이기도 했다.

6월에 멜빌은 형에게 얻은 엽총 한 자루를 들고 뉴욕으로 가서, 형의 친구 집에서 하룻밤 지내고는 그길로 부두에 나갔다가, 마침 출항을 앞두고 있는 리버풀행 화물선에 선실 급사로 채용되었다. 어쨌든 6주 동안의 영국 여행은 그에게 충격을 안겨주었다. 아버지가 쓰려고 구해둔 여행 안내서를 들고 리버풀과 런던을 돌아다녔는데, 그때까지 대도시 빈민가라는 것이 생기지 않았던 미국에서 태어난 이 청년에게, 항구 주변 빈민가의 참상은 충격으로 다가왔고, 그때의 경험은 10년 뒤에 쓴 『레드번』에 생생하게 묘사되어 있다.

귀국한 뒤에도 집안 형편은 더욱 어려워졌고, 여러 가지 직업을 전전했으나 모두 탐탁지 않았다. 원래 모험심이 풍부한 멜빌은 생활의 단조로움을 견딜 수 없어서, 말단 선원 생활에 진저리가 났지만 또다시 바다에 나가기로 하고, 1841년 1월에 당시 포경업의 중심지였던 뉴베드퍼드항에서 포경선 '애커시넷'호를 타고 태평양으로 떠났다.

18개월 동안 항해한 뒤, 1842년 7월에 '애커시넷'호는 남태평양 마르키즈 제도의 누크히바섬에 정박했는데, 이때 멜빌과 동료(리처드 토비어스 그린)는 선상 생활의 괴로움과 선장의 횡포를 견디다 못해 함께 배에서 뛰어내려 탈출했다. 섬 깊숙이 도망쳤다가, 갖가지 재난을 겪은 끝에 타이피족이 사는 골짜기까지 들어가게 되었는데, 멜빌이 발을 다치는 바람에 토비어스 혼자 그곳을 빠져나갔다. 멜빌을 치료해줄 의사를 찾아오겠다고 했지만, 사실은 식인종으로 알려진 타이피족의 위험에서 벗어나려 했던 것이다. 토비어스는 끝내 돌아오지 않았다. 나중에 알게 된 사실이지만, 그는 해안까지 나갔다가 붙잡혀 노예선에 끌려간 것이었다.

뒤에 남은 멜빌은 타이피족과 4주 동안 함께 지냈다. 원주민들의 대우는 나쁘지 않았다. 파야웨이라는 소녀와 친해져 함께 수영도 하고 뱃놀이도 했지만, 언제 잡아먹힐지 모르는 불안한 나날의 연속이었다. 때마침이 섬에 정박한 포경선 선장이 한 백인이 타이피족에게 붙잡혀 있다는 애기를 들었다. 선장은 그 백인을 선원으로 보충하려고, 원주민을 보트에 태워 타이피족과 교섭하러 보냈다. 멜빌은 타이피족을 설득하여 자기를 해안까지만 내보내달라고 말한다. 마침내 해안에 이르자 타이피족을 상대로 소동을 일으켜, 그중 한 명을 때려눕히고 용케 탈출할 수 있었다.

'애커시넷'호의 생활도 지독했지만, 새로 탄 포경선 '루시 앤'호는 더 심했다. 오스트레일리아로 가는 도중, 9월에 타히티섬에 정박했을 때 선상반란이 일어났고, 멜빌도 가담했기 때문에 타히티에 상륙한 뒤 항명죄로투옥되었다. 그러나 10월에 탈옥하여 가까운 에이메오(지금의 모레아)섬에서 바릇질로 연명하다가 11월에 낸터컷 선적의 포경선 '찰스 앤드 헨리'호를 타고 하와이로 갔다. 호놀룰루에서 여러 가지 직업을 전전한 뒤,이듬해인 1843년 8월에 미국 해군의 프리깃함 '유나이티드 스테이즈'호에 수병으로 승선하여, 그 후 1년 동안 남아메리카의 리마, 혼곳, 리우데자네이루 등지를 거쳐 보스턴에 귀환하고, 1844년 10월에는 해군에서제대하여 랜싱버그에 있는 어머니에게 돌아갔다. 이때 멜빌은 25세였다.

돌아와 보니 형 갠즈보트는 변호사가 되어 정계에 진출해 있었고, 남동생 앨런도 변호사가 되어 뉴욕에서 살고 있었다. 허먼은 귀국하자 '식인종과 살다 돌아온 사나이'라고 불리며 많은 관심을 받았다. 그의 경험담을 들은 사람들은 그 이야기를 책으로 쓸 것을 권했고, 그래서 그는 당장집필에 착수했다. 1845년 여름에 원고가 완성되자, 그 무렵 영국 주재 미국 영사관 비서로 런던에 가 있던 형이 원고를 '존 머리' 출판사에 보내어채택되었다. 이것이 타이피족과의 경험을 묘사한 『타이피』인데, 1846년2월에 런던에서 출간되자 베스트셀러가 되었고,³ 3월에는 뉴욕('퍼트넘' 출판사)에서도 출간되었다.

처녀작이 성공하자 멜빌은 크게 고무되어 두 번째 작품에 착수했다. 『오무』는 타히티섬에서 겪은 모험을 묘사한 작품으로, 1847년 3월에 런던에서, 5월에 뉴욕에서 출간되었다. 『오무』도 원래는 '퍼트넘'사에서 출간될 예정이었지만, 이 작품이 백인(특히 선교사)들의 침투가 원주민들의 생활을 얼마나 타락시키고 있는가를 역설하고 있어서 '퍼트넘'사가 출간을 주저하는 바람에 '하퍼' 출판사가 이를 맡아 출간했고, 그 후 멜빌의 다른 작품들도 모두 '하퍼'사에서 출간되었다.

『타이피』와 『오무』의 성공에 힘입어 멜빌은 문필을 본업으로 삼기로 결심하게 되었고, 같은 해 가을에는 매사추세츠주 대법원장인 레뮤얼 쇼[4]의 딸 엘리자베스(1822~1906)와 결혼하여 뉴욕시에 자리를 잡았다. 그러나 이 결혼은 두 사람에게 그다지 행복한 것은 아니었다. 엘리자베스에게 결혼 생활은 무척 고달픈 것이었다. 시어머니와 시누이들까지 함께 살았으며, 남편의 벌이도 시원치 않아 늘 빚에 허덕이며 궁핍한 생활을 견뎌야 했기 때문이다. 멜빌이 엘리자베스와 결혼한 것도 그녀를 사랑해서가 아니라, 어쩌면 방랑 생활에 지친 나머지 안주하고 싶어졌기 때문인지도 모른다. 그리고 멜빌은 '억압된 동성애자'로 볼 여지도 있었다.[5] 그렇다고 부부관계를 끊은 것은 아니어서 아이를 넷이나 낳았다. 하지만 결국 해소되지 못한 성적 불만은 그의 작품에 심한 기복을 일으켰다.

---

3   출판사들이 '여행기'를 다투어 내고 있을 때여서, 남태평양의 섬에서 식인종과 살다 탈출한 모험담은 당시 출판계와 독자들의 취향에 어울리는 이야기였다.

4   멜빌의 아버지와 절친한 사이였으며, 멜빌의 고모(낸시 멜빌)와 약혼했다가 사별한 사이였다. 이런 인연이 있었기 때문에 멜빌은 『타이피』를 레뮤얼 쇼에게 바쳤으며, 쇼 판사도 멜빌을 흔쾌히 사위로 삼았을 뿐만 아니라 재정적으로 많은 도움을 주었다.

5   이런 추정의 근거로 서머싯 몸은 이렇게 말하고 있다: "멜빌과 친했던 이들은 누구나 그가 남성미에서 기쁨을 찾았다는 사실을 깨달았다. 『타이피』에서는 그가 사귄 타이피족 젊은이들이 육체적으로 얼마나 훌륭한가를 자세히 얘기하고 있다. 『레드번』에 나오는 해리 볼튼, 『하얀 재킷』에 나오는 잭 체이스, 『빌리 버드』에 나오는 주인공은 모두 남성미 넘치는 미모의 젊은이들이다."(『세계 10대 소설과 작가』) 『모비 딕』에서도 이슈메일이 퀴퀘그와 동침하는 장면이나 에이해브 선장에 대한 선원들의 맹목적인 추종을 동성애적 관점에서 읽기도 한다.

뉴욕시에 와서 문단의 일원이 된 멜빌은 많은 문인들과 사귀었으며, 그들은 그가 계속해서 재미있는 모험소설을 쓰리라 생각했는데, 그의 내면적 욕구는 단순한 모험소설 작가로 만족할 수가 없었다. 결혼한 지 2년 뒤인 1849년 2월에 장남(맬컴)이 태어났고, 태평양을 무대로 한 우화적인 작품 『마디』와 10년 전에 리버풀 항해에서 소재를 얻은 『레드번』이 출간되었다.

　여기서 새삼 주목할 작품이 『마디』인데, 멜빌이 모험소설 작가에서 『모비 딕』의 작가로 변모하는 데 하나의 전환점이 된 소설로, 라블레나 스위프트를 연상시키는 풍자와 환상, 토머스 브라운이나 새뮤얼 콜리지를 연상시키는 사색과 탐구가 자유자재로 담긴 야심작이다. 이 작품을 집필할 무렵 멜빌의 독서량은 놀랄 만큼 늘어났고, 앞에서 말한 고전 작가들 외에 무엇보다도 셰익스피어와의 결정적인 만남이 있었다. 이 만남이 없었다면 『모비 딕』은 지금과 같은 형태로 존재하지 않았을지도 모른다.

　1849년 가을에 멜빌은, 이번에는 선원이 아니라 선객으로서 대서양을 건넜다. 런던에서 출판업자(리처드 벤틀리)를 만나, 미국 해군 군함에서 겪은 체험을 엮은 다섯 번째 작품 『하얀 재킷』의 출간에 관해 타협하기 위해서였는데, 멜빌은 여기서 발길을 넓혀 파리와 브뤼셀, 쾰른, 라인란트 등지에 잠깐씩 체류했다.

　1850년 여름, 유럽 여행에서 돌아온 직후, 셰익스피어와 비교할 만한 동시대 작가라고 멜빌 자신이 평가한 너새니얼 호손과의 만남이 있었다. 매사추세츠주 피츠필드에서 열린 문인과 출판인 회합(8월 4~12일)에서 처음 만났는데, 이 모임에서 친해진 두 사람은 15년의 나이 차이에도 불구하고 서로의 인품과 문학적 열정과 재능에 매료되었다. 게다가 뉴욕 문단에 싫증이 나 있던 멜빌은 가족을 데리고 피츠필드 교외의 '애로헤드'로 이사하여, 오래전부터 구상해온 야심작을 집필하기 시작했다. '애로헤드(화살촉)'란 멜빌이 장인에게 빌린 돈으로 마련한 농가의 이름이며, 그가 이곳으로 이사한 것은 호손이 살고 있는 레녹스 근처에 살고 싶었기 때문이다. 호손에 대한 멜빌의 존경심은 『모비 딕』을 호손에게 바친 사실만 보아도 알 수 있다.[6]

원고는 1851년 7월에 완성되었다. 그러나 원고의 상당 부분이 5월에 '하퍼' 출판사에 넘어가 조판되고 있어서, 마지막 단계에는 집필과 교정 작업이 동시에 진행되었다. 10월에 런던의 '리처드 벤틀리' 출판사에서 『고래』(3권)라는 제목으로 출간되었고, 11월에는 뉴욕의 '하퍼'에서 『모비 딕, 혹은 고래』(단권)라는 제목으로 출간되었다.[7] 그 사이에(10월) 차남(스탠웍스)이 태어났다. 12월에 호손은 에버트 디킨크(출판업자)에게 "멜빌이 쓴 책은 정말 대단하다! 그 책은 나에게 그의 전작들보다 훨씬 큰 감동을 안겨준다"라고 말했다. 그러나 평론가들은 물론 일반 독자들도 『모비 딕』에 냉담했다. 2주 동안 1,500부 정도가 팔렸을 뿐이다.

이어서 1852년 8월에 근친상간을 주제로 한 니힐리즘의 책 『피에르, 혹은 모호함』을 발표했으나 혹평을 받았고 판매도 신통치 않아 수입도 별로 없었다. 그러면서도 처자식은 물론, 어머니와 세 누이까지 부양해야 했다. 때때로 장인으로부터 재정적 지원을 받았고, 생활을 위해서라도 문필이 아니라 다른 길을 찾아보면 어떻겠냐는 충고도 들었다. 그래도 멜빌은 글쓰기에 매달렸다. 1853년 5월에 장녀(엘리자베스)가 태어났고, 그 후 3년 동안 월간 문예지 《퍼트넘》과 《하퍼》에 중단편을 집중적으로 발표했는데, 걸작 중편인 『필경사 바틀비』도 이때 쓴 작품이다. 1855년 3월에는 차녀(프랜시스)가 태어났고, 미국 독립전쟁을 풍자한 『이스라엘 포터』를

6   멜빌은 호손에게 쓴 편지(1851년 11월 17일자)에서 이렇게 말했다: "나는 사악한 책을 썼습니다. 지금 나는 어린양처럼 티 없이 맑은 기분입니다."

7   당시엔 미국의 책들이 영국에서 먼저 출간되고 몇 달 뒤에 미국에서 출간되는 것이 관행이었는데, 미국 작품의 영국 저작권에 대한 최혜 대우를 보장하기 위해서였다. 그리고 제목이 바뀐 이유는 '하퍼'사에서 2년 전에 비슷한 제목의 『고래와 그 포획자들』이 출간되었기 때문이다. 또한 영국판에는 미국판과 다른 대목이 적지 않은데, 멜빌의 최종 교정이 반영되지 못했거나('에필로그' 부분 누락), 영국 출판사의 자체 검열(신성모독, 영국 왕실 비판 따위) 때문이다.

출간했으나, 이 작품도 독자들의 주목을 받지 못했다. 그러는 동안 건강이 나빠졌고, 이때도 장인의 도움을 받아 건강을 되찾기 위해 1856년 10월에 해외여행에 나섰다. 영국을 거쳐 콘스탄티노플·팔레스타인·그리스·이탈리아 등지를 반년 남짓 돌아다녔으며, 1857년 4월에는 풍자소설 『사기꾼』을 출간했고, 그 후에는 소설을 발표하지 않았다. 미국 각지를 돌며 순회강연을 했지만 수입은 변변치 않았다.

1860년에 마지막 여행을 했다. 막냇동생 토머스가 무역선인 쾌속 범선 '미티아'호의 선장으로 있었기 때문에, 5월에 이 배를 타고 항해를 떠난 것이다. 남아메리카의 혼곶을 돌아 샌프란시스코까지 가는 1년 예정의 여행이었으나, 10월에 파나마에 도착하자 멜빌은 혼자 하선하여 파나마 지협을 육로로 넘은 다음 배를 타고 뉴욕으로 돌아와버렸다.

극빈에 가까운 궁핍한 생활은 여전했다. 그런데 1861년에 장인이 상당한 재산을 딸에게 남기고 사망했다. 그래서 '애로헤드'를 떠나기로 작정하고 1862년에 피츠필드 시내로 옮겨갔다가, '애로헤드'[8]를 동생 앨런에게 팔고 뉴욕에 집을 마련했으며, 이듬해 10월에 이스트 26번가 104번지로 이사하여 죽을 때까지 살았다.

1864년 4월에는 버지니아주에 가서 남북전쟁(1861~1865)의 현장을 방문했으며, 1866년 8월에는 72편의 시로 구성된 전쟁 견문록인 『전투 조각과 전쟁의 양상』을 펴냈다. 그리고 10월에는 뉴욕 세관의 검사관으로 임명되어 19년 동안 자리를 지켰는데, 부패하기로 악명 높은 기관에서 청렴한 관리로 이름났다. 1867년에는 장남 맬컴이 자기 방에서 머리를 권총으로 쏘아 죽었는데, 자살인지 과실인지는 분명치 않다. 이 일이 있은 직후 차남 스탠윅스가 가출한 뒤 소식을 끊고 말았다(1886년 2월에 샌프란시스코의 한 여관방에서 폐결핵으로 죽은 채 발견되었다).

---

8   이 집은 1927년까지 멜빌 집안에서 소유했으며, 그 후 개인 사유지로 남아 있다가 1975년에 버크셔 카운티 역사학회가 매입한 뒤 '국립역사기념물'로 지정되었다.

옮긴이의 덧붙임

멜빌의 작가로서의 경력은 끝났지만, 그래도 그는 펜을 놓지 않았다. 그러나 독자에 대한 환상을 버린 터여서, 그게 다행이었는지 장시를 쓰기 시작했다. 젊은 신학생의 성지 순례를 다룬 장편 서사시인 『클라렐』 (1876)이다. 20년 전의 팔레스타인 여행에서 착상을 얻은 18,000행의 장시에서 멜빌은 유럽이 낳은 정신적 습관인 민주주의·기독교·개인주의·자유주의 따위를 음미하고 그 치명적인 함정을 가차 없이 척결한다. 난해하고 방대한 작품이긴 하지만, 날카로운 통찰과 씁쓸한 절망과 희미한 빛처럼 비쳐드는 희망이 뒤섞인 긴박한 세계가 펼쳐진다. 자비 출판으로 350부가 발행되었으나 판매는 저조했고, 팔리지 않은 책들은 멜빌 자신이 불태워 없앴다고 한다. 이때 멜빌은 57세였다. 세관 일은 66세까지 계속했고, 그로부터 6년 뒤인 1891년 9월 28일 아침, 72세의 나이로 세상을 떠났다(사인은 심장비대증). 유해는 뉴욕시 브롱크스에 있는 우드론 묘지에 안장되었고, 그의 장례식에 참석한 것은 아내와 두 딸뿐이었다. 유고로 중편소설 『빌리 버드』가 퇴고 중인 상태로 남아 있었다. 죽기 직전까지 소설을 쓰고 있었던 것이다.

죽은 뒤에 멜빌은 문학사에 겨우 한 줄 언급될까 말까 한 존재가 되고 말았다. 그러다가 그의 탄생 백주년이 지난 1920년대에 칼 밴 도렌, 레이먼드 위버 같은 문학자들이 그의 생애와 작품을 연구하고 재평가하면서 극적인 부활을 하게 되었다. 그리하여 지금은 미국이 낳은 가장 위대한 작가의 한 사람으로 인정받고 있으며, 그의 『모비 딕』은 세계에서 가장 위대한 소설의 하나로 평가되어[9] 세계 문학의 성좌에 찬연히 빛나는 자리를 차지하고 있다.

---

9   예컨대 서머싯 몸은 『모비 딕』을 '세계 10대 소설'의 하나로 꼽고 있는데, 나머지 작품은 다음과 같다: 『톰 존스』(헨리 필딩), 『오만과 편견』(제인 오스틴), 『적과 흑』(스탕달), 『고리오 영감』(발자크), 『데이비드 카퍼필드』(찰스 디킨스), 『보바리 부인』(플로베르), 『폭풍의 언덕』(에밀리 브론테), 『카라마조프가의 형제들』(도스토옙스키), 『전쟁과 평화』(톨스토이).

✳ ✳ ✳

번역은 쉬운 일이 아니었다. 중도에 포기할 생각도 여러 번 했다.

번역이 힘들었다는 것은 원서를 읽어내기가 쉽지 않았다는 얘기인데, 이 소설은 곳곳에 온갖 비유와 상징이 널려 있고 축약과 도치와 비문非文의 문장들(그것도 19세기 중엽의 미국 영어)이 난무하는 까닭에, 그 덤불 같은 상징과 알레고리의 숲을 지나면서 단어와 구절들의 의미를 나름대로 해석하고 판단하고 결정하는 일을 수시로, 아니 끊임없이 수행해야 했기 때문이다.

프랑스어판과 일어판을 참고할 수 있어서 도움이 되기도 했지만, 어쨌거나 덤불이 무성한 숲속에서 길을 잃지 않고 마침내 밖으로 빠져나올 수 있었던 것만도 다행한 일이지 싶다. 내가 걸어온 길이 올바른 길이었는가를 판단하는 것은 물론 독자들의 몫이다. 질정을 바란다.

✳ ✳ ✳

이 책을 처음 번역한 것이 2011년 봄이었습니다.

이 만만찮은 소설을 우리나라 독자들이 얼마나 사서 읽을까? 솔직히 말해서 회의적인 기분이 많았습니다. 그런데 웬걸! 해마다 적어도 2쇄 이상 찍었고, 10여 년 세월이 지나는 동안 30쇄가 넘었지요. 그뿐만 아니라 몇몇 도서관과 서점에서는 『모비 딕』을 읽는 독자들과 토론회를 갖기도 했습니다. 이 책이 그렇게 독자들의 사랑을 받고 있다면, 나도 뭔가 보답의 제스처라도 해야 하지 않겠는가. 역자로서 내가 할 수 있는 일은 사실 뻔합니다. 초판 번역을 다시금 살피며, 잘못된 곳을 고치고 어색한 곳을 다듬어, 좀 더 나은 모습으로 재탄생시키는 것. 이렇게 하는 것은 근본적으로는 작가와 작품에 대해 역자가 바칠 수 있는 예의이기도 합니다. 작

옮긴이의 덧붙임

가와 작품이 없다면 역자의 역할도, 그 성과도 존재할 수 없을 테니까요.

번역을 마치고 책이 출간되고 나면, 마음 한편에 찜찜한 구석이 남아 있게 마련입니다. 번역이란 언제든 완벽할 수 없기 때문이지요. 『모비 딕』의 경우는 더욱 그랬습니다. 오죽하면 "덤불이 무성한 숲속에서 길을 잃지 않고 마침내 밖으로 빠져나올 수 있었던 것만도 다행한 일이지 싶다"라고 변명조의 엄살까지 부렸겠습니까. 한편으로는 출판사와 약속한 기한 때문에 시간에 쫓기고, 다른 한편으로는 쉬 빠져나올 수 없는 텍스트에 갇힌 채 허우적거려야 했으니, 그 결과물에 대해서도 못내 아쉬운 마음이 컸던 것입니다. 그렇게 눙치고 있다가 작년 봄에 새삼 책을 꺼내 들고 천천히, 객관적으로—바꿔 말하면 일반 독자의 눈으로 읽었는데, 번역할 때는 미처 몰랐던, 잘못 해석했거나 어설프게 번역한 곳이 적지 않게 보였습니다. 거리를 두자 안목이 넓어진 셈이지요. 그런 잘못된 곳들을 뒤늦게나마 고치고 다듬을 수 있어서 다행이고, 찜찜했던 내 마음도 한결 가볍습니다.

2024년 봄
김석희

{ 작가 연보 }

1819년

8월 1일, 미국 뉴욕시 펄가 6번지에서 태어남. 아버지는 앨런 멜빌 (1782~1832), 어머니는 마리아 갠즈보트 멜빌(1791~1872). 위로 형과 누나, 아래로 남동생 둘과 여동생 셋이 있음. 아버지는 프랑스에서 의류와 직물 등을 수입하는 무역상. 친가는 스코틀랜드계, 외가는 네덜란드계로, 두 집안의 조부가 독립전쟁 때 이름을 떨친, 전통 있는 명문가 출신.

1825년(6세)

9월, 뉴욕 남자 하이 스쿨New-York Male High School에 입학.

1829년(10세)

9월, 컬럼비아대학 부설 예비학교로 전학.

1830년(11세)

아버지의 사업이 실패함에 따라 뉴욕의 상점을 접고 뉴욕주 올버니로 이사. 10월, 형(갠즈보트)과 함께 올버니 아카데미에 입학.

1832년(13세)

1월, 아버지가 부채와 실의 속에서 사망. 학교를 그만두고, 뉴욕 주립은행에 근무(은행 임원인 외삼촌의 주선). 어머니가 (아버지의 어두운 그림자로부터 아이들을 떼어놓기 위해) 집안의 성씨를 'Melvill'에서 'Melville'로 바꿔 쓰기 시작.

1834년(15세)

여름, 형이 경영하는 모피 상점에서 점원으로 근무.

1835년(16세)

9월, 형의 상점을 도우면서 올버니 고전학교에 다님.

1836년(17세)

9월, 올버니 아카데미에 복학.

1837년(18세)

3월, 올버니 아카데미를 중퇴. 4월, 경제공황의 여파로 형의 상점이 도산. 겨울, 매사추세츠주 피츠필드 초등학교에서 가르침.

1838년(19세)

5월, 형편이 날로 어려워지자 어머니, 누이들과 함께 뉴욕주 랜싱버그로 이사. 11월, 랜싱버그 아카데미에서 측량과 토목을 공부함.

1839년(20세)

6월, 뉴욕항에서 화물선 '세인트 로렌스'호를 (선실 보이로) 타고 영국 리버풀에 갔다가 10월 뉴욕으로 돌아옴. 가을부터 겨울 동안 그린부시 학교에서 가르침.

1840년(21세)

5월, 뉴욕주 브런즈윅에서 초등학교 대리교사로 일함. 6~8월, 백부의 농장이 있는 일리노이주 갈리나에 가서 지냄. 일자리를 얻는 데 실패하자 중부 및 오대호 지방을 여행.

1841년(22세)

1월 3일, 매사추세츠주 뉴베드퍼드항 인근의 페어헤이븐에서 포경선 '애커시넷'호를 (선원으로) 타고 출항. 남아메리카의 혼곶을 거쳐 태평양으로 항해함.

1842년(23세)

7월, '애커시넷'호가 남태평양 마르키즈 제도의 누크히바섬에 정박했을 때 동료(리처드 토비어스 그린)와 함께 배에서 탈출. 이곳 원주민(식인종 타이피족) 틈에서 한 달쯤 보낸 뒤, 오스트레일리아의 포경선 '루시 앤'호를 만나 구출됨. 9월, 타히티로 가는 도중 선상 반란에 가담했기 때문에 타히티에 상륙한 뒤 항명죄로 영국 영사관에 수감됨. 10월, 탈주하여 가까운 에이메오(지금의 모레아)섬에서 낸터컷 선적의 포경선 '찰스 앤드 헨리'호를 타고 하와이로 감.

1843년(24세)

호놀룰루에서 여러 가지 직업을 전전한 뒤, 8월에 미국 해군의 프리깃함 '유나이티드 스테이츠'호에 수병으로 승선. 마르키즈 제도, 타히티 등지에 정박.

1844년(25세)

남아메리카의 리마, 혼곳, 리우데자네이루 등지를 거쳐 보스턴에 귀환. 10월, 해군에서 제대하고 랜싱버그로 돌아와, 누크히바섬에서 겪은 모험 이야기를 소설로 쓰기 시작.

1845년(26세)

위의 원고를 뉴욕의 '하퍼 앤드 브라더스' 출판사에 보냈으나 퇴짜 맞음. 영국 주재 미국 영사관에 부임한 친형 갠즈보트가 원고를 런던의 '존 머리' 출판사에 보내어 채택됨.

1846년(27세)

『타이피』를 2월에 런던에서, 3월에 뉴욕에서 출간하여 호평을 받음.

1847년(28세)

타히티섬 주변에서 겪은 체험을 바탕으로 한 『오무』를 3월에 런던에서, 5월에 뉴욕에서 출간하여 역시 호평을 받음. 8월, 보스턴의 매사추세츠주 대법원장 레뮤얼 쇼의 딸 엘리자베스와 결혼하여 뉴욕시 4번가 103번지에 거처를 정하고, 어머니와 누이동생들과 함께 거주.

1849년(30세)

2월, 장남 맬컴이 태어남. 태평양을 무대로 한 우화적 작품 『마디』를 3월에 런던에서, 4월에 뉴욕에서 출간. 10년 전의 리버풀 항해에서 소재를 얻은 『레드번』을 10월에 런던에서, 11월에 뉴욕에서 출간. 영국으로 여행을 떠나 파리와 브뤼셀, 쾰른, 라인란트에 단기 체류.

『모비 딕』을 집필하던 무렵

'애로헤드'

1850년(31세)

미국 해군의 프리깃함에서 겪은 체험을 토대로 한 『하얀 재킷』을 1월에 런던에서, 3월에 뉴욕에서 출간. 유럽 여행에서 돌아온 뒤 『모비 딕』 집필에 착수. 8월, 피츠필드에서 열린 문인 파티에서 처음으로 너새니얼 호손을 만남. 호손은 피츠필드에서 멀지 않은 레녹스에 살고 있었음. 9월, 피츠필드 교외의 낡은 농가를 사서 '애로헤드(화살촉)'라 이름 짓고 뉴욕에서 이사.

1851년(32세)

7월, 『모비 딕』을 완성. 10월에 『고래』라는 제목으로 런던의 '리처드 벤틀리' 출판사에서, 11월에 『모비 딕, 혹은 고래』라는 제목으로 뉴욕의 '하퍼 앤드 브라더스' 출판사에서 출간됨. 2주 동안 1,500부 정도가 팔렸으나 그 후의 팔림새는 신통치 않았음. 10월, 차남 스탠윅스가 태어남.

MOBY-DICK;

OR,

THE WHALE.

BY

HERMAN MELVILLE,

AUTHOR OF
"TYPEE," "OMOO," "REDBURN," "MARDI," "WHITE-JACKET."

NEW YORK:
HARPER & BROTHERS, PUBLISHERS.
LONDON: RICHARD BENTLEY.
1851.

『모비 딕』 초판본(미국판) 표지

1852년(33세)

8월, 근친상간을 주제로 한 『피에르, 혹은 모호함』을 뉴욕에서 출간했으나 혹평을 받음. 발매 후 8개월 동안 겨우 283부밖에 팔리지 않음. 장인 등의 후원으로 호놀룰루 영사직을 얻으려고 했으나 실패함.

1853년 (34세)

5월, 장녀 엘리자베스가 태어남. 이때부터 3년 동안 월간 문예지《퍼트넘》과《하퍼》에 중단편과 소품을 집중적으로 발표.

1855년 (36세)

3월, 차녀 프랜시스가 태어남. 1854년 7월부터 이듬해 3월까지《하퍼》에 연재한 『이스라엘 포터』가 뉴욕에서 3월에 출간됨(런던에서는 5월에 해적판이 나옴).

1856년 (37세)

이제까지 발표한 단편에 권두 소설 「광장」을 추가한 단편집 『광장 이야기』를 5월에 뉴욕에서, 6월에 런던에서 출간. 10월, 유럽 여행을 떠남. 11월, 영국 리버풀에서, 당시 그곳 영사로 부임해 있던 호손을 만나고 쓸쓸히 작별한 뒤, 이듬해까지 지중해와 근동 지역을 여행.

1857년 (38세)

팔레스타인·그리스·이탈리아·스위스·독일·네덜란드·잉글랜드를 거쳐 5월에 귀국. 4월, 『사기꾼』을 런던과 뉴욕에서 출간. 이 무렵부터 3년 동안 미국 각지를 돌며 세 차례의 순회강연을 하지만 별로 성공을 거두지 못함. 경제적으로 어려움을 겪음.

1860년 (41세)

5월, 동생 토머스의 쾌속 범선을 타고 항해를 떠남. 혼곳을 돌아 샌프란시스코까지 가는 1년 예정의 여행이었으나, 10월에 파나마에 도착하자 혼자 하선하여 파나마 지협을 육로로 넘은 다음 배를 타고 뉴욕으로 돌아옴.

1861년(42세)
3월, 물심양면의 지주였던 장인 레뮤얼 쇼가 사망. 4월, 남북전쟁이 시작됨(1865년 5월 끝남).

1862년(43세)
애로헤드에서 피츠필드 시내로 이사. 이사하는 도중에 마차가 쓰러져 크게 다침. 류머티즘도 앓음.

1863년(44세)
10월, 애로헤드 농장을 동생 앨런에게 팔고 뉴욕시 이스트 26번가 104번지로 이사.

1864년(45세)
4월, 버지니아주에 가서 남북전쟁의 전선을 방문.

1866년(47세)
8월, 남북전쟁 중에 쓴 시들을 모아 『전투 조각과 전쟁의 양상』을 펴냄. 10월, 뉴욕항 세관의 검사관으로 임명됨.

1867년(48세)
9월, 장남 맬컴(18세)이 머리를 권총으로 쏘아 죽음. 자살인지 과실인지 불명.

허먼 멜빌(1885)　　　　엘리자베스 멜빌(1885)

1872년(53세)

4월, 어머니 마리아 사망. 11월, 보스턴 대화재로 아내의 자산이 전소.

1876년(57세)

6월, 서사시 『클라렐』을 출간. 20년 전 성지 예루살렘 방문 때 착상한 작품.

1885년(66세)

12월, 세관 검사관직을 사임.

1886년(67세)

2월, 차남 스탠웍스가 샌프란시스코에서 폐결핵으로 사망.

1888년(69세)

2월, 버뮤다 제도로 여행을 떠남. 9월, 시집 『존 마와 그 밖의 선원들』을
25부 한정판으로 출간.

1891년(72세)

4월, 중편소설『빌리 버드』를 일단 탈고. 5월, 한정판 시집『티몰레온』을 펴냄. 9월 28일 아침, 뉴욕의 자택에서 타계(사인은 심장비대증). 이튿날 《프레스》지는 '한때 유명했던 작가의 죽음'이라는 제목으로 부고 기사를 실음. 뉴욕시 브롱크스에 있는 우드론 묘지에 안장됨.

1906년

아내 엘리자베스 사망.

1921년

레이먼드 위버가『허먼 멜빌』(평전)을 발표하면서 '멜빌 재조명'의 불길을 당김. 칼 밴 도렌이『미국의 소설』에서 멜빌의 문학적 위상을 일류의 반열에 세움.

멜빌 부부의 무덤

1924년

유작『빌리 버드』가 런던에서 출간되고, 원고 독해의 오류가 수정된 판본이 1962년 미국에서 출간됨.

21세기에 우리가 이곳에서 『모비 딕』을 읽는다는 것[1]

제주에는 '불기도서관'이 있습니다. 여기서 '불기'란 『논어』'위정편爲政篇'에 나오는 '군자불기'(君子不器: 군자란 한 가지에만 쓰이는 그릇이 되어서는 안 된다)에서 차용한 말입니다. 이곳은 '인문 고전 전문'을 표방한 도서관답게 문사철文史哲 분야의 고전을 상당수 소장하고 있으며, 동서고금의 고전 읽기와 강좌도 다양하게 진행하고 있지요.

몇 해 전, 이 도서관의 독서 모임에서 강연을 요청해왔습니다. 『모비 딕』을 읽고 있는데, 원작자가 없으니 대신 역자라도 불러서 작품에 대한 이야기를 듣고 싶다는 것이었지요. 한편으론 반갑고 다른 한편으론 저어되기도 했습니다. 내가 번역한 책을 읽는 독자들의 청이니 반갑고 고마운 일이지만, 그 쉽지 않은 책을 읽는 독자들이라면 수준도 보통이 아닐 텐데, 그들 앞에 저자도 아닌 처지에서 나선다면 무슨 말을 할 수 있을까 하는 염려가 없지 않았던 것이지요.

그래서 나는 전화를 준 담당자에게 부탁했습니다. 강연하는 것은 좀 버거우니 간담회 형식으로 하자. 독자들이 나한테 듣고 싶은 게 있다면 그걸 취합, 정리해서 보내주면 나도 거기에 맞춰 준비를 하겠다. 그러면 질의응답이라도 좀 더 체계적이고 깊이 있는 대화가 이루어지지 않겠는가.

다음은 그 모임에서 오간 대화 내용을 정리한 것입니다.

[1] 이 글은 『모비 딕』 초판본 20쇄를 기념하여 2020년에 작성한 것이다.

＊＊＊

『모비 딕』은 분량이 엄청난 데다 작법과 배경 지식 등이 방대하고 다양해서 번역이 쉽지 않은 작품으로 알려져 있는데, 이런 작품을 굳이 번역하게 된 특별한 동기라도 있는지?

　십여 년 전에 한 신문과 인터뷰를 하면서, 이제는 슬슬 은퇴를 준비할 때도 되었는데, 그래도 앞으로 번역하고 싶은 책이 있느냐는 질문을 받고 이런 대답을 한 적이 있다. "번역이 쉽지 않은 몇몇 고전에 도전해볼 생각이다." 그러면서 언급한 책 하나가 『모비 딕』이었는데, 이 기사를 보고 '작가정신' 출판사의 박진숙 사장이 연락을 해왔다. 그 무렵 작가정신에서는 프랑스 '아셰트 출판사'의 그림판 클래식 시리즈의 번역 계약을 진행하고 있었고, 그중 한 작품이 『모비 딕』이어서 나한테 연락을 취한 것이다. 박 사장과는 오래전부터 인연을 이어오고 있는 사이여서, 과연 내가 해낼 수 있을지에 대한 깊은 검토도 없이 "좋다!" 하고 번역 의뢰를 덥석 받고 말았다.

　그런데 막상 번역을 시작하고 보니까 한숨이, 아니 비명이 절로 나왔다. 오래전에 무슨 문학전집에 포함된 책을 읽으면서 참 난삽하구나 하는 느낌을 받고, 이건 번역이 잘못된 탓이려니 생각해서 언젠가 내가 제대로 번역해야지 마음먹은 적이 있었다. 그런데 막상 원문을 대하고 보니 번역 자체가 쉽지 않은 소설이었다. 하도 힘들어 도중에 두 번이나 그만두겠다고 했다. 프랑스의 출판사와 계약을 두 번이나 갱신하면서 미루다가 2009년 봄에 제주도로 귀향했는데, 삶의 터전을 바꾸고 나니까 생활방식도 달라졌고, 그래서 다시금 마음을 다잡고는, 이참에 『모비 딕』에 빠져 죽든지 까무러치든지 하자…… 그렇게 해서 3,500매의 원고를 여섯 달 만에 끝낼 수 있었다. 보통 책보다 기간이 갑절 걸린 셈이다.

어떤 점이 그렇게 어려웠는지?

멜빌은 정규 교육을 받지 못한 사람이다. 문학하는 데 학교 교육이 꼭 필요한 것은 물론 아니다. 헤밍웨이 같은 사람은 대학물이 창작에 방해가 된다면서 아예 대학엘 안 갔다. 그러나 멜빌의 경우는 다르다. 13세 때 아버지가 돌아가시자 생계를 돕기 위해 중학교를 그만두었다. 그러니 문학에 대한 이해는커녕, 문장에 대한 습득도 제대로 갖추지 못한 상태였다. 그런 멜빌이지만, 문학에 뜻을 두면서 닥치는 대로 폭넓게 책을 읽었고, 특히 17세기 작가들과 셰익스피어를 탐독하면서 문학적 재능을 키웠다. 그러나 그가 소싯적에 받은 교육은 보잘것없는 것이어서, 그가 후년에 이르러 교양을 쌓았다고는 해도 그것을 완전히 소화시켜 자기 것으로 만들지는 못했다.

그리고 멜빌은—연구자들에 따르면—그가 탐독한 작가들의 문체를 모방하되 동시대의 어법에 맞추거나, 웅대한 책을 쓰려면 웅대한 주제를 잡아야 한다는 생각 때문에 웅대한 주제를 다루려면 장중한 문체로 써야 한다는 자의식에 사로잡히곤 했다. 그러니 그의 문장은 종종 '대언장어 大言壯語'로 흐르거나 '문장이 안 되는 문장'으로 나타나곤 한다. 이런 문장이 본국에서는 독특한, 그러니까 '개성적인 문체'로 평가받을 수 있지만 (『모비 딕』이 20세기에 와서 새롭게 평가받은 중요한 척도였다), 우리 같은 외국인에게는 그야말로 '비문非文의 덤불'이 될 수밖에 없다. 또, 그의 문장은 다의적이고 함축적이고 상징적이어서, 문학적으로는 높은 평가를 받지만, 번역자에게는 애매모호해서 '이게 무슨 뜻인가'를 수시로 점검하면서 나아가야 한다. 그러니 매 순간 한숨이 나올 수밖에! (나는 그래도 프랑스어판과 일본어판을 참고할 수 있어서 다행히 그럭저럭 나아갈 수 있었다.)

번역하면서 특히 어떤 점에 유념했는지?

솔직히 엄살조로 말하자면, 첫 문장부터 마지막 '에필로그'까지 어느 것 하나 신경 쓰지 않은 구절이 없지만, 특히 주안점을 둔 것은…… 등장인물(주역, 조역, 단역)들이 너무나 개성적이고 스토리 전개가 연극 같은 구조여서, 그들의 캐릭터를 어떻게 살리느냐, 그것을 어떻게 번역문에 드러내느냐?…… 하는 고민이 컸다. 그 해결책의 한 방편으로 인물들의 말투를 대화 문장에 담아낼 수밖에 없었는데(말투에 성격이 나타나도록), 문체의 종류—장중체, 해학체, 만연체, 간결체 같은—에 따른 특성을 각 인물의 말투에 적용시키기도 했다. 또한, 장章의 성격에 따라 문체에 변화를 주기도 했다(원문이 그렇기도 하지만). 예컨대, 제9장에서 매플 목사의 '설교'는 실제로 목사로 일하고 있는 후배한테 낭독하게 해서 그 리듬과 어투를 빌리기도 했다.

'Call me Ishmael.' — 세계 문학 작품에서 가장 유명한 첫 문장이기도 하다. 이 문장을 '내 이름을 이슈메일이라고 해두자'라고 번역했는데, 좋은 번역이라는 평가가 많다. 이렇게 번역한 이유가 있을 텐데?

소설에서 첫 문장은 매우 중요하다. 작품의 전체적인 맥락과 분위기가 그 한 문장에 함축되기 때문이다. 그래서 작가들은 첫 문장을 쓰는 데 대단히 신경을 쓰고 정성을 쏟는다. 이처럼 소설에서 첫 문장이 중요하다면, 그것을 어떻게 번역하느냐도 못지않게 중요하다. 그것은, 그것을 어떻게 해석하느냐와 관련되기 때문이다.

『모비 딕』의 경우, '옮긴이의 덧붙임'에서 나는 이렇게 말했다: "이슈메일이라는 이름은 구약성서에 등장하는 인물의 이름(이스마엘)을 빌린 것이다. 유대민족의 시조 아브라함은 아내한테서 자식을 낳지 못했다. 하지만 하녀의 몸에서 아들이 태어난다. 그가 바로 이슈메일이다. 그런데 아내한테서도 그 후 아들이 태어난다. 이렇게 되자 하녀와 그 자식은 추방되어, 팔레스타인의 사막을 쓸쓸히 방랑하게 된다. 사막도 바다와 마찬가지로 자연이다……『모비 딕』의 화자는 성서 이야기에서 이름을 빌려 이세계의 잔혹함으로, 울타리 밖으로, 바다로 도망친다."

작가가 이 인물에게 본명을 부여하지 않은 이유는 무엇일까? 멜빌은 이슈메일이라는 이름의 보편성을 앞세움으로써, 그 익명성 뒤에 숨고 싶었는지도 모른다. 왜냐하면 이 '방랑자'는 '방랑벽'을 타고난 멜빌 자신의 운명이 녹아든 인물이기 때문이다.

그렇다면 'Call me Ishmael'이라는 문장은 다음 몇 가지로 읽을 수 있을 것이다.

1) "내 본명은 이슈메일이 아니지만, 그렇게 불러달라."
2) "내 이름은 중요하지 않다. 그냥 '방랑자' 정도로 알아달라."
3) "내 세례명은 이슈메일이다. 그러니 나를 편하게 대해달라." (서양에서 세례명은 별명처럼 친근한—말을 놓는—사이의 호칭으로 쓰인다.)

이 문장을 직역하면 뻔하다: "나를 이슈메일이라고 불러달라." 하지만 그렇게 해서는 창의적인 번역이라고 할 수 없지 않은가. 나는 그래도 한때 소설을 썼던 사람이라 남다르게, 달리 말하면 문학적으로 번역하고 싶었다. 그래서 궁리를 거듭한 끝에, "내 이름을 이슈메일이라고 해두자"라는 문장을 얻어냈던 것이다.

이 작품에는 주요 캐릭터가 셋 등장한다. 흰 고래 모비 딕, 에이해브 선장, 화자인 이슈메일. 좀 어설픈 질문이지만, 누가 주인공인가?

읽는 사람마다 관점이 다르겠지만, 내가 보기엔 셋 다 주인공이 아닐까 한다. 그렇게 셋이 꼭짓점을 하나씩 차지하고 삼각형을 이루고 있는데, 구도상 상부 꼭짓점이 모비 딕이 아닐까 싶다. 그렇다면 작품 속의 항해사들처럼 등급을 매겨서, 제1 주인공은 모비 딕, 제2 주인공은 에이해브, 제3 주인공은 이슈메일 이렇게 자리를 잡아주고 읽으면 한결 이해하기 쉽지 않을까.

에이해브 선장에게 모비 딕은 '모든 악의 근원'이고, '아담 이후 모든 인류의 분노와 증오'라고 표현된다. 어떤 의미인지?

에이해브 선장에게는 모비 딕이 분노한 신처럼 인간을 괴롭히는 악의 화신일 것이다. 이런 해석은 루이스 멈포드라는 비평가가 『허먼 멜빌』(1928)이라는 평전에서 모비 딕을 악의 상징으로 보고, "에이해브 선장과 모비 딕의 싸움은 선과 악의 싸움이며, 선은 결국 악에 의해 패퇴하고 만다"라고 주장하면서 하나의 흐름이 되었다. 하지만 관점을 바꾸면 모비 딕은 악이 아니라 선을 상징한다고 봐도 틀리거나 나쁘지 않다. 거대한 체구에 눈부실 만큼 하얗고 아름다운 모비 딕을 상상해보라. 우주의 신비를 표상하는 듯한 존재가 망망한 대양을 자유롭게 유유히 헤엄쳐 다닌다. 이에 비해 에이해브는 반미치광이처럼 자부심에 차 있고 무자비한 복수심에 불타고 있다. 드디어 마지막 싸움이 벌어진다. "더러운 배신자, 세상에서 버림받은 자, 그리고 식인종"으로 이루어진 선원들과 함께 에이해브 선장은 파멸하고, 바다(세상)에 평화가 회복된 뒤 모비 딕은 다시금 유유히 제 갈 길을 떠난다. 이렇게 볼 수도 있지 않을까? 그렇다면 모비 딕은 문명을 앞세운 인간의 폭력에 공격당하는 '고귀한 야만'의 상징인 셈이다. 이처럼 어느 한 면으로만 읽어서는 그 의미를 제대로 이해할 수 없거나 관점에 따라 그 해석과 평가가 달라지기도 한다는 데 이 작품의 위대함이 있다. 바꿔 말하면 작품 전편에 보이는(또는 숨겨진) 상징과 알레고리들이 『모비 딕』을 위대한 작품으로 만들고 있는 것이다.

나는 앞에서 세 주인공을 각각의 꼭짓점에 놓은 삼각형을 상정한 바 있는데, 그렇게 한 이유는 하부 꼭짓점의 두 주인공(에이해브, 이슈메일)이 상부 꼭짓점의 모비 딕을 바라보는 시선, 모비 딕을 대하는 태도가 두 갈래로 나뉘어 충돌하기 때문이다.

그렇다면 두 주인공의 입장은 어떻고, 어떻게 다른가?

에이해브는 모비 딕을 잡으려다 오래전에 한쪽 다리를 잃었다. 그래서 모비 딕을 '악의 화신'으로 규정하고 복수의 추격을 한다. 그렇다면 에이해브는 거대한 악에 도전하는 선의 화신인가? 그는 그토록 광적인 집념으로 도전하다가 결국 죽고 마는데, 거기에는 운명에 도전하다 파국을 맞는 그리스 비극의 영웅 같은 비장감은 있으나, 그것이 과연 악에 대한 선의 승리라고 할 수 있을까?

그렇다면 이슈메일의 입장은 어떤가? 제16장('배')에서 선주의 한 사람인 펠레그 선장은 포경선을 타고 싶다고 찾아온 그에게 "왜 고래를 잡으러 가겠다는 거지?"라고 묻는다. 그러자 이슈메일은 "고래잡이가 어떤 건지 알고 싶고, 세상을 보고 싶어서……"라고 대답한다. 그러니까 이슈메일이 포경선에 탄 이유는 '무엇을 알고 싶다'는 인식론적 탐구욕에 이끌린 것이다. 그가 원하는 것은 결국 '고래에 관한 백과전서'를 쓰는 것, 포경선을 탄 것은 '고래에 관한 모든 것'을 얻기 위함이다. 이를 위하여 멜빌은 포경선에 탔던 자신의 경험을 토대로 삼은 것은 물론, 고금의 온갖 저술(성서를 포함하여)에 나타난 고래에 관한 문헌을 철저히 조사했다.

그러니 책『모비 딕』은 에이해브의 '고래 추격'과 이슈메일의 '고래 탐구'가 진행되면서 때로는 협력하고 때로는 충돌하는 이야기를 담고 있다고 할 수 있다.

들을수록 복잡하고 난해한 소설처럼 느껴진다. 이 작품을 어떻게 접근하고 해석하면 좋을까?

앞에서 말한 내용에 덧붙이자면, 재미난 것은 이들 두 주인공에 대한 인식이 시대에 따라 그 비중을 달리해왔다는 것이다.

『모비 딕』에 대한 재평가가 시작된 초기(1920~1940년대)에는 에이해브가 주인공이고 이슈메일은 그냥 화자였다. 그 무렵 미국 문학은 19세기 중엽의 '아메리칸 르네상스'를 회고하면서 상징주의적, 신화적 비평이 주를 이루었는데, 여기에 맞춰 모비 딕도 신, 악, 우주 같은 개념으로 상징화되었고, 에이해브도 거기에 맞서거나 도전하는 인간 영웅으로 해석되었다.

그러나 제2차 세계대전 이후 '팍스 아메리카나'가 확립된 뒤에는 이슈메일을 단순한 화자에서 독립된 존재로 파악하고, 그를 작가 허먼 멜빌의 대변자로 보게 된다. 이때 주안점이 된 것이 '미국 제국주의' 개념인데, 19세기 중엽에 수립된 '명백한 운명'(Manifest Destiny — 미국은 북아메리카 전역을 정치·사회·경제적으로 지배하고 개발하라는 신의 명령을 받았다는 주장으로, 서부 개척의 팽창주의와 원주민의 영토 약탈을 합리화하기 위해 수립되었다) 이데올로기에 대한 비판이『모비 딕』의 기저에 있다는 해석이다.

여기서 덧붙이자면,『모비 딕』은 작품 속에 암암리에 제기된 '미국 제국주의'에 대한 비난 때문에 당대(19세기 중엽)의 미국 독자들, 특히 지식층(보수적, 청교도적)에게 불편한 읽을거리였다. 또한 멜빌은 작품활동 초기에 창작의 자유가 제약을 받는 현실에 불만이 많았다. 『타이피』·『오무』 같은 초기작에서도 기독교 문명을 비판하거나 선교사 활동과 서구 문명을 비판한 부분을 수정 또는 삭제하라는 요구를 받고 받아들일 수밖에 없었는데, 그럼에도 불구하고 예술가로서 독립적인 자존심을 지켜내기 위한 노력이 소설 행간에 스며 있고, 그것이 독자들의 반감을 사게 되었던 것이다. 그 결과, 그는 점점 잊힌 작가가 되고 말았다.

자기 시대의 관점, 취향, 태도에서 반걸음 앞서면 동시대인들이 그럭저럭 따라가지만, 한 걸음 앞서버리면 따라가지 못하고, 그래서 아예 무시해버린다. 그게 선각자들의 운명이 아닐까.

이 소설의 서사구조를 어떻게 보시는지?

셰익스피어를 만나지 않았다면(못했다면) 『모비 딕』은 지금과 같은 형태로 세상에 나오지도 않았을(못했을) 것이고, 그랬다면 『모비 딕』은 다른 평가를 받았을 것이다—라는 것이 연구자들의 일반적인 평가다. 이런 견해는 곧 『모비 딕』의 서사구조가 연극적이라는 사실을 말해준다. 어떤 연구자에 따르면 『모비 딕』의 총 135장을 '이야기의 장' '드라마의 장' '고래학의 장' '만남의 장'으로 나누고 있는데, 이 분류에 따르면 '드라마의 장'은 무려 25개나 된다('이야기의 장'은 75개). 실제로 몇몇 장은 아예 희곡으로 되어 있기도 하고, 그 전개와 문체는 셰익스피어의 작품을 읽는 듯하다.

대화문 자체도 사뭇 연극적이어서, 현실의 일상적인 말투와 다른 화법을 보이기도 한다. 더구나 '피쿼드'호의 선원들은 대부분 퀘이커교도여서, 이들의 가식적일 만큼 점잔 빼는 화법에 뱃사람 특유의 거친 속어가 뒤섞인 말투를 읽으면, 미국인 독자들은 희극이라도 보는 듯한 기분에 웃음을 터뜨리지 않을 수 없을 것이다.

에이해브 선장은 작살로 모비 딕을 명중시켰지만, 그 작살에 묶인 밧줄에 감겨서 바닷속으로 사라지고 만다. 굉장히 비극적인 결말인데, 이런 대목을 번역하고 나면 어떤 기분이 드시는지?

그저 먹먹하다고 해야 하나? 비극도 너무 장엄하면 슬픈 게 아니라 아름답게 느껴진다. 그걸 미학에서는 '숭고미'라고 하는데, 내가 뭔가 고양되는 느낌, 그래서 나의 비참한 현실, 나의 비루한 삶이 구원받는 느낌이 드는 것—그게 문학을, 예술을 추구하고 경험하는 이유가 아닐까.『모비 딕』을 읽는 것도 그렇다. 그 과정은 모비 딕을 쫓아가는 그 험난한 항해만큼이나 길고 어렵지만, 책을 다 읽고 가슴이 먹먹해진 순간 독자들은 자신의 영혼이 한껏 고양된 듯한 기분을 느끼게 되는 것이다. 그리고 우리가 소설을 읽는 것은, 지적이든 미적이든 어떤 즐거움을 얻기 위해서다. 감히 말하건대,『모비 딕』만큼 그런 독서의 즐거움을 주는 책도 드물 것이다.

거대한 소용돌이가 포경선 '피쿼드'호의 모든 것을 삼켜버렸지만, 이슈메일은 친구인 퀴퀘그의 관을 구명부표 삼아 유일하게 살아남는다. 마지막 '에필로그'는 이렇게 시작된다: "나만 홀로 피한고로 주인께 고하러 왔나이다." 구약성서 「욥기」에 나오는 말인데, 작품의 마지막까지도 심오하기 그지없다. 어떤 의미일까?

거기에 이슈메일이라는 화자의 존재 이유가 있는 것이다. 화자는 결국 작가인 멜빌이고…… 멜빌은 화자를 통해서 하고픈 말이 있었기 때문에 이슈메일을 살려둔 것일 텐데, 그 메시지란 앞에서 말한 '미국 제국주의'에 대한 경고가 아니겠는가. 19세기 중반에 미국에서(그때 우리는 미국이란 나라가 있는지도 몰랐다) 나온 소설을 21세기에 우리가 이곳에서(지금 우리는 미국이란 나라의 손안에 있다) 찾아 읽는 이유도 거기에 닿아 있을 것이다.

『모비 딕』! 참 방대한 작품이다. 거대한 대양과 엄청나게 큰 고래, 포경선, 그리고 40년 동안 배를 탄 에이해브 선장…… 당신의 번역본은 전체 763쪽(그야말로 베개로 써도 될 만한 두께)에, 역주가 무려 567개나 된다. 분량도 방대하고 그 깊이도 대단해서 마치 큰 대양을 만나는 느낌인데……?

『모비 딕』이 방대하다는 느낌이 드는 것은 작품 속에 담긴 시간적, 공간적, 철학적 폭과 깊이가 상당하기 때문일 것이다. 그래서 『모비 딕』은 참으로 복잡하고 난해한 느낌을 주는데, 그 내용과 전개가 매우 다층적이고 중층적이어서 그렇다.

다층적이란, 소설의 내용과 전개, 그 층위가 다양하다는 뜻이다. 쉽게 말하면 내용이나 전개 방식의 수준이 들쭉날쭉하다. 심오하고 고답적인 것에서 실소를 자아내는 것까지. 예를 들면 매플 목사의 설교와 퀴퀘그와의 첫 만남을 보라. 이렇게 판이한 성격의 장면이 서로 이웃해서 나온다.

중층적이란, 그 의미가 중의적이고 복합적이라는 뜻인데, 퀴퀘그의 손도끼를 예로 들면, 이것은 살인의 흉기(74쪽)이기도 하고 평화와 우정의 도구(113쪽)이기도 하다. 맨 마지막 장면에서는 관이 구명대 노릇을 하고 있다. 또, 주인공인 모비 딕은 선인가 악인가?

이처럼 『모비 딕』은 다층적 구조, 중층적 의미를 가진 사람과 사건과 사물들의 전시장 같기도 하다.

『모비 딕』을 읽는다는 게 쉬운 일은 아닐 듯하다. 그래도 도전하려는 사람들에게, 어떻게 읽으면 좋을지, 한마디 팁을 준다면?

앞부분의 '어원'과 '발췌록'은 건너뛰어도 무방하다. 그리고 『모비 딕』은

청년·장년·노년에 이렇게 세 번 읽어도 좋지 않을까 싶다. 새로 읽을 때
마다 다른 감흥을 느낄 수 있을 테니까. 사실 고전 중에도 그런 작품은 많
지 않다. 고전은 대체로 재미가 없거나 내용이 어려운 경우가 많다지만,
관점을 바꿔서 생각해보면 고전은 어렵기 때문에 고전이라고 말할 수도
있다. 아무나 쉽게 쓸 수 있는 책이라면, 그런 책을 고전의 반열에 올려놓
고 존경할 이유는 없을 테니까. 좋은 고전은, 다시 읽을 때마다 전에 읽을
때는 미처 몰랐던 바를 새삼 이해하게 되는 기쁨도 대단한 것이다.

한 인터뷰에서 『모비 딕』에는 역자의 '혼이 담겨 있다'는 말을 했는데?

번역도 글쓰기이기 때문에, 번역할 때마다 나름 열성을 쏟는 것은 당연
하다. 하지만 매번 그렇게 열과 성을 다할 수는 없는 일이다. 밥벌이 노동
이라는 게 항상 최선을 다하긴 어렵잖은가. 때론 농땡이도 피우고 싶은
거니까. 하지만 『모비 딕』에는 최선을 다했다고 자부할 수 있다. 이 작품
을 번역하면서, '번역은 제2의 창작'이라는 말을 실감하기도 했다.
　나는 소설가로 서고 싶었으나 그러지 못한 아쉬움이 있다. 말하자면
내 마음 한구석에는 글쓰기의 욕망이 들어앉아 있어서 갈증과 허기를 느
끼곤 했는데, 이 책을 번역하면서 그 아쉬움을 달랜 측면도 있다. 그만큼
내가 가진 문학적 소질을 쏟아부었다고 해야 하나. 그런 의미에서 『모비
딕』 번역에는 내 혼이 담겼다는 말을 감히 할 수 있지 않을까 싶다.

번역 작업을 '장미밭에서 춤추기'라고 비유했는데, 어떤 기분인가?

번역을 하려면 몇 가지 조건이 있어야 가능하다. 우선은 원서가 있어야
하고, 그 원서를 독해할 수 있는 외국어 실력이 있어야 하고, 그 뜻을 우
리말로 옮길 수 있는 글쓰기 능력이 있어야 하는 것이다. 이렇게 번역은

태생적으로 몇 가지 한계를 숙명적으로 떠안고 있다. 번역을 아무나 할 수 없는 것도 바로 그런 조건들 때문이다. 번역을 '장미밭에서 춤추기'라고 비유한 것은, 그렇게 가시밭 같은 조건이긴 하지만 그 안에서 나름대로 글쓰기를 수행할 수 있는 '고통 속의 즐거움'을 그렇게 표현해본 것이다. 이렇게 고통과 쾌락이 공존하는 마당이 번역인데,『모비 딕』번역은 고통도 많았고 그런 만큼 즐거움도 컸던 작업이었다.

옮긴이 **김석희**

서울대학교 인문대 불문학과를 졸업하고 대학원 국문학과를 중퇴했으며, 1988년 한국일보 신춘문예에 소설이 당선되어 작가로 데뷔했다. 영어·프랑스어·일본어를 넘나들면서 존 파울즈의 『프랑스 중위의 여자』, 허먼 멜빌의 『모비 딕』, 헨리 소로의 『월든』, F. 스콧 피츠제럴드의 『위대한 개츠비』, 생텍쥐페리의 『어린 왕자』, 알렉상드르 뒤마의 『삼총사』, 쥘 베른 걸작선집(20권), 시오노 나나미의 『로마인 이야기』 시리즈 등 많은 책을 번역했다.

모비 딕

초판 1쇄   2011년 5월 16일
개정판 1쇄   2024년 4월 9일
개정판 5쇄   2025년 2월 5일

지은이 허먼 멜빌 | **옮긴이** 김석희
펴낸이 박진숙 | **펴낸곳** 작가정신
편집 황민지 | **디자인** 이현희 | **마케팅** 김영란
재무 이하은 | **인쇄 및 제본** 한영문화사

표지 및 본문 디자인 석윤이

주소 (10881) 경기도 파주시 광인사길 143 2층
대표전화 031-955-6230 | **팩스** 031-955-6294
이메일 editor@jakka.co.kr | **블로그** blog.naver.com/jakkapub
페이스북 facebook.com/jakkajungsin
인스타그램 instagram.com/jakkajungsin
출판 등록 제406-2012-000021호

ISBN 979-11-6026-340-4 03840

이 책의 판권은 저작권자와 작가정신에 있습니다.
이 책 내용의 전부 또는 일부를 재사용하려면 양측의 서면 동의를 받아야 합니다.